Honoré de Balzac
Glanz und Elend der Kurtisanen

Mit der Julirevolution 1830 ist die Monarchie in Frankreich endgültig geschlagen. Ein entfesseltes Bürgertum übernimmt die Macht, und alles wird käuflich, Liebe, Ansehen, Einfluss. Die Kurtisane Esther und der junge Dichter Lucien de Rubempré lieben einander. Doch auch Nucingen, ein reicher Pariser Bankier, ist von Esthers Schönheit fasziniert und ihm ist jedes Mittel recht, sie zu besitzen.

Honoré de Balzac präsentiert eine umfassende Studie der Pariser Unterwelt, einer Welt der großen und kleinen Gauner, der Prostitution und der Methoden von Justiz und Polizei. Rudolf von Bitters Neuübersetzung präsentiert dieses unvergleichliche Porträt einer Epoche in frischer Pracht.

Honoré de Balzac, geboren am 20. Mai 1799 in Tours, gestorben am 18. August 1850 in Paris, ist neben Stendhal und Flaubert einer der großen Realisten der französischen Literatur. In seiner 88 Titel umfassenden ›Comédie humaine‹ schuf er ein einzigartiges Bild seiner Epoche.

Rudolf von Bitter, geboren 1953, lebt in München. Er ist Übersetzer und Herausgeber u. a. von Voltaire und Balzac.

Honoré de Balzac

Glanz und Elend der Kurtisanen

Roman

Herausgegeben und übersetzt
von Rudolf von Bitter

dtv

Von Honoré de Balzac ist bei dtv außerdem lieferbar:
Verlorene Illusionen

2024 dtv Verlagsgesellschaft mbH & Co. KG, München
Lizenzausgabe mit Genehmigung der
Carl Hanser Verlag GmbH & Co. KG, München
© der deutschsprachigen Ausgabe:
2022 Carl Hanser Verlag GmbH & Co. KG, München
Die französische Originalausgabe erschien unter dem Titel
›Splendeurs et misères des courtisanes‹.
Umschlaggestaltung: dtv nach einem Entwurf von
Peter-Andreas Hassiepen, München
Umschlagmotiv: A. Dagli Orti/© NPL – DeA Picture Library/
Bridgeman Images
Satz: Satz für Satz, Wangen im Allgäu
Druck und Bindung: Druckerei C.H.Beck, Nördlingen
Printed in Germany · ISBN 978-3-423-14896-2

Teil I

WIE LEICHTE MÄDCHEN LIEBEN

Eine Szene beim Opernball

Beim letzten Opernball des Jahres 1824 fiel einigen der Maskierten die Schönheit eines jungen Mannes auf, der auf den Fluren und im Foyer umherging wie jemand, der nach einer Frau schaut, die aufgrund unvorhergesehener Umstände nicht gekommen ist. Das Geheimnis eines solchen Umhergehens, mal hastig, mal gelassen, kennen nur alte Frauen und wenige altgediente Müßiggänger. Bei dieser riesigen Zusammenkunft hat kaum jemand Augen für die anderen, jeder folgt seiner Leidenschaft, selbst der Müßiggang ist geschäftig. Der junge Dandy war so in Anspruch genommen von seiner unruhigen Suche, dass er gar nicht bemerkte, was für einen Anklang er fand: Die scherzhaft bewundernden Ausrufe bestimmter Masken, das aufrichtige Staunen, die gehässigen Gebärden, die beifälligsten Bemerkungen sah und hörte er nicht. Obwohl er durch seine Schönheit den außergewöhnlichen Persönlichkeiten vergleichbar war, die den Opernball besuchen, um dort ein Abenteuer zu erleben, und die das erwarten, wie man zu Zeiten von Frascatis Spielcasino auf die richtige Zahl im Roulette wartete, schien er, selbstgewiss wie ein Bürger, seines Abends sicher zu sein. Er musste der Held eines jener Drei-Personen-Geheimnisse sein, die den Maskenball der Oper prägen, die aber nur denen bekannt sind, die darin ihre Rolle spielen. An diesen Abenden muss die Oper für die jungen Frauen, die hingehen, um sagen zu können: *Ich war auch da*, für die Leute aus der Provinz, für die unerfahrene Jugend und für die Fremden ein Palast der Langeweile und Ermüdung sein. Diese träge und dichte schwarze Menge, die kommt, geht, sich schlängelt, wendet und wieder umwendet, treppauf und treppab steigt und die man allenfalls vergleichen kann mit Ameisen auf ihrem Haufen, ist für sie nicht besser zu verstehen als die Börse für einen bretonischen Bauern, dem die Existenz eines Hauptbuchs unbekannt ist. Bis auf seltene Ausnahmen maskieren sich in Paris die Männer nicht: Ein Herr im Domino-Kostüm sieht lächerlich aus. An diesem Punkt zeigt sich das Geniale im Wesen der Franzosen. Diejenigen, die ihr Glück verbergen wollen, können zum Opernball gehen, ohne dort zu erscheinen, und die Masken, die dort absolut hinmüssen, kommen bald wieder heraus. Eins der unterhaltsamsten Schauspiele ist mit der Eröffnung des Balls das Gedränge am Einlass, das der Strom der Leute verursacht, die hinauswollen und die auf die stoßen, die hineinwollen. So sind die maskierten Herren vermutlich eifersüchtige Ehemänner, die ihren Frauen nachspionieren, oder attraktive Ehemänner, die ihrerseits nicht überwacht werden wollen; zwei gleichermaßen lachhafte Situationen. Dem jungen Mann folgte, ohne dass er es ahnte, ein auffälliger Maskenträger, kurz und stämmig und in einer fließenden Bewegung wie ein rollendes Fass. Für jeden, der sich beim Opernball auskannte, ließ dieser Umhang auf einen Verwaltungsbeamten, einen Geldwechsler, einen Bankier, einen Notar schließen, irgendeinen Bürger voll Verdacht gegen seine Ungetreue. In der höheren Gesellschaft hat nämlich niemand Interesse an demütigenden Beweisen. Mehrere Masken hatten einander schon lachend auf diese monströse Gestalt aufmerksam gemacht, andere hatten sie angeherrscht, ein paar junge Leute hatten sie verspottet. Seine breiten Schultern und seine Haltung strahlten deutliche Geringschätzung für diese gehaltlosen Sticheleien aus; wie ein verfolgtes Wildschwein, das sich um die Kugeln nicht kümmert, die ihm um die Ohren pfeifen, oder um die Hunde, die ihm hinterherbellen, ging er, wohin ihm der junge Mann vorausging. Obwohl alles auf dem Opernball durcheinandergeht und das Vergnügen und die Sorge auf den ersten Blick dieselbe Verkleidung tragen, die bekannte venezianische schwarze Robe, finden und erkennen sich die unterschiedlichen Kreise, aus denen die Pariser Gesellschaft besteht, und beobachten einander. Es gibt für ein paar Eingeweihte so präzise Merkmale, dass man dies Buch mit sieben Siegeln lesen könnte wie einen Roman, der unterhaltsam wäre. Für die geübten Ballbesucher konnte dieser Mann also nichts mit einer Frau ausgemacht haben, denn sonst hätte er ein verabredetes Zeichen, rot, weiß oder grün, getragen, das auf die lang geplanten Freuden hinweist. War hier Rache im Spiel? Beim Anblick des Maskierten, der so dicht hinter einem Mann herlief, der den Frauen gefiel, wandten sich ein paar der Müßigen wieder dem schönen Gesicht zu, auf das die Freude ihren göttlichen Schimmer gelegt hatte. Der junge Mann machte neugierig: Je länger er umherschritt, desto mehr Interesse weckte er. Alles an ihm ließ auf die Gewohnheiten eines eleganten Lebens schließen. Gemäß einem unausweichlichen Gesetz unserer Zeit gibt es kaum einen Unterschied, äußerlich oder innerlich, zwischen dem vornehmsten, besterzogenen Sohn eines Herzogs oder Pairs und diesem reizenden Jungen, den das Elend eben noch mitten in Paris in seinen eisernen Klauen gehalten hatte. Die Schönheit, die Jugend konnten bei ihm die tiefen Abgründe überdecken wie bei vielen jungen Leuten, die in Paris eine Rolle spielen wollen, ohne das für ihre Ansprüche nötige Geld zu haben, und die jeden Tag alles auf eine Karte setzen, indem sie dem meistverehrten Gott dieser königlichen Stadt opfern, dem Zufall. Wie auch immer, seine Kleidung, seine Manieren waren vollendet, er schritt über das edle Parkett des Foyers wie ein regelmäßiger Opernbesucher. Wer hat noch nicht bemerkt, dass es hier wie überall in Paris eine Art des Auftretens gibt, aus der sich ableiten lässt, was

Sie sind, was Sie tun, woher Sie kommen und was Sie wollen?

»Was für ein schöner junger Mann! Hier können wir umkehren, um ihn anzuschauen«, sagte eine Maske, in der die geübten Teilnehmer des Opernballs eine Dame der besseren Gesellschaft erkannten.

»Erinnern Sie sich nicht an ihn?«, antwortete ihr der Herr, der ihr den Arm bot, »Madame du Châtelet hat ihn Ihnen doch vorgestellt ...«

»Was! Das ist dieser Apothekersohn, in den sie sich verknallt hatte, der dann unter die Journalisten gegangen ist, der Liebhaber von Mademoiselle Coralie?«

»Ich hätte gedacht, er sei zu tief gefallen, um jemals wieder hochzukommen, ich fasse es nicht, wie er in der Pariser Gesellschaft wieder auftauchen kann«, meinte Graf Sixte du Châtelet.

»Er tritt auf wie ein Prinz«, sagte die Maske, »und das hat er bestimmt nicht von der Schauspielerin, mit der er zusammen gelebt hat; meine Cousine hat ihn zwar entdeckt, hat ihn aber zu nichts Besserem machen können. Die Geliebte dieses Ritters ohne Tadel würde ich zu gerne kennenlernen, sagen Sie mir etwas über sein Leben, womit ich ihn neugierig machen könnte.«

Dieses Paar, das dem jungen Mann tuschelnd folgte, wurde aufmerksam beobachtet von dem Maskierten mit den breiten Schultern.

»Lieber Monsieur Chardon«, sagte der Präfekt der Charente und nahm den Schönling am Arm, »darf ich Sie einer Dame vorstellen, die die Bekanntschaft mit Ihnen erneuern möchte ...«

»Lieber Graf Châtelet«, erwiderte der junge Mann, »diese Dame hat mir klargemacht, wie albern der Name war, mit dem Sie mich ansprechen. Auf Anordnung des Königs wurde mir der der Vorfahren meiner Mutter zurückgegeben, der Rubempré. Auch wenn die Zeitungen das gemeldet haben, ist die betreffende Person so unbedeutend, dass es mir gar nicht peinlich ist, es meinen Freunden, meinen Feinden und den Außenstehenden in Erinnerung zu rufen. Sie können sich selbst einschätzen, wie Sie möchten, aber ich bin mir sicher, dass Sie ein Verhalten nicht verurteilen werden, zu dem mir Ihre Frau Gemahlin geraten hat, als sie noch einfach Madame de Bargeton war. (Dieser hübsche Seitenhieb, über den die Marquise lächeln musste, verursachte dem Präfekten der Charente ein nervöses Zucken.) – Richten Sie ihr doch aus«, fügte Lucien hinzu, »dass ich jetzt als Wappen einen wilden Stier in Silber auf weidengrün vor rotem Grund trage.«

»Wild auf Silber«, wiederholte Châtelet.

»Die Marquise wird es Ihnen erklären, wenn Sie nicht wissen, warum dies alte Wappenschild um einiges besser ist als der Kammerherrenschlüssel und die Bienen in Gold aus dem Kaiserreich, die Sie zum großen Leidwesen von Madame Châtelet, geborene *Nègrepelisse d'Espard*, im Wappen tragen ...«, fügte Lucien rasch an.

»Nachdem Sie mich schon erkannt haben, kann ich Sie wohl kaum noch überraschen; ich kann Ihnen aber gar nicht sagen, wie sehr Sie mich überraschen«, sagte ihm die Marquise d'Espard leise, ganz erstaunt über die Aufsässigkeit und die Selbstsicherheit, die der junge Mann an den Tag legte, auf den sie früher herabgeblickt hatte.

»Erlauben Sie mir doch, Madame, die einzige Möglichkeit zu wahren, die ich habe, Sie in Gedanken zu beschäftigen, indem ich in dieser geheimnisvollen Ungenauigkeit verbleibe«, sagte er mit dem Lächeln eines Mannes, der ein sicheres Glück nicht gefährden will.

Die Marquise konnte ein abruptes Zucken nicht unterdrücken, so sprachlos war sie über Luciens Bestimmtheit.

»Mein Kompliment zu Ihrem Standeswechsel«, sagte ihm Graf du Châtelet.

»Das nehme ich an, wie Sie es mir machen«, gab Lucien zurück und verneigte sich in vollendeter Höflichkeit vor der Marquise.

»Der Schnösel!«, meinte der Graf mit gesenkter Stimme zu Madame d'Espard, »hat er es doch noch geschafft, seine Vorfahren zu kapern.«

»Dünkelhaftigkeit uns gegenüber zeugt bei jungen Leuten fast immer von einer Liebschaft in sehr hoher Stellung, wogegen sie bei jemandem wie Ihnen auf missglückte Liebe schließen lässt. Darum würde ich gerne wissen, welche von unseren Freundinnen diesen schönen Vogel unter ihre Fittiche genommen hat; dann hätte ich heute Abend vielleicht etwas zu lachen. Mein anonymes Briefchen wäre womöglich eine Gehässigkeit, die sich eine Konkurrentin ausgedacht hat, es geht darin nämlich um diesen jungen Mann; seine Unverschämtheit wird ihm jemand vorgegeben haben. Behalten Sie ihn im Auge. Ich nehme inzwischen den Arm von Herzog de Navarreins. Sie wissen, wo Sie mich finden.«

In dem Moment, als sich Madame d'Espard ihrem Verwandten zuwenden wollte, drängte sich der geheimnisvolle Maskierte zwischen sie und den Herzog, um ihr ins Ohr zu sagen: »Lucien liebt Sie, er hat das Briefchen geschrieben; Ihr Präfekt ist sein größter Feind, wie hätte er sich Ihnen in dessen Gegenwart erklären können?«

Der Unbekannte entfernte sich und hinterließ Madame d'Espard im Bann einer doppelten Überraschung. Die Marquise kannte niemanden auf der Welt, der fähig gewesen wäre, die Rolle dieser Verkleidung auszufüllen; sie fürchtete eine Falle, suchte nach einem Sitzplatz und verbarg sich. Graf Sixte du Châtelet, dessen ehrgeiziges *du* Lucien derart deutlich ausgelassen hatte, dass es nach einer lang ersehnten Rache klang, lief in gewissem Abstand diesem wundervollen Dandy hinterher und traf bald auf einen jungen Mann, von dem er glaubte, dass er mit ihm offen sprechen könne.

»Ja sieh an, Rastignac. Haben Sie Lucien gesehen? Er ist ein ganz neuer Mensch.«

»Sähe ich auch so gut aus, wäre ich noch reicher als er«, antwortete der junge elegante Mann leichthin in einem durchtriebenen Ton, mit dem er eine Doppeldeutigkeit durchklingen ließ.

»Nein«, sagte ihm der breitschultrige Maskierte ins Ohr und gab ihm mit der Art, wie er die eine Silbe aussprach, sein Scherzwort tausendfach zurück.

Rastignac, der nicht der Mann war, eine Beleidigung zu schlucken, stand wie vom Blitz getroffen und ließ sich von einem eisernen Griff, aus dem er sich nicht lösen konnte, in eine Fensternische ziehen.

»Junger Gockel, der gerade mal aus Mama Vauquers Hühnerstall raus ist, Sie, dem das Herz in die Hose gerutscht ist, als es darum ging, die Millionen von Papa Taillefer zu greifen, nachdem die Hauptarbeit getan war, lassen Sie sich zu Ihrer persönlichen Sicherheit sagen, dass, wenn Sie sich nicht zu Lucien verhalten wie zu einem geliebten Bruder, wir Sie in unserer Hand haben und nicht Sie uns in Ihrer. Schweigen und Gehorsam, oder ich mische mich in Ihr Spiel und werfe Ihre Kegel um. Lucien de Rubempré steht im Schutz der größten Macht unserer Zeit, der Kirche. Wählen Sie zwischen Leben und Tod. Ihre Antwort?«

Rastignac erfasste ein Schwindelgefühl wie einen Mann, der im Wald eingeschlafen ist und neben einer ausgehungerten Löwin erwacht. Er hatte Angst, und keine Zeugen: Dann nämlich verfallen auch die Mutigsten der Angst.

»Er ist ja der Einzige, es zu wissen ... und es zu wagen ...«, murmelte er.

Der Maskierte presste seine Hand, um ihn daran zu hindern, den Satz zu Ende zu bringen: »Verhalten Sie sich, als wäre er das«, sagte er.

Weitere Masken

Rastignac verhielt sich wie ein Millionär auf der Landstraße, auf den ein Räuber seine Waffe richtet: Er gab nach.

»Mein lieber Graf«, sagte er zu Châtelet, zu dem er sich wieder gesellte, »wenn Ihnen an Ihrer Position gelegen ist, behandeln Sie Lucien de Rubempré wie jemanden, der eines Tages weit höher steht als Sie.«

Der Maskierte zeigte fast unmerklich seine Zufriedenheit, dann machte er sich wieder an die Verfolgung Luciens.

»Da haben Sie Ihre Meinung über ihn aber schnell geändert, mein Lieber«, erwiderte der Präfekt mit berechtigtem Staunen.

»Genauso schnell wie die, die zum Zentrum gehören und mit der Rechten stimmen«, erwiderte Rastignac diesem Abgeordneten und Präfekten, dessen Stimme im Parlament seit wenigen Tagen der Regierung fehlte.

»Gibt es heute überhaupt noch Meinungen? Es gibt nur noch Interessen«, warf des Loupeaulx ein, der sie hörte. »Worum geht es?«

»Um den Monsieur de Rubempré, den mir Rastignac als Persönlichkeit verkaufen will«, meinte der Abgeordnete zum Generalsekretär.

»Mein lieber Graf«, gab des Loupeaulx gravitätisch zurück, »Monsieur de Rubempré ist ein höchst verdienstvoller junger Mann und er hat so viel Rückendeckung, dass ich mich sehr glücklich schätzen würde, wenn ich mit ihm wieder in Kontakt kommen könnte.«

»Da! Schaut mal, wie einer ins Wespennest der losen Vögel unserer Zeit tappt«, sagte Rastignac.

Die drei Gesprächspartner wandten sich in Richtung einer Ecke, wo ein paar Schöngeister standen, mehr oder minder berühmte Männer, und mehrere modische Gecken. Diese Herren tauschten ihre Bemerkungen, ihre Witzchen und Bosheiten in dem Bestreben aus, sich zu amüsieren, oder in der Erwartung, etwas Amüsantes zu erleben. In dieser kurios gemischten Gruppe gab es welche, zu denen Lucien Beziehungen gehabt hatte, die aus zur Schau gestellten guten Taten und verdeckten Bärendiensten bestanden hatten.

»Ja, Lucien! Mein Junge, mein Lieber, da sind wir ja wieder, neu in Schuss und Form gebracht. Woher des Wegs? Da haben wir uns also mithilfe der Gaben aus Florines Boudoir wieder in den Sattel geschwungen. Gratuliere, mein Bester!«, wandte sich Blondet an ihn und ließ Finots Arm los, um Lucien vertraulich zu umfassen und an sein Herz zu drücken.

Andoche Finot war der Eigentümer einer Zeitschrift, für die Lucien beinah gratis gearbeitet hatte, und die Blondet durch seine Mitarbeit bereicherte, mit der Klugheit seiner Ratschläge und der Durchdachtheit seiner Ansichten. Finot und Blondet waren wie Bertrand und Raton; mit dem Unterschied, dass La Fontaines Kater erst am Ende bemerkt, dass er hereingelegt worden ist, während Blondet im Wissen, dass er ausgenutzt wurde, weiterhin für Finot arbeitete. Dieser glänzende Held der Feder sollte tatsächlich für lange Zeit Sklave sein. Finot verbarg einen brutalen Willen unter seinem plumpen Äußeren, unter schläfrig dreister Dummheit, die mit Witz versetzt war wie das mit Knoblauch eingeriebene Brot eines Tagelöhners. Er verstand es, einzuheimsen, was er auflas, die Gedanken wie die Taler, quer über die Felder des flatterhaften Lebens, das die Literaten und die Politiker führen. Zu seinem eigenen Unglück hatte Blondet seine Kraft in den

Dienst seiner Laster und seiner Bequemlichkeit gestellt. Immer überrascht von der Not, gehörte er dem armen Stamm der herausragenden Personen an, die für den Erfolg der anderen alles bewirken können und für den eigenen nichts; Aladine, die ihre Lampe weggeben. Diese bewundernswerten Ratgeber haben einen umsichtigen und genauen Verstand, wenn er nicht von persönlichen Interessen hin- und hergerissen wird. Bei ihnen ist es der Kopf, und nicht der Arm, der handelt. Daher das Durcheinander ihrer Sitten und daher auch der Tadel, mit dem kleinere Geister sie überziehen. Blondet teilte sein Geld mit dem, den er am Vorabend gekränkt hatte; er dinierte, trank und bettete sich mit dem, den er tags darauf niedermachen würde. Seine amüsanten Paradoxe rechtfertigten alles. Indem er die ganze Welt als einen Spaß auffasste, wollte er nicht ernst genommen werden. Jung, geliebt, beinah berühmt, glücklich, kümmerte er sich nicht, wie Finot, darum, das Vermögen zu erwerben, das ein älterer Mann benötigt. Der größte Mut ist wahrscheinlich der, dessen Lucien in diesem Moment bedurfte, um Blondet das Wort abzuschneiden, wie er es soeben mit Madame d'Espard und Châtelet getan hatte. Leider stand bei ihm das Auskosten der Eitelkeit dem stolzen Anspruch im Weg, der wohl die Voraussetzung für viele große Dinge ist. Seine Eitelkeit hatte in der vorhergegangenen Begegnung triumphiert: Er hatte sich reich, glücklich und herablassend gegenüber zwei Personen gezeigt, die ihn früher als arm und elend geringeschätzt hatten; aber konnte ein Dichter, wie ein gealterter Diplomat, zwei sogenannte Freunde vor den Kopf stoßen, die ihn, als es ihm schlecht ging, aufgenommen hatten, bei denen er in Tagen der Not hatte übernachten dürfen? Finot, Blondet und er hatten sich gemeinsam treiben lassen, sie hatten Orgien gefeiert, bei denen nicht allein das Geld ihrer Gläubiger draufging. Wie Soldaten, die mit ihrem Mut nichts anfangen können, tat Lucien das, was in Paris viele Leute tun: Er verriet erneut seinen Charakter und nahm Finots Händedruck an und verweigerte sich nicht der Liebkosung Blondets. Wer immer im Journalismus gelandet war oder noch ist, unterliegt dem grausamen Zwang, die Leute zu grüßen, die er verachtet, seinem schlimmsten Feind zuzulächeln, sich mit der stinkendsten Niedertracht gemein zu machen, sich die Hände zu beschmutzen, wenn er es Angreifern mit gleicher Münze heimzahlen will. Man gewöhnt sich daran zu sehen, dass Übles getan wird, und es geschehen zu lassen; man fängt an, es gutzuheißen, und tut es am Ende selbst. Auf die Dauer wird die verschmutzte Seele von den ständigen beschämenden Kompromissen klein, die Kraft zu edlen Gedanken erlahmt und die banalen Phrasen dreschen sich ganz ungewollt von selbst. Die Alcestes werden Philintes, die Charaktere weichen auf, die Talente verkommen, der Glaube an große Werke schwindet. Wer auf seine Seiten stolz sein wollte, verplempert sich in trostlosen Artikeln, von denen ihm sein Gewissen sagt, dass sie nichts anderes sind als Übeltaten. Man war angetreten, wie Lousteau, wie Vernou, um ein großer Schriftsteller zu werden, und endet als bedeutungsloser Schreiberling. Dementsprechend kann man gar nicht genug die Leute ehren, deren Charakter sich auf der Höhe ihres Talents gehalten hat, die d'Arthez, die imstande sind, sich sicheren Schritts zwischen den Klippen des literarischen Lebens zu bewegen. Lucien wusste keine Antwort auf Blondets Geschmeichel, dessen Witz ihn unwiderstehlich verführte, der die Wirkung eines Verderbers auf seinen Schüler behalten hatte und der außerdem bestens in der Gesellschaft etabliert war durch sein Verhältnis mit der Gräfin de Montcornet.

»Haben Sie von einem Onkel geerbt?«, fragte Finot belustigt.

»Ich habe mit System, wie Sie, die Dummen geschröpft«, gab Lucien in demselben Ton zurück.

»Der Herr hätte also eine Zeitschrift, irgendein Blatt?«, fuhr Andoche Finot mit der unverschämten Selbstgefälligkeit fort, die der Ausbeuter gegenüber seinem Ausgebeuteten entfaltet.

»Noch besser«, gab Lucien zurück, dem seine von der aufgesetzten Überlegenheit des Chefredakteurs gekränkte Eitelkeit half, in die Haltung seiner neuen Position zurückzufinden.

»Ja, und was, mein Lieber?«

»Ich habe eine Partei.«

»Es gibt eine Lucien-Partei?«, lächelte Vernou.

»Siehst du, Finot, da hat dich der Junge schon hinter sich gelassen, ich habe es dir vorausgesagt. Lucien hat Talent, du hast ihn nicht geschont, du hast ihn verschlissen. Gehe in dich, grober Flegel«, versetzte Blondet.

Listig wie ein Moschustier witterte Blondet mehr als ein Geheimnis in Tonfall, Haltung, Auftritt Luciens; mit seiner Beschwichtigung gelang es ihm, die Zügel straffer zu ziehen. Er wollte die Gründe für Luciens Rückkehr nach Paris erfahren, seine Pläne und seine Existenzgrundlage.

»Beuge das Knie vor einer Erhabenheit, die du niemals erlangen wirst, auch wenn du Finot bist!«, fuhr er fort. »Nimm den Herrn, und zwar sofort, in den Kreis der starken Typen auf, denen die Zukunft gehört, er ist einer von uns. Muss er nicht, so geistreich und schön, über die *quibuscumque viis* ans Ziel gelangen? Da steht er in seiner Mailänder Rüstung, den mächtigen Dolch halb gezogen und sein Banner gehisst! Potztausend! Lucien, wo hast du diese schicke Weste geklaut? Nur die Liebe ist imstande, solche Stoffe zu entdecken. Haben wir schon eine Wohnung? Gerade jetzt brauche ich die Adressen aller meiner Freunde, ich weiß nicht, wo ich schlafen kann. Finot hat mich für heute Abend vor die Tür gesetzt unter dem primitiven Vorwand einer guten Gelegenheit.«

»Mein Lieber«, antwortete Lucien, »ich habe ein Prinzip umgesetzt, mit dem man sicher und in Frieden lebt: *Fuge, late, tace*. Ich gehe jetzt.«

»Ich lasse dich aber nicht gehen, solange du mir nicht eine heilige Schuld beglichen hast, dies kleine Nachtmahl, nicht wahr?«, sagte Blondet, der ein wenig zu sehr das gute Essen liebte und sich selbst einlud, wenn er ohne Geld dastand.

»Welches Nachtmahl?«, fragte Lucien mit einer ungeduldigen Geste.

»Das erinnerst du nicht? Daran erkenne ich, wie gut es einem Freund geht: Dass er sich nicht mehr erinnert.«

»Er weiß, was er uns schuldig ist, ich bürge für sein Herz«, griff Finot Blondets Spaß auf.

»Rastignac«, sagte Blondet und fasste den jungen Stutzer am Arm, als er im Foyer zu der Säule kam, an der die angeblichen Freunde beisammenstanden, »es geht um ein Nachtessen: Sie sind dabei ... Vorausgesetzt, der Herr«, fuhr er ernst fort und wies auf Lucien, »will nicht eine Ehrenschuld in Abrede stellen; er wäre imstande.«

»Monsieur de Rubempré, ich lege die Hand ins Feuer, ist dazu nicht imstande«, sagte Rastignac, der an alles andere als einen schlechten Scherz dachte.

»Und da kommt Bixiou«, rief Blondet, »er kommt mit: ohne ihn sind wir nicht vollzählig. Ohne ihn macht mir der Champagner die Zunge schwer und ich finde alles langweilig, sogar meine eigenen Sprüche.«

»Meine Freunde«, sagte Bixiou, »wie ich sehe, habt ihr euch um das Wunder des Tages versammelt. Unser lieber Lucien hat sich darangemacht, die *Metamorphosen* des Ovid fortzusetzen. So wie sich die Götter in einzigartige Gemüse und anderes verwandelt haben, um die Frauen zu verführen, hat er sich von einer Distel in einen Edelmann verwandelt, um wen zu verführen? Charles X.! Mein kleiner Lucien«, meinte er und fasste Lucien an einem Jackenknopf, »ein Journalist, der hochherrschaftlich wird, verdient, groß rauszukommen. An deren Stelle«, meinte der gnadenlose Spötter und wies auf Finot und Vernou, »würde ich mir dich in ihrer kleinen Zeitung vornehmen; du brächtest denen um die hundert Franc, zehn Spalten guter Sprüche.«

»Bixiou«, sagte Blondet, »vierundzwanzig Stunden vor und zwölf Stunden nach der Feier ist uns ein Amphitryon heilig: Unser berühmter Freund lädt uns zum Diner.«

»Wie! Wie!«, fuhr Bixiou fort, »was wäre nötiger als die Rettung eines großen Namens vor dem Vergessen, als die Ausstattung des notleidenden Adels mit einem Mann von Talent? Lucien, die Presse schätzt dich, deren schönster Schmuck du gewesen bist, und wir halten zu dir. Finot, eine Notiz bei den Pariser Lokalmeldungen! Blondet, eine hinterhältige Glosse auf Seite vier deiner Zeitung! Verkünden wir das Erscheinen des schönsten Buchs unserer Zeit, *Der Bogenschütze Karls IX.*! Beknien wir Dauriat, uns bald mit den *Margeriten* zu beschenken, diesen göttlichen Sonetten des französischen Petrarca! Heben wir unseren Freund auf den Schild des besteuerten Papiers, das Ruhm verschafft und vernichtet!«

»Wenn du ein Abendessen willst«, sagte Lucien zu Blondet, um sich von dieser Schar freizumachen, die anzuwachsen drohte, »finde ich, wäre es nicht nötig gewesen, Hyperbel und Parabel auf einen alten Freund anzuwenden, als wäre der ein Garnichts. Bis morgen Abend bei Lointier«, sagte er lebhaft, als er eine Frau kommen sah, zu der er eilig aufbrach.

»Oh! Oh! Oh!«, spöttelte Bixiou in drei Tonlagen, als erkenne er die Maskierte, zu der Lucien trat, »dies verlangt nach einer Klärung.«

La Torpille

Und er folgte dem hübschen Paar, schritt ihm voraus, musterte es mit wachem Blick und kehrte zur großen Befriedigung all derer zurück, die neidvoll wissen wollten, was es mit Luciens neuem Glück auf sich hatte.

»Meine Freunde, das große Glück des Herrn de Rubempré kennt ihr schon längst«, sagte ihnen Bixiou, »es ist die frühere Ratte von des Lupeaulx.«

Eine der heute vergessenen Abartigkeiten, die aber zu Beginn des Jahrhunderts noch üblich waren, bestand im Luxus der Ratten. Ratte, als Ausdruck schon außer Gebrauch, hießen Kinder von zehn, elf Jahren, Komparsen auf der Bühne, vor allem an der Oper, die die Wüstlinge zu Laster und Gemeinheit erzogen. Eine Ratte war eine Art Höllenplage, ein weibliches Straßenkind, dem man seine Streiche verzieh. Die Ratte konnte sich alles greifen; man musste sich vor ihr in Acht nehmen wie vor einem gefährlichen Tier, sie trug eine Fröhlichkeit ins Leben wie früher die Scapin, die Sganarelle und die Frontin in die Komödie. Eine Ratte war teuer: Sie brachte weder Ehre, noch Nutzen, noch Vergnügen; die Ratten waren derart aus der Mode gekommen, dass heute nur noch wenige dieses intime Detail des eleganten Lebens von vor der Restauration kannten, bis sich ein paar Schriftsteller der Ratte als eines neuen Themas annahmen.

»Wie, nachdem er Coralie zur Strecke gebracht hat, hätte uns Lucien La Torpille geraubt?«, sagte Blondet.

Als er diesen Namen hörte, entfuhr dem Maskierten mit den athletischen Formen eine Bewegung, die Rastignac, obwohl minimal, wahrnahm.

»Das ist nicht möglich!«, erwiderte Finot, »La Torpille hat keinen Heller zu teilen, sie hat sich von Florine tausend Franc geliehen, sagt Nathan.«

»Aber meine Herren, meine Herren! ...«, sagte Rastignac im Versuch, Lucien vor gehässigen Unterstellungen zu schützen.

»Ja, was«, rief Vernou, »dann ist er, der sich von Coralie hat aushalten lassen, wirklich so tugendhaft ...?«

»Ach was, an den tausend Franc sehe ich doch«, meinte Bixiou, »dass unser Freund Lucien mit La Torpille lebt.«

»Was für ein unwiederbringlicher Verlust für die literarische, die wissenschaftliche, die künstlerische und politische Elite!«, sagte Blondet. »La Torpille ist das einzige Freudenmädchen, in dem das Zeug zu einer schönen Kurtisane steckt; die Schule hat sie nicht verdorben, sie kann weder lesen noch schreiben: Sie hätte uns verstanden. Unsere Zeit wäre bereichert mit einer dieser prächtigen aspasischen Erscheinungen, ohne die ein Jahrhundert nicht groß ist. Schaut doch, wie gut die Dubarry ins 18. Jahrhundert passt, Ninon de Lenclos ins siebzehnte, Marion de Lorme ins sechzehnte, Imperia ins fünfzehnte, Flora in die römische Republik, die sie zu ihrer Erbin machte und die mit diesem Vermächtnis die Staatsschulden begleichen konnte! Was wäre Horaz ohne Lydia, Tibull ohne Delia, Catull ohne Lesbia, Properz ohne Cynthia, Demetrius ohne Lamia, die ihm heute zur Ehre gereicht?«

»Blondet, im Foyer der Oper von Demetrius zu reden ist schon ein bißchen zu sehr *Débats*«, meinte Bixiou ins Ohr seines Nachbarn.

»Und was wäre das Reich der Cäsaren ohne all diese Königinnen?«, redete Blondet weiter. »Lais, Rhodope sind Griechenland und Ägypten. Alle machen doch die Poesie des Jahrhunderts aus, in dem sie jeweils gelebt haben. Diese Poesie fehlt Napoleon, seine Grande Armée als Witwe ist ein Kasernenhofscherz, und der Revolution hat sie eben nicht gefehlt, die ihre Madame Tallien hatte! Jetzt, wo es in Frankreich darum geht, wer auf den Thron kommt, ist natürlich ein Thron frei. Wir alle hätten eine neue Königin kreieren können. Ich für mein Teil hätte der Torpille eine Tante gegeben, nachdem ihre Mutter zu nachweisbar auf dem Feld der Ehrlosigkeit gestorben ist. Du Tillet hätte ihr ein Palais bezahlt, Lousteau eine Kutsche, Rastignac die Diener, des Loupeaulx einen Koch, Finot die Hüte (Finot konnte eine sichtbare Reaktion auf diesen Volltreffer-Scherz nicht unterdrücken), Vernou hätte Anzeigen geschaltet, Bixiou hätte ihr zu Worten verholfen! Der Adel wäre gekommen, um sich bei unserer Ninon zu amüsieren, und wir hätten unter der Androhung mörderischer Kritiken Künstler auftreten lassen. Diese zweite Ninon wäre von großartiger Aufsässigkeit gewesen und von erdrückendem Luxus. Sie hätte Meinungen vertreten. Man hätte bei ihr irgendein verbotenes dramatisches Meisterwerk lesen lassen, das unter Umständen eigens zu diesem Zweck verfasst worden wäre. Sie wäre nicht liberal gewesen, eine Kurtisane ist ihrem Wesen nach königlich. Ah! Was für ein Verlust! Sie, die ihr ganzes Jahrhundert in die Arme hätte schließen sollen, liebt jetzt ein Jüngelchen! Lucien wird aus ihr einen Apportierhund machen!«

»Keine der mächtigen Frauen, die du aufzählst, hat die Straße beackert«, sagte Finot, »diese hübsche Ratte hat sich im Morast gesuhlt.«

»Wie der Same der Lilie im Kompost«, griff Vernou auf, »ist sie dort schön geworden; sie ist dort aufgeblüht. Von da her rührt ihre Macht. Muss man nicht alles erlebt haben, um das Lachen und die Freude zu schaffen, die jeden anstecken?«

»Er hat recht«, meinte Lousteau, der bis jetzt schweigend zugeschaut hatte, »La Torpille kann lachen und zum Lachen bringen. Das ist die Fähigkeit großer Autoren und großer Schauspieler und gehört zu denen, die in alle Tiefen der Gesellschaft vorgedrungen sind. Mit achtzehn hat dieses Mädchen den üppigsten Luxus, das tiefste Elend, Männer aller

Schichten erlebt. Wie mit einem Zauberstab löst sie bei den Männern, die noch was draufhaben und sich mit Politik oder Wissenschaft, mit Literatur oder Kunst befassen, die brutalen Gelüste aus, die sie so massiv unterdrücken. Es gibt keine Frau in Paris, die wie sie dem Tier sagen könnte: ›Komm raus!‹, und das Tier verlässt sein Loch und wälzt sich in Exzessen; sie fährt bei Tisch im Überfluss auf und hilft einem beim Trinken und beim Rauchen. Kurzum, diese Frau ist wie das von Rabelais besungene Salz, das alles, worauf es gestreut wird, belebt und in die wundervollen Höhen der Kunst erhebt: Ihr Kleid eröffnet nie gesehene Pracht, ihre Finger verschenken im rechten Moment ihre Edelsteine wie ihr Mund ein Lächeln; sie verleiht allem das Flair des Augenblicks; ihre Rede perlt von witzigen Einfällen; sie verfügt über das Geheimnis der farbigsten und malerischsten Lautmalerei; sie …«

»Du verplemperst Feuilleton für hundert Sou«, unterbrach Bixiou Lousteau, »La Torpille ist unendlich viel besser als all das: Ihr alle wart mehr oder minder ihre Liebhaber, aber keiner kann sagen, sie wäre seine Geliebte gewesen; sie kann euch jederzeit haben, ihr sie aber nie. Ihr rennt ihr die Tür ein, ihr seid es, die sie um einen Gefallen bitten …«

»Oh, sie ist großzügiger als ein Räuberhauptmann, der gute Beute macht, sie ist ergebener als der beste Schulkamerad«, sagte Blondet: »Man kann ihr sein Geld anvertrauen und sein Geheimnis. Weswegen aber ich sie zur Königin wähle, das ist ihre bourbonische Gleichgültigkeit gegenüber dem gefallenen Günstling.«

»Sie ist wie ihre Mutter viel zu kostspielig«, sagte des Loupeaulx. »Die schöne Holländerin soll die Einkünfte des Bischofs von Toledo aufgezehrt haben, sie hat zwei Notare kahlgefressen …«

»Und Maxime de Trailles ernährt, als er noch Page war«, sagte Bixiou.

»La Torpille kostet zu viel, wie Raffael, wie Carême, wie Taglioni, wie Lawrence, wie Boulle, wie alle genialen Künstler zu kostspielig waren …«, erklärte Blondet.

»Esther ist niemals so damenhaft aufgetreten«, meinte da Rastignac und wies auf die Maske, die sich bei Lucien eingehakt hatte. »Ich wette, das ist Madame de Sérisy.«

»Ohne jeden Zweifel«, setzte du Châtelet an, »so erklärt sich Monsieur de Rubemprés Erfolg von selbst.«

»Ah, die Kirche versteht es, sich ihre Priester auszusuchen; was für einen schmucken Botschaftssekretär gäbe er nicht ab!«, sagte des Loupeaulx.

»Um so mehr«, sagte Rastignac weiter, »als Lucien ein Mann von Talent ist. Das hat er den Herrschaften mehr als einmal gezeigt«, fügte er mit Blick auf Blondet, Finot und Lousteau hinzu.

»Ja, der Junge hat das Zeug, es weit zu bringen«, sagte Lousteau, der vor Eifersucht platzte, »um so mehr, als er über das verfügt, was wir *ein weites Gewissen* nennen …«

»Dazu hast du ihn doch gebracht«, sagte Vernou.

»Wie auch immer«, warf Bixiou mit Blick auf des Loupeaulx ein, »ich appelliere an das Erinnerungsvermögen des Herrn Generalsekretärs und Vortragenden Staatsrats; diese Maske ist La Torpille, ich wette ein Abendessen …«

»Ich halte mit«, sagte du Châtelet, weil er es genau wissen wollte.

»Also, des Loupeaulx«, sagte Finot, »gehen Sie und prüfen Sie, ob Sie die Ohren Ihrer Ex-Ratte wiedererkennen.«

»Nicht nötig, einen Verstoß gegen die Maskenordnung zu begehen«, sagte Bixiou, »La Torpille und Lucien kommen auf ihrem Weg durchs Foyer zurück bei uns vorbei. Ich übernehme es, Euch zu beweisen, dass es sie ist.«

»Er hat also wieder Oberwasser, unser Freund Lucien«, sagte Nathan, der sich zu der Gruppe gesellte, »ich hätte gedacht, er sei für den Rest seiner Tage nach Angoulême zurückgekehrt. Hat er ein geheimes Mittel gegen Gläubiger entdeckt?«

»Er hat getan, was du so bald nicht hinkriegen wirst«, antwortete Rastignac, »er hat alles bezahlt.«

Der breitschultrige Maskierte nickte zustimmend.

»Wer in seinem Alter alles regelt, gerät aus dem Takt und verliert seinen Mumm, er wird Privatier«, meinte Nathan weiter.

»Oh, der da wird immer feiner Herr sein, und er wird gedanklich immer auf einer Höhe stehen, die ihn über einige sogenannte gehobene Herrschaften stellen wird«, antwortete Rastignac.

Jetzt musterten alle, Journalisten, Dandys, Müßiggänger, den köstlichen Gegenstand ihrer Wette wie Pferdehändler ein Pferd begutachten, das zum Verkauf steht. Diese mit der Erfahrung der Pariser Ausschweifungen altgewordenen Schiedsrichter, jeder nach jeweils anderen Kriterien von überlegenem Verstand und alle gleichermaßen verdorben und Verderber, die sich allesamt unmäßigen Ambitionen verschrieben hatten, gewohnt, mit allem zu rechnen und alles zu durchschauen, starrten mit glühendem Blick auf eine maskierte Frau, eine Frau, die nur von ihnen entlarvt werden konnte. Sie und ein paar geübte Besucher des Opernballs konnten als Einzige unter dem langen Grabtuch des schwarzen Domino, unter der Kapuze, hinter dem weiten Kragen, die die Frauen unerkennbar machen, die Rundungen der Formen, die Besonderheiten von Gang und Haltung, die Bewegung der Hüfte, die Haltung des Kopfes, all das erkennen, was den Blicken der Menge am wenigsten fassbar, für sie aber am leichtesten zu sehen war. Trotz dieser unförmigen Hülle konnten sie also das bewegendste aller Schauspiele erkennen, nämlich das, das eine von echter Liebe erfüllte Frau dem Auge bietet. Ob es nun La

Torpille war, die Herzogin de Maufrigneuse oder Madame de Sérisy, die unterste oder die oberste Stufe der sozialen Leiter, diese Frau war ein wunderbares Geschöpf, ein Aufleuchten glückseliger Träume. Diese alten jungen Leute verspürten, wie jene jungen Greise, eine derartige Erregung, dass sie Lucien beneideten um das erhebende Vorrecht auf diese Verwandlung der Frau zur Göttin. Die Maskierte verhielt sich, als sei sie mit Lucien allein, für diese Frau gab es die zehntausend Leute nicht mehr und auch nicht die lastende und verstaubte Atmosphäre; nein, es umgab sie ein Gewölbe der Liebe wie die Madonnen Raffaels ihre Aureole von Gold. Sie spürte nichts von dem Gedränge, das Leuchten ihres Blicks trat aus den beiden Löchern ihrer Maske und vereinte sich mit dem Luciens, die Schwingungen ihres Körpers schließlich schienen der Bewegung ihres Freundes zu folgen. Woher stammt dieses Leuchten, das eine liebende Frau umgibt und sie von allen anderen unterscheidet? Woher stammt diese Leichtigkeit eines Luftgeistes, die die Gesetze der Schwerkraft aufzuheben scheint? Ist es die Seele, die sich befreit? Hat das Glück eine Wirkung auf den Körper? Unter dem Domino verrieten sich die Arglosigkeit einer Jungfrau, die Anmut der Kindheit. Obwohl sie nebeneinander und getrennt gingen, ähnelten diese beiden Wesen Flora und Zephyr, wie sie von Bildhauern ineinander verschlungen gekonnt dargestellt werden; aber dies war mehr als Bildhauerei, die höchste der bildenden Künste, Lucien und sein hübscher Domino ließen an die Engel denken, die der Pinsel des Giambellino unter die Bilder der unberührten Mutter Gottes gesetzt hat, wo sie mit Blumen oder Vögeln spielen; Lucien und diese Frau waren ein Traumbild der Fantasie, die über der Kunst steht wie die Ursache über der Wirkung.

Als diese Frau, die alles um sich vergessen hatte, einen Schritt von der Gruppe entfernt war, rief Bixiou: »Esther?«

Die Unglückliche wandte spontan den Kopf wie jemand, der hört, dass er gerufen wird, erkannte den boshaften Mann und ließ den Kopf sinken wie ein Sterbender, der seinen letzten Seufzer getan hat. Ein schrilles Lachen erhob sich, und die Gruppe verlief sich inmitten der Menge wie ein Pulk verschreckter Waldmäuse, die vom Wegrand in ihre Löcher schlüpfen. Allein Rastignac ging nicht weiter als nötig, um nicht den Eindruck zu erwecken, er gehe in Deckung vor Luciens funkelnden Blicken; so konnte er zweimal eine gleich tiefe Bestürzung trotz der Verschleierung beobachten: erst die arme, wie vom Blitz geschlagene Torpille, dann den geheimnisvollen Maskierten, der als Einziger der Gruppe geblieben war. Esther sagte Lucien in dem Augenblick, als ihr die Knie versagten, etwas ins Ohr, Lucien stützte sie und verschwand mit ihr. Rastignac folgte dem hübschen Paar mit dem Blick, während er, in Gedanken versunken, dastand.

»Woher hat sie den Spitznamen La Torpille«, fragte ihn eine dunkle Stimme, die ihn ins Innerste traf, weil sie nicht mehr verstellt war.

»Das ist der doch, und wieder ausgebrochen …«, sagte Rastignac zu sich selbst.

»Schweig, oder ich mach dich kalt«, gab der Maskierte mit einer veränderten Stimme zurück. »Ich bin zufrieden mit dir, du hast Wort gehalten, so kommt dir mehr als ein Arm zuhilfe. Also schweig wie ein Grab; aber vorher gib mir Antwort auf meine Frage.«

»Nun ja, dies Mädchen ist so attraktiv, dass selbst Kaiser Napoleon schwach geworden wäre, und auch einer schwach würde, der noch schwerer zu verführen ist: du!«, antwortete Rastignac und wandte sich ab.

»Einen Moment«, sagte der Maskierte. »Ich zeige dir jetzt, dass du mich niemals je irgendwo gesehen hast.«

Der Mann nahm seine Maske ab, Rastignac stutzte einen

Augenblick, da er nichts sah von der hässlichen Person, die er seinerzeit im Hause Vauquer kennengelernt hatte.

»Der Teufel hat Ihnen erlaubt, alles an sich zu verändern, außer Ihre Augen, die kann man nicht vergessen«, sagte er ihm.

Der eiserne Griff drückte seinen Arm, um ihm zu ewigem Schweigen zu raten.

Um drei Uhr früh trafen des Loupeaulx und Finot den eleganten Rastignac an derselben Stelle, an die Säule gelehnt, wo ihn der schreckliche Maskenträger hatte stehen lassen. Rastignac hatte sich selbst gebeichtet: Er war Priester und Beichtkind gewesen, Richter und Angeklagter. Er ließ sich zum Frühstück mitnehmen und kehrte vollkommen blau, aber verschwiegen nach Hause zurück.

Eine Pariser Landschaft

Die Rue de Langlade und die Straßen der Umgebung verunzieren das Palais-Royal und die Rue de Rivoli. Dieser Teil eines der prächtigsten Viertel von Paris wird noch lange den Makel der Erhebungen bewahren, die der vom alten Paris hervorgebrachte Müll hinterlassen hat und auf denen früher Windmühlen standen. Diese engen, schattigen und schlammigen Gassen, wo Gewerbe betrieben werden, die wenig auf ihr Äußeres achten, nehmen des Nachts eine geheimnisvolle und kontrastreiche Erscheinung an. Jeder, der das nächtliche Paris nicht kennt und von der lichtvollen Rue Saint-Honoré, der Rue Neuve-des-Petits-Champs und der Rue de Richelieu kommt, wo sich unablässig die Menge drängt, wo die Meisterstücke des Handwerks, der Mode und der Kunst glänzen, würde von einem düsteren Schrecken erfasst, wenn er in das Geflecht schmaler Gassen geriete, das dieses bis in den Himmel strahlende Licht umsäumt. Ein dichter Schatten folgt auf die Ströme von Gaslicht. Hin und wieder verbreitet eine blasse Laterne ihr fahles und rauchiges Licht, das einige schwarze Sackgassen nicht mehr erreicht. Die Passanten sind rar und gehen beschleunigt. Die Geschäfte sind geschlossen, und die, die geöffnet haben, wirken verdächtig: eine schmuddelige unbeleuchtete Schenke, der Laden einer Näherin, die Kölnisch Wasser verkauft. Eine ungesunde Kälte legt einem ihren klammen Mantel über die Schultern. Wenige Kutschen fahren vorbei. Es gibt da finstere Winkel, unter denen die Rue de Langlade, die Einmündung der Passage Saint-Guillaume und noch ein paar Kurven besonders auffallen. Der Stadtrat hat noch nichts tun können, um dieses riesige Seuchenareal zu bereinigen, denn die Prostitution hat hier seit Langem ihr Hauptquartier. Vielleicht ist es ein Segen für die Pariser Gesellschaft, diesen Gassen ihr verschmutztes Aussehen zu lassen. Wenn man hier tags entlanggeht, kann man sich nicht vorstellen, was aus all diesen Straßen in der Nacht wird; es streifen hier wunderliche Wesen umher, die keiner Welt angehören; halb nackte weiße Formen möblieren die Mauern, die Schatten sind lebendig. Es schleichen Kleider zwischen Mauer und Passant geschmiegt herum, die sich bewegen und sprechen. Aus angelehnten Türen fängt es schallend an zu lachen. Es gelangen Worte ins Ohr, von denen Rabelais sagt, dass sie gefroren seien und dort auftauen. Abgenutzte Lieder steigen zwischen den Pflastersteinen auf. Der Lärm ist nicht unbestimmt, sondern bedeutet etwas: Ist er rau, dann ist es eine Stimme, wenn es aber einem Gesang ähnelt, hat es nichts Menschliches mehr, sondern eher etwas von einem Zischen. Es ertönen häufig Pfiffe. Dazu klingen die Absätze von Stiefeln wie Spott und Herausforderung. Dies alles zusammen macht einen schwindlig. Die atmosphärischen Gegebenheiten sind hier vertauscht: Es wird einem heiß im

Winter und kalt im Sommer. Doch welches Wetter auch herrscht, diese befremdliche Welt bietet stets dasselbe Schauspiel: Hier ist sie, die fantastische Welt Hoffmanns, des Berliners. Der akkurateste Kassierer findet nichts Relles, wenn er die engen Stellen durchquert, die zu den anständigen Straßen führen, wo es Passanten gibt, Geschäfte und Zylinderlampen. Geringschätziger oder verklemmter als die Königinnen und Könige der vergangenen Zeiten, die keine Berührungsangst vor dem Umgang mit Kurtisanen hatten, wagen es die moderne Verwaltung oder Politik nicht mehr, diese Wunde der Großstädte in Angriff zu nehmen. Gewiss müssen die Methoden mit der Zeit gehen, und die, die den Einzelnen und seine Freiheit berühren, sind heikel; aber vielleicht sollte man großzügig und beherzt sein bei den rein materiellen Dingen wie Luft, Licht und Wohnraum. Der Moralist, der Künstler und der weise Verwaltungsmann werden den alten hölzernen Galerien des Palais-Royal nachtrauern, wo sich diese Schäfchen ansammelten, die sich immer da einfinden, wo Leute entlanggehen; aber ist es nicht besser, dass die Leute dort hingehen, wo die sind? Was ist passiert? Heute sind die strahlendsten Teile der Boulevards, diese verzauberte Promenade, abends für Familien unmöglich geworden. Die Polizei hat es nicht geschafft, die Möglichkeiten zu nutzen, die ein paar Gassen in dieser Hinsicht boten, um die Straßen der Öffentlichkeit zu erhalten.

Das von dem einen Wort beim Opernball geknickte Mädchen wohnte seit ein oder zwei Monaten in der Rue de Langlade, in einem heruntergekommenen Haus. An die Mauer eines riesigen Gebäudes geklebt, bezieht dieser schlecht verputzte Bau ohne Tiefe, aber von erstaunlicher Höhe, sein Licht von der Gasse und ähnelt einem Papageienbauer. In jedem Stockwerk befindet sich eine Zweizimmerwohnung. Begehbar ist das Haus über eine winzige, an die Wand gedrückte

Treppe, deren sonderbare Beleuchtung von den Fensterluken ausgeht, die nach außen die Treppe markieren, mit einem Ausgussrohr auf jeder Etage, einer der schlimmsten Besonderheiten von Paris. Den Laden und das Zwischengeschoss mietete damals ein Klempner, der Eigentümer wohnt im ersten Stock, in den vier Etagen darüber lebten sehr dezente Modistinnen, die aufseiten des Eigentümers wie der Hausmeisterin eine Wertschätzung und Freundlichkeit genossen, die die Schwierigkeit, ein so eigenartig gebautes und gelegenes Haus zu vermieten, nötig machte. Der Charakter dieses Viertels erklärt sich mit dem Bestand einer ziemlich großen Anzahl ähnlicher Häuser, in die der Handel nicht will und die nur für anrüchige, unsichere oder würdelose Gewerbe nutzbar sind.

Ein Wohnungsinterieur, den einen so bekannt wie den anderen unbekannt

Die Hausmeisterin hatte gesehen, wie Fräulein Esther um zwei Uhr morgens zu Tode erschöpft von einem jungen Mann heimgebracht worden war. Um drei Uhr nachmittags beratschlagte sie sich mit der Modistin von der Etage darüber, die ihr jetzt, bevor sie auf dem Weg zu einem Vergnügen in eine Kutsche stieg, ihre Beunruhigung bezüglich Esther mitteilte: Sie hatte kein Geräusch von ihr gehört. Esther schlief bestimmt noch, aber dieser Schlaf schien verdächtig. Allein in ihrer Loge, tat es der Hausmeisterin leid, dass sie nicht hingehen konnte und nachsehen, was sich im vierten Stockwerk tat, wo Fräulein Esther ihre Bleibe hatte. Als sie gerade beschloss, sich vom Sohn des Klempners in ihrer Loge vertreten zu lassen, einer im Zwischengeschoss in eine Höhlung der Mauer gequetschten Nische, fuhr eine Droschke vor. Ein von

Kopf bis Fuß in einen Mantel gehüllter Mann, der offensichtlich seinen Anzug oder seinen Status verbergen wollte, stieg aus und fragte nach Fräulein Esther. Die Hausmeisterin war daraufhin vollkommen beruhigt, das Schweigen und die Ruhe der Zurückgezogenen erschienen ihr bestens erklärt. Als der Besucher die Stufen vor ihrer Loge emporstieg, bemerkte die Hausmeisterin die silbernen Schnallen, die seine Schuhe zierten; sie meinte, die schwarzen Fransen eines Zingulums bemerkt zu haben; sie stieg hinunter und fragte den Kutscher, der ohne Worte Antwort gab, woraufhin die Pförtnerin erst recht verstand. Der Priester klopfte, erhielt keine Antwort, hörte leise Seufzer und drückte mit der Schulter die Tür auf, mit einer Wucht, die ihm wohl die Barmherzigkeit verlieh, die bei jedem anderen wie eingeübt erschienen wäre. Er stürmte in das zweite Zimmer und sah die arme Esther vor einer kolorierten Gipsmadonna knien, oder besser: zusammengesunken, die Hände gefaltet. Das leichte Mädchen lag im Sterben. Ein Becken mit den Resten von Kohle erzählte die Geschichte dieses schrecklichen Morgens. Kapuze und Umhang des Domino-Kostüms lagen am Boden. Das Bett war unbenutzt. Das arme Geschöpf, im Herzen tödlich getroffen, hatte sich das wohl zurechtgestellt, nachdem sie von der Oper zurückgekommen war. Ein im Wachs der Tropfenschale steif gewordener Kerzendocht zeugte davon, wie sehr Esther in ihre letzten Überlegungen vertieft gewesen war. Ein tränengetränktes Taschentuch bewies die Ernsthaftigkeit der Verzweiflung dieser Magdalena, in deren klassischer Haltung die gottvergessene Kurtisane nun dasaß. Diese vollkommene Reue verursachte dem Geistlichen ein Lächeln. Zu ungeschickt, um zu sterben, hatte Esther die Tür offen gelassen, ohne zu bedenken, dass die Luft zweier Räume mehr Kohle benötigte, um den Atem zu rauben; die Gase hatten sie bloß betäubt; die frische Luft vom Treppenhaus brachte ihr nach und nach das Bewusstsein ihrer Übel zurück. Der Priester blieb stehen, ungerührt von der göttlichen Schönheit dieses Mädchens, versunken in einen düsteren Gedankengang, und beobachtete ihre ersten Regungen, als wäre sie irgendein Tier. Sein Blick wanderte mit offensichtlicher Teilnahmslosigkeit von dem zusammengesunkenen Körper zu gleichgültigen Gegenständen. Er betrachtete das Mobiliar dieses Zimmers, dessen zerkratzten roten kalten Kachelboden ein schäbiger und fadenscheiniger Teppich schlecht bedeckte. Eine altmodische Bettstatt aus bemaltem Holz, umhüllt mit Vorhängen aus mit roten Rosenmustern bedrucktem Nessel; ein einzelner Sessel und zwei ebenfalls bemalte und mit demselben Nessel bezogene Holzstühle, der auch den Vorhangstoff an den Fenstern hergegeben hatte; eine mit der Zeit schwarz und fettig gewordene, mit Blumen auf grauem Grund bedruckte Tapete, ein Nähtisch aus Mahagoni; der Kamin vollgehängt mit Küchengerät der schäbigsten Sorte, zwei angebrochene Bündel Brennholz, ein Steingesims, auf dem Glas- und Schmuckstücke und Scheren verstreut herumlagen; ein schmutziges Nadelkissen, parfümierte weiße Handschuhe, ein entzückender Hut, der über den Wasserkrug geworfen war, ein Schal aus billigem Kaschmirimitat, der das Fenster abdichtete, ein elegantes Abendkleid an einem Nagel, ein kahles kleines Sofa ohne Kissen; eklige kaputte Holzsandalen und süße Schuhchen, Stiefel, die eine Königin hätten neidisch werden lassen, angeschlagene billige Porzellanteller, auf denen die Reste der letzten Mahlzeit zu sehen waren, überhäuft mit Alpakabesteck, dem Silber des armen Mannes in Paris; ein Korb mit Kartoffeln und noch zu bleichender Wäsche, weiter darüber eine saubere Haube aus Tüll, ein offenstehender leerer schäbiger Spiegelschrank, in dessen Fächern Quittungen vom Leihhaus zu sehen waren: Das war das Gesamtbild trauriger und heiterer, elender und wertvoller Gegenstände, die ins Auge sprangen. Die Spuren von Luxus in diesen Scherben, dieser Haushalt, der so gut zum Bohème-Leben dieses niedergeschlagenen Mädchens passte, das in seiner verrutschten Unterwäsche dalag wie ein totes Pferd im vollen Harnisch unter der gebrochenen Deichselstange und verwickelt in die Zügel – gab dieses befremdliche Schauspiel dem Priester zu denken? Sagte er sich, dass dieses irregeleitete Wesen jedenfalls uneigennützig sein musste, wenn sie derartige Armut in Einklang bringen konnte mit der Liebe eines jungen reichen Mannes? Schloss er von der Unordnung des Mobiliars auf die Unordnung des Lebens? Empfand er Mitgefühl, Schrecken? Rührte sich sein Erbarmen? Wer ihn gesehen hätte, mit verschränkten Armen, die Stirn gerunzelt, die Lippen geschürzt, der Blick streng, hätte gemeint, er sei versunken in feindliche Gefühle, widersprüchliche Überlegungen, finstere Absichten. Er war natürlich unempfänglich für die hübschen Rundungen eines unter dem Gewicht des vorgebeugten Brustkorbs fast zerdrückten Busens und die anmutigen Formen einer kauernden Venus, die sich unter dem Schwarz des Rocks abformten, so sehr war die Sterbende in sich zusammengesunken; dieser hingesunkene Kopf, der, von hinten gesehen, dem Blick einen weißen, weichen und gelenkigen Nacken offenbarte; die von Natur kühn entwickelten schönen Schultern rührten ihn gar nicht; er half Esther nicht auf, er schien die zerreißenden Atemstöße nicht zu hören, die ihre Rückkehr ins Leben zu erkennen gaben: Es bedurfte eines entsetzlichen Schluchzers und des erschütternden Blicks, den ihm das Mädchen zuwarf, dass er sich herabließ, sie aufzuheben und mit einer Leichtigkeit, die unglaubliche Kraft offenbarte, auf das Bett zu legen.

»Lucien!«, murmelte sie.

»Kommt die Liebe zurück, ist das Weib nicht mehr fern«, meinte der Priester mit einer gewissen Bitterkeit.

Da bemerkte das Opfer der Pariser Verkommenheiten das Gewand seines Retters und sagte mit dem Lächeln eines Kindes, das einen begehrten Gegenstand anfasst: »So sterbe ich also nicht, ohne mich mit dem Himmel versöhnt zu haben!«

»Sie können Buße tun für Ihre Verfehlungen«, sagte der Priester, wobei er ihr die Stirn anfeuchtete und sie an einem Kännchen Essig riechen ließ, das er in einer Ecke fand.

»Ich spüre, wie das Leben, statt mich zu verlassen, in mich zurückfließt«, sagte sie, nachdem sie die Fürsorge des Priesters empfangen und ihm ihre Dankbarkeit in vollkommener Natürlichkeit mit Gesten ausgedrückt hatte.

Dieses reizvolle Gebärdenspiel, das die Grazien entfaltet hätten, um zu verführen, rechtfertigte vollkommen den Spitznamen dieses seltsamen Mädchens.

»Geht es Ihnen besser?«, fragte der Kirchenmann und reichte ihr ein Glas Zuckerwasser.

Dieser Mann schien sich auszukennen mit derlei sonderbaren Haushalten, er kannte alles daran. Er war da wie zu Hause. Das Privileg, überall zu Hause zu sein, ist allein den Königen, den Huren und den Dieben vorbehalten.

Das Bekenntnis einer Ratte

»Wenn es Ihnen wirklich wieder gut geht«, fuhr dieser eigentümliche Priester nach einer Pause fort, »dann nennen Sie mir die Gründe, die Sie dazu gebracht haben, Ihre jüngste Sünde zu begehen, diesen versuchten Selbstmord.«

»Meine Geschichte ist ziemlich einfach, ehrwürdiger Vater«, antwortete sie. »Vor drei Monaten lebte ich in der Unordnung, in die ich geboren wurde. Ich war das Allerletzte und Infamste, aber jetzt bin ich nur noch die Unglücklichste von allen. Erlauben Sie, dass ich nicht von meiner armen Mutter spreche, die umgebracht wurde ...«

»Von einem Hauptmann in einem zwielichtigen Haus«, unterbrach der Priester seine Büßerin ... »Ich kenne Ihre Herkunft und es ist mir klar, dass, wenn einer Person Ihres Geschlechts jemals ihr schandbares Leben entschuldigt werden kann, dann Ihnen, der die guten Vorbilder fehlten.«

»Leider! Ich bin nicht getauft und in keinem Glauben unterwiesen worden.«

»Dann lässt sich ja alles wiedergutmachen«, sagte der Priester weiter, »solange Ihr Glaube und Ihre Reue ernsthaft und frei von Hintergedanken sind.«

»Lucien und Gott erfüllen mein Herz«, sagte sie mit anrührender Offenheit.

»Sie hätten sagen können: Gott und Lucien«, gab der Priester lächelnd zurück. »Sie erinnern mich, warum ich hier bin. Verschweigen Sie nichts, was diesen jungen Mann betrifft.«

»Sie kommen seinetwegen?«, fragte sie mit einer verliebten Miene, die jeden anderen Geistlichen gerührt hätte. »Oh! Er hat es geahnt.«

»Nein«, gab er zurück, »was beunruhigt, ist nicht Ihr Tod, sondern dass Sie leben. Also, erklären Sie mir Ihre Beziehung.«

»Mit einem Wort«, sagte sie.

Das arme Mädchen zitterte unter dem ruppigen Ton des Geistlichen, allerdings wie eine Frau, die mit Grobheit schon lange nicht mehr zu überraschen war.

»Lucien ist Lucien«, fuhr sie fort, »der schönste junge Mann und der beste aller Lebenden; wenn Sie ihn kennen, muss Ihnen meine Liebe doch ganz selbstverständlich vorkommen. Ich habe ihn durch Zufall kennengelernt vor drei Monaten an der Porte Saint-Martin, wo ich an einem freien Tag hingegangen bin. Wir hatten nämlich einen Tag pro Woche Ausgang im Haus von Madame Meynardie, wo ich war. Am Tag darauf, verstehen Sie, habe ich mir unerlaubt frei genommen. Die Liebe hatte mein Herz besetzt und hatte mich so verändert, dass ich mich bei der Rückkehr vom Theater selbst nicht mehr wiedererkannt habe: Es graute mir vor mir selbst. Lucien hat nie etwas erfahren können. Statt ihm zu sagen, wo ich war, habe ich ihm die Adresse dieser Unterkunft hier gegeben, wo zu der Zeit eine Freundin von mir wohnte, die so lieb war, sie mir zu überlassen. Ich schwöre Ihnen bei meinem heiligen Wort …«

»Man soll nicht schwören.«

»Ist es denn schwören, wenn man sein heiliges Wort gibt! Also: Seit jenem Tag habe ich in diesem Zimmer gearbeitet wie eine Verdammte und Hemden für achtundzwanzig Sous genäht, um von einer anständigen Arbeit zu leben. Einen ganzen Monat lang habe ich nichts gegessen als Kartoffeln, um anständig und Luciens würdig zu sein, der mich liebt und achtet wie die Tugendhafteste der Tugendhaften. Ich habe eine formelle Erklärung bei der Polizei abgegeben, um meine Rechte wiederzuerlangen, und habe mich für zwei Jahre der Überwachung unterworfen. Die, die sich so leicht tun, Sie in die Register der Schande einzutragen, sind von einer unglaublichen Kleinlichkeit, wenn es darum geht, Sie daraus zu streichen. Alles, worum ich den Himmel gebeten hatte, war Hilfe für meinen Beschluss. Im April werde ich neunzehn: Ab dem Alter hat man mehr Möglichkeiten. Ich komme mir vor, als sei ich vor drei Monaten neu geboren … Jeden Morgen habe ich zum lieben Gott gebetet und ihn gebeten, Sorge zu tragen, dass Lucien nie etwas erfährt von meinem früheren Leben. Ich habe diese Madonna, die Sie da sehen, gekauft; ich habe auf meine Art zu ihr gebetet, wo ich doch keine Gebete kenne; ich kann weder lesen noch schreiben, ich habe noch nie eine Kirche betreten, ich habe den lieben Gott noch nie gesehen außer aus Neugierde bei Prozessionen.«

»Was haben Sie denn der Jungfrau gesagt?«

»Ich rede zu ihr wie ich mit Lucien spreche, mit der Erregung, die ihn zum Weinen bringt.«

»Ach, er weint?«

»Vor Freude«, sagte sie lebhaft. »Der Arme! Wir verstehen uns so gut, dass wir von ein und derselben Seele sind! Er ist so anständig, so liebevoll, so warm von Herzen, Geist und Verhalten …! Er sagt, er sei Dichter, ich sage, er ist Gott … Entschuldigung, aber Sie Priester, Sie wissen nicht, was Liebe ist. Es sind übrigens sowieso nur wir, die die Männer genug kennen, um einen Lucien zu schätzen. Ein Lucien, sehen Sie, ist so selten wie eine Frau ohne Sünde; wenn man ihm begegnet, kann man nur noch ihn lieben: Das ist es. Ein solcher Mensch, der braucht seinesgleichen. Ich wollte also würdig sein, von meinem Lucien geliebt zu werden. Daher kommt mein Unglück. Gestern in der Oper bin ich von jungen Leuten wiedererkannt worden, die nicht mehr Herz haben als ein Tiger Mitleid; und mit einem Tiger käme ich noch zurecht! Der Schleier der Unschuld, den ich trug, ist gefallen, ihr Lachen hat mir Kopf und Herz zerrissen. Glauben Sie nicht, Sie hätten mich gerettet. Ich werde vor Kummer sterben.«

»Ihren Schleier der Unschuld? …«, sagte der Priester, »Sie haben Lucien also unnachgiebig hingehalten?«

»Oh! Mein Vater, wie können Sie, der ihn kennt, mir eine solche Frage stellen!«, gab sie mit einem köstlichen Lächeln zurück. »Einem Gott widersteht man nicht.«

»Lästern Sie nicht Gott«, sagte der Kirchenmann sanft, »niemand kann Gott vergleichbar sein. Übertreibung passt schlecht zur wahrhaften Liebe, Sie empfanden für Ihren Götzen keine reine, echte Liebe. Wenn Sie sich tatsächlich so verändert hätten, wie Sie behaupten, dass Sie sich verändert haben, dann hätten Sie die Tugenden, die die Jugend auszeichnen, erlangt, Sie hätten die Wonnen der Keuschheit kennengelernt, die Zartheit der Scham, diese beiden Ruhmesattribute junger Mädchen. Sie lieben nicht.«

Esther zuckte vor Schreck, was der Priester sah, was aber die Gleichmut dieses Beichtvaters nicht erschütterte.

»Ja, Sie lieben ihn für sich selbst und nicht seinetwegen, wegen der vergänglichen Freuden, die Sie faszinieren, und nicht um der Liebe selbst willen; wenn Sie ihn so erobert haben, dann haben Sie nicht diesen heiligen Schauer verspürt, den ein Wesen eingibt, dem Gott das Siegel der liebenswertesten Vollkommenheit aufgedrückt hat: Haben Sie bedacht, dass Sie ihn durch Ihre unreine Vergangenheit beschädigen, dass Sie dabei waren, ein Kind durch die entsetzlichen Genüsse zu verderben, die Ihnen Ihren Spitznamen, Gipfelpunkt der Verdorbenheit, eingebracht haben? Sie waren leichtfertig mit sich selbst und mit Ihrer Eintagsleidenschaft ...«

»Eintags...!«, wiederholte sie und hob den Blick.

»Wie sonst eine Liebe nennen, die nicht für die Ewigkeit ist, die uns nicht bis zum jüngsten Tag mit dem vereint, den wir lieben?«

»Ach! Ich möchte katholisch werden«, stieß sie mit einer dumpfen Heftigkeit hervor, die ihr die Gnade unseres Erlösers eingebracht hätte.

»Ist ein Mädchen, das nicht die Taufe der Kirche und auch nicht die Weihen der Wissenschaft empfangen hat, das weder lesen noch schreiben noch beten kann, das nicht einen Schritt tun kann, ohne dass sich die Pflastersteine erheben und es anklagen, das bemerkenswert nur durch das flüchtige Privileg einer Schönheit ist, die eine Krankheit ihr womöglich morgen schon raubt; ist es diese verkommene, entwürdigte Kreatur, die sich außerdem ihrer Würdelosigkeit bewusst war ... (unwissend und mit weniger Liebe hätte man es Ihnen eher nachgesehen), ist es die Beute eines künftigen Selbstmordes und der Hölle, die die Frau von Lucien de Rubempré sein könnte?«

Jeder Satz war ein Dolchstoß, der in die Tiefe des Herzens drang. Mit jedem Satz zeugten die immer lauteren Schluchzer, die Ströme von Tränen des verzweifelten Mädchens von der Gewalt, mit der die Erkenntnis gleichzeitig in ihren Verstand, der rein war wie der eines Wilden, in ihre endlich erwachte Seele, in ihr Wesen vordrang, über das die Verkommenheit eine Schicht schmutzigen Eises gelegt hatte, das nun unter der Sonne des Glaubens dahinschmolz.

»Warum bin ich nicht tot!«, war der einzige von den wilden Strömen an Gedanken, die ihren Verstand heimsuchten, den sie äußerte.

»Meine Tochter«, sagte der furchtbare Richter, »es gibt eine Liebe, die man unter Menschen nicht eingesteht und deren Geheimnisse mit dem Lächeln des Glücks von den Engeln empfangen werden.«

»Welche?«

»Die Liebe ohne Hoffnung, wenn sie das Leben eingibt, wenn sie dem Prinzip der Aufopferung folgt, wenn sie jede Tat durch den Gedanken veredelt, zu idealer Vollkommenheit zu gelangen. Ja, die Engel heißen eine solche Liebe gut, sie führt zur Erkenntnis Gottes. Sich ständig vervollkommnen, und dessen würdig zu werden, den man liebt, ihm Tausende geheimer Opfer zu bringen, ihn aus der Ferne zu verehren, sein Blut Tropfen für Tropfen zu geben, und ihm die Eigenliebe zu opfern, ihm gegenüber keinen Stolz und keinen Zorn mehr zu empfinden; ihm alles Wissen von der grausigen Eifersucht, die er im Herzen weckt, zu ersparen, ihm alles zu geben, was er wünscht, und sei es zum eigenen Schaden, lieben, was er liebt, ihm ständig zugewandt sein, um ihm zu folgen, ohne dass er es merkt; diese Liebe hätte Ihnen der

Glaube verziehen, die nicht gegen die Gesetze Gottes und der Menschen verstieße und Sie auf eine andere Bahn geführt hätte als die Ihrer unreinen Wollust.«

Als sie dies schreckliche Urteil in einem Wort (und welchem Wort! und in welchem Ton!) ausgesprochen hörte, wurde Esther von einem durchaus gerechtfertigten Argwohn erfasst. Dies Wort war wie ein Donnerschlag, der ein unmittelbar niedergehendes Gewitter ankündigt. Sie betrachtete diesen Priester und es ergriff sie jene Art innerer Krampf, der den Mutigsten angesichts einer plötzlichen und unerwarteten Gefahr erfasst. Kein Blick hätte ablesen können, was jetzt in diesem Mann vorging; und für die Kühnsten hätte es mehr zu erschauern als zu erhoffen gegeben beim Anblick seiner Augen, die früher hell und gelb wie die der Tiger waren, und über die die Härten und Entbehrungen einen Schleier gelegt hatten ähnlich dem, der sich in der Hitze der Hundstage über den Horizont legt: Der Boden ist heiß und strahlt im Licht, doch der Dunst lässt ihn verschwimmen, er ist beinah unsichtbar. Eine durch und durch spanische Gewichtigkeit, tiefe Falten, die tausend Narben einer schrecklichen Pockenerkrankung hässlich machten und aussehen ließen wie durchschnittene Fahrspuren, zerfurchten sein olivbraunes und von der Sonne gegerbtes Gesicht. Die Härte dieses Gesichts trat um so deutlicher hervor, als es eingerahmt war von der spröden Perücke des Priesters, der sich über sich selbst keine Gedanken mehr macht, eine halb kahle Perücke, deren Schwarz im Licht rötlich schimmerte. Sein athletischer Körper, seine Hände eines geübten Soldaten, seine Gestalt, seine kräftigen Schultern waren von der Art jener Karyatiden, die die Baumeister des Mittelalters in manchen italienischen Palästen verwendeten und an die in etwa die der Fassade des Theaters an der Porte Saint-Martin erinnern. Auch die Einfältigsten würden gedacht haben, dass wildeste Leidenschaften oder ungewöhnlichste Vorfälle diesen Mann in den Schoß der Kirche geworfen haben mussten; bestimmt hatten ihn nur die überraschendsten Donnerschläge ändern können, wenn bei jemandem von diesem Kaliber überhaupt eine Veränderung möglich war.

Wie die Freudenmädchen sind

Frauen, die ein Leben geführt haben, wie es Esther nun so heftig verabscheute, gelangen zu einer vollkommenen Gleichgültigkeit in Bezug auf die äußere Erscheinung des Mannes. Sie ähneln darin dem Literaturkritiker unserer Tage, der mit ihnen unter bestimmten Maßgaben verglichen werden kann und der zutiefst gedankenlos ist in Bezug auf die Formen der Kunst: Er hat so viele Werke gelesen, er sieht so viele vorbeiziehen, er ist so gewöhnt an beschriebene Seiten, er hat so viele Auflösungen von Konflikten auf der Bühne erlebt, er hat so viele Dramen gesehen, er hat so viele Artikel verfasst, ohne zu sagen, was er denkt und dabei im Dienste seiner Freundschaften oder seiner Feindschaften so oft die Sache der Kunst verraten, dass er gar nichts mehr mag und trotzdem weiterhin Urteile fällt. Es braucht ein Wunder, damit dieser Schreiber ein Werk hervorbringt, genauso wie es für eine reine edle Liebe eine andere Art Wunder braucht, bis sie im Herzen einer Kurtisane erblüht. Der Tonfall und die Art dieses Priesters, der einem Gemälde Zurbarans entstiegen zu sein schien, kamen diesem armen Mädchen, dem das Aussehen wenig bedeutete, dermaßen feindselig vor, dass sie sich weniger als Gegenstand einer Hilfe als als notwendiger Bestandteil eines Plans vorkam. Ohne unterscheiden zu können zwischen dem Geschmeichel persönlichen Eigeninteresses und salbungsvoller Barmherzigkeit, denn man muss auf der Hut sein, um das

Falschgeld zu erkennen, das einem ein Freund andient, fühlte sie sich wie in den Klauen eines ungeheuerlichen wilden Raubvogels, der sich auf sie stürzte, nachdem er lange oben geschwebt hatte, und in ihrem Entsetzen sagte sie mit verängstigter Stimme diese Worte: »Ich dachte, die Priester seien da, uns zu trösten, Sie aber bringen mich um!«

Bei diesem Aufschrei der Unschuld ließ sich der Kirchenmann eine Geste anmerken und machte eine Pause; er überlegte, bevor er antwortete. Verstohlen musterten sich diese beiden auf so einzigartige Weise aufeinandergetroffenen Personen während dieses Augenblicks. Der Priester verstand das Mädchen, ohne dass das Mädchen den Priester verstehen konnte. Vermutlich verzichtete er auf einen Plan, der die arme Esther bedrohte, und kam auf seine ersten Gedanken zurück.

»Wir sind Ärzte der Seelen«, sagte er sanft, »und wir wissen, welche Mittel für ihre Krankheiten richtig sind.«

»Man muss dem Elend vieles nachsehen«, sagte Esther.

Sie meinte, sich getäuscht zu haben, glitt von ihrem Bett und streckte sich vor die Füße dieses Mannes, küsste seine Soutane mit tiefer Demut und erhob ihren tränengetränkten Blick zu ihm.

»Ich dachte, ich hätte vieles getan«, sagte sie.

»Hören Sie, mein Kind? Ihr schlimmer Ruf hat Luciens Familie sehr traurig gemacht; es wird befürchtet, und zu Recht, dass Sie ihn zur Zerstreuung verleiten, in eine Welt des Leichtsinns ...«

»Es stimmt, es war ich, die ihn zum Opernball mitgenommen hat, um ihn neugierig zu machen.«

»Sie sind schön genug, um in ihm den Wunsch zu wecken, mit Ihnen aufzutrumpfen in den Augen der Gesellschaft, Sie mit Stolz herzuzeigen und aus Ihnen eine Art Paradepferd zu machen. Wenn es bloß sein Geld wäre, das er aufbraucht! ...

aber er wird seine Zeit vergeuden, seine Kraft; er wird den Geschmack an den guten Aussichten verlieren, die ihm zugedacht sind. Statt eines Tages Botschafter zu sein, reich, bewundert, ruhmvoll, wird er wie so viele verkommene Leute, die ihre Talente im Morast von Paris erstickt haben, der Liebhaber einer unreinen Frau gewesen sein. Was Sie angeht, Sie würden später, nachdem Sie für eine Zeit in eine elegante Welt aufgestiegen wären, ihr früheres Leben wieder aufgenommen haben, es steckt in Ihnen eben nicht die Kraft, dem Laster zu widerstehen und an die Zukunft zu denken, die eine gute Erziehung verleiht. Sie werden mit Ihren Kameradinnen genauso wenig gebrochen haben wie mit den Leuten, die Ihnen heute früh in der Oper Schande gemacht haben. Die echten Freunde Luciens, beunruhigt von der Liebe, die Sie in ihm entfacht haben, sind seinen Schritten gefolgt und haben alles herausbekommen. Voller Entsetzen haben sie mich zu Ihnen geschickt, um Ihre Absichten zu erfahren und zu entscheiden, was sie mit Ihnen machen sollen; und obwohl sie die Macht haben, einen Stein des Anstoßes aus der Bahn dieses jungen Mannes zu schaffen, so haben sie doch Mitgefühl. Dass Sie es wissen, meine Tochter: Wen Lucien lieb hat, der hat Anspruch auf ihren Respekt, wie ein wahrer Christ den Schlamm verehrt, in dem durch Zufall das Licht Gottes glänzt. Ich bin gekommen, um das Werkzeug des barmherzigen Gedankens zu sein; wären Sie aber völlig verkommen und erfüllt von Dreistigkeit und List, verdorben bis ins Mark und taub für die Stimme der Reue, dann hätte ich Sie deren Zorn überlassen. Diese bürgerliche und rechtliche Freistellung, die so schwierig zu bekommen ist, mit der sich die Polizei zu Recht im Interesse der Gesellschaft so lange Zeit lässt, nach der ich Sie mit dem Eifer der echten Umkehr verlangen gehört habe, hier ist sie«, sagte der Priester und zog aus seinem Gürtel ein Papier in der Art amtlicher Dokumente. »Gestern wurden Sie gesehen, dieser Bescheid ist von heute: Sie sehen, wie viel Einfluss die Leute haben, die sich für Lucien interessieren.«

Beim Anblick dieses Papiers schüttelten Esther derartig die krampfartigen Zuckungen, die ein unerhofftes Glück verursacht, dass sich auf ihren Lippen ein starres Lächeln formte, das dem der Verrückten gleichkam. Der Priester hielt ein und betrachtete dieses Kind, um zu sehen, ob sie, verlassen von der entsetzlichen Kraft, die verdorbene Menschen aus ihrer Verdorbenheit selbst beziehen, und zurückgekehrt zu ihrem zerbrechlichen und empfindlichen ursprünglichen Naturell, so vielen Eindrücken standhalten würde. Als verschlagene Hure hätte Esther Theater gespielt; doch da sie wieder unschuldig und aufrichtig war, konnte sie sterben, wie ein Blinder, nachdem er operiert worden ist, sein Augenlicht erneut verlieren kann, wenn ihn ein zu helles Licht trifft. Dieser Mann blickte also in diesem Moment der menschlichen Natur auf den Grund, verharrte aber in einer durch ihre Starrheit entsetzlichen Ruhe: eine kalte Alp, weiß und nah dem Himmel, unabänderlich und streng, hart wie Granit und dabei doch wohltuend. Die Freudenmädchen sind ihrem Wesen nach sprunghaft und wechseln ohne Grund vom stumpfesten Misstrauen zu totalem Vertrauen. In dieser Hinsicht sind sie noch unterhalb der Tiere. Übersteigert in allem, in ihrer Freude, in ihrer Verzweiflung, in ihrem Glauben, in ihrem Unglauben; so gut wie alle würden im Wahnsinn enden, wenn sie nicht ihre spezifische Sterberate dezimieren würde und wenn nicht glückliche Zufälle einige von ihnen über den Morast erhöben, in dem sie leben. Um dem Elend dieses scheußlichen Lebens auf den Grund zu kommen, müsste man gesehen haben, wie weit eine Kreatur in ihrem Wahn gehen kann, ohne ihm zu verfallen, und die heftige Ekstase der Torpille vor den Knien dieses Priesters bewundern. Das arme

Mädchen starrte auf das befreiende Papier mit einem Ausdruck, der Dante nicht eingefallen ist und der die Erfindungen seines Inferno übertraf. Doch die Reaktion kam mit den Tränen. Esther erhob sich, warf ihre Arme um den Hals dieses Mannes, neigte ihren Kopf auf seine Brust und vergoss ihre Tränen darauf, küsste den groben Stoff über diesem Herzen von Stahl und schien dorthin vordringen zu wollen. Sie ergriff diesen Mann und überdeckte seine Hände mit Küssen; sie verwendete, aber in einem heiligen Erguss ihrer Dankbarkeit, die Schmeicheleien ihrer Liebkosungen, bezeichnete ihn mit den lieblichsten Kosenamen und sagte ihm zwischen diesen süßlichen Sätzen tausend und abertausend Mal und mit ebenso vielen unterschiedlichen Betonungen: »*Geben Sie es mir!*«; sie hüllte ihn ein in ihre Zärtlichkeiten«, überzog ihn mit ihren Blicken mit einer Schnelligkeit, die ihn wehrlos machte; schließlich gelang es ihr, seinen Zorn zu betäuben. Der Priester erkannte, wodurch dieses Mädchen seinen Spitznamen erlangt hatte; er verstand, wie schwierig es war, diesem bezaubernden Wesen zu widerstehen, er erriet mit einem Mal Luciens Liebe und was diesen Dichter verführt haben musste. Eine solche Leidenschaft verdeckt zwischen tausend Reizen einen schlanken Widerhaken, der insbesondere die empfindsamere Seele des Künstlers erfasst. Diese Leidenschaften, der Menge unerklärlich, erklären sich vollkommen mit dem Durst nach dem idealen Schönen, der die schöpferischen Menschen auszeichnet. Ist es nicht ein wenig den Engeln ähnlich sein, deren Aufgabe es ist, die Schuldigen zu einer besseren Gesinnung zurückzuführen, ist es nicht eine Schöpfung, ein solches Wesen zu läutern? Was für eine Verlockung, die moralische Schönheit und die körperliche Schönheit in Einklang zu bringen! Welche Freude für den Stolz, darin Erfolg zu haben! Was ist dies für eine schöne Aufgabe, die kein anderes Werkzeug hat als die Liebe! Diese Verbindungen, dargestellt übrigens am Beispiel von Aristoteles, Sokrates, Plato, Alkibiades, Cethegus, Pompeius, und so ungeheuerlich in den Augen der Masse, gründen auf den Empfindungen, die Louis XIV. dazu brachten, Versailles zu errichten, die die Menschen in Unternehmungen treibt, die sie zugrunde richten: Die Schwärme von Mücken eines Sumpfes in eine Wolke von Wohlgerüchen über Wildwassern zu verwandeln; einen See auf einem Hügel anzulegen, wie es Fürst Conti in Nointel, oder Schweizer Panoramen in Cassan, wie es der Steuerpächter Bergeret tat. Es ist der Einbruch der Kunst in die Moral.

Der Priester, dem es peinlich war, dieser Zärtlichkeit nachgegeben zu haben, stieß Esther lebhaft von sich, die sich ebenfalls schämte und sich setzte, dazu sagte er ihr: »Sie sind noch immer Kurtisane.« Und schob das Dokument kühl in seinen Gürtel zurück. Wie ein Kind, das nur ein Verlangen im Kopf hat, ließ Esther die Stelle des Gürtels, wo das Papier steckte, nicht aus den Augen.

Die Ratte wird eine Magdalena

»Mein Kind«, sagte der Priester nach einer Pause, »Ihre Mutter war Jüdin und Sie sind nicht getauft, und Sie sind nicht einmal in die Synagoge gebracht worden: Sie befinden sich in dem Zwischenreich der ungetauften kleinen Kinder …«

»Die kleinen Kinder!«, wiederholte sie bewegt.

»… so wie Sie in den Registern der Polizei eine Ziffer außerhalb der Gesellschaft sind«, fuhr der Priester unbeirrt fort. »Wenn die Liebe, gesehen mit den Augen einer Ausgestiegenen, Sie vor drei Monaten hat glauben lassen, Sie würden neu geboren, dann müssen Sie spüren, dass Sie seit jenem Tag tatsächlich eine Kindheit erleben. Man muss Sie also leiten, als wären Sie ein Kind; Sie müssen sich von Grund auf verändern, und ich übernehme es, dass man Sie nicht wiedererkennt. Als Erstes vergessen Sie Lucien.«

Dem armen Mädchen brach bei diesem Wort das Herz; sie erhob den Blick zum Priester und machte eine Geste der Verneinung; sie war außerstande zu sprechen, als sie im Retter erneut den Henker erkannte.

»Wenigstens verzichten Sie darauf, ihn zu sehen«, fuhr er fort. »Ich werde Sie in eine Klosterschule bringen, wo die jungen Mädchen der besten Familien ihre Erziehung erhalten; Sie werden dort katholisch, Sie werden dort in der Praxis der christlichen Bräuche unterwiesen, Sie werden dort den Glauben lernen; Sie können als vollendetes junges Mädchen herauskommen, keusch, rein, wohlerzogen, wenn ...«

Dieser Mann hob einen Finger und machte eine Pause.

»Wenn«, sprach er weiter, »Sie sich stark genug fühlen, die Torpille hier zurückzulassen.«

»Ach!«, rief das arme Kind, für das jedes Wort wie der Ton einer Musik gewesen war, zu deren Klang sich die Tore zum Paradies langsam öffneten, »ach!, wenn es möglich wäre, hier mein ganzes Blut zu vergießen und neues zu erhalten! ...«

»Hören Sie mir zu.«

Sie schwieg.

»Ihre Zukunft hängt ab von Ihrer Kraft zu vergessen. Bedenken Sie die Tragweite Ihrer Verpflichtungen: Ein Wort, eine Geste, die die Torpille aufdecken würde, lässt die Frau Luciens sterben; ein im Traum gesprochenes Wort, ein unwillkürlicher Gedanke, ein anmaßender Blick, eine ungeduldige Bewegung, etwas, das an die Liederlichkeit erinnert, ein Fehler, eine Bewegung des Kopfes, die offenbart, was Sie kennen oder was zu Ihrem Unheil bekannt war ...«

»Ja, ja, mein Vater«, sagte das Mädchen mit dem Eifer einer Heiligen, »mit rotglühenden Eisenschuhen gehen und lächeln, in einem mit Stacheln versehenen Korsett leben und sich die Anmut einer Tänzerin bewahren, mit Asche bestreutes Brot essen, Absinth trinken, alles wird schön sein, und leicht!«

Sie fiel zurück auf ihre Knie, brach über den Schuhen des Priesters in Tränen aus, küsste und benetzte sie, umklammerte seine Beine und hielt sich daran fest und stammelte unter Freudenschluchzern unzusammenhängende Worte. Ihr schönes, wundervolles blondes Haar floss herab und bildete eine Art Teppich zu Füßen dieses Himmelsboten, den sie finster und hart fand, als sie ihn beim Aufstehen ansah.

»Womit habe ich Sie gekränkt?«, sagte sie ganz erschrocken. »Ich habe von einer Frau wie mir gehört, die Jesu Christi Füße mit Düften gesalbt hat. Ach je!, die Tugend hat mich so arm gemacht, dass ich Ihnen nichts anderes mehr als meine Tränen geben kann.«

»Haben Sie mich nicht verstanden?«, erwiderte er mit grausamer Stimme. »Ich habe Ihnen gesagt, dass Sie imstande sein müssen, das Haus, in das ich Sie bringen werde, physisch und moralisch derart verändert zu verlassen, dass keiner von denen, die Sie gekannt haben, hinter Ihnen her ›Esther!‹ rufen und Sie dazu bringen kann, sich umzudrehen. Gestern hat Ihnen die Liebe nicht die Kraft verliehen, das Freudenmädchen so gut zu vergraben, dass es nie wieder auftaucht, und es taucht erneut auf in einer Verehrung, die allein Gott gebührt.«

»Hat er Sie denn nicht zu mir geschickt?«, sagte sie.

»Wenn Sie während Ihrer Ausbildung von Lucien bemerkt werden, ist alles verloren«, sprach er weiter, »merken Sie sich das gut.«

»Wer wird ihn trösten?«, fragte sie.

»Von was haben denn Sie ihn getröstet«, fragte der Priester mit einer Stimme, in der zum ersten Mal in dieser Szene ein nervöses Zittern mitschwang.

»Ich weiß es nicht, er war oft traurig, wenn er kam.«

»Traurig?«, wiederholte der Priester, »hat er Ihnen gesagt, warum?«

»Nein, nie«, antwortete sie.

»Er war traurig, dass er ein Mädchen wie Sie geliebt hat«, rief er aus.

»Ach ja!, das musste er sein«, gab sie in tiefer Demut zurück, »ich bin die verachtenswerteste Person meines Geschlechts, und ich konnte in seinen Augen nur durch die Kraft meiner Liebe Gnade finden.«

»Diese Liebe muss Ihnen die Kraft verleihen, mir blind zu gehorchen. Wenn ich Sie jetzt gleich in das Haus führen würde, wo Ihre Erziehung vonstatten gehen soll, dann sagen alle Leute hier zu Lucien, dass Sie heute, Sonntag, mit einem Priester davongegangen sind; er könnte Ihnen auf die Fährte kommen. In acht Tagen wird mich die Hausmeisterin, nachdem ich nicht mehr gekommen bin, für das gehalten haben, was ich nicht bin. Also an einem Abend wie heute in acht Tagen, um sieben Uhr, gehen Sie unbemerkt aus dem Haus und steigen in eine Droschke, die Sie an der Einmündung zur Rue des Frondeurs erwartet. Während dieser acht Tage meiden Sie Lucien; denken Sie sich Ausreden aus, lassen Sie ihn an der Tür abweisen, und wenn er doch kommt, gehen Sie rauf zu einer Freundin; ich werde erfahren, ob Sie ihn wiedergesehen haben, und in dem Fall ist alles aus, da komme ich gar nicht erst noch mal hierher. Diese acht Tage brauchen Sie, um sich eine anständige Wäscheausstattung zuzulegen und um Ihr Gehabe einer Prostituierten loszuwerden«, sagte er und legte dabei eine Geldbörse auf den Kaminsims. »Es steckt in Ihrer Art, in Ihren Kleidern ein gewisses Etwas, das die Pariser bestens kennen und das ihnen sagt, was für eine Sie sind. Haben Sie auf der Straße, auf den Boulevards nie ein bescheidenes und anständiges Mädchen in Begleitung seiner Mutter gesehen?«

»O doch, zu meinem Bedauern. Der Anblick einer Mutter und ihrer Tochter ist mit das Schlimmste für uns und löst in der Tiefe unserer Herzen verborgene Gewissensbisse aus, die uns auffressen! ... ich weiß nur zu gut, was mir fehlt.«

»Dann wissen Sie ja, wie Sie am nächsten Sonntag sein sollen«, sagte der Priester und erhob sich.

»Oh«, sagte sie, »bringen Sie mir, bevor Sie gehen, ein echtes Gebet bei, damit ich zu Gott beten kann.«

Es war eine anrührende Sache, diesen Priester zu sehen, wie er dieses Mädchen das *Ave Maria* und das *Pater noster* auf Französisch nachsprechen ließ.

»Ist das wohl schön!«, sagte Esther, als sie diese beiden großartigen und beliebten Ausdrucksformen des katholischen Glaubens einmal fehlerfrei aufgesagt hatte.

»Wie heißen Sie?«, fragte sie den Priester, als er sich verabschiedete.

»Carlos Herrera, ich bin Spanier und aus meinem Land verbannt.«

Esther ergriff seine Hand und küsste sie. Sie war keine Kurtisane mehr, sondern ein Engel, der sich von einem Sturz erholte.

Ein Gemälde, das Tizian hätte malen wollen

In einem Haus, das für die aristokratische und religiöse Erziehung berühmt war, die hier erteilt wurde, bemerkten die Internatsschülerinnen an einem Montagmorgen Anfang März dieses Jahres, dass ihre hübsche Schar um eine Neue größer geworden war, deren Schönheit unbestritten triumphierte, nicht nur über ihre Kameradinnen, sondern auch über die Schönheit einzelner Züge, die es bei jeder von ihnen in Vollkommenheit gab. In Frankreich ist es äußerst selten, um nicht zu sagen unmöglich, die dreißig berühmten Vollkommenheiten zu finden, die, wie es heißt, im Serail in persischen Versen in Stein gehauen sind und die eine Frau aufweisen muss, um vollendet schön zu sein. Wenn es das in Frankreich schon kaum als Ganzes gibt, so gibt es doch hinreißende Details. Was die eindrucksvolle Gesamtheit angeht, die die Bildhauerkunst wiederzugeben versucht und in ein paar seltenen Kompositionen zeigt wie der Diana und der Kallypygos, so ist das ein Privileg Griechenlands und Kleinasiens. Esther stammte aus dieser Wiege der menschlichen Gattung, dem Vaterland der Schönheit: Ihre Mutter war Jüdin. Bei den Juden gibt es in ihren zahlreichen Abstammungsgruppen, wenn auch oft verändert durch ihren Umgang mit den anderen Völkern, Individuen, in denen sich der erhabene Typ der asiatischen Schönheit erhalten hat. Wenn sie nicht von einer abstoßenden Hässlichkeit sind, weisen sie das prächtige Aussehen armenischer Gesichter auf. Esther hätte im Serail den Schönheitspreis davongetragen, sie vereinte auf sich die dreißig Schönheiten in harmonischer Verschmelzung. Weit davon entfernt, ihre perfekten Formen, die Frische der Hülle anzugreifen, hatte ihr befremdliches Leben ihr das gewisse Etwas der Frau verliehen: Es ist nicht mehr das glatte feste Gewebe grüner Früchte und auch noch nicht der warme Ton der Reife, es steht noch die Blüte. Wenige Tage der Verwahrlosung mehr, und sie wäre füllig geworden. Dieser Pracht an Gesundheit, diese tierhafte Vollkommenheit eines Wesens, bei dem die Wollust den Platz des Denkens eingenommen hatte, muss in den Augen der Physiologen ein herausragendes Sonderexemplar sein. Durch einen seltenen, um nicht zu sagen: bei jungen Mädchen unmöglichen Umstand waren ihre unvergleichlich vornehmen Hände weich, durchscheinend und weiß wie die Hände einer Frau im zweiten Wochenbett. Sie hatte exakt den Fuß und das so zu Recht berühmte Haar der

Herzogin de Berri, Haare, die kein Friseur bändigen konnte, so üppig waren sie und so lang, dass sie am Boden Ringe formten, denn Esther war von dieser mittleren Größe, die es erlaubt, aus einer Frau eine Art Spielzeug zu machen, sie zu nehmen, sie zu lassen, sie wieder zu ergreifen und ohne Ermüden herumzutragen. Ihre Haut, fein wie Chinapapier und von einem warmen Bernsteinton, den rote Adern abstuften, leuchtete ohne trocken, war weich, ohne feucht zu sein. Überaus kräftig, aber zerbrechlich in der Erscheinung, zog Esther unwillkürlich die Aufmerksamkeit durch einen Zug auf sich, der in den Gesichtern bemerkenswert ist, die in Raffaels Zeichnung am kunstvollsten umrissen sind; schließlich ist Raffael der Künstler, der die jüdische Schönheit am gründlichsten untersucht und am besten wiedergegeben hat. Dieser wunderbare Gesichtszug entstand durch die Tiefe des Bogens, unterhalb dessen sich das Auge bewegte wie befreit von seiner Fassung, und dessen Schwung durch seine Klarheit dem Bogen einer Gewölberippe glich. Wenn die Jugend diesen schönen Bogen mit ihren reinen und durchscheinenden Farben versieht und den gezupften Augenbrauen darüber; wenn das Licht diesen Kreisbogen in hellem Rosa schimmern lässt, dann finden sich hier die Schätze der Zärtlichkeit, die einen Liebhaber glücklich machen, Schönheiten, die die Malerei zur Verzweiflung bringen. Diese in Licht gefasste Kante, an der der Schatten golden wird, diese Oberfläche, die die Festigkeit einer Sehne hat und die Beweglichkeit der zartesten Membrane, ist die äußerste Vervollkommnung der Natur. Das Auge liegt darin wie ein wundersames Ei in einem Nest aus seidenen Fäden. Doch später überkommt dieses Wunder eine schreckliche Melancholie, wenn die Leidenschaften diese so feinen Umrisse wie mit Kohle nachgezogen haben, wenn Schmerzen dieses Netz zarter Fasern zerfurcht haben. Esthers Herkunft zeigte sich in diesem orientalischen Schnitt ihrer

Augen mit türkischen Lidern, deren schiefergraue Farbe sich im Licht zum Blauton schwarzer Rabenflügel verdichtete. Allein die übermäßige Zärtlichkeit ihres Blicks konnte diesen Glanz mildern. Nur die Völker der Wüste üben mit ihrem Auge Faszination auf alle aus; einen einzelnen fasziniert jede Frau. Ihr Blick trägt wahrscheinlich ein Stück des Unendlichen in sich, das sie betrachtet haben. Hat die Natur in ihrer Voraussicht ihre Netzhaut mit einem lichtabweisenden Überzug ausgerüstet, um ihnen zu ermöglichen, das Strahlen der Dünen, die Fülle der Sonne und das glühende Kobaltblau des Himmels auszuhalten? Oder die menschlichen Wesen nehmen wie die anderen etwas aus der Umgebung an, in der sie sich entwickeln, und bewahren über Jahrhunderte die Eigenschaften, die sie daraus beziehen! Die umfassende Antwort auf die Frage der Verschiedenheit der Menschen liegt vielleicht in der Frage selbst. Die Instinkte sind Tatsachen des Lebens, deren Ursache aus einer gegebenen Notwendigkeit rührt. Die Vielfalt der Tierwelt kommt von der Wirkung dieser Instinkte. Um sich von dieser Wahrheit, nach der so sehr geforscht wird, zu überzeugen, genügt es, auf Menschengruppen die Beobachtung auszudehnen, die jüngst bei spanischen und englischen Schafen gemacht wurde, die auf den Wiesen der Ebene, wo das Gras üppig sprießt, dicht aneinandergedrängt weiden, und die sich über die Bergrücken verteilen, wo das Gras spärlich ist. Reißen Sie diese beiden Arten Schafe aus ihrer Umgebung, versetzen Sie sie in die Schweiz oder nach Frankreich: Das Schaf der Berge wird dort verstreut weiden, obwohl es sich auf einer ebenen dicht bewachsenen Wiese befindet; die Schafe der Ebene werden aneinandergedrängt grasen, obwohl sie sich in den Alpen befinden. Mit hundert Jahren Abstand taucht die Veranlagung der Bergschafe in einem Lamm als Einzelindividuum wieder auf, wie nach achtzehnhundert Jahren Verbannung der Orient in

Augen und Antlitz Esthers aufschien. Dieser Blick übte nicht gewaltige Faszination aus, er verbreitete eine milde Wärme, er rührte, ohne zu befremden, und die festesten Entschlüsse schmolzen an seiner Flamme dahin. Esther hatte den Hass überwunden, sie hatte die Pariser Wüstlinge in Erstaunen versetzt, dieser Blick und die Zartheit ihrer lieblichen Haut hatten ihr schließlich den schlimmen Spitznamen eingetragen, der sie soeben an den Rand des Grabes gebracht hatte. Alles an ihr stand in Harmonie mit den Eigenschaften einer Fee der glühenden Sandwüsten. Sie hatte eine feste und stolz geschwungene Stirn. Ihre Nase war wie bei den Arabern schmal, klein, mit ovalen, wohlgeformten und an den Seiten geschürzten Flügeln. Ihr roter frischer Mund war eine Rose, die kein Welken entstellte, die Ausschweifungen hatten keine Spuren hinterlassen. Das Kinn, so weiß wie die Milch, war modelliert, als hätte ein verliebter Bildhauer die Form herauspoliert. Einzig eines, dem sie nicht hatte abhelfen können, verriet die zu tief gefallene Kurtisane: Ihre eingerissenen Fingernägel, die einige Zeit brauchen würden, um zu einer eleganten Form zu gelangen, derart waren sie von gröbster Hausarbeit entstellt. Die jungen Klosterschülerinnen waren zunächst auf diese Ausnahme an Schönheit eifersüchtig, bewunderten sie aber schließlich. Die erste Woche war noch nicht vorbei, da hatten sie sich schon mit der unbefangenen Esther angefreundet, denn sie interessierten sich für das verborgene Unglück eines 18-jährigen Mädchens, das weder lesen noch schreiben konnte, dem jedes Lehrfach und aller Unterricht neu war, und das dem Erzbischof den Ruhm der Bekehrung einer Jüdin zum Katholizismus, dem Kloster das Fest seiner Taufe verschaffen würde. Sie verziehen ihr ihre Schönheit, weil sie sich ihr durch ihre Erziehung überlegen fühlten. Esther hatte bald die Manieren, die Sanftheit der Stimme, die Körperhaltung und die Einstellungen dieser so vornehmen Mädchen übernommen; so fand sie schließlich zu ihrem ursprünglichen Naturell zurück. Die Veränderung war so vollkommen, dass Herrera bei seinem ersten Besuch überrascht war, er, den anscheinend nichts mehr auf der Welt überraschen konnte, und die Vorsteherinnen machten ihm Komplimente für seinen Zögling. Diese Frauen waren in ihrer ganzen Lehrerlaufbahn nie einem liebenswerteren Wesen, einer christlicheren Sanftmut, echterer Bescheidenheit und auch nicht einem so großen Lernhunger begegnet. Wenn ein Mädchen die Übel erlitten hatte, die die arme Schülerin belasteten, und sie eine Belohnung in Aussicht hat wie die, die der Spanier Esther anbot, kann es kaum anders sein, als dass sie nicht die Wunder der ersten Tage wahr werden lässt, die die Jesuiten in Paraguay neu vollbracht hatten.

»Sie ist vorbildlich«, sagte die Oberin und küsste sie auf die Stirn.

Dies Wort, typisch katholisch, sagt alles.

Eine Sehnsucht

Während der Pausen fragte Esther ihre Mitschülerinnen vorsichtig nach den einfachsten Dingen der Welt, die für sie wie für ein Kind das erste Staunen des Lebens waren. Als sie erfuhr, dass sie am Tag ihrer Taufe und ihrer Ersten Kommunion in weiß gekleidet sein würde, dass sie ein weißes Satinhaarband tragen würde, weiße Bänder, weiße Schuhe, weiße Handschuhe; dass weiße Schleifen in ihr Haar geknotet würden, löste sie sich inmitten ihrer überraschten Kameradinnen in Tränen auf. Das war das Gegenteil der Szene von Jiftach auf den Bergen. Die Kurtisane hatte Angst, durchschaut zu werden und schob die schreckliche Schwermut auf die Freude, die ihr dieses Schauspiel schon im Voraus bereitete. Nachdem es von den Sitten, die sie verließ, zu denen, die sie annahm, sicherlich so weit ist wie die Entfernung zwischen einem Wilden und einem Mann der Zivilisation, besaß sie die Anmut und die Naivität, die Tiefe, die die wundervolle Heldin aus *Conanchet oder Die Beweinte von Wish-Ton-Wish* auszeichnen. Sie hatte auch, ohne es selbst zu wissen, eine Liebe im Herzen, die an ihr nagte, eine merkwürdige Liebe, ein Begehren, das bei ihr, die alles kannte, heftiger ist als bei einer Jungfrau, die nichts kennt, auch wenn die beiden Arten von Begehren dieselbe Ursache und dasselbe Ziel haben. In den ersten Monaten diente ihr das Neue eines abgeschiedenen Lebens, die Überraschungen des Unterrichts, die Fertigkeiten, die man sie lehrte, die Ausübung des Glaubens, das Feuer eines heiligen Entschlusses, der Zauber der Gefühle, die er weckte, schließlich die Anwendung der Fähigkeiten einer wiedererwachten Intelligenz – alles diente ihr dazu, die Erinnerungen zu unterdrücken, dazu die Anstrengungen, sich eine neue Erinnerung zu schaffen; denn sie hatte genau so viel zu verlernen wie zu erlernen. Es gibt in uns mehrere Arten von Erinnerungen; der Körper und der Geist haben jeweils die ihre; und das Heimweh ist zum Beispiel eine Erkrankung der körperlichen Erinnerung. Im dritten Monat also wurde die Kraft dieser jungfräulichen Seele, die in vollem Flug dem Paradies zustrebte, nicht gebändigt, aber gehemmt von einem stummen Widerstand, dessen Ursache Esther selbst nicht kannte. Wie die schottischen Schafe wollte sie für sich grasen, sie konnte nicht die Instinkte überwinden, die die Ausschweifung in ihr entwickelt hatte. Riefen sie die schmutzigen Gassen, denen sie abgeschworen hatte, zurück? Hielt ein vergessener Kitt die Fesseln dieser entsetzlichen Gewohnheiten, mit denen sie gebrochen hatte, an ihr fest, und spürte sie sie wie alte Soldaten, die noch an Gliedmaßen leiden, die sie gar nicht mehr haben, wovon die Ärzte berichten? Waren die Laster und ihre Exzesse ihr so tief ins Mark gedrungen, dass die heiligen Wasser den dort versteckten Dämon noch nicht erreichten? Brauchte sie, der Gott die Vermischung menschlicher mit heiliger Liebe vergeben musste, den Anblick dessen, für den sie sich so viele Engelsmühen gab? Das eine hatte sie zum anderen geführt. Ereignete sich in ihr eine Verlagerung der Lebenskraft, die zwangsläufig Schmerzen mit sich brachte? Alles ist Zweifel und Dunkelheit in einer Lage, die die Wissenschaft zu untersuchen für unwert befunden hat, da sie ihren Gegenstand zu unmoralisch und zu verfänglich findet, als stünden Arzt und Autor, Priester und Politiker nicht über allem Verdacht. Dabei hat ein Arzt, den der Tod dann hinderte, den Mut gehabt, unvollendet gebliebene Studien anzufangen. Vielleicht rührte die finstere Melancholie, die Esther plagte und die ihr Glück überschattete, aus all diesen Ursachen; und unfähig, darauf zu kommen, litt sie wie jene Kranken, die von Medizin und Chirurgie noch nie gehört haben. Die Tatsache ist eigentümlich. Eine reichliche und gesunde Nahrung anstelle der scheußlichen ungesunden stärkte Esther nicht. Ein reines und regelmäßiges Leben, aufgeteilt in bewusst mäßig anstrengende Arbeiten und Ruhepausen anstelle eines ungeordneten, in dem die Freuden so schlimm waren wie die Leiden, dies Leben zerbrach die junge Internatsschülerin. Die erholsamste Muße, die ruhigen Nächte, die die erdrückenden Anstrengungen und die grausamsten Erregungen ersetzten, verursachten ein Fieber, dessen Symptome der Hand und dem Auge der Krankenschwester entgingen. Das Gute und das Glück, die auf Übel und Unheil, die Sicherheit, die auf die Ungewissheit folgten, waren also so verhängnisvoll für Ester, wie ihr vergangenes Elend es für ihre neuen Kameradinnen gewesen wäre. Eingepflanzt in die Verderbnis, hatte sie sich dort entwickelt. Ihre höllische Vergangenheit übte noch ihre Herrschaft aus trotz der überlegenen Befehle eines absoluten

Willens. Was sie verabscheute, war ihr Leben, was sie liebte, brachte sie um. Sie war von einem so feurigen Glauben, dass ihre Frömmigkeit der Seele wohltat. Sie betete gern. Sie hatte ihre Seele dem Licht des wahren Glaubens geöffnet, das sie mühelos und ohne Zweifel in sich aufnahm. Der Priester, der sie anleitete, war begeistert, doch bei ihr wirkte der Körper unablässig der Seele zuwider. Man hat einmal Karpfen aus einem trüben Weiher genommen und in ein Marmorbecken voll schönen klaren Wassers gesetzt, um einem Wunsch Madame de Maintenons zu entsprechen, die sie mit den Bissen von der königlichen Tafel fütterte. Die Karpfen verkamen. Tiere können ergeben sein, aber der Mensch wird ihnen niemals die Lepra der Schmeichelei einimpfen. Ein Mann vom Hof machte eine Bemerkung über diese stumme Opposition in Versailles. »Die sind wie ich«, antwortete diese einzigartige Königin, »sie sehnen sich nach ihren trüben Wassern.« Dies Wort ist die gesamte Geschichte der Esther. Zuweilen trieb es das junge Mädchen, im herrlichen Garten des Klosters herumzutollen, sie ging geschäftig von Baum zu Baum, sie warf sich verzweifelt in schattige Winkel und suchte dort – was? Sie wusste es selbst nicht, doch sie gab dem Dämon nach und kokettierte mit den Bäumen und sagte ihnen Worte, die sie keinesfalls aussprach. An manchen Abenden streifte sie ohne Stola, mit bloßen Schultern schlangengleich an den Mauern entlang. In der Kapelle verweilte sie oft während der Gottesdienste mit starrem Blick auf das Kruzifix, und jeder bewunderte sie, während ihr Tränen kamen; doch sie weinte vor Zorn; statt der heiligen Bilder, die sie sehen wollte, erschienen ihr die flackernden Nächte, in denen sie die Orgie dirigierte, wie Habeneck im Konservatorium eine Sinfonie Beethovens leitet, diese lustigen und sinnlichen, von nervösen Bewegungen, von unstillbarem Lachen durchschnittenen Nächte tauchten auf, zügellos, tobend, brutal. Sie war nach außen so sanft wie eine Jungfrau, deren einzige Verbindung zur Erde ihre weibliche Figur ist, im Inneren wütete eine herrische Messalina. Sie allein war eingeweiht in das Geheimnis dieses Kampfs des Dämons gegen den Engel; wenn die Oberin sie tadelte, weil sie sich aufwendiger frisiert hatte, als die Regel es wollte, veränderte sie ihre Frisur in bewundernswertem und promptem Gehorsam, sie war bereit, ihre Haare abzuschneiden, wenn die Mutter es ihr befohlen hätte. Diese Sehnsucht hatte eine anrührende Anmut bei einem Mädchen, das lieber sterben würde als zurückgehen in die Welt der Unreinheit. Sie wurde blass, veränderte sich, magerte ab. Die Oberin verminderte das Unterrichtspensum und nahm dieses besondere Geschöpf beiseite, um es auszufragen. Esther war glücklich, fühlte sich unter ihren Gefährtinnen unendlich wohl; sie fühlte sich in keinem Bereich ihres Lebens bedroht, doch war ihre Lebenskraft insgesamt angegriffen. Sie vermisste nichts, sie wünschte nichts. Die Oberin, befremdet von den Antworten ihrer Schülerin, wusste nicht, was sie davon halten sollte, wenn sie sie so in den Klauen einer verzehrenden Schwermut sah. Als der Zustand der jungen Internatsschülerin ernst zu werden schien, wurde der Arzt gerufen, doch der wusste nichts von Esthers Vorleben und konnte es auch nicht vermuten; er fand an ihr nur Leben und nirgends Leiden. Die Kranke gab Antworten, die alle Hypothesen über den Haufen warfen. Blieb ein Weg, die Zweifel des Wissenschaftlers aufzuhellen, der sich mit einem schlimmen Gedanken verband: Esther verweigerte sich sehr hartnäckig einer Untersuchung des Arztes. Die Oberin wandte sich in dieser Gefahr an den Abbé Herrera. Der Spanier kam, sah den verzweiflungsvollen Zustand Esthers und unterredete sich einen Moment lang unter vier Augen mit dem Doktor. Nach dieser Vertraulichkeit erklärte der Mann der Wissenschaft dem Mann des Glaubens, dass das einzige Heilmittel eine Reise nach Italien sei. Der Abbé wollte nicht, dass diese Reise stattfinde, bevor die Taufe und Kommunion Esthers vollzogen wären.

»Wie lange wird das noch dauern?«, fragte der Arzt.

»Einen Monat«, antwortete die Oberin.

»Da wird sie tot sein«, erwiderte der Doktor.

»Ja, aber im Stand der Gnade und gerettet«, meinte der Abbé.

Die Belange des Glaubens beherrschen in Spanien die Fragen von Politik, Gesellschaft und des Lebens allgemein; der Arzt antwortete dem Spanier gar nicht erst, sondern wandte sich an die Oberin; doch der schreckliche Abbé nahm ihn am Arm, um ihn festzuhalten.

»Kein Wort davon, Monsieur!«, sagte er.

Der Arzt, obwohl gläubig und ehrbar, warf einen Blick liebevollen Mitleids auf Esther. Dies Mädchen war schön wie eine auf ihrem Stiel geneigte Lilie.

»Dann eben, wie Gott will!«, rief er beim Gehen.

Noch am Tag dieser Visite wurde Esther von ihrem Beschützer zum Rocher-de-Cancale mitgenommen, denn der Wunsch, sie zu retten, hatte diesen Priester auf die befremdlichsten Ideen gebracht; er versuchte es mit zwei Extremen: ein hervorragendes Diner, das dem armen Mädchen seine Ausschweifungen in Erinnerung bringen konnte, und die Oper, die ihr ein paar Bilder des mondänen Lebens zeigen konnte. Es bedurfte seiner erdrückenden Autorität, um die junge Heilige zu solchen Entweihungen zu bewegen. Herrera verkleidete sich derart vollkommen in einen Militär, dass Esther ihn nur mit Mühe erkannte; er sorgte dafür, dass seine Begleitung einen Schleier trug und setzte sie in eine Loge, wo sie den Blicken verborgen bleiben konnte. Das Heilmittel, das eine so gründlich wiedererlangte Unschuld nicht gefährden konnte, war sofort verbraucht. Die Internatsschülerin verspürte Abscheu für die Diners ihres Förderers, einen religiösen Ekel für das Theater und verfiel wieder in ihre Melancholie. – ›Sie stirbt vor Liebe zu Lucien‹, sagte sich Herrera, der die Tiefe dieser Seele erkunden und alles wissen wollte, was man von ihr verlangen konnte. Es kam also ein Moment, in dem dies arme Mädchen von nichts mehr gehalten wurde als ihrer moralischen Kraft, während ihr Körper schon aufgeben wollte. Der Priester berechnete diesen Moment mit dem furchtbaren Sachverstand der Erfahrung, wie ihn früher die Henker bei ihrem Handwerk der Befragung mitbrachten. Er traf seine Schülerin im Garten an, auf einer Bank bei einer Weinlaube, die die Aprilsonne erwärmte; sie schien zu frieren und sich hier aufzuwärmen; ihre Mitschülerinnen betrachteten betroffen ihre Blässe von der Art welken Grases, ihre Augen einer sterbenden Gazelle, ihre melancholische Haltung. Mit einer Bewegung, die zeigte, wie wenig Leben und wie wenig, sagen wir es, Lebensmut noch in ihr steckte, erhob sich Esther, um auf den Spanier zuzugehen. Diese arme Zigeunerin, diese verletzte wilde Schwalbe erregte ein weiteres Mal das Mitleid von Carlos Herrera. Dieser düstere Diener Gottes, den Gott allenfalls zum Vollzug seiner Bestrafungen einsetzte, begrüßte die Kranke mit einem Lächeln, das so viel Bitterkeit wie Sanftheit, so viel Rache wie Barmherzigkeit ausdrückte. Esther, die seit ihrem fast klösterlichen Leben geübt war in der Meditation, in der Selbstbesinnung, empfand ein weiteres Mal Argwohn beim Anblick ihres Beschützers; doch wie schon beim ersten Mal beruhigte sie sein Wort.

»Ach, mein liebes Kind«, sagte er, »warum haben Sie mir nie von Lucien erzählt?«

»Weil ich Ihnen versprochen hatte«, sagte sie, wobei sie ein Zittern vom Kopf bis zu den Füßen durchrann, »weil ich Ihnen geschworen hatte, diesen Namen nicht auszusprechen.«

»Aber Sie haben nicht aufgehört, an ihn zu denken.«

»Das, Monsieur, ist mein einziger Fehler. In jeder Stunde

denke ich an ihn, und als Sie sich zeigten, habe ich mir selbst den Namen gesagt.«

»Die Trennung tötet Sie?«

Als einzige Antwort senkte Esther den Kopf wie ein Kranker, der bereits die Luft des Grabes riecht.

»Ihn wiedersehen ...?«, meinte er.

»... wäre leben«, antwortete sie.

»Denken Sie an ihn ausschließlich mit der Seele?«

»Ach, Monsieur, die Liebe lässt sich nicht teilen.«

»Tochter vom verfluchten Schlag! Ich habe alles getan, um dich zu retten, ich überlasse dich deinem Schicksal, dann sieh ihn halt wieder!«

»Warum verfluchen Sie mein Glück? Kann ich nicht gleichzeitig Lucien lieben und Tugend erlangen, die ich genauso liebe wie ihn? Bin ich denn nicht bereit, hier für sie zu sterben, wie ich bereit wäre, für ihn zu sterben? Werde ich nicht dahingehen für dieses doppelte Feuer, für die Tugend, die mich seiner würdig gemacht hätte, für ihn, der mich der Tugend in die Arme gelegt hat? Ja, bereit: zu sterben, ohne ihn wiederzusehen, zu leben, indem ich ihn wiedersehe. Gott wird über mich urteilen.«

Ihre Farben waren in ihr Gesicht zurückgekehrt, ihre Blässe hatte einen goldenen Farbton angenommen. Esther hatte wieder ihre Anmut zurück.

»Am Tag nachdem Sie mit dem Wasser der Taufe gereinigt sind, werden Sie Lucien wiedersehen, und wenn Sie überzeugt sind, tugendhaft leben zu können, indem Sie für ihn leben, werden Sie sich nie wieder trennen.«

Der Priester musste Esther aufhelfen, deren Knie versagt hatten. Das arme Mädchen war gefallen, als wäre ihr der Boden unter den Füßen weggezogen worden; der Abbé setzte sie auf die Bank, und als sie ihre Sprache wiedergefunden hatte, fragte sie: »Warum nicht heute?«

»Wollen Sie denn seiner Exzellenz den Triumph Ihrer Taufe und Ihrer Bekehrung wegnehmen? Sie sind Lucien zu nah, um nicht mehr fern von Gott zu sein.«

»Ja, ich hatte an sonst nichts gedacht!«

»Sie werden niemals einem Glauben angehören«, sagte der Priester mit einer Geste tiefer Ironie.

»Gott ist gut«, gab sie zurück, »er sieht in mein Herz.«

Geschlagen von der köstlichen Naivität, die aus Esthers Stimme, ihrem Blick, den Gesten und der Haltung klang, küsste Herrera sie zum ersten Mal auf die Stirn.

»Die liederlichen Lebemänner haben dir den passenden Namen gegeben: Du wirst noch Gott Vater verführen. Noch ein paar Tage, die müssen sein, und danach seid ihr beide frei.«

»Alle beide!«, wiederholte sie außer sich vor Freude.

Aus der Entfernung betrachtet verblüffte diese Szene die Internatsschülerinnen und die Oberen, die meinten, bei Esthers Veränderung einer magischen Wandlung beigewohnt zu haben. Das völlig veränderte Kind lebte auf. Sie erschien wieder in ihrer wahren Natur von Liebe, umgänglich, adrett, aufreizend, fröhlich; kurz, sie war wieder auferstanden!

Viele Überlegungen

Herrera wohnte in der Rue Cassette, nahe Saint-Sulpice, der Kirche, der er sich verbunden hatte. Diese Kirche, im Stil nüchtern und kahl, sagte dem Spanier zu, dessen Glaubensrichtung der der Dominikaner verwandt war. Als verlorener Sohn der listenreichen Politik Ferdinands VII. wandte er sich ab vom Ziel einer Konstitution, wobei ihm bewusst war, dass eine solche Ergebenheit, wenn überhaupt, nur belohnt werden konnte bei einer Rückkehr zur absoluten Monarchie. Carlos Herrera hatte sich in dem Moment mit Leib und Seele der *Camarilla* angeschlossen, als es so aussah, dass die Cortes nicht mehr aufgelöst werden konnten. Nach außen sah das aus wie Charaktergröße. Der Feldzug des Herzogs von Angoulême hatte stattgefunden, König Ferdinand regierte, aber Carlos Herrera ging nicht her und verlangte in Madrid den Lohn für seine Dienste. Durch diplomatisches Schweigen schützte er sich vor Neugier und nannte als Grund für seinen Aufenthalt in Paris seine lebhafte Zuneigung zu Lucien de Rubempré, der der junge Mann bereits den königlichen Erlass bezüglich seiner Namensänderung verdankte. Herrera lebte außerdem so, wie die Geistlichen, die mit geheimen Missionen betraut sind, gewöhnlich leben. Er erfüllte seine geistlichen Pflichten in Saint-Sulpice, verließ das Haus nur dienstlich, stets abends und in der Kutsche. Der Tag war für ihn ausgefüllt mit der spanischen Siesta, die den Schlaf zwischen die beiden Mahlzeiten verlegt und damit die gesamte Zeit einnimmt, während der Paris unruhig und geschäftig ist. Die spanische Zigarre spielte ebenfalls ihre Rolle und verbrauchte so viel Zeit wie Tabak. Die Untätigkeit ist genauso eine Maske wie die Gemessenheit, die wiederum Untätigkeit ist. Herrera wohnte in einem Flügel des Hauses im zweiten Stockwerk, und Lucien bewohnte die andere Seite. Diese beiden Wohnungen waren gleichzeitig getrennt und verbunden durch einen großen Empfangssaal, dessen ältliche Pracht sowohl dem gewichtigen Kirchenmann zusagte wie dem jungen Poeten. Der Hof des Hauses war dunkel. Große ausladende Laubbäume überschatteten den Garten. Stille und Verschwiegenheit vereinen sich in den Wohnungen, die Priester sich aussuchen. Die Wohnung Herreras ist mit zwei Worten beschrieben: eine Zelle. Die von Lucien, strahlend vom Luxus und ausgestattet mit erlesenem Komfort, vereinte alles, was es braucht für das elegante Leben eines Dandys, Dichters, Schriftstellers, der ehrgeizig ist und lasterhaft, zugleich stolz und selbstgefällig, nachlässig und erpicht auf Ordnung, eines dieser unvollständigen Genies, die einige Kraft haben, zu wünschen, zu konzipieren, was vielleicht dasselbe ist, die aber überhaupt keine Kraft haben, es auszuführen. Gemeinsam bildeten Lucien und Herrera einen politischen Menschen. Wahrscheinlich beruhte darauf das Geheimnis ihrer Verbindung. Alte Männer, bei denen sich die Aktivität des Lebens verlagert und übertragen hat in den Bereich geschäftlicher Interessen, verspüren oft das Bedürfnis nach einem hübschen Werkzeug, einem jungen und begeisterten Schauspieler, um ihre Vorhaben auszuführen. Richelieu suchte zu spät ein hübsches Milchgesicht mit Schnurrbart, um es den Frauen vorzusetzen, die er unterhalten sollte. Da ihn die gedankenlosen Jungen nicht verstanden und er nicht das Format hatte, Königinnen zu gefallen, war er genötigt, die Mutter seines Herren zu verbannen und der Königin Angst einzujagen, nachdem er versucht hatte, sich bei der einen wie der anderen beliebt zu machen. Was man auch macht, es muss in einem ehrgeizigen Leben immer passieren, dass man, wenn man am wenigsten mit einer solchen Begegnung rechnet, mit einer Frau kollidiert. Wie machtvoll ein großer Politiker sein mag, er benötigt eine Frau, um sie der Frau entgegenzusetzen, genauso wie die Holländer Diamanten mit einem Diamanten schleifen. Zu Zeiten seiner Macht gehorchte Rom dieser Notwendigkeit. Sehen Sie doch, wie machtvoll das Leben Mazarins, des italienischen Kardinals, gewesen ist im Vergleich zu dem Richelieus, des französischen Kardinals? Richelieu stößt bei den großen Herren auf Opposition und setzt ihr mit der Hacke zu; er stirbt in der Blüte seiner Macht, verbraucht von dem Zweikampf, in dem er nichts als einen Kapuziner als Helfer hatte. Mazarin wird von der Bürgerschaft und vom Adel gemeinsam abgelehnt, die bewaffnet sind und auch mal siegen und das Königshaus in die Flucht schlagen; doch der Diener der Anna von Österreich lässt niemanden köpfen, versteht es, ganz Frankreich zu unterwerfen und erzieht Louis XIV., der Richelieus Werk vollendet, indem er den Adel im großen Serail von Versailles mit goldenen Schnüren erwürgt. Mit Madame de Pompadours Tod ist Choiseul verloren. Hatte Herrera diese hohen Lehren verinnerlicht? War er sich dessen eher bewusst geworden als Richelieu? Hatte er sich in Lucien einen Cinq-Mars, aber einen treuen, ausgesucht? Niemand konnte diese Fragen beantworten noch den Ehrgeiz dieses Spaniers einschätzen, noch, wie er enden würde. Diese Fragen, die diejenigen stellten, die einen Blick auf diese für lange Zeit geheime Verbindung werfen konnten, waren geeignet, ein schreckliches Geheimnis zu lüften, das Lucien erst seit wenigen Tagen kannte. Carlos war ehrgeizig für zwei, das ist es, was sein Verhalten denen verriet, die ihn kannten und die alle glaubten, dass Lucien das uneheliche Kind dieses Priesters sei.

Fünfzehn Monate nach seinem Erscheinen in der Oper, das ihn zu früh in eine Welt stieß, in der ihn der Abbé erst sehen wollte, wenn er ihn hinreichend dafür gewappnet haben würde, hatte Lucien drei schöne Pferde in seinem Stall, ein Coupé für den Abend, ein Cabriolet und einen Tilbury für den Tag. Er speiste in der Stadt. Was Herrera vorgesehen hatte, war eingetreten: Verschwendungssucht beherrschte seinen Lehrling, und er hatte es für nötig gehalten, den jungen Mann von der sinnlosen Liebe abzulenken, die er in seinem Herzen für Esther bewahrte. Nachdem er ungefähr vierzigtausend Franc verschleudert hatte, brachte jede Verrücktheit Lucien um so heftiger zur Torpille zurück, er suchte sie hartnäckig, und da er sie nicht fand, wurde sie für ihn, was das Wild für den Jäger ist. Konnte Herrera einschätzen, wie die Liebe eines Dichters beschaffen ist? Hat dieses Gefühl erst einmal den Kopf eines dieser großen kleinen Männer erobert, wie es das Herz entflammt und die Sinne durchdrungen hat, ist dieser Dichter der Menschheit ebenso überlegen, wie er es durch seine Schöpfungskraft ist. Nachdem er einer Laune der intellektuellen Entfaltung die seltene Fähigkeit verdankt, die Natur mit Bildern zum Ausdruck zu bringen, die er gleichermaßen mit Gedanken und Gefühlen prägt, verleiht er seiner Liebe die Flügel des Geistes: Er fühlt und malt, er handelt und betrachtet, er vervielfacht seine Empfindungen durch das Denken, er verdreifacht das gegenwärtige Glück durch das Verlangen der Zukunft und das Erinnern des Vergangenen; darunter mischt er die erlesenen Freuden der Seele, die ihn zum Fürsten der Künstler machen. Die Leidenschaft eines Dichters wird so zu einem großen Gedicht, das die menschlichen Maßstäbe oft hinter sich lässt. Hebt der Dichter dadurch nicht seine Geliebte viel höher, als Frauen es wollen? Wie der erhabene Ritter aus der Mancha macht er ein Bauernmädchen zur Prinzessin. Er benutzt für sich allein seinen Stab, mit dem er alles berührt, um es wunderbar zu machen, und er erhöht die Lust durch die anbetungswürdige Welt des Ideals. Darum ist diese Liebe ein Inbegriff der Leidenschaft: Sie geht in allem zu weit, in ihren Erwartungen, in ihren Enttäuschungen, in ihrem Zorn, in ihrem Weltschmerz, in ihrer Freude; sie fliegt, sie springt, sie kriecht, sie gleicht keiner Erregung, wie sie die normalen Menschen bewegt; sie verhält sich zur bürgerlichen Liebe wie der ewige Sturzbach der Alpen zum Rinnsal der Ebenen. Diese schönen Genies werden so selten verstanden, dass sie sich in falschen Hoffnungen verschwenden; sie zehren sich auf mit der Suche ihrer idealen Geliebten, sie sterben fast immer wie schöne Insekten, die die poetischste Natur zum Fest der Liebe über und über geschmückt hat und die jungfräulich unter dem Fuß eines Passanten zerdrückt werden; doch wenn sie, andere Gefahr!, das Geschöpf finden, das ihrem Wesen entspricht und das oft genug eine Bäckerin ist, dann ergeht es ihnen wie Raffael, wie dem schönen Insekt, sie sterben bei der *Fornarina*. Dies war Luciens Zustand. Seine poetische Natur, zwangsläufig extrem in allem, im Guten wie im Schlechten, hatte in dem Freudenmädchen, das von der Verderbnis mehr berührt als verdorben war, den Engel erraten: Er sah sie immer weiß, beflügelt, rein und geheimnisvoll, wie sie sich, da sie erriet, dass er sie so wollte, für ihn hergerichtet hatte.

Ein Freund

Gegen Ende Mai 1825 hatte Lucien seine gesamte Lebhaftigkeit verloren; er ging nicht mehr aus, speiste mit Herrera, blieb in Gedanken versunken, arbeitete, las die Sammlung diplomatischer Verträge, verharrte im Schneidersitz auf dem Sofa und rauchte drei oder vier Wasserpfeifen am Tag. Sein Page war mehr damit beschäftigt, die Röhrchen dieses hübschen Geräts zu reinigen und mit Duftstoff zu versehen, als die Pferde zu striegeln und ihr Geschirr für Ausflüge im Bois mit Rosen zu schmücken. Als der Spanier eines Tages sah, wie blass Luciens Stirn war, worin er Spuren krankhaften Wahns unterdrückter Liebe erkannte, wollte er dem Herz dieses Mannes, auf den er sein Leben gesetzt hatte, auf den Grund gehen.

An einem schönen Abend, als Lucien, in einem Sessel, teilnahmslos zwischen den Bäumen hindurch den Sonnenuntergang betrachtete und den Schleier seines duftigen Pfeifenrauchs in regelmäßigen und tiefen Atemzügen vor sich hin ausstieß, wie es gedankenvolle Raucher tun, riss ihn ein tiefer Seufzer aus seiner Träumerei. Er blickte sich um und sah den Abbé, der mit verschränkten Armen da stand.

»Du warst hier!«, sagte der Dichter.

»Schon länger«, gab der Priester zurück, »meine Gedanken sind den deinen in ihrer ganzen Weite gefolgt ...«

Lucien verstand.

»Ich habe mich nie für eine eiserne Natur ausgegeben wie du es bist. Für mich ist das Leben immer im Wechsel mal ein Paradies und mal die Hölle; und wenn es zufällig weder das eine noch das andere ist, langweilt es mich, und ich langweile mich ...«

»Wie kann man sich langweilen, wenn man so großartige Aussichten vor sich hat ...«

»Wenn man an diese Aussichten nicht glaubt, oder wenn sie zu verschwommen sind ...«

»Kein dummes Zeug!«, sagte der Priester »Es ist deiner und meiner doch eher würdig, dass du mir dein Herz öffnest. Zwischen uns steht etwas, das nie da sein dürfte: ein Geheimnis! Dies Geheimnis besteht jetzt seit sechzehn Monaten. Du liebst eine Frau.«

»Also ...«

»Ein dreckiges Freudenmädchen, das sich La Torpille nennt ...«

»Ach, ja? Und?«

»Mein Junge, ich hatte dir erlaubt, eine Geliebte zu haben, aber eine vom Hof, jung, schön, einflussreich, mindestens Gräfin. Ich hatte dir Madame d'Espard ausgesucht, um sie ohne weitere Rücksicht zum Werkzeug des Erfolgs zu machen; die hätte dir niemals das Herz versaut, sie hätte dir deine Freiheit gelassen ... Eine Prostituierte der allerletzten Sorte zu lieben, ohne wie die Könige die Macht zu haben, sie zu adeln, ist ein Riesenfehler.«

»Auf allen Ehrgeiz zu verzichten wär ich wohl kaum der Erste, doch bei heftiger Liebe ist Verzicht doch das Schwerste.«

»Na gut«, sagte der Priester und hob das Mundstück der Wasserpfeife auf, das Lucien hatte fallen lassen und reichte es ihm, »ich verstehe den Vers. Kann man nicht Ehrgeiz und Liebe vereinen? Kind, du hast im alten Herrera eine Mutter, deren Einsatzwille absolut ist ...«

»Ich weiß es, du Lieber«, sagte Lucien und nahm seine Hand und schüttelte sie.

»Du wolltest die Kinkerlitzchen des Reichtums, du hast sie. Du willst glänzen, ich lenke dich auf die Bahn der Macht, ich küsse ziemlich schmutzige Hände, damit du vorankommst, und du wirst vorankommen. Noch etwas Zeit und es wird dir nichts fehlen, was Männern und Frauen Freude macht. Weiblich in deinen Launen, bist du doch männlich in deinem Verstand: Ich habe alles an dir erfasst, ich verzeihe dir alles. Du musst es nur aussprechen, und deine Eintagesleidenschaften werden befriedigt. Ich habe dein Leben vergrößert, indem ich das hineingebracht habe, was es für die meisten bewundernswert macht, das Gepräge von Politik und Herrschaft. Du wirst so groß sein, wie du klein bist; aber wir dürfen nicht die Presse zerbrechen, mit der wir das Geld prägen. Ich erlaube dir alles, nur nicht die Fehler, die deine Zukunft zunichtemachen. Wenn ich dir die Salons des Faubourg Saint-Germain öffne, verbiete ich dir, dich in der Gosse zu suhlen! Lucien! Ich werde in deinem Interesse wie ein eiserner Stab sein, ich werde mir alles von dir gefallen lassen, zu deinem Vorteil. Also habe ich deinen Mangel an Feingefühl für das Spiel des Lebens umgewandelt zur Finesse geschickter Spieler ...« (mit einer Geste groben Zorns hob Lucien den Kopf.) »Ich habe La Torpille entführt!«

»Du?«, schrie Lucien.

In einem Anfall animalischer Wut fuhr der Dichter auf und schmiss dem Priester das goldene, steinbesetzte Mundstück an den Kopf und schubste ihn so heftig, dass dieser Athlet zu Boden ging.

»Ich«, sagte der Spanier beim Aufstehen, wobei er seine furchtbare Gewichtigkeit beibehielt.

Die schwarze Perücke war heruntergefallen. Ein Schädel, glatt wie ein Totenkopf, gab dem Mann sein wahres Gesicht zurück; es war grauenerregend. Lucien blieb mit hängenden Armen auf seinem Sofa, niedergeschlagen, und sah den Abbé benommen an.

»Ich habe sie entführt«, wiederholte der Priester.

»Was hast du mit ihr gemacht? Du hast sie am Tag nach dem Maskenball entführt ...«

»Ja, am nächsten Tag, nachdem ich miterlebt habe, wie ein Mensch, der zu dir gehört, von losen Vögeln beleidigt wurde, denen ich nicht mal einen Tritt in ...«

»Lose Vögel«, unterbrach ihn Lucien, »Monster kannst du sagen, neben denen Galgenvögel Engel sind. Weißt du, was die arme Torpille für drei von denen getan hat? Einer von ihnen war zwei Monate lang ihr Liebhaber: Sie war arm und verdiente ihr Brot in der Gosse; er hatte keinen Sou, er war wie ich, als du mir begegnet bist, so nah am Wasser; der Kerl stand nachts auf, ging an den Schrank, wo das Mädchen die Reste von seinem Abendessen aufbewahrte, und aß sie: Schließlich kam sie ihm auf die Schliche und begriff das Beschämende; also gab sie acht, möglichst viel dort zu lassen und war damit ganz glücklich; sie hat das nur mir gesagt, in ihrer Kutsche auf dem Heimweg von der Oper. Der zweite hatte gestohlen, aber bevor der Diebstahl bemerkt werden konnte, hat sie ihm die Summe geliehen, dass er sie zurückgeben konnte, die seinerseits dem armen Kind zurückzugeben er aber vergessen hat. Was den dritten angeht, hat sie sein Glück gemacht, indem sie eine Komödie abgezogen hat, die genial war wie der *Figaro*; sie trat auf als seine Gemahlin, die sich zur Geliebten eines allmächtigen Mannes macht, der sie für die unschuldigste aller Bürgersfrauen hielt. Dem einen das

Leben, dem anderen die Ehre, dem letzten sein Vermögen, das heutzutage alles bedeutet! Und du siehst, wie sie es ihr vergolten haben.«

»Willst du ihren Tod?«, sagte Herrera mit einer Träne im Auge.

»Na weißt du, so siehst du aus! Ich kenne dich doch …«

»Nein, hör es dir ganz an, zorniger Dichter«, sagte der Priester, »La Torpille gibt es gar nicht mehr …«

Lucien stürzte sich so wuchtig auf Herrera und ging ihm an den Hals, dass er jeden anderen umgeworfen hätte, doch der Arm des Spaniers hielt den Dichter fest.

»Hör doch zu«, meinte er kühl. »Ich habe aus ihr eine keusche, reine, wohlerzogene, gläubige Frau gemacht, eine Dame; sie lernt noch. Sie kann, sie muss unter der Herrschaft deiner Liebe eine Ninon werden, eine Marion de Lorme, eine Dubarry, wie der Journalist in der Oper gesagt hat. Du erkennst sie als deine Geliebte an oder du hältst das hinter deiner neuen Fassade, was klüger wäre. Das eine wird dir wie das andere Gewinn und Stolz einbringen, Freude und Fortschritt; aber wenn du als Politiker so groß bist wie als Dichter, wird Esther für dich bloß irgendein Mädchen sein, denn später wird sie uns vielleicht aus der Affäre ziehen, sie kann man mit Gold aufwiegen. Trink, aber berausche dich nicht. Wenn ich deiner Leidenschaft nicht die Zügel angelegt hätte, wo wärest du jetzt damit? Du hättest dich mit der Torpille im Morast des Elends gewälzt, aus dem ich dich herausgezogen habe. Hier, lies«, sagte Herrera so schlicht wie Talma im *Manlius*, was er niemals gesehen hatte.

Ein Blatt Papier fiel auf den Schoß des Dichters und riss ihn aus der erschütternden Verstörung, in die ihn die bedrohliche Antwort versetzt hatte, er ergriff es und las den ersten Brief, den Mademoiselle Esther je selbst geschrieben hatte.

»An Herrn Abbé Carlos Herrera.

Mein lieber Beschützer, werden Sie nicht glauben, dass bei mir die Dankbarkeit vor der Liebe kommt, wenn Sie sehen, dass ich beim ersten Mal, da ich von der Fähigkeit, meine Gedanken auszudrücken, Gebrauch mache, das tue, um Ihnen zu danken, statt sie dem Ausdruck einer Liebe zu widmen, die Lucien womöglich schon vergessen hat? Und ich will Ihnen, Mann des Himmels, sagen, was ich mich nie trauen würde, ihm zu sagen, der zu meinem Glück doch unter uns auf der Erde ist. Die gestrige Zeremonie hat Schätze der Gnade in mich strömen lassen, ich lege also mein Schicksal in Ihre Hände. Sollte ich fern von meinem Geliebten sterben, dann gereinigt wie Magdalena, und meine Seele würde für ihn zur Rivalin seines Schutzengels. Werde ich jemals das Fest von gestern vergessen? Wie könnte man auf den ruhmreichen Thron verzichten, den ich bestiegen habe? Gestern habe ich mit dem Taufwasser alles Unreine abgewaschen und ich habe den heiligen Leib unseres Erlösers empfangen; ich bin einer seiner Schreine geworden. In demselben Augenblick hörte ich die Engel singen, ich war keine Frau mehr, ich wurde geboren zu einem Leben von Licht inmitten des Jubels der Erde, bewundert von der Welt, in einer trunken machenden Wolke von Weihrauch und Gebeten, und geschmückt wie eine Jungfrau für einen himmlischen Bräutigam. Als ich, was ich niemals erhofft hatte, Luciens würdig war, habe ich aller unreinen Liebe abgeschworen, und ich will keine anderen Wege mehr beschreiten als die der Tugend. Wenn mein Leib schwächer ist als meine Seele, soll er zugrunde gehen. Seien Sie Schiedsrichter meiner Bestimmung, und sollte ich sterben, sagen Sie Lucien, ich sei gestorben für ihn und wiedererstanden in Gott.

Heute, Sonntag Abend.«

Lucien hob seine von Tränen nassen Augen auf den Abbé.

»Du kennst die Wohnung der dicken Caroline Bellefeuille in der Rue Taitbout«, redete der Spanier weiter. »Dies Mädchen, das ihr Richter sitzengelassen hat, war in einer furchtbaren Notlage, sie war drauf und dran, gepfändet zu werden; ich habe ihr Zuhause als Ganzes kaufen lassen, sie ist mit ihren Sachen ausgezogen. Esther, dieser Engel, der in den Himmel wollte, ist dort abgestiegen und erwartet dich.«

Genau jetzt hörte Lucien im Hof seine Pferde mit dem Huf aufstampfen, er hatte nicht die Kraft, seine Bewunderung auszudrücken für eine Ergebenheit, deren Wert allein er ermessen konnte; er warf sich dem Mann, den er verärgert hatte, in die Arme, und machte alles wieder gut mit einem einzigen Blick und dem stummen Ausdruck seiner Gefühle; dann eilte er durchs Treppenhaus, warf seinem Stallknecht Esthers Adresse zu, und die Pferde stürmten davon, als wäre ihnen die Leidenschaft ihres Herren in die Beine gefahren.

Wo man erfährt, dass im Abbé Herrera kein Priester steckte

Am folgenden Tag ging ein Mann, den die Passanten aufgrund seiner Kleidung für einen Polizisten in Zivil halten konnten, auf der Rue Taitbout gegenüber einem Haus auf und ab, als warte er darauf, dass jemand herauskommt; sein Gang war der eines aufgeregten Mannes. In Paris stößt man öfters auf solche leidenschaftlichen Spaziergänger, in echt Gendarmen, die einen verbohrten Nationalgardisten, Büttel, die eine Festnahme vorbereiten, Gläubiger, die überlegen, wie sie ihrem Schuldner, der sich verkrochen hat, etwas abpressen, eifersüchtige oder argwöhnische Liebhaber oder Ehemänner, Freunde, die für einen Freund Posten bezogen haben; aber Sie begegnen wohl ziemlich selten einem von den wilden und rohen Gedanken beseelten Gesicht, die das des finsteren Athleten belebten, während er unter Esthers Fenstern mit der versonnenen Hast eines eingesperrten Bären auf und ab ging. Am Mittag öffnete sich ein Fenster und ließ die Hand eines Zimmermädchens durch, die die mit Kissen abgedichteten Fensterläden aufstieß. Wenig später erschien Esther im Negligé, um Luft zu schnappen, wobei sie sich an Lucien lehnte; wer sie gesehen hätte, würde sie für das Vorbild eines lieblichen englischen Kupferstichs gehalten haben. Esther bemerkte sofort die Basiliskenaugen des spanischen Priesters, und das arme Geschöpf stieß, als habe sie ein Geschoss getroffen, einen Schreckensschrei aus.

»Da ist der schlimme Priester«, sagte sie und zeigte ihn Lucien.

»Ach der«, lächelte er, »der ist nicht mehr Priester als du ...«

»Was ist er denn dann?«, fragte sie ängstlich.

»Der ist ein alter Fuchs, der an nichts glaubt außer an den Teufel«, sagte Lucien.

Lucien hätte bei einem weniger ergebenen Menschen als Esther mit dieser Äußerung über die Geheimnisse des falschen Priesters für immer verloren.

Auf dem Weg vom Fenster ihres Schlafzimmers ins Esszimmer, wo soeben für ihr Frühstück gedeckt worden war, trafen die beiden Liebenden Carlos Herrera.

»Was willst du hier?«, fuhr ihn Lucien an.

»Euch segnen«, antwortete dieser unverfrorene Mann, hielt das Paar auf und nötigte es, im kleinen Salon der Wohnung zu bleiben. »Wollt ihr hören, meine Lieben? Habt Spaß miteinander, seid glücklich, das ist wunderbar. Glück um jeden Preis, das ist mein Prinzip. Du aber«, sagte er zu Esther, »du, die ich aus dem Dreck gezogen und an Leib und Seele gereinigt habe, du hast hoffentlich nicht vor, dich Lucien in den Weg zu stellen? ... Was dich angeht, mein Kleiner«, fuhr er nach einer kurzen Pause mit Blick auf Lucien fort, »du bist nicht mehr Dichter genug, um dich einer neuen Coralie zu überlassen. Wir machen Prosa. Was kann Esthers Liebhaber werden? Nichts. Kann Esther Madame de Rubempré werden? Nein. Weißt du, die Leute, meine Kleine«, sagte er und legte seine Hand in die Hand Esthers, die es schauderte, als hätte sie eine Schlange umfasst, »die Leute dürfen nicht wissen, dass Sie leben; die Leute dürfen vor allem nicht wissen, dass ein Fräulein Esther Lucien liebt, und dass Lucien in sie vernarrt ist ... Diese Wohnung wird Ihr Gefängnis, meine Kleine. Wenn Sie hinausgehen wollen, und für Ihre Gesundheit müssen Sie das, dann gehen sie nachts aus, zu den Zeiten, zu denen Sie nicht gesehen werden können; Ihre Schönheit, Ihre Jugend und die Vornehmheit, die Sie im Kloster erworben haben, würden zu schnell bemerkt in Paris. Der Tag, an dem wer auch immer auf Erden«, sagte er mit einem entsetzlichen Nachdruck und einem noch drohenderen Blick, »Kenntnis bekommt davon, dass Lucien Ihr Liebhaber ist und Sie seine Geliebte, dieser Tag wäre Ihr vorletzter Tag. Wir haben für diesen Nachgeborenen hier einen Erlass erlangt, der ihm erlaubt, den Namen und das Wappen seiner Vorfahren mütterlicherseits zu tragen. Und das ist nicht alles! Der Titel des Marquis wurde uns nicht zurückgegeben; um den wiederzuerlangen, muss er eine Tochter aus einem guten Haus heiraten, der zum Gefallen der Könige uns diese Gnade erweist. Diese Verbindung wird Lucien an den Hof bringen. Dies Kind, bei dem es mir gelungen ist, aus ihm einen Mann zu machen, wird zunächst Botschaftssekretär; später wird er Gesandter an einem kleinen Hof Deutschlands, und mit Gottes oder meiner (was mehr bringt) Hilfe wird er eines Tages auf den Bänken der Pairs einen Sitz haben ...«

»Oder einsitzen ...«, redete Lucien dazwischen.

»Sei still«, rief Carlos und hielt mit seiner breiten Hand

Luciens Mund zu. »So ein Geheimnis vor einer Frau! ...«, flüsterte er ihm ins Ohr.

»Esther – eine Frau?«, rief der Autor der *Margeriten*.

»Schon wieder Gedichte!«, sagte der Spanier, »beziehungsweise dumme Geschichten. All diese Engel werden irgendwann, früher oder später, wieder Frau; aber eine Frau hat immer Momente, in denen sie gleichzeitig Äffchen und Kind ist! Zwei Geschöpfe, die uns umbringen, weil sie was zum Lachen haben wollen. – Esther, mein Goldstück«, sagte er der entsetzten jungen Internatsschülerin, ich habe für Sie als Zimmermädchen einen Menschen gefunden, der mir gehört, als wäre es meine Tochter. Als Köchin haben Sie eine Mulattin, was dem Haushalt einen edlen Anstrich verleiht. Mit Europe und Asie können Sie hier mit einem monatlichen Tausendfrancschein alles inklusive leben wie eine Königin – der Bühne. Europe war Schneiderin, Modistin und Bühnenstatistin, Asie hat einem Feinschmecker-Lord gedient. Diese zwei Wesen werden für Sie da sein wie Feen.«

Als sie Lucien ganz wie ein kleiner Junge vor diesem Mann stehen sah, der sich mindestens einer Glaubensschändung und eines Betrugs schuldig gemacht hatte, spürte diese Frau, die ihre Liebe heiligte, am Grund ihres Herzens einen tiefen Schrecken. Ohne zu antworten zog sie Lucien in ihr Zimmer und fragte ihn: »Ist er der Teufel?«

»Viel schlimmer ... für mich!«, gab er lebhaft zurück. »Aber wenn du mich liebst, versuch, so ergeben zu sein wie dieser Mann und gehorch ihm, bei Todesstrafe ...«

»Todesstrafe? ...«, fragte sie mit noch größerem Schrecken.

»Todesstrafe«, wiederholte Lucien. »Ach je, mein Liebchen, kein Tod wäre vergleichbar mit dem, der mich ereilen würde, wenn ...«

Esther erbleichte, als sie diese Worte hörte und spürte, wie ihr Bewusstsein dahinschwand.

»Was ist denn nun?«, rief der schändliche Fälscher, »habt ihr eure Margeriten noch immer nicht zuende gerupft?«

Esther und Lucien kamen zurück und das arme Mädchen sagte, ohne zu wagen, den geheimnisvollen Mann anzusehen: »Es wird Ihnen gehorcht werden, wie man Gott gehorcht, Monsieur.«

»Gut«, antwortete er, »Sie können eine Zeit lang sehr glücklich sein, und ... Sie werden sich nur für das Schlafzimmer und die Nacht zurechtzumachen haben, das wird sehr sparsam sein.«

Zwei besondere Wachhunde

Die beiden Liebenden wandten sich zum Esszimmer, doch Luciens Beschützer machte dem hübschen Paar ein Zeichen zu halten, und es hielt an. – »Ich habe gerade von Ihren Leuten gesprochen, mein Kind«, sagte er zu Esther, »ich muss sie Ihnen vorstellen.«

Der Spanier klingelte zweimal. Die beiden Frauen, die er Europe und Asie nannte, erschienen, und es war leicht, den Grund für diese Spitznamen zu erkennen.

Asie schien von der Insel Java zu stammen und bot dem Blick, wie um ihn zu erschrecken, solch ein rötlichbraunes Gesicht der Malaien, das flach ist wie ein Brett, dessen Nase aussieht, als sei sie mit Macht hineingedrückt worden. Die merkwürdige Anordnung der Kieferknochen verlieh dem unteren Teil dieses Gesichts Ähnlichkeit mit dem der größeren Affenarten. Die Stirn, obwohl sie niedrig war, war nicht ohne die Intelligenz gewohnheitsmäßiger Hinterlist. Zwei kleine glühende Augen bewahrten die Ruhe der Tiger, wichen aber dem Blick aus. Asie schien Angst zu haben, dass sie ihre Umwelt erschreckt. Die Lippen, von einem fahlen Blau, ließen

Zähne von blendendem Weiß erkennen, die aber durcheinanderstanden. Der allgemeine Gesichtsausdruck dieser animalischen Physiognomie war Gemeinheit. Die Haare, fettig glänzend wie ihre Gesichtshaut, umfassten in zwei schwarzen Strähnen ein reichverziertes Tuch. Die Ohren, die außerordentlich schön waren, trugen zwei dicke braune Perlen als Schmuck. Klein, untersetzt, stämmig, glich Asie den schematischen Darstellungen, mit denen die Chinesen ihre Wandschirme schmücken, oder genauer, den Götzen der Hindus, die aussehen, als dürfte es dafür gar kein Vorbild geben, auf das die Reisenden aber schließlich doch noch stoßen. Beim Anblick dieses mit einer weißen Schürze über einem leichten Wollkleid geschmückten Ungeheuers überkam Esther das Schaudern.

»Asie!«, sagte der Spanier, in dessen Richtung diese Frau ihren Kopf mit einer Bewegung hob, die man nur mit dem Blick eines Hundes in Richtung seines Herren vergleichen kann, »dies ist eure Herrin …«

Und wies mit dem Finger auf Esther im Morgenrock. Asie betrachtete diese junge Fee mit beinah schmerzlichem Gesichtsausdruck; doch gleichzeitig glänzte ein zwischen ihren zusammengepressten kurzen Wimpern gedämpftes Leuchten wie ein einzelner Funken eines Brandes in Richtung Luciens auf, der, in einen prächtigen offenen Hausmantel, ein gemustertes Hemd und eine rote Hose gekleidet und mit einem türkischen Fez, unter dem seine blonden Locken hervorquollen, einen göttlichen Anblick bot. Das Genie der Italiener kann auf die Geschichte von Othello kommen, das englische Genie kann es auf die Bühne bringen, aber allein die Natur hat das Recht, im Ausdruck der Eifersucht mit einem einzigen Blick großartiger und umfassender zu sein als England und Italien zusammen. Infolge dieses Blicks, den sie erhaschte, packte Esther den Spanier am Arm und drückte dort ihre

Nägel ein, wie es eine Katze getan hätte, die sich festhält, um nicht in einen Abgrund zu fallen, in dem sie keinen Boden sieht. Der Spanier sprach drei oder vier Worte einer unbekannten Sprache zu dem asiatischen Monster, das sich hinkniete, zu Esthers Füßen vorrutschte und ihr die Füße küsste.

»Sie ist«, sagte der Spanier zu Esther, »nicht einfach Köchin, sondern ein Koch, der Carême verrückt machen würde vor Eifersucht. Asie kann in der Küche alles. Sie richtet Ihnen einen einfachen Bohneneintopf so her, dass Sie sich fragen, ob nicht die Engel herabgekommen sind, um die Gewürze des Himmels dazuzutun. Sie wird jeden Morgen selbst in die Markthalle gehen und sich schlagen wie der Teufel, der sie ist, um die Sachen zum besten Preis zu bekommen; sie wird die Neugierigen mit ihrer Verschwiegenheit zum Aufgeben zwingen. Da es von Ihnen heißen wird, dass Sie in Indien gewesen seien, wird Asie sehr nützlich sein, um diese Geschichte aufrechtzuerhalten, sie ist immerhin eine dieser Parisierinnen, die geboren werden, um aus dem Land zu stammen, aus dem sie stammen wollen. Meiner Meinung nach sollten Sie aber keine Ausländerin sein ... Europe, was sagst du dazu?«

Europe stand in perfektem Gegensatz zu Asie, denn sie war die lieblichste Kammerzofe, die sich Monrose als Partnerbesetzung auf der Bühne jemals hätte wünschen können. Schlank, anscheinend leichtfertig, mit Stupsnase und der kindlichen Lebhaftigkeit eines Wiesels, hatte Europe bei genauerer Betrachtung ein von den Pariser Ausschweifungen ermüdetes Gesicht, das fahle Gesicht eines Mädchens, das sich von rohen Äpfeln ernährt, träge und faserig, weichlich und zäh. Ihren kleinen Fuß vorgeschoben, die Hände in den Schürzentaschen, war sie, obwohl reglos, zappelig vor Lebhaftigkeit. Sie musste, da sie zugleich Putzmacherin und Komparsin war, trotz ihrer Jugend schon viele Tätigkeiten ausgeübt haben. Verdorben wie alle reuigen Sünderinnen zusammen, konnte sie ihre Eltern bestohlen und schon die Bänke der Sittenpolizei gedrückt haben. Asie flößte großen Schrecken ein, aber man erkannte sie mit dem ersten Blick, sie war eine direkte Nachfahrin der Locusta; wogegen Europe ein Unbehagen auslöste, das in dem Maß, wie man sie einsetzte, nur zunehmen konnte; ihre Verdorbenheit schien keine Grenzen zu kennen; sie musste, wie der Volksmund sagt, imstande sein, zwischen Bergen Zwietracht zu säen.

»Die gnädige Frau könnte aus Valenciennes sein«, meinte Europe trocken, »ich bin da her. Monsieur«, fragte sie Lucien etwas altklug, »könnten Sie uns den Namen mitteilen, mit dem Sie Madame angesprochen haben möchten?«

»Madame van Bogseck«, hatte der Spanier Esthers Namen schon umgedreht. »Madame ist eine holländische Jüdin, Witwe eines Kaufmanns und leidet an einer aus Java eingeschleppten Erkrankung der Leber ... Ohne viel Vermögen, um keine Neugierde zu wecken.«

»Gerade genug um zu leben, sechstausend Franc Rente; wir werden uns über ihren Geiz beschweren«, sagte Europe.

»Genau«, meinte der Spanier und nickte. »Verdammte Spaßmacher!«, fuhr er in einem furchtbaren Ton in der Stimme fort, als er bemerkte, wie Asie und Europe einen Blick wechselten, der ihm missfiel, »ihr wisst, was ich euch gesagt habe? Ihr dient einer Königin, ihr seid ihr den Respekt schuldig, der einer Königin gebührt, ihr werdet ihr ergeben sein wie mir. Weder der Hausmeister, noch die Nachbarn, noch die Mieter, also kein Mensch der Welt darf erfahren, was hier vor sich geht. Es ist eure Aufgabe, alle Neugier zu zerstreuen, falls welche aufkommt. Und Madame«, sagte er und legte seine breite behaarte Hand auf Esthers Arm, »Madame darf nicht die geringste Unvorsichtigkeit begehen, nötigenfalls werdet ihr sie daran hindern, aber ... immer respektvoll. Europe, Sie werden es sein, die, für die Ausstattung von Madame, mit der Außenwelt zu tun hat, und Sie legen zur Sparsamkeit dabei selber Hand an. Und es soll niemand, auch nicht der unscheinbarste Mensch, seinen Fuß in diese Wohnung setzen. Also ihr zwei, das muss man schon hinbekommen. – Meine schöne Kleine«, wandte er sich an Esther, »wenn Sie abends im Wagen ausfahren wollen, werden Sie das Europe sagen, sie weiß, wo sie Ihre Leute findet, denn Sie werden einen Wachmann haben, und zwar nach meiner Art, wie diese beiden Sklavinnen.«

Esther und Lucien brachten kein Wort heraus, sie hörten dem Spanier zu und betrachteten die beiden besonderen Untertanen, denen er seine Anordnungen erteilte. Welchem Geheimnis schuldeten sie die Unterwerfung, die in die zwei Gesichter eingeschriebene Ergebenheit, das eine so boshaft verschmitzt, das andere von Grund auf grausam? Er erriet die Gedanken von Esther und Lucien, die gelähmt zu sein schienen wie Paul und Virginie beim Anblick zweier fürchterlicher Schlangen, und er sprach ihnen mit seiner lieben Stimme ins Ohr: »Ihr könnt euch auf die verlassen wie auf mich; ihr braucht vor ihnen kein Geheimnis zu haben, das wird ihnen schmeicheln. – Geh und trag auf, meine kleine Asie«, sagte er zur Köchin; »und du, meine Süße, stell noch ein Gedeck hin«, zu Europe, »es ist ja wohl das Mindeste, dass diese Kinder dem Papa etwas zum Essen anbieten.«

Als die beiden Frauen die Tür geschlossen hatten und der Spanier Europe hin und her gehen hörte, öffnete er seine Hand und sagte zu Lucien und dem jungen Mädchen: »Ich habe sie im Griff!« Wort und Geste waren zum Grausen.

»Wo hast du die denn her?«, rief Lucien.

»Ach, zum Teufel«, antwortete dieser Mann, »zu Füßen der Throne werde ich die schon nicht gesucht haben! Europe kommt aus dem Dreck und hat Angst, wieder hineinzugeraten … Droht ihnen mit *Monsieur l'Abbé,* wenn sie nicht tun, was sie sollen, da werdet ihr sie zittern sehen wie zwei Mäuse, denen man von der Katze erzählt. Ich bin ein Raubtierbändiger«, fügte er lächelnd an.

»Mir kommen Sie vor wie der Teufel«, rief Esther zaghaft aus und drückte sich an Lucien.

»Liebes Kind, ich habe versucht, Sie dem Himmel zuzuführen; doch ein reuiges Freudenmädchen wird für die Kirche immer ein Schwindel sein; wenn sich eins fände, würde es im Paradies wieder Kurtisane ... Dabei haben Sie es geschafft, vergessen zu werden und wie eine Dame auszusehen; Sie haben dort nämlich erhalten, wovon Sie in der schändlichen Welt, in der Sie lebten, niemals hätten erfahren können ... Sie schulden mir nichts«, fügte er an, als er einen lieblichen Ausdruck von Dankbarkeit auf Esthers Gesicht sah, »ich habe alles für ihn getan ...« und wies auf Lucien ... »Sie sind Hure, Sie bleiben Hure, Sie werden als Hure sterben; trotz der verführerischen Theorien der Tierzüchter kann man hienieden nicht etwas anderes werden, als man ist. Der Mann mit den Schädelbeulen hat recht. Sie haben die besondere Beule für die Liebe.«

Wie man sieht, war der Spanier ein Fatalist, so wie Napoleon, Mohammed und viele große Politiker. Merkwürdig, dass fast alle Menschen der Tat zur Schicksalsgläubigkeit neigen, so wie die meisten Denker an die Vorsehung glauben.

»Ich weiß nicht, was ich bin«, antwortete Esther mit engelsgleicher Sanftmut, »aber ich liebe Lucien und ich werde ihn noch im Sterben verehren.«

»Jetzt kommen Sie etwas essen«, sagte der Spanier abrupt, »und beten Sie zu Gott, dass er nicht sofort heiratet, denn dann würden Sie ihn nie wieder sehen.«

»Seine Heirat wird mein Tod«, sagte sie.

Sie ließ diesen falschen Priester vorausgehen, um sich unbemerkt zu Luciens Ohr emporzurecken.

»Willst du«, sagte sie, »dass ich in der Gewalt dieses Mannes bleibe, der mich von diesen zwei Hyänen bewachen lässt?«

Lucien nickte. Das arme Mädchen unterdrückte seinen Kummer und gab sich fröhlich. Doch war sie entsetzlich bedrückt. Es brauchte mehr als ein Jahr beständiger und sorgfältiger Fürsorge, bis sie sich an diese zwei schrecklichen Wesen gewöhnt hatte, die Carlos Herrera als *die zwei Wachhunde* bezeichnete.

Langweiliges Kapitel, denn es beschreibt vier Jahre des Glücks

Luciens Verhalten seit seiner Rückkehr nach Paris war von einer so durchgehenden Taktik geprägt, dass er den Neid aller seiner alten Freunde erregen musste und erregte, denen gegenüber er keine andere Rache übte, als sie sich ärgern zu lassen über seine Erfolge, über seinen untadeligen Auftritt und über seine Art, die Leute auf Abstand zu halten. Dieser so mitteilsame, so offenherzige Dichter wurde kühl und zurückhaltend. De Marsay, dies Vorbild der Pariser Jugend, war in Rede und Handeln nicht maßvoller als Lucien. Was seinen Verstand betraf, hatte der Journalist schon längst den Nachweis erbracht. De Marsay, dem einige Leute Lucien mit Vergnügen entgegenhielten, um dem Dichter den Vorzug zu geben, war so klein, sich deswegen zu ärgern. Lucien stand sehr in der Gunst der Männer, die die Macht ausübten, und hatte alle Gedanken an literarischen Ruhm fallen gelassen, sodass ihn der Erfolg seines Romans, der unter seinem richtigen Titel *Der Bogenschütze Karls IX.* wieder aufgelegt worden war, so wenig berührte wie das Aufheben, das um seine Sammlung von Sonetten gemacht wurde, die Dauriat binnen einer Woche unter dem Titel *Margeriten* verkauft hatte. – »Das ist posthumer Ruhm«, antwortete er lachend Mademoiselle des Touches, als sie ihm dazu gratulierte. Der schreckliche Spanier hielt sein Geschöpf mit eisernem Griff auf dem Gleis, an dessen Ende den geduldigen Strategen Fanfaren und die Früchte des Siegs erwarten. Lucien hatte Beaudenords Junggesellenwohnung am Quai Malaquais bezogen, um der Rue Taitbout näher zu sein, und sein Ratgeber hatte sich in drei Zimmern desselben Hauses, in der vierten Etage, eingemietet. Lucien hatte nur noch ein Reit- und Wagenpferd, einen Diener und einen Stallknecht. Wenn er nicht außer Haus zu Abend aß, dann bei Esther. Carlos überwachte die Dienstboten am Quai Malaquais so gründlich, dass Lucien insgesamt keine zehntausend Franc pro Jahr ausgab. Zehntausend Franc genügten Esther dank der beständigen, unerklärlichen Ergebenheit von Europe und Asie. Lucien traf übrigens die größten Vorsichtsmaßnahmen für seine Gänge zu und von der Rue Taitbout. Er begab sich nie ohne Droschke mit heruntergelassenen Vorhängen dorthin und ließ den Wagen stets die Einfahrt nehmen. Weil seine Leidenschaft für Esther und die Existenz des Haushalts in der Rue Taibout den Leuten gänzlich unbekannt waren, schadeten sie keiner seiner Unternehmungen oder Beziehungen; niemals kam ihm ein unbedachtes Wort zu diesem heiklen Thema über die Lippen. Seine einschlägigen Fehler aus der Zeit seines ersten Aufenthalts in Paris mit Coralie waren ihm eine Lehre gewesen. Sein Leben wies auf den ersten Blick diese wohlanständige Gesetztheit auf, hinter der man einiges an Geheimnissen verbergen kann: Bis ein Uhr morgens blieb er jeden Tag in Gesellschaft; man traf ihn zwischen zehn Uhr und ein Uhr mittags zu Hause an; anschließend ging er in den Bois de Boulogne und machte Besuche bis fünf Uhr. Selten sah man ihn zu Fuß, auf diese Weise mied er seine alten Bekanntschaften. Wenn er von einem Journalisten oder einem seiner früheren Kameraden gegrüßt wurde, antwortete er zunächst mit einem Nicken, das höflich genug war, um niemanden zu verärgern, worin sich aber eine tiefe Herablassung zeigte, die die französische Vertraulichkeit erstickte. Er entledigte sich auf diese Weise schnell all derer, die er nicht mehr gekannt haben wollte. Eine alte Feindschaft hinderte ihn daran, zu Madame d'Espard zu gehen, die ihn mehrfach bei sich hatte haben wollen; wenn er ihr bei der Herzogin de Maufrigneuse oder bei Mademoiselle des Touches, bei der Gräfin de Montcornet oder anderswo begegnete, zeigte er sich ihr gegenüber von ausgesuchter Höflichkeit. Diese Abneigung, die Madame d'Espard erwiderte, zwang Lucien zur Vorsicht, und wir werden sehen, wie sehr er die wieder angefacht hatte, indem er sich eine Revanche erlaubte, die ihm übrigens eine heftige Ermahnung von Carlos Herrera einbrachte. – »Du hast noch nicht die Macht, dich an wem auch immer zu rächen«, hatte ihm der Spanier gesagt. »Wenn man unter sengender Sonne unterwegs ist, hält man ja auch nicht an, um die schönste Blume zu pflücken ...« Lucien hatte zu gute Aussichten und zu viel echte Überlegenheit, als dass es die jungen Leute, die seine Rückkehr nach Paris und sein unerklärlicher Erfolg irritierten oder störten, nicht begeistert hätte, ihm einen bösen Streich zu spielen. Lucien war sich seiner vielen Feinde bewusst und es war ihm nicht verborgen geblieben, was für üble Anlagen seine Freunde hatten. Dementsprechend machte der Abbé seinen Adoptivsohn eindringlich aufmerksam auf die Verräterei der Leute und die so fatalen Leichtfertigkeiten der Jugend. Jeden Abend musste Lucien dem Abbé von den kleinsten Ereignissen des Tages berichten, und berichtete. Dank den Ratschlägen dieses Mentors ließ er die findigste Neugier, die der Leute der Gesellschaft, ins Leere laufen. Gehütet von einer englischen Ernsthaftigkeit, bestärkt durch den Argwohn, den die Umsichtigkeit der Diplomaten erzeugt, gab er niemandem das

Recht oder die Möglichkeit, einen Blick in seine Angelegenheiten zu werfen. Sein junges und schönes Gesicht war in Gesellschaft schließlich so undurchschaubar geworden wie das Gesicht einer Prinzessin bei einem offiziellen Anlass. In der Mitte des Jahres 1829 kam das Gespräch auf eine Ehe mit der ältesten Tochter der Herzogin de Grandlieu, die zu dieser Zeit nicht weniger als vier Töchter unter die Haube zu bringen hatte. Niemand hegte einen Zweifel daran, dass der König bei Gelegenheit dieser Verbindung die Gnade haben würde, Lucien den Titel eines Marquis zu verleihen. Diese Heirat würde den politischen Werdegang Luciens bestimmen, der wohl zum Gesandten an einem deutschen Hof ernannt werden würde. Besonders während der letzten drei Jahre war Luciens Lebenswandel von einer untadeligen Korrektheit gewesen; so hatte de Marsay diesen merkwürdigen Spruch über ihn geäußert: »Der Junge muss jemand ziemlich Mächtiges hinter sich haben!« Lucien war dieserart beinah so etwas geworden wie eine Persönlichkeit. Seine Leidenschaft für Esther hatte ihm überdies sehr dabei geholfen, seine Rolle eines seriösen Mannes zu spielen. Eine Gewohnheit dieser Sorte schützt die Ehrgeizigen vor mancher Torheit; indem sie auf keine Frau Wert legen, lassen sie sich nicht dabei ertappen, wie eine Reaktion des Körpers über den Verstand regiert. Was das Glück betrifft, dessen sich Lucien erfreute, so war es die Verwirklichung der Träume des hungrigen Dichters in der Dachkammer. Esther, das Idealbild der verliebten Kurtisane, ließ in Lucien, wobei sie ihn daran denken ließ, das Bild Coralies komplett verblassen, der Schauspielerin, mit der er ein Jahr lang zusammen gelebt hatte. Alle liebenden und ergebenen Frauen streben nach Abgeschiedenheit, nach Incognito, nach dem Leben der Perle am Grunde des Meers; doch bei den meisten von ihnen ist es eine dieser reizenden Grillen, die Gesprächsstoff abgeben, ein Liebesbeweis, von dem sie träumen, dass sie ihn erbringen, was sie aber nicht tun; Esther dagegen, die noch immer wie am Morgen ihres ersten Glücks, noch immer im Bann von Luciens erstem entflammenden Blick lebte, zeigte in vier Jahren nicht einen Anflug von Neugierde. Ihren ganzen Verstand nutzte sie, um die Bedingungen des Programms aus der Hand des unheilvollen Priesters zu erfüllen. Ja mehr noch, inmitten der beanspruchendsten Wonnen missbrauchte sie nicht ein Mal die grenzenlose Macht, die das Wiedererwachen der Begierden eines Liebhabers einer geliebten Frau verleiht, um Lucien nach Herrera auszufragen, vor dem es sie weiterhin grauste: Sie wagte nicht, an ihn zu denken. Die berechneten Wohltaten dieses unerklärbaren Menschen, dem Esther immerhin ihre Anmut einer Klosterschülerin wie auch die Manieren einer Dame und insgesamt ihren Neuanfang verdankte, kamen dem armen Mädchen vor wie ein Kredit aus der Hölle. – »Eines Tages werde ich dafür bezahlen«, sagte sie sich mit Entsetzen. An jedem schönen Abend fuhr sie mit einer Mietkutsche aus. Sie fuhr mit einer Schnelligkeit, die mit Sicherheit der Abbé angeordnet hatte, in einen dieser reizvollen Wälder, die Paris umgeben, bei Boulogne, Vincennes, Romainville oder Ville-d'Avray, oft mit Lucien, zuweilen alleine mit Europe. Sie ging dort ohne Furcht spazieren, denn sie wurde, wenn sie ohne Lucien war, von einem großgewachsenen Wachmann begleitet, der gekleidet war wie die elegantesten Jäger, bewaffnet mit einem richtigen Messer, und dessen Gesichtszüge und drahtige Muskulatur auf einen außerordentlichen Athleten schließen ließen. Dieser weitere Aufpasser war nach englischem Vorbild ausgerüstet mit einem Stab, *Langstock* genannt, wie ihn die Stockfechter kennen, mit dem man mehrere Angreifer abwehren kann. Einem Befehl des Abbés entsprechend hatte Esther niemals ein Wort mit diesem Jäger gewechselt. Europe stieß, wenn Madame heimkehren wollte, einen Schrei aus, der Jäger pfiff dem Kutscher, der sich stets in angemessener Entfernung hielt. Wenn Lucien mit Esther spazieren ging, hielten sich Europe und der Jäger hundert Schritt entfernt wie zwei dieser Höllendiener, von denen *Tausend und eine Nacht* erzählen, und die ein Hexenmeister seinen Schützlingen mitgibt. Die Pariser, und vor allem die Pariserinnen kennen nicht den Zauber eines nächtlichen Spaziergangs im Wald bei schönem Wetter. Die Stille, die Effekte des Mondlichts, die Einsamkeit haben die beruhigende Wirkung eines Bades. Für gewöhnlich brach Esther gegen zehn Uhr auf, machte von Mitternacht bis ein Uhr ihren Spaziergang, und kam um halb drei wieder nach Hause. Ihr Tag begann niemals vor elf Uhr. Sie badete sich und machte sich auf eine gründliche Art zurecht, wie sie die meisten Frauen in Paris nicht kennen, da sie zu viel Zeit beansprucht und wohl kaum von anderen als Kurtisanen, Loretten und vornehmen Damen gepflegt wird, die den ganzen Tag Zeit für sich haben. Sie war erst so weit, wenn Lucien kam, und bot sich seinen Blicken stets wie eine frisch erblühte Blume. Sie hatte keine andere Sorge als das Glück ihres Poeten; sie war die seine wie ein Eigentum, das heißt, sie ließ ihm die größtmögliche Freiheit. Niemals warf sie einen Blick über die Welt hinaus, in der sie erstrahlte; der Abbé hatte es ihr dringend empfohlen, schließlich gehörte es in die Pläne dieses zutiefst taktischen Menschen, dass Lucien in puncto Frauen erfolgreich war. Das Glück kennt keine Geschichtsschreibung, und die Erzähler aller Länder haben das so gut verstanden, dass dieser Satz: *Sie waren glücklich!* alle Liebesgeschichten beschließt. So kann man auch nicht die Umstände dieses wahrhaft fantastischen Glücks mitten in Paris erklären. Es war das Glück in seiner schönsten Form, eine Dichtung, eine Sinfonie von vier Jahren! Alle Frauen werden sagen: »Das ist lang!« Weder Esther noch Lucien sagten: »Das ist zu lang!« Kurz gesagt war der Satz *Sie waren glücklich* noch sprichwörtlicher als in den Feenmärchen, denn *sie hatten keine Kinder*. So konnte Lucien in der Gesellschaft kokettieren und sich seinen Einfällen eines Dichters und den, sprechen wir es aus, Erfordernissen seiner Stellung überlassen. Er erwies in der Zeit, während er langsam seinen Weg ging, einigen Politikern insgeheime Dienste, indem er ihnen zuarbeitete. Er war darin von großer Verschwiegenheit. Er pflegte besonders den Kreis um Madame de Sérisy, mit der er sich, wie man im Salon sagte, aufs Beste verstand. Madame de Sérisy hatte Lucien der Herzogin de Maufrigneuse ausgespannt, die, sagte man, keinen Wert mehr darauf legte, einer dieser Ausdrücke, mit denen sich Frauen schadlos halten, wenn sie auf ein Glück neidisch sind. Lucien befand sich gewissermaßen im Umfeld des Oberhofpredigers und stand einigen Frauen nahe, die mit dem Erzbischof von Paris befreundet waren. Bescheiden und zurückhaltend wartete er mit Geduld. So war das Wort von de Marsay, der sich gerade verheiratet hatte und seine Frau ein Leben führen ließ wie Esther, mehr als nur eine Randbemerkung. Doch werden sich die Gefahren unter der Oberfläche von Luciens Stellung im Verlauf dieser Geschichte noch zeigen.

Wie ein Luchs die Ratte traf, und was dann geschah

So war die Situation, als der Baron de Nucingen in einer schönen Nacht des Monats August von einem Diner auf dem Landsitz eines ausländischen Bankiers, der sich in Frankreich niedergelassen und bei dem er diniert hatte, nach Paris zurückkehrte. Dieser Landsitz befindet sich acht Meilen von Paris entfernt mitten in der Region Brie. Der Kutscher des Barons hatte sich gebrüstet, er würde den Baron mit seinen

Pferden dort hin und wieder zurück bringen, nahm sich dann aber die Freiheit, langsamer zu fahren, als die Nacht hereingebrochen war. Als sie in den Wald von Vincennes gelangten, war das Befinden von Tieren, Dienern und Herr dieses: Der Kutscher war bei dem berühmten Herrscher über den Wechselverkehr buchstäblich abgefüllt worden und schlief im Rausch, hielt dabei aber die Zügel, um vor den Passanten den Schein zu wahren. Der Diener auf dem hinteren Kutschbock schnurrte wie ein Brummkreisel aus Deutschland, dem Land der kleinen Holzfiguren und der dicken Kreisel. Der Baron hatte Sachen überlegen wollen, doch spätestens an der Brücke von Gournay hatte ihm der süße Dämmer der Verdauung die Augen geschlossen. An der Schlaffheit der Zügel erkannten die Pferde den Zustand des Kutschers; sie hörten den *basso continuo* des Dieners auf dem hinteren Ausguck, merkten, dass sie die Herren des Geschehens waren und nutzten diese kurze Viertelstunde der Freiheit, um zu gehen, wie es ihnen passte. Als intelligente Sklaven boten sie den Dieben die Gelegenheit, einen der reichsten Kapitalisten von Frankreich auszurauben, den fähigsten von denen, die man einigermaßen grob als Luchse bezeichnet hat. Wie auch immer, da sie nun Herren ihrer selbst waren und erfüllt von der Neugierde, die noch ein jeder bei Haustieren beobachtet hat, blieben sie an einer Wegekreuzung neben anderen Pferden stehen, die sie vermutlich in der Sprache der Pferde fragten: »Zu wem gehört ihr? Was tut ihr? Geht es euch gut?« Als die Kalesche nicht mehr rollte, erwachte der Baron aus seinem Schlummer. Zuerst meinte er, den Park seines Kollegen noch nicht verlassen zu haben; dann überraschte ihn eine Vision des Himmels, die ihn schutzlos traf, ohne seine gewohnte Abwehrwaffe, das Kalkül. Es herrschte ein so herrliches Mondlicht, dass man alles hätte lesen können, sogar die Zeitung vom Abend. In der Stille des Waldes und diesem reinen Licht sah der Baron eine einzelne Frau, die, während sie eine gemietete Droschke bestieg, ihrerseits das einzigartige Schauspiel dieser verschlafenen Kutsche betrachtete. Beim Anblick dieses Engels wurde der Baron de Nucingen wie von einem inneren Leuchten erfüllt. Als sie sah, dass jemand sie bewunderte, hüllte sich die junge Frau mit einer überraschten Geste in ihren Schleier. Ein Wachmann stieß einen heiseren Schrei aus, dessen Bedeutung der Kutscher sofort verstand, denn die Droschke fuhr davon wie ein Pfeil. Den alten Bankier erfüllte eine furchtbare Erregung: Das Blut, das ihm von den Füßen aufstieg, trieb Hitze in seinen Kopf, sein Kopf schickte die Glut weiter ins Herz; der Hals schnürte sich ihm zu. Der Unglückliche fürchtete einen Magenkrampf, aber trotz dieser kapitalen Sorge richtete er sich auf.

»Ajl dich, Galopp, verschlojfener Knallfrosch …«, schrie er, »ajnhundert Frank, wenn du den Wagn errajchst.«

Bei den Worten *hundert Franken* wurde der Kutscher munter, der Diener hinten hörte sie bestimmt in seinem Schlaf. Der Baron wiederholte den Befehl, der Kutscher brachte die Pferde in Galopp und schaffte es an der Pariser Stadtschranke du Thrône, einen Wagen einzuholen, der ungefähr so aussah wie der, bei dem Nucingen die göttliche Unbekannte gesehen hatte, in dem allerdings der Geschäftsführer irgendeines teuren Ladens mit einer *Dame* aus der Rue Vivienne entspannte. Dieser Missgriff bestürzte den Baron.

»Wenn ich statt dajner, du Risenross, den Schohsch (sprich Georges) dabajgehabt hette, der hette gewusst, wi er diese Froj fende«, sagte er dem Diener, während die Zöllner seinen Wagen überprüften.

»Aber! Herr Baron, ich glaub, dahinter steckte der Teufel in Livree und hat mir seine Kutsche durch diese ersetzt.«

»Den Tojfel gibt es gar nischt«, sagte der Baron.

Der Baron de Nucingen bekannte sich in dieser Zeit zu

einem Alter von sechzig Jahren, die Frauen waren ihm völlig gleichgültig geworden, erst recht und aus gutem Grund seine eigene. Er rühmte sich, niemals die Liebe gekannt zu haben, die zu Torheiten verleitet. Er betrachtete es als Glück, mit den Frauen fertig zu sein, von denen er, ohne dass es ihm peinlich war, sagte, dass auch die engelgleicheste nicht wert war, was sie kostete, selbst wenn sie sich gratis hergab. Er galt als derart abgestumpft, dass er sich nicht einmal mehr für ein paar tausend Franc pro Monat die Freude gönnen wollte, sich betrügen zu lassen. Von seiner Loge in der Oper senkte er seinen kalten Blick in Ruhe auf die Tänzerinnen des Ballettcorps. Von diesem gefährlichen Schwarm alter junger Mädchen und junger alter Frauen, dieser Elite der Pariser Freuden, hob sich kein Blick zu diesem Kapitalisten hinauf. Natürliche Liebe, falsche Liebe und Eigenliebe, Liebe aus Wohlanständigkeit und aus Eitelkeit, geschmäcklerische Liebe, keusche Liebe und Gattenliebe und exzentrische Liebe, der Baron hatte alles gekauft, alles erlebt, außer der echten Liebe. Diese Liebe kam über ihn wie der Adler über seine Beute, wie sie über Gentz kam, den Vertrauten Seiner Hoheit des Fürsten von Metternich. Man kennt die ganzen Albernheiten, die dieser alte Diplomat für Fanny Elssler beging, deren Proben ihn mehr beschäftigten als die Belange Europas. Die Frau, die diesen stählernen Kassenschrank namens Nuncingen aus der Bahn warf, war ihm erschienen wie diese Frauen, die nur einmal in einer Generation vorkommen. Es ist nicht gesichert, dass Tizians Geliebte, dass die Mona Lisa von Leonardo da Vinci, dass die Fornarina Raffaels so schön waren wie die göttliche Esther, an der das Auge auch des geübtesten Pariser Beobachters nicht die mindeste Spur erkennen konnte, die auf eine Kurtisane schließen ließ. Daher war der Baron vor allem betört von der Ausstrahlung einer großen Dame von Welt, die Esther, geliebt, umgeben von Luxus, Eleganz und Liebe, im höchsten

Maße besaß. Die glückliche Liebe ist das heilige Salböl der Frauen, sie alle werden durch sie so prachtvoll wie Kaiserinnen. Der Baron ging an acht Nächten hintereinander in den Wald von Vincennes, dann in den Wald von Boulogne, dann in die Wälder von Ville-d'Avray, anschließend in den Wald von Meudon, zuletzt in die gesamte Umgebung von Paris, ohne dass er Esther hätte begegnen können. Dieses erhabene jüdische Gesicht, von dem er sagte, es sei *eine Geschtald ojs de Bibl*, blieb ihm vor Augen. Nach vierzehn Tagen verlor er seinen Appetit. Delphine de Nucingen und ihre Tochter Augusta, die die Baronin anfing in die Gesellschaft einzuführen, bemerkten nicht gleich die Veränderung, die sich beim Baron vollzog. Mutter und Tochter sahen Monsieur de Nucingen nur morgens zum Frühstück und abends beim Diner, wenn sie alle zu Hause aßen, was nur an den Tagen vorkam, an denen Delphine Gäste hatte. Aber nach zwei Monaten, erfasst von einem Fieber der Ungeduld und heimgesucht von einem Zustand, der dem ähnelt, den das Heimweh verursacht, magerte der Baron, überrascht von der Machtlosigkeit seiner Millionen, ab und wirkte so zutiefst getroffen, dass Delphine insgeheim die Hoffnung nährte, sie könnte Witwe werden. Sie fing an, sich ziemlich scheinheilig um ihren Mann zu sorgen und behielt ihre Tochter zu Hause. Sie bestürmte ihren Mann mit Fragen; er antwortete wie die Engländer, wenn sie der Spleen befallen hat, er antwortete fast gar nicht. Delphine de Nucingen gab jeden Sonntag ein großes Diner. Sie hatte diesen Tag für ihre Empfänge ausgesucht, als sie gemerkt hatte, dass von der guten Gesellschaft niemand ins Theater ging und dass dieser Tag ganz allgemein ohne Termine war. Die Invasion der Händler und Bürger macht den Sonntag in Paris ungefähr so stumpfsinnig wie er in London langweilig ist. Die Baronin lud also den berühmten Desplein zum Abendessen ein, um dem Kranken zum Trotz eine Visite stattfinden zu lassen, denn Nucingen meinte, es gehe ihm glänzend. Keller, Rastignac, de Marsay, du Tillet, alle Freunde des Hauses hatten der Baronin zu verstehen gegeben, dass ein Mann wie Nucingen nicht einfach so sterben dürfe; seine riesigen Geschäfte bedurften der Absicherung, man musste absolut wissen, woran man sich zu halten hatte. Diese Herren wurden zu dem Diner gebeten, ebenso wie der Graf de Gondreville, Schwiegervater von François Keller, der Chevalier d'Espard, des Lupeaulx, Doktor Bianchon, den Desplein von seinen Schülern am meisten schätzte, Beaudenord und seine Frau, Graf und Gräfin de Montcornet, Blondet, die Mademoiselles des Touches und Conti; und schließlich Lucien de Rubempré, zu dem Rastignac in den letzten fünf Jahren die lebhafteste Freundschaft entwickelt hatte; allerdings *auf Anweisung*, wie man im Stil der amtlichen Anschläge sagt.

Verzweiflung einer Stahlkassette

»Den da werden wir nicht so leicht los«, meinte Blondet zu Rastignac, als er Lucien, schöner denn je und hinreißend zurechtgemacht, den Salon betreten sah.

»Besser, man macht ihn sich zum Freund; er ist gefährlich«, sagte Rastignac.

»Der?«, fragte de Marsay. »Ich finde nur solche gefährlich, deren Position eindeutig klar ist, aber seine wird um so weniger angegriffen, als es da gar nichts anzugreifen gibt! Schau! Wovon lebt er? Woher stammt sein Vermögen? Er hat bestimmt an die sechzigtausend Franc Schulden, da bin ich sicher.«

»Er hat in einem spanischen Priester einen sehr reichen Förderer gefunden, der sein Bestes will«, antwortete Rastignac.

»Er heiratet das älteste Fräulein de Grandlieu«, meinte Mademoiselle des Touches.

»Ja, aber«, warf der Ritter d'Espard ein, »er soll ein Anwesen auf dem Land kaufen, das dreißigtausend Franc einbringt, um das Vermögen zu besichern, das er seiner Zukünftigen zuerkennen soll, und dazu braucht er eine Million, die sich auch ein Spanier nicht aus dem Ärmel schüttelt.«

»Das ist viel, wo Clotilde doch eher hässlich ist«, sagte die Baronin. Madame de Nucingen gestand es sich zu, Mademoiselle de Grandlieu mit ihrem Vornamen zu nennen, als ob sie, geborene Goriot, zu dieser Gesellschaft dazugehörte.

»Nein«, gab du Tillet zurück, »für unsereinen ist die Tochter einer Herzogin niemals hässlich, insbesondere, wenn sie den Grafentitel und eine Stellung im diplomatischen Corps mit sich bringt; aber das größte Hindernis für diese Heirat ist Madame de Sérisys verrückte Liebe zu Lucien, sie scheint ihm sehr viel Geld zu geben.«

»Da überrascht es mich nicht, dass Lucien so ernst ist; Madame de Sérisy gibt ihm bestimmt nicht eine Million, damit er Mademoiselle de Grandlieu heiratet. Wahrscheinlich weiß er nicht, wie er sich da aus der Affäre zieht«, fügte de Marsay an.

»Ja, aber Mademoiselle de Grandlieu himmelt ihn an«, sagte Gräfin de Montcornet, »und mit der Hilfe dieser jungen Person hat er vielleicht eine bessere Ausgangsposition.«

»Was wird er mit seiner Schwester und seinem Schwager in Angoulême machen?«, fragte der Chevalier d'Espard.

»Aber«, antwortete Rastignac, »seine Schwester ist reich, und er nennt sie heute Madame Séchard de Marsac.«

»Auch mit Schwierigkeiten bleibt er immer noch ein ziemlich hübscher Junge«, sagte Bianchon und erhob sich, um Lucien zu begrüßen.

»Guten Tag, lieber Freund«, sagte Rastignac und tauschte einen warmherzigen Händedruck mit Lucien.

De Marsay grüßte kühl zurück, nachdem er zuerst von Lucien begrüßt worden war. Desplein und Bianchon, die mit dem Baron de Nucingen spaßten und ihn dabei untersuchten, stellten vor dem Diner fest, dass seine Erkrankung rein seelische Gründe hatte; aber niemand konnte deren Ursache erraten, so unmöglich schien es, dass dieser Vollblutbörsianer verliebt sein könnte. Als Bianchon, weil er nur noch die Liebe als Erklärung für den Krankheitszustand des Bankiers für möglich hielt, Delphine de Nucingen darüber zwei Worte sagte, lächelte sie als Frau, die seit Langem weiß, was in dieser Hinsicht von ihrem Gatten zu halten ist. Nach dem Essen aber, als alle in den Garten gingen, kreisten die engen Freunde des Hauses den Bankier ein und wollten diesen außergewöhnlichen Fall erklärt haben, nachdem sie Bianchons Behauptung gehört hatten, Nucingen müsse verliebt sein.

»Wissen Sie, Baron«, sagte de Marsay zu ihm, »dass Sie merklich abgenommen haben? Und dass Sie verdächtigt werden, die Naturgesetze der Finanzwelt zu verletzen.«

»Nimmer!«, sagte der Baron.

»Eben wohl«, gab de Marsay zurück. »Wir wagen die Behauptung, dass Sie sich verliebt haben.«

»Is wahr«, räumte Nucingen betreten ein. »Ch sejne mich nach was ich nischt kenn.«

»Sie haben sich verliebt, Sie? ... Sie sind mir ja einer!«, sagte der Chevalier d'Espard.

»Valibt in majn Alter, ich woiss selber, dass nischt lachhafter ist; was wollen Si? Is so.«

»In eine Frau der Gesellschaft?«, fragte Lucien.

»Aber«, warf de Marsay ein, »der Baron kann nur wegen einer Liebe ohne Hoffnung derartig abnehmen, er könnte sich doch jede kaufen, die sich verkaufen will oder kann.«

»Ch kenn se nischt«, antwortete der Baron. »Und wo Madamm de Nischingenne noch im Salon ist, kann ichs sagen:

Bis jetzt ch hab nischt gewisst, wos is Libe. Die Libe? … ch glojbe, das is mager werden.«

»Wo sind Sie ihr denn begegnet, der jungen Unschuld?«, fragte Rastignac.

»In a Kutsche, baj Mitn der Nacht, im Bojs de Vinzennes.«

»Wie sah sie aus?«, sagte de Marsay.

»A Jabot aus wajsser Gase, a roter Rock, a wajsse Scherpe, a wajsses Tuichl … a wahrhaft biblisch Gesicht! Fejrige Ojgn, orientalische Hojt.«

»Sie haben geträumt«, lächelte Lucien.

»Is wahr, ch hojbe gschlofn wie a Tresor … a voller Tresor«, verbesserte er sich, »s war oif der Hajmfahrt nach ajnem Dinee oif dem Land baj majnem Freind …«

»War sie allein?«, unterbrach du Tillet den Luchs.

»Ja«, sagte der Baron mit leidendem Ton, »bis ojf ajn Diner in Livree hinten ojf dem Wagen und a Zofe …«

»Lucien sieht aus, als kennte er sie«, rief Rastignac aus, als er ein Lächeln bei Esthers Liebhaber bemerkte.

»Wer kennt wohl keine Frau, die bereit wäre, sich um Mitternacht mit de Nucingen zu treffen?«, meinte Lucien ausweichend.

»Dann ist es vielleicht keine Frau der Gesellschaft?«, fragte der Chevalier d'Espard, »sonst hätte der Baron die Livree erkannt.«

»Ch hab si nischt mer gesehn«, antwortete der Baron, »und jetzt sind's schon vierzig Tage, dass ich si lass suchen vun der Polizei, die si nischt findet.«

»Besser wäre, sie kostet Sie ein paar hunderttausend Franc, als das Leben, in Ihrem Alter ist ein Feuer ohne Nahrung nämlich gefährlich«, meinte Desplein, »man kann daran sterben.«

»Ja«, sagte Nucingen zu Desplein, »was ich ess, ernert mich gar nischt, di frische Luft find ich tojdlich. Ch gehe in den Bojs de Vinzennes, den Platz ansehn, wo ich si hab gesehn! …

Und: Das is majn Leben! Ch habe mich nischt mit der letztn Anlajhe kennen befassen: Ch hojbe es majnen Kollegen erzehlt, und die hetten Mitlajd mit mir ... für a Million mejchte ich diese Froj kennenlern, ch wirde darojs Gewinn ziehen, denn ich geh schon gar nischt mehr an die Börse ... Fragen Si di Tillet.«

»Ja«, bestätigte du Tillet, »er hat keine Lust mehr auf Geschäfte, er wird anders, das ist ein Zeichen des Todes.«

»A Zajchn der Libe«, sagte Nucingen, »fir mich is das ajn und dasselbe.«

Die Naivität dieses alten Mannes, der schon kein Luchs mehr war und der zum ersten Mal in seinem Leben wahrnahm, dass es etwas Heiligeres und Geweihteres gibt als Gold, berührte diese Versammlung blasierter Menschen: Die einen lächelten sich zu, anderen war beim Betrachten des Barons der Gedanke ins Gesicht geschrieben: ›Dass es ein so mächtiger Mann so weit kommen lassen kann! ...‹ Dann ging jeder wieder in den Salon und plauderte über das Ereignis. Es war in der Tat ein Ereignis mit dem Zeug zur größten Sensation. Madame de Nucingen brach in Gelächter aus, als Lucien ihr das Geheimnis des Bankiers verriet; doch als der den Spott seiner Frau hörte, nahm er sie am Arm und führte sie in eine Fensternische.

»Madamm«, sagte er ihr leise, »hab ich je amol a spettisches Wort verlorn iber Ihre Lajdenschaften, worum machen Si iber die majnen sich lustig? Eine gute Frau wirde ihrem Mann aus der Affere helfen, ohne sich iber ihn lustig zu machen, wie Si es tun ...«

An der Beschreibung des alten Bankiers hatte Lucien seine Esther erkannt. Bereits verärgert, dass sein Lächeln bemerkt worden war, nutzte er den Moment allgemeinen Geplauders, der eintritt, wenn der Kaffee serviert wird, um zu verschwinden.

»Wo ist denn Monsieur de Rubempré geblieben?«, fragte die Baronin de Nucingen.

»Er bleibt seiner Devise treu: *Quid me continebit?*«, antwortete Rastignac.

»Was heißt: Wer kann mich hindern? Oder: Ich bin unbezwingbar, Sie haben die Wahl«, fuhr de Marsay fort.

»Als Monsieur le Baron von seiner Unbekannten gesprochen hat, konnte Lucien ein Lächeln nicht unterdrücken, aus dem man schließen könnte, dass er weiß, wer das ist,« sagte Horace Bianchon, ohne die Gefährlichkeit einer so beiläufigen Bemerkung zu ahnen.

›Schejn!‹, sagte der Luchs zu sich selbst. Nach der Art aller verzweifelten Patienten ging er auf alles ein, was Hoffnung weckte, und nahm sich vor, Lucien auskundschaften zu lassen, von anderen Leuten als denen von Louchard, des fähigsten Mannes von der Pariser Finanzpolizei, an den er sich vor zwei Wochen gewandt hatte.

Ein Abgrund unter Esthers Glück

Bevor er zu Esther ging, musste Lucien ins Palais der Grandlieu und dort die zwei Stunden verbringen, die Mademoiselle Clotilde-Frédérique de Grandlieu zum glücklichsten Mädchen des Saint-Germain-Viertels machten. Die Vorsicht, die das Verhalten dieses jungen Ehrgeizigen lenkte, ließ es ihm angeraten erscheinen, baldmöglichst Carlos Herrera von der Wirkung des Lächelns in Kenntnis zu setzen, das ihm die Schilderung Esthers durch den Baron de Nucingen entlockt hatte. Die Liebe des Barons für Esther und sein Einfall, die Polizei für seine Suche nach der Unbekannten einzusetzen, waren als Vorkommnisse wohl wichtig genug, um sie dem Mann mitzuteilen, der unter der Soutane die Zuflucht gesucht hatte, die die Verbrecher einst in der Kirche fanden. Und von der Rue Saint-Lazare, wo zu dieser Zeit der Bankier residierte, zur Rue Dominique, wo sich das Palais der Grandlieu befand, führte ihn sein Weg vor sein eigenes Zuhause am Quai Malaquais. Lucien traf seinen schrecklichen Freund dabei an, wie er sein Brevier verrauchte, das heißt er rauchte vor dem Zubettgehen noch eine Pfeife ein. Der Mann, eher befremdlich als ein Fremder, hatte zuletzt aufgehört, spanische Zigarren zu rauchen, weil er sie zu mild fand.

»Das wird ernst«, antwortete der Spanier, als Lucien ihm alles berichtet hatte. »Der Baron, der Louchard für sich einsetzt, um die Kleine zu finden, wird bald draufkommen, auch dir jemanden an die Fersen zu heften, und dann kommt alles heraus. Mit heute Nacht und morgen Vormittag bleibt mir nicht allzu viel Zeit, um die Karten für die Partie zu mischen, die ich gegen den Baron spielen werde, dem ich vor allem das Unvermögen der Polizei zeigen muss. Wenn unser Luchs die Hoffnung verloren hat, sein Reh zu finden, will ich sie ihm verkaufen für das, was sie ihm wert ist …«

»Esther verkaufen?«, fuhr Lucien auf, dessen spontane Reaktion noch immer hervorragend war.

»Vergisst du denn unsere Lage?«, rief Carlos Herrera.

Lucien senkte den Kopf.

»Kein Geld mehr«, fuhr der Spanier fort, »und sechzigtausend Franc Schulden! Wenn du Clotilde de Grandlieu heiraten willst, musst du ein Gut im Wert einer Million kaufen, um diesem hässlichen Entlein ihr Witwendasein zu besichern. Also was! Esther ist eine Beute, und ich werde diesen Luchs dahinter herlaufen lassen, bis er um eine Million erleichtert ist. Überlass es mir.«

»Das wird Esther nie wollen.«

»Überlass es mir.«

»Sie wird daran sterben.«

»Das überlass mal dem Bestattungsdienst. Und wenn schon …?«, rief dieser rohe Mensch und setzte Luciens Klagen durch seinen Ton ein Ende. – »Wie viele Generäle sind für Kaiser Napoleon in der Blüte ihres Lebens gestorben?«, fragte er Lucien nach einem Moment der Stille. »Eine Frau findet man immer! 1821 war Coralie für dich mit keiner vergleichbar, aber Esther hat sich trotzdem gefunden. Nach diesem Mädchen kommt … was weißt du? … die unbekannte Frau! Von allen Frauen die allerschönste, und die suchst du in der Hauptstadt, wo der Schwiegersohn des Herzogs de Grandlieu Gesandter sein und den König von Frankreich vertreten wird … Und sag doch, Herr Kindskopf, wird Esther davon sterben? Und kann sich der Gatte von Mademoiselle de Grandlieu letztendlich nicht eine Esther halten? Lass das mich mal machen, du musst dich nicht mit allem belasten: Überlass es mir. Du wirst nur für ein, zwei Wochen auf Esther verzichten und wirst darum nicht weniger in die Rue Taitbout gehen. Also los, geh zum Turteln an deine rettende Planke und spiel hübsch deine Rolle, schieb Clotilde den flammenden Brief zu, den du heute früh geschrieben hast, und bring mir einen schön heißen wieder mit! Sie wird sich für ihre Entbehrungen mit Schreiben schadlos halten, das Mädchen: Das passt mir gut! Esther wird ein bisschen traurig sein, aber sag ihr, dass sie gehorchen soll. Es geht um unsere Tugendhülle, unseren Anstandsmantel, die Stellwand, hinter der die Großen ihre ganzen Gemeinheiten verbergen … Es geht um mein gutes *Ich*, um dich, der niemals in einen Verdacht geraten darf. Der Zufall hat uns besser in die Karten gespielt als meine Überlegungen, die seit zwei Monaten ins Leere laufen.«

Während er diese grässlichen Sätze einen nach dem anderen ausstieß wie Pistolenschüsse, kleidete sich Carlos Herrera an und machte sich fertig zum Aufbruch.

»Man sieht, wie du dich freust«, rief Lucien, »du hast die arme Esther nie gemocht, und du siehst schon mit Wonne die Gelegenheit gekommen, sie loszuwerden.«

»Und du warst es niemals müde, sie zu lieben, oder? ... na gut, ich war es niemals müde, sie zu verabscheuen. Aber: Habe ich nicht immer gehandelt, als wäre ich dem Mädchen ernsthaft zugetan, ich, der ich sie durch Asie in meinen Händen hatte! Ein paar schlechte Pilze im Ragout und alles wäre erledigt gewesen ... Fräulein Esther lebt aber noch! ... und ist glücklich! ... weißt du, warum? Weil du sie liebst! Sei nicht kindisch. Seit vier Jahren warten wir auf einen Zufall zu unseren Gunsten oder Ungunsten, na ja, da muss man dann schon mehr als Talent entfalten, um das Gemüse zu schälen, das uns das Schicksal heute zuwirft: In diesem Roulette steckt Gutes wie Schlechtes wie in allem. Weißt du, woran ich dachte, als du hereinkamst?«

»Nein.«

»Wie ich mich hier mit Asies Hilfe wie in Barcelona zum Erben einer gläubigen Alten mache ...«

»Ein Verbrechen?«

»Es blieb ja nur noch dieser Weg, um dein Glück sicherzustellen. Die Gläubiger melden sich. Wo bleibst du, wenn uns erst mal die Gerichtsvollzieher verfolgen und du aus dem Palais der Grandlieu geflogen bist? Der Pakt mit dem Teufel würde dann fällig.«

Carlos Herrera zeigte mit einer Geste den Selbstmord eines Mannes, der sich ins Wasser stürzt, dann ließ er einen dieser starren und durchdringenden Blicke auf Lucien ruhen, mit denen starke Persönlichkeiten ihren Willen in schwächere Seelen eindringen lassen. Dieser fesselnde Blick, unter dessen Wirkung aller Widerstand hinschmolz, zeugte davon, dass es zwischen Lucien und seinem Ratgeber nicht nur die Geheimnisse von Leben und Tod, sondern auch Gefühle gab, die den gewöhnlichen Gefühlen so überlegen waren wie dieser Mann es der Bedeutungslosigkeit seiner Position war.

Gezwungen, außerhalb der Gesellschaft zu leben, in die ihm das Gesetz die Rückkehr für immer versagte, erschöpft vom Laster und von heftigen, entsetzlichen Widerständen, doch begabt mit einer seelischen Kraft, die ihn auffraß, lebte diese niederträchtige und großartige, dunkle und glanzvolle Persönlichkeit, die obendrein das Fieber nach Leben verbrannte, im eleganten Körper Luciens wieder auf, dessen Seele die seine geworden war. Er ließ diesen Dichter, dem er seine Hartnäckigkeit und seinen eisernen Willen verlieh, im gesellschaftlichen Leben sein Stellvertreter sein. Für ihn war Lucien mehr als ein Sohn, mehr als eine geliebte Frau, mehr als eine Familie, mehr als sein Leben, er war seine Vergeltung; dementsprechend hatte er, dem wie allen starken Seelen ein Gefühl mehr bedeutete als das Leben, sich unauflöslich an ihn gebunden.

Nachdem er Luciens Leben in dem Moment gekauft hatte, als dieser verzweifelte Dichter einen Schritt zum Selbstmord tat, hatte er ihm einen dieser höllischen Pakte angeboten, die es sonst nur in Romanen gibt, doch deren Existenz sich in berühmten Kriminalverfahren oft genug erwiesen hat. Indem er Lucien mit allen Freuden des Pariser Lebens überhäufte und ihm zeigte, was für eine schöne Zukunft er sich schaffen konnte, machte er ihn zu seiner Sache. Kein Opfer spielte für diesen absonderlichen Mann mehr eine Rolle, sobald es sich um sein zweites Selbst handelte. Bei all seiner Kraft war er doch so schwach vor den Launen seines Geschöpfs, dass er ihm schließlich seine Geheimnisse anvertraut hatte. War das, diese rein seelische Komplizenschaft, vielleicht eine weitere Bindung der beiden aneinander? Seit dem Tag, als La Torpille entführt worden war, wusste Lucien, auf welch schauderhaftem Untergrund sein Glück ruhte.

Diese Soutane eines spanischen Priesters verbarg Jacques Collin, eine der Berühmtheiten der Zuchthäuser, der zehn Jahre zuvor unter dem bürgerlichen Namen Vautrin im Hause Vauquer gelebt hatte, wo Rastignac und Bianchon in Pension wohnten. Jacques Collin, mit dem Spitznamen *der Todtäuscher*, ausgebrochen aus Rochefort, kaum dass er darin war, folgte zu seinem Nutzen dem Beispiel, das der berühmte Graf de Sainte-Hélène gegeben hatte; wobei er allerdings besser machte, was in Coignards verwegenem Handeln fehlerhaft gewesen war. Sich an die Stelle eines anständigen Mannes zu setzen und das Leben eines Straftäters fortzuführen, ist ein Unterfangen, dessen zwei Grundzüge zu widersprüchlich sind, als dass es nicht ein unheilvolles Ende nehmen könnte, gerade in Paris; und indem er sich in einer Familie einnistet, vergrößert ein Verurteilter die Gefahren dieser Täuschung. Muss man nicht, um vor jeder Nachforschung geschützt zu sein, weit über die üblichen Begierden des Lebens erhaben sein? Ein Mann der Gesellschaft ist Zufällen ausgesetzt, die die Leute, die keinen Umgang mit den oberen Schichten haben, kaum belasten. Dementsprechend ist die Soutane die sicherste Verkleidung, wenn man sie mit einem vorbildlichen, abgeschiedenen und unternehmungslosen Leben verbindet. – ›Dann werde ich eben Priester‹, sagte sich dieser bürgerlich Verstorbene, der absolut wieder ein Leben unter Menschen führen und Leidenschaften befriedigen wollte, die so befremdlich waren wie er selber. Der Bürgerkrieg, den die Verfassung von 1812 in Spanien entfachte, wohin sich dieser Tatmensch begeben hatte, verschaffte ihm die Gelegenheit, den echten Carlos Herrera in einem Hinterhalt insgeheim zu töten. Außereheliches Kind eines Grandseigneurs und von seinem Vater seit Langem vernachlässigt, ohne Kenntnis, welcher Frau er sein Leben verdankte, war dieser Priester von König Ferdinand VII., dem ihn ein Bischof vorgeschlagen hatte, mit einer politischen Mission in Frankreich betraut worden. Der Bischof, der einzige, der sich für Carlos Herrera interessierte, verstarb in der Zeit, während der dieses verlorene Kind der Kirche seine Reise von Cádiz nach Madrid und von Madrid nach Frankreich unternahm. Glücklich, diese herbeigesehnte Identität, und das sogar zu den Bedingungen, wie er sie wollte, gefunden zu haben, fügte sich Jacques Collin Verletzungen auf dem Rücken zu, um die verräterischen Buchstaben zu beseitigen, und veränderte sein Gesicht mithilfe chemischer Substanzen. Indem er sich dieserart mit dem Leichnam des Priesters vor Augen verwandelte, bevor er ihn verschwinden ließ, konnte er eine gewisse Ähnlichkeit mit seinem Doppelgänger herstellen. Um diese Umwandlung zu vollenden, die fast so wundersam war wie die in dem arabischen Märchen, wo der alte Derwisch die Macht erlangt hat, mit einer Zauberformel in einen jungen Körper zu schlüpfen, lernte der Zuchthäusler, der spanisch sprach, so viel Latein, wie ein andalusischer Priester beherrschen musste. Als Vermögensverwalter der Insassen dreier Zuchthäuser kannte Collin viele Geldverstecke, die ihm anvertraut worden waren aufgrund seiner bekannten, aber auch zwangsläufigen Ehrlichkeit: Unter solchen Geschäftspartnern wird ein Fehlgriff mit Dolchstößen vergolten. Diesem Grundstock fügte er das Geld hinzu, das der Bischof Carlos Herrera gegeben hatte. Bevor er Spanien verließ, konnte er den Schatz einer Gläubigen in Barcelona an sich bringen, der er die Absolution erteilte und dazu versprach, für die Rückerstattung der Summen zu sorgen, die aus einem Mord resultierten, den sie begangen hatte und aus dem das Vermögen dieses Beichtkindes stammte. Priester geworden, unterwegs in einer geheimen Mission, die ihm die besten Empfehlungen in Paris einbringen sollte, und entschlossen, nichts zu tun, was die Person kompromittieren könnte, in die er sich gehüllt hatte, überließ sich Jacques Collin den Zufällen seiner neuen Existenz, als er auf der Straße von Angoulême nach Paris Lucien begegnete. Dieser Junge erschien dem falschen Priester als ein hervorragend wirksames Werkzeug; er bewahrte ihn vor dem Selbstmord mit den Worten: »Überantworten Sie sich einem Manne Gottes, wie man sich dem Teufel überlässt, und Sie werden alle Möglichkeiten einer neuen Zukunft haben. Sie werden leben wie im Traum, das schlimmste Erwachen kann nur mehr der Tod sein, den Sie sich schon selbst geben wollten ...« Die Allianz dieser beiden Menschen, die aus den beiden einen Einzigen machen sollte, beruhte auf diesem kraftvollen Gedanken, den Carlos Herrera noch durch listig herbeigeführte Komplizenschaft befestigte. Mit der Begabung eines Verderbers zersetzte er Luciens Anstand, indem er ihn in grausame Notlagen geraten ließ und ihn daraus befreite mit dem unausgesprochenen Einverständnis in üble oder niederträchtige Aktionen, die Lucien in den Augen der Leute immer noch rein, treu und edel aussehen ließen. Lucien war der gesellschaftliche Glanz, in dessen Schatten der Fälscher leben wollte. – »Ich bin der Autor, du bist das Drama; wenn du keinen Erfolg hast, werde ich es sein, der ausgepfiffen wird«, sagte er ihm an dem Tag, als er den Frevel hinter seiner Verkleidung eingestand. Carlos schritt bedächtig von Eingeständnis zu Eingeständnis und bemaß die Niedertracht dessen, was er anvertraute, an den Fortschritten und Ansprüchen Luciens. Dementsprechend offenbarte der Todtäuscher sein letztes Geheimnis erst in dem Moment, als die Gewöhnung an die Pariser Vergnügungen, die Erfolge, die befriedigte Eitelkeit ihm diesen so schwachen Dichter mit Leib und Seele unterworfen hatten. Wo Rastignac der Versuchung dieses Dämons widerstanden hatte, ergab sich Lucien, der geschickter geführt, ausgeklügelter kompromittiert und vor allem überwunden wurde durch das Glück, eine hervorgehobene Stellung erlangt zu haben. Das Böse, das in seiner poetischen Verkörperung *Teufel* heißt, setzte diesen Mann, der zur Hälfte Frau war, den verlockendsten Verführungen aus, verlangte ihm zu Anfang wenig ab und gab ihm viel. Carlos' schlagendes Argument war die Verschwiegenheit, die Tartuffe der Elmire verspricht. Die wiederholten Beweise einer absoluten Ergebenheit, vergleichbar der des Zaid gegenüber Mohammed, vollendeten dies schreckliche Werk von Luciens Besetzung durch einen Jacques Collin. Und jetzt hatten Lucien und Esther nicht nur alles Vermögen verzehrt, das der Redlichkeit des Bankiers der Zuchthäusler anvertraut gewesen war, der sich ihretwegen der Gefahr entsetzlicher Abrechnungen aussetzte, sondern obendrein waren der Dandy, der Fälscher und die Kurtisane verschuldet. Als Lucien dabei war, zum Erfolg zu kommen, konnte das kleinste Steinchen unter dem Fuß eines dieser drei das fantastische Gebäude eines so kühn konstruierten Schicksals zusammenfallen lassen. Auf dem Opernball hatte Rastignac den Vautrin des Hauses Vauquer wiedererkannt, war sich aber der Lebensgefahr bei der geringsten Indiskretion bewusst; also tauschte der Liebhaber der Madame de Nucingen mit Lucien Blicke, in denen sich beiderseits unter dem Schein der Freundschaft die Furcht verbarg. Im Moment der Gefahr hätte Rastignac nur zu gern den Wagen gestellt, der den Todtäuscher ans Schafott geliefert hätte. Jetzt muss jeder begreifen, was für eine finstere Freude Carlos überkam, als er von der Verliebtheit des Barons de Nucingen erfuhr und mit einem einzigen Gedanken den ganzen Nutzen erfasste, den ein Mann seines Kalibers aus der armen Esther ziehen musste.

»Ach was«, sagte er zu Lucien. »Der Teufel schützt seinen Prediger.«

»Du rauchst auf einem Pulverfass.«

»*Incedo per ignes!*«, gab Carlos lächelnd zurück, »das ist mein Geschäft.«

Das Palais de Grandlieu

Das Haus de Grandlieu hat sich um die Mitte des letzten Jahrhunderts in zwei Linien aufgeteilt: Einerseits der herzogliche Zweig, der zum Erlöschen verurteilt war, weil dem derzeitigen Herzog bloß Töchter geboren wurden; zweitens die Vicomtes de Grandlieu, die Titel und Wappen ihres älteren Zweigs erben sollen. Der herzogliche Zweig trägt *auf rotem Feld drei gebündelte goldene Streitäxte als Balken* mit dem berühmten CAVEO NON TIMEO! als Devise, die die gesamte Geschichte des Hauses erfasst.

Das Wappenschild der Vicomtes ist in die vier Felder der Navarreins geteilt, über rotem Grund ein zinnenbewehrter goldener Balken mit dem Ritterhelm darüber und GRANDS FAITS, GRAND LIEU! als Devise. Die aktuelle Vicomtesse, Witwe seit 1813, hat einen Sohn und eine Tochter. Obwohl sie so gut wie mittellos aus der Emigration zurückgekehrt war, hatte sie dank der Tatkraft eines Anwalts, Derville, ein ziemlich beachtliches Vermögen zurückerlangt.

Herzog und Herzogin de Grandlieu, die 1804 zurückgekehrt waren, wurden Adressat der Aufmerksamkeiten des Kaisers; Napoleon hielt sie am Hof und erstattete ihnen alles, was sich als zur Domäne des Hauses Grandlieu gehörend finden ließ, ungefähr vierzigtausend Livre jährliche Einnahmen. Von allen großen Herren des Saint-Germain-Viertels, die sich von Napoleon hatten verführen lassen, waren der Herzog und die Herzogin (eine Ajuda aus dem älteren Zweig, mit den Braganza verschwägert) die einzigen, die weder den Kaiser noch seine Wohltaten verleugneten. Louis XVIII. würdigte diese Treue, während das ganze Viertel von Saint-Germain den Grandlieu daraus ein Vergehen machen wollte; aber vielleicht wollte Louis XVIII. in diesem Punkt bloß MONSIEUR ärgern. Die Eheschließung des jungen Vicomte de Grandlieu mit Marie-Athénaïs, der jüngsten Tochter des Herzogs, neun Jahre alt, wurde als wahrscheinlich betrachtet. Sabine, die zweitjüngste, heiratete nach der Juli-Revolution den Baron de Guénic. Joséphine, die dritte, wurde Madame Ajuda-Pinto, als der Marquis seine erste Frau verlor, eine Mademoiselle de Rochefide. Die älteste hatte 1822 den Schleier genommen. Die zweite, Mademoiselle Clotilde-Frédérique, war zu dieser Zeit, siebenundzwanzigjährig, unsterblich verliebt in Lucien de Rubempré.

Unnötig zu fragen, ob das Palais des Herzogs de Grandlieu, eins der schönsten der Rue Saint-Dominique, tausend Reize auf Lucien ausübte; jedes Mal, wenn sich das riesige Tor in seinen Angeln drehte, um sein Cabriolet einzulassen, empfand er diese Befriedigung der Eitelkeit, von der Mirabeau gesprochen hat. – »Obwohl mein Vater bloß ein einfacher Apotheker in l'Houmeau war, fahre ich doch hier vor ...« So dachte er. Entsprechend hätte er wohl noch ganz andere Verbrechen außer seinem Pakt mit einem Fälscher begangen, um sich den Anspruch zu erhalten, die wenigen Stufen der Freitreppe hinaufzusteigen und sich dann als »Monsieur de Rubempré!« angekündigt zu hören in dem großen Salon, der dem Stil Louis' XIV. nachempfunden und zu dessen Zeit nach dem Vorbild der Salons in Versailles gestaltet war, wo diese Elitegesellschaft verkehrte, die Crème von Paris, die man damals auch als *Der kleine Hof* bezeichnete.

Die vornehme Portugiesin, eine der Frauen, die nur ungern aus dem Haus gehen, war die meiste Zeit umgeben von ihren Nachbarn, den Chaulieu, den Navarreins, den Lenoncourt. Oft kamen die schöne Baronin de Macumer (geborene Chaulieu), Herzogin de Maufrigneuse, Madame d'Espard, Madame de Camps, Mademoiselle des Touches, verschwägert mit den Grandlieu, die aus der Bretagne stammen, auf dem Weg zum Ball oder von der Oper zu Besuch. Vicomte de

Grandlieu, Herzog de Rhétoré, Marquis de Chaulieu, der eines Tages Herzog de Lenoncourt-Chaulieu sein würde, seine Frau Madeleine de Mortsauf, Enkelin Herzog de Lenoncourts, Marquis d'Ajuda-Pinto, Fürst de Blamont-Chauvry, Marquis de Beauséant, Vidame de Pamiers, die Vandenesse, der alte Fürst de Cadignan und sein Sohn, Herzog de Maufrigneuse, waren regelmäßige Gäste dieses grandiosen Salons, wo man die Luft des Hofs atmete, wo Manieren, Ton und Geist mit der Noblesse der Herrschaft harmonierten, deren hohe aristokratische Haltung ihre Beflissenheit gegenüber Napoleon schließlich hatte vergessen lassen.

Die alte Herzogin d'Uxelles, Mutter Herzogin de Maufrigneuses, war das Orakel dieses Salons, in dem Madame de Sérisy niemals hatte Zutritt erhalten können, obwohl sie eine geborene de Ronquerolles war.

Eingeführt von Madame de Maufrigneuse, die ihre Mutter dazu gebracht hatte, sich einzusetzen für Lucien, nachdem sie zwei Jahre lang verrückt gewesen war, verkehrte dieser verführerische Dichter hier dank dem Einfluss des Oberhofpredigers von Frankreich und mithilfe des Pariser Erzbischofs. Trotzdem war er erst zugelassen worden, nachdem er die Verfügung erhalten hatte, die ihm Namen und Wappen des Hauses Rubempré zusprach. Herzog de Rhétoré, Ritter d'Espard und noch ein paar andere, die eifersüchtig auf Lucien waren, machten bei Herzog de Grandlieu immer wieder Stimmung gegen Lucien, indem sie ihm Anekdoten aus Luciens Vorleben erzählten; aber die fromme Herzogin, die sich mit den hohen Vertretern der Kirche umgab, und Clotide de Grandlieu unterstützten ihn. Lucien erklärte diese Feindseligkeiten übrigens mit seinem Abenteuer mit Madame d'Espards Cousine, Madame de Bargeton, die mittlerweile Gräfin du Châtelet geworden war. Und dann, da er spürte, dass er den Schutz einer so einflussreichen Familie benötigte, und von seinem vertrauten Berater gedrängt wurde, Clotilde zu verführen, brachte Lucien den Mut der Aufsteiger auf: An fünf der sieben Tage einer Woche fand er sich dort ein, schluckte die Demütigungen des Neids mit Freundlichkeit, ertrug anmaßende Blicke und antwortete geistreich auf Gespött. Seine Beharrlichkeit, sein verbindliches Auftreten, seine Liebenswürdigkeit entkräfteten schließlich die Vorbehalte und verringerten die Hindernisse. Da Lucien nach wie vor bestens mit Herzogin de Maufrigneuse stand, deren heiße Briefe aus der Zeit ihrer Leidenschaft von Carlos Herrera aufbewahrt wurden, er Madame de Sérisys Idol war und gern gesehen bei Mademoiselle des Touches, ließ sich Lucien, zufrieden, in diesen drei Häusern zu verkehren, von seinem Spanier beibringen, dass er in seinen Beziehungen größte Umsicht walten lassen sollte.

»Man kann sich nicht mehreren Häusern gleichzeitig widmen«, sagte ihm sein geheimer Berater. »Wer überall hingeht, stößt nirgends auf wirkliches Interesse. Die Großen tun nur etwas für die, die in Konkurrenz zu ihren Möbeln stehen, die sie jeden Tag sehen, und die es schaffen, ihnen irgendwie unentbehrlich zu werden wie das Sofa, auf das man sich setzt.«

Als er sich daran gewöhnt hatte, den Salon der Grandlieu als seine Arena zu betrachten, bewahrte sich Lucien seinen Witz, seine guten Sprüche, seine Neuigkeiten und seine Anmut eines Höflings für die Abende auf, die er dort verbrachte. Schöntuerisch, gefällig, von Clotilde gewarnt vor den Klippen, die es zu meiden galt, schmeichelte er den kleinen Leidenschaften Monsieur de Grandlieus. Nachdem sie zunächst Herzogin de Maufrigneuse um ihr Glück beneidet hatte, verliebte sich Clotilde Hals über Kopf in Lucien.

Lucien hatte alle Vorteile einer solchen Verbindung erfasst und spielte seine Rolle als Verliebter wie sie Armand, der letzte Erste Junge Liebhaber der Comédie-Française, gespielt hätte.

Er schrieb Clotilde Briefe, die sicherlich literarische Meisterwerke erster Ordnung waren, und Clotilde kämpfte in ihren Antworten darum, geistreich zu sein beim Ausdruck dieser auf dem Papier feurigen Liebe, denn sie konnte nicht anders als so lieben. Jeden Sonntag besuchte Lucien die Messe in der Kirche Saint-Thomas-d'Aquin, gab sich als eifriger Katholik und erging sich in monarchistischen und religiösen Reden, die wunderbar wirkten. Dazu schrieb er in den Blättern, die der Congrégation verbunden waren, äußerst bemerkenswerte Artikel, ohne dafür irgendeinen Preis zu erheben und ohne darunter eine andere Signatur als ein L zu setzen. Er verfasste politische Broschüren, die Charles X. oder der Oberhofprediger bestellt hatten, ohne die geringste Entschädigung zu verlangen. – »Der König«, sagte er, »hat schon so viel für mich getan, dass ich ihm mein Leben schulde.« So war seit einigen Tagen die Rede davon, dass Lucien für das Kabinett des Premierministers als Privatsekretär in Dienst genommen würde; doch Madame d'Espard brachte so viele Leute gegen Lucien ins Spiel, dass Charles' X. Geschäftsführer vor diesem Beschluss zurückschreckte. Nicht nur war Luciens Position nicht eindeutig genug und die Worte: »Von was lebt er?«, die die Leute in dem Maß mehr auf der Zunge hatten, wie Lucien höher aufstieg, verlangten nach einer Antwort. Es machten sich außerdem noch die boshafte wie die wohlwollende Neugierde eins ums andere Mal auf die Suche und fanden mehr als einen schwachen Punkt am Panzer dieses Ehrgeizlings. Clotilde de Grandlieu diente arglos ihrem Vater und ihrer Mutter als Spion. Ein paar Tage zuvor hatte sie Lucien zum Plaudern in eine Fensternische beiseite genommen und nannte ihm die Einwände ihrer Familie. – »Sobald Sie ein Land im Wert einer Million haben, werden Sie meine Hand bekommen, das war die Antwort meiner Mutter«, hatte Clotilde gesagt. – »Sie werden dich später fragen, woher du dein

Geld hast«, sagte Carlos, als ihm Lucien von diesem angeblich letzten Wort berichtete. – »Mein Schwager wird ein Vermögen gemacht haben müssen«, gab Lucien zu bedenken, »wir werden in ihm einen verantwortlichen Herausgeber haben.« – »Dann fehlt ja nur noch die Million«, rief Carlos, »ich werde mich kümmern.«

Um Luciens Stellung im Palais de Grandlieu zu erklären: Er hatte dort niemals diniert. Weder Clotilde, noch Herzogin d'Uxelles, noch Madame de Maufrigneuse, die Lucien weiterhin äußerst gewogen war, konnten den Herzog zu diesem Gunstbeweis bewegen, so viel Argwohn bewahrte sich der Edelmann gegenüber dem, den er Sire de Rubempré nannte. Diese Abstufung, die jeder im Salon bemerkte, schlug in Luciens Selbstbewusstsein eine heftige Wunde, weil er sich daraufhin so vorkam, als sei er bloß geduldet. Die feinen Leute haben ein Recht, anspruchsvoll zu sein, man wird so oft getäuscht! Aufzutreten in Paris, ohne ein bekanntes Vermögen zu besitzen, ohne einem offenkundigen Erwerb nachzugehen, ist eine Position, die sich auf die Dauer mit keiner List aufrechterhalten lässt. So verlieh Lucien durch seinen Aufstieg dem Einwand: »Von was lebt er?« ein übermäßiges Gewicht. Bei Madame de Sérisy, der er die Unterstützung des Generalstaatsanwalts Granville und eines Staatsministers verdankte, Graf de Bauvans, Präsident eines Kassationsgerichts, sah er sich zu dem Bekenntnis genötigt: »Ich verschulde mich entsetzlich.«

Als er nun in den Hof des Palais einfuhr, in dem sich die Ursache seiner Eitelkeiten befand, und an die Überlegungen des Todtäuschers dachte, sagte er sich mit Verbitterung: »Ich höre, wie unter meinen Schritten alles zu Bruch geht.« Er liebte Esther und er wollte Mademoiselle de Grandlieu zur Frau! Verrückte Lage! Die eine musste verkauft werden, um die andere zu bekommen. Ein einziger Mann konnte diesen

Tausch bewerkstelligen, ohne dass Luciens Ansehen Schaden nahm, dieser Mann war der falsche Spanier: Mussten sie nicht beide, der eine wie der andere und einer gegenüber dem anderen verschwiegen sein? Man hat in seinem Leben nicht zweimal einen solchen Pakt, in dem ein jeder Zug um Zug Herrscher und Beherrschter ist.

Lucien vertrieb die Wolken, die seine Stirn verfinsterten, fröhlich und strahlend betrat er die Salons des Palais de Grandlieu.

Eine Tochter aus gutem Hause

Die Fenster standen offen und die Düfte des Gartens erfüllten den Salon; der Blumenständer, der die Mitte einnahm, bot den Blicken seine Blütenpyramide. Die Herzogin saß auf einem Sofa in der Ecke und plauderte mit Herzogin de Chaulieu. Mehrere Frauen bildeten eine bemerkenswerte Gruppe durch ihre jeweiligen Körperhaltungen, mit denen jede von ihnen einem vorgespielten Schmerz Ausdruck verlieh. In der besseren Gesellschaft interessiert sich niemand für ein Unglück oder Leiden, das sind hier alles Worte. Die Männer schlenderten durch den Salon oder den Garten. Clotilde und Joséphine waren am Teetisch beschäftigt. Vidame de Pamiers, Herzog de Grandlieu, Marquis d'Ajuda-Pinto und Herzog de Maufrigneuse spielten in einem Eck ihren Whist. Nachdem Lucien gemeldet worden war, durchquerte er den Salon und ging die Herzogin begrüßen und fragte sie, was denn der Kummer sei, der ihr ins Gesicht geschrieben stand.

»Madame de Chaulieu hat soeben eine furchtbare Nachricht erhalten: Ihr Schwiegersohn, Baron de Macumer, der frühere Herzog de Soria, ist gerade verstorben. Der junge Herzog de Soria und seine Frau, die sich nach Chantepleurs begeben hatten, um den Bruder zu pflegen, haben von dem traurigen Ereignis berichtet. Louise ist in einem erschütternden Zustand.«

»Eine Frau wird nicht zweimal im Leben so geliebt wie Louise von ihrem Mann«, sagte Madeleine de Mortsauf.

»Sie wird eine reiche Witwe sein«, versetzte die alte Herzogin d'Uxelles und musterte Lucien, dessen Gesicht seinen Ausdruck von Gleichmut wahrte.

»Arme Louise«, sagte Madame d'Espard, »ich verstehe sie und habe Mitleid mit ihr.«

Marquise d'Espard zeigte die nachdenkliche Miene einer Frau mit Seele und Herz. Sabine de Grandlieu, obwohl erst zehn Jahre alt, warf ihrer Mutter einen vielsagenden Blick zu, dessen an Belustigung grenzenden Ausdruck ein Blick der Mutter unterdrückte. Das nennt man seine Kinder gut erziehen.

»Wenn meine Tochter diesem Schlag auch standhält«, sagte Madame de Chaulieu im mütterlichsten Ton, »macht mir ihre Zukunft doch Sorgen. Louise ist sehr schwärmerisch.«

»Ich weiß gar nicht«, meinte die alte Herzogin d'Uxelles, »woher unsere Töchter das haben …?«

»Es ist schwer heutzutage«, sagte ein alter Kardinal, »Herz und Anstand in Einklang zu bringen.«

Lucien, der hier kein Wort zu sagen hatte, wandte sich zum Teetisch, um die Fräulein de Grandlieu zu begrüßen. Als sich der Dichter ein paar Schritte von der Damengruppe entfernt hatte, beugte sich Madame d'Espard vor, um Herzogin de Grandlieu ins Ohr zu flüstern.

»Sie glauben also, dass dieser Junge Ihre liebe Clotilde besonders liebhat?«, sagte sie ihr.

Die Hinterhältigkeit dieser Frage kann nur anhand einer Beschreibung Clotildes verstanden werden. Diese junge Person von siebenundzwanzig Jahren war soeben aufgestanden, was dem spöttischen Blick der Marquise d'Espard erlaubte, die trockene und magere Gestalt Clotildes zu erfassen, die vollkommen einem Spargel glich. Das Mieder des armen Mädchens war so flach, dass nicht einmal Platz war für ein aufgebauschtes Brusttuch, das die Modisten als *Busenpolster* bezeichnen. Und im Bewusstsein der hinreichenden Vorteile ihres Namens hob Clotilde diesen Mangel, weit davon entfernt, sich die Mühe zu machen, ihn zu verdecken, noch heldenhaft hervor. Sie zwängte sich so in ihre Kleider, dass sie die Wirkung der steifen und schlichten Linienführung erzielte, die die Bildhauer des Mittelalters bei ihren Skulpturen suchten, deren Profil sich abhebt von der Nische, in die sie sie in den Kathedralen gestellt haben. Clotilde war fünf Fuß und vier Zoll groß. Wenn es erlaubt ist, sich eines umgangssprachlichen Ausdrucks zu bedienen, der immerhin den Vorteil hat, leicht verständlich zu sein: Sie war ganz Bein. Dieser Fehler in den Proportionen gab ihrem Oberkörper etwas Verkümmertes. Mit dunkler Haut, sprödem schwarzem Haar und sehr dichten Brauen, die brennenden Augen bereits dunkel nachgezogen und das Gesicht gebogen wie die Sichel des Mondviertels, überlagert von einer vorgewölbten Stirn, war sie ein Spottbild ihrer Mutter, einer der schönsten Frauen Portugals. Der Natur gefallen solche Spielchen. Man sieht oft in einer Familie die eine Schwester von überraschender Schönheit, deren Züge im Gesicht ihres Bruders komplett hässlich sind, obwohl sich beide ähneln. Auf Clotildes sehr tief eingezogenem Mund lag unveränderlich ein Zug von Geringschätzung. Dabei zeigten ihre Lippen mehr als jeder andere Zug ihres Gesichts die geheimen Regungen ihres Herzens, denn die Zuneigung verlieh ihnen einen hinreißenden Ausdruck, der um so bemerkenswerter war, als ihre Wangen zu dunkel waren, um zu erröten, und ihre schwarzen Augen immer hart und ohne jede Aussage blieben. Trotz so vieler Nachteile und obwohl ihre Gestalt von der Stattlichkeit eines Bretts war, hatte sie durch ihre Erziehung und dank ihrer Herkunft einen Zug von Größe, eine stolze Haltung, kurzum all das, was man so zutreffend *das gewisse Etwas* nennt, was womöglich aus ihrer unverkleideten Aufmachung resultierte und bei ihr das Merkmal einer Tochter aus gutem Hause war. Sie machte etwas aus ihrem Haar, dessen Dichte, Menge und Länge schon als Schönheit gelten konnten. Ihre Stimme, die sie geschult hatte, war anziehend. Sie sang zauberhaft. Clotilde war genau die Art junger Frau, von der man sagt: »Sie hat schöne Augen« oder »Sie hat einen reizenden Charakter!« Jemandem, der sie auf die englische Art mit »Euer Hoheit« ansprach, antwortete sie: »Nennen Sie mich Euer Hochheit.«

»Warum sollte man denn meine arme Clotilde nicht liebhaben?«, gab die Herzogin der Marquise zurück. »Wissen Sie, was sie mir gestern gesagt hat? ›Wenn ich aus Ehrgeiz geliebt werde, werde ich dafür sorgen, dass ich um meiner selbst geliebt werde!‹ Sie ist klug und hat Ansprüche, und es gibt Männer, denen das beides gefällt. Was ihn angeht, meine Liebe, er ist schön wie ein Traum; und wenn er die Güter der Rubempré bekommen kann, wird ihm der König aus Anerkennung für uns den Grafentitel wiedergeben … Schließlich ist seine Mutter die letzte Rubempré …«

»Armer Junge, wo er die Million wohl hernehmen wird?«, meinte die Marquise.

»Das ist nicht unsere Sache«, antwortete die Herzogin; »aber bestimmt ist er außerstande, sie zu stehlen … Und außerdem würden wir Clotilde niemals einem Intriganten noch jemandem überlassen, der nicht ehrlich ist, und sei er noch so schön, oder Dichter, und jung wie Monsieur de Rubempré.«

»Sie kommen spät«, sagte Clotilde und lächelte Lucien mit unendlicher Anmut an.

»Ja, ich war auswärts zum Essen.«

»Sie sind viel unter Leuten in letzter Zeit«, meinte sie und verbarg ihre Eifersucht und ihre Unruhe unter einem Lächeln.

»Unter Leuten? ...«, antwortete Lucien, »nein, ich habe nur, durch den allergrößten Zufall, die ganze Woche bei Bankiers diniert, heute bei Nucingen, gestern bei du Tillet und vorgestern bei den Kellers ...«

Man sieht, dass Lucien es schon gut verstanden hatte, den Ton geistreicher Anmaßung der hohen Herren zu übernehmen.

»Sie haben ganz schön viele Feinde«, sagte ihm Clotilde und reichte ihm (und mit welcher Anmut!) eine Tasse Tee. »Jemand ist zu meinem Vater gekommen und hat ihm gesagt, dass Sie sich eines Schuldenbergs von über sechzigtausend Franc erfreuen und dass Sie demnächst Sainte-Pélagie als Lustschloss bewohnen werden. Wenn Sie erst wüssten, was diese üblen Nachreden für mich heißen ... Das bekomme alles ich zu spüren. Ich rede nicht von dem, was ich darunter zu leiden habe (mein Vater wirft mir schon vernichtende Blicke zu), sondern von dem, was Sie zu leiden haben müssen, wenn davon auch nur das Allerwenigste wahr wäre ...«

»Machen Sie sich keine Gedanken wegen dieser Albernheiten, lieben Sie mich, wie ich Sie liebe, und geben Sie mir noch ein paar Monate«, antwortete Lucien, während er seine geleerte Tasse auf ein ziseliertes Silbertablett zurückstellte.

»Kommen Sie bloß nicht meinem Vater unter die Augen, er würde Ihnen was Unverschämtes sagen; und weil Sie es sich nicht gefallen lassen würden, wäre es mit uns aus ... Diese miese Marquise d'Espard hat ihm gesagt, dass Ihre Mutter Wochenpflege war und Ihre Schwester Bügelfrau ...«

»Wir haben im tiefsten Elend gesteckt«, antwortete Lucien, dem Tränen in die Augen stiegen. »Das ist keine Verleumdung, sondern einfaches Schlechtmachen. Heute ist meine Schwester mehr als Millionärin und meine Mutter starb vor zwei Jahren ... Diese Einzelheiten sind zurückgehalten worden für die Zeit, wenn ich hier zum Erfolg kommen würde ...«

»Aber was haben Sie denn der Madame d'Espard getan?«

»Ich war so unvorsichtig, bei Madame de Sérisy im Beisein der Herren de Bauvan und de Granville zur Belustigung die Geschichte von dem Prozess zu erzählen, mit dem sie die Entmündigung ihres Mannes, des Marquis d'Espard, erreichen wollte, was mir von Bianchon anvertraut worden war. Die Meinung von Monsieur de Granville, gestützt von Bauvan und Sérisy, ließ den Justizminister seine Meinung ändern. Der eine wie der andere sind zurückgewichen vor der *Gazette des Tribunaux*, vor dem Skandal, und die Marquise hat mit der Begründung des Urteils, das dieser schlimmen Sache ein Ende setzte, einiges auf die Finger gekriegt. Wenn Monsieur de Sérisy eine Indiskretion begangen hat, die mir die Marquise zur Todfeindin gemacht hat, dann habe ich dabei aber seinen Schutz erhalten, den des Generalstaatsanwalts und des Grafen de Bauvan, dem Madame de Sérisy von der Gefahr berichtet hat, in die sie mich brachten, weil sie durchscheinen ließen, woher sie ihre Kenntnisse hatten. Monsieur d'Espard war so ungeschickt, mir einen Besuch abzustatten, weil er mich als den Grund ansah, warum er diesen infamen Prozess gewonnen hat.«

»Ich werde Sie von Madame d'Espard befreien«, sagte Clotilde.

»Ja? Aber wie denn?«, rief Lucien.

»Meine Mutter lädt die jungen d'Espards ein, die nett sind und schon ziemlich groß. Der Vater und seine beiden Söhne werden hier Ihr Loblied singen, da können wir ziemlich sicher sein, dass wir deren Mutter nicht mehr sehen ...«

»Oh, Clotilde, Sie sind großartig, und wenn ich Sie nicht sowieso schon liebte, dann wäre es wegen Ihres Verstandes.«

»Der Verstand ist es nicht«, sagte sie mit ihrer gesamten Liebe auf den Lippen. »Adieu. Bleiben Sie ein paar Tage weg. Wenn Sie mich in Saint-Thomas-d'Aquin mit einem rosa Halstuch sehen, wird mein Vater seine Laune geändert haben. Sie finden eine Antwort an der Lehne des Sessels, auf dem Sie sitzen, die wird Sie vielleicht darüber hinwegtrösten, dass wir uns nicht sehen. Stecken Sie mir den Brief, den Sie mitbringen, ins Taschentuch ...«

Diese junge Person war eindeutig älter als siebenundzwanzig Jahre.

Das Haus einer guten Tochter

Lucien nahm eine Droschke in der Rue de la Planche, verließ sie auf den Boulevards, nahm eine andere an der Madeleine und ließ sie Einlass fordern am Tor der Rue Taitbout.

Als er um elf Uhr bei Esther eintrat, fand er sie in Tränen aufgelöst, aber zurechtgemacht, als wollte sie ihm eine Feier ausrichten! Sie erwartete ihren Lucien auf einem weißen, mit gelben Blüten bestickten Sofa liegend, gehüllt in einen köstlichen Morgenmantel aus indischem Mousselin mit kirschroten Bändern, ohne Korsett, die Haare schlicht über dem Kopf zusammengesteckt, die Füße in hübschen, mit roter Seide gefütterten Samtpantoffeln, alle Kerzen angezündet und die Wasserpfeife schon zurechtgestellt; ihre eigene hatte sie allerdings nicht geraucht, die stand kalt vor ihr wie ein Zeichen ihres Zustands. Sie wischte ihre Tränen ab, als sie die Tür sich öffnen hörte, sprang auf wie eine Gazelle und umschlang Lucien mit den Armen, wie sich ein Tuch im Sturm um einen Baum wickeln würde.

»Getrennt«, sagte sie, »ist das wahr? ...«

»Ach! Für ein paar Tage«, antwortete Lucien.

Esther ließ Lucien los und fiel wie tot auf das Sofa zurück. In derlei Situationen plappern die meisten Frauen wie die Papageien! Ach! Sie haben einen so lieb! ... Nach fünf Jahren ist es der erste Tag erfüllten Glücks, sie können einen nicht verlassen, sie sind großartig in ihrer Empörung, ihrer Verzweiflung, ihrer Liebe, ihrem Zorn, ihrem Bedauern, ihrem Entsetzen, ihrem Leid, ihren Vorahnungen! Sie sind, mit anderen Worten, schön wie eine Szene von Shakespeare. Aber merken Sie es sich gut! Diese Frauen lieben überhaupt nicht. Wenn sie all das sind, was zu sein sie behaupten, wenn sie also wahrhaftig lieben, dann verhalten sie sich wie Esther, wie Kinder, wie es die echte Liebe tut; Esther sagte kein Wort, sie lag mit dem Gesicht in den Kissen und weinte bitterlich. Lucien seinerseits bemühte sich, Esther aufzurichten, und redete ihr zu.

»Aber Kind, wir sind doch nicht auseinander ... Wie! Nach bald vier Jahren Glück ist das deine Art, mit einer Abwesenheit umzugehen?« ›Aber was habe ich denn den ganzen Mädchen getan?‹, fragte er sich bei der Erinnerung an Coralie, die ihn genauso geliebt hatte.

»Oh, Monsieur, Sie sind aber schön«, sagte Europe.

Die Sinne haben ihre ideale Schönheit. Wenn zu dieser so verführerischen Schönheit noch Sanftheit des Charakters und ein poetisches Wesen hinzukommen, wie sie Lucien auszeichneten, dann kann man die verrückte Leidenschaft dieser für die äußeren Gaben der Natur äußerst empfänglichen und in ihrer Bewunderung so naiven Menschen begreifen. Esther schluchzte leise und verharrte in einer Haltung, in der sich äußerster Schmerz ausdrückte.

»Aber, Dummchen«, sagte Lucien, »ist dir denn nicht gesagt worden, dass es dabei um mein Leben geht! ...«

Bei dieser Bemerkung, die Lucien bewusst gemacht hatte, richtete Esther sich auf wie ein Raubtier, ihr offenes Haar umfasste ihr erhabenes Gesicht wie Blattwerk. Sie sah Lucien starr an.

»Um dein Leben! ...«, rief sie aus, hob die Arme und ließ sie wieder fallen mit einer Geste, die nur Mädchen machen, die sich in Gefahr fühlen. »Aber es stimmt schon, in dem Brief dieses Wilden geht es um schwerwiegende Dinge.«

Sie zog ein hässliches Papier aus ihrem Gürtel, sah dann aber Europe und sagte ihr: »Lass uns allein, meine Liebe.« Und als Europe die Tür zugemacht hatte: »Schau, was *er* mir schreibt«, und hielt Lucien einen Brief hin, den Carlos gerade geschickt hatte und den Lucien laut vorlas.

»Sie reisen morgen früh um fünf Uhr ab, Sie werden in die Obhut eines Waldhüters tief im Forst von Saint-Germain gebracht, wo Sie ein Zimmer in der ersten Etage haben werden. Verlassen Sie nicht dieses Zimmer, bis ich es erlaube, es wird Ihnen dort an nichts fehlen. Der Waldhüter und seine Frau sind zuverlässig. Schreiben Sie nicht an Lucien. Treten Sie tagsüber nicht an das Fenster; nachts können Sie aber unter der Aufsicht des Waldhüters spazieren gehen, wenn Sie sich bewegen möchten. Halten Sie die Vorhänge auf dem Weg geschlossen: Es geht um Luciens Leben.

Lucien kommt heute Abend, sich zu verabschieden, verbrennen Sie dieses Schreiben in seiner Gegenwart ...«

Lucien verbrannte das Schreiben sofort an der Flamme einer Kerze.

»Höre mal zu, mein Lucien«, sagte Esther, nachdem sie das Verlesen dieses Briefs angehört hatte wie ein Verbrecher die Verkündung seines Todesurteils. »Ich werde dir nicht sagen, dass ich dich liebe, das wäre albern ... Es sind nun beinah fünf Jahre, dass es mir so selbstverständlich ist, dich zu lieben, wie ich atme und lebe ... Vom ersten Tag an, an dem mein Glück unter dem Schutz dieses unerklärlichen Menschen begonnen hat, der mich hierhin gesteckt hat wie man ein seltenes Tierchen in einen Käfig steckt, habe ich gewusst, dass du heiraten sollst. Die Ehe ist ein notwendiger Bestandteil deiner Bestimmung, und Gott bewahre mich davor, der Entfaltung deines Glücks im Weg zu stehen. Diese Ehe wird mein Tod. Aber ich will dich nicht belasten, ich werde es nicht machen wie die Flittchen, die sich mit dem Kohleofen umbringen, einmal hat mir gereicht und zweimal ist eklig, wie Mariette sagt. Nein, ich werde weit weg gehen, aus Frankreich raus. Asie kennt die Geheimnisse ihres Landes, sie hat mir versprochen, mir zu zeigen, wie man in aller Stille stirbt. Ein Piekser, paf!, und aus. Ich möchte nur eines, mein geliebter Engel, das ist, nicht getäuscht zu werden. Ich bin schon auf meine Rechnung vom Leben gekommen: Seit dem Tag, da ich dich 1824 gesehen habe, bis heute, habe ich mehr Glück erfahren als es in zehn Leben glücklicher Frauen gibt. Nimm mich also als das, was ich bin: eine Frau, die so stark wie schwach ist. Sag mir: ›Ich heirate.‹ Ich bitte dich um nicht mehr als ein liebevolles Adieu, und du wirst von mir nie wieder hören ...« Es herrschte einen Moment lang Schweigen nach dieser Erklärung, deren Ernsthaftigkeit allein der Naivität der Gesten und des Tons entsprach. – »Geht es um deine Hochzeit?«, sagte sie und senkte einen dieser fesselnden und leuchtenden Blicke wie die Klinge eines Dolchs in Luciens blaue Augen.

»Seit achtzehn Monaten arbeiten wir auf meine Ehe hin, und es ist noch nicht beschlossene Sache«, antwortete Lucien, »ich weiß nicht, wann es so weit sein kann; aber es geht gar nicht darum, meine liebe Kleine ... es geht um den Abbé, um mich, um dich ... wir sind ernsthaft in Gefahr ... Nucingen hat dich gesehen ...«

»Ja,« sagte sie, »bei Vincennes; er hat mich also erkannt?«

»Nein«, antwortete Lucien, »aber er ist so verliebt in dich, dass er darüber Verluste macht. Nach dem Essen, als er von eurer Begegnung erzählt und dich beschrieben hat, ist mir unwillkürlich ein Lächeln entwischt, unvorsichtig, denn ich bin in der Gesellschaft da wie der Wilde zwischen den Fallen eines feindlichen Stammes. Carlos, der mir diese Überlegungen abnimmt, findet die Situation gefährlich, er will Nucingen in die Irre führen, falls der anfängt, uns nachzuspionieren, und der Baron ist sehr wohl dazu imstande; er hat mir schon von der Unfähigkeit der Polizei erzählt. Du hast in einem alten verrußten Kamin einen Brand entfacht …«

»Und was hat dein Spanier vor?«, fragte Esther sehr sanft.

»Ich weiß es nicht, er hat mir gesagt, dass ich mir keine Sorgen machen soll«, antwortete Lucien ohne sich zu trauen, Esther anzublicken.

»Wenn das so ist, gehorche ich wie ein treuer Hund, wie es meine Berufung ist«, sagte Esther, nahm Lucien am Arm und führte ihn in ihr Zimmer, wobei sie ihm sagte: »Hast du denn gut zu essen bekommen, mein Lulu, bei diesem gemeinen Nucingen?«

»Asies Kochkunst verhindert, dass man überhaupt ein Essen gut findet, egal wie berühmt der jeweilige Koch des Hauses ist, wo man diniert; und Carême hatte das Essen zubereitet, wie an jedem Sonntag.«

Lucien verglich unwillkürlich Esther mit Clotilde. Die Geliebte war so schön, so gleichbleibend bezaubernd, dass sie jenes Monstrum bisher nicht hatte in die Nähe kommen lassen, das noch die größte Liebe bedroht: *die Übersättigung!* – ›Wie schade, sagte er sich, seine Frau in zwei Bänden zu finden! Im einen die Poesie, die sinnliche Lust, die Liebe, die Hingabe, die Schönheit, den Liebreiz …‹ Esther kramte herum, wie Frauen herumkramen, bevor sie ins Bett gehen, sie kam und ging und flatterte und trällerte. Man hätte gemeint, ein Kolibri. – ›… und im anderen den Adel des Namens, die Herkunft, das Ansehen, den Rang, die Weltläufigkeit! …

Und kein Weg, das beides in einer Person zu vereinen!‹, klagte es in ihm.

Am nächsten Morgen um sieben Uhr, als er in diesem hübschen, in rosa und weiß gehaltenen Zimmer erwachte, war der Dichter allein. Auf sein Läuten eilte die unglaubliche Europe herbei.

»Was möchte der Herr?«

»Esther!«

»Madame ist um Viertel vor fünf abgereist. Auf Anordnung vom Herrn Abbé habe ich frei Haus ein neues Gesicht hereinbekommen.«

»Eine Frau? ...«

»Nein, Monsieur, eine Engländerin ... eine von diesen Frauen, die in der Nacht ihr Tagwerk haben, und uns ist aufgetragen, sie zu behandeln, als wäre es Madame: Was will Monsieur mit dieser Schlampe machen? ... Arme Madame, sie hat geweint, als sie in die Kutsche stieg ... ›Was soll's! es muss sein‹, hat sie gerufen, ›Ich habe den armen Kater verlassen, als er noch schlief‹, hat sie mir gesagt und wischte sich die Tränen; ›Europe, wenn er mich angesehen hätte oder meinen Namen ausgesprochen hätte, ich wäre geblieben, bereit, mit ihm zu sterben‹ ... Sehen Sie, Monsieur, ich mag Madame so sehr, dass ich ihr nicht ihren Ersatz gezeigt habe; es gibt auch andere Zimmermädchen, die ihr so einen Stich ins Herz versetzt hätten.«

»Die Unbekannte ist schon da?«

»Aber Monsieur, sie war in dem Wagen, der Madame abgeholt hat, und ich habe sie in meiner Kammer versteckt, gemäß seinen Anweisungen ...«

»Sieht sie gut aus?«

»So gut wie eine Gelegenheitsfrau kann, aber sie wird keine Mühe haben, ihre Rolle zu spielen, wenn Monsieur mitmacht«, sagte Europe und ging die falsche Esther holen.

Monsieur de Nucingen am Werk

Am Vorabend, bevor er zu Bett ging, hatte der allmächtige Bankier seinem Kammerdiener schon seine Aufträge erteilt, sodass dieser um sieben Uhr den berühmten Louchard, den Fähigsten unter den Wirtschaftsdetektiven, in einen kleinen Salon führte, in den dann der Baron im Morgenmantel und in Pantoffeln trat …

»Si haben mich farschpottet!«, beantwortete er den Gruß des Polizeimanns.

»Es konnte anders gar nicht gehen, Herr Baron. Mir liegt an meiner Stellung, und ich hatte bereits die Ehre, Ihnen zu sagen, dass ich mich nicht in eine Angelegenheit einmischen konnte, die nicht zu meinen Aufgaben gehört. Was habe ich Ihnen denn versprochen? Sie in Verbindung zu bringen mit demjenigen unserer Agenten, der mir am ehesten befähigt schien, dass er Ihnen nützen kann. Aber Herr Baron kennt die Grenzen zwischen den Vertretern einzelner Zuständigkeiten … Wenn man ein Haus baut, überlässt man nicht einem Tischler, was des Schlossers ist. Und es gibt schließlich zwei Sorten Polizei: die politische Polizei und die Kriminalpolizei. Die Agenten der Kriminalpolizei mischen sich niemals bei der politischen Polizei ein, und umgekehrt. Wenn Sie sich an den Chef der politischen Polizei wenden, bräuchte er eine Genehmigung des Ministers, um sich mit Ihrer Angelegenheit zu befassen, und Sie würden es nicht wagen, das dem Generaldirektor der Polizei des Königreichs auseinanderzusetzen. Ein Agent, der Polizeiarbeit auf eigene Rechnung macht, würde seine Stelle verlieren. Allerdings ist die Kriminalpolizei genauso umsichtig wie die politische Polizei. Entsprechend tut niemand, weder im Innenministerium noch in der Präfektur, irgendetwas außer im Interesse des Staates oder der Justiz. Geht es um eine Verschwörung oder um ein Verbrechen, na klar!, mein Gott, da sind Ihnen die Chefs zu Diensten; aber verstehen Sie doch bitte, Herr Baron, dass sie andere Katzen zu bürsten haben als sich der fünfzigtausend Liebschaften von Paris anzunehmen. Was jetzt uns selbst angeht, wir dürfen uns nur einschalten zur Festnahme von Schuldnern; und sobald es sich um etwas anderes handelt, riskieren wir einiges für den Fall, dass wir den Frieden von wem auch immer stören. Ich hatte Ihnen einen meiner Leute geschickt, aber mit dem Hinweis, dass ich mich da raushalte; Sie haben ihm gesagt, er soll Ihnen eine Frau in Paris ausfindig machen, Contenson hat Ihnen einen Tausender abgeluchst, ohne sich weiter zu kümmern. Genausogut kann man eine Nadel im Heuhaufen suchen wie in Paris eine Frau, die möglicherweise in den Bois de Vincennes geht und deren Beschreibung auf die aller schönen Frauen von Paris passt.«

»Konnte Contenson«, meinte der Baron, »nischt mir sagen di Wahrheit, statt mir abzuluchsen a Tojsender?«

»Hören Sie, Herr Baron«, sagte Louchard, »wollen Sie mir tausend Franc geben, dann gebe ich Ihnen ... verkaufe ich Ihnen einen Ratschlag.«

»Braucht es tojsend Taler a Ratschlog?«, fragte Nucingen.

»Ich lasse mich nicht erwischen, Herr Baron«, gab Louchard zurück, »Sie sind verliebt, Sie wollen die Person Ihrer Leidenschaft ausfindig machen, und Sie verkümmern daran wie ein Salat ohne Wasser. Gestern, hat mir Ihr Kammerdiener gesagt, sind zwei Ärzte zu Ihnen gekommen, die Sie in Gefahr sehen; aber nur ich kann Sie unter die Obhut eines fähigen Mannes bringen ... Aber, zum Teufel! Wenn Ihr Leben keine tausend Taler wert ist ...«

»Sagen Si mir den Namen dieses fehigen Mannes und verlassen Si sich oif majne Grojßzigigkajt!«

Louchard nahm seinen Hut, grüßte und wollte gehen.

»Tojfel vun Mann«, schrie Nucingen, »kommen Si? ... nehmen Si.«

»Beachten Sie«, sagte Louchard, bevor er das Geld annahm, »dass ich Ihnen schlicht und einfach eine Auskunft verkaufe. Ich werde Ihnen den Namen, die Adresse des einzigen Mannes geben, der fähig ist, Ihnen zu helfen, aber der ist ein Meister ...«

»Hau doch ab!«, schrie Nucingen, »s gibt nur den Namen Varschild, der tojsend Taler wert is, und nur, wenn er ojf ajnem Wechsel steht ... – Farschenk ich tojsend Frank?

Louchard, der kleine Schlaukopf, der sich noch kein Amt als Anwalt, Notar, Gerichtsvollzieher hatte einhandeln können, schätzte den Baron auf bezeichnende Weise ein.

»Für Sie ist es tausend Taler oder gar nichts, Sie holen sich die an der Börse in Sekunden zurück«, sagte er ihm.

»Ch farschenk tojsend Frank! ...«, wiederholte der Baron.

»Sie feilschen um eine Goldmine!«, sagte Louchard, grüßte und ging.

»Ch bekomm di Adress auch fir a Schojn vun finfhundert Frank«, rief der Baron und sagte seinem Kammerdiener, er solle seinen Sekretär holen.

Turcaret lebt nicht mehr. Heute entfaltet der größte wie der kleinste Bankier sein ganzes Raffinement noch in der geringsten Angelegenheit: Er handelt um Kunst, um Wohltätigkeit, um die Liebe, er würde sogar mit dem Papst um die Absolution feilschen. So hatte Nucingen, während er Louchard reden hörte, schnell überlegt, dass Contenson als die rechte Hand dieses Beamten der Wirtschaftspolizei die Adresse jenes Meisterspions kennen musste. Contenson würde für fünfhundert Franc herauslassen, was Louchard für tausend Taler verkaufen wollte. Diese rasche Berechnung macht deutlich, dass, wenn zwar das Herz dieses Mannes von der Liebe übermannt war, sein Kopf doch der eines Börsenluchses blieb.

»Gehn Si persenlich«, sagte der Baron zu seinem Sekretär, »zu Contenson, dem Spitzel von Luschard, dem Gerichtsvollzieher, aber in de Kutsche, ajlen Si sich, und bringen Si ihn sofort her. Ch warte! ... Si gehen durch di Gartentir. – Hier der Schlissel; is nitzlich, wenn niemand diesen Mann baj mir sieht. Si bringen ihn in den klajnen Salon vum Garten. Geben Si sich Mihe, majnen Ojftrag mit Farstand ojszufihrn.«

Es kamen Leute zu Nucingen, um Geschäfte zu besprechen; er aber erwartete Contenson, er träumte von Esther, er sagte sich, dass er bald die Frau wiedersehen würde, der er unerwartete Gefühle zu verdanken hatte. So schickte er alle mit ungenauen Redensarten, mit zweideutigen Versprechungen wieder fort. Contenson war für ihn der wichtigste Mensch von Paris, er schaute ständig in seinen Garten. Nachdem er schließlich angeordnet hatte, seine Tür zu verschließen, ließ er sich sein Essen in dem Pavillon servieren, der sich in einer Ecke seines Gartens befand. In den Schreibstuben erschien das Verhalten, das Gezaudere des verschlagensten, des scharfsichtigsten, des berechnendsten der Bankiers von Paris unerklärlich.

»Was hat denn der Chef?«, fragte ein Wechselagent einen der Ersten Handlungsgehilfen.

»Wir wissen es nicht, es sieht so aus, als gebe seine Gesundheit Anlass zur Sorge; gestern hat die Baronin die Doktoren Desplein und Bianchon kommen lassen ...«

Es wollten einmal Fremde Newton besuchen, als er gerade damit beschäftigt war, einen seiner Hunde, mit dem Namen Beauty, zu verarzten, der ihm, wie man weiß, eine riesige Arbeit zerstört hatte und zu dem (Beauty war eine Hündin) er nichts weiter sagte als: »Ach Beauty, du hast keine Ahnung, was du gerade kaputt gemacht hast ...« Die Fremden gingen und waren voll Respekt vor der Arbeit des großen Mannes.

Bei allen großartigen Persönlichkeiten findet sich eine kleine Hündin Beauty. Als Marschall Richelieu, nachdem er Mahon eingenommen hatte, einer der größten Waffengänge des 18. Jahrhunderts, Louis XV. begrüßte, sagte ihm der König: »Wissen Sie schon die große Neuigkeit? ... dieser arme Lansmatt ist gestorben!« Lansmatt war ein Pförtner, der sich in den Liebeshändeln des Königs auskannte. Niemals haben die Bankiers von Paris erfahren, wie sehr sie Contenson verpflichtet waren. Dieser Spitzel war der Grund, warum sich Nucingen von einem riesigen Geschäft abwandte, an dem sein Anteil schon feststand, und es ihnen überließ. Der Luchs konnte jeden Tag mit den Geschützen der Spekulation auf ein Vermögen zielen, während der Mann dem Glück gehorchen musste!

Contenson

Der berühmte Bankier trank seinen Tee und knabberte an ein paar Butterbroten wie jemand, dem seit Langem kein Appetit mehr die Zähne scharf macht, als er am kleinen Tor seines Gartens einen Wagen halten hörte. Alsbald stellte ihm sein Sekretär Contenson vor, den er erst in einem Café nahe Sainte-Pélagie gefunden hatte, wo der Agent von dem Trinkgeld speiste, das ihm ein inhaftierter Schuldner im Tausch für bestimmte Rücksichten gegeben hatte, für die man bezahlt. Contenson, wissen Sie, war ein ganzes Gedicht, ein Pariser Gedicht. Bei seinem Anblick würde man auf Anhieb erraten, dass der Figaro von Beaumarchais, der Mascarille von Molière, die Frontins von Marivaux und die Lafleur von Dancourt, diese großen Verkörperungen der Kühnheit in der Schurkerei, der Verschlagenheit in verzweifelter Lage, der List, zu der einer in der Sackgasse greift – dass die alle eher mittelmäßig sind im Vergleich zu diesem Koloss von Scharfsinn und Übel. Wenn man in Paris einem Prototypen begegnet, ist das kein Mensch mehr, er ist ein Spektakel! Das ist nicht mehr ein Moment im Leben, sondern eine ganze Existenz, mehrere Existenzen! Backen Sie in einem Ofen dreimal eine Büste aus Gips, dann erhalten Sie, dem Aussehen nach, eine Abart einer Florentiner Bronze; und ja, die Blitze ungezählter Unglücksschläge, die Zwänge entsetzlicher Situationen hatten Contensons Kopf eine Färbung wie von Bronze verliehen, als habe die Glut eines Schmelzofens dreimal sein Gesicht gefärbt. Die tiefen Runzeln konnten nicht mehr glatt werden, sie formten ewige, auf ihrem Grunde weiße Falten. Dies gelbe Gesicht bestand ganz aus Falten. Der Schädel, vergleichbar mit dem von Voltaire, hatte die Unempfindlichkeit eines Totenkopfes, und ohne die paar Haare am Hinterkopf hätte man gezweifelt, ob es der Kopf eines lebenden Menschen ist. Unter einer reglosen Stirn bewegten sich ausdruckslos die Augen eines Chinesen, wie man sie an der Tür eines Teeladens hinter Glas ausstellt, vorgetäuschte Augen, die Leben vorspielen und deren Ausdruck sich niemals ändert. Die Nase, eingedrückt wie die des Todes, forderte das Schicksal heraus, und der Mund, schmallippig wie der eines Geizigen, war ständig offen und dennoch diskret wie der Schlitz eines Briefkastens. Still wie ein Wilder, die Hände sonnengebräunt, hatte Contenson, ein kleiner knochiger und magerer Mann, diese völlig sorglose Haltung, die zu einem Diogenes passt und die sich Anstandsregeln niemals beugt. Und was für Kommentare seines Lebens und seiner Umgangsformen standen ihm nicht in seine Kleidung geschrieben, für solche, die es verstehen, einen Anzug zu entziffern? … Was für eine Hose vor allem! … die Hose eines Amts-Büttels, schwarz und glänzend wie der Stoff, den man *Voile* nennt, aus dem die Roben der Anwälte gemacht werden! … eine Weste vom Temple, aber mit Schalkragen und bestickt! … ein Frack in rötlichem Schwarz! … und das alles gebürstet, quasi sauber, geschmückt mit einer Uhr, die mit einer Kette aus Talmigold befestigt war. Contenson ließ ein plissiertes Hemd aus gelbem Batist erkennen, auf dem ein falscher Diamant an einer Nadel glänzte! Der Samtkragen glich einem Halseisen, aus dem rote Fleischwellen in der Farbe karibischer Indios hervorquollen. Der Seidenhut glänzte wie Satin, und das Futter hätte zwei Talglichter hergegeben, wenn ein Krämer es gekauft hätte, um es abzusieden. Diese Accessoires aufzuzählen ist nichts, man müsste die extreme Selbstgefälligkeit malen können, die Contenson dahinein zu legen verstand. Es war ein gewisses Etwas von Koketterie an seinem Frackkragen, an den frisch geputzten Schuhen, deren Sohlen ein wenig abstanden, dem kein französisches Wort entspricht. Um diese Mischung so unterschiedlicher Teile insgesamt richtig zu deuten: Ein Mann von Verstand hätte bei Contensons Anblick erfasst, dass diese ganzen Lumpen, wenn er nicht Spitzel, sondern Räuber gewesen wäre, statt ein Lächeln auf die Lippen zu locken, vor Schrecken hätten schaudern lassen. Anhand dieses Aufzugs hätte sich ein Beobachter gesagt: »Ein niederträchtiger Mensch, er trinkt, er spielt, er hat Laster, aber er betrinkt sich nicht, aber er spielt nicht falsch, er ist kein Dieb und auch kein Mörder.« Und Contenson war tatsächlich undefinierbar, bis einem das Wort Spion in den Sinn kam. Dieser Mann hatte so viele unbekannte Berufe ausgeübt wie es bekannte gibt. Das listige Lächeln seiner blassen Lippen, das Zwinkern seiner grünlichen Augen, das Kräuseln seiner flachen Nase sagten, dass er ganz pfiffig sei. Er hatte ein Gesicht wie aus Weißblech, und die Seele musste sein wie das Gesicht. So waren die Bewegungen seines Gesichts weniger Ausdruck seiner inneren Regungen, sondern eher Grimassen, die ihm die Höflichkeit abverlangte. Er hätte Angst gemacht, wenn er nicht so zum Lachen gewesen wäre. Contenson, eines der kuriosesten Erzeugnisse in dem Schaum, der über dem Gebrodel des Pariser Schmelztiegels treibt, wo sich alles in Gärung befindet, hielt sich vor allem für einen Philosophen. Er sagte ohne Bitterkeit: »Ich habe große Gaben, aber die taugen einem zu gar nichts, genausogut könnte ich ein Idiot sein!« Und er verurteilte sich, statt alle anderen anzuklagen. Kennen Sie viele Spione mit weniger Galle als Contenson? – »Die Umstände sind gegen uns«, sagte er immer wieder seinen Vorgesetzten, »wir könnten Kristall sein, bleiben aber Sandkörner, das ist alles.« Seine Nachlässigkeit in Kleidungsfragen hatte einen Sinn; er legte auf seine Stadtkleidung genauso wenig Wert wie es Schauspieler tun; er war hervorragend im Verkleiden, im Maskieren; er hätte Frédérick Lemaître noch etwas beibringen können, denn er schaffte es sogar, als Dandy aufzutreten, wenn es nötig war. Er dürfte einst in seiner Jugend Teil jener Gesellschaft von lockeren Leuten gewesen sein, die an zurückgezogenen Orten ihre Orgien feierten. Er hegte eine tiefe Abneigung gegen die Kriminalpolizei, denn zur Zeit des Kaiserreichs hatte er Fouchés Polizei angehört, der für ihn ein großer Mann gewesen war. Seit der Abschaffung des Polizeiministeriums hatte er sich als Notlösung für Festnahmen von Schuldnern entschieden; aber seine bekannten Fähigkeiten, seine Findigkeit machten aus ihm ein wertvolles Werkzeug, und die unbekannten Chefs der politischen Polizei führten seinen Namen weiter auf ihren Listen. Contenson, genauso wie seine Kollegen, war nur ein Statist in dem Drama, dessen erste Rollen ihren obersten Vorgesetzten gebührten, wenn es sich um eine politische Arbeit handelte.

Wohin einen die Leidenschaft bringt

»Rojs jetzt«, entließ Nucingen seinen Sekretär.

›Warum lebt dieser Mensch in einem Palast und ich in einem möblierten Zimmer …‹, fragte sich Contenson. ›Der hat seine Gläubiger drei Mal hereingelegt, er hat gestohlen, und ich habe mir nie einen Heller genommen … Und ich bin begabter als er …‹

»Contenson, majn Klajner«, sagte der Baron, »Si hobn abgenommen mir ajn Schajn vun tojsend Frank …«

»Meine Geliebte stand bei Tod und Teufel in der Kreide …«

»Du host a Gelibte?«, rief Nucingen aus und betrachtete ihn mit Bewunderung, in die sich Neid mischte.

»Ich bin erst sechsundsechzig«, antwortete Contenson als ein Mann, den das Laster als schlechtes Vorbild jung erhalten hatte.

»Und wos macht die?«

»Sie hilft mir«, sagte Contenson, »wenn man Dieb ist und von einer rechtschaffenen Frau geliebt wird, wird entweder sie eine Diebin oder man selbst wird ein Mann von Ehre. Ich für mein Teil bin Informant geblieben.«

»Und du host Geldbedarf, immer?«, fragte Nucingen.

»Immer«, lächelte Contenson. »Es ist mein Naturzustand, dass ich es haben möchte, wie der Ihre ist, es zu gewinnen; da können wir uns verständigen: Treiben Sie es auf, und ich übernehme das Ausgeben. Sie wären der Brunnen und ich der Eimer …«

»Willst du fardinen a Schajn vun finfhundert Frank?«

»Schöne Frage! Aber bin ich denn blöd? … Sie bieten mir das nicht an, um die Ungerechtigkeit des Schicksals, was mich betrifft, wieder gutzumachen.«

»Iberhojpt nischt, ch leg es ojf den Tojsender, den du mir

schon stibitzt host; das macht finfzehnhundert Frank, die ich dir geb.«

»Gut, Sie geben mir die tausend Franc, die ich genommen habe, und Sie tun fünfhundert Franc drauf.«

»Genoj so«, nickte Nucingen mit dem Kopf.

»Das sind dann immer noch erst fünfhundert Franc«, meinte unerschütterlich Contenson.

»Die ich soll gebn? …«, antwortete der Baron.

»Zu nehmen. Und, also, gegen welchen Wert tauscht der Herr Baron das ein?«

»Es is mir gesagt worden, dass in Paris a Mann is, imstond die Froj zu entdecken, die ich libe, und dass du sajn Adress wajßt … Also a Majsterspion?«

»Das stimmt. …«

»Also, dann gib mir die Adress, und du host die finfhundert Frank.«

»Kann man die sehen?«, gab Contenson lebhaft zurück.

»Hier sind si«, sagte der Baron und zog einen Schein aus der Tasche.

»Ja schön, geben Sie es«, sagte Contenson und streckte die Hand aus.

»Gebn, gebn, gehn wir, den Mann ojfsuchn, und dann host du das Geld, denn du kenntest mir viele Adressn geben für den Prajs.«

Contenson lachte auf.

»Natürlich, Sie haben das Recht, so etwas von mir zu denken«, sagte er mit scheinbarem Selbsttadel. »Je mieser wir sind, desto redlicher müssen wir sein. Aber, schauen Sie, Herr Baron, setzen Sie sechshundert Franc, und ich gebe Ihnen einen guten Ratschlag.«

»Geb, und farlass dich auf majne Großzigigkajt …«

»Für mich ist das riskant«, sagte Contenson; »da steht viel auf dem Spiel für mich. Bei der Polizei, verstehen Sie, muss man unter der Oberfläche vorgehen. Sie sagen: Los, gehen wir! ... Sie sind reich, Sie glauben, dass dem Geld alles nachgibt. Das Geld ist schon was. Aber für das Geld, wenn man auf die zwei oder drei starken Männer auf unserer Seite hört, kriegt man nur Menschen. Es gibt Dinge, an die man nicht denkt, und die man nicht kaufen kann. ... Man verdingt nicht den Zufall. Genauso bei einer guten Polizeiarbeit, das macht man nicht einfach so. Wollen Sie sich mit mir in der Kutsche zeigen? Es werden uns Leute begegnen. Man hat den Zufall gleichermaßen für sich wie gegen sich.«

»Jo?«, sagte der Baron.

»Mann! ja, Monsieur. Es war ein Hufeisen, das auf der Straße gefunden wurde, das den Polizeipräfekten zur Entdeckung der Höllenmaschine geführt hat. Also, wenn wir heute Abend, wenn es dunkel ist, in der Droschke zu Monsieur de Saint-Germain gehen, würde er sich, wenn er Sie eintreten sieht, genauso wenig denken wie Sie, wenn Sie auf dem Weg gesehen werden.«

»Is wahr«, sagte der Baron.

»Ja!, das ist der Beste der Besten, der Vertreter des berühmten Corentin, die rechte Hand von Fouché, und manche sagen, er sei dessen natürliches Kind aus seiner Zeit als Priester; aber das ist Unfug: Fouché konnte Priester sein, so wie er Minister sein konnte. Aber verstehen Sie, diesen Mann werden Sie nicht unter zehn Tausend-Franc-Scheinen für sich arbeiten lassen ... überlegen Sie es sich ... Aber Ihre Sache wird erledigt, und gut erledigt. Nicht gesehen, nicht erkannt, wie man sagt. Ich müsste uns Monsieur de Saint-Germain ankündigen, dann wird er ein Treffen an einem Ort bestimmen, wo niemand irgendetwas sehen oder hören kann; es ist schließlich gefährlich, Polizeiarbeit für Privatpersonen auszuführen. Aber, was wollen Sie? ... das ist ein ordentlicher Mann, ein König unter seinesgleichen, und ein Mann, der große Verfolgungen überstanden hat, und das auch noch, weil er Frankreich gerettet hat! ... wie ich auch, wie alle, die es gerettet haben!«

»Nu gut, du schrajbst mir die Scheferstund«, sagte der Baron und grinste über seinen anzüglichen Spaß.

»Gibt mir Monsieur kein Schmiermittel …?«, sagte Contenson mit einem Unterton, der zugleich ergeben und bedrohlich war.

»Scheng«, rief der Baron nach seinem Gärtner, »geh und lass dir vun Schohsch zwanzig Frank gebn und bring mir die …«

»Wenn der Herr Baron keine anderen Anhaltspunkte als die, die er mir gegeben hat, dann habe ich allerdings meine Zweifel, dass der Meister nützlich sein kann.«

»Ch hob noch andre!«, gab der Baron pfiffig zurück.

»Ich habe die Ehre, dem Herren Baron einen guten Tag zu wünschen«, sagte Contenson und nahm das Zwanzigfrancstück, »es wird mir eine Ehre sein, Georges zu sagen, wo Monsieur sich heute Abend einfinden soll, denn bei guter Polizeiarbeit soll man niemals etwas aufschreiben.«

›Schon lustig, wie diese Jungs gestrickt sind‹, sagte sich der Baron, ›'s is mit der Polizei wie mit den Gscheftln.‹

Papa des Canquoëlles

Als er den Baron verlassen hatte, ging Contenson in aller Ruhe von der Rue Saint-Lazare zur Rue Saint-Honoré bis zum Café David; er schaute durch die Fenster hinein und bemerkte einen Greis, der dort unter dem Namen Papa Canquoëlle bekannt war.

Das Café David in der Rue de la Monnaie, an der Ecke der Rue Saint-Honoré, hat sich während der ersten dreißig Jahre dieses Jahrhunderts einer gewissen Berühmtheit erfreut, allerdings beschränkt auf das Viertel mit der Bezeichnung *des Bourdonnais*. Dort trafen sich die alten, aus dem Geschäft zurückgezogenen Händler und die großen noch aktiven Kaufleute: die Camusot, die Lebas, die Pillerault, die Popinot und ein paar Hauseigentümer wie der kleine Papa Molineux. Hin und wieder sah man dort den alten Vater Guillaume, der von der Rue du Colombier her kam. Man sprach miteinander über Politik, aber vorsichtig, denn die vorherrschende Meinung im Café David war der Liberalismus. Man erzählte sich den Klatsch des Viertels, so groß ist das Bedürfnis der Männer, sich übereinander lustig zu machen! ... Dies Café, wie übrigens jedes Café, hatte seinen originellen Stammgast in Gestalt dieses Papa Canquoëlle, der seit 1811 hierherkam und der so vollkommen in Übereinstimmung mit den hier versammelten rechtschaffenen Leuten zu sein schien, dass sich niemand daran störte, in seiner Gegenwart über Politik zu sprechen. Manchmal war dieser gute Mann, dessen Schlichtheit den Stammgästen Stoff für ihre Scherze lieferte, für ein oder zwei Monate verschwunden; doch diese Abwesenheiten überraschten niemals irgendwen, sie wurden mit seinen Erkrankungen oder seinem Alter erklärt, denn schon 1811 schien er die sechzig hinter sich gelassen zu haben.

»Wie geht es denn dem Papa Canquoëlles? ...«, wurde die Dame an der Kasse gefragt.

»Mir scheint«, antwortete sie, »dass wir eines Tages in den *Petits-Affiches* von seinem Tod erfahren.«

Papa Canquoëlle legte mit seiner Aussprache ständig Zeugnis über seine Herkunft ab. Er sagte *Schtatue, schpezial*, das *Wolk* und *Tür* für Türke. Sein Name war der eines kleinen Landguts, das Les Canquoëlles genannt wurde, ein Wort, das in manchen Landstrichen Leichtfuß bedeutet, und das im Département de Vaucluse lag, woher er kam. Man nannte ihn schließlich Canquoëlle statt des Canquoëlles, ohne dass sich der gute Mann darüber ärgerte, der Adel war für ihn wohl mit 1793 erledigt; außerdem gehörte ihm das Anwesen nicht, er war jüngerer Sohn in einer jüngeren Linie. Heute wäre die Aufmachung von Papa Canquoëlle merkwürdig; doch zwischen 1811 und 1820 erstaunte sie niemanden. Dieser alte Mann trug Schuhe mit facettierten Stahlschnallen, seidene weißblau geringelte Kniestrümpfe und eine Bundhose aus Seidenrips mit ovalen Schnallen, die zu denen der Schuhe passten. Eine weiße bestickte Weste, ein alter Frack aus grünbräunlichem Stoff mit Metallknöpfen und ein Hemd mit plissiertem Brusttuch als Verschluss des Kragens vervollständigten den Anzug. Auf der Mitte des Brusttuchs glänzte ein goldenes Medaillon, das hinter Glas einen kleinen Tempel aus Haar zeigte, eine dieser wundervollen sentimentalen Kleinigkeiten, die die Leute so in Sicherheit wiegen, wie eine Vogelscheuche Spatzen Angst macht. Die meisten Menschen, wie die Tiere, erschrecken und beruhigen sich mit Kleinigkeiten. Die Bundhose von Papa Canquoëlle hielt eine Schnalle nach der Mode des vergangenen Jahrhunderts über dem Bauch. Von seinem Gürtel hingen nebeneinander zwei Ketten aus Stahl, die sich aus unterschiedlichen Kettchen zusammensetzten und die in einem Bündel von Anhängern endeten. Seine weiße Krawatte wurde hinten von einem goldenen Haken gehalten. Zu guter Letzt hatte sein puderbeschneites Haupt noch im Jahr 1816 der Dreispitz eines städtischen Beamten geschmückt, den auch Monsieur Try trug, der Gerichtspräsident. Diesen Hut, der dem alten Mann so kostbar war, hatte Papa Canquoëlle vor einer Weile (der liebe Mann glaubte, seiner Zeit dieses Opfer schuldig zu sein) ersetzt durch jenen abscheulichen runden Hut, gegen den sich niemand aufzulehnen traut. Ein kleiner Zopf, gebunden mit einem Band, beschrieb auf dem Rücken seines Rocks eine kreisförmige Spur, auf der der Speck unter einer feinen Puderschicht verschwand. Wenn man sich an das Auffällige in seinem Gesicht hielte, eine Nase voller Unebenheiten, rot, und geeignet, auf einem Gericht mit Trüffeln zu erscheinen, würde man in diesem greisen Tagedieb vor allem einen schlichten Charakter vermutet haben, einfältig und gutmütig, und man wäre auf ihn hereingefallen wie das gesamte Café David, wo niemals jemand die Beobachterstirne, den sardonischen Mund und den kalten Blick dieses ins Laster getauchten Alten betrachtet hatte, der ruhig war wie ein Vitellius, dessen imperialer Wanst hier gewissermaßen als Reinkarnation erschien. Im Jahr 1816 hatte sich ein junger Handlungsreisender namens Gaudissart, Stammgast des Café David, von elf Uhr bis Mitternacht mit einem deklassierten Offizier betrunken. Er war so unklug, von einer geplanten Verschwörung gegen die Bourbonen zu plaudern, die einigermaßen ernstzunehmen war und kurz vor dem Ausbruch stand. Man sah niemanden mehr in dem Café außer Papa Canquoëlle, der eingeschlafen zu sein schien, zwei dösende Kellner und die Frau an der Kasse. Binnen vierundzwanzig Stunden wurde Gaudissart verhaftet: Die Verschwörung war entdeckt. Zwei Männer endeten auf dem Schafott. Weder Gaudissart noch sonst jemand verdächtigte jemals den braven Papa Canquoëlle, den Braten gerochen zu haben. Die Kellner wurden entlassen, man misstraute einander ein Jahr lang, und man fürchtete sich vor der Polizei, ganz im Einklang mit dem Papa Canquoëlle, der davon redete, dem Café David den Rücken zu kehren, so grause es ihn vor der Polizei.

Contenson betrat das Café, bestellte einen kleinen Schnaps, sah nicht zu Papa Canquoëlle hin, der eine Zeitung las; nur nahm er, als er sein Glas Schnaps gekippt hatte, die Goldmünze des Barons und rief den Kellner, indem er dreimal damit energisch auf den Tisch klopfte. Die Frau an der

Kasse und der Kellner untersuchten das Goldstück mit einer für Contenson ziemlich beleidigenden Gründlichkeit, aber ihr Misstrauen begründete sich mit dem Erstaunen, das Contensons Anblick allen Stammgästen verursachte. – Stammt dies Gold von einem Diebstahl oder einem Mord? ... Diesen Gedanken hatten einige scharfsinnige Freigeister, die Contenson über die Brille hinweg beobachteten, während sie weiter taten, als läsen sie ihre Zeitung. Contenson, der alles sah und sich nie über irgendetwas wunderte, wischte sich verächtlich mit einem an nur drei Stellen geflickten Seidentuch über die Lippen, nahm das Wechselgeld entgegen, steckte die ganzen großen Münzen in seine Westentasche, deren früher weißes Futter so schwarz war wie der Stoff seiner Hose, und ließ keinen Heller für den Kellner.

»Was für ein Galgenvogel!«, meinte Papa Canquoëlle zu Monsieur Pillerault, der neben ihm saß.

»Ach was!«, antwortete dem ganzen Café Monsieur Camusot, der als Einziger nicht das geringste Erstaunen gezeigt hatte, »das ist Contenson, Louchards rechte Hand, von unserem Gerichtsvollzieher. Die Vögel haben vielleicht jemanden im Viertel, den sie greifen ...«

Eine Viertelstunde später erhob sich der gute Canquoëlle, nahm seinen Regenschirm und machte sich in aller Ruhe auf den Weg.

Ist es nicht nötig zu erklären, was für ein schrecklicher und undurchsichtiger Mensch sich unter dem Kostüm des Papa Canquoëlle verbarg, so wie Abbé Carlos Vautrin enthielt? Dieser Mann des Südens, geboren auf Canquoëlles, dem einzigen Gut seiner übrigens ehrenwerten Familie, hieß Peyrade. Tatsächlich gehörte er dem jüngeren Zweig des Hauses La Peyrade an, eine alte, aber verarmte Familie des Comtat, die noch immer das kleine Gut La Peyrade besitzt. Er war 1772 mit siebzehn Jahren als siebtes Kind zu Fuß nach Paris gekommen mit zwei Talern zu sechs Pfund in der Tasche, getrieben von einem ungestümen Temperamt, von einer brutalen Lust auf Erfolg, die so viele aus dem Süden in die Hauptstadt zieht, wenn sie begriffen haben, dass das Vaterhaus niemals die Erträge abwerfen wird, die sie für ihre Leidenschaften brauchen. Man wird die gesamte Jugend Peyrades verstehen anhand der Feststellung, dass er 1782 der Vertraute, der Held der Polizei gewesen ist, wo er von den Herren Lenoir und d'Albert, den beiden letzten Polizeipräsidenten, hoch geschätzt wurde. Die Revolution hatte keine Polizei, sie brauchte das nicht. Das Spitzelwesen, damals ziemlich verbreitet, hieß Bürgersinn. Das Direktorium, eine etwas geregeltere Regierung als die des Wohlfahrtsausschusses, musste wieder eine Polizei aufbauen, und der Erste Konsul vollendete sie mit der Präfektur und dem Polizeiministerium. Peyrade, der Vertreter der Tradition, stellte in Abstimmung mit einem Mann namens Corentin das Personal zusammen, der übrigens viel tüchtiger war als Peyrade, obwohl jünger, der aber nur im Bereich der Geheimpolizei einfallsreich war. 1808 wurden die riesigen Dienste, die Peyrade erwiesen hatte, mit seiner Berufung auf den herausragenden Posten des Generalkommissars der Polizei von Antwerpen belohnt. Nach Napoleons Vorstellung war diese Art Präfektur gleichbedeutend mit einem Polizeiministerium zur Überwachung Hollands. Bei der Rückkehr vom Feldzug von 1809 wurde Peyrade auf Veranlassung des kaiserlichen Kabinetts von Antwerpen abberufen, flankiert von zwei Polizisten in der Postkutsche zur Polizei in Paris gebracht und im Châtelet eingekerkert. Zwei Monate später verließ er das Gefängnis auf Kaution seines Freundes Corentin, nachdem er allerdings drei Verhören beim Polizeipräfekten unterzogen worden war, die jedes sechs Stunden dauerten. Verdankte Peyrade seine Ungnade der wundersamen Aktivität, mit der er Fouché bei der Verteidigung der

Küsten zugearbeitet hatte, als Frankreich in der, wie es damals hieß, Expedition von Walcheren angegriffen wurde, und während der der Herzog d'Otrante Fähigkeiten an den Tag legte, die dem Kaiser Angst machten? Das war in jenen Tagen für Fouché wahrscheinlich; aber heute, da jeder weiß, was sich in dieser Zeit im von Cambacérès einberufenen Ministerrat abgespielt hat, ist es Gewissheit. Als die Nachricht vom Angriff der Engländer eintraf, die Napoleon die Expedition von Boulogne heimzahlen wollten, waren alle wie vom Donner gerührt und überrascht ohne ihren Herren, der auf der Insel Lobau abgeschnitten war, wo ihn Europa schon verloren wähnte. Die Minister wussten nicht, was sie tun sollten. Die allgemeine Meinung war, einen Boten zum Kaiser zu schicken; allein Fouché wagte es, den Plan eines Feldzugs zu entwerfen, den er dann zur Ausführung brachte. – »Machen Sie doch, was Sie wollen«, sagte ihm Cambacérès; *aber ich, der seinen Kopf behalten möchte*, ich schicke einen Bericht an den Kaiser.« Es ist bekannt, mit was für einem absurden Vorwand der Kaiser seinen Minister verstieß und dafür bestrafte, Frankreich ohne ihn gerettet zu haben. Mit diesem Tag fügte der Kaiser zur Feindschaft des Fürsten Talleyrand die des Herzogs d'Otrante hinzu, der beiden einzigen großen Politiker, die die Revolution hervorgebracht hat, und die möglicherweise Napoleon 1813 gerettet hätten. Um Peyrade auszuschalten, wurde der billige Vorwand einer Bereicherung im Amt vorgebracht: Er habe den Schmuggel begünstigt und davon Einnahmen gehabt. Diese Behandlung war grob für einen Mann, der den Marschallstab des Generalkommissars seinen großen Verdiensten verdankt hatte. Dieser Mann, alt geworden in Ausübung seiner Tätigkeiten, kannte die Geheimnisse aller Regierungen seit dem Jahr 1775, Zeit seines Eintritts in die Polizei. Der Kaiser, der sich für so stark hielt, Menschen zu seinem Gebrauch zu schaffen, trug den Einwänden keinerlei Rechnung, die später zugunsten eines Mannes vorgetragen wurden, der als einer der verlässlichsten, fähigsten und scharfsinnigsten dieser unbekannten Genies galt, die über die Sicherheit der Staaten wachen. Er meinte, er könne Peyrade durch Contenson ersetzen; aber Contenson war zu dieser Zeit von Corentin zu dessen Vorteil eingespannt. Peyrade traf es um so grausamer, als es ihm als Freigeist und Genießer im Verhältnis zu den Frauen ging wie einem naschhaften Konditor. Seine üblen Angewohnheiten waren ihm zur Natur geworden: Er konnte nicht mehr darauf verzichten, edel zu speisen, zu spielen, kurzum selbstverständlich dieses Leben großer Herren zu führen, dem sich alle Leute mit mächtigen Begabungen hingeben, die ein Bedürfnis nach unmäßigen Zerstreuungen haben. So hatte er prächtig gelebt, ohne jemals zur Repräsentation verpflichtet zu sein, und genauso getafelt, denn es wurde nie mit ihm noch mit Corentin, seinem Freund, abgerechnet. Von witzigem Zynismus, wie er war, mochte er seinen Status, er war Philosoph. Allerdings kann ein Spion, egal auf welcher Ebene des Polizeibetriebs er auch agiere, genauso wenig wie ein Zuchthäusler in einen sogenannten anständigen oder freien Beruf zurückkehren. Sind sie einmal markiert, sind sie einmal registriert, nehmen die Spione und die Verurteilten wie die Diakone einen unauslöschlichen Wesenszug an. Es gibt Menschen, denen die Gesellschaft eine schicksalsmäßige Bestimmung auferlegt. Zu seinem Pech hatte Peyrade einen Narren gefressen an einem hübschen jungen Mädchen, einem Kind, von dem er sicher war, dass er es mit einer berühmten Schauspielerin gezeugt habe, der er einen Dienst erwiesen und die sich ihm drei Monate lang dankbar gezeigt hatte. Peyrade, der sein Kind aus Antwerpen kommen ließ, war also ohne Einnahmen in Paris, außer einer jährlichen Unterstützung von zwölfhundert Franc, die die Polizeipräfektur dem früheren Schüler Lenoirs zugestanden hatte. Er ließ sich in der Rue des Moineaux nieder, vierte Etage, in einer Fünfzimmerwohnung zu zweihundertfünfzig Franc.

Die Geheimnisse der Polizei

Wenn jemals ein Mann ein Gespür für den Nutzen, die Annehmlichkeiten der Freundschaft haben muss, ist das nicht der moralisch Aussätzige, den die Menge Spitzel, den das Volk Spion, den die Verwaltung einen Agenten nennt? Peyrade und Corentin waren Freunde wie Orest und Pylades. Peyrade hatte Corentin angelernt wie Vien David anlernte; doch der Schüler überragte bald seinen Meister. Sie hatten mehr als ein Unternehmen gemeinsam durchgeführt (siehe *Eine dunkle Affäre*). Peyrade, der froh war, Corentins Vorzüge erkannt zu haben, hatte ihm die Laufbahn eröffnet, indem er ihm einen Triumph bereitete. Er zwang seinen Schüler, sich einer Geliebten zu bedienen, die ihn verschmähte, wie eines Angelhakens, um einen Mann zu ergreifen (siehe *Der letzte Chouan*). Und damals war Corentin gerade mal fünfundzwanzig! ... Corentin, der einer der Generäle geblieben war, deren Chef der Polizeiminister ist, hatte unter Herzog de Rovigo den hervorgehobenen Posten behalten, den er unter Herzog d'Otrante innegehabt hatte. Es war damals bei der Allgemeinen Polizei wie der Kriminalpolizei. Bei jeder etwas umfangreichen Sache wurden mit den drei, vier oder fünf fähigen Agenten gewissermaßen Abmachungen getroffen. Wenn der Minister von einer Verschwörung erfuhr, vor irgendeiner Intrige egal auf welchem Weg gewarnt wurde, sagte er einem seiner Polizeiobersten: »Was brauchen Sie, um zu diesem oder jenem Ergebnis zu kommen?« Corentin, Contenson antworteten nach reiflicher Überlegung: »Zwanzig, dreißig, vierzigtausend Franc.« Wenn dann der Befehl erging, anzufangen, waren alle Mittel und Leute, die eingesetzt werden sollten, der Wahl und der Beurteilung Corentins oder des eingesetzten Agenten überlassen. Die Kriminalpolizei verfuhr übrigens zur Verbrechensaufklärung mit dem berühmten Vidocq genau so.

Die politische Polizei suchte sich so wie die Kriminalpolizei ihre Leute grundsätzlich in den Reihen der bekannten, eingetragenen und gewohnten Agenten, die so etwas wie die Soldaten dieser geheimen Kraft sind, die die Regierungen so nötig brauchen trotz der Bekundungen der Philanthropen und der Moralisten mit geringer Moral. Das grenzenlose Vertrauen, das den zwei oder drei Generälen von der Machart Peyrades und Corentins entgegengebracht wurde, beinhaltete für sie das Recht, unbekannte Personen einzusetzen, wobei sie nichtsdestoweniger verpflichtet waren, in schwerwiegenden Fällen dem Ministerium gegenüber Rechenschaft abzulegen. Nun waren Corentin die Erfahrung und der Scharfsinn Peyrades zu kostbar, also setzte er seinen alten Freund ein, als der Sturm von 1810 verweht war, fragte ihn weiter um Rat und befriedigte großzügig seine Bedürfnisse. Corentin fand die Mittel, Peyrade an die tausend Franc monatlich zukommen zu lassen. Seinerseits erwies Peyrade Corentin unermessliche Dienste. 1816, anlässlich der Aufdeckung der Verschwörung, in die sich der bonapartistische Gaudissart verwickeln sollte, versuchte Corentin Peyrade wieder in die Polizei des Königreichs einzugliedern; doch eine unbekannte Macht schloss Peyrade aus. Hier der Grund. In ihrem Eifer, sich unentbehrlich zu machen, hatten Peyrade, Corentin und Contenson auf Betreiben des Herzogs d'Otrante für Louis XVIII. eine Parallel-Polizei organisiert, in der Contenson und die besten Agenten eingesetzt wurden. Louis XVIII. starb mit dem Wissen um Geheimnisse, die auch für die bestinformierten Historiker Geheimnisse bleiben werden. Der Wettstreit der Polizei des Königreichs und der Parallel-Polizei des Königs führte zu entsetzlichen Verwicklungen, deren Geheimnis einige Schafotte für immer versiegelten. Dies ist hier weder der Ort noch die Gelegenheit, auf die Einzelheiten des Themas einzugehen, denn die SZENEN AUS DEM PARISER LEBEN sind nicht die SZENEN AUS DEM POLITISCHEN LEBEN; es genügt zu verdeutlichen, unter welchen Umständen der lebte, den man im Café David als den guten Canquoëlle kannte, und mit welchen Fäden er sich an die furchtbare und undurchsichtige Macht der Polizei hängte. Von 1817 bis 1822 war es oft die Aufgabe von Corentin, Contenson, Peyrade und ihren Agenten, den Minister selbst zu überwachen. Das könnte die Erklärung sein, warum das Ministerium es ablehnte, Peyrade und Contenson anzustellen, auf die Corentin ohne ihr Wissen den Verdacht der Minister fallen ließ zu dem Zweck, seinen Freund zu benutzen, solange ihm seine Wiedereingliederung unmöglich schien. Die Minister hatten Vertrauen in Corentin und sie beauftragten ihn, Peyrade zu überwachen, was Louis XVIII. belustigte. Corentin und Peyrade blieben also vollkommen die Herren der Lage. Contenson, lange Zeit Peyrade verbunden, diente ihm noch immer. Er hatte sich auf Veranlassung von Corentin und Peyrade in den Dienst der Wirtschaftspolizei begeben. Tatsächlich, in Folge dieser Art von Eifer, den ein mit Hingabe ausgeübter Beruf entfacht, liebten es diese beiden Generäle, ihre besten Soldaten an allen Stellen einzusetzen, an denen Auskünfte zu erwarten waren. Außerdem verlangten Contensons Laster, seine verkommenen Gewohnheiten, die ihn tiefer als seine beiden Freunde hatten fallen lassen, derart viel Geld, dass er viel Beschäftigung brauchte. Contenson hatte ohne jeden Vertrauensbruch Louchard gesagt, dass er den einzigen Mann kenne, der fähig wäre, den Baron de

Nucingen zufriedenzustellen. Peyrade war tatsächlich der einzige Agent, der ungestraft Polizeiarbeit im Dienst einer Privatperson verrichten konnte. Als Louis XVIII. gestorben war, verlor Peyrade nicht nur seine ganze Bedeutung, sondern auch noch die Vorteile seiner Stellung als regulärer Spitzel Seiner Majestät. Weil er sich für unentbehrlich hielt, hatte er seinen Lebensstil beibehalten. Die Frauen, das gute Essen und der Cercle des Étrangers hatten einen Mann vor aller Sparsamkeit bewahrt, der sich wie jeder, der für das Laster gemacht ist, einer eisernen Gesundheit erfreute. Doch von 1826 bis 1829, bis kurz vor seinem 74. Geburtstag, ließ er nach, wie er es nannte. Jahr um Jahr hatte Peyrade sein schönes Leben schrumpfen gesehen. Er sah der Beerdigung der Polizei zu, er beobachtete mit Kummer, wie die Regierung Charles' X. die guten Traditionen fallen ließ. Von Sitzung zu Sitzung beschnitt die Kammer den Etat, den eine Polizei zu ihrer Existenz benötigt, aus Hass auf dies Regierungswerkzeug und mit dem Vorsatz, diese Institution moralischer zu machen. – »Das ist, wie wenn man mit weißen Handschuhen kochen wollte«, sagte Peyrade zu Corentin. Schon 1822 hatten Corentin und Peyrade 1830 kommen sehen. Sie kannten den innigen Hass Louis' XVIII. auf seinen Nachfolger, was sein Gewährenlassen gegenüber dem jüngeren Familienzweig erklärt und ohne den seine Herrschaft und seine Politik ein ungelöstes Rätsel wären.

Mit dem Alter war Peyrades Liebe zu seiner unehelichen Tochter gewachsen. Um ihretwillen hatte er seine bürgerliche Erscheinungsform angenommen, denn er wollte seine Lydie mit einem anständigen Mann verheiraten. Außerdem wollte er, besonders in den letzten drei Jahren, in der Polizeipräfektur oder bei der allgemeinen Polizeidirektion des Königreichs in einer offiziellen Stellung unterkommen, die vorweisbar war. Er hatte sich schließlich eine Funktion ausgedacht, deren Notwendigkeit sich, wie er Corentin sagte, früher oder später erweisen würde. Es handelte sich darum, in der Polizeipräfektur ein sogenanntes Büro für *Auskünfte* zu schaffen, das die Polizei von Paris, die Kriminalpolizei und die Polizei des Königreichs verbinden würde, damit die Generaldirektion aus ihren verstreuten Kräften Nutzen zöge. Allein Peyrade könnte mit seinem Alter und nach fünfundfünfzig Jahren Verschwiegenheit der Verbindungsmann sein, der diese drei Polizeidienste verbände, also der Archivar, an den sich Politik und Justiz wenden würden, um sich in jeweiligen Fällen zu informieren. Peyrade erhoffte sich auf diese Art und mit Corentins Hilfe eine Möglichkeit, um an eine Mitgift und einen Gatten für seine kleine Lydie zu kommen. Corentin hatte über diese Angelegenheit bereits mit dem Generaldirektor der Königlichen Polizei gesprochen, ohne von Peyrade zu reden, und der Generaldirektor, ein Mann aus dem Süden, hielt es für notwendig, dass der Vorschlag von der Präfektur komme.

In dem Moment, als Contenson dreimal mit seiner Goldmünze auf den Tisch des Cafés geklopft hatte, das Zeichen, das bedeutete:»Ich muss Sie sprechen«, dachte der Senior der Polizeileute an dies Problem: ›Über welche Person, mit welchem Zweck bringe ich den jetzigen Polizeipräfekten in Bewegung?‹ Dabei sah er mit seinem *Courrier Français* aus wie ein Trottel.

›Unser armer Fouché‹, sagte er sich auf seinem Weg durch die Rue Saint-Honoré, ›dieser große Mann ist tot! Unsere Mittelsmänner bei Louis XVIII. sind abserviert! Dazu, hat gestern Corentin gesagt, glaubt niemand mehr an die Beweglichkeit und die Intelligenz eines Siebzigjährigen ... Ach! warum habe ich es mir zur Gewohnheit gemacht, im Véry zu speisen, edle Weine zu trinken ... *Mama Godichon*s Lied zu singen ... zu spielen, wenn ich Geld habe! Um sich eine Stellung zu sichern, reicht es nicht, intelligent zu sein, es braucht, wie Corentin sagt, auch eine vernünftige Lebensführung! Der gute Monsieur Lenoir hat mir ja schon vorausgesagt, wie ich enden würde, als er hörte, dass ich nicht unter dem Bett von dem Flittchen Oliva geblieben war, und ausrief: »Sie werden es niemals zu irgendetwas bringen!«.‹

Der Haushalt eines Spitzels

Wenn der ehrwürdige Papa Canquoëlle (er hieß in seinem Haus Papa Canquoëlle) in der Rue des Moineaux im vierten Stock geblieben war, können Sie glauben, dass er in der Aufteilung der Wohnung Einzelheiten bemerkt hatte, die die Ausübung seines scheußlichen Handwerks begünstigten. An der Ecke zur Rue Saint-Roch gelegen, war das Haus nach einer Seite ohne Nachbarschaft. Da es durch die Treppe zweigeteilt war, gab es auf jedem Stockwerk zwei vollkommen abgesonderte Räume. Diese beiden Zimmer gingen auf die Rue Saint-Roch. Über der vierten Etage waren Mansarden, von denen eine als Küche diente und die andere als Wohnung der einzigen Angestellten von Papa Canquoëlle, einer Flämin namens Katt, die Lydies Amme gewesen war. Papa Canquoëlle hatte im ersten der beiden abgetrennten Zimmer sein Schlafzimmer und in dem zweiten sein Arbeitszimmer eingerichtet. Eine dicke Brandmauer schloss das Arbeitszimmer nach hinten ab. Das Fenster, das sich auf die Rue des Moineaux öffnete, hatte gegenüber eine fensterlose Eckmauer. Nachdem sie die gesamte Breite von Peyrades Schlafzimmer von der Treppe trennte, fürchteten die beiden Freunde kein Auge und kein Ohr, wenn sie in diesem eigens für ihr grässliches Gewerbe eingerichteten Arbeitszimmer Sachen besprachen. Zur Vorsicht hatte Peyrade im Zimmer der Flämin mit dem Vorwand, der Amme seines Kindes eine Freude zu machen, eine Lage Stroh, einen Unterteppich und einen sehr dicken Teppich ausgelegt. Dazu hatte er den Schornstein geschlossen und benutzte einen Ofen, dessen Rohr durch die Außenmauer in die Rue Saint-Roch hinausragte. Abschließend hatte er mehrere Teppiche über seinen Boden gebreitet, damit die Mieter unter ihm nicht einen Laut vernahmen. Als Kenner der Schlichen des Spitzelwesens überprüfte er einmal pro Woche die Brandmauer, die Decke und den Boden und untersuchte sie dabei wie jemand, der lästige Insekten vernichten will. Die Gewissheit, hier ohne Zeugen oder Mithörer zu sein, war der Grund, warum Corentin dies Arbeitszimmer für Besprechungen ausgesucht hatte, wenn er etwas nicht zu Hause besprach. Die Wohnung Corentins war nur dem Generaldirektor der Polizei des Königreichs und Peyrade bekannt, und er empfing dort die Personen, die die Regierung oder der Hof als Mittelsmänner in schweren Fällen heranzogen; doch kein Agent und niemand Untergeordnetes kam dorthin, die Berufssachen organisierte er bei Peyrade. In diesem unansehnlichen Zimmer wurden Pläne geschmiedet, wurden Beschlüsse gefasst, die befremdliche Jahrbücher und merkwürdige Dramen füllen würden, wenn die Mauern sprechen könnten. Hier wurden von 1816 bis 1826 ungeheure Interessen abgewogen. Hier wurden die ersten Keime von Ereignissen entdeckt, die auf Frankreich lasten würden. Und hier sagten sich schon 1819 Peyrade und Corentin, die so vorausschauend wie, aber besser informiert waren als Belart, der Generalstaatsanwalt: »Wenn Louis XVIII. nicht diesen oder jenen Streich führen, nicht diesen Fürsten loswerden will, verabscheut er also seinen Bruder? Will er ihm denn eine Revolution vermachen?«

Peyrades Wohnungstür zierte eine Schiefertafel, auf der er hin und wieder wunderliche Zeichen vorfand, mit Kreide geschriebene Ziffern. Diese Art höllischer Algebra hatte für Eingeweihte sehr klare Bedeutungen. Gegenüber von Peyrades ärmlicher Wohnung bestand die von Lydie aus einem Vorraum, einem kleinen Salon, einem Schlafzimmer und einer Ankleide … Die Tür Lydies bestand wie die von Peyrades Zimmer aus einem Blech in vierfacher Stärke zwischen zwei massiven Eichenplanken, bewehrt mit Schlössern und einem System von Angeln, die sie so uneinnehmbar machte wie ein Gefängnistor. So lebte Lydie dort, ohne irgendetwas zu befürchten zu haben, obwohl es eines dieser Häuser mit Hofeinfahrt, einem Laden und ohne Hausmeister war. Das Esszimmer, der kleine Salon, das Schlafzimmer, deren sämtliche Fenster Blumenkästen hatten, waren von flämischer Reinlichkeit und reich ausgestattet. Die flämische Amme hatte Lydie nie verlassen und nannte sie ihre Tochter. Alle beide gingen mit einer Regelmäßigkeit zur Kirche, die eine hervorragende Meinung über den werten Herren Canquoëlle bei dem royalistischen Krämer schuf, der sein Geschäft im Haus an der Ecke Rue des Moineaux und Rue Neuve Saint-Roch hatte, und dessen Familie, Küche und Verkaufspersonal die erste Etage und den Zwischenstock belegten. Im zweiten Stockwerk wohnte der Eigentümer, das dritte war seit zwanzig Jahren an einen Edelsteinschleifer vermietet. Jeder der Mieter hatte einen Schlüssel zur Haustür. Die Frau des Krämers nahm um so bereitwilliger die Briefe und Pakete für die drei friedlichen Mitbewohner an, als das Lager des Krämerladens mit einem Briefkasten bestückt war. Ohne diese Einzelheiten hätten Fremde und solche, die Paris kennen, die Heimlichkeit und die Stille, die Verlassenheit und die Sicherheit nicht verstehen können, die aus diesem Haus eine Pariser Ausnahme machten. Ab Mitternacht konnte Papa Canquoëlle alle Komplotte schmieden, Spitzel und Minister empfangen, Frauen und Mädchen, ohne dass wer auch immer auf Erden das merkte. Peyrade, über den die Flämin der Köchin des Krämers gesagte hatte: »Der tut keiner Fliege was zuleide!«, galt als der beste aller Menschen. Er sparte an nichts für seine Tochter. Lydie hatte Schmucke als Musiklehrer gehabt und konnte sowohl musizieren wie auch komponieren. Sie kannte sich mit Sepiazeichnungen aus und konnte Gouachen und Aquarelle malen. Peyrade speiste jeden Sonntagabend mit seiner Tochter. An diesem Tag war der gute Mann ausschließlich Vater. Gläubig ohne zu frömmeln, ging Lydie an Ostern zum Abendmahl und monatlich zur Beichte. Dennoch genehmigte sie sich hin und wieder das kleine Vergnügen eines Theaterbesuchs. Bei gutem Wetter ging sie im Park der Tuilerien spazieren. Das waren ihre gesamten Vergnügungen, denn sie führte ein sehr häusliches Leben. Lydie, die ihren Vater verehrte, war in völliger Unkenntnis seiner unheimlichen Fähigkeiten und seiner undurchsichtigen Betätigungen. Keine Begierde hatte das reine Leben dieses so unschuldigen Kindes gestört. Schlank, hübsch wie ihre Mutter, begabt mit einer köstlichen Stimme, einem pfiffigen, von schönem blondem Haar umrahmten Gesicht, glich sie den eher geheimnisvollen als wirklichen Engeln, die von manchen frühen Malern in den Hintergrund ihrer Heiligen Familien gesetzt wurden. Der Blick ihrer blauen Augen schien einen Strahl des Himmels auf den zu werfen, den sie eines Blickes würdigte. Ihr zurückhaltender Kleidungsstil ohne jede modische Übertreibung atmete einen liebenswerten Duft von Bürgerlichkeit. Stellen Sie sich einen alten Satan als Vater eines Engels vor, der sich an diesem göttlichen Umgang weidet, dann haben Sie eine Vorstellung von Peyrade und seiner Tochter. Hätte jemand diesen Diamanten beschmutzt, würde ihm der Vater, um ihn zu vernichten, eine dieser fürchterlichen Fallen stellen, in die unter der Restauration jene Unglücklichen tappten, die dann ihren Kopf aufs Schafott trugen. Tausend Taler waren genug für Lydie und für Katt, die, die sie ihr Dienstmädchen nannte.

Als Peyrade oben in die Rue des Moineaux einbog, bemerkte er Contenson; er ging an ihm vorbei, stieg als Erster hinauf, hörte die Schritte seines Agenten auf der Treppe und führte ihn hinein, bevor die Flämin ihre Nase aus der Küchentür gesteckt hatte. Eine Glocke an einer Lattentür im dritten Stock, wo der Steinschneider wohnte, kündete den Mietern des dritten und vierten Stockwerks an, wenn jemand zu ihnen heraufkam. Überflüssig zu sagen, dass Peyrade ab Mitternacht den Klöppel dieser Glocke mit Stoff umwickelte.

»Was gibt es denn Eiliges, Philosoph?«

Philosoph war der Deckname, den Peyrade Contenson verlieh und den dieser Epiktet des Spitzelwesens verdient hatte. Der Name Contenson verbarg, leider!, einen der ältesten Namen des normannischen Adels. (Nachzulesen in *Die Kehrseite der Zeitgeschichte*).

»Es gibt immerhin an die zehntausend auf die Hand.«

»Um was geht's? Politik?«

»Nein, eine Albernheit! Baron de Nucingen, Sie wissen schon, der alte ausgemachte Dieb, krakeelt nach einer Frau, die er im Bois de Vincennes gesehen hat, und die muss gefunden werden, oder er stirbt vor Liebe … Nach dem, was mir sein Kammerdiener gesagt hat, gab es gestern eine ärztliche Untersuchung … Ich habe ihm bereits tausend Franc abgenommen unter dem Vorwand, nach der Prinzessin zu suchen.«

Dann erzählte Contenson, wie Nucingen Esther begegnet war, und fügte hinzu, dass der Baron ein paar neue Informationen habe.

»Na«, meinte Peyrade, »die Dulcinea werden wir schon finden; sag dem Baron, er soll im Wagen an die Champs-Élysées kommen, Avenue Gabriel, Ecke Allée de Marigny.

Peyrade brachte Contenson an die Tür und klopfte bei seiner Tochter, wie man anklopft, um hereingelassen zu werden. Fröhlich trat er ein, der Zufall hatte ihm soeben einen Weg eröffnet, endlich an die Stellung zu kommen, die er haben wollte. Nachdem er Lydie auf die Stirn geküsst und ihr gesagt hatte: »Spiel mir was ...«, ließ er sich in einen bequemen Sessel à la Voltaire fallen.

Lydie spielte ihm ein Stück vor, das Beethoven fürs Klavier geschrieben hatte.

»Das hast du schön gespielt, meine liebe Kleine«, sagte er und nahm seine Tochter zwischen die Knie, »weißt du, dass wir jetzt einundzwanzig sind? Da muss man heiraten, denn unser Papa ist schon über siebzig ...«

»Mir geht es gut hier«, antwortete sie.

»Du magst nur mich, mich, der ich so hässlich bin, und so alt?«, fragte Peyrade.

»Aber wen willst du denn, dass ich liebe?«

»Ich esse mit dir zu Abend, meine liebe Kleine, sag Katt Bescheid. Ich überlege, dass wir uns einen Platz verschaffen, eine Stellung annehmen und dir einen Gatten suchen, der deiner würdig ist ... einen lieben jungen Mann voller Talent, auf den du dann mal stolz sein kannst ...«

»Ich habe bisher nur einen gesehen, der mir als Mann gefallen würde ...«

»Du hast einen gesehen? ...«

»Ja, in den Tuilerien«, gab Lydie zurück, »da ging er vorbei, am Arm hatte er die Gräfin de Sérisy.«

»Er heißt? ...«

»Lucien de Rubempré! ... Ich saß mit Katt unter einer Linde, nur so. Neben mir saßen zwei Damen, die zueinander sagten: ›Schau, Madame de Sérisy und der schöne Lucien de Rubempré.‹ Ich hab das Paar betrachtet, auf das die zwei Damen schauten. ›Ach, meine Liebe‹, sagte die andere, ›manche

Frauen haben schon sehr Glück! ... der lässt man alles durchgehen, weil sie eine geborene Ronquerolles ist, und ihr Mann an der Macht.‹ – ›Aber, Liebe‹, sagte die andere, ›Lucien kommt sie teuer zu stehen ...‹ Was soll das heißen, Papa?«

»Das sind Dummheiten, was die feinen Leute halt reden«, antwortete Peyrade seiner Tochter ganz harmlos. »Vielleicht haben sie auf etwas in der Politik angespielt.«

»Sie haben mich gefragt, ich antworte. Wenn Sie mich verheiraten wollen, dann finden Sie mir einen Mann, der dem jungen Mann da ähnlich ist ...«

»Kind!«, gab der Vater zurück, »Schönheit ist bei den Männern nicht immer auch ein Zeichen, dass sie gut sind. Die jungen Leute, die mit einem angenehmen Äußeren begabt sind, stoßen am Beginn ihres Lebens auf keine Schwierigkeiten, sie entfalten also keinerlei Talent, sie sind verwöhnt von dem Entgegenkommen, das die Leute für die haben, und später müssen sie dafür bezahlen! ... Ich möchte einen für dich finden, den die Bürger, die Reichen und die Dummen ohne Hilfe oder Unterstützung lassen ...«

»Wer, Vater?«

»Einen begabten Unbekannten ... aber, weißt du, mein liebes Kind, ich habe die Möglichkeiten, alle Scheunen von Paris zu durchsuchen, um deine Wünsche zu erfüllen und deiner Liebe einen Mann zu präsentieren, der so schön ist wie der miese Kerl, von dem du sprichst, der aber noch seine ganze Zukunft hat, einen dieser Männer, denen Ruhm und Reichtum winken ... Oh, ich habe gar nicht daran gedacht, ich muss eine Menge Neffen haben, und da sollte sich doch einer finden, der dich verdient hat! ... Ich werde in die Provence schreiben oder schreiben lassen!«

Merkwürdige Sache! In diesem Augenblick betrat ein junger Mann, halb tot vor Hunger und Erschöpfung, der zu Fuß aus dem Departement Vaucluse kam, ein Neffe von Papa

Canquoëlle, am Stadttor d'Italie die Stadt auf der Suche nach seinem Onkel. In den Träumen der Familie, der der Lebensweg dieses Onkels unbekannt war, bot Peyrade ein Märchen voller Hoffnungen: Man glaubte, er sei aus den indischen Kolonien millionenschwer zurückgekehrt! Angeregt von den Fabeln, die am offenen Kamin erzählt werden, hatte dieser Großneffe namens Théodose zur Suche nach dem fantastischen Onkel eine Weltreise unternommen.

Drei Männer geraten aneinander

Nachdem er für ein paar Stunden sein Vaterglück genossen hatte, schlenderte Peyrade, das Haar gewaschen und gefärbt (bei ihm war der Puder Verkleidung), in einem guten dicken und bis ans Kinn zugeknöpften Reitmantel aus blauem Tuch unter einem schwarzen Umhang, ausgerüstet mit dicken, fest besohlten Schuhen und einem Sonderausweis, langsamen Schritts die Avenue Gabriel entlang, wo Contenson, verkleidet als altes Kräuterweiblein, ihn an den Gärten des Élysée-Palastes traf.

»Monsieur de Saint-Germain«, sprach Contenson seinen früheren Vorgesetzten mit seinem Tarnnamen an, »Sie haben mir zu fünfhundert *Faces* (Franc) verholfen; aber wenn ich hier hergekommen bin, um Posten zu stehen, dann um Ihnen zu sagen, dass der verfluchte Baron, bevor er sie mir gegeben hat, Auskünfte *vom Haus* (der Präfektur) haben wollte.«

»Ich brauche dich wahrscheinlich«, antwortete Peyrade. »Sprich mit unseren Nummern 7, 10 und 21, wir können diese Männer einsetzen, ohne dass es jemand merkt, weder bei der Polizei noch in der Präfektur.«

Contenson stellte sich wieder an den Wagen, in dem Monsieur de Nucingen Peyrade erwartete.

»Ich bin der Herr de Saint-Germain«, sagte der Mann vom Mittelmeer dem Baron und reckte sich zum Wagenschlag empor.

»Nu schejn, stajgen Si zu mir ajn«, antwortete der Baron und gab Befehl, im Schritt zum Triumphbogen am Platz de l'Étoile zu fahren.

»Sie sind zur Präfektur gegangen, Herr Baron? Das ist nicht gut ... Darf man erfahren, was Sie dem Herrn Präfekten gesagt haben, und was er Ihnen geantwortet hat?«, fragte Peyrade.

»Bevor ch finfhundert Frank an a Kasper wie Contenson geb, war ch froh zu erfahren, ob ers fardient ... Ch hab dem Polizajprefekten bloß gesagt, dass ich gerne ajn Agenten mit dem Namen Pejrade in einer hajklen Angelegenhajt im Oisland anstelln mecht, und ob ich in ihn volles Fartrauen haben kann ... Der Prefekt hot mir geantwort, dass Sie ajner der fehigsten und korrektesten Lojte sind. Das is alles.«

»Würde mir der Herr Baron sagen, um was es geht, jetzt, da ihm schon mein wirklicher Name bekannt ist? ...«

Als der Baron in seinem furchtbaren Akzent polnischer Juden langatmig und umständlich erst von seiner Begegnung mit Esther und dann dem Ruf des Wachmanns, der hinter dem Wagen gewesen war, und von seinen vergeblichen Versuchen erzählt hatte, schloss er mit dem Bericht von dem, was sich am Vorabend bei ihm zu Hause zugetragen hatte, das unwillkürliche Lächeln Lucien de Rubemprés, die Vermutung Bianchons und einiger anderer Dandys bezüglich einer Bekanntschaft zwischen der Unbekannten und diesem jungen Mann.

»Hören Sie, Herr Baron, als Erstes geben Sie mir zehntausend Franc Vorschuss auf die Spesen, denn für Sie geht es ja ums Leben; und nachdem Ihr Leben eine Geschäftemaschine ist, darf man nichts vernachlässigen, um Ihnen diese Frau zu finden. Ach! Sie hat es gepackt!«

»Jo, mich hot es gepackt …«

»Wenn mehr nötig ist, werde ich es Ihnen sagen, Baron; vertrauen Sie mir«, sagte Peyrade. »Ich bin nicht, wie Sie vielleicht glauben, ein Spitzel … Ich war 1807 Generalkommissar der Polizei in Antwerpen, und jetzt, da Louis XVIII. gestorben ist, kann ich Ihnen anvertrauen, dass ich sieben Jahre lang seine Parallelpolizei geleitet habe … Mit mir wird also nicht gefeilscht. Sie verstehen schon, Herr Baron, dass man für den Kauf von Gewissen keinen Kostenvoranschlag machen kann, bevor man eine Sache gründlich geprüft hat. Seien Sie beruhigt, es wird mir gelingen. Glauben Sie nicht, dass Sie mich mit irgendeiner Summe abspeisen können, ich will etwas anderes als Lohn …«

»Solang es nischt a Kenigrajch is …«, meinte der Baron.

»Für Sie ist es weniger als nichts.«

»Das passt mir!«

»Sie kennen die Kellers?«

»Sehr.«

»François Keller ist der Schwiegersohn des Grafen de Gondreville, und der Graf de Gondreville war gestern bei Ihnen zum Abendessen.«

»Wer zum Tojfel kann Ihnen sogn …«, rief der Baron aus. »Das wird Schohsch sein, der redt immer.«

Peyrade fing an zu lachen. Dem Bankier kamen eigenartige Verdächte gegen seinen Hausangestellten, als er diese Belustigung bemerkte.

»Graf de Gondreville hat genau die Stellung, mir einen Posten zu verschaffen, den ich bei der Polizeipräfektur bekommen möchte, und zu dessen Schaffung der Präfekt in achtundvierzig Stunden ein Exposé haben wird«, fuhr Peyrade fort. »Fordern Sie diese Stelle für mich, machen Sie, dass Graf de Gondreville sich dafür einsetzen will und der Sache Nachdruck verleiht, und Sie zeigen sich damit erkenntlich für den Dienst, den ich Ihnen erweisen werde. Ich will von Ihnen nur Ihr Wort, denn wenn Sie das nicht halten, werden Sie früher oder später den Tag verfluchen, an dem Sie geboren wurden ... Peyrades Ehrenwort ...«

»Ch geb Ihnen majn Ehrenwort, dass ich tu, was mir meglich is ...«

»Wenn ich für Sie nur täte, was mir möglich ist, wäre das nicht genug.«

»Nu gut, ich werde ojfrichtig sajn.«

»Aufrichtig ... Das ist schon alles, was ich will«, sagte Peyrade, »und die Aufrichtigkeit ist das einzige neuartige Geschenk, das wir einander, der eine wie der andere, machen können.«

»Ojfrichtig«, wiederholte der Baron, »wo wolln Si, dass ich Si absetz?«

»An der Brücke Louis XVI..«

»Zur Bricke am Parlament«, sagte der Baron seinem Diener, der an die Tür kam.

›Ch werd also die Unbekannte krigen‹, sagte sich der Baron im Weiterfahren.

›Was für ein schräger Zufall‹, sagte sich Peyrade, als er zu Fuß zum Palais Royal zurückging, wo er den Versuch machen wollte, die zehntausend Franc zu verdreifachen, um Lydie eine Mitgift zu schaffen. ›Jetzt bin ich also gezwungen, die kleinen Angelegenheiten des jungen Mannes zu überprüfen, dessen einer Blick meine Tochter verzaubert hat. Wahrscheinlich einer dieser Männer mit dem *Blick für Frauen*‹, sagte er sich mit einem Ausdruck der Spezialsprache, die er sich für seinen Gebrauch geschaffen hatte, um seine und Corentins Beobachtungen zusammenzufassen, und die die Sprachregeln oft verletzte, aber genau dadurch kraftvoll und anschaulich wurde.

Als er zu Hause eintraf, glich der Baron de Nucingen sich

selbst nicht mehr: Er erstaunte seine Angestellten und seine Frau, er zeigte ihnen ein rosiges, lebendiges Gesicht, er war fröhlich.

»Wehe unseren Aktionären!«, sagte du Tillet zu Rastignac.

Man war gerade zurück von der Oper und trank Tee in Delphine de Nucingens kleinem Salon.

»Nu«, griff der Baron den Witz seines Gesellschafters lächelnd auf, »ch hobe Lust ojf Gescheft …«

»Sie haben also Ihre Unbekannte gesehen?«, fragte Madame de Nucingen.

»Nischt«, antwortete er, »ch hob nur a Hoffnung, si zu findn.«

»Hat einer jemals die eigene Frau so sehr geliebt?«, rief Madame de Nucingen aus und verspürte ein wenig Eifersucht oder tat nur so.

»Wenn Sie sie dann für sich haben«, sagte du Tillet dem Baron, »dann laden Sie uns mit ihr zum Essen ein, ich bin ziemlich neugierig, das Geschöpf näher zu betrachten, das Sie so jung machen konnte, wie Sie jetzt sind.«

»Das is a Majsterwerk der Schepfung«, antwortete der alte Bankier.

»Der wird sich hereinlegen lassen wie ein Schulbub«, sagte Rastignac in Delphines Ohr.

»Pah!, der verdient Geld genug, um …«

»Um etwas davon zurückzugeben, nicht wahr! …«, unterbrach du Tillet die Baronin.

Nucingen ging im Salon auf und ab, als wären ihm seine Beine im Weg.

»Das ist jetzt der Moment, ihn Ihre neuen Schulden bezahlen zu lassen«, sagte Rastignac ins Ohr der Baronin.

In genau diesem Moment kam Carlos voll guten Mutes von der Rue Taitbout, wo er Europe seine letzten Anweisungen für die Hauptrolle in der Komödie gegeben hatte, die dazu gedacht war, den Baron Nucingen zu prellen. Begleitet wurde er von Lucien, den es beunruhigte, diesen halben Dämonen so vollkommen verkleidet zu sehen, dass er ihn erst an seiner Stimme erkannt hatte.

»Wo zum Teufel hast du eine Frau gefunden, die schöner ist als Esther?«, fragte er seinen Verderber.

»Mein Kleiner, das findet man nicht in Paris. Diese Hautfarben werden nicht in Frankreich hergestellt.«

»Ich meine nur, du siehst mich mal wieder vollkommen betört ... Die Venus Kallipygos ist nicht so gut gebaut! Für die würde man seine Seele verkaufen ... Aber wo hast du die her?«

»Das ist die schönste Frau von London. In einem Anfall von Eifersucht hat sie, betrunken vom Gin, ihren Liebhaber umgebracht ... Der Liebhaber war ein Gauner, den die Londoner Polizei jetzt los ist, und man hat diese Kreatur für eine gewisse Zeit nach Paris geschickt, damit die Geschichte vergessen wird ... Das Vögelchen ist hoch gebildet. Sie ist die Tochter eines protestantischen Geistlichen, sie spricht französisch, als wäre es ihre Muttersprache; sie weiß nicht und wird nie wissen können, was sie hier tut. Es ist ihr gesagt worden, dass sie aus dir, wenn sie dir gefällt, Millionen herausholen könnte; aber dass du eifersüchtig wie ein Tiger bist, und sie soll ihren Tag genau wie Esther verbringen. Sie weiß nicht, wie du heißt.«

»Aber wenn Nucingen sie lieber mag als Esther ...«

»Kommst du endlich auch darauf ...«, rief Carlos. »Heute hast du Angst, dass nicht zustande kommt, wovor du gestern Angst gehabt hast! Sei beruhigt. Dies blonde weiße Mädchen hat blaue Augen; sie ist das Gegenteil der schönen Jüdin, und es sind allein die Augen von Esther, die einen verdorbenen Mann wie Nucingen in Wallung bringen könnten. Ein hässliches Entlein konntest du doch kaum versteckt haben, zum

Teufel! Wenn die Puppe ihre Rolle gespielt hat, werde ich sie in sicherer Begleitung nach Rom oder Madrid schicken, wo sie Leidenschaften entfesseln wird.«

»Wenn wir sie nur für so kurz haben«, sagte Lucien, »gehe ich wieder hin …«

»Nur zu mein Sohn, amüsier dich … Morgen hast du noch einen Tag. Ich erwarte nämlich jemanden, den ich beauftragt habe, herauszubekommen, was sich beim Baron de Nucingen tut.«

»Wen?«

»Die Geliebte seines Kammerdieners; schließlich muss man jederzeit wissen, was beim Gegner los ist.«

Um Mitternacht traf Paccard, Esthers Wachmann, Carlos auf der Pont des Arts, dem günstigsten Ort von Paris, um ein paar Worte zu wechseln, die nicht gehört werden sollen. Während sie sprachen, schaute der Wachmann in die eine und sein Herr in die andere Richtung.

»Der Baron ist heute Morgen zur Polizeipräfektur gegangen, zwischen vier und fünf«, sagte der Wachmann, »und heute Abend hat er angegeben, er würde die Frau, die er im Bois de Vincennes gesehen hat, finden, sie sei ihm versprochen worden …«

»Wir werden beobachtet werden!«, sagte Carlos, »fragt sich, von wem? …«

»Die haben schon Louchard eingesetzt, den Wirtschaftsdetektiv.«

»Das wäre ja läppisch«, antwortete Carlos. »Zu befürchten haben wir bloß die Sicherheitsbrigade und die Kriminalpolizei; und solange sich da nichts rührt, können unserseits wir uns rühren! …«

»Noch etwas!«

»Was?«

»*Die Wiesenfreunde* … gestern habe ich La Pouraille getroffen ... er hat ein Ehepaar kaltgemacht und er hat zehntausend *Eier* zu fünf Franc – in Gold!

»Die werden ihn festnehmen«, sagte Jacques Collin, »das ist der Mord in der Rue Boucher.«

»Was ist der Auftrag?«, sagte Paccard mit der ehrfurchtsvollen Miene, die ein Marschall bei der Befehlsausgabe Louis' XVIII. haben musste.

»Ihr fahrt jeden Abend gegen zehn Uhr aus«, antwortete Carlos, ihr fahrt mit Tempo in den Wald von Vincennes, in die Wälder von Meudon und Ville-d'Avray. Wenn euch jemand beobachtet oder folgt, lass es geschehen, sei verbindlich, in Plauderstimmung, käuflich. Du redest von Rubemprés Eifersucht, der verrückt ist nach *Madame*, und der vor allem nicht will, dass irgendjemand aus der Gesellschaft weiß, dass er eine solche Geliebte hat ...«

»Passt! Brauch ich Waffen? ...«

»Niemals«, sagte Carlos lebhaft. »Eine Waffe! ... wozu das denn? Um Unglück zu schaffen. Gebrauch auf keinen Fall dein Jagdmesser. Wenn man schon dem stärksten Mann mit dem Schlag, den ich dir gezeigt habe, die Beine brechen kann! ... wenn man es mit drei bewaffneten Wachleuten aufnehmen kann mit der Gewissheit, zwei davon zu Boden zu bringen, bevor sie ihre Säbel gezogen haben, vor was soll man da Angst haben? Hast du nicht deinen Stock? ...«

»Das stimmt!«, sagte der Wachmann.

Paccard, der als Mann der Alten Garde, als Schlaukopf und als Draufgänger galt, ein Mann mit eisernen Waden und stählernem Arm, italienischem Backenbart, Künstlermähne und Husarenschnauzbart, und einem fahlen und ungerührten Gesichtsausdruck wie Contenson, behielt seine Gefühle für sich und zerstreute mit seiner Erscheinung eines Regimentstrommlers jeden Verdacht. Ein Ausbrecher von Poissy oder Meudon hat nicht diese ernsthafte Beschränktheit und diesen Glauben an die eigenen Verdienste. Als ein Giafar, Vertrauter des Harun al Raschid der Zuchthäuser, bezeugte er für ihn die freundschaftliche Bewunderung, die Peyrade für Corentin empfand. Dieser extrem langbeinige Riese ohne viel Brust und ohne allzu viel Fleisch auf den Knochen bewegte sich bedächtig auf seinen zwei langen Stelzen. Kein Schritt mit rechts, ohne dass das rechte Auge die Situation mit dieser stillen Geschwindigkeit musterte, wie sie die Diebe und Spitzel ausmacht. Das linke Auge tat wie das rechte. Ein Schritt, ein Blick! Sehnig, beweglich, erbötig zu allem und zu jeder Zeit bereit. Ohne einen persönlichen Feind namens *Likör der Tapferen* wäre Paccard nach Carlos' Worten perfekt gewesen, so umfassend verfügte er über die unentbehrlichen Talente eines Mannes, der mit der Gesellschaft auf Kriegsfuß steht; es war dem Herren aber gelungen, den Sklaven zu überzeugen, aufzupassen damit und erst am Abend zu saufen. Beim Heimkommen nahm Paccard das Goldwasser in sich auf, das ihm ein aus Danzig gekommenes bauchiges Liebchen aus Ton in kleinen Mengen einflößte.

»Wir werden die Augen offen halten«, sagte Paccard und setzte, nachdem er sich von seinem, wie er ihn nannte, *Beichtvater* verabschiedet hatte, seinen prächtigen Federhut wieder auf.

Dies also sind die Ereignisse, durch die so starke Männer wie, jeder auf seinem Gebiet, Jacques Collin, Peyrade und Corentin dazu kamen, auf ein und demselben Terrain aneinanderzugeraten und ihr Genie zu entfalten in einem Kampf, in dem sich jeder für seine Leidenschaft oder seine Interessen schlug. Es war einer dieser unbemerkten, aber fürchterlichen Kämpfe, bei denen an Begabung, Hass und Erregung, mit Vorstößen, Gegenvorstößen und Listen so viel Kraft aufgewendet wird, wie sie nötig sind, um ein Vermögen anzusammeln.

Auf der Schwelle zum Glück widmet sich Nucingen seiner Erscheinung.

Männer und Mittel, alles war geheim bei Peyrade, dem sein Freund Corentin bei dieser Unternehmung half, die für beide eine Lappalie war. Demzufolge ist die Geschichtsschreibung in dieser Sache stumm geblieben, wie sie über die wahren Ursachen mancher Revolution stumm geblieben ist. Aber hier das Ergebnis.

Fünf Tage nach dem Gespräch Monsieur Nucingens mit Peyrade auf den Champs-Élysées stieg eines Morgens ein Mann von ungefähr fünfzig Jahren aus einem schicken Kabriolett und warf die Zügel seinem Diener zu. Er hatte den bleichen Teint, den das gesellschaftliche Leben den Diplomaten verleiht, war ziemlich elegant in blaues Tuch gekleidet und hatte eine Ausstrahlung fast wie ein Staatsminister. Ob der Baron de Nucingen ansprechbar sei, fragte er den Diener, der auf einer Schwelle der Säulenreihe stand und ihm respektvoll die prächtige Glastür öffnete.

»Der Name des Herren, bitte? ...«, sagte der Diener.

»Sagen Sie dem Herren Baron, dass ich von der Avenue Gabriel komme«, antwortete Corentin. »Wenn jemand da ist, hüten Sie sich, das laut auszusprechen, Sie würden rausfliegen.«

Eine Minute später kam der Diener zurück und führte Corentin durch die hinteren Gemächer in das Arbeitszimmer des Barons.

Corentin wechselte einen undurchdringlichen Blick gegen einen Blick derselben Art mit dem Bankier, und sie begrüßten sich förmlich.

»Herr Baron«, sagte er, »ich komme von Peyrade ...«

»Schejn«, murmelte der Baron und schob beiden Türen den Riegel vor.

»Die Geliebte von Monsieur de Rubempré wohnt in der Rue Taitbout, in der früheren Wohnung von Mademoiselle de Bellefeuille, der früheren Geliebten Monsieur de Granvilles, des Generalstaatsanwalts.«

»Ha!, so nah vun mir«, rief der Baron aus, »is das doch lustig.«

»Ich glaube gern, dass Sie nach dieser Frau verrückt sind, es war ein Vergnügen, sie zu sehen«, antwortete Corentin. »Lucien ist so eifersüchtig auf das Mädchen, dass er ihr verbietet, sich zu zeigen; und er wird von ihr geliebt, denn in den vier Jahren, seit sie von der Bellefeuille Mobiliar und Status übernommen hat, haben sie weder die Nachbarn, noch der Portier noch die Mieter des Hauses zu Gesicht bekommen. Die Prinzessin ist nur nachts unterwegs. Wenn sie losfährt, sind die Vorhänge der Kutsche zugezogen und die Dame ist verschleiert. Lucien hat außer der Eifersucht auch sonst noch allen Grund, diese Frau zu verbergen: Er soll Clotilde de Grandlieu heiraten und er ist der derzeitige intime Favorit Madame de Sérisys. Natürlich liegt ihm sowohl an seiner Galageliebten wie an seiner Verlobten. So sind Sie der Herr der Situation, denn Lucien wird das Vergnügen seinen Interessen und seiner Eitelkeit opfern. Sie sind reich, es geht wohl um Ihr letztes Liebesglück, seien Sie großzügig. Sie kommen an Ihr Ziel über die Kammerdienerin. Geben sie dem Kammerkätzchen irgendwelche zehntausend Franc, dann wird sie Sie im Schlafzimmer ihrer Herrin unterbringen; und für Sie ist es das wert!«

Kein Begriff der Rhetorik kann die stoßweise, nüchterne, resolute Redeweise Corentins beschreiben; das erkannte auch der Baron und zeigte Erstaunen, ein Gesichtsausdruck, den er seit Langem aus seinem ungerührten Gesicht verbannt hatte.

»Ich komme, um Sie um fünftausend Franc für meinen Freund zu bitten, der fünf Ihrer Banknoten fallen lassen musste ... ein kleines Unglück!«, fügte Corentin im besten Kommandoton an. »Peyrade kennt sein Paris zu gut, um Spesen zu übernehmen, und er verlässt sich auf Sie. Aber das ist noch nicht das Wichtigste«, korrigierte sich Corentin und machte die Geldforderung zur Nebensache. »Wenn Sie auf Ihre alten Tage keinen Ärger haben wollen, verschaffen Sie Peyrade die Position, um die er Sie gebeten hat. Für sie ist das eine Kleinigkeit. Der Generaldirektor der Polizei des Königreichs müsste gestern ein Exposé zu diesem Thema erhalten haben. Es geht nur darum, dass Gondreville den Polizeipräfekten darauf anspricht. Sagen Sie doch Malin de Gondreville, dass es für einen von denen ist, die ihn von den Herren de Simeuse befreit haben, dann läuft das schon ...«

»Hier, Monsje«, sagte der Baron, nahm fünf Tausendfrancscheine und hielt sie Corentin hin.

»Die Kammerfrau hat einen großen Wachmann als guten Freund namens Paccard, der in der Rue de Provence bei einem Wagenbauer wohnt und der sich als Wachmann verdingt bei Leuten, die auftreten wie Fürsten. Über Paccard kommen Sie an die Kammerfrau der Madame Van Bogseck, ein großer kauziger Piemontese, der gern dem Wermut zuspricht.«

Natürlich war diese vertrauliche Auskunft, elegant als Nachsatz hingeworfen, der Gegenwert für die fünftausend Franc. Der Baron wollte herausbekommen, von was für einem Schlag Corentin war, bei dem ihm seine Intelligenz sagte, dass er es eher mit einem Spionageleiter als mit einem Spitzel zu tun hatte; aber Corentin blieb für ihn, was für einen Archäologen eine Inschrift ist, von der mindestens drei Viertel der Buchstaben fehlen.

»Wie hajßt di Kammerfroj?«, fragte er.

»Eugenie«, antwortete Corentin, grüßte den Baron und ging.

In überschwänglichem Jubel verließ Baron de Nucingen seine Geschäfte und sein Büro und stieg in seine Gemächer in dem Glückszustand, in dem sich ein junger Mann von zwanzig Jahren befindet, der sich über die Aussicht auf ein erstes Treffen mit einer ersten Geliebten freut. Der Baron griff aus seiner privaten Kasse alle Tausendfrancscheine, eine Summe, von der man ein ganzes Dorf hätte glücklich machen können – fünfundfünfzigtausend Franc! – und steckte sie in seine Jackentasche. Die Verschwendungslust der Millionäre kann man eben nur vergleichen mit ihrer Gier nach Gewinn. Sobald es um eine Laune geht, um eine Leidenschaft, ist Geld dem Krösus gar nichts mehr: Eine kapriziöse Laune ist für seinesgleichen schwieriger als Gold zu haben. Eine Freude ist die größte Seltenheit in diesem übersättigten Leben, dem die großen Fischzüge der Spekulation genau die Gefühle verleihen, über denen diese nüchternen Herzen abgestumpft sind. Beispiel: Einer der reichsten Kapitalisten von Paris, der für seine irren Einfälle schon bekannt ist, begegnet eines Tages auf den Boulevards einer kleinen, über alle Maße schönen Arbeiterin. In Begleitung ihrer Mutter gab diese Putzmacherin ihren Arm einem jungen Mann in zweifelhafter Aufmachung und mit einem ziemlich stutzerhaften Schwung der Hüften. Beim ersten Anblick verliebt sich der Millionär in diese Pariserin; er folgt ihr nach Hause, er tritt ein; er lässt sich von diesem mit Tanzfesten bei Mabile und Tagen ohne Brot, mit Spektakeln und Arbeit vermischten Leben erzählen; er nimmt Anteil und hinterlässt fünf Scheine von tausend Franc unter einer Münze von hundert Sous: eine schlappe Großzügigkeit. Am nächsten Morgen kommt ein gefragter Dekorateur, Braschon, um die Aufträge der Putzmacherin entgegenzunehmen, möbliert eine Wohnung ihrer Wahl und gibt dabei um die zwanzigtausend Franc aus. Die Arbeiterin überlässt sich fantastischen Hoffnungen: Sie kleidet ihre Mutter anständig ein, sie gefällt sich mit dem Gedanken, sie könnte ihren verflossenen Verehrer in einer Versicherungsgesellschaft unterbringen. Sie wartet ... ein, zwei Tage, dann eine ... und zwei Wochen. Sie meint, zur Treue verpflichtet zu sein, sie verschuldet sich. Der Kapitalist war nach Holland gerufen worden und hatte die Arbeiterin vergessen; er betrat nicht einmal das Paradies, in das er sie versetzt hatte und aus dem sie so tief herausfiel, wie man in Paris fallen kann. Nucingen spielte nicht, Nucingen förderte keine Künste, Nucingen hatte keine Launen; er musste sich also in seine Leidenschaft für Esther mit der Blindheit stürzen, auf die Carlos Herrera setzte.

Nach seinem Mittagessen ließ der Baron Georges kommen, seinen Kammerdiener, und trug ihm auf, in die Rue Taitbout zu gehen und Mademoiselle Eugénie, die Kammerzofe von Madame van Bogseck, zu bitten, wegen einer wichtigen Angelegenheit in sein Büro zu kommen.

»Du wartest ojf si«, fügte er an, »und lesst si in majn Zimmer herojfkommen mit der Ansage, dass ihr Glick gemacht is.«

Georges hatte tausend Mühen, Europe-Eugénie dazu zu bewegen, mitzukommen. Madame, sagte sie ihm, erlaube ihr nie auszugehen; sie könnte ihre Stelle verlieren, und so weiter und so weiter. Georges verlieh seinen Verdiensten in den Ohren des Barons einen lauten Widerhall, worauf dieser ihm zehn Goldtaler gab.

»Wenn Madame heute Nacht ohne sie ausfährt«, sagte Georges seinem Herrn, dessen Augen wie Karfunkel glänzten, »kommt sie gegen zehn Uhr.«

»Schejn. Du kommst um nojn Uhr, mich onzuklajden ... mich frisieren; ich will so gut wie meglich ojssehn ... Ich glojbe, ich trete heute vor majne Gelibte, oder Geld wer kajn Geld ...«

Von zwölf bis eins färbte der Baron sich Haar und Koteletten. Vor dem Abendessen nahm er ein Bad und machte sich um neun Uhr zurecht wie ein Bräutigam, parfümierte sich und putzte sich heraus. Als Madame de Nucingen diese Metamorphose gemeldet wurde, machte sie sich den Spaß, ihren Gatten aufzusuchen.

»Mein Gott«, sagte sie, »sind Sie lächerlich! ... Aber nehmen Sie doch eine schwarze Satinkrawatte anstelle dieser weißen, die Ihre Koteletten nur noch struppiger macht; und übrigens: das ist *Empire*, das ist alter Spießer, Sie geben sich da das Erscheinungsbild eines Geschworenen im Ruhestand. Nehmen Sie doch die Diamantknöpfe weg, die jeder hunderttausend Franc wert sind; dies Äffchen wird sie sonst gleich haben wollen und Sie werden es nicht ablehnen können; und statt sie einem Freudenmädchen zu schenken, könnten Sie sie mir an die Ohren hängen.«

Der arme Finanzier, überrascht von der Treffsicherheit der Bemerkungen seiner Frau, gehorchte ihr mürrisch.

»Lecherlich! Lecherlich! ... Ch hob Ihnen nischt gesagt, dass Si lecherlich waren, wenn Si sich für Ihren klajnen Monsje Rastignac herojsgeputzt hobn.«

»Das will ich doch hoffen, dass Sie mich niemals lächerlich gefunden haben. Bin ich eine Frau, die mit ihrem Auftritt solche Stilfehler macht? Schauen wir mal, drehen Sie sich um! ... Knöpfen Sie Ihren Frack bis oben zu, wie es Herzog de Maufrigneuse macht, mit den beiden obersten Knöpfen offen. Bemühen Sie sich halt, jugendlich zu sein.«

»Monsieur«, sagte Georges, »hier kommt Mademoiselle Eugénie.«

»Widersehn, Madamm ...«, rief der Bankier. Er geleitete seine Frau bis über die Grenze zwischen ihren jeweiligen Gemächern, um sicherzugehen, dass sie die Verhandlung nicht belauschte.

Enttäuschungen

Als er zurückkam, nahm er Europe bei der Hand und führte sie mit einer Art ironischem Respekt in sein Schlafzimmer:

»Nu denn, majne Klajne, Si hobn schon sehr Glick, dass Si im Dienst der schejnsten Froj der Welt stehn ... Ihr Glick is gemacht, wenn Si fir mich sprechn wollen und sich fir mich ajnsetzn.«

»Das werde ich ganz bestimmt nicht mal für zehntausend Franc tun«, schrie Europe auf. »Sie verstehen, Herr Baron, ich bin vor allem mal ein anständiges Mädchen ...«

»Jo. Ch will Si fir Ihre Ehrenhoftigkajt bezohln. Das is das, wos man im Handel den Seltenhajtswert nennt.«

»Damit ist es noch nicht getan«, sagte Europe. »Wenn der Herr Madame nicht gefällt, und das ist gut möglich!, ist sie verärgert und ich bin entlassen, und meine Stellung bringt mir tausend Franc im Jahr ein.«

»Das Kapital für tojsend Frank liegt baj zwanzigtojsend, und wenn ich Ihnen die geb, farliern Si nischt.«

»Meine Güte, wenn Sie die Sache so angehen, mein dicker Papa«, sagte Europe, »dann sieht es doch gleich viel hübscher aus. Wo sind sie? ...«

»Hier«, antwortete der Baron und zeigte Schein für Schein die Banknoten.

Er sah das Aufleuchten, das jeder Schein in Europes Augen auslöste und das die Gier offenbarte, die er erwartete.

»Sie bezahlen die Stellung, aber die Ehre, das Gewissen? ...«, blinzelte Europe und warf dem Baron einen verschmitzten Operetten-Blick zu.

»Das Gewissn is nischt angestellt; aber nehm wir finf tojsend Frank mehr«, sagte er und nahm weitere fünf Scheine zu tausend Franc.

»Nein, zwanzigtausend Franc fürs Gewissen, und fünftausend für die Stellung, falls ich sie verliere ...«

»Wie Si wolln«, sagte er und fügte die fünf Scheine hinzu. »Aber um die zu fardienen, musst du mich im Zimmer dajner Herrin nachts farstecken, wenn si allajn is ...«

»Wenn Sie mir versprechen, niemals zu sagen, wer Sie reingelassen hat, bin ich einverstanden. Aber ich warne Sie vor einer Sache: Madame ist stark wie ein Türke, sie liebt Monsieur de Rubempré wie verrückt. Und wenn Sie ihr eine Million in Banknoten hinlegen, werden Sie sie zu keiner Untreue bewegen ... Das ist dumm, aber so ist sie, wenn sie liebt; sie ist schlimmer als eine Frau von Anstand, oder? Wenn sie mit Monsieur im Wald spazieren geht, bleibt Monsieur meistens nicht im Haus; heute ist sie hingegangen, ich kann Sie also in meinem Zimmer verstecken. Wenn Madame allein heimkommt, hole ich Sie; dann sind Sie im Salon, ich schließe die Tür zum Schlafzimmer nicht ab, und der Rest ... meine Güte! der Rest ist Ihre Sache ... Machen Sie sich fertig!«

»Ch geb dir di finfundzwanzigtojsend Frank im Salon ... Zug um Zug.«

»Ah!«, sagte Europe, »gar nicht misstrauisch, wie? Entschuldigen Sie mal ...«

»Du hast noch rajchlich Meglichkajten, mich zu pressen ... wir werden uns jo kennenlernen ...«

»Na dann! Seien Sie um Mitternacht in der Rue Taitbout; aber nehmen Sie dreißigtausend Franc mit. Die Ehre eines Zimmermädchens ist nach Mitternacht viel teurer, wie die Droschken.«

»Zur Sicherhajt geb ich dir a Bankscheck ...«

»Nein, nein«, sagte Europe, »bar oder gar nicht ...«

Um ein Uhr morgens war Baron de Nucingen, versteckt in der Mansarde, wo Europe schlief, allen Beklemmungen ausgeliefert, die ein Casanova haben kann. Er lebte auf, sein

Blut schien ihm bis in die Zehen zu kochen und sein Kopf wollte platzen wie eine überheizte Dampfmaschine.

»Eigentlich hatt ich da schon Spaß fir mehr als hunderttojsend Taler«, sagte er du Tillet, als er ihm von dem Abenteuer erzählte. Er lauschte auf die leisesten Geräusche von der Straße, er hörte um zwei Uhr morgens die Kutsche seiner Geliebten schon vom Boulevard. Sein Herz schlug, dass es ihm die Seide von der Weste hob, als sich das Einfahrtstor in seinen Angeln drehte: Er würde also die himmlische, die zündende Erscheinung Esthers wiedersehen! ... Das Geräusch des Wagenschlags und das Schließen der Tür trafen ihn ins Herz. Die Erwartung des höchsten Augenblicks regte ihn mehr auf als es der Verlust seines Vermögens getan hätte.

»Ha!«, entfuhr es ihm, »das is leben! Das is sogar zu sehr leben, ch werd zu gar nischt imstand sajn!«

»Madame ist allein, kommen Sie herunter«, sagte Europe und erschien bei ihm. »Machen Sie vor allem keinen Lärm, dicker Elefant!«

»Dicker Elefant!«, wiederholte er lachend und schritt wie auf glühenden Kohlen.

Europe ging voran mit einer Kerze in der Hand.

»Hier, zehl nach«, sagte der Baron und hielt Europe die Banknoten hin, als er im Salon war.

Europe nahm die dreißig Scheine mit ernster Miene entgegen, ging hinaus und schloss den Bankier ein. Nucingen ging geraden Wegs ins Schlafzimmer, wo er die schöne Engländerin antraf, die ihn fragte: »Bist etwa du das, Lucien? ...«

»Najn, schejnes Kind«, rief Nucingen, und verstummte.

Er blieb verblüfft stehen, als er eine Frau sah, die völlig das Gegenteil von Esther war: blond, wo er schwarz gesehen hatte, Schwäche, wo er Stärke bewunderte! Eine milde bretonische Nacht anstelle der funkelnden Sonne Arabiens.

»Ach was! Wo kommen Sie denn her? ... wer sind Sie? ...

was wollen Sie?«, sagte die Engländerin und zog an der Klingel, ohne dass es einen Ton gab.

»Ch hob di Klingel in Stoff gehillt, aber hobn Si kajne Angst, ch werde gehn«, sagte er. »Da sind mir drajßigtojsend Frank im Wasser gelandet. Sind Si wirklich di Gelibte von Licien de Ribempré?«

»Ojn bießchen, Radieschen«, sagte die Engländerin, die gut französisch sprach. »Aber wer bis denn du?«, imitierte sie Nucingens Sprache.

»A Mann, der ziemlich rajngelegt wordn is! ...«, antwortete er kläglich.

»Is man mit a schejner Froi rajngelegt wordn?«, fragte sie scherzend.

»Erlojben Si mir, Ihnen morgen a Schmuck zu schickn als Erinnerung an den Baron de Nicingenne.«

»Kenn ich niescht! ...«, gab sie zurück und lachte wie verrückt; »aber der Schmuck is willkommen, majn dicker Hojsfridensbrecher.«

»Si wern ihn kennenlernen. Gott befohlen, Madamm. Si sind ein Stick für Kenige, und ich bin bloß a armer Bankier vun iber sechzig Jahren; aber Si hobn mich lassen erkennen, was für a Macht di Froj hat, di ich libe, nachdem Ihre iberirdische Schenhajt es niescht geschafft hat, mich zu lassen si vergessen ...«

»Schoj her, das is lib, was Si da sagn«, antwortete die Engländerin.

»Das is nicht so liblich wie die, die mir das ajngibt ...«

»Si sprachen von *drajßigtojsend Frank* ... wem haben Si die gegeben?«

»Ihrer unverschemten Kammerzofe.«

Die Engländerin läutete, Europe war nicht weit.

»Oh!«, schrie Europe auf, »ein Mann im Zimmer von Madame, der nicht Monsieur ist! ... Was für ein Graus!«

»Hat er Ihnen dreißigtausend Franc gegeben, um hier hereinzukommen?«

»Nein Madame, das wären wir zwei doch gar nicht wert ...«

Und dann fing Europe an, so durchdringend um Hilfe zu rufen, dass der Bankier vor Schreck zur Tür eilte, von wo ihn Europe die Treppe hinabstieß ...

»Fetter Schurke«, schrie sie ihm nach, »Sie verleumden mich bei meiner Herrin! Ein Dieb! ... Hilfe!«

Der verzweifelte verliebte Baron konnte ohne weiteren Schimpf seinen Wagen erreichen, der auf dem Boulevard stand; nun wusste er nicht mehr, welchem Spitzel er noch vertrauen sollte.

»Möchte mir Madame vielleicht meinen Verdienst wegnehmen? ...«, sagte Europe, als sie wie eine Furie zur Engländerin zurückkam.

»Ich weiß nicht, was in Frankreich üblich ist«, sagte die Engländerin.

»Ich brauch Monsieur bloß ein Wort sagen, dass Madame morgen vor die Tür gesetzt wird«, gab Europe aufsässig zurück.

»Di fardammte Kammerzofe«, sagte der Baron zu Georges, der natürlich seinen Herren fragte, ob er zufrieden sei, »hat mir drajßigtojsend Frank geklojt ..., aber es is majn ajgener Fehler, majn sehr großer ajgener Fehler! ...«

»Da hat Monsieur der ganze Aufputz nichts gebracht. Teufel auch! Ich rate Monsieur, seine Pastillen nicht für nichts zu nehmen ...«

»Schohsch, ch sterb vor Farzwajflung ... Mir is kalt ... ch habe Ais im Herzn ... nischt mehr Esther, majn Frojnd.«

Bei großen Sachen war Georges seinem Herrn immer der Freund.

Runde eins geht an den Abbé

Zwei Tage nach dieser Szene, die die junge Europe soeben viel lustiger erzählt hatte, als man sie erzählen kann, weil noch ihre Mimik hinzukam, aß Carlos zu zweit mit Lucien.

»Weder die Polizei noch sonst jemand darf seine Nase in unsere Angelegenheiten stecken, mein Kleiner«, sagte er mit gesenkter Stimme und zündete sich dabei eine Zigarre an Luciens an. »Das wäre übel. Ich weiß einen gewagten, aber unfehlbaren Weg, unseren Baron und seine Leute still zu halten. Du gehst zu Madame de Sérisy, du bist ganz lieb zu ihr. Du sagst ihr beiläufig, dass du, um nett zu Rastignac zu sein, der schon länger von Madame de Nucingen die Nase voll hat, ihm Deckung bieten willst für eine Geliebte. Monsieur de Nucingen, der sich sehr in die Frau verliebt hat, die Rastignac versteckt (da wird sie lachen), hat sich einfallen lassen, die Polizei zu benutzen, um dich auszuspionieren, dich, der gar nichts kann für die Manöver deines Landsmanns, und dessen Interessen bei den Grandlieu beschädigt werden könnten. Du bittest die Gräfin um die Unterstützung ihres Mannes, des Staatsministers, um zur Polizeipräfektur zu gehen. Wenn du dann da bist, vor dem Präfekten, beschwer dich, aber als ein Mann, der Politik betreibt und bald als eins der wichtigsten Glieder in den großen Regierungsapparat eintreten wird. Du wirst die Polizei wie ein Staatsmann begreifen, du wirst ihr einschließlich des Präfekten Achtung zollen. Die schönsten Maschinen machen mal einen Ölfleck oder quietschen. Ärgere dich nur ein kleines bißchen. Du nimmst das dem Herrn Präfekten überhaupt nicht übel, aber ermuntere ihn, auf seinen Betrieb zu achten und habe Mitgefühl mit ihm, dass er seine Leute zurechtweisen muss. Je freundlicher du bist, ganz vornehmer Herr, desto schlimmer wird der Präfekt zu seinen Agenten. Wir haben dann unsere Ruhe und können Esther wiederkommen lassen, die in ihrem Wald bestimmt schon röhrt wie die Hirsche.«

Der Präfekt jener Tage war ein früherer Verwaltungsbeamter. Die ehemaligen Verwaltungsbeamten sind aber als Polizeipräfekten viel zu jung. Überzeugt von sich als Vertreter des Rechts und sehr genau mit dem Gesetz, tun sie sich schwer bei der Einschätzung kritischer Lagen, in denen die Präfektur einer Feuerwehr gleichen muss, die einen Brand löschen soll. Vor dem Staatsrats-Vizepräsidenten erkannte der Präfekt mehr Schwierigkeiten der Polizei an, als sie tatsächlich hat, bedauerte die Übertreibungen und erinnerte sich dabei an den Besuch, den ihm der Baron de Nucingen abgestattet hatte, und an die Auskünfte, die er über Peyrade hatte haben wollen. Der Präfekt versprach, die Übertreibungen zu unterbinden, zu denen sich die Agenten hinreißen ließen, dankte Lucien, dass er sich direkt an ihn gewandt hatte, versicherte ihn der Diskretion und schien die Intrige zu verstehen. Es wurden noch schöne Sätze über die individuelle Freiheit und die Unverletzlichkeit der Wohnung zwischen dem Staatsminister und dem Präfekten ausgetauscht, dem Monsieur de Sérisy zu bedenken gab, dass, wenn auch die übergeordneten Interessen des Königreichs gelegentlich insgeheime Ungesetzlichkeiten erforderlich machten, das Verbrechen da beginne, wo die Mittel des Staates für private Zwecke eingesetzt würden. Am folgenden Morgen, als Peyrade gerade in sein liebes Café David ging, wo er sich daran ergötzte, die Bürger anzuschauen wie sich ein Künstler damit vergnügt, Blumen sprießen zu sehen, sprach ihn auf der Straße ein Gendarm in Zivil an.

»Ich war auf dem Weg zu Ihnen«, sagte er ihm ins Ohr. »Ich soll Sie zur Präfektur mitnehmen.«

Peyrade nahm eine Droschke und stieg ohne die geringste Bemerkung mit dem Gendarmen ein.

Der Präfekt behandelte Peyrade wie den hinterletzten Zuchthauswärter, während sie in einer Allee des kleinen Gartens der Polizeipräfektur, die sich zu dieser Zeit am Quai d'Orfèvres befand, auf und ab gingen.

»Es hatte schon seinen Grund, Monsieur, dass Sie 1809 aus der Verwaltung entfernt worden sind ... Merken Sie nicht, was Sie uns und sich selbst da zumuten? ...«

Die Standpauke endete mit einem Donnerschlag. Der Präfekt verkündete dem armen Peyrade mit Härte, dass nicht nur sein jährliches Einkommen gestrichen sei, sondern dass nun er selbst Objekt besonderer Überwachung würde. Der Greis nahm die Dusche mit der allerunbewegtesten Miene hin. Nichts ist so unbewegt und ungerührt wie ein Mann, den der Blitz schlägt. Peyrade hatte seinen gesamten Einsatz verspielt. Der Vater Lydies rechnete mit einer Stelle und stand nun ohne andere Einnahme als die Brosamen seines Freundes Corentin da.

»Ich bin selber einmal Polizeipräfekt gewesen, ich gebe Ihnen vollkommen recht«, sagte der alte Mann mit Ruhe dem Beamten, der sich mit seiner juristischen Herrschaftlichkeit in Positur gebracht hatte und nun merklich aufschreckte. »Aber erlauben Sie mir, ohne dass ich mich herausreden will, Sie aufmerksam zu machen, dass Sie über mich überhaupt nichts wissen«, fuhr Peyrade fort und zwinkerte den Präfekten listig an. »Was Sie sagen, ist entweder für den früheren Generalkommissar der Polizei in Holland zu hart, oder nicht streng genug für einen einfachen Spitzel. Nur, Herr Präfekt«, fügte Peyrade, als er sah, dass der Präfekt Schweigen bewahrte, nach einer Pause an, »behalten Sie in Erinnerung, was ich Ihnen jetzt noch sagen darf. Ohne dass ich mich in irgendeiner Weise über *Ihre Polizei* oder meine Rechtfertigung verbreiten möchte, werden Sie Gelegenheit haben zu sehen, dass es in dieser Angelegenheit einer ist, der getäuscht wird: In diesem

Augenblick ist das Ihr ergebener Diener; später werden Sie sagen: Das war ich.«

Damit grüßte er den Präfekt, der nachdenklich blieb, um nicht seine Verwunderung zu zeigen. Er ging nach Hause, innerlich gebrochen, erfasst von einer kalten Wut gegen den Baron de Nucingen. Nur dieser fette Finanzier konnte ein Geheimnis preisgegeben haben, dass sich auf die Köpfe von Contenson, Peyrade und Corentin beschränkte. Der alte Mann unterstellte dem Bankier, dass er sich der Bezahlung entziehen wolle, nachdem er erst sein Ziel erreicht hatte. Eine einzige Begegnung hatte ihm genügt, die Schlichen des listigsten Bankiers zu erraten. – »Er macht überall Kasse, sogar bei uns, aber ich werde mich rächen«, sagte sich der gute Mann. »Ich habe Corentin niemals um etwas gebeten, ich werde ihn um Hilfe bitten, mich an dieser dummen Geldkassette zu rächen. Verdammter Baron!, du wirst schon merken, mit welchem Holz ich heize, wenn du eines Morgens deine Tochter geschändet dastehen siehst ... Aber, liebt er seine Tochter überhaupt?«

Am Abend dieser Katastrophe, die die Hoffnungen des Greises über den Haufen warf, war er um zehn Jahre gealtert. Im Gespräch mit seinem Freund Corentin mischten sich Tränen in seine Klagen über die traurigen Aussichten, die er seiner Tochter hinterlassen würde, seiner Vergötterten, seiner Perle, seiner Weihegabe an Gott.

»Wir verfolgen die Sache weiter«, sagte ihm Corentin. »Zuerst müssen wir mal wissen, ob dich der Baron verraten hat. Waren wir klug, dass wir uns auf Gondreville verlassen haben? Dieser alte Schlaukopf ist uns zu viel schuldig, um nicht zu versuchen, uns auszuschalten, dazu lasse ich seinen Schwiegersohn Keller überwachen, ein Nichtsnutz der Politik und imstande, in einer Intrige mitzumachen, bei der die ältere Linie zugunsten der jüngeren zu Fall käme ... Morgen höre ich, was sich bei Nucingen tut, ob er seine Geliebte getroffen hat, und woher dieser Nasenstüber kommt ... Sei nicht traurig. Und vorneweg wird sich der Präfekt nicht lange auf seinem Posten halten ... In unseren Zeiten liegen Revolutionen in der Luft, und die Umstürze sind das trübe Wasser, in dem wir fischen.«

Ein eigenartiges Pfeifen erklang auf der Straße.

»Das ist Contenson«, sagte Peyrade und stellte ein Licht ins Fenster, »es gibt wohl was Persönliches für mich.«

Einen Moment später erschien der treue Contenson vor den beiden Erdgeistern der Polizei, die er verehrte wie zwei Genies.

»Was gibt es?«, fragte Corentin.

»Neuigkeiten! Ich kam gerade aus der 113, wo ich alles verloren habe. Und wen sehe ich im Säulengang? ... Georges! Der Baron hat den Jungen entlassen, weil er ihn für einen Spitzel hält.«

»Das haben wir davon, dass ich lachen musste«, sagte Peyrade.

»Was ich schon für Desaster erlebt habe wegen Lächelns! ...«, sagte Corentin.

»Von Peitschenhieben ganz zu schweigen«, spielte Peyrade auf die Affäre Simeuse an (siehe *Eine dunkle Affäre*). Aber erzähl, Contenson, was ist passiert?«

»Also: Was passiert ist«, fuhr Contenson fort. »Ich habe Georges plappern lassen und ihm dabei kleine Gläser in allen möglichen Farben bezahlt, er war angesäuselt, und ich muss voll sein wie ein Destillierkolben! Unser Baron ist, vollgestopft mit Serail-Pastillen, in die Rue Taitbout gegangen. Er fand da die *schejne Froj*, die ihr kennt. Aber echt ein Witz: Diese Engländerin ist nicht seine Unbekannte! Und er hat dreißigtausend Franc bezahlt, um die Kammerzofe herumzukriegen. Eine Dummheit. Da hält sich einer für groß, weil er kleine Dinger dreht mit großem Kapital; drehen Sie den Satz um, und Sie sehen das Problem, das ein Mann von Genie löst. Der Baron ist in einem jämmerlichen Zustand heimgekommen. Am nächsten Morgen fragt Georges seinen Herrn scheinheilig: ›Warum setzt der Herr Halunken ein? Wenn Monsieur sich an mich hielte, ich würde ihm seine Unbekannte schon ausfindig machen, denn die Beschreibung, die Monsieur gegeben hat, genügt mir, ich würde ganz Paris auf den Kopf stellen.‹ – ›Dann los‹, sagte ihm der Baron, ›ich werde dich gut belohnen!‹ Georges hat mir das alles vermischt mit den albernsten Einzelheiten erzählt. Aber ... manche haben eben Pech! Am Morgen darauf erhielt der Baron einen anonymen Brief, wo ihm was gesagt wird wie: ›Monsieur de Nucingen kommt um vor Liebe zu einer Unbekannten, er hat bereits viel Geld dafür ausgegeben und verloren; wenn er sich heute Abend um Mitternacht an der Brücke von Neuilly einfinden und in den Wagen einsteigen will, auf deren hinterem Bock der Wachmann vom Wald von Vincennes steht, und sich die Augen verbinden lässt, dann wird er die sehen, die er liebt ... Nachdem er wegen seines Geldes Zweifel haben kann an der Lauterkeit der Absichten derer, die so vorgehen, kann sich Herr Baron von seinem treuen Georges begleiten lassen. Niemand sonst wird in dem Wagen sitzen.‹ Der Baron geht mit Georges hin, ohne Georges auch nur etwas davon zu sagen. Der Baron erkennt den Wachmann. Beide lassen sich die Augen verbinden und den Kopf mit einem Schleier verdecken. Zwei Stunden später hält der Wagen, der fuhr wie die Kutsche Louis' XVIII. (Gott schütze seine Seele! Der kannte sich mit Polizeisachen aus, dieser König!), mitten im Wald. Der Baron, dem sein Schleier abgenommen wird, sieht in einem stehenden Wagen seine Unbekannte, die ... schschscht! ... schon davonfährt. Und der Wagen bringt ihn (wieder so schnell wie Louis XVIII.) zurück zur Brücke von

Neuilly zu seinem eigenen Wagen. Georges hatte eine Notiz folgenden Inhalts in die Hand gelegt bekommen: »Wie viele Tausendfrancscheine rückt der Herr Baron heraus, um in Kontakt mit seiner Unbekannten zu treten?« Georges übergibt den Zettel seinem Herrn, und der Baron, der keinen Zweifel hat, dass Georges mit mir oder mit Ihnen, Monsieur Peyrade, gemeinsame Sache macht, um ihn auszunehmen, setzt ihn vor die Tür. Und da steht der Bankier ziemlich dumm da! Er hätte Georges erst entlassen dürfen, nachdem er *mit der schejnen Froj geschlofn* hätte.«

»Georges hat die Frau gesehen? ...«, fragte Corentin.

»Ja«, sagte Contenson.

»Na!«, rief Peyrade, »wie sieht sie aus?«

»Oh!«, antwortete Contenson, »er hat mir nur ein Wort gesagt: Eine echte Sonne der Schönheit! ...«

»Wir werden zum Narren gehalten von irgendwelchen Vögeln, die es besser können als wir«, rief Peyrade aus. »Die Hunde wollen ihre Frau schön teuer an den Baron verkaufen.«

»*Ya, mein Herr*!«, antwortete Contenson. »Auch weil ich gehört hatte, dass Sie auf der Präfektur eins aufs Dach gekriegt haben, habe ich Georges erzählen lassen.«

»Ich möchte zu gern wissen, wer mich da reingelegt hat«, meinte Peyrade, »wir wollen doch mal sehen, wer den längeren hat!«

»Wir müssen Mäuschen sein«, sagte Contenson.

»Er hat recht«, sagte Peyrade, »schlüpfen wir in die Mauerritzen zum Zuhören, Abwarten ...«

»Das lassen wir sich mal setzen«, rief Corentin, »für den Augenblick habe ich nichts zu tun. Sei du vorsichtig, Peyrade! Wir wollen immer dem Herrn Präfekten gehorsam sein ...«

»Monsieur de Nucingen ist leicht zu schröpfen«, gab Contenson zu bedenken, »er hat zu viele Tausender im Blut ...«

»Aber genau da lag Lydies Mitgift!«, sagte Peyrade Corentin ins Ohr.

»Auf geht's, Contenson, lassen wir den Papa pennen ... auf ... Bis morgen.«

»Monsieur«, sagte Contenson zu Corentin auf der Schwelle, »was für einen drolligen Tauschhandel der gute Mann getätigt hätte! ... Na! Seine Tochter zu verheiraten zum Preis von! ... Ah, ah! Aus dem Thema könnte man ein hübsches moralisches Theaterstück machen mit dem Titel: *Die Mitgift der Jungfrau.*«

»Ach! Was Sie alles können, Sie ... Was für Ohren du hast«, sagte Corentin zu Contenson. »Eindeutig rüstet die soziale Natur alle ihre Spezies mit den Fähigkeiten aus, die für die Leistungen, die sie von ihnen erwartet, erforderlich sind! Die Gesellschaft ist ein zweites Naturreich!«

»Sehr philosophisch, was Sie da sagen«, rief Contenson aus, »ein Professor würde daraus ein System ableiten!«

»Halt dich auf dem Laufenden«, fuhr Corentin fort und lächelte, während er mit dem Spitzel durch die Straßen ging, »über alles, was sich bei Monsieur de Nucingen bezüglich der Unbekannten tut ... so ungefähr ... und mach nicht lang rum.«

»Wir werden schauen, ob der Schornstein raucht!«, sagte Contenson.

»Ein Mann wie der Baron de Nucingen kann unbemerkt nicht glücklich sein«, sagte Corentin weiter. »Außerdem dürfen wir, für die die Menschen Spielkarten sind, uns von denen niemals ausspielen lassen!«

»Ja bei Gott! Da hätte der Verurteilte den Spaß, dem Henker den Hals abzuschneiden«, rief Contenson.

»Du hast immer ein Scherzchen auf Lager«, antwortete Corentin und ließ sich ein Lächeln anmerken, das schwache Falten in die gipserne Maske seines Gesichts zeichnete.

Diese Geschichte war schon an sich äußerst wichtig, ganz abgesehen von dem, was daraus werden würde. Wenn nicht der Baron Peyrade verraten hatte, wer dann hätte Interesse gehabt, zum Polizeipräfekten zu gehen? Für Corentin ging es darum herauszufinden, ob es nicht unter seinen Leuten falsche Brüder gab. Beim Zubettgehen sagte er sich, was auch Peyrade umtrieb: ›Wer ist hingegangen und hat sich beim Präfekten beschwert? … Zu wem gehört diese Frau?‹ Dieserart, ohne einander zu kennen und ohne es zu wissen, kamen sich Jacques Collin, Peyrade und Corentin näher; und die arme Esther, Nucingen, Lucien würden zwangsläufig verstrickt in den bereits begonnenen Kampf, der durch den für die Leute von der Polizei typischen Ehrgeiz entsetzlich werden sollte.

Falscher Priester, falsche Scheine, falsche Schulden, falsche Liebe

Dank Europes Geschick wurde der bedrohlichste Teil der sechzigtausend Franc Schulden, die auf Esther und Lucien lasteten, abgelöst. Das Vertrauen der Gläubiger wurde nicht einmal erschüttert. Lucien und sein Verderber konnten für eine Weile freier atmen. So wie zwei gejagte Raubtiere am Rand eines Sumpfes ein wenig Wasser schlappen, konnten sie sich weiter über den Abgründen bewegen, an denen entlang der Starke den Schwachen entweder an den Galgen oder zum Erfolg führte.

»Heute«, sagte Carlos zu seinem Geschöpf, »setzen wir alles; aber zum Glück sind die Karten *gezinkt* und die *Zocker* noch grün.«

Für eine gewisse Zeit war Lucien auf Geheiß seines schrecklichen Mentors ein treuer Besucher bei Madame de Sérisy.

Lucien durfte wirklich nicht in den Verdacht geraten, eine ausgehaltene Frau als Geliebte zu haben. Außerdem fand er in der Freude, geliebt zu werden, und in der Gewohnheit gesellschaftlichen Lebens eine gestundete Kraft, sich abzulenken. Er gehorchte Fräulein Clotilde de Grandlieu und traf sie nur noch im Bois oder auf den Champs-Élysées.

Am Morgen, der auf den Tag folgte, an dem Esther in dem Forsthaus eingeschlossen worden war, kam dies für sie dubiose und schreckliche Wesen, das sie im Herzen bedrückte, und forderte sie auf, drei unausgefüllte gestempelte Wechselpapiere mit folgenden quälenden Worten zu unterzeichnen, die es noch schlimmer machten: auf dem ersten *Akzeptiert für sechzigtausend Franc*; *Akzeptiert für einhundertzwanzigtausend Franc* auf dem zweiten; *Akzeptiert für einhundertzwanzigtausend Franc* auf dem dritten. Insgesamt Akzepte über dreihunderttausend Franc. Wenn Sie *gut für* schreiben, stellen Sie einen einfachen Schuldschein aus. Das Wort *akzeptiert* macht daraus einen Wechselbrief und unterwirft Sie einer persönlich zwingenden Haftung. Dies Wort lässt den, der es unbedacht unterzeichnet, fünf Jahre Gefängnis riskieren, eine Strafe, die die Strafkammer fast niemals verhängt, die vielmehr das Schwurgericht auf Verbrecher anwendet. Das Gesetz über die Schuldhaft ist ein Überbleibsel aus barbarischen Zeiten, das zu seiner Dummheit noch den seltenen Verdienst der Nutzlosigkeit insofern hinzufügt, als es niemals die Übeltäter trifft. (Siehe *Verlorene Illusionen*)

»Es geht darum«, sagte der Spanier zu Esther, »Lucien aus der Klemme zu helfen. Wir haben sechzigtausend Franc Schulden, und mit diesen dreihunderttausend Franc ziehen wir uns vielleicht aus der Affäre.«

Nachdem Carlos die Wechselbriefe um sechs Monate zurückdatiert hatte, ließ er sie auf Esther von einem Mann gezogen sein, *den die Kriminalpolizei nicht erfasst hatte* und dessen Unternehmungen trotz des Lärms, den sie verursacht haben, bald vergessen waren, verloren, untergegangen im Radau der großen Sinfonie des Juli 1830.

Dieser junge Mann, einer der verwegensten Industrieritter, Sohn eines Gerichtsvollziehers aus Boulogne bei Paris, heißt Georges-Marie Destourny. Der Vater hatte aufgrund ungünstiger Umstände sein Amt verkaufen müssen und ließ seinen Sohn um 1824 ohne jede Unterstützung, nachdem er ihm diese glänzende Ausbildung hatte angedeihen lassen, die die fixe Idee der kleinen Bürger für ihre Kinder ist. Mit dreiundzwanzig Jahren hatte der junge und hervorragende Jurastudent bereits seinen Vater verleugnet, indem er seinen Namen folgendermaßen auf seine Visitenkarten schrieb:

GEORGES D'ESTOURNY

Diese Karte verlieh seiner Person einen Duft von Adel. Dieser Modegeck besaß die Verwegenheit, einen Tilbury und einen Boy zu nehmen und durch die Clubs zu geistern. Ein Wort erklärt alles: Er machte Geschäfte an der Börse mit dem Geld ausgehaltener Frauen, deren Vertrauter er war. Schließlich erwischte ihn die Polizei, die ihn anklagte, mit zu günstigen Karten zu spielen. Er hatte Komplizen, junge Leute, die er verleitet hatte, abhängige Gefolgsleute, Teilhaber seiner Eleganz und seines Kredits. Als er flüchten musste, unterließ er es, an der Börse seine Schulden zu begleichen. Ganz Paris, das Paris der Börsenluchse und der Clubs, der Boulevards und der Industriellen, bebte noch von dieser doppelten Affäre.

Zu seinen Glanzzeiten hatte Georges d'Estourny, ein hübscher Kerl und vor allem ein guter Junge, freigiebig wie ein Räuberhauptmann, für ein paar Monate La Torpille beschützt. Der falsche Spanier gründete seine Spekulation auf die Bekanntschaft Esthers mit diesem berühmten Schwindler, ein typischer Zufall bei Frauen dieser Sorte.

Georges d'Estourny, dessen Ehrgeiz mit dem Erfolg verwegener geworden war, hatte sich eines Mannes angenommen, der aus der Tiefe der Provinz gekommen war, um Geschäfte in Paris zu machen, und den die liberale Partei entschädigen wollte für Strafurteile, die er im Kampf der Presse gegen die Regierung Charles X. mutig auf sich genommen hatte, deren Verfolgung unter der Regierung Martignac nachgelassen hatte. Man hatte damals Herrn Cérizet begnadigt, diesen verantwortlichen Geschäftsführer mit dem Spitznamen Cérizet, der Mutige.

Cérizet, den die Spitzen der Linken der Form halber förderten, hatte seinerseits eine Firma gegründet, die gleichzeitig eine Handelsagentur, eine Bank und ein Kaufhaus auf Kommissionsbasis war. Es war eine dieser Funktionen, die im Geschäftsleben an die in den *Kleinanzeigen* angebotenen Hausangestellten denken ließen, die sich in allem auskennen und alles erledigen können. Cérizet hatte Glück, sich mit Georges d'Estourny zusammenzutun, der ihn anlernte.

Esther konnte, in Erinnerung an die Anekdote Ninons, als die zuverlässige Treuhänderin eines Teils von Georges d'Estournys Vermögen gelten. Eine Blanko-Unterschrift *Georges d'Estourny* auf der Rückseite des Schuldscheins machte Carlos Herrera zum Inhaber seiner Werte. Diese Fälschung trug keinerlei Gefahr in sich, wenn entweder Fräulein Esther oder jemand anderes für sie zahlen konnte oder musste. Nachdem er sich nach der Firma Cérizet erkundigt hatte, erkannte Carlos dort eine jener verborgenen Persönlichkeiten, die Geld verdienen wollen, aber ... legal.

Cérizet, der der tatsächliche Treuhänder d'Estournys war, verfügte über bedeutende Summen, die zu diesem Zeitpunkt an der Börse in die Hausse investiert waren und die Cérizet erlaubten, sich Bankier zu nennen. Das gibt es alles in Paris; man verachtet einen Mann, man verachtet nicht das Geld.

Carlos begab sich zu Cérizet mit der Absicht, ihn auf seine Art zu bearbeiten, denn durch Zufall kannte er alle Geheimnisse dieses würdigen Geschäftspartners von d'Estourny.

Cérizet der Mutige wohnte in einem Zwischengeschoss in der Rue Gros-Chenet, und Carlos, der sich geheimnisvoll als Vertreter Georges d'Estournys ankündigen ließ, traf den selbst ernannten Bankier noch ganz bleich vom Eindruck dieser Ankündigung an. Carlos sah in einem bescheidenen Büro einen kleinen Mann mit schütterem blondem Haar und erkannte in ihm nach der Beschreibung, die Lucien von ihm gegeben hatte, den Judas von David Sechard.

»Können wir hier reden ohne Sorge, gehört zu werden?«, fragte der unvermittelt in einen rotblonden Engländer mit blauer Brille verwandelte Spanier, so sauber und reinlich wie ein Puritaner auf dem Weg zur Andacht.

»Und wozu das, Monsieur?«, sagte Cérizet. »Wer sind Sie?«

»Monsieur William Barker, Gläubiger von Monsieur d'Estourny; und wenn Sie wollen, erkläre ich Ihnen die Notwendigkeit, die Türen zu schließen. Wir kennen Ihre Geschäftsbeziehungen zu den Petit-Claud, den Cointet und den Sechard in Angoulême …«

Bei diesen Worten sprang Cérizet zur Tür und schloss sie, ging zu einer weiteren Tür, die in ein Schlafzimmer führte, und verriegelte sie; dann sagte er zu dem Unbekannten: »Etwas leiser, Monsieur!« Er musterte den falschen Engländer und fragte ihn: »Was wollen Sie von mir? …«

»Mein Gott!«, fuhr William Barker fort, »in dieser Welt muss jeder sehen, wo er bleibt. Sie haben das Vermögen von diesem komischen d'Estourny … Keine Sorge, ich komme nicht, um das zu fordern; aber als ich auf ihn Druck ausgeübt habe, hat mir dieser schlimme Finger, der, unter uns gesagt, den Strick verdient hätte, diese Wertpapiere gegeben und dazu erklärt, es bestünde einige Aussicht, sie einzulösen; und weil ich nicht in meinem Namen vorgehen will, hat er mir gesagt, dass Sie mir den Ihren nicht verweigern würden.«

Cérizet betrachtete den Wechselbrief, dann sagte er: »Aber er ist nicht mehr in Frankfurt ...«

»Das weiß ich«, gab Barker zurück, »aber am Ausstellungsdatum dieser Wechsel konnte er noch dort sein ...«

»Ich will da aber nicht die Verantwortung übernehmen«, sagte Cérizet ...

»Ich verlange kein Opfer von Ihnen«, gab Barker zurück; »Sie können beauftragt sein, sie anzunehmen, quittieren Sie sie, und ich kümmere mich darum, sie einzulösen.«

»Mich wundert, dass d'Estourny mir gegenüber so argwöhnisch ist«, antwortete Cérizet.

»In seiner Lage«, antwortete Barker, »kann man ihm keinen Vorwurf machen, dass er seine Eier in unterschiedliche Körbe legt.«

»Hatten Sie geglaubt ...«, fragte der kleine Geschäftemacher, als er dem falschen Engländer die Wechsel quittiert und in Ordnung zurückgab.

»... ich glaube, dass Sie sein Vermögen gut verwalten!«, sagte Barker, »da bin ich sicher! Es liegt ja schon auf dem grünen Filz des Börsentischs.«

»Mein Vermögen gründet darauf ...«

»... es offiziell zu verlieren«, sagte Barker.

»Monsieur! ...«, rief Cérizet.

»Schauen Sie, mein lieber Monsieur Cérizet«, unterbrach Barker Cérizet kühl. »Sie täten mir einen Gefallen, wenn Sie mir bei der Einlösung helfen würden. Haben Sie die Freundlichkeit, mir einen Brief zu schreiben, in dem Sie sagen, dass Sie mir diese zu Lasten d'Estournys quittierten Wechsel übergeben, und dass der eintreibende Gerichtsvollzieher den

Überbringer dieses Briefs als Eigentümer dieser drei Wechselbriefe anzusehen hat.«

»Würden Sie mir Ihre Namen sagen?«

»Keine Namen!«, gab der englische Kapitalist zurück. »Schreiben Sie: *Der Überbringer dieses Briefs und dieser Wertpapiere* ... Sie werden gut belohnt werden für diese Freundlichkeit ...«

»Nämlich wie? ...«, fragte Cérizet.

»Durch ein einziges Wort. Sie bleiben in Frankreich, nicht wahr? ...«

»Ja, Monsieur.«

»Na also, Georges d'Estourny wird nie wieder hierher zurückkommen.«

»Und warum?«

»Es gibt meines Wissens mehr als fünf Personen, die ihn umbringen würden, und er weiß das.«

»Da überrascht es mich nicht mehr, dass er mich beauftragt, eine Beiladung für die Kolonien zu besorgen«, rief Cérizet aus. »Und er hat mich zum Unglück verpflichtet, alles in öffentliche Anleihen anzulegen. Mit der Differenz sind wir schon jetzt Schuldner bei du Tillets Bank. Ich lebe von der Hand in den Mund.«

»Steigen Sie doch aus!«

»Ah! Wenn ich das bloß eher erfahren hätte!«, rief Cérizet. »Ich habe mein Geld falsch gesetzt ...«

»Und bitte, noch eines ...«, sagte Barker: »Schweigen! Sie können das, ich weiß; aber was womöglich weniger sicher ist, Treue. Wir sehen uns wieder, ich werde Ihnen helfen, Ihr Glück zu machen.«

Nachdem er in diese schmutzige Seele eine Hoffnung gelegt hatte, die ihm für lange Zeit Verschwiegenheit sichern würde, fand sich Carlos, noch immer als Barker, bei einem Gerichtsvollzieher ein, auf den er sich verlassen konnte, und beauftragte ihn, Vollstreckungsbefehle gegen Esther zu erwirken.

»Es wird bezahlt werden«, sagte er dem Gerichtsvollzieher, »bei der Sache geht es um die Ehre, wir wollen das bloß ordnungsgemäß gemacht haben.«

Barker ließ Mademoiselle Esther von einem zugelassenen Anwalt vor dem Wirtschaftsgericht vertreten, damit das Urteil mit Einspruchsrecht gültig wurde. Der Gerichtsvollzieher, gebeten, höflich vorzugehen, stopfte die Unterlagen zu der Sache in einen Umschlag und ging selbst in die Rue Taitbout, um das Mobiliar zu beschlagnahmen, wo er von Europe empfangen wurde. Nachdem die Schuldhaft einmal vollstreckbar war, stand Esther offiziell unter der Drohung von dreihundert und mehr tausend Franc unbestreitbarer Schulden. Sich das auszudenken, hatte Carlos nicht viel Mühe gehabt. Diese Farce um falsche Schulden wird in Paris sehr oft gespielt. Es gibt kleine Gobsecks, kleine Gigonnets, die gegen Bezahlung für einen derartigen *Jux* zu haben sind, und sie lachen über diesen niederträchtigen Spaß. In Frankreich geht alles mit einem Lachen, sogar die Verbrechen. So erpresst man störrische Eltern oder geizige Liebhaber, die aber angesichts einer offenkundigen Notwendigkeit oder eines drohenden Ehrverlusts *sich fügen*. Maxime de Trailles hatte sich sehr oft dieses Mittels bedient, alte Komödien aufzufrischen. Carlos Herrera, der Luciens Ehre und die seiner Sutane retten wollte, hatte nur auf eine Fälschung zurückgegriffen, die gefahrlos war, aber so oft angewendet wurde, dass die Justiz inzwischen daran Anstoß nimmt. Es gibt, heißt es, in der Umgebung des Palais-Royal eine Börse für falsche Effekten, wo Sie für drei Franc eine Unterschrift bekommen.

Bevor er die Frage dieser hunderttausend Taler anging, die als Riegel die Tür zum Schlafzimmer verschlossen halten sollten, nahm sich Carlos vor, Monsieur Nucingen vorab weitere hunderttausend Franc zahlen zu lassen. Und zwar folgendermaßen.

Auf sein Geheiß trat Asie gegenüber dem verliebten Baron als alte Frau auf, die über die Angelegenheiten der schönen Unbekannten Bescheid wusste. Bis jetzt haben die Maler unserer Sitten viele Wucherer ins Bild gesetzt; aber man hat die Wucherin vergessen, die *Madame Nothelferin* von heute, eine äußerst merkwürdige Person, die man dezent als *Zwischenhändlerin* bezeichnet und die die wilde Asie spielen konnte, denn sie besaß zwei Läden, einen in der Rue du Temple, den anderen in der Rue Neuve-Saint-Marc, beide geführt von zwei ihrer Frauen.

»Du wirfst dich wieder als Madame *de Saint-Estève* in Schale«, sagte er ihr. Herrera wollte Asie verkleidet ansehen. Die falsche Kupplerin kam in einem Kleid aus Blumendamast, der aus den Vorhängen eines gepfändeten Boudoirs stammte, und gehüllt in eine dieser verschossenen, fadenscheinigen, unverkäuflichen Kaschmirstolas, die ihr Leben auf den Schultern solcher Frauen beschließen. Sie trug einen Ringkragen aus herrlicher, aber zerschlissener Spitze und einen entsetzlichen Hut; doch ihre Schuhe waren aus irischem Leder, über deren Rand ihr Fleisch aussah wie ein Wulst aus durchbrochener schwarzer Seide.

»Und erst meine Gürtelschnalle«, meinte sie und wies auf ein zweifelhaftes Schmiedestück, das ihren Köchinnenbauch nach vorn schob. »Eh, was für ein Stil! Und mein Auftritt ... wie nett mich das entstellt! Oh, wie prachtvoll mich Madame Nourisson ausstaffiert hat.«

»Sei erst mal honigsüß«, sagte ihr Carlos, »sei beinah furchtsam, misstrauisch wie eine Katze; und lass den Baron sich vor allem ordentlich schämen, dass er die Polizei eingeschaltet hat, ohne dass es aussieht, als müsstest du zittern vor den Beamten. Gib ihm also *ganz praktisch*, in mehr oder minder deutlichen Worten, zu verstehen, dass du es bei der Frage nach dem Aufenthaltsort der Schönen mit jeder Polizei der Welt aufnimmst. Verwisch gut deine Spuren ... wenn der Baron dir das Recht zugestanden hat, ihm auf den Bauch zu patschen und ihn »schlimmes Dickerchen« zu nennen, werd unverschämt und kommandier ihn herum wie einen Lakaien.«

Unter der Drohung, die Kupplerin nie wieder zu sehen, wenn er nur die geringsten Nachforschungen anstellen würde, traf sich Nucingen auf seinem Fußweg zur Börse mit Asie unauffällig in einem heruntergekommenen Zwischengeschoss der Rue Neuve-Saint-Marc. Diese unreinen Pfade, wie viele Male haben die verliebten Millionäre sie beschritten, und mit welcher Wonne! Das Pariser Pflaster kann ein Lied davon singen. Madame de Saint-Estève versetzte den Baron in Hoffnung und Verzweiflung, verknüpfte beides und brachte ihn so weit, dass er über alles, was die Unbekannte betraf, auf dem Laufenden gehalten werden wollte, *um jeden Preis!* ...

Unterdessen kam der Gerichtsvollzieher voran, und kam um so besser voran, als er, da er bei Esther auf keinerlei Widerstand stieß, im Rahmen der gesetzlichen Fristen blieb, ohne vierundzwanzig Stunden zu verlieren.

Lucien besuchte fünf oder sechsmal unter Führung seines Ratgebers das Versteck bei Saint-Germain. Der unerbittliche Erfinder dieser Machenschaften hatte diese Treffen für notwendig befunden, um zu verhindern, dass Esther verkümmerte, denn ihre Schönheit war zum Betriebskapital geworden. Beim Verlassen des Forsthauses nahm er Lucien und die arme Kurtisane ans Ende eines verlassenen Weges, an eine Stelle, von der aus man Paris sah und niemand sie belauschen konnte. Sie setzten sich zu dritt in die aufgehende Sonne unter den Stumpf einer gefällten Pappel vor diese Landschaft, eine der großartigsten der Welt, die den Flusslauf der Seine, Montmartre, Paris, Saint-Denis umfasst.

»Liebe Kinder«, sagte Carlos, »euer Traum ist aus. Du, meine Kleine, du wirst Lucien niemals wiedersehen; und wenn du ihn siehst, musst du ihn vor fünf Jahren mal gekannt haben, aber nur ein paar Tage lang.«

»Dann ist mein Tod gekommen!«, sagte sie ohne eine Träne.

»Na, du bist seit fünf Jahren krank«, gab Herrera zurück, »sag einfach, du bist schwindsüchtig und stirb, ohne uns mit deinem Gejammer anzuöden. Aber du wirst sehen, dass du sehr wohl noch leben kannst, und sehr gut sogar! ... Lass uns allein, Lucien, geh ein paar *Margeriten* sammeln«, und wies auf ein wenige Schritte von ihnen entferntes Feld.

Lucien warf Esther einen flehenden Blick zu, einen der Blicke solcher schwachen und gierigen Männer, voll Zärtlichkeit im Herzen und Feigheit im Charakter. Esther antwortete ihm mit einem Zeichen des Kopfes, das sagen wollte: »Ich werde auf den Henker hören, um zu wissen, wie ich meinen Kopf unter das Beil legen soll, und ich werde die Kraft haben, tapfer zu sterben.« Das war so anmutig und zugleich so entsetzlich, dass der Dichter weinte; Esther sprang zu ihm, drückte ihn in ihre Arme, nahm diese Träne auf und sagte ihm: »Sei ruhig!«, eines dieser Worte, die man mit den Gesten, dem Blick und der Stimme des Wahnsinns ausspricht.

Carlos fing an, ihr klar und unzweideutig und mit zuweilen fürchterlich deutlichen Worten Luciens kritische Lage zu erklären, seine Stellung im Haus de Grandlieu, sein schönes Leben, wenn er siegreich Erfolg haben würde, und schließlich die Notwendigkeit für Esther, sich für diese prächtige Zukunft zu opfern.

»Was muss ich tun?«, rief sie schwärmerisch.

»Mir blind gehorchen«, sagte Carlos. »Und über was

könnten Sie sich denn beschweren? Es hängt nur von Ihnen ab, sich ein schönes Leben zu bereiten. Sie werden das werden, was Tullia, Florine, Mariette und die Val-Noble sind, Ihre Freundinnen von früher: die Geliebte eines reichen Mannes, den Sie nicht lieben. Haben wir erst mal unsere Sachen erledigt, ist unser Verliebter reich genug, um Sie glücklich zu machen ...«

»Glücklich! ...«, sagte sie und wandte die Augen zum Himmel.

»Sie hatten vier Jahre lang das Paradies«, fuhr er fort. »Kann man nicht leben mit solchen Erinnerungen? ...«

»Ich werde Ihnen gehorchen«, antwortete sie und wischte sich eine Träne aus dem Augenwinkel. »Machen Sie sich keine Gedanken über den Rest! Sie haben es gesagt, meine Liebe ist eine tödliche Krankheit.«

»Das ist noch nicht alles«, sprach Carlos weiter, »Sie müssen schön bleiben. Mit zweiundzwanzigeinhalb Jahren stehen Sie in der höchsten Blüte Ihrer Schönheit, dank Ihrem Glück. Werden Sie vor allem wieder La Torpille. Seien Sie schelmisch, verschwenderisch, verschlagen, ohne Mitleid für den Millionär, den ich Ihnen liefere. Hören Sie! ... dieser Mann ist ein großer Dieb an der Börse, er war mit einigen Leuten gnadenlos, er hat sich gesättigt am Vermögen von Witwen und Waisen, Sie werden deren Rache sein! ... Asie wird kommen und Sie in der Kutsche abholen, und heute Abend werden Sie in Paris sein. Wenn Sie von Ihrer Verbindung zu Lucien während der vergangenen vier Jahre etwas auch nur ahnen lassen, könnten Sie ihm genauso einen Kopfschuss geben. Man wird Sie fragen, was mit Ihnen war: Sie werden antworten, dass ein ausnehmend eifersüchtiger Engländer Sie auf Reisen mitgenommen hat. Sie haben früher genügend Witz gehabt, um die Leute zum Besten zu halten, finden Sie Ihren Witz wieder ...«

Haben Sie jemals einen leuchtenden Papierdrachen beobachtet, solch einen Riesenschmetterling aus Kinderzeiten, wie er ganz in Gold gefärbt im Himmel schwebte? ... Die Kinder vergessen für einen Augenblick die Schnur, ein Passant schneidet sie ab, die Himmelserscheinung macht, in der Sprache der Schüler, einen *Köpfer* und stürzt mit erschreckender Geschwindigkeit ab. So ging es Esther, während sie Carlos zuhörte.

ENDE TEIL I

Teil II

WAS DIE LIEBE ALTE MÄNNER KOSTET

Hunderttausend Franc auf Asie gesetzt

Seit acht Tagen ging Nucingen so gut wie täglich in den Laden in der Rue Neuve-Saint-Marc, um die Auslieferung von der, die er liebte, auszuhandeln. Dort thronte Asie, mal mit dem Namen Saint-Estève, mal in ihrer Maskerade als Madame Nourrisson, zwischen den schönsten Kleidern, die die scheußliche Phase erreicht hatten, in der Kleider nicht mehr Kleider, aber noch nicht Lumpen sind. Der Rahmen entsprach dem Gesicht, das diese Frau aufsetzte, denn diese Läden sind eine der finstersten Besonderheiten von Paris. Man findet hier den Plunder, den der Tod mit seiner knöchernen Hand hergeworfen hat, und man hört noch das Röcheln der Schwindsucht unter einem Schal, wie man den Todeskampf des Elends unter einem mit Goldfäden durchzogenen Kleid erahnt. Der grausame Zwist von Luxus und Hunger ist hier in leichte Spitzen eingewoben. Man begegnet dem Gesicht einer Königin unter einem Federturban, dessen jetzige Position im Schaufenster die abwesenden Züge in Erinnerung ruft und beinah neu erschafft. Es ist das Hässliche im Schönen! Die Peitsche Juvenals, geschwungen von den Amtsmannshänden des Auktionskommissars, breitet enthaarte Muffs und die stumpfen Pelze abgestürzter Freudenmädchen aus. Das ist ein Haufen verrotteter Blumen, aus dem hie und da eine Rose herausleuchtet, gestern geschnitten und einen Tag lang getragen, worüber sich immer eine Alte beugt, die kahle und zahnlose Gelegenheit, direkte Cousine des Wuchers, gern bereit, den Inhalt zu verkaufen, wie sie das Kaufen der Hülle gewöhnt ist, das Kleid ohne die Frau oder die Frau ohne das Kleid! Asie war da ganz in ihrem Element wie der

Wächter im Knast, wie ein Geier mit blutigem Schnabel über den Kadavern, abscheulicher noch als dieses wüste Erschrecken, das Vorübergehende erschauern lässt, wenn sie unerwartet eine ihrer jüngsten und frischesten Erinnerungen in einem schmutzigen Schaufenster aufgehängt sehen und dahinter das verzerrte Grinsen einer echten Saint-Estève.

Von Ärgernis zu Ärgernis und von zehntausend Franc zu weiteren zehntausend Franc war der Bankier so weit gekommen, Madame de Saint-Estève sechzigtausend Franc anzubieten; sie aber begleitete ihre Verweigerung mit einer Grimasse, die eine Meerkatze vor Neid hätte verzweifeln lassen. Nach einer unruhigen Nacht, nachdem er sich eingestanden hatte, wie sehr Esther seine Gedanken durcheinanderbrachte, nachdem er unerwartete Börsengewinne realisiert hatte, kam er eines Tages mit der Absicht, die von Asie geforderten hunderttausend Franc herzugeben, wollte ihr aber eine Menge Auskünfte entlocken.

»Du hast dich also entschieden, dicker Schäker?«, sagte Asie und klopfte ihm auf die Schulter.

Die entwürdigendste Vertraulichkeit ist der erste Tribut, den diese Art Frauen auf wilde Leidenschaft oder Elend erheben, wenn sie ihnen anvertraut werden; sie erheben sich niemals auf die Höhe ihres Kunden, sie ziehen ihn zu sich in den Schmutz. Asie gehorchte ihrem Herrn, wie man sieht, bewundernswert.

»S muss wol sajn«, sagte Nucingen

»Und du kommst auf deine Kosten«, antwortete Asie. »Wir haben schon Frauen für viel mehr verkauft, als du für die hier zahlst, im Vergleich. Es gibt Frauen und Frauen! De Marsay ist bei der armen Coralie mit sechzigtausend eingestiegen. Die, die du willst, hat aus erster Hand hunderttausend gekostet; aber für mich, verstehst du, alter Wüstling, ist das eine Sache der Absprache.«

»Aber wo is si?«

»Ach! du wirst sie schon noch zu sehen kriegen. Ich bin wie du: Zug um Zug! ... Aber weißt du, mein Lieber, *deine Leidenschaft* hat Fehler gemacht. Diese jungen Mädchen, die sind doch nicht vernünftig. Die Prinzessin ist in diesem Moment das, was man eine Schöne der Nacht nennt ...«

»A schejne ...«

»Ach komm, willst du den Trottel spielen? ... Louchard ist ihr auf den Fersen, ich habe ihr von mir fünfzigtausend Franc geliehen ...«

»Finfundzwanzig! Also, sag schon«, rief der Bankier.

»Aber echt, fünfundzwanzig statt fünfzig, selbstverständlich«, antwortete Asie. »Diese Frau, das muss man ihr schon lassen, ist die Redlichkeit selbst. Sie hatte nur noch sich selbst, hat sie mir gesagt: ›Meine liebe kleine Madame Saint-Estève, ich werde verfolgt, es gibt nur noch Sie, die mir einen Gefallen tun kann, geben Sie mir zwanzigtausend Franc, ich lasse sie Ihnen als Hypothek auf mein Herz ....‹ – Oh! Sie hat ein hübsches Herz! ... Nur ich weiß, wo sie ist. Mich zu verplappern würde mich meine zwanzigtausend Franc kosten ... Vorher wohnte sie in der Rue Taitbout. Bevor sie da ausgezogen ist (– ihre Möbel sind verpfändet ... – dann die Gebühren ... – diese miesen Gerichtsvollzieher! ... – Sie kennen das, Sie sind doch groß an der Börse!) Und dann, nicht dumm, hat sie die Wohnung einer Engländerin vermietet, eine großartige Frau, die hatte diesen kleinen Dings – sag schon – Rubempré als Liebhaber, und der war so eifersüchtig, dass er sie nur nachts ausgehen ließ ... Aber nachdem die Möbel verkauft werden sollen, ist die Engländerin stiften gegangen, erst recht, wo sie zu teuer war für einen kleinen Krabbler wie Lucien ...«

»Si haben a Bank«, sagte Nucingen.

»In Naturalien«, meinte Asie. »Ich verleihe an schöne

Frauen; und das rentiert, weil man mit zwei Werten auf einmal Kasse macht.«

Asie machte es Spaß, die Rolle solcher Frauen zu übertreiben, die ziemlich gierig sind, aber schmeichlerischer, gefälliger als eine Malaiin, und die ihren Handel mit Erklärungen voll edler Motive rechtfertigen. Asie stellte sich hin als eine, die alle Illusionen, fünf Liebhaber und ihre Kinder verloren hat und sich von aller Welt bestehlen lässt trotz ihrer Erfahrung. Zwischendurch zeigte sie Quittungen vom Leihhaus vor, um zu beweisen, wie wenig Erfolg ihr Geschäft mit sich bringe. Sie tat so, als sei sie in Geldschwierigkeiten, verschuldet. Kurz gefasst war sie von so unbefangener Scheußlichkeit, dass ihr der Baron am Ende die Rolle glaubte, die sie spielte.

»Also schejn, wenn ich di hunderttojsend hergeb, wo werd ich si sehn?«, sagte er mit der Geste eines Mannes, der zu jedem Opfer bereit ist.

»Mein dicker Papa, du hältst heute Abend mit deinem Wagen, sagen wir gegenüber vom Gymnase. Das ist am Weg«, sagte Asie. »Du hältst an der Ecke zur Rue Sainte-Barbe. Ich werde da stehen, und dann besuchen wir meine schwarzhaarige Lastschrift … O ja!, schöne Haare hat sie, meine Hypothek! Wenn sie ihren Aufsteckkamm herauszieht, ist Esther verhüllt wie von einem Zelt. Wenn du dich auch mit Zahlen auskennst, wirkst du sonst doch wie ein Trottel; ich rate dir, die Kleine hübsch beiseite zu halten, sonst tut man sie dir nach Sainte-Pélagie, und zwar gleich am nächsten Tag, wenn man sie findet … und … sie wird gesucht.«

»Kennte man nischt di Schuldschajne zurickkojfn?«, fragte der unverbesserliche Börsenluchs.

»Die hat der Gerichtsvollzieher … ist aber zwecklos. Das Kind hat eine Leidenschaft gelebt und ein Vermögen verbrannt, das jetzt von ihr zurückgefordert wird. Ach! Je! Nur Flausen im Kopf, so ein Herzchen von zweiundzwanzig.«

»Schejn, schejn, das werd ich regeln«, sagte Nucingen und setzte seine schlaue Miene auf. »Es ist klar, dass ich ihr Beschitzer bin.«

»Ach Dickerchen, das kommt auf dich an, von ihr geliebt zu werden, und du hast Geld genug, um einen Anschein von Liebe zu kaufen, der so viel wert ist wie echte. Ich gebe dir deine Prinzessin in die Hände; sie hat den Auftrag, dir zu folgen, um den Rest mache ich mir keine Sorgen ... Aber sie ist Luxus gewohnt, ein Maximum an Zuwendung. Ach! Mein Kleiner! Das ist eine Frau, wie sie sein muss ... Hätte ich ihr sonst fünfzehntausend Franc gegeben?«

»Also schejn, wie besprochn. Bis hojte Obend!«

Wie schon einmal machte sich der Baron an die Hochzeits-Garderobe; nur dass ihn diesmal die Aussicht auf sicheren Erfolg die Menge der Pastillen verdoppeln ließ. Um neun Uhr traf er die entsetzliche Frau am Treffpunkt und nahm sie in seinen Wagen.

»Wo?«, sagte der Baron.

»Wohin?«, machte Asie, »Rue de la Perle, im Marais, die Adresse ist Zufall, deine Perle steckt im Dreck, aber du wirst sie reinwaschen!« Dort angekommen sagte die falsche Madame Saint-Estève zu Nucingen mit einem scheußlichen Lächeln: »Wir werden ein paar Schritte zu Fuß gehen, ich werde doch nicht so blöd sein, die richtige Adresse anzugeben.«

»Du denkst an alles«, antwortete Nucingen.

»Das ist mein Geschäft«, gab sie zurück.

Asie führte Nucingen zur Rue Barbette, wo er in die vierte Etage einer Pension mit möblierten Zimmern geführt wurde, die ein Tapezierer aus dem Viertel betrieb. Als er Esther in einem ärmlich möblierten Raum in Arbeitskleidung an einer Stickerei sitzen sah, erbleichte der Millionär. Nach Ablauf einer Viertelstunde, während der Asie mit Esther zu tuscheln schien, brachte der junge Greis kaum ein Wort heraus.

»Madmojsell«, sagte er dem armen Mädchen endlich, »hetten Sie die Frejndlichkajt, mich als Ihrn Beschitzer anzunehm?«

»Das brauche ich sogar sehr, Monsieur«, sagte Esther, aus deren Augen zwei dicke Tränen rannen.

»Wainen Si nischt. Ch will Si zur glicklichsten aller Frojn mochen ... lassen Si sich nur liben von mir, Si werden sehn.«

»Meine Kleine, der Herr hat recht«, sagte Asie, »ihm ist sehr wohl bewusst, dass er schon über sechsundsechzig ist, und er wird viel Geduld haben. Im Grunde habe ich einen Vater für dich gefunden, mein schöner Engel ... – Das muss man ihr sagen«, sagte Asie dem verstimmten Bankier ins Ohr. »Mit Pistolenschüssen fängt man keine Schwalben. Kommen Sie hier herüber!«, sagte Asie und nahm ihn in das benachbarte Zimmer. »Sie wissen doch, unsere kleinen Abmachungen, mein Engel?«

Nucingen zog eine Brieftasche aus dem Frack und zählte die hunderttausend Franc hin, die Carlos, versteckt in einem Wandschrank, mit lebhafter Ungeduld erwartete, und die ihm die Köchin brachte.

»Das sind die hunderttausend Franc, die unser Mann auf Asie setzt, jetzt werden wir ihn noch welche auf Europe setzen lassen«, sagte Carlos seiner Vertrauten, als sie im Treppenhaus standen.

Er verschwand, nachdem er der Malaiin seine Anweisungen gegeben hatte, die wieder in die Wohnung ging, wo Esther bitterlich weinte. Das Kind hatte sich, wie ein zum Tod verurteilter Verbrecher, einen Roman an Hoffnungen ausgedacht, und nun hatte die fatale Stunde geschlagen.

»Meine lieben Kinder«, sagte Asie, »wo wollt ihr hingehen? ... denn der Baron de Nucingen ...«

Esther blickte auf den berühmten Bankier und machte eine bewundernswert gespielte Geste des Erstaunens.

»Jo, majn Kind, ich bin Baron de Nischingenne …«

»Baron de Nucingen darf nicht und kann nicht in so einer Hundehütte bleiben. Hört mal! Ihre frühere Kammerfrau Eugenie …«

»Ejscheni, ojs da Ri Tebu!«, rief der Baron aus.

»Genau, bei der die Möbel von Gerichts wegen gelagert sind«, sagte Asie, »und die die Wohnung an die schöne Engländerin vermietet hat …«

»Ah! Ch Farstehe!«, meinte der Baron.

»Die frühere Kammerfrau von Madame«, fuhr Asie respektvoll fort und wies auf Esther, »kann euch sehr gut heute Abend empfangen, und die Polizei wird gar nicht daran denken, sie in ihrer früheren Wohnung zu suchen, die sie vor drei Monaten verlassen hat …

»Sehr gut! Sehr gut!«, rief der Baron, »ch kenn ibrigens die Lojte vun de Polizaj und ich wajß di Wort, domit si farschwinden …«

»Sie werden in Eugenie eine Schlaubergerin haben«, sagte Asie, »ich war es, die sie an Madame vermittelt hat …«

»Ch kenn si,« lachte der Baron auf. »Ejscheni hat mir abgeluchst drajßigtojsend Frank …« Esther machte eine Entsetzensgeste, auf die hin ein Mann von Gefühl ihr sein Vermögen anvertraut hätte. – »Oh! s war majn Fehler«, sprach der Baron weiter, »ch bin hinter Ihnen her gewesen …«, und erzählte das Katz-und-Maus-Spiel, das die Vermietung der Wohnung an eine Engländerin ausgelöst hatte.

»Na, sehen Sie, Madame?«, sagte Asie, »Eugénie hat Ihnen nichts davon gesagt, das Schlitzohr! Aber Madame hat sich schon gewöhnt an dies Mädchen«, sagte sie dem Baron, »behalten Sie sie also trotzdem.« Asie nahm Nucingen auf die Seite und sagte ihm: »Mit fünfhundert Franc im Monat für Eugénie, die damit gut ihren Schnitt macht, werden Sie alles erfahren, was Madame tut, geben Sie sie ihr als Kammerfrau.

Eugénie wird um so sicherer für Sie sein, als sie Ihnen ja schon Geld aus der Tasche gezogen hat ... Nichts hält die Frau fester beim Mann, als wenn sie ihn ausnehmen kann. Aber halten Sie Eugénie im Zaum: Für Geld tut sie alles, dies Mädchen, das ist entsetzlich! ...«

»Und du? ...«

»Ich«, meinte Asie, »ich lasse mir meine Kosten erstatten.«

Nucingen, dieser berechnende Mensch, war wie mit Blindheit geschlagen; er ließ mit sich umspringen wie ein Kind. Der Anblick dieser reinen und anbetungswürdigen Esther, die sich die Augen wischte und mit der Zurückhaltung einer Jungfrau die Fäden ihrer Stickerei zog, gab diesem verliebten Greis die Gefühle wieder, die er im Wald von Vincennes empfunden hatte; er hätte den Schlüssel seiner Kasse hergegeben! Er fühlte sich jung, er hatte das Herz voller Verehrung, er wartete, dass Asie gehen würde, um vor dieser Madonna Raffaels niederzuknien. Dieses unvermittelte Aufbrechen der Kindheit im Herzen eines Börsenluchses, eines alten Mannes, ist eines der gesellschaftlichen Phänomene, die sich anhand der Physiologie am besten erklären lassen. Erdrückt unter dem Gewicht der Geschäfte, erstickt von den ständigen Berechnungen und von den andauernden Bedenken bei der Jagd nach den Millionen, kommt die Jugend mit ihren erhabenen Illusionen zurück, schwingt sich auf und erblüht wie ein vergessenes Anliegen, ein Samenkorn, dessen Wirkungen, dessen glanzvolles Erblühen dem Zufall gehorchen, einer aufbrechenden, einer spät leuchtenden Sonne. Mit zwölf Jahren Handlungsgehilfe in der alten Straßburger Firma Aldrigger, hatte der Baron niemals einen Fuß in die Welt der Gefühle gesetzt. So verharrte er vor seinem Idol und hörte tausend Sätze, die sich in seinem Hirn drängten, fand aber keinen auf seinen Lippen und gehorchte deshalb einer rohen Begierde, in der der Mann von sechsundsechzig Jahren wieder zum Vorschein kam.

»Wolln Si in di Ri Tebu mitkomm? ...«, sagte er.

»Wohin Sie wollen, Monsieur«, sagte Esther und erhob sich.

»Wohin Sie wollen!«, wiederholte er begeistert. »Si sind a Engel, der vum Himmel herabgestigen is und den ich libe, als were ich a klajner junger Mann, obwohl ich groje Haar hob ...«

»Ach! Sie können ruhig weiße Haare sagen! Deren Schwarz ist doch zu schön, um bloß grau zu sein«, meinte Asie.

»Farschwinde, du widerliche Hendlerin mit Menschenflajsch! Du host dajn Geld, her also oif zu sabbern iber diese Blite der Libe!«, schrie der Bankier und schuf sich mit dieser wilden Beschimpfung einen Ausgleich für alle Unverschämtheiten, die er ertragen hatte.

»Alter Schweinigel! Für den Spruch bezahlst du noch!«, sagte ihm Asie und drohte dem Bankier mit einer Geste, die eines Marktweibs würdig gewesen wäre, worauf er mit den Schultern zuckte. – »Zwischen Becher und Zecher ist Platz für die Viper, und da wirst du mir begegnen! ...«, sagte sie erbost über Nucingens Missachtung.

Die Millionäre, deren Geld von der Bank von Frankreich aufbewahrt wird, deren Paläste von einem Dienstbotentrupp bewacht werden, die sich als Person auf der Straße im Schutz eines schnellen Wagens mit englischen Pferden befinden, fürchten kein Unglück: Also betrachtete der Baron Asie mit kaltem Blick, als Mann, der ihr soeben hunderttausend Franc gegeben hatte. Diese Hoheitlichkeit hatte ihre Wirkung. Asie vollzog ihren Rückzug unter Grummeln im Treppenhaus, und redete in äußerst revolutionärer Sprache sogar vom Schafott!

»Was haben Sie ihr denn gesagt? ...«, fragte die *Jungfrau mit der Stickerei*, »sie ist doch eine ordentliche Frau.«

»Si hot Si farkojft, si hot Si bestohln ...«

»Wenn wir im Elend stecken«, antwortete sie in einem Ton, der das Herz eines Diplomaten hätte schmelzen lassen, »wer hat dann Geld oder ein Nachsehen für uns? ...«

»Armes Kind!«, sagte Nucingen, »blajben Si kajne Minute lenger hier!«

Eine erste Nacht

Nucingen reichte Esther den Arm, er nahm sie mit, wie sie war, und setzte sie mit womöglich mehr Ehrerbietung in seinen Wagen, als er für die schöne Herzogin de Maufrigneuse aufgebracht hätte.

»Si werden a schejne Equipage haben, di schejnste von Paris«, sagte Nucingen auf der Fahrt. »Alles, was am Luxus schejn is, soll Si umgeben. Eine Kejnigin wird nischt rajcher sejn als Si. Si sollen sajn geachtet wie eine Farlobte in Deutschland: Ich will Si fraj haben ... Wajnen Si nischt. Hern Si ... Ch libe Si wirklich mit rajner Libe. Jede Ihrer Trenen bricht mir das Herz ...«

»Liebt man eine Frau mit Liebe, die man kauft? ...«, fragte das arme Mädchen mit lieblicher Stimme.

»Joseph is sehr wohl farkauft worden von sajne Brider, wajl er so lib war. Das steht in der Bibel. Und im Orient kojft man sajne legitimen Frojen sowiso.«

In der Rue Taibout angekommen, konnte Esther die Bühne ihres Glücks nicht anders als mit einem Gefühl von Schmerz wiedersehen. Sie blieb auf einem Sofa, unbeweglich, eine Träne nach der anderen tupfend, ohne auch nur auf ein Wort von den Narreteien zu hören, die ihr der Bankier radebrechte; er ging auf die Knie; sie ließ ihn dort, ohne ihm etwas zu sagen und überließ ihm ihre Hände, wenn er sie nahm, sozusagen ohne zu beachten, von welchem Geschlecht das

Wesen war, das ihr die Füße wärmte, die Nucingen kalt vorkamen. Diese Szene mit den heißen, auf das Haupt des Barons vergossenen Tränen, und den eiskalten, von ihm gewärmten Füßen, dauerte von Mitternacht bis zwei Uhr am Morgen.

»Ejscheni«, rief schließlich der Baron nach Europe, »bringen Si doch Ihre Herrin dazu, zu gehn zu Bett ...«

»Nein«, schrie Esther und fuhr auf wie ein scheuendes Pferd, »niemals hier! ...«

»Hören Sie, Monsieur, ich kenne Madame, sie ist sanft und lieb wie ein Lamm«, sagte Europe zum Bankier, »nur darf man sie nicht kränken, man muss sie richtig anfassen ... Sie war hier so unglücklich! ... Sehen Sie? ... die Möbel sind ziemlich abgenutzt! – Lassen Sie ihr ihren Willen. Richten Sie ihr hier ganz gemächlich ein hübsches Haus ein. Vielleicht wird sie sich, wenn sie sieht, wie alles um sie herum ganz neu ist, fremd fühlen und Sie dann vielleicht besser finden, als Sie sind, und sie wird von engelsgleicher Sanftmut sein. – Oh! Madame ist unvergleichlich! Und Sie können sich rühmen, einen hervorragenden Kauf getätigt zu haben: ein reines Herz, sanftes Betragen, ein feiner Gang, eine Haut wie eine Rose ... Ah! Und einen Witz, bei dem noch die Todeskandidaten lachen müssen ... Madame kann sich *binden* ... – Und wie sie sich anziehen kann! ... Na gut, wenn es auch teurer ist, aber da hat der Mann, wie man so sagt, doch was fürs Geld. – Hier sind all ihre Kleider beschlagnahmt worden, ihre Ausstattung ist also drei Monate im Rückstand. – Aber sehen Sie, Madame ist so gut, dass ich Sie liebhabe, und sie ist meine Herrin! – Und seien Sie ehrlich, so eine Frau, zwischen gepfändeten Möbeln! ... und weswegen? Wegen einem Taugenichts, der sie verdorben hat ... arme kleine Frau! Sie ist nicht mehr wiederzuerkennen.«

»Essda ... Essda ...«, sagte der Baron, »gehn Si zu Bett, majn Engel? – Ach! wenn ich es bin, der Ihnen Angst macht, dann blajbe ich auf dem Sofa ...«, rief der in reinster Liebe entflammte Baron, als er sah, dass Esther immer noch weinte.

»Ach ja«, antwortete Esther, nahm die Hand des Barons und küsste sie mit einem Gefühl der Dankbarkeit, das in die Augen des Börsenluchses etwas aufsteigen ließ, das einer Träne ähnelte, »das rechne ich Ihnen hoch an ...«

Damit flüchtete sie in ihr Zimmer und schloss sich ein.

›Es is darin was Unerklerliches ...‹, sagte sich Nucingen, den seine Tabletten munter hielten. ›Was wird man baj mir zu Hause sagn?‹

Er erhob sich und schaute aus dem Fenster: »Majn Wagn is immer noch da ... Es wird bald Tog! ...«

Er ging im Zimmer auf und ab: »Wie sich Madamm de Nischingenne wirde lustig mochn, wenn sie wisste, wie ich diese Nacht farbracht hob! ...«

Er ging und legte sein Ohr an die Zimmertür, nachdem er sich ein bißchen zu unangemessen gebettet fühlte. – »Essda! ...«

Keine Antwort.

›Majn Gott! Si wajnt noch immer! ...‹, sagte er sich und legte sich wieder auf das Sofa.

Ungefähr zehn Minuten, nachdem die Sonne aufgegangen war, wurde Baron de Nucingen, den ein typisch schlechter Schlaf in unbequemer Haltung überwältigt hatte, von Europe mitten aus einem dieser Träume aufgeschreckt, die man in solcher Lage träumt und deren rasche Verworrenheiten eines der unlösbaren Phänomene der medizinischen Physiologie sind.

»Ah! Mein Gott! Madame«, schrie sie, »Madame! Soldaten! ... Gendarmen, die Justiz. Die wollen Sie festnehmen ...«

In dem Moment, als Esther ihre Tür öffnete und sich zeigte, nachlässig in ihr Morgenkleid gehüllt, barfüßig in Pantoffeln, das Haar durcheinander, schön, um Raffaels Engel verzweifeln zu lassen, spuckte die Tür zum Salon einen Schwall menschlichen Unrats hervor, der sich zehnfüßig auf dies himmlische Wesen zuwälzte, das dastand wie ein Engel in einem flämischen Kirchenbildnis. Ein Mann trat hervor. Contenson, der entsetzliche Contenson, und legte seine Hand auf Esthers feuchtwarme Schulter.

»Sie sind Fräulein Esther van …?«, sagte er.

Europe verabreichte ihm mit dem Handrücken einen Streich auf die Wange und ließ ihn deutlich ermessen, wie viel Fläche des Teppichs er zum Liegen brauchte, indem sie ihm einen harten Stoß gegen die Beine versetzte, wie ihn diejenigen kennen, die die Kunst der Savate pflegen.

»Zurück!«, schrie sie, »meine Herrin wird nicht angefasst!«

»Die hat mir das Bein gebrochen!«, schrie Contenson und rappelte sich auf, »dafür wird sie büßen …«

Von dem Trupp der Gerichtsschergen, die wie Schergen gekleidet waren und die ihre grässlichen Hüte aufbehalten hatten auf ihren noch grässlicheren Köpfen, gemaserten Mahagoniholzköpfen, an denen die Augen schielten, Nasen fehlten und der Mund verzerrt war, hob sich Louchard ab, sauberer gekleidet als seine Leute, aber mit dem Hut auf dem Kopf und das Gesicht verlogen freundlich und belustigt zugleich.

»Mademoiselle, ich nehme Sie fest«, sagte er zu Esther. »Was Sie angeht, mein Mädchen«, sagte er zu Europe, »jeder Aufstand wird bestraft und Widerstand ist zwecklos.«

Das Geräusch von Gewehren, deren Kolben auf den Boden von Speisesaal und Vorzimmer polterten und anzeigten, dass die Garde noch einmal verdoppelt worden war, betonte die Ansage.

»Und wieso festnehmen«, fragte Esther ganz arglos.

»Und die paar Schulden, die wir haben? …«, gab Louchard zurück.

»Ah, stimmt!«, rief Esther, »lassen Sie mich mich anziehen.«

»Leider muss ich sicherstellen, Mademoiselle, dass Sie nicht einen Fluchtweg in ihrem Zimmer haben«, sagte Louchard.

Das alles ging so schnell, dass der Baron noch keine Zeit gehabt hatte, einzugreifen.

»Na so was! *Bin ich jetzt a Hendlerin mit Menschenflajsch, Baron de Nischingenne!* ...«, schrie die schreckliche Asie und schob sich zwischen den Schergen hindurch zum Sofa, wo sie so tat, als entdecke Sie den Bankier.

»Miese Schlampe!«, schrie Nucingen und erhob sich in seiner ganzen Finanziers-Hoheit.

Damit warf er sich zwischen Esther und Louchard, der auf einen Ruf Contensons hin vor ihm den Hut abnahm.

»Herr Baron de Nucingen! ...«

Auf ein Zeichen Louchards nahmen die Schergen allesamt respektvoll ihre Hüte ab und verließen die Wohnung. Nur Contenson blieb.

»Zahlt der Herr Baron?«, fragte der Gendarm, den Hut in der Hand.

»Ch zahl«, antwortete er, »aber man muss schon wissen, um wos 's sich handelt.«

»Dreihundertzwölftausend Franc und Centimes, mit Gebühren, aber die Festnahme ist nicht inbegriffen.«

»Drajhunderttojsend Frank!«, rief der Baron. – »Das ist a zu tejres Erwachen fir ajnen Mann, der di Nacht auf dem Kanapee farbracht hat,« sagte er Europe ins Ohr.

»Ist der Mann tatsächlich der Baron de Nucingen?«, sagte Europe zu Louchard und veranschaulichte ihren Zweifel mit einer Gebärde, um die sie die Mademoiselle Dupont, die letzte Soubrette am Théâtre-Français, beneidet hätte.

»Ja, Fräulein«, sagte Louchard.

»Ja«, antwortete Contenson.

»Ch bin farantwortlich fir si«, sagte der Baron, den Europes

Zweifel in seiner Ehre aufreizte, »lassen Si mich ein Wort mit ihr sprechen.«

Esther und ihr alter Verliebter gingen ins Schlafzimmer. Louchard hielt es für erforderlich, sein Ohr ans Türschloss zu halten.

»Ich libe Si mehr als majn Leben, Essda; aber worum Ihren Glojbigern Geld geben, das in Ihrer Berse unendlich viel mehr Wert hätte? Gehen Sie ins Gefängnis: Ich mache mich stark, diese hunderttojsend Taler mit hunderttojsend Frank ojszulejsen, und Si werden zwajhunderttojsend Frank für sich haben ...«

»Der Trick«, rief Louchard, »bringt nichts. Der Gläubiger ist nicht verliebt in das Fräulein! ... Verstehen Sie? Und seit er weiß, dass Sie sich für sie begeistern, will er noch mehr als die Summe.«

»Du Blindgänger«, schrie Nucingen Louchard an, machte die Tür auf und nahm ihn in das Zimmer, »du wajßt nischt, was du sagst! Ich geb dir, dir selbst, finf Prozent, wenn du die Sache ...«

»Unmöglich, Herr Baron.«

»Wie, Monsieur, Sie wären imstande,« mischte sich Europe ein, »meine Herrin ins Gefängnis gehen zu lassen! ... Wollen Sie meinen Lohn, mein Gespartes? Nehmen Sie's, Madame, ich habe vierzigtausend Franc ...«

»Ah! Du gutes Mädchen«, rief Esther, »ich lerne dich erst jetzt kennen!«, und umarmte Europe.

Europe schickte sich an, in Tränen auszubrechen.

»Ich zahle«, sagte der Baron beschämt und zog ein Heft hervor, dem er einen dieser rechteckigen Vordrucke entnahm, die die Bank den Bankiers gibt, damit sie sie nur noch mit der Summe in Zahlen und allen Buchstaben ausfüllen müssen, um daraus eine Zahlungsanweisung an den Überbringer zu machen.

»Sparen Sie sich die Mühe, Herr Baron,« sagte Louchard, »ich habe Anweisung, die Bezahlung nur in Gold- oder Silbermünzen anzunehmen. Bei Ihnen wäre ich auch zufrieden mit Banknoten.«

»Der Tojfel«, rief der Baron, »zajgen Sie mir die Belege?«

Contenson wies drei in blaues Papier gefasste Dossiers vor, die der Baron mit einem Blick auf Contenson entgegennahm, während er ihm leise sagte: »Du hettest a schejneren Tag gehobt, wenn du mich gewarnt hettest.«

»Ja, wie! Konnte ich denn wissen, dass Sie hier sind, Herr Baron?«, antwortete der Spion, ohne sich zu kümmern, ob Louchard ihm zuhörte oder nicht. »Ihr Schaden, dass Sie mir nicht mehr vertraut haben. Sie werden übers Ohr gehauen«, fügte dieser tiefe Denker mit Schulterzucken hinzu.

»Is wahr«, meinte der Baron zu sich. »Ah! Majne Klajne«, rief er beim Betrachten der Wechselbriefe aus und wandte sich an Esther: »Sie sind das Opfer ajnes bekannten Gojners! A Betriger!

»O je! Ja«, sagte die arme Esther, »aber er hatte mich doch lieb! …«

»Wenn das ich gewusst hette … ch hett Ihnen a Ajnspruch fir Sie erhoben.«

»Sie verlieren den Kopf, Herr Baron,« sagte Louchard, »da ist noch ein dritter Überbringer.«

»Ja«, gab er zurück, »da is a dritter Iberbringer … Cérizet! A Mann des Ajnspruchs!«

»Den macht der Ärger einfallsreich«, grinste Contenson, »der macht Witze.«

»Möchte Herr Baron ein Wort an seinen Kassierer schreiben«, lächelte Louchard, »ich schicke Contenson und lasse meine Leute heimgehen. Die Zeit läuft, und alle würden es mitbekommen …«

»Geh, Contenson! …«, rief Nucingen. »Majn Kassierer

hat sajnen Sitz am Eck Ri des Mathirins und Ri de l'Arcade. Hier a Notiz, dass er zu di Tillet oder zu den Kellers geht, falls wir nicht hunderttojsend Taler dahätten, unser Geld is doch alles auf der Bank ... – Klajden Si sich an, mein Engel«, sagte er zu Esther, »Sie sind fraj. – Di alten Frojen«, rief er mit Blick auf Asie, »sind gefehrlicher als di jungen ...«

»Den Gläubiger werd ich zum Lachen bringen«, antwortete ihm Asie, »und er wird mir was geben, heute Spaß zu haben. – Nichts für ungut, Herr Baron ...«, fügte die Sainte-Estève mit einer scheußlichen Verbeugung an.

Louchard nahm dem Baron die Wechsel aus der Hand und blieb allein mit ihm im Salon, wo eine halbe Stunde später der Kassierer in Contensons Begleitung erschien. Esther kam zurück, hinreißend, wenn auch unvollständig zurechtgemacht. Als Louchard das Geld gezählt hatte, wollte der Baron die Schuldpapiere näher ansehen; doch Esther schnappte sie sich mit einer katzenhaften Bewegung und legte sie in ihren Schreibtisch.

»Wie viel geben Sie für die Kanaille? ...«, sagte Contenson zu Nucingen.

»Si waren nischt sehr ricksichtsvoll«, sagte der Baron.

»Und mein Bein! ...«, rief Contenson.

»Louchard, geben Si Contenson hundert Frank vum Rest der Tojsendernote ...«

»Das is a ziemlich schejne Froj!«, sagte der Kassierer zum Baron de Nucingen, als er die Rue Taibout verließ, »aber si kostet Herrn Baron ziemlich viel.«

»Bewahren Si mir das Gehojmnis«, sagte der Baron, der auch Contenson und Louchard um Stillschweigen gebeten hatte.

Louchard ging, gefolgt von Contenson; doch auf dem Boulevard hielt Asie, die darauf gewartet hatte, den Gerichtsbeamten auf.

»Der Gerichtsvollzieher und der Gläubiger sind dort in der Kutsche, sie haben Durst«, sagte sie ihm, »und jetzt *gibt es fett* …«

Während Louchard das Geld vorzählte, konnte Contenson die Mandanten mustern. Er sah Carlos' Augen, erkannte die Form der Stirn unter der Perücke, besonders diese Perücke kam ihm verdächtig vor; er notierte die Nummer der Kutsche, wobei er so wirkte, als hätte er gar nichts zu tun mit dem, was vor sich ging; Asie und Europe machten ihn äußerst neugierig. Er fand, der Baron sei das Opfer bemerkenswert fähiger Leute, erst recht, weil Louchard, als er ihn um seine Mitwirkung bat, von befremdlicher Zurückhaltung gewesen war. Europes Tritt hatte Contenson nicht bloß vors Schienbein gestoßen. – »Dieser Stoß war ein Gruß von Saint-Lazare«, hatte er sich gesagt, als er sich aufrappelte.

Carlos verabschiedete den Gerichtsvollzieher, entlohnte ihn großzügig und sagte dem Kutscher beim Zahlen: »Palais Royal, Passage du Perron!«

»Ah, der Halunke!«, sagte sich Contenson, der den Befehl hörte, »da gibt's etwas! …«

Carlos gelangte in einem Tempo zum Palais-Royal, bei dem er keine Verfolgung befürchten musste. Dann ging er nach seiner Art durch die Galerien, nahm am Platz du Château-d'Eau eine andere Kutsche mit der Ansage: »Passage de l'Opéra, auf der Seite der Rue Pinon.« Eine Viertelstunde darauf traf er in der Rue Taitbout ein.

Als sie ihn sah, sagte Esther: »Da sind die unseligen Papiere.«

Carlos nahm die Gerichtstitel, sah sie durch; dann ging er in die Küche und verbrannte sie im Herd.

»Die Sache ist geritzt!«, rief er aus und zeigte die dreihunderttausend Franc, die er, zu einem Päckchen zusammengerollt, aus seiner Manteltasche zog. »Damit und mit den von

Asie abgezwackten hunderttausend Franc haben wir freie Hand.«

»Mein Gott! Mein Gott!«, rief die arme Esther aus.

»Aber Dummchen«, sagte der grimmige Rechner, »sei offiziell Nucingens Geliebte, und du kannst Lucien treffen, er ist ein Freund Nucingens, ich verbiete dir nicht, eine Leidenschaft für ihn zu haben!«

Esther sah eine schwache Aufhellung in ihren dunklen Leben, und atmete durch.

Ein paar Klärungen

»Europe, meine Tochter«, sagte Carlos und nahm dies Geschöpf in eine Ecke des Boudoirs, wo niemand ein Wort des Gesprächs mithören konnte, »Europe, ich bin zufrieden mit dir.«

Europe hob den Kopf und sah den Mann mit einem Ausdruck an, der ihr verlebtes Gesicht derart veränderte, dass die Zeugin dieser Szene, Asie, die an der Tür aufpasste, sich fragte, ob das Interesse, mit dem Carlos Europe an sich band, größer sein könnte als das, mit dem sie sich an ihn gekettet fühlte.

»Das ist noch nicht alles, meine Tochter. Vierhunderttausend Franc sind für mich gar nichts ... Paccard wird dir eine Rechnung für Silbersachen geben, die sich auf dreißigtausend Franc beläuft und auf die es bereits quittierte Anzahlungen gibt; aber unser Silberschmied, Biddin, hat Aufwendungen gehabt. Unsere Möbel, die er hat beschlagnahmen lassen, werden wohl morgen zur Versteigerung angezeigt. Geh zu Biddin, er ist in der Rue de l'Arbre-Sec, er gibt dir Quittungen vom Leihhaus über zehntausend Franc. Du verstehst: Esther hat sich Silber machen lassen, sie hat es nicht bezahlt, aber verpfändet, so droht ihr eine kleine Anzeige wegen Betrugs. Also müssen wir für das Silber dem Schmied dreißigtausend Franc und dem Leihhaus zehntausend Franc geben. Zusammen: dreiundvierzigtausend Franc mit den Gebühren. Dies Silber ist sehr unrein, der Baron schafft neues an, wir knapsen ihm da noch ein paar Tausenderscheine ab. Ihr schuldet der Schneiderin … was, für zwei Jahre?«

»Wir können ihr sechstausend Franc schulden«, antwortete Europe.

»Na gut, wenn Madame Auguste ihr Geld will und weiter für uns arbeiten will, dann soll sie eine Kostenaufstellung über dreißigtausend Franc für die vergangenen vier Jahre machen. Dasselbe mit der Modistin. Der Juwelier, Samuel Frisch, der Jude aus der Rue Sainte-Avoie, wird dir Schuldverschreibungen ausleihen, wir müssen ihm fünfundzwanzigtausend Franc schulden, und wir werden sechstausend Franc für unseren Schmuck im Leihhaus erhalten haben. Wir geben dem Juwelier seinen Schmuck zurück, die Hälfte der Steine darin wird falsch sein; außerdem schaut sie der Baron gar nicht an. So lässt du unseren *Partner* in den kommenden acht Tagen noch einmal hundertfünfzigtausend Franc ausspucken.«

»Da muss mir Madame etwas helfen«, antwortete Europe, »reden Sie mit ihr; sie sitzt wie stumpfsinnig da und zwingt mich, mehr Einfälle zu haben als drei Autoren für ein Theaterstück.«

»Wenn Esther anfängt, sich zu zieren, sagst du mir Bescheid«, sagte Carlos. »Nucingen schuldet ihr eine Kutsche und Pferde, sie wird alles selber aussuchen und kaufen wollen. Der, den ihr dafür aussucht, wird der Pferdehändler und der Kutschenbauer des Vermieters sein, bei dem Paccard ist. Wir werden da wunderbare Pferde bekommen, sehr teure, die einen Monat später lahmen, und wir tauschen die dann aus.«

»Man könnte sechstausend Franc mithilfe einer Kostenaufstellung des Parfümeurs kriegen«, sagte Europe.

»Oh!«, schüttelte er den Kopf, »immer langsam, von Zugeständnis zu Zugeständnis. Nucingen hat erst den Arm in der Maschine, wir brauchen den Kopf. Mir fehlen dann noch fünfhunderttausend Franc.«

»Die können Sie haben«, gab Europe zurück. »Madame wird bei dem Riesenross für sechshunderttausend zärtlich und wird noch mal vierhundert verlangen, um ihn richtig lieb zu haben.«

»Hör mal, Mädchen«, sagte Carlos. »An dem Tag, an dem ich die letzten hunderttausend in der Hand habe, gibt es für dich zwanzigtausend.«

»Was habe ich davon?«, sagte Europe und ließ die Arme fallen wie ein Mensch ohne allen Lebensmut.

»Du kannst nach Valenciennes zurückkehren, dir eine schöne Existenz einrichten und eine Frau von Anstand werden, wenn du willst; die Natur bietet für jeden Geschmack etwas, Paccard denkt auch manchmal daran; er hat nichts auf der Schulter und fast nichts auf dem Gewissen, ihr könntet zueinander passen«, gab Carlos zurück.

»Zurück nach Valenciennes! ... Das denken Sie, Monsieur?«, rief Europe verschreckt.

Geboren in Valenciennes als Tochter sehr armer Weber, war Europe mit sieben Jahren in eine Spinnerei geschickt worden, wo die moderne Industrie ihre körperlichen Kräfte ausbeutete und das Laster sie vor der Zeit verderben ließ. Verführt mit zwölf, Mutter mit dreizehn, befand sie sich in der Gesellschaft tief heruntergekommener Wesen. Im Zusammenhang mit einem Mord war sie, aber als Zeuge, vor Gericht erschienen. Mit sechzehn erlag sie einem Rest von Anstand und der Furcht, die ein Gericht einflößt, und trug durch ihre Aussage dazu bei, dass der Angeklagte zu zwanzig

Jahren Zwangsarbeit verurteilt wurde. Dieser Verbrecher, einer dieser Wiederholungstäter, zu deren Existenz schreckliche Rache gehört, hatte vor dem vollen Gerichtssaal zu diesem Kind gesagt: »In zehn Jahren, so wahr ich hier stehe, Prudence (Europes Name war Prudence Servien), komme ich wieder und mache dich fertig, und sollte ich dabei draufgehen.« Der Gerichtspräsident versuchte durchaus, Prudence Servien zu beruhigen und versprach ihr Unterstützung, den Beistand der Justiz; doch das arme Kind wurde von einem solchen Schrecken erfasst, dass sie erkrankte und fast ein Jahr lang im Krankenhaus blieb. Die Justiz ist ein Wesen des Verstandes, das eine Ansammlung unablässig neu eingesetzter Einzelpersonen ausmacht, deren gute Absichten und Erinnerungen wie sie selbst außerordentlich beweglich sind. Die Staatsanwaltschaften, die Gerichte können keine Verbrechen verhindern, sie müssen sich ihrer annehmen, wenn sie begangen sind. In dieser Hinsicht wäre eine vorbeugende Polizei für eine Gesellschaft eine Wohltat; doch heutzutage macht das Wort Polizei dem Gesetzgeber Angst, der zwischen folgenden Worten keinen Unterschied mehr machen kann: *regieren – verwalten – Gesetze beschließen*. Der Gesetzgeber will alles dem Staat einverleiben, als könnte er tätig werden. Der Sträfling würde immer an sein Opfer denken und sich rächen, während die Justiz an den einen wie an den anderen gar nicht mehr denkt. Prudence, die, wenn Sie so wollen, die ungenaue Gefahr instinktiv erkannte, in der sie schwebte, verließ Valenciennes und ging mit siebzehn nach Paris, um dort unterzutauchen. Sie übte dort vier Tätigkeiten aus, von denen die beste die einer Statistin in einem kleinen Theater war. Dort begegnete sie Paccard, dem sie ihr Unglück erzählte. Paccard, die rechte Hand, der unbedingte Gefolgsmann von Jacques Collin, erzählte seinem Meister von Europe; und als der Meister Bedarf an einem Sklaven hatte, sagte er zu Prudence:

»Wenn du mir dienen willst, wie man dem Teufel dient, schaffe ich dir Durut vom Hals.« Durut war der Zuchthäusler, das Damoklesschwert über dem Haupt von Prudence Servien. Ohne diese Einzelheiten würden viele Kritiker Europes Anhänglichkeit wohl unglaubwürdig finden. Zumindest hätte niemand den Theatereffekt verstanden, den Carlos nun einleiten sollte.

»Doch, mein Kind, du kannst nach Valenciennes zurückkehren ... Hier«, sagte er, »lies.« Er hielt ihr die Zeitung des Vortags hin und zeigte mit dem Finger auf folgenden Artikel: TOULON. – *Gestern fand die Hinrichtung von Jean-François Durut statt ... Seit dem Morgengrauen war die Garnison etc.*

Prudence ließ die Zeitung aus der Hand gleiten; ihre Beine gaben unter dem Gewicht ihres Körpers nach; sie fand ihr Leben wieder, denn sie hatte, sagte sie, seit Duruts Drohung keine Freude mehr an ihrem Brot gehabt.

»Du siehst, ich habe Wort gehalten. Es hat vier Jahre gebraucht, um Durut in eine Falle zu locken und seinen Kopf rollen zu lassen ... Also, vollende mein Werk, du wirst in deiner Stadt an der Spitze eines kleinen Geschäfts stehen, mit einem Vermögen von zwanzigtausend Franc und als Frau von Paccard, dem ich Bürgerlichkeit als Ruhestand erlaube.«

Europe hob die Zeitung wieder auf und las mit wachem Blick all die Einzelheiten, die die Zeitungen seit zwanzig Jahren unermüdlich von den Hinrichtungen von Verbrechern wiedergeben: Das beeindruckende Schauspiel, der Beichtvater, der den Patienten noch immer bekehrt hat, der alt gewordene Verbrecher, der seine früheren Kumpane ermahnt, die Gewehre im Anschlag, die knienden Zuchthäusler; dann die banalen Gedanken, die nichts am Gefängniswesen ändern, wo achtzehntausend Verbrechen gären.

»Wir müssen Asie wieder in der Wohnung unterbringen«, sagte Carlos.

Asie trat heran, hatte aber von Europes Pantomime nichts verstanden.

»Um sie als Köchin wieder hier zu haben, werdet ihr zunächst dem Baron ein Diner vorsetzen, wie er es noch nie gegessen hat«, fuhr er fort; »dann sagt ihr ihm, dass Asie ihr Geld verspielt hat und wieder im Haus ist. Wir benötigen keinen Wachmann: Paccard wird Kutscher sein, Kutscher verlassen nicht ihren Sitz, auf dem sie kaum ansprechbar sind; Spitzelei erreicht ihn dort am wenigsten. Madame wird ihn eine gepuderte Perücke tragen lassen und einen Dreispitz aus grobem Filz mit Borten; das wird ihn verändern, außerdem werde ich ihn schminken.«

»Wir werden hier Dienstboten haben?«, fragte Asie und verdrehte die Augen.

»Wir werden rechtschaffene Leute haben«, antwortete Carlos.

»Aber Schwachköpfe!«, gab die Mischlingsfrau zurück.

»Wenn der Baron ein Palais mietet, hat Paccard einen Freund, der Hausmeister sein könnte«, sprach Carlos weiter. »Wir brauchen dann nur noch einen Diener und ein Küchenmädchen, zwei Fremde könnt ihr leicht überwachen …«

Als Carlos gerade gehen wollte, erschien Paccard.

»Bleiben Sie, da sind Leute auf der Straße«, sagte der Wachmann.

Dies einfache Wort wirkte mächtig. Carlos stieg in Europes Zimmer und blieb dort, bis Paccard mit einer Mietkutsche zurückgekommen war, die in den Hof kam. Carlos ließ die Vorhänge herab und wurde in einem Tempo kutschiert, das jeden Verfolger abschüttelte. Angekommen im Saint-Antoine-Viertel, ließ er sich wenige Schritte von einem Kutschenstand absetzen, den er zu Fuß aufsuchte, und kehrte zurück ans Quai Malaquais, womit er den Spitzeln entkam.

»Hier, Junge«, sagte er zu Lucien und zeigte ihm vierhundert Tausendfrancscheine, »da siehst du, hoffe ich, eine Anzahlung auf den Preis des Anwesens der Rubempré. Hunderttausend davon werden wir anlegen. Die haben doch gerade mit Omnibussen angefangen, die Pariser werden diese Neuheit annehmen, in drei Monaten haben wir unser Kapital verdreifacht. Ich kenne das Geschäft: Es werden aufs Kapital hervorragende Dividenden gezahlt, damit die Aktien hochgehen. Ein Einfall, den Nucingen neu belebt hat. Wenn wir das Gut Rubempré wieder herstellen, zahlen wir nicht alles auf einmal. Du gehst zu des Lupeaulx und bittest ihn, dass er persönlich dich einem Anwalt Desroches empfiehlt, ein Schlitzohr, den du in seiner Kanzlei besuchst; und du sagst ihm, dass er nach Rubempré geht, die Lage zu prüfen, und du versprichst ihm zwanzigtausend Franc Honorar, wenn er es hinkriegt, dir für achthunderttausend Franc Boden um die Ruine des Schlosses zu kaufen und dir damit dreißigtausend Pfund Rente zu verschaffen.«

»Wie du da rangehst! ... Nur zu! Nur zu! ...«

»Gehen tu ich immer. Aber ohne Scherz jetzt: Du legst hunderttausend Taler in Schatzbriefen an, damit du keine Zinsen verlierst; du kannst die bei Desroches anlegen, er ist so rechtschaffen wie ausgefuchst ... Wenn das getan ist, fahr gleich nach Angoulême und bring deine Schwester und deinen Schwager dazu, dass sie eine kleine amtliche Unwahrheit auf sich nehmen. Deine Verwandten können sagen, dass sie dir sechshunderttausend Franc gegeben haben, um deine Ehe mit Clotilde de Grandlieu zu unterstützen, das ist nicht unehrenhaft.

»Wir sind gerettet!«, rief Lucien verblüfft.

»Du schon!«, fuhr Carlos fort, »aber trotzdem bist du das erst, wenn du die Kirche Saint-Thomas-d'Aquin mit Clotilde als deiner Frau verlässt ...«

»Was befürchtest du?«, sagte Lucien mit scheinbar großem Interesse an seinem Ratgeber.

»Es sind mir Schnüffler auf der Spur ... Ich muss aussehen wie ein richtiger Priester, und das ist schon ärgerlich! Wenn er mich mit einem Gebetbuch unterm Arm sieht, wird mir der Teufel nicht mehr helfen.«

In diesem Augenblick traf Baron de Nucingen, Arm in Arm mit seinem Kassierer, am Tor seines Palais ein.

Gewinne und Verluste

»Ch hob Angst«, meinte er beim Eintreten, »dass ich a schlechtes Geschäft gemacht hob ... Pah! Das holn wir wider rajn ...«

»Das Unglick is, dass Herr Baron sich mit Namen engagiert hot«, gab der gute Deutsche zurück, dem bloß die Etikette wichtig war.

»'s wahr, majne offizielle Gelibte muss in a Position sajn, die majner wirdig is«, antwortete dieser Louis XIV. vom Kassabüro.

In der Gewissheit, früher oder später Esther zu bekommen, wurde der Baron wieder der große Finanzier, der er war. Er übernahm die Leitung seiner Geschäfte wieder so tatkräftig, dass sich sein Kassierer, als er ihn am nächsten Morgen um sechs Uhr im Büro bei der Überprüfung von Papieren antraf, die Hände rieb.

»Herr Baron hot gestern ganz entschieden was gespart«, sagte er mit dem Lächeln eines Deutschen, halb feinsinnig, halb naseweis.

Wenn Leute, die auf dieselbe Art wie der Baron reich sind, mehr Gelegenheiten haben als andere, Geld zu verlieren, so haben sie aber auch mehr Gelegenheiten, Geld zu verdienen, sogar wenn sie ihren Verrücktheiten nachgeben. Obwohl das Finanzgebaren des Hauses Nucingen schon an anderer Stelle erklärt wurde, ist es doch nicht überflüssig festzuhalten, dass inmitten der kommerziellen, politischen und industriellen Revolutionen unserer Zeit derart beachtliche Vermögen nicht erworben, nicht gebildet, nicht vergrößert, nicht erhalten werden können ohne ungeheure Verluste an Kapital, oder, wenn Sie so wollen, nicht ohne Schaden für andere Einzelvermögen. Im Allgemeinvermögen der Welt werden nur sehr wenige Werte neu geschöpft. Jede neue Kapitalanhäufung bedeutet eine neue Ungleichheit in der allgemeinen Verteilung. Was der Staat fordert, gibt er zurück; was aber das Haus Nucingen nimmt, behält es. Solche Arglist entzieht sich dem Gesetz aus dem Grund, der aus Friedrich dem Großen einen Jacques Collin, einen Mandrin gemacht hätte, wenn er, statt mit Schlachten in den Provinzen zu operieren, im Schmuggel oder mit beweglichen Wertsachen tätig gewesen wäre. Die Staaten Europas dazu zu zwingen, zu zwanzig oder zehn Prozent Geld zu leihen, und diese zehn oder zwanzig Prozent aus öffentlichen Geldern einzunehmen, die Industrie über die Aneignung der Rohstoffe im großen Stil zu erpressen, dem Erfinder eines Produkts ein Seil hinzuhalten, damit er sich über Wasser halten kann, bis man sein ersticktes Unternehmen herausgezogen hat, kurz all diese Schlachten um gewonnene Taler stellen die hohe Politik des Geldes dar. Natürlich läuft der Bankier wie der Eroberer Risiken; aber es gibt so wenige Menschen in der Position, solche Schlachten zu schlagen, dass Schafe hier nichts verloren haben. Diese großen Angelegenheiten sind Sache der Hirten. Dementsprechend nimmt man im Allgemeinen, so wie die *Pleitiers* (ein feststehender Begriff im Börsenjargon) selber schuld sind, dass sie zu viel gewinnen wollten, kaum Anteil an den Missgeschicken, die aus den Kombinationen der Nucingens entstehen.

Dass sich ein Spekulant eine Kugel in den Kopf jagt, dass ein Wechselagent die Flucht ergreift, dass ein Notar mit dem Vermögen Hunderter Haushalte durchbrennt, was schlimmer ist, als einen Mann umzubringen, dass ein Bankier in Konkurs geht, alle diese Katastrophen sind in Paris nach ein paar Monaten vergessen, überspült vom Hin und Her der Gezeiten dieser großen Stadt. Die kolossalen Vermögen der Jacques Coeur, der *Medici*, der Ango in Dieppe, der Auffredi in La Rochelle, der *Fugger*, der *Tiepolo*, der *Corner* wurden einst rechtschaffen erlangt durch die Privilegien, die sich der Unkenntnis verdankten, in der man sich befand, was die Herkunft all der kostbaren Waren anging; heute aber hat sich die Kenntnis der Geografie derart in der Masse verbreitet, die Konkurrenz hat die Profite derart verringert, dass jedes schnell entstandene Vermögen entweder die Folge eines Zufalls oder einer Entdeckung ist oder das Ergebnis eines gesetzeskonformen Raubes. Verdorben durch empörende Vorbilder hat der Einzelhandel besonders in den letzten zehn Jahren auf das perfide Verhalten der hohen Handelswelt mit widerwärtigen Anschlägen auf die Rohstoffe geantwortet. Überall, wo Chemie im Einsatz ist, trinkt man keinen Wein mehr, und die Weinkultur geht nieder. Man verkauft falsches Salz, um die Steuer zu umgehen. Die Gerichte sind erschreckt von der allgemeinen Unehrlichkeit. Jetzt ist der französische Handel der gesamten Welt verdächtig, und England ist genauso heruntergekommen. Das Übel stammt bei uns von der politischen Gesetzgebung. Die Charta hat die Herrschaft des Geldes ausgerufen, der Erfolg wird damit zum obersten Maßstab einer gottlosen Zeit. So ist die Verderbtheit der oberen Schichten trotz der blendenden Effekte des Goldes und ihrer verlogenen Begründungen unendlich viel scheußlicher als die niedrigen und gewissermaßen persönlichen Gemeinheiten der unteren Schichten, von denen ein paar einzelne dieser

Szenerie ihre Komik – wenn Sie so wollen: ihren Schrecken – verleihen. Die Regierung, der jeder neue Gedanke Angst einjagt, hat das Komische unserer Zeit aus dem Theater verbannt. Das Bürgertum, das weniger liberal als Louis XIV. ist, zittert, wenn die *Hochzeit des Figaro* auf den Spielplan kommt, verbietet, den *Tartuffe* politisch zu inszenieren, und würde natürlich den *Turcaret oder Der Financier* heute niemals aufführen lassen, denn Turcaret herrscht jetzt. Seither werden Komödien erzählt, und das Buch ist die langsamere, aber sicherere Waffe der Dichter geworden.

Im Laufe dieses Morgens, mitten im Kommen und Gehen der Sitzungen, der veranlassten Ordres, der Blitzabsprachen, die aus Nucingens Büro eine Art Vorzimmer des Finanzwesens machen, berichtete ihm einer seiner Wechsel-Agenten vom Verschwinden eines Teilhabers der Gesellschaft, eines der Fähigsten, eines der Reichsten, Jacques Falleix, Bruder von Martin Falleix und Nachfolger von Jules Desmarrets. Jacques Falleix war nominell der leitende Wechselagent des Hauses Nucingen. Gemeinsam mit Du Tillet und den Kellers hatte der Baron den Ruin dieses Mannes so kalt herbeigeführt, als wäre es um die Tötung eines Lamms zu Ostern gegangen.

»Er konnt sich nischt halten«, antwortete ruhig der Baron.

Jacques Falleix hatte der Börsenspekulation große Dienste erwiesen. Ein paar Monate zuvor hatte er in einer Krise mit kühnen Manövern *die Stellung gehalten*. Aber von Börsenluchsen Dank zu erwarten, ist das nicht, wie wenn man im Winter die Wölfe der Ukraine rühren wollte?

»Armer Kerl«, antwortete der Wechselagent, »er hat diese Entwicklung so wenig geahnt, dass er in der Rue Saint-Georges ein kleines Haus für seine Mätresse eingerichtet hat; er hat hundertfünfzigtausend Franc für Maler und Möbel ausgegeben. Er hat Madame du Val-Noble so geliebt! ... Und jetzt haben wir eine Frau, die all das verlassen muss ... Da ist noch nichts bezahlt.«

›Schejn, schejn!‹, sagte sich Nucingen, ›schejne Gelegenhajt, majne Farluste vun dieser Nacht ojszuglajchen ...‹ – »Er hot nischt bezahlt?«, fragte er den Wechselagenten.

»Ah!«, gab der Agent zurück, »welcher Ausstatter wäre so ungeschickt, Jacques Falleix keinen Kredit zu geben? Es soll sogar ein erlesener Weinkeller dabeisein. Nebenbei bemerkt steht das Haus zum Verkauf, er hat es kaufen wollen. Der Mietvertrag läuft auf seinen Namen. Was für eine Dummheit! Silber, Möbel, Weine, Wagen, Pferde, alles wird Teil der Verfügungsmasse, und was haben die Gläubiger davon?«

»Kommen Si morgen wider«, sagte Nucingen, »dann werd ich mir das angesehn haben, und wenn kajn Konkurs angemeldet wird, wenn di Sach gitlich geklert wird, dann beauftrag ich Si, a verninftigen Prajs fir das Mobiliar anzubiten, und ibernehme den Mietvertrag ...«

»Das lässt sich sehr gut machen«, meinte der Wechselagent. »Wenn Sie heute Vormittag hingehen, treffen Sie einen von Falleix' Gesellschaftern mit den Ausstattern, die sich einen Vorrang schaffen wollen, aber die Val-Noble hat die Rechnungen auf den Namen von Falleix.«

Baron de Nucingen schickte auf der Stelle einen seiner Handlungsgehilfen zu seinem Notar. Jacques Falleix hatte ihm von dem Haus erzählt, das höchstens sechzigtausend Franc wert war. Er wollte sofort Eigentümer werden, um den mit Mieten begründeten Vorrang des Eigentümers auszuüben.

Der Kassierer (ein anständiger Mann!) erschien, um zu erfahren, ob sein Herr bei Falleix' Untergang Verlust mache.

»Im Gegentajl, majn liber Wolfgang, ch hol mir hunderttojsend Frank zurick.«

»Hä? Wi des?«

»Eh, ch werd das klajne Hojschen krigen, des da arme Tojfel Fallehsch sait ajnem Jahr fir sajne Gelibte ajngerichtet hot. Ch werd alles zusammen krigen, indem ich den Glojbigern finfzigtojsend Frank anbiete, und Metre Gartot, mein Notar, bekommt majne Anwajsungen zum Hojs, denn der Ajgentimer steckt in der Klemm ... Ch wusste des, aber ich hatte kajnen Kopf dafir. Demnechst wird meine gettliche Essda a klajnes Paleh bewohnen ... Fallehsch hat es mir gezajgt: Es is a Wunder, und zwaj Schritt von hier ... des passt mir wi a Handschuh.«

Falleix' Pleite zwang den Baron, zur Börse zu gehen; doch es war ihm unmöglich, die Rue Saint-Lazare zu verlassen, ohne in die Rue Taitbout zu gehen; er litt bereits darunter, für ein paar Stunden ohne Esther gewesen zu sein, er hätte sie bei sich behalten wollen. Mit Blick auf den Gewinn, den er aus den Hinterlassenschaften seines Wechselagenten schlagen wollte, schien ihm der Verlust der bereits ausgegebenen vierhunderttausend Franc sehr leicht zu verkraften. Bezaubert davon, seinem Engel den Umzug von der Rue Taitbout in die Rue Saint-Georges zu verkünden, wo sie in einem kleinen Palais wäre, wo sich ihrem Glück keine Erinnerungen mehr entgegenstellen würden, kamen seinen Füßen die Pflastersteine weich vor, er ging wie ein junger Mann in einem Jungmännertraum. An der Ecke zur Rue des Trois-Frères sah der Baron zwischen Traum und Pflastersteinen Europe mit bestürztem Gesicht auf sich zukommen.

»Wo gehst du hin?«, fragte er.

»Ach, Monsieur, ich war auf dem Weg zu Ihnen ... Sie hatten gestern ja so recht! Jetzt verstehe ich, dass sich die arme Madame für ein paar Tage ins Gefängnis sperren lassen sollte. Aber kennen sich denn Frauen in Geldsachen aus? ... Als die Gläubiger von Madame erfahren haben, dass sie wieder zu Hause war, haben sie sich auf uns gestürzt wie über eine

Beute ... Gestern, um sieben Uhr abends, Monsieur, sind sie gekommen, um scheußliche Aushänge anzubringen, dass ihr Mobiliar am Samstag verkauft wird ... Und das ist noch gar nichts ... Madame, die ja ein ganz weiches Herz hat, wollte seinerzeit diesem Monstrum von Mann einen Gefallen tun, Sie wissen schon!«

»Welches Monster?«

»Ja, dem, den sie mal geliebt hat, dieser d'Estourny, ach, der war ja reizend. Er spielte, das ist es.«

»Er spilte mit gezinkten Karten ...«

»Na ja, und Sie? ...«, sagte Europe, »was machen Sie an der Börse? Lassen Sie mich zu Ende erzählen. Eines Tages, um zu verhindern, dass sich Georges sozusagen eine Kugel in den Kopf schießt, hat sie ihr gesamtes Silber ins Pfandhaus getragen, ihren Schmuck, der aber nicht bezahlt war. Als die gehört haben, dass sie *einem Gläubiger etwas gegeben* hat, sind alle gekommen und haben ihr eine Szene gemacht ... die drohen, sie vors Gericht zu bringen ... Ihr Engel auf der Anklagebank! ... steht einem da nicht die Perücke zu Berge ... sie löst sich in Tränen auf, sie redet davon, ins Wasser zu gehen ... oh! Das wird sie.«

»Wenn ich jetzt zu Ihnen geh, kann ich di Berse fargessen!«, rief Nucingen. »Is unmeglich, dass ich nischt hingeh, weil ich da fir si a Gewinn mach ... Geh si beruhigen: Ch bezahle ihre Schulden, ch besuch sie um vier Uhr. Aber, Ejscheni, sag ihr, si soll ein bißchen liebhaben mich ...«

»Wie, ein bißchen? Aber wie! ... Hören Sie Monsieur, es gibt nur die Großzügigkeit, mit der man das Herz der Frauen gewinnt ... Sicher, Sie hätten vielleicht hunderttausend Franc gespart, wenn Sie sie ins Gefängnis hätten gehen lassen. Aber ihr Herz, das hätten Sie niemals gewonnen ... Wie sie mir das gesagt hat: ›Eugénie, er war schon groß, schon großzügig ... er ist eine schöne Seele!‹«

»Des hot si gesagt, Ejscheni?«, rief der Baron.

»Ja Monsieur, mir selber.«

»Hier, nimm zehn Louis ...«

»Danke ... es ist aber jetzt, dass sie in Tränen aufgelöst ist, sie weint seit gestern wie die Heilige Magdalena einen Monat lang geweint hat ... Die, die Sie lieben, ist verzweifelt, und das auch noch wegen Schulden, die gar nicht ihre sind! Ach! die Männer! Die saugen die Frauen aus, wie die Frauen die Alten ... also!«

»Si sind alle so! ... sich farbirgen! ... ach! man farbirgt sich nischt! ... dass sie bloß nichts mehr unterschrajbt. Ch zahle, aber wenn si noch a ajnzige Unterschrift lajstet ... ich ...«

»Sie würden was?«, richtete Europe sich auf.

»Mein Gott! Ch habe kajne Gewalt iber si ... ich werde mich ihrer klajnen Geschichten annehmen ... Geh, geh si trejsten und sag ihr, dass si in vier Wochen in a klajnen Paleh wohnen wird.«

»Sie haben, Herr Baron, mit hoher Rendite in das Herz einer Frau investiert! Und siehe da ... ich finde Sie jünger geworden. Dabei bin ich doch bloß die Kammerzofe, aber ich habe das schon oft beobachtet ... das ist das Glück ... das Glück hat einen besonderen Glanz ... wenn Sie Kosten haben, trauern Sie denen nicht nach ... Sie werden sehen, was es einbringt. Zuerst habe ich es Madame gesagt: dass sie das Allerletzte wäre, *eine Herumtreiberin*, wenn sie Sie nicht lieben mag, denn Sie ziehen sie aus einer Hölle ... Wenn sie erst einmal keine Sorgen mehr hat, lernen Sie sie kennen. Unter uns, ich kann Ihnen anvertrauen: In der Nacht, als sie so geweint hat ... Was wollen Sie? ... Man legt doch Wert darauf, geachtet zu werden von einem Mann, der uns aushalten will ... sie hat sich nicht getraut, es Ihnen zu sagen ... sie wollte abhauen.«

»Abhojen!«, schrie der Baron auf, entsetzt von diesem Gedanken. »Aber – di Berse, di Berse. Geh, geh, ich werde nischt kennen … Aber lass mich si am Fenster sehen … ihr Anblick wird mich besterken …«

Esther lächelte Monsieur de Nucingen zu, als er am Haus vorbeikam und schweren Schrittes weiterging mit den Worten: »Das is a Engl!« Und hier, wie Europe es angestellt hat, um dieses unmögliche Ergebnis zu erzielen.

Nötige Erklärungen

Gegen halb drei hatte sich Esther fertig angezogen, wie wenn sie Lucien erwartete; sie war hinreißend; als Prudence sie so sah, sagte sie ihr mit einem Blick aus dem Fenster: »Schau, da ist Monsieur!« Das arme Mädchen huschte ans Fenster in der Erwartung, Lucien zu sehen, und sah Nucingen.

»Oh, wie du mir wehtust!«, sagte sie.

»Das war die einzige Möglichkeit, Sie aussehen zu lassen, als hätten Sie etwas übrig für einen armen Alten, der Ihre Schulden bezahlt«, gab Europe zurück, »immerhin werden jetzt alle bezahlt.«

»Was denn für Schulden?«, schrie dies Geschöpf, das nichts anderes im Sinn hatte, als an seiner Liebe festzuhalten, die schreckliche Hände ihr wegnahmen.

»Die, die Monsieur Carlos Madame gemacht hat.«

»Wie! Es sind jetzt beinah vierhundertfünfzigtausend Franc!«, rief Esther.

»Sie haben noch mehr in Höhe von hundertfünfzigtausend Franc; aber er hat das alles sehr gut aufgenommen, der Baron … Er wird Sie hier herausbringen, Sie in *a klajnes Paleh* ziehen lassen … Meine Güte! Ihnen geht es nicht schlecht! … An Ihrer Stelle, wo Sie den Mann an der richtigen Stelle gepackt haben, würde ich mir, wenn Sie Carlos zufriedengestellt haben, ein Haus und feste Einkünfte geben lassen. Madame ist sicherlich die schönste Frau, die ich gesehen habe, und die einnehmendste, aber man wird so schnell hässlich! Ich war frisch und jung, und schau mich jetzt an. Ich bin dreiundzwanzig, beinah das Alter von Madame und sehe aus wie zehn Jahre älter ... Eine Krankheit genügt ... Ja, aber wenn man ein Haus in Paris und feste Einkünfte hat, dann hat man keine Angst, auf der Straße zu enden ...«

Esther hörte Europe-Eugénie-Prudence Servien nicht mehr zu. Der Wille eines Mannes mit dem Genie der Verdorbenheit hatte Esther also mit derselben Kraft in den Morast zurückgestoßen, mit der er sie herausgezogen hatte. Wer die Liebe in ihrer Unendlichkeit kennt, der weiß, dass man ihre Freuden nicht erfährt, ohne ihre Tugenden anzunehmen. Seit der Szene in ihrem Loch in der Rue de Langlade hatte Esther ihr früheres Leben völlig vergessen. Sie hatte bis jetzt im Schutz ihrer Leidenschaft sehr tugendhaft gelebt. Andererseits hatte der verschlagene Verführer, um auf keinen Widerstand zu stoßen, das Talent, alles so vorzubereiten, dass das arme Mädchen, gedrängt von seiner Ergebenheit, zu vollbrachten oder unmittelbar bevorstehenden Schurkereien nur noch sein Einverständnis zu geben brauchte. Dieses Raffinement veranschaulicht die Überlegenheit dieses Verderbers und zeigt damit zugleich das Verfahren, mit dem er Lucien gefügig gemacht hatte. Erdrückende Sachzwänge schaffen, ein Sprengloch bohren und es mit Pulver laden und im kritischen Moment dem Komplizen sagen: »Mach ein Zeichen, und alles geht hoch!« Früher hatte Esther, erfüllt von den besonderen Moralbegriffen der Kurtisanen, solcherlei Freundlichkeiten so selbstverständlich gefunden, dass sie eine Rivalin allein nach den Ausgaben beurteilte, die ein Mann ihretwegen machte. Die vernichteten Vermögen sind die Rangabzeichen dieser Geschöpfe. Carlos hatte sich nicht getäuscht, als er auf Esthers alte Reflexe setzte. Diese Kriegslisten, diese tausendmal nicht nur von Frauen, sondern auch von Verschwendern angewendeten Winkelzüge, brachten Esther nicht durcheinander. Das arme Mädchen bemerkte nur die eigene Erniedrigung. Sie liebte Lucien, sie wurde die offizielle Geliebte des Baron de Nucingen: All das war ihr klar. Dass der falsche Spanier ein Aufgeld kassierte, dass Lucien das Gebäude seines Glücks mit den Steinen von Esthers Grab errichtete, dass eine einzige Nacht der Freude den alten Bankier ein paar Tausender mehr oder weniger kostete, dass Europe ihm ein paar hunderttausend Franc mit mehr oder weniger genialen Tricks abpresste, nichts von alledem beschäftigte dies liebende Mädchen. Der Krebs, der ihr Herz auffraß, saß hier: In ihren eigenen Augen war sie fünf Jahre lang unschuldig wie ein Engel gewesen! Sie liebte, sie war glücklich, sie hatte nicht die mindeste Untreue begangen. Diese schöne reine Liebe würde beschmutzt. Ihr Verstand stellte sich nicht den Kontrast ihres unbekannten schönen Lebens gegenüber ihrer unreinen Zukunft vor. Es war bei ihr weder Berechnung noch poetische Überhöhung, sie empfand ein unbestimmbares Gefühl von unendlicher Macht: Von weiß würde sie schwarz werden; von rein unrein; von edel gemein. Als makellose Unschuld aus eigenem Willen schien ihr die moralische Beschmutzung unerträglich. So war ihr, als sie der Baron mit seiner Liebe bedroht hatte, der Gedanke in den Sinn gekommen, sich aus dem Fenster zu stürzen. Lucien wurde mit einer Absolutheit geliebt, wie es ein Mann äußerst selten wird. Die Frauen, die von ihrer Liebe sprechen, die oft meinen, am meisten zu lieben, tanzen und tänzeln, kokettieren mit anderen Männern, machen sich zurecht für Gesellschaften und gehen begehrliche Blicke ernten; doch Esther hatte, ohne dass es ein Opfer gewesen wäre, die Wunder der wahrhaften Liebe vollbracht. Sie hatte Lucien sechs Jahre lang geliebt wie die Schauspielerinnen und die Kurtisanen, die, da sie in Morast und Unreinheit geraten sind, nach Edlem, nach der Hingabe der echten Liebe dürsten und darum *exklusiv* lieben (muss man nicht ein Wort schöpfen, um einen so wenig in die Tat umgesetzten Gedanken wiederzugeben?). Die vergangenen Nationen, Griechenland, Rom und der Orient, haben die Frau immer in Gewahrsam gehalten, die Frau, die liebt, musste sich selbst unterdrücken. Man kann sich also vorstellen, dass Esther von einer Art seelischer Krankheit ergriffen wurde, als sie den geträumten Palast verließ, in dem dieses Fest, dieses Gedicht in Erfüllung gegangen wäre, um in das *klajne Paleh* eines kalten Greises zu ziehen. Geschoben von einer eisernen Hand, war sie schon halb in der Niedertracht versunken, ehe sie nachdenken konnte; doch seit zwei Tagen dachte sie nach und spürte im Herzen eine tödliche Kälte.

Bei den Worten »auf der Straße enden« richtete sie sich unvermittelt auf und sagte: »Auf der Straße enden? ... Nein, eher in der Seine ...«

»In der Seine? ... Und Herr Lucien? ...«, sagte Europe.

Dies eine Worte ließ Esther auf ihren Sessel zurücksinken, wo sie auf ein Rosettenmuster im Teppich starrte, die Glut in ihrem Kopf nahm ihr die Tränen. Um vier Uhr fand Nucingen seinen Engel versunken in diesen Ozean der Überlegungen, der Beschlüsse, über den weibliche Geister dahintreiben und von dem sie zurückkommen mit Worten, die denen unverständlich sind, die dort noch nie mit ihnen gewesen sind.

»Machen Si doch nischt solche Falten ... majne Schejne,« sagte ihr der Baron, als er sich neben sie setzte, »Si werden haben ka Schulden mehr ... ch verstendige mich mit Ejscheni und in a Monat farlassen Si diese Wohnung, um in a klajnes Paleh zu zihn ... Ach! So a schejne Hand. Geben Si si mir, dass ich si wige (Esther ließ ihn ihre Hand nehmen wie ein

Hund, der Pfötchen gibt) – Ach!, Si geben Ihre Hand, aber nischt Ihr Herz ... aber es ist das Herz, das ich libe ...«

Das hatte so aufrichtig geklungen, dass die arme Esther ihren Blick mit einem Ausdruck des Mitleids auf diesen Greis richtete, der ihn fast um den Verstand brachte. Die Verliebten empfinden sich, genauso wie die Märtyrer, als Brüder im Leiden! Nichts auf der Welt versteht man besser als vergleichbare Schmerzen.

»Armer Mann«, sagte sie, »er liebt.«

Als er diese Worte hörte, deren Sinn er aber falsch verstand, erbleichte der Baron, sein Blut hüpfte in den Adern, er atmete die Luft des Himmels. In seinem Alter geben Millionäre für ein solches Gefühl so viel Gold, wie eine Frau von ihnen verlangt.

»Ich libe Si, wi ich majne Tochter libe ...«, sagte er, »und ich fihle hier«, fuhr er fort und legte sich die Hand aufs Herz, »dass ich nischt anders Si betrachten kann als glicklich.«

»Wenn Sie bloß mein Vater sein wollten, würde ich Sie ganz liebhaben, ich würde Sie nie verlassen, und Sie würden erkennen, dass ich keine schlechte Frau bin, weder käuflich noch gierig, wie es im Moment aussieht ...«

»Si haben klajne Dummhajten begangen«, fuhr der Baron fort, »wie alle schejnen Frojen, und punktum. Reden wir davon nischt mehr. Unser ajgenes Gescheft is, Geld für Si zu fardinen ... sajen Si glicklich: Ich will gerne fir ein paar Tage Ihr Vater sajn, denn ich farsteh, dass Si sich erst mal an majn armes Gestell gewejhnen missen.«

»Aber wirklich!«, rief sie aus, erhob sich und schwang sich auf die Knie Nucingens, strich ihm mit der Hand um den Hals und drückte sich an ihn.

»Is wirklich«, antwortete er und versuchte, seinem Gesicht ein Lächeln zu verleihen.

Sie küsste ihn auf die Stirn, sie glaubte an einen unmöglichen Handel: rein bleiben und Lucien sehen … sie liebkoste den Bankier so sehr, dass La Torpille wieder hervorschien. Sie bezauberte den Greis, der versprach, vierzig Tage lang Vater zu bleiben. Diese vierzig Tage waren nötig für den Kauf und die Einrichtung des Hauses in der Rue Saint-Georges. Wieder auf der Straße sagte sich der Baron beim Heimweg: »Ch bin a Trottel!« Tatsächlich, wenn er zum Kind wurde in Esthers Gegenwart: Ohne sie, beim Hinausgehen, nahm er sein Wesen des Börsenluchses wieder an, ganz wie der Spieler wieder verliebt ist in Angélique, wenn er keinen Heller mehr hat.

»A holbe Million, und nischt amal wissen, wos für Beine si hat, des is schon zu dumm; aber zum Glick wird davon niemand erfahren«, meinte er zwanzig Tage später. Und fasste schöne Beschlüsse, wie er mit einer Frau Schluss machen würde, die er so teuer erkauft hatte; dann, wenn er bei Esther war, verwendete er alle Zeit, um seine Rohheit vom Anfang wiedergutzumachen. – »Ch kann nischt«, sagte er ihr am Ende des Monats, »der ewige Vater sajn.«

Zwei große Leidenschaften im Kampf

Am Ende des Monats Dezember 1829, am Vorabend des Tages, an dem Esther in das kleine Palais in der Rue Saint-Georges ziehen sollte, bat der Baron du Tillet, mit Florine zu kommen und zu schauen, ob alles Nucingens Reichtum entsprach, ob das Wort vom kleinen PALAST verwirklicht worden war von den Handwerkern, die den Auftrag gehabt hatten, diese Voliere ihres Vogels würdig zu gestalten. Sämtliche Errungenschaften des Luxus von der Zeit vor der Revolution von 1830 machten aus diesem Haus ein Vorbild des guten Geschmacks. Der Architekt Grindot sah darin das Meisterwerk seines Talents als Ausstatter. Die in Marmor neu gefasste

Treppe, die Stuckverzierungen, die Tuche, die sparsam aufgetragenen Vergoldungen, die geringsten Details wie die großen Effekte überstiegen alles, was das Jahrhundert Louis' XV. in dieser Hinsicht in Paris hinterlassen hat.

»Das ist mein Traum: das und die Tugend!«, lächelte Florine. »Und für wen machst du diese Ausgaben«, fragte sie Nucingen. »Ist es eine Jungfrau, die sich vom Himmel hat fallen lassen?«

»Is a Froj, di dorthin ojfstajgt«, antwortete der Baron.

»Deine Art, den Jupiter zu spielen«, gab die Schauspielerin zurück. »Und wann sieht man sie?«

»Oh! Am Tag der Einweihung«, rief du Tillet.

»Vorher nischt …«, sagte der Baron.

»Da muss man sich hübsch striegeln, schnüren, aufputzen«, sagte Florine. »Oh!, werden die Frauen ihren Schneidern und Friseuren für diesen Abend Mühe machen! … Und wann? …«

»Das habe ich nischt zu bestimmen.«

»Das ist ja mal eine Frau! …«, rief Florine, »oh! Die möchte ich gern mal aus der Nähe sehen! …«

»Ich auch«, gab der Baron naiv zurück.

»Wie? Das Haus, die Frau, die Möbel, alles ist dann neu?«

»Sogar der Bankier«, sagte du Tillet, »sogar mein Freund kommt mir ziemlich jung vor.«

»Da wird er wieder wie ein Zwanzigjähriger sein müssen«, meinte Florine, »wenigstens für den Moment.«

In den ersten Tagen des Jahres 1830 sprach in Paris alle Welt von Nucingens Leidenschaft und vom maßlosen Luxus seines Hauses. Der arme Baron, bloßgestellt, bespöttelt und erfasst von einer leicht begreiflichen Wut, setzte sich in den Kopf, seine Entschlossenheit als Finanzier in die stürmische Leidenschaft, die er im Herzen spürte, zu übertragen. Er wollte bei der Begrüßung sowohl von der Rolle des edlen

Vaters Abschied nehmen wie auch den Erlös für so viele Opfer erhalten. Da ihn La Torpille immer wieder abwehrte, beschloss er, die Angelegenheit seiner Vereinigung per Korrespondenz zu verhandeln, um von ihr eine unbesicherte Schuldverschreibung zu erhalten. Bankleute glauben nur an Wechselbriefe. So also erhob sich der Börsenluchs an einem der ersten Morgen jenes Jahres zu früher Stunde, schloss sich in seinem Büro ein und machte sich an die Niederschrift des folgenden Briefs, verfasst in gutem Französisch; denn wenn er auch eine schlechte Aussprache hatte, die Rechtschreibung beherrschte er sehr wohl.

»Liebe Esther, Blüte meiner Gedanken und einziges Glück meines Lebens, als ich Ihnen sagte, ich liebte Sie, wie ich eine Tochter liebe, habe ich Sie und mich selbst getäuscht. Ich wollte nur die Heiligkeit meiner Gefühle zum Ausdruck bringen, die keinem gleichen, das Männer je empfunden haben, erstens weil ich ein alter Mann bin, dann, weil ich noch niemals geliebt habe. Ich liebe Sie so sehr, dass ich Sie, und kosteten Sie mich auch mein Vermögen, darum nicht minder lieben würde. Seien Sie gerecht! Die meisten Männer hätten in Ihnen nicht, so wie ich, einen Engel erblickt: Nie habe ich einen Blick auf Ihre Vergangenheit geworfen. Ich liebe Sie zugleich, wie ich meine Tochter Augusta liebe, die mein einziges Kind ist, und wie ich meine Frau lieben würde, wenn meine Frau mich hätte lieben können. Wenn das Glück die einzige Absolution ist für einen verliebten alten Mann, fragen Sie sich, ob ich nicht eine lächerliche Rolle spiele. Ich habe Sie zum Trost, zur Freude meiner alten Tage gemacht. Sie wissen sehr gut, dass Sie bis zu meinem Tod so glücklich sein werden, wie eine Frau es sein kann, und Sie wissen genauso gut, dass Sie nach meinem Tod reich genug sein werden, dass Ihr Schicksal manche Frau vor Neid erblassen lassen wird. In allen Geschäften, die ich abschließe, seit ich das Glück habe, mit Ihnen zu sprechen, wird Ihr Anteil angewiesen, und Sie haben ein Konto im Bankhaus Nucingen. In wenigen Tagen ziehen Sie in ein Haus, das früher oder später Ihres sein wird, wenn es Ihnen gefällt. Wollen Sie mich dort noch als Vater empfangen, wenn Sie mich dort empfangen, oder werde ich endlich glücklich sein? ... Verzeihen Sie mir, dass ich Ihnen so offen schreibe; aber wenn ich bei Ihnen bin, fehlt mir der Mut und ich fühle zu deutlich, dass Sie meine Herrin sind. Ich habe nicht die Absicht, Sie zu kränken, ich möchte Ihnen nur sagen, wie sehr ich leide und wie grausam es in meinem Alter ist, zu warten, wenn mir jeder Tag die Hoffnungen und Freuden raubt. Meine Zurückhaltung ist übrigens Garantie für die Ernsthaftigkeit meiner Absichten. Habe ich mich je wie ein Gläubiger verhalten? Sie sind wie eine Festung, und ich bin kein junger Mann. Sie antworten auf mein Jammern, dass es um Ihr Leben geht, und Sie lassen es mich glauben, wenn ich Ihnen zuhöre; doch hier falle ich zurück in den schwärzesten Kummer, in Zweifel, die uns, die eine wie den anderen, entehren. Sie erschienen mir so gut, so offen wie schön; doch Sie gefallen sich darin, meine Überzeugungen zu zerstören. Urteilen Sie selbst! Sie sagen zu mir, dass Sie in Ihrem Herzen eine Leidenschaft tragen, eine unerbittliche Leidenschaft, und Sie weigern sich, mir den Namen dessen anzuvertrauen, den Sie lieben ... Ist das normal? Sie haben aus einem einigermaßen starken Mann einen Mann von unerhörter Schwäche gemacht ... Sehen Sie, wohin mich das gebracht hat! Ich bin gezwungen, Sie zu fragen, welche Zukunft Sie meiner Leidenschaft nach fünf Monaten zuteilwerden lassen? Außerdem muss ich wissen, welche Rolle ich bei der Einweihung Ihres Palais' spielen soll. Geld ist für mich nichts, wenn es um Sie geht; ich werde nicht so dumm sein, mir diese Geringschätzung in Ihren Augen als Verdienst anzurechnen;

wenn allerdings meine Liebe keine Grenzen kennt, mein Vermögen hat sie, und mir liegt daran einzig für Sie. Nun denn! Wenn ich, nachdem ich Ihnen alles gegeben habe, als Armer Ihre Zuneigung erlangen könnte, dann möchte ich lieber arm sein und von Ihnen geliebt werden als reich und verschmäht sein. Sie haben mich derart verändert, meine liebe Esther, dass mich niemand wiedererkennt: Ich habe zehntausend Franc für ein Gemälde von Joseph Brideau bezahlt, weil Sie gesagt haben, er sei ein Mann von Talent und verkannt. Und zuletzt gebe ich in Ihrem Namen allen Armen, denen ich begegne, fünf Franc. Ach ja, was will der arme alte Mann, der sich als Ihr Schuldner betrachtet, wenn Sie ihm die Ehre erweisen, was auch immer von ihm anzunehmen? ... er will nur eine Hoffnung, und was für eine Hoffnung, großer Gott! Ist es nicht eher die Sicherheit, von Ihnen niemals etwas anderes zu bekommen als das, was meine Leidenschaft sich davon nimmt? Doch das Feuer meines Herzens wird Ihren grausamen Irreführungen treu folgen. Sie sehen mich bereit, alle Bedingungen anzunehmen, die Sie meinem Glück stellen, meinen wenigen Freuden; doch sagen Sie mir wenigstens, dass Sie an dem Tag, an dem Sie Ihr Haus in Besitz nehmen, das Herz und die Ergebenheit dessen annehmen, der sich für den Rest seiner Tage so benennt:

Ihr Sklave,
Frédéric de Nucingen«

»Und wie mir der auf die Nerven geht, dieser Millionentopf!«, rief Esther, wieder zur Kurtisane geworden, aus.

Sie nahm ein Blatt Papier und schrieb, über das ganze Blatt den berühmten Satz, der zu Scribes Ruhm sprichwörtlich geworden ist: *Nehmen Sie meinen Bär.*

Eine Viertelstunde später schrieb Esther unter Gewissensbissen folgenden Brief:

»Monsieur le Baron,

bitte beachten Sie den Brief, den Sie von mir erhalten haben, gar nicht, ich war zurückgefallen in die verrückte Art meiner Jugend; verzeihen Sie das, Monsieur, einem armen Mädchen, das eine Sklavin sein soll. Nie habe ich die Niedrigkeit meiner Lage deutlicher gespürt als seit jenem Tag, als ich Ihnen ausgeliefert wurde. Sie haben bezahlt, ich bin mich schuldig. Es gibt nichts Verdammteres als die Schulden der Ehrlosigkeit. Ich habe nicht das Recht, zu *liquidieren*, indem ich mich in die Seine stürze. Man kann eine Schuld immer in scheußlicher Währung bezahlen, die nur für eine Seite gut ist: Sie sehen mich also zu Ihren Diensten. Ich will in einer einzigen Nacht all die Summen abgelten, die wie Hypotheken auf diesem fatalen Moment lasten, und ich bin mit um so mehr Berechtigung überzeugt, dass eine Stunde von mir Millionen wert ist, als es die einzige, die letzte sein wird. Danach bin ich quitt und kann aus dem Leben scheiden. Eine anständige Frau hat Möglichkeiten, sich nach einem Fall wieder aufzurichten; wir anderen aber, wir stürzen zu tief. Darum ist mein Beschluss so fest, dass ich Sie bitte, diesen Brief aufzubewahren als Nachweis der Todesursache derer, die sich für einen Tag versteht als

Ihre Dienerin
Esther.«

Als der Brief abgeschickt war, tat es Esther leid. Zehn Minuten später schrieb sie diesen dritten Brief:

»Entschuldigen Sie, lieber Baron, es bin noch einmal ich. Ich wollte weder mich über Sie lustig machen noch Sie kränken; ich möchte Ihnen nur folgende einfache Überlegung zu bedenken geben: Wenn wir in dem Verhältnis von Vater und Tochter bleiben, werden Sie eine schwache, aber haltbare

Freude haben; wenn Sie die Erfüllung des Vertrags verlangen, werden Sie um mich trauern. Ich möchte Sie nicht mehr langweilen: Der Tag, an dem Sie sich für die Lust anstelle des Glücks entschieden haben werden, wird mein letzter sein.

Ihre Tochter

Esther.«

Beim ersten Brief geriet der Baron in eine kalte Wut, die Millionäre umbringen kann, er betrachtete sich im Spiegel, er läutete. – »Ajn Fußbad!«, schrie er seinen neuen Kammerdiener an. Während er das Fußbad nahm, kam der zweite Brief, er las ihn und verlor sein Bewusstsein. Man trug den Millionär in sein Bett. Als der Finanzier wieder zu sich kam, saß Madame de Nucingen am Fußende des Betts.

»Dies Mädchen hat recht!«, sagte sie ihm, »warum wollen Sie Liebe kaufen ... gibt es das auf dem Markt? Kann man Ihren Brief ansehen?«

Der Baron zeigte die verschiedenen Entwürfe, die er gemacht hatte, Madame de Nucingen las sie mit einem Lächeln. Der dritte Brief traf ein.

»Das ist ein erstaunliches Mädchen!«, rief die Baronin aus, nachdem sie diesen letzten Brief gelesen hatte.

»Was tun, Madamm?«, fragte der Baron seine Frau.

»Warten.«

»Warten!«, wiederholte er, »di Natur is unerbittlich ...«

»Hören Sie, mein Lieber«, sagte die Baronin, »Sie sind zuletzt zu mir hervorragend gewesen, ich werde Ihnen einen guten Rat geben.«

»Si sind a gute Froj! ...«, sagte er, »machen Si Schulden, ch bezahle ...«

»Was Ihnen mit dem Erhalt der Briefe passiert ist, berührt eine Frau mehr als verschleuderte Millionen oder alle Briefe, so schön sie auch sein mögen; machen Sie, dass sie das indirekt erfährt, Sie werden sie vielleicht besitzen! Und ... machen Sie sich da mal keine Gedanken, daran wird sie schon nicht sterben«, sagte sie und musterte ihren Gatten.

Madame de Nucingen hatte keine Ahnung vom Wesen solcher Mädchen.

Friedensvertrag zwischen Asie und dem Bankhaus Nucingen

›Wie is schloj Madamm de Nischingenn!‹, sagte sich der Baron, als seine Frau ihn allein gelassen hatte. Doch je mehr der Bankier die Listigkeit des Rats bewunderte, den ihm seine Frau gerade erteilt hatte, desto weniger kam er darauf, wie er ihn anwenden sollte; er fand sich nicht nur dumm, er sagte es sich auch noch selbst.

Die Dummheit des Geldmenschen, auch wenn sie geradezu sprichwörtlich geworden ist, ist doch relativ. Es gibt Fähigkeiten unseres Verstandes wie Fertigkeiten unseres Körpers. Der Tänzer hat die Stärke in den Füßen, der Schmied die seine in den Armen; der Starke der Markthalle übt sich im Tragen der Lasten, der Sänger arbeitet mit seinem Kehlkopf und der Pianist festigt sein Handgelenk. Ein Bankier bekommt Übung im Ersinnen von Geschäften, sie zu überlegen und Interesse zu wecken, wie sich ein Verfasser von Lustspielen einübt im Ersinnen von Situationen, in der Untersuchung der Themen, und wie er Figuren in Bewegung bringt. Man darf vom Baron de Nucingen nicht mehr Begabung zur Konversation verlangen als poetische Bilder im Verstand des Mathematikers. Wie viele Dichter finden sich in einer Epoche, die entweder Erzähler sind oder witzig im Alltagsleben in der Art der Madame Cornuel? Buffon war schwerfällig, Newton hat nicht geliebt und Lord Byron wohl kaum jemanden außer sich selbst, Rousseau war finster und beinah verrückt, und La Fontaine nicht bei der Sache. Bei gleichmäßiger Verteilung bringt das menschliche Vermögen überall Narren hervor oder Mittelmaß; bei Ungleichheit schafft es diese Besonderheiten, denen man die Bezeichnung *Genie* verleiht und die, wären sie äußerlich erkennbar, als Deformierung erschienen. Dasselbe Gesetz regiert den Körper: Perfekte Schönheit ist fast immer begleitet von Kälte oder Dummheit. Dass Pascal gleichzeitig ein großer Mathematiker und ein großer Schriftsteller ist, Beaumarchais ein großer Geschäftsmann, Zamet zutiefst ein Höfling – diese seltenen Ausnahmen bestätigen die Regel der Besonderheit der Intelligenzen. In der Welt des spekulativen Kalküls entfaltet der Bankier so viel Geist, Geschick, Scharfsinn, Qualitäten wie ein fähiger Diplomat in der Welt der nationalen Interessen. Dann wäre ein Bankier, der dazu auch noch besonders ist, außerhalb seines Büros ein großer Mann. Nucingen multipliziert mit dem Fürsten de Ligne, Mazarin oder Diderot ist eine fast unmögliche menschliche Mischung, die dann aber Perikles, Aristoteles, Voltaire und Napoleon geheißen hat. Das Strahlen der kaiserlichen Sonne soll dem Privatmann nicht Unrecht tun, der Kaiser hatte Charme, war gebildet und geistreich. Monsieur de Nucingen, reiner Bankier ohne allen Geist jenseits seiner Berechnungen wie die Mehrzahl der Bankiers, glaubte an nichts als gesicherte Werte. In Sachen Kunst und Gewerbe war er so vernünftig, sich mit Gold in der Hand an Fachleute aller Arten zu wenden und den besten Architekten, den besten Chirurgen, den, der sich am besten auskennt mit Bildern und Statuen, den besten Anwalt zu nehmen, wenn es um den Bau eines Hauses, die Überwachung seiner Gesundheit, die Anschaffung von Kuriositäten oder eines Stücks Land ging. Aber nachdem es keinen geschworenen Sachverständigen für Intrigen noch Experten in Sachen Leidenschaft gibt, ist ein

Bankier ziemlich aufgeschmissen, wenn er liebt, und sehr verlegen angesichts der Listen einer Frau. Nucingen kam also auf nichts Besseres, als was er schon getan hatte: irgendeinem männlichen oder weiblichen Frontin Geld zu geben, damit der an seiner Stelle denkt oder handelt. Allein Madame Saint-Estève konnte das Mittel anwenden, das die Baronin gefunden hatte. Der Bankier bedauerte sehr, dass er sich mit der grauenhaften Kleiderhändlerin überworfen hatte. Dennoch, im Vertrauen auf die magnetische Wirkung seiner Kasse und auf die mit »Garat« signierten Beruhigungsmittel, läutete er nach seinem Kammerdiener und trug ihm auf, in der Rue Neuve-Saint-Marc nach dieser fürchterlichen Witwe zu fragen und sie zu bitten, herzukommen. In Paris treffen die Extreme durch die Leidenschaften aufeinander. Das Laster verschweißt hier unablässig den Reichen mit dem Armen, den Großen mit dem Kleinen. Die Kaiserin konsultiert hier Mademoiselle Lenormand. Von Jahrhundert zu Jahrhundert findet hier der Herr von Rang schließlich immer einen Ramponneau.

Der neue Kammerdiener kam zwei Stunden später zurück.

»Monsieur le Baron«, sagte er, »Madame Saint-Estève ist pleite.«

»Ach, um so besser«, freute sich der Baron, »dann habe ich si!«

»Die gute Frau ist, wie es aussieht, ein bißchen spielsüchtig«, gab der Kammerdiener zurück. »Außerdem steht sie unter der Herrschaft eines kleinen Theaterschauspielers aus der Vorstadt, den sie aus Anstandsgründen als ihren Neffen ausgibt. Es heißt, sie sei eine hervorragende Köchin, sie sucht eine Stelle.«

›Diese Tojfel von untergebenen Schenies kennen alle zehn Arten, an Geld zu kommen, und zwelf, es ojszugeben‹, sagte sich der Baron, ohne zu ahnen, dass er sich darin mit Panurgos traf.

Er schickte seinen Diener erneut auf die Suche nach Madame Saint-Estève, die aber erst am Tag darauf erschien. Ausgefragt von Asie, berichtete der neue Kammerdiener diesem weiblichen Spion von den schrecklichen Auswirkungen der Briefe, die die Mätresse des Herrn Baron geschrieben hatte.

»Monsieur muss diese Frau ziemlich liebhaben«, sagte der Kammerdiener abschließend, »er wäre ja beinah gestorben. Ich, ich habe ihm geraten, nicht wieder hinzugehen, er würde bald sehen, dass ihm geschmeichelt wird. Eine Frau, die den Baron angeblich schon fünfhunderttausend Franc kostet ohne das, was er für das kleine Palais in der Rue Saint-Georges ausgegeben hat! ... Aber diese Frau will Geld, und nichts als Geld. Als die Baronin beim Baron rausging, sagte sie mit Lachen: ›Wenn das so weitergeht, macht mich dies Mädchen zur Witwe‹.«

»Teufel!«, antwortete Asie, »man soll das Huhn, das goldene Eier legt, nicht schlachten!«

»Der Baron setzt alle seine Hoffnungen in Sie«, sagte der Kammerdiener.

»Aha, weil ich schon weiß, wie man die Frauen in Gang bringt.«

»Also treten Sie ein«, sagte der Kammerdiener und dienerte vor dieser finsteren Macht.

»Na da schau her«, sagte die falsche Saint-Estève und trat mit ergebener Miene bei dem Kranken ein, »der Herr Baron verspürt also kleine Widrigkeiten? ... Was wollen Sie! Jeden erwischt es mal an seiner schwachen Stelle. Auch ich, ich habe Schwierigkeiten gehabt. In zwei Monaten hat sich mein Schicksalsrad verrückt gedreht! Und jetzt suche ich eine Stelle ... wir sind beide, weder der eine noch der andere, nicht vernünftig gewesen. Wenn mich der Herr Baron als Köchin bei Madame Esther einstellen will, hätte er in mir die

Ergebenste der Ergebenen, und ich wäre ihm sehr nützlich für die Überwachung von Eugénie und Madame.«

»Darum geht es gar nischt«, sagte der Baron. »Es gelingt mir nischt, des in den Griff zu bekommen, und ich werde herumgeschubst wie …«

»… ein Kreisel«, ergänzte Asie. »Sie haben die anderen reingelegt, Papa, und jetzt hat die Kleine Sie im Griff und führt Sie an der Nase herum … ist der Himmel gerecht!«

»Gerecht?«, antwortete der Baron, »ich hob dich nischt hergebeten, um Moral zu heren …«

»Ach, mein Junge, ein bißchen Moral kann nicht schaden. Für uns ist das das Salz des Lebens wie für die Gläubigen das Laster. Dann wollen wir mal schauen: Waren Sie großzügig? Sie haben ihre Schulden bezahlt …«

»Jo«, bestätigte der Baron betreten.

»Ist doch gut. Sie haben ihre Pfänder ausgelöst, das ist noch besser; aber, geben Sie zu! … das reicht nicht: Da hat sie noch nichts zu verbraten, aber diese Wesen wollen prassen …«

»Ch berajte ihr vor a Iberraschung, Ri Sent-Schohsch … Sie wajß davun …«, sagte der Baron, »aber ich will nischt dastehen als Trottel.«

»Na, dann verlassen Sie sie …«

»Ch hob Angst, dass si mich lässt«, rief der Baron.

»Und wir wollen ja was kriegen für unser Geld, mein Sohn«, antwortete Asie. »Den Leuten haben wir diese Millionen abgeluchst, mein Kleiner! Hören Sie mal: Angeblich haben Sie davon fünfundzwanzig. (Der Baron konnte sich ein Lächeln nicht verkneifen.) Na also, eine müssen Sie rauslassen …«

»Di kann ich lassen«, antwortete der Baron, »aber sobald ich di gelassen hob, wird schon di nechste verlangt.«

»Ja, verstehe«, antwortete Asie, »Sie wollen nicht B sagen

aus Angst, dass Sie bei Z ankommen. Aber Esther ist ein anständiges Mädchen ...«

»Sehr anstendigs Medchen!«, rief der Bankier, »si will sich wohl figen, aber wie man a Schuld abzahlt.«

»Kurz und gut, sie will nicht Ihre Mätresse sein, es stößt sie ab. Und ich begreife es, das Kind hat immer seinen Launen gehorcht. Wenn man nur charmante junge Männer kennt, schert man sich nicht um einen Greis ... Sie sind nicht schön, Sie sind fett wie Louis XVIII. und ein bißchen dämlich wie alle, die anstelle einer Frau ihr Geld liebkosen. Na gut, wenn es Ihnen auf sechshunderttausend Franc nicht so ankommt«, sagte Asie, »dann sorge ich dafür, dass sie für Sie alles wird, was Sie von ihr wollen.«

»Sechshunderttojsend Frank! ...«, fuhr der Baron auf. »Essda kostet schon jetzt mich a Milljon! ...«

»Das Glück kann schon mal sechzehnhunderttausend Franc kosten, mein verdorbenes Dickerchen. In unseren Zeiten hört man von Leuten, die mit ihren Mätressen bestimmt mehr als eine und zwei Millionen durchgebracht haben. Ich kenne sogar Frauen, die das Leben gekostet haben, und für die mancher seinen Kopf in den Korb gespuckt hat ... Sie kennen den Arzt, der seinen Freund vergiftet hat? Er wollte das Geld, um das Glück einer Frau zu machen.«

»Ja, das wajß ich, aber wenn ich farlibt bin, farlier ich noch nischt majnen Kopf, hier jedenfalls, ch geb ihr mein Portmonneh, wenn ich si sehe ...«

»Hören Sie mal zu, Herr Baron«, sagte Asie und nahm die Haltung einer Semiramis an, »Sie haben jetzt genug geblutet für gar nichts. So wahr ich Saint-Estève heiße, rein kaufmännisch, versteht sich, ergreife ich für Sie Partei.

»Schejn! ... ch werd dich entschedigen.«

»Das glaube ich, ich habe Ihnen ja auch gezeigt, dass ich gut bin im Heimzahlen. Übrigens, damit Sie es wissen, Papi,«

sagte sie ihm mit einem fürchterlichen Blick, »ich kann Ihnen Madame Esther wegpusten wie man eine Kerze ausbläst. Und ich kenne mich aus mit der Frau! Wenn Sie die kleine Rotznase glücklich gemacht hat, wird sie Ihnen noch nötiger sein, als sie es jetzt schon ist. Sie haben mich gut bezahlt, Sie mussten am Ohr gezogen werden, aber zuletzt haben Sie dann doch bezahlt! Ich selber habe meine Pflichten getan, oder nicht? Na gut, hören Sie, ich schlage Ihnen einen Handel vor.«

»Mal sehn.«

»Sie stellen mich bei Madame als Köchin ein, Sie nehmen mich für zehn Jahre, ich bekomme tausend Franc Lohn, die letzten fünf Jahre zahlen Sie im Voraus (ist doch ein Opfergroschen!). Einmal bei Madame, werde ich sie zu folgenden Zugeständnissen bewegen können. Zum Beispiel lassen Sie ihr eine köstliche Garderobe von Madame Auguste schicken, die den Geschmack und den Stil von Madame kennt, und Sie ordnen an, dass die neue Equipage um vier Uhr vor dem Tor steht. Nach der Börse gehen Sie zu ihr hinauf, und Sie machen eine kleine Ausfahrt in den Bois de Boulogne. Na ja, auf die Art sagt diese Frau, dass sie Ihre Geliebte ist, sie verpflichtet sich und lässt ganz Paris das sehen und wissen ... – Hunderttausend Franc ... – Sie speisen mit ihr zu Abend (mit solchen Diners habe ich Ahnung!); Sie führen sie ins Theater, ins Varieté, in die Loge, und ganz Paris wird sagen: ›Sieh mal da, der alte Schwerenöter Nucingen mit seiner Mätresse ...‹ – Den Eindruck zu erwecken ist doch schmeichelhaft? – Diese ganzen Vorteile, ich bin ja nett, sind in den ersten hunderttausend Franc enthalten ... In acht Tagen, wenn Sie es so machen, werden Sie schon weit gekommen sein.«

»Ch werd hunderttojsend Frank bezahlt haben ...«

»In der zweiten Woche«, fuhr Asie fort, die diesen erbärmlichen Satz gar nicht gehört zu haben schien, »wird sich Madame, angespornt von diesem Vorspiel, entschließen, ihre kleine Wohnung zu verlassen und sich in dem Palais einzurichten, das Sie ihr anbieten. Ihre Esther hat dann die Gesellschaft wiederentdeckt, sie hat ihre alten Freundinnen wieder getroffen, sie wird glänzen wollen, sie wird in ihrem Palais Gäste empfangen! So gehört es sich ... – Noch mal hunderttausend Franc! – Verdammt ... Sie sind zu Hause bei sich, Esther hat ihren Ruf weg ... Sie haben sie in der Hand. Bleibt noch eine Kleinigkeit, die Sie alter Elefant zur Hauptsache machen! (Da macht einer aber große Augen, dickes Monster!) Na ja, ich kümmer mich drum. – Vierhunderttausend ... – Ah! Was das angeht, die lässt du erst am nächsten Morgen rüberkommen ... Ist das wohl ehrlich? ... Ich hab mehr Vertrauen in dich als du in mich. Wenn ich Madame dazu bringe, sich als Ihre Mätresse zu zeigen, sich zu kompromittieren, alles zu nehmen, was Sie ihr geben, und das womöglich heute, dann trauen Sie mir vielleicht zu, sie dazu zu bringen, dass sie Ihnen den Übergang zum Großen Sankt-Bernhard freigibt. Und das ist schwierig, hören Sie mal! ... Damit Ihre Kanone da hochkommt, muss genau so viel gezogen werden wie für den Ersten Konsul über die Alpen.«

»Und wozu?«

»Ihr Herz ist erfüllt von Liebe, vollibus, wie Sie das nennen, Sie, die Latein verstehen«, fuhr Asie fort. »Sie hält sich für die Königin von Saba, weil sie sich in den Opfern gebadet hat, die sie ihrem Verehrer gebracht hat ... eine Vorstellung, die sich solche Frauen in den Kopf setzen! Ach! mein Kleiner, man muss gerecht sein, es ist schön! Diese Schelmin würde als Ihr Besitz vor Kummer eingehen, da wäre ich nicht überrascht; was mir aber Zuversicht gibt, das sage ich Ihnen, um Sie aufzumuntern: Im Grund ist sie eine ganz solide Hure.«

»Du host«, sagte der Baron, der Asie in tiefstem Schweigen und mit Bewunderung zugehört hatte, »di Gabe zur Farfihrung, wi ich hab a Hendchen fir di Bank.«

»Also? Abgemacht, mein Häschen?«, fing Asie wieder an.

»Lass es fir finfzigtojsend Frank sajn statt fir hunderttojsend! ... Und ich geb dir finfhunderttojsend am Morgen nach majnem Triumf.«

»Na gut, ich mache mich an die Arbeit«, gab Asie zurück, »... Ach ja – Sie können kommen!«, fuhr sie respektvoll fort. »Monsieur wird Madame schon lieb wie einen Katzenbuckel finden, und vielleicht schon bereit, nett zu ihm zu sein.«

»Geh, geh zu, majne Gute«, sagte der Bankier und rieb sich die Hände. Und nachdem er diese fürchterliche Mestizin angelächelt hatte, sagte er sich: ›Wie es doch farninftig ist, vil Geld zu haben!‹

Und er sprang aus seinem Bett, ging in sein Büro und übernahm frohen Herzens wieder die Leitung seiner riesigen Geschäfte.

Eine Abdankung

Nichts konnte schlimmer sein für Esther als Nucingens Entschluss. Die arme Kurtisane verteidigte ihr Leben, indem sie sich gegen die Untreue wehrte. Carlos nannte diese so natürliche Abwehr *Zimperlichkeit*. Asie ging, nicht ohne die Vorsichtsmaßnahmen anzuwenden, die in derlei Fällen üblich sind, Carlos unterrichten von der Zusammenkunft, die sie gerade mit dem Baron gehabt hatte, und welchen Schluss sie daraus zog. Der Zorn dieses Mannes war wie er selbst, entsetzlich; er begab sich sofort im Wagen mit herabgelassenen Vorhängen zu Esther, wo er in die Einfahrt fuhr. Noch immer beinah weiß, als er hinaufging, baute sich der doppelte Fälscher vor dem armen Mädchen auf; sie sah ihn an, eben hatte sie gestanden, nun sank sie auf einen Sessel, als wären ihr die Beine gebrochen.

»Was haben Sie, Monsieur?«, fragte sie ihn und zitterte an allen Gliedern.

»Lass uns allein, Europe«, sagte er zum Zimmermädchen.

Esther sah diesem Mädchen hinterher wie ein Kind seiner Mutter, von der es ein Mörder getrennt hätte, um es umzubringen.

»Ist Ihnen klar, wohin Sie Lucien bringen?«, fuhr Carlos fort, als er mit Esther allein war.

»Wohin? ...«, fragte sie mit schwacher Stimmer und wagte einen Blick auf ihren Henker.

»Dahin, woher ich komme, mein Schätzchen.«

Esther sah alles rot beim Anblick des Mannes.

»Auf die Galeeren«, fügte er leise an.

Esther schloss die Augen, streckte die Beine von sich, ihre Arme fielen herab, sie erbleichte. Der Mann läutete, Prudence erschien.

»Bring sie wieder zu Bewusstsein«, beschied er ihr kalt, »ich bin noch nicht fertig.«

Beim Warten im Salon ging er auf und ab. Prudence-Europe musste kommen und den Herren bitten, Esther auf das Bett zu tragen; er nahm sie mit einer Leichtigkeit, die seine athletische Kraft erkennen ließ. Es musste besorgt werden, was der Apotheker als stärkstes hatte, um Esther wieder zum Bewusstsein ihrer Übel zurückzubringen. Eine Stunde später war das arme Mädchen wieder in der Lage, dem lebenden Albtraum zuzuhören, der am Fuß ihres Bettes saß, den Blick starr und blendend wie zwei Spritzer geschmolzenen Bleis.

»Mein kleines Herzchen«, fuhr er fort, »Lucien steht zwischen einem glanzvollen, ehrenvollen, glücklichen und würdigen Leben und dem Loch voll Wasser, Schlamm und Steinen, in das er sich stürzen wollte, als ich ihn traf. Das Haus de Grandlieu verlangt, dass dies teure Kind eine Liegenschaft von einer Million besitzt, bevor ihm der Grafentitel verschafft und ihm diese große Bohnenstange namens Clotilde hingehalten wird, mit deren Hilfe er zur Macht gelangt. Dank uns beiden hat Lucien erst den Landsitz seiner Mutter erwerben können, das alte Schloss de Rubempré, das nicht allzu viel gekostet hat, dreißigtausend Franc; dazu hat sein Anwalt mit Geschick auch noch Ländereien für eine Million hinzugefügt, für die schon dreihunderttausend Franc bezahlt sind. Das Schloss, die Spesen, die Provisionen für die, die wir vorgeschoben haben, um den Leuten der Gegend die Operation zu kaschieren, haben den Rest verbraucht. Wir haben, das stimmt, hunderttausend Franc in Geschäfte gesteckt, die aber in ein paar Monaten zwei- bis dreihunderttausend Franc wert sind; es sind dann immer noch vierhunderttausend Franc zu bezahlen … In drei Tagen kommt Lucien aus Angoulême, wo er hingefahren ist, weil er nicht im Verdacht stehen darf, dass er sein Geld aus Ihrem Bett gekratzt hat …«

»O nein«, sprach sie und erhob den Blick mit einer großartigen Geste.

»Ich frage Sie, ist das der Moment, den Baron abzuschrecken?«, sagte er ruhig, »und vorgestern hätten Sie ihn beinah umgebracht! Er ist beim Lesen Ihres zweitens Briefs ohnmächtig geworden wie eine Frau. Sie haben einen guten Stil, da gratuliere ich. Wäre der Baron tot, was würde aus uns? Wenn Lucien als Schwiegersohn des Herzogs von Grandlieu aus der Kirche Saint-Thomas-d'Aquin tritt und Sie in die Seine gehen wollen … sei's drum, meine Beste! Ich reiche Ihnen die Hand, dass wir gemeinsam springen. Man kann so aufhören. Aber denken Sie doch mal ein bisschen nach! Wäre es nicht besser zu leben und sich dabei jederzeit zu sagen: ›Dies großartige Vermögen, diese glückliche Familie‹ … denn Kinder werden sie haben. – *Kinder!* … (haben Sie jemals an das Wohlgefallen gedacht, mit Ihrer Hand durch das Haar seiner Kinder zu streichen?)«

Esther schloss die Augen und bebte sanft.

»Und dann, wenn man das Gefüge dieses Glücks sieht, sagt man sich: ›Sieh mein Werk!‹«

Es entstand eine Pause, während der sich diese beiden Menschen ansahen.

»Das ist es, was ich versucht habe, aus einer Verzweiflung zu machen, die dabei war, sich ins Wasser zu stürzen«, fuhr Carlos fort. »Bin ich denn ein Egoist? Schau, was Liebe ist! Man widmet sich so allenfalls den Königen; und ich habe ihn zum König gesalbt, meinen Lucien! Und würde ich für den Rest meiner Tage an meine alte Kette geschmiedet, ich glaube, ich könnte dabei ruhig bleiben und mir sagen: ›*Er* ist auf dem Ball, *er* ist bei Hof.‹ Meine Seele und mein Denken würden triumphieren, während meine Hülle den Schergen ausgeliefert wäre! Sie sind ein erbärmliches Weibchen, und Sie lieben wie eins! Es müsste die Liebe doch einer Kurtisane, wie allen verstoßenen Wesen, möglich machen, Mutter zu werden, der Natur zum Trotz, die euch mit Unfruchtbarkeit geschlagen hat! Wenn jemals unter der Schale des Geistlichen Carlos Herrera der Verurteilte entdeckt würde, der ich vorher gewesen bin, wissen Sie, was ich tun würde, um Lucien nicht zu kompromittieren?«

Esther erwartete die Antwort mit einer Art von Beklemmung.

»Also«, fuhr er nach einer kurzen Pause fort, »ich würde sterben wie die Schwarzen, indem ich meine Zunge verschlucke. Und Sie, mit Ihrem Getue, Sie verweisen auf meine Spur. Was hatte ich denn von Ihnen verlangt? … dass Sie sich den Rock der Torpille für sechs Monate, für sechs Wochen wieder überstreifen und sich seiner bedienen, um eine Million heranzuschaffen … Lucien wird Sie niemals vergessen! Männer vergessen die nicht, an die sie das Glück erinnert, jeden Morgen vermögend zu erwachen. Lucien ist mehr wert als Sie …

er beginnt, Coralie zu lieben, sie stirbt, na gut; aber er hatte nicht einmal das Geld, sie zu beerdigen, er hat nicht gemacht, was Sie gerade getan haben, er ist nicht in Ohnmacht gefallen, obwohl er ein Dichter ist; er hat sechs fröhliche Chansons geschrieben und bekam dafür dreihundert Franc, mit denen er Coralies Begräbnis bezahlen konnte. Ich habe diese Lieder hier, ich kenne sie auswendig. Also komponieren Sie jetzt Ihre Lieder: Seien Sie fröhlich, seien Sie toll! Seien Sie unwiderstehlich ... und unersättlich! Haben Sie mich verstanden? Zwingen Sie mich nicht, weiterzusprechen ... Küsschen für Papa. Adieu ...«

Als Europe eine halbe Stunde später bei ihrer Herrin eintrat, fand sie sie kniend vor einem Kruzifix in der Haltung, die der gläubigste aller Maler Moses vor dem brennenden Dornbusch auf dem Berg Horeb verliehen hat, um die tiefe und vollkommene Verehrung Jehovas darzustellen. Nachdem sie ihre letzten Gebete gesprochen hatte, verzichtete Esther auf das schöne Leben, auf die wiedererlangte Ehre, ihren Ruhm, ihre Tugenden, ihre Liebe. Sie erhob sich.

»Oh! Madame, nie wieder werden Sie so sein!«, rief Prudence Servien verblüfft von der erhabenen Schönheit ihrer Herrin.

Sie verschob schnell den Standspiegel, damit sich das arme Mädchen ansehen konnte. Ihre Augen bewahrten noch einen Abglanz der Seele, die emporstieg zum Himmel. Der Teint der Jüdin schimmerte. Ihre Wimpern, getränkt von den Tränen, die das Feuer des Gebets verzehrt hatte, sahen aus wie ein dichtes Blattwerk nach einem Sommerregen, das die Sonne der reinen Liebe für ein letztes Mal erglänzen lässt. Auf ihren Lippen lag etwas wie ein Ausdruck der letzten Anrufung der Engel, von denen sie wohl auch die Märtyrerpalme nahm, als sie ihnen ihr unbeflecktes Leben anvertraut hatte. Kurz, sie strahlte die Majestät aus, die Maria Stuart in dem

Moment umgeben haben muss, als sie Abschied nahm von der Krone, der Welt und der Liebe.

»Ich hätte es gerne gehabt, dass Lucien mich so sieht«, sagte sie mit einem erstickten Seufzer. »Und jetzt«, fuhr sie mit bebender Stimme fort, »lass uns *scherzen* ...«

Als sie das hörte, erstarrte Europe benommen, als hätte sie einen Engel fluchen gehört.

»Na was gibt es da noch zu glotzen, als hätte ich Gewürznelken statt Zähnen im Mund? Ich bin jetzt nur noch eine miese und beschmutzte Kreatur, eine *Schlampe*, ein Freudenmädchen und warte auf Krösus. Lass mir also ein Bad ein und bereite meine Ankleide vor. Es ist Mittag, der Baron kommt wahrscheinlich nach der Börse, ich teile ihm mit, dass ich ihn erwarte, und ich gehe davon aus, dass Asie ein Diner zubereitet, das was hermacht, ich will ihn verrückt machen, diesen Mann ... Also los los, Mädchen ... Wir werden Spaß haben, das heißt, wir werden *arbeiten*.«

Sie setzte sich an den Tisch und schrieb folgenden Brief:

»Mein Freund, wenn die Köchin, die Sie mir gestern geschickt haben, nicht schon in meinen Diensten gestanden hätte, könnte ich glauben, dass es Ihre Absicht war, mich wissen zu lassen, wie oft Sie vorgestern in Ohnmacht gefallen sind, als Sie meine drei Liebesbriefchen empfingen. (Was wollen Sie? Ich war sehr nervös an dem Tag, ich vergegenwärtigte mir die Erinnerungen meiner beklagenswerten Existenz). Aber ich kenne Asies Ernsthaftigkeit. Ich bereue also nicht mehr, dass ich Ihnen Kummer bereitet habe, denn es hat dazu gedient, mir zu beweisen, wie teuer ich Ihnen bin. So sind wir, wir armen verachteten Kreaturen: Eine echte Zuneigung berührt uns sehr viel mehr, als zu erleben, dass für uns verrückte Ausgaben gemacht werden. Was mich angeht, so hatte ich immer Angst, eine Art Kleiderständer zu sein, an den Sie Ihre Eitelkeiten hängen. Es ärgerte mich, für Sie nichts anderes zu sein. Ja, trotz Ihrer schönen Beteuerungen meinte ich, dass Sie mich als gekaufte Frau betrachten. Nun denn, jetzt sehen Sie mich als liebes Mädchen, aber unter der Bedingung, mir stets ein wenig zu gehorchen. Wenn Ihnen dieser Brief die Medizin ersetzen kann, zeigen Sie mir das und kommen Sie nach der Börse zu mir. Da treffen Sie, zurechtgemacht und im Schmuck Ihrer Gaben, diejenige, die sich fürs Leben Ihre Lustmaschine nennt, Esther.«

An der Börse war Baron Nucingen so fröhlich gestimmt, so zufrieden, so leicht im Umgang und erlaubte sich so viele Späße, dass sich du Tillet und die Kellers, die dort auch waren, nicht enthalten konnten, ihn nach dem Grund seiner Heiterkeit zu fragen.

»Ch werde gelibt … bald fajern wir di Ajnwajhung«, sagte er zu du Tillet.

»Was kostet Sie das?«, fragte François Keller unvermittelt zurück, den Madame Colleville, hieß es, fünfundzwanzigtausend Franc pro Jahr gekostet hatte.

»Nischtmals hat diese Froj, di a Engel is, von mir zwaj Heller farlangt.«

»Das gibt es doch nicht«, antwortete du Tillet. »Um niemals etwas verlangen zu müssen, rüsten die sich mit einer Mutter oder einer Tante aus.«

Esthers Auftritt in Paris

Auf dem Weg von der Börse zur Rue Taitbout sagte der Baron seinem Diener sieben Mal: »Si fahren ja gar nischt, geben Si dem Pferd di Pajtsche! …«

Er stieg behende die Treppen hinauf und sah seine Mätresse zum ersten Mal so schön, wie es diese Mädchen sind, deren einzige Beschäftigung die Pflege ihrer Erscheinung und ihrer Schönheit ist. Dem Bad entstiegen war die Blume frisch und duftete, dass sie in einem Robert d'Arbissel Begierden entfacht hätte. Esther hatte sich in ein entzückendes Hauskleid gehüllt. Ein halb langer Mantel aus schwarzem Rips, bestickt mit rosa Seidenbesatz, öffnete sich über einem grauen Satinrock: das Kostüm, das sich die schöne Amigo später für die *Puritani* zusammenstellte. Ein Schultertuch aus englischer Spitze fiel kokett von ihren Schultern. Die Ärmel des Kleids wurden von Litzen gerafft, um sie bauschig zu machen. Die vornehmen Damen trugen solche Puffärmel statt der Keulenärmel, die zu wuchtig geworden waren. Esther hatte mit einer Nadel ein Häubchen *verwegen* auf ihr Haar gesteckt, dass es aussah, als falle es gleich herunter, aber nicht herunterfiel, sondern einen Eindruck erweckte, als seien die Haare durcheinandergebracht und nicht gekämmt, obwohl man zwischen den Haarsträhnen auf ihrem kleinen Kopf die weißen Kammlinien sah.

»Ist es nicht schlimm, Madame so schön in einem abgenutzten Salon wie diesem zu sehen?«, sagte Europe zum Baron beim Öffnen der Tür des Salons.

»Dann komm Si doch in di Ri Sent-Schohsch«, sagte der Baron und verharrte reglos wie ein Hund vor dem Rebhuhn. »Is herrliches Wetter, lassen Si uns spazieren fahren ojf den Schamseliseh, und Madamm Sent-Esteff bringt mit Eugénie Ihre gesamte Kleidung, Ihre Wäsche und unser Dineh in die Ri Sent-Schohsch.«

»Ich mache alles mit, wenn Sie mir den Gefallen tun möchten, meine Köchin Asie zu nennen und Eugénie Europe. So habe ich alle Frauen genannt, die mir gedient haben, seit den beiden ersten. Ich mag keine Veränderung …«

»Asie … Erop …«, sprach der Baron nach und lachte, »wi Si lustig sind … Si haben Ajnfelle … Bis ich a Kechin

Asie nenne, misst ich schon sehr viele Dinehs zu mir nehmen.«

»Lustig sein ist unser Leben«, sagte Esther, »Schauen Sie: kann nicht ein armes Mädchen ernährt werden von Asien und sich kleiden mit Europa, wogegen Sie von der gesamten Welt leben? Das ist doch ein Märchen! Es gibt Frauen, die würden die ganze Welt verschlingen, und ich brauche bloß die Hälfte. Das ist es!«

›Was ist diese Madamm Sent-Esteff fir a Froj!‹, sagte sich der Baron und bewunderte Esthers veränderte Art.

»Europe, Mädchen, ich brauche eine Kopfbedeckung«, sagte Esther, »ich müsste eine Haube aus schwarzem Satin mit rosa Futter und Spitzen haben.«

»Madame Thomas hat sie nicht geschickt ... Na aber, Baron, jetzt aber schnell! Fangen Sie an mit Ihrem Dienst als Laufbursche, also als glücklicher Mann! Das Glück ist keine Leichtigkeit! ... Sie haben Ihr Kabriolett, fahren Sie zu Madame Thomas«, sagte Europe zum Baron. »Sie lassen Ihren Diener nach Madame van Bogsecks Haube fragen ... Und vor allem«, sagte sie ihm ins Ohr, »bringen Sie ihr den schönsten Blumenstrauß von ganz Paris mit. Es ist Winter, sehen Sie zu, dass Sie Blumen aus den Tropen bekommen.«

Der Baron ging hinunter und sagte seinen Dienern: »Zu Madamm Thoma.« Der Kutscher brachte den Baron zu einer bekannten Konditorei. – »Das is a Geschäft fir Mode, du Blindgänger, und nischt fir Kuchen«, sagte der Baron und eilte ins Palais-Royal zu Madame Prévôt, wo er für fünf Louisdor einen Strauß zusammenstellen ließ, während sein Diener zu der berühmten Modehändlerin fuhr.

Ein oberflächlicher Beobachter fragt sich beim Spaziergang durch Paris, wer die Verrückten sind, die hingehen und die märchenhaften Blumen, die den Laden der berühmten Fleuristin schmücken, oder das erste Gemüse und Frühobst des europäischen Chevet kaufen, der als einziger außer dem *Rocher-de-Cancale* eine wirkliche und köstliche Rundschau der Zwei Welten anbietet ... Tagtäglich zeigen sich in Paris hundert und mehr Leidenschaften à la Nucingen, wie sich an den Erlesenheiten zeigt, die die Königinnen nicht wagen würden, sich zu gönnen, und die man, auf den Knien, den Mädchen darreicht, die, um es mit Asie zu sagen, es lieben, Geld zu *verbrennen*. Ohne dieses kleine Detail verstünde eine anständige Bürgerin nicht, wie ein Vermögen in den Händen dieser Wesen dahinschmelzen kann, deren gesellschaftliche Funktion es nach Fouriers System vielleicht ist, die Schäden von Geiz und Gier wieder gutzumachen. Solche Verschwendungen sind womöglich am Körper der Gesellschaft, was ein Aderlass für einen überlasteten Kreislauf ist. Binnen zweier Monate hatte Nucingen den Einzelhandel mit über zweihunderttausend Franc bewässert.

Als der alte Verliebte zurückkam, brach die Nacht herein und der Blumenstrauß war zu nichts mehr nütze. Auf den Champs-Elysées fährt man im Winter zwischen zwei und vier Uhr spazieren. Dennoch diente Esther der Wagen, um sich von der Rue Taibout in die Rue Saint-Georges zu begeben, wo sie vom *klajnen Paleh* Besitz ergriff. Noch niemals war Esther, sagen wir es, Gegenstand einer solchen Verehrung und einer derartigen Verschwendung gewesen; sie war überrascht, hütete sich aber, wie alle undankbaren Hoheiten, das mindeste Erstaunen zu zeigen. Wenn Sie Sankt Peter in Rom betreten, weist man Sie, damit Sie Weite und Höhe dieser Königin der Kathedralen ermessen können, auf den kleinen Finger einer Statue hin, der von ich-weiß-nicht-welcher Länge ist, Ihnen aber wie ein kleiner Finger von natürlicher Größe vorkommt. Diese zum Verständnis unserer Sitten so notwendigen Schilderungen sind derart viel kritisiert worden, dass wir den römischen Fremdenführer an dieser Stelle nachahmen müssen. Beim Betreten des Speisesaals konnte sich der Baron nämlich nicht enthalten, Esther den mit einem königlich üppigen Faltenwurf drapierten Stoff des Fenstervorhangs anfassen zu lassen, der mit weißem Moirée gefüttert und mit einem Besatz bestickt war, der der Büste einer portugiesischen Prinzessin würdig gewesen wäre. Dieser Seidenstoff war in Kanton gekauft worden, auf ihm hatte es chinesische Geduld mit einer Vollkommenheit geschafft, die Vögel Asiens darzustellen, wie es sie höchstens auf den Pergamenten des Mittelalters oder in Karls V. Messbuch gibt, dem Stolz der kaiserlichen Bibliothek von Wien.

»Des hat a Milord, der's ojs Indien mitgebracht hat, zwajtojsend Frank die Elle gekostet …«

»Sehr schön. Entzückend. Was es für ein Vergnügen sein wird, hier ein Glas Champagner zu trinken!«, sagte Esther. »Da macht der Schaum keine Flecken am Boden!«

»Oh! Madame«, sagte Europe, »sehen Sie sich doch mal den Teppich an! …«

»Wo der Teppich fir den Herzog von Torlonia, majnen Frejnd, gemacht war und er ihn zu tojer fand, habe ich ihn fir Si genommen, Si sind a Kenigin!«, sagte Nucingen.

In einem zufälligen Effekt passte dieser Teppich, der einem unserer einfallsreichsten Zeichner zu verdanken war, zu den Mustern der chinesischen Stoffe. Die Wände, bemalt von Schinner und Léon de Lora, zeigten wollüstige Szenen, die sich auf Ebenholzreliefs wiederholten, die bei du Sommerard für schweres Geld erworben worden waren und auf denen schlichte Fäden aus Gold geheimnisvoll das Licht anzogen. Jetzt können Sie sich auch den Rest vorstellen.

»Gut, dass Sie mich hierhergebracht haben«, sagte Esther, »ich werde bestimmt acht Tage brauchen, bis ich mich an mein Haus gewöhne und nicht aussehe, als wäre ich eben erst daran gekommen …«

»Majn Hojs!«, wiederholte der Baron erfreut. »Si nehmen es also an? ...«

»Aber ja, tausendmal ja, dummer Kerl«, sagte sie mit einem Lächeln.

»Kerl war schon genug ...«

»Dumm war zärtlich gemeint!«, antwortete sie und sah ihn an.

Der arme Börsenluchs ergriff Esthers Hand und legte sie auf sein Herz: Er war Mensch genug, um zu fühlen, aber zu dumm, um ein Wort zu finden.

»Sehen Si, wi es schlägt ... fir a klajnes Wort vun Zertlichkeit! ...«, gab er zurück. Und nahm seine Göttin (*Gettin*) ins Schlafgemach.

»Oh! Madame«, sagte Eugénie, »ich kann jetzt aber nicht dableiben. Man möchte sich zu gern ins Bett legen.«

»Na gut«, sagte Esther, »ich will dich für alles auf einmal entlohnen ... Schau, mein großer Elefant, nach dem Abendessen gehen wir zusammen ins Theater. Ich habe einen Heißhunger auf Theater.«

Es war genau fünf Jahre her, dass Esther in ein Theater gegangen war. Ganz Paris begab sich nun an die Porte Saint-Martin, um dort eines dieser Stücke zu sehen, denen die Stärke der Schauspieler einen schrecklichen Ausdruck von Wahrheit verleiht, *Richard d'Arlington*. Wie alle freimütigen Menschen liebte Esther es gleichermaßen, das Schauern des Schreckens zu verspüren wie sich den Tränen der Rührung hinzugeben. – »Wir gehen Frédérick Lemaître sehen«, sagte sie. »Ich liebe diesen Schauspieler!«

»Is a wildes Drama«, sagte Nucingen, der sich unversehens genötigt sah, sich mit ihr öffentlich zu zeigen.

Der Baron schickte seinen Diener, eine der zwei Proszeniumslogen zu besorgen. Eine weitere Besonderheit von Paris! Wenn der Erfolg, der auf tönernen Füßen steht, einen

Theatersaal füllt, dann ist zehn Minuten, bevor sich der Vorhang hebt, immer noch eine Proszeniumsloge zu haben; die Direktoren halten sie für sich selbst zurück und für den Fall, dass sich eine Leidenschaft à la Nucingen einfindet, um sie zu nehmen. Das ist, wie das Frühgemüse bei Chevet, eine Vorsteuer auf die Launen des Pariser Olymp.

Es ist überflüssig, vom Geschirr zu sprechen. Nucingen hatte gleich drei Service auf einmal geordert: das kleine, das mittlere und das große Service. Das Dessertgeschirr des großen Service bestand komplett, Teller und Schalen, aus getriebenem, vergoldetem Silber. Um nicht den Eindruck zu erwecken, er wolle den Tisch zusammenbrechen lassen unter den Werten aus Gold und Silber, hatte der Bankier all diesen Gedecken ein Porzellan der zauberhaftesten Zartheit, in der Art von Meißen, hinzufügen lassen, das aber mehr kostete als ein Silbergedeck. Was die Tischtücher anging, war es ein Wettstreit um Vollkommenheit zwischen sächsischem, englischem, flandrischem und französischem Leinen und ihren eingewebten Blumenmustern.

Beim Diner war es am Baron, überrascht zu sein, als er Asies Küche probierte.

»Ch farsteh«, sagte er, »warum Si si Asie nennen, is asiatische Kiche.«

»Ah! Ich fange an zu glauben, dass er mich liebt«, sagte Esther zu Europe, »er hat etwas gesagt, das nach einem geistreichen Wort klingt.«

»'s waren aber mehrere«, sagte er.

»Na so was! Er ist noch mehr Turcaret, als behauptet wird«, rief die fröhliche Kurtisane zu dieser Antwort aus, die den berühmten Einfältigkeiten des Finanziers entsprach.

Das Essen war dermaßen gewürzt, dass dem Baron schlecht wurde, sodass er zeitig nach Hause ging; das war dann alles, was er in Sachen Vergnügen von seinem ersten Treffen mit

Esther mitnahm. Im Theater musste er eine Unzahl Gläser Zuckerwasser trinken und ließ Esther während der Pausen allein. Mit einer Vorhersehbarkeit, dass man es nicht mehr einen Zufall nennen könnte, waren auch Tullia, Mariette und Madame du Val-Noble an diesem Tag im Theater. *Richard d'Arlington* war einer dieser verrückten und übrigens verdienten Erfolge, wie man sie nur in Paris erlebt. Alle Männer, die das Theaterstück gesehen hatten, erkannten, dass man seine rechtmäßige Ehefrau aus dem Fenster werfen könne, und alle Frauen liebten es, zu Unrecht unterdrückt zu werden. Die Frauen sagten sich: »Das geht zu weit, wir werden nur herumgeschubst ... aber das passiert uns oft! ...« Nun, ein Geschöpf von Esthers Schönheit, zurechtgemacht wie Esther, konnte nicht ungestraft in der Proszeniumsloge von der Porte-Saint-Martin *Geld verbrennen*. So ließ der Befund, dass die unbekannte Schöne mit La Torpille identisch war, es in der Loge der beiden Tänzerinnen ab dem zweiten Akt zum Aufruhr kommen.

»Na so was! Wo kommt die denn her?«, sagte Mariette zu Madame du Val-Noble, »ich dachte, die wär ertrunken ...«

»Ist sie das? Sie kommt mir siebenunddreißigmal jünger und schöner vor als vor sechs Jahren.«

»Sie hat sich vielleicht in Eis konserviert wie Madame d'Espard und Madame Zayonscheck«, meinte Graf de Brambourg, der die drei Frauen in eine Parterre-Loge ins Theater begleitet hatte. – »Ist das nicht die Ratte, die Sie mir schicken wollten, um meinen Onkel einzuwickeln?«, fragte er Tullia.

»Ganz genau«, antwortete die Tänzerin. »Du Bruel, gehen Sie doch mal zum Orchester und schauen Sie, ob sie das wirklich ist.«

»*Hat die die Nase hoch!*«, rief Madame du Val-Noble und benutzte einen bewundernswerten Ausdruck aus dem Vokabular der Freudenmädchen.

»Oh!«, rief Graf de Brambourg, »sie darf das, sie ist mit meinem Freund da, dem Baron de Nucingen. Ich gehe mal hin.«

»Soll das etwa die angebliche Jeanne d'Arc sein, die Nucingen erobert hat und mit der man uns seit drei Monaten auf die Nerven geht? ...«, fragte Mariette.

»Guten Abend, mein lieber Baron«, sagte Philippe Bridau beim Betreten von Nucingens Loge. »Da sind Sie also liiert mit Fräulein Esther? ... Mademoiselle, ich bin ein armer Offizier, dem Sie vor Langem aus der Patsche helfen mussten, in Issoudun ... Philippe Bridau ...«

»Kenne ich nicht«, meinte Esther und richtete ihr Opernglas aufs Publikum.

»Mamsell«, antwortete der Baron, »hajßt nischt mehr ajnfach Essda; sie hat den Namen Madamm de Schampi, nach a kleinem Gut, des ich ihr gekojft hob ...«

»Wenn Sie auch alles richtig machen«, meinte der Graf, »sagen diese Damen, dass Madame de Champy *ihre Nase ziemlich hoch hat* ... Wenn Sie sich an mich nicht mehr erinnern wollen, wären Sie denn bereit, Mariette, Tullia, Madame du Val-Noble wiederzuerkennen?«, meinte dieser Aufsteiger, der dank dem Herzog de Maufrigneuse in der Gunst des Thronfolgers stand.

»Wenn die Damen freundlich sind zu mir, bin ich auch bereit, sehr nett zu ihnen zu sein«, gab Madame de Champy schmallippig zurück.

»Freundlich!«, sagte Philippe, »sie sind hinreißend, die bezeichnen Sie als Jungfrau von Orléans.«

»Wenn Ihnen diese Damen Gesellschaft lajsten wollen«, sagte Nucingen, »dann lass ich Si allajn, ch hob nemlich zu viel gegessen. Ihr Wagen kommt hierher und holt Si mit Ihren Lojten ab. ... farfluchte Asie! ...«

»Gleich beim ersten Mal wollen Sie mich alleinlassen!«,

sagte Esther. »Also bitte, Sie müssen schon imstande sein, auf dem eigenen Schiff an Bord zu bleiben. Ich brauche meinen Mann, wenn ich ausgehe. Wenn mich jemand beleidigt, soll ich wohl umsonst schreien? ...«

Der Egoismus des alten Millionärs musste sich den Pflichten des Verliebten beugen. Der Baron blieb und litt. Esther hatte ihre Gründe, *ihren Mann* bei sich zu behalten. Wenn sie ihre alten Bekannten empfing, dürfte sie in Gesellschaft nicht so ausführlich ausgefragt werden, wie wenn sie allein gewesen wäre. Philippe Bridau beeilte sich, in die Loge der Tänzerinnen zurückzukehren und unterrichtete sie über den Stand der Dinge.

»Ach, sie ist das, die *mein* Haus in der Rue Saint-Georges erbt!«, sagte Madame du Val-Noble bitter, die in der Sprache dieser Art von Frauen *zu Fuß* war.

»Es sieht so aus«, sagte der Oberst. »Du Tillet hat mir gesagt, dass der Baron dreimal mehr da hineingesteckt hat als Ihr armer Falleix.«

»Gehen wir sie also besuchen?«, fragte Tullia.

»Meine Güte, nein«, gab Mariette zurück, »sie ist zu schön, ich gehe sie zu Hause besuchen.«

»Ich finde mich gut genug, um es zu riskieren«, antwortete Tullia.

Die kühne Erste Tänzerin kam also während der Pause und frischte die Bekanntschaft mit Esther auf, die bei Allgemeinheiten blieb.

»Und von wo bist du wieder hergekommen, liebes Kind?«, fragte die Tänzerin, die sich gar nicht lassen konnte vor Neugierde.

»Ach, ich war fünf Jahre lang in einem Schloss in den Alpen mit einem Engländer, der eifersüchtig war wie ein Tiger, ein Nabob; ich habe ihn einen *Nabot* genannt, denn er war nicht mal so groß wie der Amtmann von Ferrette. Und dann bin ich auf einen Bankier verfallen, von *Schiller nach Karibik*, wie Florine das nennt. Und jetzt, wo ich wieder in Paris bin, habe ich solche Lust, mich zu amüsieren, dass ich mir einen echten Karneval mache. Ich werde ein offenes Haus haben. Ha! Ich muss mich von fünf Jahren Einsamkeit erholen und komme langsam wieder zu mir. Fünf Jahre Englisch, das ist zu viel; in den Anzeigen heißt es, sechs Wochen reichen schon.«

»Hast du die Spitze vom Baron?«

»Nein, das ist ein Überbleibsel vom Nabob … Hab ich ein Pech, meine Liebe! Er war gelb wie der Neid eines Freundes, ich habe geglaubt, der hält keine zehn Monate. Aber nichts da! Stark wie ein Fels war er. Man muss sich hüten vor allen, die sagen, sie hätten's an der Leber … Ich will nichts mehr von der Leber hören. Ich habe im Leben zu viel gehört … auf die Redensarten … dieser Nabob hat mich reingelegt, er ist gestorben, ohne ein Testament zu hinterlassen, und seine Familie hat mich vor die Tür gesetzt, als hätte ich die Pest. Darum habe ich diesem Dickerchen gesagt: ›Du zahlst für zwei!‹ Ihr habt völlig recht, mich als Jungfrau von Orleans zu bezeichnen, ich habe England erledigt! Und am Ende sterbe ich verbrannt.«

»Vor Liebe!«, sagte Tullia.

»Und bei lebendigem Leib!«, antwortete Esther, die dieser Spruch nachdenklich machte.

Der Baron lachte über all die anzüglichen Albernheiten, aber er verstand sie nicht immer sofort, sodass sein Lachen an vergessene Raketen erinnerte, die erst nach einem Feuerwerk zünden.

Wir leben in einer bestimmten Schicht, und die Bewohner aller Schichten sind mit einer gleichen Dosis Neugierde ausgestattet. Am folgenden Morgen war das Abenteuer von Esthers Rückkehr die Neuigkeit in den Kulissen der Oper. Am Morgen zwischen zwei und vier Uhr hatte das gesamte

Paris der Champs-Élysées La Torpille wiedererkannt und wusste endlich, um wen es sich bei der Leidenschaft des Barons de Nucingen handelte.

»Wissen Sie«, sagte Blondet zu de Marsay im Eingang der Oper, »dass La Torpille nach dem Tag verschwunden ist, als wir sie hier als die Geliebte des kleinen Rubempré wiedererkannt hatten?«

In Paris wie in der Provinz spricht sich alles herum. Die Überwachung aus der Rue de Jérusalem funktioniert nicht so gut wie die der feinen Gesellschaft, wo jeder jeden, ohne es zu merken, ausspioniert. Carlos hatte also sehr genau erkannt, was an Luciens Position während und nach der Rue Taitbout das Gefährliche war.

Eine Frau zu Fuß

Es gibt keine schlimmere Lage als die, in der sich Madame du Val-Noble befand, und der Ausdruck *zu Fuß sein* benennt sie bestens. Die Gedankenlosigkeit und Verschwendungssucht dieser Frauen hindern sie daran, an die Zukunft zu denken. In dieser außergewöhnlichen Welt, die viel komischer und geistreicher ist, als man meint, denken nur die Frauen, die nicht von eindeutiger, beinah unveränderlicher und leicht erkennbarer Schönheit sind, also Frauen, die nur aus einer Laune heraus geliebt werden können, an ihr Alter und sammeln ein Vermögen an: Je schöner sie sind, desto weniger schauen sie voraus. – »Du hast wohl Angst, hässlich zu werden, dass du dir Staatsanleihen besorgst …?«, lautet ein Ausspruch Florines gegenüber Mariette, der eine der Ursachen dieser Verschwendungssucht verstehen lässt. Wenn ein Spekulant sich umbringt, ein Verschwender den Boden seiner Taschen erreicht hat, fallen diese Frauen mit beängstigender

Geschwindigkeit von schamloser Üppigkeit in tiefes Elend. So werfen sie sich in die Arme einer Putzhändlerin, sie verkaufen erlesenen Schmuck zu einem schäbigen Preis, sie verschulden sich vor allem, um den scheinbaren Luxus beizubehalten, der ihnen ermöglichen soll, wiederzuerlangen, was sie soeben verloren haben: eine Kasse, aus der sie schöpfen können. Dieses Auf und Ab ihres Lebens erklärt hinreichend den Wert einer in Wirklichkeit beinah immer angebahnten Beziehung, wie Asie Nucingen mit Esther verkuppelt hatte (ein weiterer Ausdruck dieses Wortschatzes). So wissen alle, die ihr Paris gut kennen, sehr wohl, was sie davon zu halten haben, wenn sie auf den Champs-Élysées, diesem quirligen und bewegten Bazar, eine bestimmte Frau in einer Mietkutsche wiedersehen, die sie ein Jahr, sechs Monate zuvor in einer betörend luxuriösen und hervorragend gehaltenen Karosse gesehen haben. – »Wer in Sainte-Pelagie landet, muss zusehen, dass er es schafft, im Bois de Boulogne wieder aufzukreuzen«, lachte Florine mit Blondet über den kleinen Vicomte de Portenduère. Einige fähige Frauen lassen sich auf das Risiko dieses Kontrastes niemals ein. Sie bleiben versteckt in scheußlichen möblierten Hotels, wo sie ihre Verschwendung durch Entbehrungen abbüßen, wie sie Reisende erleiden, die sich in irgendeiner Sahara verirrt haben; doch sie entwickeln nicht den mindesten Willen zur Sparsamkeit. Sie versuchen es mit Maskenbällen, sie machen eine Reise in die Provinz, sie zeigen sich an schönen Tagen zurechtgemacht auf den Boulevards. Übrigens finden sie untereinander die Kameradschaftlichkeit, die man einander in den geächteten Schichten erweist. Die Hilfe, die zu leisten ist, kostet eine Frau, der es gut geht, wenig, und die sich sagt: ›Sonntag kann es mir genauso gehen.‹ Die beste Hilfe leistet immer noch die Kleiderhändlerin. Wenn diese Wucherin zur Gläubigerin wird, dann rührt und durchsucht sie die Herzen aller Greise zugunsten ihrer

Hypothek auf Stiefelchen mit Hut. Außerstande, das Desaster eines der reichsten und fähigsten Wechselhändler vorherzusehen, hatte es Madame du Val-Noble in völlig ungeordneten Verhältnissen erwischt. Sie verbrauchte das Geld von Falleix für ihre Launen und verließ sich auf ihn, was sinnvolle Dinge und ihre Zukunft anging. – »Wie kann man«, sagte sie zu Mariette, »so etwas von einem Mann erwarten, der so ein *braver Junge* zu sein schien?« In beinah allen Schichten der Gesellschaft ist ein *braver Junge* ein Mann von Großzügigkeit, der hier ein paar Taler und dort ein paar Taler verleiht, ohne sie zurückzuverlangen, der sich stets nach den Regeln eines gewissen Anstands verhält, jenseits der primitiven, zwingenden, gängigen Moral. Manche Leute, die als anständig und rechtschaffen gelten wie Nucingen, haben ihre Wohltäter ruiniert, und manche, die vor dem Strafgericht gestanden haben, sind gegenüber einer Frau von findiger Redlichkeit. Die vollkommene Tugend, der Traum von Molière, von Alceste, ist äußerst selten; dabei findet sie sich überall, sogar in Paris. Der *brave Junge* ist das Produkt einer gewissen Anmut im Charakter, die nichts beweist. Ein Mann ist eben so, wie eine Katze seidig ist und wie ein Pantoffel dazu gemacht ist, auf den Fuß zu passen. So hätte Falleix im Sinne des Begriffs braver Junge, wie ihn die ausgehaltenen Frauen verstanden, seine Geliebte vor seiner Pleite warnen und ihr etwas für ihren Unterhalt lassen müssen. D'Estourny, der galante Betrüger, war ein braver Junge; er betrog im Spiel, aber er hatte dreißigtausend Franc für seine Geliebte beiseitegelegt. Darum antworteten die Frauen seinen Anklägern bei den Fastnachtsdiners: »Das MACHT NICHTS! … da könnt ihr lange reden, Georges war ein braver Junge, er hatte gute Manieren, er hätte ein besseres Schicksal verdient!« Die Mädchen pfeifen auf die Gesetze, sie bewundern ein gewisses Taktgefühl; sie verstehen es, wie Esther, sich für ein geheimes schönes Ideal, ihre besondere Religion, zu verkaufen. Nachdem sie mit großer Mühe ein paar Juwelen vor dem Untergang hatte retten können, brach Madame du Val-Noble unter dem Gewicht dieser Anklage zusammen: »Sie hat Falleix ruiniert!« Sie ging auf die dreißig zu, und obwohl sie in der vollen Blüte ihrer Schönheit stand, konnte sie dabei umso mehr als alte Frau gelten, als eine Frau in solchen Krisen alle ihre Rivalinnen gegen sich hat. Mariette, Florine und Tullia luden ihre Freundin zum Essen ein und leisteten ihr einiges an Hilfe; aber sie kannten nicht die Höhe ihrer Schulden und wagten nicht, die Tiefe dieses Schlundes zu ergründen. Sechs Jahre Altersunterschied stellten im Wellengang der Pariser Gezeiten einen zu großen Abstand zwischen La Torpille und Madame du Val-Noble dar, als dass sich die Frau *zu Fuß* an die Frau mit Kutsche wenden würde; doch wusste die Val-Noble von Esthers Großzügigkeit, um nicht, da sie sie, wie sie es nannte, beerbt hatte, gelegentlich zu überlegen, ihr bei einem Treffen zu begegnen, das wie zufällig erschiene, wenn es auch geplant wäre. Um diesen Zufall eintreten zu lassen, promenierte Madame du Val-Noble, zurechtgemacht wie eine Dame, jeden Tag über die Champs-Élysées mit Théodore Gaillard am Arm, der sie schließlich geheiratet hat und der sich in diesem Engpass sehr anständig gegenüber seiner früheren Geliebten verhielt; er gab ihr Logenplätze und ließ sie zu all seinen Empfängen einladen. Sie schmeichelte sich mit dem Gedanken, dass Esther an einem sonnigen Tag spazieren ginge und sie sich von Angesicht zu Angesicht gegenüberstehen könnten. Esther hatte Paccard als Kutscher, nachdem ihr Haushalt binnen fünf Tagen gemäß Carlos' Anweisungen von Asie, Europe und Paccard so organisiert war, dass aus dem Haus in der Rue Saint-Georges eine uneinnehmbare Festung wurde. Seinerseits hatte Peyrade, angetrieben von seinem tiefen Hass, seinem Rachdurst und vor allem von seinem Wunsch, seine liebe Lydie abzusichern, die Champs-Élysées zum Ziel seiner Spaziergänge gewählt, sobald ihm Contenson gesagt hatte, dass dort die Geliebte des Monsieur de Nucingen zu sehen sei. Peyrade machte sich als Engländer perfekt zurecht und sprach hervorragend das Französisch mit dem Lallen, das die Engländer in unsere Sprache tragen; er beherrschte das Englische so gut, er kannte so umfassend die Angelegenheiten dieses Landes, wohin ihn die Pariser Polizei dreimal, 1779 und 1786, entsandt hatte, dass er seine Rolle eines Engländers bei den Botschaftern und in London spielte, ohne Argwohn zu erregen. Peyrade, der sehr viel von Musson hatte, dem berühmten Inkognito, verstand es, sich so gekonnt zu verkleiden, dass Contenson ihn einmal nicht erkannt hat. Begleitet von Contenson, der als Mulatte verkleidet war, musterte Peyrade mit diesem Blick, der unaufmerksam scheint, aber alles sieht, Esther und ihre Leute. Er befand sich also an dem Tag, als Esther dort Madame du Val-Noble begegnete, ganz natürlich in der Seitenallee, wo die Leute mit Equipage, wenn es trocken und schön ist, spazieren gehen. Peyrade, gefolgt von seinem Mulatten in Livree, ging unauffällig und wie ein echter Nabob, der nur mit sich beschäftigt ist, auf der Höhe der beiden Frauen, sodass er nebenher ein paar Worte ihres Gesprächs auffangen konnte.

»Ja natürlich, meine Liebe«, sagte Esther zu Madame du Val-Noble, »kommen Sie mich besuchen. Nucingen ist es sich selber schuldig, dass er die Geliebte seines Wechselagenten nicht ohne einen Heller lässt ...«

»Um so mehr, als es heißt, der habe ihn absichtlich pleitegehen lassen«, sagte Théodore Gaillard, »und wir ihn wohl erpressen könnten ...«

»Morgen Abend diniert er bei mir, komm dazu, meine Gute«, sagte Esther. Dann sagte sie ihr ins Ohr: »Ich mache mit dem, was ich will, er hat nicht einmal das!« Sie hielt einen ihrer ganz in Handschuhe gehüllten Fingernägel unter den hübschesten ihrer Zähne und machte diese nur zu bekannte Geste, deren energische Bedeutung sagen will: gar nichts!

»Du hältst ihn ...«

»Meine Liebe, bis jetzt hat er nichts bezahlt als meine Schulden ...«

»Ist der knickrig!«, rief Suzanne du Val-Noble aus.

»Oh!«, gab Esther zurück, »ich hatte Schulden genug, um einen Finanzminister zu erschrecken. Jetzt will ich dreißigtausend Franc Rente, bevor es Mitternacht schlägt! ... Ach! Er ist bezaubernd, ich kann mich gar nicht beschweren ... Er ist brav. In acht Tagen feiern wir Einweihung, du bist dabei ... Am Morgen muss er mir den Vertrag von dem Haus in der Rue Saint-Georges schenken. So ein Haus kann man nicht für sich bewohnen ohne eine Rente von dreißigtausend Franc, um darauf zurückzugreifen, wenn etwas schiefgeht. Ich habe das Elend kennengelernt und ich möchte das nicht noch einmal erleben. Es gibt Bekanntschaften, von denen hat man sofort zu viel.«

»Du, die gesagt hat: ›Das Vermögen, das bin ich‹, wie hast du dich verändert!«, rief Suzanne.

»Das macht die Schweizer Luft, da wird man sparsam ... Hör mal, geh da auch hin, meine Liebe! *Angel dir* einen Schweizer und du machst daraus vielleicht einen Gatten! Die wissen noch nichts von Frauen wie uns ... Auf alle Fälle kommst du zurück mit einer Liebe für eingetragene Staatsanleihen, eine anständige und zarte Liebe! Adieu.«

Esther stieg wieder in den schönen Wagen, vor den die prächtigsten Apfelschimmel gespannt waren, die es damals in Paris gab.

»Die Frau, die in den Wagen steigt«, sagte jetzt Peyrade auf Englisch zu Contenson, »ist gut, aber noch mehr mag ich die, die zu Fuß ist, du folgst ihr und findest heraus, wer sie ist.«

»Hör mal, was dieser Engländer gerade auf Englisch gesagt hat«, sagte Théodore Gaillard und wiederholte zu Madame du Val-Noble Peyrades Satz.

Bevor er es riskierte, englisch zu sprechen, hatte Peyrade ein Wort dieser Sprache geäußert, das bei Théodore Gaillard einen Gesichtsausdruck bewirkte, anhand dessen er sich versichert hatte, dass der Journalist Englisch verstand. Madame du Val-Noble ging nun sehr langsam zu sich nach Hause, Rue Louis-le-Grand, in ein bescheidenes Hotel, wobei sie mit Blicken nach der Seite darauf achtete, dass ihr der Mulatte folgte. Dies Haus gehörte einer Madame Gérard, die Madame du Val-Noble sich in ihren glanzvollen Zeiten verpflichtet hatte und die sich dankbar zeigte, indem sie sie anständig unterkommen ließ. Diese gute Frau, rechtschaffene Bürgerin und voller Tugenden, sogar fromm, nahm die Kurtisane auf wie eine Frau einer übergeordneten Gattung; sie hatte sie noch inmitten ihres Luxus vor Augen und nahm sie wahr als eine gestürzte Königin; sie vertraute ihr ihre Töchter an; und, was selbstverständlicher ist, als man meinen möchte, die Kurtisane war mit ihnen so gewissenhaft wie eine Mutter, wenn sie sie mitnahm ins Theater; die beiden Fräulein Gérard liebten sie. Diese ordentliche und würdige Gastgeberin ähnelte jenen großartigen Geistlichen, die in diesen geächteten Frauen immer noch Menschen sehen, die man retten, die man lieben muss. Madame du Val-Noble achtete diese Anständigkeit, oft war sie beim abendlichen Plaudern, wenn sie ihre Missgeschicke beklagte, darauf neidisch. – »Sie sind noch schön, Sie können es noch gut treffen«, sagte Madame Gérard. Madame du Val-Noble war außerdem im Fallen glimpflich davongekommen. Die Aufmachung dieser Frau, so verschwenderisch und so elegant, war noch gut genug bestückt, um ihr bei Gelegenheit zu erlauben, in ganzer Pracht aufzutreten wie an dem Tag des *Richard d'Arlington* an der Porte Saint-Martin.

Madame Gérard war sogar so liebenswürdig, die Kutschen zu bezahlen, derer die Frau zu Fuß bedurfte, um außer Haus dinieren zu gehen oder um sich ins Theater zu begeben und wieder heimzukommen.

»Ach ja, meine liebe Madame Gérard«, sagte sie dieser rechtschaffenen Familienmutter, »mein Schicksal wird sich wenden, glaube ich ...«

»Na bitte, Madame, wie schön; aber passen Sie auf, denken Sie an die Zukunft ... Machen Sie keine Schulden mehr. Ich habe so Schwierigkeiten, die alle abzuweisen, die Sie suchen! ...«

»Ach, machen Sie sich keine Gedanken wegen dieser Spürhunde, die alle Riesensummen an mir verdient haben. Hier, nehmen Sie diese Karten für die *Variétés* für Ihre Töchter, eine gute Loge im zweiten Rang. Wenn heute Abend jemand nach mir fragen sollte und ich noch nicht zurück bin, kann man den trotzdem hinauflassen. Adèle, mein Kammermädchen von früher, wird da sein; ich schicke sie Ihnen.«

Madame du Val-Noble, die weder Tante noch Mutter hatte, war gezwungen, auf ihr Zimmermädchen (auch zu Fuß!) zurückzugreifen für die Rolle einer Saint-Estève bei dem Unbekannten, dessen Eroberung ihr die Rückkehr auf ihren früheren Rang erlauben würde. Sie ging mit Théodore Gaillard dinieren, der an diesem Tag eine *Partie* hatte, das heißt ein Diner, das Nathan gab, der eine verlorene Wette bezahlte, eine dieser Orgien, bei denen man zur Einladung dazusagt: *»Es werden Damen anwesend sein.«*

Peyrade als Nabob

Peyrade hatte nicht ohne schwerwiegende Gründe beschlossen, sich in Person auf das Feld dieser Intrige zu begeben. Seine Neugierde war übrigens, wie die Corentins, derart aufgestachelt, dass er sich auch ohne Grund gerne in dies Drama gemischt hätte. Zu dieser Zeit hatte die Politik von Charles X. ihr letztes Stadium erreicht. Nachdem er Ministern seiner Wahl das Steuerruder der Geschäftsführung anvertraut hatte, bereitete der König die Eroberung Algiers vor, um diesen Ruhm als Freibrief für das zu nutzen, was man seinen Staatsstreich genannt hat. Innenpolitisch gab es keine Verschwörung mehr, Charles X. meinte, keinen Gegner zu haben. In der Politik wie auf dem Meer gibt es die Ruhe vor dem Sturm. Corentin war demzufolge zu vollkommener Untätigkeit verurteilt. In einer solchen Situation wird ein echter Jäger, um seine Hand zu üben, *mangels Singdrosseln die Amseln töten*. Domitian tötete Fliegen mangels Christen. Als Zeuge von Esthers Festnahme hatte Contenson mit dem besonderen Gespür des Spions diese Maßnahme sehr richtig eingeschätzt. Wie man gesehen hat, hatte sich der Schelm nicht einmal die Mühe gemacht, vor dem Baron de Nucingen mit seiner Meinung hinterm Berge zu halten. »Zu wessen Nutzen erpresst man den Bankier mit seiner Leidenschaft?«, war die erste Frage, die sich die beiden Freunde stellten. Nachdem sie in Asie eine Figur des Stücks erkannt hatten, hatte Contenson gehofft, über sie an den Urheber zu kommen; doch sie verurteilte ihn für einige Zeit zur Tatenlosigkeit, indem sie sich wie ein Aal im Schlamm von Paris versteckte, und als er sie als Esthers Köchin wiedersah, erschien ihm die Mitwirkung dieser Mischlingsfrau unerklärlich. Zum ersten Mal gerieten diese beiden Künstler der Spionage an einen unentzifferbaren Text und vermuteten eine finstere Geschichte. Bei drei aufeinander folgenden und gewagten Attacken auf das Haus in der Rue Taibout stieß Contenson auf verbissene Verschwiegenheit. So lange Esther dort wohnte, schien der Hausmeister erfüllt von panischer Angst. Vielleicht hatte Asie für den Fall einer Indiskretion vergiftete Buletten für die gesamte Familie in Aussicht gestellt. Am Morgen des Tages nach Esthers Auszug aus der Wohnung fand Contenson den Hausmeister ein bisschen zugänglicher, ihm fehlte diese kleine Dame sehr, die ihn mit den Resten ihrer Tafel ernährt hatte. Contenson, der als Wohnungsmakler auftrat, verhandelte um die Wohnung, hörte sich das Gejammer des Hausmeisters an und machte sich darüber lustig, indem er alles, was er sagte, mit eingeworfenen »Ist das möglich?« in Zweifel zog. – Ja, Monsieur, diese kleine Dame ist hier fünf Jahre geblieben, ohne jemals ausgegangen zu sein, was beweist, dass ihr Liebhaber, der eifersüchtig war, obwohl es an ihr nichts zu tadeln gab, die größten Vorsichtsmaßnahmen beim Kommen, beim Eintreten und beim Gehen ergriff. Das war übrigens ein sehr schöner junger Mann.« Lucien war noch in Marsac bei seiner Schwester, Madame Sechard; doch sobald er zurück war, schickte Contenson den Hausmeister zum Quai Malaquais und ließ Monsieur de Rubempré fragen, ob er einverstanden sei, die Möbel aus der Wohnung zu verkaufen, die Madame Van Bogseck verlassen habe. Der Portier erkannte so in Lucien den geheimnisvollen Liebhaber der jungen Witwe, und mehr wollte Contenson gar nicht wissen. Man stelle sich das tiefe, wenn auch unterdrückte Erstaunen vor, das Lucien und Carlos ergriff; sie taten, als hielten sie den Hausmeister für verrückt; sie versuchten, es ihm einzureden.

Binnen vierundzwanzig Stunden hatte Carlos eine Gegenpolizei auf die Beine gestellt, die Contenson beim Spionieren auf frischer Tat ertappen sollte. Contenson hatte bereits zweimal in der Verkleidung eines Trägers von der Markthalle Lebensmittel geliefert, die Asie am Morgen gekauft hatte, und hatte dabei das kleine Palais in der Rue Saint-Georges zweimal betreten. Corentin wurde seinerseits aktiv; dass es die Person Carlos Herrera tatsächlich gab, ließ ihn unvermittelt einhalten; zwar kam er schnell dahinter, dass dieser Abbé, der Geheimgesandte Ferdinands VII., um das Ende des Jahres 1823 nach Paris gekommen war. Dennoch musste Corentin die Gründe herausfinden, die diesen Spanier dazu brachten, Lucien de Rubempré zu fördern. Bald wurde Corentin klar, das Lucien fünf Jahre lang Esther als Geliebte gehabt hatte. Demnach hatte der Austausch Esthers gegen die Engländerin im Interesse des Dandys stattgefunden. Nun hatte aber Lucien keine Existenzgrundlage, Mademoiselle de Grandlieu wurde ihm als Frau verweigert und er hatte soeben für eine Million das Gut der Rubempré gekauft. Corentin schaffte es mit Geschick, den Generaldirektor der königlichen Polizei in Bewegung zu bringen, den der Polizeipräfekt in Sachen Peyrade davon unterrichtete, dass sich in dieser Angelegenheit niemand Geringeres als der Graf de Sérisy und Lucien de Rubempré beklagt hatten.

»Da haben wir es!«, hatten Peyrade und Corentin ausgerufen.

Der Plan der beiden war im Nu beschlossen.

»Dies Freudenmädchen«, hatte Corentin gesagt, »hatte Verhältnisse, sie hat Freundinnen. Es ist ausgeschlossen, dass es nicht einer von denen schlecht geht; einer von uns muss die Rolle eines reichen Ausländers spielen, der sie aushält; wir werden die zusammenbringen. Die brauchen immer einander für das *Hin und Her* der Liebhaber, und wir wären da in der Mitte vom Schauplatz.« Peyrade dachte ganz automatisch, seine Rolle als Engländer einzunehmen. Das ausschweifende Leben, das er in der erforderlichen Zeit bis zur Aufdeckung der Intrige, der er zum Opfer gefallen war, zu führen hatte, gefiel ihm, während Corentin, gealtert von seiner Arbeit und eher zart, wenig darauf gab. Als Mischling entging Contenson sowieso der Gegenspionage von Carlos. Drei Tage vor Peyrades Begegnung mit Madame du Val-Noble auf den Champs-Élysées war der letzte Agent der Herren de Sartine und Lenoir, über Le Havre aus den Kolonien kommend, im Hotel Mirabeau in der Rue de la Paix abgestiegen, mit einem vollkommen korrekten Pass und in einer kleinen Kutsche, die verdreckt war, als käme sie aus Le Havre, obwohl sie bloß die Strecke von Saint-Denis nach Paris zurückgelegt hatte.

Carlos Herrera seinerseits ließ seinen Pass in der spanischen Botschaft mit einem Visum versehen und traf am Quai Malaquais alle Vorbereitungen für eine Reise nach Madrid. Hier der Grund. In wenigen Tagen würde Esther die Eigentümerin des kleinen Palais in der Rue Saint-Georges, sie sollte eine Staatsanleihe von dreißigtausend Franc Rente überschrieben bekommen; Europe und Asie waren so listig, sie sie verkaufen zu lassen und das Geld heimlich an Lucien weiterzugeben. Lucien, angeblich reich durch die Freigebigkeit seiner Schwester, würde auf diese Weise die Bezahlung für das Gut der Rubempré abschließen können. Niemand hatte irgendetwas an diesem Verhalten auszusetzen. Allein Esther konnte plaudern; aber eher wäre sie gestorben, als auch nur mit der Wimper zu zucken. Clotilde hatte soeben ein rosa Taschentuch um ihren Schwanenhals gelegt, die Partie im Palais der Grandlieu war also gewonnen. Die Omnibus-Aktien hatten ihren Wert bereits verdreifacht. Indem Carlos für ein paar Tage verschwand, zerstreute er alles Misstrauen. Die menschliche Umsicht hatte alles vorherbedacht, kein Fehler war möglich. Der falsche Spanier sollte am Tag nach der Begegnung Peyrades mit Madame du Val-Noble auf den Champs-Élysées abreisen. Dann aber kam in derselben Nacht, um zwei Uhr morgens, Asie mit dem Fiaker ins Quai Malaquais und traf den Lenker dieser Ränke rauchend in seinem Zimmer, wie er im Rückblick betrachtete, was soeben in ein paar Worten geschildert wurde, wie ein Autor, der einen Bogen seines Buchs nach Fehlern durchsieht, die korrigiert werden müssen. Ein solcher Mann wollte sich kein zweites Mal ein Versehen leisten wie mit dem Hausmeister in der Rue Taitbout.

»Paccard«, sagte Asie in das Ohr ihres Herren, »hat heute früh, um halb drei morgens, in den Champs-Élysées Contenson erkannt, verkleidet als Mulatte und als Diener eines Engländers, der seit drei Tagen über die Champs-Élysées flaniert, um Esther zu beobachten. Paccard hat diesen Spürhund an den Augen erkannt, wie ich, als er Lieferant der Markthalle war. Paccard hat die Kleine so nach Hause gebracht, dass er den Vogel nicht aus den Augen verliert. Er ist im Hotel Mirabeau; und dann haben er und der Engländer derart miteinander Zeichen ausgetauscht, dass es unmöglich ist, sagt Paccard, dass der Engländer ein Engländer ist.«

»Wir haben eine Laus im Pelz«, sagte Carlos. »Ich fahre erst übermorgen. Dieser Contenson ist doch der, der uns den Hausmeister aus der Rue Taitbout hierher gehetzt hat; wir müssen herauskriegen, ob der falsche Engländer unser Feind ist.«

Zu Mittag bediente der Mulatte von Monsieur Samuel Johnson bedächtig seinen Herren, der immer mit Absicht zu gut aß. Peyrade wollte als Engländer der trinkfreudigen Sorte gelten, er ging nie ganz nüchtern aus. Er trug schwarze Tuchgamaschen, die bis zu den Knien hinaufstiegen und die ausgestopft waren, damit sie die Beine dicker machten; seine Hose war dick mit Barchent gefüttert; er trug eine bis ans Kinn geknöpfte Weste; sein blauer Halsbinder umgab seinen Hals bis an die Wangen; er hatte eine kurze rötliche Perücke auf, die seine Stirn halb verdeckte; er hatte sich um ungefähr drei Daumenbreit größer gemacht; sodass der älteste Stammgast des Café David ihn nicht mehr hätte wiedererkennen können. Wegen seiner karierten schwarzen Jacke, die weit und reinlich wie ein englischer Anzug war, musste ihn ein Passant für einen englischen Millionär halten. Contenson trug die kühle Arroganz des Vertrauensdieners eines Nabobs zur Schau, er war stumm, schroff, abschätzig, wortkarg und erlaubte sich befremdliche Gesten und ungebärdige Ausrufe. Peyrade beendete soeben seine zweite Flasche, als ein Hotelkellner ohne Umstände einen Mann ins Zimmer ließ, in dem Peyrade wie auch Contenson einen Gendarmen in Zivil erkannten.

»Monsieur Peyrade«, wandte sich der Gendarm an den Nabob und sprach ihm ins Ohr, »ich habe den Auftrag, Sie zur Präfektur zu bringen.« Peyrade stand ohne ein Wort auf und nahm seinen Hut. – »Sie sehen den Fiaker an der Tür«, sagte ihm der Gendarm auf der Treppe. »Der Präfekt wollte Sie festnehmen lassen, aber es genügt ihm, Ihnen zur Klärung Ihres Verhaltens den Polizeileutnant zu schicken, der in dem Wagen sitzt.«

»Soll ich bei Ihnen bleiben?«, fragte der Gendarm den Polizeileutnant, als Peyrade eingestiegen war.

»Nein«, meinte der Polizeileutnant, »sagen Sie dem Kutscher ganz leise, dass er zur Präfektur fährt.«

Peyrade und Carlos saßen zusammen in derselben Kusche. Carlos hatte ein Stilett in Reichweite. Den Wagen steuerte ein Kutscher seines Vertrauens, der imstande war, Carlos aussteigen zu lassen, ohne es zu merken, und überrascht zu sein, wenn er bei der Ankunft im Wagen eine Leiche fand. Nach einem Spion wird nie gefragt. Die Justiz lässt diese Morde fast immer ungestraft, so schwierig ist es, sie aufzuklären.

Ein Duell in der Kutsche

Peyrade richtete seinen Spitzelblick auf den Beamten, den ihm der Polizeipräfekt schickte, Carlos bot hinreichende Merkmale: einen kahlen Schädel, hinten durchfurcht von Falten; gepudertes Haar; sodann vor zarten, rot geränderten Augen, die der Pflege bedurften, eine sehr leichte goldene Brille, sehr bürokratisch, mit doppelten grünen Gläsern. Diese Augen zeugten von ekligen Krankheiten. Ein Baumwollhemd mit plissiertem Jabot, eine abgewetzte Seidenweste, eine Justizwachtmeistershose, Strümpfe aus schwarzer Florettseide und mit Bändern geschnürte Schuhe, ein langer schwarzer Reitmantel, schwarze und seit zehn Tagen getragenen Handschuhe zu vierzig Sous, eine goldene Uhrkette. Das war, nicht mehr und nicht minder, der untere Justizbeamte, den man sehr widersprüchlich als *Polizeileutnant* bezeichnet.

»Mein lieber Monsieur Peyrade, es tut mir leid, dass ein Mann wie Sie Gegenstand der Überwachung ist, und dass Sie Anlass geben, das zu rechtfertigen. Ihre Verkleidung ist nicht nach dem Geschmack des Herrn Präfekten. Wenn Sie meinen, auf diese Art unserer Wachsamkeit zu entgehen, sind Sie im Irrtum. Sie haben wahrscheinlich in Beaumont-sur-Oise den Weg von England genommen? ...«

»In Beaumont-sur-Oise«, antwortete Peyrade.

»Oder in Saint-Denis?«, setzte der falsche Polizeibeamte nach.

Peyrade stutzte. Diese neue Frage forderte eine Antwort. Aber jede Antwort war gefährlich. Bestätigen wäre Spott, Leugnen, wenn der Mann die Wahrheit wüsste, würde Peyrade vernichten. – ›Der ist schlau‹, dachte er. Er versuchte, den Polizeileutnant anzulächeln und beließ es als Antwort bei diesem Lächeln. Das Lächeln wurde ohne Einspruch angenommen.

»Zu welchem Zweck haben Sie sich verkleidet, ein Zimmer im Hotel Mirabeau genommen und Contenson zum Mulatten gemacht?«, fragte der Polizeileutnant.

»Der Herr Präfekt kann mit mir machen, was er will, ich schulde nur meinen Vorgesetzten Rechenschaft«, sagte Peyrade mit Würde.

»Wenn Sie mir zu verstehen geben wollen, dass Sie auf Geheiß der königlichen Polizei handeln«, meinte der falsche Polizist trocken, »ändern wir die Richtung und fahren in die Rue de Grenelle statt in die Rue de Jérusalem. Ich habe genaueste Anweisungen, was Sie angeht. Aber hören Sie mal, man ist nicht besonders böse auf Sie, und am Ende würden Sie sich selbst Ärger machen. Was mich angeht, ich will Ihnen sowieso nichts Übles … Aber los jetzt! … Sagen Sie mir die Wahrheit …«

»Die Wahrheit. Das ist die«, sagte Peyrade und sah seinem Zerberus fest in die roten Augen.

Das Gesicht des angeblichen Justizbeamten blieb ausdruckslos, unbewegt, er machte seine Arbeit, alle Wahrheit war ihm gleich, er sah aus, als beschuldige er den Präfekten einer Laune. Die Präfekten haben Schrullen.

»Ich habe mich wie verrückt verliebt in eine Frau, die Geliebte dieses Wechselagenten, der zu seinem Vergnügen und dem Missvergnügen seiner Gläubiger auf Reisen ist, Falleix.«

»Madame du Val-Noble«, sagte der Friedensoffizier.

»Ja«, sagte Peyrade. »Um sie einen Monat lang aushalten zu können, was mich kaum mehr als tausend Franc kosten wird, habe ich mich als Nabob verkleidet und Contenson als Diener genommen. Das, Monsieur, ist so wahr, dass Sie, wenn Sie mich im Fiaker lassen wollen, wo ich auf Sie warten werde – Ehrenwort vom ehemaligen Generalkommissar der Polizei – dass Sie ins Gebäude gehen und dort Contenson danach fragen. Nicht nur wird Ihnen Contenson bestätigen, was ich die Ehre habe, Ihnen zu sagen, sondern Sie werden auch das Zimmermädchen von Madame du Val-Noble kommen sehen, die uns heute früh die Zustimmung zu meinen Vorschlägen bringen soll, beziehungsweise die Bedingungen ihrer Herrin. Ein alter Affe kennt sich aus mit Grimassen: Ich habe tausend Franc pro Monat angeboten, einen Wagen; das macht fünfzehnhundert; fünfhundert Franc für Geschenke und genauso viel für Ausgehen, Diners, Theater; Sie sehen, dass ich mich um keinen Centime vertue, wenn ich Ihnen sage tausend Franc. Ein Mann wie ich darf schon mal tausend Taler für seine letzte Laune ausgeben.«

»Ach was, Papa Peyrade! Sie lieben die Frauen dafür noch immer so sehr ...? Sie machen sich lustig; ich bin sechzig und kann gut darauf verzichten ... Wenn die Dinge stehen, wie Sie sagen, dann verstehe ich, dass Sie sich, um diese Laune auszuleben, das Aussehen eines Ausländers verschaffen mussten.«

»Sie verstehen, dass Peyrade oder der Papa Canquoëlle aus der Rue des Moineaux ...«

»Ja natürlich, weder der eine noch der andere wäre was für Madame du Val-Noble gewesen«, gab Carlos zurück, erfreut, Papa Canquoëlles Adresse bestätigt zu bekommen. »Vor der Revolution hatte ich als Geliebte eine Frau«, sagte er, »die vom Scharfrichter ausgehalten wurde, was damals noch Henker hieß. Eines Tages im Theater sticht sie sich an einer Nadel, und wie man das damals machte, rief sie aus: ›Ah! Zum Henker!‹ – ›Ist das eine Erinnerung?‹, fragte ihr Gefährte. Also gut, mein lieber Peyrade, sie hat den Mann wegen dieses Witzes verlassen. Ich verstehe, dass Sie sich nicht einer ähnlichen Blamage aussetzen wollen ... Madame du Val-Noble ist eine Frau für feine Leute, ich habe sie mal in der Oper gesehen, ich fand sie ziemlich schön ... Lassen Sie den Kutscher in die Rue de la Paix zurückfahren, mein lieber Peyrade, ich werde mit Ihnen in Ihre Zimmer hinaufgehen und mir die

Sachen selber ansehen. Ein Protokoll wird dem Herrn Präfekten schon genügen.«

Carlos zog eine rot gefütterte Tabaksdose aus schwarzer Pappe aus der Manteltasche, öffnete sie und bot Peyrade mit einer Geste großartiger Gutmütigkeit Tabak an. Peyrade dachte sich: ›Da schau dir deren Agenten an! ... mein Gott, wenn Monsieur Lenoir oder Monsieur de Sartine wiederkämen, was würden die wohl sagen?‹

»Wahrscheinlich gehört das schon zur Wahrheit, aber es ist nicht alles, mein lieber Freund«, sagte der falsche Polizeileutnant und sog den letzten Rest Tabak mit der Nase auf. »Sie haben sich in die Herzensangelegenheiten des Barons de Nucingen eingemischt und wollen ihn wahrscheinlich in einer Schlinge fangen; mit der Pistole haben Sie ihn nicht erwischt, jetzt wollen Sie es mit schwerem Geschütz versuchen. Madame du Val-Noble ist eine Freundin von Madame de Champy ...«

›Ah! zum Teufel! Jetzt verhaspel dich nicht auch noch!‹, sagte sich Peyrade, ›er ist stärker, als ich dachte. Er macht mit mir was er will: Er spricht davon, mich loszulassen und lässt mich weiter reden.‹

»Also?!«, meinte Carlos mit Amtsmannsautorität.

»Monsieur, es stimmt, dass ich den Fehler gemacht habe, im Auftrag des Herrn de Nucingen eine Frau zu suchen, in die er bis über die Ohren verliebt war. Das ist der Grund für die Ungnade, in der ich stehe; es sieht nämlich so aus, als hätte ich, ohne es zu ahnen, an höchste Interessen gerührt. (Der niedere Amtmann blieb ungerührt.) Aber nach zweiundfünfzig Jahren aktivem Dienst kenne ich die Polizei gut genug«, sprach Peyrade weiter, »um mich zurückzuhalten nach der Moralpredigt, die mir der Herr Präfekt bestimmt zu Recht gehalten hat ...«

»Sie würden also auf Ihre Laune verzichten, wenn der

Herr Präfekt das verlangt? Das wäre, glaube ich, der beste Beweis, den Sie für Ihre Aufrichtigkeit liefern könnten.«

›Wie der rangeht! Wie der rangeht!‹, sagte sich Peyrade. ›Ei verflixt, die Agenten von heute sind eben doch so gut wie die des Herrn Lenoir.‹

»Darauf verzichten?«, sagte Peyrade. »Ich warte mal die Anordnungen des Herrn Präfekten ab ... Aber wenn Sie mit hinaufkommen wollen, hier sind wir am Hotel.«

»Woher haben Sie Ihr Geld?«, fragte ihn Carlos spitzfindig und direkt.

»Monsieur, ich habe einen Freund ...«

»Das erzählen Sie mal einem Untersuchungsrichter«, gab Carlos zurück.

Diese zugespitzte Szene war bei Carlos das Ergebnis einer dieser Überlegungen, deren Einfachheit nur aus dem Hirn eines Mannes seiner Machart kommen konnte. Er hatte Lucien zu sehr früher Stunde zur Gräfin de Sérisy geschickt. Lucien bat den Privatsekretär des Grafen, in dessen Auftrag beim Präfekten Erkundigungen einzuholen über den Agenten, den Baron de Nucingen eingesetzt hatte. Der Sekretär war zurückgekommen mit einer Notiz über Peyrade, einer Abschrift der Zusammenfassung des Dossiers:

> Seit 1778 im Polizeidienst, zwei Jahre zuvor aus Avignon
>   nach Paris gekommen.
> Ohne Vermögen und ohne Moral, Träger von
>   Staatsgeheimnissen.
> Wohnhaft Rue des Moineaux unter dem Namen
>   Canquoëlle, Name des kleinen Guts, auf dem seine
>   Familie im Departement Vaucluse lebt, im Übrigen
>   unbescholtene Familie.
> Ist neulich von einem seiner Großneffen gesucht worden.
>   (Siehe Bericht eines Agenten, Nr. 37 der Anlagen.)

»Der muss der Engländer sein, dem Contenson als Mulatte dient«, hatte Carlos ausgerufen, als ihm Lucien mit lebhafter Stimme weitere Auskünfte über die Notiz hinaus wiedergab.

Binnen drei Stunden hatte dieser Mann von der Energie eines befehlshabenden Generals in Paccard einen ahnungslosen Komplizen gefunden, der imstande war, die Rolle eines Polizisten in Zivil zu spielen, und hatte sich als Polizeileutnant zurechtgemacht. Dreimal hatte er im Fiaker gezögert, Peyrade umzubringen; aber er hatte sich verboten, selbst einen Mord zu verüben; er nahm sich vor, sich beizeiten Peyrades zu entledigen, indem er entlassene Schwerverbrecher auf ihn als Millionär hinwies.

Peyrade und sein Bestimmer hörten die Stimme Contensons, der mit Madame du Val-Nobles Zimmermädchen plauderte. Peyrade gab Carlos ein Zeichen, im ersten Raum zu bleiben und schien ihm zu sagen: ›Sie werden meine Aufrichtigkeit sehen.‹

»Madame ist mit allem einverstanden«, sagte Adèle. »Madame ist gerade bei einer Freundin, Madame de Champy, die für ein Jahr ein voll möbliertes Zimmer in der Rue Taibout hat, das sie ihr wohl überlassen wird. Madame wird Monsieur Johnson besser empfangen können, denn die Möbel sind noch sehr gut und Monsieur kann sie für Madame kaufen, wenn er sich mit Madame de Champy abstimmt.«

»Schön, mein Kind. Wenn er schon nicht gerupft wird, lässt er doch ein paar Federn«, meinte der Mulatte zu dem verblüfften Mädchen; »wir werden das aber teilen ...«

»Na da schau her, wie einer Farbe bekennt!«, rief Adèle aus. »Wenn Ihr Nabob ein Nabob ist, dann kann er Madame die Möbel doch geben. Die Mietzeit endet im April 1830, Ihr Nabob kann sie verlängern, wenn es ihm recht ist.«

»*Ick söhr zufriedn!*«, antwortete Peyrade im Eintreten und klopfte dem Zimmermädchen auf die Schulter.

Er machte Carlos ein kumpelhaftes Zeichen, der mit einer Geste des Einverständnisses antwortete, da er verstand, dass der Nabob nun in seiner Rolle bleiben musste. Doch die Szene wechselte plötzlich mit dem Auftritt einer Person, auf die weder Carlos noch der Präfekt einen Einfluss hatten. Unvermittelt zeigte sich Corentin. Er hatte die Tür offen gesehen, er kam im Vorbeigehen nachschauen, wie sein alter Peyrade seine Rolle als Nabob spielte.

Corentin gewinnt den zweiten Satz

»Der Präfekt hält mich immer noch klein!«, sagte Peyrade in Corentins Ohr, »er hat mich als Nabob entlarvt.«

»Wir bringen den Präfekten zu Fall«, antwortete Corentin ins Ohr seines Freundes.

Dann, nach einer kühlen Begrüßung, beobachtete er den Amtmann heimlich.

»Bleiben Sie hier, bis ich zurück bin; ich gehe zur Präfektur«, sagte Carlos. »Wenn Sie mich nicht mehr sehen, können Sie Ihrer Laune frönen.«

Nachdem er Peyrade diese Worte ins Ohr gesagt hatte, um dessen Rolle in den Augen des Zimmermädchens nicht zu beschädigen, ging Carlos hinaus, weil ihm nicht daran gelegen war, unter den Blicken des Dazugekommenen zu bleiben, in dem er einen dieser blonden, blauäugigen, zum Fürchten kaltblütigen Charaktere erkannte.

»Das ist der Polizeileutnant, den mir der Präfekt geschickt hat«, sagte Peyrade zu Corentin.

»Das!«, antwortete Corentin, »da hast du dich reinlegen lassen. Dieser Mann hat drei Kartenspiele in den Schuhen, das sieht man an der Stellung des Fußes im Schuh; aber ein Polizeileutnant hat es nicht nötig, sich zu verkleiden!«

Corentin eilte hinab, um seinen Verdacht zu klären; Carlos bestieg einen Fiaker.

»He! Monsieur l'Abbé? ...«, schrie Corentin.

Carlos wandte den Kopf, sah Corentin und setzte sich in seine Kutsche. Corentin blieb aber immer noch Zeit, durch die Tür zu sagen: »Mehr wollte ich nicht wissen. – Quai Malaquais!«, schrie er zum Kutscher mit einem Höllenspaß in Tonfall und Miene.

›Mann‹, sagte sich Jacques Collin, ›jetzt haben sie mich, sie haben's raus, wir müssen schneller sein als sie und vor allem rauskriegen, was sie von uns wollen.‹

Corentin hatte fünf oder sechs Mal den Abbé Carlos Herrera gesehen, und der Blick dieses Mannes war unvergesslich. Corentin hatte zuerst die breiten Schultern erkannt, dann die Verätzungen am Gesicht und die Täuschung der acht Zentimeter Größe mithilfe eines inneren Absatzes.

»Ha! Mein Alter, da haben sie dich vorgeführt!«, sagte Corentin, als er sah, dass in dem Schlafzimmer niemand mehr war außer Peyrade und Contenson.

»Wer?«, rief Peyrade aus mit einem blechernen Tonfall; »ich werde meine letzten Tage damit verbringen, ihn auf ein Bratrost zu setzen und zu rösten.«

»Das ist Abbé Carlos Herrera, womöglich der Corentin Spaniens. Damit ist alles erklärt. Der Spanier ist ein Krimineller ersten Ranges, der das Glück dieses kleinen jungen Mannes machen wollte, indem er aus dem Bett eines hübschen Mädchens Kapital schlägt ... Du musst selber entscheiden, ob du dich mit einem Diplomaten, der mir verteufelt gerissen vorkommt, auf einen Kampf einlassen willst.«

»Oh!«, rief Contenson, »der hat an dem Tag die dreihunderttausend Franc erhalten, als Esther festgenommen wurde, er war im Fiaker! Ich erinnere mich an diese Augen, diese Stirn, diese Pockennarben.«

»Ach je, was für eine Mitgift hätte meine arme Lydie gehabt!«, rief Peyrade.

»Du kannst weiter als Nabob gehen«, sagte Corentin. »Um ein Auge auf Esther zu haben, muss man sie mit der Val-Noble verbinden, das war nämlich in Wahrheit die Geliebte von Lucien de Rubempré.«

»Die haben dem Nucingen bereits mehr als fünfhunderttausend Franc abgeluchst«, stellte Contenson fest.

»Die brauchen noch einmal so viel«, fuhr Corentin fort, »das Gut de Rubempré kostet eine Million. Papa«, klopfte er Peyrade auf die Schulter, »du kannst mehr als hunderttausend Franc haben, um Lydie zu verheiraten.«

»Sag mir nicht so was, Corentin. Wenn dein Plan nicht klappt, weiß ich nicht, zu was ich fähig bin …«

»Vielleicht hast du sie schon morgen. Der Abbé, mein Lieber, ist schon schlau, wir müssen ihm die Pfoten lecken, er ist ein Teufel von Graden; aber ich habe ihn, er ist klug, er wird nachgeben. Versuch, so blöd zu sein wie ein Nabob, und hab keine Angst.«

An dem Tag, an dem die eigentlichen Gegner einander von Angesicht zu Angesicht und auf Augenhöhe begegnet waren, ging Lucien den Abend im Palais de Grandlieu verbringen. Es war dort eine große Gesellschaft. Vor den Augen ihres ganzen Salons hielt die Herzogin eine Zeit lang Lucien bei sich und zeigte sich ihm von ihrer besten Seite.

»Sie haben eine kleine Reise unternommen?«, fragte sie ihn.

»Ja, Herzogin. Meine Schwester hat große Opfer gebracht, um meine Hochzeit zu ermöglichen, so habe ich das Gut Rubempré erwerben und es wieder vervollständigen können. Und ich habe in meinem Pariser Anwalt einen fähigen Mann gefunden, der es geschafft hat, die Ansprüche zu vermeiden, die die Eigentümer der Grundstücke erhoben hätten, wenn sie den Namen des Käufers gewusst hätten.«

»Gibt es da ein Schloss?«, sagte Clotilde und lächelte zu auffällig.

»Es ist da etwas, das aussieht wie ein Schloss, aber das Gescheiteste wäre, sich dessen als Steinbruch zu bedienen, um ein modernes Gebäude zu errichten.«

Clotildes Augen leuchteten vor Glück über ihrem zufriedenen Lächeln.

»Heute Abend spielen Sie mit meinem Vater einen *Rubber*«, sagte sie ihm ganz leise. »In zwei Wochen werden Sie, hoffe ich, zum Diner eingeladen.«

»Na schön, mein lieber Herr«, sagte der Herzog von Grandlieu, »es heißt, Sie haben das Gut Rubempré gekauft; dazu gratuliere ich Ihnen. Das ist eine Antwort an die, die Ihnen Schulden nachgesagt haben. Unsereiner kann, wie Frankreich oder England, eine öffentliche oder Staatsschuld haben; aber sehen Sie, die Leute ohne Vermögen, die Anfänger, können sich so etwas nicht erlauben ...«

»Ach, Herzog, ich habe das Land mit fünfhunderttausend Franc Schulden belastet.«

»Na sehen Sie, da müssen Sie ein Mädchen heiraten, das die Ihnen einbringt, aber Sie werden in unserem Viertel, wo man den Mädchen nur wenig Mitgift gibt, kaum eine Partie mit solchem Vermögen finden.«

»Dafür haben sie genug durch ihren Namen«, antwortete Lucien.

»Wir sind nur drei Wisk-Spieler, Maufrigneuse, d'Espard und ich«, meinte der Herzog, »wollen Sie unser Vierter sein?«, fragte er und wies Lucien an den Spieltisch.

Clotilde kam an den Tisch, um ihrem Vater beim Spiel zuzuschauen.

»Sie will, dass ich das auf mich beziehe«, sagte der Herzog und tätschelte die Hände seiner Tochter, wobei er Lucien von der Seite anschaute, der ernst blieb.

Lucien, Partner von Monsieur d'Espard, verlor zwanzig Louisdor.

»Meine liebe Mama«, kam Clotilde zur Herzogin, »er war so klug, zu verlieren.

Um elf Uhr, nachdem er mit Mademoiselle de Grandlieu ein paar verliebte Worte gewechselt hatte, kam Lucien zurück und legte sich schlafen in Gedanken an den vollkommenen Triumph, den er in einem Monat erlangen würde, denn er zweifelte nicht daran, als Clotildes Verlobter angenommen und vor der Fastenzeit von 1830 getraut zu werden.

Am nächsten Morgen, in dem Moment, als Lucien nach dem Frühstück in Gesellschaft eines sehr nachdenklich gewordenen Carlos ein paar Zigaretten rauchte, wurde ihnen Monsieur de Saint-Estève (was für ein Einfall!) angekündigt, der entweder den Abbé Carlos Herrera oder Monsieur Lucien de Rubempré zu sprechen wünsche.

»Ist unten gesagt worden, dass ich abgereist bin?«, rief der Abbé.

»Ja, Monsieur«, antwortete der Diener.

»Na dann empfang du den Mann«, sagte er zu Lucien; »aber sag nicht ein verräterisches Wort, lass dir keine überraschte Bewegung anmerken, das ist der Feind.«

»Du wirst mich hören«, sagte Lucien.

Carlos versteckte sich in einem Nachbarzimmer und durch den Türspalt sah er Corentin eintreten, den er erst an der Stimme erkannte, so gut beherrschte dieser große unbekannte Mann die Kunst der Verwandlung! Diesmal sah Corentin aus wie ein Abteilungsleiter vom Finanzministerium.

»Ich habe nicht die Ehre, Ihnen bekannt zu sein, Monsieur«, sagte Corentin, »aber …«

»Entschuldigen Sie, dass ich Sie unterbreche, Monsieur«, sagte Lucien, »aber …

»Aber es geht um Ihre Hochzeit mit Mademoiselle Clotilde

de Grandlieu, die nicht stattfinden wird«, stieß Corentin aus.

Lucien setzte sich und antwortete nicht.

»Sie sind in den Händen eines Mannes, der die Macht, den Willen und die Möglichkeit hat, Herzog de Grandlieu zu beweisen, dass das Gut Rubempré von dem Preis bezahlt wird, den Ihnen ein Dummkopf gegeben hat für Ihre Geliebte, Mademoiselle Esther«, fuhr Corentin fort. »Die Gerichtsprotokolle, anhand derer Mademoiselle Esther verklagt worden ist, werden sich leicht finden lassen, und es gibt die Möglichkeit, d'Estourny aussagen zu lassen. Die ausgeklügelten Tricks, die auf Baron de Nucingen angewendet wurden, kommen dann heraus ... Jetzt kann alles noch geregelt werden. Geben Sie einen Betrag von hunderttausend Franc und Sie haben Ihre Ruhe ... Ich selbst habe damit gar nichts zu tun. Ich bin der Beauftragte von denen, die diese *Erpressung* ins Werk setzen, das ist alles.«

Corentin hätte eine Stunde lang reden können, Lucien rauchte seine Zigarette in anscheinend vollkommener Gelassenheit.

»Monsieur«, antwortete er, »ich will nicht wissen, wer Sie sind, nachdem Leute, die Aufträge dieser Art erledigen, eh keinen Namen haben, zumindest für mich. Ich habe Sie in Ruhe sprechen lassen: Ich bin zu Hause. Sie kommen mir nicht unvernünftig vor, hören Sie mein Problem an.«

Es entstand eine Pause, während der Lucien den Katzenaugen, die Corentin auf ihn richtete, einen eisigen Blick entgegenhielt.

»Entweder stützen Sie sich auf vollkommen falsche Fakten und ich muss mir gar keine Gedanken machen«, fuhr Lucien fort; »oder Sie haben Recht, aber dann, wenn ich Ihnen hunderttausend Franc gebe, gestehe ich Ihnen zu, von mir so viele Male tausend Franc zu fordern, wie Ihr Mandant

Saint-Estèves findet, die er mir schicken kann ... Und zuletzt, um Ihre ehrenwerte Verhandlung endgültig zu beenden, nehmen Sie zur Kenntnis, dass ich, Lucien de Rubempré, vor niemandem Angst habe. Ich habe nichts zu tun mit dem Schwindel, von dem Sie mir erzählen. Wenn die Familie de Grandlieu sich zu sehr anstellt, gibt es andere sehr vornehme junge Frauen, die man heiraten kann. Außerdem habe ich kein Problem damit, Junggeselle zu bleiben, besonders, wenn ich, so wie Sie es sagen, mit derartigem Profit im Mädchenhandel bin.«

»Wenn Abbé Carlos Herrera ...«

»Monsieur«, unterbrach Lucien Corentin, »Abbé Carlos Herrera ist gerade auf dem Weg nach Spanien; er hat mit meiner Heirat nichts zu tun und auch nichts mit meinen Angelegenheiten. Dieser Diplomat hat mir über lange Zeit mit seinen Ratschlägen zur Seite gestanden, aber er hat seiner Majestät, dem König von Spanien, Bericht zu erstatten; wenn Sie mit ihm etwas zu besprechen haben, empfehle ich Ihnen, sich auf den Weg nach Madrid zu machen.«

»Monsieur«, sagte Corentin knapp, »Sie werden niemals der Ehemann von Mademoiselle de Grandlieu.«

»Schade für sie«, gab Lucien zurück und schob Corentin ungeduldig zur Tür.

»Haben Sie es gut überlegt?«, fragte Corentin kühl.

»Monsieur, ich gestehe Ihnen weder das Recht zu, sich in meine Angelegenheiten zu mischen, noch mir eine Zigarette zu verderben«, sagte Lucien und warf seine erloschene Zigarette fort.

»Leben Sie wohl, Monsieur«, sagte Corentin. »Wir werden uns nicht wieder sehen ... aber es wird in Ihrem Leben bestimmt Gelegenheit geben, wo Sie die Hälfte Ihres Vermögens dafür geben würden, auf den Gedanken gekommen zu sein, mich auf der Treppe zurückzurufen.«

Als Antwort auf diese Drohung machte Carlos die Geste des Kopfabschneidens.

Ein Lied, wie es Greise zuweilen in der Oper hören

»An die Arbeit jetzt!«, rief er und sah auf Lucien, der nach dieser schrecklichen Begegnung erbleicht war.

Falls sich unter der kleinen Anzahl von Lesern, die sich mit dem moralischen und philosophischen Aspekt eines Buchs befassen, auch nur ein einziger fände, der imstande wäre, an die Zufriedenstellung Baron de Nucingens zu glauben, dann bewiese dieser eine, wie schwierig es ist, das Herz eines Freudenmädchens irgendwelchen physiologischen Prinzipien zu unterwerfen. Esther hatte beschlossen, den armen Millionär teuer bezahlen zu lassen für das, was dieser seinen *Tag des Triumfs* nannte. So hatte in den ersten Tagen des Februar 1830 die Einweihung des *klajnen Palehs* noch immer nicht stattgefunden.

»Aber«, sagte Esther zu ihren Freundinnen, die es dem Baron weitersagten, »zu Karneval mache ich mein Haus auf, und da will ich meinen Mann so glücklich machen wie einen *Wasserhahn im Korb*.«

Diese Äußerung wurde in der Welt der Mädchen sprichwörtlich. Der Baron erging sich in vielem Gejammer. Wie verheiratete Männer wurde er ziemlich lächerlich, er fing an, sich im kleinen Kreis zu beschweren, und seine Unzufriedenheit wurde spürbar. Währenddessen fuhr Esther fort mit ihrer Rolle einer Pompadour des Fürsten von der Spekulation. Sie hatte sogar schon zwei, drei kleine Abendeinladungen gegeben, einzig um Lucien ins Haus zu bringen. Lousteau, Rastignac, du Tillet, Bixiou, Nathan, Graf de Brambourg, die

Blüte der eleganten Wüstlinge wurden Stammgäste des Hauses. Abschließend nahm Esther noch Tullia, Florentine, Fanny-Baupré, Florine, zwei Schauspielerinnen und zwei Tänzerinnen, und auch Madame du Val-Noble als Darstellerinnen des Stücks hinzu, das sie gab. Nichts ist trauriger als das Haus einer Kurtisane ohne das Salz der Rivalität, das Spiel der Garderoben und der Vielfalt der Gesichter. Binnen sechs Wochen wurde Esther die geistreichste, die amüsanteste, die schönste und die eleganteste Frau unter den weiblichen Parias, aus denen die Klasse der ausgehaltenen Frauen besteht. Auf ihrer wahren Höhe genoss sie alle Freuden der Eitelkeit, die normale Frauen verführen, allerdings als Frau, die ein geheimer Gedanke über ihresgleichen hinaus erhob. Sie bewahrte in ihrem Herzen ein Bild von sich selbst, das sie erröten ließ und das sie sich gleichzeitig zugutehielt; die Stunde ihrer Abkehr war in ihrem Bewusstsein stets gegenwärtig; darum lebte sie wie ein Doppelgänger und hatte Mitleid mit sich selbst. Ihren sarkastischen Sprüchen merkte man die innere Stimmung an, in der sie die tiefe Verachtung hielt, die der in der Kurtisane ruhende Engel der Liebe für jene infame und widerliche Rolle hegte, die der Körper im Beisein der Seele spielt. Als Zuschauer und Schauspieler, Richter und Sünder in einem verwirklichte sie die bewundernswürdige Erzählung der arabischen Märchen, wo sich fast immer ein erhabenes Wesen in einer verkommenen Hülle findet, deren Vorbild sich unter dem Namen Nebukadnezar im Buch der Bücher, der Bibel findet. Nachdem sie sich zugestanden hatte, bis hin zum Morgen nach der Untreue zu leben, konnte sich das Opfer über den Henker sehr gut ein bisschen lustig machen. Die Erkenntnisse, die Esther über die insgeheim schändliche Art gewonnen hatte, der der Baron sein kolossales Vermögen verdankte, enthoben sie außerdem aller Vorbehalte; sie hatte, nach Carlos' Ausspruch, Spaß an der Rolle der Rachegöttin Ate. Dementsprechend war sie zu diesem Millionär, der nur durch sie lebte, im Wechsel hinreißend und scheußlich. Wenn der Baron den Leidensgrad erreicht hatte, bei dem er Esther verlassen wollte, holte sie ihn sich mit einer Szene von Zärtlichkeit zu sich zurück.

Herrera, sehr auffällig nach Spanien abgereist, war bis Tours gefahren. Er hatte seinen Wagen den Weg bis Bordeaux fortsetzen lassen und seinen Platz einem Diener überlassen, der die Rolle des Herren spielen und ihn in einem Hotel in Bordeaux erwarten sollte. Dann, im Kostüm eines Handlungsreisenden zurückgekehrt in der Postkutsche, hatte er sich heimlich bei Esther einquartiert, von wo er über Asie, Europe und Paccard seine Fäden zog und alles überwachte, besonders Peyrade.

Ungefähr zwei Wochen vor dem festgesetzten Tag für ihr Einweihungsfest, das gleich nach dem ersten Opernball stattfinden sollte, saß die Kurtisane, die mit ihren witzigen Bemerkungen angefangen hatte, gefürchtet zu sein, hinten in ihrer Loge im Théâtre des Italiens. Der Baron, wenn er schon gezwungen war, ihr eine Loge zu geben, hatte ihr eine im Parterre besorgt, um dort seine Geliebte zu verbergen und um sich mit ihr nicht öffentlich zu zeigen, so wenige Schritte von Madame de Nucingen entfernt. Esther hatte ihre Loge so ausgesucht, dass sie die der Madame de Sérisy beobachten konnte, die so gut wie immer in Luciens Begleitung war. Die arme Kurtisane suchte ihr Glück darin, Lucien dienstags, donnerstags und samstags bei Madame de Sérisy zu betrachten. Esther sah Lucien also gegen halb zehn mit gerunzelter Stirn, bleich und fast aufgelöst in die Loge der Gräfin eintreten. Diese Anzeichen innerer Aufgeschmissenheit waren nur für Esther sichtbar. Eine Frau, die liebt, kennt das Gesicht des Mannes wie der Seemann das offene Meer. – ›Mein Gott, was kann das sein? … was ist passiert? Müsste er mit diesem Engel der Hölle sprechen, der für ihn ein Schutzengel ist und sich in einer Mansarde zwischen denen von Europe und Asie verbirgt?‹ Besetzt von solch quälenden Gedanken hörte Esther kaum die Musik. Ebenso kann man sich leicht vorstellen, dass sie überhaupt nicht auf den Baron hörte, der zwischen seinen Händen eine Hand *sajnes Engels* hielt und in seinem Kauderwelsch eines polnischen Juden auf sie einredete, dessen seltsame Wortverformungen denen, die sie lesen, nicht minder wehtun müssen als denen, die sie hören.

»Essda«, sagte er, ließ ihre Hand los und gab ihr einen launigen Stups, »Si heren jo gar nich zu!«

»Hören Sie mal, Baron, Ihre Liebe ist ein Kauderwelsch wie Ihr Französisch.«

»Tojfel!«

»Ich bin hier nicht in meiner Ankleide, ich bin hier bei den *Italiens*. Wären Sie nicht eine dieser Kassetten von Huret oder Fichet, die sich durch ein Wunder der Natur in einen Mann verwandelt hat, würden Sie nicht so einen Lärm machen in der Loge einer Frau, die die Musik liebt. Dass ich nicht auf Sie höre, glaube ich wohl! Sie sind da, krabbeln an meinem Kleid herum wie ein Maikäfer im Papier und bringen mich zum Lachen aus Mitleid. Sie sagen zu mir: ›*Si sind schejn! Si sind zum Anbajßen …*‹ Alter Narr! Wenn ich Ihnen antworten würde: ›Heute Abend missfallen Sie mir weniger als gestern, lassen Sie uns heimgehen.‹ An der Art, wie ich Sie seufzen sehe (und wenn ich Sie nicht höre, so spüre ich Sie doch), sehe ich, dass Sie enorm gegessen haben und dass Ihre Verdauung einsetzt. Lassen Sie sich von mir sagen (ich koste Sie genug, dass ich Ihnen von Zeit zu Zeit für Ihr Geld einen Rat erteile!), lassen Sie sich sagen, mein Lieber, wenn man Verdauungsschwierigkeiten hat wie Sie, dann haben Sie nicht das Recht, einfach so und zu unpassenden Gelegenheiten zu Ihrer Geliebten zu sagen: ›*Si sind schejn …*‹. Ein alter Soldat starb mit so einer Albernheit in den Armen des Glaubens, hat Blondet gesagt ... es ist zehn Uhr, Sie haben das Diner mit Ihrem Deppen, dem Grafen de Brambourg, bei du Tillet um neun Uhr beendet, Sie haben Millionen und Trüffel zu verdauen, kommen Sie morgen um zehn wieder.«

»Wi groisam Si sind! ...«, rief der Baron, der die absolute Richtigkeit dieses medizinischen Ratschlags einsah.

»Grausam? ...«, meinte Esther, die weiterhin Lucien beobachtete. »Haben Sie sich nicht von Bianchon, Desplein, dem alten Haudry untersuchen lassen ... Seitdem Sie für Ihr Glück eine Morgenröte sehen, wissen Sie, wie Sie mir da vorkommen? ...«

»Wi denn?«

»Wie ein in Flanell gewickeltes Männchen, das alle Stunde von seinem Sessel ans Fenster geht, um zu schauen, ob das Thermometer ›Seidenraupe‹ anzeigt, die Temperatur, die ihm sein Arzt verordnet hat ...«

»Heren Si! Si sind a Undankbare!«, rief der Baron, der verzweifelte, dass er ein Lied zu hören bekam, das verliebte Greise in der Oper ziemlich häufig hören.

»Undankbar!«, sagte Esther. »Was haben Sie mir denn bis jetzt gegeben? ... viel Verdruss. Sieh mal an, Papa! Könnte ich stolz auf Sie sein? Sie, Sie sind stolz auf mich, mir stehen Ihre Litzen und Livree wunderbar. Sie haben meine Schulden bezahlt! ... gut. Aber Sie haben auch genug Millionen ergaunert, (Ah! Ah! Ziehen Sie mal keine Schnute, Sie haben mir da recht gegeben), um gar nicht darauf zu achten. Und genau das ist Ihr schönster Ehrentitel ... Dieb und Dirne, nichts passt besser zusammen. Sie haben einen großartigen Käfig geschaffen für den Papagei, der Ihnen gefällt ... Gehen Sie doch mal einen brasilianischen Ara fragen, ob er dem, der ihn in seinen goldenen Käfig gesteckt hat, Dank schuldet ... – Schauen Sie mich nicht so an, Sie sehen aus wie ein Ölgötze ... – Sie zeigen Ihren rot-weißen Ara ganz Paris. Sie sagen: ›Gibt es noch jemanden in Paris, der so einen Papagei hat? ... und wie er plappert! Wie gut er seine Worte trifft! ...‹ Du Tillet kommt rein und er sagt ihm: ›Guten Tag, kleiner Halunke ...‹, und Sie sind glücklich wie ein Holländer, der eine einzigartige Tulpe besitzt, wie ein alter Nabob, englischer Pensionär in Asien, dem ein Handlungsreisender die erste Schweizer Tabaksdose verkauft hat, die drei Ouvertüren spielt. Sie wollen mein Herz! Also bitte, ich zeige Ihnen, wie Sie es gewinnen.«

»Sagen Si, sagen Si! ... ch tu alles fir Si ... ch libe es, vun Ihnen zum Besten gehalten zu werden!«

»Seien Sie jung, seien Sie schön, seien Sie wie Lucien de Rubempré, hier bei Ihrer Frau, und Sie erhalten *gratis*, was Sie mit all Ihren Millionen niemals werden kaufen können! ...«

»Ich farlass Si, wajl, also wirklich, Si sind schojßlich hojte Abend ...«, sagte der Luchs, dessen Gesicht immer länger wurde.

»Na schön, dann guten Abend«, gab Esther zurück. »Legen Sie George ans Herz, dass er Ihr Kopfende hochstellt und die Füße tief legt, Sie sehen heute Abend ganz nach Schlaganfall aus ... Mein Lieber, Sie werden nicht behaupten, dass mir Ihre Gesundheit egal wäre.«

Der Baron war aufgestanden und hielt den Knauf der Tür.

»Hiergeblieben, Nucingen! ...«, befahl ihn Esther mit einer herrschaftlichen Geste zurück.

Der Baron beugte sich in hündischem Gehorsam zu ihr vor.

»Möchten Sie, dass ich heute lieb zu Ihnen bin und Ihnen heute Abend bei mir Zuckerwasser gebe und Sie dabei *knuddel*, dickes Monster? ...«

»Si brechen mir's Herz ...«

»*Und Blech ist von Erz*, da gibt es ein Wort: *brajtwalzen*«, machte sie sich lustig über die Aussprache des Barons. »Also, bringen Sie mir Lucien, damit ich ihn zu unserem Balthazarfest einlade und sicher sein kann, dass er auch kommt. Wenn Ihnen diese kleine Verhandlung gelingt, dann sage ich dir so schön, dass ich dich liebe, mein dicker Fritz, dass du es glaubst ...«

»Si sind a Zojberin«, sagte der Baron und küsste Esthers Handschuh. »Ch wer berajt, mich a Stunde lang beschimpfen zu lassen, wenn es danach immer a Libkosung gibt ...«

»Los, wenn mir nicht gehorcht wird, dann ...«, drohte sie dem Baron mit erhobenem Zeigefinger, wie man es mit Kindern macht.

Der Baron nickte mit dem Kopf wie ein Vogel im Fuchseisen, der den Jäger um Gnade bittet.

›Mein Gott, was hat bloß Lucien?‹, fragte sie sich, als sie allein war und ihre Tränen nicht mehr zurückhalten konnte, ›so traurig war er noch nie!‹

Lucien war an diesem Abend folgendes passiert.

Was man alles auf einer Türschwelle erleiden kann

Um neun Uhr war Lucien wie jeden Abend in seinem Coupé ausgefahren, um das Palais Grandlieu aufzusuchen. Weil er sein Reitpferd und sein Pferd fürs Cabriolet wie alle jungen Leute für die Vormittage reservierte, hatte er für seine Winterabende ein Coupé gemietet, und dabei beim führenden Wagen-Verleiher eins der prächtigsten mit stattlichen Pferden ausgesucht. Seit einem Monat lächelte ihm das Glück: Dreimal hatte er im Palais der Grandlieu diniert, der Herzog war reizend zu ihm; seine für dreihunderttausend Franc verkauften Aktien von dem Omnibus-Unternehmen hatten ihm ermöglicht, ein weiteres Drittel vom Preis seines Landguts zu bezahlen; Clotilde de Grandlieu, die sich hinreißend zurechtmachte, hatte zehn Töpfe Schminke im Gesicht, wenn er den Salon betrat, und bekannte im Übrigen laut und vernehmlich ihre Leidenschaft für ihn. Ein paar ziemlich hochstehende Personen sprachen von Luciens Heirat mit Mademoiselle de Grandlieu als einer wahrscheinlichen Sache. Herzog de Chaulieu, früherer Botschafter in Spanien und eine Zeit lang Außenminister, hatte Herzogin de Grandlieu versprochen, den König um den Grafen-Titel für Lucien zu bitten. Nachdem er bei Madame de Sérisy zu Abend gegessen hatte, war Lucien also an diesem Abend von der Rue de la Chaussée-d'Antin ins Viertel von Saint-Germain gefahren, um dort seinen alltäglichen Besuch abzustatten. Er trifft ein, sein Kutscher ruft nach der Öffnung des Tors, es öffnet sich, er hält an der Freitreppe. Beim Aussteigen aus der Kutsche sieht Lucien vier Gespanne im Hof. Als er Monsieur de Rubempré bemerkt, tritt einer der Hausdiener, der die Tür zur Säulenhalle aufhielt und schloss, auf die Freitreppe hinaus und stellt sich vor die Tür wie ein Soldat, der seinen Posten antritt. – »Die Herrschaften sind nicht da!«, sagt er. – »Die Herzogin empfängt«, ließ Lucien den Diener wissen. – »Die Herzogin ist ausgegangen«, antwortet bedeutungsvoll der Diener. – »Fräulein Clotilde ...« – »Ich glaube nicht, dass Fräulein Clotilde den Herren in Abwesenheit der Herzogin empfängt ...« – »Aber es sind doch Leute da«, gibt Lucien wie vom Donner gerührt zurück. – »Ich weiß nicht«, antwortet der Hausdiener und versucht dabei, gleichzeitig dumm und respektvoll zu sein. Es gibt nichts Mächtigeres als die Etikette für die, denen sie das verbindlichste Gesetz der Gesellschaft ist. Lucien erriet leicht, was diese üble Szene für ihn bedeutete: Herzog und Herzogin wollten ihn nicht empfangen; er spürte, wie ihm das Mark in den Wirbeln gefror, und kalter Schweiß ließ ihm ein paar Perlen auf die Stirn treten. Dieser Wortwechsel hatte vor seinem eigenen Kammerdiener stattgefunden, der den Griff der Kutschentür hielt und zögerte, sie zu schließen; Lucien gab ihm ein Zeichen, dass er umkehrte; und beim Einsteigen hörte er den Lärm, den Leute machen, die die Treppe herunterkommen, und wie der Hausdiener nacheinander rief: »Die Leute des Herzogs de Chaulieu! – Die Leute von Madame la Vicomtesse de Grandlieu!« Lucien sagte seinem Diener bloß: »Schnell, zu den *Italiens*! …« Trotz seiner Eile konnte der unglückliche Dandy nicht dem Herzog de Chaulieu und seinem Sohn, Herzog de Rhétoré, ausweichen, mit denen er ein Kopfnicken austauschen musste, da sie nicht mit ihm sprachen. Eine große Katastrophe am Hof, der Fall eines gefährlichen Favoriten vollzieht sich oft durch das Wort eines Pförtners mit versteinerter Miene. – ›Wie kann ich dies Desaster sofort meinem Ratgeber erzählen?‹, hatte sich Lucien auf dem Weg zum Théâtre des Italiens gefragt. ›Was ist los? …‹ Er verlor sich in Mutmaßungen. Was geschehen war: An demselben Morgen, um elf Uhr, hatte Herzog de Grandlieu beim Betreten des kleinen Salons, in dem die Familie frühstückte, Clotilde gesagt, nachdem er ihr einen Kuss gegeben hatte: »Mein Kind, bis auf Weiteres kümmere dich nicht mehr um Herrn de Rubempré.« Dann hatte er die Herzogin bei der Hand genommen und sie in eine Fensternische geführt, um ihr mit gesenkter Stimme ein paar Worte zu sagen, die die arme Clotilde die Farbe wechseln ließen. Fräulein de Grandlieu beobachtete ihre Mutter, wie sie dem Herzog zuhörte, und sah auf ihrem Gesicht eine heftige Überraschung. – »Jean«, hatte der Herzog einem der Diener gesagt, »hier, bringen Sie dies Briefchen zum Herzog de Chaulieu, bitten Sie ihn, Ihnen mit Ja oder Nein zu antworten. – Ich lade ihn ein, heute zu uns zum Diner zu kommen«, sagte er seiner Frau. Das Frühstück verlief tief traurig. Die Herzogin schien nachdenklich, der Herzog schien sich über sich selbst zu ärgern und Clotilde hatte große Mühe, ihre Tränen zurückzuhalten. – »Mein Kind, Ihr Vater hat recht, gehorchen Sie ihm«, hatte die Mutter mit bewegter Stimme ihrem Kind gesagt. »Ich kann Ihnen nicht wie er sagen: ›Denken Sie nicht mehr an Lucien!‹ Nein, ich verstehe deinen Schmerz. (Clotilde küsste ihrer Mutter die Hand.) Aber ich sage dir, mein Engel: Warte und unternimm gar nichts, leide im Stillen, da du ihn liebst, und habe Vertrauen, dass deine Eltern sich kümmern! Die großen Damen, mein Kind, sind groß, weil sie immer und unter allen Gegebenheiten imstande sind, ihre Pflicht zu tun, und mit Noblesse.« – »Um was geht es denn? …«, hatte Clotilde, bleich wie eine Lilie, gefragt. – »Zu schwerwiegende Dinge, als dass man dir das erzählen könnte, mein Herz«, hatte die Duchesse geantwortet; »denn wenn sie nicht stimmen, wäre dein Denken unnütz beschmutzt; wenn es aber stimmt, darfst du davon gar nichts wissen.«

Um sechs Uhr war Herzog de Chaulieu gekommen und hatte Herzog de Granlieu in seinem Arbeitszimmer aufgesucht, der ihn erwartete. – »Sag mal, Henri … (Diese beiden Herzöge duzten sich und nannten sich bei ihren Vornamen. Das ist eine der Nuancen, die erfunden wurden, um Grade der Nähe zu markieren, um die sich ausbreitende französische Vertraulichkeit zurückzudrängen und um Eitelkeiten zu demütigen.) Sag mal, Henri, ich bin derart in Verlegenheit, dass ich mir nur bei einem alten Freund Rat holen kann, der sich auskennt, und du hast große Erfahrung. Wie du weißt, liebt meine Tochter Clotilde diesen kleinen Rubempré, und ich bin quasi gezwungen worden, ihn ihr als Ehemann zu versprechen. Ich bin immer gegen diese Ehe gewesen; aber schlussendlich hat sich Madame de Grandlieu nicht der Liebe Clotildes erwehren können. Als dieser Junge sein Land gekauft hat, als er es zu drei Vierteln bezahlt hatte, gab es keine

Einwände mehr von meiner Seite. Und jetzt habe ich gestern Abend einen anonymen Brief erhalten (du weißt, was man davon zu halten hat), worin mir gesagt wird, dass das Vermögen dieses Jungen aus einer unsauberen Quelle stammt und dass er uns belügt, wenn er sagt, dass ihm seine Schwester die Gelder gibt, die er für seine Erwerbungen braucht. Ich werde im Namen des Glücks meiner Tochter und des Ansehens meiner Familie aufgefordert, Erkundigungen einzuholen, und werde hingewiesen, wie ich mich erkundigen kann. Hier, lies erst mal.« – »Ich bin deiner Meinung, was anonyme Briefe angeht, mein lieber Ferdinand«, hatte Herzog de Chaulieu geantwortet, nachdem er den Brief gelesen hatte, »aber bei aller Ablehnung soll man sich ihrer doch bedienen. Mit diesen Briefen ist es wie mit Spitzeln. Verschließ diesem Jungen die Tür und sehen wir zu, dass wir etwas erfahren ... Und, ja! Ich habe es. Du hast doch Derville als Anwalt, ein Mann, in den wir volles Vertrauen haben; er kennt von manchen das Familiengeheimnis, dies hier kann er gut auch noch teilen. Das ist ein rechtschaffener Mann, ein Mann mit Gewicht, ein Mann von Ehre; er ist schlau, listig; aber er hat nur die Schlauheit der Geschäftswelt, du darfst ihn nur einsetzen, um einen Beweis einzuholen, auf den du dich vielleicht stützen kannst. Wir haben im Außenministerium, über die Polizei des Königreichs, einen einzigartigen Mann für das Herausfinden von Staatsgeheimnissen, den schicken wir oft auf Mission. Kündige Derville an, dass er bei dieser Sache einen Beistand haben wird. Unser Spion ist *ein Monsieur*, der sich, dekoriert mit dem Kreuz der Ehrenlegion, vorstellen wird, er wird wirken wie ein Diplomat. Dieser Vogel wird der Jäger sein, und Derville hilft ganz einfach bei der Jagd. Dein Anwalt wird dir sagen, ob der Berg eine Maus gebiert oder ob du mit diesem kleinen Rubempré brechen musst. In acht Tagen hast du etwas, woran du dich halten kannst.« – »Der junge Mann ist noch nicht Marquis genug, um es mir zu verübeln, dass er mich acht Tage lang nicht zu Hause antrifft«, hatte Herzog de Grandlieu gesagt. – »Vor allem, wenn du ihm deine Tochter gibst«, hatte der frühere Minister geantwortet. »Wenn der anonyme Brief berechtigt ist, was macht denn dir das! Du schickst Clotilde auf Reisen mit meiner Schwiegertochter Madeleine, die möchte nach Italien …« – »Du hilfst mir aus der Klemme! Ich weiß noch nicht, für was ich dir danken soll …« – »Warten wir ab, was passiert.« – »Ah!«, hatte Herzog de Grandlieu ausgerufen, »wie heißt der Monsieur? Den muss man Derville ankündigen … Schick ihn mir morgen, gegen vier Uhr, ich werde Derville dahaben und mache die beiden miteinander bekannt.« – »Der tatsächliche Name«, sagte der frühere Minister, »ist, glaube ich, Corentin … (ein Name, den du niemals gehört haben dürftest), aber der Herr wird unter seinem Ministeriumsnamen kommen. Er lässt sich Monsieur de Saint-Sonstwas nennen … – Ach genau! Saint-Yves! Saint-Valère, eins davon, – du kannst ihm vertrauen, Louis XVIII. hat sich voll auf ihn verlassen.«

Nach dieser Unterredung bekam der Haushofmeister die Anweisung, Monsieur de Rubempré die Tür zu verschließen, was soeben geschehen war.

Das Stück spielt in der Loge

Lucien ging durch das Foyer des Théâtre des Italiens wie ein Betrunkener. Er sah sich zum Gespött von ganz Paris gemacht. Er hatte in Herzog de Rhétoré einen seiner unerbittlichen Feinde, denen man zulächeln muss, ohne sich rächen zu können, denn ihre Angriffe entsprechen den Regeln der Gesellschaft. Herzog de Rhétoré wusste von der Szene, die sich gerade auf der Freitreppe des Palais de Grandlieu abgespielt hatte. Lucien, der die Notwenigkeit verspürte, seinem aktuellen Intimprivatratgeber von diesem unvorhergesehenen Desaster zu berichten, befürchtete, sich zu kompromittieren, wenn er zu Esther ginge, wo er vielleicht Leuten begegnen würde. Er vergaß, dass Esther da war, so gingen seine Gedanken durcheinander; und inmitten so vieler Verlegenheiten musste er mit Rastignac reden, der ihm, da er die Neuigkeit noch nicht kannte, zu seiner baldigen Hochzeit gratulierte. In diesem Augenblick zeigte sich Nucingen, lächelte Lucien an und sagte ihm: »Wollen Si mir di Frejd machen, zu Madamm de Schampi zu kommen, di Si persenlich zu unserer Ajnwajhung ajnladen mecht ...«

»Gerne, Baron«, antwortete Lucien, dem der Finanzier vorkam wie der rettende Engel.

»Lassen Sie uns«, sagte Esther zu Monsieur de Nucingen, als sie ihn mit Lucien eintreten sah, »gehen Sie zu Madame Val-Noble, die ich in einer Loge im Dritten Rang mit ihrem Nabob sehe ... in Indien gedeihen die Nabobs«, fügte sie mit einem vielsagenden Blick auf Lucien hinzu.

»Und der dort«, lächelte Lucien, »ähnelt schrecklich dem Ihren.«

»Und«, sagte Esther mit einem weiteren einverständigen Blick als Antwort auf Lucien, während sie weiter mit dem Baron sprach, »bringen Sie sie mit ihrem Nabob her, er hat riesig Lust, Sie kennenzulernen, er soll schwer reich sein. Die arme Frau hat mir schon ich weiß nicht wie viele Klagelieder gesungen, sie beschwert sich, dass dieser Nabob unmöglich ist; wenn Sie ihn von seiner *Last* befreien, tut er sich vielleicht etwas leichter.«

»Si halten uns also fir Dibe«, sagte der Baron.

»Was hast du, mein Lucien? ...«, sagte sie ihrem Freund ins Ohr, wobei sie es mit den Lippen liebkoste, sobald die Tür der Loge geschlossen war.

»Ich bin erledigt! Mir ist gerade der Zutritt zum Palais der Grandlieu verweigert worden ... abgewiesen mit dem Vorwand, es sei niemand da, Herzog und Herzogin waren da, und fünf Gespanne stampften im Hof ...«

»Wie? Aus der Heirat würde nichts!«, sagte Esther mit bewegter Stimme, denn sie sah schon das Paradies.

»Ich weiß noch nicht, was da gegen mich für Pläne geschmiedet werden ...«

»Mein Lucien«, antwortete sie ihm mit hinreißend zärtlicher Stimme, »warum dich bekümmern? Du hast später eine schönere Hochzeit ... Ich verdiene dir zwei Landgüter ...«

»Gib heute Abend ein Nachtessen, damit ich heimlich mit Carlos sprechen kann, und vor allem lade den falschen Engländer und die Val-Noble ein. Dieser Nabob hat mein Fiasko verursacht, er ist unser Feind, wir werden den kriegen, und wir ...« Aber Lucien hielt mit einer Geste der Verzweiflung inne.

»Ja aber, was ist denn?«, fragte das arme Mädchen, dem war wie auf glühenden Kohlen.

»Oh! Madame de Sérisy sieht mich!«, rief Lucien, »und zu allem Unglück ist da auch noch Herzog de Rhétoré bei ihr, einer von denen, die meine Pleite miterlebt haben.«

Tatsächlich trieb Herzog de Rhétoré in genau diesem Moment sein Spiel mit dem Schmerz der Gräfin de Sérisy.

»Sie lassen es zu, dass sich Lucien in der Loge von Fräulein Esther zeigt«, sagte der junge Herzog und wies auf die Loge und Lucien. »Sie, die sich für ihn interessiert, Sie sollten ihn warnen, dass sich das nicht gehört. Man kann bei ihr zu Abend essen, man kann dort auch ... aber wirklich, ich wundere mich nicht mehr über die Abkühlung der Grandlieu für diesen Jungen, ich habe gerade gesehen, wie er an der Tür, auf der Freitreppe, abgewiesen wurde ...«

»Diese Mädchen da sind ganz schön gefährlich«, meinte

Madame de Sérisy, die mit ihrem Opernglas Esthers Loge fixierte.

»Ja«, sagte der Herzog, »mit dem, was sie können, genauso wie mit dem, was sie wollen ...«

»Sie werden ihn zugrunde richten!«, sagte Madame de Sérisy, »mir wurde gesagt, die ruinieren einen, ob man sie bezahlt oder nicht.«

»Aber ihn doch nicht! ...«, antwortete der junge Herzog und tat erstaunt. »Weit davon entfernt, ihn Geld zu kosten, würden sie ihm sogar welches geben, so laufen sie ihm alle nach.«

Die Gräfin hatte eine kleine nervöse Bewegung um den Mund, die nicht zum Repertoire ihrer Arten zu lächeln gehören konnte.

»Also gut«, sagte Esther, »komm zum Nachtessen um Mitternacht. Bring Blondet und Rastignac mit. Lass uns wenigstens zwei unterhaltsame Leute dabeihaben, und lass uns nicht mehr als neun sein.«

»Man müsste es irgendwie hinkriegen, dass der Baron Europe kommen lässt, unter dem Vorwand, dass sie Asie Bescheid sagt, so könntest du ihr sagen, was mir passiert ist, damit Carlos im Bild ist, bevor er den Nabob in die Finger kriegt.«

»Wird gemacht«, sagte Esther.

So würde sich wohl Peyrade, ohne es zu wissen, unter demselben Dach befinden wie sein Gegenspieler. Der Tiger trat in die Höhle des Löwen, aber eines Löwen in Begleitung seiner Leibwächter.

Als Lucien in die Loge von Madame de Sérisy zurückkehrte, tat sie, statt sich nach ihm umzudrehen, ihm zuzulächeln und ihr Kleid zu raffen, um ihm neben sich Platz zu machen, als nehme sie nicht die geringste Notiz von dem, der da eintrat, und spähte weiter in den Saal; aber Lucien sah am

Zittern ihres Opernglases, dass die Gräfin von einer dieser ungeheuren Erregungen befallen war, mit denen man für unerlaubte Freuden büßt. Trotzdem stieg er in der Loge nach vorn hinab zu ihr und ließ sich in der anderen Ecke nieder, wobei er zwischen der Gräfin und sich etwas Platz ließ; er stützte sich auf die Brüstung der Loge, legte seinen rechten Ellenbogen darauf, das Kinn in der Hand mit dem Handschuh; dann drehte er sich zu drei Vierteln um in Erwartung eines Worts. In der Mitte des Akts hatte die Gräfin ihm noch nichts gesagt und ihn nicht angesehen.

»Ich weiß nicht«, sagte sie ihm, »wozu Sie hier sind; Ihr Platz ist in der Loge von Fräulein Esther ...«

»Da geh ich hin«, meinte Lucien und verließ die Loge ohne einen Blick auf die Gräfin.

»Ah! meine Liebe«, sagte Madame du Val-Noble, als sie mit Peyrade, den Baron de Nucingen nicht erkannte, in Esthers Loge trat, »ich freue mich, dass ich dir Monsieur Samuel Johnson vorstellen kann; er ist ein Bewunderer von Monsieur de Nucingens Fähigkeiten.«

»Wirklich, Monsieur«, lächelte Esther Peyrade an.

»*Oh yes, sähr*«, sagte Peyrade.

»Na bitte, Baron, da haben Sie ein Französisch, das dem Ihren ähnlich ist, ungefähr wie das Niederbretonische dem Burgundischen. Da werde ich Spaß haben, Sie über Finanzen plaudern zu hören ... Wissen Sie, was ich von Ihnen erwarte, Monsieur Nabob, bevor Sie meinen Baron kennenlernen?«, sagte sie lächelnd.

»Oh, ek ... Ihnen danke, Sie mich vorstellen szu dem Herrn Berronet.«

»Ja«, fuhr sie fort, »Sie müssen mir die Freude machen, zu mir zum Souper zu kommen ... es gibt kein stärkeres Mittel als das Wachs des Champagners, um Männer einander zu verbinden, es besiegelt alle Geschäfte und vor allem die, bei denen man einander reinlegt. Kommen Sie heute Abend, Sie begegnen guten Leuten! Und was dich angeht, mein kleiner Frédéric«, sagte sie dem Baron ins Ohr, »Sie haben Ihren Wagen, fahren Sie rasch in die Rue Saint-Georges und bringen Sie mir Europe, ich muss ihr zwei Worte sagen für mein Souper ... Ich habe Lucien dazuverabredet, er wird zwei witzige Leute mitbringen ... – Den Engländer halten wir zum besten«, sagte sie Madame du Val-Noble ins Ohr.

Peyrade und der Baron ließen die beiden Frauen allein.

Die Widrigkeiten des Vergnügens

»Ach meine Liebe, wenn du diesen fetten Saukerl jemals reinlegst, dann bist du gut«, sagte die Val-Noble.

»Wenn es nicht geht, leih ihn mir für acht Tage aus«, lachte Esther.

»Nein, du würdest ihn noch nicht einmal einen halben Tag lang behalten«, gab Madame du Val-Noble zurück, »der ist zu hartes Brot, an dem beiß ich mir die Zähne aus. Meinen Lebtag nie wieder möchte ich mich damit belasten, einen Engländer zu beglücken ... Das sind kalte Egoisten, Schweine im Anzug ...«

»Wie, kein Respekt?«, fragte Esther lächelnd.

»Im Gegenteil, meine Liebe, dies Ungeheuer hat noch nicht ein Mal *du* zu mir gesagt.«

»Bei keiner Gelegenheit?«, fragte Esther.

»Der Elende nennt mich immer Madame und bewahrt in dem Moment, wo alle Männer mehr oder minder lieb sind, die größte Kaltblütigkeit der Welt, die man sich denken kann. Also wirklich, weißt du, Liebe ist für ihn wie sich rasieren. Er wischt sich die Klinge ab, schiebt sie ins Etui, betrachtet sich im Spiegel und sieht aus, als sage er sich: ›Habe mich nicht geschnitten.‹ Dann behandelt er mich mit einer Zuvorkommenheit, die eine Frau verrückt machen kann. Hat dieser niederträchtige Spießer doch seinen Spaß daran, den armen Théodore in ein Versteck zu treiben und ihn halbe Tage lang aufrecht in meiner Ankleide stehen zu lassen. Und dann tut er extra immer das Gegenteil von dem, was ich möchte. Und geizig ... wie Gobseck und Gigonnet zusammen. Er führt mich aus zum Essen, zahlt mir aber nicht den Wagen für die Rückfahrt, wenn ich zufällig meinen nicht bestellt habe.«

»O je!«, meinte Esther, »was gibt er dir denn für diesen Dienst?«

»Aber meine Liebe, absolut gar nichts. Fünfhundert Franc glatt, im Monat, und er bezahlt meinen Mietwagen. Und, meine Liebe, was das für einer ist? ... ein Wagen wie man sie den Gemüsehändlern am Tag ihrer Hochzeit für den Weg zum Standesamt, zur Kirche und zum Cadran-Bleu ausleiht ... mit seiner Zuvorkommenheit macht er mich fertig. Wenn ich es mit Nervenweh und schlechter Laune versuche, ärgert er sich nicht, sondern sagt mir: ›*Ek möschte dass Milädie ihren kleinen Uillen bekommt, ueil nichts ist schlimmer – no gentleman – uie szu einer edlen Dame szu sagen:* ›*Sie sind eine Ballen Baumuolle, eine Uare! ... He he! Sie haben szu tun mit ein Member of Society de Temprence, and anti-Slavery.*‹ Und dabei bleibt mein Kautz blass, kurz angebunden, kalt, und gibt mir zu verstehen, dass er für mich so viel Achtung hat, wie er für einen Schwarzen hätte, und dass das alles nichts mit seinem Herzen zu tun hat, sondern mit seinen Ansichten für die Abschaffung der Sklaverei.«

»Schlimmer geht es ja gar nicht«, sagte Esther, »aber ich würde ihn bankrott machen, diesen Haarspalter!«

»Ihn ausplündern?«, sagte Madame du Val-Noble, »dazu müsste er mich lieben! ... Und du selbst würdest ihn doch nicht mal um zwei Heller bitten wollen. Er würde dir altväterlich ernst zuhören und dir dann, mit dieser britischen Art, mit der man auch noch eine Ohrfeige nett findet, sagen, dass er für dich schon teuer genug bezahlt *för das kleine Sache was die Liebe in seiner armen Leben bedeutet hat.*«

»Dass man in unserem Stand noch an solche Leute wie den da geraten kann«, rief Esther.

»Ach, Liebe, du hast Glück gehabt ... halt dir bloß deinen Nucingen warm!«

»Oder hat er irgendetwas vor, dein Nabob?«

»Das sagt mir Adèle«, antwortete Madame du Val-Noble.

»Stell dir vor, meine Liebe, dieser Mann hätte beschlossen, sich von einer Frau hassen zu lassen, um sie früher oder später loszuwerden«, sagte Esther.

»Oder aber er will Geschäfte mit Nucingen machen und er hätte mich ausgesucht, weil er wusste, dass wir befreundet sind, das ist, was Adèle meint«, antwortete Madame du Val-Noble. »Darum stelle ich ihn dir heute Abend vor. Ach, wenn ich mir mit seinen Absichten sicher wäre, würde ich mich mit dir und Nucingen gut absprechen!«

»Und bist du nicht sauer«, sagte Esther, »sagst du ihm nicht von Zeit zu Zeit die Meinung?«

»Du würdest es versuchen, du bist schlau ... aber trotz deiner Liebenswürdigkeit würde er dich umbringen mit seinem eisigen Lächeln. Er würde dir antworten: ›*Ek bin anti-Sklaverei, und Sie sind frei* ...‹ Du sagst ihm die schlimmsten Sachen, und er sieht dich an und sagt: ›*Werri guut*‹, und du würdest merken, dass du in seinen Augen nichts bist als ein Hampelmann.«

»Und eine Szene?«

»Dasselbe. Für ihn wär's ein Spektakel. Man könnte ihn links, am Herzen, operieren, man würde ihm gar nicht wehtun; sein Innenleben muss aus Blech sein. Das habe ich ihm gesagt. Er hat geantwortet: »*Ek ben szehr szufrieden mit dieser physischen Anlage*‹. Und immer höflich. Meine Liebe, seine Seele ist gepanzert ... Ich ertrag dies Martyrium noch ein paar Tage lang, um meine Neugier zu befriedigen. Sonst hätte ich Milord schon ein paar Backpfeifen von Philippe verabreichen lassen, der ist mit dem Degen unvergleichlich, das war es dann ...«

»Ich wollte es dir gerade sagen!«, rief Esther; »aber vorher musst du wissen, ob er boxen kann, denn die alten Engländer, meine Liebe, die sind im Grunde bösartig.«

»Der hier hat nicht seinesgleichen! ... Nein, wenn du dabei wärst, wie er mich um Anweisungen bittet und um welche Zeit er kommen darf, und dann aber überraschend kommt (natürlich) und sich in seinen höflichen, angeblichen Gentleman- Sprüchen ergeht, da würdest du sagen: ›Da schau, wie er die Frau vergöttert‹, und keine Frau, die nicht dasselbe sagen würde ...«

»Und man beneidet uns darum, meine Liebe«, meinte Esther.

»Ach ja ...«, rief Madame du Val-Noble. »Weißt du, wir haben doch alle im Lauf unseres Lebens gelernt, wie wenig wir gelten; aber, meine Liebe, ich bin nie durch Grobheit so grausam, so tief, so vollkommen missachtet worden wie von diesem Portweinschlauch mit seiner Ehrerbietigkeit. Wenn er blau ist, geht er, *om neckt onangenehm szu sein*, sagt er Adèle, und um nicht Diener zweier *Mäckte* zu sein: von Weib und Wein. Er übertreibt es mit meiner Kutsche, er benutzt sie mehr als ich ... Ach, wenn wir ihn heute Abend unter den Tisch trinken könnten ... aber er trinkt zehn Flaschen und ist allenfalls blau: Er schaut trübe und sieht klar.«

»Das ist wie die Leute, deren Fenster von außen verdreckt sind«, sagte Esther, »und die von innen sehen, was draußen passiert ... Ich kenne diese Art bei Männern: du Tillet ist von der Sorte, in höchstem Maß.«

»Versuch, du Tillet zu bekommen, und zu zweit mit Nucingen, wenn sie den mit einem ihrer Tricks verladen könnten, dann wäre ich wenigstens gerächt! ... die würden ihn an den Bettelstab bringen! Ach, meine Liebe, an einen Heuchler von Protestanten zu geraten nach dem armen Falleix, der so fröhlich war, so ein guter Kerl, so ein *Fröhlicher*! ... Haben wir gelacht! ... Angeblich sind die Wechselagenten alle dumm ... der war nur ein Mal nicht schlau ...«

»Als er dich ohne einen Heller sitzen ließ, da hat er dich die Widrigkeiten des Vergnügens aber kennenlernen lassen.«

Europe, hergebracht von Monsieur de Nucingen, steckte ihren Vipernkopf zur Tür herein; und verschwand, nachdem sie ein paar Sätze gehört hatte, die ihr ihre Herrin ins Ohr sprach.

Die Schlangen umschlingen sich

Um halb zwölf Uhr abends standen fünf Gespanne in der Rue Saint-Georges vor der Tür der bekannten Kurtisane: Das waren die von Lucien, der mit Rastignac, Blondet und Bixiou kam, du Tillets, Baron de Nucingens, des Nabobs und Florines, die du Tillet noch angesprochen hatte. Die dreiflügeligen Fenster blieben hinter den Falten der prächtigen Vorhänge aus Chinaseide verborgen. Das Souper sollte um eins serviert werden, die Kerzen strahlten, der kleine Salon und der Speiseraum entfalteten ihre Pracht. Es versprach, eine dieser Nächte der Ausschweifungen zu werden, denen allein diese drei Frauen und diese Männer gewachsen waren. Erst spielte man, da noch ungefähr zwei Stunden gewartet werden musste.

»Spielen Sie, Mylord?«, sagte du Tillet zu Peyrade.

»Ek habe met O'Connel, Pitt, Fox, Canning, Lort Broughm, Lort ...«

»Sagen Sie doch gleich mit einer Unmenge Lords«, sagte ihm Bixiou.

»Lort Fitz-William, Lort Ellenborough, Lort Herfort ...«

Bixiou sah auf Peyrades Schuhe und bückte sich.

»Was suchst du?«, fragte ihn Blondet.

»Zum Himmel, die Feder, die man drücken muss, um die Maschine abzustellen«, meinte Florine.

»Setzen Sie zwanzig Franc pro Spiel? ...«, sagte Lucien

»Ek spiele alles, uas Sie uerliern uollen ...«

»Ist der wohl stark? ...«, meinte Esther zu Lucien, »die halten ihn alle für einen Engländer! ...«

Du Tillet, Nucingen, Peyrade und Rastignac setzten sich an einen Wisk-Tisch. Florine, Madame du Val-Noble, Esther, Blondet, Bixiou blieben zum Plaudern am Kamin. Lucien blätterte in einem prächtigen Band mit Stichen.

»Madame, es ist angerichtet«, meldete Paccard in einer pompösen Uniform.

Peyrade wurde links von Florine und neben Bixiou gesetzt, dem Esther anempfohlen hatte, den Nabob dazu zu verleiten, mit ihm über jedes Maß um die Wette zu trinken. Bixiou hatte die Gabe, unendlich zu trinken. Nie in seinem Leben hatte Peyrade solchen Glanz erlebt, noch eine solche Küche gekostet, noch so schöne Frauen gesehen.

›Heute bekomme ich etwas für die tausend Franc, die mich die Val-Noble schon kostet‹, dachte er, ›und außerdem habe ich ihnen gerade tausend Franc abgenommen.‹

»So muss man es machen«, rief ihm Madame du Val-Noble zu, die neben Lucien saß und mit einer Geste auf die Pracht des Speisesaals wies.

Esther hatte Lucien neben sich gesetzt und hielt unter dem Tisch seinen Fuß zwischen ihren.

»Verstehen Sie?«, sagte die Val-Noble mit Blick auf Peyrade, der tat, als sei er blind, »so sollten Sie mir ein Haus einrichten! Wenn man millionenschwer aus Indien zurückkommt und mit den Nucingens Geschäfte machen will, begibt man sich auf deren Höhe.«

»Ek ben ein Member of Society de Temprence ...«

»Na dann werden Sie aber hübsch was trinken«, sagte Bixiou, »wo es doch so warm ist in Indien, mein Onkel ...?«

Bixious Spaß während des Soupers bestand darin, Peyrade als seinen Onkel zu behandeln, der aus den Kolonien zurückgekommen ist.

»Madamm di Vall-Nobel hat mir gesagt, dass Si Gescheftsideen haben«, meinte Nucingen und musterte Peyrade.

»Das wollte ich hören«, sagte du Tillet zu Rastignac, »die beiden Kauderwelsche miteinander.«

»Sie werden sehen, wie sie sich am Ende verstehen«, sagte Bixiou, der erriet, was du Tillet soeben zu Rastignac gesagt hatte.

»Sir Baronet, ek habe eine klein Spekjuläschon überlegt, Oh! Sehr leikt ... viel sehr einträglik, und ritsch am Profit ...«

»Gleich sehen Sie«, sagte Blondet du Tillet, »dass er nicht eine Minute redet, ohne dass das englische Parlament oder die Regierung dazukommt.«

»Das is in dem Tschina ... met dem Opium ...«

»Ja, kenn ich«, sagte Nucingen bereits als Mann, der seinen Handelsglobus im Kopf hat, »aber di englische Regierung hatte a Handel mit dem Opium, um Kina fir sich zu effnen, und wirde uns nie erlojben ...«

»Von der Regierung hat jetzt aber Nucingen geredet«, meinte du Tillet zu Blondet.

»Ah, Sie haben mit Opium gehandelt«, schrie Madame du Val-Noble, »jetzt verstehe ich, warum Sie so ermüdend sind, in Ihnen ist etwas davon hängen geblieben ...«

»Sehn Si,« rief der Baron zum angeblichen Opiumhändler

und zeigte auf Madame du Val-Noble, »Ihnen geht es wi mir: Miljonere erfahren nischt di Libe der Frojen.«

»Ek habe viel und oft geliebt, Meiledie«, antwortete Peyrade.

»Immer für die Temperenz«, sagte Bixiou, der Peyrade eben erst die dritte Flasche Bordeaux eingeflößt hatte und ihn nun mit einer Flasche Portwein anfangen ließ.

»Oh,« rief Peyrade aus, »it is werri Wein de Portjugal aus Inglend.«

Blondet, du Tillet und Bixiou tauschten ein Lächeln. Peyrade hatte die Macht, alles an sich zu verkleiden, sogar den Humor. Es gibt nur wenige Engländer, die einem nicht vorhalten, dass Gold und Silber in England besser sind als sonstwo. Die Hühner und die Eier aus der Normandie, die auf dem Londoner Markt landen, berechtigen die Engländer zu behaupten, dass die Hühner und Eier in London denen in Paris, die aus derselben Region stammen, überlegen sind (*very fines*). Esther und Lucien blieben sprachlos vor der Vollkommenheit von Kostüm, Sprache und Wagemut der Maskerade. Man trank, man aß so viel und so gut über dem Plaudern und Lachen, dass man vier Uhr morgens erreichte. Bixiou glaubte, einen dieser Siege errungen zu haben, wie sie Brillat-Savarin so unterhaltsam erzählt hat. Aber in dem Moment, als er seinem Onkel zu trinken anbot und sich sagte: ›Ich habe England besiegt‹, antwortete Peyrade diesem wackeren Spaßvogel mit einem »*Nur zu, mein Junge!*«, das nur Bixiou hörte.

»Eh! Hört mal her, der ist so englisch wie ich! ... Mein Onkel ist Gascogner! Einen anderen könnte ich gar nicht haben!«

Bixiou war allein mit Peyrade, so hörte also niemand diese Enthüllung. Peyrade fiel von seinem Stuhl zu Boden. Sogleich nahm Paccard sich Peyrades an und brachte ihn nach oben in ein Mansardenzimmer, wo er in einen tiefen Schlaf fiel. Um sechs Uhr abends fühlte der Nabob, wie er von einem nassen Tuch wach wurde, mit dem ihm das Gesicht abgewischt wurde, und fand sich auf einem schlechten Gurtbett wieder, von Angesicht zu Angesicht mit Asie, die maskiert war und einen schwarzen Domino trug.

»Na so was, Papa Peyrade, rechnen wir ab?«, sagte sie.

»Wo bin ich?«, sagte er und blickte sich um.

»Hören Sie mir zu, das wird Sie ernüchtern«, antwortete Asie, »wenn Sie Madame du Val-Noble nicht lieben, dann lieben Sie aber Ihre Tochter, oder?«

»Meine Tochter?«, stieß Peyrade aus.

»Ja, Fräulein Lydie …«

»Ja, was denn?«

»Ja, was denn, sie ist nicht mehr in der Rue des Moineaux, sie ist entführt.«

Peyrade gab einen Seufzer von sich wie die Soldaten, die auf dem Schlachtfeld an einer tödlichen Wunde sterben.

»Während Sie den Engländer spielten, haben wir Peyrade gespielt. Ihre kleine Lydie hat geglaubt, sie läuft ihrem Vater hinterher, sie ist an einem sicheren Ort … oh! Die finden Sie nie! Außer wenn Sie den Schaden wiedergutmachen, den Sie angerichtet haben.«

»Welchen Schaden?«

»Gestern wurde Lucien de Rubempré bei Herzog de Grandlieu der Zutritt verweigert. Dass es dazu kam, ist deinen Intrigen zu verdanken und deinem Mann, den du auf uns angesetzt hast. Kein Wort, hör zu!«, sagte Asie, als sie sah, dass Peyrade den Mund aufmachte. – »Du wirst deine Tochter, heil und sauber«, fuhr Asie fort und unterstrich die Bedeutung mit der Betonung jedes Worts, »erst am Morgen nach dem Tag zurückbekommen, an dem Monsieur Lucien de Rubempré aus der Kirche Saint-Thomas d'Aquin verheiratet mit Mademoiselle Clotilde heraustritt. Wenn Lucien de Rubempré nicht in zehn Tagen wie in der Vergangenheit im Hause de Grandlieu empfangen wird, wirst du als Erster eines gewaltsamen Todes sterben, ohne dass dich irgendjemand bewahren könnte vor dem Schlag, der dir droht ... Und dann, wenn du merkst, dass du dran bist, wird man dir vor dem Sterben noch genug Zeit lassen für den Gedanken: ›Meine Tochter ist für den Rest ihrer Tage eine Hure! ...‹ Auch wenn du dumm genug gewesen bist, diese Beute in unseren Klauen zu lassen, hast du immer noch genug Verstand, über diese Ansage unserer Herren nachzudenken. Kläff nicht, sag kein Wort, zieh dich bei Contenson um, geh nach Hause, und Katt wird dir sagen, dass deine kleine Lydie auf eine Notiz von dir hinuntergegangen ist und nicht mehr gesehen wurde. Wenn du herumjammerst, wenn du irgendetwas unternimmst, fangen wir da an, wo ich dir gesagt habe, dass deine Tochter enden wird, sie ist de Marsay *versprochen*. Dem Papa Canquoëlle soll man nicht mit Phrasen kommen und auch keine Samthandschuhe anziehen, nicht wahr? ... Hau ab und sieh zu, dass du dich nicht mehr in unsere Angelegenheiten einmischst.«

Asie ließ Peyrade in einem bemitleidenswerten Zustand zurück, jedes Wort war ein Schlag mit dem Hammer. Der Spitzel hatte in den Augen und unten an den Wangen Tränen, verbunden durch zwei nasse Spuren.

Einen Moment später zeigte Europe ihren Kopf: »Monsieur Johnson wird zum Diner erwartet«.

Peyrade antwortete nicht, er stieg hinab, ging durch die Straßen bis zu einem Kutschenstand, eilte zum Umziehen zu Contenson, dem er nicht ein Wort sagte, verwandelte sich wieder zum Papa Canquoëlle und war um acht Uhr zu Hause. Mit klopfendem Herzen stieg er die Treppe hinauf. Als die Flämin ihren Herren hörte, sagte sie mit solcher Naivität zu ihm: »Ja, und das Fräulein, wo ist sie?«, dass der alte Spion gezwungen war, sich abzustützen. Der Schlag überstieg seine Kräfte. Er ging in das Zimmer seiner Tochter und fiel vor Schmerz schließlich in Ohnmacht, als er die Wohnung leer vorfand und den Bericht von Katt hörte, die ihm die Einzelheiten einer Entführung schilderte, die so gekonnt eingefädelt war, als hätte er sie selbst organisiert. – ›Also dann, ich muss nachgeben, ich werde mich später rächen, gehen wir zu Corentin … Das ist jetzt das erste Mal, dass wir Gegner haben. Corentin lässt dem hübschen Jungen freie Hand, Kaiserinnen zu heiraten, wenn er will! … Ach, ich verstehe, dass sich meine Tochter auf den ersten Blick in ihn verliebt hat … Oh, der spanische Priester kennt sich aus … nur Mut, Papa Peyrade, spuck deine Beute wieder aus!‹ Der arme Vater ahnte nicht, was für ein furchtbarer Schlag ihn erwartete.

Angekommen bei Corentin sagte ihm Bruno, der Diener des Vertrauens, der Peyrade kannte: »Monsieur ist verreist …«

»Für lange?«

»Für zehn Tage! …«

»Wohin?«

»Weiß ich nicht! …«

›O mein Gott, ich verlier den Verstand! Ich habe gefragt: Wohin? … als wenn wir das denen sagen würden‹, dachte er.

Zum Schönen Stern

Wenige Stunden, bevor Peyrade in seiner Mansarde in der Rue Saint-Georges geweckt werden sollte, fand sich Corentin, von seinem Landhaus in Passy kommend, beim Herzog de Grandlieu in der Aufmachung eines Kammerdieners aus gutem Hause ein. An einem Knopfloch seines schwarzen Uniformrocks sah man das Band der Ehrenlegion. Er hatte sich ein kleines Greisengesicht zugelegt, mit gepudertem Haar, runzlig und fahl. Seine Augen waren hinter einer Hornbrille verborgen. Kurz, er sah aus wie ein alter Bürovorsteher. Als er seinen Namen (Monsieur de Saint-Denis) genannt hatte, wurde er ins Arbeitszimmer des Herzogs de Grandlieu geleitet, wo er Derville beim Lesen des Briefs antraf, den er selbst einem seiner Agenten, der mit Schriftsachen betrauten Nummer, diktiert hatte. Der Herzog nahm Corentin beiseite, um ihm alles zu erklären, was Corentin schon wusste. Monsieur de Saint-Denis hörte ungerührt und respektvoll zu und amüsierte sich, diesen großen Herren zu beobachten, vorzudringen zu dieser in Samt gehüllten Leere, dieses Leben zu durchschauen, das sich jetzt und immerdar mit Wisk und der Beachtlichkeit des Hauses de Grandlieu beschäftigte. Die hohen Herren sind gegenüber Tieferstehenden so ungezwungen, dass Corentin dem Herrn de Grandlieu nicht viele Fragen stellen musste, um ein paar Unverschämtheiten herauskommen zu lassen.

»Wenn Sie mich fragen, Monsieur«, sagte Corentin zu Derville, nachdem er dem Anwalt angemessen vorgestellt worden war, »dann fahren wir noch heute Abend nach Angoulême, mit dem Eilwagen nach Bordeaux, der ganz genauso schnell wie die Post fährt; wir werden uns da nicht länger als sechs Stunden aufhalten müssen, um die Auskünfte zu erhalten, die der Herzog möchte. Geht es nicht darum, wenn ich Euer Hoheit richtig verstanden habe, zu erfahren, ob die Schwester und der Schwager von Monsieur de Rubempré in der Lage waren, ihm zwölfhunderttausend Franc zu geben? …«, sagte er und sah zum Herzog.

»Vollkommen verstanden«, antwortete der Pair de France.

»Wir können in vier Tagen wieder hier sein«, sprach Corentin an Derville gewandt weiter, »und wir werden beide unsere Geschäfte bloß für einen Moment liegen gelassen haben, den sie aushalten können müssten.«

»Das wäre der einzige Einwand, den ich Seiner Hoheit zu machen hätte«, sagte Derville. »Es ist jetzt vier Uhr, ich gehe zu mir und sage dem Ersten Sekretär ein Wort, packe meine Reisetasche; und wenn ich gegessen habe, werde ich um acht Uhr … Aber«, unterbrach er sich und fragte Monsieur de Saint-Denis, »kriegen wir überhaupt Plätze?«

»Darum kümmere ich mich«, sagte Corentin, »seien Sie um acht Uhr im Hof der großen Post. Wenn es keine Plätze mehr gibt, werde ich für welche gesorgt haben, denn so gehört es sich, dem Herzog de Grandlieu zu dienen …«

»Meine Herren«, sagte der Herzog mit unendlicher Liebenswürdigkeit, »ich danke Ihnen noch nicht …«

Corentin und der Anwalt, die diesen Spruch für eine Verabschiedung hielten, grüßten und gingen. In dem Moment, als Peyrade Corentins Diener ausfragte, verließen Monsieur de Saint-Denis und Derville Paris auf ihren Plätzen im Coupé des Eilwagens nach Bordeaux und musterten einander schweigend. Am folgenden Morgen, von Orléans nach Tours, wurde Derville, der sich langweilte, gesprächig, und Corentin ließ sich herbei, ihn zu unterhalten, wahrte allerdings seine Distanz; er ließ ihn glauben, dass er dem Diplomatischen Corps angehörte und erwartete, durch die Fürsprache des Herzogs de Grandlieu Generalkonsul zu werden. Zwei Tage nach ihrer Abfahrt von Paris hielten Corentin und Derville zum großen Erstaunen des Anwalts, der glaubte, nach Angoulême zu fahren, in Mansle.

»In diesem Städtchen«, sagte Corentin zu Derville, »werden wir genaue Auskunft über Madame Séchard erhalten.«

»Dann kennen Sie sie also?«, fragte Derville, überrascht, dass Corentin so gut unterrichtet war.

»Ich habe den Kutscher erzählen lassen, als ich gemerkt

habe, dass er aus Angoulême ist, er hat mir gesagt, dass Madame Séchard in Marsac wohnt, und Marsac ist nur eine Meile entfernt von Mansle. Ich habe gedacht, dass wir hier besser aufgehoben wären als in Angoulême, um die Wahrheit herauszukriegen.«

›Sowieso‹, dachte Derville, ›bin ich, wie der Herzog mir gesagt hat, bloß der Zeuge der Nachforschungen, die dieser Vertrauensmann leisten soll …‹

Die Herberge in Mansle mit dem Namen »*Zum offenen Himmel*« hatte als Wirt einen dieser dicken, fetten Männer, bei denen man Angst hat, sie auf dem Rückweg nicht mehr anzutreffen, die aber zehn Jahre später noch immer mit derselben Masse Fleisch, derselben Baumwollmütze, derselben Schürze, demselben Messer, demselben fettigen Haar, demselben Dreifachkinn in ihrer Tür stehen, und die bei allen Romanautoren zum Stereotyp geworden sind, vom unsterblichen Cervantes bis zum unsterblichen Walter Scott. Geben sie nicht alle an mit ihrer Küche und haben für einen alles auf der Karte, um am Ende ein abgezehrtes Hühnchen und mit ranziger Butter angemachtes Gemüse zu bringen? Alle preisen ihre edlen Weine und zwingen einen, Landwein zu trinken. Doch von Jugend an hatte Corentin gelernt, von einem Herbergswirt wesentlichere Dinge zu beziehen als zweifelhafte Speisen und geschönte Weine. Also gab er sich als ein Mann, der schnell zufrieden ist, und er verlasse sich vollkommen auf das Urteil des besten Kochs von Mansle, sagte er zu diesem dicken Mann.

»Gar nicht schwierig, der beste zu sein, ich bin der Einzige«, gab der Wirt zurück.

»Decken Sie für uns im Nebenraum«, sagte Corentin und zwinkerte Derville zu, »und haben Sie nur keine Angst, ein Feuer im Kamin zu machen, wir müssen die *Fingerstarre* loswerden.«

»In der Kutsche war es nicht warm«, sagte Derville.

»Ist es weit von hier nach Marsac?«, fragte Corentin die Frau des Wirts, die aus den oberen Räumen herabstieg, als sie erfuhr, dass die Postkutsche Übernachtungsgäste bei ihr abgesetzt hatte.

»Monsieur, Sie fahren nach Marsac?«, fragte die Wirtin.

»Ich weiß nicht«, antwortete er knapp. – »Die Strecke von hier nach Marsac, ist die lang?«, fragte Corentin noch einmal, nachdem er der Wirtin genug Zeit gelassen hatte, sein rotes Band zu bemerken.

»Im Kabriolett ist es eine Sache von einer knappen halben Stunde«, sagte die Frau des Gastwirts.

»Glauben Sie, dass Herr und Frau Séchard im Winter da sind? ...«

»Ganz bestimmt, die verbringen das ganze Jahr dort ...«

»Es ist fünf Uhr, um neun die sind noch auf.«

»Oh, bis zehn Uhr, die haben jeden Abend Gäste, den Pfarrer, Monsieur Marron, den Arzt.«

»Das sind gute Leute!«, sagte Derville.

»Und wie, Monsieur, Oberschicht«, antwortete die Frau des Gastwirts, »aufrechte Leute, anständig ... und nicht ehrgeizig, wissen Sie! Monsieur Séchard, auch wenn er es gut hat, könnte, wie es heißt, Millionen haben, wenn er sich nicht eine Erfindung hätte wegnehmen lassen, die er im Papiergeschäft gemacht hat, von der die Brüder Cointet den Nutzen haben ...«

»Ah ja, die Brüder Cointet!«, sagte Corentin.

»Sei halt still«, sagte der Wirt. »Was haben die Herren damit zu tun, ob Monsieur Séchard einen Anspruch auf ein Patent zur Papierherstellung hat oder nicht, die Herrschaften sind keine Papierhändler ... Wenn Sie vorhaben, die Nacht bei mir – *Zum offenen Himmel* – zu verbringen«, wandte sich der Gastwirt an seine beiden Reisenden, »hier ist das Buch, ich würde Sie bitten, sich einzutragen. Wir haben einen Polizisten, der nichts zu tun hat und der seine Zeit damit verbringt, uns zu schikanieren ...«

»Teufel, Teufel, ich dachte, die Séchards seien richtig reich«, sagte Corentin, während Derville seinen Namen und seine Eigenschaft als Anwalt am Erstinstanz-Gericht des Department Seine eintrug.

»Es gibt welche«, sagte der Herbergswirt, »die sie als Millionäre bezeichnen; aber die Zungen am Reden hindern wollen ist wie zu versuchen, den Fluss am Fließen zu hindern. Der Vater Séchard hat Güter für zweihunderttausend Franc unter der Sonne gelassen, wie man so sagt, und das ist schon ziemlich gut für einen Mann, der als Arbeiter angefangen hat. Na ja, vielleicht hatte er so viele Ersparnisse, ... – denn am Ende hat er zehn- oder zwölftausend Franc davon gehabt. Also eine Vermutung, dass er dumm genug gewesen sei, sein Geld zehn Jahre lang nicht anzulegen, so rechnet es sich! Und rechnen Sie dreihunderttausend Franc, wenn er gewuchert hat, wie man annimmt, dann ist das schon die ganze Geschichte. Fünfhunderttausend Franc ist immer noch weit von einer Million. Mir würde die Differenz schon reichen, da wär ich nicht mehr unterm *offenen Himmel*.«

»Wie«, meinte Corentin, »Monsieur David Séchard und seine Frau haben kein Vermögen von zwei oder drei Millionen ...«

»Aber«, rief die Frau des Gastwirts, »das ist das, was die Herren Cointet haben sollen, die ihn um seine Erfindung gebracht haben, und er hat von denen nicht mehr als zwanzigtausend Franc bekommen ... Woher wollen Sie, dass diese anständigen Leute die Millionen hergenommen hätten. Denen ging es ziemlich schlecht, solange der Vater gelebt hat. Ohne Kolb, ihren Geschäftsführer, und Madame Kolb, die ihnen so ergeben ist wie ihr Mann, hätten sie ein schwieriges Leben gehabt. Was hatten die schon, einschließlich La Verberie ... tausend Taler Rente ...«

Corentin nahm Derville beiseite und sagte ihm: »*In vino veritas*! – die Wahrheit findet sich in den Weinstuben. Was mich angeht, so betrachte ich eine Wirtschaft als die wahre Meldebehörde eines Ortes, der Notar weiß über alles, was sich an einem kleinen Flecken tut, nicht besser Bescheid als der Schankwirt ... sehen Sie: Es wird angenommen, dass wir die Cointet, Kolb etc kennen ... Ein Gastwirt ist die lebendige Chronik aller Ereignisse, er versieht Polizeidienste, ohne es zu ahnen. Eine Regierung muss allerhöchstens zweihundert Agenten unterhalten; denn in einem Land wie Frankreich gibt es zehn Millionen ehrbare Spitzel. Aber niemand verlangt von uns, diesem Bericht zu glauben, obwohl man in diesem kleinen Städtchen schon etwas von den zwölfhunderttausend Franc gehört hätte, die hingegangen sind, um das Gut de Rubempré zu bezahlen ... Wir bleiben hier nicht lang ...«

»Das hoffe ich«, sagte Derville.

»Und zwar aus folgendem Grund«, sagte Corentin. »Ich habe den natürlichsten Weg herausgefunden, um die Wahrheit aus dem Mund der Eheleute Séchard zu erfahren. Ich verlasse mich auf Sie mit Ihrer Anwaltsautorität zur Unterstützung der kleinen List, die ich anwenden werde, damit Sie eine klare und einfache Aufstellung ihres Vermögens zu hören bekommen. – Nach dem Abendessen gehen wir noch zu Monsieur Séchard«, sagte Corentin der Frau des Gastwirts, »Sie sorgen dafür, uns die Betten zu bereiten, wir wollen jeder ein Zimmer. Unterm *offenen Himmel* sollte wohl Platz sein.

»Oh! Monsieur«, sagte die Frau, »das Wirtshausschild war hier schon.«

»Ach ja! Den Kalauer gibt es in jedem Landkreis«, sagte Corentin, »da haben Sie kein Monopol.«

»Es ist für Sie angerichtet, die Herren«, sagte der Wirt.

»Und wo zum Teufel hätte der junge Mann sein Geld her? ... Hätte der Anonyme recht? Wäre es das Geld eines Mädchens?«, sagte Derville zu Corentin, als sie sich zum Abendessen an den Tisch setzten.

»Ach, das wäre die Sache einer anderen Untersuchung«, sagte Corentin. »Lucien de Rubempré lebt, hat mir Herzog de Chaulieu gesagt, mit einer konvertierten Jüdin, die sich als Holländerin ausgegeben hat und die Esther Van Bogseck heißt.«

»Was für ein einzigartiger Zufall!«, sagte der Anwalt, »ich suche die Erbin eines Holländers namens Gobseck, das ist derselbe Name mit vertauschten Konsonanten ...«

»Ja, gut«, sagte Corentin, »in Paris; ich besorge Ihnen die Auskünfte über die Abstammung, wenn ich in Paris zurück bin.«

Eine Stunde später brachen die beiden Beauftragten für die Angelegenheiten des Hauses de Grandlieu nach La Verberie auf, dem Haus von Herrn und Frau Séchard.

Eine von Corentins tausend Fallen

Niemals war Lucien so erschüttert gewesen wie in La Verberie beim Vergleich seines Schicksals mit dem seines Schwagers. Die beiden Männer aus Paris sollten hier dasselbe Schauspiel erleben, das ein paar Tage zuvor Lucien verblüfft hatte. Es atmete dort alles Ruhe und Überfluss. Zu der Stunde, als die beiden Fremden eintreffen sollten, besetzte eine Gesellschaft von fünf Personen den Salon von La Verberie: Der Pfarrer von Marsac, ein junger Priester von fünfundzwanzig Jahren, der auf Bitten von Madame Séchard Hauslehrer ihres Sohns Lucien geworden war; der Dorfarzt mit Namen Monsieur

Marron; der Bürgermeister der Gemeinde und ein alter Oberst im Ruhestand, der auf einem kleinen Landstück gegenüber von La Verberie auf der anderen Seite des Weges Rosen züchtete. Jeden Abend im Winter kamen diese Leute für einen harmlosen Boston zu einem Centime pro Spiel, um Zeitungen zu holen oder gelesene zurückzugeben. Als Monsieur und Madame Séchard La Verberie kauften, ein schönes, aus Kalktuff gebautes Haus mit Schieferdach, bestand seine Ausstattung aus einer kleinen Gartenanlage von zwei Morgen. Mit der Zeit und indem sie ihre Ersparnisse dafür verwendete, hatte die schöne Madame Séchard ihren Garten bis hin zu einem kleinen Wasserlauf ausgeweitet und dabei die Weingärten, die sie erwarb, für Wiesen und Beete geopfert. Inzwischen galt La Verberie mit seiner Umgebung von zwanzig Morgen Parkanlagen und seiner Einfassungsmauer als das bedeutendste Anwesen der Gegend. Das Haus des verstorbenen Séchard und seine Nebengebäude dienten nur noch der Bewirtschaftung von etwas über zwanzig Morgen Weinbergen, die er zusätzlich zu fünf Pachthöfen mit einem Ertrag von ungefähr sechstausend Franc und zehn Morgen Weideland auf der anderen Seite des Wasserlaufs hinterlassen hatte, genau gegenüber dem Park von La Verberie, sodass Madame Séchard vorhatte, sie diesem im folgenden Jahr anzugliedern. Im Ort wurde La Verberie bereits als Schloss bezeichnet und Ève Séchard die Herrin von Marsac genannt. Bei der Befriedigung seiner Eitelkeit hatte Lucien nichts anderes getan, als die Einstellung der Bauern und Winzer zu übernehmen. Courtois, Eigentümer einer wenige Gewehrschüsse von den Weiden von La Verberie entfernt malerisch gelegenen Mühle, verhandelte, hieß es, wegen dieser Mühle mit Madame Séchard. Dieser wahrscheinliche Erwerb würde La Verberie den Status eines erstrangigen Anwesens im Departement verleihen. Madame Séchard, die mit gleichermaßen viel Umsicht und Würde viel Gutes tat, wurde so geachtet wie sie beliebt war. Ihre Schönheit war prachtvoll erblüht und erreichte nun ihre höchste Vollendung. Trotz ihrer sechsundzwanzig Jahre hatte sie, da sie sich der Ruhe und Fülle erfreute, die das Leben auf dem Land bietet, die Frische der Jugend behalten. Immer noch verliebt in ihren Gatten, respektierte sie in ihm den begabten Mann, der bescheiden genug war, auf den Rummel des Ruhms zu verzichten; kurzum, es genügt, zu ihrer Darstellung zu sagen, dass sie in ihrem gesamten Leben keinen Herzschlag tat, der nicht ihren Kindern oder ihrem Mann galt. Der Tribut, den dies Paar dem Unglück entrichtete, war, man errät es, der tiefe Kummer, den Luciens Leben verursachte, dessen Geheimnisse Ève Séchard vorausahnte und um so mehr fürchtete, als Lucien bei seinem letzten Besuch jede Frage seiner Schwester unwirsch mit den Worten abfertigte, dass ehrgeizige Menschen, die aufstreben, bezüglich ihrer Mittel allein sich selbst Rechenschaft schuldeten. In sechs Jahren hatte Lucien seine Schwester dreimal gesehen und er hatte ihr nicht mehr als sechs Briefe geschrieben. Sein erster Besuch in La Verberie fand aus Anlass des Todes seiner Mutter statt, und der letzte galt dem Zweck, um den Gefallen dieser für sein Vorgehen so nötigen Lüge zu bitten. Das wurde zwischen Monsieur und Madame Séchard und ihrem Bruder zum Gegenstand einer ziemlich heftigen Szene, die fürchterliche Zweifel im Herzen dieses sanften und edlen Paars hinterließ.

Das Innere des Hauses, das wie das Äußere ohne Luxus umgestaltet worden war, war behaglich. Man konnte das mit einem raschen Blick in den Salon beurteilen, in dem sich die Gesellschaft gerade aufhielt. Ein schöner Teppich aus Aubusson, Wandbespannungen aus grauem, mit grünen Seidenborten geschmückten Baumwollcroisé, Malereien auf Holz, die aussahen wie die von Spa, ein Möbel aus geschnitztem

Mahagoni, bestückt mit grauem Kaschmir und grünen Borten, trotz der Jahreszeit volle Blumenständer boten dem Auge einen angenehmen Anblick. Die Vorhänge aus grüner Seide, das Kaminbesteck, die Spiegelrahmen waren ohne jeden schlechten Geschmack, der in der Provinz alles verdirbt. Kurz, auch die unscheinbarsten Einzelheiten waren elegant und passend, alles tat der Seele und den Blicken durch die Art Schönheit gut, die eine liebende kluge Frau in ihrem Haushalt schaffen kann und soll.

Madame Séchard, noch in Trauer um den Vater, arbeitete beim Kamin an einer Stickerei, wobei ihr Madame Kolb behilflich war, die Dienstfrau, auf die sie sich in allen Haushaltsdingen verließ. Im Moment, als das Kabriolett die ersten Häuser von Marsac erreichte, erweiterte sich die gewohnte Gesellschaft von La Verberie um Courtois, den Müller, den Witwer, der sich von den Geschäften zurückziehen wollte und der sein Anwesen *gut* zu verkaufen hoffte, an dem Madame Ève interessiert zu sein schien; Courtois wusste, warum.

»Da hat jetzt ein Kabriolett gehalten!«, sagte Courtois, als er an der Tür das Geräusch eines Wagens hörte, »und nach den Hufeisen zu urteilen, ist es von hier …«

»Das werden sicherlich Postel und seine Frau sein, die mich aufsuchen«, sagte der Arzt.

»Nein«, sagte Courtois, »das Kabriolett kommt aus der Richtung von Mansle.«

»Madame«, sagte Kolb (ein großer dicker Elsässer), »hier ist ein Anwalt aus Paris, der Monsieur sprechen will.«

»Ein Anwalt! …«, rief Séchard aus, »schon bei dem Wort kriege ich Magenkrämpfe.«

»Danke«, sagte der Bürgermeister von Marsac mit Namen Cachan, der zwanzig Jahre lang Anwalt in Angoulême gewesen und seinerzeit beauftragt war, Séchard anzuklagen.

»Mein armer David wird sich nie ändern, er wird immer zerstreut sein ...«, lächelte Ève.

»Ein Pariser Anwalt«, sagte Courtois, »Sie haben also Geschäfte in Paris?«

»Nein«, sagte Ève.

»Aber Sie haben da einen Bruder«, lächelte Courtois.

»Dass das bloß nicht zu tun hat mit dem Nachlass von Vater Séchard«, sagte Cachan. »Der hat üble Geschäfte gemacht, der Gute ...«

Nachdem sie eingetreten, die Gesellschaft begrüßt und ihre Namen aufgesagt hatten, baten Corentin und Derville, mit Madame Séchard und ihrem Mann allein zu sprechen.

»Gerne!«, sagte Séchard. »Aber, geht es um Geschäfte?«

»Allein um den Nachlass Ihres Herren Vaters«, antwortete Corentin.

»Dann erlauben Sie, dass Herr Bürgermeister, der früher in Angoulême Anwalt gewesen ist, dem Gespräch beiwohnt.«

»Sie sind Monsieur Derville? ...«, sagte Cachan beim Eintreten und sah Corentin an.

»Nein, Monsieur, das ist dieser Herr«, antwortete Corentin und wies auf den Anwalt, der sich verneigte.

»Aber«, sagte Séchard, »wir sind unter uns, wir haben nichts vor unseren Nachbarn zu verbergen, wir brauchen nicht in mein Büro zu gehen, wo kein Feuer brennt ... Unser Leben liegt offen zutage ...«

»Das Ihres Herren Vaters«, sagte Corentin, »hatte ein paar Geheimnisse, die Sie vielleicht nicht gerne in der Öffentlichkeit bekannt gemacht hätten.«

»Ist es denn eine Angelegenheit, über die wir erröten müssten? ...«, sagte Ève erschreckt.

»O nein! Das ist eine Kleinigkeit aus der Jugend«, stellte Corentin in aller Kaltblütigkeit eine seiner tausend *Mause-*

fallen auf. »Ihr Herr Vater hat Ihnen einen älteren Bruder gegeben ...«

»Ha! Der alte Bär«, schrie Courtois, »der hat Sie wohl kaum gemocht, Monsieur Séchard! Und das hat er jetzt für Sie aufgehoben, der Schleicher ... Ach jetzt verstehe ich, was er meinte, als er mir sagte: ›Sie werden sich noch umschauen, wenn ich begraben bin.‹«

»Oh! Beruhigen Sie sich, Monsieur«, sagte Corentin zu Séchard mit einem prüfenden Seitenblick auf Ève.

»Ein Bruder!«, rief der Arzt aus, »da teilen Sie Ihr Erbe aber durch zwei! ...«

Derville tat so, als betrachte er die hübschen alten Gravüren, die an den Wänden des Salons hingen.

»Oh! Beruhigen Sie sich, Madame«, sagte Corentin, als er die Überraschung auf Madame Séchards schönem Gesicht sah, »es geht ja nur um ein außereheliches Kind. Die Rechte eines außerehelichen Kindes sind nicht die eines ehelichen Kindes. Dies Kind steckt im tiefsten Elend, es hat Anspruch auf eine Summe im Verhältnis zur Höhe des Erbes ... Die Millionen, die Ihr Herr Vater hinterlassen hat ...«

Bei dem Wort *Millionen* erhob sich im Salon in vollständigster Einstimmigkeit ein Aufschrei. Da betrachtete Derville die Gravüren schon nicht mehr.

»Vater Séchard, Millionen? ...«, sagte der dicke Courtois. »Wer hat Ihnen das denn gesagt? Irgend ein Bauer.«

»Monsieur«, sagte Cachan, »Sie sind nicht von der Steuerbehörde, da kann man Ihnen auch sagen, was es damit auf sich hat ...«

»Seien Sie beruhigt«, sagte Corentin, »ich gebe Ihnen mein Ehrenwort, dass ich kein Angestellter der staatlichen Vermögensverwaltung bin.

Cachan, der allen ein Zeichen gemacht hatte, still zu sein, ließ eine Bewegung der Zufriedenheit sehen.

»Monsieur«, sagte Corentin, »gäbe es bloß eine Million, dann wäre die Lage des außerehelichen Kindes doch schon gut. Wir kommen nicht, um einen Prozess zu machen, wir kommen im Gegenteil, um Ihnen vorzuschlagen, uns hunderttausend Franc zu geben, und wir gehen schon ...«

«Hunderttausend Franc! ...«, unterbrach Cachan. »Aber Monsieur, Séchard Senior hat zwanzig Morgen Weinstöcke hinterlassen, fünf kleine Wirtschaftsgebäude, zehn Morgen Weideland nahe Marsac und sonst keinen Heller ...«

»Um nichts auf der Welt«, mischte sich David Séchard ein, »möchte ich etwas Unwahres sagen, Monsieur Cachan, und schon gar nicht wegen Geldsachen ... Monsieur«, wandte er sich an Corentin und an Derville, »mein Vater hat uns außer diesen Besitztümern ...« Courtois und Cachan konnten Séchard so viele Zeichen machen, wie sie wollten, er fügte an: »dreihunderttausend Franc hinterlassen, was den Wert seines Erbes auf ungefähr fünfhunderttausend hebt.«

»Monsieur Cachan«, meinte Ève Séchard, »welche Position gibt das Gesetz dem außerehelichen Kind? ...«

»Madame«, sagte Corentin, »wir sind ja keine Türken, wir bitten Sie nur, uns in Anwesenheit dieser Herren zu schwören, dass Sie vom Erbe Ihres Schwiegervaters nicht mehr als hunderttausend Silbertaler erhalten haben, dann verständigen wir uns schon ...«

»Geben Sie erst mal Ihr Ehrenwort«, sagte der frühere Anwalt von Angoulême zu Derville, »dass Sie Anwalt sind.«

»Hier mein Pass«, sagte Derville zu Cachan und hielt ihm ein doppelt gefaltetes Papier hin, »und Monsieur ist nicht, wie Sie glauben könnten, Generalinspekteur der staatlichen Liegenschaften, seien Sie beruhigt«, fügte Derville an. »Wir hatten nur ein dringendes Interesse, die Wahrheit über die Erbschaft von Séchard zu erfahren, und jetzt wissen wir sie ...« Derville nahm Madame Ève an der Hand und führte sie sehr höflich ans andere Ende des Salons. »Madame«, sagte er leise zu ihr, »wenn diese Sache nicht die Ehre und die Zukunft des Hauses Grandlieu beträfe, hätte ich mich nicht hergegeben zu der List, die sich der Herr mit dem Ordensbändchen ausgedacht hat; doch entschuldigen Sie, es ging darum, eine Lüge aufzudecken, mit deren Hilfe Ihr Herr Bruder das Vertrauen dieser edlen Familie getäuscht hat. Erwecken Sie ja nicht den Eindruck, dass Sie Ihrem Herren Bruder zwölfhunderttausend Franc gegeben haben, um das Gut de Rubempré zu kaufen …«

»Zwölfhunderttausendtausend Franc!«, schrie Madame Séchard auf und erbleichte. »Und wo hat er sie her, der Unselige?«

»Ja eben«, sagte Derville, »ich fürchte, dass die Quelle dieses Vermögens ziemlich trübe ist.«

Ève standen die Tränen in den Augen, was ihre Nachbarn bemerkten.

»Wir haben Ihnen möglicherweise einen großen Dienst erwiesen«, sagte Derville zu ihr, »und Sie daran gehindert, sich in einen Betrug zu verstricken, dessen Folgen sehr gefährlich werden können.«

Derville ließ Madame Séchard an ihrem Platz, bleich, mit Tränen auf den Wangen, und grüßte die Gesellschaft.

»Nach Mansle!«, sagte Corentin dem kleinen Jungen, der das Kabriolett lenkte.

Die Postkutsche von Bordeaux nach Paris, die in der Nacht vorbeikam, hatte einen Platz frei; Derville bat Corentin, ihn das nutzen zu lassen und machte seine Geschäfte geltend; aber im Grunde misstraute er seinem Reisebegleiter, dessen Kaltblütigkeit und diplomatisches Geschick ihm gewohnheitsmäßig vorkamen. Corentin blieb drei Tage in Mansle ohne eine Möglichkeit zur Abreise; er war genötigt, nach Bordeaux zu schreiben und dort einen Platz nach Paris zu reservieren, wohin er erst neun Tage nach seiner Abreise zurückkehren konnte.

Während dieser Zeit ging Peyrade jeden Morgen in Passy wie in Paris zu Corentin, um zu erfahren, ob er zurück sei. Am achten Tag hinterließ er an beiden Adressen einen Brief in ihrer besonderen Geheimschrift, um seinem Freund die Art von Tod zu erklären, die ihn bedrohte, die Entführung Lydies und das entsetzliche Schicksal, zu dem seine Feinde ihn bestimmten.

Menetekel Upharsin

Trotz allem, angegriffen, wie er früher andere angegriffen hatte, Corentins beraubt, aber unterstützt von Contenson, behielt Peyrade seine Verkleidung als Nabob bei. Und obwohl ihn seine unsichtbaren Gegner entlarvt hatten, war er der ziemlich vernünftigen Auffassung, ein paar Erkenntnisse zu sammeln, indem er auf dem Kampfplatz blieb. Contenson hatte seine sämtlichen Bekannten auf die Fährte von Lydie gesetzt, er hoffte, das Haus zu entdecken, in dem sie versteckt war; aber die von Tag zu Tag immer deutlicher werdende Unmöglichkeit, auch nur das Geringste herauszubekommen, ließ Peyrades Verzweiflung mit jeder Stunde wachsen. Der alte Spitzel umgab sich mit einer Leibgarde von zwölf bis fünfzehn der fähigsten Agenten. Die Umgebungen der Rue des Moineaux und der Rue Taitbout, wo er als Nabob bei Madame du Val-Noble wohnte, wurden überwacht. Während der drei letzten Tage der verhängnisvollen Frist, die Asie gesetzt hatte, um Lucien wieder zu dem vorherigen Ansehen im Palais de Grandlieu zu bringen, wich Contenson dem Veteranen der früheren Generalpolizeidirektion nicht von der Seite. So erfüllte die Poesie der Angst, die die Listen der im

Krieg befindlichen feindlichen Stämme inmitten der Wälder Amerikas verbreiten, und von der Cooper so viel Nutzen hatte, die winzigsten Vorgänge des Pariser Alltags. Die Passanten, die Läden, die Kutschen, eine Person an einem Fenster, alles hatte für die Nummern-Männer, denen der Schutz von Peyrades Leben anvertraut war, dieselbe außerordentliche Bedeutung, die ein Baumstumpf, ein Biberbau, ein Fels, das Fell eines Bisons, ein regloses Kanu, ein Blattwerk über dem Wasser in den Romanen von Cooper haben.

»Wenn der Spanier nicht da ist, haben Sie gar nichts zu befürchten«, sagte Contenson zu Peyrade und machte ihn aufmerksam auf die vollkommene Ruhe, die sie hatten.

»Und wenn er gar nicht weg ist?«, gab Peyrade zurück.

»Er hat einen meiner Leute hinten auf seiner Kutsche gehabt, aber in Blois musste mein Mann absteigen und konnte den Wagen nicht mehr einholen.«

Fünf Tage nach Dervilles Rückkehr erhielt Lucien am Morgen den Besuch von Rastignac.

»Es ist zum Verzweifeln, mein Lieber, dass ich einen Auftrag zu erledigen habe, der mir gegeben wurde wegen unserer nahen Bekanntschaft. Deine Hochzeit ist abgesagt, ohne dass du eine Aussicht hättest, daran wieder anzuknüpfen. Setze keinen Fuß mehr ins Palais de Grandlieu. Um Clotilde zu heiraten, musst du den Tod ihres Vaters abwarten, aber er ist zu selbstsüchtig geworden, um allzubald zu sterben. Alte Wiskspieler halten sich lange … über dem Rand … ihres Spieltischs. Clotilde wird mit Madeleine de Lenoncourt-Chaulieu nach Italien reisen. Das arme Mädchen liebt dich so, mein Lieber, dass sie unter Aufsicht gestellt werden musste; sie wollte dich aufsuchen, sie hatte ihren kleinen Ausbruchsplan … Das ist ein Trost in deinem Unglück.«

Lucien antwortete nicht, er sah Rastignac an.

»Alles in allem, ist das denn ein Unglück! …«, sagte ihm

sein Landsmann, »du findest doch leicht ein anderes genauso adeliges und noch schöneres Mädchen als Clotide! ... Madame de Sérisy wird dich zur Vergeltung verheiraten, sie kann die Grandlieus nicht leiden, die sie nie haben empfangen wollen: Sie hat eine Nichte, die kleine Clémence du Rouvre ...«

»Mein Lieber, seit unserem letzten Souper stehe ich nicht mehr gut mit Madame de Sérisy, sie hat mich in Esthers Loge gesehen, sie hat mir eine Szene gemacht und ich habe sie dabei gelassen.«

»Eine Frau von über vierzig Jahren überwirft sich nicht für lange mit einem jungen Mann, der so schön ist wie du«, sagte Rastignac. »Ich kenne mich ein bisschen aus mit derlei Sonnenuntergängen ... am Horizont dauert es zehn Minuten, und im Herzen einer Frau zehn Jahre.«

»Es sind jetzt acht Tage, dass ich auf einen Brief von ihr warte.«

»Geh hin!«

»Jetzt werde ich wohl müssen.«

»Kommst du wenigstens zur Val-Noble? Ihr Nabob revanchiert sich für das Souper, das ihm bei Nucingen geboten wurde.«

»Ich bin dabei und gehe hin«, sagte Lucien ernst.

Am Tag nach der Bestätigung seines Unglücks, von dem Asie Carlos sofort in Kenntnis gesetzt hatte, kam Lucien mit Rastignac und Nucingen zum falschen Nabob.

Um Mitternacht vereinte das frühere Speisezimmer von Esther alle Personen dieses Dramas, dessen Zusammenhang, der in den tieferen Schichten dieser ungestümen Existenzen verborgen lag, nur Esther, Lucien, Peyrade, dem Mulatten Contenson und Paccard bekannt war, der kam, um seiner Herrin zu dienen. Asie war ohne das Wissen von Peyrade und Contenson von Madame du Val-Noble um ihre Hilfe in der Küche gebeten worden. Als er sich zu Tisch setzte, fand Peyrade, der Madame du Val-Noble fünfhundert Franc gegeben hatte, damit sie das gut mache, in seiner Serviette ein Stückchen Papier, auf dem er diese mit Bleistift geschriebenen Worte las: *Die zehn Tage haben in dem Moment, da Sie sich an den Tisch setzen, ihr Ende erreicht.* Peyrade reichte das Papier an Contenson, der hinter ihm stand, und sagte auf Englisch: »Hast du da meinen Namen dazugesteckt?« Contenson las im Kerzenschein dies Menetekel und steckte es in die Tasche, doch er wusste, wie schwierig es ist, eine Bleistiftschrift zu überprüfen, und erst recht einen in Großbuchstaben, also gewissermaßen in geometrischen Linien gezeichneten Satz, bei dem sich die großen Buchstaben einzig aus Kurven und Geraden zusammensetzen, sodass es unmöglich ist, eine Schreibeigenschaft zu erkennen wie bei einer normalen Handschrift.

Dieses Abendessen verlief ohne jede Heiterkeit. Peyrade war sichtbar erfasst von Sorge. Von den jungen *Lebemännern*, die bei einem Essen für heitere Stimmung sorgen können, waren nur Lucien und Rastignac da. Lucien war sehr traurig und nachdenklich. Rastignac, der soeben zweitausend Franc verspielt hatte, trank und aß in dem Gedanken, dies nach dem Essen wieder auszugleichen. Die drei Frauen, betroffen von dieser Kühle, blickten sich an. Die Langeweile raubte den Speisen ihre Würze. Es ist mit den Diners wie mit den Theaterstücken und den Büchern, sie haben ihre Schicksale. Am Ende des Essens wurde Eis serviert, sogenannte *Plombière*. Jeder weiß, dass diese Art Eis, serviert in einem kleinen Glas, auf seiner Oberfläche kleine, sehr zarte kandierte Früchte trägt, ohne eine Pyramide zu formen. Dies Eis hatte Madame du Val-Noble bei Tortoni bestellt, dessen edles Geschäft sich an der Ecke der Rue Taitbout und des Boulevards befindet. Die Köchin ließ den Mulatten rufen, um die Rechnung des Eislieferanten zu bezahlen. Contenson, dem die

Forderung des Lieferanten merkwürdig vorkam, stieg hinab und überrumpelte ihn mit den Worten: »Sie sind doch nicht von Tortoni? ...« und stieg sofort wieder hinauf. Aber Paccard hatte diese Abwesenheit bereits genutzt, um den Gästen das Eis zu servieren. Der Mulatte hatte die Wohnungstür kaum erreicht, als einer der Agenten, die die Rue des Moineaux überwachten, ins Treppenhaus rief: »Nummer siebenundzwanzig.«

»Was gibt es?«, antwortete Contenson, der wieder bis ans Ende des Treppengeländers hinuntergeeilt war.

»Sagen Sie dem Papa, dass seine Tochter zurück ist, aber in was für einem Zustand, lieber Gott! Er soll schnell machen, sie stirbt!«

Als Contenson den Speisesalon wieder betrat, verschlang der alte Peyrade, der außerdem kräftig getrunken hatte, die kleine Kirsche seines Eises. Man trank auf das Wohl von Madame du Val-Noble, der Nabob füllte sein Glas mit Süßwein vom Kap und leerte es. So irritiert Contenson von der Nachricht war, die er Peyrade überbringen wollte, so verwunderte ihn doch die gespannte Aufmerksamkeit, mit der Paccard dem Nabob zusah. Die beiden Augen des Dieners von Madame de Champy glichen stechenden Flammen. Diese Beobachtung durfte den Mulatten trotz ihrer Bedeutung aber nicht aufhalten, er beugte sich zu seinem Herren in dem Moment, als Peyrade sein geleertes Glas auf den Tisch stellte.

»Lydie ist zu Hause«, sagte Contenson, »es geht ihr ziemlich schlecht.«

Peyrade stieß den französischsten aller französischen Flüche mit einem derart deutlich südfranzösischen Tonfall aus, dass sich auf den Gesichtern der Gäste das größte Erstaunen ausbreitete. Als er seinen Fehler bemerkte, gab Peyrade seine Verstellung auf, indem er Contenson in gutem Französisch sagte: »Besorg einen Wagen ... ich verdrück mich.«

Alle erhoben sich vom Tisch.

»Wer sind Sie denn?«, rief Lucien.

»Jo aber! …«, sagte der Baron.

»Bixiou hatte mir gegenüber behauptet, dass Sie einen Engländer besser als er spielen können, und ich wollte es nicht glauben«, sagte Rastignac.

»Er ist ein aufgeflogener Bankrotteur«, sagte du Tillet laut, »dachte ich's mir.«

»Was für ein einzigartiger Ort Paris doch ist! …«, sagte Madame du Val-Noble. »Wenn ein Kaufmann in seinem Viertel pleitegegangen ist, taucht er unbehelligt als Nabob wieder auf oder als Dandy auf den Champs-Élysées! … Was habe ich für ein Pech, mich verfolgt die Pleite wie ein Parasit.«

»Man sagt, jede Blüte hat den ihren«, meinte Esther gelassen, »meiner sieht aus wie der der Kleopatra, eine Viper.«

»Wer ich bin! …«, sagte Peyrade an der Tür. »Ah, das werden Sie erfahren, denn wenn ich sterbe, steige ich aus meinem Grab und zieh Ihnen Nacht für Nacht die Beine lang! …«

Bei diesen letzten Worten sah er Esther und Lucien an; dann nutzte er die allgemeine Verwirrung, um mit äußerster Behendigkeit zu verschwinden, denn er wollte nach Hause laufen und nicht auf eine Kutsche warten. Auf der Straße, an der Schwelle zum Tor, hielt Asie, gehüllt in einen schwarzen Umhang, wie ihn die Frauen damals trugen, wenn sie einen Ball verließen, den Spitzel am Arm fest.

»Lass dir deine letzte Ölung kommen, Papa Peyrade«, sagte sie ihm mit dieser Stimme, mit der sie ihm das Unheil schon prophezeit hatte.

Ein Wagen stand bereit, Asie stieg ein und verschwand wie der Wind. Fünf Kutschen standen da, aber Peyrades Leute konnten nichts herausbringen.

Corentins schrecklicher Schwur

Als er in seinem Landhaus an einer der entlegensten und lieblichsten Stellen der kleinen Ortschaft Passy, in der Rue des Vignes, eintraf, fand Corentin, der als von der Leidenschaft fürs Gärtnern besessener Geschäftsmann galt, die chiffrierte Botschaft seines Freundes Peyrade vor. Statt sich auszuruhen, stieg er wieder in die Kutsche, die ihn gebracht hatte und ließ sich in die Rue des Moineaux bringen, traf dort aber nur Katt an. Er erfuhr von der Flämin vom Verschwinden Lydies und war überrascht von Peyrades und seinem eigenen Mangel an Umsicht.

›*Die* kennen mich noch nicht‹, sagte er sich. ›Diese Leute sind zu allem fähig, Ich muss wissen, ob sie Peyrade umbringen, denn dann werde ich mich nicht mehr zeigen.‹

Je schändlicher das Leben eines Menschen ist, desto mehr hängt er daran; es ist dann ein Aufbegehren, eine beständige Rache. Corentin ging hinunter, begab sich nach Hause, um sich als kleiner kränkelnder Greis mit kurzem grünlichem Rock und schlecht sitzender Perücke zu verkleiden, und kam, getrieben von seiner Freundschaft zu Peyrade, zu Fuß zurück. Er wollte dem treuesten und besten seiner Nummern Anweisungen geben. Auf dem Weg über die Rue Saint-Honoré, um von der Place Vendôme zur Rue Saint-Roch zu kommen, ging er hinter einem Mädchen in Pantoffeln her, das gekleidet war wie eine Frau, die zu Bett geht. Dies Mädchen in weißem Unterhemd und Nachtmütze, gab von Zeit zu Zeit ein mit unwillkürlichem Jammern vermischtes Schluchzen von sich; Corentin überholte sie um ein paar Schritte und erkannte Lydie.

»Ich bin der Freund ihres Vaters, Herrn Canquoëlle«, sagte er mit seiner normalen Stimme.

»Ach, dann ist da jemand, dem ich vertrauen kann! …«, sagte sie.

»Tun Sie so, als würden Sie mich nicht kennen«, gab Corentin zurück, »wir werden verfolgt von Feinden, die grausam sind, und müssen uns verkleiden. Aber erzählen Sie, was Ihnen passiert ist …«

»Ach, Monsieur«, sagte das arme Mädchen, »das kann man nicht aussprechen und nicht erzählen … Ich bin entehrt, verworfen, ohne mir erklären zu können, warum! …«

»Von wo kommen Sie? …«

»Ich weiß es nicht, Monsieur! Ich bin so hastig geflüchtet, ich bin durch so viele Straßen gegangen und bin so oft abgebogen aus Angst, verfolgt zu werden … Und wenn ich jemand Anständigem begegnet bin, habe ich nach dem Weg zu den Boulevards gefragt, um zur Rue de la Paix zu kommen! Nachdem ich jetzt schon … Wie spät ist es?«

»Halb zwölf!«, sagte Corentin.

»Als es Abend wurde, bin ich geflüchtet, jetzt bin ich seit fünf Stunden auf den Beinen! …«, rief Lydie aus.

»Jetzt gehen Sie sich ausruhen, Sie werden Ihre liebe Katt wiederfinden …«

»O Monsieur, für mich gibt es keine Ruhe mehr! Ich will keine andere Ruhe als die des Grabes, und die werde ich im Kloster erwarten, wenn ich noch für würdig gehalten werde, dort einzutreten …«

»Arme Kleine! Haben Sie denn widerstanden?«

»Ja Monsieur! Wenn Sie wüssten, zwischen was für abscheuliche Kreaturen man mich gesteckt hat …«

»Man hat Sie sicherlich betäubt?«

»Ach, ist es das?«, sagte die arme Lydie. »Noch etwas Kraft, und ich schaffe es nach Hause. Ich spüre meine Kräfte schwinden, und im Kopf bin ich nicht sehr klar … Vorhin habe ich gemeint, ich sei in einem Garten …«

Corentin hielt Lydie in den Armen, wo sie ihr Bewusstsein verlor, und brachte sie die Treppe hinauf.

»Katt!«, rief er.

Katt erschien und stieß Freudenschreie aus.

»Freuen Sie sich nicht zu früh«, sagte Corentin bedeutungsvoll, »dies Mädchen ist ziemlich krank.«

Als Lydie auf ihr Bett gebracht worden war und sie im Licht zweier Kerzen, die Katt angezündet hatte, ihr Zimmer wiedererkannte, fiel sie ins Delirium. Sie sang Volkslieder mit anmutigen Melodien und brüllte immer wieder bestimmte entsetzliche Sätze, die sie gehört hatte! Ihr schönes Gesicht war marmoriert von violetten Flecken. Sie vermischte die Erinnerungen an ihr so reines Leben mit denen dieser zehn Tage der Widerwärtigkeit. Katt weinte. Corentin ging im Zimmer auf und ab und hielt immer wieder, um Lydie zu betrachten.

»Sie zahlt für ihren Vater!«, sagte er. »Gibt es denn eine Vorsehung? – Hatte ich doch recht, keine Familie zu gründen ... wie ich-weiß-nicht-welcher Philosoph gesagt hat, ist ein Kind, mein Ehrenwort, eine Geisel, die man dem Unglück überlässt! ...«

»Oh!«, sagte das arme Kind, richtete sich auf und ließ sein schönes Haar offen fallen, »statt hier zu liegen, Katt, sollte ich auf dem Sand am Boden der Seine liegen.«

»Katt, vom Weinen und Angucken wird ihr Kind bestimmt nicht gesund, stattdessen sollten Sie einen Arzt holen, den aus dem Bürgermeisteramt vor allem, dann die Herren Desplein und Bianchon ... Wir müssen dies unschuldige Geschöpf retten ...«

Corentin schrieb die Adressen der beiden berühmten Ärzte auf. In diesem Moment stieg ein Mann die Treppe herauf, dem die Stufen bekannt waren, die Tür ging auf. Peyrade, schweißgebadet, das Gesicht violett, die Augen fast blutunterlaufen, keuchend wie ein Delfin, sprang von der Wohnungstür zu Lydies Zimmer und schrie: »Wo ist meine Tochter ...?«

Er sah eine traurige Geste von Corentin, Peyrades Blick folgte der Geste. Man kann den Zustand Lydies nur vergleichen mit dem einer von einem Botaniker liebevoll gehegten Blume, die vom Stängel gefallen ist und von den genagelten Stiefeln eines Bauern zertreten wurde ... Übertragen Sie dies Bild in die Mitte eines Vaterherzens, dann verstehen Sie den Stoß, den Peyrade empfing. Ihm traten dicke Tränen in die Augen.

»Jemand weint, das ist mein Vater«, sagte das Kind.

Lydie konnte ihren Vater noch wiedererkennen; sie erhob sich und kniete vor dem alten Mann in dem Augenblick nieder, als er auf einen Sessel fiel.

»Vergib mir, Papa! ...«, sagte sie mit einer Stimme, die Peyrades Herz in dem Augenblick durchbohrte, als er etwas wie einen Hammerschlag auf den Schädel spürte.

»Ich sterbe ... ah, die Schweine!«, war sein letztes Wort.

Corentin wollte seinem Freund helfen, er erhielt von ihm den letzten Seufzer.

›Tod durch Vergiften! ...‹, sagte sich Corentin. »Da! Jetzt kommt der Arzt«, rief er, als er das Geräusch eines Wagens hörte.

Contenson, der sich sein farbiges Gesicht abgewaschen hatte, stand wie zu einer bronzenen Statue erstarrt, als er Lydie sagen hörte: »Du vergibst mir also nicht, mein Vater? ... Es ist nicht meine Schuld! (Sie merkte nicht, dass ihr Vater tot war.) – Wie er mich ansieht! ...« sagte die Arme, verrückt geworden ...

»Wir müssen ihm die Augen schließen«, sagte Contenson und brachte den toten Peyrade aufs Bett.

»Wir machen eine Dummheit«, sagte Corentin, »bringen wir ihn zu ihm; seine Tochter ist halb verrückt, sie würde es vollends, wenn sie bemerkt, dass er tot ist, sie würde meinen, sie sei schuld.«

Als sie sah, wie ihr Vater davongetragen wurde, blieb Lydie wie benommen.

»Das war mein einziger Freund! …«, sagte Corentin und schien erschüttert, als Peyrade auf seinem Bett zurechtgelegt war. »Er hatte in seinem ganzen Leben einmal den einen begehrlichen Gedanken, und zwar für seine Tochter! … Lass dir das eine Lehre sein, Contenson. Jeder Stand hat seine Ehre. Peyrade hatte unrecht, sich in Privatsachen einzumischen, wir sollen uns nur um öffentliche Dinge kümmern. Aber was auch immer kommen mag, ich schwöre«, sagte er in einem Ton, einem Blick und einer Geste, die Contenson mit Grausen erfüllten, »meinen armen Peyrade zu rächen! Ich werde die herausfinden, die seinen Tod und die die Schande seiner Tochter bewirkt haben! … Und aus purem Egoismus, bei den wenigen Tagen, die mir noch bleiben und die ich mit dieser Rache aufs Spiel setze: Diese ganzen Leute werden um vier Uhr das Zeitliche segnen, bei bester Gesundheit, geschoren, sauber, auf dem Richtplatz! …«

»Und ich werde Ihnen dabei helfen!«, sagte Contenson bewegt.

Tatsächlich ist nichts bewegender als das Schauspiel der Leidenschaft bei einem kalten, beherrschten und methodischen Mann, bei dem seit zwanzig Jahren niemand auch nur die geringste Regung von Empfindlichkeit bemerkt hatte. Das ist wie der glühende Eisenstab, der alles, auf das er trifft, zerschmelzen lässt. Dementsprechend drehte sich in Contensons Innerem alles um.

»Armer Papa Canquoëlle«, wiederholte er mit Blick auf Corentin, »wie oft hat er mich freigehalten … und wissen Sie – nur Leute, die sich mit Lastern auskennen, sind dazu imstande … – oft hat er mir zehn Franc zum Verspielen gegeben …«

Nach dieser Grabrede gingen die beiden Rächer Peyrades

zu Lydie, da sie schon Katt und den Amtsarzt im Treppenhaus hörten.

»Geh zum Polizeikommissariat«, sagte Corentin, »der Staatsanwalt würde hier keinen Ansatz für eine Strafverfolgung erkennen, aber wir werden bei der Polizei einen Bericht abgeben, das kann vielleicht zu etwas nütze sein.«

Und zum Amtsarzt sagte Corentin: »Monsieur, Sie finden in diesem Zimmer einen toten Mann; ich glaube nicht an einen natürlichen Tod, Sie machen eine Autopsie in Gegenwart des Polizeikommissars, der auf meine Aufforderung hin kommen wird. Versuchen Sie, die Spuren vom Gift zu entdecken; Sie bekommen übrigens gleich Hilfe von den Herren Desplein und Bianchon, die ich gerufen habe, die Tochter meines besten Freundes zu untersuchen, deren Zustand schlimmer ist als der des Vaters, auch wenn der schon tot ist ...«

»Ich brauche die Herren nicht«, meinte der Amtsarzt, »um meine Arbeit zu machen ...«

›Ach so!‹, dachte Corentin. – »Dass wir uns nicht missverstehen, Monsieur«, fuhr Corentin fort. »Hier ganz kurz meine Meinung. Die, die den Vater getötet haben, haben die Tochter geschändet.«

Im Lauf des Tages war Lydie von ihrer Erschöpfung übermannt worden; sie schlief, als der berühmte Chirurg und der junge Arzt eintrafen. Der Mediziner, der den Tod feststellen sollte, hatte Peyrade bereits geöffnet und forschte nach der Todesursache.

»Während wir warten, bis die Kranke aufgeweckt wird«, sagte Corentin den großen Doktoren, »würden Sie einem Ihrer Kollegen behilflich sein bei einer Tatbestandsaufnahme, die mit Sicherheit für Sie interessant ist? Und Ihre Meinung wird im Protokoll nicht überflüssig sein.«

»Ihr Verwandter ist am Schlaganfall gestorben«, sagte

der Arzt, »es sind da Spuren eines gefährlichen Blutstaus im Hirn ...«

»Untersuchen Sie es, meine Herren«, sagte Corentin, »und finden Sie heraus, ob nicht in der Toxikologie Gifte vorkommen, die diese Wirkung haben.«

»Der Magen«, sagte der Arzt, »war randvoll mit Material; aber ohne eine Untersuchung mit chemischen Instrumenten sehe ich keine Spur von Gift.«

»Wenn die Merkmale eines Blutstaus im Hirn offenbar sind, liegt hier«, sagte Desplein und wies auf die gewaltige Menge von Speiseresten, »und angesichts des Alters der Person schon eine hinreichende Todesursache vor.«

»Hat er hier gegessen?«, fragte Bianchon.

»Nein«, sagte Corentin, »er ist vom Boulevard eilig hergekommen und sah, dass seine Tochter vergewaltigt worden war ...«

»Das ist in Wirklichkeit das Gift, wenn er seine Tochter geliebt hat«, sagte Bianchon.

»Welches Gift könnte diese Wirkung zeigen?«, blieb Corentin bei seinem Gedanken.

»Es gibt nur eines«, meinte Desplein, nachdem er alles sorgfältig untersucht hatte. »Das wäre ein Gift, das man auf Java von Sträuchern erntet, die bisher noch ziemlich unerforscht sind, aus der Gattung der *Strychnos*, womit diese hoch gefährlichen Waffen vergiftet werden ... die malaiischen *Kris* ... zumindest heißt es so ...«

Der Polizeikommissar traf ein, Corentin teilte ihm seinen Verdacht mit, bat ihn, ein Protokoll zu verfassen, und sagte ihm, in was für einem Haus und mit was für Leuten Peyrade zu Abend gegessen hatte; dazu unterrichtete er ihn von dem Attentat auf Peyrades Leben und die Ursachen für Lydies Zustand. Danach ging Corentin in Lydies Wohnung, wo Desplein und Bianchon die Kranke untersuchten; doch er traf sie auf der Schwelle der Wohnungstür.

»Also, meine Herren!?«, fragte Corentin.

»Bringen Sie das Mädchen in eine Heilanstalt; wenn sie nicht bei der Niederkunft ihren Verstand wiedererlangt, falls sie überhaupt schwanger wird, dann wird sie ihre Tage als melancholische Verrückte verbringen. Zur Genesung gibt es kein anderes Mittel als das Muttergefühl, wenn das überhaupt erwacht ...«

Corentin gab jedem der Doktoren vierzig Franc in Gold und wandte sich zum Polizeikommissar, der ihn am Ärmel zupfte.

»Der Arzt gibt einen natürlichen Tod an«, sagte der Beamte, »und ich kann um so weniger einen Bericht verfassen, als es sich um den Papa Canquoëlle handelt, der hat sich in mancherlei Sachen eingemischt und wir wüssten gar nicht, an wen wir uns da heranwagen würden ... solche Leute sterben oft *auf Anweisung* ...«

»Ich bin Corentin«, sagte Corentin dem Polizeikommissar ins Ohr.

Der Kommissar fuhr überrascht auf.

»Machen Sie also eine Notiz«, sagte Corentin weiter, »die wird später sehr nützlich sein, und legen Sie sie bloß als vertrauliche Mitteilung ab. Das Verbrechen ist nicht nachweisbar, und ich weiß, dass die Untersuchung sofort wieder eingestellt würde ... Aber ich werde die Täter eines Tages überführen, ich werde sie überwachen und auf frischer Tat ertappen.«

Der Polizeikommissar verabschiedete sich von Corentin und ging.

»Monsieur«, sagte Katt, »Mademoiselle hört nicht auf zu tanzen und zu singen, was soll man machen? ...«

»War denn irgendwas Besonderes?«

»Sie hat erfahren, dass ihr Vater gerade gestorben ist ...«

»Setzen Sie sie in eine Kutsche und bringen Sie sie ganz einfach nach Charenton; ich werde dem Generaldirektor der Polizei des Königreichs ein Wort schreiben, dass sie da anständig untergebracht wird. Die Tochter in Charenton, der Vater im Sammelgrab«, sagte Corentin. »Contenson, geh den Leichenwagen für Arme holen ... und jetzt zu uns beiden, Don Carlos Herrera ...«

»Carlos!«, sagte Contenson, »der ist in Spanien.«

»Er ist in Paris!«, sagte Corentin herrisch. »Da steckt das spanische Genie der Zeiten Philipps II. drin, aber ich habe Fallen für jeden, auch für Könige.«

Eine Mausefalle, in die die Ratte tappt

Fünf Tage nach dem Verschwinden des Nabobs saß Madame du Val-Noble um neun Uhr morgens am Bett von Esther und weinte, denn sie fühlte sich abgleiten ins Elend.

»Wenn ich wenigstens hundert Louis Renten hätte! Damit, meine Liebe, zieht man sich in irgendein Städtchen zurück und findet noch einen Ehemann ...«

»Die könnte ich dir verschaffen«, sagte Esther.

»Und wie?«, rief Madame du Val-Noble.

»Oh, ganz einfach. Hör zu. Du tust, als wolltest du dich umbringen, spiel die Komödie bitte gut; du lässt Asie kommen und du bietest ihr zehntausend Franc an für zwei schwarze Perlen in sehr dünnem Glas, worin sich ein Gift befindet, das in einer Sekunde tötet; die bringst du mir, und ich gebe dir dafür fünfzigtausend Francs ...«

»Warum bittest du sie nicht selbst darum?«, fragte Madame du Val-Noble.

»Mir würde Asie die nicht verkaufen.«

»Das ist aber doch nicht für dich? ...«, fragte Madame du Val-Noble.

»Wer weiß.«

»Du! Die inmitten von Freude und Luxus im eigenen Haus lebt! Am Tag vor einem Fest, von dem man noch zehn Jahre lang sprechen wird! Das Nucingen zwanzigtausend Franc kostet. Wir werden, heißt es, im Februar Erdbeeren essen, Spargel, Trauben ... Melonen ... In den Zimmern werden Blumen für tausend Taler stehen.«

»Was du redest. Es werden allein auf der Treppe für tausend Taler Rosen stehen.«

»Es heißt, deine Garderobe kostet zehntausend Franc?«

»Ja, mein Kleid ist aus Brüsseler Spitzen, und Delphine, seine Frau, kocht vor Wut. Aber ich wollte mich als Braut verkleiden.«

»Wo sind die zehntausend Franc«, sagte Madame du Val-Noble.

»Das ist mein ganzes Geld«, lächelte Esther. »Mach meinen Frisiertisch auf, sie sind unter meinem Lockenwicklerpapier ...«

»Wenn man vom Sterben spricht, bringt man sich meistens doch nicht um«, sagte Madame du Val-Noble. »Wenn es zum Begehen eines ...«

»... Verbrechens wäre, ach was!«, führte Esther den Gedanken ihrer Freundin fort, die zögerte. »Du kannst beruhigt sein«, fuhr Esther fort, »ich will niemanden umbringen. Ich hatte eine Freundin, eine ganz glückliche Frau, die ist gestorben, ich folge ihr ... das ist alles.«

»Bist du dumm! ...«

»Was willst du, wir haben es uns versprochen.«

»Den Wechsel würde ich platzen lassen«, sagte die Freundin mit einem Lächeln.

»Tu, was ich dir sage, und geh. Ich höre einen Wagen kommen, und das ist Nucingen, ein Mann, der verrückt wird vor Glück! Der – der liebt mich ... warum lieben wir nicht die, die uns lieben, denn schließlich tun die alles, um uns zu gefallen ...«

»Ja genau!«, sagte Madame du Val-Noble, »das ist die Geschichte vom Hering, der bei den Fischen der intriganteste ist.«

»Wieso?«

»Na ja, man hat es nie herausbekommen können.«

»Aber los jetzt, mein Hase! Ich muss deine fünfzigtausend Franc anfordern.«

»Also dann, auf Wiedersehen ...«

Seit drei Tagen war das Verhalten Esthers gegenüber dem Baron völlig verändert. Das Äffchen hatte sich zum Kätzchen gewandelt, und die Katze wurde Frau. Esther überschüttete den Greis mit unerschöpflicher Liebe, sie gab sich zauberhaft. Ihre Reden, ganz ohne Boshaftigkeit und Bitternis, voll zärtlicher Andeutungen, hatten Überzeugung in den Verstand des schwerfälligen Bankiers gebracht; sie nannte ihn Fritz, er fühlte sich geliebt.

»Mein armer Fritz, dich habe ich ganz schön auf die Probe gestellt«, sagte sie, »ich habe dich ziemlich leiden lassen, du warst von einer großartigen Geduld, du liebst mich, das sehe ich, und ich werde dich dafür belohnen. Jetzt gefällst du mir, und ich weiß nicht, wie es kommt, aber einem jungen Mann würde ich dich vorziehen. Vielleicht macht das die Erfahrung. Mit der Zeit bemerkt man doch, dass die Freude das Vermögen der Seele ist, und es ist nicht schmeichelhafter, wegen der Freude als wegen des Geldes geliebt zu werden ... und außerdem sind die jungen Leute zu egoistisch, die denken mehr an sich als an uns, während du nur an mich denkst. Ich bin dein ganzes Leben. Darum will ich auch gar nichts mehr von dir, ich will dir zeigen, wie selbstlos ich bin.«

»Ich hab Ihnen niscgt gegeben«, antwortete der Baron bezaubert, »ch werd Ihnen morgen drajßigtojsend Frank in Renten bringen ... is majn Hochzajtsgeschenk ...«

Esther küsste Nucingen so zärtlich, dass er blass wurde, auch ohne Pillen.

»Oh«, sagte sie, »glauben Sie aber nicht, das sei wegen Ihrer dreißigtausend Franc Renten, dass ich so bin, das ist, weil ich jetzt ... dich liebe, mein dicker Frédéric ...«

»O majn Gott, warum hast du mich ojf di Probe gestellt ... ich were seit draj Monaten schon glicklich ...«

»Ist es zu drei Prozent oder zu fünf Prozent, mein Hase?«, sagte Esther, fuhr mit den Händen in Nucingens Haare und richtete sie nach ihrem Geschmack.

»Zu draj, ... ch hatte Massen davun.«

Der Baron machte also an diesem Morgen den Eintrag ins Rentenverzeichnis; er kam zum Essen zu seinem lieben kleinen Mädchen und um Anweisungen für morgen in Empfang zu nehmen, Samstag, den großen Tag!

»Hier, majne klajne Froj, majne ajnzige Froj«, sagte der Bankier freudig, und sein Gesicht strahlte vor Glück, »das rajcht bis ans Ende Ihrer Tage fir Ihre Kosten in der Kiche ...«

Esther nahm das Papier ohne die mindeste Regung, faltete es und steckte es in ihren Frisiertisch.

»Da sind Sie aber zufrieden, Ungeheuer der Sünde«, sagte sie und gab Nucingen einen Klaps auf die Wange, »dass ich endlich etwas von Ihnen annehme. Ich kann Ihnen jetzt, da ich an den Erträgen dessen, was Sie Ihre Arbeit nennen, teilhabe, nicht mehr die Meinung sagen ... Das ist kein Geschenk, das, mein lieber Junge, ist ein Kostenersatz ... Aber was denn, ziehen Sie doch nicht Ihr Börsengesicht. Du weißt genau, dass ich dich lieb habe.«

»Majne schejne Essda, majn Engel der Libe«, sagte der Bankier, »reden Si niscgt wider so mit mir ... hier ... es wer mir egal, wenn alle Welt mich fir ajnen Dieb halten wirde, solange ich in Ihren Augen a Ehrenmann bin ... Ch libe Sie immer mehr und mehr.«

»Das ist mein Plan«, sagte Esther, »ich will dir auch nie mehr etwas sagen, was dir Kummer macht, mein Elefantenherzchen, denn du bist brav geworden wie ein Kind ... Herrje, du dicker Schurke, von Unschuld bist du nie gewesen, was du davon zu deiner Geburt erhalten hast, musste erst einmal an die Oberfläche gelangen; aber das war so verschüttet, dass es erst nach Ablauf von sechsundsechzig Jahren wiederkam ... herangezogen mit dem Fanghaken der Liebe. Bei richtig Alten gibt es dieses Phänomen ... und da siehst du, warum ich dich schließlich liebgewonnen habe, du bist jung, ganz jung ... Alleine ich werde diesen Friedrich kennengelernt haben ... ich allein! ... denn du warst schließlich schon mit fünfzehn Bankier ... Auf der Oberschule hast du deinen Kameraden eine Murmel bestimmt unter der Bedingung geliehen, dass sie dir zwei zurückgeben ... (Sie hüpfte ihm auf den Schoß, als sie ihn lachen sah.) – Na also, tu, was dir passt! Ja mein Gott, plünder die Leute aus ... und ich helfe dir dabei. Die Leute sind die Liebe nicht wert, Napoleon hat sie getötet wie die Fliegen. Ob die Franzosen an dich oder an den Staat Abgaben zahlen, was macht das denen? ... Mit dem Staat kann man nicht ins Bett gehen, und meine Güte ... – ich habe darüber nachgedacht, du hast recht ... – scher deine Schafe, das steht im Evangelium nach Béranger – Küssen Sie Ihre *Essda* ... Aber sag mal, du lässt dieser armen Val-Noble die ganzen Möbel aus der Wohnung in der Rue Taitbout! Und dann schenkst du ihr morgen fünfzigtausend Franc ... da machst du gute Figur, siehst du, mein Kater. Du hast Falleix getötet, fangen sie an, hinter dir her zu rufen ... eine solche Großzügigkeit wird babylonisch wirken ... und alle Frauen werden von dir sprechen. Ach! ... nur du wirst groß sein, edel in Paris, und die Welt ist so gemacht, dass Falleix vergessen wird. So ist das nach allem eine kluge Investition! ...«

»Du hast recht, majn Engel, du kennst di Welt«, antwortete er, »du wirst majne Beraterin.«

»Na eben«, fuhr sie fort, »du siehst, wie ich an die Geschäfte meines Mannes denke, an sein Ansehen, an seine Ehre ... Geh, geh mir die fünfzigtausend Franc holen ...«

Sie wollte Monsieur de Nucingen loswerden, um einen Wechselagenten kommen zu lassen und noch an demselben Abend den Rentenanspruch an der Börse zu verkaufen.

»Aber wiso sofort? ...«, fragte er.

»Mensch, mein Kater, die sollen in einer Samtschachtel überreicht werden und um einen Fächer gewickelt. Du sagst ihr: ›Hier, Madame, ein Fächer, der Ihnen, hoffe ich, Freude macht ...‹ Man hält dich bloß für einen Turcaret, und du wirst als Beaujon dastehen!«

»Zojberhaft! Zojberhaft«, rief der Baron, »dann bin ich jetzt doch ganz gajstrajch! ... Ja, ch werde Ihre Worte wiederholen ...«

Als die arme Esther sich hinsetzte, erschöpft von der Anstrengung, die sie sich gemacht hatte, um ihre Rolle zu spielen, trat Europe ein.

»Madame«, sagte sie, »hier ist ein Bote, den Célestin vom Quai Malaquais schickt, Monsieur Luciens Kammerdiener ...«

»Er soll hereinkommen! ... oder nein: Ich gehe ins Vorzimmer.«

»Er hat einen Brief von Celestin an Madame.«

Esther hastete ins Vorzimmer, sah den Boten und sah in ihm ein Muster von einem Dienstboten.

»Sag *ihm*, dass er herunterkommt! ...«, sagte Esther mit schwacher Stimme und ließ sich auf einen Sessel sinken, nachdem sie den Brief gelesen hatte. »Lucien will sich umbringen ...«, fügte sie in Europes Ohr hinzu. »Zeig auch *ihm* den Brief.«

Carlos Herrera, der seine Verkleidung als Handelsreisender beibehalten hatte, kam sofort herab, und sein Blick fiel sofort auf den Boten, mit dem sich jemand Fremdes im Vorzimmer befand. – »Du hattest mir gesagt, es sei niemand da«, sagte er Europe ins Ohr. Und mit einem Übermaß an Vorsicht ging er sofort, nachdem er den Boten gemustert hatte, weiter in den Salon. Der Todtäuscher wusste nicht, dass der berühmte Chef des Sicherheitsdienstes, der ihn im Hause Vauquer festgenommen hatte, seit einiger Zeit einen Rivalen hatte, der ihn, nach allem, was man sagte, ersetzen sollte. Dieser Rivale war der Bote.

»Wir haben recht«, sagte der falsche Bote zu Contenson, der ihn auf der Straße erwartete. »Der, den Sie mir geschildert haben, ist im Haus; aber das ist kein Spanier, und ich würde die Hand ins Feuer legen, dass da unter der Soutane unser Jagdwild steckt.«

»Er ist nicht mehr Priester als er Spanier ist«, sagte Contenson.

»Davon bin ich überzeugt«, sagte der Agent der Sicherheitsbrigade.

»Oh, wenn wir recht hätten! ...«, sagte Contenson.

Lucien war in der Tat zwei Tage ferngeblieben, und man hatte diese Abwesenheit genutzt, um die Falle zu stellen; doch an demselben Abend kam er wieder und Esthers Unruhe legte sich.

Ein Abschied

Am nächsten Morgen, um die Uhrzeit, wenn die Kurtisane aus dem Badezimmer kam und sich wieder ins Bett legte, traf ihre Freundin ein.

»Ich habe die zwei Perlen!«, sagte die Val-Noble.

»Lass sehen«, sagte Esther, während die sich aufrichtete und ihren hübschen Ellenbogen in ein spitzenbesetztes Kopfkissen schob.

Madame du Val-Noble hielt ihrer Freundin zwei Kugeln hin, die aussahen wie schwarze Johannisbeeren. Der Baron hatte Esther zwei dieser Windspiele einer berühmten Rasse geschenkt, die am Ende den Namen des großen Dichters unserer Tage trug, der sie in Mode gebracht hatte; so hatte die Kurtisane, die stolz war, sie bekommen zu haben, ihnen die Namen ihrer Vorfahren gelassen, Romeo und Julia. Überflüssig, von der Folgsamkeit, der reinweißen Farbe, der Anmut dieser Tiere zu sprechen, die wie gemacht für den Salon waren und deren Verhalten etwas von englischer Diskretion hatte. Esther rief Romeo, und Romeo kam herbeigeeilt auf seinen so geschmeidigen und zarten, so festen und kräftigen Pfoten, dass Sie von Stahlstiften gesprochen hätten, und sah seine Herrin an. Esther tat, als würfe sie ihm eine der zwei Perlen zu, um seine Aufmerksamkeit zu wecken.

»Sein Name bestimmt ihn, so zu sterben!«, sagte Esther und warf die Perle, die Romeo zwischen seinen Zähnen zerbrach.

Der Hund stieß keinen Laut aus, er drehte sich um sich selbst und fiel stocksteif zu Boden. Das geschah, während Esther den Satz der Grabrede sprach.

»Ach du mein Gott!«, schrie Madame du Val-Noble.

»Du hast eine Kutsche, bring den seligen Romeo weg«, sagte Esther, »dass er tot ist, würde hier auffallen; ich habe ihn dir gegeben, du wirst ihn verloren haben, mach eine Anzeige. Beeil dich, du bekommst heute Abend deine fünfzigtausend Franc.«

Das sagte sie mit solcher Ruhe und mit einer so vollkommenen Ungerührtheit einer Kurtisane, dass Madame du Val-Noble ausrief: »Du bist unsere Königin!«

»Komm zeitig, und sei schön ...«

Um fünf Uhr abends machte sich Esther zurecht wie eine Braut. Sie legte ihr Spitzenkleid über einen weißen Seidenrock, sie hatte einen weißen Gürtel, weiße Samtschuhe und über ihren schönen Schultern eine Stola von englischer Spitze. Sie steckte sich in Nachahmung der Frisur einer Jungfrau naturweiße Kamelien ins Haar. Auf ihrer Brust zeigte sie ein Perlencollier von dreißigtausend Franc, das ihr Nucingen geschenkt hatte. Obwohl sie ihre Toilette um sechs Uhr beendet hatte, ließ sie die Tür für alle geschlossen, auch für Nucingen. Europe wusste Bescheid, dass Lucien ins Schlafzimmer geleitet werden sollte. Lucien traf um sieben Uhr ein, Europe fand einen Weg, ihn bei Madame eintreten zu lassen, ohne dass jemand sein Eintreffen bemerkte.

Bei Esthers Anblick sagte sich Lucien: ›Warum nicht mit ihr in Rubempré leben, weit weg von den Leuten, und nie wieder nach Paris zurückkehren! ... Ich habe dies Leben für fünf Jahre im Voraus bezahlt, und das liebe Geschöpf ist so geschaffen, dass sie sich selber niemals untreu wird! ... Und wo noch mal ein derartiges Meisterwerk finden?‹

»Mein Freund, Sie, den ich zu meinem Gott gemacht habe«, sagte Esther und beugte ein Knie auf ein Kissen vor Lucien, »geben Sie mir Ihren Segen ...«

Lucien wollte Esther emporheben und ihr sagen: ›Was ist denn das für ein Spaß, meine Allerliebste?‹ und versuchte, Esther an der Taille zu fassen; doch sie machte sich mit einer Bewegung frei, die gleichermaßen Respekt wie Entsetzen zeigte.

»Ich bin deiner nicht mehr würdig, Lucien«, sagte sie mit Tränen in den Augen, »ich flehe dich an, gib mir deinen Segen und schwöre, dass du im Hôtel-Dieu zwei Betten stiftest ... Denn was die Fürbitten in der Kirche angeht, wird Gott allenfalls mir selbst vergeben ... ich habe dich zu sehr geliebt, mein Freund. Sag mir noch zuletzt, dass ich dich glücklich gemacht habe, und dass du manchmal an mich denken wirst ... sag?«

Lucien bemerkte so viel feierliches Zutrauen bei Esther, dass er grüblerisch wurde.

»Du willst dich umbringen!«, sagte er endlich mit einem Ton in der Stimme, aus dem tiefe Nachdenklichkeit klang.

»Nein, mein Freund, aber heute, siehst du, tritt der Tod der reinen, keuschen, liebenden Frau ein, die die deine war ... Und ich habe ziemliche Angst, dass mich der Kummer umbringt.«

»Armes Mädchen, warte mal!«, sagte Lucien, »ich habe mir in den letzten zwei Tagen ganz schön Mühe gegeben, ich habe immerhin bis zu Clotilde vordringen können.«

»Immer Clotilde! ...«, sagte Esther mit verhaltener Wut.

»Ja«, fuhr er fort, »wir haben uns geschrieben ... Dienstag morgen fährt sie ab, aber ich werde sie auf dem Weg nach Italien sprechen, in Fontainebleau ...«

»Also so was! Was für Frauen wollt ihr eigentlich, ihr Männer? ... Bretter! ...«, schrie die armer Esther. »Was wäre, wenn ich sieben oder acht Millionen besäße, würdest du mich da auch nicht heiraten?«

»Kind! Ich war drauf und dran zu sagen, dass wenn für mich alles vorbei ist, ich keine andere Frau will als dich ...«

Esther senkte den Kopf, um nicht ihre plötzliche Blässe und die Tränen zu zeigen, die sie wegwischte.

»Du liebst mich?«, sagte sie und sah Lucien mit tiefer Traurigkeit an. »Na dann ist das eben mein Segen. Bring dich nicht in Verlegenheit, geh durch die Geheimtür und tu so, als kämst du vom Flur in den Salon. Gib mir einen Kuss auf die Stirn«, sagte sie. Sie nahm Lucien und drückte ihn heftig an sich mit den Worten: »Geh! … Geh … oder ich bleibe am Leben.«

Als die Todgeweihte den Salon betrat, erhob sich ein Ausruf der Bewunderung. Esthers Augen spiegelten das Unendliche, in dem sich die Seele verlor, wenn man hineinblickte. Das blaue Schwarz ihres feinen Haars brachte die Kamelien zur Geltung. Alle Effekte, die dieses großartige Mädchen erzielen wollte, hatten ihre Wirkung. Sie erschien wie der Inbegriff des verrückten Luxus, dessen Kreationen sie umgaben. Dazu sprühte sie vor Witz. Sie befehligte die Orgie mit der kühlen und ruhigen Macht, die Habeneck im Konservatorium bei den Konzerten entfaltet, in denen die besten Musiker Europas den Gipfel der Vollkommenheit erreichen, wenn sie Mozart und Beethoven spielen. Derweil beobachtete sie mit Schrecken, dass Nucingen wenig aß, nicht trank und als Hausherr auftrat. Um Mitternacht war niemand mehr bei Verstand. Man zerbrach die Gläser, damit sie nie wieder benutzt werden konnten. Zwei Vorhänge aus Chinaseide wurden zerrissen. Bixiou betrank sich zum ersten Mal in seinem Leben. Als sich niemand mehr auf den Beinen halten konnte und die Frauen auf den Sofas schliefen, konnten die Gäste ihren im Voraus überlegten Spaß nicht mehr ausführen, Esther und Nucingen in zwei Reihen mit den Leuchtern in der Hand ins Schlafzimmer zu begleiten und dabei das »Buona sera« aus dem *Barbier von Sevilla* zu singen. Nucingen gab Esther allein die Hand; obwohl er blau war, hatte Bixiou, der sie bemerkte, noch die Kraft, wie Rivarol bei der ersten Hochzeit des Herzogs de Richelieu zu sagen: »Man sollte den Polizeipräfekten rufen … hier passiert etwas Schlimmes …« Der Spaßvogel meinte zu spaßen. Er war Prophet.

Nucingens Klagen

Monsieur de Nucingen zeigte sich erst am Montag gegen Mittag wieder zu Hause; aber um ein Uhr unterrichtete ihn sein Wechselagent, dass Mademoiselle Esther van Gobseck die Staatsanleihen über dreißigtausend Franc Renten noch am Freitag hatte verkaufen lassen und dass sie soeben den Wert abgehoben habe.

»Aber, Herr Baron«, gerade als ich von dieser Übertragung sprach, kam der erste Sekretär des Anwalts Derville zu mir; und als er die tatsächlichen Namen von Fräulein Esther gesehen hatte, sagte er mir, dass sie ein Vermögen von sieben Millionen erbt.«

»Bah!«

»Ja, dass sie Alleinerbin ist von dem alten Diskontgreifer Gobseck ... Derville wird das überprüfen. Wenn die Mutter Ihrer Geliebten die schöne Holländerin ist, dann erbt sie ...«

»Ich wajß schon«, sagte der Bankier, »si hat mir ihr Leben erzehlt ... ch werd Derville a Wort schrajben! ...«

Der Baron setzte sich an seinen Schreibtisch, verfasste eine kurze Mitteilung an Derville und schickte sie durch einen seiner Dienstboten. Dann, nach der Börse, kam er gegen drei Uhr zu Esther.

»Madame hat verboten, sie zu wecken aus egal welchem Grund, »sie hat sich hingelegt, sie schläft ...«

»Ach zum Tojfel«, rief der Baron. »Ejropp, si wird sich kojm ergern, wenn si erfehrt, dass si sattsam rajch wird ... Si erbt sieben Milljonen. Der alte Gobseck is gestorben und hinterlesst die sieben Milljonen, und dajne Herrin is sajne allajnige Erbin, nachdem ihre Mutter di direkte Nichte Gobsecks is, der ibrigens a Testament verfasst hat. Ch konnt nischt ahnen, dass a Milljonär wie er Essda im Elend lassen wirde.«

»Ach so, dann ist Ihre Herrschaft wohl zuende, alter Gaukler!«, antwortete Europe und sah den Baron mit einer Unverschämtheit an, die einer Dienerin Molières würdig gewesen wäre. »Bäh! Alter Rabe aus dem Elsass! … Sie hat Sie ungefähr so lieb wie man die Pest liebt! … Mein Gott noch mal, Millionen! … aber dann kann sie ja ihren Liebhaber heiraten! Wird die sich freuen!«

Und Prudence Servien ließ Baron de Nucingen vom Donner gerührt stehen, um ihrer Herrin, sie als erste!, diese Wende des Schicksals zu verkünden. Der alte Mann, trunken von übermenschlicher Begierde und voll Glauben an sein Glück, hatte genau in dem Augenblick eine kalte Dusche auf seine Liebe bekommen, als sie ihren höchsten Erregungsgrad erreicht hatte.

»Si hat mich betrogen …«, rief er mit Tränen in den Augen. »Si hat mich betrogen! … oh Essda … oh majn Leben … Dumm wi ich bin! … Blihen solche Blumen denn niemals fir di Alten … Alles kann ich kojfen, nur nischt Jugend! … O majn Gott! … was tun? Was wird ojs mir? Sie hat recht, diese grojsame Ejropp … Rajch wird Essda mir entwischen … soll ich mich aufhengen? Was ist das Leben ohne di gettliche Flamme der Frojde, von der ich gekostet habe? … Majn Gott …«

Dabei riss sich der Börsenluchs das falsche Haarteil ab, das er sich seit drei Monaten zwischen seine grauen Haare schob. Ein durchdringender Schrei Europes ließ Nucingen bis ins Innerste aufschrecken. Der arme Bankier erhob sich und schwankte; die Beine waren ihm weich geworden vom Becher der Entzauberung, den er soeben geleert hatte, denn nichts betäubt so wie der Trunk des Unglücks. Schon in der Zimmertür sah er Esther steif in ihrem Bett, blau angelaufen vom Gift, tot! … Er ging bis ans Bett und fiel auf die Knie.

»Du hast recht, si hatte es gesagt! ... Si is gestorben an mir ...«

Paccard, Asie, das ganze Haus lief zusammen. Es war ein Schauspiel, eine Überraschung, aber keine Verzweiflung. Unter den Leuten herrschte so etwas wie Unsicherheit. Der Baron wurde wieder Bankier, er hatte einen Verdacht und beging die Unklugheit zu fragen, wo die siebenhundertfünfzigtausend Franc von der Rente seien. Paccard, Asie und Europe sahen einander daraufhin derart merkwürdig an, dass Monsieur de Nucingen auf der Stelle hinausging, weil er an einen Diebstahl und einen Mord glaubte. Europe, die unter dem Kopfkissen ihrer Herrin ein Päckchen in einem Umschlag bemerkte, dessen Weichheit sie auf Banknoten zurückführte, fing an, wie sie sagte, die Tote zurechtzulegen.

»Geh Monsieur Bescheid sagen, Asie! ... Zu sterben, bevor sie erfährt, dass sie sieben Millionen hat! Gobseck war der Onkel von der seligen Madame! ...«, rief sie.

Paccard begriff Europes Manöver. Sobald Asie den Rücken gewandt hatte, brach Europe das Päckchen auf, auf das die arme Kurtisane geschrieben hatte: »Zu übergeben an Lucien de Rubempré.« Siebenhundertfünfzig Scheine zu tausend Franc blendeten die Augen von Prudence Servien, die ausrief: »Wären wir damit nicht froh und rechtschaffen für den Rest unserer Tage! ...«

Paccard antwortete nichts, seine Diebesnatur war stärker als seine Bindung an den Todtäuscher.

»Durut ist tot«, antwortete er und nahm die Summe. »Meine Schulter ist noch ohne Lettern, hauen wir zusammen ab, teilen wir die Summe, um nicht alle Eier in demselben Korb zu haben, und lass uns heiraten.«

»Aber wo sich verstecken?«, sagte Prudence.

»In Paris«, sagte Paccard.

Mit der Hast zweier rechtschaffener Leute, die gestohlen haben, eilten Prudence und Paccard sofort die Treppe hinab.

»Mein Kind«, sagte der Todtäuscher zur Malaiin, sobald sie ihm die ersten Worte gesagt hatte, such nach einem Brief von Esther, während ich ein formal korrektes Testament aufsetze, und dann bringst du die Testamentsvorlage und den Brief zu Girard; aber dass er sich beeilt, das Testament muss unters Kopfkissen gesteckt werden, bevor hier die Siegel gesetzt werden.«

Und er formulierte folgendes Testament:

»Da ich niemals jemanden anderes auf der Welt als Lucien Chardon de Rubempré geliebt habe, und da ich beschlossen habe, eher meinen Tagen ein Ende zu setzen, als zurückzufallen ins Laster und in das verächtliche Leben, aus dem mich seine Barmherzigkeit gehoben hatte, gebe ich und vermache ich dem genannten Lucien Chardon de Rubempré alles, was ich am Tag meines Todes besitze unter der Bedingung, in der Gemeinde Saint-Roch eine ewige Messe zu stiften zum Seelenfrieden derer, die ihm alles gegeben hat, sogar ihren letzten Gedanken. Esther Gobseck«

›Das dürfte ihrem Stil entsprechen‹, sagte sich der Todtäuscher.

Um sieben Uhr abends wurde das Testament, geschrieben und versiegelt, von Asie unter Esthers Kopfende geschoben.

»Jacques«, sagte sie, als sie hastig hinaufeilte, »gerade als ich aus dem Zimmer raus bin, kam die Polizei …«

»Du meinst: Der Friedensrichter …«

»Nein, mein Junge; der Friedensrichter war auch dabei, aber in Begleitung von Gendarmen. Der Staatsanwalt und der Untersuchungsrichter sind da, die Türen werden bewacht.«

»Der Tod hat ja schnell Wind gemacht«, meinte Collin.

»Und weißt du, Europe und Paccard sind gar nicht wiedergekommen, ich fürchte, die haben die siebenhundertfünfzigtausend Franc geklemmt«, sagte ihm Asie.

»Ah! Die Gauner! …«, sagte der Todtäuscher. »Mit ihrem Geklaue fügen Sie *uns* Schaden zu!«

Corentins Rache setzt ein

Die irdische Gerechtigkeit, noch dazu die Pariser Gerichtsbarkeit, also die argwöhnischste, gescheiteste, fähigste, die kenntnisreichste von allen, zu gescheit womöglich, denn sie deutet das Gesetz zu jeder Zeit neu, legte schließlich die Hand auf die Urheber dieser fürchterlichen Machenschaften. Als Baron de Nucingen die Wirkung des Gifts sah und seine siebenhundertfünfzigtausend Franc nicht fand, meinte er, dass eine der widerlichen Personen, die ihm so missfielen, Paccard oder Europe, des Verbrechens schuldig sei. In seinem ersten Wutanfall lief er zur Polizeipräfektur. Es war ein Paukenschlag, der alle Nummern Corentins zusammenrief. Die Präfektur, die Staatsanwaltschaft, das Polizeikommissariat, der Friedensrichter, der Untersuchungsrichter, alles war auf den Beinen. Um neun Uhr Abends wohnten drei einbestellte Ärzte der Obduktion der armen Esther bei, und die Durchsuchungen begannen! Als ihn Asie alarmierte, rief der Todtäuscher: »Niemand weiß, dass ich hier bin, ich kann mich *verstecken*!« Er zog sich am Rahmen seines Dachfensters hoch und stand mit einer unvergleichlichen Behendigkeit auf dem Dach, von wo er die Umgebung mit der Kaltblütigkeit eines Dachdeckers abschätzte. – »Schön«, sprach er zu sich, als er fünf Häuser weiter, in der Rue de Provence, einen Garten sah, »da habe ich, was ich brauche! …«

»Du bist geliefert, Todtäuscher!«, gab Contenson zurück,

der hinter einem Schornstein hervortrat. »Du kannst Monsieur Camusot erklären, was für eine Messe du auf dem Dach lesen willst, Herr Pfarrer, und vor allem, warum du getürmt bist ...«

»Ich habe Feinde in Spanien«, meinte Carlos Herrera.

»Also, gehen wir durch die Mansarde nach Spanien«, sagte ihm Contenson.

Der falsche Spanier gab scheinbar nach, doch als er am Dachfensterrahmen sicheren Halt gefunden hatte, packte er Contenson und stieß ihn mit derartiger Gewalt, dass der Spion mitten in die Gosse der Rue Saint-Georges stürzte. Contenson starb auf seinem Feld der Ehre. Jacques Collin kehrte ruhig zurück in seine Mansarde, wo er sich ins Bett legte.

»Gib mir irgendwas, das mich richtig krank macht, ohne mich umzubringen«, sagte er zu Asie, »ich muss im Todeskampf liegen, damit ich *den Schnüfflern* nichts antworten muss. Hab keine Angst, ich bin Priester und bleibe Priester. Ich bin gerade ganz natürlich einen von denen losgeworden, die mich entlarven können.«

Am Tag davor war Lucien um sieben Uhr abends mit seiner in Bereitschaft stehenden Kutsche und einem am Morgen ausgestellten Pass nach Fontainebleau aufgebrochen, wo er in der letzten Herberge in Richtung Nemours übernachtete. Gegen sechs Uhr am nächsten Morgen ging er allein zu Fuß durch den Wald bis nach Bouron.

»Hier ist es«, sagte er sich und setzte sich auf einen der Felsen, vor denen sich die schöne Landschaft Bourons ausbreitet, »der verhängnisvolle Ort, wo Napoleon am Abend vor seiner Abdankung seine Hoffnung in eine riesige Anstrengung setzte.« Bei Tageslicht hörte er das Rumpeln einer Kutsche und sah einen Pritschenwagen der Post vorbeifahren, in der sich die Leute der jungen Herzogin de Lenoncourt-Chaulieu und die Kammerfrau von Clotilde de Grandlieu befanden.

»Da sind sie«, sagte sich Lucien, »also los, spielen wir die Komödie richtig, und ich werde gerettet, ich werde Schwiegersohn vom Herzog, auch gegen seinen Willen.«

Eine Stunde später ließ die Berline, in der die beiden Frauen saßen, dieses so leicht wiederzuerkennende Rollen eines eleganten Reisewagens hören. Die beiden Damen hatten Anweisung gegeben, dass am Abhang von Bouron gebremst würde, und der Kammerdiener, der hinten stand, ließ die Kutsche halten. In diesem Augenblick trat Lucien heran.

»Clotilde!«, rief er und klopfte ans Fenster.

»Nein«, sagte die junge Herzogin zu ihrer Freundin, »er wird nicht in die Kutsche steigen, und wir werden nicht allein mit ihm sein, meine Liebe. Wechseln Sie ein letztes Wort mit ihm, einverstanden: Aber das wird auf der Straße sein, wo wir zu Fuß gehen, gefolgt von Baptiste … Der Tag ist schön, wir sind gut gekleidet, wir haben keine Angst vor Kälte. Der Wagen wird uns folgen …«

Damit stiegen die beiden Frauen aus.

»Baptiste«, sagte die junge Herzogin, »der Postkutscher soll ganz langsam fahren, wir wollen ein Stück Weg zu Fuß gehen und Sie begleiten uns.«

Madeleine de Mortsauf nahm Clotilde am Arm und ließ Lucien mit ihr reden. Sie gingen dabei bis zu dem Dörfchen Grez. Da war es acht Uhr, und hier verabschiedete sich Clotilde von Lucien.

»Nun also, mein Freund«, sagte sie und beendete dies lange Gespräch mit Würde, »nie werde ich jemanden anderes heiraten als Sie. Ich möchte lieber Ihnen glauben als den Leuten, als meinem Vater, als meiner Mutter … Einen so starken Beweis der Verbundenheit hat es noch nie gegeben, nicht wahr? … Jetzt versuchen Sie, die unseligen Vorbehalte, die auf Ihnen lasten, zu zerstreuen.«

In dem Augenblick hörte man mehrere Pferde im Galopp,

und zum Erstaunen der zwei Frauen umringten Gendarmen die kleine Gruppe.

»Was wollen Sie? ...«, sagte Lucien mit der Anmaßung des Dandys.

»Sie sind Herr Lucien Chardon de Rubempré?«, sagte der Staatsanwalt von Fontainebleau.

»Ja, Monsieur.«

»Sie werden heute Abend in la Force schlafen. Ich habe einen Haftbefehl für Sie.«

»Wer sind die Damen«, rief der Polizeioffizier.

»Ah, ja, Pardon die Damen, Ihre Pässe bitte. Denn Monsieur Lucien hat, soweit ich unterrichtet bin, Bekanntschaft mit Frauen, die imstande wären ...«

»Sie halten die Herzogin de Lenoncourt-Chaulieu für ein Freudenmädchen?«, fragte Madeleine und warf dem Staatsanwalt einen Herzoginnenblick entgegen.

»Schön genug dafür sind Sie«, gab der Amtmann spitzfindig zurück.

»Baptiste, zeigen Sie unsere Pässe«, antwortete die junge Herzogin mit einem Lächeln.

»Und welches Verbrechens ist der Herr verdächtig?«, fragte Clotilde, während die Herzogin sie wieder in den Wagen steigen lassen wollte.

»Der Mittäterschaft bei einem Diebstahl und einem Mord«, antwortete der Polizeioffizier.

Baptiste hob die vollkommen ohnmächtig gewordene Mademoiselle de Grandlieu in die Kutsche.

Um Mitternacht traf Lucien in La Force ein, dem Gefängnis, das zwischen der Rue Payenne und der Rue des Ballets gelegen ist, wo er in Einzelhaft kam; Abbé Carlos Herrera befand sich dort seit seiner Festnahme.

ENDE TEIL II

Teil III

WOHIN DIE SCHLECHTEN WEGE
FÜHREN

Der Salatkorb

Am nächsten Morgen um sechs Uhr verließen zwei Wagen, die der Volksmund in seiner deftigen Sprache *Salatkorb* nennt, in erhöhtem Tempo das Gefängnis La Force, um sich zur Conciergerie des Justizpalastes zu begeben.

Es gibt nur wenige, die diesen rollenden Kerker nicht schon einmal auf der Straße gesehen hätten; wenn auch die meisten Bücher einzig für Pariser geschrieben werden, sind es die Fremden wahrscheinlich zufrieden, hier die Beschreibung dieses furchtbaren Geräts unserer Strafjustiz zu finden. Wer weiß? Vielleicht ziehen die russische, deutsche oder österreichische, die Staatsanwaltschaften der Länder ohne Salatkörbe einen Nutzen daraus; und in einigen fremden Ländern wird die Nachahmung dieses Transportmittels für Häftlinge bestimmt eine Wohltat sein.

Dieses schäbige Fahrzeug, ein mit Blech ausgeschlagenes gelbes Gehäuse auf zwei Rädern, besteht aus zwei Abteilen. Vorne befindet sich eine lederbezogene Bank mit einem Spritzleder darüber. Dies ist der freie Teil des Salatkorbs, er ist gedacht für einen Justizbeamten und einen Polizisten. Ein starkes Eisengitter trennt in der gesamten Höhe und Breite des Wagens diese Art Kabriolett vom anderen Teil, wo zwei Holzbänke wie in den Omnibussen an den Seiten angebracht sind, auf die sich die Häftlinge setzen; hinein kommen sie über ein Trittbrett und durch eine fensterlose Tür, die sich am Wagenende öffnet. Dieser spöttische Ausdruck, Salatkorb, rührt daher, dass die Gefangenen ursprünglich in dem Wagen, in den man von allen Seiten hineinsehen konnte, ganz wie Salatköpfe geschüttelt wurden. Für mehr Sicherheit, um für den Fall eines Unfalls vorzubeugen, folgt diesem Wagen ein Polizist zu Pferd, insbesondere wenn er zum Tod Verurteilte zur Hinrichtung bringt. So ist eine Flucht unmöglich. Der Wagen, mit Blech verstärkt, lässt sich mit keinem Werkzeug aufbrechen. Die Häftlinge, die bei ihrer Festnahme und bei der Entlassung gründlich durchsucht werden, können allenfalls eine Uhrenfeder haben, die geeignet ist, Gitterstäbe anzusägen, die bei glatten Flächen aber ohne Wirkung bleibt. So hat der Salatkorb, vervollkommnet durch die Findigkeit der Pariser Polizei, zuletzt dem Zellenwagen als Vorbild gedient, der die Gefangenen zum Gefängnis bringt und durch den man den schrecklichen zweirädrigen Karren ersetzt hat, die Schande früherer Gesellschaften, auch wenn Manon Lescaut ihn berühmt gemacht hat.

Man überführt zunächst die Beschuldigten von den unterschiedlichen Gefängnissen der Hauptstadt zum Justizpalast, damit sie dort vom Untersuchungsrichter verhört werden. Im Gefängnisjargon nennt man das *zur Untersuchung gehen*. Sonst bringt man die Angeklagten von denselben Gefängnissen noch zum Justizpalast, um sie dort vor Gericht zu stellen, sofern es sich nur um Strafsachen handelt; wenn es sich aber, in den Worten der Justiz, um Schwerverbrecher handelt, überführt man sie von den Haftanstalten zur Conciergerie, dem Gerichtshof des Seine-Departements. Und zu guter Letzt werden die zum Tod Verurteilten in einem Salatkorb von Bicêtre zum Stadttor von Saint-Jacques verbracht, dem Platz, der seit der Juli-Revolution zum Vollzug der Todesstrafen vorgesehen ist. Dank den Philanthropen erleiden diese Unglücklichen nicht mehr die Qual des früheren Transportwegs von der Conciergerie zur Place de Grève in einem Karren, der genauso aussieht wie die Wagen der Holzhändler. Dieser Karren dient heute nur noch zum Transport des Schafotts. Ohne diese Erläuterung verstünde man nicht den Ausspruch eines berühmten Verurteilten zu seinem Komplizen, als er den Salatkorb bestieg: »Jetzt übernehmen die Pferde.« Es ist unmöglich, bequemer an sein letztes Leid zu gelangen, als man heutzutage in Paris dahin kommt.

Die zwei Patienten

In diesem Moment dienten die beiden Salatkörbe, die so früh am Morgen losgefahren waren, ausnahmsweise dazu, zwei Beschuldigte vom Gefängnis La Force zur Conciergerie zu bringen, und jeder dieser Beschuldigten besetzte einen Salatkorb für sich allein.

Neun Zehntel der Leser und neun Zehntel des letzten Zehntels kennen mit Sicherheit nicht die bedeutenden Unterschiede, die zwischen diesen Ausdrücken bestehen: Angeschuldigter, Beschuldigter, Angeklagter, Strafgefangener, Gewahrsam, Untersuchungsgefängnis, oder Haftanstalt; dementsprechend werden sie wahrscheinlich alle überrascht sein, zu erfahren, dass es um unser gesamtes Strafrecht geht, dessen hier folgende bündige und klare Erläuterung ihnen allgemeine Kenntnis, aber auch Klarheit bei der Entwicklung dieser Geschichte verschafft. Wenn man dann noch weiß, dass der erste Salatkorb Jacques Collin enthielt und der zweite Lucien, der nun in wenigen Stunden vom Gipfel gesellschaftlicher Höhe in die Tiefe eines Kerkers geraten war, dann wird schon hinreichend Neugier geweckt sein. Das Verhalten der beiden Komplizen war typisch. Lucien de Rubempré duckte sich, um den Blicken zu entgehen, die die Passanten auf das Gitter dieses finsteren und unseligen Wagens warfen, während er auf seinem Weg durch die Rue Saint-Antoine fuhr, um bei der Rue du Martroi an die Quais und durch die Arkade der Rue Saint-Jean zu gelangen, unter der es damals hindurchging, um den Platz des Hôtel de Ville zu überqueren. Heute bildet die Arkade das Eingangstor der Seine-Präfektur in dem weiten Gebäude des Rathauses. Dagegen drückte der verwegene Zuchthäusler sein Gesicht ans Gitter seines Wagens zwischen Justizbeamtem und Polizisten, die im Vertrauen auf ihren Salatkorb miteinander plauderten.

Die Tage des Juli 1830 und ihr gewaltiger Sturm haben mit ihrem Radau die vorhergehenden Ereignisse dermaßen überlagert, das Interesse an der Politik nahm Frankreich während der letzten sechs Monate dieses Jahres derartig in Beschlag, dass sich heute niemand mehr oder nur mit Mühe dieser privaten, strafrechtlichen, finanziellen Katastrophen erinnert, so ungewöhnlich sie gewesen sein mögen, die den alljährlichen Bedarf der Pariser Neugierde decken und die in den ersten sechs Monaten dieses Jahres nicht fehlten. Es ist daher nötig, darauf hinzuweisen, wie sehr sich Paris in jenen Tagen aufregte, als die Festnahme eines spanischen Priesters bei einer Kurtisane und die des eleganten Lucien de Rubempré bekannt geworden war, des Zukünftigen der Mademoiselle de Grandlieu, der in dem Dörfchen Grez an der Fernstraße nach Italien gefasst wurde, alle beide eines Mordes beschuldigt, dessen Ertrag an die sieben Millionen betrug; das Aufsehen dieses Prozesses übertraf für ein paar Tage die unglaubliche Spannung der letzten Wahlen, die unter Charles X. stattfanden.

Zunächst ging dieser Strafprozess von einer Anzeige Baron de Nucingens aus. Dann versetzte Lucien am Vorabend seiner Ernennung zum Privatsekretär des Premierministers die höchste Gesellschaft von Paris in Aufruhr. In den Salons von ganz Paris erinnerte sich mehr als ein junger Mann, dass er Lucien beneidet hatte, als er von der schönen Herzogin de Maufrigneuse bevorzugt wurde, und alle Frauen wussten, dass sich damals Madame de Sérisy, Frau eines der höchsten

Männer im Staat, für ihn interessierte. Und zuletzt war die Schönheit des Opfers von einzigartiger Berühmtheit in den unterschiedlichen Welten, aus denen sich Paris zusammensetzt: In der Welt der hohen Gesellschaft, in der Finanzwelt, in der Welt der Kurtisanen, in der Welt der jungen Leute, in der Welt der Literatur. Seit zwei Tagen sprach ganz Paris von diesen beiden Festnahmen. Der Untersuchungsrichter, dem diese Sache zugeteilt worden war, Monsieur Camusot, sah hier einen Weg zu seiner Beförderung; und um mit dem größtmöglichen Elan vorzugehen, hatte er angeordnet, die beiden Beschuldigten von La Force in die Conciergerie zu überstellen, sobald Lucien de Rubempré aus Fontainebleau eingetroffen wäre. Nachdem Abbé Carlos und Lucien, der erste nur zwölf Stunden und der zweite bloß eine halbe Nacht, in La Force verbracht hatten, ist es unnötig, dies Gefängnis zu schildern, das inzwischen vollkommen umgestaltet worden ist; und was die Besonderheiten der Häftlingsregistratur angeht, wäre es eine Doppelung dessen, was sich in der Conciergerie abspielen sollte.

Über das Strafrecht, sodass man es versteht

Bevor wir uns mit dem schrecklichen Drama der Ermittlung in einer Strafsache befassen, ist es jedoch unerlässlich, wie gerade gesagt, den normalen Gang eines Verfahrens dieser Art zu erklären; zuerst einmal werden seine unterschiedlichen Stadien sowohl in Frankreich wie im Ausland besser verstanden; dazu werden die, die es nicht kennen, die Zweckmäßigkeit des Strafrechts schätzen, wie es die Gesetzgeber unter Napoleon geschaffen haben. Das ist um so wichtiger, als dieses große und schöne Werk zur Zeit durch das sogenannte Besserungssystem von der Abschaffung bedroht ist.

Es wird ein Verbrechen begangen: Werden sie auf frischer Tat ertappt, werden die *Angeschuldigten* zur nächsten Polizeiwache gebracht und in diese Zelle gesteckt, die im Volksmund die *Geige* heißt, wahrscheinlich weil man dort Musik macht: Dort schreit man oder heult man. Von dort werden die Angeschuldigten dem Polizeikommissar vorgeführt, der ein Ermittlungsverfahren einleitet und der sie im Fall eines Irrtums freisprechen kann; dann werden die Angeschuldigten in *Präfekturgewahrsam* genommen, wo die Polizei sie dem Staatsanwalt und dem Untersuchungsrichter zur Verfügung hält, die, je nach Schwere des Falls mehr oder minder zügig benachrichtigt, herkommen und die Leute im Status der vorläufigen Festnahme verhören. Je nach der Art der Tatsachenvermutung erlässt der Untersuchungsrichter Haftbefehl und lässt die Angeschuldigten in die Haftanstalt überstellen. Paris hat drei Untersuchungsgefängnisse: Sainte-Pélagie, La Force und Les Madelonnettes.

Achten Sie auf diesen Ausdruck *Angeschuldigte*. Unser Gesetz hat drei wesentliche Unterscheidungen der Straffälligkeit geschaffen: Anschuldigung, Untersuchungshaft, Anklage. Solange der Haftbefehl nicht unterschrieben ist, sind die mutmaßlichen Urheber einer Straftat oder eines schweren Vergehens Angeschuldigte; unter der Last des Haftbefehls werden sie Beschuldigte, und sie bleiben schlicht und einfach Beschuldigte, solange die Untersuchung läuft. Ist die Untersuchung abgeschlossen und hat das Gericht befunden, dass gegen die Beschuldigten ein Verfahren eröffnet werden soll, wechseln sie in den Status des *Angeklagten*, ebenso, wenn das königliche Gericht auf Antrag des Staatsanwalts festgestellt hat, dass die Anklagepunkte ausreichen, um sie vors Schwurgericht zu bringen. So gehen die, die eines Verbrechens verdächtigt werden, durch drei verschiedene Stadien, durch drei Siebe, bis sie vor dem erscheinen, was man die Gerichtsbarkeit des Landes nennt. Im ersten Zustand haben die Unschuldigen eine Menge Möglichkeiten der Rechtfertigung: die Öffentlichkeit, die Wache, die Polizei. Im zweiten Zustand werden sie einem Richter vorgeführt, Zeugen gegenübergestellt; in Paris urteilt eine Gerichtskammer und überall in den Departements ein Gericht über sie. Im dritten erscheinen sie vor zwölf Beisitzern, und im Fall des Irrtums oder eines Formfehlers können die Angeklagten vor dem Berufungsgericht die Rückverweisung an ein Schwurgericht fordern. Die Richter wissen nicht, welchen allgemeinen, administrativen und juristischen Autoritäten sie alles eine Ohrfeige verabreichen, wenn sie Angeklagte freisprechen. So erscheint es uns, nach unserer Einschätzung, sehr unwahrscheinlich, dass in Paris (und wir sprechen von keinem anderen Bereich) jemals ein Unschuldiger auf der Anklagebank des Schwurgerichts zu sitzen kommt.

Der Strafgefangene, das ist der Verurteilte. Unser Strafrecht hat Gewahrsam, Untersuchungsgefängnisse und Haftanstalten geschaffen, juristische Unterscheidungen, die denen von Beschuldigtem, Angeklagtem und Verurteiltem entsprechen. Gefängnis ist eine leichte Strafe, das ist die Bestrafung eines winzigen Vergehens; aber Strafgefangenschaft ist eine körperliche und in manchen Fällen in Verruf bringende Strafe. Wer heute das Besserungssystem befürwortet, stürzt ein wunderbares Strafrecht um, in dem die Strafen nach übergeordneten Maßstäben abgestuft waren, und bestraft am Ende Kleinigkeiten fast so streng wie die schlimmsten Verbrechen. Man kann übrigens in den SZENEN AUS DEM POLITISCHEN LEBEN (siehe *Eine dunkle Affäre*) die merkwürdigen Unterschiede vergleichen, die zwischen dem Strafrecht des Gesetzes vom Brumaire des Jahres IV und dem des napoleonischen Rechts bestehen, das es ersetzt hat.

In den meisten der großen Prozesse, wie in diesem hier,

werden die Angeschuldigten bald zu Beschuldigten. Die Justiz verfügt sofort Gewahrsam oder Festnahme. Tatsächlich sind in den meisten Fällen die Angeschuldigten entweder auf der Flucht oder müssen auf der Stelle überrascht werden. Darum waren, wie gesehen, die Polizei, die nur das ausführende Organ ist, und die Justiz in Blitzesschnelle in Esthers Wohnung gekommen. Auch wenn es nicht die Rachemotive gegeben hätte, die Corentin der Kriminalpolizei ins Ohr geflüstert hatte, war da immer noch Baron de Nucingens Anzeige eines Diebstahls von siebenhundertfünfzigtausend Franc.

Der Gefängnismachiavelli

Als der erste Wagen, in dem Jacques Collin saß, die Arkade der Rue Saint-Jean erreicht hatte, eine enge und schattige Passage, zwang ein Hindernis den Kutscher, unter dem Bogen anzuhalten. Die Augen des Beschuldigten leuchteten durch das Gitter wie zwei Karfunkelsteine trotz der Maskerade eines Sterbenskranken, die am Abend zuvor den Direktor von La Force an die Notwendigkeit hatte glauben lassen, den Arzt zu rufen. In diesem Augenblick, da sich weder der Polizist noch der Justizbeamte umsahen, um nach *ihrem Kandidaten* zu schauen, waren diese flammenden Augen frei und sprachen eine so deutliche Sprache, dass ein geübter Untersuchungsrichter wie zum Beispiel Monsieur Popinot den gotteslästernden Zuchthäusler erkannt hätte. Tatsächlich beobachtete Jacques Collin, seit der Salatkorb das Tor von La Force passiert hatte, alles auf seinem Weg. Trotz der Geschwindigkeit der Fahrt maß er mit gierigem und umfassendem Blick die Häuser von ihrer obersten Etage bis ins Erdgeschoss ab. Er sah alle Passanten und musterte sie. Gott erfasst seine Schöpfung in ihren Möglichkeiten und ihrem Zweck nicht besser, als dieser Mann die geringsten Unterschiede in der Menge der Dinge und Passanten erfasste. Bewaffnet mit einer Hoffnung, wie es der letzte der Horatier mit seinem Schwert gewesen war, erwartete er Hilfe. Jedem anderen als diesem Machiavelli des Zuchthauswesens wäre eine solche Hoffnung derart unmöglich erschienen, dass er mechanisch mit sich hätte umgehen lassen, wie es alle Schuldigen tun. Keiner von ihnen glaubt an seine Widerstandskraft in der Situation, in die die Justiz und die Polizei von Paris die Beschuldigten stürzen, insbesondere die, die in Einzelhaft kommen wie Lucien und Jacques Collin. Man macht sich keine Vorstellung von der unvermittelten Abschottung, in die ein Beschuldigter gerät: die Polizisten, die ihn festnehmen, der Kommissar, der ihn vernimmt, die, die ihn ins Gefängnis bringen, die Wärter, die ihn in das führen, was man wörtlich ein Verlies nennt, die, die ihm unter den Arm greifen, um ihn in einen Salatkorb steigen zu lassen, alle Wesen, die ihn seit seiner Festnahme umgeben, sind stumm oder merken sich seine Worte, um sie entweder der Polizei oder dem Richter weiterzusagen. Diese vollkommene Abgeschnittenheit, so einfach hergestellt zwischen der ganzen Welt und dem Beschuldigten, bewirkt eine vollkommene Umkehrung seiner Fähigkeiten, eine unwirkliche Erlahmung des Verstandes, vor allem, wenn er nicht jemand ist, der durch sein Vorleben schon bekannt ist mit dem Vorgehen der Justiz. Der Zweikampf zwischen dem Schuldigen und dem Richter ist also um so schrecklicher, als die Justiz das Schweigen der Mauern und die unbestechliche Gleichgültigkeit ihrer Leute zu Helfern hat.

Allerdings kannte Jacques Collin oder Carlos Herrera (man muss ihm je nach den Notwendigkeiten der Situation den einen oder den anderen Namen geben) schon längst die Verfahrensweisen bei Polizei, Gefängnis und Justiz. Dementsprechend hatte dieser Koloss der List und Verderbtheit die Kräfte seines Verstandes und die Fähigkeiten seiner Mimik eingesetzt, um neben der Komödie seiner tödlichen Erkrankung die Überraschung, die Harmlosigkeit eines Unschuldigen gut vorzuspielen. Wie gesehen hatte Asie, diese gewiefte Locusta, ihn ein Gift so dosiert einnehmen lassen, dass es den Anschein einer tödlichen Krankheit erzeugte. Das Vorgehen Monsieur Camusots, das des Polizeikommissars, die Vernehmungsabsicht des Staatsanwalts wurden also zunichte gemacht durch das Ereignis, durch die Wirkung eines niederschmetternden Schlaganfalls.

»Er hat sich vergiftet«, hatte Monsieur Camusot ausgerufen, entsetzt über die Leiden des angeblichen Priesters, nachdem man ihn, der sich in fürchterlichen Krämpfen wand, von der Mansarde herabgeschafft hatte.

Vier Polizisten hatten große Mühe, den Abbé Carlos die Treppe herab bis zu Esthers Gemach zu schaffen, wo alle, Richter und Gendarmen, versammelt waren.

»Das ist das Beste, was er tun konnte, wenn er der Täter ist«, meinte der Staatsanwalt.

»Halten Sie den für krank? ...«, fragte der Polizeikommissar.

Die Polizei stellt immer alles in Zweifel. Die drei Beamten hatten sich das, wie man annehmen kann, zugeflüstert, aber Jacques Collin hatte den Gegenstand ihrer Vertraulichkeiten an ihren Gesichtern erraten und hatte das genutzt, um die kurze Vernehmung unbrauchbar oder bedeutungslos zu machen, die bei einer Festnahme vorgenommen wird; er hatte Sätze gestammelt, in denen sich das Spanische und das Französische so verbanden, dass sie Unsinn wurden.

In La Force hatte diese Komödie einen um so größeren Erfolg gehabt, als der Chef der *Sicherheit* (Abkürzung für Chef der Brigade der Sicherheitspolizei), Bibi-Lupin, der seinerzeit Jacques Collin in der bürgerlichen Pension von Madame Vauquer festgenommen hatte, auf einer Dienstreise in die Departements war und von einem Beamten vertreten wurde, der Bibi-Lupins Nachfolger werden sollte, und dem der Zuchthäusler unbekannt war.

Bibi-Lupin, ehemaliger Häftling und Gefängnisgenosse Jacques Collins, war sein persönlicher Feind. Diese Feindschaft hatte ihren Ursprung in Streitereien, bei denen Jacques Collin immer die Oberhand behielt, und in der Überlegenheit, die der Todtäuscher bei seinen Genossen ausspielte. Immerhin war Jacques Collin während zehn Jahren der Schutzengel der entlassenen Sträflinge, ihr Haupt, ihr Berater in Paris, ihr Vermögensverwahrer und daher der Widersacher Bibi-Lupins gewesen.

Ein Sieg über die Einzelhaft

Obwohl er in Einzelhaft war, rechnete er also mit der schlauen und unbedingten Ergebenheit Asies, seiner rechten Hand, und vielleicht Paccards, seiner linken Hand, von dem er sich einbildete, dass er ihn wieder zu seiner Verfügung haben würde, sobald dieser sorgfältige Stellvertreter die gestohlenen siebenhundertfünfzigtausend Franc in Sicherheit gebracht hätte. Daher rührte die übermenschliche Aufmerksamkeit, mit der er alles auf seinem Weg erfasste. Und merkwürdig! Diese Hoffnung sollte vollkommen in Erfüllung gehen.

Die beiden mächtigen Mauern der Arkade Saint-Jean waren bis zur Höhe von sechs Fuß mit einer bleibenden Schmutzschicht überzogen, die von den Spritzern aus dem Rinnstein rührten; die Fußgänger hatten damals, um sich zu schützen vor dem unablässigen Verkehr der Wagen und vor dem, was man die Tritte der Karren nannte, nichts als die

Prellsteine, die von den Radnaben längst ausgehöhlt waren. Mehr als einmal hatte dort der Karren eines Fuhrmanns unaufmerksame Leute gequetscht. So war Paris für lange Zeit und in vielen Vierteln. Dies Detail kann einen Eindruck erwecken von der Enge der Arkade Saint-Jean und davon, wie leicht es war, dort einen Stau zu verursachen. Wollte ein Fiaker seitlich vom Platz de Grève einbiegen, während eine Obst- und Gemüsehändlerin von der Rue du Martroi ihren kleinen Handkarren voller Äpfel hereinschob, verursachte der dritte Wagen, der dazukam, einen Engpass. Die Fußgänger flüchteten erschreckt und suchten einen Prellstein, der sie vor dem Stoß der alten Radnaben bewahren konnte, die so übermäßig herausstanden, dass es eines Gesetzes bedurft hatte, sie zu stutzen. Als der Salatkorb eintraf, war die Arkade versperrt von einer dieser Obsthändlerinnen, deren Typus um so kurioser ist, als es in Paris trotz der wachsenden Zahl von Obst- und Gemüseläden noch ein paar davon gibt. Sie verkörperte so sehr den Typ der Straßenhändlerin, dass ein Verkehrspolizist, hätte es diese Einrichtung damals schon gegeben, sie hätte weiterziehen lassen, ohne sie ihren Gewerbeschein vorweisen zu lassen, obwohl ihr finsteres Gesicht das Verbrechen ahnen ließ. Von ihrem Kopf, den ein flickenbesetztes Baumwolltaschentuch bedeckte, standen widerspenstige Strähnen ab, deren Haare an Wildschweinborsten denken ließen. Der rote, faltige Hals flößte Entsetzen ein, das Brusttuch verbarg unvollständig eine von Sonne, Staub und Schmutz gegerbte Haut. Das Kleid war wie ein Flickenteppich. Die Schuhe grinsten, dass man glauben konnte, sie machten sich lustig über das Gesicht, das löchrig war wie das Kleid. Und was für ein Brustlatz! ... ein Salbenverband wäre weniger verschmutzt gewesen. Dieser wandelnde und stinkende Lumpenhaufen musste den Geruchssinn empfindlicher Leute auf zehn Schritte angreifen. Die Hände hatten hundert Ernten hinter sich! Entweder kam diese Frau heim von einem deutschen Hexensabbat oder war einem Bettlergewahrsam entschlüpft. Und was für Blicke! … was für eine kühne Intelligenz, was für ein geballtes Leben, als die magnetischen Strahlen ihrer Augen und die von Jacques Collin sich trafen, um einen Gedanken auszutauschen.

»Mach mal Platz, alte Giftschleuder! …«, schrie der Kutscher mit rauer Stimme.

»Wirst du mich wohl nicht zerdrücken, du Schafotthusar«, gab sie zurück, »deine Ware ist meine nicht wert.«

Und indem sie versuchte, sich zwischen zwei Prellsteine zu drücken, um Platz zu machen, versperrte die Händlerin den Weg für die Zeit, die nötig war zur Durchführung ihres Vorhabens.

›O Asie!‹, sagte sich Jacques Collin, der seine Komplizin sofort erkannte, ›alles geht gut.‹

Der Kutscher tauschte mit Asie weiter Höflichkeiten aus und die Wagen stauten sich in der Rue du Martroi.

»*Ahé … pecairé fermati. Souni là. Vedrem!* …«, schrie die alte Asie in diesem verformten Singsang, der typisch ist für die Straßenhändler, die ihre Worte dermaßen entstellen, dass daraus Lautmalereien werden, die allein den Parisern verständlich sind.

In dem Durcheinander der Straße und inmitten des Geschreis all der inzwischen eingetroffenen Kutscher konnte niemand auf diesen wüsten Schrei achten, der von der Händlerin zu kommen schien. Aber mit dem für Jacques Collin deutlichen Zuruf schlug ihm dieser in ihrer Geheimsprache aus verformtem Italienisch und Provenzalisch gehaltene schreckliche Satz ans Ohr:

»Dein armer Kleiner ist gefasst, aber ich bin da, um auf euch zu achten. Du siehst mich wieder …«

Mitten in der unendlichen Freude, die ihm sein Triumph

über die Justiz bereitete, denn er hatte auf die Möglichkeit gehofft, mit der Außenwelt in Verbindung zu treten, wurde Jacques Collin erfasst von einer Reaktion, die jeden anderen umgebracht hätte.

›Lucien verhaftet! …‹, sagte er sich. Damit wäre er beinah in Ohnmacht gefallen. Diese Nachricht war schlimmer für ihn als es die Ablehnung seines Gnadengesuchs wäre, wenn er zum Tod verurteilt würde.

Historische, archäologische, biografische, anekdotische und physiologische Geschichte des Justizpalastes

Jetzt, da die beiden Salatkörbe über die Quais rollen, verlangt die Spannung dieser Geschichte für die Zeit, die sie brauchen, um dorthin zu kommen, ein paar Worte über die Conciergerie. Die Conciergerie – historischer Name, schreckliches Wort, noch schrecklichere Sache, spielt eine Rolle in den Revolutionen Frankreichs und vor allem in denen von Paris. Die meisten der großen Verbrecher hat sie gesehen. Wenn sie von den Pariser Monumenten das interessanteste ist, ist sie doch das am wenigsten bekannte … bei den Leuten, die den höheren Schichten der Gesellschaft angehören; so spannend diese historische Abschweifung auch ist, sie soll ganz genau so schnell vonstatten gehen wie die Fahrt der Salatkörbe.

Wer wäre der Pariser, der Fremde oder der Provinzler, und mag er auch für bloß zwei Tage in Paris gewesen sein, der nicht das schwarze Gemäuer bemerkt hätte, das flankiert wird von drei dicken Türmen mit Kegeldach, von denen zwei beinah aneinanderstehen, finstere und geheimnisvolle Verzierung des Quais, das »des Lunettes« genannt wird? Dieser Quai beginnt unter der Pont au Change und erstreckt sich bis zur Pont-Neuf. Ein rechteckiger Turm, genannt Tour de l'Horloge, von dem aus das Signal zur Bartholomäus-Nacht gegeben wurde, und fast so hoch wie der von Saint-Jacques-la-Boucherie, ist das Zeichen des Justizpalasts und bildet die Ecke dieses Quais. Diese vier Türme, diese Mauern sind überzogen mit dem schwärzlichen Grabtuch, das in Paris alle nach Norden ausgerichteten Fassaden annehmen. Ungefähr an der Mitte des Quais, bei einem verlassenen Rundbogen, beginnen die privaten Bauten, die die Errichtung der Pont-Neuf unter der Herrschaft Henris IV. abschloss. Der Place Royale war eine Nachbildung des Place Dauphine. Es ist dieselbe Bauweise, in Steinquader eingefasste Ziegelsteine. Dieser Bogen und die Rue de Harlay bilden die Grenze des Justizpalastes im Westen. Früher waren die Polizeipräfektur, das Palais der ersten Gerichtspräsidenten Teile des Justizpalasts. Der Rechnungshof und das Obersteuergericht vervollständigten die höchste Rechtsprechung, die des Herrschers. Man sieht, dass sich der Justizpalast vor der Revolution der Abgeschiedenheit erfreute, die man heute schaffen will.

Dieser Block, diese Insel von Gebäuden und Monumenten, wo sich die Sainte-Chapelle befindet, das großartigste Juwel aus dem Schrein Ludwigs des Heiligen, dieser Raum ist das Allerheiligste von Paris; es ist der heilige Ort, die Bundeslade. Und zuerst war dieser Bereich die ganze erste Ansiedlung, denn an der Stelle des Place Dauphine war eine Wiese aus königlichem Besitz, worauf eine Mühle stand, um Münzen zu prägen. Daher der Name Rue de la Monnaie, der der Straße verliehen wurde, die zur Pont-Neuf führt. Daher auch der Name eines der drei runden Türme, des zweiten, der *La Tour d'Argent* heißt, und der wie ein Beweis aussehen könnte, dass man dort ursprünglich das Geld geprägt hat. Die berühmte Mühle, die man auf den alten Pariser Stadtplänen sieht, wäre wahrscheinlich aus einer späteren als der Zeit, als man das Geld noch im Palast selbst geprägt hat, und dürfte auf eine Vervollkommnung der Kunst des Münzprägens zurückgehen. Der erste Turm, der sich an den Tour d'Argent beinah anlehnt, heißt Montgommery-Turm. Der dritte, kleinste, aber am besten von allen erhaltene, weil er seine Schießscharten behalten hat, trägt den Namen Bonbec-Turm. Die Sainte-Chapelle und diese vier Türme (einschließlich des Tour de l'Horloge) markieren die Einfriedung – den Perimeter, würde ein Angestellter des Katasteramtes sagen – des Justizpalastes von den Merowingern bis zu den ersten Valois; doch für uns und infolge seiner Umbauten ist dieser Palast vor allem Repräsentant der Zeit Ludwigs des Heiligen.

Charles V. überließ als Erster den Palast dem Gerichtshof, einer neu erschaffenen Institution, und zog zum Wohnen unter den Schutz der Bastille in das berühmte Palais Saint-Pol, das später um das Palais des Tournelles erweitert wurde. Dann, unter den letzten der Valois, zog der Königshof wieder von der Bastille zurück in den Louvre, der seine erste Befestigung gewesen war. Die früheste Residenz der Könige von Frankreich, das Palais Ludwigs des Heiligen, das einfach als Le Palais, der Palast, bezeichnet wird, um ihn als beispielhaft für einen Palast zu kennzeichnen, ist vollkommen aufgegangen im Justizpalast, er bildet dessen Kellerräume, denn er wurde wie die Kathedrale in die Seine gebaut, und das so sorgfältig, dass die höchsten Hochwasser des Flusses kaum seine ersten Stufen überspülen. Der Quai de l'Horloge liegt um ungefähr zwanzig Fuß oberhalb dieser zehn Jahrhunderte alten Konstruktionen. Die Kutschen rollen in der Höhe der Kapitelle der starken Säulen dieser drei Türme, deren Höhe einst mit der Eleganz des Palais harmoniert und auf dem Wasser einen malerischen Anblick geboten haben dürfte, nachdem diese Türme heute noch in der Höhe mit den höchsten Gebäuden von Paris wetteifern. Wenn man diese weite Hauptstadt aus der Höhe der Laterne des Panthéon betrachtet, ist der Justizpalast mit der Sainte-Chapelle noch immer das, was zwischen so vielen Baudenkmälern am monumentalsten erscheint. Dieser Palast unserer Könige, über den Sie gehen, wenn Sie den unermesslichen Wartesaal abschreiten, war von großartiger Baukunst, er ist es immer noch in den verständigen Augen des Dichters, der ihn anschauen kommt, wenn er die Conciergerie besichtigt. Ach! die Conciergerie hat den Palast der Könige verdrängt. Es blutet das Herz, wenn man sieht, wie die Kerker, Kammern, Gänge, Unterkünfte, Säle ohne Licht und Luft in diese großartige Komposition hineingezwängt worden sind, wo das Byzantinische, das Römische, das Gotische, diese drei Gesichter alter Baukunst, durch die Architektur des 12. Jahrhunderts zusammengefügt wurden. Dieser Palast ist für die französische Baugeschichte der ersten Zeit, was das Schloss von Blois für die Geschichte der großen Bauwerke Frankreichs der folgenden Zeit ist. So wie Sie in Blois (siehe die Studie über *Katharina von Medici* in den PHILOSOPHISCHEN STUDIEN der MENSCHLICHEN KOMÖDIE) in einem Hof das Schloss der Grafen von Blois, das von Louis XII., das von François I., das von Gaston bewundern können, genauso finden Sie in der Conciergerie in demselben Gebäudebereich die Merkmale der ersten Geschlechter und in der Sainte-Chapelle die Architektur von Ludwig dem Heiligen vor. Ihr Räte der Stadt, wenn Sie Millionen ausgeben, stellen Sie den Architekten einen oder zwei Dichter zur Seite, wenn Sie die Wiege von Paris bewahren wollen, die Wiege der Könige, wenn Sie sich schon daranmachen, Paris und das höchste Gericht mit einem Palast auszustatten, der Frankreichs würdig ist! Das ist eine Frage, die man einige Jahre lang erörtern muss, bevor man irgendetwas anfängt. Würden noch ein oder zwei Gefängnisse wie das von La Roquette gebaut, wäre der Palast des Heiligen Ludwig gerettet.

Fortsetzung desselben Themas

Dies riesige Baudenkmal, das unter dem Palast und dem Quai versteckt ist wie eins dieser vorsintflutlichen Tiere im Gips von Montmartre, zeichnen heute ziemlich viele Wunden; die größte aber ist, als Conciergerie zu dienen! Dies Wort, man versteht es. In den ersten Zeiten der Monarchie wurden die hochrangigen Beschuldigten, denn die Dorfbewohner und die Bürger waren der Gerichtsbarkeit der Stadt oder des Grundherrn unterworfen, wurden also die Besitzer der *großen und kleinen Lehen* vor den König gebracht und in der Conciergerie festgesetzt. Da man wenige dieser Beschuldigten von hohem Stand festnahm, genügte die Conciergerie der Gerichtsbarkeit des Königs. Es ist schwierig, den genauen Platz der ursprünglichen Conciergerie festzustellen. Trotzdem, da die Küchen des Heiligen Ludwig noch bestehen und heute das darstellen, was man die *Mausefalle* nennt, ist anzunehmen, dass die Conciergerie ursprünglich da gewesen sein müsste, wo sich vor 1825 die Conciergerie des Gerichts befunden hat, unter der Arkade rechts von der großen Freitreppe, die in den Königshof führt. Von hier brachen bis 1825 die Verurteilten auf, um dem Vollzug ihrer Strafen unterzogen zu werden. Hier kamen alle großen Verbrecher heraus, alle Opfer der Politik, die Marschallin d'Ancre wie die Königin von Frankreich, Semblançay wie Malesherbes, Damien wie Danton, Desrues wie Castaing. Das Arbeitszimmer von Fouquier-Tinville, dasselbe wie das aktuelle des Königlichen Staatsanwalts, war so platziert, dass der öffentliche Ankläger die Leute in ihren Karren vorbeifahren sehen konnte, die das revolutionäre Tribunal verurteilt hatte. Dieser zum Richtschwert gewordene Mann konnte so einen letzten Blick auf seine Lieferungen werfen.

Seit 1825, unter der Regierung Monsieur de Peyronnets,

hat eine bedeutende Veränderung im Justizpalast stattgefunden. Die alte Sperrschleuse der Conciergerie, wo sich die Formalitäten der Registratur und Auskleidung abspielten, wurde geschlossen und dahin verlagert, wo sie sich heute befindet, zwischen den Uhrturm und den Montgommeryturm, in einen inneren Hof, den ein Torbogen anzeigt. Links davon befindet sich die Mausefalle, rechts die Sperrschleuse. Die Salatkörbe gelangen in diesen ziemlich ungleichmäßig angelegten Hof und können dort bleiben, mit Leichtigkeit wenden und sind im Fall einer Auflehnung von dem starken Gitter des Torbogens gegen einen Anschlag geschützt; während sie früher in dem engen Raum, der die große Freitreppe vom rechten Flügel des Justizpalasts trennt, nicht den mindesten Spielraum zum Rangieren hatten. Heute nimmt die Conciergerie, die kaum ausreicht für die Angeklagten (es bräuchte hier Platz für dreihundert Personen, Männer und Frauen), die Untersuchungshäftlinge und die Strafgefangenen nicht mehr auf, außer bei den seltenen Gelegenheiten wie der, die Jacques Collin und Lucien hierher brachte. Alle, die hier einsitzen, müssen vor dem Schwurgericht erscheinen. Als Ausnahme duldet die Verwaltung die Häftlinge aus der hohen Gesellschaft, die, weil sie schon hinreichend entehrt sind durch die Ladung vor das Schwurgericht und über alle Angemessenheit hinaus bestraft würden, wenn sie ihre Haft in Melun oder Poissy absitzen müssten. Ouvrard hat den Aufenthalt in der Conciergerie dem in Sainte-Pélagie vorgezogen. Zur Zeit verbringen dort der Notar Lehon und der Fürst de Bergues ihre Haftzeit in einer willkürlichen Duldung, die aber voll Menschlichkeit ist.

Wie man daraus Nutzen ziehen kann

Im Allgemeinen werden die Beschuldigten, sei es, um, wie es im Gerichtsjargon heißt, zur Untersuchung zu gehen, sei es, um der Kriminalpolizei vorgeführt zu werden, von den Salatkörben direkt vor der Mausefalle ausgeladen. Die Mausefalle, gegenüber der Sperrschleuse gelegen, besteht aus einer bestimmten Anzahl Zellen, die in den Küchenanlagen Ludwigs des Heiligen eingerichtet wurden, und in denen die Beschuldigten, die aus ihren Haftanstalten abgeholt worden sind, auf die Stunde ihrer Gerichtsverhandlung oder auf das Eintreffen ihres Untersuchungsrichters warten. Die Mausefalle wird im Norden begrenzt vom Quai, im Osten vom Lokal der Stadtwache, im Westen vom Hof der Conciergerie, und im Süden von einem riesigen Gewölbesaal (vermutlich der frühere Festsaal), der noch keinen festgelegten Zweck hat. Über der Mausefalle erstreckt sich ein innerer Wachtposten, von dem aus man durch ein Fenster auf den Hof der Conciergerie blicken kann; hier hat die Gendarmerie des Departements ihren Sitz, und die Treppe führt hier hin. Wenn die Stunde des Urteils schlägt, rufen die Justizbeamten die Beschuldigten auf, die Gendarmen kommen in der entsprechenden Zahl der Beschuldigten herunter, jeder Gendarm nimmt einen von ihnen am Arm; und in dieser Paarung steigen sie die Treppe auf, durchschreiten den Wachtposten und gelangen über Flure in ein Zimmer neben dem Saal, in dem die berühmte Sechste Gerichtskammer tagt, der die Verhandlung von Strafverfahren übertragen ist. Dies ist der Weg, den auch die Angeklagten auf dem Weg von der Conciergerie zum Schwurgericht und zurück gehen.

Im Wartesaal, zwischen der Tür zur Ersten Gerichtskammer für erste Instanzen und der Freitreppe, die zur Sechsten führt, bemerkt man sofort, wenn man hier zum ersten Mal umhergeht, einen Eingang ohne Tür, ohne jede architektonische Akzentuierung, ein wahrhaft würdeloses rechteckiges Loch. Von hier kommen die Richter und die Rechtsanwälte in diese Flure, in das Wachlokal, steigen zur Mausefalle und zur Sperrschleuse der Conciergerie hinab. Alle Dienstzimmer der Untersuchungsrichter befinden sich auf unterschiedlichen Stockwerken in diesem Teil des Justizpalasts. Zu ihnen kommt man über unansehnliche Treppen, ein Labyrinth, in dem sich die, die sich im Justizpalast nicht auskennen, fast jedes Mal verlaufen. Die einen Fenster dieser Räume öffnen sich auf den Quai, die anderen auf den Hof der Conciergerie. 1830 hatten die Büros von ein paar Untersuchungsrichtern Ausblick auf die Rue de la Barillerie.

Wenn also ein Salatkorb im Hof der Conciergerie nach links abbiegt, bringt er die Beschuldigten zur Mausefalle; biegt er nach rechts ein, liefert er die Angeklagten zur Conciergerie. Es war also zu dieser Seite, dass der Salatkorb, in dem sich Jacques Collin befand, gelenkt wurde, um ihn an der Sperrschleuse abzuliefern. Nichts ist schrecklicher. Straftäter oder Besucher bemerken zwei schmiedeeiserne Gitter, getrennt von einem Zwischenraum von ungefähr sechs Fuß, die sich immer eins nach dem anderen öffnen und durch die hindurch alles so gewissenhaft gemustert wird, dass die Leute, denen eine *Besuchserlaubnis* zugestanden worden ist, erst durch diesen Raum zwischen den Gittern hindurchgehen, bevor der Schlüssel im Schloss knirscht. Die Untersuchungsrichter, auch Angehörige des Gerichts selbst, gehen nicht hinein, ohne erkannt worden zu sein. Sie reden also von der Möglichkeit einer Verständigung oder eines Ausbruchs? … der Direktor der Conciergerie wird ein Lächeln auf den Lippen haben, das auch noch dem verwegensten Schriftsteller alle Zweifel gefrieren lassen wird, der bei seinen Roman-Handlungen gegen alle Wahrscheinlichkeit schreibt. In den

Annalen der Conciergerie ist nur der Ausbruch von Lavalette bekannt; doch die Gewissheit des königlichen Einverständnisses, das heute nachgewiesen ist, lässt, wenn nicht den Mut der Ehefrau, dann zumindest die Gefahr des Scheiterns geringer erscheinen. Bei Besichtigung des Ortes und Beurteilung der Hindernisse werden auch die größten Freunde des Wunderbaren anerkennen, dass diese Hindernisse zu allen Zeiten das waren, was sie bis heute sind: unüberwindbar. Kein Ausdruck kann die Macht der Mauern und Gewölbe beschreiben, man muss sie sehen. Auch wenn das Pflaster des Hofs tiefer liegt als das des Quais: Wenn Sie durch die Sperrschleuse hindurchgehen, müssen Sie noch mehrere Stufen hinabsteigen, um in einen riesigen Gewölbesaal zu gelangen, dessen mächtige Mauern mit herrlichen Säulen verziert sind und der vom Montgommery-Turm, der heute zu den Wohnräumen des Direktors der Conciergerie gehört, und dem Turm d'Argent flankiert wird, der dem Wachpersonal, den Pförtnern oder Schließern, wie Sie es auch nennen wollen, als Unterkunft dient. Die Anzahl dieser Angestellten ist nicht so stattlich, wie man es sich vorstellen könnte (es sind zwanzig); ihre Unterkunft, genau wie ihre Schlafgelegenheit, unterscheidet sich nicht von denen der sogenannten *Pistoles*. Dieser Ausdruck stammt wahrscheinlich daher, dass die Gefangenen jede Woche eine Pistole für diese Unterbringung bezahlten, deren Kahlheit an die kalten Mansarden denken lässt, die die großen Männer ohne Geld anfangs in Paris bewohnen. Links in dieser weiten Vorhalle befindet sich das Büro der Conciergerie, eine Art verglaster Schreibstube, wo der Direktor und sein Gerichtsschreiber sitzen und wo sich das Gefangenenregister befindet. Hier werden der Beschuldigte und der Angeklagte eingetragen, beschrieben und durchsucht. Hier entscheidet sich die Frage nach der Unterbringung, deren Beantwortung abhängt vom Geldbeutel des

Betreffenden. Gegenüber der Sperrschleuse dieses Saals bemerkt man eine verglaste Tür, die eines Sprechzimmers, wo die Verwandten und die Anwälte mit den Angeklagten durch eine mit Holz doppelt vergitterte Öffnung sprechen. Dies Sprechzimmer erhält sein Licht von einem Innenhof, dem Ort des Hofgangs, wo die Angeklagten zu festgelegten Uhrzeiten frische Luft atmen und körperliche Übungen machen.

Dieser große Saal, den das Zwielicht dieser beiden Gitter erhellt, denn das einzige Fenster zum Hof ist gänzlich versperrt vom Register, bietet den Blicken eine Stimmung und ein Licht, die vollkommen mit den vorgefertigten Bildern der Vorstellung übereinstimmen. Das ist um so beängstigender, als man parallel zu den Türmen d'Argent und Montgommery diese geheimnisvollen Krypten sieht, gewölbt, prächtig, lichtlos, die das Sprechzimmer umgeben und die zu den Kerkern der Königin, der Dame Elisabeth und zu den sogenannten *Geheimzellen* führen. Dies Labyrinth aus gehauenem Bruchstein wurde das Untergeschoss des Justizpalasts, nachdem es die Feste der Könige gesehen hat. Von 1825 bis 1832 war es in diesem riesigen Saal, zwischen einem großen Ofen, der ihn beheizt, und dem ersten der beiden Gitter, dass die vorbereitende Toilette zur Hinrichtung stattfand. Man geht noch immer nicht ohne Schauer über diese Fliesen, die den Schrecken und das Geständnis so vieler letzter Blicke empfangen haben.

Wie die Einlieferung vor sich geht

Um aus seiner scheußlichen Kutsche herauszukommen, benötigte der Sterbenskranke die Hilfe zweier Gendarmen, die ihn jeder unter einem Arm nahmen, stützten und wie ohnmächtig in die Registratur trugen. Wie er so geschleppt wurde, hob der Sterbende die Augen gen Himmel auf eine Art, die ihn dem Erlöser ähneln ließ, als er vom Kreuz abgenommen wurde. Natürlich zeigt Jesus auf keinem Bild ein leichenhafteres, aufgelösteres Gesicht als es das des falschen Spaniers war, er schien seinem letzten Seufzer nahe. Als man ihn in der Schreibstube hingesetzt hatte, wiederholte er mit brechender Stimme die Worte, die er seit seiner Festnahme jedem sagte: »Ich berufe mich auf seine Exzellenz, den Botschafter Spaniens.«

»Das erzählen Sie«, antwortete der Direktor, »dem Herrn Untersuchungsrichter ...«

»O Jesus!«, gab Jacques Collin mit einem Seufzer zurück, »könnte ich nicht ein Brevier haben? ... Wird mir weiterhin ein Arzt verweigert? ... Ich habe keine zwei Stunden mehr zu leben.«

Da Carlos Herrera in Einzelhaft kommen sollte, hatte es keinen Sinn, ihn zu fragen, ob er die Wohltaten einer Pistole beanspruche, also das Recht, eine dieser Kammern zu beziehen, in denen allein man in den Genuss der einzigen Annehmlichkeit kommt, die die Justiz zulässt. Diese Zimmer befinden sich am Ende des Hofs, von dem noch die Rede sein wird. Der Gerichtsbeamte und der Gerichtsschreiber erfüllten gemeinsam und träge die Formalitäten der Inhaftierung.

»Herr Direktor«, sagte Jacques Collin in fehlerhaftem Französisch, »ich bin sterbenskrank, Sie sehen es. Sagen Sie, wenn Sie können, sagen Sie vor allem so bald wie möglich dem Richter, dass ich als Gefallen erbitte, was ein Verbrecher am meisten scheut, nämlich vor ihm zu erscheinen, sobald er eingetroffen ist; meine Schmerzen sind wirklich unerträglich, und sobald ich ihn sehe, wird aller Irrtum geklärt ...«

Allgemeine Regel: Die Kriminellen sprechen alle von Irrtum. Gehen Sie in die Zuchthäuser, befragen Sie die Verurteilten, sie sind beinah alle Opfer eines Justizirrtums. Darum lässt dies Wort alle die unmerklich lächeln, die Umgang haben mit Festgenommenen, Angeklagten oder Verurteilten.

»Ich kann dem Untersuchungsrichter von Ihrer Bitte berichten«, antwortete der Direktor.

»Ich werde Sie segnen, Monsieur! ...«, antwortete der Spanier und hob den Blick zum Himmel.

Sobald er registriert war, wurde Carlos Herrera von zwei Stadtwachen und in Begleitung eines Aufsehers, dem der Direktor diejenige der Einzelzellen nannte, in die der Beschuldigte eingeschlossen werden sollte, unter je einem Arm genommen und durch das unterirdische Labyrinth der Conciergerie in eine, was auch immer bestimmte Philanthropen sagen würden, sehr saubere Kammer gebracht, die allerdings ohne jede Verbindung nach außen war.

Als er weg war, schauten sich die Wachhabenden, der Gefängnisdirektor, sein Gerichtsschreiber, der Gerichtsbeamte selbst und die Gendarmen an wie Leute, die einander nach ihrer Ansicht fragen, und auf allen Gesichtern zeichnete sich der Zweifel ab; doch beim Anblick des anderen Festgenommenen fanden alle Anwesenden zu ihrer gewohnten, unter Gleichgültigkeit verborgenen Unbestimmtheit zurück. Außer bei ungewöhnlichen Umständen sind die Beamten der Conciergerie wenig neugierig, sind doch die Verbrecher für sie, was für Friseure ihre Kunden sind. Dementsprechend werden die Formalitäten, deren Vorstellung allein schon entsetzlich ist, mit größerer Schlichtheit erledigt als die Geldgeschäfte bei einem Bankier, und oft sogar höflicher. Lucien zeigte die Maske des niedergeschlagenen Sünders, er ließ alles mit sich geschehen und hielt mechanisch still. Seit Fontainebleau ging dem Dichter sein Absturz durch den Kopf, und er sagte sich, dass die Stunde der Sühne geschlagen habe. Bleich, aufgelöst, in Unkenntnis dessen, was alles sich während seiner Abwesenheit bei Esther abgespielt hatte, war er sich bewusst, vertrauter Komplize eines ausgebrochenen Zuchthäuslers zu sein; eine Situation, die genügte, ihn Katastrophen erwarten zu lassen, die schlimmer sind als der Tod. Wenn sein Denken zu einem Beschluss kam, dann war das der Selbstmord. Er wollte um jeden Preis den Widerwärtigkeiten ausweichen, die er ahnte wie die Launen eines schlechten Traums.

Jacques Collin wurde als der gefährlichere der beiden Beschuldigten in ein Loch aus Haustein gesteckt, das sein Licht von einem dieser kleinen Innenhöfe erhält, wie sie sich im Inneren des Justizpalastes finden, und das in dem Flügel lag, wo der Generalstaatsanwalt sein Büro hat. Dieser kleine Hof dient dem Frauentrakt als Platz für den Hofgang. Lucien wurde auf demselben Weg in eine Zelle neben den Pistoles geführt, denn gemäß den Anweisungen, die der Untersuchungsrichter gegeben hatte, zollte ihm der Direktor Respekt.

Wie die beiden Beschuldigten ihr Übel aufnehmen

Im Allgemeinen machen sich Leute, die niemals mit der Justiz aneinandergeraten, die schwärzesten Vorstellungen von der Einzelhaft. Der Gedanke der Strafjustiz bleibt den alten Vorstellungen von der Folter von früher verbunden, von der Ungesundheit der Gefängnisse, von der Kälte der steinernen Mauern, aus denen Tränen treten, von der Grobheit der Kerkermeister und von dem schlechten Essen, notwendigen Zutaten der Dramen; hier ist es allerdings nicht verkehrt zu sagen, dass es diese Extreme nur im Theater gibt, und dass die Richter, Anwälte und diejenigen darüber lächeln müssen, die die Gefängnisse aus Neugierde besichtigen oder sie beobachten. Über lange Zeit war es schrecklich. Es ist sicher, dass die Angeklagten unter der Gerichtsbarkeit der früheren Jahrhunderte von Louis XIII. und Louis XIV. durcheinander in eine Art Zwischengeschoss über der früheren Sperrschleuse geworfen wurden. Die Gefängnisse sind eines der Verbrechen der Revolution von 1789 gewesen, und es genügt, den Kerker der Königin und den der Dame Elisabeth anzusehen, um von tiefstem Schrecken über frühere Formen der Justiz erfasst zu werden. Und wenn die Philanthropie der Gesellschaft auch unfassbare Übel zugefügt hat, so hat sie für den Einzelnen von heute doch ein bisschen etwas Gutes hervorgebracht. Wir verdanken Napoleon unser Strafgesetzbuch, das eines der größten Denkmale dieser so kurzen Herrschaft sein wird, mehr als das Bürgerliche Gesetzbuch, das in einigen Punkten dringend reformiert werden muss. Dies neue Strafrecht schloss einen ganzen Abgrund von Leiden. So kann man sagen, dass, wenn man die furchtbaren Seelenqualen beiseitelässt, denen die Angehörigen der oberen Schichten in den Händen der Justiz ausgesetzt sind, das Vorgehen dieser Macht von einer um so größeren Sanftheit und Einfachheit ist, als dies nicht erwartet wird. Der Verdächtige, der Beschuldigte werden sicherlich nicht untergebracht wie zu Hause; aber alles Notwendige ist in den Pariser Gefängnissen vorhanden. Außerdem nimmt die Last der Gefühle, denen man ausgesetzt ist, den Dingen des Alltags ihre gewöhnliche Bedeutung. Es ist niemals der Körper, der leidet. Der Geist ist in einem solchen Erregungszustand, dass jede Art von Pein, von Brutalität leicht zu ertragen wäre, wenn er ihnen da, wo man sich befindet, begegnete. Man muss, vor allem in Paris, einräumen, dass der Unschuldige ganz schnell wieder freigelassen wird.

Lucien begegnete dem treuen Abbild des ersten Zimmers, das er im Hôtel Cluny in Paris bewohnt hatte, als er seine Zelle betrat. Ein Bett, das denen in den ärmlichsten Pensionen des Quartier Latin glich, durchgesessene Strohstühle, ein Tisch und ein paar Gerätschaften machten das Mobiliar einer solchen Kammer aus, in denen man oft zwei Angeklagte zusammenbringt, sofern sie sich gesittet verhalten und ihre Verbrechen nicht beunruhigend sind, wie Fälschung und Bankrott. Die Ähnlichkeit seines Ausgangspunkts, voller Unschuld, mit dem, wo er jetzt angekommen war, an der äußersten Stufe von Schimpf und Schande, erfasste seine dichterische Ader in einer letzten Anstrengung so sehr, dass der Unglückselige in Tränen ausbrach. Er weinte vier Stunden lang, scheinbar ungerührt wie eine Steinskulptur, doch er litt, dass all seine Hoffnungen zerstoben waren, er war geschlagen im Zusammenbruch all seiner gesellschaftlichen Eitelkeiten, in seinem vernichteten Stolz, in all seinen *Ichs*, die den Ehrgeizigen, den Liebenden, den Glücklichen, den Dandy, den Pariser, den Dichter, den Genießer und den Privilegierten ausmachen. Alles in ihm war bei diesem Sturz eines Ikarus zerbrochen.

Carlos Herrera dagegen ging in seiner Zelle, sobald er allein war, wie im Jardin-des-Plantes der Eisbär in seinem Käfig auf und ab. Er untersuchte genau die Tür und überzeugte sich, dass da außer dem Guckloch kein weiteres Loch hineingearbeitet worden war. Er prüfte alle Wände, er betrachtete den Rauchfang, aus dessen Öffnung schwaches Licht eindrang, und sagte sich: ›Ich bin in Sicherheit!‹ Er ging in einen Winkel, wo ihn das Auge eines Wachmanns am Guckloch nicht würde sehen können, und setzte sich. Dann nahm er seine Perücke ab und löste behände ein Stück Papier aus dem Boden. Die dem Kopf zugewandte Seite des Papiers war derart speckig, dass es aussah, als wäre es das Futter der Perücke. Wenn Bibi-Lupin auf den Gedanken gekommen wäre, diese Perücke abzunehmen, um die Identität des Spaniers mit Jaques Collin festzustellen, wäre ihm dieses Papier nicht aufgefallen, so sehr schien es zum Erzeugnis des Perückenmachers zu gehören. Die andere Seite des Papiers war noch weiß und sauber genug für ein paar Zeilen. Die schwierige und knifflige Operation der Abnahme hatte bereits in La Force begonnen, zwei Stunden hätten nicht gereicht, er hatte schon die Hälfte des Vortages darauf verwendet. Der Beschuldigte fing an, dieses kostbare Papier so zu zerteilen, dass er einen Streifen von vier bis fünf Zeilen Breite erhielt, er teilte ihn in mehrere Stücke. Dann steckte er seinen Papiervorrat in dies einzigartige Lager zurück, nachdem er die gummierte Schicht befeuchtet hatte, wodurch er die Haftfähigkeit wiederherstellen konnte. In einer Haarlocke suchte er einen seiner Stifte, die fein waren wie Nadeln und die es erst seit Kurzem dank der Fertigkeit von Susse gab, und der dort mit Klebstoff befestigt war; er brach ein Stück davon ab, das lang genug war, um damit schreiben zu können, und klein genug, um es in seinem Ohr unterzubringen. Als diese Vorbereitungen mit der Geschwindigkeit, der Sicherheit im Zugriff erledigt waren, die typisch sind für alte Sträflinge, die geschickt sind wie die Affen, setzte sich Jacques Collin auf den Rand seines Betts und fing an, sich Anweisungen für Asie zu überlegen, in der Überzeugung, ihr unterwegs zu begegnen, so sehr baute er auf den Einfallsreichtum dieser Frau.

›In meinem ersten Verhör‹, sagte er sich, ›habe ich den Spanier gespielt, der schlecht Französisch spricht und sich auf seinen Botschafter beruft, diplomatische Vorrechte ins Feld führt und nichts von dem versteht, was man von ihm wollte, all das wohldurchsetzt von Schwächeanfällen, Pausen, Seufzern, kurzum die ganze Unruhe eines Sterbenden. Bleiben wir auf dieser Linie. Meine Papiere sind in Ordnung. Herrn Camusot stecken wir, Asie und ich, in die Tasche, er ist nicht stark. Denken wir also an Lucien, es geht darum, ihm wieder Mut zu machen, wir müssen um jeden Preis an dies Kind herankommen, ihm einen Verhaltensplan skizzieren, sonst liefert er sich aus, liefert er mich aus und macht alles kaputt! ... Er muss vor seinem Verhör präpariert werden. Dann brauche ich Zeugen, die meinen Status als Priester bestätigen!«

So stand es um die moralische und körperliche Verfassung der beiden Beschuldigten, deren Schicksal in diesem Moment abhing von Monsieur Camusot, Untersuchungsrichter am Amtsgericht des Seinebezirks und für die Zeit, die ihm das Strafgesetzbuch ließ, der uneingeschränkte Richter über die kleinsten Einzelheiten ihrer Existenz; denn allein er konnte genehmigen, ob der Geistliche oder der Arzt der Conciergerie oder wer auch immer mit ihnen in Berührung kam.

Was ein Untersuchungsrichter ist, zur Verwendung für die, die keine Ahnung davon haben

Keine menschliche Macht, nicht der König, noch der Justiz- oder der Premierminister können eingreifen in die Machtbefugnisse eines Untersuchungsrichters, nichts hält ihn auf, nichts bestimmt ihn. Er ist souverän und einzig seinem Gewissen und dem Gesetz unterworfen. In dieser Zeit, da Philosophen, Philanthropen und Publizisten unablässig damit beschäftigt sind, alle gesellschaftlichen Autoritäten zu schwächen, ist das Recht, das unsere Gesetze den Untersuchungsrichtern einräumen, zum Gegenstand von Angriffen geworden, die um so schlimmer sind, als dieses Recht, das, sagen wir es, maßlos ist, sie beinah rechtfertigt. Dennoch muss nach Ansicht jedes vernünftigen Menschen diese Macht unangreifbar sein; in bestimmten Fällen kann man ihre Anwendung abmildern durch weitgehenden Gebrauch der Kaution; doch die Gesellschaft, die bereits erschüttert ist durch die Unverständigkeit und Schwäche der Geschworenen (erhabene und höchste Gerichtsbarkeit, die nur auserwählten führenden Persönlichkeiten anvertraut werden dürfte), würde von

Zerstörung bedroht, wenn man diese Säule bräche, die unser ganzes Strafgesetz aufrechterhält. Die Festnahme ist eins dieser furchtbaren, notwendigen Befugnisse, deren gesellschaftliche Gefahr wettgemacht wird durch die Bedeutung selbst, die ihr zukommt. Mit dem Misstrauen gegen die Justiz beginnt schon die Zersetzung der Gesellschaft. Zerstören Sie die Institution, bauen Sie sie auf anderer Grundlage wieder auf; fordern Sie von den Richtern, wie vor der Revolution, ungeheure Vermögensbürgschaften; aber vertrauen Sie darauf; machen Sie daraus kein Spottbild der Gesellschaft. Heute hat der Richter, der bezahlt wird wie ein Beamter und meistens arm ist, seine Würde von früher eingetauscht gegen einen Hochmut, der allen, die ihm gleichgestellt sind, unerträglich erscheint; denn der Hochmut ist eine Würde, die auf gar nichts beruht. Darin liegt das Übel der Institution heute. Wäre Frankreich aufgeteilt in zehn Gerichtsbezirke, könnte man das Richteramt wieder aufwerten, indem man dafür große Vermögen zur Voraussetzung macht, was bei sechsundzwanzig Bezirken unmöglich wird. Die einzige wirkliche Verbesserung in der Ausübung der Macht, die dem Untersuchungsrichter anvertraut ist, ist die Aufwertung der Untersuchungshaft. Der Status der Beschuldigung dürfte in den Gewohnheiten der Einzelpersonen keine Veränderung bewirken. Die Untersuchungsgefängnisse sollten in Paris so gebaut, möbliert und eingerichtet sein, dass sich die Ansichten der Öffentlichkeit über die Beschuldigten grundlegend ändern. Das Gesetz ist gut, auch nötig, seine Anwendung ist schlecht, und die Gesetze werden entsprechend ihrer Anwendung beurteilt. In einem unerklärlichen Widerspruch verurteilt die öffentliche Meinung in Frankreich die Beschuldigten und rehabilitiert die Angeklagten. Vielleicht liegt das am prinzipiellen Widerspruchsgeist des Franzosen. Diese Inkonsequenz der Pariser Öffentlichkeit war einer der Gründe, die in diesem Drama zur Katastrophe führten; es war sogar, wie sich erweisen wird, einer der wichtigsten. Um die schrecklichen Szenen in ihrer Tiefe zu verstehen, die sich im Büro eines Untersuchungsrichters abspielen; um die jeweilige Lage der beiden Kriegsparteien, der Beschuldigten und der Justiz, gut zu kennen, die ihren Kampf um das Geheimnis führen, das die ersteren gegen das Ermittlungsinteresse der letzteren hüten, die im Gefängnisjargon so schön als *Schnüffler* bezeichnet werden, darf man nie vergessen, dass die Beschuldigten, die in Einzelhaft sitzen, nichts wissen von dem, was die sieben oder acht Öffentlichkeiten sagen, die die Öffentlichkeit formen, nichts von dem wissen, was der Polizei und der Justiz bekannt ist, und auch nichts von dem bisschen, was die Zeitungen über die Umstände eines Verbrechens berichten. Dem Angeschuldigten einen Hinweis zu geben wie den von Luciens Verhaftung, den Jacques Collin soeben von Asie erhalten hatte, ist so, wie wenn man einem Ertrinkenden ein Seil zuwirft. Aus diesem Grund wird man einen Winkelzug scheitern sehen, der den Häftling ohne diese Kommunikation ins Verderben gestürzt hätte. Sind diese Vorgaben einmal festgestellt, werden sich auch diejenigen, die am wenigsten leicht zu erschüttern sind, erschrecken vor dem, was diese drei Auslöser, Isolierung, Stille und Gewissensbisse, an Angst hervorbringen.

Der Untersuchungsrichter in Verlegenheit

Monsieur Camusot, Schwiegersohn eines Amtsdieners im königlichen Kabinett, der bereits zu bekannt ist, um seine Verbindungen und seine Stellung zu erklären, befand sich in diesem Moment, was die ihm übertragene Ermittlung anging, in einer Verlegenheit, die vergleichbar war mit der von

Carlos Herrera. Eben noch Präsident eines Bezirksgerichts, war er von diesem Posten abgezogen und in ein Richteramt, eine der meistbegehrten Stellen in der Justiz, nach Paris berufen worden dank der Fürsprache der berühmten Herzogin de Maufrigneuse, deren Mann, Adjutant des Thronfolgers und Oberst eines der Kavallerieregimenter der königlichen Garde, ebenso in der Gunst des Königs stand wie sie bei der Königin. Für einen sehr leicht erwiesenen, aber für die Herzogin bedeutenden Gefallen im Zusammenhang anlässlich der Fälschungsklage eines Bankiers aus Alençon gegen den jungen Grafen d'Esgrignon (siehe *Das Antiquitätenkabinett* in den SZENEN AUS DEM PROVINZLEBEN), war er vom einfachen Richter in der Provinz aufgestiegen zum Präsidenten, und vom Präsidenten zum Untersuchungsrichter in Paris. In den achtzehn Monaten, die er beim wichtigsten Gericht des Königreichs amtierte, war es ihm, auf Empfehlung der Herzogin de Maufrigneuse, bereits gelungen, sich den Wünschen einer nicht minder mächtigen Dame zu widmen, der Marquise d'Espard; aber es war ihm misslungen (Siehe *Die Entmündigung*). Wie zu Beginn dieser Geschichte schon erzählt, hatte Lucien, um sich an der Madame d'Espard zu rächen, die ihren Mann zum Schweigen hatte bringen wollen, den wahren Sachverhalt in den Augen des Generalstaatsanwalts und des Grafen de Sérisy wiederherstellen können. Nachdem diese beiden Großmächte zu Freunden des Marquis d'Espard geworden waren, war die Frau nur dank der Milde ihres Gatten ohne eine gerichtliche Verwarnung davongekommen. Als sie am Vorabend von der Festnahme Luciens erfuhr, hatte die Marquise d'Espard ihren Schwager, den Chevalier d'Espard, nach Madame Camusot geschickt. Madame Camusot hatte begierig einen Besuch bei der hochgestellten Dame abgestattet. Beim Abendessen, wieder zu Hause, hatte sie ihren Gatten ins Schlafzimmer beiseite genommen.

»Wenn du diesen kleinen Schnösel von Lucien de Rubempré vors Schwurgericht bringst und er verurteilt wird«, sagte sie ihm ins Ohr, »wirst du Königlicher Hofrat ...«

»Und wie?«

»Madame d'Espard würde gerne den Kopf dieses armen jungen Mannes rollen sehen. Mir ist es kalt den Rücken hinuntergelaufen, als ich so einen Hass aus einer schönen Frau sprechen hörte.«

»Misch dich nicht in die Angelegenheiten der Justiz«, antwortete Camusot seiner Frau.

»Ich, mich einmischen?«, gab sie zurück. »Uns hätte jemand Drittes zuhören können, er wäre nicht darauf gekommen, um was es geht. Die Marquise und ich, wir waren genauso ausgesucht scheinheilig wie du es mit mir in diesem Augenblick bist. Sie wollte mir danken für deine guten Dienste bei ihrer Angelegenheit und mir sagen, dass sie trotz des Misserfolgs dankbar sei. Sie sprach mit mir über die furchtbare Aufgabe, die Euch das Gesetz auferlegt. ›Es ist doch schrecklich, einen jungen Mann aufs Schafott schicken zu müssen, aber der da! das heißt Gerechtigkeit walten lassen! und so weiter.‹ Sie hat beklagt, dass ein so schöner junger Mann, den seine Kusine, Madame du Châtelet, nach Paris gebracht hat, sich so schlecht entwickelt habe. ›Das ist es‹, sagte sie, ›wohin die schlechten Frauen, wie eine Coralie, eine Esther, die jungen Leute führen, die so verdorben sind, dass sie mit ihnen unreine Gewinne teilen!‹ Dann noch schöne Vorträge über die Barmherzigkeit, über den Glauben! Madame du Châtelet habe ihr gesagt, Lucien verdiene tausend Tode, weil er seine Schwester und seine Mutter fast umgebracht hätte ... Sie hat etwas von einer offenen Stelle am Königlichen Hof gesagt, sie kenne den Justizminister. – ›Ihr Ehemann, Madame, hat eine gute Gelegenheit, sich auszuzeichnen!‹, hat sie am Ende gesagt. Das ist es.«

»Wir zeichnen uns jeden Tag aus, indem wir unsere Pflicht tun«, sagte Camusot.

»Du bringst es weit, wenn du überall, sogar bei deiner Frau, Richter bist«, rief Madame Camusot. »Weißt du, ich habe dich für einfältig gehalten, aber heute übertriffst du dich ...«

Der Richter hatte auf den Lippen eines dieser Lächeln, die nur seinesgleichen zu eigen sind, wie das der Tänzerinnen nur denen.

»Madame, darf ich eintreten?«, fragte die Kammerfrau.

»Was wollen Sie von mir?«, sagte die Herrin.

»Madame, die erste Kammerfrau von Madame de Maufrigneuse ist gekommen, während Sie abwesend waren, und bittet Madame im Namen ihrer Herrin, ins Palais de Cadignan zu kommen, umgehend.«

»Dann ist das Abendessen später«, sagte die Frau des Richters und erinnerte sich, dass der Kutscher des Wagens, der sie hergebracht hatte, noch auf seine Bezahlung wartete.

Sie setzte ihren Hut wieder auf, stieg wieder in den Fiaker und war zwanzig Minuten später beim Palais de Cadignan. Madame Camusot wurde durch den Nebeneingang hereingeleitet und blieb zehn Minuten allein in einem Boudoir neben dem Schlafgemach der Herzogin, die sich dann im vollen Glanz zeigte, denn sie war im Aufbruch nach Saint-Cloud, wohin sie eine Einladung des Hofs rief.

»Meine Kleine, ganz unter uns, zwei Worte genügen.«

»Ja, Herzogin.«

»Lucien de Rubempré ist in Haft, Ihr Mann ermittelt in der Sache, ich garantiere für die Unschuld dieses armen Kindes, er muss binnen vierundzwanzig Stunden wieder frei sein. Das ist nicht alles. Jemand will morgen Lucien heimlich in seinem Gefängnis besuchen, Ihr Mann kann, wenn er das will, dabei sein, solange er sich nicht bemerkbar macht ... ich bin treu gegenüber denen, die etwas für mich tun, das wissen

Sie. Der König setzt große Hoffnungen in den Mut seiner Richter in den schwirigen Umständen, in denen er sich bald befinden wird; ich werde Ihren Gatten vorneweg nennen, ich werde ihn empfehlen als einen dem König ergebenen Mann, und müsste er seinen Kopf riskieren. Unser Camusot wird zuerst Rat, dann irgendwo erster Präsident … Auf Wiedersehen … ich werde erwartet, Sie entschuldigen mich, nicht wahr? Sie verpflichten sich nicht nur den Generalstaatsanwalt, der sich in dieser Angelegenheit nicht äußern kann; Sie retten auch noch das Leben einer Frau, die daran umkommt, Madame de Sérisy. Insofern wird es Ihnen an Unterstützung nicht mangeln … also, Sie sehen mein Vertrauen, ich muss Ihnen keinen Rat geben … Sie wissen schon!«

Sie legte sich den Finger auf die Lippen und verschwand.

›Und ich habe ihr nicht einmal sagen können, dass die Marquise d'Espard Lucien auf dem Schafott sehen will! …‹, dachte die Frau des Richters, als sie wieder in ihren Fiaker stieg.

Sie kam in einem solchen verängstigten Zustand zu Hause an, dass der Richter bei ihrem Anblick sagte:

»Amélie, was hast du? …«

»Wir sind zwischen die Fronten geraten …«

Sie erzählte von ihrer Begegnung mit der Herzogin, wobei sie ihrem Mann ins Ohr flüsterte, so sehr fürchtete sie, dass die Kammerfrau an der Tür lauschen könnte.

»Welche von den beiden ist die mächtigere?«, fragte sie zum Schluss. »Die Marquise hat dich beinah beschädigt in der dummen Geschichte mit der Forderung, ihren Mann zu entmündigen, während wir der Herzogin alles verdanken. Die eine hat mir vage Versprechungen gemacht; dagegen hat die andere gesagt: ›Sie werden erst Rat, Erster Präsident danach!‹ … Gott behüte, dass ich dir einen Rat erteile, ich würde mich nie in die Angelegenheiten der Justiz mischen;

aber ich muss dir schon genau berichten, was am Hof gesagt wird und was sich dort anbahnt …«

»Du weißt noch nicht, Amélie, was mir der Polizeipräfekt heute Morgen geschickt hat, und durch wen? Durch einen der wichtigsten Leute der Polizei des Königreichs, den Bibi-Lupin der Politik, der mir gesagt hat, dass der Staat geheime Interessen an diesem Prozess hat. Lass uns essen und ins Variété gehen … wir reden über das alles heute Abend, in der Stille des Arbeitszimmers; ich werde nämlich Bedarf haben an deiner Intelligenz, die des Richters reicht vielleicht nicht …«

Wie Schlafzimmer oft auch Verhandlungsräume sind

Neun Zehntel der Richter werden den Einfluss der Frau auf den Mann in vergleichbarer Situation abstreiten; aber wenn das eine der größten Ausnahmen im Alltagsleben ist, kann man doch darauf hinweisen, dass sie zutrifft, wenn auch nur gelegentlich. Der Richter ist wie der Priester, vor allem in Paris, wo sich die Elite der Richterschaft befindet; er redet selten von den Angelegenheiten des Justizpalastes, solange sie nicht abgeschlossen sind. Die Frauen der Richter tun nicht bloß so, als wüssten sie niemals irgendetwas, vielmehr haben sie alle genug Fingerspitzengefühl für die Gepflogenheiten, um zu ahnen, dass sie ihren Männern schaden würden, wenn sie, sollten sie über ein Geheimnis Bescheid wissen, sich das anmerken ließen. Dennoch haben viele Frauen wie Amélie bei den wichtigen Gelegenheiten, bei denen es je nach der Entscheidung um einen Aufstieg ging, bei den Abwägungen des Richters geholfen. Schließlich hängen diese Ausnahmefälle, die um so leichter in Abrede zu stellen sind, als man niemals davon erfährt, vollständig davon ab, wie der Kampf zwischen zwei Charakteren in der Ehe ausgegangen ist. So beherrschte Madame Camusot ihren Mann total. Als im Hause alles schlief, setzten sich der Richter und seine Frau an den Schreibtisch, auf dem er die Akten der Angelegenheit bereits zurechtgelegt hatte.

»Abbé Carlos Herrera.

Diese Person ist mit Bestimmtheit Jacques Collin, mit dem Beinamen Todtäuscher, dessen letzte Festnahme zurückgeht auf das Jahr 1819 und die im Haushalt einer Frau Vauquer stattfand, die in der Rue Neuve-Sainte-Geneviève eine bürgerliche Pension betrieb, in der er heimlich unter dem Namen Vautrin wohnte.«

Am Rand war von der Hand des Polizeipräfekten zu lesen:
»Telegrafische Anordnung an Bibi-Lupin, Chef der Sicherheitspolizei, unverzüglich zurückzukehren, um bei der Gegenüberstellung behilflich zu sein, denn er kennt Jaques Collin persönlich. Er hat ihn 1819 mit der Hilfe eines Fräulein Michonneau festnehmen lassen.«

»Die Pensionsgäste, die im Hause Vauquer wohnten, gibt es noch und können vorgeladen werden, um die Identität zu klären.

Der angebliche Carlos Herrera ist der nahe Freund und Ratgeber von Monsieur Lucien de Rubempré, dem er über drei Jahre hinweg beachtliche Summen hat zukommen lassen, die offenbar aus Diebstählen stammen.

Diese Verbindung, wenn die Identität des angeblichen Spaniers und Jacques Collins nachgewiesen wird, bedeutet die Verurteilung für Herren Lucien de Rubempré.

Der unvermittelte Tod des Agenten Peyrade rührt von einer Vergiftung her, die von Jacques Collin, von Rubempré oder ihren Gefolgsleuten verübt wurde. Der Grund für diesen Mord ist, dass der Agent seit Langem diesen beiden ausgemachten Verbrechern auf der Spur gewesen ist.«

Der Richter wies auf diesen Satz hin, der vom Polizeipräfekten selbst an den Rand geschrieben war:

»Selbst weiß ich und bin mir sicher, dass Herr de Rubempré sich der Herrschaften Graf de Sérisy und des Generalstaatsanwalts unangemessen bedient hat.«

»Was sagst du dazu, Amélie?«

»Das ist zum Fürchten! …«, antwortete die Frau des Richters. »Lies doch zu Ende.«

»Die Verwandlung des Sträflings Collin in den spanischen Geistlichen ist das Ergebnis eines noch perfekter begangenen Verbrechens als das, mit dem sich Cogniard zum Grafen de Saint-Hélène gemacht hat.«

»Lucien de Rubempré.

Lucien Chardon, Sohn eines Apothekers in Angoulême, dessen Mutter eine de Rubempré ist, verdankt einem Erlass des Königs das Recht, den Namen de Rubempré zu tragen. Dieser Erlass wurde auf Antrag der Herzogin de Maufrigneuse und des Grafen de Sérisy herausgegeben.

Im Jahr 182… ist dieser junge Mann im Gefolge der Gräfin Sixte du Châtelet, damals Madame de Bargeton, Cousine der Madame d'Espard, ohne Einkünfte nach Paris gekommen.

Undankbar gegenüber Madame de Bargeton, hat er in eheähnlichen Verhältnissen mit einem Fräulein Coralie gelebt, verstorbene Schauspielerin am Gymnase, die seinetwegen Monsieur Camusot verlassen hat, Seidenhändler aus der Rue des Bourdonnais.

Wenig später war er aufgrund der ungenügenden Unterstützung, die ihm diese Schauspielerin leistete, ins Elend gesunken und hat seinen ehrenwerten Schwager, Drucker in Angoulême, in große Schwierigkeiten gebracht, indem er gefälschte Schuldverschreibungen ausgab, wegen deren Bezahlung David Séchard während eines kurzen Aufenthalts des besagten Lucien in Angoulême inhaftiert wurde.

Diese Sache war Auslöser für die Flucht Rubemprés, der plötzlich mit dem Abbé Carlos Herrera in Paris wieder auftauchte.

Ohne bekannte Einkünfte hat Monsieur Lucien während der ersten drei Jahre seines zweiten Aufenthalts in Paris im Durchschnitt ungefähr dreihunderttausend Franc ausgegeben, die er nur von dem angeblichen Abbé Carlos Herrera haben konnte, doch aus welchem Grund?

Darüber hinaus hat er vor Kurzem mehr als eine Million aufgewendet für den Kauf des Anwesens Rubempré, um eine Bedingung zu erfüllen, an die seine Hochzeit mit Mademoiselle Clotilde de Grandlieu geknüpft war. Zum Bruch dieser Verlobung ist es gekommen, nachdem die Familie Grandlieu, der der Herr Lucien gesagt hatte, er habe diese Summen von seinem Schwager und seiner Schwester, und insbesondere nachdem der Anwalt Derville bei den ehrenwerten Eheleuten Séchard Erkundigungen eingeholt hat; nicht nur wussten sie nichts von diesen Erwerbungen, vielmehr ist Lucien in ihren Augen sehr hoch verschuldet.

Im Übrigen besteht das Erbe, das die Eheleute Séchard erhalten haben, aus Immobilien, und ihrer Aussage gemäß belief sich das Bargeld auf zweihunderttausend Franc.

Lucien lebte insgeheim mit Esther Gobseck, es ist folglich sicher, dass alle Ausgaben Baron de Nucingens, Beschützer dieses Fräuleins, dem genannten Lucien weitergegeben worden sind.

Lucien und sein Genosse, der Sträfling, haben sich vor den Leuten länger halten können als Cogniard, indem sie ihre Mittel aus der Prostitution der besagten Esther bezogen haben, einer früher *registrierten Prostituierten*.«

Von der Polizei und ihrer Kartei

Trotz der Wiederholungen, die diese Aufzeichnungen in der Erzählung des Geschehens darstellen, war es nötig, sie wörtlich wiederzugeben, um die Rolle der Polizei in Paris zu verdeutlichen. Wie man übrigens schon an der zu Peyrade angeforderten Auskunft sehen konnte, hat die Polizei zu allen Familien und allen Einzelpersonen, deren Leben verdächtig und deren Handeln strafbar ist, Akten, die fast immer stimmen. Von all den Abwegen bleibt ihr nichts unbekannt. Dies universelle Notizbuch, diese Bilanz der Gewissen, ist genauso gepflegt wie die der Banque de France über die Vermögen. Ebenso wie die Bank die geringsten Verzögerungen in Sachen Bezahlung festhält, alle Kredite abwägt, die Kapitalisten abschätzt, ihre sämtlichen Operationen im Auge behält, genauso hält es die Polizei mit der Ehrenhaftigkeit der Bürger. Dabei hat die Unschuld, wie im Justizpalast, nichts zu befürchten, dieser Vorgang bezieht sich nur auf Verfehlungen. So hoch eine Familie auch gestellt ist, sie könnte sich nicht ausnehmen von dieser höheren Gewalt der Gesellschaft. Die Verschwiegenheit entspricht übrigens der Reichweite dieser Macht. Diese Unmenge von Protokollen der Polizeikommissare, von Berichten, Aktennotizen, von Unterlagen, dieser Ozean von Auskünften schläft reglos, tief und still wie das Meer. Geschieht ein Unfall, geschehen ein Delikt oder Verbrechen, wendet sich die Justiz an die Polizei; und schon liegen Unterlagen zu den Verdächtigen vor, der Richter nimmt davon Kenntnis. Diese Mappen, in denen das Vorleben analysiert wird, sind nichts als Auskünfte, die in den Mauern des

Justizpalastes verstauben; die Gerichtsbarkeit kann keinen juristischen Gebrauch davon machen, sie macht sich nur ein Bild, sie bedient sich ihrer, das ist alles. Diese Karteikarten liefern in gewisser Weise die Rückseite des Gewebes der Verbrechen, ihre ersten und oft unbekannten Anfänge. Kein Gericht würde dem Glauben schenken, das ganze Land wäre empört, wenn man sich in der Verhandlung vor dem Schwurgericht darauf beziehen wollte. Kurz gesagt ist die Wahrheit verurteilt, in ihrem Schacht zu bleiben, wie immer und überall. Es gibt keinen Richter, der nach zwölf Jahren Amtsausübung in Paris nicht wüsste, dass das Schwurgericht und die Kriminalpolizei die Hälfte dieser Gemeinheiten im Verborgenen lassen, die gewissermaßen das Nest sind, in dem das Verbrechen über lange Zeit ausgebrütet wurde, und der nicht zugäbe, dass die Gerichtsbarkeit nur die Hälfte der begangenen Verstöße bestraft. Wenn die Öffentlichkeit ahnte, wie weit die Verschwiegenheit der Polizeibeamten geht, die ein gutes Gedächtnis haben, sie würde diese wackeren Leute verehren wie einen Cheverus. Man hält die Polizei für verschlagen, für machiavellistisch; sie ist von äußerster Güte; sie nimmt bloß die Leidenschaften in ihren Übersteigerungen wahr, sie erhält die Anzeigen und bewahrt ihre Notizen auf. Sie ist nur von einer Seite schauerlich. Was sie für die Justiz tut, tut sie genauso für die Politik. Doch in der Politik ist sie genauso grausam, genauso parteiisch wie früher die Inquisition.

»Lassen wir das«, sagte der Richter und schob die Notizen in die Mappe zurück, »das ist ein Geheimnis zwischen der Polizei und der Justiz, der Richter wird sehen, was das wert ist; doch Monsieur und Madame Camusot haben davon nie etwas gewusst.«

»Musst du mir das noch extra sagen?«, fragte Madame Camusot.

»Lucien ist schuldig«, sprach der Richter weiter, »aber an was?«

»Ein Mann, den die Herzogin de Maufrigneuse, die Gräfin de Sérisy, den Clotilde de Grandlieu lieben, ist nicht schuldig«, antwortete Amélie, »der andere *muss* alles getan haben.«

»Aber Lucien ist Komplize!«, rief Camusot.

»Willst du es mir glauben? ...«, sagte Amélie. »Übergib den Priester an die Diplomatie, deren schönster Schmuck er ist, erkläre diesen kleinen Schuft für unschuldig und finde andere Schuldige ...«

»Wie du da rangehst! ...«, lächelte der Richter. »Die Frauen peilen aufs Ziel gerad durch die Gesetze hindurch, wie die Vögel, die in der Luft nichts aufhält.«

»Aber ob Diplomat oder Sträfling«, antwortete Amélie, »Abbé Carlos wird dir jemanden nennen, damit du dich aus der Affäre ziehst.«

»Ich bin nur die Haube, du bist das Haupt«, sagte Camusot zu seiner Frau.

»Also dann, die Verhandlung ist beendet, komm und umarm deine Mélie, es ist ein Uhr ...«

Madame Camusot begab sich zu Bett und ließ ihren Mann noch seine Papiere und seine Gedanken für die Verhöre ordnen, denen er die beiden Beschuldigten am nächsten Morgen unterziehen würde.

Ein Gewächs des Justizpalasts

Während also die Salatkörbe Jacques Collin und Lucien zur Conciergerie brachten, ging der Untersuchungsrichter, der erst mal gefrühstückt hatte, entsprechend den schlichten Gewohnheiten der Pariser Richter zu Fuß quer durch Paris, um sich in sein Amtszimmer zu begeben, wo bereits alle Unterlagen zu dem Fall eingetroffen waren. Hier, wie das ging:

Alle Untersuchungsrichter haben einen Bürovorstand, eine Art vereidigten Justizsekretär; eine Gattung, die sich ohne Belohnungen, ohne Ermunterungen fortpflanzt, die stets hervorragende Leute hervorbringt, deren Verschwiegenheit natürlich und absolut ist. Von den Ursprüngen der Gerichtsbarkeit bis heute kennt man im Justizpalast kein Beispiel einer Indiskretion, die ein Bürovorstand der Untersuchungsrichter begangen hätte. Gentil hat die Quittung verkauft, die Louise de Savoie für Semblançay ausgestellt hatte, ein Heeresschreiber hat Czernicheff den Plan des Russlandfeldzugs verkauft, alle diese Verräter waren mehr oder weniger wohlhabend. Die Aussicht auf eine Stelle im Justizpalast, die eines Schreibers, und das Amtsgewissen genügen, um den Bürovorstand eines Untersuchungsrichters zum siegreichen Rivalen des Grabes zu machen, denn mit dem Fortschritt der Chemie gibt ein Grab seine Geheimnisse preis. Dieser Angestellte ist die Feder des Richters selbst. Viele Leute werden verstehen, dass man die Achse eines Apparats sein kann, werden sich aber fragen, wieso einer darin Schraubenmutter bleiben möchte; doch die Schraubenmutter ist glücklich, vielleicht macht der Apparat ihr Angst? Der Schreiber Camusots, ein junger Mann von zweiundzwanzig Jahren mit Namen Coquart, war am Morgen gekommen, um alle Unterlagen und die Notizen des Richters zu holen, und er hatte bereits alles im Büro vorbereitet, während der Richter die Quais entlang spazierte, Kuriositäten in den Läden betrachtete und sich dabei fragte: »Wie umgehen mit einem Kerl, der so stark ist wie Jacques Collin, angenommen dass er das ist? Der Chef der Sicherheitspolizei wird ihn wiedererkennen, ich muss den Eindruck erwecken, dass ich meine Arbeit mache, und sei es bloß für die Polizei! Ich sehe so viele Ungereimtheiten, dass es das Beste wäre, die Marquise und die Herzogin von den Notizen der Polizei in Kenntnis zu setzen, und ich nähme Rache für meinen Vater, dem Lucien Coralie ausgespannt hat ... Mit der Enttarnung derart finsterer Schurken wird meine Fähigkeit bekannt werden und Lucien wird bald fallengelassen von allen seinen Freunden. Also los, das Verhör wird die Entscheidung bringen.«

Er betrat den Laden eines Trödlers, angelockt von einer Uhr von Boule.

Ein Einfluss

›Nicht mein Gewissen betrügen und den beiden Damen gefällig sein, das wird ein Meisterstück der Geschicklichkeit‹, dachte er. »Sieh an, Sie auch hier, Herr Generalstaatsanwalt«, sagte Camusot mit lauter Stimme, »Sie suchen Medaillen!«

»Das ist der Geschmack fast aller Juristen«, antwortete lachend Graf de Granville, »wegen der Kehrseite.«

Und nachdem er sich in dem Laden noch für ein paar Momente umgesehen hatte, als schließe er eine Suche ab, nahm er Camusot den Quai entlang mit, ohne dass Camusot an etwas anderes glauben konnte als an einen Zufall.

»Sie werden heute Morgen Monsieur de Rubempré verhören «, sagte der Generalstaatsanwalt. »Armer junger Kerl, ich mochte ihn ...«

»Er ist ziemlich belastet«, sagte Camusot.

»Ja, ich habe die Notizen der Polizei gesehen; aber die gehen zum Teil zurück auf einen Agenten, der nicht zur Präfektur gehört, Corentin, der dafür bekannt ist, dass er mehr Unschuldigen den Kopf hat abschneiden lassen als Sie jemals aufs Schafott geschickt haben werden, und ... aber der Vogel ist außerhalb unserer Reichweite. Ohne das Gewissen eines

Richters wie Sie beeinflussen zu wollen, kann ich mich nicht enthalten, Sie darauf hinzuweisen, dass, wenn Sie zu der Überzeugung gelangen könnten, dass Lucien nichts gewusst hat von dem Testament dieses Mädchens, sich daraus ergäbe, dass er kein Interesse an ihrem Tod hatte, wo sie ihm doch eh so unwahrscheinlich viel Geld geschenkt hat! …«

»Wir wissen mit Sicherheit, dass er bei der Vergiftung dieser Esther nicht anwesend war«, sagte Camusot. »Er wartete in Fontainebleau auf die Vorbeifahrt von Mademoiselle de Grandlieu und Herzogin de Lenoncourt.«

»Oh!«, gab der Generalstaatsanwalt zurück, »er machte sich, was seine Hochzeit mit Mademoiselle de Grandlieu angeht, weiter derartig Hoffnungen (das habe ich von Herzogin de Grandlieu selbst), dass man sich gar nicht vorstellen kann, dass ein so gescheiter Junge durch ein nutzloses Verbrechen alles aufs Spiel setzt.«

»Ja«, sagte Camusot, »erst recht, wenn ihm diese Esther alles, was sie einnahm, gegeben hat …«

»Derville und Nucingen sagen, sie sei in Unkenntnis der Erbschaft gestorben, die ihr schon vor Langem zugefallen ist«, fügte der Generalstaatsanwalt an.

»Aber was glauben Sie denn dann«, fragte Camusot, »irgendetwas ist da doch.«

»Ein Verbrechen der Dienstboten«, sagte der Generalstaatsanwalt.

»Leider«, gab Camusot zu bedenken, »entspricht es ganz dem Verhalten von Jacques Collin, die siebenhundertfünfzigtausend Franc zu nehmen, die aus dem Verkauf der dreiprozentigen Staatsanleihen stammen, die Nucingen geschenkt hatte, denn der spanische Priester ist ganz sicherlich dieser entlaufene Sträfling.«

»Sie wägen alles ab, mein lieber Camusot, seien Sie umsichtig. Der Abbé Carlos Herrera gehört dem Diplomatischen

Corps an ... aber ein Botschafter, der ein Verbrechen begeht, wäre nicht mehr durch seinen Satus geschützt. Ist er oder ist er nicht der Abbé Carlos Herrera, das ist die wichtigste Frage ...«

Monsieur de Granville grüßte wie ein Mann, der keine Antwort möchte.

›Also will auch er Lucien retten?‹, dachte Camusot, der auf den Quai des Lunettes abbog, während der Generalstaatsanwalt den Justizpalast über den Cour de Harlay betrat.

Eine Verbrecherfalle

Als er im Hof der Conciergerie eintraf, trat Camusot ins Büro des Direktors und nahm ihn mit sich auf die Mitte des Pflasters weit ab von jedem Lauscher.

»Mein lieber Kollege, tun Sie mir den Gefallen, gehen Sie zur Force und bringen Sie bei Ihrem Kollegen in Erfahrung, ob er zufällig in diesem Moment Sträflinge bei sich hat, die zwischen 1810 und 1815 im Straflager von Toulon gelebt haben; schauen Sie nach, ob Sie davon auch hier welche haben. Wir lassen die von La Force für ein paar Tage hierher überstellen, und Sie berichten mir, ob der angebliche spanische Priester von denen erkannt wird als Jacques Collin, genannt der Todtäuscher.«

»Ja, Monsieur Camusot; aber Bibi-Lupin ist eingetroffen ...«

»Ah! Schon!«, rief der Richter.

»Er war in Melun. Es ist ihm gesagt worden, dass es um den Todtäuscher geht, er hat vor Vergnügen gelächelt und er erwartet Ihre Anweisungen ...«

»Schicken Sie ihn mir.«

Jetzt konnte der Direktor der Conciergerie dem Untersuchungsrichter das Gesuch Jacques Collins zeigen und dessen kläglichen Zustand schildern.

»Ich hatte vor, ihn zuerst zu verhören«, gab der Richter zurück, »aber nicht wegen seiner Gesundheit. Ich habe heute morgen eine Notiz vom Direktor der Force erhalten. Also: Dieser Vogel, der behauptet, seit vierundzwanzig Stunden im Sterben zu liegen, hat so gut geschlafen, dass die bei ihm in La Force in die Zelle gegangen sind, ohne dass er den Arzt gehört hätte, den der Direktor hatte kommen lassen; der Arzt hat ihm noch nicht einmal den Puls gefühlt, er hat ihn schlafen lassen; was beweist, dass sein Gewissen so gut ist wie seine Gesundheit. Ich werde dieser Erkrankung nur Glauben schenken, um das Spiel dieses guten Mannes zu beobachten«, sagte Monsieur Camusot mit einem Lächeln.

»Bei den Beschuldigten und Angeklagten lernt man jeden Tag dazu«, merkte der Direktor der Conciergerie an.

Die Polizeipräfektur ist mit der Conciergerie durch unterirdische Gänge verbunden, und in deren Kenntnis können sich die Richter genauso wie der Gefängnisdirektor mit äußerster Schnelligkeit dorthin begeben. So erklärt sich die wundersame Leichtigkeit, mit der das Ministerium und die Schwurgerichtspräsidenten während der Verhandlung bestimmte Auskünfte erhalten können. So traf Monsieur Camusot, als er die Treppe zu seinem Büro aufgestiegen war, Bibi-Lupin, der vom Wartesaal herbeigeeilt war.

»Welch Eifer!«, lächelte der Richter.

»Ach, also, wenn das *er* ist«, antwortete der Sicherheitschef, »dann werden Sie einen wilden Tanz im Gefängnishof erleben, sofern da ein paar *Retourpferde* (alte Straftäter im Argot) sind.«

»Und warum?«

»Der Todtäuscher hat den Braten allein verputzt, und ich weiß, dass *die* geschworen haben, ihn fertigzumachen.«

Die bezeichnete die Sträflinge, deren seit zwanzig Jahren dem Todtäuscher anvertrautes Vermögen für Lucien draufgegangen war, wie bekannt.

»Könnten Sie Zeugen seiner letzten Festnahme wiederfinden?«

»Geben Sie mir zwei Zeugenvorladungen, und ich bringe Ihnen noch heute welche.«

»Coquart«, sagte der Richter, während er sich die Handschuhe auszog und Stock und Hut in eine Ecke legte, »stellen Sie zwei Vorladungen gemäß den Angaben des Herrn Agenten aus.«

Er betrachtete sich im Spiegel des Kamins, über dessen Sims an der Stelle einer Uhr eine Schale und ein Wasserkrug standen. Auf einer Seite eine Karaffe voll Wasser und ein Glas, und auf der anderen eine Lampe. Der Richter läutete. Der Gerichtsdiener erschien nach ein paar Minuten.

»Sind für mich schon Leute da?«, fragte er den Gerichtsdiener, der beauftragt war, Zeugen zu empfangen, ihre Vorladungen zu prüfen und ihnen in der Reihenfolge ihres Eintreffens Plätze zuzuweisen.

»Ja, Monsieur.«

»Nehmen Sie die Namen der eingetroffenen Personen auf und bringen Sie mir die Liste.«

Die Untersuchungsrichter, geizig mit ihrer Zeit, sind zuweilen gezwungen, mehrere Ermittlungen zur gleichen Zeit durchzuführen. Das ist der Grund für die langen Wartezeiten, die die Zeugen verbringen, wenn sie in den Raum gerufen worden sind, in dem sich die Gerichtsdiener aufhalten und wo die Klingeln der Untersuchungsrichter läuten.

»Danach«, sagte Camusot seinem Gerichtsdiener, »gehen Sie und holen Abbé Carlos Herrera.«

»Ach! Der geht als Spanier? Als Priester, wurde mir gesagt.

Pah! Das ist Collet in Neuauflage, Monsieur Camusot«, rief der Chef der Sicherheit.

»Es gibt nichts, das neu wäre«, antwortete Camusot und unterschrieb zwei dieser fürchterlichen Vorladungen, die jeden durcheinanderbringen, sogar die unschuldigsten Zeugen, die die Justiz auf diese Weise unter Androhung schwerer Strafen bei Nichtbefolgen einbestellt.

Einzelhäftling Jacques Collin beschäftigt die Welt

Inzwischen, seit ungefähr einer halben Stunde, hatte Jacques Collin seine gründlichen Erwägungen abgeschlossen und fühlte sich gerüstet. Nichts kann das Bild dieses sich gegen die Gesetze auflehnenden Mannes aus dem Volk besser vollenden als die wenigen Zeilen, die er auf die fettigen Papierschnipsel notiert hatte.

Die Bedeutung des ersten war wie folgt, denn geschrieben war es in der Geheimsprache, die Asie und er verabredet hatten, einem Jargon im Jargon, wo Ziffern für Gedanken stehen.

»Geh zur Herzogin de Maufrigneuse oder zu Madame de Sérisy, dass eine von den beiden Lucien vor seinem Verhör besucht und ihm das hier beigefügte Papier zu lesen gibt. Dann müssen Europe und Paccard gefunden werden; die zwei Diebe sollen mir helfen und sich bereithalten für die Rolle, die ich ihnen zuweise.

Lauf zu Rastignac und richte ihm von dem, dem er auf dem Opernball begegnet ist, aus, dass er kommen und bezeugen soll, dass Abbé Carlos Herrera in nichts dem Jacques Collin ähnlich ist, der bei der Vauquer festgenommen wurde.

Genauso bei Doktor Bianchon.

Die beiden *Frauen von Lucien* in diese Richtung arbeiten lassen.«

Auf dem beigefügten Papier stand in gutem Französisch:
»Lucien, gib nichts über mich zu. Ich muss für dich Abbé Carlos Herrera sein. Das ist nicht nur deine Rechtfertigung; noch ein bisschen Haltung wahren und du hast sieben Millionen und dazu die Ehre gerettet.«

Die beiden Papiere wurden an der Schriftseite so aneinandergepresst, dass man glauben konnte, das sei ein Ausriss desselben Blatts, und in dieser gewissen Art derer gerollt, die sich im Gefängnis nach Möglichkeiten sehnen, freizukommen. Das Ganze nahm die Form eines Schmutzkügelchens an, so dick wie die Wachsköpfchen, die sparsame Frauen an Nadeln anbringen, deren Öhr gebrochen ist.

›Wenn ich zuerst ins Verhör komme, sind wir gerettet; wenn es aber der Kleine ist, ist alles verloren‹, sagte er sich beim Warten.

Dieser Augenblick war so grausam, dass sich das Gesicht dieses so starken Mannes mit blankem Schweiß überzog. Dieser wundersame Mann ahnte in der Welt des Verbrechens voraus, was kommen würde, wie es Molière in der dramatischen Dichtung und Cuvier bei den verschwundenen Kreaturen getan haben. In allem ist Genie eine Eingebung. Unterhalb dieser Phänomene verdanken sich alle übrigen bemerkenswerten Werke dem Talent. Darin besteht der Unterschied, der die Vertreter des ersten von denen des zweiten Rangs trennt. Das Verbrechen hat seine Männer von Genie. Jacques Collin war sich in seiner Bedrängnis einig mit der ehrgeizigen Madame Camusot und mit Madame de Sérizy, deren Liebe unter dem Schlag der schrecklichen Katastrophe, in die Lucien abstürzte, wiedererwacht war. Das war das äußerste Ringen der menschlichen Intelligenz gegen die stählerne Bewehrung der Justiz.

Als er das schwere Eisen der Schlösser und Riegel der Tür kreischen hörte, nahm Jacques Collin seine Maske des Sterbenskranken wieder an; ihm half dabei der Freudentaumel, den das Geräusch der Schritte des Wachmanns im Flur in ihm auslöste. Er wusste nicht, auf welche Weise Asie zu ihm würde vordringen können, aber er rechnete damit, sie auf seinem Weg zu sehen, besonders nach der Verheißung, die er von ihr bei der Arkade Saint-Jean erhalten hatte.

Asie am Werk

Nach dieser geglückten Begegnung war Asie zum Grève-Platz hinuntergegangen. Vor 1830 hatte der Name de la Grève eine Bedeutung, die heute vergessen ist. Der gesamte Bereich des Seineufers von der Pont d'Arcole bis zur Pont Louis-Philippe war damals so, wie die Natur es geschaffen hatte bis auf den befestigten Fahrweg, der übrigens als Böschung angelegt war. Dementsprechend konnte man bei Hochwasser mit dem Boot an die Häuser und in die abschüssigen Straßen hineinfahren, die zum Fluss hinabführten. An diesem Quai war fast jedes Erdgeschoss um ein paar Stufen erhöht. Wenn das Wasser an den Fuß der Häuser schlug, nahmen die Kutschen die scheußliche Rue de la Mortellerie, die heute zur Vergrößerung des Rathauses gänzlich abgetragen ist. Es war der falschen Marktfrau also ein Leichtes, den kleinen Karren schnell in den unteren Uferbereich zu schieben und ihn dort zu verstecken, bis die richtige Marktfrau, die übrigens den Ertrag ihres Totalverkaufs in einer der schäbigen Kaschemmen der Rue de la Mortellerie vertrank, ihn da abholen käme, wo die Leiherin versprochen hatte, ihn zu lassen. Zu dieser Zeit wurde die Vergrößerung des Quai Pelletier fertig, der Eingang zur Baustelle wurde bewacht von einem Invaliden, und der Karren war in seiner Obhut außer Gefahr.

Auf dem Place de l'Hôtel-de-Ville nahm Asie unverzüglich eine Kutsche und sagte dem Kutscher: »Zum Temple! Und zwar schnell, *es geht um was*.«

Eine Frau, die gekleidet war wie Asie, konnte sich, ohne die geringste Neugierde zu wecken, in der weiten Halle verlieren, in der sich aller Plunder von Paris häuft, wo sich tausend fliegende Händler drängen, wo zweihundert Wiederverkäuferinnen schwatzen. Die zwei Beschuldigten waren eben erst ins Register eingetragen, da ließ sie sich in einem kleinen feuchten und niedrigen Zwischengeschoss einkleiden, das sich über einem dieser entsetzlichen Läden befand, wo alle Stoffreste verkauft wurden, die die Näherinnen oder Schneider unterschlagen hatten, und den ein altes Fräulein betrieb, die Romette gerufen wurde nach ihrem Vornamen Jéromette. Die Romette war für die Kleiderkrämerinnen, was diese Helferinnen-des-letzten-Moments ihrerseits für die sogenannt anständigen Frauen sind, wenn sie in der Tinte sitzen: eine Hundert-Prozent-Wucherin.

»Meine Tochter«, sagte Asie, »es geht darum, mich herzurichten. Ich muss mindestens eine Baronin aus dem Viertel von Saint-Germain sein. Und können wir das *etwas schneller als sonst* schaffen?«, fuhr sie fort. »Ich sitz auf glühenden Kohlen! Du weißt, welche Kleider mir stehen. Her mit dem Rouge, und finde mir hübsche Spitzen! Und gib mir die glitzerndsten *Klunker* ... Schick die Kleine einen Fiaker holen, und dass sie den an unserer Hintertür halten lässt.« »Ja, Madame«, antwortete das alte Mädchen mit der Unterwürfigkeit und Beflissenheit einer Dienerin vor ihrer Herrin.

Hätte es für diese Szene einen Zeugen gegeben, er hätte

schnell erkannt, dass die Frau, die sich unter dem Namen Asie verbarg, hier zu Hause war.

»Mir werden Diamanten angeboten! ...«, sagte die Romette, während sie Asie frisierte.

»Sind die geklaut?«

»Glaube ich.«

»Na ja, was die auch immer einbrächten, mein Kind, die müssen wir uns verkneifen. Wir müssen für eine gewisse Zeit mit *Schnüfflern* rechnen.«

Nun kann man verstehen, wie es Asie möglich war, sich mit einer Vorladung in der Hand im Wartesaal des Justizpalastes einzufinden, sich den Weg über die Flure und Treppen weisen zu lassen, die zu den Untersuchungsrichtern führen, und ungefähr eine Viertelstunde vor dem Eintreffen des Richters nach Monsieur Camusot zu fragen.

Ein Blick in den Wartesaal

Asie war nicht wiederzuerkennen. Nachdem ihr Gesicht einer Alten wie bei einer Schauspielerin abgewaschen und Rouge und Weiß aufgetragen waren, hatte sie ihren Kopf in eine bewundernswerte blonde Perücke gehüllt. Perfekt zurechtgemacht wie eine Dame aus dem Viertel Saint-Germain, die ihren verlorengegangenen Hund sucht, schien sie, da sie ihr Gesicht hinter einem prächtigen schwarzen Spitzenschleier verborgen hatte, vierzig Jahre alt zu sein. Ein streng geschnürtes Korsett hielt ihre Köchinnentaille. Zu edlen Handschuhen und einem etwas kräftigen Gesäßwulst verströmte sie starken Puderduft. Während sie eine Handtasche mit Goldbügel herumschwenkte, teilte sie ihre Aufmerksamkeit zwischen den Mauern des Palais, wo sie deutlich zum ersten Mal herumlief, und der Leine eines hübschen *Cavalier*

King Charles Spaniels. Eine solche ältere Dame der Gesellschaft wurde bald bemerkt von den Leuten in schwarzer Robe, die diesen Saal »der vertanen Schritte« bevölkerten.

Außer den Anwälten ohne Mandat, die mit ihren Roben den Saal fegen und die untereinander die großen Advokaten in der Art großer Herren bei ihren Vornamen nennen, um glauben zu machen, dass sie zur Aristokratie des Standes gehören, sieht man öfters geduldige junge Leute voll Bewunderung der Anwälte, die sich die Beine in den Bauch stehen wegen einer einzigen Sache, die als die letzte angesetzt wurde, aber möglicherweise zur Verhandlung kommt, wenn die Anwälte der davor angesetzten Fälle auf sich warten lassen. Es ergäbe ein witziges Bild: die Unterschiede zwischen den einzelnen schwarzen Roben, die diese riesige Halle in Dreier-, manchmal Vierergruppen durchschreiten und mit ihrem Geplauder das ungeheure Summen erzeugen, das diesen so treffend benannten Saal erfüllt, denn das Schreiten nutzt die Anwälte genauso ab wie der verschwenderische Gebrauch von Worten; aber dies Bild wird seinen Platz in der Studie haben, die die Pariser Anwälte zum Inhalt hat. Asie hatte auf diese Wandersmänner des Justizpalasts gesetzt, sie lachte verstohlen über die Scherze, die sie hörte und zog schließlich die Aufmerksamkeit Massols auf sich, eines jungen Praktikanten, der sich mehr für die *Gazette des Tribunaux* als für seine Mandanten interessierte und der einer so wohlparfümierten und edel gekleideten Frau seine guten Dienste mit einem Lachen anheimstellte.

Asie nahm eine leise Fistelstimme an, um diesem verbindlichen Herren zu erklären, dass sie auf dem Weg zu einer Vorladung bei einem Richter sei, der Camusot heiße …

»Ah! Für die Affäre Rubempré.«

Das Verfahren hatte bereits seinen Namen.

»Aber nein! Es geht nicht um mich, es geht um meine

Kammerfrau, ein Mädchen mit dem Spitznamen Europe, die ich vierundzwanzig Stunden lang hatte und die geflüchtet ist, als sie sah, dass mir mein Diener dies Amtsschreiben gebracht hat.«

Dann redete sie wie alle alten Frauen, deren Leben sich in Plaudereien am Kamin abspielt, weitschweifig und von Massol ermuntert vom Pech mit ihrem ersten Ehegatten, einem der drei Direktoren der Grundsteuerkasse. Sie fragte den jungen Anwalt um Rat zu der Frage, ob sie einen Prozess gegen ihren Schwiegersohn anstrengen sollte, Graf de Gross-Narp, der ihre Tochter unglücklich mache, und ob ihm das Gesetz erlaube, über ihr Vermögen zu verfügen. Trotz seiner Bemühungen konnte Massol nicht herausfinden, ob die Vorladung der Herrin oder der Kammerfrau galt. Im ersten Moment hatte er sich damit zufriedengegeben, den Blick auf dies juristische Papier zu richten, dessen Exemplare wohlbekannt sind; denn zum Zweck größerer Geschwindigkeit ist es gedruckt, und die Amtsschreiber der Untersuchungsrichter müssen nur noch die für die Namen und Adressen der Zeugen freigelassenen weißen Stellen ausfüllen, die Uhrzeit des Erscheinens, etc. Asie ließ sich den Justizpalast erklären, den sie besser kannte als der Anwalt; zuletzt fragte sie ihn, wann dieser Monsieur Camusot komme.

»Also im Allgemeinen fangen die Untersuchungsrichter ihre Verhöre gegen zehn Uhr an.«

»Es ist Viertel vor zehn«, sagte sie mit einem Blick auf eine hübsche kleine Uhr, ein wahres Meisterwerk der Goldschmiedekunst, das Massol denken ließ: ›Wo das Geld nicht überall hinkommt! ...‹

Massol träumt vom Heiraten

In diesem Moment war Asie bei dem dunklen Saal angekommen, der zur Conciergerie führt und in dem sich die Amtsdiener aufhalten. Beim Anblick der Sperrschleuse quer vor dem Fenster rief sie aus: »Was sind denn das für dicke Mauern da?«

»Das ist die Conciergerie.«

»Ach, das ist die Concergerie, wo unsere arme Königin ... Oh! Deren Zelle würde ich gern mal sehen! ...«

»Das ist nicht möglich, Frau Baronin«, antwortete der Anwalt, bei dem sich die Gesellschaftsdame eingehängt hatte, »man muss Genehmigungen haben, die sehr schwer zu bekommen sind.«

»Mir ist gesagt worden«, sprach sie weiter, »dass Louis XVIII. selber, und auf Lateinisch, die Inschrift verfasst hat, die sich in der Zelle von Marie-Antoinette befindet.«

»Ja, Frau Baronin.«

»Ich würde gerne Latein können, um die Worte dieser Inschrift zu verstehen!«, gab sie zurück. »Glauben Sie, dass Monsieur Camusot mir die Genehmigung geben könnte ...«

»Damit hat er nichts zu tun; aber er kann Sie begleiten ...«

»Aber seine Verhöre?«, sagte sie.

»Oh!«, antwortete Massol, »die Beschuldigten können warten.«

»Ja so was, die werden beschuldigt, stimmt ja!«, antwortete Asie naiv. »Aber ich kenne Monsieur de Granville, Ihren Generalstaatsanwalt ...«

Dieser Einschub wirkte auf die Amtsdiener und den Anwalt wie eine Berührung mit dem Zauberstab.

»Ach, Sie kennen den Herrn Generalstaatsanwalt«, sagte Massol und nahm sich vor, nach Namen und Adresse der *Mandantin* zu fragen, die ihm der Zufall verschaffte.

»Ich sehe ihn oft bei Monsieur de Sérisy, seinem Freund. Madame de Sérisy ist mit mir über die Ronquerolles verwandt ...«

»Wenn Madame zur Conciergerie hinunter will«, meinte ein Amtsdiener, »kann sie ...«

»Ja«, sagte Massol.

Die Amtsleute ließen den Anwalt und die Baronin hinabsteigen, die sich bald im kleinen Wachlokal befanden, in das die Treppe der Mausefalle mündet, ein Raum, den Asie bestens kannte, und der, wie wir gesehen haben, zwischen der Mausefalle und der Sechsten Kammer eine Art Beobachtungsposten bildet, an dem jeder vorbeigehen muss.

»Fragen Sie doch diese Herren, ob Monsieur Camusot schon da ist!«, sagte sie mit einem Blick auf die Gendarmen, die Karten spielten.

»Ja, Madame, der ist gerade von der Mausefalle heraufgekommen ...«

»Von der Mausefalle!, was ist das denn ... Ach bin ich dumm, dass ich nicht gleich zu Graf de Granville gegangen bin ... aber ich habe keine Zeit ... Bringen Sie mich, Monsieur, zu Monsieur Camusot, damit ich ihn spreche, bevor er besetzt ist.«

»Aber Madame, Sie haben alle Zeit, um mit Monsieur Camusot zu sprechen«, sagte Massol. »Wenn Sie ihm Ihre Karte geben lassen, wird er Ihnen den Verdruss ersparen, mit Zeugen im Vorzimmer zu sitzen ... Man hat im Justizpalast Respekt für Damen wie Sie ... Haben Sie Visitenkarten ...«

Zu was Massol und
der Cavalier King Charles Spaniel gut waren

In diesem Moment standen Asie und ihr Anwalt genau vor dem Fenster des Wachlokals, von wo die Gendarmen die Bewegungen an der Sperrschleuse der Conciergerie sehen können. Die Gendarmen, erfüllt vom Respekt für die Verteidiger der Witwen und Waisen und in Kenntnis der Privilegien der Anwaltsrobe, duldeten für ein paar Augenblicke die Gegenwart einer von einem Anwalt begleiteten Baronin. Asie ließ sich von dem jungen Anwalt die schrecklichen Dinge erzählen, die ein junger Anwalt von der Sperrschleuse berichten kann. Sie weigerte sich zu glauben, dass die zum Tod Verurteilten hinter den Gittern, auf die man sie hinwies, zurechtgemacht wurden; doch der Wachtmeister bestätigte es ihr.

»Wie ich das gern mal sehen würde!...«, sagte sie.

Sie blieb und kokettierte mit dem Wachtmeister und ihrem Anwalt, bis sie Jacques Collin sah, wie er, gestützt von zwei Gendarmen, Monsieur Camusots Amtsdiener aus der Sperrschleuse folgte.

»Ah!, da kommt der Gefängnisseelsorger, der jetzt wohl einen Unglücklichen vorbereitet...«

»Nein, nein, Frau Baronin«, antwortete der Gendarm. »Das ist ein Beschuldigter, der ins Verhör geht.«

»Und was wird ihm vorgeworfen?«

»Er hat zu tun mit dieser Vergiftungssache...«

»Oh! würde ich mir den gern mal anschauen...«

»Sie können hier nicht bleiben«, sagte der Wachtmeister, »denn der ist in Einzelhaft und kommt hier durch das Wachlokal. Hier, Madame, diese Tür führt zur Treppe...«

»Danke, Offizier«, sagte die Baronin und ging zur Tür, um dann ins Treppenhaus zu hasten, wo sie schrie: »Aber wo bin ich denn hier?«

Dieser Aufschrei gelangte ans Ohr von Jacques Collin, den sie auf diese Weise darauf vorbereiten wollte, sie zu sehen. Der Wachtmeister lief der Frau Baronin nach, fasste sie um den Körper und trug sie wie eine Feder zwischen die fünf Gendarmen, die wie ein Mann aufgestanden waren; denn beim Wachpersonal misstraut man allem. Das war Willkür, aber notwendige Willkür. Der Anwalt selbst hatte zweimal entsetzt den Ausruf ausgestoßen: »Madame! Madame!«, so große Angst hatte er, seinem Ansehen zu schaden.

Abbé Carlos Herrera, beinah bewusstlos, hielt bei einem Stuhl im Wachlokal.

»Armer Mann!«, meinte die Baronin. »Ist er schuldig?«

Diese Worte, obwohl sie dem jungen Anwalt ins Ohr gesprochen waren, wurden von allen gehört, denn es herrschte Totenstille in diesem fürchterlichen Wachlokal. Manche bevorzugte Personen erhalten gelegentlich die Erlaubnis, die berühmten Verbrecher zu sehen, wenn sie durch dieses Wachlokal oder über die Flure gehen, sodass der Amtsdiener und die Gendarmen, die den Auftrag hatten, Abbé Carlos Herrera vorzuführen, keine Einwände machten. Übrigens bestand dank dem Einsatzwillen des Wachtmeisters, der die Baronin gepackt hatte, um jede Verständigung zwischen dem in Einzelhaft gehaltenen Beschuldigten und Außenstehenden zu verhindern, ein sehr beruhigender Abstand.

»Gehen wir!«, sagte Jacques Collin, der sich mühte, aufzustehen.

In diesem Augenblick fiel das Kügelchen aus seinem Ärmel, und die Stelle, wo es liegen blieb, merkte sich die Baronin, deren Schleier ihren Blicken alle Freiheit ließ. Da es feucht war und fettig, war das Kügelchen nicht gerollt; diese kleinen Umstände, die scheinbar unbedeutend sind, waren alle von Jacques Collin für ein vollständiges Gelingen vorbedacht. Während der Beschuldigte in den oberen Bereich der

Treppe abgeführt wurde, ließ Asie ihre Tasche sehr natürlich fallen und hob sie behände wieder auf; doch beim Bücken hatte sie die Kugel genommen, deren Farbe, absolut dieselbe wie der Staub und der Dreck des Fußbodens, verhinderte, dass sie bemerkt wurde.

»Ah!«, sagte sie, »da hat sich mir das Herz zusammengezogen ... er ist todkrank ...«

»Oder er tut so«, gab der Wachtmeister zurück.

»Monsieur«, wandte sich Asie an den Anwalt, »führen Sie mich jetzt zu Monsieur Camusot; ich bin hier wegen dieser Angelegenheit ... und vielleicht ist er ganz froh, mich zu sehen, bevor er diesen armen Abbé verhört ...«

Der Anwalt und die Baronin verließen das Wachlokal mit seinen schmierigen und rußigen Mauern; doch als sie oben auf der Treppe waren, rief Asie: »Und mein Hund! ... o Monsieur, mein armer Hund.«

Und stürzte wie eine Verrückte in den Wartesaal und fragte jeden nach ihrem Hund. Sie erreichte die Galérie Marchande, hastete in Richtung einer Treppe und rief: »Da ist er! ...«

Diese Treppe war diejenige, die auf den Hof Cour de Harlay führt, von wo aus sich Asie, als sie ihre Komödie zu Ende gespielt hatte, in eine der Droschken warf, die am Quai des Orfèvres stehen, und mit der Vorladung verschwand, die an Europe gerichtet war, deren wahre Namen Polizei und Justiz noch unbekannt waren.

Asie im besten Einvernehmen
mit der Herzogin

»Rue Neuve-Saint-Marc«, rief sie dem Kutscher zu. Asie konnte sich auf die unverbrüchliche Verschwiegenheit einer Kleiderhändlerin mit dem Namen Madame Nourrisson verlassen, die auch unter dem Namen Madame Sainte-Estève bekannt war und die ihr nicht nur ihre Identität, sondern auch ihren Laden überließ, in dem Nucingen die Lieferung Esthers ausgehandelt hatte. Asie war dort wie zu Hause, denn sie nutzte ein Zimmer in Madame Nourrissons Wohnung. Sie bezahlte die Droschke und stieg in ihr Zimmer hinauf, nachdem sie Madame Nourrisson auf eine Art gegrüßt hatte, mit der sie ihr zu verstehen gab, dass sie keine Zeit hatte, zwei Worte zu wechseln.

Sobald sie weit weg war von aller Bespitzelung, machte sich Asie daran, die Papiere mit der Sorgfalt aufzufalten, die die Gelehrten aufwenden, wenn sie Palimpseste untersuchen. Nachdem sie die Anweisungen gelesen hatte, hielt sie es für angebracht, die an Lucien gerichteten Zeilen auf Briefpapier abzuschreiben; dann ging sie hinunter zu Madame Nourrisson, die sie plaudern ließ, solange ein Ladenmädchen auf dem Boulevard des Italiens eine Droschke holen ging. Asie bekam hier die Adressen der Herzogin de Maufrigneuse und Madame de Sérisys, die Madame de Nourrisson durch ihren Umgang mit den Kammerzofen kannte.

Diese unterschiedlichen Besorgungen, diese sorgfältigen Verrichtungen brauchten mehr als zwei Stunden. Herzogin de Maufrigneuse, die am oberen Ende des Viertels Saint-Honoré wohnte, ließ Madame de Saint-Estève eine Stunde lang warten, obwohl ihr die Kammerfrau, nachdem sie dort angeklopft hatte, die Karte von Madame de Saint-Estève durch die Tür ihrer Ankleide gereicht hatte, auf die Asie geschrieben hatte: »*Gekommen wegen einer dringenden Maßnahme für Lucien.*«

Mit dem ersten Blick, den sie auf das Gesicht der Herzogin warf, begriff Asie, welche Art Störung ihr Besuch war; dementsprechend entschuldigte sie sich, angesichts der Gefahr, in der sich Lucien befand, *die Ruhe* der Herzogin gestört zu haben ...

»Wer sind Sie? ...«, fragte die Herzogin ohne jede Höflichkeitsformel und musterte Asie, die im Wartesaal vom Anwalt Massol wohl für eine Baronin gehalten werden konnte, die aber auf dem Teppich des kleinen Salons im Palais de Cadignan aussah wie ein Fleck Schmieröl auf einem weißen Seidenkleid.

»Ich bin Kleiderhändlerin, Madame; in solchen Situationen wendet man sich an die Frauen, deren Geschäft auf absoluter Verschwiegenheit beruht. Ich habe noch nie jemanden verraten, und Gott weiß, wie viele hohe Damen mir für einen Monat ihre Diamanten anvertraut haben und dafür absolut gleich aussehende Fälschungen haben wollten ...«

»Haben Sie einen anderen Namen?«, lächelte die Herzogin wegen einer Erinnerung, die diese Antwort in ihr geweckt hatte.

»Ja, Madame, ich bin bei den großen Anlässen Madame Saint-Estève, aber im Handel nenne ich mich Madame Nourrisson.

»Gut, gut ...«, gab die Herzogin in verändertem Ton lebhaft zurück.

»Ich könnte«, sprach Asie weiter, »sehr nützlich sein, denn wir kennen die Geheimnisse der Ehemänner wie die der Frauen. Ich habe viele Geschäfte gemacht mit Monsieur de Marsay, den Herzogin ...«

»Genug! Das reicht schon!«, rief die Herzogin, »kümmern wir uns um Lucien.«

»Wenn Madame ihn retten will, müsste sie bereit sein, nicht viel Zeit mit dem Ankleiden zu verbringen; übrigens könnte Madame nicht schöner sein als sie es in diesem Moment ist. Sie sind zum Anbeißen schön, Ehrenwort einer alten Frau! Und lassen Sie nicht anspannen, steigen Sie mit mir in die Droschke ... Kommen Sie zu Madame de Sérisy, wenn Sie größtes Unglück, das der Tod dieses Engels wäre, vermeiden wollen ...«

»Also los, ich folge Ihnen«, sagte die Herzogin nach einem Augenblick des Zögerns. »Zu zweit machen wir Léontine Mut ...«

Ein schöner Schmerz

Trotz des wirklich höllischen Eifers dieser Dorine des Zuchthauswesens schlug es zwei Uhr, als sie mit Herzogin de Maufrigneuse bei Madame de Sérisy eintrat, die in der Rue de la Chaussée d'Antin wohnte. Doch hier wurde, dank der Herzogin, keine Zeit vertan. Beide wurden gleich eingelassen zur Gräfin, die sie inmitten eines mit dem Duft der seltensten Blumen erfüllten Gartens in einer Miniaturalmhütte auf einem Sofa liegend antrafen.

»Das ist gut«, sah Asie sich um, »man kann uns nicht zuhören.«

»Ah, meine Teure, ich komme um! Erzähl, Diane, was hast du getan? ...«, rief die Gräfin, die wie ein Rehkitz aufsprang und die Herzogin unter Tränen bei den Schultern nahm.

»Bitte, Léontine, es gibt Momente, wo Frauen wie wir nicht heulen dürfen, sondern handeln müssen«, sagte die Herzogin und nötigte die Gräfin, sich mit ihr auf das Kanapee zu setzen.

Asie musterte die Gräfin mit diesem besonderen Blick alter durchtriebener Frauen, den sie mit einer Geschwindigkeit über das Wesen einer Frau gleiten lassen, wie chirurgische Skalpelle durch eine Wunde fahren. Die Gefährtin von Jacques Collin entdeckte also Spuren eines bei Frauen der Gesellschaft äußerst seltenen Gefühls, einen echten Schmerz! … diesen Schmerz, der im Herzen und auf dem Gesicht unauslöschliche Furchen hinterlässt. An ihrer Kleidung war nicht die geringste Koketterie! Die Gräfin zählte nun fünfundvierzig Jahre, und ihr fadenscheiniger Morgenmantel aus bedrucktem Musselin ließ unvermittelt und ohne Mieder ihr Leibchen sehen …! Die schwarz umränderten Augen, die Flecken auf den Wangen zeugten von bitteren Tränen. Kein Gürtel um den Morgenmantel. Die Borten des Unterrocks und der Bluse waren zerknittert. Die Haare, die seit vierundzwanzig Stunden keinen Kamm mehr gesehen hatten und unter eine Spitzenhaube gesteckt waren, ließen einen kurzen dünnen Zopf und alle gelockten Strähnen in ihrer Dürftigkeit sehen. Léontine hatte vergessen, ihre falschen Zopfteile aufzustecken.

»Sie lieben zum ersten Mal in Ihrem Leben …«, sagte Asie bedeutungsvoll.

Da bemerkte Léontine Asie und machte eine Bewegung des Erschreckens.

»Wer ist das, meine liebe Diane?«, sagte sie zu Herzogin de Maufrigneuse.

»Wen meinst du, dass ich zu dir bringe, wenn es nicht eine Frau ist, die Lucien ergeben ist und bereit, uns zu helfen?«

Ein Typ einer Pariserin

Asie hatte die Wahrheit geahnt. Madame de Sérisy, die als eine der lockersten Frauen der Gesellschaft galt, hatte mit Marquis d'Aiglemont zehn Jahre lang eine Beziehung. Seit der Abreise des Marquis in die Kolonien war sie verrückt nach Lucien gewesen und hatte ihn Herzogin de Maufrigneuse ausgespannt, ohne, wie übrigens ganz Paris, von Luciens Liebe zu Esther zu wissen. In der hohen Gesellschaft schädigt ein bekannt gewordenes Verhältnis den Ruf einer Frau mehr als zehn heimliche Abenteuer, zwei solche Verhältnisse erst recht. Nachdem niemand Madame de Sérisy zur Rechenschaft zog, könnte der Chronist für ihre zweifach angestoßene Tugend nicht garantieren. Sie war eine mittelgroße Blonde, jung geblieben wie Blonde jung bleiben, das heißt, sie sah nach gerade mal dreißig aus, schmächtig ohne mager zu sein, weißhäutig mit aschblondem Haar; die Füße, die Hände, der Körper von aristokratischer Feinheit; geistreich wie eine Ronquerolles und demzufolge zu den Frauen so boshaft wie nett zu den Männern. Immer war sie durch ihr großes Vermögen, durch die hohe Stellung ihres Mannes und die ihres Bruders, des Marquis de Ronquerolles, geschützt gewesen vor den Widrigkeiten, die wahrscheinlich über jede andere Frau niedergegangen wären. Sie hatte ein großes Verdienst: Sie war in ihrer Unmoral offen, sie gestand ihre Verehrung für die Sitten der Régence ein. Diese Frau, für die die Männer bisher angenehme Spielzeuge gewesen waren und denen sie, merkwürdige Sache, vieles erlaubt hatte, weil sie in der Liebe nur das akzeptable Opfer sah, um sie zu beherrschen, war nun, mit zweiundvierzig Jahren, beim Anblick Luciens von einer Liebe erfasst worden, die vergleichbar war mit der des Baron de Nucingen für Esther. Da hatte sie, wie es ihr Asie soeben gesagt hatte, zum ersten Mal im Leben geliebt.

Diese Übertragungen aus der Jugend sind bei den Pariserinnen, bei den gehobenen Damen häufiger, als man glaubt, und verursachen unerklärliche Abstürze mancher tugendhafter Frauen in dem Moment, da sie an die vierzig herankommen. Herzogin de Maufrigneuse war die einzige Vertraute dieser schrecklichen und umfassenden Leidenschaft, deren Glücksmomente, von den kindlichen Gefühlen der ersten Liebe bis zu den ungeheuerlichen Übertreibungen der Lust, Léontine verrückt und unersättlich machten.

Die echte Liebe ist, wie man weiß, unerbittlich. Auf die Entdeckung einer Esther folgte eines dieser cholerischen Zerwürfnisse, wo bei den Frauen die Wut bis zum Mord geht; dann war die Zeit des Verzagens gekommen, dem sich die ernsthafte Liebe mit solcher Wonne überlässt. So war die Gräfin schon seit einem Monat bereit, zehn Jahre ihres Lebens zu geben, um Lucien für acht Tage wiederzusehen. Zuletzt, in dem Moment, als in dieser Übersteigerung der Hingabe die Nachricht von der Festnahme des Geliebten wie ein Trompetenstoß des Jüngsten Gerichts hereinplatzte, war sie sogar so weit, sich mit der Nebenbuhlerschaft Esthers abzufinden. Die Gräfin wäre fast umgekommen, ihr Ehemann hatte selbst an ihrem Bett gewacht aus Angst vor den Enthüllungen des Deliriums; und seit vierundzwanzig Stunden lebte sie wie mit einem Dolch im Herzen. In ihrem Fieber sagte sie ihrem Mann: »Befreie Lucien, und ich werde nur noch für dich da sein!«

Asie als dummer Bauer

»Nicht bloß die Augen verdrehen wie eine tote Ziege, wie die Frau Herzogin das nennt«, rief die grauenvolle Asie und schüttelte die Gräfin am Arm. »Wenn Sie ihn retten wollen, ist keine Minute zu verlieren. Er ist unschuldig, ich schwöre es bei den Gebeinen meiner Mutter!«

»Oh, ja, nicht wahr …«, rief die Gräfin und sah mit Sympathie auf die entsetzliche Frau.

»Und wenn Monsieur Camusot«, fuhr Asie fort, »ihn *falsch ausfragt*, kann er ihn mit zwei Sätzen zum Schuldigen machen; aber wenn Sie die Möglichkeit haben, sich die Conciergerie öffnen zu lassen und ihn zu sprechen, brechen Sie sofort auf und bringen Sie ihm dies Papier … Morgen ist er frei, das verspreche ich … Ziehen Sie ihn da raus, denn es sind schließlich Sie, die ihn dahingebracht haben …«

»Ich! …«

»Ja, Sie! … Sie ganzen großen Damen, Sie haben niemals etwas Geld übrig, auch wenn Sie Millionen haben. Wenn ich mir den Luxus gegönnt habe, Jungs zu haben, hatten die ihre Taschen aber voll Gold! Ich hatte meine Freude an deren Vergnügen. Es ist so schön, gleichzeitig Mutter und Mätresse zu sein! Sie aber, Sie lassen die Leute, die Sie lieben, vor Hunger verrecken, ohne nach deren Umständen zu fragen. Esther dagegen, die hat nicht schön dahergeredet, die hat zum Preis körperlicher und seelischer Zerstörung die Million gegeben, die ihrem Lucien abverlangt wurden, und das ist es, was ihn in die Lage gebracht hat, in der er jetzt steckt …«

»Das arme Mädchen! Das hat sie getan! Ich liebe sie! …«, sagte Léontine.

»Ach ja. Jetzt«, sagte Asie mit eisiger Ironie.

»Sie war ziemlich schön, aber jetzt, mein Engel, bist du deutlich schöner als sie … und die Ehe Luciens mit Clotilde ist so endgültig gestrichen, dass das niemand mehr reparieren kann«, sagte die Herzogin ganz leise zu Léontine.

Die Wirkung dieses Gedankens und dieser Einschätzung auf die Gräfin war, dass sie nicht mehr litt; sie strich sich mit den Händen über die Stirn, sie war wieder jung.

»Also, meine Kleine, beweg die Füße und auf geht's! ...«, sagte Asie, die diese Verwandlung sah und deren Ursache erriet.

»Aber«, sagte Madame de Maufrigneuse, »wenn es als Erstes darum geht, Monsieur Camusot davon abzuhalten, Lucien zu verhören, dann können wir das, indem wir ihm zwei Worte schreiben, die wir mit deinem Kammerdiener in den Justizpalast schicken, Léontine.«

»Also noch mal zu mir zurück«, sagte Madame de Sérisy.

Während Luciens Beschützerinnen den Anweisungen folgten, die Jacques Collin vorgegeben hatte, geschah folgendes im Justizpalast.

Beobachtungen

Die Gendarmen schafften den Sterbenskranken auf einen Stuhl gegenüber dem Fenster in Monsieur Camusots Arbeitsraum, der in seinem Sessel an seinem Schreibtisch saß. Coquart, seine Schreibfeder in der Hand, saß ein paar Schritte vom Richter entfernt an einem kleinen Tisch.

Die Einrichtung der Arbeitsräume der Untersuchungsrichter ist nicht bedeutungslos, und wenn dahinter keine Absicht ist, dann muss man sagen, dass der Zufall die Justiz wie seine Schwester behandelt hat. Diese Richter sind wie Maler, sie brauchen gleichmäßiges, reines Licht, das von Norden hereinfällt, denn das Gesicht ihrer Verbrecher ist ein Bildnis, das anhaltend betrachtet werden muss. Dementsprechend stellen beinah alle Untersuchungsrichter ihre Schreibtische so auf wie Monsieur Camusot, sich selbst mit dem Rücken zum Licht, und folglich ist das Gesicht derer, die sie befragen, voll dem Licht ausgesetzt. Nach sechs Monaten Amtsausübung unterlässt es von ihnen keiner mehr, eine zerstreute, gleichgültige Miene anzunehmen, wenn er nicht für die Dauer der Befragung eine Brille trägt. Es war eine plötzliche, von einer unvermittelten Frage ausgelöste und auf diese Weise beobachtete Veränderung des Gesichtsausdrucks, der die Entdeckung des Verbrechens von Castaing zu verdanken war, in dem Moment, als der Richter nach einer langen Beratung mit dem Generalstaatsanwalt diesen Verbrecher aus Mangel an Beweisen schon in die Gesellschaft zurücklassen wollte. Diese kleine Einzelheit möchte auch den verständnislosesten Leuten verdeutlichen, wie lebhaft, spannend, merkwürdig, dramatisch und entsetzlich der Kampf eines Verhörs ist, ein Kampf ohne Zeugen, doch stets protokolliert. Gott weiß, was auf dem Papier von der glühend eisigen Szene bleibt, wo die Augen, der Tonfall, ein Zucken im Gesicht, der geringste durch ein Gefühl hinzugefügte Farbton, alles gefährlich war wie unter Wilden, die sich belauern, um einander zu entdecken und zu töten. Ein Protokoll ist also nicht mehr als die Asche eines Brandes.

»Wie heißen Sie wirklich?«, fragte Camusot Jacques Collin.

»Don Carlos Herrera, Kanonikus des Königlichen Kapitels von Toledo, geheimer Gesandter seiner Majestät Ferdinands VII.«

Man muss hier darauf hinweisen, dass Jacques Collin französisch sprach wie eine spanische Milchkuh und derart radebrechte, dass er seine Antworten beinah unverständlich machte und sich um Wiederholung bitten lassen musste. Monsieur de Nucingens Germanismen haben diese Szenerie schon zu sehr gefärbt, um noch mehr kursiv gedruckte, schwer zu lesende Sätze einzufügen, die dem Tempo der Geschichte schädlich wären.

Wie der Zuchthäusler beweist, dass er ein ausgezeichneter Mann ist

»Haben Sie Papiere, die die Eigenschaften belegen, von denen Sie sprechen?«, fragte der Richter.

»Ja Monsieur, einen Pass, einen Brief seiner Katholischen Majestät, der mich zu meiner Mission ermächtigt ... Also, Sie können jetzt gleich eine Notiz an die spanische Botschaft schicken lassen, die ich vor Ihren Augen schreibe; es wird meine Freilassung verlangt werden. Wenn Sie dann noch weiteren Bedarf an Beweisen haben sollten, werde ich an den Oberhofprediger von Frankreich schreiben, und der würde sofort seinen Privatsekretär hierherschicken.«

»Sie geben weiterhin vor, im Sterben zu liegen?«, fragte Camusot. »Wenn Sie wirklich die Leiden litten, über die Sie seit Ihrer Festnahme klagen, müssten Sie tot sein«, fügte der Richter ironisch an.

»Sie machen der Widerstandsfähigkeit eines Unschuldigen den Prozess, und der Kraft seines Temperaments!«, antwortete der Beschuldigte sanft.

»Coquart, läuten Sie! Lassen Sie den Arzt der Conciergerie und einen Sanitäter kommen. Wir sind wohl gezwungen, Ihnen Ihre Kutte abzunehmen und Ihre Schultern auf eine Markierung zu überprüfen ...«, gab Camusot zurück.

»Monsieur, Sie haben mich in der Hand.«

Der Beschuldigte fragte, ob sein Richter die Güte haben wolle, ihm zu erklären, was das für eine Markierung sei, und wieso er die auf seiner Schulter suche. Der Richter wartete schon auf diese Frage.

»Sie stehen im Verdacht, Jacques Collin zu sein, ausgebrochener Sträfling, dessen Verwegenheit vor nichts Halt macht, auch nicht vor dem Frevel …«, sagte der Richter lebhaft und senkte seinen Blick in die Augen des Beschuldigten.

Jacques Collin zuckte nicht, errötete nicht; er blieb ruhig und nahm eine neugierige Haltung an, während er Camusot betrachtete.

»Ich! Monsieur, ein Sträfling? … Dass der Orden, dem ich angehöre, und Gott Ihnen diesen Missgriff vergeben! Sagen Sie mir alles, was ich tun soll, um Ihnen zu ersparen, dass Sie mit einem so schwerwiegenden Unrecht gegen das Menschenrecht, gegen die Kirche, gegen den König, meinen Herrn, fortfahren.«

Der Richter erklärte dem Beschuldigten, ohne zu antworten, dass die Buchstaben, wenn er die Markierung aufgebrannt bekommen habe, wie es damals das Gesetz den verurteilten Zwangsarbeitern auferlegte, sogleich sichtbar würden, wenn man ihm auf die Schultern schlüge.

»Ah! Monsieur«, sagte Jacques Collin, »es wäre wohl traurig, wenn mir mein Dienst für die Sache des Königs zum Schaden geriete.«

»Erklären sie das«, sagte der Richter, »dafür sind Sie hier.«

»Na ja, Monsieur, ich muss ziemliche Narben auf dem Rücken haben, denn ich wurde von den Konstitutionalisten als Landesverräter rücklings erschossen, weil ich meinem König treu diente, und als tot liegen gelassen.«

»Sie wurden erschossen und leben! …«, sagte Camusot.

»Es gab ein Einvernehmen mit den Soldaten, denen ein paar fromme Menschen etwas Geld gegeben haben; daraufhin haben sie mich mit so großem Abstand hingestellt, dass ich bloß Kugeln abbekommen habe, die beinah unschädlich waren, die Soldaten haben auf den Rücken gezielt. Das ist eine Tatsache, die Ihnen der Botschafter bestätigen kann …«

›Dieser Teufelskerl hat auf alles eine Antwort. Um so besser, übrigens‹, dachte Camusot, der nur so streng auftrat, um den Anforderungen von Justiz und Polizei zu genügen.

Die wunderbare Erfindung Jacques Collins

»Wie kommt es, dass sich ein Mann Ihres Standes bei der Geliebten des Baron de Nucingen aufhält, und was für einer Geliebten, einer früheren Prostituierten! ...«

»Ich sage Ihnen den Grund, wieso man mich im Haus einer Kurtisane angetroffen hat, Monsieur«, sagte Jacques Collin. »Aber bevor ich Ihnen sage, was mich dorthin geführt hat, muss ich anmerken, dass ich in dem Augenblick, als ich die erste Stufe der Treppe betrat, von einem plötzlich Anfall meiner Krankheit erfasst wurde, ich habe nicht mehr mit diesem Mädchen sprechen können. Ich hatte Kenntnis erhalten, dass Fräulein Esther vorhatte, sich das Leben zu nehmen, und weil das die Angelegenheiten des jungen Lucien de Rubempré betraf, um den ich mich aus Gründen, die unantastbar sind, besonders kümmere, ging ich hin, um zu versuchen, dieses arme Geschöpf von dem Weg abzubringen, auf den es die Verzweiflung gebracht hatte: Ich wollte ihr sagen, dass Lucien in seinem letzten Versuch bei Mademoiselle Clotilde scheitern musste; und, indem ich ihr sagen würde, dass sie sieben Millionen erbte, hoffte ich, ihr den Lebensmut wiederzugeben. Ich bin mir sicher, Herr Richter, dass ich das Opfer der Geheimnisse geworden bin, die mir anvertraut wurden. Aufgrund der Art, wie es mich niedergestreckt hat, meine ich, dass ich an dem Morgen vergiftet worden bin und dass aber die Kraft meines Naturells mich gerettet hat. Ich weiß seit Langem, dass mich ein Agent der politischen Polizei verfolgt und mich in irgendeine üble Geschichte verwickeln will … Wenn Sie, wie ich gebeten habe, bei meiner Festnahme einen Arzt hätten kommen lassen, hätten Sie den Beweis gehabt für das, was ich Ihnen über meinen Gesundheitszustand sage. Glauben Sie mir, Monsieur, dass Persönlichkeiten, die über uns stehen, ein nachdrückliches Interesse haben, mich zu verwechseln mit irgendeinem Schurken, um sich meiner zu entledigen. Den Königen zu dienen ist nicht in allem ein Gewinn, sie haben ihre menschlichen Schwächen; nur die Kirche ist vollkommen.«

Es ist unmöglich, das Mienenspiel Jacques Collins zu beschreiben, der mit Absicht zehn Minuten für diese Rede brauchte; alles daran war so möglich, vor allem seine Anspielung auf Corentin, dass es den Richter verunsicherte.

»Können Sie mir die Gründe für Ihre Neigung zu Monsieur de Rubempré anvertrauen? …«

»Erraten Sie die nicht? Ich bin sechzig Jahre alt, Monsieur … – Ich flehe Sie an, schreiben Sie das nicht mit … – das ist … muss es denn unbedingt sein? …«

»Es ist in Ihrem Interesse und vor allem in dem von Lucien de Rubempré, alles zu sagen«, antwortete der Richter.

»Also gut! Er ist … o mein Gott! … er ist mein Sohn!«, fügte er murmelnd hinzu.

Und fiel in Ohnmacht.

»Schreiben Sie das nicht auf, Coquart«, sagte Camusot ganz leise.

Coquart erhob sich und nahm ein kleines Glas mit Spitzbubenessig

›Wenn das Jacques Collin ist, dann ist er ein großer Schauspieler! …‹, dachte Camusot.

Coquart ließ den alten Sträfling, den der Richter mit den Luchsaugen des Ermittlers musterte, den Essig einatmen.

Schlau gegen schlau, was kommt am Ende raus

»Wir müssen ihn die Perücke abnehmen lassen«, sagte Camusot, während er darauf wartete, dass Jacques Collin wieder zu sich käme.

Der alte Sträfling hörte diesen Satz und erschauerte vor Angst, denn er wusste, was für einen abstoßenden Ausdruck sein Gesicht dann bekam.

»Wenn Sie nicht die Kraft haben, sich die Perücke abzunehmen ... ja, Coquart, nehmen Sie sie ab«, sagte der Richter seinem Gerichtsschreiber.

Jacques Collin hielt dem Gerichtsschreiber seinen Kopf mit bewundernswerter Ergebenheit hin, sein Kopf war ohne diesen Schmuck ein entsetzlicher Anblick, er zeigte sein wahres Gesicht. Dieses Schauspiel versetzte Camusot in große Zweifel. Während er auf den Arzt und einen Sanitäter wartete, machte er sich daran, alle Unterlagen und Gegenstände zu ordnen und zu untersuchen, die in Luciens Wohnung beschlagnahmt worden waren. Nachdem die Justiz in der Rue Saint-Georges, bei Mademoiselle Esther, gewesen war, hatte es auch am Quai Malaquais eine Durchsuchung gegeben.

»Sie haben da die Briefe von Gräfin de Sérisy in der Hand«, sagte Carlos Herrera; »aber ich verstehe nicht, warum Sie beinahe alle Papiere von Lucien haben«, fügte er mit einem Lächeln an, dessen Ironie den Richter niederschmetterte.

Beim Bedenken dieses Lächelns begriff Camusot die Tragweite des Wortes *beinahe*!

»Lucien de Rubempré steht im Verdacht, Ihr Mittäter zu sein, und ist verhaftet«, antwortete der Richter, der sehen wollte, welche Wirkung diese Neuigkeit auf seinen Beschuldigten haben würde.

»Da haben Sie ein großes Unheil angerichtet, denn er ist

so unschuldig wie ich«, antwortete der falsche Spanier, ohne die geringste Emotion zu zeigen.

»Das werden wir sehen; noch sind wir bei Ihrer Identität«, gab Camusot zurück, überrascht von der Ruhe des Beschuldigten. »Wenn Sie wirklich Don Carlos Herrera sind, würde das sofort auch die Lage von Lucien Chardon ändern.«

»Ja, das war ja Madame Chardon, Fräulein de Rubempré!«, murmelte Carlos. »Ach, das war einer der größten Fehler meines Lebens!«

Er hob den Blick gen Himmel; und nach der Art, wie er die Lippen bewegte, schien er eine feurige Fürbitte zu sprechen.

»Aber wenn Sie Jacques Collin sind, wenn er wissentlich mit einem ausgebrochenen Häftling gemeinsame Sache gemacht hat, einem Glaubensschänder, dann werden alle Verbrechen, derer ihn die Justiz verdächtigt, mehr als wahrscheinlich.«

Carlos Herrera verharrte wie eine Bronzebüste beim Hören dieses Satzes, den der Richter geschickt gesprochen hatte, und als ganze Antwort auf die Worte *wissentlich, ausgebrochener Häftling* hob er die Hände mit einer Geste edlen Leidens.

»Herr Abbé«, setzte der Richter mit äußerster Höflichkeit neu an, »wenn Sie Don Carlos Herrera sind, werden Sie uns all das verzeihen, was wir gezwungen sind zu tun im Interesse der Gerechtigkeit und der Wahrheit …«

Jacques Collin erkannte die Falle allein am Ton der Stimme des Richters, als er *Herr Abbé* sagte; die Selbstbeherrschung dieses Mannes blieb dieselbe, während Camusot mit einer erfreuten Geste gerechnet hatte, mit der die unsagbare Befriedigung des Verbrechers, wenn er seinen Richter täuscht, ein erstes Anzeichen der Identität des Sträflings gewesen wäre; doch er traf den Helden des Zuchthauswesens gerüstet mit der abgefeimtesten Verstellung.

»Ich bin Diplomat und gehöre einem Orden an, wo

man recht strenge Gelübde ablegt«, antwortete Jacques Collin mit apostolischer Sanftheit, »ich verstehe alles und bin es gewohnt, zu leiden. Ich wäre bereits frei, wenn Sie bei mir das Versteck gefunden hätten, wo sich meine Papiere befinden, denn ich sehe, dass Sie bloß bedeutungslose Papiere mitgenommen haben ...«

Das war der Gnadenstoß für Camusot, Jacques Collin hatte bereits durch seine Lockerheit und seine Schlichtheit alle Verdächte aufgewogen, die der Anblick seines Kopfes hatte entstehen lassen.

»Wo sind diese Papiere? ...«

»Ich nenne Ihnen die Stelle, wenn Sie Ihren Beauftragten begleiten lassen wollen von einem Legationssekretär der spanischen Botschaft, der sie in Empfang nehmen wird und dem gegenüber Sie dafür verantwortlich sind. Immerhin handelt es sich um meinen Staat, diplomatische Dokumente und vertrauliche Papiere, die für den früheren König Louis XVIII. belastend wären. – Ah! Monsieur, besser wäre ... Aber, Sie sind Richter! ... Außerdem wird es der Botschafter, auf den ich mich mit all dem beziehe, einschätzen können.«

Die Markierung ist weg

In diesem Augenblick traten, angekündigt durch den Amtsdiener, der Arzt und der Sanitäter ein.

»Guten Tag, Monsieur Lebrun«, sagte Camusot, »ich brauche Sie, um den Zustand festzustellen, in dem sich der Beschuldigte hier befindet. Er sagt, er sei vergiftet worden, und behauptet, seit vorgestern todkrank zu sein; schauen Sie, ob es gefährlich ist, ihn zu entkleiden und das Vorhandensein der Brandmale festzustellen ...«

Doktor Lebrun nahm die Hand Jacques Collins, fühlte

seinen Puls, forderte ihn auf, die Zunge zu zeigen, und betrachtete ihn sehr aufmerksam. Diese Untersuchung dauerte ungefähr zehn Minuten.

»Der Beschuldigte hat stark gelitten, aber jetzt im Moment erfreut er sich großer Kraft ...«

»Diese angebliche Kraft kommt, Monsieur, von der Aufregung, die mir meine ungewohnte Lage verursacht«, antwortete Jacques Collin mit der Würde eines Bischofs.

»Möglich«, sagte Monsieur Lebrun.

Auf einem Stuhl des Richters wurde der Beschuldigte entkleidet, man ließ ihm seine Hose, doch sonst nahm man ihm alles ab, sogar sein Hemd; dann konnte man einen behaarten Oberkörper von zyklopischer Kraft bewundern. Das war der Farnesische Herkules von Neapel in seiner monumentalen Übertreibung.

»Zu was bestimmt die Natur die Männer, die so gebaut sind? ...«, fragte der Arzt Camusot.

Der Gerichtsdiener brachte diese Art von Schlagstock aus Ebenholz, der seit unvordenklicher Zeit das Abzeichen seiner Aufgaben ist und den man eine Rute nennt; er schlug ein paarmal auf die Stelle, wo der Henker die fatalen Buchstaben angebracht hatte. Siebzehn Narbenlöcher wurden dabei sichtbar, allesamt in beliebiger Anordnung; und trotz der Sorgfalt, mit der der Rücken untersucht wurde, sah man keine Form eines Buchstabens. Nur der Amtsdiener machte darauf aufmerksam, dass der Querbalken des T von zwei Löchern angedeutet wurde, deren Abstand die Länge dieses Balkens zwischen zwei Beistrichen hatte, die ihn an beiden Enden abschließen, und dass ein weiteres Loch den Fußpunkt des Buchstabenkörpers bezeichnete.

»Das ist doch ziemlich ungenau«, sagte Camusot, als er den Zweifel sah, der sich auf dem Gesicht des Arztes der Conciergerie abzeichnete.

Carlos forderte, dieselbe Operation an der anderen Schulter und in der Mitte des Rückens vorzunehmen. Ein gutes Dutzend weiterer Narben erschien, die der Arzt auf Verlangen des Spaniers untersuchte, und er erklärte, dass der Rücken derart von Wunden überzogen sei, dass für den Fall, dass der Henker dort ein Brandmal aufgedrückt haben sollte, es nicht sichtbar werde.

Stöße und Paraden

In diesem Moment trat ein Bürojunge der Polizeipräfektur ein, übergab ein gefaltetes Blatt an Monsieur Camusot mit Bitte um Antwort. Nachdem er gelesen hatte, sprach der Richter mit Coquart, allerdings von so nah ins Ohr, dass niemand irgendetwas verstehen konnte. Nur an einem Blick Camusots erkannte Jacques Collin, dass soeben eine Auskunft über ihn vom Polizeipräfekt überbracht worden war.

›Ich habe immer noch Peyrades Freund am Hals‹, dachte Jacques Collin; ›wenn ich ihn kennen würde, würde ich mich seiner entledigen wie Contensons. Könnte ich noch einmal Asie wiedersehen? …‹

Nachdem er das von Coquart geschriebene Papier unterschrieben hatte, schob es der Richter in einen Umschlag und gab diesen dem Jungen vom Botenbüro.

Das Botenbüro ist eine unentbehrliche Stütze der Justiz. Dies Büro, dem ein ad hoc eingesetzter Polizeikommissar vorsteht, besteht aus Beamten, die mithilfe von Polizeioffizieren jedes Viertels Durchsuchungsbefehle und auch Haftbefehle bei Personen vollstrecken, die der Mittäterschaft bei Verbrechen und Vergehen verdächtigt werden. Diese Bevollmächtigten der juristischen Obrigkeit sparen so den mit einer Ermittlung beauftragten Richtern kostbare Zeit.

Der Beschuldigte wurde auf ein Zeichen des Richters von Monsieur Lebrun und dem Sanitäter wieder angekleidet, die sich wie auch der Gerichtsdiener wieder zurückzogen. Camusot setzte sich an seinen Schreibtisch, wo er anfing, mit seiner Feder zu spielen.

»Sie haben eine Tante«, sagte Camusot plötzlich zu Jacques Collin.

»Eine Tante«, antwortete Don Carlos Herrera erstaunt, »ich habe keine Verwandten, ich bin ein nicht anerkanntes Kind des verstorbenen Herzogs d'Ossuna.«

Und sich selbst sagte er in Anspielung aufs Versteckspiel: ›*Heiß! Heißer!*‹, was allerdings ein kindliches Bild ist für den unerbittlichen Kampf zwischen der Gerichtsbarkeit und dem Verbrecher.

»Ach was!«, sagte Camusot. »Also sagen Sie schon, Sie haben noch Ihre Tante Fräulein Jacqueline Collin, die Sie unter dem bizarren Namen Asie bei dem Fräulein Esther eingesetzt haben.«

Jacques Collin machte eine sorglose Bewegung der Schultern, die bestens zu der Neugierde passte, mit der er die Worte des Richters aufnahm, der ihn mit spöttischer Aufmerksamkeit beobachtete.

»Geben Sie acht«, fuhr Camusot fort. »Hören Sie mir gut zu.«

»Ich höre zu, Monsieur.«

Asies Dienstzeugnis

»Ihre Tante ist Händlerin am Temple, die Geschäfte führt ein Fräulein Paccard, Schwester eines Sträflings, übrigens eine vollkommen unbescholtene Frau mit dem Spitznamen La Romette. Die Justiz ist Ihrer Tante auf der Spur und in ein paar Stunden haben wir schlüssige Beweise. Diese Frau ist Ihnen sehr ergeben ...«

»Sprechen Sie weiter, Herr Richter«, sagte Jacques Collin ganz ruhig als Antwort auf eine Pause von Camusot, »ich höre Ihnen zu.«

»Ihre Tante, die ungefähr fünf Jahre älter ist als Sie, war die Geliebte des in scheußlicher Erinnerung gebliebenen Marat. Aus dieser blutbesudelten Quelle hat sie den Grundstock des Vermögens, das sie besitzt. ... Gemäß meinen Auskünften ist sie eine erfolgreiche Hehlerin; einen Beweis gegen sie gibt es noch nicht. Nach Marats Tod soll sie nach den Berichten, die ich in den Händen halte, mit einem Chemiker liiert gewesen sein, der im Jahr XII als Geldfälscher zum Tod verurteilt wurde. Sie ist in dem Prozess als Zeugin aufgetreten. Es sei in diesem Umfeld gewesen, dass sie Kenntnisse mit Giften erlangt habe. Sie ist Kleiderhändlerin gewesen vom Jahr XII bis 1810. Sie hat zwei Jahre im Gefängnis verbracht, 1812 und 1816, weil sie Minderjährige zur Unzucht angestiftet hat. ... Sie sind schon verurteilt worden wegen Fälschung, Sie haben das Bankhaus verlassen, in dem Sie Ihre Tante als Bürojungen untergebracht hatte, dank der Ausbildung, die Sie genossen haben und dank der Unterstützung, die Ihre Tante durch die Personen bekam, für deren Sauereien sie die Opfer anlieferte ... all das, Beschuldigter, sähe kaum nach der Größe der Herzöge d'Ossuna aus. ... Bleiben Sie bei Ihrem Abstreiten? ...«

Jacques Collin hörte Monsieur Camusot zu und dachte an seine glückliche Kindheit im Oratorianerkolleg, aus dem er hervorgegangen war, eine Erinnerung, die ihm ein wirklich erstauntes Aussehen verlieh. Trotz der Gekonntheit in der Gestaltung seiner Fragen, rang Camusot diesem friedlichen Gesicht keine Regung ab.

»Wenn Sie wortgetreu die Erklärung aufgeschrieben haben, die ich Ihnen zu Beginn gegeben habe, können Sie die nachlesen«, antwortete Jacques Collin, »ich könnte nicht abweichen … ich hatte keinen Umgang mit der Kurtisane, wie wüsste ich dann, wen sie als Köchin hatte. Die Personen, von denen Sie reden, sind mir gänzlich unbekannt.«

»Wir machen trotz Ihres Bestreitens weiter mit Gegenüberstellungen, die Ihre Sicherheit erschüttern könnten.«

»Ein Mann, der bereits standrechtlich erschossen wurde, ist alles gewöhnt«, antwortete Jacques Collin sanft.

Camusot schaute wieder auf die Papiere, die er beim Warten auf den Sicherheitschef hervorgenommen hatte, der sich äußerst beeilte, denn es war jetzt halb zwölf, das Verhör hatte gegen halb elf begonnen; da kam schon der Amtsdiener, um dem Richter mit gesenkter Stimme das Eintreffen Bibi-Lupins anzukündigen.

»Er soll hereinkommen!«, antwortete Monsieur Camusot.

Wiedererkennen verschiedener Bekanntschaften

Beim Eintreten stutzte Bibi-Lupin, von dem man ein: »Ja, das ist er!« erwartete. Er erkannte das pockennarbige Gesicht seines *Kunden* nicht mehr. Dies Zögern überraschte den Richter.

»Es ist durchaus seine Größe, sein Körperumfang«, sagte der Agent. »Ah! Du bist es, Jacques Collin«, fuhr er fort, wobei er die Augen, den Schnitt der Stirn und die Ohren musterte, »… es gibt Sachen, die lassen sich nicht verstecken … Das ist vollkommen er, Monsieur Camusot … Jacques hat die Narbe eines Messerstichs am linken Arm, lassen Sie ihn seinen Überrock ausziehen, da werden Sie sie sehen …«

Erneut musste Jacques Collin seinen Überrock ablegen, Bibi-Lupin krempelte den Hemdsärmel hoch und zeigte die besagte Narbe.

»Das war eine Kugel«, erwiderte Don Carlos Herrera, »hier sind noch mehr Narben.«

»Ah! Das ist auch seine Stimme!«, rief Bibi-Lupin aus.

»Ihre Überzeugung «, sagte der Richter, »ist eine einfache Auskunft, das ist kein Beweis.«

»Ich weiß schon«, gab Bibi-Lupin demütig zurück, »aber ich werde Ihnen Zeugen suchen. Es ist schon eine Bewohnerin aus dem Haus Vauquer da …«, sagte er mit Blick auf Collin.

In dem friedvollen Gesicht, das Collin machte, rührte sich nichts.

»Lassen Sie die Person eintreten«, sagte Monsieur Camusot herrisch, dessen Missfallen trotz seiner anscheinenden Gleichmut durchschimmerte.

Jacques Collin bemerkte diese Regung; er gab wenig auf die Sympathie seines Untersuchungsrichters; er überließ sich einer angestrengten Überlegung, um die Ursache davon herauszufinden, und verfiel in Apathie. Der Gerichtsdiener führte Madame Poiret herein, deren unvorhergesehener Anblick bei dem Sträfling ein leichtes Zittern auslöste, doch diese Erschütterung wurde vom Richter nicht wahrgenommen, dessen Meinung festzustehen schien.

»Wie heißen Sie?«, fragte der Richter, um den Formalitäten zu genügen, die jede Aussage und jedes Verhör einleiten.

Madame Poiret, eine kleine Alte, weiß und faltig wie Kalbsbries, gekleidet in ein enzianblaues Seidenkleid, erklärte, Christine-Michelle Michonneau zu heißen, Ehefrau des Herrn Poiret, einundfünfzig Jahre alt, geboren in Paris, wohnhaft in der Rue des Poules an der Ecke der Rue des Postes und von Beruf Vermieterin möblierter Zimmer.

»Sie haben von 1818 und 1819 in einer bürgerlichen Pension gewohnt, Madame«, sagte der Richter, »die eine Frau Vauquer betrieb.«

»Ja, Monsieur, da habe ich Bekanntschaft mit Monsieur Poiret gemacht, ehemaliger Angestellter im Ruhestand, der mein Mann geworden ist und den ich seit einem Jahr im Bett betreue ... armer Mann! Er ist ziemlich krank. Darum kann ich auch nicht lange außer Haus bleiben ...«

»Es befand sich damals in dieser Pension ein gewisser Vautrin ...«, fragte der Richter.

»Oh! Monsieur, das ist eine ganze Geschichte, das war ein scheußlicher Verbrecher ...«

»Sie haben bei seiner Festnahme mitgewirkt.«

»Das ist falsch, Monsieur ...«

»Sie sind beim Gericht, geben Sie acht! ...«, sagte Monsieur Camusot streng.

Madame Poiret schwieg.

»Denken Sie an das, was Ihnen noch in Erinnerung ist!«, fuhr Camusot fort, »erinnern Sie sich noch an diesen Mann? ... Würden Sie den noch wiedererkennen?«

»Ich glaube.«

»Ist es dieser Mann hier? ...«, fragte der Richter.

Madame Poiret setzte ihre Brille auf und betrachtete den Abbé Carlos Herrera.

»Das ist seine Figur, seine Größe, aber ... nein ... doch ... Herr Richter«, sprach sie weiter, »wenn ich seinen Oberkörper nackt sehen könnte, würde ich ihn sofort wiedererkennen.« (Siehe *Vater Goriot.*)

Der Richter und der Amtsdiener konnten trotz der Bedeutung ihrer Aufgaben nicht vermeiden zu lachen. Jacques Collin stimmte in ihre Heiterkeit ein, aber mäßig. Der Beschuldigte hatte seinen Überrock noch nicht wieder angezogen, den ihm Bibi-Lupin ausgezogen hatte; und auf eine Geste des Richters öffnete er selbstgefällig sein Hemd.

»Das ist genau sein Pelz, der ist aber grau geworden, Monsieur Vautrin«, rief Madame Poiret aus.

Kühnheit des Beschuldigten

»Was antworten Sie darauf?«, fragte der Richter.

»Dass das eine Verrückte ist!«, sagte Jacques Collin.

»Ah, mein Gott! Wenn ich noch irgendeinen Zweifel gehabt hätte, weil er nicht mehr dasselbe Gesicht hat, dann würde diese Stimme genügen, das ist ganz genau der, der mich bedroht hat ... Ah! das ist sein Blick.«

»Der Polizeiagent und diese Frau haben sich nicht abstimmen können«, wandte sich der Richter an Jacques Collin, »um über Sie übereinstimmend zu urteilen, denn weder der eine noch die andere hatten Sie gesehen: Wie erklären Sie sich das?«

»Die Justiz hat noch größere Irrtümer begangen als den, den die Aussage einer Frau, die einen Mann an seiner Brustbehaarung wiedererkennt, und die Verdächtigungen eines Polizeiagenten herbeiführen würden«, antwortete Jacques Collin. »Es werden an mir Ähnlichkeiten der Stimme, der Blicke, der Größe mit einem Schwerverbrecher gefunden, das ist schon ungenau. Was die Erinnerung angeht, die zwischen Madame und meinem Doppelgänger Beziehungen offenbart, derentwegen sie nicht einmal rot wird ... Sie haben ja selbst darüber gelacht. Würden Sie, Monsieur, im Interesse der Wahrheit, die ich, was mich betrifft, noch dringlicher herausfinden möchte, als Sie es bezüglich der Justiz nur wünschen können, diese Frau ... Foi ... fragen«

»Poiret ...«

»Poret. Pardon! – ich bin Spanier – ob sie sich an die Personen erinnert, die in dieser ... wie nennen Sie das Haus ... wohnten?«

»Eine bürgerliche Pension«, sagte Madame Poiret.

»Ich weiß nicht, was das ist«, antwortete Jacques Collin.

»Das ist ein Haus, wo man als Mieter zu Abend isst und wo man frühstückt.«

»Sie haben recht«, rief Camusot und nickte Jacques Collin zustimmend zu, so überraschte ihn die offensichtliche Aufrichtigkeit, mit der er den Weg zeigte, um zu einem Ergebnis zu kommen. »Versuchen Sie, sich an die Kostgänger zu erinnern, die sich in der Pension aufhielten, als Jacques Collin festgenommen wurde.«

»Es war da Monsieur de Rastignac, Doktor Bianchon, Vater Goriot … Fräulein Taillefer …«

»Gut«, sagte der Richter, der nicht aufgehört hatte, Jacques Collin im Blick zu behalten, dessen Gesicht ungerührt blieb. »Nun, dieser Vater Goriot …«

»Ist gestorben«, sagte Madame Poiret.

»Monsieur«, sagte Jacques Collin, »ich bin bei Lucien mehrfach einem Monsieur de Rastignac begegnet, der, glaube ich, Madame de Nucingen verbunden ist, und wenn es der ist, von dem hier die Rede wäre, so hat mich der niemals als einen Sträfling angesehen, mit dem ich hier verwechselt werden soll …«

»Monsieur de Rastignac und Doktor Bianchon«, sagte der Richter, »nehmen alle beide derartige gesellschaftliche Stellungen ein, dass ihre Aussage, wenn sie zu Ihren Gunsten ist, genügen würde, Sie freizulassen. Coquart, setzen Sie die Vorladungen auf.«

In ein paar Minuten waren die Formalitäten zu Madame Poirets Aussage abgeschlossen, Coquart verlas das Protokoll der Szene, die soeben stattgefunden hatte, und sie unterschrieb es; doch der Beschuldigte weigerte sich, zu unterschreiben unter Berufung auf seine Unkenntnis der Formen in der französischen Justiz.

Ein Zwischenfall

»Das reicht jetzt für heute«, sprach Monsieur Camusot weiter, »Sie werden Bedarf haben, etwas zu sich zu nehmen, ich lasse Sie zur Conciergerie zurückbringen.«

»Ach je! Mir geht es zu schlecht, um zu essen«, sagte Jacques Collin.

Camusot wollte Jacques Collins Rückweg mit dem Hofgang der Häftlinge zusammenfallen lassen; außerdem wollte er eine Antwort vom Direktor der Conciergerie auf die Anweisung haben, die er ihm an diesem Morgen gegeben hatte, und läutete, um seinen Gerichtsdiener zu schicken. Der Gerichtsdiener kam und sagte, dass die Portiersfrau vom Quai Malaquais ihm ein wichtiges Dokument überreichen müsse, das Monsieur Lucien de Rubempré betreffe. Dies Vorkommnis wurde so wichtig, dass Camusot vergaß, was er sich vorgenommen hatte.

»Sie soll hereinkommen!«, sagte er.

»Verzeihung, Entschuldigung, Monsieur«, sagte die Portiersfrau und grüßte den Richter und Abbé Carlos nacheinander. »Die Polizei hat uns so durcheinandergebracht, meinen Mann und mich, die zwei Male, die sie gekommen ist, dass wir in unserem Schrank einen Brief an Monsieur Lucien vergessen haben, und für den wir zehn Sous bezahlen mussten, obwohl er aus Paris geschickt wurde, denn er ist sehr schwer. Würden Sie mir bitte das Porto erstatten. Gott weiß, wann wir unsere Mieter wieder sehen!«

»Dieser Brief ist Ihnen vom Briefträger gegeben worden?«, fragte Camusot, nachdem er den Umschlag sehr genau untersucht hatte.

»Ja, Monsieur.«

»Coquart, Sie protokollieren diese Erklärung. Also, meine gute Frau. Nennen Sie Ihre Namen, ihre Stellung …«

Camusot vereidigte die Portiersfrau und diktierte dann das Protokoll. Dieser Brief, der bei Lucien am Tag nach Esthers Tod ausgeliefert wurde, war also ohne jeden Zweifel am Tag der Katastrophe geschrieben und zur Post gebracht worden.

Man wird sich jetzt die Bestürzung Monsieur Camusots vorstellen können, als er diesen Brief las, verfasst und unterschrieben von der, die die Justiz für das Opfer eines Verbrechens hielt.

Genug

Esther an Lucien
 Montag, 13. Mai 1830
 (Mein letzter Tag, zehn Uhr morgens.)

»Mein Lucien, es bleibt mir keine Stunde mehr zu leben. Um elf Uhr werde ich tot sein, und ich sterbe ohne jeden Schmerz. Ich habe fünfzigtausend Franc für eine hübsche kleine schwarze Beere bezahlt, die ein Gift enthält, das mit der Geschwindigkeit des Blitzes tötet. So, mein Liebster, kannst Du Dir sagen: ›Meine kleine Esther hat nicht gelitten …‹ Ja, ich werde nur beim Schreiben dieser Seiten gelitten haben.

Dieses Ungeheuer, das mich für so teuer gekauft hat im Bewusstsein, dass auf den Tag, wo er mich als die Seine betrachten konnte, kein weiterer folgen würde, Nucingen ist soeben gegangen, trunken wie ein besoffener Bär. Zum ersten und letzten Mal meines Lebens konnte ich mein altes Gewerbe eines Freudenmädchens mit dem Leben der Liebe vergleichen, die Zärtlichkeit, die sich ins Unendliche erstreckt, über den Schrecken des Zwangs stellen, der sich bis hin zu dem Grad verneinen möchte, dass nicht einmal Raum für einen Kuss bleibt. Dieser Ekel musste sein, um den Tod himmlisch zu finden … Ich habe ein Bad genommen; ich hätte gerne einen Beichtvater des Klosters kommen lassen, in dem ich die Taufe empfangen habe, um zu beichten, also meine Seele zu reinigen. Doch es ist so schon genug Schändung, es hieße ein Sakrament entweihen, und ich fühle mich außerdem gebadet in den Wassern einer ernsthaften Reue. Gott wird mit mir tun, was ihm beliebt.

Lassen wir all die Wehleidigkeit, ich will bis zum letzten Moment für Dich Deine Esther sein, Dich nicht langweilen mit meinem Tod, der Zukunft, dem lieben Gott, der nicht lieb wäre, wenn er mich im anderen Leben strafen würde, obwohl ich doch schon in diesem so viel Schmerzen hinzunehmen hatte …

Vor mir habe ich Dein schönes Porträt, das Madame de Mirbel gemacht hat. Dieses Plättchen Elfenbein hat mich während Deiner Abwesenheit getröstet, ich betrachte es mit Glücksgefühl, während ich Dir meine letzten Gedanken aufschreibe, Dir die letzten Schläge meines Herzens schildere. Ich werde Dir dies Porträt zu dem Brief stecken, denn ich möchte nicht, dass man es unterschlägt, noch dass es verkauft wird. Allein der Gedanke, im Schaufenster eines Händlers zwischen Damen und Offizieren des Kaiserreichs oder albernen Chinoiserien das zu wissen, was mir eine Freude war, lässt mich schaudern. Dies Porträt, mein Süßer, vernichte es, gib es niemandem … es sei denn, dass Dir dies Geschenk das Herz dieser wandelnden Bohnenstange in Kleidern zurückbringt, dieser Clotilde de Grandlieu, die Dir im Schlaf blaue Flecken macht, so spitz sind ihre Knochen … Ja, ich bin einverstanden, dann wäre ich Dir noch zu etwas nütze, wie zu meinen Lebzeiten. Ach! Dir zum Gefallen, oder wenn es Dich nur zum Lachen gebracht hätte, ich hätte mich vor die Glut gesetzt mit einem Apfel im Mund, um ihn Dir zu braten!

Mein Tod wird Dir also noch nützlich sein ... Ich hätte Deine Ehe gestört ... Ach! Diese Clotilde, ich verstehe sie nicht! Deine Frau sein zu können, Deinen Namen zu tragen, Dich Tag und Nacht nicht zu verlassen, für Dich da zu sein, und dann noch herummachen! Dafür muss man aus dem Viertel von Saint-Germain sein und keine zehn Pfund Fleisch auf den Knochen haben ...

Armer Lucien, lieber gescheiterter Ehrgeiziger, ich male mir Deine Zukunft aus! Aber was denn, Du wirst Deinen armen treuen Hund mehr als einmal vermissen, dies liebe Mädchen, das für Dich gegaunert hat, die sich vors Schwurgericht hätte schleifen lassen, um Dein Glück zu sichern, deren einzige Sorge es war, sich um Deine Freude zu kümmern, sie für Dich zu erfinden, deren Liebe zu Dir bis in ihre Haarwurzeln, in die Füße, in die Ohren reichte, eben Deine *Ballerina*, von deren Blicken jeder eine Segnung war; die sechs Jahre lang an nichts als Dich gedacht hat, die so sehr Deines war, dass ich niemals etwas anderes gewesen bin als eine Wirkung Deiner Seele wie es das Licht von der Sonne ist. Doch weil mir Geld und Ehre fehlen, ach je, kann ich nicht Deine Frau sein ... Ich habe immer für Deine Zukunft gesorgt und Dir alles gegeben, was ich habe ... Komm also, sobald Du diesen Brief erhalten hast, und nimm, was unter meinem Kopfkissen liegt, denn ich vertraue den Leuten des Hauses nicht ...

Siehst Du, ich möchte im Tod schön sein, ich lege mich hin, ich strecke mich in meinem Bett aus, ich bringe mich in *Haltung*! Dann werde ich die Beere an meinen Gaumen drücken, und ich werde weder entstellt sein durch Krämpfe noch durch eine lächerliche Haltung.

Ich weiß, dass sich Madame de Sérisy meinetwegen mit Dir zerstritten hat; aber weißt Du, mein Kater, wenn sie erfährt, dass ich tot bin, wird sie Dir vergeben, Du wirst lieb zu ihr sein, sie wird Dich gut verheiraten, wenn die Grandlieus bei ihrer Ablehnung bleiben.

Mein Kleiner, ich möchte nicht, dass Du laut jammerst, wenn Du von meinem Tod hörst. Vorweg muss ich Dir sagen, dass am Montag, 13. Mai um elf Uhr nur eine lange Krankheit ihr Ende findet, die an dem Tag begonnen hat, an dem Ihr mich auf der Anhöhe bei Saint-Germain auf meinen früheren Weg zurückgestoßen habt ... Man leidet an der Seele wie man am Körper leidet. Nur kann sich die Seele nicht so einfach in Leiden ergehen wie der Körper, der Körper stützt die Seele nicht wie die Seele den Körper, und die Seele kann sich mit Gedanken heilen, die die Schneiderinnen beim Kohlebecken Zuflucht nehmen lassen. Du hast mir vorgestern ein ganzes Leben geschenkt, als Du mir sagtest, dass wenn Clotilde Dich weiter zurückweise, Du mich heiraten würdest. Das wäre für uns beide ein großes Unheil geworden, da wäre ich sozusagen erst recht gestorben; denn es gibt mehr oder weniger bittere Tode. Man hätte uns niemals akzeptiert.

Seit inzwischen zwei Monaten denke ich über viele Dinge nach, und wie! Ein armes Mädchen steckt im Dreck, wie ich vor meinem Eintritt ins Kloster; die Männer finden sie schön, sie lassen sie ohne viel Rücksicht ihrem Vergnügen dienen, sie haben sie in der Kutsche geholt und schicken sie zu Fuß nach Hause; wenn sie ihr nicht ins Gesicht spucken, dann, weil ihre Schönheit sie vor dieser Beleidigung schützt; aber moralisch tun sie Schlimmeres. Nun denn! erbt dieses Mädchen fünf bis sechs Millionen, werden sich die Fürsten um sie bemühen, dann wird sie respektvoll gegrüßt, wenn sie in ihrer Kutsche vorbeifährt, sie hat die Wahl zwischen den ältesten Geschlechtern von Frankreich und Navarra. Diese Leute, die uns, beim Anblick zweier schöner und glücklicher Menschen, Pfui zugerufen hätten, haben immer Madame de Staël gegrüßt, trotz ihres romanhaften Lebens, weil sie zweihunderttausend Franc Renten bezog. Die Leute, die sich vor dem Geld oder dem Ruhm verbeugen, wollen das nicht vor dem Glück, und auch nicht vor der Tugend; denn ich hätte Gutes getan ... Oh! Wie viele Tränen hätte ich getrocknet! So viele, glaube ich, wie ich vergossen habe! Ja, ich hätte gern allein für Dich und für die Barmherzigkeit gelebt.

Dies sind die Überlegungen, die mir den Tod wertvoll machen. So wirst Du also nicht jammern, mein lieber Kater? Sage Dir ganz oft: Es hat zwei liebe Mädchen gegeben, zwei schöne Geschöpfe, die beide für mich gestorben sind, ohne es mir zu verübeln, die mich verehrten; errichte in Deinem Herzen ein Denkmal für Coralie, für Esther, und geh Deinen Weg! Erinnerst Du Dich an den Tag, an dem Du mir die Geliebte eines Dichters von vor der Revolution gezeigt hast, alt, runzlig, in eine melonengrüne Haube gehüllt, in einem flohbraunen wattierten Mantel mit schwarzen Fettflecken, die die Sonne kaum erwärmte, obwohl sie sich wie ein Spalierbaum in die Tuilerien gestellt hatte, und sich aufregte um einen scheußlichen Mops, den letzten aller Möpse? Du weißt, sie hatte Diener gehabt, Kutschen, ein Palais! Damals habe ich Dir gesagt: ›Besser ist es, mit dreißig zu sterben!‹ Und ja, an jenem Tag hast Du mich nachdenklich gefunden, Du hast Faxen gemacht, um mich abzulenken, und zwischen zwei Küssen habe ich Dir noch gesagt: ›Die schönen Frauen verlassen das Schauspiel immer vor dem Ende!‹ ... Also, ich wollte den letzten Akt nicht mehr sehen, das ist alles ...

Du musst mich geschwätzig finden, aber es ist mein letztes *Plappern*. Ich schreibe Dir, wie ich mit Dir gesprochen habe, und ich möchte fröhlich sprechen mit Dir. Die Näherinnen, die sich beklagen, haben mich immer abgestoßen; Du weißt, dass ich schon einmal *gut* abtreten konnte, bei meiner Rückkehr von jenem verhängnisvollen Opernball, an dem man Dir gesagt hatte, dass ich Freudenmädchen gewesen war!

O nein!, mein Liebchen, gib dies Porträt niemals weg; wenn Du wüsstest, mit welchem Strom der Liebe ich mich in Deine Augen gestürzt habe, während ich sie während einer Pause, die ich gemacht habe, wie berauscht betrachtete ... Du könntest glauben, dass die Liebe Deines geliebten Rehs darin enthalten ist, wenn Du die Liebe in Dich aufnimmst, die ich versucht habe, in dies Elfenbein zu legen.

Eine Tote, die um milde Gaben bittet, ist das wohl komisch? ... Also, man muss sich schon darauf verstehen, im eigenen Grab Ruhe zu geben.

Du weißt nicht, wie heldenhaft mein Tod den Dummen vorkommen würde, wenn sie wüssten, dass Nucingen mir in dieser Nacht zwei Millionen angeboten hat, wenn ich ihn so liebhaben wollte, wie ich Dich geliebt habe. Er wird ziemlich reingefallen sein, wenn er erfährt, dass ich Wort gehalten habe und an ihm verreckt bin. Ich habe alles versucht, um weiter die Luft zu atmen, die Du atmest. Ich habe diesem fetten Dieb gesagt: Wollen Sie geliebt werden, wie Sie es verlangen, verspreche ich, Lucien niemals wiederzusehen ... – ›Was soll ich tun ...‹, hat er gefragt. – ›Geben Sie mir zwei Millionen für ihn? ...‹ Nein! Wenn Du seine Grimasse gesehen hättest ... Ach! ich hätte darüber gelacht, wenn es für mich nicht so tragisch gewesen wäre. – ›Vermeiden Sie eine Abweisung!‹, habe ich ihm gesagt. ›Ich sehe, Ihnen liegt mehr an den zwei Millionen als an mir. Eine Frau ist immer ganz froh, wenn sie weiß, was sie wert ist‹, habe ich hinzugefügt und mich abgewandt.

Dieser alte Verbrecher wird in ein paar Stunden wissen, dass ich nicht gespaßt habe.

Wer wird Dir wie ich den Scheitel ins Haar ziehen? Bah! Ich will an nichts mehr vom Leben denken, ich habe nur noch fünf Minuten, die widme ich Gott; sei nicht eifersüchtig, mein teurer Engel, ich will ihm von Dir erzählen, ihn um Glück für Dich zu bitten zum Preis meines Todes und meiner

Strafen in der anderen Welt. Es ärgert mich schon ziemlich, dass ich in die Hölle komme, ich hätte die Engel sehen mögen, um zu wissen, ob sie Dir gleichen …

Leb wohl, mein Liebling, adieu! Ich segne Dich bei all meinem Unheil. Bis ins Grab bin ich Deine Esther

Es schlägt elf Uhr. Ich habe mein letztes Gebet getan, ich werde mich hinlegen zum Sterben. Noch einmal, adieu! Ich wünschte, dass die Wärme meiner Hand meine Seele hierließe, wie ich einen letzten Kuss darein lege, und ich möchte Dich noch einmal mein liebes Katerchen nennen, auch wenn Du der Grund bist für den Tod Deiner Esther.«

Wo man sieht, dass die Justiz herzlos ist und sein muss

Eine Anwandlung von Eifersucht drückte dem Richter aufs Herz nach dem Lesen des bisher einzigen Briefs eines Selbstmörders, den er gesehen hatte, der in solcher Seelenheiterkeit geschrieben war, wenn es auch eine zerbrechliche Heiterkeit war und das letzte Aufbäumen einer blinden Liebe.

›Was hat der denn Besonderes, um so geliebt zu werden! …‹, dachte er, womit er wiederholte, was alle Männer sagen, denen die Gabe, den Frauen zu gefallen, versagt geblieben ist.

»Wenn es Ihnen möglich ist, nicht nur zu beweisen, dass Sie nicht Jacques Collin sind, entlaufener Sträfling, sondern dass Sie auch tatsächlich Don Carlos Herrera sind, Kanonikus aus Toledo, geheimer Botschafter seiner Majestät Ferdinands VII.«, sagte der Richter zu Jacques Collin, »dann werden Sie freigelassen, denn die Unparteilichkeit, die mein Amt fordert, verpflichtet mich, Ihnen zu sagen, dass ich soeben einen Brief des Fräulein Esther Gobseck erhalten habe, in dem sie die Absicht äußert, sich das Leben zu nehmen, und in dem sie über ihre Dienstboten Zweifel äußert, die es aussehen lassen, als wären sie die Urheber des Diebstahls der siebenhundertfünfzigtausend Franc.«

Während er sprach, verglich Camusot die Schrift des Briefs mit der des Testaments, und es war für ihn eindeutig, dass der Brief von derselben Person geschrieben war, die das Testament verfasst hatte.

»Monsieur, Sie hatten es zu eilig, an ein Verbrechen zu glauben, übereilen Sie sich jetzt nicht, an einen Diebstahl zu glauben.«

»Ach!«, meinte Camusot mit einem Richterblick auf den Beschuldigten.

»Glauben Sie nicht, dass ich mich belaste, wenn ich Ihnen sage, dass diese Summe sich wieder finden kann«, sprach Jacques Collin und gab dem Richter zu verstehen, dass er seinen Verdacht ahnte. »Dies arme Mädchen wurde von seinen Leuten sehr geschätzt; und wenn ich in Freiheit wäre, würde ich es übernehmen, nach dem Geld zu suchen, das jetzt dem Menschen zusteht, den ich auf der Welt am liebsten habe, Lucien! … Hätten Sie die Freundlichkeit, mir zu erlauben, diesen Brief zu lesen, das dauert nicht lang … das ist der Beweis für die Unschuld meines lieben Kindes … Sie können nicht befürchten, dass ich ihn vernichte … noch, dass ich darüber rede, ich bin in Einzelhaft.«

»In Einzelhaft …«, rief der Richter, »da werden Sie nicht mehr sein … Ich bin es, der Sie bittet, so schnell wie möglich Ihren Stand nachzuweisen, wenden Sie sich dazu an Ihren Botschafter, wenn Sie möchten …«

Und er hielt Jacques Collin den Brief hin. Camusot war froh, so aus der Klemme zu kommen und den Generalstaatsanwalt sowie die Damen de Maufrigneuse und de Sérisy zufriedenzustellen. Trotzdem musterte er kühl und neugierig den Gesichtsausdruck seines Beschuldigten, während er den Brief der Kurtisane las; und trotz der Ernsthaftigkeit der Gefühle, die sich da abzeichneten, sagte er sich: ›Trotzdem ist das da ein Verbrechergesicht.‹

»So wird er geliebt! ...«, sagte Jacques Collin und gab den Brief zurück. ... Er ließ Camusot ein tränenüberströmtes Gesicht sehen. »Wenn Sie ihn kennen würden!«, fuhr er fort. »Er ist eine so junge Seele, so unberührt, eine so großartige Schönheit, ein Kind, ein Dichter ... Man hat unweigerlich das Bedürfnis, sich für ihn aufzuopfern, seine geringsten Wünsche zu erfüllen. Dieser liebe Lucien ist so hinreißend, wenn er zärtlich ist.«

»Also«, sagte der Richter mit einem letzten Anlauf, die Wahrheit herauszubringen, »dann können Sie nicht Jacques Collin sein ...«

»Nein, Monsieur ...«, antwortete der Sträfling.

Jacques Collin gab mehr denn je den Don Carlos Herrera. In seiner Absicht, sein Werk zu vollenden, ging er auf den Richter zu, nahm ihn in die Fensterbucht und nahm das Verhalten eines Kirchenfürsten an, der einen vertraulichen Ton anschlägt.

»Ich habe dies Kind so lieb, Monsieur, dass ich mich selbst belasten würde, falls ich der Verbrecher sein sollte, für den Sie mich halten, nur um diesem Idol meines Herzens alle Unbill zu ersparen«, sagte er leise. »Ich täte dasselbe wie das arme Mädchen, das sich zu seinem Nutzen umgebracht hat. Darum bitte ich Sie, Monsieur, um einen Gefallen, nämlich Lucien auf der Stelle freizulassen ...«

»Dem steht meine Pflicht entgegen«, sagte Camusot gutmütig, »aber wenn der Himmel Zugeständnisse macht, dann kann die Justiz auch Rücksicht nehmen, und wenn Sie mir gute Gründe anführen können ... Sprechen Sie, das wird nicht mitgeschrieben ...«

»Na gut!«, meinte Jacques Collin, getäuscht von Camusots Gutmütigkeit, »ich weiß, was dies arme Kind jetzt im Moment zu leiden hat, er ist imstande, weil er im Gefängnis ist, Hand an sich zu legen …«

»Oh! Was das angeht«, sagte Camusot mit einem Ruck.

»Sie wissen nicht, wen Sie sich verpflichten, wenn Sie mir den Gefallen tun«, sagte Jacques Collin, der andere Saiten anschlagen wollte. »Sie erweisen den Gefallen einem Orden, der mächtiger ist als die Gräfinnen de Sérisy, als die Herzoginnen de Maufrigneuse, die Ihnen nie vergeben werden, dass Sie ihre Briefe in Ihrem Dienstzimmer haben …«, sagte er und zeigte auf zwei parfümierte Papierbündel. »Mein Orden hat ein Gedächtnis.«

»Monsieur!«, sagte Camusot, »das reicht. Denken Sie sich für mich bessere Begründungen aus. Ich bin dem Beschuldigten genauso verpflichtet wie der öffentlichen Strafverfolgung.«

»Ja, dann glauben Sie mir, ich kenne Lucien, er hat die Seele einer Frau, eines Dichters, eines Südländers, ohne Festigkeit oder Willen«, gab Jacques Collin zurück, der glaubte, endlich erraten zu haben, dass sie den Richter auf ihre Seite gebracht hätten. »Sie sind von der Unschuld dieses jungen Mannes überzeugt, quälen Sie ihn nicht, verhören Sie ihn nicht; übergeben Sie ihm diesen Brief, lassen Sie ihn wissen, dass er der Erbe Esthers ist, und geben Sie ihm die Freiheit zurück … Wenn Sie es anders machen, wird es Ihnen leid tun; während ich Ihnen (behalten Sie mich in der Einzelzelle), wenn Sie ihn schlicht und einfach freilassen, morgen, heute Abend, alles erklären werde, was Ihnen in dieser Sache unklar erscheint, auch die Gründe für die verbohrte Verfolgung, der ich ausgesetzt bin; dabei gefährde ich mein Leben, man will seit fünf Jahren meinen Kopf … ist Lucien erst mal frei, reich und verheiratet mit Clotilde de Grandlieu, wird meine Pflicht hienieden erfüllt sein, ich werde mich nicht mehr meiner Haut erwehren … Mein Verfolger ist ein Spion Ihres letzten Königs …«

»Ah, Corentin!«

»Aha, er heißt Corentin … haben Sie Dank … Nun ja, Monsieur, wollen Sie mir versprechen zu tun, worum ich Sie bitte?«

»Ein Richter kann und darf nichts versprechen. Coquart!, sagen Sie dem Gerichtsdiener und den Gendarmen, dass sie den Beschuldigten wieder in die Conciergerie bringen … – Ich werde anordnen, dass Sie heute Abend in der Pistole sind«, fügte er freundlich an und nickte dem Beschuldigten unmerklich zu.

Der Richter nutzt alle seine Vorteile

Verdutzt von der Bitte, die ihm Jacques Collin gerade vorgetragen hatte, und in Erinnerung des Nachdrucks, mit dem er zuerst verhört werden wollte, wobei er sich auf seinen Krankenstand berief, erlangte Camusot sein ganzes Misstrauen wieder zurück. Indem er über seine undeutlichen Verdächte nachdachte, sah er den angeblich Sterbenskranken gehen, schreiten wie ein Herkules, ohne all die Faxen, die sein Eintreten begleitet hatten.

»Monsieur? …«

Jacques Collin drehte sich um.

»Mein Schreiber liest Ihnen, trotz Ihrer Ablehnung, noch das Protokoll Ihres Verhörs vor.«

Der Beschuldigte erfreute sich einer wunderbaren Gesundheit, die Bewegung, mit der er sich zum Schreiber setzte, war für den Richter die letzte Verdeutlichung.

»So schnell sind Sie geheilt?«, sagte Camusot.

›Erwischt‹, dachte Jacques Collin. Dann antwortete er mit lauter Stimme: »Die Freude, Monsieur, ist das einzig wahre Heilmittel, das es gibt … dieser Brief, der Beweis einer Unschuld, an der ich nicht gezweifelt habe … das ist das große Heilmittel.«

Der Richter beobachtete seinen Beschuldigten mit einem nachdenklichen Blick, als der Amtsdiener und die Gendarmen um ihn her standen; dann machte er eine Bewegung, als wache er auf, und warf Esthers Brief auf den Arbeitstisch seines Schreibers.

»Coquart, schreiben Sie diesen Brief ab! …«

Die besondere Schwermut
der Untersuchungsrichter

Wenn es zum Charakter des Menschen gehört, sich zu sträuben gegen das, zu dem man ihn drängt, und wenn das Verlangte seinen Absichten oder seiner Pflicht zuwiderläuft, oft auch, wenn es ihm egal ist, dann ist diese Haltung für den Untersuchungsrichter ein Gebot. Je mehr der Beschuldigte, dessen Status noch nicht geklärt war, auf dunkle Wolken am Horizont hinwies für den Fall, dass Lucien verhört würde, desto notwendiger erschien Camusot dies Verhör. Diese Formalität wäre nach den Regeln der Gewohnheiten nicht unabdingbar gewesen, wie sie es in der Frage nach der Identität des Abbé Carlos war. In allen Berufen gibt es eine handwerkliche Gewissenhaftigkeit. Bei fehlender Neugierde hätte Camusot Lucien um der Richterehre willen befragt, wie er soeben Jacques Collin befragt hatte, und dabei alle Listen aufgeboten, die sich der korrekteste Richter zugesteht. Der Gefallen, den er tun sollte, sein berufliches Weiterkommen, alles kam bei Camusot erst nach dem Streben, die Wahrheit zu erfahren, sie zu erraten und möglicherweise sie zu verschweigen. Er trommelte an die Fensterscheiben, während er sich dem wogenden Strom seiner Vermutungen überließ, denn in solchen Momenten ist das Denken wie ein Fluss, der tausend Landschaften durchquert. Als Liebhaber der Wahrheit sind die Richter wie eifersüchtige Frauen, sie überlassen sich tausend Annahmen und untersuchen sie mit dem Dolch des Verdachts wie der Opferpriester der Antike die Eingeweide der Opfertiere; dann verharren sie nicht beim Erwiesenen, sondern beim Wahrscheinlichen und ahnen schließlich die Wahrheit. Eine Frau befragt einen Mann, den sie liebt, wie der Richter einen Verbrecher. In einer solchen Stimmung genügen ein Aufleuchten der Augen, ein Wort, ein Klang in der Stimme, ein Zögern, um auf die Tat, den Verrat, das heimliche Verbrechen hinzuweisen.

›Die Art, wie er gerade seine Hingabe für seinen Sohn schildert (wenn es sein Sohn ist), würde mich auf den Gedanken bringen, dass er sich im Haus dieses Mädchens befunden hat, um über seine Interessen zu wachen, und, nicht ahnend, dass das Kopfkissen der Toten ein Testament verbarg, wird er die siebenhundertfünfzigtausend Franc für seinen Sohn, *als Vorsichtsmaßnahme* genommen haben! … das ist der Grund seines Versprechens, das Geld werde sich wieder finden. Monsieur de Rubempré schuldet sich selbst und der Justiz, den Personenstand seines Vaters zu klären. … – Und mir die Fürsprache seines Ordens (sein Orden!) zu versprechen, wenn ich Lucien nicht verhöre! …‹

Er verharrte bei diesem Gedanken.

Wie wir gerade gesehen haben, führt ein Untersuchungsrichter ein Verhör nach seinem Gutdünken. Ein Verhör, das ist nichts, und es ist alles. Hierauf gründet die Begünstigung. Camusot läutete, der Amtsbote war zurück. Er gab Auftrag, Monsieur Lucien de Rubempré zu holen, und zwar mit der

Anweisung, dass er auf dem Weg mit niemandem, wem auch immer, spreche. Es war zwei Uhr nachmittags.

›Es ist da ein Geheimnis‹, sagte sich der Richter, ›und dies Geheimnis muss ziemliche Bedeutung haben. Das Argument meines Zwitterwesens, das kein Priester und nicht weltlich ist, weder Sträfling noch Spanier, und der kein verhängnisvolles Wort aus dem Mund seines Schützlings kommen lassen will, ist dies: »Der Dichter ist schwach, er ist Frau; er ist nicht wie ich, der ich der Herkules der Diplomatie bin, und Sie werden ihm leicht unser Geheimnis entreißen!« Nun denn, wir werden alles vom Unschuldigen erfahren! ...‹

Damit klopfte er weiter mit seinem Elfenbeinmesser auf die Kante seines Tischs, während sein Schreiber Esthers Brief abschrieb. Wie viele Merkwürdigkeiten im Gebrauch unserer Fähigkeiten! Camusot vermutete alle möglichen Verbrechen und ließ das einzige aus, das der Beschuldigte begangen hatte, das falsche Testament zugunsten Luciens. Mögen doch die, die aus Neid die Stellung des Richters angreifen, sich einmal dies Leben vorstellen, das in ständigem Argwohn dahingeht, diese Qualen, die diese Leute ihrem Verstand aufzwingen, denn die zivilrechtlichen Angelegenheiten sind nicht weniger verzwickt als die Aufklärung von Verbrechen, dann denken sie vielleicht, dass der Geistliche und der Richter gleichermaßen einen schweren Panzer tragen, bestückt mit Dornen nach innen. Übrigens hat jeder Beruf sein Büßerhemd und seine ertraglosen Tätigkeiten.

Gefährdungen der Unschuld im Justizpalast

Kurz nach zwei Uhr sah Monsieur Camusot Lucien de Rubempré eintreten, blass, niedergeschlagen, die Augen rot und geschwollen, kurz, in einem Zustand der Entkräftung, der einen Vergleich zwischen Natur und Künstlichkeit erlaubte, dem echten Sterbenskranken mit dem gespielten Sterbenskranken. Der Gang von der Conciergerie zum Amtszimmer des Richters im Gefolge eines Gerichtsdieners und zwischen zwei Gendarmen hatte Luciens Verzweiflung auf die Spitze getrieben. Es entspricht dem Geist des Dichters, eine Strafe einem Urteil vorzuziehen. Als er diesen jeder moralischen Kraft vollständig beraubten Charakter sah, der einen Richter zögern lässt und der sich bei dem anderen Beschuldigten so kraftvoll gezeigt hatte, empfand Monsieur Camusot bei diesem leichten Sieg Erbarmen, und diese Geringschätzung erlaubte ihm, entscheidende Schläge zu versetzen, denn sie ließ ihm jene schreckliche Freiheit des Geistes, die den Schützen auszeichnet, wenn es ums Abschießen von Puppen geht.

»Beruhigen Sie sich, Monsieur de Rubempré, Sie stehen vor einem Richter, der sich bemüht, das Übel wieder gutzumachen, das die Justiz unabsichtlich mit einer vorbeugenden Festnahme anrichtet, wenn diese unbegründet ist. Ich halte Sie für unschuldig, Sie werden gleich freigelassen. Hier der Beweis Ihrer Unschuld. Das ist ein Brief, den Ihre Portiersfrau in Ihrer Abwesenheit behalten und den sie vorhin hierhergebracht hat. In der Aufregung, die der Auftritt der Polizei verursacht hat, und nach der Nachricht von Ihrer Festnahme in Fontainebleau hatte diese Frau den Brief vergessen, der von Fräulein Esther Gobseck stammt ... Lesen Sie!«

Lucien nahm den Brief, las ihn und löste sich in Tränen auf. Er schluchzte, ohne ein Wort sprechen zu können. Nach einer Viertelstunde, einer Zeit, während der es Lucien viel

Mühe machte, wieder zu sich zu kommen, reichte ihm der Amtsschreiber die Kopie des Briefs und bat ihn, sie abzuzeichnen als *mit dem Original übereinstimmende Abschrift, auf Verlangen vorzulegen, solange die Ermittlung läuft*, wobei er anbot, sie zu vergleichen; doch Lucien verließ sich, was die Genauigkeit betraf, natürlich auf das Wort von Coquart.

»Monsieur«, sagte der Richter voller Gutmütigkeit, »es ist trotzdem schwierig, Sie freizusetzen, ohne unsere Formalitäten erledigt und ohne Ihnen ein paar Fragen gestellt zu haben ... Es ist beinah als Zeuge, dass ich Sie um Antwort bitte. Ich würde es für überflüssig halten, einem Mann wie Ihnen zu sagen, dass die Verpflichtung, die ganze Wahrheit zu sagen, hier nicht bloß ein Appell an Ihr Gewissen ist, sondern auch eine Notwendigkeit für Ihre Lage, die einen Moment lang zweifelhaft war. Die Wahrheit kann Ihnen nichts anhaben, was sie auch sei; aber die Unwahrheit würde Sie vors Schwurgericht bringen und würde mich zwingen, Sie in die Conciergerie zurückbringen zu lassen; dagegen, wenn Sie offen auf meine Fragen antworten, schlafen Sie heute abend zu Hause, und Sie werden durch die entsprechende Meldung rehabilitiert, die die Zeitungen veröffentlichen werden: ›Monsieur de Rubempré, gestern bei Fontainebleau festgenommen, kam unmittelbar nach einer sehr kurzen Einvernahme auf freien Fuß.‹«

Diese Ausführungen machten spürbar Eindruck auf Lucien, und als er die Stimmung seines Beschuldigten bemerkte, fügte der Richter an: »Ich wiederhole es, Sie standen im Verdacht der Mittäterschaft in einem Giftmord an der Person des Fräulein Esther, es gibt den Beweis ihres Selbstmords, damit ist alles gesagt; es ist jedoch eine Summe von siebenhundertfünfzigtausend Franc unterschlagen worden, die zur Erbmasse gehört, und Sie sind der Erbe; da liegt leider ein Verbrechen vor. Dieses Verbrechen fand vor der Entdeckung des Testaments statt. Jetzt hat die Polizei Grund zu der Annahme, dass jemand, der Sie sehr mag, genauso wie dies Fräulein Esther Sie gemocht hat, sich dieses Verbrechen zu Ihren Gunsten erlaubt hat ... – unterbrechen Sie mich nicht«, sagte Camusot und verdonnerte Lucien, der etwas sagen wollte, zum Schweigen. »Ich verhöre Sie noch nicht. Ich möchte Ihnen zu verstehen geben, wie sehr Ihre Ehre in dieser Frage betroffen ist. Lassen Sie die Unwahrheit sein, den elenden Ehrenpunkt, der Komplizen aneinander bindet, und sagen Sie die ganze Wahrheit?«

Wir mussten bereits auf das übermäßige Missverhältnis der Waffen in diesem Kampf zwischen Beschuldigten und Untersuchungsrichtern hinweisen. Natürlich hat geschickt vorgetragenes Abstreiten das Unbedingte seiner Form für sich und genügt zur Verteidigung des Verbrechers; aber es ist auf gewisse Weise eine Rüstung, die erdrückend wird, wenn das Stilett des Verhörs darin eine Fuge findet. Sobald das Abstreiten eindeutiger Tatsachen ungenügend wird, ist der Beschuldigte dem Belieben des Richters gänzlich ausgeliefert. Stellen Sie sich einen halben Verbrecher wie Lucien vor, der sich, vom ersten Schiffbruch seiner Tugend gerettet, bessern und seinem Land nützen könnte, wie er in den Fallstricken der Ermittlung untergeht. Der Richter verfasst ein sehr nüchternes Protokoll, eine Zusammenfassung der Fragen und der Antworten; aber von seinen hinterhältig väterlichen Reden, seinen arglistigen Vorwürfen in der hier beschriebenen Art steht darin nichts. Die Richter einer höheren Instanz und die Geschworenen sehen die Ergebnisse, ohne die Mittel zu kennen. Dementsprechend wäre, wie einige kluge Köpfe sagen, ein Gericht hervorragend, das wie in England auch die Ermittlung vornimmt. Frankreich erfreute sich dieses Systems für eine gewisse Zeit. Gemäß dem Code vom Brumaire des Jahres IV nannte sich diese Institution Anklagegericht im

Unterschied zum Urteilsgericht. Was den endgültigen Prozess angeht, wenn man die Anklagegerichte wieder einführen würde, so sollte er den königlichen Gerichtshöfen ohne Mitwirkung von Geschworenen zugeteilt werden.

Wo alle, die etwas falsch gemacht haben, Angst bekommen, dass sie vor Gericht erscheinen müssen

»Also gut,« sagte Camusot nach einer Pause, »wie heißen Sie? Monsieur Coquart, aufgepasst! …«, sagte er zum Gerichtsschreiber.

»Lucien Chardon, de Rubempré.«

»Geboren?«

»In Angoulême …«

Lucien nannte Tag, Monat und Jahr.

»Sie hatten kein Vermögen?«

»Nein.«

»Sie haben aber während eines ersten Aufenthalts in Paris beachtliche Ausgaben getätigt, verglichen mit Ihrem bisschen an Vermögen?«

»Ja, Monsieur, aber zu der Zeit hatte ich in Fräulein Coralie eine äußerst ergebene Freundin, die ich leider verloren habe. Es war der Kummer über diesen Tod, der mich wieder in meinen Heimatort zurückführte.«

»Gut, Monsieur«, sagte Camusot. »Ich lobe Sie für Ihre Offenheit, das wissen wir zu schätzen.«

Lucien steuerte, wie man sieht, auf eine Generalbeichte zu.

»Sie haben nach Ihrer Rückkehr von Angoulême nach Paris noch beachtlichere Ausgaben gemacht«, fuhr Camusot fort, »Sie haben gelebt wie ein Mann, der ungefähr sechzigtausend Franc in Renten bezieht.«

»Ja, Monsieur …«

»Wer hat Ihnen dieses Geld verschafft?«

»Mein Gönner, Abbé Carlos Herrera.«

»Wo haben Sie den kennengelernt?«

»Ich bin ihm auf der Landstraße begegnet, in dem Augenblick, als ich mich mit einem Selbstmord vom Leben befreien wollte …«

»Sie haben in Ihrer Familie, von Ihrer Mutter nie über ihn reden gehört? …«

»Nie.«

»Ihre Mutter hat Ihnen niemals etwas gesagt von einem Spanier, den sie kennengelernt hätte?«

»Nie.«

»Können Sie sich erinnern, in welchem Monat von welchem Jahr Ihre Beziehung zu Fräulein Esther angefangen hat?«

»Gegen Ende 1823, in einem kleinen Theater am Boulevard.«

»Sie hat angefangen, Sie Geld zu kosten?«

»Ja, Monsieur.«

»Letzthin haben Sie, in dem Bestreben Mademoiselle de Grandlieu zu ehelichen, die Überreste des Schlosses de Rubempré gekauft, Sie haben noch Land für eine Million hinzugekauft, Sie haben der Familie de Grandlieu gesagt, dass Ihre Schwester und Ihr Schwager eine beachtliche Erbschaft gemacht hätten und dass Sie diese Summen deren Freigiebigkeit verdanken? … Haben Sie das der Familie de Grandlieu gesagt, Monsieur?«

»Ja, Monsieur.«

»Sie kennen nicht den Grund für den Bruch Ihrer Ehepläne?«

»Überhaupt nicht.«

»Nun ja, die Familie de Grandlieu hat einen der angesehensten Anwälte von Paris zu Ihrem Schwager geschickt, um Erkundigungen einzuholen. In Angoulême hat der Anwalt durch die Erklärungen Ihrer Schwester und Ihres Schwagers nicht nur erfahren, dass die Ihnen wenig geliehen haben, sondern darüber hinaus, dass ihr Erbe zwar aus ganz ansehnlichen Liegenschaften bestand, dass aber die Summe Geldes kaum mehr war als zweihunderttausend Franc ... Sie dürfen sich nicht wundern, dass eine Familie wie die de Grandlieus zurückweicht vor einem Vermögen, dessen Herkunft nicht geklärt ist ... Da sehen Sie, Monsieur, wohin Sie eine Lüge geführt hat ...«

Lucien überlief es eiskalt bei dieser Enthüllung, und das Wenige an Geistesgegenwart, das er bewahrt hatte, verließ ihn.

»Polizei und Justiz erfahren alles, was sie wissen wollen«, sagte Camusot, »bedenken Sie das. Weiter«, fuhr er fort in dem Gedanken an die Vaterrolle, die Jacques Collin für sich beansprucht hatte, »wissen Sie, wer dieser angebliche Carlos Herrera ist?«

»Ja, Monsieur, aber ich habe es zu spät erfahren ...«

»Wie: zu spät? Erklären Sie das!«

»Das ist kein Priester, das ist kein Spanier, das ist ...«

»Ein ausgebrochener Sträfling«, sagte der Richter lebhaft.

»Ja«, antwortete Lucien. »Als mir dies fatale Geheimnis offenbart wurde, stand ich längst in seiner Schuld, ich hatte gedacht, dass ich eine Verbindung mit einem respektablen Geistlichen eingehe ...«

»Jacques Collin ...«, begann der Richter einen Satz.

»Ja, Jacques Collin«, wiederholte Lucien, »so heißt er.«

»Gut. Jacques Collin«, fuhr Monsieur Camusot fort, »ist vorhin von jemandem erkannt worden, und wenn er noch weiter seine Identität abstreitet, dann ist das, glaube ich, in Ihrem Interesse. Ich habe Sie aber gefragt, ob Sie wüssten, wer dieser Mann ist, um einen anderen Betrug von Jacques Collin aufzudecken.«

Als Lucien diese schreckliche Bemerkung hörte, war ihm, als führe ihm ein glühendes Eisen in den Leib.

»Wissen Sie nicht«, sagte der Richter weiter, »dass er vorgibt, Ihr Vater zu sein, um die außerordentliche Zuneigung, die er für Sie empfindet, zu begründen?«

»Er! Mein Vater! ... o Monsieur! ... das hat er gesagt?«

»Haben Sie eine Vermutung, woher die Summen stammten, die er Ihnen gegeben hat? Denn wenn man dem Brief glauben soll, den Sie in Händen halten, dürfte Ihnen das Fräulein Esther, dies arme Freudenmädchen, später dieselben Dienste erwiesen haben wie Fräulein Coralie; aber Sie haben, wie Sie gerade sagten, ein paar Jahre gelebt, und sehr prächtig gelebt, ohne irgendetwas von ihr zu erhalten.«

»Es sind Sie, Monsieur, den ich bitte mir zu sagen«, rief Lucien aus, »wo die Sträflinge ihr Geld herhaben! ... Ein Jacques Collin mein Vater! ... O meine arme Mutter ...«

Damit brach er in Tränen aus.

»Schreiber, verlesen Sie dem Beschuldigten die Stelle aus dem Verhörprotokoll des angeblichen Carlos Herrera vor, wo er sich als Vater von Lucien de Rubempré bezeichnet.«

Der Dichter lauschte dieser Lesung mit einem Schweigen und einer Gefasstheit, die zu sehen wehtat.

»Ich bin verloren!«, rief er.

»Auf dem Pfad der Ehre und der Wahrheit geht man nicht verloren«, sagte der Richter.

»Aber Sie bringen Jacques Collin vors Schwurgericht?«, fragte Lucien.

»Natürlich«, antwortete Camusot, der wollte, dass Lucien weiter plauderte. »Bringen Sie Ihren Gedanken zu Ende.«

Die zwei Arten Moral

Doch trotz der Bemühungen und der Vorhaltungen des Richters antwortete Lucien nicht mehr. Wie alle Menschen, die Sklave ihrer Empfindungen sind, hatte er zu spät zu überlegen angefangen. Hier liegt der Unterschied zwischen Dichter und Tatmensch: Der eine überlässt sich dem Gefühl, um es in lebendigen Bildern wiederzugeben, er urteilt erst danach; während der andere gleichzeitig fühlt und urteilt. Lucien verharrte stumm, bleich, er sah sich am Boden des Abgrunds, wohin ihn der Untersuchungsrichter hatte gleiten lassen, auf dessen Biederkeit er, der Dichter, hereingefallen war. Soeben hatte er nicht seinen Wohltäter, sondern seinen Komplizen verraten, der seinerseits mit dem Mut eines Löwen, mit vollendeter Meisterschaft ihre Position behauptet hatte. Da, wo Jacques Collin alles mit seiner Kühnheit gerettet hatte, hatte Lucien, der Mann des Geistes, alles mit seinem Unverstand und seinem Mangel an Gedanken verdorben. Diese infame Lüge, die ihn entrüstete, diente als Schutzschild für eine noch infamere Wahrheit. Durcheinandergebracht durch die Feinsinnigkeit des Richters, entsetzt über die grausame Geschicklichkeit, über die Schnelligkeit der Schläge, die er ihm versetzt hatte, indem er sich die Fehler eines offengelegten Lebens wie Haken zunutze machte, um in seinem Gewissen zu stochern, glich Lucien einem Schlachttier, das vom Hauklotz gerutscht ist. Frei und unschuldig beim Betreten des Raums, war er durch seine eigenen Geständnisse im Nu kriminell. Als letzten bösen Scherz machte der Richter Lucien ruhig und kühl darauf aufmerksam, dass seine Enthüllungen die Folge eines Missverständnisses waren. Camusot dachte an die Vaterrolle, die Jacques Collin ergriffen hatte, während Lucien, voll erfasst von der Furcht, seine Verbindung mit einem ausgebrochenen Sträfling könnte öffentlich bekannt werden, es den Mördern des Ibycus und deren berühmter Unbedachtheit gleichgetan hatte.

Eine der Ruhmestaten von Royer-Collart ist es, die dauerhafte Überlegenheit der natürlichen Gefühle über die aufgezwungenen Empfindungen verkündet zu haben, eine Rangordnung der Verpflichtungen vertreten zu haben mit der Begründung, dass zum Beispiel das Gesetz der Gastfreundschaft derart bindend sei, dass es die Verbindlichkeit des Eides vor Gericht aufhebe. Er hat sich zu dieser Theorie vor aller Welt, im Parlament bekannt; er hat tapfer die Verschwörer gepriesen, er hat dargelegt, dass es menschlich sei, eher der Freundschaft zu gehorchen als den tyrannischen Gesetzen, die zu dieser oder jener Gelegenheit aus dem politischen Repertoire gezückt werden. Schließlich enthält das Naturrecht Gesetze, die nie verkündet wurden, die aber wirksamer und bekannter sind als die, die die Gesellschaft formuliert hat. Lucien hatte soeben zu seinem Nachteil das Gesetz des Zusammenhaltens missachtet, das ihn verpflichtete, zu schweigen und Jacques Collin sich verteidigen zu lassen; mehr noch, er hatte ihn belastet! In seinem Interesse musste dieser Mann für ihn und für immer Carlos Herrera sein.

Monsieur Camusot freute sich an seinem Triumph, er hatte zwei Schuldige, er hatte mit der Faust des Gesetzes einen modischen Gesellschaftsliebling niedergemacht und den unauffindbaren Jacques Collin gefunden. Er würde als einer der fähigsten Untersuchungsrichter gelten. Darum ließ er seinen Beschuldigten in Ruhe; doch er beobachtete dieses Schweigen der Bestürzung, er sah, wie sich der Schweiß auf diesem aufgelösten Gesicht zu Tropfen sammelte, die anschwollen und schließlich, vermischt mit zwei Tränenrinnen, niedergingen.

Der Keulenschlag

»Wozu weinen, Monsieur de Rubempré? Ich habe Ihnen doch gesagt, dass Sie der Erbe von Fräulein Esther sind, die keine Haupt- oder Nebenerben hat, und ihr Erbe beläuft sich auf beinah acht Millionen, wenn sich die verschwundenen siebenhundertfünfzigtausend Franc wieder gefunden haben.«

Das war der letzte Schlag für den Schuldigen. Zehn Minuten Standfestigkeit, wie es Jacques Collin in seinem Kassiber sagte, und Lucien wäre ans Ziel aller seiner Wünsche gekommen! Er hätte sich von Jacques Collin losgesagt, sich von ihm getrennt, er wäre reich, er würde Mademoiselle de Grandlieu heiraten. Nichts zeigt so deutlich wie diese Szene die Macht, die die Untersuchungsrichter durch Isolierung oder Trennung der Beschuldigten haben, und den Wert einer Mitteilung wie der, die Asie Jacques Collin gemacht hatte.

»Ach, Monsieur«, antwortete Lucien mit der Bitterkeit und der Ironie des Mannes, der sich für sein vollendetes Unglück ein Denkmal schafft, »wie passend es in Ihrer Sprache heißt: *einem Verhör unterzogen werden*! ... Zwischen der körperlichen Folter von früher und der moralischen Folter von heute würde ich für mich nicht zögern, ich würde die Leiden bevorzugen, die einst der Henkersknecht zufügte. Was wollen Sie von mir noch?«, sagte er mit Stolz.

»Hier, Monsieur«, wurde der Richter hochmütig und höhnisch, um dem Stolz des Dichters etwas entgegenzusetzen, »hier bin allein ich es, der die Fragen stellt.«

»Es stand mir zu, nicht zu antworten«, murmelte der arme Lucien, dem sein Verstand mit all seiner Klarheit zurückgekehrt war.

»Schreiber, verlesen Sie dem Beschuldigten sein Verhör ...«

›Jetzt bin ich wieder Beschuldigter‹, sagte sich Lucien.

Während der Schreiber vorlas, fasste Lucien einen Beschluss, der ihn zwang, Monsieur Camusot zu schmeicheln. Als das Gemurmel der Stimme Coquarts endete, schreckte der Dichter auf wie ein Mann, der während eines Lärms schläft, an den sich seine Organe gewöhnt haben, und den dann die Stille überrascht.

»Sie müssen das Protokoll Ihres Verhörs unterschreiben«, sagte der Richter.

»Und Sie setzen mich auf freien Fuß?«, fragte Lucien, nun seinerseits ironisch.

»Noch nicht«, antwortete Camusot. »Aber morgen, nach Ihrer Gegenüberstellung mit Jacques Collin, werden Sie wahrscheinlich frei sein. Die Justiz muss jetzt wissen, ob Sie Komplize der Verbrechen gewesen sind oder nicht, die dieser Mann seit seinem Ausbruch begangen haben kann, der 1820 gewesen ist. Trotzdem sind Sie nicht mehr in Einzelhaft. Ich werde dem Direktor schreiben, dass er Sie in das beste Zimmer der Pistole verlegt.«

»Finde ich dort etwas zum Schreiben …«

»Man wird Sie dort mit allem versorgen, was Sie verlangen, ich werde dem Amtsdiener Anweisung geben, der Sie zurück begleiten wird.«

Lucien unterschrieb mechanisch das Protokoll und zeichnete die Anfügungen ab, wobei er den Anweisungen Coquarts mit der Sanftheit eines Opfers Folge leistete, das sich aufgegeben hat. Ein Detail allein wird mehr über den Zustand, in dem er sich befand, sagen, als die genaueste Schilderung. Die Ankündigung der Gegenüberstellung mit Jacques Collin hatte die Schweißtropfen auf seinem Gesicht getrocknet, seine trockenen Augen strahlten mit unerträglichem Glanz. Kurzum, er wurde blitzartig zu einer Bronzefigur wie Jacques Collin.

Bei Leuten mit einem Charakter in der Art von Luciens,

den Jacques Collin so treffend erklärt hatte, sind diese plötzlichen Wechsel von einem Zustand vollständiger Entmutigung zu einem quasi metallenen Zustand die auffälligsten Phänomene des Innenlebens, so angespannt sind die menschlichen Kräfte. Der Wille kommt zurück wie das verschwundene Wasser einer Quelle; er fließt in das für das Wirken seiner unbekannten wesentlichen Substanz vorbereitete System ein; und dann wird der leblose Körper Mensch, und der Mensch stürzt sich kraftvoll in die äußersten Kämpfe.

Lucien schob Esthers Brief mit dem Porträt, das sie ihm zurückgeschickt hatte, über sein Herz. Dann grüßte er herablassend Monsieur Camusot und ging festen Schritts zwischen zwei Gendarmen über die Flure.

»Das ist ein ausgemachter Gauner«, sagte der Richter seinem Schreiber, um sich für die vernichtende Verachtung zu rächen, die ihm der Dichter bezeugt hatte. »Er hat geglaubt, er könnte sich retten, indem er seinen Komplizen liefert.«

»Von den beiden«, sagte Coquart schüchtern, »ist der Sträfling der Schlimmere ...«

Der Richter auf der Folter

»Ich gebe Ihnen für heute frei, Coquart«, sagte der Richter. »Das reicht jetzt. Schicken Sie die Leute, die warten, nach Hause und sagen Sie ihnen, dass sie morgen wiederkommen. Ach ja! Sie gehen jetzt gleich zum Generalstaatsanwalt und schauen Sie, ob er noch in seinem Zimmer ist; wenn ja, bitten Sie um eine Unterredung für mich. Oh! Er wird da sein«, sagte er weiter, nachdem er auf einer hässlichen Uhr aus grün gestrichenem Holz mit goldenen Leisten nach der Zeit geschaut hatte. »Es ist Viertel nach drei.«

Diese Verhöre, die so schnell gelesen sind, nehmen, weil

sie vollständig, die Fragen wie die Antworten, aufgeschrieben werden, eine ungeheure Zeit in Anspruch. Das ist einer der Gründe für die Langsamkeit der polizeilichen Untersuchungen und für die Dauer vorläufiger Festnahmen. Für die kleinen Leute ist das die Vernichtung, für die Reichen ist es eine Schande; denn für sie gleicht eine unmittelbare Freilassung, soweit das ausgeglichen werden kann, das Unglück einer Festnahme aus. Das also ist der Grund, warum diese beiden Szenen, die vollständig wiedergegeben wurden, die gesamte Zeit gebraucht haben, die es Asie kostete, die Anweisungen des Herrn zu entziffern, eine Herzogin ihr Boudoir verlassen zu lassen und Madame de Sérisy Energie einzuflößen.

In diesem Moment überlegte Camusot, wie er sich seine Geschicklichkeit zunutze machen sollte, und griff sich die beiden Protokolle, las sie noch einmal durch und nahm sich vor, sie dem Generalstaatsanwalt zu zeigen, indem er ihn um seine Meinung bat. Während er sich dem Gedankengang überließ, kam sein Amtsdiener zurück, um ihm zu sagen, dass der Kammerdiener Gräfin de Sérisys ihn unbedingt sprechen wolle. Auf ein Zeichen von Camusot trat ein Kammerdiener ein, gekleidet wie ein Herr, sah abwechselnd den Diener und den Richter an und sagte: »Ich habe doch die Ehre mit Monsieur Camusot ...«

»Ja«, antworteten der Richter und der Amtsdiener.

Camusot nahm einen Brief entgegen, den ihm der Diener reichte, und las folgendes:

»Aus mancherlei Gründen, die Sie verstehen werden, mein lieber Camusot, verhören Sie nicht Monsieur de Rubempré; wir überbringen Ihnen die Beweise seiner Unschuld, damit er umgehend freigelassen wird.

D. de Maufrigneuse, L. de Sérisy

P. S. Verbrennen Sie diesen Brief.«

Camusot merkte, dass er einen riesigen Fehler gemacht

hatte, als er Lucien Fallen stellte, und fing erst mal damit an, den beiden großen Damen zu gehorchen. Er zündete eine Kerze an und vernichtete den Brief, den die Herzogin geschrieben hatte. Der Kammerdiener nickte respektvoll.

»Madame de Sérisy wird also herkommen?«, fragte er.

»Es wurde angespannt«, antwortete der Kammerdiener.

In diesem Moment kam Coquart, um Monsieur Camusot zu sagen, dass ihn der Generalstaatsanwalt erwarte.

Unter der Last des Fehlers, den er gegen seinen Ehrgeiz, aber zum Nutzen der Gerechtigkeit begangen hatte, wollte der Richter gewappnet sein gegen den Zorn der beiden hochgestellten Damen. In sieben Jahre Amtsausübung hatte er die Schlauheit entwickelt, mit der jeder Mann bewehrt ist, der sich bei der Durchsetzung des Rechts mit Grisetten gemessen hat. Da die Kerze, mit der er den Brief vernichtet hatte, noch brannte, benutzte er sie, um die dreißig Briefe der Herzogin de Maufrigneuse an Lucien und den ziemlich umfangreichen Briefwechsel von Madame de Sérisy zu versiegeln. Dann ging er zum Generalstaatsanwalt.

Der Herr Generalstaatsanwalt

Der Justizpalast ist eine ungeordnete Ansammlung von eins über das andere errichteten Gebäuden, die einen prachtvoll, die anderen unansehnlich, die einander mangels Einheitlichkeit abwerten. Der Wartesaal ist der größte bekannte Saal; doch seine Nüchternheit ist zum Fürchten und ermüdet die Augen. Diese weite Kathedrale des Rechtsstreits lastet drückend über dem Königlichen Gerichtshof. Am Ende führt die Galerie Marchande noch zu zwei Kloaken. In dieser Galerie bemerkt man eine doppelte Treppe, etwas breiter als die der Kriminalpolizei, und darunter eine zweiflügelige Tür. Die

Treppe führt zum Schwurgericht, und die untere Tür zu einem weiteren Schwurgerichtssaal. Es gibt Jahre, in denen es für die im Departement Seine begangenen Verbrechen zwei Sitzungssäle braucht. Hier befinden sich die Räume des Generalstaatsanwalts, die Anwaltskammer, ihre Bibliothek, die Arbeitsräume der Staatsanwälte, die der Vertreter des Generalstaatsanwalts. Alle diese Räumlichkeiten, denn man muss einen Oberbegriff dafür benutzen, sind über kleine Wendeltreppen und dunkle Gänge miteinander verbunden, die die Schande der Architektur, der Stadt Paris und Frankreichs sind. In ihrem Inneren übertrifft die oberste Justizbehörde die Gefängnisse an Hässlichkeit. Der Sittenmaler würde zurückschrecken vor der Aufgabe, den schäbigen Flur von einem Meter Breite zu beschreiben, in dem sich die Zeugen der Verhandlung des oberen Schwurgerichtssaals aufhalten. Was den Ofen betrifft, der den Sitzungssaal beheizen soll – ein Café am Boulevard Montparnasse brächte er in Verruf.

Der Dienstraum des Generalstaatsanwalts ist in einen achteckigen Pavillon an der Seite der Galerie Marchande eingearbeitet, der – im Vergleich zum Alter des Justizpalasts – erst kürzlich auf einem Teil des Hofs neben dem Frauentrakt eingerichtet wurde. Dieser gesamte Teil des Justizpalasts ist überschattet von den hohen und großartigen Bauten der Sainte-Chapelle. Dementsprechend ist es dort dunkel und still.

Monsieur de Granville, dieser würdige Nachfolger der großen Richter des alten Gerichtshofs, hatte ohne eine Lösung in der Angelegenheit Luciens den Justizpalast nicht verlassen wollen. Er wartete auf Neuigkeiten von Camusot, und die Nachricht des Richters ließ ihn auf unwillkürliche Gedankenspiele kommen, die das Warten bei den stärksten Geistern auslöst. Er saß in der Fensternische seines Dienstraums, erhob sich und fing an, hin und her zu laufen, denn er hatte am Morgen Camusot, an dessen Weg er sich gestellt hatte, wenig verständig gefunden, er hatte ungenaue Befürchtungen, er litt. Hier der Grund. Die Würde seiner Aufgaben verbot ihm, die absolute Unabhängigkeit des untergeordneten Richters infrage zu stellen, und in dieser Sache ging es um die Ehre, das Ansehen seines besten Freundes, eines seiner wärmsten Förderer, Graf de Sérisy, Staatsminister, Mitglied des Geheimrats, Vizepräsident des Staatsrats, kommender Kanzler von Frankreich für den Fall, dass der edle Greis, der diese erhabenen Aufgaben wahrnahm, sterben sollte. Monsieur de Sérisy hatte das Unglück, seine Frau *trotzdem* zu vergöttern, er nahm sie immer in Schutz. So ahnte der Generalstaatsanwalt nur zu gut den schlimmen Krawall, den die Verurteilung eines Mannes in der Gesellschaft und bei Hof verursachen würde, dessen Name so oft mit dem der Gräfin boshaft in Verbindung gebracht worden war.

›Ach!‹, sagte er sich und schlug die Arme übereinander, ›früher stand es in der Macht des Königs, sich mit einer Verfahrensübernahme zu behelfen … Unsere Gleichheitswut wird diese Zeit zugrunderichten …‹

Dieser würdevolle Justizbeamte kannte die Anziehungskraft und das Unglück unstatthafter Beziehungen. Esther und Lucien hatten, wie gesehen, die Wohnung übernommen, in der Graf de Granville mit Fräulein de Bellefeuille in eheähnlichem Verhältnis und heimlich gelebt hatte, und von wo sie eines Tages geflüchtet war, entführt von einem Lump (siehe *Eine doppelte Familie*, SZENEN AUS DEM PRIVATLEBEN).

Als der Generalstaatsanwalt sich sagte: ›Camusot wird uns eine Eselei eingebrockt haben!‹, klopfte der Untersuchungsrichter zweimal an die Bürotür.

»Na, mein lieber Camusot, wie läuft die Geschichte, von der ich heute Morgen gesprochen habe?«

»Schlecht, Graf, wollen Sie es selbst lesen und beurteilen?

Er hielt Monsieur de Granville die beiden Verhörprotokolle hin, der seinen Kneifer nahm und zum Lesen ans Fenster trat. Es war eine schnelle Lektüre.

»Sie haben Ihre Pflicht getan«, sagte der Generalstaatsanwalt mit bewegter Stimme. »Alles ist gesagt, das Recht nimmt seinen Lauf ... Sie haben zu viel Fähigkeit unter Beweis gestellt, als dass man jemals auf einen Untersuchungsrichter wie Sie verzichten möchte ...«

Hätte Monsieur de Granville zu Camusot gesagt: ›Sie bleiben Ihr Leben lang Untersuchungsrichter! ...‹, hätte er nicht deutlicher sein können als mit diesem Lobspruch. Camusot wurde es kalt im Leib.

»Herzogin de Maufrigneuse, der ich viel verdanke, hatte mich gebeten ...«

»Ah! Herzogin de Maufrigneuse«, unterbrach Granville den Richter, »stimmt, das ist die Freundin von Madame de Sérisy. Sie haben, wie ich sehe, keinem Einfluss nachgegeben. Das haben Sie gut gemacht, Monsieur, Sie werden ein großer Richter sein.«

Ist es zu spät?

In diesem Augenblick öffnete Graf Octave de Bauvan ohne anzuklopfen und sagte zu Graf de Granville: »Mein Lieber, ich bringe dir eine schöne Frau, die nicht wusste wohin, sie war dabei, sich in unserem Labyrinth zu verlaufen ...«

Graf Octave hielt Gräfin de Sérisy an der Hand, die seit einer halben Stunde durch den Justizpalast geirrt war.

»Sie hier, Madame!«, rief der Generalstaatsanwalt aus und schob seinen eigenen Sessel hin, »und in was für einem Moment! ... Dies ist Monsieur Camusot, Madame«, fügte er hinzu und zeigte auf den Richter. »Bauvan«, sagte er weiter zu diesem berühmten Regierungsredner der Restaurationszeit, »warte auf mich beim Ersten Präsidenten, er ist noch da, ich treffe dich dort.«

Graf Octave de Bauvan verstand, dass er nicht nur gerade störte, sondern dass der Generalstaatsanwalt einen Grund haben wollte, sein Büro zu verlassen.

Madame de Sérisy hatte nicht den Fehler begangen, in ihrem prachtvollen Coupé, dessen blaues Verdeck ihr Wappen trug, zum Justizpalast zu kommen, mit ihrem Kutscher in Galauniform und ihren zwei Dienern in Kniehose und weißen Seidenstrümpfen. Bei der Abfahrt hatte Asie den beiden hohen Damen die Notwendigkeit zu verstehen gegeben, den Fiaker zu nehmen, in dem sie mit der Herzogin gekommen war; und dann hatte sie auch noch der Geliebten von Lucien diese Garderobe anbefohlen, die für die Frauen das ist, was früher für die Männer der mauergraue Mantel war. Die Gräfin trug einen braunen Mantel, einen alten schwarzen Schal und einen Samthut, dessen Blumen abgenommen und durch einen sehr dichten schwarzen Seidenschleier ersetzt worden waren.

»Sie haben unseren Brief erhalten …«, sagte sie zu Camusot, dessen Erstarrung sie als Zeichen seines bewundernden Respekts auffasste.

»Zu spät, leider, Gräfin«, antwortete der Richter, der nur in seinem Büro und gegenüber den Beschuldigten über Taktgefühl und Witz verfügte.

»Wie, zu spät? …«

Sie sah Monsieur de Granville an und sah die Betroffenheit, die auf sein Gesicht gemalt war.

»Es kann nicht, es darf noch nicht zu spät sein«, fügte sie tyrannisch an.

Was die Frauen in Paris alles machen

Die Frauen, die schönen gesetzten Frauen, wie Madame de Sérisy eine ist, sind die verwöhnten Kinder der französischen Gesellschaft. Wenn die Frauen anderer Länder wüssten, was in Paris eine elegante Frau ist, reich und adelig, würden alle überlegen, auch zu kommen, um diese prachtvolle Herrschaft zu genießen. Die Frauen, die sich nur den Fesseln der Wohlanständigkeit fügen, dieser Sammlung kleiner Regeln, die in der MENSCHLICHEN KOMÖDIE schon oft genug als ›Das weibliche Gesetzbuch‹ bezeichnet worden ist, pfeifen auf die Gesetze, die die Männer gemacht haben. Sie sprechen alles aus, schrecken vor keinem Fehler, vor keiner Torheit zurück, denn sie alle haben wunderbar erkannt, dass sie für nichts in der Welt verantwortlich sind außer für ihre weibliche Ehre und ihre Kinder. Lachend sagen sie die größten Ungeheuerlichkeiten. In Bezug auf alles sagen sie denselben Satz, den die schöne Madame de Bauvan in den ersten Jahren ihrer Ehe ihrem Mann gesagt hat, als sie ihn im Justizpalast abholen kam: »Jetzt mach dein Urteil und komm!«

»Madame«, sagte der Generalstaatsanwalt, »Monsieur Lucien de Rubempré ist weder des Diebstahls noch des Giftmords schuldig, aber Monsieur Camusot hat ihn dazu gebracht, ein viel schlimmeres Verbrechen als das zu gestehen! ...«

»Was?«, fragte sie.

»Er hat sich bekannt«, sagte ihr der Generalstaatsanwalt ins Ohr, »Freund, Schüler eines ausgebrochenen Sträflings zu sein. Abbé Carlos Herrera, dieser Spanier, der mit ihm seit ungefähr sieben Jahren zusammen lebte, soll unser berühmter Jacques Collin sein ...«

Madame de Sérisy empfing jedes Wort des Richters wie

einen Stoß mit dem Eisenstab; doch der berühmte Name war der Gnadenstoß.

»Und was heißt das? …«, hauchte sie nur noch.

»… dass«, setzte Monsieur de Granville den Satz der Gräfin mit gesenkter Stimme fort, »der Sträfling vors Schwurgericht kommt, und wenn Lucien dort nicht mit ihm zusammen als der erscheint, der wissentlich Nutzen aus den Verbrechen dieses Mannes gezogen hat, kommt er da immer noch als schwer belasteter Zeuge heraus …«

»Ah! niemals! …«, rief sie lauthals und unglaublich entschieden aus. »Ich würde doch nie zögern zwischen dem Tod und der Aussicht, einen Mann, den die Gesellschaft als meinen besten Freund betrachtet hat, gerichtlich zum Komplizen eines Sträflings erklärt zu sehen … Der König schätzt meinen Mann sehr.«

»Madame«, sagte der Generalstaatsanwalt mit einem Lächeln und erhobener Stimme, »der König hat nicht die mindeste Macht über den geringsten Untersuchungsrichter seines Königreichs noch über die Verhandlung eines Schwurgerichts. Darin liegt die Größe unserer neuen Institutionen. Ich selbst habe Monsieur Camusot soeben beglückwünscht zu seinem Geschick …«

»Zu seinem Missgeschick«, schnappte die Gräfin zurück, die die Bekanntschaft Luciens mit einem Verbrecher deutlich weniger beunruhigte als seine Beziehung zu Esther.

»Wenn Sie die Verhöre lesen würden, denen Monsieur Camusot die beiden Beschuldigten unterzogen hat, dann werden Sie sehen, dass alles auf ihn ankommt …«

Nach diesem Satz, dem einzigen, den der Generalstaatsanwalt sich erlauben konnte, und nach einem Blick weiblicher, oder wenn Sie wollen, juristischer Durchtriebenheit, ging er zur Tür seines Dienstzimmers. Dann fügte er, mit einer Umdrehung auf der Schwelle, noch an: »Bitte verzeihen

Sie, Madame! Ich muss zu einer kurzen Unterredung mit Bauvan ...«

Im gesellschaftlichen Ton gesagt bedeutete das für die Comtesse: »Ich kann nicht Zeuge dessen sein, was sich zwischen Ihnen und Camusot abspielen wird.«

Was die Frauen in Paris alles können

»Was ist denn das, diese Verhöre?«, sagte nun Léontine sanft zu Camusot, der ganz befangen vor der Frau einer der höchsten Persönlichkeiten des Staates dastand.

»Madame«, antwortete Camusot, »ein Schreiber hält schriftlich die Fragen des Richters und die Antworten der Beschuldigten fest, das Protokoll wird vom Schreiber, vom Richter und von den Beschuldigten unterschrieben. Diese Protokolle gehören zum Vorgang, sie bestimmen die Anklage und die Vorladung der Angeklagten vor das Schwurgericht.«

»Ach so«, gab sie zurück, »und wenn man diese Verhöre wegließe? ...«

»Oh! Madame, das wäre ein Verbrechen, das kein Richter begehen kann, ein Verbrechen gegen den Staat.«

»Es ist ein noch größeres Verbrechen gegen mich, die überhaupt geschrieben zu haben; und jetzt im Moment ist das der einzige Beweis gegen Lucien. Mal sehen, lesen Sie mir sein Verhör vor, um zu sehen, ob wir uns alle noch aus der Affäre ziehen können. Mein Gott, es geht dabei nicht bloß um mich, ich würde mir kühl das Leben nehmen, es geht auch um das Glück von Monsieur de Sérisy.«

»Madame«, sagte Camusot, »glauben Sie nicht, dass ich den Respekt, den ich Ihnen schuldig bin, vergessen hätte. Wäre zum Beispiel Monsieur Popinot mit dieser Untersuchung betraut worden, wären Sie unglücklicher gewesen als

Sie es bei mir sind; er wäre nicht hergegangen, den Generalstaatsanwalt nach seiner Meinung zu fragen. Man würde nichts erfahren. Wissen Sie, Madame, es ist bei Monsieur Lucien alles beschlagnahmt worden, sogar Ihre Briefe ...«

»Oh! Meine Briefe!«

»Hier sind sie, versiegelt ...«, sagte der Richter.

In ihrer Verwirrung klingelte sie, als wäre sie bei sich zu Hause, der Bürodiener des Generalstaatsanwalts trat ein.

»Ein Licht«, sagte sie.

Der Diener entzündete eine Kerze und stellte sie auf den Kamin, während die Gräfin ihre Briefe durchging, sie zählte, zerriss und auf die Feuerstelle warf. Bald legte die Gräfin Feuer an diesen Haufen Papier, wobei sie den letzten verdrehten Brief als Anzünder verwendete. Camusot, mit den beiden Protokollen in der Hand, sah ziemlich verdattert zu, wie die Papiere in Flammen aufgingen. Die Gräfin, die ausschließlich damit beschäftigt zu sein schien, die Beweise ihrer Zärtlichkeit zu vernichten, beobachtete den Richter aus dem Augenwinkel. Sie ließ sich Zeit, sie bedachte ihre Bewegungen, und mit der Wendigkeit einer Katze nahm sie die beiden Verhöre und warf sie ins Feuer; aber Camusot nahm sie wieder heraus, die Gräfin stürzte sich auf den Richter und riss die brennenden Papiere wieder an sich. Es folgte ein Gerangel, wobei Camusot rief: »Madame, Madame, Sie verstoßen gegen ... Madame ...«

Ein Mann stürmte ins Büro, und die Gräfin konnte einen Schrei nicht zurückhalten, als sie Graf de Sérisy erkannte, gefolgt von den Herren de Granville und de Bauvan. Trotzdem ließ Léontine, die Lucien um jeden Preis retten wollte, die schrecklichen, gestempelten Papiere nicht los, die sie mit der Kraft einer Zange festhielt, obwohl die Flammen auf ihrer empfindlichen Haut schon Brandblasen verursachten. Schließlich schien Camusot, dessen Finger ebenfalls vom

Feuer angegriffen wurden, die Situation peinlich zu sein und er ließ die Papiere los; es blieb davon nur der Teil, den die Hände der beiden Kämpfenden gehalten hatten und den das Feuer nicht hatte annagen können. Diese Szene spielte sich schneller ab, als es dauert, ihre Beschreibung zu lesen.

Lachhafte Geschichte

»Um was kann es denn gegangen sein zwischen Ihnen und Madame de Sérisy?«, fragte der Staatsminister Camusot.

Bevor der Richter antwortete, hielt die Gräfin die Papiere an die Kerze und warf sie auf die Trümmer ihrer Briefe, die das Feuer nicht vollständig vernichtet hatte.

»Ich müsste«, sagte Camusot, »gegen die Gräfin Anzeige erstatten.«

»Und was hat sie getan?«, fragte der Generalstaatsanwalt und sah abwechselnd die Gräfin und den Richter an.

»Ich habe die Verhöre verbrannt«, antwortete lachend die elegante Frau, die sich so freute über ihren Streich, dass sie noch nicht ihre Verbrennungen spürte. »Wenn das ein Verbrechen ist, na gut, dann kann Monsieur weitermachen mit seinem hässlichen Gekritzel.«

»Das stimmt«, antwortete Camusot im Versuch, seine Würde zurückzuerlangen.

»Na ja, alles in Ordnung«, sagte der Generalstaatsanwalt. »Aber, liebe Gräfin, man soll sich solche Freiheiten gegenüber der Justiz nicht oft herausnehmen, die könnte sonst vergessen, wer Sie sind.«

»Monsieur Camusot hat tapfer Widerstand geleistet gegen eine Frau, der nichts widersteht; die Ehre der Richterrobe ist gerettet!«, lachte Graf de Bauvan.

»Ach! Monsieur Camusot hat Widersand geleistet? ...«,

meinte der Generalstaatsanwalt und lachte, »er ist sehr tüchtig, ich würde es nicht wagen, der Gräfin Widerstand zu leisten!«

Damit wurde dieser schwerwiegende Übergriff zum Spaß einer schönen Frau, über den selbst Camusot lachte.

Der Generalstaatsanwalt bemerkte dann einen Mann, der nicht lachte. Richtig erschreckt von Haltung und Gesichtsausdruck des Grafen de Sérisy, nahm ihn Monsieur de Granville beiseite.

»Mein Freund«, sagte er ihm ins Ohr, »dein Schmerz veranlasst mich zum ersten Mal in meinem Leben, mich über meine Pflichten hinwegzusetzen.«

Er läutete, sein Amtsdiener kam.

»Sagen Sie Monsieur de Chargebœuf, dass er auf ein Wort herkommt.«

Monsieur de Chargebœuf, junger Anwalt in Vorbereitung, war der Sekretär des Generalstaatsanwalts.

»Mein lieber Kollege«, sprach der Generalstaatsanwalt weiter und nahm Camusot in die Fensternische, »gehen Sie in Ihren Arbeitsraum, verfassen Sie mit einem Schreiber das Verhörprotokoll von Abbé Carlos Herrera neu, nachdem er es nicht unterschrieben hat, kann es ohne Weiteres neu gemacht werden. Sie stellen morgen diesen *spanischen Diplomaten* den Herren de Rastignac und Bianchon gegenüber, die in ihm nicht unseren Jacques Collin wiedererkennen werden. In der Gewissheit, dass er in Freiheit gesetzt wird, wird der Mann die Verhöre unterschreiben. Was Lucien de Rubempré angeht, setzen Sie ihn heute Abend in Freiheit, denn er wird nicht von dem Verhör sprechen, dessen Protokoll beseitigt ist, erst recht nicht nach der Ermahnung, die er von mir bekommt. Die *Gazette des Tribunaux* wird morgen die umgehende Freilassung dieses jungen Mannes melden. Lassen Sie uns noch überlegen, ob die Justiz an solchen Maßnahmen

Schaden nimmt? Wenn der Spanier der Sträfling ist, haben wir tausend Möglichkeiten, ihn wieder zu ergreifen, ihm seinen Prozess zu machen, denn wir werden über die Diplomatie sein Verhalten in Spanien klären; Corentin, Chef der Gegenpolizei, wird ihn für uns beobachten, wir werden ihn auch sonst nicht aus dem Auge verlieren; behandeln Sie ihn also gut, keine Einzelhaft mehr, tun Sie ihn in die Pistoles für diese Nacht ... Können wir Graf und Gräfin de Sérisy und Lucien wegen eines erst noch vermeintlichen Diebstahls von siebenhundertfünfzigtausend Franc, der außerdem zu Gunsten Luciens begangen wurde, zugrunde richten? Wäre es nicht besser, ihn das Geld verlieren zu lassen als sein Ansehen zu vernichten? ... insbesondere, wenn er in seinem Fall noch einen Staatsminister, dessen Frau und Herzogin de Maufrigneuse mitreißt ... Dieser junge Mann ist eine Orange mit einer faulen Stelle, lassen Sie ihn nicht ganz verderben ... das ist die Angelegenheit einer halben Stunde. Also bitte, wir warten auf Sie. Es ist halb vier, Sie finden noch Richter, geben Sie mir Bescheid, wenn Sie eine reguläre Einstellung des Verfahrens erhalten können ..., sonst wartet Lucien bis morgen früh.«

Camusot ging, nachdem er gegrüßt hatte; doch Madame de Sérisy, die ihre Verbrennungen mittlerweile heftig schmerzten, erwiderte seinen Gruß nicht. Monsieur de Sérisy, der den Amtsraum eilig verlassen hatte, während der Generalstaatsanwalt mit dem Richter sprach, kam da gerade zurück mit einem Töpfchen Jungfernwachs und versorgte die Hände seiner Frau, wobei er ihr ins Ohr sagte: »Léontine, warum kommst du hierher, ohne es mir vorher zu sagen?«

»Armer Freund!«, antwortete sie ihm ins Ohr, »vergeben Sie mir, es sieht aus, als wäre ich verrückt; aber es ging um Sie genauso wie um mich.«

»Lieben Sie diesen jungen Mann, wenn es das Schicksal

will, aber zeigen Sie Ihre Leidenschaft doch nicht vor aller Welt«, antwortete der arme Ehemann.

»Also, liebe Gräfin«, sagte Monsieur de Granville, nachdem er eine Weile mit Graf Octave geplaudert hatte, »ich hoffe, Sie nehmen Monsieur de Rubempré heute zum Abendessen zu sich mit.«

Dieses Fast-Versprechen löste eine derartige Reaktion bei Madame de Sérisy aus, dass sie in Tränen ausbrach.

»Ich dachte schon, ich könnte gar nicht mehr weinen«, lächelte sie. »Könnten Sie nicht«, sprach sie weiter, »Monsieur de Rubempré hier warten lassen?«

»Ich will zusehen, einen Amtsdiener zu finden, der ihn Ihnen herbringt, um zu vermeiden, dass er von Gendarmen begleitet wird«, antwortete Monsieur de Granville.

»Sie sind lieb wie Gott!«, antwortete sie dem Generalstaatsanwalt mit einer Zärtlichkeit, die ihre Stimme zu himmlischer Musik verwandelte.

›Es sind immer solche Frauen‹, sagte sich Graf Octave, ›die entzückend sind, unwiderstehlich! …‹

Und hatte eine Anwandlung von Melancholie beim Gedanken an seine eigene Frau (siehe *Honorine*, SZENEN AUS DEM PRIVATLEBEN).

Beim Hinausgehen wurde Monsieur de Granville aufgehalten vom jungen Chargebœuf, mit dem er sprach, um ihm Anweisungen zu erteilen, was er Massol sagen sollte, einem der Redakteure der *Gazette des Tribunaux*.

Worin Dandy und Dichter sich treffen

Während schöne Frauen, Minister und Richter sich alle verschworen, um Lucien zu retten, folgt hier, wie er sich in der Conciergerie verhielt. Als sie an der Sperrschleuse vorbeikamen, hatte der Dichter dem Diener gesagt, dass ihm Monsieur Camusot erlaubt habe, zu schreiben, und verlangte Federn, Tinte und Papier, und auf ein Wort, das Camusots Gerichtsdiener dem Direktor ins Ohr gesprochen hatte, bekam ein Wachmann sofort Befehl, das Gewünschte zu bringen. Während der kurzen Zeit, die der Wachmann brauchte, zusammenzusuchen und Lucien zu bringen, was er erwartete, verfiel dieser arme junge Mann, dem der Gedanke an die Gegenüberstellung mit Jacques Collin unerträglich war, in eine dieser verhängnisvollen Betrachtungen, in denen die Vorstellung des Selbstmords, der er schon einmal nachgegeben hatte, ohne sie vollbringen zu können, zur Obsession wird. Gemäß den Aussagen einiger großer *Nervenärzte* ist bei manchen Naturen Selbstmord der Schlusspunkt einer geistigen Zerrüttung; nun war bei Lucien seit seiner Festnahme daraus eine fixe Idee geworden. Esthers Brief, mehrfach gelesen, verstärkte den Nachdruck seines Wunschs, zu sterben, und ließ ihn an das Ende Romeos denken, wie er mit Julia wiedervereint wird. Hier, was er schrieb:

»Dies ist mein Testament.

In der Conciergerie, diesen 15. Mai 1830.

Ich, der Unterzeichnete, vermache und vererbe den Kindern meiner Schwester, Madame Ève Chardon, Ehefrau von David Séchard, ehemaliger Drucker in Angoulême, und Monsieur David Séchard den Gesamtbestand der beweglichen und unbeweglichen Güter, die mir am Tage meines Ablebens nach Abzug der Zahlungen und Vermächtnisse gehören, die ich meinen Testamentsvollstrecker zu regeln bitte.

Ich bitte Monsieur de Sérisy das Amt meiner Testamentsvollstreckung anzunehmen.

Es sollen gezahlt werden 1. an Abbé Carlos Herrera die Summe von dreihunderttausend Franc, 2. Baron de Nucingen die Summe von vierzehnhunderttausend Franc, die um siebenhundertfünfzigtausend Franc gemindert wird, wenn sich die bei Mademoiselle Esther verschwundenen Summen wiederfinden.

Als Erbe von Mademoiselle Esther schenke und vermache ich eine Summe von siebenhundertsechzigtausend Franc den Pariser Hospizen zum Zweck, ein Asyl zu gründen, das eigens den Freudenmädchen gewidmet ist, die ihre Laufbahn von Laster und Verderbnis verlassen wollen.

Außerdem vermache ich den Hospizen den notwendigen Betrag für den Kauf einer Rentenverschreibung von dreißigtausend Franc zu fünf Prozent. Die jährlichen Zinsen werden halbjährlich zur Auslösung der Schuldhäftlinge verwendet, deren Schulden sich auf höchstens zweitausend Franc belaufen. Die Verwalter der Hospize werden unter den Schuldhäftlingen die ehrenwertesten aussuchen.

Ich bitte Monsieur de Sérisy, einen Betrag von vierzigtausend Franc zu verwenden für ein Denkmal, das auf dem Ostfriedhof für Mademoiselle Esther zu errichten ist, und ich bitte, neben ihr beigesetzt zu werden. Dies Grab soll angelegt werden wie früher und viereckig sein; unser beider Skulpturen in weißem Marmor auf dem Deckel ruhend, die Häupter gebettet auf Kissen, die Hände gefaltet und zum Himmel erhoben. Dies Grab wird keine Inschrift tragen.

Ich bitte Graf de Sérisy, Monsieur Eugène de Rastignac zur Erinnerung das goldene Toilettebesteck zu übergeben.

Zuletzt bitte ich meinen Testamentsvollstrecker, das Geschenk, das ich ihm mit meiner Bibliothek mache, anzunehmen.

Lucien Chardon de Rubempré.«

Dies Testament wurde einem an Graf de Granville, Generalstaatsanwalt des Königlichen Gerichtshofs von Paris, adressierten Brief folgenden Inhalts beigefügt:

»Monsieur,
ich vertraue Ihnen mein Testament an. Wenn Sie diesen Brief geöffnet haben, werde ich nicht mehr sein. Im Wunsch, meine Freiheit wiederzuerlangen, habe ich so feige auf die verfänglichen Fragen Monsieur Camusots geantwortet, dass ich trotz meiner Unschuld in einen entehrenden Prozess verwickelt werden könnte. Bei einer vorbehaltlosen Freisprechung wäre mir bei den Empfindlichkeiten der Gesellschaft ein Weiterleben dennoch unmöglich.

Übergeben Sie bitte den hier beigefügten Brief an Abbé Carlos Herrera, ohne ihn zu öffnen, und lassen Sie Monsieur Camusot den förmlichen Widerruf zukommen, den ich hier beifüge.

Ich glaube nicht, dass man es wagen wird, das Siegel eines Päckchens zu brechen, das an Sie gerichtet ist. In diesem Vertrauen sage ich Ihnen Lebewohl, bezeuge Ihnen ein letztes Mal meine Hochachtung und bitte Sie zu glauben, dass ich Ihnen mit diesem Schreiben meinen Dank bezeuge für die Güte, die Sie ihrem verstorbenen Diener überreichlich zuteilwerden ließen.

Lucien Chardon de Rubempré.«

»An Abbé Carlos Herrera.
Mein lieber Abbé, ich habe von Ihnen nur Gutes empfangen, und ich habe Sie verraten. Diese unwillentliche Undank-

barkeit bringt mich um, und wenn Sie diese Zeilen lesen, werde ich nicht mehr sein; Sie werden nicht mehr da sein, mich zu retten.

Sie hatten mir volles Recht eingeräumt, Sie ins Verderben zu stürzen und von mir zu werfen wie einen Zigarrenstummel, wenn ich einen Vorteil darin sähe; doch ich bin dumm mit Ihnen umgegangen. Um aus der Verlegenheit zu kommen, verleitet von einer geschickten Frage des Untersuchungsrichters, hat sich ihr geistiger Sohn, der, den Sie adoptiert hatten, auf die Seite derer gestellt, die Sie um jeden Preis umbringen wollen, indem sie an eine Identität von Ihnen mit einem französischen Verbrecher glauben lassen wollen, von der ich weiß, dass sie unmöglich ist. Damit ist alles gesagt.

Zwischen einem Mann Ihrer Fähigkeiten und mir, aus dem Sie eine größere Persönlichkeit haben machen wollen, als ich hätte sein können, darf es im Augenblick der letzten Trennung keinen Austausch von Belanglosigkeiten geben. Sie wollten mich mächtig und berühmt machen, Sie haben mich in den Abgrund des Selbstmords gestürzt, das ist alles. Schon lange sah ich den Abgrund auf mich zukommen.

Es gibt die Nachkommenschaft Kains und die von Abel, wie Sie gelegentlich sagten. Kain ist, im großen Drama der Menschheit, der Widerspruch. Sie stammen von Adam auf dieser Linie ab, in der der Teufel das Feuer beständig angefacht hat, dessen erster Funke auf Eva fiel. Unter den Dämonen dieser Linie gibt es von Zeit zu Zeit entsetzliche, mit ausgreifender Veranlagung, die alle menschlichen Kräfte auf sich vereinen, und die jenen rastlosen Tieren der Wüste gleichen, die für ihr Leben die ungeheuren Räume brauchen, die sie dort finden. Diese Menschen sind gefährlich in der Gesellschaft wie es ein Löwe mitten in der Normandie wäre: Sie brauchen ihr Futter, sie verschlingen gewöhnliche Menschen und greifen sich das Geld der Belanglosen; ihre Spiele sind so gefährlich, dass sie am Ende den unterwürfigen Hund töten, den sie sich zum Gefährten, zum Idol gemacht haben. Wenn Gott es will, sind diese geheimnisvollen Wesen Moses, Attila, Karl der Große, Mohammed oder Napoleon; doch wenn er diese riesenhaften Werkzeuge am Grund des Ozeans einer Generation rosten lässt, dann sind sie nur noch Pugatschow, Robespierre, Louvel und Abbé Carlos Herrera. Begabt mit einer unermesslichen Macht über zarte Seelen, ziehen sie sie an und zermalmen sie. Das ist groß, das ist schön in seiner Art. Das ist die giftige Pflanze mit den kräftigen Farben, die die Kinder im Wald anlockt. Das ist die Poesie des Bösen. Männer wie Sie müssen Höhlen bewohnen und sie nicht verlassen. Du hast mich dieses riesige Leben genießen lassen, und ich habe sehr wohl mein Teil davon gehabt. Darum kann ich meinen Kopf aus dem gordischen Knoten deiner Strategien zurückziehen, um ihn der Schlinge meiner Krawatte zu überantworten.

Um meinen Fehler wiedergutzumachen, übermittle ich dem Generalstaatsanwalt einen Widerruf meines Verhörs. Sie werden sehen, wie Sie sich das zunutze machen.

Durch das Gelübde eines formal korrekten Testaments werden Ihnen, Abbé, die Beträge wiedererstattet, die Ihrem Orden gehörten, über die Sie infolge der väterlichen Zugewandtheit, die Sie mir entgegenbringen, zu meinen Gunsten sehr unvorsichtig verfügt haben.

Leben Sie also wohl, adieu, prachtvolle Statue des Bösen und der Verderbnis, leben Sie wohl, Sie, der Sie auf dem rechten Wege mehr gewesen wären als ein Ximenes, mehr als Richelieu, Sie haben Ihre Versprechen gehalten: Ich bin wieder der, der ich am Ufer der Charente war, nachdem ich Ihnen die Zauber eines Traums zu verdanken hatte; leider ist es nicht mehr der Fluss meiner Heimat, wo ich die kleinen Sünden der Jugend ertränken wollte; es ist die Seine, und mein Loch ist ein Verlies der Conciergerie.

Trauern Sie nicht um mich: Meine Verachtung für Sie war so groß wie meine Bewunderung.

Lucien.«

»Erklärung.

Ich Unterzeichneter erkläre, dass ich vollständig widerrufe, was das Verhör enthält, dem Monsieur Camusot mich heute unterzogen hat.

Abbé Carlos Herrera nannte sich gewöhnlich mein geistlicher Vater, und ich muss mich über dem Wort getäuscht haben, das der Richter sicherlich irrtümlich in einem anderen Sinn verstanden hat.

Es ist mir bekannt, dass unbekannte Agenten der Diplomatie aus politischen Gründen, und um die Geheimnisse, die zwischen dem Kabinett Spaniens und den Tuilerien bestehen, zunichte zu machen, versuchen, Abbé Carlos Herrera als einen Sträfling namens Jacques Collin hinzustellen; doch Abbé Carlos Herrera hat mir in diesem Zusammenhang niemals etwas anderes anvertraut, als seine Bemühungen, Nachweise vom Tod oder Leben von Jacques Collin zu erhalten.

In der Conciergerie, diesen 15. Mai 1830

Lucien de Rubempré.«

Schwierigkeiten eines Selbstmords im Gefängnis

Das Fieber des Selbstmords verlieh Lucien eine große Klarheit der Gedanken und diesen Eifer der Hand, den Autoren kennen, wenn sie das Fieber des Schaffens erfasst hat. Die Erregung war bei ihm derartig, dass diese vier Schriftstücke binnen einer halben Stunde verfasst waren. Er machte daraus ein

Päckchen, schloss es mit Siegelaufklebern, setzte mit der Kraft des Fiebernden den Abdruck seines Siegelrings, den er am Finger hatte, mit seinem Wappen darauf und legte es sehr sichtbar auf den Boden in die Mitte, auf die Fiesen. Sicherlich war es schwierig, etwas mehr Würde in eine verfahrene Situation zu bringen, in die Lucien durch so viel Niedertracht geraten war: Er bewahrte sein Andenken vor jedem Schandfleck und er reparierte das Übel, das er seinem Komplizen angetan hatte, so gut, wie der Geist des Dandys die Wirkungen der Vertrauensseligkeit des Dichters auslöschen konnte.

Wenn Lucien in eine der Einzelzellen gesteckt worden wäre, wäre er auf die Unmöglichkeit gestoßen, hier seine Absicht zu verwirklichen, denn diese Schachteln aus Quadersteinen bieten als Mobiliar eine Art Feldbett und einen Kübel für die Notdurft. Es findet sich dort kein Nagel, kein Stuhl, nicht einmal ein Schemel. Das Feldbett ist so solide befestigt, dass es unmöglich zu bewegen ist ohne einen Aufwand, den der Aufseher schnell bemerken würde, denn der eiserne Türspion ist immer offen. Und wenn der Beschuldigte Anlass gibt für Befürchtungen, wird er von einem Gendarm oder Agenten bewacht. In den Zellen der Pistole und in der, in die Lucien gebracht worden war infolge des Respekts, den der Richter einem jungen Mann, der der hohen Pariser Gesellschaft angehörte, bezeugen wollte, ist das Bett beweglich, der Tisch und der Stuhl können also zur Ausführung eines Selbstmords dienen, ohne allerdings ihn leicht zu machen. Lucien trug eine lange blaue Seidenkrawatte, und bei der Rückkehr vom Verhör dachte er schon an die Art, wie Pichegru sich mehr oder minder absichtlich das Leben genommen hatte. Doch um sich aufzuhängen, bedarf es eines Haltepunktes und eines hinreichend großen Abstands zwischen Körper und Fußboden, damit die Füße keinen Halt finden. Nun hatte das Fenster der Zelle, das sich zum Hof öffnete, keinen Riegel, und die außen eingemauerten Eisenstangen, von denen Lucien durch die Dicke der Mauer getrennt war, boten ihm keinen Halt.

Hier der Plan, den ihm seine Erfindungsgabe schnell eingab, um seinen Selbstmord auszuüben. Wenn die Blende an der Fensteröffnung den Blick auf den Hof nahm, hinderte diese andersherum die Wachleute, zu sehen, was sich in der Zelle tat; es waren also am unteren Teil der Fenster die Glasscheiben durch zwei dicke Bretter ersetzt worden, aber der obere Teil hatte auf jeder Hälfte kleine einzelne, in Leisten gefasste Gläser. Wenn Lucien auf den Tisch stieg, konnte er den verglasten Teil des Fensters erreichen, zwei Gläser herausnehmen oder zerbrechen, um so an der Leiste einen festen Halt zu finden. Er hatte vor, hier seine Krawatte durchzustecken, sich einmal um sich selbst zu drehen, um sie fest um den Hals zu haben, nachdem er sie gut geknotet hatte, und dann den Tisch mit einem Fußtritt weit von sich zu stoßen.

Also schob er, ohne Lärm zu machen, den Tisch ans Fenster, zog Überrock und Weste aus, stieg dann ohne jedes Zögern auf den Tisch, um die Fenster über und unter der ersten Querleiste einzudrücken. Als er auf dem Tisch stand, konnte er einen Blick auf den Hof werfen, auf ein fesselndes Schauspiel, das er zum ersten Mal sah. Der Direktor der Conciergerie, dem Camusot nahegelegt hatte, besonders rücksichtsvoll mit Lucien umzugehen, hatte ihn, wie gesehen, durch die inneren Verbindungsgänge der Conciergerie führen lassen, deren Eingang im dunklen Untergeschoss gegenüber dem Tour d'Argent liegt, um so zu vermeiden, dass der junge elegante Mann der Menge der Untersuchungshäftlinge vorgeführt würde, die im Hof Ausgang hatten. Wir werden einschätzen, inwieweit der Anblick dieses Rundgangs geeignet ist, die Seele eines Dichters lebhaft zu beeindrucken.

Eine Wahnvorstellung

Der Hof der Conciergerie wird zum Kai hin abgegrenzt vom Turm d'Argent und vom Turm Bonbec; der Raum zwischen den beiden lässt von außen die Breite des Hofs perfekt erkennen. Die Galerie, die Saint-Louis heißt, die von der Galerie Marchande zum Berufungsgericht und zum Turm Bonbec führt, in dem sich noch immer, heißt es, die Schreibstube des Heiligen Ludwig befindet, kann den Interessierten eine Vorstellung von der Länge des Hofs vermitteln, denn sie entspricht dessen Maßen. Die Einzelzellen und die Pistoles befinden sich also unter der Galerie Marchande. Auch Königin Marie-Antoinette, deren Kerker unter den derzeitigen Einzelzellen gelegen ist, wurde über eine fürchterliche, in die dicke Mauer, die die Galerie Marchande trägt, eingearbeitete, heute geschlossene Treppe vor das Revolutionsgericht geführt, das seine Sitzungen im feierlichen Sitzungssaal des Berufungsgerichts abhielt. Eine Seite des Hofs, die, deren erste Etage eingenommen wird von der Galerie Saint Louis, bietet den Blicken eine Reihe gotischer Säulen, zwischen die die Architekten man weiß nicht welcher Epoche zwei Etagen von Zellen gezwängt haben, um so viele Untersuchungshäftlinge wie möglich unterzubringen, wobei sie mit Mörtel, Gittern und Kitt die Kapitelle, die Spitzbögen und die Schäfte dieser herrlichen Galerie vermauert haben. Unter der Kammer im Turm Bonbec, die nach dem Heiligen Ludwig heißt, schraubt sich eine Wendeltreppe zu den Zellen. Diese Entweihung der größten Erinnerungen Frankreichs ist von abstoßender Wirkung.

In der Höhe, auf der sich Lucien befand, hatte er seitlich einen Blick auf diese Galerie und die Einzelheiten des Wachlokals, das den Turm d'Argent und den Turm Bonbec verbindet; und er sah die spitzen Dächer der beiden Türme. Er verharrte ganz gebannt, sein Staunen schob den Selbstmord auf. Heutzutage sind die Phänomene der Halluzination in der Medizin so gesichert anerkannt, dass die Trugbilder unserer Sinne, diese befremdliche Fähigkeit unseres Geistes, nicht mehr bestreitbar ist. Der Mann gelangt unter dem Druck eines Gefühls, das durch seine Eindringlichkeit zu einer Besessenheit geworden ist, oft in eine Verfassung, in die ihn Opium, Haschisch und Stickstoffmonoxid versetzen. Dann erscheinen Gespenster und Phantome, Träume nehmen Gestalt an, zerstörte Dinge leben in ihrer ursprünglichen Verfassung wieder auf. Was im Hirn nichts war als ein Gedanke, wird eine belebte oder lebendige Kreatur. Die Wissenschaft ist heute so weit, anzunehmen, dass das Blut unter der Anstrengung der Leidenschaften in ihrem Höhepunkt ins Hirn steigt, und dass dieser Stau die erschreckenden Spiele des Tagtraums hervorbringt, so sehr sträubt man sich, den Gedanken als lebendige und schöpferische Kraft anzusehen (Siehe *Louis Lambert*, PHILOSOPHISCHE STUDIEN). Lucien sah den Justizpalast in seiner ganzen ursprünglichen Schönheit. Die Kolonnade war schlank, jung, frisch. Die Bleibe des Heiligen Ludwig erschien wieder als das, was sie war, er bewunderte daran die babylonischen Proportionen und die orientalische Verspieltheit. Er nahm diesen erhabenen Blick an als ein poetisches Lebewohl der kulturellen Schöpfungskraft. Indem er seinen Tod vorbereitete, fragte er sich, wie es sein kann, dass dieses Wunder unbeachtet in Paris war. Er war zwei Lucien, ein Dichter Lucien, zu Fuß unterwegs im Mittelalter unter den Arkaden und unter den Türmen des Heiligen Ludwig, und ein Lucien, der sich bereit macht zu seinem Selbstmord.

Ein Drama im Leben einer Frau
der Gesellschaft

Im Moment, als Monsieur de Granville fertig war mit seinen Anweisungen für den jungen Sekretär, stellte sich der Direktor der Conciergerie ein, sein Gesichtsausdruck war so, dass der Generalstaatsanwalt das Vorgefühl eines Unglücks hatte.

»Haben Sie Monsieur Camusot getroffen«, fragte er ihn.

»Nein, Monsieur«, antwortete der Direktor. »Sein Schreiber Coquart hat mir gesagt, Abbé Carlos aus der Einzelhaft zu verlegen und Monsieur de Rubempré freizulassen, aber es ist zu spät …«

»Mein Gott! Was ist passiert?«

»Hier Monsieur«, sagte der Direktor, »ein Bündel Briefe für Sie, das Ihnen die Katastrophe erklären wird. Die Aufsicht im Hof hat das Klirren brechenden Glases gehört, in der Pistole, und der Nachbar von Monsieur Lucien hat gellende Schreie ausgestoßen, denn er hörte den Todeskampf dieses armen jungen Mannes. Der Aufseher ist bleich zurückgekommen von dem Schauspiel, das sich seinen Augen eröffnete, er hat den Beschuldigten am Fenster gesehen, aufgehängt an seiner Krawatte …«

Auch wenn der Direktor leise sprach, bezeugte der entsetzliche Schrei Madame de Sérisys, dass unsere Sinnesorgane in besonderen Situationen eine unberechenbare Fähigkeit haben. Die Gräfin hörte oder erriet es; bevor sich Monsieur de Granville umgedreht hatte und ohne dass sich Monsieur de Sérisy oder Monsieur de Bauvan einer derart schnellen Bewegung in den Weg stellen konnten, schlüpfte sie wie der Blitz durch die Tür und gelangte in die Galerie Marchande, wo sie bis an die Treppe lief, die zur Rue de la Barillerie hinabführt.

Ein Anwalt gab gerade seine Robe an der Tür eines dieser Läden ab, die so lange Zeit diese Galerie verstopften, wo

Schuhe verkauft, Roben und Barette verliehen wurden. Die Gräfin fragte nach dem Weg zur Conciergerie.

»Gehen Sie runter und dann nach links, der Eingang ist auf dem Quai de l'Horloge, erster Torbogen.«

»Diese Frau ist verrückt ...«, sagte die Ladenbesitzerin, »man sollte ihr hinterherlaufen.«

Niemand hätte Léontine folgen können; sie flog. Ein Arzt würde erklären, wie diese Frauen der Gesellschaft, deren Kräfte unbeschäftigt sind, in den Krisen des Lebens solche Stärke finden. Die Gräfin stürzte mit derartiger Geschwindigkeit durch den Torbogen zur Sperrschleuse, dass sie der Wachposten nicht hereinkommen sah. Sie warf sich wie eine von heftigem Wind getriebene Feder an das Gitter, sie schüttelte mit solcher Wut die Eisenstangen, dass sie die, die sie ergriffen hatte, herausriss. Sie bohrte sich die zwei Bruchstücke in die Brust, dass das Blut hervorquoll, fiel nieder und schrie: »Machen Sie auf! Machen Sie auf!« mit einer Stimme, die die Wachleute erstarren ließ.

Der Beschließer eilte herbei.

»Machen Sie auf! Mich schickt der Generalstaatsanwalt, *um den Toten zu retten!* ...«

Während die Gräfin den Weg über die Rue de la Barillerie und den Quai de l'Horloge genommen hatte, waren Monsieur de Granville und Monsieur de Sérisy innerhalb des Justizpalastes zur Conciergerie hinabgestiegen, da sie sich schon dachten, was die Gräfin vorhatte; doch trotz ihrer Umsicht trafen sie genau da ein, als sie ohnmächtig am ersten Gittertor zusammenbrach und von Gendarmen aufgehoben wurde, die aus ihrem Wachlokal herabgekommen waren. Beim Anblick des Direktors der Conciergerie wurde die Sperrschleuse geöffnet, man trug die Gräfin in die Schreibstube; doch sie stand wieder auf, fiel auf die Knie und rang die Hände.

»Ihn sehen! ... Ihn sehen! ... O ihr Herren, ich werde

nichts Böses tun, aber wenn Sie mich nicht hier sterben sehen wollen, lassen Sie mich Lucien ansehen, tot oder lebendig ... Ah! Da bist du, mein Freund, du hast die Wahl zwischen meinem Tod oder ...« Sie sank nieder.

»Du bist gut«, sprach sie weiter. »Ich werde dich lieben.«

»Tragen wir sie raus? ...«, fragte Monsieur de Bauvan.

»Nein, lasst uns zu der Zelle gehen, wo Lucien ist!«, sagte Monsieur de Granville, der im verstörten Blick Monsieur de Sérisys dessen Absicht erkannte.

Dann fasste er die Gräfin, half ihr auf, nahm sie unter einem Arm, während Monsieur de Bauvan sie unter dem anderen fasste.

»Monsieur!«, sagte Monsieur de Sérisy zum Direktor, »Grabesschweigen über das alles hier.«

»Seien Sie unbesorgt«, antwortete der Direktor. »Sie haben richtig entschieden. Diese Dame ...«

»Das ist meine Frau ...«

»Oh! Entschuldigung, Monsieur. Aber sie wird beim Anblick des jungen Mannes bestimmt ohnmächtig, und während ihrer Ohnmacht kann man sie sicherlich in einen Wagen bringen.«

»Das hatte ich auch gedacht«, sagte der Graf, »schicken Sie einen Ihrer Männer, meinen Leuten im Hof Cour de Harlay zu sagen, dass sie zur Sperrschleuse kommen, es ist nur meine Kutsche dort ...«

»Wir können ihn retten«, sagte die Gräfin, während sie mit einer Festigkeit und Kraft voranging, die ihre Begleiter überraschten. »Es gibt Wege, das Leben zurückzugeben ...« Sie zog die beiden Richter und rief zum Wachmann: »Gehen Sie doch, gehen Sie schneller, eine Sekunde bestimmt über das Leben von drei Personen!«

Als die Tür zur Zelle aufgesperrt wurde und die Gräfin Lucien sah, aufgehängt, als wären seine Kleider an einem Kleiderständer, machte sie zuerst einen Satz auf ihn zu, um ihn zu umarmen und zu fassen; doch sie fiel mit dem Gesicht voran auf den Fliesenboden der Zelle, wobei sie erstickte Schreie ausstieß wie ein Röcheln. Fünf Minuten später wurde sie in einer Kutsche des Grafen zu seinem Palais gebracht, lang ausgestreckt auf ein Polster, ihr Mann auf den Knien vor ihr. Graf Bauvan war einen Arzt holen gegangen, um der Gräfin erste Hilfe zu leisten.

Wie alles endet

Der Direktor der Conciergerie untersuchte das Außengitter der Sperrschleuse und sagte zu einem Schreiber: »Hier ist an nichts gespart worden! Die Eisenstäbe sind geschmiedet, sie sind ausprobiert worden, dafür ist teuer bezahlt worden, und da soll in diesem Stab ein Bruch gewesen sein? ...«

Der Generalstaatsanwalt, wieder in seinem Dienstraum, musste seinem Sekretär neue Anweisungen erteilen.

Zum Glück war Massol noch nicht gekommen.

Ein paar Augenblicke, nachdem Monsieur de Granville aufgebrochen war, der sich beeilte, zu Monsieur de Sérisy zu gelangen, kam Massol und traf seinen Kollegen Chargebœuf im Vorraum des Generalstaatsanwalts.

»Mein Lieber«, sagte ihm der junge Sekretär, »wenn Sie es gut mit mir meinen, dann setzen Sie das, was ich Ihnen vorsage, morgen in Ihre Zeitung, da, wo Sie die Gerichtsnachrichten haben; damit fangen Sie den Artikel an.

Wollen Sie schreiben?«

Und er diktierte folgendes:

»Es ist festgestellt worden, dass Fräulein Esther sich willentlich das Leben genommen hat.

Nachdem dieser Entlastungsgrund für Monsieur Lucien de

Rubempré und damit seine Schuldlosigkeit festgestellt waren, ist seine Festnahme um so mehr bedauert worden, als der junge Mann im Moment, da der Untersuchungsrichter Anweisung zu seiner Freilassung gab, überraschend verstorben ist.

Ich muss Ihnen nicht, mein Lieber«, sagte der junge Kandidat zu Massol, »die allergrößte Verschwiegenheit nahelegen über den kleinen Dienst, um den wir Sie bitten.«

»Wo Sie mir die Ehre machen, mir zu vertrauen, erlaube ich mir«, antwortete Massol, »Ihnen etwas dazu anzumerken. Diese Meldung wird unmutige Kommentare für die Justiz zur Folge haben ...«

»Die Justiz ist stark genug, das auszuhalten«, gab der junge Justizbeamte mit dem Stolz eines künftigen, von Monsieur de Granville ernannten Richters zurück.

»Wenn Sie erlauben, mein lieber Anwalt, man kann das mit zwei Sätzen vermeiden.«

Und Massol schrieb:

»Vollkommen ungewöhnlich für den Alltag der Justiz war ein verhängnisvoller Zwischenfall. Nach der sofortigen Autopsie erwies sich eine lokale Erweiterung der Schlagader im letzten Stadium als Todesursache. Wäre Monsieur de Rubempré die Festnahme nahegegangen, wäre sein Tod viel früher eingetreten. So glauben wir bestätigen zu können, dass dieser bedauernswerte junge Mann, weit davon entfernt, sich durch seine Festnahme angegriffen zu fühlen, darüber gelacht und denen, die ihn von Fontainebleau nach Pais begleiteten, gesagt hat, dass seine Unschuld, kaum dass er vor den Richter getreten sei, erkannt würde.

Wird nicht so alles gerettet? ...«, fragte der Gerichtsjournalist.

»Sie haben recht, mein lieber Anwalt.«

»Der Generalstaatsanwalt wird Ihnen morgen dankbar sein«, gab Massol schlau zurück.

So werden, wie gezeigt, die größten Ereignisse des Lebens zu mehr oder minder wahrheitsgetreuen vermischten Meldungen. Mit viel bedeutenderen Angelegenheiten als dieser geht es genauso.

Der Mehrheit wie den Angehörigen der Elite kommt diese Untersuchung mit Esthers und Luciens Tod womöglich nicht ganz abgeschlossen vor; vielleicht sind Jacques Collin, Asie, Europe und Paccard trotz der Infamie ihrer Existenz doch interessant genug, dass man wissen möchte, wie es bei ihnen weitergegangen ist. Dieser letzte Akt kann übrigens das Sittengemälde vervollständigen, das diese Studie beinhaltet, und den Ausgleich der unterschiedlichen, offen gebliebenen Interessen zeigen, die Luciens Leben so einzigartig verknüpft hatte, indem er einige schändliche Gestalten der Gefängniswelt mit den allerhöchsten Kreisen in Beziehung brachte.

ENDE TEIL III

Teil IV

VAUTRINS LETZTE WANDLUNG

Kleid und Robe

»Was ist denn, Madeleine«, sagte Madame Camusot, als sie ihr Kammermädchen mit dieser Art Gesichtsausdruck bei sich eintreten sah, auf den sich Hausangestellte in schwierigen Momenten verstehen.

»Madame«, antwortete Madeleine, »Monsieur ist gerade vom Justizpalast zurückgekommen; aber er wirkt derart erschüttert und er ist in einem solchen Zustand, dass Madame ihn vielleicht besser aufsuchen würde in seinem Arbeitszimmer.«

»Hat er etwas gesagt?«, fragte Madame Camusot.

»Nein, Madame, aber wir haben ihn noch nie mit einem solchen Gesicht gesehen, man könnte meinen, er wird krank. Er ist gelb, er scheint völlig aufgelöst, und …«

Ohne das Ende des Satzes abzuwarten, schoss Madame Camusot aus ihrem Zimmer und eilte zu ihrem Mann. Sie sah den Untersuchungsrichter in seinem Sessel sitzen, die Beine von sich gestreckt, den Kopf an die Lehne gelegt, die Hände herabhängend, das Gesicht bleich, die Augen starr; ganz, als würde er gleich ohnmächtig.

»Was hast du, mein Freund?«, fragte die junge Frau erschreckt.

»Ach, meine arme Amélie, es ist das Furchtbarste passiert … Ich zittere immer noch. Stell dir vor, der Generalstaatsanwalt … nein, Madame de Sérisy … ich weiß nicht, womit ich anfangen soll …«

»Fang an mit dem Ende! …«, meinte Madame Camusot.

»Also: genau in dem Moment, als Monsieur Popinot auf meinen Bericht hin im Sitzungszimmer der Ersten Instanz die letzte erforderliche Unterschrift unter den Beschluss der Verfahrenseinstellung geleistet hatte, die Lucien de Rubempré auf freien Fuß setzen sollte ... Also, alles war fertig! Der Schreiber räumte das Protokoll weg, ich war dabei, die Sache loszuwerden ... Da kommt der Gerichtspräsident herein und prüft das Urteil:

›Sie entlassen einen Toten‹, sagt er mit kaltem Spott, ›dieser junge Mann ist, wie es Monsieur de Bonald nennt, vor seinen natürlichen Richter getreten. Er ist einem tödlichen Schlagfluss erlegen ...‹

Ich atmete auf, weil ich an einen Unfall glaubte.

›Wenn ich richtig verstehe, Herr Präsident‹, hat Monsieur Popinot gesagt, ›würde es sich um einen Schlagfluss wie bei Pichegru ...‹

›Meine Herren‹, hat der Präsident mit seinem ernsten Ton weiter gesagt, ›nehmen Sie zur Kenntnis, dass die Erklärung für alle lautet, der junge Lucien de Rubempré ist vermutlich an einem Herzschlag gestorben.‹

Wir haben einander angesehen.

›In diese bedauerliche Angelegenheit sind hohe Persönlichkeiten verwickelt‹, hat der Präsident gesagt. ›Gebe Gott in Ihrem Interesse, Monsieur Camusot, obwohl Sie nichts als Ihre Pflicht getan haben, dass Madame de Sérisy wieder zu Verstand kommt nach dem Schlag, den ihr das zugefügt hat! Sie wurde halb tot fortgebracht. Ich habe soeben den Generalstaatsanwalt in einem Zustand angetroffen, der mir wehtut. Das war daneben, mein lieber Camusot!‹, hat er mir noch ins Ohr gesagt.

Nein, meine Liebe, als ich raus bin, konnte ich kaum gehen. Meine Beine haben so gezittert, dass ich mich nicht auf die Straße getraut habe und in mein Büro gegangen bin, mich auszuruhen. Coquart, der das Dossier dieser unglücklichen Ermittlung ordnete, hat mir erzählt, dass eine schöne Dame die Conciergerie im Sturm genommen habe, dass sie Lucien, nach dem sie verrückt sei, das Leben retten wollte, und dass sie ohnmächtig geworden ist, als sie ihn an seiner Krawatte erhängt am Fensterkreuz der Pistoles gesehen hat. Die Vorstellung, dass meine Art, den unseligen jungen Mann zu befragen, der, unter uns gesagt, absolut schuldig war, seinen Selbstmord ausgelöst haben könnte, verfolgt mich, seit ich den Justizpalast verlassen habe, und ich bin immer noch nah an der Ohnmacht ...«

»Na, du wirst dich doch wohl nicht für einen Mörder halten, weil sich ein Angeschuldigter in seiner Zelle in dem Moment aufhängt, wo du ihn freilassen wolltest? ...«, rief Madame Camusot. »Da geht es einem Untersuchungsrichter doch so wie einem General, unter dem sein Pferd getötet wird! ... Das ist doch alles.«

»Diese Vergleiche, meine Liebe, taugen allenfalls zum Spaßen, aber das hier ist außer allem Spaß. In diesem Fall *greift der Tote nach den Lebenden*. Lucien nimmt unsere Hoffnungen mit sich in seinem Sarg.«

»Wirklich?«, fragte seine Frau ganz ironisch.

»Ja, meine Laufbahn ist am Ende. Ich werde mein Leben lang einfacher Richter am Amtsgericht des Seine-Departements bleiben. Monsieur de Granville war schon vor diesem fatalen Vorfall ziemlich unzufrieden über die Richtung, die die Ermittlung nahm; und was er noch unserem Präsidenten gesagt hat, zeigt, dass ich, solange Monsieur de Granville Generalstaatsanwalt ist, niemals aufsteige!«

Aufsteigen! Da ist es, das schreckliche Wort, der Gedanke, der in unseren Tagen den Richter zum Beamten macht.

Früher war der Richter sofort, was er sein sollte. Die drei oder vier Barette der Kammerpräsidentschaft genügten dem Ehrgeiz jeden Gerichtshofs. Das Amt eines Rats stellte einen de Brosses wie einen Molé in Dijon wie in Paris zufrieden.

Dieses Amt, das schon ein Vermögen bedeutete, verlangte ein großes Vermögen, um anständig ausgefüllt zu werden. In Paris konnten Juristen außerhalb des Gerichts auf nur drei gehobene Existenzweisen hoffen: die Generalaufsicht, das Justizministerium oder den Amtsrock des Kanzlers. Unterhalb der Gerichte, in der Sphäre darunter, war ein Stellvertreter des Oberlandesgerichts eine hinreichend bedeutende Persönlichkeit, um glücklich zu werden, wenn er sein Leben lang auf seinem Posten blieb. Vergleichen Sie die Position eines Beisitzers am Königlichen Hof von Paris, dessen ganzes Vermögen 1829 aus seinem Gehalt besteht, mit der eines Gerichtsrats von 1729. Groß ist der Unterschied! Heute, da das Geld die allgemeine soziale Absicherung ausmacht, ist es den Richtern erlassen, große Vermögen, so wie früher, zu besitzen; dementsprechend sieht man sie als Abgeordnete, als Pairs de France, wie sie ein Amt auf das nächste häufen, gleichzeitig Richter und Gesetzgeber, und sich Bedeutung verschaffen an anderen Stellen als denen, wo sie glänzen sollen.

Kurzum, die Richter wollen sich hervortun, um aufzusteigen, wie man in der Armee oder in der Verwaltung aufsteigt.

Dieses Denken, wenn es die Unabhängigkeit des Richters nicht einschränkt, ist zu bekannt und zu natürlich, man sieht seine Wirkung viel zu sehr, als dass die Rechtsprechung nicht in der öffentlichen Meinung von ihrer Erhabenheit einbüßen würde. Das vom Staat gezahlte Gehalt macht aus Priester und Richter Angestellte. Die erreichbaren Rangstufen treiben den Ehrgeiz; der Ehrgeiz erzeugt Gefälligkeit gegenüber der Macht; und dann stellt die moderne Gleichheit den, der dem Urteil unterliegt, und den, der das Urteil spricht, auf dieselbe gesellschaftliche Ebene. So sind die zwei Säulen jeder gesellschaftlichen Ordnung, Religion und Rechtsprechung, schwächer geworden im 19. Jahrhundert, wo man sich doch auf jedem Gebiet für fortschrittlich hält.

»Und wieso solltest du nicht befördert werden?«, fragte Amélie Camusot.

Sie sah ihren Mann belustigt an und spürte die Notwendigkeit, dem Mann, in den sie ihren Ehrgeiz gelegt hatte und den sie beherrschte wie ein Instrument, Energie einzuflößen.

»Wieso verzweifeln?«, fuhr sie fort mit einer Geste, die ihre Unbekümmertheit gegenüber dem Tod eines Beschuldigten trefflich zum Ausdruck brachte. »Dieser Selbstmord wird die beiden Feindinnen Luciens freuen, Madame d'Espard, und ihre Cousine, Gräfin Châtelet. Madame d'Espard versteht sich bestens mit dem Justizminister, und über sie kannst du eine Audienz bei seiner Hoheit erhalten, wo du ihm dann das Geheimnis dieser Angelegenheit mitteilst. Und wenn der Justizminister für dich ist, was hast du dann von deinem Präsidenten und dem Generalstaatsanwalt zu befürchten?«

»Aber Monsieur und Madame de Sérisy!...«, rief der arme Richter. »Madame de Sérisy, ich sage es dir noch mal, ist durchgedreht! Und zwar wegen meines Fehlers, heißt es!«

»Na und! Wenn sie verrückt ist, wird sie dir, du Richter ohne Urteilsvermögen«, lachte Madame Camusot, »nicht schaden können! Mal sehen, erzähl doch mal den Tag in allen Einzelheiten.«

»Mein Gott«, antwortete Camusot, »in dem Moment, als ich diesem unglückseligen jungen Mann die Beichte abgenommen hatte und er soeben erklärt hatte, dass dieser angebliche spanische Priester in Wahrheit Jacques Collin ist, haben mir Herzogin de Maufrigneuse und Madame de Sérisy durch einen Kammerdiener eine kleine Notiz geschickt, in der sie mich baten, ihn nicht zu verhören. Da war es schon passiert...«

»Aber du hast doch den Kopf verloren!«, sagte Amélie; »denn so sicher, wie du dir deines Schreibers bist, konntest du Lucien zurückkommen lassen, ihm Mut machen und dein Protokoll berichtigen!«

»Aber du bist doch wie Madame de Sérisy, du nimmst die Justiz nicht ernst!«, sagte Camusot, unfähig, mit seinem Beruf spielerisch umzugehen. »Madame de Sérisy hat meine Protokolle gepackt und ins Feuer geworfen!«

»Endlich einmal eine Frau! Bravo!«, rief Madame Camusot.

»Madame de Sérisy hat mir gesagt, dass sie eher den Justizpalast in die Luft sprengen würde, als einen jungen Mann, der in der Gunst der Herzogin de Maufrigneuse und ihrer eigenen Gunst stehe, mit einem Schwerverbrecher auf die Anklagebank des Schwurgerichts zu lassen! …«

»Aber, Camusot«, sagte Amélie und konnte ein überlegenes Lächeln nicht zurückhalten, »deine Position ist hervorragend …«

»Ach ja, großartig!«

»Du hast deine Pflicht getan …«

»Aber falsch, und trotz des jesuitischen Ratschlags von Monsieur de Granville, der mir auf dem Quai Malaquais begegnet ist …«

»Heute Morgen?«

»Heute Morgen!«

»Um wie viel Uhr?«

»Um neun Uhr.«

»Ach! Camusot!«, sagte Amélie, faltete und rang die Hände, »ich, die ich nicht müde werde, dir ständig zu wiederholen, dass du auf alles achten sollst … Mein Gott, das ist kein Mann, das ist ein Karren Steine, den ich da ziehe! … Aber Camusot, dein Generalstaatsanwalt hat auf deinem Weg auf dich gewartet, er muss dir Hinweise gegeben haben.«

»Schon …«

»Und du hast es nicht begriffen! Wenn du taub bist, bleibst

du dein Leben lang Untersuchungsrichter ohne jede Art von Ahnung. Habe doch den Verstand, auf mich zu hören!«, sagte sie und ließ ihren Mann verstummen, der antworten wollte.

»Du glaubst, die Sache ist erledigt?«, sagte Amélie.

Camusot sah seine Frau an, wie die Bauern einen Marktschreier.

Amélies Pläne

»Wenn sich Herzogin de Maufrigneuse und Gräfin de Sérisy eine Blöße gegeben haben, müssen doch alle beide dich beschützen«, sagte Amélie weiter. »Sieh mal, Madame d'Espard wird für dich eine Audienz beim Justizminister erhalten, wo du ihm das Geheimnis der Sache erzählst, und er wird damit den König belustigen; schließlich gefällt es allen Herrschern, die Rückseite der Fassade zu kennen und die wahren Gründe der Ereignisse zu erfahren, denen die staunende Öffentlichkeit zusieht. Von dem Moment an sind weder der Generalstaatsanwalt noch Monsieur de Sérisy zu fürchten …«

»Was für ein Schatz doch eine Frau wie du ist!«, rief der Richter und fasste wieder Mut. »Immerhin habe ich Jacques Collin aufgestöbert, ich werde ihn vor dem Schwurgericht zur Rechenschaft ziehen, ich werde seine Verbrechen enthüllen. Das ist ein Triumph in der Laufbahn eines Untersuchungsrichters, so ein Prozess …«

»Camusot«, sprach Amélie weiter, wobei sie mit Vergnügen beobachtete, wie sich ihr Mann von der moralischen und körperlichen Niedergeschlagenheit wieder aufrichtete, in die ihn der Selbstmord Lucien de Rubemprés gestürzt hatte, »der Präsident hat dir doch vorhin gesagt, dass du danebengelangt hast; aber jetzt willst du zu sehr das Richtige tun … da kommst du schon wieder vom Weg ab, mein Freund!«

Der Untersuchungsrichter verharrte und betrachtete seine Frau in einer Art von Lähmung.

»Der König, der Justizminister können sehr zufrieden sein, den Hintergrund dieser Angelegenheit zu erfahren, und sie können ganz genauso verärgert sein zu sehen, wie die Vertreter der liberalen Meinung mit ihren Ausführungen so bedeutende Persönlichkeiten wie die Sérisys, die Maufrigneuses und die Granlieus, also alle, die unmittelbar und indirekt mit diesem Prozess zu tun haben, dem Urteil der öffentlichen Meinung und des Schwurgerichts aussetzen.«

»Die stecken alle da drin! ... habe ich sie deshalb in der Hand?«, rief Camusot.

Der Richter erhob sich und schritt durch sein Schreibzimmer wie Sganarelle im Theater, wenn er aus einer Sackgasse herauskommen will.

»Hör mal, Amélie!«, sagte er und baute sich vor seiner Frau auf, »mir kommt eine Sache in Erinnerung, die scheinbar winzig ist, die aber in meiner Lage von kapitalem Interesse ist. Überleg mal, meine liebe Freundin, dass dieser Jacques Collin ein Riese der Hinterlist, der Täuschung, der Verschlagenheit ist ... ein Mann von einer Bodenlosigkeit ... oh, der ist ... was? Der Cromwell der Straflager ... Ich bin noch nie einem solchen Verbrecher begegnet, er hat mich beinah reingelegt! ... Aber in der Untersuchung von Kriminalfällen lässt einen das auftauchende Ende eines Fadens auf ein Knäuel stoßen, mit dem man sich durch ein Labyrinth finsterster Gewissen und ungeahntester Taten bewegt. Als Jacques Collin mich die Briefe durchblättern sah, die in Lucien de Rubemprés Wohnung beschlagnahmt worden sind, hat mein Schlaumeier den Blick eines Mannes darauf geworfen, der sehen will, ob nicht noch ein anderes Bündel dabei ist, und ließ sich dann eine Bewegung offensichtlicher Zufriedenheit anmerken. Dieser Blick eines Diebes, der einen Schatz taxiert, diese Geste eines Beschuldigten, der sich sagt: »Ich bin gerüstet«, haben mich eine ganze Welt verstehen lassen. Nur ihr Frauen könnt wie wir und die Beschuldigten in einem Blickwechsel ganze Szenerien entwerfen, in denen sich vielschichtige Täuschungen eröffnen wie Mehrfachschlösser. Man sagt sich, weißt du, in einer Sekunde ganze Bände von Verdächten! Das ist erschreckend, es ist Leben oder Tod in einem Lidschlag. ›Der Kerl hat noch mehr Briefe in seinen Händen!‹, habe ich gedacht. Dann haben mich tausend andere Einzelheiten der Sache beschäftigt. Ich habe dies Detail außer Acht gelassen, weil ich dachte, ich müsste meine Beschuldigten einander gegenüberstellen und könnte diesen Punkt der Untersuchung später klären. Gehen wir doch mal davon aus, dass Jacques Collin nach Art solcher Lumpen die belastendsten Briefe der Korrespondenz des von so vielen vergötterten schönen jungen Mannes an einen sicheren Ort getan hat ...«

»Und da zitterst du noch, Camusot! Schneller, als ich gedacht hätte, wirst du Präsident des Hofgerichts! ...«, rief Madame Camusot mit strahlender Miene. »Aber jetzt pass auf, du musst dich so verhalten, dass alle zufrieden sind, denn die Sache wird so wichtig, dass sie uns sogar gestohlen werden könnte! ... Ist nicht das Verfahren um die Entmündigung, das Madame d'Espard gegen Monsieur d'Espard angestrengt hat, Popinot weggenommen worden, um dich damit zu betrauen?«, sagte sie als Antwort auf eine Geste des Erstaunens von Camusot. »Eben! Der Generalstaatsanwalt, dem die Ehre von Monsieur und Madame de Sérisy so lebhaft am Herzen liegt, kann der nicht die Angelegenheit vor den Königlichen Gerichtshof bringen und einen Rat beauftragen lassen, es erneut zu untersuchen? ...«

»Na so was! Meine Liebe, wo hast du denn dein Strafrecht gelernt?«, rief Camusot. »Du weißt alles, du bist mein Meister ...«

»Wie? Du glaubst, dass Monsieur de Granville nicht morgen früh Angst bekommt vor dem wahrscheinlichen Plädoyer eines liberalen Anwalts, den dieser Jacques Collin sicherlich findet; denn dem wird man natürlich Geld anbieten, dass er ihn verteidigt! … Diese Damen kennen ihre Gefahr genauso gut, um nicht zu sagen: besser als du; sie werden den Generalstaatsanwalt davon in Kenntnis setzen, der diese Familien bereits in der Nähe der Anklagebank sieht infolge der Verbindung dieses Sträflings mit Lucien de Rubempré, dem Verlobten von Mademoiselle de Grandlieu, dem Liebhaber von Esther, ehemaligen Liebhaber der Herzogin de Maufrigneuse, dem Liebling von Madame de Sérisy. Du musst also so vorgehen, dass du die Zuneigung deines Generalstaatsanwalts erlangst, die Dankbarkeit von Monsieur de Sérisy, die der Marquise d'Espard, der Gräfin Châtelet, den Schutz von Madame de Maufrigneuse durch den der Familie Grandlieu verstärken, und zusehen, dass dein Präsident freundliche Worte für dich hat. Ich meinerseits kümmere mich um die Damen d'Espard, de Maufrigneuse und de Grandlieu. Du aber musst morgen früh zum Generalstaatsanwalt gehen. Monsieur de Granville ist ein Mann, der nicht mit seiner Frau lebt, er hatte an die zehn Jahre lang ein Fräulein de Bellefeuille als Geliebte, die ihm uneheliche Kinder geschenkt hat, nicht wahr? So ist dieser Richter kein Heiliger, das ist ein Mann ganz wie jeder andere; man kann ihn verführen, er ist an irgendeiner Stelle fassbar, man muss seine Schwäche entdecken, ihm schmeicheln; bitte ihn um seinen Rat, lass ihn die Gefahr an der Sache erkennen, mach, dass ihr gemeinsam in der Tinte sitzt, und du bist …«

»Nein – ich sollte die Spuren deiner Füße küssen«, unterbrach Camusot seine Frau, nahm sie an der Taille und drückte sie ans Herz. »Amélie! Du rettest mich!«

»Ich bin es, die dich von Alençon nach Mantes, und von

Mantes ans Gericht des Seine-Departements geschleift hat«, antwortete Amélie. »Also, sei unbesorgt! ... Ich möchte, dass man mich in fünf Jahren mit Frau Präsident anspricht; aber, mein Kater, denk bloß immer lange genug nach, bevor du dich entscheidest. Das Geschäft des Richters ist nicht das des Feuerwehrmanns, eure Papiere stehen nicht im Feuer, ihr habt Zeit, nachzudenken; darum sind in eurer Position Dummheiten unentschuldbar ...«

»Die Stärke meiner Position besteht vollkommen in der Identität des falschen spanischen Priesters mit Jacques Collin«, fing der Richter nach einer langen Pause wieder an. »Ist diese Identität erst einmal festgestellt, wird das, auch wenn sich der Hof diese Erkenntnis zuschreiben würde, immer eine gesicherte Tatsache sein, über die sich kein Richter, sei er Untersuchungsrichter oder Gerichtsrat, hinwegsetzen kann. Ich hätte es dann gemacht wie die Kinder, die einer Katze ein Eisen an den Schwanz binden; der Prozess, egal wo er stattfindet, wird immer die Ketten von Jacques Collin scheppern lassen.«

»Bravo!«, sagte Amélie.

»Und der Generalstaatsanwalt wird sich lieber mit mir als sonst wem verständigen, der ich allein dies Damoklesschwert wegheben kann, das über dem Herzen des Viertels von Saint-Germain schwebt! Aber weißt du nicht, wie schwierig es ist, zu diesem schönen Ergebnis zu kommen? ... Der Generalstaatsanwalt und ich sind vorhin in seinem Amtszimmer übereingekommen, Jacques Collin als das zu nehmen, als was er sich ausgibt, als Kanoniker des Kapitels von Toledo, als Carlos Herrera; wir sind übereingekommen, seine Eigenschaft als diplomatischer Gesandter gelten zu lassen und dass die spanische Botschaft ihn für sich beansprucht. Es ist infolge dieses Plans, dass ich den Bericht, der Lucien de Rubempré in die Freiheit entlässt, und dass ich die Verhöre meiner

Beschuldigten neu angefertigt und sie damit weiß wie Schnee gemacht habe. Morgen sollen die Herren de Rastignac, Bianchon und ich weiß nicht wer noch dem angeblichen Kanoniker des königlichen Kapitels von Toledo gegenübergestellt werden, sie werden in ihm nicht Jacques Collin erkennen, der vor zehn Jahren in ihrem Beisein in einer bürgerlichen Pension festgenommen wurde, wo sie ihn unter dem Namen Vautrin kennengelernt hatten.«

Einen Moment lang herrschte Schweigen, während Madame Camusot überlegte.

»Bist du sicher, dass dein Beschuldigter Jacques Collin ist?«, fragte sie.

»Sicher, und der Generalstaatsanwalt ist es genauso.«

»Na gut! versuch also, ohne deine Krallen eines bösen Katers zu zeigen, dass es im Justizpalast einen Eklat gibt! Wenn dein Kerl noch in Einzelhaft ist, geh sofort zum Direktor der Conciergerie und sieh zu, dass der Sträfling dort in der Öffentlichkeit erkannt wird. Statt es zu machen wie die Kinder, mach es wie die Polizeiminister in absolutistischen Ländern, die Verschwörungen gegen den Herrscher erfinden, um sich das Verdienst anrechnen zu lassen, sie vereitelt zu haben, und um sich unentbehrlich zu machen; bring drei Familien in Gefahr für den Ruhm, sie zu retten.«

»Ach! so ein Glück!«, rief Camusot. »Ich bin im Kopf so durcheinander, dass ich mich gar nicht mehr an diesen Umstand erinnert habe. Die Anweisung, Jacques Collin in den Pistoles unterzubringen, wurde von Coquart zu Monsieur Gault gebracht, dem Direktor der Conciergerie. Jetzt sind auf Veranlassung von Bibi-Lupin, Jacques Collins Feind, drei Straftäter von der Force in die Conciergerie verbracht worden, die ihn kennen; und wenn er morgen in den Hof kommt, werden schlimme Szenen erwartet …«

»Und wieso?«

»Jacques Collin, meine Liebe, ist der Vermögensverwahrer der Sträflinge, und die belaufen sich auf beachtliche Summen; jetzt heißt es, er habe das verschwendet für das Luxusleben des verstorbenen Lucien, und da wird ihm Rechenschaft abverlangt. Da wird es Mord und Totschlag geben, hat mir Bibi-Lupin gesagt, was das Eingreifen der Aufsichten nötig macht, und das Geheimnis ist gelüftet. Wenn ich also früh genug zum Justizpalast gehe, kann ich das Protokoll der Identität aufnehmen.«

»Wenn dich dessen Mandanten von ihm befreien würden! Da würdest du als ziemlich fähig gelten! Geh nicht zu Monsieur de Granville, warte auf ihn in seinem Amt mit dieser furchtbaren Waffe! Das ist eine geladene Kanone, die auf die drei angesehensten Familien von Hof und Pairskammer gerichtet ist. Trau dich und schlag Monsieur de Granville vor, Jacques Collin loszuwerden, indem man ihn nach La Force verlegt, wo die Straftäter wissen, wie sie ihre Verräter loswerden. Ich selber gehe zu Herzogin de Maufrigneuse, die mich zu den Grandlieu bringen wird. Vielleicht begegne ich auch Monsieur de Sérisy. Verlass dich auf mich, dass ich überall Alarm schlage. Schreibe mir vor allem eine kurze abgesprochene Notiz, damit ich weiß, ob der spanische Priester polizeilich als Jacques Collin identifiziert worden ist. Richte ein, dass du den Justizpalast gegen zwei Uhr verlässt, ich werde dir ein Einzelgespräch beim Justizminister verschafft haben: Vielleicht wird er bei der Marquise d'Espard sein.«

Camusot stand da wie festgewachsen in einer Bewunderung, über die die schlaue Amélie lächeln musste.

»Also, jetzt komm zum Abendessen und sei fröhlich«, sagte sie zum Abschluss. »Schau! Wir sind erst seit zwei Jahren in Paris, und da bist du schon auf der Schwelle, vor Jahresende Gerichtsrat zu werden ... Von da, mein Kater, zur Präsidentschaft einer Kammer beim königlichen Gerichtshof ist der Weg nicht weiter als ein in irgendeiner politischen Angelegenheit erwiesener Gefallen.«

Diese geheime Unterredung zeigt, in welchem Maß die Handlungen und die winzigsten Worte von Jacques Collin, der letzten Hauptperson dieser Studie, die Ehre der Familien berührten, in deren Mitte er seinen verstorbenen Schützling gebracht hatte.

Bemerkung über den Magnetismus

Luciens Tod und Gräfin de Sérisys Eindringen in die Conciergerie hatten ein solches Durcheinander im Räderwerk der Maschine verursacht, dass der Direktor vergessen hatte, den angeblichen spanischen Priester aus der Einzelhaft zu nehmen.

Obwohl es in den Jahrbüchern der Justiz mehr als ein Beispiel dafür gibt, ist der Tod eines Beschuldigten im Verlauf der Ermittlung ein so seltenes Vorkommnis, dass die Aufsichten, der Gerichtsschreiber und der Direktor aus der Ruhe geraten, mit der sie sonst ihre Arbeit tun. Dabei war das große Ereignis für sie nicht dieser schöne junge Mann, der so plötzlich zum Leichnam geworden war, sondern vielmehr der Bruch der schmiedeeisernen Stange am ersten Gitter der Sperrschleuse unter den zarten Händen einer Dame der Gesellschaft. Darum versammelten sich, sobald der Generalstaatsanwalt und Graf Octave de Bauvan im Wagen Graf de Sérisys abgefahren waren und seine ohnmächtige Frau mitgenommen hatten, an der Schleuse Direktor, Schreiber und Aufsichten in Begleitung von Monsieur Lebrun, des Gefängnisarztes, der gerufen worden war, um Luciens Tod festzustellen und sich mit dem *Totenarzt* des Stadtviertels zu verständigen, in dem dieser unglückliche junge Mann gewohnt hatte.

In Paris bezeichnet man als *Totenarzt* den Doktor, der in jedem Bürgermeisteramt beauftragt ist, den Tod festzustellen und seine Ursache zu untersuchen.

Mit dem Scharfblick, der ihn auszeichnete, hatte es Monsieur de Granville wegen des Ansehens der betroffenen Familien für notwendig erachtet, die Sterbeurkunde Luciens im Bürgermeisteramt anzulegen, zu dem das Quai Malaquais gehört, wo der Verstorbene gewohnt hatte, und ihn in seine Gemeindekirche Saint-Germain-des-Prés zu überführen, wo die Trauerandacht stattfinden würde. Monsieur de Chargebœuf, Sekretär Monsieur de Granvilles, wurde gerufen und erhielt diesbezüglich Anweisungen. Die Überführung Luciens sollte in der Nacht ausgeführt werden. Der junge Sekretär wurde beauftragt, sich unmittelbar mit dem Bürgermeisteramt, der Gemeinde und dem Bestattungsunternehmen zu verständigen. Auf diese Art wäre Lucien in Freiheit und zu Hause verstorben, sein Leichenzug würde von seinem Haus ausgehen, seine Freunde würden für die Feier zu ihm nach Hause geladen.

Als sich also Camusot beruhigten Gemüts mit seiner ehrgeizigen anderen Hälfte zu Tisch setzte, standen der Direktor der Conciergerie und Monsieur Lebrun, der Gefängnisarzt, vor der Sperrschleuse und diskutierten die Brüchigkeit von Eisenstäben und die Kraft liebender Frauen.

»Man weiß nicht«, sagte zum Abschied der Doktor zu Monsieur Gault, »was für eine Kraft in einem durch die Leidenschaft übererregten Menschen steckt! Die Dynamik und die Mathematik kennen weder Vorzeichen noch Formeln, um diese Kraft zu messen. Schauen Sie, gestern wurde ich Zeuge eines Versuchs, der mir Angst gemacht hat und der die ungeheure Körperkraft erklärt, die diese kleine Dame vorhin entfaltet hat.«

»Erzählen Sie mir das«, sagte Monsieur Gault, »ich habe

nämlich die Schwäche, mich für Magnetismus zu interessieren, ohne daran zu glauben, aber es reizt mich.«

»Ein Arzt und Magnetiseur, denn es gibt ja unter uns Leute, die an den Magnetismus glauben«, fuhr Doktor Lebrun fort, »hat gemeint, ich solle an mir selber ein Phänomen ausprobieren, das er mir beschrieb und das ich anzweifelte. Aus Neugierde, um eine dieser befremdlichen Nervenkrisen selbst zu erleben, anhand derer man die Existenz des Magnetismus nachweist, war ich einverstanden! Folgendes passierte. Ich würde schon gerne wissen, was unsere Medizinische Akademie sagen würde, wenn man ihre Mitglieder einen nach dem anderen diesem Vorgang unterziehen würde, der keinen Raum mehr lässt für Skepsis. Mein alter Freund …

Dieser Arzt«, holte Doktor Lebrun aus zu einer ganzen Erzählung, »ist ein alter Mann, der wegen seiner Ansichten in der Nachfolge von Mesmer von der Fakultät verfolgt wird; er ist siebzig oder zweiundsiebzig Jahre alt und heißt Bouvard. Heute ist er der Patriarch der Lehre vom animalischen Magnetismus. Ich bin für diesen guten Mann wie ein Sohn, ich verdanke ihm meine Stellung. Der alte und ehrenwerte Bouvard machte also den Vorschlag, mir zu zeigen, dass die Kraft der Nerven, wenn sie durch Magnetismus angeregt wird, zwar nicht unendlich ist, denn der Mensch hat ja seine Grenzen, dass sie aber wirke wie die Naturgewalten, deren absolute Grundzüge sich unseren Berechnungen entziehen.

›Wenn du also‹, sagte er mir, ›dein Handgelenk dem Griff einer Schlafwandlerin überlassen willst, die dich im Wachzustand nicht über eine gewisse akzeptable Stärke hinaus drücken würde, wirst du zugeben, dass ihre Finger in diesem so dumm als Schlafwandeln bezeichneten Zustand eine Gewalt haben wie die Blechschere in der Hand eines Schlossers!‹

Na ja, Monsieur, als ich mein Handgelenk dem Griff einer Frau überlassen hatte, die nicht *eingeschlafen* war, Bouvard lehnt diesen Ausdruck ab, sondern *isoliert*, und der alte Mann ihr befohlen hatte, mir anhaltend und mit aller Kraft das Handgelenk zu drücken, habe ich gebeten, aufzuhören, als mir das Blut aus den Fingerspitzen zu quellen drohte. Hier, sehen Sie das Armband, das ich über drei Monate lang tragen werde?«

»Teufel!«, sagte Monsieur Gault beim Anblick eines kreisförmigen Blutergusses, der aussah, als käme er von einer Verbrennung.

»Mein lieber Gault«, sprach der Arzt weiter, »wäre mein Arm in einen Eisenring gefasst und vom Schlosser festgeschraubt worden, hätte ich das metallene Armband nicht so hart gespürt wie die Finger dieser Frau; ihr Griff war von hartem Stahl, und ich bin überzeugt, dass sie mir die Knochen hätte brechen und mir die Hand vom Handgelenk abtrennen können. Dieser Druck, der erst unmerklich begann, hielt an, ließ dabei nicht nach und verstärkte sich laufend durch neue Kraft; eine Aderpresse hätte es nicht besser gemacht als diese zum Folterinstrument veränderte Hand. Für mich ist es damit erwiesen, dass der Mensch unter der Herrschaft der Leidenschaft, die der in einem Punkt gebündelte und zu unberechenbarer animalischer Kraft gelangte Wille ist, wie es all die unterschiedlichen Formen elektrischer Kraft sind, seine gesamte Vitalität in ein Organ lenken kann, sei es zum Angriff, sei es zum Widerstand … diese kleine Dame hatte unter dem Druck ihrer Verzweiflung ihre Lebenskraft in die Handgelenke geleitet.«

»Davon braucht es aber höllisch viel, um eine schmiedeeiserne Stange durchzubrechen …«, meinte der Wachleiter und nickte.

»Es war darin eine brüchige Stelle!«, gab Monsieur Gault zu bedenken.

»Was mich angeht«, sagte der Arzt, »ich trau mich nicht mehr, der Willenskraft Grenzen zuzuweisen. Es ist übrigens genau so, dass Mütter, um ihre Kinder zu retten, Löwen magnetisieren, bei Feuer über Gesimse gehen, auf denen sich die Katzen kaum halten, und die Foltern bestimmter Geburten auf sich nehmen. Da liegt auch das Geheimnis der Ausbruchsversuche von Gefangenen und Zwangsarbeitern ... man weiß noch nicht, wie weit diese vitalen Kräfte reichen, sie leiten sich aus der Naturgewalt selbst ab und wir schöpfen sie aus unbekannten Quellen!«

»Monsieur«, kam ein Wachmann und sagte dem Direktor, der Doktor Lebrun an das äußere Schleusengitter der Conciergerie begleitet hatte, leise ins Ohr: »*Einzelhäftling Nummer zwei* sagt, er sei krank und verlangt nach dem Arzt; er behauptet, zu sterben«, fügte der Wachmann an.

»Wirklich?«, sagte der Direktor.

»Er röchelt schon!«, gab der Wachmann zurück.

»Es ist fünf Uhr«, antwortete der Arzt, »ich habe noch nicht gegessen ... aber wo ich schon da bin, wollen wir mal sehen, gehen wir ...«

Der Mann in der Einzelzelle

»Einzelhäftling Nummer zwei ist genau der spanische Priester, der im Verdacht steht, Jacques Collin zu sein«, sagte Monsieur Gault dem Arzt, »und ist einer der Beschuldigten in dem Verfahren, in das der arme junge Mann verwickelt war ...«

»Ich habe ihn heute Morgen schon gesehen«, gab der Doktor zur Antwort. »Monsieur Camusot hat mich beauftragt, den Gesundheitszustand dieses Vogels festzustellen, der sich, unter uns gesagt, bester Gesundheit erfreut und der außerdem ein Vermögen verdienen würde, wenn er in einer Schaustellertruppe als Herkules aufträte.«

»Er kann sich ebenfalls umbringen wollen«, sagte Monsieur Gault. »Gehen wir gemeinsam die paar Schritte zu den Einzelzellen; ich muss da sowieso hin, um ihn in die Pistoles zu verlegen. Monsieur Camusot hat die Isolation für diesen sonderlichen Namenlosen aufgehoben ...«

Jacques Collin, der in der Welt der Strafanstalten der Todtäuscher genannt wurde und den wir ab jetzt ausschließlich bei seinem tatsächlichen Namen nennen müssen, war seit dem Augenblick, als er auf Camusots Anweisung wieder in die Einzelzelle gebracht worden war, erfasst von einer Furcht, die er in seinem ganzen Leben nicht gekannt hatte, das gezeichnet war von so vielen Verbrechen, drei Gefängnisausbrüchen und zwei Schwurgerichtsurteilen. Dieser Mann, in dem sich das Leben, die Kräfte, der Witz, die Leidenschaften des Straflagers bündeln und der deren höchste Ausformung darstellt, ist er nicht monströs schön durch seine Anhänglichkeit, die zu Hunden passen würde, an den, den er zu seinem Freund gemacht hat? Verdammungswürdig, niederträchtig und entsetzlich unter so vielen Aspekten, macht ihn diese absolute Hingabe an sein Idol derartig interessant, dass diese Studie, die schon so umfangreich ist, unvollständig und verkürzt erschiene, wenn der weitere Verlauf dieses Verbrecherlebens nicht das Ende von Lucien de Rubempré begleiten würde. Ist das Schoßhündchen tot, fragt man sich, ob sein schrecklicher Gefährte, ob der Löwe weiter leben wird!

Im wirklichen Leben, in der Gesellschaft verbinden sich die Ereignisse so notwendig mit anderen Ereignissen, dass das eine ohne das andere nicht wäre. Das Wasser des Flusses formt eine Art gleitender Fläche; es ist gibt keinen Wirbel, so sehr er aufwallt und zu welcher Höhe er auch reicht, dessen mächtigen Kamm die Wassermassen nicht verschwinden ließen, die durch die Geschwindigkeit ihres Laufs stärker sind als die Widerstände der Strudel, die mit ihm fließen. Wie man das strömende Wasser betrachtet und dabei ungenaue Bilder sieht, so möchten Sie vielleicht den Druck der gesellschaftlichen Macht auf diesen Wirbel namens Vautrin abschätzen? Sehen, in welcher Entfernung sich der widerständige Schwall abnutzen wird, wie das Schicksal dieses wahrhaft diabolischen, aber von der Liebe zur Menschheit zurückgewonnenen Mannes enden wird? So hartnäckig hält sich dieses Prinzip des Himmels auch in den verderbtesten Herzen!

Der schäbige Verbrecher hatte das Gedicht Gestalt werden lassen, das vielen Poeten so lieb ist, Moore, Lord Byron, Maturin, Canalis (ein Dämon, der einen Engel besitzt, nachdem er ihn in seine Hölle gelockt hat, um sich an diesem gestohlenen Tau des Paradieses zu laben), Jacques Collin hatte, wenn man richtig in dieses stählerne Herz eingedrungen ist, sieben Jahre lang auf ein eigenes Leben verzichtet. Seine mächtigen Fähigkeiten, gebündelt in Lucien, bestanden nur dort; er hatte den Nutzen von Luciens Fortschritten, seinen Lieben, seinem Ehrgeiz. Für ihn war Lucien seine sichtbare Seele.

Der Todtäuscher dinierte bei den Grandlieu, schlüpfte in das Boudoir der großen Damen, liebte Esther durch seinen Stellvertreter. Kurz, er sah in Lucien einen Jacques Collin in schön, jung, edel und auf dem Weg, Botschafter zu werden.

Der Todtäuscher hatte den deutschen Aberglauben vom Doppelgänger in einem Phänomen moralischer Vaterschaft umgesetzt, das die Frauen begreifen werden, die in ihrem Leben wirklich geliebt haben, die ihre Seele gespürt haben, wie sie in die des geliebten Mannes übergegangen war, die durch sein Leben gelebt haben, sei es edel oder schändlich, glücklich oder unglücklich, verborgen oder ruhmreich, die trotz des Abstandes Schmerzen am Bein gespürt haben, wenn er sich dort verletzte, die es gespürt haben, wenn er sich im Duell schlug, und die, in einem Wort, es nicht nötig hatten, von einer Untreue zu erfahren, um von ihr zu wissen.

Zurückgeführt in sein Verlies sagte sich Jacques Collin: ›Die verhören den Kleinen!‹

Und er, der tötete, wie ein Arbeiter trinkt, erschauerte. – ›Hat er seine Geliebten sehen können?‹, fragte er sich. ›Meine Tante, hat sie diese verdammten Weiber gefunden? Diese Herzoginnen, diese Gräfinnen, haben die pariert, haben sie das Verhör verhindert? ... Hat Lucien meine Anweisungen erhalten? ... Und wenn das Schicksal will, dass er verhört wird, wie wird er *sich halten*? Armer Kleiner, ich bin es, der ihn dahin gebracht hat! Es ist dieser Räuber Paccard und dieses Wiesel Europe, die das ganze Theater verursacht haben, weil sie diese siebenhundertfünfzigtausend Franc von der Rentenverschreibung *geklaut* haben, die Nucingen Esther geschenkt hat. Diese beiden Vögel haben uns auf den letzten Metern straucheln lassen; aber für den Spaß werden sie teuer bezahlen! Ein Tag mehr, und Lucien wäre reich gewesen! Er hätte seine Clotilde de Grandlieu geheiratet. Ich hätte keine Esther mehr am Hals. Lucien hat das Mädchen zu sehr geliebt, während er niemals diese Rettungsplanke geliebt hätte, diese Clotilde ... Ach! der Kleine wäre dann ganz meins gewesen! Und zu sagen, dass unser Los abhängt von einem Blick, einem Erröten Luciens vor diesem Camusot, der alles sieht, dem es an Richterschläue nicht mangelt! Als er mir die Briefe gezeigt hat, haben wir einen Blick gewechselt, mit dem wir einander abgeschätzt haben, und er hat erraten, dass ich die Geliebten von Lucien *erpressen* könnte ...‹

Dieser Monolog ging drei Stunden lang. Die Furcht war so, dass sie diesen Organismus von Stahl und Schwefel beherrschte. Jacques Collin, dessen Hirn wie vom Wahn entzündet war, hatte einen derart brennenden Durst, dass er, ohne es zu bemerken, den ganzen Wasservorrat ausschöpfte, der sich in einem der beiden Eimer befand, die zusammen mit dem Holzbett das Mobiliar einer Einzelzelle ausmachen.

›Wenn er den Kopf verliert, was macht er dann? Das gute Kind hat doch keine Kraft wie Théodore? …‹, fragte er sich, als er sich auf das Feldbett legte, das dem in der Wachstube glich.

Ein Wort zu Théodore, an den sich Jacques Collin in diesem extremen Moment erinnerte. Théodore Calvi, ein junger Korse, mit achtzehn Jahren zu lebenslang verurteilt wegen elf Morden, war von 1819 bis 1820 dank bestimmter, mit Gold aufgewogener Bevorzugungen Kettengefährte von Jacques Collin gewesen. Der letzte Ausbruch Jacques Collins, einer der schönsten Streiche (er war ausgebrochen, verkleidet als Gendarm, der Théodore Calvi zu Fuß neben sich als Sträfling zum Kommissar abführt), dieser großartige Ausbruch hatte im Hafen von Rochefort stattgefunden, wo die Sträflinge schnell sterben und wo man gehofft hatte, diese beiden gefährlichen Personen enden zu sehen. Gemeinsam geflüchtet, waren sie durch die Zufälle ihrer Flucht gezwungen gewesen, sich zu trennen. Théodore war eingefangen und wieder ins Zuchthaus gesteckt worden. Nachdem er Spanien erreicht und sich in Carlos Herrera verwandelt hatte, kam Jacques Collin seinen Korsen in Rochefort abholen, als er an den Ufern der Charente auf Lucien stieß. Der Held der Banditen und des *Maquis*, dem der Todtäuscher seine Italienischkenntnisse verdankte, wurde ohne Weiteres diesem neuen Idol geopfert.

Das Leben mit Lucien, ein von aller Strafe reiner Junge, der sich allenfalls Bagatellen vorwerfen konnte, hob außerdem schön und prächtig an wie die Sonne eines Sommertags, während sich Jacques Collin mit Théodore kein anderes Ende vorstellte als das Schafott nach einer Serie unvermeidbarer Verbrechen.

Der Gedanke an ein Unglück aufgrund von Luciens Schwäche, den die Regeln der Einzelhaft verrückt machten, wuchs sich in Jacques Collins Verstand zu ungeheuren Maßen aus; und bei der Annahme der Möglichkeit einer Katastrophe spürte dieser Unglückliche Tränen in seine Augen treten, eine Erscheinung, die es bei ihm seit seiner Kindheit nicht ein Mal gegeben hatte.

›Ich muss ein viehisches Fieber haben‹, sagte er sich, ›und vielleicht, wenn ich den Arzt kommen lasse und ihm eine anständige Summe anbiete, bringt er mich mit Lucien in Kontakt.‹

In diesem Augenblick brachte der Wachmann dem Beschuldigten das Abendbrot.

»Das ist zwecklos, mein Junge, ich kann gar nicht essen. Sagen Sie dem Direktor dieses Gefängnisses, dass er mir den Arzt schickt. Es geht mir so schlecht, dass ich glaube, mir schlägt die letzte Stunde.«

Beim Hören der gutturalen Laute des Röchelns, mit denen der Sträfling seinen Satz begleitete, neigte der Wachmann den Kopf und ging. Jacques Collin klammerte sich wie wild an diese Hoffnung; doch als er den Arzt in Begleitung des Direktors in seinen Kerker eintreten sah, betrachtete er seinen Versuch als gescheitert und wartete kühl den Ausgang der Visite ab, wobei er dem Arzt seinen Puls hinhielt.

»Der Herr hat Fieber«, sagte der Arzt zu Monsieur Gault; »aber es ist das Fieber, das wir bei allen Beschuldigten feststellen, und das«, sagte er dem falschen Spanier ins Ohr, »ist für mich immer das Zeichen irgendeiner Straftat.«

Jetzt ließ der Direktor, dem der Generalstaatsanwalt Luciens Brief an Jacques Collin gegeben hatte, damit er ihn ihm weiterleite, den Arzt und den Inhaftierten unter der Aufsicht des Wachmanns und ging diesen Brief holen.

»Monsieur«, sagte Jacques Collin dem Doktor, als er den Wachmann an der Tür stehen sah und sich die Abwesenheit des Direktors nicht erklären konnte, »es wäre mir dreißigtausend Franc wert, fünf Zeilen an Lucien de Rubempré zu schreiben.«

»Ich will Ihnen nicht Ihr Geld stehlen«, sagte Doktor Lebrun, »niemand auf der Welt kann mit ihm noch Umgang haben ...«

»Niemand?«, sagte Jacques Collin verblüfft, »und wieso?«

»Aber er hat sich doch aufgehängt ...«

Niemals hat in Indiens Dschungel ein Tiger, dem seine Jungen geraubt wurden, einen so entsetzlichen Schrei ausgestoßen, wie den von Jacques Collin, der sich auf seine Füße aufrichtete wie ein Tiger auf seine Pfoten, und dem Arzt einen glühenden Blick zuwarf wie den Strahl des Blitzes, wenn er einschlägt; dann sank er mit den Worten: »Oh! Mein Sohn!« auf sein Feldbett.

»Armer Mann!«, rief der Mediziner aus, gerührt von diesem gewaltigen Naturausbruch.

Tatsächlich folgte auf diese Eruption eine so umfassende Schwäche, dass die Worte: ›Oh! Mein Sohn!‹ wie ein Murmeln klangen.

»Bricht uns der da jetzt auch noch unter den Händen zusammen?«, fragte der Wachmann.

»Nein, das ist nicht möglich!«, redete Jacques Collin weiter, erhob sich und sah die beiden Zeugen dieser Szene mit einem Blick ohne Flamme oder Wärme an. »Sie täuschen sich, das ist nicht er! Sie haben nicht richtig geschaut. Man kann sich in Einzelhaft nicht aufhängen! Sehen Sie, wie ich mich hier aufhängen könnte? Ganz Paris ist mir verantwortlich für dies Leben! Gott ist es mir schuldig!«

Der Wachmann und der Arzt waren nun ihrerseits verblüfft, sie, die seit Langem nichts mehr überraschen konnte. Monsieur Gault trat ein mit dem Brief Luciens in der Hand. Beim Anblick des Direktors schien sich Jacques Collin, niedergedrückt von der Wucht dieses Schmerzausbruchs, wieder zu fangen.

»Hier ein Brief, den ich Ihnen vom Generalstaatsanwalt geben soll, mit der Erlaubnis, dass Sie ihn ungeöffnet erhalten«, ließ Monsieur Gault wissen.«

»Das ist von Lucien …«, sagte Jacques Collin.

»Ja, Monsieur.«

»Nicht wahr, Monsieur, dass dieser junge Mann? …«

»Tot ist«, nahm der Direktor auf. »Selbst wenn der Arzt dagewesen wäre, er wäre leider immer zu spät gekommen … dieser junge Mann ist tot, dort …, in einer der Pistoles …«

»Kann ich ihn mit eigenen Augen sehen«, fragte Jacques Collin schüchtern, »würden Sie einem Vater erlauben, seinen Sohn zu beweinen?«

»Sie können, wenn Sie möchten, seinen Raum übernehmen, schließlich habe ich Anordnung, Sie in ein Zimmer der Pistoles zu verlegen. Die Einzelhaft für Sie ist aufgehoben, Monsieur.«

Der Blick des Beschuldigten, aller Wärme und allen Lebens beraubt, wanderte langsam vom Direktor zum Doktor; Jacques Collin sah sie fragend an und zögerte, hinauszugehen, da er eine Falle befürchtete.

»Wenn Sie den Leichnam sehen wollen«, sagte der Arzt, »haben Sie keine Zeit zu verlieren, er soll diese Nacht abgeholt werden …«

»Wenn Sie Kinder haben, meine Herren«, sagte Jacques Collin, »werden Sie meine Unbeholfenheit verstehen, ich sehe nicht einmal richtig … Dieser Schlag ist für mich viel schlimmer als der Tod, aber Sie können erfassen, was ich sage … Sie sind nur auf eine Weise Vater, wenn Sie es überhaupt sind; … ich bin genauso auch Mutter! … Ich … ich bin verrückt … ich spüre es.«

Der Abschied

Mit dem Durchschreiten der Gänge, deren starre Türen sich allein vor dem Direktor öffnen, ist es möglich, in kurzer Zeit von den Einzelzellen zu denen der Pistoles zu gelangen. Diese beiden Zellenarten trennt ein unterirdischer Korridor, der aus zwei dicken Mauern besteht, die das Gewölbe tragen, auf dem die Galerie des Justizpalasts ruht, die Galerie Marchande. So traf Jacques Collin, begleitet von dem Wachmann, der ihn am Arm hielt, vor sich den Direktor und hinter sich den Arzt, nach ein paar Minuten in der Zelle ein, in der man Lucien auf das Bett gelegt hatte.

Bei diesem Anblick sank er auf den Leichnam und drückte sich an ihn in einer verzweifelten Umarmung, deren Kraft und leidenschaftliche Bewegung die drei Betrachter dieser Szene erzittern ließ.

»Da haben Sie«, sagte der Arzt dem Direktor, »ein Beispiel für das, wovon ich Ihnen erzählt habe. Schauen Sie! Dieser Mann wird den Leichnam zerdrücken, und Sie wissen gar nicht, was ein Leichnam ist, das ist Stein ...«

»Lassen Sie mich hier! ...«, sagte Jacques Collin mit tonloser Stimme, »ich werde ihn nicht lange sehen können, man wird ihn mir wegnehmen, um ihn zu ...«

Er hielt inne vor dem Wort *beerdigen*.

»Sie werden mir erlauben, dass ich etwas von meinem lieben Kind behalte! ... Wollen Sie die Freundlichkeit haben, dass Sie selber, Monsieur«, sagte er Doktor Lebrun, »mir ein paar Locken seiner Haare abschneiden, ich könnte das nicht ...«

»Das ist doch sein Sohn!«, sagte der Arzt.

»Glauben Sie?«, gab der Direktor so nachdenklich zurück, dass es den Arzt für einen Moment ins Überlegen brachte.

Der Direktor wies den Wachmann an, den Beschuldigten

in dieser Zelle zu lassen und ein paar Haarsträhnen für den angeblichen Vater vom Kopf des Sohns zu schneiden, bevor man käme, den Leichnam fortzubringen.

Um halb sechs Uhr im Mai kann man in der Conciergerie einen Brief leicht lesen, trotz der Gitterstangen und des Drahtgeflechts, die die Fenster absichern. Jacques Collin entzifferte also diesen schrecklichen Brief, während er Luciens Hand hielt.

Es ist kein Mensch bekannt, der zehn Minuten lang einen Eisbrocken in die Handfläche gedrückt festhalten konnte. Die Kälte wandert mit tödlicher Geschwindigkeit in die Lebensadern. Doch die Wirkung dieser schrecklichen Kälte, die wie ein Gift arbeitet, ist kaum mit der zu vergleichen, die eine auf diese Art gehaltene, gedrückte steife und eiskalte Hand eines Toten auf die Seele ausübt. Der Tod spricht so mit dem Leben, er spricht schwarze Geheimnisse aus, die manch Empfindung sterben lassen; und ist denn wechseln, was das Empfinden angeht, nicht sterben?

Beim Wiederlesen von Luciens Brief mit Jacques Collin erweist sich dieses besondere Schreiben als das, was es für diesen Mann war, ein Becher mit Gift.

»An Abbé Caros Herrera.

Mein lieber Abbé, ich habe von Ihnen nur Gutes empfangen und ich habe Sie verraten. Diese unwillentliche Undankbarkeit bringt mich um, und wenn Sie diese Zeilen lesen, werde ich nicht mehr sein; Sie werden nicht mehr da sein, mich zu retten.

Sie hatten mir volles Recht eingeräumt, Sie ins Verderben zu stürzen und von mir zu werfen wie einen Zigarrenstummel, wenn ich einen Vorteil darin sähe; doch ich bin dumm mit Ihnen umgegangen. Um aus der Verlegenheit zu kommen, verleitet von einer geschickten Frage des Untersuchungsrichters, hat sich ihr geistiger Sohn, der, den Sie adoptiert hatten, auf die Seite derer gestellt, die Sie um jeden Preis umbringen wollen, indem sie an eine Identität von Ihnen mit einem französischen Verbrecher glauben lassen wollen, von der ich weiß, dass sie unmöglich ist. Damit ist alles gesagt.

Zwischen einem Mann Ihrer Fähigkeiten und mir, aus dem Sie eine größere Persönlichkeit haben machen wollen, als ich hätte sein können, darf es im Augenblick der letzten Trennung keinen Austausch von Belanglosigkeiten geben. Sie wollten mich mächtig und berühmt machen, Sie haben mich in den Abgrund des Selbstmords gestürzt, das ist alles. Schon lange sah ich den Abgrund auf mich zukommen.

Es gibt die Nachkommenschaft Kains und die von Abel, wie Sie gelegentlich sagten. Kain ist, im großen Drama der Menschheit, der Widerspruch. Sie stammen von Adam auf dieser Linie ab, in der der Teufel das Feuer beständig angefacht hat, dessen erster Funke auf Eva fiel. Unter den Dämonen dieser Linie gibt es von Zeit zu Zeit entsetzliche, mit ausgreifender Veranlagung, die alle menschlichen Kräfte auf sich vereinen, und die jenen rastlosen Tieren der Wüste gleichen, die für ihr Leben die ungeheuren Räume brauchen, die sie dort finden. Diese Menschen sind gefährlich in der Gesellschaft wie es ein Löwe mitten in der Normandie wäre: Sie brauchen ihr Futter, sie verschlingen gewöhnliche Menschen und greifen sich das Geld der Belanglosen; ihre Spiele sind so gefährlich, dass sie am Ende den unterwürfigen Hund töten, den sie sich zum Gefährten, zum Idol gemacht haben. Wenn Gott es will, sind diese geheimnisvollen Wesen Moses, Attila, Karl der Große, Mohammed oder Napoleon; doch wenn er diese riesenhaften Werkzeuge am Grund des Ozeans einer Generation rosten lässt, dann sind sie nur noch Pugatschow, Robespierre, Louvel und Abbé Carlos Herrera. Begabt mit einer unermesslichen Macht über zarte Seelen, ziehen sie sie an und zermalmen sie. Das ist groß, das ist schön in seiner Art. Das ist die giftige Pflanze mit den kräftigen Farben, die die Kinder im Wald anlockt. Das ist die Poesie des Bösen. Männer wie Sie müssen Höhlen bewohnen und sie nicht verlassen. Du hast mich dieses riesige Leben genießen lassen, und ich habe sehr wohl mein Teil davon gehabt. Darum kann ich meinen Kopf aus dem gordischen Knoten deiner Strategien zurückziehen, um ihn der Schlinge meiner Krawatte zu überantworten.

Um meinen Fehler wieder gutzumachen, übermittle ich dem Generalstaatsanwalt einen Widerruf meines Verhörs. Sie werden sehen, wie Sie sich das zunutze machen.

Durch das Gelübde eines formal korrekten Testaments werden Ihnen, Abbé, die Beträge wiedererstattet, die Ihrem Orden gehörten, über die Sie infolge der väterlichen Zugewandtheit, die Sie mir entgegenbringen, zu meinen Gunsten sehr unvorsichtig verfügt haben.

Leben Sie also wohl, adieu, prachtvolle Statue des Bösen und der Verderbnis, leben Sie wohl, Sie, der Sie auf dem rechten Wege mehr gewesen wären als Ximenes, mehr als Richelieu, Sie haben Ihre Versprechen gehalten: Ich bin wieder der, der ich am Ufer der Charente war, nachdem ich Ihnen die Zauber eines Traums zu verdanken hatte; leider ist es nicht mehr der Fluss meiner Heimat, wo ich die kleinen Sünden der Jugend ertränken wollte; es ist die Seine, und mein Loch ist ein Verlies der Conciergerie.

Trauern Sie nicht um mich: Meine Verachtung für Sie war so groß wie meine Bewunderung.

Lucien.«

Es war noch nicht ein Uhr morgens, als der Leichnam abgeholt wurde; man fand Jacques Collin kniend vor dem Bett, diesen Brief am Boden, fallen gelassen wie der Selbstmörder die Pistole loslässt, die ihn getötet hat; doch hielt der Unglückliche weiterhin Luciens Hand in seinen gefalteten Händen und betete zu Gott.

Als sie diesen Mann sahen, stutzten die Träger für einen Augenblick, denn er glich einer dieser Steinfiguren, die dank dem Genie der Bildhauer in Ewigkeit auf den Gräbern des Mittelalters knien. Dieser falsche Priester mit den hellen Augen eines Tigers, erstarrt zu übernatürlicher Reglosigkeit, beeindruckte diese Leute dermaßen, dass sie ihn sanft aufforderten, aufzustehen.

»Warum?«, fragte er schüchtern.

Dieser kühne Todtäuscher war schwach geworden wie ein Kind.

Der Direktor zeigte Monsieur de Chargebœuf dieses Schauspiel, der, ergriffen von Respekt für derartigen Schmerz und im Glauben an die Vaterschaft, die Jacques Collin sich gab, die Anweisungen Monsieur de Granvilles erklärte, was Trauermesse und Transport Luciens anging, der unbedingt in seine Wohnung am Quai Malaquais verbracht werden sollte, wo ihn der Geistliche für die Totenwache während der verbleibenden Nacht erwartete.

»Ich sehe darin die große Seele dieses Richters«, rief der Sträfling mit trauriger Stimme. »Sagen Sie ihm, Monsieur, dass er auf meinen Dank zählen kann … Doch, ich bin in der Lage, ihm große Dienste zu erweisen … Vergessen Sie nicht diesen Satz; er ist für ihn von äußerster Bedeutung. Ach!, Monsieur, im Herzen eines Mannes begeben sich merkwürdige Veränderungen, wenn er sieben Stunden lang über einem Kind wie diesem geweint hat … ich werde ihn also nicht wiedersehen! …«

Nachdem er Lucien mit dem Blick einer Mutter betrachtet hatte, der man den Leichnam ihres Sohnes wegnimmt, sank Jacques Collin in sich zusammen. Beim Zusehen, wie

Luciens Körper genommen wurde, ließ er einen Klagelaut hören, der die Träger zur Eile antrieb.

Der Sekretär des Generalstaatsanwalts und der Gefängnisdirektor hatten sich diesem Schauspiel bereits entzogen.

Was war aus dieser stählernen Natur geworden, wo eine Entscheidung mit der Schnelligkeit des Blicks getroffen war, wo Gedanke und Handlung hervorschossen wie ein einziger Blitz, deren durch drei Ausbrüche, drei Zuchthausaufenthalte abgehärtete Nerven die metallene Festigkeit des Wilden erlangt hatten? Das Eisen gibt bei einer bestimmten Stärke der Schläge oder wiederholtem Druck nach; seine undurchdringlichen Moleküle, vom Menschen gereinigt und vereinheitlicht, zerfallen; und ohne neu geschmolzen zu werden, hat das Metall nicht mehr dieselbe Widerstandskraft. Die Hufschmiede, Schlosser und Werkzeugmacher, alle Arbeiter, die dieses Metall ständig bearbeiten, benennen diesen Zustand mit einem Wort ihrer Technik: »*Das Eisen ist gerottet!*« sagen sie, wobei sie diesen ausschließlich für den Hanf gebräuchlichen Ausdruck verwenden, dessen Zerfall durch das Rösten erreicht wird. Nun, die menschliche Seele oder, wenn Sie wollen, die dreifache Energie von Leib, Herz und Geist findet sich in der Folge bestimmter wiederholter Stöße in einer dem Eisen vergleichbaren Verfassung. Da geht es den Menschen wie dem Hanf und dem Eisen: Sie werden brüchig. Die Wissenschaft und die Justiz, die Öffentlichkeit suchen tausend Gründe für die schrecklichen Katastrophen der Eisenbahn, die durch den Bruch einer Eisenschiene geschehen, deren schlimmstes Beispiel das von Bellevue ist; doch niemand hat die wahren Kenner der Sache, die Schmiede, gefragt, die alle dasselbe Wort verwendeten: »Das Eisen war gerottet.« Diese Gefahr ist nicht vorhersehbar. Mürbe gewordenes und fest gebliebenes Metall sehen gleich aus.

Es ist oft dieser Zustand, in dem die Beichtväter und die

Untersuchungsrichter große Verbrecher antreffen. Die entsetzlichen Gefühle beim Schwurgericht und bei der Haarschur vor der Hinrichtung bewirken bei den stärksten Gemütern fast immer diese Zerrüttung des Nervenapparats. Den am festesten verschlossenen Mündern entschlüpfen Geständnisse, die härtesten Herzen brechen dann; und das, merkwürdige Sache, in dem Augenblick, da Geständnisse nichts nützen, wenn diese höchste Schwäche dem Mann die Maske der Unschuld abreißt, unter der er die Justiz beunruhigte und weiter beunruhigt, wenn nämlich der Verurteilte stirbt, ohne sein Verbrechen zuzugeben.

Napoleon hat diese Auflösung aller menschlicher Kräfte auf dem Schlachtfeld von Waterloo kennengelernt!

Der Hof der Conciergerie

Um acht Uhr morgens, als der Wachhabende der Pistoles den Raum betrat, in dem sich Jacques Collin befand, sah er ihn bleich und still, wie einen Mann, der durch eine starke Entscheidung wieder zu seiner Kraft gefunden hat.

»Zeit für den Hofgang«, sagte der Schlüsselträger, »Sie sind seit drei Tagen eingeschlossen, wenn Sie Luft schnappen und gehen wollen, können Sie es!«

Jacques Collin, ganz versunken in seine Gedanken und ohne jedes Interesse an sich selbst, mit dem Gefühl, Kleidung ohne Körper zu sein, ein Lumpen, ahnte nicht die Falle, die ihm Bibi-Lupin stellte, noch die Bedeutung, die sein Auftritt auf dem Hof hatte. Der Unglückliche war wie mechanisch aufgebrochen und ging den Flur entlang, der an den Zellen vorbeiführt, die in die Kranzgesimse der prachtvollen Arkaden des Palastes der französischen Könige eingearbeitet waren, auf die sich die nach dem Heiligen Ludwig benannte Galerie stützt, über die man jetzt zu den verschiedenen Diensträumen des Berufungsgerichts geht. Dieser Flur stößt auf den der Pistoles; und ein der Beachtung würdiger Umstand: die Zelle, in der Louvel in Haft gewesen ist, einer der berühmtesten Königsmörder, befindet sich am Schnittpunkt des rechten Winkels, den die beiden Korridore formen. Unter dem hübschen Amtsraum, der den Turm Bonbec einnimmt, befindet sich eine Wendeltreppe, auf die der dunkle Flur mündet, über den die Häftlinge, die in den Pistoles oder in den Zellen untergebracht sind, kommen und gehen, wenn sie den Hof aufsuchen.

Alle Häftlinge, die Angeklagten, die noch vor das Schwurgericht treten müssen, und die, die dort bereits gewesen sind, die Beschuldigten, die nicht mehr in Einzelhaft sind, also sämtliche Gefangenen der Conciergerie gehen während einiger Stunden des Tages über diesen engen, vollständig gepflasterten Platz, besonders im Sommer am frühen Morgen. Dieser Hof, Vorzimmer zu Schafott oder Zuchthaus, grenzt mit einem Ende genau daran, und mit dem anderen an die Welt der Gesellschaft mit dem Aufseher, dem Amtszimmer des Untersuchungsrichters oder dem Schwurgericht. So lässt sein Anblick noch mehr schaudern als das Schafott. Das Schafott kann der Sockel sein für den Weg in den Himmel; aber der Gefängnishof, das sind alle Niederträchten der Erde vereint, und kein Ausweg!

Ob es der Hof von La Force ist oder der von Poissy, die Höfe von Melun oder Sainte-Pélagie, ein Gefängnishof ist ein Gefängnishof. Es findet sich dort immer das ewig Gleiche, bis hin zur Farbe der Mauern, der Höhe und der Fläche. Dementsprechend würden die SITTENSTUDIEN ihren Titel Lügen strafen, wenn sich hier nicht die exakteste Beschreibung dieses Pariser *Pandämoniums* fände.

Unter den mächtigen Gewölben, die den Verhandlungssaal des Berufungsgerichts tragen, gibt es beim vierten Gewölbebogen einen Stein, der, wie es heißt, dem Heiligen Ludwig dazu diente, seine Almosen zu verteilen, und der in unseren Tagen als Tisch dient, um den Häftlingen Lebensmittel zu verkaufen. So kommt es, dass sich, sobald der Hof den Gefangenen geöffnet wird, alle um diesen Stein mit den Leckereien, Schnaps, Rum etc. für Häftlinge scharen.

Die beiden vorderen Bögen an dieser Seite des Hofs, der der prachtvollen byzantinischen Galerie gegenüberliegt, dem einzigen Rest von der Eleganz des Palastes des Heiligen Ludwig, nimmt ein Besprechungsraum ein, in dem die Anwälte und die Angeklagten zusammenkommen, und in den die Häftlinge an einer ungeheuren Sperrschleuse vorbeigelangen, die aus einer doppelten Reihe mächtiger Gitterstäbe besteht, die bis in den Bereich des dritten Gewölbebogens hineinreicht. Diese Doppelreihe ähnelt den vorübergehend mithilfe von Absperrungen eingerichteten Zuwegen, die bei großen Erfolgen die Schlange an den Eingängen der Theater aufnehmen. Der Besprechungsraum am Ende des heutigen riesigen Schleusensaals der Conciergerie, der sein Licht vom Hof durch Schächte erhält, ist soeben modernisiert worden mit verglasten Fenstern auf seiten der Sperrschleuse, sodass man die Anwälte im Gespräch mit ihren Klienten im Blick hat. Diese Neuerung war erforderlich geworden wegen der zu starken Verführungskraft, die schöne Frauen auf ihre Verteidiger ausübten. Weiß man denn, wo die Moral noch haltmacht? ... Diese Vorsichtsmaßnahmen lassen an die vorgefertigten Gewissensspiegel denken, die die Fantasie reiner Gemüter verderben, indem sie ungeahnte Ungeheuerlichkeiten vorstellbar machen. In diesem Besprechungsraum finden ebenfalls die Begegnungen mit Verwandten und Freunden statt, denen die Polizei genehmigt, die Gefangenen, Angeklagte oder Häftlinge, zu sehen.

Jetzt wird man verstehen, was der Hof für die zweihundert Gefangenen der Conciergerie ist: Es ist ihr Garten, ein Garten ohne Bäume, Erde oder Blumen, ein Hof eben! Die Verbindungen zum Besprechungszimmer und der Steintisch des Heiligen Ludwig, an dem Speisen und erlaubte Getränke zu haben sind, bilden den einzig möglichen Austausch mit der Außenwelt.

Die auf dem Hof verbrachten Zeiten sind die einzigen, zu denen sich der Gefangene an der Luft und in Gesellschaft befindet; in den anderen Gefängnissen sind die Häftlinge in den Werkstätten immerhin zur Arbeit vereint; in der Conciergerie kann man jedoch keiner Beschäftigung nachgehen, außer man sitzt in der Pistole ein. Das Drama des Schwurgerichts besetzt hier alle Gemüter, denn hierher kommt man nur, um einem Verhör oder einem Urteil unterzogen zu werden. Dieser Hof bietet ein scheußliches Schauspiel, man kann es sich nicht vorstellen, man muss ihn sehen oder gesehen haben.

Zunächst stellt die Versammlung von ungefähr hundert Angeklagten und Beschuldigten auf einem Raum von vierzig Metern Länge mal dreißig Metern Breite nicht gerade die Elite der Gesellschaft dar. Diese Elenden, die zum Großteil den niedrigsten Klassen angehören, sind schlecht gekleidet; ihre Gesichter sind gemein oder abstoßend, denn Kriminelle aus den höheren Schichten sind eine glücklicherweise seltene Ausnahme. Unterschlagung, Fälschung oder betrügerische Pleite, die einzigen Verbrechen, die anständige Leute hierherbringen können, beinhalten außerdem das Privileg, in den Pistoles untergebracht zu werden, und der Angeklagte verlässt dann fast niemals seine Zelle.

Dieser Platz für den Auslauf, eingefasst von schönen und mächtigen schwärzlichen Mauern, einer in Zellen aufgeteilten Kolonnade, einer Befestigung zum Quai hin, die vergitterten Zellen der Pistoles im Norden, beaufsichtigt von aufmerksamen Wachleuten, die sich mit einem Haufen Verbrecher beschäftigen und einander misstrauen, macht schon durch seine räumliche Anordnung traurig; aber er flößt bald Schrecken ein, wenn Sie sich unter diesen ehrlosen Wesen im Zentrum aller Blicke voller Hass, Neugierde und Hoffnungslosigkeit sehen. Keine Freude! Alles ist düster, der Ort und die Menschen. Alles ist stumm, die Mauern und die Gewissen. Alles ist für diese Unglücklichen Gefahr; sie wagen nicht, sich einander anzuvertrauen, außer bei einer Freundschaft, die so finster ist wie das Zuchthaus, das sie entstehen ließ. Die Polizei, die sie überwacht, vergiftet ihnen die Atmosphäre und verdirbt alles bis hin zum Händedruck zweier Schuldiger, die einander nahestehen. Ein Krimineller, der hier seinem besten Kameraden begegnet, weiß nicht, ob dieser nicht reuig geworden ist, ob er nicht gestanden hat im Interesse seines Lebens. Dieser Mangel an Sicherheit, diese Furcht vor *Hammeln* verleidet die sowieso schon trügerische Freiheit auf dem Hof. Im Gefängnisjargon ist der *Hammel* ein Spitzel, der unter der Last einer üblen Tat zu stehen scheint und dessen sprichwörtliche Geschicklichkeit darin besteht, sich für einen *Freund* halten zu lassen. Das Wort *Freund* heißt im Jargon ein ausgezeichneter Dieb, ein vollendeter Dieb, der seit Langem mit der Gesellschaft gebrochen hat, der sein Leben lang Dieb bleiben will, und der *dennoch* den Gesetzen der *großen Unterwelt* treu bleibt.

Das Verbrechen und der Wahnsinn haben gewisse Ähnlichkeit. Die Gefangenen der Conciergerie in ihrem Hof oder die Verrückten im Garten einer Heilanstalt zu sehen, ist ein und dasselbe. Die einen wie die anderen gehen ihre Runden und meiden einander, werfen sich mindestens eigenartige, schauderhafte Blicke zu je nach ihren momentanen Gedanken, niemals fröhlich oder ernst; denn sie kennen oder sie fürchten einander. Die Erwartung eines Urteils, die Gewissensbisse, die Sorgen verleihen den Spaziergängern des Hofs die unruhige und starre Art der Verrückten. Nur die vollendeten Verbrecher haben eine Sicherheit, die an die Ruhe eines anständigen Mannes denken lässt, an die Ernsthaftigkeit eines reinen Gewissens.

Da Leute der mittleren Klassen hier die Ausnahme sind und die Scham die in den Zellen zurückhält, in die sie das Verbrechen gebracht hat, sind die gewöhnlichen Besucher des Hofs gekleidet wie die Arbeiterklasse. Hemd, Kittel und Weste sind in der Mehrzahl. Grobe und schmutzige Anzüge in Harmonie mit gemeinen oder finsteren Gesichtern und mit rohen Manieren, die immerhin ein wenig gedämpft sind von den traurigen Gedanken, in deren Bann die Gefangenen stehen; alles bis hin zur Stille des Ortes trägt dazu bei, den seltenen Besucher mit Schrecken oder Ekel zu erfüllen, dem Fürsprache von ganz oben das selten erteilte Privileg verschafft hat, die Conciergerie kennenzulernen.

So wie ein Kabinett der Anatomie, in dem widerwärtige, in Wachs nachgeformte Krankheiten ausgestellt werden, einen jungen Mann, den man dorthin führt, keusch werden lässt und für heilige und edle Liebe begeistert, so erfüllt der Anblick der Conciergerie und des Hofs mit seinen Insassen, die für Zuchthaus, Schafott oder sonst eine schändliche Strafe bestimmt sind, diejenigen mit Furcht vor der menschlichen Gerechtigkeit, die die himmlische Gerechtigkeit, deren Stimme im Gewissen so laut spricht, nicht zu fürchten bräuchten; damit gehen sie hinaus und werden für lange Zeit ehrenwerte Leute sein.

Philosophischer, linguistischer und literarischer Versuch über den Argot, die Freudenmädchen und die Diebe

Nachdem die Rundengeher, die sich im Hof befanden, als Jacques Collin hinunterging, die Darsteller einer kapitalen Szene im Leben des Todtäuschers werden sollten, ist es nicht unwichtig, einige der Hauptgestalten dieser schrecklichen Versammlung zu beschreiben.

Wie überall, wo Menschen versammelt sind, wie zum Beispiel in der Schule, herrschen hier die körperliche Kraft und die emotionale Kraft. Wie in den Zuchthäusern begründet sich Aristokratie hier mit Kriminalität. Der, bei dem es um den Kopf geht, stellt alle in den Schatten. Der Hof, wie man sich denken kann, ist eine Schule des Strafrechts; man lehrt es hier unendlich viel besser als am Place du Panthéon. Der immer wiederkehrende Spaß besteht darin, das Drama des Schwurgerichts zu wiederholen, einen Präsidenten zu benennen, Geschworene, einen Staatsanwalt, einen Verteidiger, und das Urteil des Prozesses zu sprechen. Diese grässliche Farce wird fast täglich aus Anlass berühmter Verbrechen gespielt. Zu dieser Zeit war ein großer Kriminalfall auf der Tagesordnung des Schwurgerichts, der scheußliche Mord an Monsieur und Madame Crottat, ehemalige Landpächter, Vater und Mutter des Notars, die, wie diese unselige Geschichte erwies, bei sich zu Hause achthunderttausend Franc in Gold aufbewahrten. Einer der Täter dieses Doppelmords war der berühmte Dannepont, mit Spitznamen La Pouraille, ein entlassener Sträfling, der fünf Jahre lang mithilfe von sieben oder acht unterschiedlichen Namen den intensivsten Nachforschungen der Polizei ausgewichen war. Die Verkleidungen dieses Schurken waren so vollkommen, dass er zwei Jahre unter dem Namen eines Delsouq im Gefängnis saß, eines seiner

Schüler, ein berühmter Dieb, der in Strafsachen nie über die Zuständigkeit des Landgerichts hinausgegangen ist. La Pouraille war, seit seiner Haftentlassung, beim dritten Mord angelangt. Die sichere Aussicht auf eine Todesstrafe machte diesen Angeklagten genauso wie sein vermutetes Vermögen zum Gegenstand von Grauen und Bewunderung der Gefangenen; denn nicht ein Cent der gestohlenen Beträge hatte sich gefunden. Man kann sich noch trotz der Ereignisse vom Juli 1830 an den Schrecken erinnern, den dieser kühne Streich in Paris verbreitete, in seiner Schwere vergleichbar mit dem Raub der Medaillen der Bibliothek; denn die unglückselige Neigung unserer Zeit, alles zu beziffern, macht einen Mord um so eindrucksvoller, je beachtlicher die geraubte Summe ist.

La Pouraille, ein kleiner, sehniger und magerer Mann mit dem Gesicht eines Marders, fünfundvierzig Jahre alt, eine Berühmtheit der drei Straflager, die er seit dem Alter von neunzehn Jahren nacheinander bewohnt hatte, kannte Jacques Collin gründlich; wir werden noch sehen, wie und warum. Mit La Pouraille waren vor vierundzwanzig Stunden zwei andere Sträflinge von La Force in die Conciergerie verlegt worden. Sie hatten die finstere Hoheit dieses dem Schafott verheißenen *Freundes* auf der Stelle erkannt und ihr zu Anerkennung verholfen. Der eine dieser Sträflinge, ein Entlassener mit Namen Sélérier, war einer der früheren Vertrauten des Todtäuschers; er trug die Spitznamen »der Auvergner«, »Papa Ralleau«, »der Reinleger«, und hieß in der *große Unterwelt* genannten Gesellschaft des Zuchthauswesens »Seidenfaden«, was er dem Geschick verdankte, mit dem er den Gefahren des Handwerks entkam.

Der Todtäuscher hatte Seidenfaden so sehr im Verdacht, ein Doppelspiel zu treiben, einerseits im Rat der großen Unterwelt zu sein und zugleich von der Polizei bezahlt zu werden, dass er ihm (siehe *Der Vater Goriot*) seine Verhaftung in der Pension Vauquer im Jahr 1819 zuschrieb. Sélérier, den wir Seidenfaden nennen müssen, so wie Dannepont La Pouraille genannt wird, hatte bereits gegen das Aufenthaltsverbot verstoßen und war – ohne jedes Blutvergießen – verwickelt in große Diebstähle, die ihn für mindestens zwanzig Jahre wieder in den Strafvollzug zurückführen würden. Der andere Sträfling, Riganson, bildete mit seiner Geliebten, genannt La Biffe, eines der gefürchtetsten Paare der großen Unterwelt. Riganson, mit der Justiz von zartestem Alter an in heikler Beziehung, trug den Spitznamen Le Biffon. Der Biffon war der männliche Teil von La Biffe, denn in der großen Unterwelt ist nichts heilig. Diese Wilden achten weder das Gesetz, noch den Glauben, nichts, nicht einmal die Naturgeschichte, deren festgelegte Namengebung von ihnen, wie man sieht, parodiert wird.

Hier braucht es eine Abschweifung: Denn der Eintritt Jacques Collins in den Hof, sein Erscheinen inmitten seiner Feinde, das Bibi-Lupin und der Untersuchungsrichter so umsichtig organisiert hatten, die merkwürdigen Szenen, die darauf folgen würden, all das wäre unmöglich und unverständlich ohne ein paar Erklärungen der Welt der Diebe und der Strafanstalten, ihrer Gesetze, ihrer Sitten und vor allem ihrer Sprache, deren entsetzliche Poesie in diesem Abschnitt der Erzählung unentbehrlich ist. Also vor allem anderen ein Wort über die Sprache der Täuscher, der Gauner, der Diebe und der Mörder, die man *Argot* nennt, und von der die Literatur in der letzten Zeit so erfolgreich Gebrauch gemacht hat, dass mehr als ein Wort aus diesem befremdlichen Wortschatz über die rosigen Lippen junger Frauen gekommen ist, unter vergoldeten Salondecken für Nachhall gesorgt und die Fürsten belustigt hat, von denen sich mehr als einer für *behumst* erklären konnte! Sagen wir es, vielleicht zum Erstaunen vieler Leute, es gibt keine energischere, farbigere Sprache als die der

Unterwelt, die seit dem Ursprung der Reiche und Hauptstädte in den Kellern, in den Kielräumen, in der *untersten Versenkung* der Gesellschaften ihr Wesen treibt, um einen vitalen und plastischen Ausdruck vom Theater zu entleihen. Ist denn die Welt kein Theater? Die unterste Versenkung ist der tiefste Keller unter den Bühnenbrettern der Oper, um die Maschinen, die Maschinisten, die Beleuchtung, die Bilder und die blauen Teufel unterzubringen, die die Hölle ausspuckt etc.

Jedes Wort dieser Sprache ist ein brutales, geniales oder entsetzliches Bild. Eine Kniehose ist eine *Hochgezogene*; lasst uns das nicht erklären. Im Argot schläft man nicht, man *rüsselt*. Beachten Sie, mit welcher Energie dies Verb den besonderen Schlaf des gejagten, müden, misstrauischen Tiers ausdrückt, das man Dieb nennt und das, kaum ist es in Sicherheit, unter den mächtigen Schwingen des ständig über ihm schwebenden Verdachts in die Abgründe eines tiefen und nötigen Schlafs rollt und fällt. Schrecklicher Schlaf, ähnlich dem des wilden Tiers, das schläft, das schnarcht und dessen Ohren trotzdem mit doppelter Vorsicht wachen!

Alles in dieser Sprache ist wild. Die Anfangs- und die Endsilben, die Worte sind rau und versetzen eigenartig in Erstaunen. Eine Frau ist eine *Braut*. Und was für eine Poesie! Das Bettstroh sind die *Daunen von Beauce*. Das Wort Mitternacht wird umschrieben mit: *Schlag zwölf!* Lässt das nicht schaudern? *Einen Stubendurchgang machen* heißt, ein Zimmer ausrauben. Was ist schon der Ausdruck sich hinlegen im Vergleich zu *sich häuten*, sich eine andere Hülle überziehen. Was für eine Lebhaftigkeit der Bilder! *Domino spielen* heißt essen; wie essen denn verfolgte Leute?

Der Argot entwickelt sich übrigens ständig fort, er folgt der Zivilisation, er treibt sie an, er bereichert sich an jeder neuen Erfindung. Die Kartoffel, geschaffen und ans Licht gebracht von Louis XVI. und Parmentier, wurde bald begrüßt als *Schweineorange*. Man erfindet Banknoten, die Unterwelt nennt sie *Garatierwisch* nach Garat, dem Kassierer, der sie unterschreibt. *Wisch!* Hören Sie da nicht das Seidenpapier? Der Schein von tausend Franc ist ein *Mannwisch,* der Schein von fünfhundert ein *Frauwisch*. Die Gauner werden, verlassen Sie sich darauf, die hunderter und die zweihunderter Banknoten auf schräge Namen taufen.

Im Jahr 1790 erfindet Guillotin im Interesse der Menschlichkeit die rasche Mechanik, die alle Probleme löst, die die Todesstrafe aufwirft. Und schon widmen sich die Sträflinge und ehemaligen Häftlinge dieser Mechanik, die an den monarchistischen Grenzen des alten Systems und den Grenzen der neuen Justiz errichtet wurde, und nennen sie gleich *die Abtei zum unfreiwilligen Aufstieg*! Sie betrachten den Winkel, den die Stahlklinge bildet und finden zur Beschreibung seiner Funktion das Wort *sensen*! Wenn man bedenkt, dass das Gefängnis *die Wiese* heißt, müssen die, die sich mit Sprachwissenschaft beschäftigen, die Bildung dieser grässlichen *Vokabeln* bewundern, hätte Charles Nodier gesagt.

Beachten wir doch das hohe Alter des Argot! Er enthält zu einem Zehntel Worte der romanischen Sprache, ein weiteres Zehntel der alten gallischen Sprache von Rabelais. ›*Effondrer*‹ (eindringen), ›*otolondrer*‹ (langweilen), ›*cambrioler*‹ (alles, was man in einer Kammer macht), ›*aubert*‹ (Geld, Silber), ›*gironde*‹ (schön, Name eines Flusses im Langue d'Oc), ›*fouillousse*‹ (Tasche) gehören zur Sprache des vierzehnten und fünfzehnten Jahrhunderts. *L'affe,* für das Leben, ist von höchstem Alter. Das *affe* stören hat zu *affres* geführt, woher das Wort *affreux,* kommt, das man mit *was das Leben stört* übersetzt etc.

Mindestens einhundert Worte des Argot gehören in die Sprache des Panurgos, der in Rabelais' Werk für das Volk steht, denn der Name setzt sich zusammen aus zwei griechischen Worten, die bedeuten: *Der, der alles macht.* Die Wissenschaft verändert das Bild der Zivilisation mit der Eisenbahn, der Argot hat sie bereits *Schnellroller* getauft.

Das Wort für den Kopf, wenn er noch auf den Schultern ist, *la Sorbonne*, weist auf die alte Quelle dieser Sprache hin, von der in den ältesten Romanen die Rede ist wie bei Cervantes, wie bei den italienischen *Novellisten* und bei Aretino. Zu allen Zeiten war *die Dirne*, Heldin so vieler alter Romane, die Beschützerin, die Gefährtin, die Trösterin des Täuschers, des Diebs, des Mantelräubers, des Schlitzohrs, des Betrügers.

Die Prostitution und der Diebstahl sind, männlich und weiblich, zwei heftige Einwände der Naturordnung gegen die Gesellschaftsordnung. Dementsprechend gelangen die Philosophen, die derzeitigen Neuerer, die Menschheitsbeglücker, die die Kommunisten und die Anhänger Fouriers in ihrem Gefolge haben, unwillkürlich zu folgenden zwei Schlüssen: Prostitution und Diebstahl. In den sophistischen Büchern stellt der Dieb das Eigentum, das Erbe, die gesellschaftlichen Garantien gar nicht infrage, er übergeht sie schlicht. Für ihn ist stehlen: in sein Recht eintreten. Er diskutiert gar nicht die Ehe, er klagt sie nicht an, in den gedruckten Utopien verlangt er nicht nach diesem gegenseitigen Einverständnis, dieser unmöglich zu verallgemeinernden engen Verbindung der Seelen; er paart sich mit einer Heftigkeit, als schmiede der Trieb die Glieder der Kette wie mit dem Hammer immer straffer zusammen. Die modernen Neuerer verfassen pappige, weitschweifige und nebulöse Theorien oder philanthropische Romane; doch der Räuber handelt, er ist eindeutig wie ein Faktum, er ist logisch wie ein Faustschlag. Und was für ein Stil! …

Noch eine Bemerkung! Die Welt der Freudenmädchen, Räuber und Mörder, die Straflager und Gefängnisse haben eine Bevölkerung von ungefähr sechzig- bis achtzigtausend männlichen und weiblichen Individuen. Diese Welt sollte nicht übergangen werden in der Darstellung unserer Sitten, im präzisen Abbild unseres gesellschaftlichen Zustands. Die Justiz, die Gendarmerie und die Polizei weisen eine ungefähr gleiche Anzahl von Angestellten auf. Ist das nicht merkwürdig? Dieser Widerstreit von Leuten, die sich gegenseitig suchen und meiden, stellt ein ungeheures Duell dar, äußerst dramatisch, das in dieser Studie skizziert wird. Es verhält sich mit dem Raub und dem Gewerbe der öffentlichen Mädchen wie mit dem Theater, der Polizei, der Priesterschaft und der Gendarmerie. In diesen sechs Lebensformen nimmt der Einzelne einen unauslöschlichen Platz ein. Er kann nur noch sein, was er ist. Die Wundmale des göttlichen Priesters sind nicht entfernbar, ganz genau wie die des Soldaten. Genauso ist es mit den anderen Lebensformen, die starke Gegensätze sind, *Widersacher* in der Zivilisation. Diese starken, merkwürdigen, einzigartigen Diagnosen sui generis machen das Freudenmädchen und den Dieb, den Mörder und den Entlassenen so leicht erkenntlich, dass sie für ihre Feinde, den Spitzel und den Gendarm, zu dem werden, was das Wild für den Jäger ist: Sie haben ihre Art und Weise, eine Haut, Blicke, eine Farbe, einen Duft, kurz unfehlbare *Eigenschaften*. Daher diese umfassende Kunst des Verkleidens bei den Berühmtheiten der Gefängnisse.

Die großen Fanandels

Noch ein Wort über den Zustand dieser Welt, die die Abschaffung des Brandmals, die Abmilderung der Strafen und die dumme Nachsichtigkeit der Geschworenen so bedrohlich machen. Tatsächlich wird Paris in zwanzig Jahren umzingelt sein von einer Armee von vierzigtausend Entlassenen. Da das Departement de Seine mit seinen fünfzehnhunderttausend

Einwohnern der einzige Platz in Frankreich ist, wo sich diese Unglücklichen verstecken können, ist Paris für sie, was der Urwald für wilde Tiere ist.

Die große Unterwelt, die das Viertel von Saint-Germain dieser Gesellschaft ist, ihre Aristokratie, hatte sich 1816 infolge eines Friedensschlusses, der so viele Existenzen gefährdete, zusammengeschlossen zu einer Vereinigung, die *Die großen Fanandels* genannt wurde, wo sich die berühmtesten Bandenhäuptlinge und einige Verwegene vereinten, die zu diesem Zeitpunkt ohne jede Lebensgrundlage waren. Dieser Ausdruck der *Fanandels* will zugleich Brüder, Freunde, Gefährten heißen. Alle Diebe, Sträflinge, Häftlinge sind Fanandels. So waren die Großen Fanandels, die Crème der großen Unterwelt, zwanzig und mehr Jahre lang das Berufungsgericht, die Akademie, die Pairskammer dieses Volks. Die Großen Fanandels hatten alle ihr eigenes Vermögen, gemeinsame Gelder und nebenher ihre eigenen Sitten. Sie schuldeten Unterstützung und Hilfe bei Schwierigkeiten, sie kannten sich. Außerdem waren sie den Listen und Verführungen der Polizei überlegen, sie hatten ihre eigene Charta, ihre Pass- und Erkennungsworte.

Diese Fürsten und Pairs des Zuchthauswesens hatten von 1815 bis 1819 die berühmte Gesellschaft der Zehntausender (siehe *Vater Goriot*) geformt, die so hieß nach der Abmachung, dass man nie ein Ding angehen sollte, bei dem sich weniger als *zehntausend* Franc erbeuten ließen. Und genau jetzt, um 1829 und 1830, erschienen *Erinnerungen*, in denen die Mitgliederstärke und deren Namen von einem der Großen der Kriminalpolizei benannt wurden. Man entdeckte dort mit Schrecken ein Heer von Könnern, Männer wie Frauen; und zwar so außerordentlich, so befähigt, oft so erfolgreich, dass Diebe wie die Lévy, die Pastourel, die Collonge, die Chimaux, die um die fünfzig und sechzig Jahre alt waren, darin dargestellt werden, als seien sie seit ihrer Kindheit in Auflehnung gegen die Gesellschaft! ... Was für ein Eingeständnis von Unfähigkeit der Rechtsprechung ist es doch, dass es so alte Diebe gibt!

Jacques Collin war der Schatzmeister nicht nur der Gesellschaft der Zehntausender, sondern auch der Großen Fanandels, der Zuchthaushelden. Von der zuständigen Obrigkeit wird eingeräumt, dass die Zuchthäusler immer über Kapital verfügten. Diese Seltsamkeit ist begreiflich. Kein Raubgut wird wiedergefunden, außer in besonderen Fällen. Die Verurteilten, die nichts ins Gefängnis mitnehmen können, sind angewiesen auf Vertrauen, auf Fähigkeit, um ihr Geld zu deponieren, wie man sich in der Gesellschaft einem Bankhaus anvertraut.

Ursprünglich hatte Bibi-Lupin, seit zehn Jahren Chef der Sicherheitspolizei, der Aristokratie der Großen Fanandels angehört. Sein Verrat rührte aus einer Kränkung seiner Eitelkeit; er hatte sich ständig zurückgesetzt gefühlt hinter die hohe Intelligenz und die ungeheure Kraft des Todtäuschers. Daher der anhaltende Zorn dieses berühmten Chefs der Sicherheitspolizei gegen Jacques Collin. Daher rührten auch bestimmte Kompromisse zwischen Bibi-Lupin und seinen früheren Kumpanen, über die sich die Gerichte langsam Sorgen machten.

Also hatte der Chef der Sicherheitspolizei in seinem Rachedurst, dem der Untersuchungsrichter aus der Notwendigkeit, die Identität Jacques Collins festzustellen, freien Lauf ließ, seine Helfer sehr geschickt ausgesucht, indem er La Pouraille, Seidenfaden und den Biffon auf den falschen Spanier losließ, denn La Pouraille gehörte den Zehntausendern an wie auch Seidenfaden, und der Biffon war ein Großer Fanandel.

La Biffe, diese fürchtenswerte *Braut* des Biffon, die sich noch immer dank ihrer Verkleidungen als anständige Dame allen Nachforschungen der Polizei entzieht, war frei. Diese Frau, die perfekt die Marquise, die Baronin, die Gräfin spielen kann, hat Wagen und Personal. Diese Variante eines Jacques Collin im Rock ist die einzige Frau, die man mit Asie vergleichen kann, der rechten Hand Jacques Collins. Jedem der Zuchthaushelden entspricht eine ergebene Frau. Die Annalen der Justiz, die geheime Chronik des Justizpalastes werden es Ihnen bestätigen: Keine Leidenschaft einer ehrenwerten Frau, auch nicht die einer Frömmlerin für ihren Beichtvater, nichts übertrifft die Bindung der Geliebten, die mit dem großen Verbrecher durch alle Gefahren geht.

Die Leidenschaft ist bei diesen Leuten fast immer der eigentliche Grund ihrer waghalsigen Unternehmungen, ihrer Morde. Die übersteigerte Liebe, die sie *ihrer Anlage gemäß*, wie die Ärzte sagen, zur Frau zieht, nutzt alle Körper- und Seelenkraft dieser energischen Männer. Daher die Untätigkeit, die die Tage verschlingt; denn die Exzesse der Liebe fordern zur Erholung Ruhe und Nahrung. Daher dieser Hass auf jede Arbeit, der diese Leute nötigt, auf schnelle Wege zurückzugreifen, um zu Geld zu kommen. Und dabei ist das Nötige für den Lebensunterhalt und für ein gutes Leben wenig im Vergleich zu den Verschwendungen, zu denen das Mädchen inspiriert, dem diese großzügigen Medors Juwelen, Kleider geben wollen, und das, immer zum guten Essen aufgelegt, das schöne Leben liebt. Das Mädchen möchte einen Schal, der Geliebte stiehlt ihn, und die Frau sieht darin den Beweis der Liebe! So geht man über zum Raub, der, wenn man das Herz des Menschen genau betrachten will, beim Mann als beinah natürliche Regung anerkannt ist. Der Raub führt zum Mord, und der Mord führt den Liebhaber Schritt um Schritt immer näher ans Schafott.

Die zügellose körperliche Liebe soll, wenn man der medizinischen Fakultät glaubt, der Ursprung für sieben Zehntel der Verbrechen sein. Der Beweis findet sich übrigens immer, überraschend, greifbar, bei der Autopsie des hingerichteten Mannes. So erlangen diese monströsen Liebhaber, Schreckgespenster der Gesellschaft, die Verehrung ihrer Geliebten. Das ist diese Ergebenheit der Frauen, die treu vor dem Tor der Gefängnisse kauern, stets damit beschäftigt, die Listen der Ermittlung ins Leere laufen zu lassen, unbestechliche Hüter der schwärzesten Geheimnisse, die so viele Prozesse unklar, undurchdringlich macht. Hier liegt die Stärke und auch die Schwäche des Verbrechers. In der Sprache der Mädchen ist *Anstand haben*: keins der Gesetze dieser Anhänglichkeit zu verletzen, sein gesamtes Geld dem *eingelochten* Mann zu geben, auf sein Wohlbefinden zu achten, ihm jede Art Treue zu halten, alles für ihn zu tun. Die grausamste Beleidigung, die ein Mädchen einem entehrten anderen Mädchen an den Kopf werfen kann, ist, sie der Untreue gegenüber ihrem Liebhaber, der *sitzt*, zu bezichtigen. In solch einem Fall wird ein Mädchen als herzlose Frau angesehen! …

La Pouraille liebte leidenschaftlich eine Frau, wie wir sehen werden. Seidenfaden, egoistischer Philosoph, der stahl, um sich zu versorgen, hatte starke Ähnlichkeit mit Paccard, dem Gefolgsmann Jacques Collins, der sich mit Prudence Servien und dem gemeinsamen Reichtum von siebenhundertfünfzigtausend Franc davongemacht hatte. Er war an nichts gebunden, er verachtete die Frauen und liebte bloß Seidenfaden. Was den Biffon angeht, so hatte er, wie man schon weiß, seinen Spitznamen durch seine Verbindung zu la Biffe. Diese drei Sinnbilder der großen Unterwelt hatten Rechenschaft von Jacques Collin zu fordern, Abrechnungen, die schwierig vorzulegen waren.

Allein der Kassenwart wusste, wie viele von dem Verband überlebten und wie hoch das Vermögen jedes einzelnen war. Die für diese Mandanten typische Sterblichkeit war in dem

Moment in die Berechnungen des Todtäuschers eingeflossen, als er beschloss, zu Luciens Vorteil *den Kuchen zu essen*. Indem er sich neun Jahre lang der Aufmerksamkeit seiner Weggenossen und der Polizei entzog, war sich Jacques Collin fast sicher, dass er gemäß der Satzung der Großen Fanandels zwei Drittel der Einleger beerben würde. Konnte er nicht außerdem die Zahlungen ins Feld führen, die für die *Gesensten* geleistet worden waren? Schließlich gab es keine Aufsicht über diesen Chef der Großen Fanandels. Man musste ihm schlechterdings völlig vertrauen, denn das Leben eines Wildtiers, das die Sträflinge führen, verlangt größte Behutsamkeit unter den Leuten, die im Sinne dieser wilden Welt korrekt sind. Von den hunderttausend unterschlagenen Talern musste Jacques Collin jetzt nur noch ungefähr hunderttausend Franc zahlen. Wie bekannt hatte La Pouraille, einer von Jacques Collins Gläubigern, in diesem Augenblick bloß noch neunzig Tage zu leben. Im Besitz einer wahrscheinlich deutlich höheren Summe als die, die ihm sein Chef verwaltete, sollte La Pouraille doch ganz verträglich sein.

Eins der unfehlbaren Merkmale, an denen die Gefängnisdirektoren und ihre Beamten, die Polizei und ihre Helfer und sogar die Untersuchungsrichter die *Retourpferde* erkennen, also die, die schon einmal dicke Bohnen aßen (eine Art Bohnen, die zur Ernährung der staatlichen Gefängnisinsassen verwendet wurde), ist ihre Vertrautheit mit dem Gefängnis; die Rückfälligen kennen natürlich die Bräuche, sie sind hier daheim und nichts überrascht sie.

So hatte Jacques Collin, der aufmerksam sich selbst beherrschte, bis dahin seine Rolle als Unschuldiger und Fremder bewundernswert gut gespielt, sowohl in La Force wie in der Conciergerie. Doch bedrückt vom Schmerz, erdrückt von seinem zweifachen Tod, wurde er wieder Jacques Collin. Der Wachmann war verblüfft, dass er dem spanischen Priester nicht sagen musste, wo entlang man auf den Hof kam. Dieser so vollkommene Schauspieler vergaß seine Rolle, er ging die Wendeltreppe des Turms Bonbec als Kenner der Conciergerie hinab.

›Bibi-Lupin hat recht‹, sagte der Aufsichtsbeamte zu sich selbst, ›das ist ein Retourpferd, das ist Jacques Collin.‹

Eintritt des Keilers

In dem Augenblick, als der Todtäuscher sich in der Art Rahmen zeigte, den das Turmtor um ihn formte, hatten die Gefangenen soeben alle ihre Einkäufe an dem nach dem Heiligen Ludwig benannten Steintisch erledigt und verteilten sich im Hof, der immer noch zu eng war für sie: Der neue Häftling wurde also von allen zugleich bemerkt, mit um so größerer Schnelligkeit, als dem genauen Blick der Gefangenen nichts gleichzusetzen ist, die alle in dem Hof sind wie die Spinne in der Mitte ihres Netzes. Dieser Vergleich ist von mathematischer Genauigkeit, denn da der Blick auf allen Seiten durch hohe und schwarze Mauern begrenzt ist, hat der Häftling immer, auch ohne hinzusehen, die Tür im Auge, durch die die Aufseher hereinkommen, die Fenster des Besprechungsraums und die Treppe des Bonbec-Turms als die einzigen Ausgänge des Hofs. In der tiefen Isoliertheit, in der er sich befindet, ist für den Angeklagten alles ein Ereignis, alles beschäftigt ihn; seine Langeweile, vergleichbar mit der des Tigers in seinem Käfig im Jardin des Plantes, erhöht die Intensität seiner Aufmerksamkeit. Es ist nicht überflüssig, darauf hinzuweisen, dass Jacques Collin, gekleidet wie ein Kleriker, der sich nicht streng an seine Tracht hält, eine schwarze Hose, schwarze Strümpfe, Schuhe mit Silberschnallen, eine schwarze Weste und eine gewisse dunkelbraune Jacke trug, deren Schnitt den Priester verriet, ob er wollte oder nicht, insbesondere wenn diese Anzeichen vervollständigt werden von der charakteristischen Frisur. Jacques Collin trug eine äußerst klerikale Perücke von erlesener Natürlichkeit.

»Sieh da! Sieh da!«, sagte La Pouraille zum Biffon, »ein schlechtes Zeichen! Ein *Schwarzkittel*! Wie kommt der hierher?«

»Das ist einer ihrer Tricks, ein *Koch* (Spion) der neuen Art«, antwortete Seidenfaden. »Das ist irgendein verkleideter *Senkelhändler* (die frühere Landwehr), der hier ein Geschäft erledigt.«

Für den Gendarmen gibt es im Argot unterschiedliche Bezeichnungen: Wenn er einen Dieb verfolgt, ist er *ein Senkelhändler*; wenn er ihn abführt, ist er *eine Richtplatzschwalbe*, wenn er ihn zum Schafott bringt, ist er *der Fallbeilhusar*.

Um die Schilderung des Hofs abzuschließen ist es vielleicht erforderlich, in wenigen Worten die beiden anderen Fanandels zu beschreiben, Sélérier mit den Spitznamen: der aus der Auvergne, Papa Ralleau, der Reinleger und eben Seidenfaden (er hatte dreißig Namen und genauso viele Pässe), wird nur noch mit diesem Spitznamen bezeichnet, dem einzigen, den man ihm in der *großen Unterwelt* gegeben hat. Dieser tiefgründige Denker, der in dem falschen Priester einen Polizisten erkannte, war ein Kerl von fünf Fuß vier Zoll, dessen sämtliche Muskeln sich zu eigenartigen Wülsten formten. Er ließ unter einem riesigen Schädel kleine Augen funkeln, die wie bei Raubvögeln graue, glanzlose und harte Lider bedeckten. Im ersten Augenblick ähnelte er wegen der Breite seiner deutlich und kräftig geformten Kiefer einem Wolf, und alles, was an Grausamkeit, sogar Rohheit in dieser Ähnlichkeit lag, hatte seine Entsprechung in seinen listigen und lebhaften Gesichtszügen, auch wenn die durchfurcht waren von Pockennarben, deren scharfe Ränder ihm etwas Geistreiches verliehen. Man las darin jede Menge Scherze. Das Verbrecherleben, zu dem auch Hunger und Durst und auf einem Lager auf Kais, Uferböschungen, Brücken und Straßen verbrachte Nächte und Besäufnisse mit Schnaps gehören, mit denen man Triumphe feiert, hatte so etwas wie einen Firnis über sein Gesicht gelegt. Auf dreißig Schritt würden ein Polizeiagent, ein Gendarm, in Seidenfaden, wenn er sich in seiner natürlichen Gestalt zeigte, ihr Jagdwild erkennen; doch in der Kunst, sich zu schminken und sich zu verkleiden konnte er mit Jacques Collin mithalten. In diesem Moment trug Seidenfaden, nachlässig gekleidet wie die großen Schauspieler, die ihre Garderobe nur für das Theater pflegen, eine Art Jägerjacke, der die Knöpfe fehlten und deren offene Knopflöcher das weiße Futter zeigten, abgetretene grüne Pantoffel, eine gräulich gewordene Nankinghose und auf dem Kopf eine eingerissene und ausgewaschene Kappe ohne Schirm, an deren Nähten der Futterstoff hervortrat.

An Seidenfadens Seite bildete Le Biffon einen deutlichen Kontrast. Dieser berühmte Dieb, klein von Körperbau, dick und fettig, behände, mit fahlem Gesicht, tiefliegenden dunklen Augen, angezogen wie ein Koch, stand fest auf seinen sehr gebogenen Beinen und machte Angst mit seiner Physiognomie, in der alle Merkmale vorherrschten, die zu Raubtieren passen.

Seidenfaden und Le Biffon hofierten La Pouraille, dem keine Hoffnung mehr blieb. Dieser rückfällige Mörder wusste, dass er vor Gericht gestellt und dass er binnen vier Monaten verurteilt und hingerichtet würde. Demzufolge nannten ihn Seidenfaden und Le Biffon, La Pourailles *Freunde*, den *Kanonikus*, also den *Kanonikus* von der *Abtei zum unfreiwilligen Aufstieg*. Man dürfte schnell erkennen, warum Seidenfaden und Le Biffon La Pouraille so schöntaten. La Pouraille hatte zweihundertfünfzigtausend Franc in Gold versteckt, sein Anteil an der Beute, die bei den *Eheleuten Crottat* gemacht worden war, wie es im Stil der Anklageschrift heißt. Was für ein großartiges Erbe für zwei große Fanandels, auch wenn diese beiden Ehemaligen in ein paar Tagen wieder ins Zuchthaus müssten. Le Biffon und Seidenfaden standen vor ihrer Verurteilung wegen schweren Raubes (das heißt verbunden mit erschwerenden Umständen) zu fünfzehn Jahren, die nicht verrechnet würden mit den zehn Jahren einer vorherigen Verurteilung, die sie sich die Freiheit genommen hatten, zu unterbrechen. Also hofften beide, obwohl sie, der eine zweiundzwanzig und der andere sechsundzwanzig Jahre, Zwangsarbeit vor sich hatten, auszubrechen und La Pourailles Goldschatz suchen zu gehen. Doch der Zehntausender wahrte sein Geheimnis, es erschien ihm unnütz, es schon preiszugeben, so lange er nicht verurteilt wäre. Als Angehöriger des hohen Zuchthausadels hatte er nichts über seine Komplizen verraten. Sein Charakter war bekannt; Monsieur Popinot, Untersuchungsrichter dieser entsetzlichen Sache, hatte nichts aus ihm herausholen können.

Dieses schreckliche Dreigestirn stand am oberen Ende des Hofs herum, das heißt unter den Pistoles. Seidenfaden schloss soeben die Erklärungen für einen jungen Mann ab, bei dem es erst um sein erstes Ding ging und der, überzeugt, zu zehn Jahren Zwangsarbeit verurteilt zu werden, Auskünfte über die unterschiedlichen *Knäste* einholte.

»Na denn, mein Kleiner«, sagte ihm Seidenfaden gerade feierlich, als Jacques Collin erschien, »der Unterschied, den es zwischen Brest, Toulon und Rochefort gibt, ist folgender.«

»Lass hören, Meister«, sagte der junge Mann mit der Neugierde eines Novizen.

Dieser Angeklagte, Sohn aus guter Familie, der belastet war von einer Anklage wegen Fälschung, war heruntergekommen von der Pistole neben der von Lucien.

»Jungchen«, gab Seidenfaden zurück, »in Brest kann man sicher sein, dass man bei der dritten Kelle, wenn man den Bottich ausschöpft, auf dicke Bohnen stößt; in Toulon findet sich erst bei der fünften eine, und in Rochefort erwischt man nie eine, außer man ist ein *Ehemaliger*.«

Mit diesen Worten gesellte sich der gründliche Denker zu La Pouraille und Le Biffon, die sich, sehr neugierig wegen des *Schwarzkittels*, anschickten, den Hof hinunterzugehen, während Jacques Collin, im Schmerz versunken, heraufkam. Der Todtäuscher, ganz in schrecklichen Gedanken, den Gedanken eines gestürzten Kaisers, wähnte sich nicht im Zentrum aller Blicke, als Gegenstand der allgemeinen Aufmerksamkeit; er ging langsam und blickte auf zu dem verhängnisvollen Fensterkreuz, an dem sich Lucien de Rubempré erhängt hatte. Keiner der Häftlinge wusste von diesem Zwischenfall, denn Luciens Nachbar, der junge Fälscher, der aus Motiven gehandelt hatte, die wir bald erfahren werden, hatte nicht davon erzählt. Die drei Fanandels verteilten sich so, dass sie dem Priester den Weg versperrten.

»Das ist kein *Schwarzkittel*«, sagte La Pouraille zu Seidenfaden, »das ist ein *Retourpferd*. Sieh mal, wie er das rechte Bein nachzieht!«

Nachdem nicht alle Leser auf den Gedanken gekommen sind, eine Haftanstalt zu besichtigen, ist es hier nötig zu erklären, dass jeder Zwangsarbeiter mit einer Kette an einen anderen (immer ein alter und ein junger zusammen) gekuppelt wird. Das Gewicht dieser Kette, die an einen Ring oberhalb des Knöchels genietet wird, ist so, dass sie beim Häftling nach einem Jahr einen Gehfehler verursacht. Weil er bei einem Bein mehr Kraft aufwenden muss als beim anderen, um diese *Fußschelle* – so der Ausdruck, den man im Gefängnis für dies Eisen hat – mitzuziehen, gewöhnt sich der Verurteilte diese Anstrengung unweigerlich an. Später, wenn er seine Kette nicht mehr schleppt, ist es mit diesem Gerät wie bei einem abgenommenen Bein, an dem der Amputierte weiterhin leidet; der Häftling spürt noch nach wie vor seine Fußschelle, er wird diesen Tick in seinem Gang nicht mehr los. In der Ausdrucksweise der Polizei *zieht er rechts nach*. Wenn diese Diagnose, die die Sträflinge von einander kennen wie die Polizei, beim Erkennen eines Kameraden nicht hilft, vervollständigt sie es doch.

Beim Todtäuscher, ausgebrochen vor acht Jahren, hatte sich diese Bewegung deutlich abgeschwächt; doch er ging, von seinen Überlegungen in Anspruch genommen, so langsam und so feierlich, dass, so schwach dieser Fehler im Gang auch sein mochte, er einem geübten Auge wie dem von La Pouraille auffallen musste. Man versteht also sehr gut, dass die Sträflinge, im Gefängnis immer einer in Gegenwart der anderen und mit nichts anderem als einander zur Beobachtung, ihr Aussehen derartig verinnerlicht haben, dass sie bestimmte Gewohnheiten erkennen, die ihren natürlichen Feinden entgehen müssen: den Spitzeln, den Gendarmen und den Polizeikommissaren. So war es ein Pressen der Kiefermuskeln an der linken Wange, das ein Sträfling wiedererkannte, der zu einer Parade der Seine-Legion geschickt worden war, dem der Oberstleutnant dieses Truppenteils, der berühmte Coignart, seine Verhaftung verdankte; denn trotz der Überzeugung Bibi-Lupins hatte sich die Polizei nicht getraut, an die Übereinstimmung des Grafen Pontis de Saint-Hélène mit Coignart zu glauben.

Seine Hoheit, der Dab

»Das ist unser *Dab* (unser Meister)«, sagte Seidenfaden, als er von Jacques Collin diesen zerstreuten Blick erhalten hatte, den ein niedergeschlagener Mensch in der Verzweiflung auf alles wirft, was ihn umgibt.

»Aber ja doch, das ist der Todtäuscher«, sagte Le Biffon und rieb sich die Hände. »Genau. Das ist seine Größe, seine Gestalt; aber was hat er bloß gemacht? Er sieht ganz anders aus.«

»Oh, ich hab's«, sagte Seidenfaden, »er hat was vor! Er will noch mal *seine Tante* wiedersehen, die demnächst hingerichtet werden müsste.«

Um eine ungefähre Vorstellung zu geben von der Persönlichkeit, die die Inhaftierten, die Wachleute und die Aufseher *eine Tante* nennen, wird es genügen, diesen herrlichen Ausspruch des Direktors einer Strafanstalt gegenüber Lord Durham zu zitieren, der bei seinem Aufenthalt in Paris alle Gefängnisse besichtigte. Dieser Lord, neugierig, alle Einzelheiten des französischen Justizwesens kennenzulernen, ließ sich sogar vom verstorbenen Sanson, dem Scharfrichter, das Gerät aufstellen und bat um die Hinrichtung eines lebenden Kalbes, um sich Klarheit zu verschaffen über die Arbeitsweise der Maschine, die die Französische Revolution berühmt gemacht hat.

Der Direktor, nachdem er das ganze Gefängnis gezeigt hatte, die Höfe, die Werkstätten, die Zellen und so weiter, zeigte mit dem Finger auf eine Ecke und zog dabei ein angeekeltes Gesicht.

»Ich führe Hoheit da nicht hin«, sagte er, »das ist nämlich die Ecke der *Tanten* …«

»Oho!«, machte Lord Durham, »und was ist das?«

»Das ist das dritte Geschlecht, Milord.«

»Sie werden Theodore *niedermachen* (guillotinieren)!«, sagte La Pouraille, »ein lieber Junge! Was für Hände! Was für Haare! Was für ein Verlust für die Gesellschaft!«

»Ja, Théodore Calvi *nagt* (isst) seinen letzten Bissen«, sagte Le Biffon. »Ach je! Seine Bräute müssen ganz schön *Augen machen*, denn er wurde geliebt, der kleine Racker!«

»Na was, du hier, mein Alter?«, sagte La Pouraille zu Jacques Collin.

Und zusammen mit seinen beiden Gefolgsleuten, alle drei mit einander übergelegten Armen, versperrte er den Weg für den Neuzugang.

»Oh! *Dab*, bist du jetzt *Schwarzkittel* geworden?«, fügte La Pouraille an.

»Es heißt, du hast *unsere Schafe geschoren* (uns um unser Gold beschummelt)«, fügte Le Biffon drohend an.

»*Drückst du uns Kies ab* (gibst du uns Geld)?«, fragte Seidenfaden.

Diese drei Fragen kamen wie aus der Pistole geschossen.

»Treiben Sie keine Scherze mit einem kleinen Pfarrer, der aus Irrtum hier ist«, antwortete Jacques Collin mechanisch, der seine drei Kameraden sofort wiedererkannte.

»Das klingt aber nach der Schelle, wenn es schon nicht seine *Larve* (Gesicht) ist«, sagte La Pouraille und legte seine Hand auf Jacques Collins Schulter.

Diese Geste und der Anblick seiner drei Kameraden rissen den *Dab* heftig aus seiner Niedergeschlagenheit und gaben ihm das Gefühl für das echte Leben wieder; denn während dieser verhängnisvollen Nacht hatte er sich auf der Suche nach einem neuen Weg in den spirituellen und unendlichen Welten der Gefühle verirrt.

»*Bring keinen Schatten auf deinen Dab*! (wirf keinen Verdacht auf deinen Meister)«, sagte Jacques Collin leise mit einer hohlen und drohenden Stimme, die ziemlich nah am dumpfen Knurren eines Löwen war. »Die *Schmier* (Polizei) ist da, lass sie reinfallen. Ich spiel das Theater für einen *Fanandel, dem es bis zum Hals steht*.«

Das wurde mit der Weihe eines Priesters gesagt, der Unglückliche bekehren will, und in Verbindung mit einem Blick, mit dem Jacques Collin den Hof umfasste, zu den Aufsehern unter den Arkaden sah und sie scherzhaft seinen drei Genossen zeigte.

»Sind hier denn keine *Köche*? Öffnet die Augen und passt auf! Kennt mich nicht mehr, seid auf der Hut und nehmt mich als Schwarzkittel, oder ich erledige euch: euch, eure Bräute und eure Knete.«

»Du traust uns also nicht?«, fragte Seidenfaden. »Du bist da, um *deine Tante* zu retten.«

»Magdalena ist schon *geschmückt für den Maibaum*«, sagte La Pouraille.

»Théodore!«, entfuhr es Jacques Collin, der einen Sprung und Schrei unterdrückte.

Das war der letzte Folterstoß für diesen zerstörten Koloss.

»Der wird gelegt«, wiederholte La Pouraille, »seit zwei Monaten ist der *fertig zur Lieferung*.

Jacques Collin, erfasst von einer Ohnmacht, die Knie fast geknickt, wurde von seinen drei Kameraden gehalten und hatte die Geistesgegenwart, die Hände zu falten und eine demütige Haltung einzunehmen. La Pouraille und Le Biffon unterstützten respektvoll den Frevel des Todtäuschers, während Seidenfaden zur Aufsicht lief, die an der Tür zum Besprechungsraum Dienst hatte.

»Dieser ehrenwerte Priester möchte sich setzen, geben Sie ihm einen Stuhl.«

So scheiterte Bibi-Lupins Plan. So wie Napoleon von seinen Soldaten erkannt wurde, erhielt der Todtäuscher die Unterstützung und den Respekt der drei Sträflinge. Zwei Worte hatten genügt. Diese beiden Worte waren: eure *Bräute* und eure *Knete*, eure Frauen und euer Geld, die Summe aller echten Gefühle des Mannes. Diese Drohung war für die drei Zuchthäusler ein Zeichen der höchsten Macht, der *Dab* hielt ihr Vermögen noch immer in Händen. Immer noch allmächtig in der Außenwelt, hatte sie ihr *Dab* nicht verraten, wie es falsche Brüder behaupteten. Das enorme Ansehen von Geschick und Fähigkeit ihres Anführers reizte übrigens die Neugier der drei Zuchthäusler; denn im Gefängnis wird die Neugierde zum letzten Reiz dieser welken Seelen. Die Verwegenheit, mit der Jacques Collin seine Verkleidung bis hinter die Riegel der Conciergerie weitertrieb, verschlug den drei Verbrechern die Sprache.

»Ich war vier Tage in Einzelhaft, da wusste ich nicht, dass Théodore so nah an der *Abtei* ist …«, sagte Jacques Collin. »Ich war gekommen, um einen armen Kleinen zu retten, der sich da oben aufgehängt hat, gestern, vier Uhr, und jetzt steh ich vor noch einem Unglück. Ich habe kein As mehr im Spiel! …«

»Armer *Dab*!«, sagte Seidenfaden.

»Ach! *der Bäcker* (der Teufel) lässt mich im Stich!«, rief Jacques Collin aus, riss sich von den Armen seiner Kameraden los und richtete sich erschreckend auf. »Es gibt den Moment, wo die Welt stärker ist als wir! *Der Storch* (der Justizpalast) schluckt uns am Ende alle.«

Der Direktor der Conciergerie, alarmiert von der Ohnmacht des spanischen Priesters, kam persönlich in den Hof, um ihn auszuforschen, er ließ ihn sich in der Sonne auf einen Stuhl setzen und musterte alles mit dieser gefährlichen Umsichtigkeit, die bei der Ausübung solcher Aufgaben von Tag zu Tag wächst, und die sich unter dem Anschein der Gleichgültigkeit verbirgt.

»Ach, mein Gott!«, sagte Jacques Collin, »unter diese Leute

geworfen zu sein, den Auswurf der Gesellschaft, Verbrecher, Mörder! ... Doch Gott lässt seinen Diener nicht im Stich. Mein lieber Herr Direktor, ich werde mein Erscheinen hier durch Akte der Barmherzigkeit auszeichnen, die in Erinnerung bleiben werden! Ich werde diese Unglücklichen verwandeln, sie werden erfahren, dass sie eine Seele haben, dass das ewige Leben sie erwartet, und dass, wenn sie auf Erden alles verloren, sie noch immer den Himmel vor sich haben, den Himmel, der ihrer ist zum Preis wahrer und ernsthafter Reue.«

Zwanzig oder dreißig Häftlinge, die zusammengelaufen und hinter die drei schlimmen Zuchthäusler getreten waren, deren finstere Blicke für drei Fuß Abstand zwischen sich und den Neugierigen gesorgt hatten, vernahmen diese im salbungsvollen Ton eines Verkünders vorgetragene Ansprache.

»Dem da, Monsieur Gault«, sagte der fürchterliche La Pouraille, »ja, dem würden wir zuhören ...«

»Mir wurde gesagt«, fuhr Jacques Collin fort, in dessen Nähe Monsieur Gault stand, »es sei hier im Gefängnis einer, der zum Tod verurteilt ist.«

»Es wird ihm gerade die Abweisung seines Gnadengesuchs verlesen«, sagte Monsieur Gault.

»Ich weiß nicht, was das heißt«, fragte Jacques Collin naiv und sah um sich.

»Gott, ist der *unbeleckt* (schlicht)«, sagte das Bürschchen, das eben noch Seidenfaden zu Rat gezogen hatte bezüglich der Blüte *dicker Bohnen* auf den *Wiesen*.

»Na ja, heut oder morgen wird er *gesenst*!«, sagte ein Gefangener.

»Sensen?«, fragte Jacques Collin, der mit seiner unschuldigen und kenntnislosen Art die drei Fanandels in Staunen versetzte.

»In deren Sprache«, antwortete der Direktor, »heißt das die Vollstreckung der Todesstrafe. Wenn der Beamte das Gnadengesuch liest, wird der Henker die Anweisung zur Vollstreckung wohl erhalten. Der Unglückliche hat ständig alle Hilfe des Glaubens abgelehnt ...«

»Aber Herr Direktor, da ist eine Seele zu retten! ...«, rief Jacques Collin.

Der Gotteslästerer faltete die Hände mit dem Ausdruck eines verzweifelten Liebenden, der dem aufmerksamen Direktor wie göttlicher Eifer vorkommen konnte.

»Ach! Monsieur«, fuhr der Todtäuscher fort, »lassen Sie mich Ihnen zeigen, was ich bin und was ich kann, und erlauben Sie mir, Reue in dieses verhärtete Herz zu pflanzen! Gott hat mir die Gabe geschenkt, bestimmte Worte zu sagen, die große Veränderungen bewirken. Ich erweiche die Herzen, ich öffne sie ... Was haben Sie zu befürchten? Lassen Sie mich von Gendarmen, von Aufsehern, von wem Sie wollen begleiten.«

»Ich werde den Beichtvater des Hauses fragen, ob er Ihnen erlaubt, ihn zu vertreten«, sagte Monsieur Gault.

Dann zog sich der Direktor zurück, verblüfft über die völlig gleichgültige, wenn auch neugierige Haltung, mit der Zuchthäusler und Inhaftierte diesen Priester betrachteten, dessen Verkünderstimme seinem halb spanischen, halb französischen Kauderwelsch einen Zauber verlieh.

List wider List

»Wie kommen Sie denn hier hin, Herr Pfarrer?«, fragte Seidenfadens junger Gesprächspartner Jacques Collin.

»Oh! Aus Versehen«, antwortete Jacques Collin und maß den Sohn aus gutem Hause mit den Augen. »Ich wurde bei einer Kurtisane angetroffen, die nach ihrem Tod beraubt worden ist. Man hat erkannt, dass sie sich selbst getötet hat; und die Diebe, wahrscheinlich die Hausangestellten, sind noch nicht gefasst.«

»Und es ist aufgrund dieses Diebstahls, dass sich dieser junge Mann erhängt hat? ...«

»Der arme Junge hat wahrscheinlich den Gedanken nicht aushalten können, dass ihn eine ungerechtfertigte Verhaftung brandmarkt«, antwortete der Todtäuscher und hob den Blick zum Himmel.

»Ja«, sagte der junge Mann, »gerade war seine Freilassung beschlossen worden, als er sich umbrachte. So ein Pech!«

»Nur den Unschuldigen schlägt das aufs Gemüt«, sagte Jacques Collin. »Und dann erst, dass der Diebstahl zu seinem Schaden begangen wurde.«

»Und um wie viel geht es?«, fragte der nachdenkliche und schlaue Seidenfaden.

»Um siebenhundertfünfzigtausend Franc«, antwortete Jacques Collin ganz sanft.

Die drei Sträflinge sahen sich an und zogen sich von der Gruppe zurück, die die ganzen Häftlinge um den angeblichen Kleriker bildeten.

»Er ist das, der die *Mulde* (den Keller) von dem Mädchen ausgeräumt hat!«, sagte Seidenfaden Le Biffon ins Ohr. »Wir sollten bloß *Muffen* haben um unsere *Groschen*.

»Der ist immer noch der *Dab* der *großen* Fanandels«, gab La Pouraille zurück. »Unser *Schiefer* ist noch nicht *abgebaut*.«

La Pouraille, der auf der Suche war nach jemandem, dem er vertrauen konnte, hatte ein Interesse, Jacques Collin ehrenwert zu finden. Vor allem im Gefängnis glaubt man gern, was man erhofft!

»Ich wette, dass er den *Dab vom Storch einseift* (den Generalstaatsanwalt hereinlegt) und *seine Tante loseist*«, meinte Seidenfaden.

»Wenn er das schafft«, sagte Le Biffon, »halte ich ihn noch

nicht ganz für den *Mega* (Gott); aber er wird schon, wie es heißt, *eins mit dem Bäcker geschmökt* (mit dem Teufel eine geraucht) haben.«

»Hast du gehört, wie er gerufen hat, der *Bäcker lässt mich im Stich*!«, gab Seidenfaden zu bedenken.

»Ha!«, rief La Pouraille, »wenn er *meine Sorbonne loseisen will* (meinen Kopf retten will), was hätte ich für einen *Lenz* mit meinem *Schieferteil* (Anteil an der Beute) und meinen *abgelagerten Gelbstücken* (meinem versteckten Gold).«

»*Spiel seinen Ball* (Tu, was er sagt)«, rief Seidenfaden.

»Machst du Witze?«, sagte La Pouraille und sah seinen Fanadel an.

»Bist du *unbeleckt* (schlicht), du wirst geradewegs *zum Aufstieg sortiert* (zum Tod verurteilt). Darum bleibt dir kein *Griff zu ziehen,* um noch auf deinen *Stelzen* zu bleiben, zu *futtern,* zu *wässern* und zu *klauen*«, gab ihm Le Biffon zurück, »als ihm den Rücken zu stärken!«

»Du sagst es«, schloss sich La Pouraille an, »keiner von uns wird den *Dab* verraten, oder ich nehme ihn mit, wohin ich gehe …«

»Er täte es, wie er es sagt!«, rief Seidenfaden.

Auch wer die wenigste Sympathie für diese befremdliche Welt hat, kann sich Jacques Collins Verfassung vorstellen, der zwischen dem Leichnam des Halbgottes, den er in der Nacht fünf Stunden lang angebetet hatte, und dem baldigen Tod seines ehemaligen Kettenkameraden, dem künftigen Leichnam des jungen Korsen Théodore stand. Und sei es nur, um diesen Unglücklichen zu sehen, musste er ein seltenes Geschick entfalten; aber ihn zu retten, das wäre ein Wunder! Doch daran dachte er bereits.

Zum Verständnis dessen, was Jacques Collin versuchen wollte, muss man hier festhalten, dass die Mörder, die Diebe, dass alle, die die Gefängnisse bevölkern, nicht so gefährlich sind wie man meint. Bis auf einige sehr seltene Ausnahmen sind diese Menschen furchtsam, wahrscheinlich wegen der ständigen Angst, die ihnen das Herz bedrückt. Da sie mit ihren Fähigkeiten unablässig darauf aus sind, zu stehlen, und da die Ausführung einer Tat den Einsatz aller Lebenskräfte verlangt, geistige Beweglichkeit genauso wie körperliche Tauglichkeit, eine Aufmerksamkeit, die ihre Kraft aufzehrt, werden sie jenseits dieser heftigen Willensanspannung dumpf aus demselben Grund, wie eine Sängerin oder ein Tänzer erschöpft dahinsinken nach einer anstrengenden Figur oder nach einem dieser grauenvollen Duette, wie sie die modernen Komponisten dem Publikum zumuten. Die Übeltäter sind tatsächlich so bar aller Vernunft oder so im Griff der Furcht, dass sie zu Kindern werden. Leichtgläubig bis zum Äußersten, gehen sie der schlichtesten List auf den Leim. Nach dem Erfolg eines Coups befinden sie sich in einem derartigen Erschöpfungszustand, dass sie sich gleich unumgänglichen Ausschweifungen hingeben, sich mit Wein, mit Likören berauschen und sich wie rasend in die Arme ihrer Frauen werfen, um durch den Verlust aller Kräfte wieder zur Ruhe zu kommen und das Vergessen ihres Verbrechens im Verlust ihres Verstandes suchen. In diesem Moment hat die Polizei freie Hand über sie. Sind sie erst festgenommen, sind sie blind, verlieren den Kopf und haben ein solches Bedürfnis nach Hoffnung, dass sie alles glauben und es keine Absurdität gibt, die man sie nicht gestehen lassen könnte. Ein Beispiel wird erklären, wie weit die Torheit des *eingelochten* Verbrechers geht. Bibi-Lupin hatte vor Kurzem einen neunzehnjährigen Mörder zum Geständnis gebracht, indem er ihm weismachte, dass Minderjährige nicht zum Tod verurteilt würden. Als dieser Junge nach der Abweisung seines Gnadengesuchs zur Vollstreckung des Urteils in die Conciergerie gebracht wurde, hatte ihn dieser schreckliche Agent aufgesucht.

»Bist du sicher, dass du nicht zwanzig Jahre alt bist? ...«, fragte er ihn.

»Ja, ich bin erst neunzehneinhalb«, sagte der Mörder in aller Ruhe.

»Na ja«, gab Bibi-Lupin zur Antwort, »da kannst du ruhig sein, du wirst eh nie zwanzig ...«

»Wieso?«

»Na! In drei Tagen wirst du gesenst«, antwortete der Chef der Sicherheit.

Der Mörder, der immer noch glaubte, auch nach seiner Verurteilung, dass Minderjährige nicht hingerichtet würden, fiel in sich zusammen wie ein Omelette.

Diese Männer, die so grausam sind aufgrund der Notwendigkeit, Zeugen auszuschalten, denn sie morden nur, um Beweise zu beseitigen (das ist eine der Begründungen derer, die die Abschaffung der Todesstrafe fordern); diese Riesen an Geschick und Fähigkeit, bei denen die Handfertigkeit, die Schnelligkeit des Blicks, die Sinneswahrnehmung geübt sind wie bei Wilden, sind nur auf der Bühne ihrer Tat Helden des Verbrechens. Ist das Verbrechen begangen, beginnen nicht nur ihre Schwierigkeiten, weil sie der Zwang, die Beute ihres Raubes zu verbergen, so lähmt, wie es zuvor das Elend tat. Sie sind dazu noch geschwächt wie eine Frau nach der Niederkunft. Zum Fürchten energisch bei ihren Taten, sind sie wie Kinder nach dem Gelingen. Das liegt, mit einem Wort, in der Natur wilder Tiere: leicht zu erlegen, wenn sie satt sind. Im Gefängnis werden diese einzigartigen Menschen durch Verstellung und Verschwiegenheit zu Männern, die erst im letzten Moment nachgeben, wenn man sie durch die Dauer ihrer Haft zermürbt und gebrochen hat.

Da kann man verstehen, wie die drei Sträflinge, statt ihren Häuptling ins Verderben zu stürzen, ihm helfen wollten; sie bewunderten ihn, weil sie glaubten, er verfüge über die gestohlenen siebenhundertfünfzigtausend Franc, weil sie seine Gelassenheit hinter den Riegeln der Conciergerie sahen und weil sie ihn für imstande hielten, sie in seine Obhut zu nehmen.

Die Todeszelle

Als Monsieur Gault den falschen Spanier verlassen hatte, kam er durch den Besprechungsraum zu seinem Dienstzimmer und suchte Bibi-Lupin auf, der seit den zwanzig Minuten, als Jacques Collin von seiner Zelle heruntergekommen war, am Guckloch eines Fensters zum Hof klebte und alles beobachtete.

»Keiner von denen hat ihn wiedererkannt«, sagte Monsieur Gault, »und Napolitas, der sie alle überwacht, hat nichts gehört. Der arme Priester hat in seiner Niedergeschlagenheit heute Nacht kein Wort gesagt, aufgrund dessen man glauben könnte, dass seine Soutane Jacques Collin verbirgt.«

»Das zeigt, dass er sich mit Gefängnissen gut auskennt«, sagte der Chef der Sicherheitspolizei.

Napolitas, Bibi-Lupins Sekretär, allen derzeit in der Conciergerie Inhaftierten unbekannt, spielte dort die Rolle des Sohns aus besserem Hause, angeklagt wegen Fälschung.

»Und jetzt fragt er, ob er dem zum Tod Verurteilten die Beichte abnehmen darf«, sagte der Direktor weiter.

»Das ist unser letztes Mittel!«, rief Bibi-Lupin, »daran hatte ich gar nicht gedacht. Théodore Calvi, dieser Korse, ist Jacques Collins Kettenkamerad gewesen; Jacques Collin hat ihm auf der *Wiese*, habe ich gehört, sehr hübsche *Knöchelschoner* gemacht ...«

Die Sträflinge basteln sich eine Art Polster, das sie zwischen ihren Eisenring und ihre Haut schieben, um das Gewicht der

Fußschelle auf Knöchel und Spann aufzufangen. Diese Polster, zusammengesetzt aus Werg und Wäsche, heißen im Gefängnis *Knöchelschoner*.

»Wer wacht beim Verurteilten?«, wollte Bibi-Lupin von Monsieur Gault wissen.

»Das ist Coeur-la-Virole!«

»Gut, ich werde mich als Gendarm *verlarven*, ich werde da sein; ich werde ihnen zuhören, ich steh für alles ein.«

»Haben Sie keine Angst, wenn es Jacques Collin ist, erkannt zu werden, und dass er Sie umbringt?«, fragte der Direktor der Conciergerie Bibi-Lupin.

»Als Gendarm habe ich meinen Säbel«, antwortete der Chef; »außerdem, wenn es Jacques Collin ist, wird er niemals irgendetwas tun, das ihn *zur Expedition befördert*; und wenn es ein Priester ist, bin ich in Sicherheit.«

»Es ist keine Zeit zu verlieren«, sagte darauf Monsieur Gault, »es ist halb neun, Pater Sauteloup hat gerade die Abweisung des Gnadengesuchs verlesen, Monsieur Sanson wartet im Dienstzimmer der Staatsanwaltschaft.«

»Ja, das ist für heute, die *Husaren der Witwe* (ein weiterer Ausdruck, ein schrecklicher Ausdruck für die Guillotine!) sind bestellt«, antwortete Bibi-Lupin. »Ich habe allerdings mitbekommen, dass der Generalstaatsanwalt zögert; dieser Junge hat immer behauptet, er sei unschuldig, und meiner Meinung nach gab es nie überzeugende Beweise gegen ihn.«

»Das ist ein echter Korse«, gab Monsieur Gault zurück, »er hat kein Wort gesagt und er hat allem widerstanden.«

Der letzte Satz des Direktors der Conciergerie zum Chef der Sicherheitspolizei enthielt die düstere Geschichte der zum Tode Verurteilten. Ein Mensch, den die Justiz aus der Liste der Lebenden gestrichen hat, gehört der Staatsanwaltschaft. Die Staatsanwaltschaft ist unabhängig; sie ist an keine Weisung gebunden und nur ihrem Gewissen verpflichtet.

Das Gefängnis gehört der Staatsanwaltschaft, sie ist dessen absoluter Herrscher. Die Dichtung hat sich dieses gesellschaftlichen Themas bemächtigt, das so außerordentlich geeignet ist, die Fantasie zu beeindrucken: *der zum Tod Verurteilte*! Die Poesie war erhaben, die Prosa hat nichts als die Wirklichkeit, und die Wirklichkeit ist zu schrecklich, um gegen Lyrismus anzutreten. Das Leben dessen, der zum Tod verurteilt ist und der nicht sein Verbrechen gestanden und seine Mittäter genannt hat, ist durchsetzt von fürchterlichen Qualen. Es handelt sich dabei nicht um spanische Stiefel, die die Füße brechen, und nicht um in den Magen gepumptes Wasser, auch nicht um das Strecken der Glieder mithilfe scheußlicher Geräte, sondern um eine schleichende und sozusagen negative Folter. Die Staatsanwaltschaft liefert den Verurteilten ganz sich selbst aus, sie lässt ihn in Stille und Dunkelheit, mit einem Genossen (einem Hammel), vor dem er sich in Acht nehmen muss.

Die liebenswerte moderne Philanthropie glaubt, die grausige Qual der Isolierung erkannt zu haben, sie täuscht sich. Seit der Abschaffung der Folter hat die Staatsanwaltschaft in ihrem natürlichen Bedürfnis, den schon sowieso delikaten Gewissen der Geschworenen Sicherheit zu geben, die schrecklichen Möglichkeiten bemerkt, die die Einsamkeit der Justiz gegen Gewissensbisse verleiht. Die Einsamkeit ist Leere, und die moralische Natur hat davor genau dieselbe Scheu wie die physische Natur. Die Einsamkeit kann nur gelebt werden von einem Menschen von Genie, der sie mit seinen Gedanken erfüllt, Töchtern der Welt des Geistes, oder vom kontemplativen Betrachter der Werke Gottes, der sie im Licht des Himmels sieht, belebt vom Atem und von der Stimme Gottes. Abgesehen von diesen beiden Arten Mensch, die dem Paradies so nah sind, ist die Einsamkeit im Verhältnis zur Folter, was das Geistige im Verhältnis zum Körper ist.

Zwischen der Einsamkeit und der Folter liegt der ganze Unterschied der Nervenkrankheit zur organischen Krankheit. Es ist das mit dem Unendlichen multiplizierte Leiden. Der Körper rührt mit dem Nervensystem an das Unendliche, wie der Verstand durch das Denken dorthin gelangt. Dementsprechend kann man in den Jahrbüchern der Pariser Staatsanwaltschaft die Verbrecher, die nicht gestanden haben, zählen.

Diese düstere Situation, die in bestimmten Fällen unglaubliche Ausmaße annimmt, in der Politik zum Beispiel, wenn es sich um eine Dynastie oder den Staat handelt, wird ihre Geschichte am passenden Platz in der MENSCHLICHEN KOMÖDIE haben. Hier kann aber die Beschreibung des steinernen Kastens, in dem die Staatsanwaltschaft von Paris unter der Restauration die zum Tod Verurteilten unterbrachte, genügen, um den Schrecken der letzten Tage eines Todeskandidaten ahnen zu lassen.

Vor der Julirevolution gab es, und es gibt sie übrigens noch heute, in der Conciergerie die *Zelle des Todeskandidaten*. Diese Zelle, neben der Schreibstube, ist von dieser getrennt durch eine dicke Mauer, ganz aus Quadern, und hat auf der gegenüberliegenden Seite die sieben oder acht Fuß dicke Mauer, die einen Teil des unendlichen Wartesaals trägt. Man betritt sie durch die erste Tür auf dem langen dunklen Flur, in den der Blick fällt, wenn man sich in der Mitte des großen Gewölbesaals mit der Sperrschleuse befindet. Diese finstere Kammer bezieht ihr Licht durch einen mit einem starken Gitter bewehrten Schacht, den man beim Betreten der Conciergerie kaum bemerkt, denn er ist in den engen Raum gezwängt, der sich zwischen dem Fenster der Schreibstube, neben dem Gitter der Sperrschleuse, und der Unterkunft des Amtsschreibers der Conciergerie befindet, die der Architekt wie einen Schrank ans Ende des Eingangshofs gesetzt hat. Diese Situation erklärt, wieso der Raum, eingefasst in vier mächtige Mauern, beim Umbau der Conciergerie zu diesem finsteren und unheilvollen Zweck bestimmt wurde. Jeder Ausbruch ist hier unmöglich. Der Gang, der zu den Einzelzellen und zum Frauentrakt führt, endet gegenüber dem Ofen, um den sich immer Gendarmen und Aufseher versammeln. Der Schacht, einziger Ausgang, neun Fuß oberhalb der Fliesen, öffnet sich auf den ersten Hof, der beaufsichtigt wird von den Gendarmen, die am Eingangstor der Conciergerie Wachdienst haben. Keine menschliche Macht kann die dicken Mauern angreifen. Außerdem wird ein Verbrecher, der zum Tod verurteilt worden ist, schnell in eine Zwangsjacke gesteckt, die, wie man weiß, die Bewegung der Hände verhindert; dann wird er mit einem Fuß an sein Feldbett gekettet; und zu guter Letzt bekommt er zum Bedienen und zur Aufsicht einen *Hammel*. Der Boden dieser Kammer ist eng mit Steinen gepflastert und das Licht so schwach, dass man hier kaum etwas sieht.

Es ist unmöglich, hier nicht das Gefühl einer Vereisung bis in die Knochen zu verspüren, auch heute noch, obwohl diese Kammer seit sechzehn Jahren ohne Verwendung ist aufgrund der veränderten Richtlinien der Pariser Justiz. Können Sie sich den Verbrecher allein mit seinen Gewissensbissen in der Stille und der Dunkelheit vorstellen, zwei Quellen des Schreckens, und fragen Sie sich nicht, ob man da nicht verrückt wird? Was für Charaktere sind das, deren Verfassung diesem System widersteht, zu dem die Zwangsjacke die Bewegungslosigkeit, die Tatenlosigkeit noch hinzufügt!

Théodore Calvi, dieser Korse, der damals siebenundzwanzig Jahre alt war, eingehüllt in die Schleier einer vollkommenen Abgeschiedenheit, widerstand aber seit zwei Monaten der Wirkung dieses Kerkers und dem arglistigen Geschwätz des Hammels ... Hier der einzigartige Strafprozess, der dem Korsen sein Todesurteil eingebracht hatte. Obwohl äußerst bemerkenswert, wird seine Zusammenfassung sehr kurz sein.

Es ist ungeschickt, eine lange Abschweifung ans Ende einer schon ausgedehnten Szene zu setzen, die zu nichts anderem dient als der Darstellung Jacques Collins, der mit seinem entsetzlichen Einfluss gewissermaßen als eine Art Rückgrat dient, das *Vater Goriot* mit *Verlorene Illusionen* verbindet und *Verlorene Illusionen* mit dieser STUDIE. Die Vorstellung der Leser wird dies dunkle Thema außerdem weiterentwickeln, das in diesem Augenblick die Geschworenen des Prozesses ziemlich verunsicherte, vor denen Théodore Calvi erschienen war. So befasste sich, acht Tage, nachdem das Gnadengesuch des Verbrechers vom Berufungsgericht zurückgewiesen worden war, Monsieur de Granville mit dieser Angelegenheit und verschob die Vollstreckungsanordnung von Tag zu Tag; er wollte eine Veröffentlichung, dass der Verurteilte auf der Schwelle zum Tod sein Verbrechen gestanden habe, so sehr war ihm daran gelegen, dass sich die Geschworenen ihrer Sache sicher waren.

Ein einzigartiger Strafprozess

Eine arme Witwe in Nanterre, deren Haus in dieser Gemeinde abseits stand, die bekanntlich mitten in der unfruchtbaren Ebene zwischen dem Mont-Valérien, Saint-Germain und den Hügeln von Sartrouville und Argenteuil gelegen ist, war wenige Tage nach dem Erhalt ihres Anteils an einer unerwarteten Erbschaft ermordet und beraubt worden. Dieser Anteil bestand aus dreitausend Franc, einem Dutzend Garnituren Tafelbesteck, einer Kette, einer goldenen Uhr und Wäsche. Statt die dreitausend Franc in Paris anzulegen, wie es ihr der Notar des verstorbenen Weinhändlers, von dem sie erbte, geraten hatte, hatte die alte Frau alles behalten wollen. Erstens hatte sie sich selbst noch nie mit so viel eigenem Geld gesehen, dazu misstraute sie allen Menschen in allen Angelegenheiten wie die meisten Leute vom Volk oder vom Land. Nach ausführlichen Besprechungen mit einem Weinhändler aus Nanterre, einem Verwandten des verstorbenen Weinhändlers und von ihr, hatte sich diese Witwe durchgerungen, die Summe in Leibrenten anzulegen, ihr Haus in Nanterre zu verkaufen und ein bürgerliches Leben in Saint-Germain zu führen.

Das Haus, in dem sie wohnte, umgeben von einem ziemlich großen Garten, der eingefasst war von einem schadhaften Zaun, war das typische unansehnliche Haus, wie es sich die kleinen Bauern der Umgebung von Paris errichten. Da es reichlich Gips und Sandstein in Nanterre gibt, dessen Umland übersät ist von Steinbrüchen im Tagebau, war beides, wie man es allgemein rund um Paris sieht, hastig und ohne jeden architektonischen Gedanken verwendet worden. Es ist fast immer die Hütte des zivilisierten Wilden. Dies Haus bestand aus einem Erdgeschoss und einer ersten Etage, über der es noch Mansarden gab.

Der Steinbruchbesitzer, Gatte dieser Frau und Erbauer dieser Unterkunft, hatte sehr solide Eisenstangen vor die Fenster gesetzt. Die Haustür war von bemerkenswerter Festigkeit. Der Verstorbene wusste, dass er dort, auf dem platten Land, allein war, und was für einem Land! Seine Kundschaft bestand aus den führenden Maurermeistern von Paris, er hatte also das meiste Material seines Hauses, das fünfhundert Schritt entfernt von seinem Steinbruch stand, auf seinen Wagen transportiert, die leer heimkamen. Er suchte sich auf den Abbruchbaustellen von Paris aus, was ihm gefiel, und das sehr billig. So stammten die Fenster, die Gitter, die Türen, die Läden, die Holzarbeiten aus genehmigten Abrissen, aus Geschenken, die ihm seine Kunden gemacht hatten, sorgfältig ausgesuchte gute Geschenke. Von zwei Fensterrahmen, die er nehmen konnte, trug er den besseren davon. Das Haus, dem ein ziemlich geräumiger Hof vorgelagert war, in dem sich die Pferdeställe befanden, schloss zum Weg eine Mauer ab. Ein starkes Gitter diente als Tor. Außerdem waren Wachhunde im Pferdestall, und ein kleiner Hund war nachts im Haus. Hinter dem Haus lag ein Garten von ungefähr einem Hektar.

Witwe geworden und ohne Kinder, blieb die Frau des Steinbruchbetreibers mit einer einzigen Hausangestellten in diesem Haus. Der Preis des Steinbruchs hatte die Schulden des Eigentümers, der zwei Jahre zuvor verstorben war, beglichen. Der einzige Besitz der Witwe war dies abgelegene Haus, wo sie Hühner und Kühe hielt, deren Eier und Milch sie in Nanterre verkaufte. Da sie keinen Pferdeburschen oder Steinhauer mehr hatte, die der Verstorbene alles hatte machen lassen, bestellte sie ihren Garten nicht mehr, sie schnitt dort das bisschen an Gräsern und Gemüsen, das der Kiesboden von Natur aus gedeihen lässt.

Da der Erlös des Hauses und das Geld aus dem Erbe sieben- bis achttausend Franc einbringen konnten, sah sich diese Frau sehr glücklich in Saint-Germain mit sieben oder achthundert Franc Leibrente, die sie meinte, aus ihren achttausend Franc beziehen zu können. Sie hatte bereits mehrere Besprechungen mit dem Notar in Saint-Germain gehabt, denn sie weigerte sich, ihr Geld dem Weinhändler aus Nanterre für eine Leibrente zu geben, was er vorgeschlagen hatte. So war die Situation, als man eines Tages die Witwe Pigeau und auch ihre Dienerin nicht mehr sah. Das Gitter zum Hof, die Haustür, die Läden, alles war geschlossen. Nach drei Tagen brach die Justiz, in Kenntnis gesetzt über diesen Zustand, die Wohnung auf. Monsieur Popinot, Untersuchungsrichter, begleitet vom Staatsanwalt, kam aus Paris, und folgendes wurde festgestellt.

Weder das Gittertor des Hofs noch die Haustür trugen Zeichen von Gewaltanwendung. Der Schlüssel steckte innen im Schloss der Haustür. Keine Eisenstange war aufgebrochen. Die Schlösser, die Läden, alle Riegel waren intakt.

Die Mauern zeigten keine Spur, die den Weg der Übeltäter offenlegen könnte. Die Ziegelkamine, die keinen gangbaren Ausweg boten, konnten nicht ermöglicht haben, dass jemand hier hereinkommt. Die Giebel, heil und vollständig, zeugten von keinerlei Gewalt. Beim Betreten der Zimmer der ersten Etage fanden die Gerichtsbeamten, die Gendarmen und Bibi-Lupin die Witwe Pigeau erwürgt in ihrem Bett und die Dienerin erwürgt in ihrem, beide mithilfe ihrer Nachtschals. Die dreitausend Franc waren genommen worden wie auch die Bestecke und der Schmuck. Die beiden Leichname waren schon in Verwesung übergegangen, wie auch die des kleinen Hundes und eines der großen vom Wirtschaftshof. Der Staketenzaun des Gartens wurde untersucht, nichts war beschädigt. Im Garten wiesen die Alleen keine Fußspuren auf. Dem Untersuchungsrichter kam es wahrscheinlich vor, dass der Mörder über den Rasen gegangen war, um keinen Fußabdruck zu hinterlassen, falls er sich von hier aus hineingeschlichen hätte, doch wie hat er dann in das Haus eindringen können? Auf der Gartenseite hatte die Tür ein Oberlicht mit drei unbeschädigten Eisenstäben. An dieser Stelle befand sich der Schlüssel ebenfalls im Schloss, wie im Schloss der Haustür auf der Hofseite.

Als Monsieur Popinot, Bibi-Lupin, der einen ganzen Tag blieb, um alles zu untersuchen, der Staatsanwalt selbst und der Ortspolizist von Nanterre diese Unmöglichkeiten erst einmal umfassend festgestellt hatten, wurde dieser Mord ein furchtbares Problem, bei dem die Politik und die Justiz das Nachsehen haben sollten.

Dies Drama, veröffentlicht von der *Gazette des Tribunaux*,

hatte im Winter von 1828 auf 1829 stattgefunden. Gott weiß, was dies befremdliche Abenteuer in Paris für ein Aufsehen erregte; doch Paris, das jeden Morgen neue Dramen zu verschlingen bekommt, vergisst alles. Die Polizei dagegen vergisst nichts. Drei Monate nach dieser fruchtlosen Untersuchung wollte ein Freudenmädchen, das Bibi-Lupins Agenten wegen seiner Ausgaben aufgefallen und wegen seiner Bekanntschaften mit einigen Dieben überwacht worden war, von einer ihrer Freundinnen zwölf Bestecke, eine Uhr und eine Kette aus Gold zum Leihhaus bringen lassen. Die Freundin lehnte ab. Der Vorgang kam Bibi-Lupin zu Ohren, der sich an die zwölf Bestecke, die Uhr und die goldene Kette erinnerte, die in Nanterre gestohlen worden waren. Umgehend wurden die Kommissionäre des Leihhauses und alle Hehler von Paris gewarnt und Bibi-Lupin unterzog »die blonde Manon« einer massiven Überwachung.

Man fand bald heraus, dass die blonde Manon verrückt vor Liebe war nach einem jungen Mann, der aber kaum ausfindig zu machen war, denn er galt als taub für alle Liebesbeweise der blonden Manon. Geheimnis über Geheimnis. Dieser junge Mann, einmal der Aufmerksamkeit der Spitzel ausgesetzt, wurde bald gesehen, dann als entwichener Sträfling erkannt, der berühmte Held korsischer Blutrache, der schöne Théodore Calvi, genannt Madeleine.

Es wurde auf ihn einer der doppelzüngigen Hehler angesetzt, die gleichzeitig den Dieben und der Polizei dienen; und der versprach Théodore, die Bestecke, die Uhr und die goldene Kette zu kaufen. Im Moment, als der Trödler aus dem Hof Saint-Guillaume um halb elf abends dem als Frau verkleideten Théodore das Geld hinzählte, machte die Polizei eine Razzia, verhaftete Théodore und beschlagnahmte die Gegenstände.

Die Ermittlung begann sofort. Mit so wenig Anfangsverdacht war es unmöglich, ein Todesurteil daraus zu machen, wie es im Gerichtsjargon heißt. Calvi blieb bei seiner Aussage. Er widersprach sich nie: Er sagte, dass ihm eine Bäuerin in Argenteuil diese Sachen verkauft habe, und dass ihm, nachdem er sie ihr abgekauft hatte, das Gerede von dem Mord in Nanterre vor Augen geführt habe, welche Gefahr es bedeutete, diese Bestecke, diese Uhr und diese Kette zu besitzen, die außerdem gemäß dem Inventar, das nach dem Tod des Pariser Weinhändlers, des Onkels der Witwe Pigeau, gemacht worden war, zu den gestohlenen Sachen gehörten. Und dann, vom Elend zum Verkauf dieser Sachen genötigt, sagte er, habe er sie loswerden wollen mithilfe einer unbescholtenen Person.

Mehr war aus dem ehemaligen Gefangenen nicht herauszubekommen, dem es durch sein Schweigen und seine Festigkeit gelang, die Justiz glauben zu lassen, dass der Weinhändler aus Nanterre das Verbrechen begangen hätte und dass die Frau, von der er die belastenden Gegenstände hatte, die Gattin dieses Händlers wäre. Der unglückliche Verwandte der Witwe Pigeau und seine Frau wurden festgenommen; doch nach acht Tagen Haft und einer gründlichen Ermittlung wurde festgestellt, dass weder der Ehemann noch die Frau ihr Zuhause zur Tatzeit verlassen hatten. Außerdem erkannte Calvi in der Gattin des Weinhändlers nicht die Frau, die ihm angeblich das Silber und den Schmuck verkauft habe.

Da Calvis Freundin, die in den Prozess einbezogen worden war, überführt wurde, zwischen dem Zeitpunkt des Verbrechens und dem Augenblick, als Calvi das Silber und den Schmuck verpfänden wollte, ungefähr tausend Franc ausgegeben zu haben, erschienen diese Beweise hinreichend, um den Zuchthäusler und seine Geliebte vors Schwurgericht zu bringen. Weil dieser Mord der achtzehnte war, den Théodore begangen hatte, wurde er zum Tod verurteilt, denn er schien der Schuldige dieses so geschickt begangenen Verbrechens zu sein. Wenn er zwar nicht die Weinhändlerin aus Nanterre erkannte, wurde er doch von der Frau und ihrem Mann erkannt. Anhand zahlreicher Zeugenaussagen hatte die Ermittlung Théodores einmonatigen Aufenthalt in Nanterre ergeben, er war Gehilfe bei Maurern gewesen, das Gesicht weiß vom Gips und schlecht gekleidet. In Nanterre hielt man den Jungen, der einen Monat lang *dieses Ding ausbaldowert* (dies Verbrechen geplant, vorbereitet) haben musste, für achtzehnjährig.

Die Staatsanwaltschaft glaubte an Mittäter. Man nahm die Maße des Kaminschachts und glich sie mit dem Körper der blonden Manon ab, um zu sehen, ob sie sich durch den Schornstein hätte einschleichen können; doch auch ein Kind von sechs Jahren hätte nicht durch die Tonröhren gepasst, mit denen die moderne Architektur die geräumigen Schlote früherer Zeiten ersetzt. Ohne dieses einzigartige und ärgerliche Rätsel wäre Théodore schon vor einer Woche hingerichtet worden. Der Gefängnisgeistliche war, wie gesehen, komplett gescheitert.

Diese Geschichte und der Name Calvis mussten der Aufmerksamkeit Jacques Collins entgangen sein, der damals ausschließlich beschäftigt war mit seinem Duell gegen Contenson, Corentin und Peyrade. Der Todtäuscher versuchte sowieso, so weit wie möglich *die Freunde* und alles, was den Justizpalast anging, zu vergessen. Er hatte Angst vor einer Begegnung, die ihn einem *Fanandel* von Angesicht zu Angesicht gegenübergestellt hätte, der vom *Dab* Rechenschaft gefordert hätte, die unmöglich abzulegen wäre.

Charlot

Der Direktor der Conciergerie ging auf der Stelle zum Amtsraum des Generalstaatsanwalts und traf dort den Ersten Staatsanwalt, wie er mit Monsieur de Granville plauderte, den Vollstreckungsbefehl in der Hand. Monsieur de Granville, der die ganze Nacht im Palais der Sérisys verbracht hatte, musste wegen dieser wichtigen Hinrichtung einige Stunden in seinem Amt verbringen, obwohl er erschöpft war vor Müdigkeit und Trauer, denn die Ärzte trauten sich noch nicht zu sagen, ob die Gräfin ihren Verstand wiedererlangen würde. Nachdem er sich einen Moment lang mit dem Direktor unterredet hatte, nahm Monsieur de Granville den Vollstreckungsbefehl seinem Ersten Staatsanwalt wieder ab und reichte ihn an Gault.

»Die Hinrichtung soll stattfinden«, sagte er, »wenn nicht außerordentliche Umstände eintreten, die Sie beurteilen; ich vertraue auf Ihre Umsicht. Man kann mit dem Errichten des Schafotts bis halb elf warten, da bleibt Ihnen also eine Stunde. An so einem Morgen wiegen die Stunden wie Jahrhunderte, und es geschieht ziemlich viel in einem Jahrhundert! Lassen Sie nicht den Eindruck eines Aufschubs entstehen. Er soll zurechtgemacht werden, wenn nötig, und wenn es keine Enthüllung gibt, übergeben Sie Sanson die Anweisung um halb zehn. Er soll abwarten!«

Als der Gefängnisdirektor den Raum des Generalstaatsanwalts verließ, traf er unter dem Gewölbe des Gangs, der in die Galerie mündet, Monsieur Camusot, der auf dem Weg dorthin war. So ergab sich ein kurzes Gespräch mit dem Richter, und nachdem er ihn in Kenntnis dessen gesetzt hatte, was mit Jacques Collin in der Conciergerie vor sich ging, stieg er dorthin hinab, um die Begegnung des Todtäuschers und Madeleines zu veranlassen; doch er erlaubte dem angeblichen Kleriker erst dann, mit dem zum Tod Verurteilten zu sprechen, als Bibi-Lupin, bewundernswert verkleidet als Gendarm, den Hammel ersetzt hatte, der den jungen Korsen überwachte.

Man kann sich das tiefe Erstaunen der drei Sträflinge gar nicht vorstellen, als sie einen Wachmann kommen und Jacques Collin holen sahen, um ihn in die Zelle des zum Tod Verurteilten zu bringen. Mit einem Satz waren alle drei zugleich bei dem Stuhl, auf dem Jacques Collin saß.

»Es ist für heute vorgesehen, nicht wahr, Monsieur Julien?«, fragte Seidenfaden den Aufseher.

»Aber ja, Charlot ist da«, antwortete der Aufseher mit vollkommener Gleichgültigkeit.

So nennen der Volksmund und die Gesellschaft der Gefängnisse den Scharfrichter von Paris. Dieser Spitzname rührt von der Revolution 1789. Seine Nennung erregte allgemeine Aufmerksamkeit. Die Häftlinge sahen einander an.

»Es ist aus!«, sagte der Aufseher weiter, »der Vollstreckungsbefehl ist zu Monsieur Gault gekommen, und das Urteil wurde soeben verlesen.«

»Also«, sagte La Pouraille, »hat die schöne Madeleine alle Sakramente erhalten? …«, und verschluckte seinen Atem.

»Armer kleiner Théodore« …«, rief Le Biffon aus, »er ist doch ganz lieb. Ist doch schade, in seinem Alter *ins Gras zu beißen.*«

Der Aufseher wandte sich zur Schleuse im Glauben, es folge ihm Jacques Collin; doch der Spanier ging langsam, und als er zehn Schritte von Julien entfernt war, schienen seine Kräfte zu versagen und er bat La Pouraille mit einer Geste um Unterstützung.

»Der ist ein Mörder!«, sagte Napolitas dem Priester, wies auf La Pouraille und bot seinen Arm an.

»Nein, für mich ist er ein Unglücklicher! …«, antwortete

der Todtäuscher geistesgegenwärtig und salbungsvoll wie der Erzbischof von Cambrai.

Er löste sich von Napolitas, der ihm von Anfang an verdächtig vorgekommen war.

»Er steht auf der ersten Stufe zur *Abtei zum unfreiwilligen Aufstieg*; aber ich bin der Prior! Ich werd euch zeigen wie ich *den Storch ficke* (wie ich den Generalstaatsanwalt hereinlege). Ich will ihm diese *Uni* aus den Fängen *winden*.«

»Wegen seiner *Hochgezogenen*!«, lächelte Seidenfaden.

»Ich will diese Seele dem Himmel überantworten!«, antwortete Jacques Collin zerknirscht, als er sich von einigen Häftlingen umringt sah.

Damit trat er zum Aufseher an der Schleuse.

»Er ist gekommen, um Madeleine zu retten«, sagte Seidenfaden, »das haben wir uns richtig gedacht. Was für ein *Dab*! ...«

»Aber wie denn? ... Die *Fallbeilhusare* sind da, er wird ihn nicht einmal sehen«, gab Le Biffon zurück.

»Er hat den *Bäcker* auf seiner Seite!«, rief La Pouraille. »Er – und unsere *Knete klauen*! ... Er mag *die Freunde* zu sehr! Er braucht uns zu sehr. Die wollten*, dass wir ihn reintappen lassen* (dass wir ihn liefern), wir sind aber keine *Drecksäcke*! Wenn er seine Madeleine *rauskriegt*, kriegt er *meinen Mammon* (mein Geheimnis)!«

Dies letzte Wort verstärkte die Ergebenheit der drei Sträflinge für ihren Gott; denn in diesem Moment wurde ihr tüchtiger *Dab* ihre ganze Hoffnung.

Trotz der Gefahr für Madeleine machte Jacques Collin in seiner Rolle keinen Fehler. Dieser Mann, der die Conciergerie so gut kannte wie die drei Zwangsarbeitslager, verlief sich so selbstverständlich auf dem Weg, dass der Aufseher alle Augenblicke sagen musste: »Hier entlang, – dort lang!«, bis sie in der Schreibstube angekommen waren. Dort sah Jacques Collin mit dem ersten Blick einen großen und dicken Mann, mit den Ellenbogen auf den Ofen gestützt, dessen rotes und langes Gesicht nicht einer gewissen Feinheit entbehrte, und er erkannte Sanson.

»Der Herr ist der Beichtvater«, sagte er und ging voll Arglosigkeit auf ihn zu.

Dieser Irrtum war so schlimm, dass er die Anwesenden erstarren ließ.

»Nein, Monsieur«, antwortete Sanson, »ich habe andere Aufgaben.«

Sanson, der Vater des letzten Henkers mit diesem Namen, denn er ist kürzlich abgesetzt worden, war der Sohn dessen, der Louis XVI. hinrichtete.

Nach vierhundert Jahren Ausübung dieser Aufgabe hatte der Erbe so vieler Folterer versucht, diese Erblast abzuwerfen. Die Sansons, zwei Jahrhunderte lang Henker in Rouen, bevor sie mit dem obersten Henkeramt des Königreichs betraut wurden, vollstreckten vom Vater auf den Sohn die Urteile der Gerichtsbarkeit seit dem 13. Jahrhundert. Es gibt nur wenige Familien, die ein Beispiel geben könnten für ein Amt oder ein Lehen, das sechs Jahrhunderte lang vom Vater auf den Sohn erhalten wurde. In genau dem Moment, als sich dieser junge Mann, aufgestiegen zum Kavalleriehauptmann, auf dem Weg zu einer schönen Laufbahn in der Armee sah, verlangte sein Vater, dass er helfen komme bei der Hinrichtung des Königs. Dann, als 1793 zwei Schafotte in Dauerbetrieb waren: das eine am Stadttor du Trône, das andere am Platz de Grève, machte er seinen Sohn zum Stellvertreter. Nun, im Alter von ungefähr sechzig Jahren, zeichnete sich dieser schreckliche Amtmann durch hervorragendes Auftreten aus, durch sanfte und gesetzte Manieren, durch große Verachtung für Bibi-Lupin und seine Helfershelfer, die Nachschublieferanten der Maschine. Das einzige Anzeichen, das bei diesem Mann das

Blut der früheren Folterer des Mittelalters verriet, war die fürchterliche Länge und Breite seiner Hände. Dieser große und dicke, sehr schweigsame Mann, der leise und in ruhigem Ton sprach, war übrigens ziemlich gebildet, legte viel Wert auf seine Eigenschaft als Bürger und Wähler, begeisterte sich, heißt es, für Gartenarbeit, und glich mit seiner breiten hohen Stirn eher einem Mitglied der englischen Aristokratie als einem Scharfrichter. So musste ein spanischer Kanonikus den Irrtum begehen, den Jacques Collin mit Absicht gemacht hatte.

»Der ist kein Sträfling«, rief der Leiter der Aufsichten dem Direktor zu.

›Ich fange an, es zu glauben‹, sagte sich Monsieur Gault und gab seinem Untergebenen ein Zeichen mit dem Kopf.

Die Beichte

Jacques Collin wurde in die Art Keller geführt, wo der junge Théodore in der Zwangsjacke auf dem Rand des scheußlichen Feldbetts dieser Zelle saß. Der Todtäuscher erkannte im Licht, das für einen Augenblick vom Korridor hereinfiel, auf der Stelle Bibi-Lupin in dem Gendarmen, der aufrecht, gestützt auf seinen Säbel, dastand.

»Io sono Gaba-Morto! Parla nostro italiano«, sagte Jacques Collin lebhaft. »Vengo ti salvar.« (Ich bin der Todtäuscher, reden wir italienisch, ich komme, dich zu retten).

Alles, was die beiden Freunde einander sagen sollten, musste dem falschen Gendarm unverständlich bleiben, aber da Bibi-Lupin den Auftrag hatte, den Gefangenen zu bewachen, konnte er seinen Posten nicht verlassen. Dementsprechend unbeschreiblich war die Wut des Chefs der Sicherheitspolizei.

Théodore Calvi, ein junger Mann mit blasser, olivenfarbener Haut, tiefliegenden Augen von ungenauem Blau, im Übrigen wohlgebaut, mit einer unwahrscheinlichen Muskelkraft unter dieser trägen Erscheinung, die die Anrainer des Mittelmeers manchmal aufweisen, hätte das liebenswürdigste Gesicht gehabt ohne die gebogenen Augenbrauen und ohne die gedrungene Stirn, die ihm etwas Finsteres verliehen, ohne die von wilder Grausamkeit zeugenden roten Lippen und ohne dieses muskuläre Zucken, das die den Korsen eigene Neigung zum Jähzorn verrät und das sie bei einem plötzlichen Streit so schnell bereit sein lässt zum Töten.

Überrascht vom Klang dieser Stimme hob Théodore hastig den Kopf und glaubte an eine Sinnestäuschung; doch da er sich nach zwei Monaten Aufenthalt an die tiefe Dunkelheit dieses Steingelasses gewöhnt hatte, sah er den Kleriker und seufzte tief. Er erkannte Jacques Collin nicht wieder, dessen durch die Behandlung mit Schwefelsäure verändertes Gesicht ihm keineswegs das seines *Dab* zu sein schien.

»Das bin doch ich, dein Jacques, ich bin hier als Priester und komme, dich zu retten. Mach bloß nicht die Dummheit, mich wiederzuerkennen, und tu so, als beichtest du.«

Das hatte er schnell gesagt.

»Dieser junge Mann ist sehr niedergeschlagen, der Tod macht ihm Angst, er wird alles gestehen«, richtete sich Jacques Collin an den Gendarmen.

»Sag mir was, das mir beweist, dass du *er* bist, denn du hast nur seine Stimme.«

»Sehen Sie, er sagt mir, der arme Unglückliche, dass er unschuldig ist«, sagte Jacques Collin dem Gendarm.

Bibi-Lupin traute sich nicht, zu antworten aus Angst, erkannt zu werden.

»*Sempremi!*«, wandte sich Jacques wieder an Théodore und warf ihm das verabredete Geheimwort zu.«

»*Sempreti!*«, gab der junge Mann die Losung zurück. »Das ist ja doch mein *Dab* ...«

»Hast du das Ding gemacht?«

»Ja.«

»Erzähl mir alles, damit ich abschätzen kann, was ich tun muss, um dich rauszuholen; es wird Zeit, Charlot ist da.«

Sofort ging der Korse auf die Knie und wirkte, als wolle er beichten. Bibi-Lupin wusste nicht, was er machen sollte, denn dieser Wortwechsel vollzog sich so rasch, dass er kaum so lange dauerte, wie er zu lesen ist. Théodore erzählte sofort die bekannten Umstände seines Verbrechens, die Jacques Collin nicht kannte.

»Die Richter haben mich ohne Beweise verurteilt«, sagte er zum Schluss.

»Kind, du diskutierst noch, wenn dir schon die Haare geschnitten werden! ...«

»Aber ich hätte nur verurteilt werden können, dass ich mit dem Schmuck angekommen bin. Und da siehst du, wie sie urteilen, und das auch noch in Paris! ...«

»Wie ging das Ding denn vor sich?«, fragte der Todtäuscher.

»Ach, seit ich dich nicht mehr gesehen habe, habe ich eine kleine Korsin kennengelernt, der ich bei meiner Ankunft in *Pantin* (Paris) begegnet bin.«

»Die Männer, die dumm genug sind, eine Frau zu lieben«, rief Jacques Collin, »gehen immer daran zugrunde! ... Das sind freilaufende Tiger, Tiger, die plappern und sich im Spiegel betrachten ... da warst du nicht klug! ...«

»Aber ...«

»Schau, was hat dir diese verdammte *Braut* gebracht? ...«

»Dieser Schatz von einer Frau, groß wie ein Holzscheit, schmal wie ein Aal, gelenkig wie ein Affe, ist von oben in den Ofen und hat mir die Haustür geöffnet. Die Hunde, vollgestopft mit Fleischklößchen, waren tot. Ich habe die beiden Frauen *kaltgemacht*. Als wir das Geld hatten, hat die Ginetta die Tür zugemacht und ist oben zum Ofen wieder raus.«

»Eine so schöne Nummer ist das Leben wert«, bewunderte Jacques Collin die Machart der Tat, wie ein Ziseleur das Modell einer Skulptur bewundert.

»Ich war so dumm, das ganze Talent für tausend Taler zu vergeuden! …«

»Nein, für eine Frau!«, fuhr Jacques Collin fort, »wo ich dir doch gesagt habe, dass sie uns den Verstand rauben! …«

Jacques Collin warf einen flammenden Blick der Verachtung auf Théodore.

»Du warst nicht mehr da!«, gab der Korse zurück, »ich war alleingelassen.«

»Und, liebst du sie, die Kleine?«, fragte Jacques Collin, getroffen vom Vorwurf, den diese Antwort enthielt.

»Ach! Wenn ich leben will, ist das jetzt für dich eher als für die.«

»Bleib ruhig! Ich nenne mich nicht umsonst den Todtäuscher! Ich nehme mich deiner Sache an!«

»Was? Leben! …«, rief der junge Korse und hob die festgezurrten Arme zum feuchten Gewölbebogen dieses Kerkers empor.

»Meine liebe Madeleine, mach dich bereit, zurückzukehren zum *Knast für ewig*«, sagte Jacques Collin. »Du kannst dich gefasst machen, dass dir keine Rosen ums Haupt gewunden werden wie dem Mastochsen! … Wenn sie uns schon für Rochefort ins Eisen geschlagen haben, dann, weil sie uns loswerden wollen! Aber ich lasse dich nach Toulon schicken, du haust ab und kehrst zurück nach *Pantin*, wo ich dir eine kleine nette Existenz einrichte …«

Ein Seufzer, wie nur wenige unter diesem unbewegten Gewölbe erschollen waren, ein Seufzer, ausgestoßen vom Glück der Befreiung, stieß auf den Stein, der diesen in der Musik ungehörten Ton wiedergab in das Ohr des verblüfften Bibi-Lupin.

»Das ist die Wirkung der Absolution, die ich ihm aufgrund seiner Enthüllungen verheißen habe«, sagte Jacques Collin dem Chef der Sicherheitspolizei. »Die Korsen, sehen Sie, Herr Wachtmeister, sind erfüllt von Glauben! Und er ist unschuldig wie das Jesuskind, und ich werde versuchen, ihn zu bewahren ...«

»Gott sei mit Ihnen! Herr Pfarrer! ...«, sagte Théodore auf Französisch.

Der Todtäuscher, mehr Caros Herrera, mehr Kanoniker denn je, verließ die Zelle des Verurteilten, eilte in den Gang und spielte den Entsetzten, als er sich bei Monsieur Gault einfand.

»Herr Direktor, dieser junge Mann ist unschuldig, er hat mir den Schuldigen offenbart! ... Er war drauf und dran für eine Ehrensache zu sterben ... das ist ein Korse! Bitten Sie um fünf Minuten Gehör für mich beim Herrn Generalstaatsanwalt. Monsieur de Granville wird sich nicht weigern, einen spanischen Priester unverzüglich anzuhören, der unter den Irrtümern der französischen Gerichtsbarkeit so zu leiden hat!«

»Ich gehe hin!«, antwortete Monsieur Gault zum großen Erstaunen aller Zeugen dieser außergewöhnlichen Szene.

»Aber«, sagte Jacques Collin weiter, »lassen Sie mich inzwischen zurückgeleiten in diesen Hof, denn da werde ich noch die Bekehrung eines Kriminellen abschließen, den ich ins Herz getroffen habe ... Die haben ein Herz, diese Leute!«

Diese Aussage berührte alle, die sich dort befanden. Die Gendarmen, den Schreiber, die Registratoren, Sanson, die Aufseher, den Henkersgehilfen, die nach den Regeln des Gefängnisses auf die Anweisung warteten, das mechanische

Gerät aufzustellen; all diese Leute, an denen Gefühle abgleiten, erfüllte eine sehr verständliche Neugier.

Wo Mademoiselle Collin auftritt

In diesem Moment hörte man das Rumpeln einer von edlen Pferden gezogenen Kutsche, die geräuschvoll am Quai vor dem Gitter der Conciergerie anhielt. Die Tür öffnete sich, der Einstiegstritt wurde so heftig heruntergeklappt, dass alle glaubten, eine bedeutende Persönlichkeit sei eingetroffen. Bald zeigte sich an der Schleuse eine Dame, die ein blaues Papier schwenkte, mit einem Diener und einem Wachmann im Gefolge. Ganz in schwarz und vorzüglich gekleidet, den Hut unter einem Schleier, tupfte sie ihre Tränen mit einem sehr großen bestickten Taschentuch ab.

Jacques Collin erkannte gleich Asie, oder, um dieser Frau ihren wahren Namen zu verleihen, Jacqueline Collin, seine Tante. Diese grässliche Alte, ihres Neffen würdig, deren gesamtes Denken um den Gefangenen kreiste, und die ihn mit einer Intelligenz verteidigte, einer Umsicht, die in ihrer Kraft der der Justiz mindestens ebenbürtig waren, hatte eine Genehmigung, erteilt am Vorabend auf den Namen der Kammerfrau der Herzogin de Maufrigneuse auf Empfehlung Monsieur de Sérisys, mit Lucien und dem Abbé Carlos Herrera zu sprechen, sobald er nicht mehr in Einzelhaft wäre, und auf die der Abteilungschef, der für die Haftanstalten zuständig war, eine Notiz geschrieben hatte. Schon mit seiner Farbe signalisierte das Papier mächtige Empfehlungen, denn diese Genehmigungen, wie die Freikarten im Theater, unterscheiden sich in Form und Aussehen.

Also öffnete der Schlüsselwart das Schleusentor, vor allem, als er den aufgeputzten Wachmann bemerkte, dessen grüngoldenes Gewand glänzte wie das eines russischen Generals, was auf eine aristokratische Besucherin und ein quasi königliches Wappen hindeutete.

»Ach! Mein lieber Abbé!«, rief die falsche große Dame, die in Tränen ausbrach, als sie den Kleriker sah, »wie hat man hier einen so heiligen Mann, und sei es auch nur für einen Augenblick, herschaffen können!«

Der Direktor nahm die Genehmigung und las: Auf Empfehlung seiner Exzellenz Graf de Sérisy.

»Ah! Madame de San-Esteban, Gräfin«, sagte Carlos Herrera, »was für eine edle Hingabe!«

»Madame, so wird hier nicht geredet«, sagte der gute alte Gault.

Damit hielt er persönlich diese Tonne von schwarzem Moiré und Spitzen zurück.

»Aber bei der Entfernung!«, antwortete Jacques Collin, »und vor Ihnen? ...«, fügte er an und warf einen Blick in die Runde.

Die Tante, deren Aufmachung den Schreiber, den Direktor, die Aufseher und die Gendarmen verdutzen musste, roch streng nach Moschus. Sie trug außer den Spitzen zu tausend Talern einen schwarzen Kaschmirschal zu sechstausend Franc. Zusätzlich stolzierte der Wachmann im Hof der Conciergerie mit der Aufsässigkeit eines Dieners auf und ab, der sich für unverzichtbar bei einer anspruchsvollen Fürstin hält. Er sprach nicht mit dem Dienstmann, der am Gitter zum Quai stand, das tagsüber immer geöffnet ist.

»Was willst du? Was soll ich tun?«, sagte Madame de San-Esteban in der zwischen Tante und Neffen verabredeten Geheimsprache.

Dieser Jargon bestand darin, Worte auf -*ar* oder -*or*, auf -*al* oder -*i* enden zu lassen, um so die Worte durch Vergrößerung zu entstellen, sei es Französisch oder Argot. Das war die Anwendung diplomatischer Verschlüsselung auf gesprochene Worte.

»Leg alle Briefe an einen sicheren Ort, nimm die peinlichsten von jeder der Damen, komm verkleidet als Schlampe zurück und warte auf meine Anweisungen.«

»*Addio, Marchesa!*«, sagte er laut. »Und«, fügte er mit ihrer Geheimsprache an, »such nach Paccard und Europe mit den siebenhundertfünfzigtausend Franc, die sie uns geklemmt haben, die brauchen wir.«

»Paccard ist da«, antwortete die fromme Gräfin und wies mit Tränen in den Augen auf den Wachmann.

Die Schnelligkeit der Auffassungsgabe entlockte diesem Mann, den nichts erstaunen konnte außer seiner Tante, nicht nur ein Lächeln, sondern auch eine Geste der Überraschung. Die falsche Gräfin wandte sich zu den Zeugen dieser Szene als Frau, die es gewohnt ist, aufzutreten.

»Er ist verzweifelt, dass er nicht zur Beisetzung seines Kindes gehen kann«, sagte sie in schlechtem Französisch, »denn dieser schlimme Justizirrtum hat das Geheimnis dieses heiligen Mannes an den Tag gebracht! ... Aber ich werde der Totenmesse beiwohnen. Hier, Monsieur«, sagte sie zu Monsieur Gault und gab ihm eine Börse voll Gold, »hier etwas, um den armen Gefangenen etwas Gutes zu tun ...«

»Was für ein *Auftritt*!«, sagte ihr ihr Neffe zufrieden ins Ohr.

Jacques Collin folgte dem Wachmann, der ihn zum Hof brachte.

Bibi-Lupin, aufgeschmissen, hatte endlich einen echten Gendarmen auf sich aufmerksam gemacht, an den er sich, seit Jacques Collin gegangen war, mit bedeutenden ›Hem! Hem!‹ gewandt hatte, und der ihn in der Zelle des Verurteilten ablösen kam. Doch konnte dieser Feind des Todtäuschers nicht rechtzeitig eintreffen, um die große Dame zu sehen, die in ihrer prachtvollen Kutsche verschwand, und deren Stimme, obwohl sie verstellt war, seinem Ohr die Klänge eines Säuferorgans zutrug.

»Dreihundert *Eier* für die Häftlinge! ...«, sagte der Chef der Aufseher und zeigte Bibi-Lupin die Börse, die Monsieur Gault seinem Schreiber gegeben hatte.

»Zeigen Sie mal, Monsieur Jacomety«, sagte Bibi-Lupin.

Der Chef der Sicherheitspolizei nahm die Börse, leerte das Gold in seine Hand und untersuchte es gründlich.

»Das ist richtig Gold! ...«, meinte er, »und die Börse trägt ein Wappen! Ah, der Schuft, ist der stark! Ist der perfekt! Der legt uns alle rein, und jederzeit! ... Man müsste auf den schießen wie auf einen Hund!«

»Was ist denn?«, fragte der Schreiber und nahm die Börse wieder an sich.

»Es ist, dass diese Frau eine *Schlampe* ist! ...«, rief Bibi-Lupin und trat vor Wut mit dem Fuß auf die Fliesen vor der Schleuse.

Diese Worte bewirkten eine lebhafte Reaktion bei den Umstehenden, die sich in gewissem Abstand um Monsieur Sanson versammelt hatten, der immer noch dastand, den Rücken an den Ofen gelehnt mitten in dem weiten überwölbten Saal, und eine Anweisung erwartete, den Verbrecher herzurichten und das Schafott auf dem Platz de Grève aufzustellen.

Eine Verführung

Als er wieder auf dem Hof war, ging Jacques Collin mit dem typischen Gang eines Gefängnisinsassen zu seinen *Freunden*.

»Was hast du auf dem Kerbholz?«, sagte er zu La Pouraille.

»Meine Sache ist gegessen«, gab der Mörder zurück, den Jacques Collin in eine Ecke geführt hatte. »Ich brauche jetzt einen *sicheren Freund*.«

»Und wozu?«

Nachdem La Pouraille seinem Chef seine sämtlichen Verbrechen erzählt hatte, aber im Argot, berichtete er in Einzelheiten den Mord und Raub bei den Eheleuten Crottat.

»Alle Achtung«, meinte Jacques Collin. »Das war gute Arbeit; aber ich glaube, du hast was falsch gemacht.«

»Was denn?«

»Als die Sache einmal gemacht war, hättest du dir einen russischen Pass besorgen und dich als russischer Fürst verkleiden sollen, eine schöne Kutsche mit Wappen kaufen, dein Gold frech bei einer Bank deponieren, einen Kreditbrief für Hamburg anfordern, und in Begleitung eines Kammerdieners, einer Frau und deiner Geliebten im Kostüm einer Fürstin die Postkutsche nehmen; dann in Hamburg in See stechen nach Mexiko. Mit zweihundertachtzigtausend Franc in Gold muss ein kluger Vogel machen, was er will, und gehen, wohin er will, *Depp*.

»Ah, auf solche Gedanken kommst du, weil du der *Dab* bist! ... Dir geht die *Uni* nie verloren, mir schon.«

»Na ja, ein guter Rat in deiner Lage ist wie eine Suppe für einen Toten«, sagte Jacques Collin und warf auf seinen *Fanandel* einen bohrenden Blick.

»Das stimmt«, sagte La Pouraille mit einem Zweifeln. »Gib sie mir trotzdem, deine Suppe; wenn sie mich nicht mehr sättigt, bade ich meine Füße darin ...«

»Da sitzt du jetzt im Griff des *Storchs*, mit fünf mal schwerem Raub, drei Morden, von denen der letzte zwei reiche Bürger getroffen hat ... Die Richter mögen es nicht, dass man Bürger umbringt. Da wirst du *zum Aufstieg sortiert*, da bleibt dir nicht die geringste Hoffnung! ...«

»Das haben sie mir alles gesagt«, meinte La Pouraille kleinlaut.

»Meine Tante Jacqueline, mit der ich gerade ein Gespräch

mitten in der Schreibstube hatte, und die, wie du weißt, die *Mutter aller Fanandels* ist, hat mir gesagt, dass dich der *Storch* loswerden will, so viel Angst haben die.«

»Aber«, sagte La Pouraille mit einer Naivität, die zeigt, wie erfüllt die Diebe sind vom *natürlichen Recht* zu stehlen, »ich bin zur Zeit reich, vor was haben die Angst?«

»Wir haben jetzt keine Zeit für Philosophie«, sagte Jacques Collin. »Kommen wir noch mal zu deiner Situation …«

»Was hast du mit mir vor?«, unterbrach La Pouraille seinen *Dab*.

»Wirst du sehen! Ein toter Hund ist noch was wert.«

»Für die anderen!«, sagte La Pouraille.

»Ich nehme dich wieder auf in mein Spiel!«, gab Jacques Collin zurück.

»Das ist ja schon mal was! …«, sagte der Mörder. »Und weiter?«

»Ich frage dich nicht, wo du dein Geld hast, aber was du damit tun willst …?«

La Pouraille musterte den undurchdringlichen Blick des *Dab*, der kühl weitersprach.

»Hast du eine *Braut*, die du liebst, ein Kind, einen *Fanandel* zu unterstützen? Ich bin in einer Stunde draußen, ich kann alles machen für die, denen du Gutes tun willst.«

La Pouraille zögerte noch, er war angespannt vor Unentschlossenheit. Jacques Collin brachte ein letztes Argument vor.

»Dein Teil in unserer Kasse ist dreißigtausend Franc, lässt du die den *Fanandels*, gibst du die jemandem? Dein Anteil ist in Sicherheit, ich könnte ihn heute Abend dem geben, dem du ihn hinterlassen willst.«

Der Mörder ließ sich unwillkürlich eine Bewegung der Freude ansehen.

›Ich habe ihn!‹, sagte sich Jacques Collin. »Aber machen

wir nicht rum, was meinst du? ...«, sprach er weiter in La Pourailles Ohr. »Mein Alter, wir haben keine zehn Minuten für uns ... der Generalstaatsanwalt ruft mich gleich und ich habe eine Unterredung mit ihm. Ich habe den am Wickel, den Mann, ich könnte dem *Storch* den Hals umdrehen! Ich bin sicher, dass ich Madeleine rette.«

»Wenn du Madeleine rausholst, mein lieber *Dab*, dann kannst du auch mich ...«

»Sparen wir uns die Spucke«, sagte Jacques Collin kurz angebunden. »Mach dein Testament.«

»Na gut! Ich möchte das Geld der Gonore geben«, antwortete La Pouraille kläglich.

»Ach was! ... du lebst mit der Witwe von Moise, dem Juden, der hinter den *Herumtreibern* vom Süden herzog?

Wie die großen Generale kannte der Todtäuscher bewundernswert gut das Personal aller Banden.

»Genau die«, bestätigte La Pouraille äußerst geschmeichelt.

»Schöne Frau!«, meinte Jacques Collin, der sich bestens auf die Handhabung solcher Kampfmaschinen verstand. »Die *Braut* ist schlau! Sie weiß viel und ist *sehr verlässlich*! Das ist eine vollendete *Diebin*. Aha! Du hast dich eingelassen mit der Gonore! Dumm, sich *begraben* zu lassen, wenn man so eine *Braut* hat. Dummkopf! Du hättest einen kleinen anständigen Handel aufmachen und ein kleines Leben leben sollen! ... Und was *treibt die so*?«

»Sie hat sich in der Rue Sainte-Barbe niedergelassen, sie hat ein Puff ...«

»Die setzt du also als Erbin ein? Da schau her, wohin uns diese Weiber bringen, wenn man so dumm ist, sie zu lieben ...«

»Ja, aber gib ihr erst was nach meinem Purzelbaum!«

»Das ist heilig«, sagte Jacques Collin in ernsthaftem Ton. »Für die *Fanandels* nichts?«

»Nichts, die haben mich *hingehängt*«, antwortete La Pouraille zornig.

»Wer hat dich verkauft? Willst du, dass ich das räche«, fragte Jacques Collin lebhaft und versuchte so, das letzte Gefühl zu wecken, das diese Herzen im höchsten Augenblick noch schlagen lässt. »Wer weiß, mein alter *Fanandel*, wenn ich dich rette, ob ich auch deinen Frieden mit dem *Storch* machen könnte?«

Da sah der Mörder seinen *Dab* baff vor Glück an.

»Aber«, beantwortete der *Dab* diesen sprechenden Gesichtsausdruck, »ich spiele im Moment *diese Komödie* nur für Théodore. Nach dem Erfolg der Kasperei, mein Lieber, bin ich für einen meiner *Freunde* – und davon bist du einer, du! – imstande zu allerlei Dingen.«

»Wenn ich dich erst die Zeremonie für diesen armen kleinen Théodore hinauszögern sehe, dann, weißt du, täte ich für dich, was du willst.«

»Aber das habe ich schon, ich bin sicher, dass ich seine *Uni* aus den Fängen des *Storchen winde*. Um *von der Wiese zu kommen*, siehst du, La Pouraille, muss man einander die Hand reichen ... allein kann man gar nichts ...«

»Das ist wahr!«, rief der Mörder.

Das Vertrauen war so fest hergestellt und der Glaube an den *Dab* so fanatisch, dass La Puraille nicht mehr zögerte.

Letzte Wandlung

La Pouraille verriet das Geheimnis seiner Mittäter, dieses bis jetzt so gut gehütete Geheimnis. Das war alles, was Jacques Collin wissen wollte.

»Das ist das *Ding*! Bei dem *Raub* war Ruffard, der Agent von Bibi-Lupin, der dritte mit mir und Godet ...«

»Der Wollzupfer? ...«, rief Jacques Collin und benannte Ruffard nach seinem Räubernamen.

»Genau. Die Schweine haben mich verkauft, weil ich ihr Versteck kenne und sie nicht meins.«

»Da hast du *einen gut bei mir*, mein Lieber!«, sagte Jacques Collin.

»Was!«

»Na ja«, antwortete der *Dab*, »schau, was man davon hat, wenn man sich mir ganz anvertraut! ... Ich will gar nicht, dass du mir dein Versteck sagst, das sagst du mir im letzten Moment; aber sag mir alles, was Ruffard und Godet betrifft.«

»Du bist und bleibst unser *Dab*, vor dir werde ich keine Geheimnisse haben«, antwortete La Pouraille. »Mein Gold ist im *Tiefen* (Keller) vom Haus der Gonore.«

»Und von deiner *Braut* befürchtest du nichts?«

»Ach iwo! Die weiß gar nicht von meinem Kram!«, antwortete La Pouraille. »Ich habe die Gonore besoffen gemacht, auch wenn das eine Frau ist, die noch am Richtblock nichts sagt. Aber so viel Gold!«

»Stimmt, da wird dem reinsten Gewissen die Milch sauer!«, sagte Jacques Collin.

»Ich habe ohne *Glotzer* zuwerke gehen können. Das ganze Geflügel pennte im Stall. Das Gold ist drei Fuß tief unter der Erde, hinter den Weinflaschen. Und drüber habe ich eine Lage Kies und Mörtel.«

»Gut!«, meinte Jacques Collin. »Und die Verstecke der anderen?«

»Ruffard hat sein *Teil* bei der Gonore, im Zimmer von der armen Frau, die er damit im Griff hat, denn sie kann als Hehlerin zur Komplizin werden und ihre Tage in Saint-Lazare beschließen.«

»Ah, der Schuft! Wie einen die *Schmier* (Polizei) zum Dieb macht!«, sagte Jacques.

»Godet hat sein *Anteil* bei seiner Schwester untergebracht, einer Feinwäscherin, ein anständiges Mädchen, das sich fünf Jahre *Force* einfangen kann, ohne es zu ahnen. Der *Fanandel* hat Bodenfliesen angehoben, wieder zurück, und ist abgehauen.«

»Weißt du, was ich von dir will«, sagte da Jacques Collin und senkte seinen bohrenden Blick auf La Pouraille.

»Was?«

»Dass du die Sache von der Madeleine auf deine Kappe nimmst …«

La Pouraile zuckte heftig; aber er fand schnell wieder zurück in seine Haltung von Gehorsam unter dem starren Blick seines *Dab*.

»Na was, da *zuckst du* schon! Du trittst ein in mein Spiel! Schaun wir mal! Vier Morde oder drei, kommt das nicht auf dasselbe heraus?«

»Kann sein!«

»Beim Gott der *Fanandels*, du hast kein *Blut in den Adern*. Und ich dachte, ich hol dich raus! …«

»Wie denn!«

»Dummkopf; wenn man verspricht, der Familie das Gold zurückzugeben, bist du raus mit *lebenslang*. Wenn das Geld sichergestellt ist, gebe ich keinen Silberling auf deinen Kopf. Aber jetzt bist du siebenhunderttausend Franc wert, Dummkopf!«

»*Dab! Dab!*«, rief La Pouraille auf der Höhe des Glücks.

»Und dann«, sagte Jacques Collin weiter, »schieben wir die Morde auf Ruffard … schon ist Bibi-Lupin blamiert … da hab ich ihn!«

La Pouraille stand starr verblüfft von dieser Idee, seine Augen wurden größer, er war wie eine Statue. Vor drei Monaten verhaftet, am Tag vor dem Prozess vor dem Schwurgericht, beraten von den *Freunden* im Gefängnis La Force, mit denen er nicht über seine Komplizen gesprochen hatte, war er nach dem Überdenken seiner Taten derart ohne Hoffnung, dass dieser Plan all diesen *eingebuchteten* Intelligenzen entging. Dementsprechend machte ihn dieser Anschein von Hoffnung beinah blöde.

»Ruffard und Godet, haben die schon gefeiert? Haben die schon ein paar ihrer *Goldstücke* an die frische Luft gelassen?«, fragte Jacques Collin.

»Sie wagen es nicht«, antwortete La Pouraille. »Die Schufte warten ab, bis ich *gesenst* bin. Das hat mir meine *Braut* über La Biffe ausrichten lassen, als sie den Biffon besuchen kam.«

»Na schön, deren *Anteile* haben wir in vierundzwanzig Stunden!«, rief Jacques Collin. »Die Vögel können nichts zurückerstatten wie du, du wirst rein sein wie Schnee und die rot von all dem Blut! Du wirst mit meiner Hilfe ein netter Junge, den die verleitet haben. Ich nehme dein Geld für die Alibis in den anderen Prozessen, und wenn du erst im Straflager bist, denn dahin kommst du zurück, siehst du zu, dass du ausbrichst ... Das ist ein scheußliches Leben, aber immer noch das Leben!«

La Pourailles Augen zeugten von fiebernder Begeisterung.

»Alter! Mit siebenhunderttausend Franc hat man ganz schön *Möglichkeiten*!«, sagte Jacques Collin und machte seinen *Fanandel* ganz trunken vor Hoffnung.

»Dab! Dab!«

»Ich werde den Justizminister staunen lassen ... Ah! Ruffard wird tanzen, der *Zahn muss gezogen* werden. Bibi-Lupin ist gar.«

»Gut, abgemacht«, rief La Pouraille mit einer wilden Freude. »Befiehl, ich gehorche.«

Damit schloss er Jacques Collin in die Arme, wobei er in seinen Augen ein paar Freudentränen sehen ließ, so möglich erschien es ihm, seinen Kopf zu retten.

»Das ist nicht alles«, sagte Jacques Collin. »Der *Storch* verdaut langsam, besonders, wenn sich *das Fieber verdoppelt* (Enthüllung eines neuen Umstands). Jetzt müssen wir nur noch eine *Frau hübsch zurichten* (eine Frau falsch beschuldigen).«

»Wie? Wozu das?«, fragte der Mörder.

»Hilf mir, du wirst schon sehen! …«, antwortete der Todtäuscher.

Jacques Collin erklärte La Pouraille in knappen Worten das Geheimnis des Verbrechens von Nanterre und machte ihm die Notwendigkeit klar, eine Frau zu haben, die einverstanden wäre, die Rolle der Ginetta zu übernehmen. Dann steuerte er mit dem fröhlich gewordenen La Pouraille auf Le Biffon zu.

»Ich weiß, wie sehr du La Biffe liebst …«, sagte ihm Jacques Collin.

Der Blick von Le Biffon wurde geradezu ein Poem des Entsetzens.

»Was wird sie machen in der Zeit, wenn du auf der *Wiese* bist?«

In Le Biffons wilden Augen glänzte eine Träne.

»Wie wäre es, wenn ich sie dir für ein Jahr in den *Bräuteknast* (ins Frauengefängnis von la Force, Madelonnettes oder Saint-Lazare) schaffen würde, für die Zeit deiner *Gerbung* (deines Urteils), deiner Abfahrt, deiner Ankunft und deines Ausbruchs?«

»Wunder kannst auch du nicht bewirken, sie ist *nirgends drin* (nirgendwo Mittäter)«, antwortete der Liebhaber von La Biffe.

»Ach, mein Biffon«, sagte La Pouraille, »unser *Dab* ist stärker als *Mega* (Gott)! …«

»Was ist dein Passwort mit ihr?«, fragte Jacques Collin Le Biffon mit der Sicherheit eines Meisters, der keinen Widerspruch kennt.

»*Dunkel in Pantin* (Nacht in Paris). Bei diesem Wort weiß sie, dass es von mir kommt, und wenn du willst, dass sie dir gehorcht, zeig ihr einen *Fünfertaler* (Fünffrancmünze) und sag das Wort: *Fonbif!*«

»Sie wird verurteilt in der *Gerbung* von la Pouraille und nach einem Jahr *Schatten* begnadigt für Mitwirkung!«, sagte Jacques Collin bedeutungsvoll mit Blick auf La Pouraille.

La Pouraille begriff den Plan seines *Dab* und versprach ihm mit einem Blick, Le Biffon dazu zu bewegen, mitzumachen, indem er von La Biffe die falsche Mittäterschaft bekam für das Verbrechen, das er auf sich nehmen wollte.

»Auf Wiedersehen, meine Kinder. Ihr werdet bald hören, dass ich meinen Kleinen aus den Händen von Charlot gerettet habe«, sagte der Todtäuscher. »Ja, Charlot war in der Schreibstube mit seinen Kammerzofen, um Madeleine zurechtzumachen! Hört mal«, sagte er, »die holen mich jetzt zum *Dab des Storchen* (Generalstaatsanwalt).«

Tatsächlich war ein Aufseher von der Schleuse gekommen und machte diesem außergewöhnlichen Mann ein Zeichen, dem die Gefahr, in der der junge Korse schwebte, diese wilde Macht verliehen hatte, mit der er gegen die Gesellschaft kämpfen konnte.

Es ist nicht belanglos, festzuhalten, dass Jacques Collin in dem Augenblick, als ihm der Leichnam Luciens weggenommen wurde, in einer extremen Entscheidung beschlossen hatte, eine letzte Verkörperung zu versuchen, aber nicht mehr durch einen Menschen, sondern durch eine Sache. Er hatte schließlich den Schicksalsbeschluss gefasst, den Napoleon auf der Schaluppe fasste, die ihn zur *Bellérophon* brachte. In einem befremdlichen Zusammenspiel der Umstände half alles diesem Genie des Bösen und der Verkommenheit bei seinem Unterfangen.

Auch wenn der unerwartete Abschluss dieses Verbrecherlebens etwas von dem Wunderhaften verlöre, das in unseren Tagen nur mit inakzeptablen Unwahrscheinlichkeiten zu haben wäre, ist es notwendig, bevor Jacques Collin in die Amtsstube des Generalstaatsanwalts eintritt, Madame Camusot zu den Personen zu folgen, die sie aufsuchte, während sich alle diese Geschehnisse in der Conciergerie ereigneten. Eine der Verpflichtungen, gegen die der Chronist der Sitten niemals verstoßen darf, ist es, nicht das Wahre mit scheinbar dramatischen Arrangements zu verderben, insbesondere, wenn sich die Wirklichkeit alle Mühe gibt, romanhaft zu sein. Die Natur der Gesellschaft bringt besonders in Paris derartige Zufälle, solche Knäuel kapriziöser Verknüpfungen mit sich, dass sie das Vorstellungsvermögen der Erfinder allemal hinter sich lässt. Die Extremfälle des wirklichen Lebens erheben sich zu Verwicklungen, die der Kunst verschlossen sind, es sei denn, der Schriftsteller mildere sie ab, bereinige sie, kastriere sie.

Madame Camusots erster Besuch

Madame Camusot versuchte, sich eine morgendliche Kleiderkombination von leidlich gutem Geschmack zusammenzustellen, ein ziemlich schwieriges Unterfangen für die Frau eines Richters, die seit sechs Jahren ohne Unterbrechung in der Provinz gelebt hatte. Weder Marquise d'Espard noch Herzogin de Maufrigneuse sollten Anlass haben, etwas an ihr auszusetzen, wenn sie sie zwischen acht und neun Uhr morgens aufsuchte. Amélie-Cécile Camusot, obwohl eine geborene Thirion, beeilen wir uns, das zu sagen, hatte halben Erfolg. Bedeutet das in Fragen der Aufmachung nicht doppelte Selbsttäuschung? …

Man macht sich keine Vorstellung davon, wie nützlich die Pariser Frauen den Ehrgeizigen aller Arten sind; sie sind in der hohen Gesellschaft so nötig wie in der Welt der Diebe, wo sie, wie man soeben gesehen hat, eine riesige Rolle spielen. Nehmen Sie also einmal an, ein Mann ist zu einer bestimmten Gelegenheit und unter Gefahr, auf der Strecke zu bleiben, gezwungen, mit dieser unter der Restauration ungeheuerlichen Persönlichkeit zu sprechen, die sich auch heute noch Justizminister nennt. Nehmen Sie eine Person in der günstigsten Ausgangslage, einen Richter, das heißt jemanden, der sich auskennt im Hause. Der Richter muss entweder seinen Abteilungsleiter, den Privatsekretär oder den Amtssekretär aufsuchen und ihnen die Notwendigkeit einer sofortigen Unterredung begründen. Ist ein Justizminister jemals augenblicklich zu sprechen? Mitten am Tage, wenn er nicht im Gericht ist, ist er im Ministerrat oder leistet Unterschriften oder er hat eine Sitzung. Am Morgen schläft er wer weiß wo. Am Abend hat er öffentliche oder persönliche Verpflichtungen. Wenn jeder Richter einen Augenblick für eine Unterredung verlangen könnte, egal mit welcher Begründung, dann würde der Chef der Justiz belagert. Der Gegenstand der Unterredung, unter vier Augen, unmittelbar, unterliegt also dem Ermessen einer dieser Zwischeninstanzen, die zum Hindernis werden, zur Tür, die erst aufgetan werden muss, wenn nicht schon ein Konkurrent da steht. Eine Frau – die! – geht eine andere Frau aufsuchen; sie kann unmittelbar ins Schlafgemach eintreten, wenn sie die Neugierde der Hausherrin oder der Kammerdienerin weckt, insbesondere, wenn die Herrin ein großes Interesse hat oder selber etwas braucht. Nennen Sie die weibliche Macht Madame la Marquise d'Espard, mit der ein Minister rechnen musste; diese Frau schreibt ein kurzes duftendes Briefchen, das ihr Kammerdiener zum Kammerdiener des Ministers trägt. Den Minister erreicht das Liebesbriefchen im Moment des Erwachens, er liest es sofort. Wenn der Minister auch zu tun hat, ist er als Mann begeistert, dass er einer der Königinnen von Paris einen Besuch abstatten soll, einer Macht des Viertels Saint-Germain, einer Favoritin Ihrer königlichen Hoheit, der Frau des Thronfolgers oder des Königs. Casimir Perier, der einzige echte Premierminister, den die Julirevolution gehabt hat, ließ alles stehen und liegen, um einen früheren Ersten Kammerherrn von König Charles X. aufzusuchen.

Diese Überlegung erklärt die Macht folgender Worte:

›Madame, Madame Camusot wegen einer sehr dringenden Sache, die Madame schon kennt!‹, gesagt zur Marquise d'Espard von ihrer Kammerfrau, die von ihr annahm, dass sie erwacht sei.

Gleich rief die Marquise ungeduldig, Amélie hereinzuführen. Die Frau des Richters wurde aufmerksam angehört, als sie mit diesen Worten anfing:

»Marquise, wir sind verloren, dafür, dass wir Sie gerächt haben ...«

»Wie, meine kleine Schöne? ...«, antwortete die Marquise und betrachtete Madame Camusot in dem Halbschatten, den die angelehnte Tür schuf. »Sie sehen göttlich aus heute Morgen mit Ihrem kleinen Hut. Wo finden Sie diesen Schnitt? ...«

»Sie sind sehr freundlich, Madame ... Sie wissen, dass die Art, wie Camusot Lucien de Rubempré verhört hat, diesen jungen Mann in die Verzweiflung getrieben hat, und dass er sich im Gefängnis erhängt hat ...«

»Was ist mit Madame de Sérisy?«, rief die Marquise und spielte die Ahnungslose, um sich alles noch einmal erzählen zu lassen.

»Ach je! Die halten sie für verrückt geworden ...«, antwortete Amélie. »Ach, wenn Sie bei seiner Hoheit erreichen könnten, dass er meinen Mann gleich per Eilbefehl in den Justizpalast einbestellt, dann wird der Minister merkwürdige Geheimnisse erfahren, von denen er mit Sicherheit dem König Mitteilung machen wird ... und dann werden Camusots Feinde zum Schweigen verurteilt sein.«

»Wer sind Camusots Feinde?«, fragte die Marquise.

»Aber, der Generalstaatsanwalt, und jetzt Monsieur de Sérisy ...«

»Ist gut, meine Kleine«, gab Madame d'Espard zurück, die den Herren de Granville und de Sérisy ihre Niederlage in dem schändlichen Prozess verdankte, den sie zur Entmündigung ihres Mannes angestrengt hatte, »ich werde mich für Sie einsetzen, ich vergesse weder meine Freunde, noch meine Feinde.«

Sie läutete, ließ die Vorhänge öffnen, das Tageslicht strömte herein; sie verlangte ihr Schreibpult, und die Kammerfrau brachte es. Die Marquise kritzelte eilig einen kleinen Brief.

»Godard soll aufs Pferd steigen und diese Notiz in die Staatskanzlei bringen; es braucht keine Antwort«, sagte sie ihrer Kammerfrau.

Die Kammerfrau ging schnell hinaus, blieb aber entgegen ihrer Anweisung für ein paar Augenblicke an der Tür.

»Es gibt also große Geheimnisse?«, fragte Madame d'Espard. »Erzählen Sie mir das doch, liebe Kleine. Clotilde de Grandlieu, ist die nicht in diese Geschichte verwickelt?«

»Madame wird alles von seiner Hoheit erfahren, denn mein Mann hat mir nichts gesagt, er hat mich nur gewarnt vor der Gefahr für ihn. Für uns wäre es besser, wenn Madame de Sérisy stürbe, als dass sie verrückt bliebe.«

»Arme Frau!«, meinte die Marquise, »aber war sie das nicht schon vorher?«

Die Damen von Welt mit ihren hundert Arten, denselben Satz auszusprechen, führen den aufmerksamen Beobachtern die unendliche Weite musikalischer Tonarten vor. Die Seele dringt vollkommen ein in die Stimme wie auch in den Blick, sie hinterlässt ihren Eindruck im Licht wie in der Luft, den

Elementen, mit denen Augen und Kehlkopf wirken. Mit ihrer Intonation dieser beiden Worte: »Arme Frau!« ließ die Marquise die Befriedigung des gesättigten Hasses durchscheinen, das Glück des Triumphs. Ach! wie viel Unglück wünschte sie nicht der Beschützerin Luciens! Die Rache, die das gehasste Objekt überlebt, die niemals befriedigt wird, erregt finsteres Grausen. Dementsprechend war Madame Camusot, obwohl schon selbst herb, gehässig und streitbar, denn doch verblüfft. Sie wusste darauf keine Antwort, sie blieb still.

»Allerdings hat mir Diane erzählt, dass Léontine ins Gefängnis gegangen ist«, fuhr Madame d'Espard fort. »Die liebe Herzogin ist außer sich wegen dieses Skandals, denn sie hat den Fehler, Madame de Sérisy sehr zu mögen; aber das ist klar, sie haben diesen kleinen Dummkopf von Lucien fast zur gleichen Zeit geliebt, und nichts verbindet oder entzweit zwei Frauen mehr, als wenn sie ihre Andacht an demselben Altar verrichten. So hat diese liebe Freundin gestern zwei Stunden in Léontines Zimmer verbracht. Angeblich sagt die arme Gräfin schlimme Dinge! Mir ist gesagt worden, es sei abgeschmackt! ... Eine so standesbewusste Frau dürfte sich solchen Anwandlungen nicht überlassen! ... Pfui! Das ist eine rein körperliche Leidenschaft ... Die Herzogin hat mich aufgesucht, bleich wie eine Tote, sie hat ganz schön was durchgemacht! In dieser Sache ist einiges ungeheuerlich ...«

»Mein Mann wird dem Justizminister zu seiner Rechtfertigung alles sagen, denn man hat Lucien retten wollen, und er, Madame, er hat seine Pflicht getan. Ein Untersuchungsrichter muss die Personen in Einzelhaft immer in der vom Gesetz vorgeschriebenen Zeit verhören! ...«

»Er war dumm und aufsässig!«, merkte Madame d'Espard trocken an.

Die Frau des Richters bewahrte Schweigen beim Hören dieses Urteils.

»Wenn wir bei der Entmündigung von Monsieur d'Espard unterlegen waren, ist das nicht Camusots Fehler, ich werde das immer in Erinnerung behalten!«, fuhr die Marquise nach einer Pause fort, »… es waren Lucien und die Herren de Sérisy, Bauvan und de Granville, die uns die Niederlage zugefügt haben. Auf die Dauer wird Gott auf meiner Seite stehen! Alle diese Leute werden kein gutes Ende nehmen. Seien Sie beruhigt, ich werde den Chevalier d'Espard zum Justizminister schicken, damit der sich beeilt, Ihren Gatten zu sich kommen zu lassen, wenn es von Nutzen ist …«

»Ach! Madame …«

»Hören Sie!«, sagte die Marquise, »ich verspreche Ihnen sofort, morgen, die Auszeichnung mit dem Kreuz der Ehrenlegion! Das wird wie ein leuchtendes Zeugnis der Zufriedenheit mit Ihrem Verhalten in dieser Angelegenheit sein. Ja, es ist ein weiterer Fehler bei Lucien, das wird ihn als schuldig ausweisen! Es ist selten, dass sich jemand zum Vergnügen aufhängt … Also dann, auf Wiedersehen, liebe Schöne!«

Madame Camusots zweiter Besuch

Zehn Minuten später betrat Madame Camusot das Schlafzimmer der schönen Diane de Maufrigneuse, die, zu Bett gegangen um ein Uhr morgens, um neun noch immer nicht schlief.

So gefühllos Herzoginnen auch sein mögen – diese Frauen, deren Herz aus Gips ist, sehen nicht mit an, wie eine ihrer Freundinnen dem Wahnsinn verfällt, ohne dass dieses Schauspiel bei ihnen einen tiefen Eindruck hinterließe.

Und dazu hatte die Verbindung von Diane und Lucien, obwohl seit achtzehn Monaten beendet, im Geist der Herzogin genügend Erinnerungen hinterlassen, dass der unheilvolle Tod dieses Kindes auch ihr einen schlimmen Schlag versetzte. Die ganze Nacht hindurch hatte Diane diesen schönen jungen Mann gesehen, so bezaubernd, so dichterisch, der es so verstand, zu lieben, aufgehängt, wie es Léontine in den Anfällen und mit den Gesten heißen Fiebers geschildert hatte. Sie bewahrte beredte, betörende Briefe von Lucien, vergleichbar denen Mirabeaus an Sophie, doch poetischer, ausgearbeiteter, denn diese Briefe waren diktiert von der heftigsten der Leidenschaften, der Eitelkeit! Die hinreißendste der Herzoginnen zu haben, zu sehen, wie sie seinetwegen Torheiten beging, wohlgemerkt geheime Verrücktheiten, dieses Glück hatte Lucien den Kopf verdreht. Der Stolz des Liebhabers hatte den Poeten sehr inspiriert. Darum hatte die Herzogin diese erregenden Briefe – wie manche Greise obszöne Stiche – aufgehoben wegen der übertriebenen Lobpreisungen dessen, was am wenigsten herzoginnenhaft an ihr war.

›Er ist gestorben in einem schändlichen Gefängnis‹, sagte sie sich und drückte diese Briefe erschreckt an sich, als sie ihre Kammerfrau leise an der Tür klopfen hörte.

»Madame Camusot, wegen einer Angelegenheit von der äußersten Bedeutung für Madame«, sagte die Kammerfrau.

Diane sprang entsetzt auf.

»Oh!«, sagte sie mit einem Blick auf Amélie, die einen angemessenen Gesichtsausdruck zeigte, »ich errate alles! Es geht um meine Briefe ... Ah! meine Briefe! ... Ach, meine Briefe! ...«, und sank auf ein kleines Kanapee. Jetzt erinnerte sie sich, im Übermaß ihrer Leidenschaft Lucien in demselben Ton geantwortet zu haben, die Poesie des Mannes gefeiert zu haben, wie er die Triumphe der Frau besungen hatte, und in was für Dithyramben!

»Ach ja, Madame, ich komme, um Ihnen mehr zu retten als das Leben ... kommen Sie wieder zu sich, kleiden Sie sich an, gehen wir zu Herzogin de Grandlieu; denn zu Ihrem Glück sind Sie nicht die Einzige, die bloßgestellt wird.«

»Aber gestern hat Léontine, wie man mir im Justizpalast gesagt hat, alle die Briefe verbrannt, die bei unserem armen Lucien mitgenommen wurden?«

»Aber Madame, Lucien war gedoppelt von Jacques Collin«, rief die Frau des Richters, »Sie vergessen immer diese grässliche Gemeinschaft, die mit Sicherheit der einzige Grund für den Tod dieses bezaubernden und bedauernswerten jungen Mannes ist! Und dieser Machiavelli der Straflager, der hat niemals den Kopf verloren! Monsieur Camusot ist überzeugt, dass dieses Scheusal die kompromittierendsten Briefe in Sicherheit gebracht hat, die die Geliebten seinem ...«

»Seinem Freund«, sagte die Herzogin heftig. »Sie haben recht, meine kleine Schöne, man muss zu den Grandlieu zum Beratschlagen gehen. Uns alle geht diese Geschichte an, und zu unserem großen Glück reicht uns Sérisy die Hand ...«

Die äußerste Gefahr hat, wie schon bei den Szenen in der Conciergerie zu sehen war, eine Macht über die Seele, die genauso riesig ist wie die mächtiger Substanzen auf den Körper. Das ist eine elektrische Batterie der Moral. Vielleicht ist der Tag nicht weit, an dem man einen Weg findet, dass sich Gefühle chemisch zu Flüssigkeit kondensieren, vielleicht so wie bei der Elektrizität.

Es war dasselbe Phänomen beim Sträfling wie bei der Herzogin. Diese niedergeschlagene, sterbenstraurige Frau, die nicht geschlafen hatte, diese Herzogin, so anspruchsvoll mit ihrer Bekleidung, kam wieder zu den Kräften einer verzweifelten Löwin und der Geistesgegenwart eines Generals im Kugelhagel. Diane suchte sich ihre Kleidung selbst aus und machte sich zurecht mit der Geschwindigkeit, die eine Grisette brauchen würde, die sich selbst die Kammerfrau ist. Das geriet so wunderbar, dass das Kammermädchen einen Moment lang starr dastand, so war sie überrascht, ihre Herrin im Hemd zu sehen, wie sie womöglich mit Vergnügen die Frau des Richters durch den weißen Nebel des Leinens einen weißen Körper sehen ließ, der so vollkommen war wie der der Venus des Canova. Es war wie ein Juwel in Seidenpapier. Diane hatte unwillkürlich erraten, wo sich ihr schnelles Korsett befand, dies Korsett, das vorne zugehakt wird und das den eiligen Frauen die so schlecht verwendete Zeit des Schnürens erspart. Sie hatte bereits die Spitzen am Hemd festgesteckt und die Schönheiten ihres Busens einigermaßen zurechtgeschoben, als die Kammerfrau den Unterrock brachte und das Werk vollendete, indem sie ein Kleid reichte. Während Amélie auf ein Zeichen der Kammerfrau das Kleid hinten zuknöpfte und der Herzogin behilflich war, nahm die Kammerfrau Strümpfe aus schottischer Baumwolle, Samtstiefeletten, einen Schal und einen Hut. Amélie und die Kammerfrau bekleideten jede ein Bein.

»Sie sind die schönste Frau, die ich je gesehen habe«, sagte Amélie geübt und küsste das zarte und feine Knie Dianes in einer begeisterten Bewegung.

»Madame hat nicht ihresgleichen«, sagte die Kammerfrau.

»Ach was, Josette, seien Sie still«, gab die Herzogin zurück.

»Haben Sie einen Wagen?«, fragte sie Madame Camusot. »Also dann, meine kleine Schöne, wir plaudern unterwegs.« Damit lief die Herzogin die große Treppe des Palais Cadignan hinab und zog dabei ihre Handschuhe an, was man noch nie gesehen hatte.

»Zum Palais de Grandlieu, aber schnell!«, sagte sie einem der Diener und machte ihm ein Zeichen, hinten auf den Kutschbock zu steigen.

Der Diener zögerte, denn die Kutsche war eine Droschke.

»Ach! Herzogin, Sie hatten nicht gesagt, dass der junge Mann Briefe von Ihnen hatte! Ohne das wäre Monsieur Camusot anders vorgegangen ...«

»Léontines Zustand hat mich derartig besetzt, dass ich mich selber ganz vergessen habe«, sagte sie. »Die arme Frau war schon vorgestern fast wahnsinnig, denken Sie, was das in ihr für eine Unordnung hat verursachen können! Ach! Wenn Sie wüssten, meine Kleine, was wir gestern für einen Vormittag gehabt haben ... Nein, da könnte man ganz auf die Liebe verzichten. Gestern wurden wir alle beide, Léontine und ich, von einer grässlichen Alten, einer Kleiderhändlerin, einem Dragoner, in diesen blutigen und stinkenden Pfuhl geschleppt, den man Gericht nennt; auf der Fahrt zum Justizpalast habe ich ihr gesagt: ›Ist das nicht zum Auf-die-Knie-Fallen und zu schreien, wie Madame de Nucingen, als sie auf dem Weg nach Neapel in eines dieser schrecklichen Unwetter des Mittelmeers geriet: ›Mein Gott, steh mir bei, nur dieses Mal!‹ Das sind jetzt wirklich zwei Tage, die in meinem Leben zählen werden! Sind wir nicht dumm, dass wir schreiben? ... Aber wir lieben doch! Wir empfangen Blätter, die uns durch die Augen ins Herz brennen, und alles flammt auf! Und die Vorsicht schwindet dahin! Und man antwortet ...«

»Warum antworten, wenn man etwas tun kann!«, meinte Madame Camusot.

»Es ist so schön, sich gehen zu lassen! ...«, antwortete die Herzogin stolz. »Das ist die Wollust der Seele.«

»Schönen Frauen«, antwortete bescheiden Madame Camusot, »wird verziehen, sie haben viel mehr Gelegenheiten als wir, zu unterliegen!«

Die Herzogin lächelte.

»Immer sind wir zu großzügig«, sprach Diane de Maufrigneuse weiter. »Ich werde tun, was diese grässliche Madame d'Espard getan hat.«

»Und was hat die getan?«, fragte die Frau des Richters neugierig.

»Sie hat tausende Liebesbriefe geschrieben …«

»So viele! …«, unterbrach sie die Camusot.

»Ja, und man könnte darin nicht einen finden, der ihr schaden könnte.«

»Sie wären nicht imstande, derart kühl zu bleiben, diese Achtsamkeit zu wahren«, antwortete Madame Camusot. »Sie sind Frau, Sie sind einer dieser Engel, die dem Teufel nicht widerstehen können …«

»Ich habe mir geschworen, nie wieder zu schreiben. Ich habe in meinem ganzen Leben niemals, außer diesem unseligen Lucien, geschrieben … ich werde seine Briefe bis zu meinem Tod aufbewahren! Meine liebe Kleine, das ist Feuer, manchmal braucht man es …«

»Wenn man die fände!«, sagte die Camusot mit einer kleinen verklemmten Geste.

»Ach, ich werde sagen, dass das die Briefe eines begonnenen Romans sind. Denn ich habe alles abgeschrieben und die Originale verbrannt!«

»Oh, Madame, lassen Sie sie mich zur Belohnung lesen …«

»Vielleicht«, meinte die Herzogin. »Dann werden Sie sehen, meine Liebe, dass er an Léontine nichts Vergleichbares geschrieben hat.

Dies letzte Wort enthielt die ganze Frau, die Frau aller Zeiten und aller Länder.

Eine große Persönlichkeit, dem Vergessen anheimgegeben

Wie der Frosch in La Fontaines Fabel platzte Madame Camusot aus ihrer Haut vor Vergnügen, bei den Grandlieus in Begleitung der schönen Diane de Maufrigneuse einzutreten. Sie würde an diesem Vormittag eine dieser Verbindungen schaffen, die für den Ehrgeiz so bedeutend sind. So hörte sie sich bereits »Frau Präsident« nennen. Sie erlebte die unaussprechliche Freude des Überwindens ungeheurer Hindernisse, deren Hauptsächliches die Unfähigkeit ihres Mannes war, die noch verborgen geblieben, ihr aber bestens bekannt war. Einen mittelmäßigen Mann aufsteigen lassen! Das ist für eine Frau, wie für die Könige, sich das Vergnügen zu leisten, das so viele große Schauspieler verführt und das darin besteht, ein schlechtes Stück hundert Mal zu spielen. Das ist der Rausch des Egoismus! In gewisser Weise sind das die Saturnalien der Macht. Die Macht beweist sich selbst ihre Kraft in dem eigenartigen Missbrauch, eine Absurdität mit der Palme des Erfolgs zu krönen und dabei das Genie zu beleidigen, die einzige Kraft, an die die absolute Macht nie herankommt. Die Ernennung von Caligulas Pferd, diese cäsarische Farce, hatte und wird immer eine hohe Zahl von Aufführungen erleben.

In ein paar Minuten wechselten Diane und Amelie von der eleganten Unordnung, in der sich das Schlafzimmer der schönen Diane befand, in die Ordentlichkeit eines großartigen und strengen Luxus bei Herzogin de Grandlieu.

Diese sehr fromme Portugiesin erhob sich immer um acht Uhr, um die Messe in der kleinen Kirche des Heiligen Valerius hören zu gehen, Filialkirche der Gemeinde Thomas-de-Aquin, damals an der Esplanade des Invalides. Diese Kapelle, die heute abgerissen ist, ist in die Rue de Bourgogne verlegt worden, solange die gotische Kirche errichtet wird, die, wie es heißt, der Heiligen Clotilde geweiht werden soll.

Auf die ersten Worte, die Diane de Maufrigneuse der Herzogin de Grandlieu ins Ohr sagte, ging die gottesfürchtige Frau zu Monsieur de Grandlieu und holte ihn gleich dazu. Der Herzog warf einen dieser schnellen Blicke auf Madame Camusot, mit denen die großen Herren eine gesamte Existenz prüfen, und oft die Seele. Amélies Aufmachung war dem Herzog sehr hilfreich, um den Weg dieses bürgerlichen Lebens von Alançon nach Mantes und von Mantes nach Paris zu erraten.

Ach, wenn die Frau des Richters diese Gabe der Herzöge gekannt hätte, sie hätte diesen ironisch höflichen Blick nicht mit Freundlichkeit ertragen können, sie sah nur das Höfliche darin. Ahnungslosigkeit hat Anteil an den Vorzügen des Scharfsinns.

»Das ist Madame Camusot, Tochter von Thirion, eines der Beamten im Staatsrat«, sagte die Herzogin ihrem Mann.

Der Herzog grüßte die Frau aus der Beamtenschaft *sehr* höflich und sein Gesicht verlor etwas von seiner Bedeutungsschwere. Der Kammerdiener des Herzogs, nach dem er geläutet hatte, erschien.

»Gehen Sie in die Rue Honoré-Chevalier, nehmen Sie einen Wagen. Dort angekommen, läuten Sie an einer kleinen Tür, bei Nummer 10. Sagen Sie dem Diener, der Ihnen die Tür aufmacht, dass ich seinen Herrn bitte, hierher zu kommen; Sie bringen ihn gleich mit, wenn der Herr zu Hause ist. Bedienen Sie sich meines Namens, der genügt, um alle Schwierigkeiten zu überwinden. Bemühen Sie sich, nicht mehr als eine Viertelstunde dafür zu verwenden.«

Ein weiterer Kammerdiener, der der Herzogin, erschien, sobald der des Herzogs aufgebrochen war.

»Gehen Sie in meinem Namen zu Herzog de Chaulieu,

lassen Sie ihm diese Karte reichen.« Der Herzog gab seine Karte, die auf eine bestimmte Art zusammengefaltet war. Wenn diese beiden engen Freunde das Bedürfnis hatten, sich auf der Stelle wegen einer eiligen und heimlichen Angelegenheit zu sehen, die keine schriftliche Notiz erlaubte, meldeten sie das einander auf diese Art.

Man sieht, dass sich die Bräuche auf allen Ebenen der Gesellschaft gleichen und sich nur unterscheiden durch die Manieren, die Art und Weise, die Nuancen. Die hohe Gesellschaft hat ihren Argot. Nur dass dieser Argot *Stil* heißt.

»Sind Sie denn ganz sicher, Madame, dass es diese angeblichen Briefe von Mademoiselle Clotilde de Grandlieu an diesen jungen Mann gibt?«, fragte Herzog de Grandlieu und warf dabei einen prüfenden Blick auf Madame Camusot, wie ein Seemann sein Lotblei herablässt.

»Ich habe sie nicht gesehen, aber es ist zu befürchten«, antwortete sie zitternd.

»Meine Tochter kann nichts geschrieben haben, weswegen man sich schämen müsste!«, rief die Herzogin.

›Arme Herzogin!‹, dachte Diane und warf einen Blick auf Herzog de Grandlieu, der ihn erbeben ließ.

»Was meinst du, meine liebe kleine Diane?«, sagte der Herzog ins Ohr der Herzogin de Maufrigneuse, während er sie in eine Fensternische führte.

»Clotilde ist so verrückt nach Lucien, mein Lieber, dass sie sich noch mit ihm vor ihrer Abreise getroffen hat. Ohne die kleine Lenoncourt wäre sie mit ihm im Wald von Fontainebeau noch durchgebrannt! Ich weiß, dass Lucien Clotilde Briefe geschrieben hat, die einer Heiligen den Kopf verdreht hätten! Wir sind drei Töchter Evas, umschlungen von der Schlange des Briefwechsels ...«

Der Herzog und Diane kamen vom Fenster wieder zurück zur Herzogin und zu Madame Camusot, die leise miteinander sprachen. Amélie, die damit den Ratschlag von Herzogin de Maufrigneuse befolgte, gab sich als Gläubige, um die Zuneigung der stolzen Portugiesin zu gewinnen.

»Wir sind in der Hand eines schäbigen ausgebrochenen Sträflings!«, sagte der Herzog mit einem bezeichnenden Achselzucken. »Da sehen wir, was es bringt, bei sich Leute zu empfangen, derer man sich nicht vollkommen sicher ist! Man muss, bevor man jemanden bei sich zulässt, sein Vermögen, seine Eltern und sein ganzes Vorleben genau kennen …«

Dieser Satz ist vom aristokratischen Standpunkt aus die Moral dieser Geschichte.

»So ist es«, meinte Herzogin de Maufrigneuse. »Lasst uns überlegen, wie wir die arme Madame de Sérisy, Clotilde und mich da herausbekommen …«

»Wir können nichts tun, als auf Henri warten, ich habe ihn bitten lassen; aber alles hängt ab von dem Mann, den Gentil holen gegangen ist. Wolle Gott, dass dieser Mann in Paris ist! Madame«, wandte er sich an Madame Camusot, »ich danke Ihnen, dass Sie an uns gedacht haben …«

Das war die Verabschiedung von Madame Camusot. Die Tochter des Amtmanns vom Hof hatte Verstand genug, den Herzog zu verstehen, und erhob sich; doch Herzogin de Maufrigneuse, mit dieser bewundernswerten Anmut, die ihr so viel Vertrauen und Freundschaften einbrachte, nahm Amélie bei der Hand und zeigte sie auf eine ganz bestimmte Art dem Herzog und der Herzogin.

»Aus eigenem Antrieb, und als ob sie nicht mit dem Morgengrauen aufgestanden wäre, um uns alle zu retten, bitte ich Sie um mehr als ein Erinnern für meine kleine Madame Camusot. Sie hat mir schon vorher Gefallen getan, die man nicht vergisst; außerdem ist sie voll und ganz für uns, sie und ihr Mann. Ich habe versprochen, ihren Camusot aufsteigen zu lassen, und ich bitte Sie, ihn besonders zu fördern, um meinetwillen.«

»Sie haben diese Empfehlung nicht nötig«, sagte der Herzog. »Die Grandlieus erinnern sich immer der Dienste, die man ihnen erwiesen hat. Die Leute des Königs werden bald Gelegenheit haben, sich auszuzeichnen, es wird Ihnen Ergebenheit abverlangt werden, Ihr Gatte wird in die Bresche springen ...«

Madame Camusot zog sich voller Stolz zurück, glücklich, geschwollen zum Ersticken. Sie kam triumphierend nach Hause, sie bewunderte sich, sie machte sich lustig über die Feindschaft des Generalstaatsanwalts. Sie sagte sich: ›Wenn wir Monsieur de Granville hochgehen ließen!‹

Der dunkle und machtvolle Corentin

Es war Zeit, dass sich Madame Camusot zurückzog. Herzog de Chaulieu, einer der Lieblinge des Königs, begegnete dieser Bürgersfrau auf der Freitreppe.

»Henri«, rief Herzog de Grandlieu, als er seinen Freund angekündigt hörte, »lauf, ich bitte dich, ins Schloss, versuch, mit dem König zu sprechen, es geht um Folgendes.« Und er nahm den Herzog an das Fenster, wo er sich bereits mit der leichtfertigen und anmutigen Diane besprochen hatte.

Immer wieder schaute Herzog de Chaulieu verstohlen nach der tollen Herzogin, die, ganz im Gespräch mit der frommen Herzogin und von ihr zurechtgewiesen, die koketten Blicke Herzog de Chaulieus erwiderte.

»Liebes Kind«, sagte Herzog de Grandlieu schließlich, dessen Vieraugengespräch zu Ende war, »seien Sie doch vernünftig! Schauen Sie«, fügte er an und nahm Dianes Hände, »wahren Sie Anstand, belasten Sie sich nicht weiter, schreiben Sie niemals! Die Briefe, meine Liebe, haben genauso viel individuelles wie öffentliches Unglück verursacht ... Was bei einem jungen Mädchen wie Clotilde verzeihlich wäre, die zum ersten Mal verliebt ist, ist unentschuldbar bei ...«

»... einem alten Grenadier, der im Feuer gestanden hat!«, sagte die Herzogin und zog dem Herzog eine Schnute. Diese Bewegung des Gesichts und der Scherz brachten ein Lächeln auf die ratlosen Gesichter der beiden Herzöge und sogar der frommen Herzogin. »Es ist jetzt vier Jahre her, dass ich keine Liebesbriefe geschrieben habe! ... Sind wir gerettet?«, fragte Diane, die ihre Befürchtungen unter Kindereien verbarg.

»Noch nicht!«, sagte Herzog de Chaulieu, »Sie wissen gar nicht, wie schwierig Willkürakte durchzubringen sind. Das ist für einen König, der an eine Verfassung gebunden ist, wie eine Untreue für eine verheiratete Frau. Es ist seine Art von Ehebruch.«

»Seine süße Sünde!«, meinte Herzog de Grandlieu.

»Die verbotene Frucht!«, fügte Diane lächelnd an. »Ach, wie gern würde ich Regierung sein; denn ich habe nichts mehr von dieser Frucht, ich habe alles gegessen.«

»Aber, liebe, meine Teure!«, sagte die fromme Herzogin, »Sie gehen zu weit.«

Als sie an der Freitreppe einen Wagen mit dem Radau anhalten hörten, den in Galopp gebrachte Pferde machen, ließen die beiden Herzöge, nachdem sie sich verabschiedet hatten, die beiden Frauen allein und begaben sich in das Schreibzimmer Herzog de Grandlieus, wo der Bewohner der Rue Honoré-Chevalier hereingebracht wurde, der kein anderer war als der Chef der Gegenpolizei des Hofs, der politischen Polizei, der dunkle und machtvolle Corentin.

»Treten Sie ein«, sagte Herzog de Grandlieu, »treten Sie ein, Monsieur de Saint-Denis.«

Corentin, überrascht von so viel Erinnerungsvermögen beim Herzog, ging voran, nachdem er sich vor den beiden Herzögen tief verneigt hatte.

»Es geht immer noch um dieselbe Person, beziehungsweise ist es wegen ihr, mein werter Herr«, sagte Herzog de Grandlieu.

»Er ist aber tot«, sagte Corentin.

»Es bleibt ein Komplize«, gab Herzog de Chaulieu zu bemerken, »ein rauer Komplize.«

»Der Sträfling Jacques Collin!«, gab Corentin zurück.

»Erzähl, Ferdinand«, sagte Herzog de Chaulieu dem früheren Botschafter.

»Der Halunke ist zum Fürchten«, antwortete Herzog de Grandlieu, »denn er hat, um damit zu erpressen, Briefe an sich gebracht, die die Damen de Sérisy und de Maufrigneuse diesem Lucien Chardon, seiner Kreatur, geschrieben haben. Es sieht so aus, dass es bei diesem jungen Mann ein System hatte, zu leidenschaftlichen Briefen im Tausch gegen die seinen zu verleiten; auch Mademoiselle de Grandlieu hat welche geschrieben, heißt es; wir befürchten es wenigstens, und wir können nichts in Erfahrung bringen, sie ist auf Reisen ...«

»Der kleine junge Mann«, antwortete Corentin, »war gar nicht fähig, solche Faustpfände zu sammeln! Das ist eine Vorsichtsmaßnahme, die Abbé Carlos Herrera ergriffen hat!« Corentin stützte seinen Ellenbogen auf die Lehne seines Sessels und überlegte, den Kopf auf der Hand. »Geld! ... dieser Mann hat davon mehr als wir«, sagte er. »Esther Gobseck hat er benutzt als Ködermade, um die zwei Millionen aus diesem Goldstückteich namens Nucingen zu fischen ... Meine Herren, lassen Sie mir von dem, der dafür zuständig ist, Vollmacht erteilen, ich schaffe Ihnen diesen Mann vom Hals! ...«

»Und ... die Briefe?«, wollte Herzog de Grandlieu von Corentin wissen.

»Hören Sie, meine Herren«, sprach Corentin weiter und zeigte beim Aufstehen sein rotes Mardergesicht. Er schob die Hände in die Taschen seiner schwarzen fußlangen Flanellhose. Dieser große Darsteller des historischen Dramas unserer Zeit hatte bloß eine Weste und einen Mantel übergestreift, er war nicht aus seiner Haushose gestiegen, so bewusst war ihm, wie dankbar die Großen sind für Promptheit zu bestimmten Gelegenheiten. Er ging auf und ab wie daheim und redete mit normaler Stimme, als wäre er allein. »Das ist ein Sträfling! Man kann ihn ohne Prozess in Einzelhaft stecken, in Bicêtre ohne die Möglichkeit eines Austauschs, und ihn dort verrecken lassen … Doch er kann seinen Leuten Anweisungen gegeben haben, weil er diesen Fall voraussieht!«

»Aber er war in Einzelhaft«, sagte Herzog de Grandlieu, »sofort, nachdem er bei diesem Mädchen überraschend gefasst worden ist.«

»Gibt es Geheimnisse für diesen Vogel?«, antwortete Corentin. »Der ist so stark wie … wie ich!«

›Was tun?‹, fragten sich die beiden Herzöge mit einem Blick.

»Wir können den Kerl sofort wieder ins Straflager eingliedern … nach Rochefort, da ist er binnen sechs Monaten tot! Oh! Ohne Verbrechen!«, sagte er zur Antwort auf eine Geste Herzog de Grandlieus. »Was wollen Sie, ein Häftling hält bei einem warmen Sommer nicht länger als sechs Monate durch, wenn man ihn wirklich zwingt zu arbeiten inmitten der Mückenschwärme der Charente. Aber das ist nur gut, wenn unser Mann keine Vorsichtsmaßnahmen mit diesen Briefen getroffen hat. Wenn der Vogel seine Gegner fürchtet, und das ist wahrscheinlich, muss man herauskriegen, was seine Vorsichtsmaßnahmen sind. Wenn der Halter der Briefe arm ist, ist er käuflich … es geht also darum, Jacques Collin plaudern zu lassen! Was für ein Zweikampf! Ich würde dabei unterliegen. Was besser wäre, das ist, diese Briefe mit anderen zu kaufen! ... Gnadenbriefe, und mir diesen Mann für meinen Laden zu überlassen. Jacques Collin ist der einzige Mann, der fähig wäre, mein Nachfolger zu werden, nachdem dieser arme Contenson und der liebe Peyrade tot sind. Jacques Collin hat mir diese beiden unvergleichlichen Spione umgebracht, als wollte er sich eine Stelle schaffen. Da müssen Sie mir, wie Sie sehen, freie Bahn lassen. Jacques Collin ist in der Conciergerie. Ich suche Monsieur de Granville in seiner Staatsanwaltschaft auf. Schicken Sie also jemanden Vertrauenswürdiges, der mich dort trifft; denn ich brauche entweder einen Brief, den ich Monsieur de Granville vorweise, der nichts von mir weiß, einen Brief, den ich aber dem Gerichtspräsidenten zurückgeben würde, oder einen sehr beeindruckenden Mittelsmann ... Sie haben eine halbe Stunde, denn ich brauche ungefähr eine halbe Stunde, um mich anzukleiden, das heißt, um das zu werden, was ich in den Augen des Generalstaatsanwalts sein muss.«

»Monsieur«, sagte Herzog de Chaulieu, »ich kenne ihre große Fähigkeit, ich bitte Sie nur um ein Ja oder ein Nein. Sind Sie sich Ihres Erfolgs sicher?«

»Ja, mit einer Vollmacht und mit Ihrer Zusage, nie zu kommen und mich zu dieser Sache auszufragen. Mein Plan steht.«

Diese finstere Antwort verursachte den beiden hohen Herren einen leichten Schauder.

»Also gut! Monsieur«, sagte Herzog de Chaulieu. »Sie rechnen diese mit den anderen Sachen ab, die Sie normalerweise erledigen.«

Corentin grüßte die beiden hohen Herren und ging.

Henri de Lenoncourt, für den Ferdinand de Grandlieu einen Wagen hatte anspannen lassen, begab sich unverzüglich zum König, den er durch das Vorrecht seines Amtes zu jeder Zeit aufsuchen konnte.

So sollten sich all die unterschiedlichen Interessen von unten und von oben in der Gesellschaft miteinander verknüpfen und sich im Dienstzimmer des Generalstaatsanwalts begegnen, zusammengeführt durch die vertrackte Situation und verkörpert durch diese drei Männer: Die Justiz durch Monsieur de Granville, die Familie durch Corentin, gegenüber diesem schrecklichen Gegner Jacques Collin, der das Böse der Gesellschaft in seiner wilden Energie verkörperte.

Was für ein Duell zwischen Gesetz und Willkür, vereint gegen das Straflager und seine Tücke! Das Straflager, dies Symbol der Verwegenheit, die Berechnung und Überlegung überspielt, der jedes Mittel recht ist, die sich nicht verstellt wie die Willkür, die das Begehren des hungrigen Magens hässlich verkörpert, der blutige, der rasche Aufschrei des Hungers! War es nicht Angriff und Verteidigung? Raub und Eigentum? Die furchtbare Frage nach den Regeln der Gesellschaft und der Natur auf kleinstmöglichem Raum? Kurz, es war ein schreckliches, ein lebendes Bild der antisozialen Kompromisse, die die zu schwachen Vertreter der Macht mit den wilden Aufrührern schließen.

Leiden eines Generalstaatsanwalts

Als Camusot beim Generalstaatsanwalt angekündigt wurde, machte er ein Zeichen, ihn sofort eintreten zu lassen. Monsieur de Granville, der diesen Besuch erwartete, wollte sich mit dem Richter abstimmen, wie sie die Sache mit Lucien beenden würden. Der Abschluss konnte nicht mehr der sein, den er am Vortag gemeinsam mit Camusot gefunden hatte, vor dem Tod des armen Dichters.

»Nehmen Sie Platz, Monsieur Camusot«, sagte Monsieur de Granville und ließ sich in seinen Sessel plumpsen.

Der Justizbeamte ließ sich, als er allein war mit dem Richter, die Niedergeschlagenheit anmerken, die ihn erfüllte. Camusot betrachtete Monsieur de Granville und bemerkte auf diesem so festen Gesicht eine beinah totengleiche Blässe und eine äußerste Erschöpfung, eine vollkommene Kraftlosigkeit, die von Leiden zeugten, die vielleicht grausamer waren als die des zum Tod Verurteilten, dem der Amtsschreiber die Ablehnung seiner Berufung verkündet hat. Dabei heißt diese Lesung nach den Gepflogenheiten der Justiz: Machen Sie sich gefasst, es kommen Ihre letzten Momente.

»Ich kann später wiederkommen, Graf«, sagte Camusot, »auch wenn die Sache dringend ist ...«

»Bleiben Sie«, gab der Generalstaatsanwalt würdevoll zurück. »Die echten Juristen müssen zu ihren Befürchtungen stehen und sie verbergen können. Es wäre mein Fehler, wenn Sie eine Verunsicherung bei mir bemerkt haben sollten ...«

Camusot machte eine Geste.

»Gebe Gott, dass Ihnen diese äußersten Zwänge unseres Lebens unbekannt bleiben! Man würde schon für weniger zusammenbrechen! Ich habe die letzte Nacht bei einem meiner engsten Freunde verbracht; ich habe nur zwei Freunde, das sind Graf Octave de Bauvan und Graf de Sérisy. Wir sind geblieben, Monsieur de Sérisy, Graf Octave und ich, von sechs Uhr gestern Abend bis sechs Uhr heute früh und sind im Wechsel vom Salon ans Bett von Madame de Sérisy gegangen und hatten jedes Mal Angst, sie tot oder für immer verrückt vorzufinden! Desplein, Bianchon, Sinard haben mit zwei Krankenwärtern das Zimmer nicht verlassen. Der Graf vergöttert seine Frau. Denken Sie an die Nacht, die ich zwischen einer vor Liebe verrückten Frau und meinem vor Verzweiflung verrückten Freund verbracht habe. Ein Staatsmann ist nicht verzweifelt wie ein Dummkopf! Sérisy, ruhig wie in seinem Amtssitz, wand sich auf seinem Sessel, um vor uns ein ruhiges Gesicht zu bewahren. Schweißperlen krönten diese unter so vielen Mühen geneigte Stirn. Ich habe von fünf bis halb acht geschlafen, übermannt von der Müdigkeit, und ich musste um halb neun hier sein, um eine Hinrichtung anzuordnen. Glauben Sie mir, Monsieur Camusot, wenn ein Justizbeamter die gesamte Nacht lang in den Abgründen des Schmerzes gelegen hat und die Hand Gottes auf den Dingen der Menschen lasten fühlt und sie derart an edle Herzen rührt, dann fällt es ihm schon schwer, sich an seinen Arbeitstisch zu setzen und kühl zu bestimmen: ›Lassen Sie um vier einen Kopf rollen! Vernichten Sie ein Geschöpf Gottes mitten in seinem Leben, seiner Kraft, seiner Gesundheit.‹ Und doch ist das meine Aufgabe! ... Erschöpft vom Schmerz muss ich Anweisung geben, das Schafott aufzustellen. ...

Der Verurteilte weiß nicht, dass der Richter genauso wie er Ängste durchleidet. In dem Moment sind wir beide, einer an den anderen, gefesselt durch ein Blatt Papier, ich als die rächende Gesellschaft, er als das zu sühnende Verbrechen, zwei Seiten ein und derselben Pflicht, zwei durch das Schwert des Gesetzes für einen Moment aneinandergeschweißte Existenzen. Diese so heftigen Leiden des Richters, wer beklagt die? Wer spendet Trost? ... Unser Heldentum besteht darin, sie im Grunde unserer Herzen zu vergraben. Der Priester mit seinem Gott geweihten Leben, der Soldat und seine tausend Tode für das Vaterland, scheinen es mir besser zu haben als der Richter mit seinen Zweifeln, seinen Befürchtungen, seiner entsetzlichen Verantwortung.

Sie wissen, dass wir einen jungen Mann von siebenundzwanzig Jahren hinrichten müssen«, fuhr der Generalstaatsanwalt fort, »schön wie unser Toter von gestern, blond wie er, dessen Kopf wir wider Erwarten bekommen haben; zu seinen Lasten gab es nur Beweise der Hehlerei. Verurteilt, hat dieser Junge nicht gestanden! Er widersteht seit siebzig Tagen allen

Prüfungen und behauptet seine Unschuld. Seit zwei Monaten trage ich zwei Köpfe auf den Schultern! Ach, ich gäbe wohl ein Jahr meines Lebens für sein Geständnis, denn man muss den Geschworenen Sicherheit geben! ... Überlegen Sie mal, was das für ein Schlag für die Justiz wäre, wenn man eines Tages entdecken würde, dass das Verbrechen, für das er sterben wird, ein anderer begangen hätte.

In Paris gewinnt alles entsetzlich an Gewicht, die kleinsten Angelegenheiten der Justiz werden politisch.

Das Schwurgericht, diese Einrichtung, die die revolutionären Gesetzgeber so stark fanden, ist ein Element gesellschaftlichen Niedergangs, denn es erfüllt seine Aufgabe nicht, es schützt die Gesellschaft nicht ausreichend. Die Geschworenenjury ist leichtfertig mit ihren Aufgaben. Die Geschworenen teilen sich in zwei Lager, von denen das eine keine Todesstrafe mehr will, und daher rührt eine völlige Verkehrung der Gleichheit vor dem Gesetz. Ein schlimmes Verbrechen wie der Vatermord bekommt in dem einen Departement einen Freispruch, während in jenem anderen Departement ein, sagen wir mal, gewöhnliches Verbrechen mit dem Tod bestraft wird! Was wäre los bei uns, wenn man in Paris einen Unschuldigen hinrichten würde?«

»Das ist ein entwichener Schwerverbrecher«, merkte Camusot schüchtern an.

»Unter den Händen der Opposition und der Presse würde daraus ein Osterlamm!«, rief Monsieur de Granville, »und die Opposition hätte leichtes Spiel, ihn reinzuwaschen, denn er ist ein Korse, ein fanatischer Anhänger der Denkweisen seines Landes, seine Morde gehören zur *vendetta*! ... Auf dieser Insel tötet man seinen Feind und hält sich, und wird dafür gehalten, für einen Ehrenmann.

Ah! Die wahren Richter haben es wirklich schwer! Schauen Sie, die sollten getrennt von jeder Gesellschaft leben wie früher die Hohepriester. Die Leute würden die nur sehen, wenn sie zu vorgegebener Stunde aus ihrer Zelle kommen, ernst, alt und ehrwürdig, und urteilen wie die Hohepriester antiker Gesellschaften, die in sich die Macht der Rechtsprechung und die priesterliche Macht vereinten! Man träfe uns allenfalls auf unseren Sitzen ... Heute sieht man uns leiden oder bester Laune wie die anderen! ... Man sieht uns in den Salons, mit der Familie, als Bürger, mit Leidenschaften, und wir können albern sein statt Furcht einflößend ...«

Dieser äußerste Aufschrei, unterbrochen von Pausen und Einwürfen und begleitet von Gesten, die ihm eine Beredsamkeit verliehen, die schwierig aufs Papier zu übertragen ist, ließ Camusot schaudern.

Was tun?

»Ich habe, Monsieur«, sagte Camusot, »gestern auch angefangen, Erfahrungen mit den Leiden unseres Standes zu machen! ... Der Tod des jungen Mannes hätte mich fast umgebracht, er hatte nicht meine Gewogenheit begriffen, der Unglückliche hat sich selbst hineingeritten ...«

»Ha! Sie hätten ihn nicht verhören sollen«, rief Monsieur de Granville, »es ist so einfach, einen Gefallen zu erweisen, indem man sich zurückhält! ...«

»Und das Gesetz!«, antwortete Camusot. »Er war seit zwei Tagen in Haft! ...«

»Das Unglück ist geschehen«, sprach der Generalstaatsanwalt weiter. »Ich habe nach besten Kräften repariert, was, natürlich, nicht zu reparieren ist. Meine Kutsche und meine Leute sind im Geleitzug dieses armen schwachen Poeten. Sérisy macht es wie ich, und noch mehr, er übernimmt die Aufgabe, die ihm dieser unglückliche junge Mann übertragen hat, er wird sein Testamentsvollstrecker. Er hat durch dies Versprechen von seiner Frau einen Blick erhalten, in dem die Vernunft durchschimmerte. Und schließlich wird Graf Octave persönlich an der Beisetzung teilnehmen.«

»Also, Graf«, sagte Camusot, »schließen wir unsere Arbeit ab. Es bleibt uns ein ziemlich gefährlicher Beschuldigter. Es ist, Sie wissen es so gut wie ich, Jacques Collin. Dieser Schuft wird bekommen, was er verdient …«

»Dann sind wir verloren!«, rief Monsieur de Granville.

»Er ist in diesem Augenblick bei Ihrem Todeskandidaten, der früher in der Strafanstalt das war, was Lucien für ihn in Paris gewesen ist … sein Schützling! Bibi-Lupin hat sich als Gendarm verkleidet, um dem Gespräch beizuwohnen.«

»In was mischt sich die Kriminalpolizei da ein?«, sagte der Generalstaatsanwalt, »die darf nur auf meine Anordnung handeln! …«

»Die gesamte Conciergerie wird erfahren, dass wir Jacques Collin haben … Na ja, ich habe Ihnen gerade gesagt, dass dieser verwegene Schwerverbrecher die verfänglichsten Briefe der Korrespondenz von Madame de Sérisy, Herzogin de Maufrigneuse und von Fräulein Clotilde de Grandlieu besitzen muss.«

»Sind Sie da sicher? …«, fragte Monsieur de Granville, dessen schmerzliche Überraschung seinem Gesicht anzusehen war.

»Beurteilen Sie selbst, Graf, ob ich Grund habe, dies Missgeschick zu fürchten. Als ich das Bündel der Briefe auffaltete, die bei dem unglücklichen jungen Mann ergriffen wurden, hat Jacques Collin darauf gestarrt und ein zufriedenes Lächeln erkennen lassen, bei dessen Deutung sich ein Untersuchungsrichter nicht täuschen konnte. Ein so hartgesottener Ganove wie Jacques Collin wird sich schön hüten, solche Waffen aus der Hand zu geben. Was stellen Sie sich vor, was aus diesen Dokumenten in den Händen eines Verteidigers wird, den sich der Vogel unter den Feinden der Regierung und des Adels aussuchen wird? Meine Frau, für die Herzogin de Maufrigneuse etwas übrig hat, ist hingegangen, sie zu warnen, und jetzt gerade müssten sie bei den Grandlieu beratschlagen ...«

»Der Prozess dieses Mannes ist unmöglich!«, rief der Generalstaatsanwalt, erhob sich und lief in großen Schritten durch sein Dienstzimmer. »Er wird diese Stücke an einen sicheren Ort getan haben ...«

»Ich weiß, wo«, sagte Camusot. Mit diesem einen Wort löschte der Untersuchungsrichter alle Vorbehalte aus, die der Generalstaatsanwalt gegen ihn gefasst hatte.

»Lassen Sie hören! ...«, setzte sich Monsieur de Granville wieder hin.

»Auf dem Weg von zu Hause in den Justizpalast habe ich mir diese leidige Sache gründlich durch den Kopf gehen lassen. Jacques Collin hat eine Tante, eine richtige, nicht eine so bezeichnete Tante, eine Frau, über die die politische Polizei eine Notiz an die Präfektur gesandt hat. Er ist der Schüler und der Gott dieser Frau, der Schwester seines Vaters, sie heißt Jacqueline Collin. Diese Person hat einen Laden mit Kleidern, und mithilfe der Beziehungen, die sie sich durch diesen Handel geschaffen hat, kennt sie manches Familiengeheimnis. Wenn Jacques Collin die Aufbewahrung der Papiere, die ihn retten, irgendjemandem anvertraut hat, dann dieser Gestalt; nehmen wir sie fest ...«

Der Generalstaatsanwalt warf einen schlauen Blick auf Camusot, der sagen sollte: ›Dieser Mann ist doch nicht so dumm, wie ich gestern glaubte; er ist bloß jung und versteht es noch nicht, die Zügel der Justiz zu führen.‹

»Aber«, fuhr Camusot fort, »um damit Erfolg zu haben, müssen wir sämtliche Maßnahmen, die wir gestern beschlossen haben, ändern, und ich bin gekommen, um Ihren Rat, Ihre Anweisungen zu erfragen ...«

Der Generalstaatsanwalt nahm sein Papiermesser und klopfte damit sanft an die Tischkante, eine dieser Gesten, die man von allen denkenden Menschen kennt, wenn sie sich vollständig einem Gedankengang überlassen.

»Drei große Familien in Gefahr!«, rief er aus, »Nicht dass wir einen Bock schießen! ... Sie haben recht, folgen wir vor allem anderen der Lehre von Fouché: *Verhaften wir!* Jacques Collin muss sofort wieder in Einzelhaft.«

»Wir gestehen damit zu, dass er Sträfling ist! Das heißt Luciens Andenken zu zerstören ...«

»Was für eine grässliche Geschichte!«, sagte Monsieur de Granville. »Alles ist in Gefahr.«

In diesem Moment trat der Direktor der Conciergerie ein, nicht ohne angeklopft zu haben; doch ein Amtsraum wie der des Generalstaatsanwalts ist so umfassend abgeschirmt, dass allein die Vertrauten der Staatsanwaltschaft an die Tür klopfen können.

»Graf«, sagte Monsieur Gault, »der Beschuldigte, der den Namen Carlos Herrera trägt, möchte Sie sprechen.«

»Hat er mit jemandem gesprochen?«, fragte der Generalstaatsanwalt.

»Mit den Häftlingen, denn er ist seit ungefähr halb acht im Hof. Er hat den Todeskandidaten aufgesucht, der mit ihm *geplaudert* zu haben scheint.«

Durch eine Bemerkung Camusots, die ihm einfiel wie ein Lichtstrahl, erkannte Monsieur de Granville den gesamten Nutzen, den man aus einem Eingeständnis der Nähe Jacques Collins zu Théodore Calvi ziehen konnte, um die Rückgabe der Briefe zu erreichen.

Ein Theatercoup

Glücklich, einen Grund zu haben, die Hinrichtung zu verschieben, rief der Generalstaatsanwalt Monsieur Gault mit einer Geste zu sich.

»Meine Absicht«, sagte er ihm, »ist, die Hinrichtung auf morgen zu verschieben; dass man aber in der Conciergerie erst mal nichts weiß von diesem Aufschub. Absolutes Schweigen. Der Scharfrichter soll kommen und die Vorbereitungen überwachen. Schicken Sie diesen spanischen Priester gut bewacht hierher, es wird nach ihm von der spanischen Botschaft verlangt. Die Gendarmen nehmen den Herrn Carlos über die Verbindungstreppe, damit er niemanden sehen kann. Schärfen Sie diesen Männern ein, dass die ihn zu zweit halten, jeder an einem Arm, und dass er nicht vor der Tür meines Dienstzimmers losgelassen wird. – Sind Sie denn sicher, Monsieur Gault, dass dieser gefährliche Fremde mit niemand anderem als den Häftlingen hat reden können?«

»Ach ja, als er aus der Zelle des zum Tod Verurteilten getreten ist, ist eine Dame vorstellig geworden, um ihn zu sehen ...«

Hier wechselten die beiden Richter einen Blick, und was für einen Blick!

»Welche Dame?«, sagte Camusot.

»Eins seiner Beichtkinder ... eine Marquise«, antwortete Monsieur Gault.

»Das wird ja immer schlimmer!«, rief Monsieur de Granville mit einem Blick auf Camusot.

»Die hat die Gendarmen und Aufsichten verrückt gemacht«, antwortete Monsieur Gault verdattert.

»Nichts bei Ihren Aufgaben ist unbedeutend«, sagte der Generalstaatsanwalt streng. »Die Conciergerie ist nicht umsonst gemauert, wie sie ist. Wie ist diese Dame hereingekommen?«

»Mit einer korrekten Erlaubnis, Monsieur«, gab der Direktor zurück. »Diese Dame, perfekt gut gekleidet, begleitet von einem Wachmann und einem Diener, mit einer prächtigen Kutsche, ist gekommen, ihren Beichtvater zu sehen, bevor sie zur Beerdigung dieses unglücklichen jungen Mannes gehen wollte, den Sie haben wegbringen lassen ...«

»Bringen Sie mir die Genehmigung aus der Präfektur«, sagte Monsieur de Granville.

»Die wurde erteilt auf Empfehlung seiner Exzellenz, Graf de Sérisy.«

»Wie wirkte diese Frau?«, fragte der Generalstaatsanwalt.

»Uns schien, dass sie eine Frau von Stand sein müsse.«

»Haben Sie ihr Gesicht gesehen?«

»Sie trug einen schwarzen Schleier.«

»Was haben die gesprochen?«

»Aber, eine Gläubige mit einem Gebetbuch! ... was sollte die sagen? ... sie hat den Segen des Abbés erbeten, hat sich hingekniet ...«

»Haben die sich lange unterhalten?«, fragte der Richter.

»Keine fünf Minuten; aber von uns hat keiner etwas von ihrem Gespräch verstanden, sie haben wahrscheinlich spanisch gesprochen.«

»Sagen Sie uns alles, Monsieur«, sagte der Generalstaatsanwalt weiter. »Ich sage es Ihnen noch einmal, die geringste Einzelheit ist für uns von kapitalem Interesse. Das sei Ihnen ein Beispiel!

«Sie weinte, Monsieur.«

»Sie weinte wirklich?«

»Wir haben es nicht sehen können, sie verbarg ihr Gesicht in ihrem Taschentuch. Sie hat dreihundert Franc in Gold für die Häftlinge hinterlassen.«

»Das ist die nicht!«, rief Camusot.

»Bibi-Lupin«, sprach Monsieur Gault weiter, »hat gerufen: ›*Das ist eine Schlampe*‹.«

»Der kennt sich damit aus«, meinte Monsieur de Granville. »Geben Sie Ihren Haftbefehl raus«, fügte er mit Blick auf Camusot an, »und sofort alles versiegeln bei ihr, überall! Aber wie hat sie die Befürwortung von Monsieur de Sérisy erhalten? ... Bringen Sie mir die Genehmigung von der Präfektur ... gehen Sie, Monsieur Gault! Schicken Sie mir sofort diesen Geistlichen. Solange wir ihn hier haben, kann die Gefahr nicht größer werden. Und in zwei Stunden Gespräch kommt man in der Seele eines Menschen schon ziemlich weit voran.«

»Besonders ein Generalstaatsanwalt wie Sie«, meinte Camusot schlau.

»Wir werden zu zweit sein«, antwortete der Generalstaatsanwalt höflich. Und versank wieder in seine Überlegungen.

»Man sollte in allen Sprechzimmern der Gefängnisse einen Aufsichtsplatz einrichten, der mit gutem Gehalt als Ruhesitz an die fähigsten und zuverlässigsten Polizeiagenten vergeben würde«, sagte er nach einer langen Pause. »Bibi-Lupin sollte da seine letzten Tage verbringen. Wir hätten ein Auge und ein Ohr an einem Ort, der eine bessere Aufsicht braucht, als dort ist. Monsieur Gault hat uns nichts Stichhaltiges sagen können.«

»Er ist sehr beschäftigt«, sagte Camusot, »und zwischen den Einzelzellen und uns besteht ein Abstand, der da nicht sein sollte. Um von der Conciergerie in unsere Diensträume zu gelangen, geht man durch Flure, Höfe, Treppen. Die Aufmerksamkeit unserer Agenten ist nicht unablässig hoch, während der Häftling ständig an seine Sache denkt.

Es war bereits beim Gang Jacques Collins von der Zelle zum Verhör eine Dame da, wurde mir berichtet. Diese Frau ist bis zum Polizeiposten gekommen, oberhalb der Treppe zur

Mausefalle, die Gerichtsbeamten haben mir das gesagt, und ich habe die Gendarmen ermahnt deswegen.«

»Ach, der Justizpalast muss insgesamt umgebaut werden«, sagte Monsieur de Granville, »aber das ist eine Ausgabe von zwanzig bis dreißig Millionen! ... Gehen Sie doch mal in die Kammern und fordern Sie dreißig Millionen für die Bedürfnisse der Justiz.«

Man hörte die Schritte mehrerer Personen und das Klappern von Waffen. Das musste Jacques Collin sein.

Der Generalstaatsanwalt setzte seinem Gesicht eine Maske von Gewichtigkeit auf, hinter der der Mensch verschwand. Camusot tat es dem Gerichtsoberhaupt nach.

Tatsächlich, der Bürojunge des Dienstraums öffnete die Tür und Jacques Collin zeigte sich, ruhig und ohne jedes Erstaunen.

»Sie wollten mich sprechen«, sagte der Justizbeamte, »ich höre.«

»Graf«, sagte Jaques Collin, »ich bin Jacques Collin, ich ergebe mich!«

Camusot zuckte, der Generalstaatsanwalt blieb ruhig.

Verbrechen und Justiz im Zwiegespräch

»Sie können sich denken, dass ich Gründe habe, so zu handeln«, fuhr Jacques Collin fort und erfasste die beiden Justizbeamten mit einem spöttischen Blick. »Ich muss Ihnen ja enorm ungelegen sein; denn wenn ich spanischer Priester bleibe, lassen Sie mich von der Gendarmerie an die Grenze von Bayonne bringen, und dort befreien die spanischen Bajonette Sie von mir.«

Die zwei Juristen blieben ungerührt und still.

»Graf«, fuhr der Sträfling fort, »die Gründe, die mich so

vorgehen lassen, sind noch schwerwiegender als das, auch wenn sie verdammt persönlich sind; aber ich könnte das nur Ihnen allein sagen ... Wenn Sie Angst haben ...«

»Angst vor wem? Vor was?«, sagte Graf de Granville. Die Haltung, der Gesichtsausdruck, die Stellung des Kopfes, die Geste, der Blick machten aus diesem großen Generalstaatsanwalt in diesem Augenblick ein lebendes Bildnis des Gerichtswesens, das die besten Beispiele von persönlichem Mut liefern muss. In diesem so kurzen Moment war er auf der Höhe der alten Richter des früheren Gerichts zur Zeit der Bürgerkriege, als die Präsidenten dem Tod von Angesicht zu Angesicht gegenüberstanden und wie Marmor blieben, gleich den Denkmalen, die man ihnen errichtet hat.

»Aber, Angst, allein zu bleiben mit einem entwichenen Sträfling.«

»Lassen Sie uns allein, Monsieur Camusot«, sagte der Generalstaatsanwalt lebhaft.

»Ich wollte Ihnen vorschlagen, mir Hände und Füße fesseln zu lassen«, sagte Jacques Collin weiter und sah die beiden Justizbeamten mit einem furchtbaren Blick an. Er machte eine Pause und fuhr dünkelhaft fort: »Graf, Sie besaßen nur meine Wertschätzung, aber jetzt haben Sie meine Bewunderung ...«

»Sie halten sich also für gefährlich?«, fragte der Richter in einem Ton voll Verachtung.

»Mich für gefährlich *halten*!«, sagte der Sträfling, »wozu das? Ich bin es und ich weiß das.« Jacques Collin nahm einen Stuhl und nahm mit der Selbstverständlichkeit eines Mannes Platz, der sich in einer Verhandlung von Macht zu Macht auf Augenhöhe mit seinem Gegner weiß.

In diesem Augenblick kam Monsieur Camusot, der noch in der Tür stand und sie schließen wollte, wieder herein, ging zurück zu Monsieur de Granville und reichte ihm, gefaltet, zwei Papiere ...

»Schauen Sie«, sagte der Richter zum Generalstaatsanwalt und zeigte ihm eins der Papiere.

»Rufen Sie Monsieur Gault zurück«, rief Graf Granville, sowie er den Namen der Kammerfrau von Madame de Maufrigneuse gelesen hatte, die ihm bekannt war.

Der Direktor der Conciergerie trat ein.

»Beschreiben Sie uns«, sagte ihm der Generalstaatsanwalt ins Ohr, »die Frau, die den Beschuldigten besuchen gekommen ist.«

»Klein, kräftig, dick, untersetzt«, antwortete Monsieur Gault.

»Die Person, der die Genehmigung erteilt wurde, ist groß und schlank«, sagte Monsieur de Granville. »Und welches Alter?«

»Sechzig Jahre.«

»Geht es um mich, meine Herren?«, fragte Jacques Collin. »Also«, fuhr er geruhsam fort, »suchen Sie nicht. Diese Person ist meine Tante, eine wahrscheinliche Tante, eine Frau, eine Alte. Ich kann Ihnen viele Umstände ersparen ... Sie finden meine Tante nur, wenn ich das will ... wenn wir so herumwursteln, kommen wir kaum weiter.«

»Der Herr Abbé redet kein spanisches Französisch mehr«, sagte Monsieur Gault, »er stammelt nicht mehr.«

»Weil die Sache schon verwickelt genug ist, mein lieber Monsieur Gault!«, gab Jacques Collin mit einem bitteren Lächeln zurück und nannte den Direktor beim Namen.

In diesem Moment machte Monsieur Gault einen Satz zum Generalstaatsanwalt und sagte ihm ins Ohr:

»Passen Sie auf, Graf, dieser Mann ist außer sich!«

Monsieur de Granville betrachtete aufmerksam Jacques Collin und fand ihn ruhig; doch er erkannte bald die Richtigkeit dessen, was der Direktor gesagt hatte. Diese täuschende Haltung verbarg die kalte und schreckliche Erregung der Nerven des Wilden. Die Augen von Jacques Collin standen kurz vor einer vulkanischen Eruption, seine Fäuste waren geballt. Das war durchaus der Tiger, der sich anspannt, um auf seine Beute zu springen.

»Lassen Sie uns allein«, wandte sich der Generalstaatsanwalt gewichtig an den Direktor der Conciergerie und den Richter.

»Sie haben gut daran getan, den Mörder Luciens rauszuschicken! …«, sagte Jacques Collin, ohne sich Gedanken zu machen, ob Camusot ihn hören konnte oder nicht, »ich konnte nicht mehr, ich war drauf und dran, ihn zu erwürgen …«

Monsieur de Granville lief es kalt über den Rücken. Niemals hatte er so viel Blut in den Augen eines Menschen gesehen, solche Blässe der Wangen, solchen Schweiß auf der Stirn und eine derartige Anspannung der Muskeln.

»Was hätte Ihnen dieser Mord genutzt?«, fragte der Generalstaatsanwalt den Verbrecher ruhig.

»Sie rächen täglich, oder glauben, für die Gesellschaft Vergeltung zu üben, Monsieur, und wollen von mir eine Erklärung für Rache! … Sie haben also niemals in ihren Adern die Klingen der Rachsucht gespürt … Wissen Sie also nicht, dass es dieser Idiot von Richter ist, der ihn uns getötet hat? Denn Sie haben ihn gemocht, meinen Lucien, und er mochte Sie! Ich kenne Sie auswendig, Monsieur. Dies liebe Kind hat mir alles erzählt, abends, wenn er heimkam; ich brachte ihn zu Bett wie eine Kinderfrau ihren Liebling zu Bett bringt, und ich ließ ihn alles erzählen … Er hat mir alles anvertraut bis zur geringsten Erregung … Ach! Niemals hat eine gute Mutter ihren einzigen Sohn so zärtlich geliebt wie ich diesen Engel. Wenn Sie wüssten! Das Gute wuchs in diesem Herzen wie die Blumen sich auf den Wiesen erheben. Er war schwach, das war sein einziger Fehler, schwach wie die Saite der Leier, die so stark ist, wenn sie gespannt wird … Das sind die edelsten Naturen, ihre Schwäche ist ganz einfach Zärtlichkeit, Bewunderung, die Fähigkeit, in der Sonne der Kunst, der Liebe, des Schönen aufzublühen, das Gott in tausend Erscheinungen für den Menschen erschaffen hat! ... Ach! Monsieur, ich habe in meiner Welt eines Beschuldigten vor einem Richter getan, was Gott getan hätte, um seinen Sohn zu retten, wenn er mit der Absicht, ihn zu retten, mitgegangen wäre zu Pilatus.

Théodores Unschuld

Ein Sturzbach von Tränen floss aus den hellen Bernsteinaugen des Sträflings, die gerade noch geglüht hatten wie die eines von sechs Monaten Schnee ausgehungerten Wolfs in den Ebenen der Ukraine. Er sprach weiter: »Dieser Trottel wollte nichts hören, er hat das Kind ins Verderben gestürzt! ... Monsieur, ich habe den Leichnam mit meinen Tränen gebadet und dabei den angefleht, *den ich nicht kenne* und der über uns ist! Ich, der nicht an Gott glaubt! ... (Wäre ich nicht Materialist, wäre ich nicht ich! ...) Ich habe Ihnen da mit einem Wort alles gesagt! Sie wissen nicht, kein Mensch weiß, was der Schmerz ist; allein ich weiß, was das ist. Das Feuer des Schmerzes verbrannte meine Tränen so sehr, dass ich in dieser Nacht nicht mehr weinen konnte. Ich weine jetzt, weil ich spüre, dass Sie mich verstehen. Ich habe Sie gesehen, vorhin, wie Sie die Haltung der Gerichtsbarkeit annahmen ... Ach! Monsieur, möge Gott ... (ich fange an, an ihn zu glauben!) möge Gott Sie bewahren, so zu werden, wie ich bin ... Dieser verfluchte Richter hat mir die Seele geraubt. Monsieur! Monsieur! Jetzt im Moment wird mein Leben begraben, meine Schönheit, meine Tugend, mein Gewissen, meine ganze Stärke! Stellen Sie sich einen Hund vor, dem ein Chemiker sein Blut entzieht ... das bin ich! Ich bin dieser Hund ... Darum bin ich zu Ihnen gekommen, um zu sagen: ›Ich bin Jacques Collin, ich ergebe mich …!‹ Ich habe das heute früh beschlossen, als die Leute kamen und mir diesen Leichnam entrissen, den ich küsste wie von Sinnen, wie eine Mutter, wie die Jungfrau Jesus am Grab geküsst haben muss … Ich wollte mich ohne Bedingungen in den Dienst der Polizei stellen … jetzt muss ich das doch tun, sie werden erfahren, warum …«

»Sprechen Sie jetzt mit Monsieur de Granville oder mit dem Generalstaatsanwalt?«, fragte der Justizbeamte.

Diese beiden Männer, das VERBRECHEN und das RECHT, sahen einander an. Der Sträfling hatte den Staatsanwalt, der Leben und Gefühle dieses Unglücklichen erriet und von einem göttlichen Mitleid für ihn erfasst wurde, zutiefst berührt. Zuletzt dachte der Staatsanwalt (ein Staatsanwalt bleibt immer Staatsanwalt), dem Jacques Collins Taten seit seinem Ausbruch unbekannt waren, er könnte diesen Verbrecher in den Griff bekommen, der nach all dem nur einer Fälschung beschuldigt wurde. Er wollte es mit Großmut versuchen bei dieser doppeldeutigen Natur, die sich, wie die Bronze aus unterschiedlichen Metallen, aus Gut und Böse zusammenzusetzen schien. Dann hegte Monsieur de Granville, der seine dreiundfünfzig Jahre erreicht hatte, ohne jemals Liebe zu erwecken, Bewunderung für zärtliche Gemüter wie alle Männer, die nie geliebt worden sind. Vielleicht war diese Verzweiflung, dieses Los vieler Männer, denen die Frauen allenfalls ihre Wertschätzung oder ihre Freundschaft zugestehen, das insgeheime Bindeglied der engen Freundschaft der Herren de Bauvan, de Granville und de Sérisy; denn ein gleiches Unglück, so wie ein gemeinsames Glück, bringt die Seelen in dieselbe Gestimmtheit.

»Sie haben eine Zukunft! …«, sagte der Generalstaatsanwalt und warf einen kritischen Blick auf den bedrückten Schurken.

Der Mann machte eine Geste, durch die er die tiefste Gleichgültigkeit für sich selbst zum Ausdruck brachte.

»Lucien hinterlässt ein Testament, mit dem er Ihnen dreihunderttausend Franc vermacht.«

»Der Arme! Der arme Kleine! Armer Kleiner!«, rief Jacques Collin, »immer *zu* anständig! Ich, meinerseits, verkörperte alle schlechten Regungen, er dagegen, er war der Gute, der Edle, der Schöne, der Erhabene! Derart hohe Seelen lassen sich nicht ändern! Er hat von mir nur mein Geld genommen, Monsieur!«

Diese tiefe, völlige Aufgabe der eigenen Persönlichkeit, die der Richter nicht beheben konnte, unterstrich die schrecklichen Worte dieses Mannes derartig, dass Monsieur de Granville sich auf die Seite des Verbrechers stellte. Aber es war immer noch der Generalstaatsanwalt in ihm!

»Wenn für Sie nichts mehr von Interesse ist«, fragte Monsieur de Granville, »um was zu sagen, sind Sie dann hergekommen?«

»Ist es nicht schon viel, dass ich mich ergebe? Waren Sie nicht schon bei *heiß*, hatten mich aber nicht? Ich wäre außerdem eine zu große Belastung für Sie! ...«

›Was für ein Gegner!‹, dachte der Generalstaatsanwalt.

»Sie sind auf dem Weg, einem Unschuldigen den Hals abzuschneiden, und ich habe den Schuldigen gefunden«, sprach Jacques Collin gewichtig weiter und trocknete seine Tränen. »Ich bin nicht dessentwegen hier, sondern Ihretwegen. Ich kam, um Ihnen die Gewissensbisse zu ersparen, denn ich liebe all die, die eine wie auch immer geartete Teilnahme an Lucien gezeigt haben, so wie ich mit meinem Hass alle verfolgt habe, die ihn hinderten zu leben ... Was ist für mich schon ein Sträfling?«, fuhr er nach einer kurzen Pause fort. »Ein Sträfling ist in meinen Augen kaum das, was eine Ameise für Sie ist. Ich bin wie die Wegelagerer Italiens, stolze Männer! – sobald der Reisende ihnen etwas mehr bringt als den Wert eines Gewehrschusses, strecken sie ihn tot nieder! Ich habe nur an Sie gedacht. Ich habe diesem jungen Mann die Beichte abgenommen, der sich allein mir anvertrauen konnte, er ist mein Kamerad von der Kette! Théodore ist von Natur gut; er dachte, er erweist einer Geliebten einen Gefallen, wenn er gestohlene Sachen verkauft oder verpfändet; aber in der Sache von Nantes ist er nicht schuldiger als Sie. Er ist ein Korse, es ist in seiner Art, Rache zu nehmen, einander umzubringen, als wären es Fliegen.

In Italien und in Spanien hat man keine Achtung für das Leben des Menschen, ganz einfach, weil wir dort glauben, dass man eine Seele hat, ein Etwas, ein Bild von uns, dass uns überlebt, das ewig leben würde. Gehen Sie und erzählen Sie diese Schnurre unseren Materialisten! Es sind die ungläubigen oder aufgeklärten Länder, die jene, die das menschliche Leben stören, teuer bezahlen lassen, und sie haben recht, wo sie doch an nichts glauben als an das Materielle, an die Gegenwart!

Wenn Ihnen Calvi die Frau genannt hätte, von der die gestohlenen Sachen stammten, dann hätten Sie nicht den richtigen Täter gefunden, denn der ist schon in Ihren Fängen, sondern einen Komplizen, den der arme Théodore nicht ins Verderben stürzen will, denn das ist eine Frau … Was wollen Sie? Jeder Stand hat seine Ehre, Gefängnis und Schlitzohr haben die ihren! Ich weiß jetzt, wer der Mörder der zwei Frauen ist und wer die Urheber dieser verwegenen, einzigartigen, merkwürdigen Tat, man hat es mir in allen Einzelheiten erzählt. Setzen Sie die Hinrichtung von Calvi aus, Sie werden alles erfahren; aber geben Sie mir Ihr Wort, dass Sie ihn ins Gefängnis zurücktun, indem Sie seine Strafe umwandeln … In dem Schmerz, der mich erfasst hat, kann man sich nicht der Mühe unterziehen, zu lügen, Sie wissen das. Was ich Ihnen gesagt habe, ist die Wahrheit …«

»Auch wenn es eine Missachtung der Justiz ist, die derartige Kompromisse nicht eingehen dürfte, kann ich mich bei Ihnen von der Strenge meiner Aufgaben lösen und es an den weitergeben, der zuständig ist.«

»Geben Sie mir dies Leben?«

»Das kann möglich sein …«

»Monsieur, ich flehe Sie an, geben Sie mir Ihr Wort, das wird mir genügen.«

Monsieur de Granville machte eine Geste gekränkten Stolzes.

Das Dossier der vornehmen Damen

»Ich habe das Ansehen von drei großen Familien in der Hand, und Sie haben bloß das Leben dreier Sträflinge«, sagte Jaques Collin, »ich bin der Stärkere.«

»Sie können wieder in Einzelhaft gesteckt werden; was machen Sie dann …?«, fragte der Generalstaatsanwalt.

»Ach, wir spielen also!«, sagte Jacques Collin. »Ich für mein Teil sprach *aufrichtig*! Ich sprach zu Monsieur de Granville; aber wenn da der Generalstaatsanwalt ist, ziehe ich meine Karten zurück und halte sie bedeckt. Dabei war ich schon dabei, wenn Sie mir Ihr Wort gegeben hätten, Ihnen die Briefe auszuhändigen, die an Lucien von Fräulein Clotilde de Grandlieu geschrieben wurden.« Das wurde in einem Tonfall, mit einer Kaltblütigkeit und einem Blick gesagt, die Monsieur de Granville einen Gegenspieler aufzeigten, bei dem der mindeste Fehler gefährlich war.

»Ist das alles, was Sie von mir wollen?«, sagte der Generalstaatsanwalt.

»Ich spreche dann auch für mich«, sagte Jacques Collin. »Die Ehre der Familie de Grandlieu ist der Preis für die Strafumwandlung Théodores: das ist viel geben und wenig erhalten. Was ist schon ein zu lebenslang Verurteilter? ... Wenn er ausbricht, können Sie sich seiner so einfach entledigen! Das ist ein Wechselbrief für die Guillotine. Nur, nachdem man ihn mit wenig freundlichen Absichten nach Rochefort gesteckt hatte, versprechen Sie mir, ihn nach Toulon schicken zu lassen mit der Empfehlung, ihn gut zu behandeln. Ich will jetzt aber noch etwas: Ich habe die Briefe von Madame de Sérisy und der Herzogin de Maufrigneuse, und was für Briefe! ... Wissen Sie, Graf, die Freudenmädchen haben, wenn sie schreiben, Stil und schöne Gefühle, die hohen Damen dagegen, die den ganzen Tag lang Stil und schöne Gefühle haben, schreiben das, was die Mädchen machen. Die Philosophen werden die Ursache für dies Wechselspiel herausfinden, ich will das gar nicht erforschen. Die Frau ist ein untergeordnetes Wesen, sie gehorcht zu sehr ihren Organen. Für mich ist eine Frau erst schön, wenn sie einem Mann ähnelt!

So haben auch die kleinen Herzoginnen, die männlich im Kopf sind, Meisterwerke geschrieben ... Oh, das ist schön, von vorn bis hinten, wie die berühmte Ode von Piron ...«.

»Wirklich?«

»Wollen Sie sie sehen? ...«, lächelte Jacques Collin.

Dem Justizbeamten wurde es peinlich.

»Ich könnte Sie darin lesen lassen; aber dann: keine Witze! Wir spielen hier offen? ... Sie werden mir die Briefe zurückgeben und Sie unterbinden, dass hinter der Person, die sie bringt, hergeschnüffelt wird, dass sie verfolgt oder beobachtet wird.«

»Wird das lang dauern?«, fragte der Generalstaatsanwalt.

»Nein, es ist halb zehn ...«, sah Jacques Collin auf die Uhr; »also: in vier Minuten haben wir von jeder der zwei Damen einen Brief; und nachdem Sie die gelesen haben, werden Sie die Guillotine absagen! Wenn es nicht das wäre, was es ist, sähen Sie mich nicht so ruhig. Diese Damen wissen übrigens Bescheid ...«

Monsieur de Granville machte eine überraschte Bewegung.

»Sie dürften um diese Uhrzeit ziemlich in Bewegung kommen, sie werden den Justizminister einspannen, sie werden, wer weiß, bis zum König gehen ... Also, geben Sie mir Ihr Wort, dass Sie nicht wissen werden, wer kommt, und dass Sie eine Stunde lang diese Person nicht verfolgen noch sie verfolgen lassen?«

»Ich verspreche es Ihnen!«

»Gut, Sie werden kein Interesse haben, Sie, einen entwichenen Sträfling zu täuschen. Sie sind aus dem Holz, aus dem ein Turenne geschnitzt ist, und Sie halten gegenüber Dieben Ihr Wort ... Nun denn, im Wartesaal ist jetzt gerade eine Bettlerin in Lumpen, eine alte Frau, mitten im Raum. Sie muss dort mit einem der öffentlichen Schreiber über einen Prozess um eine Grenzmauer plaudern; schicken Sie Ihren Büroboten, sie zu holen, wobei er ihr dies sagt: *Dabor ti mandana*. Sie wird kommen ... aber seien Sie nicht unnütz grausam! Entweder Sie nehmen meinen Vorschlag an, oder Sie wollen sich nicht kompromittieren mit einem Sträfling ... Ich bin nur ein Fälscher, merken Sie sich das! ... Und, ja, lassen Sie nicht Calvi in der schrecklichen Angst der Vorbereitung ...«

»Die Hinrichtung ist bereits abgesagt ... Ich will nicht«, sagte Monsieur de Granville zu Jacques Collin, »dass die Justiz sich Ihnen unterordnet!«

Jacques Collin blickte den Generalstaatsanwalt mit einer Art Erstaunen an und sah, wie der an der Schnur seiner Klingel zog.

»Wollen Sie nicht flüchten? Geben Sie mir Ihr Wort, ich verlasse mich darauf. Gehen Sie diese Frau holen ...«

Der Bürojunge zeigte sich.

»Félix, schicken Sie die Gendarmen weg ...«, sagte Monsieur de Granville.

Jacques Collin war geschlagen.

In diesem Zweikampf mit dem Vertreter der Justiz wollte er der Größere sein, der Stärkere, der Großzügigere, doch der Justizbeamte stach ihn aus. Trotzdem fühlte sich der Sträfling ziemlich überlegen darin, wie er mit der Justiz umsprang, wie er ihr einredete, dass der Schuldige unschuldig sei, und ihr siegreich einen Kopf streitig machte; doch diese Überlegenheit musste stumm sein, heimlich, verborgen, während der *Storch* ihn bei hellem Tag und würdevoll überwand.

Jacques Collins erster Auftritt in der Komödie

In dem Augenblick, als Jacques Collin das Dienstzimmer Monsieur de Granvilles verließ, erschien der Generalsekretär des Ministerratspräsidiums, ein Abgeordneter, Graf des Lupeaulx, in Begleitung eines kleinen gebrechlichen Greises. Diese Person, eingehüllt in einen flohfarbenen wattierten Mantel, als herrsche noch Winter, mit gepudertem Haar, das Gesicht bleich und kalt, war mit ihrem von der Gicht geprägten Gang wenig sicher auf ihren durch die Lederschuhe vergrößerten Füßen, gestützt auf einen Stock mit Goldknauf, barhäuptig, den Hut in der Hand, das Knopfloch geschmückt von einer Ordensschnalle mit sieben Kreuzen.

»Was gibt es, mein lieber des Lupeaulx?«, fragte der Generalstaatsanwalt.

»Der Fürst schickt mich«, sagte er Monsieur de Granville ins Ohr. »Sie haben freie Hand, um die Briefe der Damen de Sérisy und de Maufrigneuse zurückzubekommen, und die von Fräulein Clotilde de Grandlieu. Sie können sich mit diesem Herrn absprechen ...«

»Wer ist das?«, fragte der Generalstaatsanwalt des Lupeaulx ins Ohr.

»Vor Ihnen habe ich keine Geheimnisse, mein lieber Generalstaatsanwalt, das ist der berühmte Corentin. Seine Majestät lässt Ihnen sagen, ihm alle Umstände dieser Angelegenheit selbst zu berichten und über die Bedingungen zu ihrem Erfolg.«

»Tun Sie mir den Gefallen«, antwortete der Generalstaatsanwalt in des Lupeaulx' Ohr, »und gehen Sie zum Fürsten, ihm zu sagen, dass alles schon geregelt ist, dass ich diesen Herrn nicht benötige«, fügte er an und wies auf Corentin. »Ich hole die Anweisungen Seiner Majestät für den Abschluss der Affäre ein; es geht den Justizminister an, denn er hat zwei Begnadigungen zu gewähren.«

»Sie haben klug gehandelt, indem Sie vorangegangen sind«, sagte des Lupeaulx und drückte dem Generalstaatsanwalt die Hand. »Der König möchte nicht, dass am Vorabend, da er eine große Sache angehen will, die Pairs und die großen Familien in Verruf geraten, beschmutzt werden ... Das ist keine hässliche Strafsache mehr, das ist eine Staatsaffäre ...«

»Dann sagen Sie dem Fürsten, dass, als Sie eingetroffen sind, alles schon vorbei war!«

»Tatsächlich?«

»Ich glaube es.«

»Sie werden dann Justizminister, wenn der jetzige Kanzler wird, mein Lieber ...«

»Ich habe keinen Ehrgeiz! ...«, antwortete der Generalstaatsanwalt.

Des Lupeaulx brach lachend auf.

»Bitten Sie den Fürsten«, fügte Monsieur de Granville hinzu, als er Graf des Lupeaulx zum Ausgang begleitete, »dass er für mich zehn Minuten Anhörung beim König beantragt, gegen halb drei«.

»Und Sie sind nicht ehrgeizig!«, meinte des Lupeaulx mit einem schelmischen Blick auf Monsieur de Granville. »Na, Sie haben aber zwei Kinder, Sie wollen wenigstens zum Pair de France ernannt werden ...«

»Wenn der Herr Generalstaatsanwalt die Briefe hat, wird mein Einsatz überflüssig«, gab Corentin zu bedenken, als er mit Monsieur de Granville allein war, der ihn mit sehr begreiflicher Neugier betrachtete.

»Ein Mann wie Sie ist in einer so heiklen Angelegenheit niemals überflüssig«, antwortete der Generalstaatsanwalt, der merkte, dass Corentin alles verstanden oder mitgehört hatte.

Corentin nickte mit einer kleinen, beinah gönnerhaften Kopfbewegung.

»Kennen Sie, Monsieur, die Person, um die es geht?«

»Ja, Graf, das ist Jacques Collin, Haupt der Gesellschaft der Zehntausend, Bankier dreier Strafarbeitslager, ein Sträfling, der es fünf Jahre lang verstanden hat, sich unter der Sutane des Abbé Carlos Herrera zu verbergen. Wie ist er mit einer Mission des spanischen Königs für unseren verstorbenen König betraut worden? Mit dem Herausfinden der Wahrheit verzetteln wir uns. Ich warte auf eine Antwort aus Madrid, wohin ich Briefe und einen Mann geschickt habe. Der Sträfling verfügt über das Geheimnis zweier Könige ...«

»Dieser Mann ist gründlich mit allen Wassern gewaschen. Wir haben nur zwei Möglichkeiten: ihn an uns binden oder ihn loswerden«, sagte der Generalstaatsanwalt.

»Da haben wir denselben Gedanken gehabt, das ist für mich eine große Ehre«, gab Corentin zurück. »Ich muss mir derart viele Gedanken und das für so viele Menschen machen, dass ich bei der Menge mit einem Mann von Verstand auch mal übereinstimmen muss.« Das wurde so knapp und mit einem derart eisigen Ton ausgesprochen, dass der Generalstaatsanwalt schwieg und anfing, ein paar eilige Sachen zu erledigen.

Man kann sich das Erstaunen ausmalen, das Fräulein Jacqueline Collin erfasste, als Jacques Collin im Wartesaal erschien. Sie blieb stehen, die Hände in den Hüften, wie sie da war in der Verkleidung einer Kräuterhändlerin. So sehr sie auch an die Husarenstreiche ihres Neffen gewöhnt war, dieser stellte alles in den Schatten.

»Also wenn du mich weiter anstarrst wie eine Kuriosität im Kabinett«, sagte Jacques Collin, nahm seine Tante am Arm und führte sie aus dem Wartesaal, »dann werden wir noch alle beide für Kuriositäten gehalten, wir würden auch noch aufgehalten und verlören Zeit.« Damit stieg er die Treppe der Galerie Marchande hinab, die zur Rue de la Barrillerie führt. – »Wo ist Paccard?«

»Er wartet auf mich bei der Roten und bewegt sich auf dem Quai des Fleurs.«

»Und Prudence?«

»Zu Hause, als meine Nichte.«

»Gehen wir hin …«

»Schau dich um, ob wir verfolgt werden …«

Geschichte der Roten

Die Rothaarige, Eisenwarenhändlerin am Quai aux Fleurs, war die Witwe eines berühmten Mörders, eines *Zehntausenders*. 1819 hatte Jacques Collin diesem Mädchen von seiten ihres Geliebten nach seiner Hinrichtung über zwanzigtausend Franc treu übergeben. Der Todtäuscher allein wusste von der Liebschaft dieser jungen Person, damals Modistin, mit ihrem *Fanandel*.

»Ich bin der *Dab* deines Mannes«, hatte damals der Pensionsgast von Madame Vauquer zur Modistin gesagt, die er in den Jardin des Plantes hatte kommen lassen. »Er muss dir von mir erzählt haben, meine Kleine. Wer immer mich verrät, überlebt nicht das Jahr! Wer mir treu ist, hat niemals irgendetwas von mir zu befürchten. Ich bin *Freund*, der eher ohne ein Wort stirbt, das die belastet, denen ich wohlwill. Sei meins, wie eine Seele dem Teufel gehört, und du wirst etwas davon haben. Ich habe deinem armen Auguste, der wollte, dass du reich bist, versprochen, dass du glücklich sein wirst; er hat sich deinetwegen *sensen* lassen. Wein nicht. Hör zu: Niemand auf der Welt außer mir weiß, dass du die Freundin eines Straftäters warst, eines Mörders, der letzten Samstag *beerdigt* wurde; niemals werde ich etwas davon sagen. Du bist zweiundzwanzig Jahre alt, du bist hübsch, und jetzt bist du reich mit zwanzigtausend Franc; vergiss Auguste, verheirate dich und werde eine anständige Frau, wenn du kannst. Als Gegenleistung für diese Ruhe verlange ich von dir, mir zu dienen, mir und denen, die ich dir schicke, und zwar ohne Zögern. Niemals werde ich etwas von dir fordern, das dir schadet, weder dir, noch deinen Kindern, noch deinem Ehemann, wenn du einen hast, noch deiner Familie. In meinem Geschäft brauche ich oft einen sicheren Ort, um zu reden, um mich zu verstecken. Ich brauche eine schweigsame Frau, um einen Brief zu überbringen, eine Besorgung zu übernehmen. Du wirst einer meiner Briefkästen sein, eine meiner Portierslogen, eine meiner Gesandten, nicht mehr, nicht weniger. Du bist so blond, dass Auguste und ich dich *die Rote* genannt haben, den Namen behältst du. Meine Tante, die Händlerin beim Temple, mit der ich dich zusammenbringen werde, wird der einzige Mensch auf der Welt sein, dem du zu gehorchen hast; sag ihr alles, was dir passiert; sie wird dich verheiraten; sie wird dir viel nützen.«

So wurde einer dieser teuflischen Pakte geschlossen in der Art dessen, der Prudence Servien über so lange Zeit an ihn gebunden hatte, und den dieser Mann nie versäumte, zu festigen; denn er war wie der Teufel von der Leidenschaft besessen, Menschen zu gewinnen.

Jacqueline Collin hatte die Rote um 1821 mit dem Geschäftsführer eines reichen Eisenwarengroßhändlers verheiratet. Dieser Geschäftsführer, nachdem er das Handelshaus von seinem Arbeitgeber erworben hatte, war auf dem Weg zu Wohlstand, Vater zweier Kinder und Beigeordneter des Bürgermeisters in seinem Viertel. Niemals hatte die Rote, nunmehr Madame Prélard, den geringsten Grund zur Klage, weder über Jacques Collin noch über seine Tante; doch bei jedem geforderten Dienst zitterte Madame Prélard am ganzen Körper. So wurde sie blass und bleich, als sie diese beiden schrecklichen Personen in ihren Laden kommen sah.

»Wir haben mit Ihnen etwas Geschäftliches zu besprechen, Madame«, sagte Jacques Collin.

»Mein Mann ist da«, antwortete sie.

»Na gut, wir brauchen Sie nicht dringend im Moment; ich störe die Leute ungern sinnlos.«

»Schicken Sie nach einem Fiaker, meine Kleine«, sagte Jacqueline Collin, »und sagen Sie meinem Patenkind, dass sie herunterkommt; ich hoffe, dass ich sie als Kammermädchen bei einer hohen Dame unterbringen kann, und der Haushofmeister will sie mitnehmen.«

Paccard, der aussah wie ein bürgerlich gekleideter Gendarm, plauderte derweil mit Monsieur Prélard über eine wichtige Eisendrahtlieferung für eine Brücke.

Ein Ladenjunge ging einen Fiaker holen, und wenige Minuten später waren Europe, oder, um sie den Namen ablegen zu lassen, unter dem sie Esther gedient hatte, Prudence Servien, Paccard, Jacques Collin und seine Tante zur großen

Freude der Roten in einem Fiaker vereint, dem der Todtäuscher Auftrag erteilte, an die Stadtgrenze von Ivry zu fahren.

Prudence Servien und Paccard zitterten vor dem *Dab* und glichen schuldigen Seelen vor Gott.

»Wo sind die siebenhundert*fünfzig*tausend Franc?«, fragte sie der *Dab* und warf einen dieser starren und klaren Blicke auf sie, der das Blut dieser verdammten Seelen, wenn sie nicht gut getan hatten, derart in Wallung brachte, dass sie meinten, so viele Nadeln im Kopf zu haben wie Haare darauf.

»Die siebenhundert*dreißig*tausend Franc«, antwortete Jacqueline Collin ihrem Neffen, »sind in Sicherheit, ich habe sie heute Morgen der Romette in einem versiegelten Päckchen übergeben …«

»Wenn ihr die nicht Jacqueline gegeben hättet, könntet ihr gleich dorthin …«, sagte er und wies auf den Platz de Grève, den der Fiaker soeben passierte.

Prudence Servien machte nach Art ihres Landes ein Kreuzzeichen, als hätte sie der Donner gerührt.

»Ich vergebe euch«, fuhr der *Dab* fort, »unter der Bedingung, dass ihr nicht noch mal so einen Fehler macht, und dass ihr ab jetzt das für mich seid, was diese beiden Finger an meiner rechten Hand sind«, sagte er und hielt Zeige- und Mittelfinger hoch, »denn der Daumen, das ist diese gute *Braut* hier!«, und klopfte seiner Tante auf die Schulter. »Hört zu. Ab jetzt hast du, Paccard, nichts mehr zu befürchten, und du kannst in Pantin deiner Nase nachlaufen, wie du willst! Ich erlaube dir, Prudence zu heiraten.«

Wie Paccard und Prudence zu Bürgern werden

Paccard ergriff die Hand Jacques Collins und küsste sie ehrerbietig.

»Was soll ich tun?«, fragte er.

»Nichts, und du wirst Renten haben und Frauen, abgesehen von der deinen – du bist doch sehr Régence, mein Alter! ... Da siehst du, was es heißt, ein zu schöner Mann zu sein!«

Paccard errötete, dass er von seinem Sultan dies scherzhafte Lob empfing.

»Du, Prudence«, sagte Jacques weiter, »du brauchst eine Laufbahn, einen Status, eine Zukunft, und sollst in meinem Dienst bleiben. Hör mir gut zu. Es gibt in der Rue Sainte-Barbe ein sehr gutes Haus, das dieser Madame Saint-Estève gehört, deren Namen meine Tante manchmal annimmt ... Das ist ein gutes Haus, mit guter Kundschaft, die fünfzehn- bis zwanzigtausend Franc im Jahr einbringt. Die Saint-Estève lässt diesen Laden führen von ...«

»Der Gonore«, sagte Jacqueline.

»Die *Braut* von dem armen La Pouraille«, sagte Paccard. »Dahin bin ich mit Europe abgehauen an dem Tag, als diese arme Madame van Bogseck gestorben ist, unsere Herrschaft ...«

»Wird hier geplappert, wenn ich spreche?«, fragte Jacques Collin.

Tiefstes Schweigen herrschte im Wagen, Prudence und Paccard wagten einander nicht mehr anzusehen.

»Das Haus wird also betrieben von der Gonore«, setzte Jacques Collin fort. »Wenn du mit Prudence dorthin gegangen bist, sehe ich, Paccard, dass du Grips genug hast, um die *Schmier zu erledigen* (um die Polizei zu täuschen), aber du bist nicht schlau genug, um die *Chefin* Farben zu lehren ...«, meinte er und kraulte seiner Tante das Kinn. »Jetzt errate ich, wie sie dich hat finden können ... Das trifft sich gut. Ihr geht zu ihr zurück, zur Gonore ... Also weiter: Jacqueline geht mit Madame Nourrisson das Geschäft mit dem Verkauf ihres Ladens in der Rue Sainte-Barbe verhandeln, und du kannst da dein Glück machen, wenn du dich anständig benimmst, meine Kleine!«, sagte er mit Blick auf Prudence, »in deinem Alter, Äbtissin! Das ist eine Sache für eine französische Prinzessin«, fügte er mit schneidender Stimme hinzu.

Prudence fiel dem Todtäuscher um den Hals und küsste ihn, doch mit einem harten Stoß, der seine außergewöhnliche Kraft bewies, schob sie der *Dab* derart heftig zurück, dass das Mädchen ohne Paccard mit dem Kopf in der Scheibe des Fiakers gelandet wäre und sie zerbrochen hätte.

»Pfoten runter! Ich kann diese Art nicht leiden!«, bemerkte der *Dab* trocken, »da fehlt mir der Respekt.«

»Er hat recht, meine Kleine«, sagte Paccard. »Weißt du, das ist, wie wenn dir der *Dab* hunderttausend Franc gäbe. Das ist der Laden wert. Der liegt am Boulevard, gegenüber dem Gymnase-Theater. Da gibt es den Schluss der Vorstellung ...«

»Ich mache es noch besser, ich kaufe auch das Haus«, sagte der Todtäuscher.

»Da sind wir Millionäre in sechs Jahren!«, rief Paccard.

Der Todtäuscher war es leid, unterbrochen zu werden, und gab Paccards Schienbein einen Fußtritt, der es hätte brechen können; doch Paccard hatte Nerven von Gummi und Knochen wie Blech.

»Genug, *Dab*! Wir sind still«, antwortete er.

»Glaubt ihr vielleicht, dass ich Märchen erzähle?«, redete der Todtäuscher weiter, der jetzt bemerkte, dass Paccard ein paar Gläschen zu viel getrunken hatte. »Hört zu. Es sind im Keller des Hauses zweihundertfünfzigtausend Franc in Gold. ...«

Wieder tiefstes Schweigen im Fiaker.

»Dies Gold steckt in einem sehr harten Mauerwerk ... Es geht darum, die Summe herauszuholen, und ihr habt nur drei Nächte, um das zu erledigen. Jacqueline hilft euch ... Hunderttausend Franc dienen zur Bezahlung des Ladens, fünfzigtausend zum Kauf des Hauses, und den Rest lasst ihr liegen.«

»Wo?«, fragte Paccard.

»Im Keller!«, warf Prudence ein.

»Still!«, sagte Jacqueline.

»Ja, aber zur Übertragung des Betriebs braucht es das Einverständnis von der *Schmier* (Polizei)«, sagte Paccard.

»Wird schon da sein«, antwortete Todtäuscher knapp. »Was mischst denn du dich da ein? ...«

Jacqueline sah ihren Neffen an und war überrascht von der Veränderung in seinem Gesichtsausdruck durch die Maske der Ungerührtheit hindurch, hinter der dieser so starke Mann gewöhnlich seine Emotionen verbarg.

»Meine Tochter«, sagte Jacques Collin zu Prudence Servien, »meine Tante wird dir die siebenhundertfünfzigtausend Franc wiedergeben.«

»Siebenhundertdreißig«, sagte Paccard.

»Na, dann eben siebenhundertdreißig«, gab Jacques Collin zurück. »Heute Nacht musst du unter irgendeinem Vorwand noch einmal zum Haus von Madame Lucien gehen. Du steigst über das Dach durch das Dachfenster ein; du kletterst durch den Kamin runter ins Schlafzimmer deiner früheren Herrin und steckst das Päckchen, das sie gemacht hatte, in die Matratze ihres Betts ...«

»Und wieso nicht durch die Tür«, sagte Prudence Servien.

»Dummchen, da sind die Siegel!«, gab Jacques Collin zurück. »In ein paar Tagen wird das Inventar gemacht, und ihr seid allen Diebstahls unverdächtig ...«

»Es lebe der *Dab*!«, rief Paccard. »Ach! Das ist Güte!«

»Kutscher, halten Sie an« …«, rief Jacques Collin mit seiner mächtigen Stimme.

Der Fiaker befand sich vor dem Fiaker-Standplatz am Jardin des Plantes.

»Macht euch davon, meine Kinder«, sagte Jacques Collin, »und macht keine Dummheiten! Kommt heute Abend um fünf Uhr auf die Brücke Pont des Arts, da sagt euch meine Tante, ob es Gegenbefehle gibt. Man muss mit allem rechnen«, sagte er leise zu seiner Tante. »Jacqueline erklärt euch morgen«, fuhr er fort, »wie das Gold gefahrlos aus dem *Loch* zu ziehen ist. Das ist eine heikle Aktion …«

Prudence und Paccard sprangen auf das königliche Pflaster, glücklich wie begnadigte Diebe.

»Was für ein toller Mann, der *Dab*!«, sagte Paccard.

»Er wäre der König der Menschheit, wenn er die Frauen nicht so verachten würde!«

»Ach, er ist schon lieb«, rief Paccard. »Hast du gesehen, was er mir für Fußtritte verpasst hat! Wir hätten verdient *ad patres* geschickt zu werden; denn schließlich haben wir ihm Verdruss gemacht …«

»Hauptsache«, sagte die geistreiche und schlaue Prudence, »dass er uns nicht in ein Verbrechen verwickelt, um uns auf die *Wiese* zu schicken …«

»Der! Wenn ihm danach wäre, würde er's uns sagen, du kennst ihn nicht! Was er dir für eine schöne Zukunft beschert! Jetzt sind wir plötzlich Bürger. Was für ein Glück! Oh, wenn er einen mag, dieser Mann, dann gibt's für seine Güte keinen Vergleich! …«

Das Wild wird Jäger

»Mein Kätzchen!«, sagte Jacques Collin seiner Tante, »übernimm die Gonore, wir müssen sie in Sicherheit wiegen; die wird in fünf Tagen festgenommen und es werden in ihrem Zimmer hundertfünfzigtausend Franc in Gold gefunden, die von einem anderen Anteil des Mordes an den alten Crottats, Vater und Mutter des Notars, übrig sind.«

»Da kriegt sie fünf Jahre bei den Madelonnettes«, sagte Jacqueline.

»Ungefähr«, gab Jacques Collin zurück. »Und das ist dann ein Grund für die Nourrisson, das Haus loszuwerden. Sie kann das nicht allein schaffen, und man findet nicht nach Belieben eine Geschäftsführerin. Du kannst diese Geschichte also sehr gut regeln. So werden wir dort ein *Auge* haben ... Aber diese ganzen Operationen kommen alle drei nach der Verhandlung, die ich wegen unserer Briefe angefangen habe. Also, mach dein Kleid auf und gib mir die Warenmuster. Wo sind die drei Päckchen?«

»Au weia, bei der Roten!«

»Kutscher!«, schrie Jacques Collin, »fahren Sie zurück zum Justizpalast, und aber schnell! ... Ich habe Eile versprochen, jetzt bin ich eine halbe Stunde weg und das ist zu viel! Bleib bei der Roten und gib die versiegelten Päckchen dem Büroboten, den du kommen siehst und der nach Madame *de* Saint-Estève fragt. Das *de* ist das Passwort, und er muss dir sagen: *Madame, ich komme vom Generalstaatsanwalt, Sie wissen weswegen*. Bleib vor der Tür der Roten stehen und schau, was sich auf dem Blumenmarkt tut, dass du nicht die Aufmerksamkeit von Prélard erregst. Sobald du die Briefe abgegeben hast, kannst du Paccard und Prudence loslegen lassen.«

»Ich durchschau dich, du willst Bibi-Lupin ersetzen. Der Tod von dem Jungen hat dir den Verstand verdreht!«

»Und Théodore, dem sie die Haare schneiden wollten, um ihn heute Abend um vier zu *sensen*«, rief Jacques Collin.

»Immerhin, das ist eine Idee! Wir enden als anständige Bürgersleute mit einem hübschen Besitz im schönen Klima der Touraine.«

»Was konnte aus mir werden? Lucien hat meine Seele mitgenommen, mein gesamtes Lebensglück; ich sehe dreißig Jahre Langeweile vor mir und habe keinen Schwung mehr. Statt der *Dab* der Straflager zu sein, werde ich der Figaro der Justiz und räche Lucien. Nur in der Haut der *Schmier* (Polizei) kann ich mit Sicherheit Corentin fertigmachen. Das heißt leben, noch einen Mann fressen müssen. Die Stellung, die man in der Welt hat, ist bloß Schein; die Wirklichkeit, das ist die Idee!«, fügte er an und tippte sich an die Stirn. »Was hast du zur Zeit in unserem Versteck?«

»Nichts«, sagte die Tante, entsetzt von Ton und Verhalten ihres Neffen. »Ich habe dir alles für deinen Kleinen gegeben. Die Romette hat nicht mehr zwanzigtausend Franc für ihr Geschäft. Ich habe Madame Nourrisson alles weggenommen, sie hatte ungefähr sechzigtausend Franc für sich ... Ach, wir liegen in Laken, die seit einem Jahr nicht mehr gebleicht wurden. Der Kleine hat die *Beute* der *Fanandels* verputzt, unseren Schatz, und alles, was die Nourrisson besessen hat.

»Das war wie viel?«

»Fünfhundertsechzigtausend ...«

»Wir haben noch hundertfünfzigtausend in Gold, die uns Paccard und Prudence schulden. Ich sag dir, wo du noch zweihundert nimmst ... Der Rest kommt aus Esthers Nachlass. Wir müssen die Nourrisson entschädigen. Mit Théodore, Paccard, Prudence, der Nourrisson und dir habe ich bald die heilige Schar beisammen, die ich brauche ... Hör, wir kommen an ...«

»Hier die drei Briefe«, sagte Jacqueline, die mit der Schere gerade den letzten Schnitt in den Saum ihres Kleides getan hatte.

»Gut«, sagte Jacques Collin und nahm die drei kostbaren Handschriften in Empfang, drei weiche, noch immer parfümierte Pergamente. »Théodore hat das Ding in Nanterre gedreht.«

»Ach, er war das ...!«

»Sei still, die Zeit ist kostbar, er wollte ein kleines korsisches Vögelchen füttern, das Ginetta heißt ... du setzt die Nourrisson ein, um sie zu finden, ich lasse dir die nötigen Auskünfte mit einem Brief zukommen, den dir Gault geben wird. Du kommst in zwei Stunden an die Schleuse der Conciergerie. Es geht darum, das kleine Mädchen bei einer Weißwäscherin, der Schwester von Godet, unterzubringen, und sie soll sich da einnisten ... Godet und Ruffard sind die Komplizen von La Pouraille in dem Raubmord bei den Crottat. Die vierhundertfünfzigtausend Franc sind noch beieinander, ein Drittel im Keller von der Gonore, das ist der Anteil von La Pouraille; das zweite Drittel ist im Zimmer von der Gonore, das ist das von Ruffard; das dritte ist bei Godets Schwester versteckt.

Zuerst nehmen wir die hundertfünfzigtausend Franc von La Pourailles *Beute*, dann hundert von Godets und hundert von Ruffards. Wenn Ruffard und Godet *festsitzen*, dann sind es sie, die beiseitegeschafft haben, was von ihrem *Anteil* fehlt. Ich werde Godet einreden, dass wir hunderttausend Franc für ihn beiseite getan haben, und Ruffard und La Pouraille, dass ihnen das die Godet aufbewahrt hat! ... Prudence und Paccard werden bei der Gonore arbeiten. Du und Ginetta, die mir eine schlaue Maus zu sein scheint, ihr tut euch bei Godets Schwester um. Für mein Debüt als Schauspieler lasse ich den *Storch* vierhunderttausend Franc vom Raub bei den Crottat wiederfinden, plus die Täter. Ich tu so, als klärte ich den Mord in Nanterre auf. Wir kriegen unseren *Kies* wieder und sitzen im Herzen der *Schmier*! Wir waren Wild und werden jetzt Jäger, das ist alles. Gib dem Kutscher drei Franc.«

Der Fiaker war am Justizpalast. Jacqueline bezahlte, fassungslos. Der Todtäuscher stieg die Treppe hinauf, um zum Generalstaatsanwalt zu gehen.

Meine Herren Engländer, schießen Sie zuerst!

Eine vollständige Änderung des Lebens ist ein so heftiger Einschnitt, dass Jacques Collin trotz seiner Entschlossenheit die Stufen der Treppe langsam hinaufstieg, die von der Rue de la Barillerie zur Galerie Marchande führt, wo sich unter der Säulenhalle des Schwurgerichts der dunkle Eingang zur Staatsanwaltschaft befindet. Irgendeine politische Angelegenheit verursachte am Fuß der Doppeltreppe, die zum Schwurgericht führt, eine Art Auflauf, sodass der Sträfling, gedankenversunken, einen Moment lang aufgehalten wurde von der Menge. Links von dieser doppelten Treppe steht wie eine riesige Säule einer der Strebepfeiler des Justizpalasts, und in dieser Steinmasse bemerkt man eine Tür. Diese kleine Tür öffnet sich auf eine Wendeltreppe, die als Verbindung zur Conciergerie dient. Es ist hier entlang, dass der Generalstaatsanwalt, der Direktor der Conciergerie, die Präsidenten des Schwurgerichts, die Staatsanwälte und der Chef der Sicherheitspolizei kommen und gehen können. Über eine heute verschlossene Abzweigung dieser Treppe wurde Marie-Antoinette, die Königin von Frankreich, vor das Revolutionstribunal geführt, das, wie man weiß, seinen Sitz im Saal der feierlichen Anhörungen des Berufungsgerichts hatte.

Beim Anblick dieser scheußlichen Treppe zieht sich das Herz zusammen, wenn man daran denkt, dass die Tochter

Maria-Theresias, deren Gefolge, Frisur und Reifrock die große Treppe von Versailles ausfüllten, hier hindurch gegangen ist! ... Vielleicht büßte sie damit für das Verbrechen ihrer Mutter, die abscheuliche Teilung von Polen. Die Herrscher, die derartige Verbrechen begehen, denken nicht unbedingt an den Tribut, den die Vorsehung dafür verlangt.

Im Augenblick, als Jacques Collin unter den Bogen der Treppe kam, um sich zum Generalstaatsanwalt zu begeben, trat Bibi-Lupin aus dieser in der Mauer versteckten Tür heraus.

Der Chef der Sicherheitspolizei kam von der Conciergerie und war ebenfalls auf dem Weg zu Monsieur de Granville. Man kann sich Bibi-Lupins Überraschung vorstellen, als er vor sich den Mantel von Carlos Herrera erkannte, den er am Morgen so gründlich betrachtet hatte; er lief, um ihn zu überholen. Jacques Collin wandte sich um. Die beiden Feinde standen einander gegenüber. Jeder der beiden blieb wie angewurzelt stehen, und es schoss derselbe Blick aus den beiden so unterschiedlichen Augenpaaren wie zwei Pistolen, die bei einem Duell gleichzeitig losgehen.

»Diesmal habe ich dich, Räuber!«, sagte der Chef der Sicherheitspolizei.

»Ah! Ah! ...«, gab Jacques Collin ironisch zurück. Er dachte schnell, dass Monsieur de Granville ihn hatte verfolgen lassen; und, merkwürdig, es schmerzte ihn zu erfahren, dass dieser Mann weniger groß war, als er gedacht hatte.

Bibi-Lupin sprang Jacques Collin mutig an die Gurgel, der seinen Gegner im Auge behielt, ihm einen trockenen Stoß versetzte und ihn in hohem Bogen drei Schritte weiterfliegen ließ; dann ging der Todtäuscher bedächtig auf Bibi-Lupin zu und reichte ihm die Hand, um ihm beim Aufstehen zu helfen, ganz wie ein englischer Boxer, der, seiner Kraft sicher, nichts anderes will als weitermachen. Bibi-Lupin war viel zu schlau, um zu schreien anzufangen; vielmehr stand er auf, lief zum Eingang des Gangs und machte einem Gendarm Zeichen, dort Posten zu beziehen. Dann kehrte er schnell wie der Blitz zu seinem Feind zurück, der ihm in aller Ruhe zusah. Jacques Collin hatte seinen Plan gefasst: ›Entweder hat der Generalstaatsanwalt nicht Wort gehalten oder er hat Bibi-Lupin nicht ins Vertrauen gezogen, und dann muss ich meine Lage klären.‹

»Willst du mich verhaften?«, fragte Jacques Collin seinen Feind. »Sag es gerade heraus. Weiß ich denn nicht, dass du im Herzen des *Storch*s stärker bist als ich? Ich würde dich mit einem Savate-Stoß töten, aber die Gendarmen und die Wachen pack ich nicht. Machen wir keinen Radau; wohin willst du mich bringen?«

»Zu Monsieur Camusot.«

»Gehen wir zu Monsieur Camusot«, antwortete Jacques Collin. »Warum gehen wir nicht zum Generalstaatsanwalt? … das ist näher«, fügte er an.

Bibi-Lupin, der wusste, dass er in den oberen Ebenen der Justizgewalt in Ungnade stand und verdächtigt wurde, sich auf Kosten der Verbrecher und ihrer Opfer bereichert zu haben, war nicht dagegen, sich bei der Staatsanwaltschaft mit einem solchen Fang zu präsentieren.

»Gehen wir dahin, das ist mir recht! Aber nachdem du dich ergibst, lass mich dich festmachen, ich habe Angst vor deinen Ohrfeigen!« Und zog Daumenschellen aus der Tasche.

Jacques Collin hielt seine Hände hin und Bibi-Lupin schloss ihm die Daumen aneinander.

»Na so was! Wo du so brav bist«, sagte er weiter, »sagst du mir, wie du aus der Conciergerie herausgekommen bist?«

»Genau da, wo du rausgekommen bist, über die kleine Treppe.«

»Du hast den Gendarmen eine neue Nummer vorgespielt?«

»Nein, Monsieur de Granville hat mich auf mein Wort rausgelassen.«

»Machst du Witze?«

»Du wirst schon sehen! ... Vielleicht bist du es, der die Daumenschrauben angelegt kriegt.«

Eine alte Bekanntschaft

In diesem Moment meinte Corentin zum Generalstaatsanwalt:

»Also, Monsieur, jetzt ist es genau eine Stunde, seit unser Mann rausgegangen ist, haben Sie keine Angst, dass er Sie reingelegt hat? ... Vielleicht ist er schon auf dem Weg nach Spanien, wo wir ihn nicht mehr finden werden, denn Spanien ist ein Land der Fantasie.«

»Entweder ich kenne mich mit den Menschen nicht aus, oder er kommt zurück; alle seine Interessen zwingen ihn dazu; er hat mehr von mir zu bekommen als er mir gibt ...«

Da zeigte sich Bibi-Lupin.

»Graf«, sagte er, »ich habe eine gute Nachricht für Sie: Jacques Collin, der entwichen ist, ist wieder gefasst.«

»Da sieht man«, rief Jacques Collin, »wie Sie Ihr Wort gehalten haben! Fragen Sie Ihren falschen Agenten, wo er mich gefunden hat.«

»Wo?«, fragte der Generalstaatsanwalt.

»Zwei Schritte von der Staatsanwaltschaft, unter der Kuppel«, antwortete Bibi-Lupin.

»Machen Sie diesen Mann los von Ihren Strippen«, sagte Monsieur de Granville streng zu Bibi-Lupin. »Nehmen Sie zur Kenntnis, dass Sie diesen Mann, bis man Ihnen aufträgt, ihn wieder festzunehmen, in Ruhe lassen sollen ... Und gehen Sie hinaus! ... Sie haben sich angewöhnt vorzugehen und zu handeln, als wären Sie allein Justiz und Polizei.«

Damit wandte der Generalstaatsanwalt dem Chef der Sicherheitspolizei den Rücken zu, der totenblass wurde, insbesondere, weil er einen Blick von Jacques Collin empfing, aus dem er seinen Absturz erriet.

»Ich habe meinen Raum nicht verlassen, ich habe auf Sie gewartet, und Sie zweifeln doch nicht daran, dass ich mein Wort gehalten habe wie Sie das Ihre«, sagte Monsieur de Granville zu Jacques Collin.

»Im ersten Moment habe ich an Ihnen gezweifelt, Monsieur, und an meiner Stelle hätten Sie dasselbe gedacht wie ich; aber bei rechtem Bedenken habe ich gemerkt, dass ich unrecht hatte. Ich bringe Ihnen mehr, als Sie mir geben; Sie hatten kein Interesse, mich zu täuschen ...«

Der Staatsanwalt wechselte unvermittelt einen Blick mit Corentin. Dieser Blick, der dem Todtäuscher nicht entgehen konnte, dessen Aufmerksamkeit auf Monsieur de Granville gerichtet war, ließ ihn diesen kleinen merkwürdigen Alten bemerken, der in der Ecke in einem Sessel saß. Auf der Stelle alarmiert von diesem lebhaften und schnellen Instinkt, der die Anwesenheit eines Feindes anzeigt, musterte Jacques Collin diese Person; mit dem ersten Blick sah er, dass die Augen nicht das Alter hatten, das der Aufzug vortäuschte, und erkannte eine Verkleidung. Das war in einer Sekunde Jacques Collins Genugtuung gegenüber Corentin für die Schnelligkeit der Beobachtung, mit der Corentin ihn bei Peyrade demaskiert hatte. (Siehe *Glanz und Elend*, Teil II)

»Wir sind nicht allein! ...«, sagte Jacques Collin zu Monsieur de Granville.

»Nein«, antwortete der Generalstaatsanwalt trocken.

»Und Monsieur«, sprach der Sträfling weiter, »ist einer meiner besten Bekannten ... scheint mir?«

Er machte einen Schritt und erkannte Corentin, den tatsächlichen, eingestandenen Urheber von Luciens Fall. Jacques Collin, dessen Gesichtsfarbe ziegelrot war, wurde für einen kurzen und unwahrnehmbaren Moment blass und fast weiß; sein gesamtes Blut strömte zum Herz, so brennend und heftig war seine Lust, sich auf dies gefährliche Biest zu stürzen und es zu vernichten; doch er verdrängte diesen brutalen Wunsch und unterdrückte ihn mit der Kraft, die ihn so entsetzlich machte. Er nahm eine liebenswürdige Art an, einen Ton übertrieben ehrerbietiger Höflichkeit, an den er sich gewöhnt hatte, seit er die Rolle eines höherrangigen Geistlichen spielte, und begrüßte den Greis.

»Monsieur Corentin«, sagte er, »ist es der Zufall, dem ich das Vergnügen verdanke, Ihnen zu begegnen, oder wäre ich in der glücklichen Lage, der Anlass Ihres Besuchs bei der Staatsanwaltschaft zu sein?«

Das Erstaunen des Generalstaatsanwalts stieg ins Grenzenlose und er konnte nicht anders, als die beiden Männer vor sich zu mustern. Die Gesten Jacques Collins und der Ton, den er in seine Worte legte, zeugten von einer Krise, und er war neugierig, deren Ursache zu erfahren. Bei dieser unvermittelten und überraschenden Identifizierung seiner Person richtete sich Corentin auf wie eine Schlange, der man auf den Schwanz getreten hat.

»Ja, das bin ich, mein lieber Abbé Carlos Herrera.«

»Kommen Sie«, fragte der Todtäuscher, »um zwischen uns, dem Generalstaatsanwalt und mir, zu vermitteln? ... Sollte ich das Glück haben, Gegenstand einer dieser Verhandlungen zu sein, in denen Ihre Talente glänzen? Hier, Monsieur«, wandte sich der Sträfling an den Generalstaatsanwalt, »um Sie nichts von Ihrer kostbaren Zeit verlieren zu lassen, lesen Sie die Muster meiner Waren ...« Damit hielt er Monsieur de Granville die drei Briefe hin, die er aus seiner Manteltasche gezogen hatte. »Während Sie sich das anschauen, werde ich, wenn Sie erlauben, mit dem Herrn plaudern.«

Aussicht auf eine Stellung

»Das ist eine große Ehre für mich«, antwortete Corentin, der nicht verhindern konnte zu schaudern.

»Sie haben, Monsieur, in unserer Angelegenheit einen vollen Erfolg gehabt«, sagte Jacques Collin. »Ich bin geschlagen worden …«, fügte er leichthin und in der Art eines Spielers an, der sein Geld verloren hat; »aber Sie haben ein paar Leute auf dem Feld gelassen … Das ist ein teurer Sieg …«

»Ja«, ging Corentin auf den Scherz ein; »wenn Sie Ihre Dame verloren haben, dann habe ich zwei Türme verloren …«

»Och! Contenson ist nur ein Bauer«, spaßte Jacques Collin. »Das wird ersetzt. Sie sind, erlauben Sie mir, Ihnen dies Kompliment direkt zu machen, Sie sind, *mein Ehrenwort*, ein erstaunlicher Mann.«

»Nein, nein, ich verbeuge mich vor Ihrer Überlegenheit«, gab Corentin zurück, der wirkte, als risse er Witze von Beruf und sagte: ›Du willst scherzen? Dann scherzen wir!‹ »Wie denn, mir steht alles zur Verfügung und Sie stehen sozusagen ganz allein da …«

»Oh, oh!«, machte Jacques Collin.

«Und Sie hätten beinah gesiegt«, ging Corentin auf den Ausruf ein. »Sie sind der außergewöhnlichste Mensch, den ich im Leben kennengelernt habe, und ich habe viele Außergewöhnliche gesehen, denn die Leute, mit denen ich mich schlage, sind alle bemerkenswert wegen ihrer Verwegenheit, wegen ihrer waghalsigen Einfälle. Unglücklicherweise stand ich dem früheren Herzog d'Otranto sehr nah; ich habe für Louis XVIII. gearbeitet, als er regierte, und als er im Exil war, für den Kaiser und das Direktorium ... Sie sind vom Holz eines Louvel, das prächtigste politische Instrument, das ich gesehen habe; dazu haben Sie die Geschmeidigkeit eines Königs der Diplomatie. Und was für Hilfskräfte! ... Ich würde gern auf ein paar Köpfe, die rollen müssten, verzichten, um die Köchin dieser armen kleinen Esther in meinen Diensten zu haben ... Wo finden Sie Geschöpfe, die so schön sind wie das Mädchen, das die Jüdin für eine Zeit bei Monsieur de Nucingen ersetzt hat? ... Ich weiß nicht, woher ich die nehmen soll, wenn ich sie brauche ...«

»Monsieur, Monsieur«, sagte Jacques Collin, »Sie beschämen mich ... dieses Lob von Ihrer Seite ließe ...«

»Es ist verdient! Wie Sie Peyrade getäuscht haben, er hielt Sie für einen Polizeibeamten – der! ... Wissen Sie, wenn Sie nicht diesen kleinen Idioten zu schützen gehabt hätten, dann hätten Sie uns heimgeleuchtet ...«

»Ach! Monsieur, Sie vergessen Contenson verkleidet als Mulatte ... und Peyrade als Engländer. Die Schauspieler haben den Fundus des Theaters; aber so perfekt am helllichten Tag und zu jeder Stunde, da gibt es nur Sie und die Ihren ...«

»Na ja, sehen wir mal«, sagte Corentin, »beide sind wir überzeugt, der eine wie der andere, von unserem Wert, von unseren Verdiensten. Jetzt stehen wir zwei hier, alle beide ziemlich allein; ich bin ohne meinen alten Freund, und Sie ohne Ihren jungen Schützling. Ich bin im Augenblick stärker, warum sollen wir es nicht halten wie in *l'Auberge des Adrets*? Ich reiche Ihnen die Hand mit den Worten: ›Umarmen wir uns und damit Schluss.‹ Ich biete Ihnen vor dem Generalstaatsanwalt eine volle Begnadigung an, und Sie werden einer der meinen, der Erste nach mir, vielleicht mein Nachfolger.«

»Da ist es also eine Stelle, was Sie mir anbieten ...«, sagte Jacques Collin. »Eine schöne Selle! Ich wechsele von brünett zu blond?«

»Sie werden in einer Welt sein, in der Ihre Gaben sehr geschätzt werden, gut bezahlt, und Sie würden freie Hand haben. Die politische Polizei hat ihre Gefahren. Ich bin, so wie Sie mich hier sehen, schon zweimal eingesperrt worden … es geht mir darum nicht schlechter. Und man ist unterwegs! Man ist ganz, was man sein will … Man ist der Maschinist der politischen Dramen, von den hohen Herren wird man höflich behandelt … Überlegen Sie, mein lieber Jacques Collin, gefällt Ihnen das?«

»Haben Sie diesbezüglich Anweisungen?«, fragte der Sträfling.

»Ich habe Vollmacht …«, gab Corentin zurück, ganz froh über diese Eingebung.

»Sie treiben Scherze, Sie sind ein sehr mächtiger Mann, Sie können ruhig eingestehen, dass man vor Ihnen Angst haben kann … Sie haben mehr als einen Mann verkauft, indem Sie ihn in einen Sack steckten, in den er auch noch von selbst reingelaufen ist … ich kenne Ihre schönen Schlachten, die Affäre Montauran, die Affäre Simeuse … Ach! Die sind die Schlacht von Marengo der Spionage.«

»Nun gut«, sagte Corentin, »geben Sie etwas auf den Herren Generalstaatsanwalt?«

»Ja«, sagte Jacques Collin und verbeugte sich ehrerbietig; »ich bin voll Bewunderung für seinen guten Charakter, seine Zuverlässigkeit, seinen Anstand, und ich gäbe mein Leben für sein Glück. Ich würde damit anfangen, den gefährlichen Zustand, in dem sich Madame de Sérisy befindet, zu einem Ende zu bringen.«

Der Generalstaatsanwalt ließ sich eine Bewegung von Glück anmerken.

»Dann fragen Sie ihn doch«, gab Corentin zurück, »ob ich nicht Vollmacht habe, Sie aus dem beschämenden Stand zu ziehen, in dem Sie sich befinden, und Sie an mich zu binden.«

»Das stimmt«, sagte Monsieur de Granville und sah den Sträfling an.

»Also stimmt es! Mir wird meine Vergangenheit vergeben und versprochen, Ihr Nachfolger zu werden, indem ich mein Können unter Beweis stelle?«

»Zwischen zwei Männern wie uns kann es kein Missverständnis geben«, sagte Corentin mit einer Großmütigkeit, auf die jeder hereingefallen wäre.

»Und der Preis dieses Tauschhandels ist wohl die Rückgabe der drei Korrespondenzen? ...«, fragte Jacques Collin.

»Ich hatte nicht geglaubt, dass Ihnen das noch gesagt werden müsste ...«

Enttäuschung

»Mein lieber Monsieur Corentin«, sagte der Todtäuscher mit einer Ironie, die jener würdig war, die Talmas Triumph in der Rolle des Nicomède ausmachte, »ich danke Ihnen, Ihnen verdanke ich die Kenntnis, welchen Wert ich habe und was für eine Bedeutung es hat, mir diese Waffen zu entwinden ... Ich werde es nie vergessen ... Ich werde immer und zu jeder Zeit zu Ihren Diensten sein, und statt zu sagen wie Robert Macaire: ›Umarmen wir uns! ...‹, schließe ich Sie gleich in die Arme.«

Er packte Corentin mit solcher Behändigkeit um die Körpermitte, dass der diese Umarmung nicht verhindern konnte; er drückte ihn wie eine Puppe an sein Herz, küsste ihn auf beide Wangen, hob ihn hoch wie eine Feder, öffnete die Tür des Dienstzimmers und stellte ihn hinaus, der völlig steif war von dieser groben Umarmung.

»Lebewohl, mein Lieber«, sagte er ihm leise ins Ohr. »Uns trennt die Länge dreier Leichname; wir haben unsere Schwerter gemessen, sie sind vom selben Stoff, vom selben Maß ...

Lassen Sie uns einander achten; aber ich möchte Ihnen gleichgestellt sein, nicht Ihnen untergeordnet … Mit Ihren Waffen wären Sie mir als Stellvertreter ein zu gefährlicher General. Wir legen einen Graben zwischen uns. Wehe Ihnen, wenn Sie mein Gebiet betreten! … Sie nennen sich Staat, so wie sich die Lakeien nach dem Namen ihrer Herren nennen; ich aber, ich will mich Gerechtigkeit nennen; wir werden uns oft begegnen; lassen wir es dabei, dass wir einander mit um so mehr Würde, mit um so mehr Anstand behandeln, wie wir für immer … scheußliche Kanaillen bleiben werden«, flüsterte er. »Ich bin mit gutem Beispiel vorangegangen, indem ich Sie umarmt habe …«

Corentin blieb zum ersten Mal in seinem Leben verdattert stehen und ließ sich von seinem schrecklichen Gegner die Hand schütteln …

»Wenn es so steht«, sagte er, »haben wir, glaube ich, einer wie der andere Interesse, *Freunde* zu bleiben …«

»Wir werden jeder auf seiner Seite stärker sein, aber auch gefährlicher«, fügte Jacques Collin leise hinzu. »Erlauben Sie mir dementsprechend, morgen eine Anzahlung auf unseren Handel zu fordern …«

»Na gut!«, sagte Corentin gutmütig, »Sie nehmen mir Ihre Sache ab, um sie dem Generalstaatsanwalt zu übergeben; Sie werden der Grund für seine Beförderung; und ich kann mir nicht den Hinweis verkneifen, dass Sie eine gute Wahl treffen … Bibi-Lupin ist zu bekannt, er hat seine Zeit gehabt; wenn Sie ihn ersetzen, leben Sie zu den einzigen Bedingungen, die Ihnen passen; ich bin bezaubert, Sie da zu sehen … Ehrenwort …«

»Auf Wiedersehen, bis bald«, sagte Jacques Collin.

Als er sich umwandte, sah der Todtäuscher den Generalstaatsanwalt an seinem Schreibtisch sitzend, den Kopf in den Händen.

»Und Sie könnten Gräfin des Sérisy davor bewahren, verrückt zu werden? ...«, fragte Monsieur de Granville.

»In fünf Minuten«, gab Jacques Collin zurück.

»Und Sie können mir alle Briefe dieser Damen aushändigen?«

»Haben Sie die drei gelesen? ...«

»Ja«, sagte der Generalstaatsanwalt heftig, »ich schäme mich für die, die sie geschrieben haben ...«

»Na gut, wir sind allein: Schließen Sie ihre Tür ab und verhandeln wir«, sagte Jacques Collin.

»Erlauben Sie ... die Justiz muss vor allem ihren Dienst tun, und Monsieur Camusot hat den Auftrag, Ihre Tante zu verhaften ...«

»Die findet er niemals«, sagte Jacques Collin.

»Wir machen eine Durchsuchung im Temple, bei einem Fräulein Paccard, die da ihren Laden hat ...«

»Man wird da nur Lumpen finden, Kleider, Diamanten, Uniformen. Egal, dem Eifer von Monsieur Camusot muss ein Ende gesetzt werden.«

Monsieur de Granville läutete seinem Büroboten und sagte ihm, er solle zu Monsieur Camusot sagen, dass er ihn sprechen komme.

»Schauen wir mal«, sagte er zu Jacques Collin, »kommen wir zum Ende! Es wird Zeit, Ihr Rezept für die Heilung der Gräfin kennenzulernen ...«

Wo Jacques Collin vom Thron des *Dab* abtritt

»Herr Generalstaatsanwalt«, wurde Jacques Collin ernst, »ich wurde, wie Sie wissen, zu fünf Jahren Zwangsarbeit verurteilt wegen Fälschung. Ich liebe meine Freiheit! ... Diese Liebe ist, wie alle Lieben, geradenwegs an ihr Ende gestoßen; schließlich geraten Liebende in Streit, wenn sie einander zu sehr vergöttern wollen. Indem ich immer wieder ausbrach und wieder gefasst wurde, habe ich sieben Jahre in Gefangenschaft verbracht. Sie müssen mich also nur für die Strafverschärfungen begnadigen, die ich mir *auf der Wiese* ... pardon, in der Haft eingehandelt habe. Tatsächlich habe ich meine Strafe abgebüßt, und bis man mir etwas Böses nachweist, was ich vor der Justiz und sogar Corentin abstreite, sollte ich wieder in meine Rechte als französischer Staatsbürger eingesetzt werden. Aus Paris verbannt und unter Überwachung durch die Polizei – ist das ein Leben? Wo könnte ich hingehen? Was könnte ich tun? Sie kennen meine Fähigkeiten ... Sie haben Corentin gesehen, dieses Magazin von Tücke und Verrat, bleich vor Furcht vor mir, wie er meine Fähigkeiten anerkannte ... Dieser Mann hat mir alles genommen! Denn er ist es, er allein, der mit ich weiß nicht welchen Mitteln und in welchem Interesse, das Erfolgsgebäude Luciens umgeworfen hat ... Corentin und Camusot haben alles getan ...«

»Beschweren Sie sich nicht«, sagte Monsieur de Granville, »und kommen Sie zur Sache.«

»Also, die Sache ist Folgende. Heute Nacht, als ich die eiskalte Hand dieses jungen Toten in der Hand hielt, habe ich gelobt, Verzicht zu leisten auf den unsinnigen Kampf, den ich seit zwanzig Jahren gegen die Gesellschaft als Ganzes führe. Sie halten mich für unfähig zur Frömmelei, nach dem, was ich Ihnen über meine religiösen Ansichten gesagt habe ... Nun gut, seit zwanzig Jahren habe ich die Gesellschaft von ihrer Kehrseite gesehen, in ihren Kellern, ich habe erkannt, dass es im Verlauf der Dinge eine Kraft gibt, die Sie *Vorsehung* nennen, die ich *Zufall* nenne, die meine Kameraden *Schicksal* nennen. Jede üble Tat wird eingeholt von irgendeiner Strafe, so schnell sie sich auch verflüchtige. In diesem Handwerk des Kämpfers kann man ein gutes Blatt haben, einen Fünfertrumpf oder die Vierzehn und die Vorhand, dann fällt die Kerze um, die Kerzen brennen ab oder den Spieler trifft der Schlag! ... Das ist die Geschichte von Lucien. Dieser Junge, dieser Engel, hat nicht den Schatten eines Verbrechens begangen; er hat mit sich alles machen, er hat alles geschehen lassen! Er war auf dem Weg, Mademoiselle de Grandlieu zu heiraten, zum Marquis ernannt zu werden, er hatte Vermögen; und dann! ein Freudenmädchen vergiftet sich, sie verbirgt den Ertrag einer Rentenverschreibung, und das so mühselig errichtete Gebäude dieses Werdegangs fällt im Moment in sich zusammen. Und wer versetzt uns den ersten Degenstoß? Ein von geheimen Niederträchtigkeiten besudelter Mann, ein Monstrum, das in der Welt der Zinsen solche Verbrechen (siehe *Das Haus Nucingen*) begangen hat, dass jeder Taler seines Geldes gebadet ist in den Tränen einer Familie, ein Nucingen, der ein legaler Jacques Collin in der Welt des Geldes ist. Sie kennen doch die Zwangsräumungen, die verbrecherischen Schachzüge dieses Mannes so gut wie ich. Meine Ketten werden alle meine Handlungen immer kompromittieren, auch die vorbildlichsten. Ein Federball zwischen zwei Schlägern zu sein, von denen der eine sich Gefängnis nennt und der andere die Polizei, das ist ein Leben, in dem der Triumph eine endlose Mühe ist, wo mir Ruhe unmöglich erscheint. In diesem Augenblick, Monsieur de Granville, wird Jacques Collin zusammen mit Lucien beerdigt, über den soeben Weihwasser gesprengt wird und der zum Friedhof Père-Lachaise aufbricht. Aber ich brauche einen Platz für mich, nicht zum Leben, sondern um dort zu sterben ... Beim jetzigen Stand der Dinge haben Sie nicht vorgehabt, Sie, die Justiz, sich mit dem Stand und Status des entlassenen Sträflings zu beschäftigen. Wenn dem Gesetz Rechnung getragen wurde, ist das bei der Gesellschaft nicht der Fall, sie bewahrt ihren Argwohn und sie tut alles, ihn vor sich selbst zu rechtfertigen; sie macht den entlassenen Sträfling zu einem unmöglichen Wesen; sie muss ihm alle Rechte zurückgeben, doch sie verbietet ihm, in einem bestimmten Bereich zu leben. Die Gesellschaft sagt diesem Elenden: In Paris, dem einzigen Ort, wo du dich verstecken kannst, und bis zu einer bestimmten Weite in seiner Umgebung, da wohnst du nicht! ... Dann unterwirft sie den entlassenen Sträfling der polizeilichen Überwachung. Und Sie glauben, dass man unter solchen Umständen leben kann? Zum Leben muss man arbeiten, schließlich kommt man nicht mit einer Rente aus dem Gefängnis. Sie sorgen dafür, dass der Sträfling deutlich gekennzeichnet ist, erkannt wird, eingeordnet, und dann glauben Sie, dass die Bürger ihm vertrauen, wenn die Gesellschaft, die Justiz, die Leute um ihn herum das nicht tun. Sie verurteilen ihn zu Hunger oder Verbrechen. Er findet keine Tätigkeit, er wird fatalerweise dahin zurückgestoßen, dass er sein altes Handwerk wieder anfängt, das ihn aufs Schafott bringen wird. Obwohl ich aufhören wollte mit dem Kampf gegen das Gesetz, habe ich für mich keinen Platz an der Sonne gefunden. Ein Einziger ist mir recht, das ist, Diener dieser Macht zu werden, die auf uns lastet; und als mir dieser Gedanke gekommen ist, hat sich die Kraft, von der ich zu Ihnen gesprochen habe, um mich herum deutlich gezeigt.

Drei große Familien habe ich in meiner Hand. Glauben Sie nicht, dass ich vorhabe sie zu *erpressen* ... *Erpressung* ist einer der feigsten Morde. In meinen Augen ist das eine noch schlimmere Schurkerei als Mord. Der Mörder muss schon einen wilden Mut aufbringen. Ich stehe zu meiner Meinung, denn die Briefe sind meine Sicherheit, die mir erlaubt, so mit Ihnen zu sprechen, die mich in diesem Moment auf Augenhöhe bringt mit Ihnen, ich – das Verbrechen und Sie – die Justiz, diese Briefe sind zu Ihrer Verfügung ...

Ihr Amtsbote kann sie in Ihrem Auftrag holen gehen, sie

werden ihm ausgehändigt ... ich verlange kein Lösegeld dafür, ich verkaufe sie nicht! Ach, Herr Generalstaatsanwalt, als ich sie auf die Seite tat, dachte ich nicht an mich, ich erwog die Gefahr, in der sich irgendwann einmal Lucien befinden könnte! Wenn Sie meiner Bitte nicht nachkommen, werde ich mehr Mut haben, werde ich mehr Abscheu haben vor dem Leben als es braucht, um mir selber das Hirn auszublasen und Sie von mir zu entlasten ... Ich könnte mit einem Pass nach Amerika gehen und in der Einsamkeit leben; ich erfülle alle Bedingungen für einen Wilden ... Dieserart waren die Gedanken, in die ich diese Nacht versunken war. Ihr Sekretär müsste Ihnen ein Wort weitergegeben haben, das ich aufgetragen habe, Ihnen zu sagen ... Als ich sah, welche Vorsichtsmaßnahmen Sie ergreifen, um Luciens Andenken vor aller üblen Nachrede zu bewahren, habe ich Ihnen mein Leben vermacht, armes Geschenk! Ich hielt nichts mehr darauf, ich hielt es für unmöglich ohne das Licht, das es erhellte, ohne das Glück, das es erfüllte, ohne diesen Gedanken, der ihm einen Sinn gab, ohne die Blüte dieses jungen Dichters, der darin die Sonne war, und ich wollte Ihnen diese drei Bündel Briefe übergeben lassen ...«

Monsieur de Granville neigte den Kopf.

Fortsetzung des Verzichts

»Beim Heruntersteigen in den Gefängnishof habe ich die Täter des Verbrechens von Nanterre und meinen jungen Kettenkamerad getroffen, der in Todesgefahr schwebt, weil er unwillentlich mit diesem Verbrechen in Verbindung geraten ist«, fuhr Jacques Collin fort. »Ich habe bemerkt, dass Bibi-Lupin die Justiz betrügt, dass einer seiner Agenten der Mörder der Crottats ist; ist das nicht, wie Sie sagen, eine Fügung? ... Ich hatte also eine Ahnung, wie ich Gutes tun könnte, wie ich die Talente, mit denen ich begabt bin, die traurigen Kenntnisse, die ich erlangt habe, in den Dienst der Gesellschaft stellen könnte; nützlich zu sein statt schädlich, und ich habe mich getraut, auf Ihre Einsicht, auf Ihre Güte zu setzen.«

Der Anschein von Gutherzigkeit, die Gutgläubigkeit, die Schlichtheit dieses Mannes, der ohne Verbitterung, ohne diese Philosophie des Lasters beichtete, die es bis dahin so furchtbar gemacht hatte, ihm zuzuhören, hätten an eine Verwandlung glauben lassen können. Das war nicht mehr er.

»Ich glaube so fest an Sie, dass ich Ihnen voll und ganz zur Verfügung stehen möchte«, sprach er mit der Demut eines reuigen Sünders weiter. »Sie sehen mich vor drei Wegen: Selbstmord, Amerika oder die Rue de Jérusalem; Bibi-Lupin ist reich, er hat seine Zeit gehabt; er ist ein doppelgesichtiger Wachtposten, und wenn Sie mich gegen ihn vorgehen lassen wollen, würde ich ihn binnen acht Tagen in flagranti erwischen. Wenn Sie mir den Platz dieses Halunken geben, haben Sie der Gesellschaft den größten Dienst erwiesen. *Ich habe nichts mehr nötig.* (Ich wäre anständig.) Ich habe alle für diese Beschäftigung erforderlichen Fähigkeiten. Ich habe eine bessere Schulbildung als Bibi-Lupin; man hat mich die Schule bis zur Rhetorik-Klasse besuchen lassen; ich werde nicht so blöd sein wie er, ich habe Manieren, wenn ich das will. Ich habe keinen anderen Ehrgeiz, als Teil der Ordnung und Strafverfolgung statt die Verderbnis selbst zu sein. Ich werde niemanden mehr aus dem großen Heer des Lasters einsetzen. Wenn man im Krieg einen gegnerischen General fasst, erschießt man ihn nicht, man gibt ihm seinen Degen zurück und gibt ihm eine Stadt als Gefängnis; also, ich bin der General der Straflager, und ich ergebe mich ... Es ist nicht die Justiz, es ist der Tod, der mich geschlagen hat ... die Welt, in der ich tätig sein und leben will, ist die einzige, die zu mir passt, und ich werde dort die Kraft entfalten, die ich in mir spüre ... Entscheiden Sie ...«

Damit verharrte er in unterwürfiger und bescheidener Haltung.

»Sie haben mir diese Briefe zur Verfügung gestellt? ...«, fragte der Generalstaatsanwalt.

»Sie können sie holen lassen, sie werden der Person ausgehändigt, die Sie schicken ...«

»Und wie?«

Jacques Collin las im Herzen des Generalstaatsanwalts und setzte das Spiel fort.

»Sie haben mir die Umwandlung von Calvis Todesstrafe in zwanzig Jahre Zwangsarbeit zugesagt. Oh, ich rufe Ihnen das nicht in Erinnerung, um einen Vertrag mit Ihnen zu schließen«, sagte er lebhaft, als er den Generalstaatsanwalt eine Geste machen sah; »aber dieses Leben muss aus einem anderen Grund gerettet werden: Dieser Junge ist unschuldig ...«

»Wie kann ich die Briefe bekommen?«, fragte der Generalstaatsanwalt. »Ich habe das Recht und die Pflicht zu erfahren, ob Sie der Mann sind, als der Sie sich ausgeben. Ich will Sie ohne Bedingungen ...«

»Schicken Sie einen Mann des Vertrauens auf den Quai aux Fleurs; da sieht er auf den Stufen eines Eisenwarenladens, unter dem Zeichen des *Schild des Achill* ...«

»Das *Schild*-Haus? ...«

»Das ist es«, sagte Jacques Collin mit einem bitteren Lächeln, »das ist mein Schutzschild. Ihr Mann trifft dort auf eine alte Frau, die, wie ich Ihnen sagte, zurechtgemacht ist als vermögende Fischhändlerin mit Ohrgehänge, in der Verkleidung einer reichen Marktfrau; er fragt nach Madame *de* Saint-Estève. Vergessen Sie nicht das *de* ... und er wird sagen ich komme *vom Generalstaatsanwalt um das zu holen, was Sie wissen* ... Im Augenblick werden Sie drei versiegelte Päckchen haben ...«

»Darin sind sämtliche Briefe?«, fragte Monsieur de Granville.

»Also, Sie sind ja einer! Gestohlen haben Sie Ihre Stellung wohl nicht«, lächelte Jacques Collin. »Ich sehe, dass Sie mich für imstande halten, Sie auszuprobieren und Ihnen dann weißes Papier zu liefern ... Sie kennen mich nicht«, fügte er an. »Ich vertraue mich Ihnen an wie ein Sohn seinem Vater ...«

»Sie werden in die Conciergerie zurückgebracht«, sagte der Generalstaatsanwalt, »und Sie werden dort abwarten, welche Entscheidung über Ihren Verbleib getroffen wird.« Der Generalstaatsanwalt läutete, sein Bürojunge kam, und er sagte ihm: »Bitten Sie Monsieur Garnery, dass er kommt, wenn er am Platz ist.«

Außer den achtundvierzig Polizeikommissaren, die über Paris wachen wie achtundvierzig Vertreter der Vorsehung im Kleinformat, ohne die Sicherheitspolizei mitzuzählen – daher stammt der Ausdruck *Viertel-Auge*, den die Diebe in ihrem Jargon dafür haben, denn es sind vier je Arrondissement – gibt es zwei Kommissare, die beide für Polizei und Justiz tätig sind, um heikle Missionen auszuführen, oft, um Untersuchungsrichter zu ersetzen. Die Amtsstelle dieser beiden Beamten, denn die Polizeikommissare sind Beamte, heißt Delegationsbüro, und tatsächlich werden sie jedes Mal beauftragt und regelmäßig delegiert, seien es Durchsuchungen oder Festnahmen auszuführen. Diese Stellen verlangen reife Männer von erwiesener Fähigkeit, von hoher Moral, vollkommener Verschwiegenheit; und die Möglichkeit, stets Naturen dieser Sorte zur Verfügung zu haben, ist eins der Wunder, die die Vorsehung zum Vorteil von Paris bewirkt. Die Darstellung des Justizpalastes wäre ungenau ohne die

Erwähnung dieser sozusagen *vorbeugenden* Richterämter, die die stärkste Hilfe der Justiz sind. Denn wenn die Justiz durch die Macht der Umstände ihren früheren Pomp verloren hat, ihren alten Reichtum, muss man zugestehen, dass sie praktisch gewonnen hat. Vor allem in Paris hat es dieser Mechanismus zur Vollkommenheit gebracht.

Monsieur de Granville hatte Monsieur de Chargebœuf, seinen Sekretär, zum Geleitzug Luciens geschickt; für diese Mission musste er durch einen verlässlichen Mann ersetzt werden; und Monsieur Garnery war einer der beiden Kommissare des Delegationsbüros.

Die Beisetzung

»Herr Generalstaatsanwalt«, fing Jacques Collin neu an, »ich habe Ihnen bereits den Beweis erbracht, dass ich ein Ehrgefühl habe ... Sie haben mich frei gehen lassen, und ich bin zurückgekommen ... Es ist jetzt gleich elf Uhr ... gleich endet die Totenmesse Luciens, er wird zum Friedhof aufbrechen ... statt mich in die Conciergerie zu schicken, erlauben Sie mir, den Leichnam dieses Kindes bis zum Père-Lachaise zu begleiten; ich komme zurück, um mich als Häftling zu stellen.«

»Gehen Sie«, sagte Monsieur de Granville mit einer Stimmlage voller Mitgefühl.

»Ein letztes Wort, Herr Generalstaatsanwalt. Das Geld dieses Mädchens, Luciens Mätresse, ist nicht gestohlen worden ... in den paar Momenten der Freiheit, die Sie mir gewährt haben, habe ich die Hausangestellten fragen können ... Ich verlasse mich auf die, wie Sie sich auf Ihre beiden Kommissare im Delegationsbüro verlassen. Man wird also den Gegenwert der Rentenverschreibungen, die Fräulein Esther Gobseck verkauft hat, bei Aufhebung der Siegel in ihrem

Zimmer finden. Ihr Zimmermädchen hat mir zu verstehen gegeben, dass die Verstorbene, wie man so sagt, geheimniskrämerisch und sehr misstrauisch war, sie muss ihre Banknoten in ihr Bettzeug getan haben. Man soll das Bett aufmerksam durchsuchen, auseinandernehmen, die Matratze öffnen, den Bettrost, man wird das Geld finden ...«

»Da sind Sie sicher?«

»Ich bin mir der vergleichsweisen Verlässlichkeit meiner Schelme sicher, die legen mich nicht rein ... Ich habe über sie das Recht von Leben und Tod, ich richte und verurteile, und ich vollstrecke meine Urteile ohne Ihre ganzen Formalitäten. Die Wirkung meiner Macht sehen Sie ja. Ich werde Ihnen die bei Monsieur und Madame Crottat gestohlenen Summen wiederfinden; ich lasse einen von Bibi-Lupins Agenten *auffliegen*, seine rechte Hand, und ich eröffne Ihnen das Geheimnis des Verbrechens von Nanterre ... Das ist die Anzahlung! ... Jetzt, wenn Sie mich in den Dienst von Justiz und Polizei übernehmen, werden Sie sich in einem Jahr zu meiner Enthüllung selbst gratulieren, ich werde offen sein, was ich sein soll, und ich werde in allem, was mir anvertraut wird, Erfolg haben.«

»Ich kann nichts versprechen außer meinem Wohlwollen. Was Sie von mir verlangen, hängt nicht nur von mir allein ab. Im Verhältnis zum Justizministerium hat der König allein das Recht zur Begnadigung, und die Stelle, die Sie haben wollen, wird vom Polizeipräfekt besetzt.«

»Monsieur Garncry«, sagte der Bürobote.

Auf eine Geste des Generalstaatsanwalts trat der Sonder-Kommissar ein, warf einen Kennerblick auf Jacques Collin und unterdrückte sein Erstaunen bei dem Wort: »*Gehen Sie!*«, das Monsieur de Granville an Jacques Collin richtete.

»Wollen Sie mir erlauben«, antwortete Jacques Collin, »nicht hinauszugehen, bevor Monsieur Garnery Ihnen nicht das gebracht hat, was mein gesamtes Gewicht ausmacht, damit ich von Ihnen ein Zeichen der Zufriedenheit mitnehmen kann?« Diese Demut, dieses vollkommene Vertrauen berührten den Generalstaatsanwalt.

»Gehen Sie!«, sagte er. »Ich vertraue Ihnen.«

Jacques Collin verbeugte sich tief und mit der ganzen Unterwürfigkeit des Untergebenen vor dem Vorgesetzten. Zehn Minuten später war Monsieur de Granville im Besitz der Briefe, die in drei versiegelten und ungeöffneten Päckchen enthalten waren. Allerdings hatte die Bedeutung dieser Geschichte und die Art von Geständnis Jacques Collins ihn das Versprechen von Madame de Sérisys Heilung vergessen lassen.

Als er draußen war, empfand Jacques Collin ein unglaubliches Gefühl des Wohlbefindens. Er fühlte sich frei und geboren für ein neues Leben; er ging schnell vom Justizpalast zur Kirche von Saint-Germain-des-Prés, wo die Messe beendet war. Es wurde Weihwasser auf die Bahre gesprengt, und er kam noch gerade zurecht, um dem sterblichen Überrest dieses so zärtlich geliebten Kindes das christliche Lebewohl zu entrichten, dann stieg er in eine Kutsche und begleitete den Leichnam bis zum Friedhof.

Bei den Beisetzungen in Paris, wenn es nicht außerordentliche Umstände sind, oder bei den ziemlich seltenen Fällen, wenn eine Berühmtheit natürlichen Todes gestorben ist, verringert sich die Menge, die zur Kirche gekommen ist, in dem Maß, wie man sich dem Père-Lachaise nähert. Man hat Zeit, sich in der Kirche zu zeigen, aber jeder hat seine Angelegenheiten und kehrt so bald wie möglich dazu zurück. So waren von den zehn Kutschen des Trauergeleits nicht einmal vier voll besetzt. Als der Zug am Père-Lachause eintraf, bestand die Trauergesellschaft nurmehr aus einem Dutzend Personen, unter denen auch Rastignac war.

»Es ist gut, *ihm* treu zu sein«, sagte Jacques Collin seinem alten Bekannten.

Rastignac fuhr zusammen, als er Vautrin sah.

»Seien Sie beruhigt«, sagte ihm der frühere Pensionsgast von Madame Vauquer, »Sie haben in mir einen Sklaven, allein darum, weil ich Sie hier antreffe. Meine Unterstützung ist nicht zu verachten, ich bin oder werde mächtiger als jemals. Sie haben Ihr Ankertau eingeholt, Sie waren sehr geschickt; aber vielleicht brauchen Sie mich einmal, ich werde Ihnen immer dienlich sein.«

»Und was werden Sie also?«

»Ich werde das Straflager beliefern statt es zu bewohnen«, antwortete Jacques Collin.

Rastignac zuckte angewidert.

»Ah – und wenn Sie bestohlen werden?! ...«

Rastignac ging ganz schnell, um Jacques Collin abzuhängen.

»Sie wissen gar nicht, was Ihnen passieren kann.«

Sie waren an der Grube angekommen, die neben Esthers Grab ausgehoben worden war.

»Zwei Geschöpfe, die sich geliebt haben und glücklich waren!«, sagte Jacques Collin; »sie sind vereint. Es ist immer noch ein Glück, gemeinsam zu vergehen. Ich werde mich dort beisetzen lassen.«

Als Luciens Leichnam in das Grab hinabgelassen wurde, fiel Jacques Collin, steif ohnmächtig um. Dieser so starke Mann hielt das Geräusch der geschaufelten Erde, die die Totengräber auf den Leichnam werfen, um dann ihr Trinkgeld zu fordern, nicht aus. Zwei Agenten der Sicherheitsbrigade traten genau jetzt hinzu, erkannten Jacques Collin, fassten ihn und trugen ihn zu einem Fiaker.

Wo sich Todtäuscher mit dem Storch arrangiert

»Worum geht es noch? ...«, fragte Jacques Collin, als er sein Bewusstsein zurückerlangt hatte. Er sah sich zwischen zwei Polizeiagenten, von denen der eine ausgerechnet Ruffard war; ihm warf er einen Blick zu, der die Seele des Mörders bis ins Geheimnis der Gonore erkundete.

»Das ist, weil Sie der Generalstaatsanwalt verlangt«, antwortete Ruffard, »sind wir überall hin gegangen, und wir haben Sie erst auf dem Friedhof gefunden, wo Sie beinah zu dem jungen Mann ins Grab gefallen wären.«

Jacques Collin wahrte Schweigen.

»Ist es Bibi-Lupin, der mich suchen lässt?«, fragte er den anderen Agenten.

»Nein, es ist Monsieur Garnery, der uns losgeschickt hat.«

»Er hat Ihnen nichts gesagt?«

Die beiden Agenten schauten einander ausdrücklich fragend an.

»Na los, wie hat er euch den Befehl erteilt?«

»Er hat uns«, antwortete Ruffard, »aufgetragen, Sie auf der Stelle zu finden und hat dazu gesagt, dass Sie in der Kirche Saint-Germain-des-Prés seien; dass, wenn der Geleitzug die Kirche verlassen hätte, Sie am Friedhof wären.«

»Der Generalstaatsanwalt fragte nach mir? ...«

»Kann sein.«

»Eben«, antwortete Jacques Collin, »er braucht mich! ...«

Damit fiel er in sein Schweigen zurück, was die beiden Agenten sehr beunruhigte. Ungefähr um halb drei betrat Jacques Collin das Dienstzimmer Monsieur de Granvilles und sah dort eine neue Persönlichkeit, den Vorgänger Monsieur de Granvilles, Graf Octave de Bauvan, einen der Präsidenten des Berufungsgerichts.

»Sie haben die Gefahr vergessen, in der Madame de Sérisy schwebt, die Sie retten wollten.«

»Fragen Sie, Herr Generalstaatsanwalt«, sagte Jaques Collin und gab den beiden Agenten ein Zeichen, einzutreten, »die beiden Vögel, in was für einer Verfassung die mich angetroffen haben.«

»Bewusstlos, Herr Generalstaatsanwalt, am Rand vom Grab des jungen Mannes, der beigesetzt wurde.«

»Retten Sie Madame de Sérisy«, sagte Monsieur de Bauvan, »und Sie bekommen alles, was Sie fordern!«

»Ich fordere gar nichts«, gab Jacques Collin zurück, »ich habe mich vollkommen ergeben, und der Herr Generalstaatsanwalt muss ...«

»Alle Briefe erhalten!«, sagte Monsieur de Granville; »aber Sie haben versprochen, Madame de Sérisy den Verstand zu retten, können Sie das? Ist das nicht eine Anmaßung?«

»Ich hoffe es«, antwortete Jacques Collin bescheiden.

»Also, fahren Sie bei mir mit«, sagte Graf Octave.

»Nein Monsieur«, sagte Jacques Collin, »ich werde nicht neben Ihnen in einer Kutsche sitzen ... Ich bin noch immer ein Sträfling. Wenn ich das Bedürfnis habe, der Justiz zu dienen, fange ich nicht damit an, ihr Schande zu machen ... Gehen Sie zur Gräfin, ich werde kurz nach Ihnen kommen ... Kündigen Sie ihr den besten Freund Luciens an, Abbé Carlos Herrera ... Die Vorerwartung meines Besuchs wird sicherlich einen Eindruck auf sie machen und den Verlauf begünstigen. Sie verzeihen mir, dass ich noch einmal die erlogene Gestalt des spanischen Kanonikers annehme; es ist, um einen so großen Dienst zu erweisen!«

»Ich werde Sie dort um vier Uhr sehen«, sagte Monsieur de Granville, »ich muss nämlich mit dem Justizminister zum König gehen.«

Jacques Collin ging seine Tante aufsuchen, die ihn am Quai aux Fleurs erwartete.

»Dann hast du dich also dem Storch ausgeliefert?«

»Ja.«

»Das ist riskant!«

»Nein, ich war Théodores Leben schuldig, und er wird begnadigt werden.«

»Und du?«

»Ich, ich werde sein, was ich sein muss! Ich werde weiter allen Leuten Angst einjagen! Aber wir müssen uns ans Werk machen! Geh Paccard sagen, dass er sich ins Zeug legt, und Europe, meine Anordnungen auszuführen.«

»Das ist doch nichts, ich weiß schon, was wir mit der Gonore machen …«, sagte die entsetzliche Jacqueline. »Ich habe meine Zeit nicht vertan und in den Levkojen geruht!«

»Dass morgen die Ginetta, dies korsische Mädchen, gefunden wird«, lächelte Jacques Collin seine Tante an.

»Müsste man nicht eine Spur von ihr haben?«

»Die bekommst du über die blonde Manon«, antwortete Jacques.

»Heute Abend haben wir's!«, gab die Tante zurück. »Du hast es ja eiliger als ein Gockel! Es gibt also *fett Beute*?«

»Ich will mit meinen ersten Dingern alles übertreffen, was Bibi-Lupin gut gemacht hat. Ich hatte eine kleine Aussprache mit dem Ungeheuer, das mir Lucien umgebracht hat, und ich lebe nur noch dafür, ihn zu rächen! Wir werden, dank unserer beiden Stellungen, gleich bewaffnet, gleich geschützt sein! Ich werde ein paar Jahre brauchen, um diesen Lumpen zu kriegen; aber der kriegt den Schlag voll in die Brust.«

»Er dürfte dir dasselbe gelobt haben«, sagte die Tante, »denn er hat bei sich die Tochter von Peyrade aufgenommen, du weißt, diese Kleine, die wir an Madame Nourisson verkauft haben.«

»Als Erstes besorgen wir ihm einen Dienstboten.«

»Das wird schwierig, da wird er sich auskennen!«, gab Jacqueline zu bedenken.

»Auf geht's, der Hass macht munter! An die Arbeit!«

Jacques Collin nahm einen Fiaker zum Quai Malaquais und ging in das kleine Zimmer, wo er wohnte, und das unabhängig war von Luciens Wohnung. Der Portier, sehr erstaunt, ihn zu sehen, wollte mit ihm über die Geschehnisse sprechen, die sich ereignet hatten.

»Ich weiß alles«, sagte ihm der Abbé. »Ich wurde belastet, trotz der Heiligkeit meines Standes; aber dank dem Einschreiten des spanischen Botschafters wurde ich freigesetzt.«

Damit eilte er in sein Zimmer hinauf, wo er aus dem Umschlag eines Gebetbuchs einen Brief nahm, den Lucien an Madame de Sérisy gerichtet hatte, nachdem er bei ihr in Ungnade gefallen war, weil sie ihn im Theâtre des Italiens mit Esther gesehen hatte.

Der Heiler

In seiner Verzweiflung hatte Lucien darauf verzichtet, diesen Brief abzusenden, weil er sich für immer verloren glaubte; doch Jacques Collin hatte das Meisterwerk gelesen, und da alles, was Lucien schrieb, für ihn heilig war, hatte er den Brief wegen der poetischen Ausdrucksweise dieser Liebe aus Eitelkeit in sein Brevier gesteckt. Als ihm Monsieur de Granville von dem Zustand erzählt hatte, in dem sich Madame de Sérisy befand, hatte dieser kluge Mann richtig überlegt, dass die Verzweiflung und die Verrücktheit dieser hohen Dame vom Bruch rühren musste, den sie zwischen sich und Lucien hatte entstehen lassen. Er kannte die Frauen, wie die Richter die Verbrecher kennen, er erahnte die geheimsten Bewegungen ihres Herzens und dachte sich sofort, dass die Gräfin Luciens Tod zu einem Teil ihrer Strenge zuschreiben musste und ihn sich bitterlich zum Vorwurf machte. Natürlich wäre ein Mann, den sie mit Liebe überschüttete, nicht aus dem Leben geschieden. Zu wissen, dass sie noch immer geliebt worden war trotz ihrer Strenge, könnte sie zur Vernunft bringen.

Wenn Jacques Collin ein großer General für die Sträflinge war, muss man zugestehen, dass er nicht minder ein großer Arzt der Seelen war. Es war zugleich eine Schande und eine Hoffnung, als dieser Mann in die Räumlichkeiten des Palais de Sérisy eintrat. Mehrere Personen, der Graf, die Ärzte waren in dem kleinen Salon, der sich vor dem Schlafzimmer der Gräfin befand; doch um jeden Flecken auf der Ehre ihrer Seele zu vermeiden, schickte Graf Octave de Bauvan alle hinaus und blieb mit seinem Freund allein. Es war schon ein harter Schlag für den Vizepräsidenten des Staatsrats, für ein Mitglied des persönlichen Rates, diese lichtscheue und schaurige Person eintreten zu sehen.

Jacques Collin hatte die Kleidung gewechselt. Er war in Hose und Mantel aus schwarzem Stoff gekleidet, und sein Gang, seine Blicke, seine Gesten, alles war von vollkommener Schicklichkeit. Er grüßte die beiden Staatsmänner und fragte, ob er in das Zimmer der Gräfin eintreten könne.

»Sie erwartet Sie mit Ungeduld«, sagte Monsieur de Bauvan.

»Mit Ungeduld? ... Sie ist gerettet«, sagte dieser schaurige Beschwörer. Und tatsächlich öffnete Jacques Collin nach einem Gespräch von einer halben Stunde die Tür und sagte: »Kommen Sie, Graf, Sie haben nichts Schlimmes mehr zu fürchten.«

Die Gräfin hielt den Brief auf ihrem Herzen; sie war ruhig und schien versöhnt mit sich selbst. Bei diesem Anblick entfuhr dem Grafen eine Geste der Erleichterung.

›Da schau sie dir an, diese Leute, die über unser Schicksal und das der Völker entscheiden!‹, dachte Jacques Collin mit Schulterzucken, als die beiden Freunde eingetreten waren. ›Ein verquerer Seufzer eines Weibchens dreht ihnen den Verstand um wie einen Handschuh! Die verlieren den Kopf für einen Blick! Ein zu hoch geschürzter Rock, ein zu tief hängender Rock, und sie laufen verzweifelt durch ganz Paris. Die Grillen einer Frau wirken sich auf den gesamten Staat aus. Oh, wie viel Kraft ein Mann ansammelt, wenn er sich, wie ich, dieser Kindertyrannei, diesen von der Leidenschaft umgeworfenen Gewissheiten, diesen offenherzigen Gemeinheiten, diesen Finten der Wilden entzieht! Die Frau mit ihrem Genie des Henkers, ihrem Talent zur Folter ist und wird immer das Verderben des Mannes sein. Generalstaatsanwalt, Minister, da sieht man sie alle geblendet und wie sie alles verdrehen für Herzoginnen- oder Kleine-Mädchen-Briefe oder wegen der Vernunft einer Frau, die mit ihrem gesunden Menschenverstand verrückter sein wird als sie es wäre ohne Verstand.‹ Er fing erhaben zu lächeln an. ›Und‹, sagte er sich, ›sie glauben mir, sie schließen sich meinen Enthüllungen an, und sie werden mich auf meine Stelle lassen. Ich werde weiter über diese Welt herrschen, die mir seit fünfundzwanzig Jahren gehorcht …‹

Jacques Collin hatte sich dieser äußersten Macht bedient, die er einst auf die arme Esther ausgeübt hatte; denn er verfügte, wie manches Mal zu sehen war, über das Wort, den Blick, die Geste, die die Verrückten besänftigen, und er hatte von Lucien gesprochen, als hätte er das Bild der Gräfin mit sich genommen.

Keine Frau widersteht dem Gedanken, sie als Einzige werde geliebt.

»Sie haben keine Rivalin mehr!«, war das letzte Wort dieses kalten Spötters.

Er blieb eine volle Stunde lang dort, in diesem Salon, vergessen. Monsieur de Granville kam und fand ihn in Gedanken, dunkel, aufrecht, in einer Träumerei, wie sie Leute haben müssen, die in ihrem Leben einen Achtzehnten Brumaire veranstalten.

Der Generalstaatsanwalt ging an die Schlafzimmertür der Gräfin, betrat es für ein paar Augenblicke; dann trat er zu Jacques Collin und fragte ihn:

»Bleiben Sie bei Ihren Absichten?«

»Ja, Monsieur.«

»Also gut, dann werden Sie Bibi-Lupin ablösen, und der Verurteilte Calvi bekommt seine Strafe umgewandelt.«

»Er kommt nicht nach Rochefort?«

»Nicht einmal nach Toulon, Sie können ihn in Ihrem Dienst einsetzen; aber diese Begnadigung und Ihre Ernennung hängen ab von Ihrem Verhalten während der sechs Monate, in denen Sie Bibi-Lupin beigeordnet sein werden.«

Schluss

Binnen acht Tagen ließ Bibi-Lupins Beigeordneter vierhunderttausend Franc der Familie Crottat zurückerstatten und überführte Ruffard und Godet.

Der Ertrag aus dem Verkauf der Rentenverschreibungen von Esther Gobseck wurde im Bett der Kurtisane gefunden, und Monsieur de Sérisy ließ Jacques Collin dreihunderttausend Franc zukommen, die ihm durch das Testament Lucien de Rubemprés vermacht waren.

Das Denkmal, das Lucien für Esther und für sich bestellt hatte, gilt als eines der schönsten auf dem Friedhof Père-Lachaise, und der Grund darunter gehört Jacques Collin.

Nachdem er sein Amt ungefähr fünfzehn Jahre lang ausgeübt hatte, zog sich Jacques Collin gegen 1845 aus dem Dienst zurück.

1838–1847.

ANHANG

Nachwort

Der Roman als Zeugnis seiner Zeit

Honoré de Balzacs »Glanz und Elend der Kurtisanen« gehört zu den bedeutenden Werken der Weltliteratur, zugleich bildet der Roman zusammen mit »Verlorene Illusionen« eine Art Kern von Balzacs Riesenzyklus »Die menschliche Komödie«. In keinem anderen seiner Werke hat er das Leitthema der »Comédie humaine«, die Gewalt der Leidenschaft, in so vielen unterschiedlichen Milieus entfaltet, deren Vertreter allesamt zwischen Glück und Verzweiflung taumeln. Und in keinem anderen Werk hat er seine Kritik an der zeitgenössischen Gesellschaft so präzise formuliert wie hier. Auf die Veröffentlichung als Feuilleton-Roman folgten unmittelbar mehrere Buchausgaben, die vom Erfolg des Romans zeugen.

Vor allem ist Honoré de Balzac aber berühmt dafür, dass er Frauen in den Mittelpunkt seines Erzählens stellte. Bis heute gilt er als Autor einfühlsamer Frauenporträts. »Die Frau von 30 Jahren«, »Die verlassene Frau« und »Die überlegene Frau« sind beispielhaft gewordene Romantitel. Er hatte großen Erfolg damit und wurde dafür gelegentlich von Kollegen und Konkurrenten verspottet. Einer davon, Léon Gozlan, hat seine etwas nähere Bekanntschaft zu Balzac genutzt und zwei in leicht ironischem Unterton verfasste Porträts geschrieben, »Balzac en pantoufles« (»Balzac in Pantoffeln«) und »Balzac chez lui« (»Balzac zu Hause«). Er hebt an mit:

»Seinen großen, unermesslichen Erfolg hatte Balzac bei

den Frauen: Sie haben in ihm den Mann verehrt, der es verstanden hat, ihre Zeit des Liebens und vor allem des Geliebtwerdens endlos zu verlängern, wenn auch mehr beredt und einfallsreich als aufrichtig. Diese ritterliche Aufmerksamkeit in Gestalt von vierzig oder fünfzig kleinformatigen Bänden hat sie erregt wie der Fanatismus eines neuen Glaubens. Balzac hat ihnen aus dem Land seiner Vorstellung, dem Palästina seines Ideals, ein verliebtes Evangelium gebracht. Es ist ein Kultus der Liebe, nicht weniger, den er begründet hat.

Zu diesem ersten ungeheuren Erfolgselement hat er ein weiteres hinzugefügt, das seine Theorie der Ritterlichkeit vervollständigt. Nicht nur hat er die Frauen würdig gemacht, bis in ein Alter geliebt zu werden, in dem sie früher kaum noch Erinnerungen hatten, jemals geliebt worden zu sein; er hat außerdem die heldenhafte Haltung angenommen, sie immer als Opfer darzustellen, sogar als Opfer ihrer eigenen Untreue. Er bemüht sich, ein gefährliches Paradox zum Prinzip zu machen: Wenigen Frauen in seinen bezaubernden, ewigwährenden Schöpfungen gebührt ein Tadel. Er entschuldigt sie; noch besser, er vergöttlicht ihre Fehler bis zu dem Punkt, dass man sich fragt, ob nicht – wenn man ihn richtig versteht – Tugend und Treue ihren Anspruch auf Respekt verringern.«[1]

Balzac war bereits ein angesehener Autor, als er den ersten Teil des Romans »Glanz und Elend der Kurtisanen«, zunächst unter dem Titel »La Torpille«, der neugegründeten und neuartig aufgemachten Zeitung »La Presse« als Fortsetzungsroman anbot. Doch er bekam eine Absage des Verlegers Émile de Girardin mit der Aufforderung, ein anderes Thema auszusuchen, weil er nicht seine Leser, seine tugendhaften Abon-

---

[1] Léon Gozlan, *Balzac en pantoufles*, 1856, zitiert nach Léon Gozlan, *Balzac intime. Balzac en pantoufles* und *Balzac chez lui*, 1886, S. 5.

nenten mit einer Prostituiertengeschichte abschrecken wolle. Eine »torpille« ist ein Zitterrochen, der andere Fische durch elektrische Entladungen lähmt. Gemeint ist hier ein Freudenmädchen, eine Prostituierte, die nicht nur über alle Maßen schön und attraktiv ist und Begierde weckt, sondern die die Männer, auf die sie sich einlässt, geradezu bannt wie der Fisch seine Beute. Dass Balzac einen Vergleich aus der Tierwelt nimmt, ist nicht nur als Bild für menschliche Umgangsformen reizvoll. Es entspricht der damaligen Ikonografie der Zeitungen und Zeitschriften, die mit der neuen Technik der Lithografie – und vor der Verbreitung der Fotografie – Zeichnungen und Karikaturen unter ihre Texte mischten (Michel Foucault nannte das im Zusammenhang mit Eugène Sue »litho-littérature«[2]).

Balzac ließ sich das Projekt nicht ausreden, er publizierte den Text zwei Jahre später in einer Sammelausgabe zusammen mit »La Femme supérieure« (1837; »Die überlegene Frau«) und »La Maison Nucingen« (1838, »Das Haus Nucingen«). Aber das war erst ein Anfang des heutigen ersten Teils von »Glanz und Elend der Kurtisanen«. Das Projekt blieb über Jahre liegen, bis dieser erste Teil, jetzt Teil I, als Fortsetzungsroman ab Mai 1843 in der Zeitung »Le Parisien« erschien.

Die erste Hälfte des 19. Jahrhunderts war eine Zeit der Umwälzungen. Nicht nur die Politik und die Gesellschaft, auch die Literatur und ihre Wahrnehmung waren im Umbruch. Das Neue an der Tageszeitung La Presse waren der niedrigere Preis und zum Ausgleich die Aufnahme von Anzeigen sowie, auch zur Publikumsbindung, der Feuilleton- oder Fortset-

---

2 »Eugène Sue que j'aime«, *Les Nouvelles littéraires*, 56e année, no 2618, 12–19 janvier 1978, S. 3. (Sur E. Sue, *Les Mystères du peuple*, préface de F. Mitterrand, Paris, Régine Deforges, 1978)

zungsroman. Im Juli 1836 ging es los mit der »Comtesse de Salisbury« von Alexandre Dumas. Ab Oktober erschien hier »La Vielle fille«, »Eine Evastochter«, von Balzac. Ein Phänomen des Feuilleton-Romans war, dass er noch nicht vollendet war, wenn er bereits portionsweise mit der Zeitung ausgeliefert wurde. Der Autor musste schnell sein und er teilte seine Geschichte in Fortsetzungen ein.[3] So konnte es auch zu Fehlern kommen, zum Beispiel ist Esthers Haar in »Glanz und Elend« zunächst blond, später schwarz.

Am berühmtesten ist wohl der legendäre Erfolg, den Eugène Sue mit seinen »Geheimissen von Paris« 1842/43 im »Journal des Débats« hatte. Darin wurde die Unterwelt der Entrechteten und der Kriminellen in ihrer ganzen Gemeinheit ausgebreitet, was auf ein riesiges Publikumsinteresse stieß. Wenige Jahre vorher hatte bereits Charles Dickens in England als einer der ersten das Thema schriftstellerisch behandelt. Und wie schon 1836 Girardin das Projekt eines Prostituierten-Romans abgelehnt hatte, nahmen jetzt andere Anstoß. In der »Revue indépendante«, die immerhin von George Sand mitherausgegeben wurde, war in der Ausgabe vom 25. Mai 1843 zu lesen, der Roman als Gattung habe sich bisher auf der Höhe der Gesellschaft gehalten, ohne sich um die unteren Schichten zu kümmern. Mit den »Geheimnissen von Paris« trete er erstmalig dem Elend des Volkes näher. Sue wolle offensichtlich dessen Leid und Elend in strahlendstes Licht setzen.

---

3 »Schließlich war die populäre Literatur des 19. Jahrhunderts hochgradig kommerzialisiert und wurde von Menschen betrieben, für die ein Sou durchaus ein Sou war. Man hat sich über Autoren lustig gemacht, die Zeilen schindeten, um mehr zu verkaufen. Wir sollten dankbar sein, dass sie uns die Dinge so deutlich vor Augen führen. Sie wussten, dass Literatur sich verkaufen muss.« Michel Foucault, *Schriften zur Literatur*, Suhrkamp, Frankfurt 2003, übers. v. Michael Bischoff, S. 337.

Hier werde die Schönheit des Hässlichen, die Keuschheit der Prostitution, der Anstand der Banditen, die Würde des Unfugs, die Pracht der Lumpen und der Wohlgeruch der Gosse gefeiert. An anderer Stelle wurde das als literarischer Terror im Sinn der »Terreur« von 1793 bezeichnet. Alle Werte von Gesellschaft und Familie würden in den Schmutz gezogen.

Eugène Sue, der mit seinen Werken auch auf deutsche Autoren seiner Zeit einigen Einfluss ausübte, fand mit den »Geheimnissen von Paris« einige eher plumpe Nachahmer, aber auch Victor Hugo mit seinen »Elenden« und Émile Zola mit den »Geheimnissen von Marseille« widmeten sich dem Stoff. Hier winkte die Möglichkeit des Erfolgs. Darauf achtete natürlich auch Balzac. Für seine »Torpille« sah er wohl kaum noch Hindernisse. In einem Brief an seine geliebte Madame Hanska schreibt er »Ich mache 1:1 Eugène Sue«[4]. Und was Eugène Sue im Vorwort zu den »Geheimnissen von Paris« schreibt, könnte mehr oder minder auch für Balzacs Darstellung der Unterwelt gelten:

»Jedermann hat die bewundernswerten Seiten gelesen, auf denen Cooper, der amerikanische Walter Scott, die grausamen Sitten der Wilden nachgezeichnet hat, ihre malerische poetische Sprache, die tausend Listen, mit deren Hilfe sie flüchten oder ihre Feinde verfolgen.

Wir haben um die Siedler und um die Bewohner der Städte gezittert bei dem Gedanken, dass so nah bei ihnen diese barbarischen Stämme lebten und jagten, die mit ihren blutigen Gewohnheiten der Zivilisation so fern sind.

Wir werden versuchen, den Lesern einige Episoden aus dem Leben anderer Wilder vor Augen zu führen, die genauso außerhalb der Zivilisation stehen wie die wilden Völker, die Cooper so schön dargestellt hat.

---

4 zitiert nach A. Adam, Hrsg. *Splendeurs et misères* 1958, S.XIV

Nur dass die Barbaren, von denen wir reden, mitten unter uns sind; wir können mit ihnen in Berührung kommen, wenn wir uns in die Reviere vorwagen, wo sie leben, wo sie sich versammeln, um Mord, um Raub zu verabreden, oder die Beute ihrer Opfer aufteilen.

Diese Leute haben ihre eigenen Sitten, ihre eigenen Frauen, eine eigene Sprache. Eine geheimnisvolle Sprache voller schauriger Bilder und abstoßend blutiger Vergleiche. Und wie die Wilden nennen sich diese Leute im Allgemeinen untereinander mit Spitznamen, die von ihrer Kraft, ihrer Grausamkeit, bestimmten körperlichen Vorzügen oder Mängeln abgeleitet sind.«[5]

Balzac bezeichnete Sue als den »französischen Cooper« – nach James Fenimore Cooper, dessen Romane in Frankreich so populär waren wie die von Walter Scott. Beide, Cooper mit seinen Seefahrer- und Abenteurerromanen im wilden Amerika und Scott mit seinen historischen Romanen, hatten neben vielen anderen in Balzac, als er anfing, und dann auch in Lucien de Rubempré mit seinem »Bogenschützen Karls X.« ihre Nachahmer. Wenn Cooper in seinen Romanen von Begegnungen mit Wilden und der Wildnis und Sue von der Pariser Unterwelt erzählten, dann ist Balzacs auffällige Verwendung der Bezeichnung »Wilde« für seine Unterwelthelden ein Hinweis auf die Überlieferung des Sujets und seine vielleicht auch anbiedernde Verwendung. Das ist aber geradezu dezent neben Alexandre Dumas' des Älteren Romantitel »Der Mohikaner von Paris«, der 1854 als Fortsetzungsroman erschien und dessen einander liebende Helden, wie Romeo und Julia, oder vielleicht auch wie Lucien und Esther, im gemeinsamen Selbstmord zueinander finden.

---

5 Eugène Sue, *Les Mystères de Paris*, nach der Werkausgabe von 1851, S.1 f.

So folgte von »Glanz und Elend der Kurtisanen« ab Juni 1843, ebenfalls in »Le Parisien«, die erste Hälfte von Teil II, bis zu dem Moment, als Corentin Luciens Aussicht auf einen Triumph bei den Grandlieus infrage stellt – ein gelungener cliffhanger (S. 297). Ein Jahr später erschien dieser zweite Teil komplett als Buch, 1846 folgte Teil III als Fortsetzungsroman in »L'Époque« vom 7. bis 29. Juli, und Teil IV in »La Presse« im April und Mai 1847.

In manchen deutschen Literatur-Schulbüchern des 19. Jahrhunderts kommt Balzac entweder nicht vor oder wird als abträglich vorgestellt: »Nur wenige seiner Romane, wie ›Eugenie Grandet‹, ›C. Birotteau‹ und ›Père Goriot‹, sind Bilder französischen Stilllebens im holländischen Geschmack und nicht durch unsittliche Episoden geschändet, seine Gemälde des Pariser Lebens dagegen sind zwar mit dem Talente eines Callot und Hoffmann entworfen, aber auch wahrhafte Reisebücher und Wegweiser zur Sünde.«[6]

»Glanz und Elend der Kurtisanen« gehört zu der Galerie dieser »Gemälde«, die Balzac in seinem über 80-bändigen unvollendeten Riesenwerk »Die menschliche Komödie« zu »Sittenstudien« geordnet und dort mit dem Generaltitel »Szenen aus dem Pariser Leben« versehen hat.

Die menschliche Komödie als enzyklopädisches Projekt

Mit der »menschlichen Komödie« hat Balzac den Versuch unternommen, den Menschen und sein Verhalten in enzyklopädischer Vollständigkeit darzustellen. Er habe sich, meint

6 Johann Georg Theodor Gräße, *Handbuch der allgemeinen Literaturgeschichte*, Leipzig 1850

sein Biograf Johannes Willms, als Historiker verstanden, der eine Gesellschaft darstellt und die Fakten und Akteure benennt, die das Bild bestimmen; als Philosoph, der den Sinn der Existenz herauszuarbeiten suche; und schließlich als Naturforscher, der die Welt der Lebewesen aus ihrer Umgebung versteht und sie gewissermaßen anhand einer Übersichtstafel systematisiert. Unter der Überschrift »Literatur verstehen« präzisiert das Karl Heinz Bohrer: »Balzac wollte durchaus zum Soziologen der französischen Gesellschaft werden. Daher die seitenlangen Ausführungen über die neue Technik der Papierherstellung oder über die Praktiken der nur am Verdienst, nicht an der Qualität ihrer Bücher interessierten Pariser Buchhändler und Verleger einschließlich des von ihnen unterhaltenen Literaturbetriebs. Daher auch seine Auslassungen über die Geschäftsmethoden der Bankiers.«[7] Dabei ist mit »Komödie« nicht gemeint, was wir darunter verstehen. Es geht um das Schauspiel der Menschheit in seiner Gesamtheit, des menschlichen und allzumenschlichen Handelns einschließlich aller menschlichen Unzulänglichkeiten.

Vom System der Natur, so wie es die Naturwissenschaft erforscht und erfasst habe, sei er schon immer gebannt gewesen, schreibt Balzac im Vorwort der »menschlichen Komödie«: »Ich sah, dass die Gesellschaft in dieser Beziehung der Natur glich. Formt nicht die Gesellschaft je nach den Verhältnissen, die den Menschen umgeben und in denen er sich entfaltet, ebenso viele verschiedenartige Menschen, wie es in der Zoologie Arten gibt? Die Unterschiede zwischen einem Soldaten, einem Arbeiter, einem Verwalter, einem Rechtsanwalt, einem Müßiggänger, einem Gelehrten, einem Staatsmann, einem Kaufmann, einem Seemann, einem Dichter,

---

[7] dies und das Folgende aus »Was alles so vorkommt. 13 alltägliche Fantasiestücke«, Suhrkamp Verlag, Frankfurt am Main 2021, S. 92

einem Armen, einem Priester sind zwar schwieriger zu erfassen, aber genauso beachtlich wie die zwischen dem Wolf, dem Löwen, dem Esel, dem Raben, dem Hai, der Seekuh, dem Lamm und so weiter. Es hat also von jeher soziale Gattungen gegeben, und es wird sie zu allen Zeiten geben, wie es zoologische Gattungen gibt. Wenn Buffon ein herrliches Werk geschrieben hat, in dem er versuchte, die gesamte Zoologie in einem Buch darzustellen, musste da nicht ein ebensolches Werk über die Gesellschaft geschrieben werden? Aber die Natur hat den tierischen Arten Grenzen gesetzt, in denen sich die Gesellschaft nicht halten sollte. Wenn Buffon den Löwen schilderte, fertigte er die Löwin mit ein paar Sätzen ab, während die Frau in der Gesellschaft nicht immer das Weibchen des Männchens ist. In einer Ehe kann es zwei einander völlig unähnliche Wesen geben. Die Frau eines Kaufmanns ist bisweilen eines Fürsten würdig, und oft reicht die eines Fürsten nicht an die eines Künstlers heran. Bei der sozialen Stellung gibt es Zufälle, die sich die Natur nicht erlaubt, denn hier ist es Natur plus Gesellschaft. Die Beschreibung der sozialen Gattungen hatte also mindestens doppelt so viel Umfang wie die der Tiergattungen, um nur die beiden Geschlechter zu sehen. Und dann gibt es unter den Tieren selten Dramen und kaum je Verwirrung; sie stellen einander nach, das ist alles. Auch die Menschen stellen einander nach, allerdings macht ihre jeweils höhere oder niedrigere Intelligenz den Kampf weitaus komplizierter. [...] Wie aber macht man das Drama mit den drei- oder viertausend Personen interessant, die die Gesellschaft ausmachen? [...]

Der Zufall ist der größte Romancier der Welt: Um Einfälle zu haben, muss man nur auf ihn achten. Die französische Gesellschaft sollte der Historiker sein und ich ihr Sekretär. Indem ich das Inventar der Laster und Tugenden aufstellte, die wichtigsten Aspekte der Leidenschaften sammelte, Charaktere zeichnete, die wichtigsten Ereignisse des gesellschaftlichen Lebens aussuchte, anhand der Züge mehrerer gleichartiger Charaktere Typen komponierte, konnte ich möglicherweise so weit kommen, die von so vielen Historikern übergangene Geschichte, die Geschichte der Sitten zu schreiben. Mit viel Geduld und Mut würde ich das Buch vom Frankreich des 19. Jahrhunderts schreiben. [...]

Es war keine kleine Aufgabe, die zwei- oder dreitausend markanten Gestalten einer Epoche zu schildern, denn das ist die Summe der Typen, die jede Generation aufbietet und die »Die menschliche Komödie« enthalten wird. Diese Zahl von Gestalten, von Charakteren, diese Fülle von Existenzen brauchte Rahmen und, man verzeihe mir den Ausdruck, Galerien. Daher die so naheliegende, bereits bekannte Einteilung meines Werks in Szenen aus dem Privatleben, aus dem Provinzleben, aus dem Pariser, dem politischen, dem Soldatenleben und dem Landleben. In diesen sechs Büchern sind sämtliche Sittenstudien untergebracht, die die allgemeine Geschichte der Gesellschaft bilden. [...] Die Szenen aus dem Pariser Leben zeigen das Gemälde der Neigungen, der Laster und all der übersteigerten Dinge, die die Sitten in den Hauptstädten anregen, wo sich die Extreme von Gut und Böse begegnen. Jeder dieser drei Teile [i. e. Männer, Frauen, Dinge] hat sein Lokalkolorit: Paris und die Provinz, dieser soziale Widerspruch, hat seine ungeheuren Quellen erschlossen.«

Ob es eine menschliche Komödie, wie Dantes »Göttliche Komödie« ist, ein großes Theaterstück, muss hier nicht erörtert werden. Mitten in unserem Text stößt immerhin der Erzähler den Seufzer aus: »Ist denn die Welt kein Theater?«, und Komödien-Elemente enthält dies Buch genug: So ist das Bild des betrogenen Betrügers, Nucingen, ein klassischer Komödien-Topos; und erinnert nicht die Comic-Rubrik »Spy versus Spy« an das, was Balzac benennt mit der Kapitelüberschrift »Fin contre fin« bzw. »Ruse contre ruse« – was beide Male so viel heißt wie »Schlau gegen Schlau« (S. 451 und S. 583)? Karl Heinz Bohrer weist darauf hin, wie Balzac seine Haltung des Forschers ins Sinnfällige umsetzt: »Nehmen wir die Schilderung des Opernballs zu Beginn von »Splendeurs et misères des courtisanes«. Was ist das anderes als eine fast cineastische Inszenierung solch eines Balles, eine Wiederholung des Gesellschaftslebens, wo es sich am glänzendsten zeigt.«

Balzac erklärte seine Romane zu Studien, was unserem Verständnis vom »Roman« nicht entspricht. Aber es begründen sich damit der Realismus, mit dem er seine Gegenwart schildert, und die psychologische Durchdringung des Verhaltens der Menschen seiner Zeit, das er in seinen Figuren nachgestaltet. Als wolle er außer für eine gegenwärtige Leserschaft auch noch für eine Nachwelt das repräsentative, schlüssige Bild malen, mit dessen Hilfe man die Welt versteht, breitet er sein Wissen von technischen Einzelheiten, Vorgängen der Finanzwelt und Körperschaften wie Justiz und Polizei aus oder beteiligt sich an allgemeinen Diskussionen, die bis in unsere Zeit erörtert werden, wie die Frage, was am Verhalten eines Individuums Vererbung ist und was erlernt – Balzac hat dafür einen Vergleich mit Schafen zur Hand.

Dass er ein reales Abbild seiner Zeit und Gesellschaft wiedergeben will, betont er immer wieder in diesem Roman. Zusätzlich benennt er im Vorwort eine weitere Aufgabe des Schriftstellers: »Das Denken, das Prinzip von Gut und Böse, kann nur durch den Glauben vorbereitet, gezähmt und geleitet werden. Der einzig mögliche Glaube ist das Christentum. Das Christentum hat die modernen Völker entstehen lassen und wird sie erhalten. Daher vermutlich die Notwendigkeit eines monarchistischen Systems. Katholizismus und Königtum gehören zusammen. […] Ich schreibe im Licht zweier ewiger Wahrheiten. Glaube und Monarchie sind, wie die Ereignisse unserer Zeit verdeutlichen, zwei Notwendigkeiten, zu denen jeder vernünftige Schriftsteller unser Land zurückzuführen versuchen sollte.«[8]

Der Publizist Paul d'Abrest, der vor allem bekannt geworden ist, weil er Heinrich Heines unvollendete Memoiren entdeckt und der Nachwelt zugänglich gemacht hat, schrieb 1878 in der Leipziger Zeitschrift »Der Salon für Literatur, Kunst und Gesellschaft« von der wissenschaftlichen Grundlage der Romane Balzacs: »Der Vergleich der Feder Balzacs mit einem Seziermesser ist wie alles, das wahr ist, zu einem Gemeinplatz geworden, und er ist vielmehr ein moralischer Chirurg, der die mit Leidenschaften, Gefühlen, Empfindungen angefüllten Seelen ebenso aufmerksam analysiert wie irgendein Arzt, der den Gedärmen eines Leichnams das Geheimnis einer unbekannten Krankheit zu entreißen sucht.«[9]

Der Rahmen dieses Programms realistischer Sittenstudien ist die historische Gesellschaft Frankreichs in der ersten Hälfte des 19. Jahrhunderts.

Der historische Hintergrund

Als Balzac »Glanz und Elend« konzipierte und dann nach und nach schrieb, herrschte in Frankreich die Monarchie des

---

8 »Avant-propos« vom Juli 1842, übersetzt nach der auf 70 Bände zu 50 Centimes je Roman angelegten Gesamtausgabe *Oeuvres de H. de Balzac* in der »Bibliothèque choisie«, Band 1, Paris, P. Jannet, 1853, erschienen 1854 [roter Jahresstempel], S. 7–20

9 Paul d'Abrest, »Neue Enthüllungen über Balzac«. In: *Der Salon für Literatur, Kunst und Gesellschaft*, hg. v. Franz Hirsch, 1. Band, Verlag A. H. Payne, Leipzig 1878, S. 480

Bürgerkönigs Louis-Philippe. Die Monarchie der Restaurationszeit, unter Charles X., ist die Zeit, in der der Roman spielt. Es war da zwar schon fast fünfzig Jahre her, dass das Ancien Régime 1789 mit der Französischen Revolution zu Ende gegangen war, doch hat Frankreich nach Jahrhunderten relativ stabiler Königsherrschaft nun, als Balzac die Romane seiner »menschlichen Komödie« schreibt, eine ganze Reihe von Regimewechseln gehabt, auf die er immer wieder Bezug nimmt, weil seine Romanfiguren je nach ihrem Alter diese Epochen durchlebt haben und davon geprägt wurden. So ist es vielleicht sinnvoll, die einzelnen Stationen ins Gedächtnis zu rufen.

Nach der Revolution von 1789 und der Erstürmung der Tuilerien wurde am 21. September 1792 von den Abgeordneten des Nationalkonvents (»Convention Nationale«) bei ihrer erstmaligen Zusammenkunft die Abschaffung der Monarchie beschlossen und die Französische Republik gegründet, die bis 1804 bestanden hat und heute als »Erste Republik« bezeichnet wird. Die durch den Nationalkonvent verübte Terrorherrschaft dauerte bis Oktober 1795. Ab dem 26. Oktober 1795 etablierte sich das Direktorium (»Directoire«) zunächst als Fünferrat, dann als Dreierrat, war aber den innenpolitischen, ökonomischen und militärischen Schwierigkeiten nicht gewachsen. Nach seiner Rückkehr von der sogenannten Ägyptischen Expedition beteiligte sich Napoleon Bonaparte am 18. Brumaire des Jahres VIII (9. November 1799) an einem Staatsstreich, in dessen Verlauf er als Erster Konsul die Alleinherrschaft erlangte. Napoleon führte eine Reihe gravierender Reformen durch, die dem Land nützten, u. a. erließ er den »Code civil« (Gesetzbuch des Zivilrechts), der bis heute weitgehend seine Gültigkeit hat. Ab 1802 herrschte er allein als Konsul auf Lebenszeit, durch Plebiszit ließ er sich 1804 zum

Kaiser küren und gründete das »Empire Français« (»Premier Empire«). Nach seinen fehlgeschlagenen Militärunternehmungen musste Napoleon abdanken, am 14. April 1814, und ein zweites Mal, nach den Hundert Tagen seiner Rückkehr und der Schlacht bei Waterloo, am 22. Juni 1815.

Es folgte die Restauration, die Zeit der Wiederherstellung der Bourbonen-Monarchie, die von innenpolitischen Divergenzen der Ultraroyalisten und der bürgerlichen Liberalen beherrscht wurde. Louis XVIII., Bruder des während der Revolution hingerichteten Louis XVI., strebte im Sinn der »Doctrinaires« einen Ausgleich zwischen den Anhängern des Ancien Régime, denen der Revolution und denen Napoleons an. Doch andere, konservative und ultraroyalistische Kräfte dominierten das Geschehen. Außerdem kam es zum »weißen Terror«, womit Vergeltungsaktionen zurückgekehrter Emigranten bezeichnet wurden.

Die »Charte constitutionnelle« genannte Verfassung vom 4. Juni 1814 begründete eine konstitutionelle Monarchie mit zwei Kammern, der Abgeordnetenkammer (»Chambre des députés«) und dem Oberhaus oder Senat (»Chambre des Pairs«). Beide Kammern bildeten die Nationalversammlung. Das Zensuswahlrecht verlieh nur vermögenden Bürgern eine Stimme. In ganz Frankreich waren nur etwa 100 000 Personen wahlberechtigt.

Bei den Wahlen im Oktober 1815 hatten die Ultraroyalisten oder Ultras großen Erfolg (87,5 %). Aber ihr Versuch, den Einfluss des Königs zugunsten der Aristokratie zu schmälern, führte zu einer Parlamentsauflösung. Bei der Neuwahl im September 1816 erlangten die Doctrinaires oder gemäßigten Royalisten die Mehrheit (52,7 %).

Nach dem Tod Louis' XVIII. 1824 übernahm sein Bruder Charles X. die Regierung. Dieser war zuvor Führer der Ultraroyalisten gewesen, der Partei der extremen Reaktionäre, und traf Entscheidungen in ihrem Sinn, z. B. die Wiederherstellung der Vorherrschaft des Adels. Erst 1829 stimmte Charles unwillig zu, eine Politik des Kompromisses zu versuchen, wollte aber am 25. Juli 1830 die »Juliordonnanzen« erlassen, mit denen unter anderem die Abgeordnetenkammer aufgelöst und die Pressefreiheit weiter eingeschränkt werden sollte. Sie wurden zum unmittelbaren Auslöser der folgenden Erhebung der Handwerker, Arbeiter und Studenten. Sie zwangen den König zur Abdankung. Er floh nach England. Die drei Revolutions-Tage 27., 28. und 29. Juli 1830 sind als die »Trois Glorieuses« in die Geschichte eingegangen. Dies war zugleich das Ende der französischen Restaurationszeit. Am 7. August erklärte das Parlament Charles X. für abgesetzt und verkündete Louis-Philippe als König der Franzosen (statt »König von Frankreich«), von Gottes Gnaden und nach dem Willen des Volkes. Die politische Struktur der Julimonarchie kann als Mischform aus konstitutioneller und parlamentarischer Monarchie bezeichnet werden. Die Gesetzgebende Kammer und die Pairskammer aus der Restaurationszeit wurden in ihren Machtbefugnissen erweitert, dennoch behielt der König einen erheblichen Einfluss auf Regierung und auswärtige Politik.

Louis-Philippe stammte aus einer bourbonischen Nebenlinie (Orléans) und wurde, auch wegen seiner verhältnismäßig liberalen Haltung, Bürgerkönig genannt. Seine Regentschaft wurde, zumindest anfangs, vom Großbürgertum gestützt. Mit dem Antritt Louis-Philippes tat sich eine neue politische Richtung auf: Im Widerspruch zu den Royalisten oder Monarchisten waren die Legitimisten überzeugt, dass der anderen, älteren Linie der Bourbonen in Frankreich gesetzmäßig die Macht zukomme.

Zu dieser Zeit entstand außer dem Begriff des Bürgerkönigs (»Roi Citoyen«) auch die Vorstellung einer tonangebenden Bürgerschicht, des »Juste milieu« als Regierungsmaßstab. Louis-Philippe hatte außerdem erklärt, die Mitte einhalten zu wollen zwischen den Auswüchsen der revolutionären Machtausübung und dem Missbrauch der königlichen Macht. Zunächst erschien Louis-Philippe als Republikaner und suchte zum Regierungsantritt sogar das Zentrum der Republikaner-Partei auf, wo ihn der alte General und Aufklärer La Fayette symbolträchtig umarmte.

In die Zeit von Louis-Philippe fällt ein enormer Aufschwung der französischen Wirtschaft und des Bürgertums, die Industrialisierung und das Entstehen eines Proletariats. In diesem Zusammenhang ist die Parole des »Enrichissez-vous« (bereichert euch) zu sehen, die wie das Bild der Birne, das als Karikatur für Louis-Philippe Verwendung fand, als Relikt der Julimonarchie in Erinnerung geblieben ist. Louis-Philippe distanzierte sich allmählich von seinem liberalen Regierungsstil. 1848 kam es wiederum zu einer bürgerlichen Revolution, in deren Folge Louis-Philippe entmachtet und die Zweite Französische Republik gegründet wurde.

Balzacs Haltung

Wegen seiner vehementen Ablehnung des Regimes der Julimonarchie gilt Balzac als konservativ. Er hat zwar auch Texte verfasst, die als reaktionär gelten können, aber in »Glanz und Elend der Kurtisanen« sind kaum Stellen auszumachen, in denen er vom Ancien Régime oder von vergangenen Zeiten schwärmt. Vielmehr übt er strenge Kritik an den Zuständen seiner Zeit. Einer, der sich in seiner Meinungsbildung von Balzac beeinflussen ließ, war nicht zufällig Karl Marx. Zum Beispiel nimmt Balzac in diesem Roman Anstoß am selbstgefälligen Korpsgeist der Fürsten bei ihrer Überlegung, einen Willkürakt zu vollziehen, um die Ehre dreier Familien ihres Standes zu retten, oder an der Bereicherung durch Börsen-Spekulation zum Schaden vieler Anleger, was Balzac als »gesetzeskonformen Raub« bezeichnet. Genauso streng beurteilt er Reformen des Strafrechts. Nach der Abschaffung im Zuge der Französischen Revolution der sogenannten »Ordonnance criminelle«, die Louis XIV. 1670 erlassen hatte, wurden Strafrecht und Strafvollzug kontinuierlich reformiert. Zu Beginn des 19. Jahrhunderts hatten sich in Frankreich neue Theorien zu Recht und Strafe durchgesetzt, ein Übergang zur Gefängnisstrafe, zur Zwangsarbeit und zur Besserungsanstalt. Neben der Guillotine galt auch das Gefängnis als antiaristokratischer »Gleichmacher«, und die Strafgewalt wurde als allgemeine Gesellschaftsfunktion ohne Ansehen der Person aufgefasst. Das Prinzip der Isolation in der Haft, über das sich Balzac äußert, war eine Neuerung. Dass Balzac teilweise dasselbe Vokabular benutzt wie Michel Foucault in »Überwachen und Strafen. Die Geburt des Gefängnisses«, der sich aber gar nicht auf Balzac bezieht, zeigt, dass Balzac ein Thema von bleibender Aktualität berührt hat.

Er findet den Code pénal de 1810, das unter Napoleon eingeführte Strafgesetzbuch, das in der Hauptsache auf »intimidation«, also Abschreckung, setzte, besser als die aufweichenden Reformen der Philanthropen, weil sie seiner Ansicht nach nicht die richtigen Lösungen bringen. So lief seit Einführung der »mildernden Umstände« in die französische Rechtsprechung (1832) eine polemische Diskussion, in der besonders auf Wiederholungstäter hingewiesen wurde, die auf diesem Weg zunächst dem Tod hatten entkommen können. Im Grunde eine Diskussion für oder gegen die Todesstrafe. Balzac legt dar, immer wohldosiert eingeflochten in die Romanhandlung, was er besser fände: Er entfaltet, was bis heute als Begründung einer »Resozialisierung« (S. 147 und S. 691) enorm bedeutend geworden ist. Die Straftäter seien zu Straftaten genötigt, weil niemand sich um sie kümmere, weil eine selbstgefällige Elite, oder »die Gesellschaft«, bloß Vergeltung wolle. Wenn dem Gesetz Genüge getan sei, stehe der entlassene Sträfling nicht nur vor dem Nichts, er sei gebrandmarkt und habe kein Recht, sich in Paris anzusiedeln, wo ihn immerhin niemand kenne. Es »kann ein Spion […] genauso wenig wie ein Zuchthäusler in einen sogenannten anständigen oder freien Beruf zurückkehren. Sind sie einmal markiert, sind sie einmal registriert, nehmen die Spione und die Verurteilten […] einen unauslöschlichen Wesenszug an.« Doch zum »Leben muss man arbeiten, schließlich kommt man nicht mit einer Rente aus dem Gefängnis.«

Eine Reform des Strafsystems war zu dieser Zeit ein Thema Europas. 1833 hatte Alexis de Tocqueville, dessen Schrift über die Demokratie Amerikas bis heute bekannt ist, ein Buch über *Amerikas Besserungssystem und dessen Anwendung auf Europa*[10] publiziert, dessen deutscher Übersetzer Nikolaus Heinrich Julius übrigens schon 1828 »Vorlesungen über Gefängniskunde« hielt – ein paar Absätze lang betreibt Balzac genau solche »Gefängniskunde«. In diesem Zusammenhang ist Collin mit seinem Anspruch auf Selbstjustiz, also auf eine Vergeltung seinerseits, zu einem archaischen Relikt aus den unzivilisierten Zeiten von vor der Einführung eines verbindlichen Strafrechts.

Immer mal wieder vertritt Balzac Positionen oder stellt Umstände als gültig dar, die heute nicht akzeptabel sind, die zu seiner Zeit aber gängig gewesen sein mögen. Zum Beispiel,

---

10 Alexis de Tocqueville, *Du système pénitentaire aux États-Unis et de son application en France*, 1833

wie selbstverständlich sich Esther dem Ansinnen unterordnet, dass sie als Objekt eingesetzt wird, um Lucien mithilfe des dem lüsternen Spekulanten Nucingen abgepressten Geldes Karriere machen zu lassen. Erst recht diese oder jene Überlegung über das Wesen »der Frau«, die heute regelrecht misogyn wirkt. Auch die Vorstellung Collins, wie eine Karriere gemacht wird (»Dies Kind, bei dem es mir gelungen ist, aus ihm einen Mann zu machen, wird zunächst Botschaftssekretär; später wird er Gesandter an einem kleinen Hof Deutschlands, und mit Gottes oder meiner (was mehr bringt) Hilfe wird er eines Tages auf den Bänken der Pairs einen Sitz haben«), ist nur gültig in einer fest gefügten Ständegesellschaft, die aber längst erschüttert war. Balzac hat diese Auffassung immerhin an anderer Stelle ironisiert.

Der Gedanke, dass sexuelles Begehren zu Straftaten führt (»Die körperliche zügellose Liebe soll, wenn man der medizinischen Fakultät glaubt, der Ursprung für sieben Zehntel der Verbrechen sein. Der Beweis findet sich übrigens immer, überraschend, greifbar, bei der Autopsie des hingerichteten Mannes. So ist die Vergötterung ihrer Geliebten diesen monströsen Liebhabern geschuldet, Schreckgespenstern der Gesellschaft.«), die Theorien der Phrenologie von Franz Joseph Gall und des animalischen Magnetismus von Franz Anton Mesmer sind obsolet gewordene Versuche, das Verhalten des Menschen zu erklären. Mesmers animalischer Magnetismus entwickelte sich allerdings weiter zur Methode der Hypnose, die in Europa bis ins 20. Jahrhundert Anhänger fand. Mit der Frage, ob Glück eine Wirkung auf den Körper ausübe, ist Balzac zeitlos.

Wenn Sigmund Freud genial gebündelt und zur Psychologie entwickelt hat, was es zuvor schon an Überlegungen und Beobachtungen gab, dann war Balzac unter denen, die am Fortschritt dieser Wissenschaft höchstes Interesse hatten. So erwähnt er im Zusammenhang mit Esthers Geistesverfassung, wie Antoine Adam zeigt, den Arzt Étienne-Jean Georget (1795–1828), Autor von Werken über mentale Störungen[11] und das Nervensystem, der seinerseits ein Schüler von Jean-Étienne Dominique Esquirol (1772–1840) gewesen ist. Esquirol hatte zu Beginn des 19. Jahrhunderts ein Asyl für psychisch Kranke begründet und 1838, gestützt auf Erfahrungen aus den Anstalten für Nervenkranke Salpêtrière und Charenton, ein Werk über psychische Störungen in Bezug auf medizinische und rechtliche Aspekte publiziert. Lydies Fall in den Wahnsinn nach ihrer Schändung würde heute wohl anhand der Symptome als bipolare Störung verstanden, damals gab es noch keinen Begriff dafür. Madame de Sérisys hysterischer Kraftakt und Luciens Halluzinationen sind ebenfalls Phänomene, für die Balzac, bevor es eine Psychologie gab, keine besseren Erklärungen hatte als Mesmerismus bei der Frau und, im Fall Luciens, folgende Ausführungen: »Die Wissenschaft ist heute so weit anzunehmen, dass das Blut unter der Anstrengung der Leidenschaften in ihrem Höhepunkt ins Hirn steigt, und dass dieser Stau die erschreckenden Spiele des Tagtraums hervorbringt, so sehr sträubt man sich, den Gedanken als lebendige und schöpferische Kraft anzusehen,« und verweist auf ein weiteres Werk von sich: »Siehe *Louis Lambert*, Philosophische Studien«.

Mit dem Hinweis auf den Mesmerismus eröffnet sich ein weltanschauliches Narrativ, das unter der Erzählung mitläuft für die, die gewissermaßen »eingeweiht« sind. Indem nämlich Balzac einen Anhänger der Ideen Mesmers zu Wort kommen lässt, gibt er einen Wink, wie einzelne Elemente seines Romans auch noch eingeordnet werden könnten. Die Macht des Blicks, Hypnose, Somnambulismus, Eisenstäbe und das

---

11 *De la folie ou Aliénation mentale*, 1823

Fluidum, mit dessen Einsatz ein Einzelner seinen Willen anderen Personen auferlegen kann, waren Elemente der mesmeristischen Praxis, die nicht nur in Frankreich Wirkung hatte. So erzählt Edgar Allan Poe die Geschichte eines Sterbenden, der mittels mesmeristischer Hypnose noch sieben Monate in einer Schwebe zwischen Leben und Tod gehalten wird und dann binnen Minuten verwest. Diese Geschichte vom *wahren Sachverhalt im Falle Valdemar*[12] erschien 1845, also vor den Teilen III und IV dieses Romans, wurde aber erst 1856 ins Französische übersetzt, übrigens von Charles Baudelaire. Was heute zur Psychologie und zur Psychopathologie gehört, was Thomas Mann in *Mario und der Zauberer* dramaturgisch und mit politischer Bedeutung überhöht, wurde damals anders eingeordnet. Robert Darnton hat das Phänomen des Mesmerismus in einer eigenen Studie[13] untersucht und sieht ihn in einer Linie vom Ende der Aufklärung zur Romantik. In einer weiteren Perspektive kann man auch sagen, dass der Mesmerismus eine Art Zwischenphase darstellt zwischen dem Aberglauben von vor der Aufklärung und der von Freud begründeten modernen Psychologie. Hundert Jahre später, 1931, geht Stefan Zweig in *Die Heilung durch den Geist. Mesmer – Mary Baker-Eddy – Freud* auf das Bedürfnis der Menschen ein, über die körperlichen Symptome hinaus eine höhere oder andere Kraft in der eigenen Erkrankung zu erkennen. Darin sieht er den enormen Erfolg der alternativ zur Schulmedizin wirkenden Naturheilkunden und zieht eine Linie von Paracelsus über Mesmer bis zu Sigmund Freud.

Balzac steht in der Mitte dieser Entwicklung und trägt ihr

---

12 Edgar Allan Poe, *The Facts in the Case of M. Valdemar*, 1845
13 Robert Darnton, *Der Mesmerismus und das Ende der Aufklärung in Frankreich*. Aus d. Amerikanischen u. Französischen u. mit e. Essay v. Martin Blankenburg. Hanser, München 1983 (Original 1968)

aktiv Rechnung, indem er seine Beobachtungen und Schlüsse unaufdringlich in seine Romanhandlung einfließen lässt und damit gleichzeitig am Erkenntnisprozess teilnimmt. »Wenn das Denken eines Tages aufgrund unbestreitbarer Tatsachen den Fluida zugeordnet wird, die sich allein in ihren Auswirkungen zeigen, und deren Substanz sich unseren Sinnen entzieht, dann wird es damit gehen wie mit der Kugelform der Erde, wie Christoph Kolumbus sie beobachtet hat, wie mit ihrer Umdrehung, die Galilei nachgewiesen hat. Unsere Zukunft bleibt darum doch dieselbe. Der animalische Magnetismus, mit dessen Wundern ich mich seit 1820 vertraut gemacht habe; die schönen Untersuchungen von Gall, der Lavater fortgeführt hat; alle die, die seit fünfzig Jahren das Denken erforscht haben wie die Optiker das Licht, führen in die Sphäre, in der die Beziehungen zwischen dem Menschen und Gott zu Tage treten«, schreibt er ebenfalls in seinem Vorwort zur »menschlichen Komödie«.

Die Szene, in der die männlichen Vertreter der Justiz mit ihrer amtlichen Macht eine kleine Bürgerin befragen und Jacques Collin sich vor ihr entblößt, könnte sich in einem heutigen Roman wiederfinden. Collin spielt seine bullige Männlichkeit aus, was die Männer auf Kosten der Frau nicht nur sehr unterhaltsam finden; sie erniedrigen sie darüber hinaus, indem sie ihr höhnisch verwerfliche Sexualmoral unterstellen. Heute läse sich das als Darstellung brutaler Macho-Männlichkeit, Balzac bewertet es nicht. Wenn Balzac damit seiner Zeit voraus ist, dann als Erzähler. Das Verhalten, das er schildert, ist eher zeitlos. Auch die Ermittler in Claude Chabrols Filmen mit ihrem verstörenden Zynismus könnten direkten Wegs von Corentin und Peyrade abgeleitet sein. Übrigens lässt sich am Auftreten dieser beiden fröhlich boshaften Ermittler und an den darauffolgenden Szenen zu Beginn von »Eine dunkle Affäre« (»Une ténébreuse affaire«, 1841) ermessen, in was für einer fundamental unsicheren und gefährlichen Zeit Balzacs Romane spielen. Balzac bezeichnet die zwei anhand ihrer Bekleidung als einer vergangenen Zeit zugehörig: »Was für Kommentare seines Lebens und seiner Umgangsformen standen ihm nicht in seine Kleidung geschrieben, für solche, die es verstehen, einen Anzug zu entziffern?« Der dritte Kriminalpolizist, Contenson, trägt eine Weste vom Trödelmarkt, »der Samtkragen glich einem Halseisen, aus dem rote Fleischwellen in der Farbe karibischer Indios hervorquollen. Der Seidenhut glänzte wie Satin, und das Futter hätte zwei Talglichter hergegeben, wenn ein Krämer es gekauft hätte, um es abzusieden.« Entsprechend trägt sein Kollege Peyrade die Mode des späten 18. Jahrhunderts. Die Mode veränderte sich um 1800 und danach sehr stark. Das machten viele alte Leute nicht mit, sie trugen ihre Kleider auf.

Was für ein Reichtum und Luxus dagegen bei den Gegenspielern der altgedienten Polizeiagenten: Lucien tritt in einem prächtigen offenen Morgenrock mit gemustertem Hemd, roter Hose und türkischem Fez auf, Esther erwartet »ihren Lucien auf einem weißen, mit gelben Blüten bestickten Sofa liegend, gehüllt in einen köstlichen Morgenmantel aus indischem Musselin mit kirschroten Bändern, ohne Korsett, die Haare schlicht über dem Kopf zusammengesteckt, die Füße in hübschen, mit roter Seide gefütterten Samtpantoffeln, alle Kerzen angezündet« und, Reverenz an den modischen Orientalismus, »die Wasserpfeife schon bereitgestellt«. In ihrem neuen Salon hängen Vorhänge »in königlich üppigem Faltenwurf, mit weißem Moirée gefüttert und mit einem Besatz bestickt, der als Mieder einer portugiesischen Prinzessin würdig gewesen wäre.« Indem Madame Nucingen ihrem Mann eine schwarze Krawatte vorschlägt, lässt sie ihn mit der Mode gehen: Das war damals chic. In dem verspielten Abriss für Snobs und Dandys über die Krawatte[14], deren Verleger Balzac war und als deren Autor er gilt, wird ausgeführt, wie sehr die Krawatte den Ausschlag bei der gesellschaftlichen Akzeptabilität ihres Trägers gibt. Von der schwarzen Krawatte wird festgehalten, dass Napoleon sie bei seinen siegreichen Schlachten umhatte, bei Waterloo aber eine weiße. Und was will Nucingen anderes als eine glanzvolle Eroberung?

Zu seinem Unglück war Balzac angewiesen auf Erfolg. Er hatte sich finanziell übernommen und war hoch verschuldet. Die Anekdoten von den Gläubigern, die vorn am Haus klopfen, während er durch den Hinterausgang flüchtet, werden gern erzählt.

1834 hatte er eine legitimistisch orientierte Zeitschrift, »Chronique de Paris«, erworben, die ihm bis zum baldigen Verkauf vor allem Verluste einbrachte, 1836 führte und gewann er einen mühsamen und aufreibenden Prozess um den unberechtigten Nachdruck seines Romans »Die Lilie im Tal«, 1837 wurde er haftbar gemacht für akzeptierte Wechsel seines in Konkurs gegangenen Verlegers Werdet. Er musste viel schreiben, um seine Schulden zu bezahlen. Neben seinen Publikationsaktivitäten, z. B. dass er seine Romane parallel zum Zeitungsfeuilleton bereits in Buchform, am besten gleich bei zwei unterschiedlichen Verlegern, verkaufte, stehen seine Polemiken gegen den mangelhaften Schutz des Urheberrechts, was vor allem für die Autoren wirtschaftlichen Schaden be-

---

14 *L'Art de mettre sa cravate [...]*, 1827. Der ganze Titel: *Die Kunst, seine Krawatte in allen bekannten und gebräuchlichen Arten zu binden, beigebracht und vorgemacht in sechzehn Lektionen, eingeleitet mit der vollständigen Geschichte der Krawatte von ihren Ursprüngen bis heute; Betrachtungen über den Gebrauch von Kragen, der schwarzen Krawatte und die Verwendung von Halstüchern. Vom Baron Émile de L'Empésé.*

deutete. Ein weiteres Phänomen ist die Selbstausbeutung des hochproduktiven Erzählers, der in die Druckfahnen und in die fertigen Bücher immer neue Ergänzungen und Abwandlungen schrieb, was damit zusammenhängen kann, dass die Honorare nach Druckbögen bemessen wurden. Daher ist die verbindliche »Ausgabe letzter Hand« diejenige des Verlegers Furne, in die der Autor, in sein eigenes Exemplar, abermals Änderungen eintrug.

Charles Furne war anfangs einer der maßgeblichen Geldgeber bei dieser in Frankreich bis dahin einmaligen verlegerischen Initiative, bei der sich eine Gruppe Verlagsleute zur Herausgabe der Werke Balzacs zusammengetan hat. Nach Furne wird die Ausgabe benannt, von der zwischen 1842 und 1848 17 Bände, und nach Balzacs Tod noch weitere drei erschienen.

Eine weitere gern erzählte Anekdote ist die von den Tonfigürchen seiner zahllosen Romanfiguren, die »Die menschliche Komödie« über mehrere Romane hinweg bevölkern, die er umstieß, wenn sie gestorben waren, die aber auch mal das Hauspersonal in Unordnung gebracht habe. So etwas ist eine zusätzliche Belastung, wenn der Autor parallel am dritten Teil des einen Romans, »Verlorene Illusionen«, arbeitet, während der erste Teil des eigentlich als Folge davon gedachten Romans, »Glanz und Elend der Kurtisanen«, bereits in Fortsetzungen erscheint. Die nachträglich eingefügten Anspielungen auf vorhergegangene Romane des Autors machen sicherlich auch Zeilen, vor allem dienen sie aber dazu, den jeweiligen Roman in das Gefüge der gesamten »menschlichen Komödie« einzugliedern bzw. Handlungselemente nachträglich anzulegen, wie z. B. die Liebesbriefe von Luciens Verehrerinnen, die erst in Teil IV eine dramaturgische Rolle spielen.[15]

---

15 Auf wahrscheinliche Folgen des »eiligen Schreibens« von Balzac weist

Charles Baudelaire fand, dass diese Umänderungen den Texten Balzacs »dieses Ungenaue, Überstürzte und Skizzenhafte geben – der einzige Fehler dieses großen Historikers.«[16] Die handschriftlichen Ergänzungen in die genannte Ausgabe des Verlegers Furne, genannt »Furne corrigé«, sind natürlich in die modernen Klassikerausgaben eingearbeitet worden und haben möglicherweise zu Lesefehlern geführt, deren Resultat kleine Text-Unterschiede sind. So heißt es bei Garnier Classiques einmal »littéralement« (buchstäblich, S. 87; auch in der Ausgabe von 2008 S. 163), während es in der Ausgabe der Pléiade (S. 492; und in der Folio-Ausgabe S. 110) »libéralement« heißt – es geht um den Kutscher, der ordentlich abgefüllt wurde, einmal »buchstäblich« und einmal »freigiebig« (S. 93). Bis auf das Detail, dass der Erzähler bei »buchstäblich« präsenter ist als bei »freigiebig«, hält das den Lesefluss nicht auf. Ebenso bei der Konkurrenz von »lueur – Glut« (die Garnier-Ausgaben von 1958, p. 126, und 2008, p. 197) und »sueur – Schweiß« (Pléiade 1973, S. 522, und Folio 1977, S. 146). Es geht um die Hitze des Schmelzofens (S. 134). Auf Seite 278 ist die Abweichung spürbarer: Beim Ausruf Madame du Val-Nobles, als Esther erzählt, wie weit sie den alten Verehrer schon ausgeplündert hat: »Est-elle petite poche – »Ist die bescheiden« (bei Garnier) bzw »Ist der knickrig – Est-il petite-poche« (bei allen anderen, auch den zeitgenössischen).[17] Das beeinträchtigt die Lektüre in keiner Weise, viel-

---

der Herausgeber der Ausgabe in der Sammlung Pléiade hin (Anm. zu den Seiten 747, Anm. 1, und 899, Variante f).

16 Nobuko Miyake, À propos des citations de Balzac par Baudelaire, 1984, S. 180, zitiert nach http://www.let.osaka-u.ac.jp/france/gallia/texte/40/40miyake.pdf

17 Die Ausgabe der Pléiade hat keine Kapitelüberschriften und folgt darin der Ausgabe Furne, während in der Ausgabe de Potter mehr oder minder die Kapitelüberschriften sind, die auch die Ausgabe der

mehr hat das wohl seinen Grund in den fast zwanzig Jahren Balzac-Forschung, die zwischen den Ausgaben liegen. Bei der Überprüfung der eigenen Übersetzung anhand einer der älteren vorhandenen Übersetzungen wundert man sich aber, was man denn da falsch gemacht hat.

Balzacs Kunst

Um mit Schreiben tatsächlich zu Geld zu kommen, braucht es ein möglichst großes Publikum. Dass man das nicht mit Traktaten über den Strafvollzug gewinnt, liegt auf der Hand. Balzacs Satz aus dem Vorwort, dass »jeder vernünftige Schriftsteller unser Land« zu Glaube und Monarchie »geleiten sollte«, und der Zwang, verkäufliche Bücher zu produzieren, treffen sich in seiner Fähigkeit, interessant und mit leichter Zugänglichkeit zu erzählen. Er verlockt die Leser mit spannender Handlung: Die einen Figuren sind auf Sex, Geld und Macht aus; Lust, Gier, Gewalt und Tücke sind die treibenden Kräfte; ihnen ausgesetzt sind die anderen, die Unschuldigen und die Wehrlosen. Balzac streut Wortspiele ein, er arbeitet mit cliffhanger und Parallelhandlungen, mit schnellen Perspektivwechseln, mal, als sei es ein Filmschnitt, mal, als suche er eine personale Erzählsituation. Dazu gehört auch, dass er populäre Geschmackslagen bedient, indem er z. B. die Unterwelt der Metropole mit der amerikanischen Wildnis vergleicht oder Melodram, Schauer- und Kriminalgeschichte, Groteske, sexuelle Doppeldeutigkeit und gängige Vorurteile

Classiques Garnier aufweist. Genauso schreibt die Pléiade gemäß Furne, de Potter, der Ausgabe von 1855 und der deutschen Übersetzung von 1845 »Sérizy«, während Classiques Garnier, aber auch die Übersetzungen von btb und dtv »Sérisy« schreiben. (vgl. auch »Bibliografische Angaben«, S. 759.)

mit Kritik an Korruption und Willkür verbindet. Wenn es ihm nur um kommerziellen Erfolg gegangen wäre, dann hätte er sich sein engagiertes Vorwort sparen können. Dies sind seine Mittel, seine Anliegen zu transportieren, und was die eingestreuten Kommentare betrifft, so finden sich übrigens auch bei Eugène Sues »Geheimnissen von Paris« jede Menge leitartikelnder Abschweifungen zu tagespolitischen Fragestellungen. Andererseits erlangt der Autor die Position eines Berichterstatters, indem er sich mit seiner erzählten Handlung auseinandersetzt, als ginge es um Fakten, zu denen er weltanschaulich Stellung nimmt.

Friedrich Engels führt in einem Brief an Miss Harkness (April 1888) aus, »je mehr die Ansichten des Autors verborgen bleiben, desto besser für das Kunstwerk. [...] Zum Beispiel liefert Balzac, den ich für einen größeren Meister des Realismus halte als all die gewesenen, derzeitigen und künftigen Zolas, in der ›menschlichen Komödie‹ eine wundervoll realistische Geschichte von Frankreichs ›Gesellschaft‹, indem er nach Chronistenart« beschreibe, wie sich die letzten Vertreter der für ihn maßgeblichen adligen Gesellschaft dem Vordringen der ordinären neureichen Aufsteiger ergäben oder von ihnen verdorben würden. Pierre Barberis bezeichnet das als eine neue Art des Erzählens: Man lese die Botschaft des Autors implizit, also durch Fiktion; nicht analytisch und didaktisch, sondern synthetisch und literarisch, »wobei die Literatur das sagt, was die Ideologie noch nicht sagen kann.«[18] Balzacs Verständnis seiner Welt zeige sich in Existenz und Schicksal seiner Figuren, man müsse es nur entziffern. Dazu gehört Kenntnis vom Hintergrund mancher der Umstände, die heute befremden. So war es nach Barberis damals offenbar ein Phänomen, dass junge Menschen Selbstmord begingen.

18 Pierre Barberis, *Mythes Balzaciens*, Armand Colin, Paris 1972, S.7

Zumindest galt Selbstmord in Paris als eine Folge von Landflucht und Verelendung. Balzac hatte das Bild des verzweifelten jungen Mannes bereits im »Chagrinleder« gezeichnet, der übrigens wie Lucien einen faustischen Pakt eingeht.

Der Doyen der katholischen Fakultät an der Sorbonne und Beichtvater der Duchesse d'Orléans, der Frau des Bürgerkönigs Louis-Philippe, Marie-Nicolas-Silvestre Guillon (1759–1847), äußerte sich 1836 in »La Chronique de Paris«: »Der Selbstmord wird vor allem den Jungen in ihrer Erziehung unbedacht eingegeben, die ihre Hoffnung so hoch setzen, wie sie die allgemeine Schulbildung im Moment ihres Schulabschlusses erhebt, ohne sich um die Masse aufstrebender Menschen mit ehrgeizigen Zielen zu kümmern. Wenn diese Flut auf den Granit der administrativen Grenzen gestoßen ist, fällt sie in den Abgrund. Die Gesellschaft schafft laufend Kapazitäten, die sie beim Eintritt in verbaute Karrieren streben lässt; denn jedes Jahr werden es mehr Ansprüche und mehr Anspruchsstellende in einer Arena, die nicht weiter wird. Wollen Sie, dass begabte Menschen, die von Ihren Kollegen ausgebildet worden sind, angeregt durch die Studien an der Sorbonne oder im Collège de France, wieder zurückkehren an den Pflug, von wo Sie sie geholt haben?« Es ist das Generationenproblem einer Jugend, der die Alten keinen Platz einräumen, die, konservativ, nichts ändern oder, reaktionär, Abgeschafftes wiederherstellen wollen. Die Ausbildung eröffnete alle Möglichkeiten, dann aber waren Herkunft und Vermögen ausschlaggebend. Die Welt war nicht mehr so absolut wie früher, vielmehr haben Regimes und Ideale einander abgewechselt, und die bessere Bildung erlaubte den Jungen, die Lage zu erkennen und zu verzweifeln über eine Situation, in der sie keine Aussichten hatten. Darum ist wohl auch so viel die Rede von Luciens Aussichten, wenn Jacques Collin seine Pläne darlegt. In »La Vieille Fille« wird dies ebenso wie in

»Ferragus« angedeutet, und plastisch inszeniert wird es in »Verlorene Illusionen« am Beispiel von Luciens Jugendfreund David, dessen Vater den Sohn auf keinen grünen Zweig kommen lässt.

Karl Heinz Bohrer deutet das lieber literarisch mit einem Vergleich Luciens mit Stendhals Julien Sorel in »Rot und Schwarz«: »Gemeinsam ist beiden jungen Männern der Unmut darüber, in einer unheroischen, eben nachnapoleonischen Epoche zu leben, die sie ihrerseits auf eine quasiheroische Weise hinter sich lassen wollen. Gewiss, das ist ein Hinweis auf die historische Situation, eine Referenz auf eine sich ausbreitende Frustration. Aber das bleibt an der Oberfläche. Die Offenlegung einer solchen psychologischen Intensität jedoch rührt an etwas Verborgenes. An ein seelisches Pathos, das sich in unterschiedlicher Weise darstellt. [...] Beide sind und bleiben Figuren eines einzigartigen psychischen Bedrohtseins. Die Darstellung ihres Lebens ist die Beschreibung existenzieller Selbstwahrnehmung, und diese ist einzigartig, nicht repräsentativ. Letztlich vollzieht sich an ihnen ein Erkenntnisakt des Dichters, dem an nichts weniger gelegen ist als daran, dem geläufigen Wissen über die männliche Jugend dieser Epoche ein Denkmal zu setzen.«[19]

Neben der Zukunftslosigkeit der Jugend steht das Standesbewusstsein, oder der Standesdünkel, des Hochadels. Schon auf den ersten Seiten spielt Lucien auf das Alter seines adligen Namens an im Gegensatz zu dem des Grafen du Châtelet. Alter Adel ist mehr wert als Adel der Kaiserzeit, aber der ist immerhin noch mehr wert als der der Restaurationszeit. Ein weiteres Beispiel ist die Szene mit den Grafen und Herzögen, wie einer von ihnen anlässlich von Luciens Beisetzung festhält: »Meine Kutsche und meine Leute sind im Geleitzug

19 Bohrer, S. 94, S. 96

dieses armen schwachen Poeten. Sérisy macht es wie ich.«
Dass sie ihre Kutsche stellvertretend für sie selbst zum Begräbnis schicken, klingt heute bodenlos arrogant und verächtlich. Aber Balzac deutet dabei nichts Kritisches an, es handelt sich offenbar um eine andere Wahrnehmung: Die Entsendung einer Kutsche mit Wappen gilt als akzeptierte Form der Anteilnahme.

Etwas komplexer ist es mit Baron Nucingen. Der verfügt bereits im Rahmen der ›menschlichen Komödie‹ mit »Das Haus Nucingen« über eine üble Vorgeschichte als hinterhältiger Spekulant und Betrüger. Das Phänomen des Börsenreichtums war zwar nichts Neues, aber seine Bedeutung hatte zugenommen; die kapitalistische Industrialisierung florierte im 19. Jahrhundert. Nucingen bekommt eine burleske Note, indem Balzac seine Sprache entstellt, aber gleichzeitig wird ihm, wie mit einem Stempel, mitgegeben, Jude zu sein. Hier ist anzumerken, dass Juden, auch nachdem sie 1791 von der konstituierenden Nationalversammlung Frankreichs Bürgerstatus erhielten, immer noch wenig Möglichkeiten hatten, bürgerliche Berufe zu ergreifen, und darum weiterhin in erster Linie Geldverleiher und Kleinhändler blieben. Andererseits galt in Frankreich bis 1789 ein Zinsverbot für Christen. So war der gewerbsmäßige Geldverleih zu einem konfliktträchtigen, aber erzwungenen Monopol für Juden geworden. Papst Pius VIII. hob das Zinsverbot der katholischen Kirche 1830 auf. Konsequent treten neben Nucingen nun auch Bankiers und »Wirtschaftskapitäne« auf, die Franzosen christlicher Formation sind, aber deswegen keineswegs anständig oder besonders christlich.

Das Problem deutscher Leser mit Balzacs Etikettierung Nucingens als jüdisch liegt u. a. in der Geschichte der Deutschen im 20. Jahrhundert begründet – Balzac aktiviert bestehende Klischees und Vorurteile des 19. Jahrhunderts im Dienst seiner Darstellung. Trotzdem gehört dieser Aspekt zu den Positionen, die zu Balzacs Zeit gängig gewesen sein mögen, die aber heute nicht akzeptabel sind. Immerhin wird an seinen expliziten Stellungnahmen erkennbar, wie der Text, auch bei implizit, als seien es Selbstverständlichkeiten, eingeflochtenen Ansichten, seinen historischen Gegebenheiten verbunden ist. So kann man beim Lesen über diese Elemente stolpern und sie als historisch bedingt einordnen. Im Widerspruch dazu steht, dass Balzac zum einen Esther als Jüdin moralisch über alle Maßen erhebt.

Seiner Figur Nucingen hat Balzac in *La Maison Nucingen* genau die Machenschaften zugeschrieben, die Honoré Daumier und sein Herausgeber Charles Philipon mit den Witzfiguren Robert Macaire und Bertrand in *Le Charivari* ausbreiten: Anlagebetrug, Schneeballsystem und Insiderhandel zum Schaden vieler Kleinanleger. Balzac ging es wohl vor allem um das relativ neue Phänomen des Handels mit Anteilen von Industriebetrieben und von Handels- oder Bankhäusern. Es war, wie erwähnt, die Epoche des sprichwörtlich gewordenen »Enrichissez-vous – Bereichert euch!« Balzac schreibt so darüber: »Dies Übel stammt bei uns von der politischen Gesetzgebung. Die Charta hat die Herrschaft des Geldes ausgerufen, der Erfolg wird damit zum obersten Maßstab einer gottlosen Zeit. So ist die Verderbtheit der oberen Schichten trotz der blendenden Effekte des Goldes und ihrer verlogenen Begründungen unendlich viel scheußlicher als die niedrigen und gewissermaßen persönlichen Gemeinheiten der unteren Schichten, von denen ein paar einzelne dieser Szenerie ihre Komik – wenn Sie so wollen: ihren Schrecken – verleihen. Die Regierung, der jeder neue Gedanke Angst einjagt, hat das Komische unserer Zeit aus dem Theater verbannt. Das Bürgertum, das weniger liberal als Louis XIV. ist, zittert, wenn die ›Hochzeit des Figaro‹ auf den Spielplan kommt, verbietet, den ›Tartuffe‹ politisch zu inszenieren, und würde natürlich den ›Turcaret oder Der Financier‹[20] heute niemals aufführen lassen, denn Turcaret herrscht jetzt. Seither werden Komödien erzählt, und das Buch ist die langsamere, aber sicherere Waffe der Dichter geworden.« (S. 231)

Balzac appelliert mit der Figur des Bankiers Nucingen an ein vorhandenes Potenzial an Reflexen. Nucingen verkörpert die Standard-Figur eines lüsternen Opas in Anlehnung an die Figur des Pantalone der Commedia dell'Arte, des populären Straßentheaters, das sich über Molière bis jetzt erhalten hat: Ein reicher Alter will an eine junge Schöne herankommen, die aber ihrerseits einen jungen Mann liebt – es ist dort wie hier im Roman. Dass der reiche Verehrer systematisch ausgeplündert wird, einschließlich der fingierten Schulden, die er übernimmt, hat seine Parallele in dem erwähnten Theaterstück von Lesage, auf das Balzac in diesem Roman verschiedentlich hinweist: »Turcaret ou Le financier«. In dem Stück, das im Stil der Commedia-dell'arte angelegt ist, will ein skrupelloser Finanzmann eine attraktive Witwe erobern und überhäuft sie mit Geschenken und Geld, was sie weitergibt an einen spielsüchtigen Chevalier, den sie liebt. Turcaret, verfasst 1709, wurde bis in Balzacs Zeiten gespielt. Sogar wörtlich übernommene Dialoge finden sich im Roman.

Die bewährte Mechanik der Commedia dell'arte folgt einem allgemein menschlichen Verhaltensmuster. Genauso verhält es sich offenbar mit der Konkurrenz unter den verschiedenen Polizeiinstitutionen. Louis-Sébastien Mercier hat das bereits in seinem »Tableau de Paris« aus den Jahren vor der Revolu-

---

20 Komödie von Alain-René Lesage, 1709.

tion geschildert: »Es ist Korruption, was die Polizei in zwei Teile trennt: auf der einen Seite schafft sie Spitzel und Spione, auf der anderen Seite Schergen und andere, die straffrei bleiben, die sie dann auf die Verbrecher, die Betrüger, die Diebe usw. loslässt, ungefähr, wie der Jäger die Hunde gegen Füchse und Wölfe aufhetzt. Den Spionen sind andere Spione auf den Fersen, die sie überwachen und die überprüfen, ob sie ihre Pflicht tun. Alle beschuldigen sich gegenseitig und zerfleischen einander um des niedrigsten Gewinns willen. Es ist dieser abscheuliche Abschaum, auf dem unsere öffentliche Ordnung beruht.«[21]

Indem Balzac Esther so nachdrücklich als jüdisch definiert, weist er außerdem auf die alttestamentarische Figur der Esther hin, die König Xerxes als die allerschönste aller Jungfrauen seines Vielvölkerreichs zur Gemahlin nimmt. Sie gibt ihre Herkunft als Angehörige der jüdischen Diaspora nicht preis, wie auch die Esther Balzacs gegenüber Lucien ihre Vergangenheit zunächst verschweigt. Die biblische Esther, die ehrerbietigste am Hof, rettet ihr Volk vor der geplanten Vernichtung und gibt sich dabei als Jüdin zu erkennen. Die Geschichte der Esther, auch Hester, ist seit dem Mittelalter von Hans Sachs bis Grillparzer immer wieder thematisiert worden. Am präsentesten dürfte Balzac die Version von Jean Racine, Klassiker des französischen Dramas, gewesen sein. Im Auftrag der frömmelnden Madame de Maintenon verfasste Racine 1689 eine Tragödie »Esther«, »nach der Bibel«, zur geistlichen und moralischen Erbauung der Schülerinnen des Erziehungsinstituts Saint-Cyr. Bei Balzac ist Esther eine Magdalena, eine Heilige, die dank christlicher Unterweisung in einem Mädcheninternat moralisch rein geworden ist und

---

21 Nouvelle édition, 1782–1788, Tome I, Kap 61, S. 192

weit über ihrer Vergangenheit als Prostituierte steht. Mit der Scham und einem Schuldgefühl, erneut missbraucht worden zu sein, will sie nicht weiterleben. Parallel zur Entstehung des ersten Romanteils »Esther« feierte die Oper »La Juive« (1835) mit einem Libretto des damals überaus populären Eugène Scribe Triumphe. Hier sind die Titel-Heldin und ihr Verehrer vermeintlich jüdisch, was zu einer melodramatischen Verwicklung führt. So scheint Balzac die literarische Klassik, die biblische Moral und das große Publikum vor Augen zu haben, als er diesen Stoff entwickelt.

Im Zusammenhang mit Jacques Collin, dem Verderber, finden sich zwischendurch Formulierungen, aus denen das Faszinierende des Bösen hervorgeht: Die »Poesie des Bösen«, das »Genie des Bösen«, »das Böse, das in der poetischen Verkörperung der Teufel heißt«, ein rückhaltloser Diener des Bösen ist »monströs schön durch seine Anhänglichkeit, die zu Hunden passen würde«, und in der Welt der Diebe und Zuchthäusler herrscht eine Sprache von »entsetzlicher Poesie«. Balzac deutet hier bereits auf eine Geschmackslage und Stimmung hin, die Charles Baudelaire ein Dutzend Jahre nach diesem Roman mit seinen »Fleurs du mal – Die Blumen des Bösen« poetisch überhöhte. Eine gemeinsame Quelle für das Faszinosum des Bösen fanden Balzac, Baudelaire, aber auch Théophile Gautier und Victor Hugo in den »Mémoires« von Pierre-François Lacenaire (1803–1836), einem später hingerichteten Mörder, der für sich eine Art Sendungsbewusstsein behauptete und in seinen Erinnerungen die Motive seiner Taten schilderte. Balzac traf mit dieser Darstellung einen Nerv seiner Zeit, zumal er sie mit dem Bild des Einzelgängers und Rebellen verband. Jacques Collin sei, schreibt Hans Mayer, »der große Gegenspieler der aristokratischen Salons, der Finanzgewaltigen, der Staatsmänner und ihrer

Gattinnen ... er ist Antipode der Polizisten und der liebenden Frauen«. Zugleich tritt Collin im Sinne Balzacs auf als Ankläger von Missverhältnissen, z. B. der fehlenden Reintegration ehemaliger Strafgefangener. Hans Mayer erklärte anhand von Collins Negation der bestehenden Gesellschaftsverhältnisse die Struktur des Balzacschen Gesellschaftsbildes: »Diese Negation gehört aber dialektisch untrennbar zu eben dieser Gesellschaft.«[22] Pierre Barberis hat, wie zitiert, in diesem dialektischen Verhältnis die Dynamik gesehen, die über Balzac hinausführt.

Der französische Herausgeber Adam wollte das Vorbild für den Einzelnen, der sich gegen die Gesellschaft auflehnt, bei Schillers »Räubern« finden, und für Luciens Entwicklung und sein Verhältnis zu Collin nennt er als Vorbild den »verdorbenen Bauern« von Rétif de la Brétonne[23], während Balzac mit seiner Darstellung von Lucien und Collin eher an das Verhältnis von Faust und Mephisto denken lässt. Luciens »Pakt mit dem Teufel« wird irgendwann fällig, Esther erhält einen »Kredit aus der Hölle«.

Während aber Faust und Mephisto einen Handel abschließen, übernimmt Collin Luciens Seele – er lebt durch ihn, agiert, genießt und liebt durch Lucien, den er ja wie einen Sohn behandelt und als solchen ausgibt. »Der Todtäuscher dinierte bei den Grandlieu, schlüpfte in das Boudoir der großen Damen, liebte Esther durch seinen Stellvertreter. Kurz, er sah in Lucien einen Jacques Collin in schön, jung, edel und auf dem Weg, Botschafter zu werden. Der Todtäuscher hatte den deutschen Aberglauben vom Doppelgänger in einem

---

22 Hans Mayer, Nachwort zur Übersetzung von Ruth Gerull-Kardas, Rütten & Loening, Potsdam 1952, S. 705 u. 699
23 *Le Paysan perverti – Das Verderben des Landmanns, oder Die Gefahren der Stadt*, 1776

Phänomen moralischer Vaterschaft umgesetzt, das die Frauen begreifen werden, die in ihrem Leben wirklich geliebt haben, die ihre Seele gespürt haben, wie sie in die des geliebten Mannes übergegangen war, die durch sein Leben gelebt haben, sei es edel oder schändlich, glücklich oder unglücklich, verborgen oder ruhmreich, die trotz des Abstandes Schmerzen am Bein gespürt haben, wenn er sich dort verletzte, die es gespürt haben, wenn er sich im Duell schlug, und die, in einem Wort, es nicht nötig hatten, von einer Untreue zu erfahren, um von ihr zu wissen.« Und an anderer Stelle: »Gezwungen, außerhalb der Gesellschaft zu leben, in die ihm das Gesetz die Rückkehr für immer versagte, erschöpft vom Laster und von heftigen, entsetzlichen Widerständen, doch begabt mit einer seelischen Kraft, die ihn auffraß, lebte diese niederträchtige und großartige, dunkle und glanzvolle Persönlichkeit, die obendrein das Fieber nach Leben verbrannte, im eleganten Körper Luciens wieder auf, dessen Seele die seine geworden war. Er ließ diesen Dichter, dem er seine Hartnäckigkeit und seinen eisernen Willen verlieh, im gesellschaftlichen Leben sein Stellvertreter sein. Für ihn war Lucien mehr als ein Sohn, mehr als eine geliebte Frau, mehr als eine Familie, mehr als sein Leben, er war seine Vergeltung; dementsprechend hatte er, dem wie allen starken Seelen ein Gefühl mehr bedeutete als das Leben, sich unauflöslich an ihn gebunden.« [S. 106]

Zu Balzacs Zeiten hatte man noch nicht das definitorische Handwerkszeug für die Diagnose einer aggressiven narzisstischen Persönlichkeitsstörung, um eine solche invasive Projektion mit den Begriffen der Psychologie einzuordnen; wer das las, konnte sich aber an dem christlichen Motiv stoßen, wonach Gott Vater den Menschen durch seinen Sohn erreicht. In Balzacs Umkehrung will der Vater durch seinen Sohn unter den Menschen sein, und Collins Spruch von

»Gottes oder meiner (was mehr bringt) Hilfe« stellt sein Selbstverständnis als gotteslästerliche Hybris dar.[24]

Balzac dürfte davon ausgegangen sein, dass alle das Bild verstehen, so wie er insgesamt eine riesige Menge Bildungswissen voraussetzt. Turcaret und Sganarelle könnten, die Primaballerina Marie Taglioni und der Schauspieler Frédéric Lemaître dürften bekannt gewesen sein, aber die römische Giftmischerin Locusta? Oder die Marschallin d'Ancre? Es geht aber noch weiter: Balzac sind seine bisherigen eigenen Romanfiguren präsent, und er hat die Absicht, sie alle über die einzelnen Romane und Erzählungen hinweg miteinander zu einem großen Geflecht zu vernetzen, das dann sein Abbild der Gesellschaft ist. So haben viele der Figuren, die hier auftreten, bereits ein Vorleben, das sie, je nachdem, sympathisch macht oder belastet. Nucingen hat durch Betrug sein Vermögen geschaffen und das vieler Menschen vernichtet. Wenn er hier hereingelegt wird, kann man es in dem größeren Zusammenhang der »menschlichen Komödie« als einen Akt gerechten Ausgleichs auffassen. Ähnlich ist es mit Corentin: Er ist ein böser, unheilbringender Zyniker in den Reihen der Polizei, »einer dieser blonden blauäugigen zum Gefrieren schrecklichen Charaktere«, der schon in anderen Romanen sein Unwesen treibt. De Marsay ist ein Schönling, der sein Revier verteidigt gegen Neuankömmlinge wie Lucien, und Jacques Collin kennt man noch von seiner letzten Verhaftung in »Vater Goriot«. Anhand von Lucien wird »Glanz und Elend der Kurtisanen« zu einem Folgeroman: Vor Beginn dieses Romans, zum Schluss des Vorgängerromans »Verlo-

---

24 Zehn Jahre später hat Théophile Gautier in seinem Schauermärchen *Avatar* eine Kombination aus Identitätstausch und Mesmerismus geschaffen, die mit einigem Spektakel wie elektrischen Entladungen und Blitzen der Augen allerdings eher jahrmarktsfähig ist.

rene Illusionen« ist Lucien gemäß Hans Mayer »moralisch und künstlerisch gleichermaßen am Ende. Es gibt kaum eine gute Regung seines Herzens, die er nicht geschändet, kaum eine menschliche Beziehung, die er nicht missbraucht, kaum eine Seite seiner Begabung, die er nicht prostituiert hätte.« (S. 691) In seinem Abschiedsbrief auf den letzten Seiten von »Verlorene Illusionen« schreibt Lucien seiner Schwester Ève: »Statt mich umzubringen, habe ich mein Leben verkauft. Ich bin nicht mehr Herr meiner selbst, ich bin mehr als nur der Sekretär eines spanischen Diplomaten, ich bin sein Geschöpf. Ich beginne von neuem eine schreckliche Existenz. Vielleicht hätte ich besser daran getan, ins Wasser zu gehen.«[25]

Für die Lektüre dieses Romans muss man diese Zusammenhänge nicht im Kopf haben. Balzac ist dies Vorwissen präsent, aber weil er für Zeitungen zur Fortsetzung schrieb, rekapituliert er immer wieder, sei es durch Rückblicke, sei es durch Erklärungen seiner Figuren, was geschehen ist, und hält auf diese Art seine Leserschaft informiert.

Balzacs Realismus

Zum Programm des Realismus gehört es, dass der Autor sich kundig macht, wie die Welt wirklich ist, wenn er von ihr erzählen will. Der anerkennende Kommentar von Friedrich Engels ist ein Indiz. Die Herausgeber der französischen Ausgaben haben sich alle Mühe gegeben, Balzacs Informationsquellen nachzuweisen. So informierte sich Balzac aus einer frühen soziologischen Studie über Prostitution in Paris[26] und

---

25 Balzac, *Verlorene Illusionen,* aus dem Französischen von Melanie Walz, Carl Hanser Verlag 2014, S. 827
26 Alexandre Jean-Baptiste Parent-Duchâtelet, *De la Prostitution dans*

aus der bereits erwähnten Darstellung von psychischen Störungen; er verwendete die Memoiren verschiedener Personen, unter anderem der Ex-Sträflinge François-Eugène Vidocq[27] und Coco-Latour [28], die zur Polizei übergelaufen waren, und er unternahm selbst Ausflüge an die Ränder der Gesellschaft. Sein anfangs zitierter Freund Gozlan berichtet, wie sie ein von Ratten abgenagtes Pferd in Montfaucon gezeigt bekommen wollten und unterwegs erst einem Pferdeschinder beinahe auf den Leim gingen, der Balzac dazu bewegen wollte, ein nur noch röchelndes Pferd gegen gutes Geld vor dem Ausschlachten zu bewahren, und dann im Keller einer Hundeabdeckerei haltmachten und sich, auf den gestapelten Kadavern sitzend, von einer der Frauen zwischen Zügen aus der Pfeife und Schlucken aus dem Schnapsglas ihren Lebenstraum erzählen ließen: Einen Tabakverkauf mit Schnapsausschank. Nicht die kuriose Umgebung oder die Information, dass die auf den Straßen angebotenen Weißfische und Bratkartoffeln mit Hundefett zubereitet werden, habe Balzac interessiert, sondern allein die Menschen, hier die Frauen, die die toten Hunde zerlegten.[29]

Und natürlich gehört zur realistischen Darstellung das wiedererkennbare Stadtbild mit seinen Straßen und Vierteln, dazu eine originalgetreue Ausdrucksweise: Balzac hat sich über den Jargon der Unterwelt informiert, wie seine Herausgeber nachweisen, aber manchmal hat er auch Ausdrücke einfließen lassen, die offenbar Eigenkreationen sind, zumin-

---

la ville de Paris, considérée sous le rapport de l'hygiène publique, de la morale et de l'administration, 1836
27 *Mémoires*, 1828, und *Les Vraies mystères de Paris*, 1844
28 Marie-Barthélemy Lacour, *Les Voleurs et les volés ou les 36 espèces de vols*, 1840
29 Léon Gozlan, S. 290 ff.

dest blieben sie rätselhaft. Nachdem das Vokabular des Unterweltjargons regelmäßig in die Alltagssprache aufsteigt, wirken abenteuerliche Worte einer Epoche wenig später schon altbacken, wie man heute an alt gewordenen »Tatort«-Folgen beobachten kann. Darum kam für die Übersetzung nur ein sparsamer Gebrauch des Jargons infrage, der im Original »Argot« heißt, und für den es im Deutschen kein Äquivalent gibt. Ausdrücke wie »Slang« oder »Gossensprache« kommen ihm vielleicht am nächsten.

Als Folge des konsequenten Realismus werden Romane in Frankreich gerne als historische Zeugnisse aufgefasst. Dieser Rezeptionsweise sind möglicherweise, von Ferdinand de Saussure bis Gérard Genette, die ausgeklügelten Differenzierungen zwischen empirischem und implizitem Autor, Erzählhaltungen und erzählten Haltungen sowie die Frage nach der Zuverlässigkeit von Autor und Erzähler zu verdanken. Umgekehrt hat Balzac den Kunstgriff angewandt, die reale Geschichte so als Kulisse einzusetzen, dass seine Fiktion als wirkliches Geschehen präsentiert wird: »Die Tage des Juli 1830 und ihr gewaltiger Sturm haben mit ihrem Radau die vorhergehenden Ereignisse dermaßen überlagert, das Interesse an der Politik nahm Frankreich während der letzten sechs Monate dieses Jahres derartig in Beschlag, dass sich heute niemand mehr oder nur mit Mühe dieser privaten, strafrechtlichen, finanziellen Katastrophen erinnert, so ungewöhnlich sie gewesen sein mögen, die den alljährlichen Bedarf der Pariser Neugierde decken und die in den ersten sechs Monaten dieses Jahres nicht fehlten. Es ist daher nötig, darauf hinzuweisen, wie sehr sich Paris in jenen Tagen aufregte, als die Festnahme eines spanischen Priesters bei einer Kurtisane und die des eleganten Lucien de Rubempré bekannt geworden war, des Zukünftigen der Mademoiselle de Grandlieu, der in dem kleinen Örtchen Grez an der Fernstraße nach

Italien gefasst wurde, alle beide eines Mordes beschuldigt, dessen Ertrag an die sieben Millionen betrug; das Aufsehen dieses Prozesses übertraf für ein paar Tage die unglaubliche Spannung der letzten Wahlen, die unter Charles X. stattfanden.«

Zu Balzacs Realismus gehört auch die Betonung des Wahrheitsgehalts, wenn er seine Absicht erklärt, »... nicht das Wahre mit scheinbar dramatischen Arrangements zu verderben, insbesondere, wenn sich die Wirklichkeit alle Mühe gibt, romanhaft zu sein.« Michel Foucault sieht darin eine Überzeugung: Es sei »jedenfalls eine seltsame und schwierige Technik, die für Schriftsteller von Walter Scott bis Rosny zu den Träumen des 19. Jahrhunderts gehörte: dem Traum, Wirklichkeit in Fiktion zu verwandeln.«[30] Roland Barthes betrachtet es dagegen als eine Technik und hat diesen Vorgang der Realitätsfiktion anhand von Balzacs Novelle »Sarrasine« gründlich untersucht. Z. B. das Auftauchen historischer Persönlichkeiten am Rande. Es sei genau das Wenige an Bedeutung für die erzählte Geschichte, die den historischen Persönlichkeiten ihr exaktes Gewicht an Realität gebe: »Dieses Wenig ist das Maß der Authentizität. Sie sind am Rand in die Fiktion hineingebracht, en passant, aufs Dekor gemalt. Denn wenn die historische Persönlichkeit ihre reale Bedeutung einnähme, würde sie banal und lächerlich, man müsste sie reden lassen. Wenn sie dagegen ihren fiktionalen Nachbarn nur beigemengt sind, zitiert wie zum Aufzählen einer mondänen Versammlung, setzt diese Zurückhaltung die historische Geschichte und den Roman auf eine Ebene. So erhält der Roman den Glanz des Realen.«[31] Hier ist es mal die Schneiderin Madame Auguste, die es 1838 in der Rue Sainte-Anne gegeben hat, oder die Sängerin Maria Amigo, die 1835

---

30 Michel Foucault, *Schriften zur Literatur*, S. 336.
31 Roland Barthes, *S/Z*, Le Seuil, Paris 1970, S. 99 u. 95

tatsächlich die Rolle der Enrichetta in Vincenzo Bellinis Oper »Die Puritaner von Schottland« sang; die Polizeipräfekten hießen so wie im Roman, die Sanson waren berühmt als Henker, Fouché kommt nicht vor, aber Corentin ist früher mal seine rechte Hand gewesen.

Wenn es stimmt, dass Autoren das, was sie für gültige Wahrheiten halten, in Sprichworte kleiden (Barthes nennt sie »Bruchstücke einer Ideologie«), dann bietet sich in Balzacs Verwendung sprichwortartiger Redewendungen ein weiterer Zugang zu seinem Denken und zu dem seiner Figuren: »Je schändlicher das Leben eines Menschen ist, desto mehr hängt er daran« [S. 347], oder: »Es gibt nichts Mächtigeres als die Etikette für die, denen sie das verbindlichste Gesetz der Gesellschaft ist.« [S. 307] Mit realen Sprichworten unterstreicht er weiter die Gültigkeit dessen, was er erzählt.

Noch besser macht es Balzac mit folgender Wendung: »Die Inkonsequenz [dass die öffentliche Meinung in Frankreich die Beschuldigten verurteilt und die Angeklagten rehabilitiert] der Pariser Öffentlichkeit war einer der Gründe, die in diesem Drama zur Katastrophe führten; es war sogar, wie sich erweisen wird, einer der wichtigsten.« [S. 408] Hier führt er die aktuelle Diskussion seiner Zeit um das Strafrecht als wirksames Element in die Handlung ein, als sei es kein Roman, sondern eine Reportage, das erzählte Geschehen also historisch.

Konsequent verwendet er Vorbilder für einzelne Figuren: Seien es Stereotype wie der Schönling, der sich aushalten lässt, die sexuell überdurchschnittlich aktive Fürstin und die sexuelle Hörigkeit der »Ganovenbräute«, oder konkrete Vorbilder wie Vidocq und Coco-Latour für Jacques Collin und sein Gegenspieler und späteren Kollegen Bibi-Lupin.

François-Eugène Vidocq hatte Umgang mit Balzac. Er beschritt nach kleinkriminellen Anfängen eine Verbrecher- und

Ausbrecherkarriere und bot der Polizei seine Dienste an – als bestens beschlagen in Verbrechensdingen. Nach einer Zeit als Spitzel baute er eine Polizeiabteilung mit einer Gruppe Krimineller auf und war erfolgreich damit. Allerdings geriet diese Truppe in Verruf, und er soll sogar Verbrechen initiiert haben, um sie aufzudecken. Er schied aus dem Dienst aus und gründete 1833 eine Art Detektei, wie sie Peyrade so gerne ins Leben rufen würde.

Coco-Latour, mit echtem Namen Marie-Barthélemy Lacour, war ein ehemaliger Sträfling, ein notorischer Dieb, der schon als 9-jähriger auffällig geworden war. Später trat auch er in den Dienst der Polizei. Die Konkurrenz zwischen Vautrin und Bibi-Lupin ist also unmittelbar der Rivalität nachgezeichnet, die zwischen Vidocq und Coco-Latour herrschte. Letzterer schaffte es, anstelle von Vidocq zum Chef der Sicherheit ernannt zu werden. Für Corentin könnte Pierre-Marie Desmarest, unter Napoleon und Fouché Divisions-Chef der Polizei, als Vorbild gedient haben, der seine Dienstzeiten in »Quinze ans de haute police«, 1833, festgehalten hat.

Ganz im Sinn der Einbindung seiner Fiktion in die historische Realität erzählt Balzac die Anekdote von Lord Durham, Verfasser des »Durham-Reports«, der 1834 Frankreich besuchte und Vidocq und Sanson kennenlernen wollte.[32] Am 5. April 1834 wollte Durham der Guillotinierung eines Schafs zuschauen, was aus Taktgründen abgelehnt wurde. Er war dann zufrieden mit der Hinrichtung einer Strohpuppe.

Lucien dagegen geht als Charakter, wie es sich für einen

---

32 zitiert nach A. Adam, Hrsg. *Splendeurs et misères* 1958, S. 541. Ausführlich ausgebreitet wird das von Marcel Bouteron in »En marge du ›Père Goriot‹: Balzac, Vidocq et Sanson« in der *Revue des deux mondes* S. 110–124
https://www.revuedesdeuxmondes.fr/wp-content/uploads/2016/11/0b01989643470bdfa0f14bd17e506645.pdf

Romanhelden gehört, weit über das Normale hinaus. Was ihn »in den Rang einer großen, gesellschaftlich repräsentativen Darstellung sozialer Zusammenhänge« erhebe, führt Hans Mayer aus: »Lucien ist nicht bloß schön, er ist nicht bloß von Natur aus anständig und loyal. Er ist auch ein wirklicher Dichter. [...] Balzac schreibt Luciens Sonette[33], er schildert genau den Aufbau und künstlerischen Plan jenes historischen Romans über den ›Bogenschützen Karls X.‹, womit Lucien de Rubempré der literarischen Mode à la Walter Scott auch seinerseits zu frönen sucht.« Um so wirksamer seien dann Luciens opportunistische Bedenken- und Gesinnungslosigkeit.

Die Korrespondenz zwischen Balzacs Schilderungen und dem Vorwissen seiner Zeitgenossen, dass also der Autor sich darauf verlassen kann, dass er richtig verstanden wird, war einer der Ansatzpunkte der Vertreter des Nouveau Roman, ihn abzulehnen. Einigermaßen konziliant formulierte es Robert Pinget: »Für einen Franzosen von heute ist der Roman von Balzac eine Kunstform, die zu einer bestimmten Epoche gehört, die an ihre fortdauernde Gültigkeit glaubte, insbesondere an die ihrer wissenschaftlichen Entdeckungen. [...] das Besondere der Kunst ist, etwas von der Zeit selbst entdecken zu lassen, in der sie entstanden ist, in einer gewissen Art das am wenigsten infragestellbare Denkmal ihrer Epoche zu sein. Die Pflicht jedes Künstlers ist es, die Denkmäler zu ken-

---

33 Luciens Gedichte stammen nicht von Balzac selbst. Er hat auf Gedichte realer junger Dichtertalente seiner Zeit zurückgegriffen, u. a. stammt La Tulipe von Théophile Gautier.
Théophile Gautier, *Portraits contemporaines. Littérateurs – Peintres – Sculpteurs – Artistes Dramatiques.* Zweite Auflage, Paris, 1874, S. 104, und Balzac, *Verlorene Illusionen,* aus dem Französischen von Melanie Walz, Carl Hanser Verlag 2014, S. 305

nen, die die Zeiten darstellen, die seiner Zeit vorausgehen. Diese Kenntnis wird ihm genau die Formen zeigen, auf die er nicht verfallen soll, wenn er auf seine Art ein gültiges Werk schaffen will.«[34]

Für ein Melodram hätte der Roman einen gelungenen Schluss: Die von der Gesellschaft Verfemten finden ein Ende in Verklärung. Das reuige, religiös und sittlich bekehrte Freudenmädchen stirbt lieber, als sich der Schande zu überlassen, der Autor hat sie auf die Höhe der Engel gehoben, sie ist rein um der Reinheit willen. Der Verbrecher hat sich durch seine Art von Bekehrung ebenfalls reingewaschen und will nun für das Gute wirken. Dass sich dieser König der Unterwelt, der sich gottgleich als »le dab«, »der Alte«, verehren lässt, mit der königlichen Welt gesetzesmäßiger Justiz vereint, ist geradezu ein Triumph. Der zweite Böse, Corentin, kommt noch ungestraft davon, aber Balzac hatte offenbar an einen Folgeband gedacht. Eine besondere Note liegt in Collins dezidierter Verachtung für Frauen und seiner besitzergreifenden Vorliebe für schöne junge Männer. Balzac deutet keine sexuelle Neigung an, obwohl er, weiter mit dem Bericht von Lord Durhams Besuch, explizit den Winkel im Gefängnis benennt, an dem homosexuelle Begegnungen stattfinden. Ob diese homoerotische Note und die wie selbstverständlich benannten homosexuellen Beziehungen im Gefängnis ganz ohne Funktion oder als dramaturgischer Geschmacksverstärker gedacht sind, bleibt dahingestellt. Homosexualität stand seit der Revolution nicht mehr unter Strafe, und auch die bürgerliche Gesellschaft schien tolerant zu sein, wie die Auftritte einiger französischer Literaten jener Zeit annehmen lassen.

---

34 in Jean Ricardou u. a. [Hg.]: *Nouveau Roman: hier, aujourd'hui* Band 2 2. *Pratiques*, Union Générale d'Éditions, Paris 1972; S. 322

Collin gilt als Paradebeispiel für homosexuelle Personen in der französischen Literatur des 19. Jahrhunderts. Dass Lucien, auch im Sinne einer Inversion nach Sigmund Freud, homosexuell orientiert wäre, deutet der Text nicht an. Als charakterloser Schönling bereitet er sich selbst ein Ende, ausgerechnet in dem Moment, wo er am Ziel wäre: richtig reich, als Esther sich rentiert und ihm ihr ungeahntes Erbe vermacht. Doch Lucien ist eben, wie Collin ausgiebig darlegt, weibisch, zu schwach zum Durchhalten.

Die anderen Figuren des Romans werden mehr oder minder abgefertigt: Die Polizisten – Balzac mag sie offenbar nicht – kommen ums Leben, der Börsentiger wird materiell bestraft und muss lernen, dass es Jugend nicht zu kaufen gibt, den hochgestellten Adligen lässt Balzac nicht viel mehr als die Vorteile ihrer angeborenen Standeszugehörigkeit und der restaurierten Etikette einer infragegestellten Gesellschaftsordnung. Den feigen Karrieristen Camusot straft er mit seinem Namen (camus = begriffsstutzig, platt; sot = dumm) und einer Frau, die ihm diese Eigenschaften hinreibt.

Dabei hat Balzac etwas Widersprüchliches, wenn er neben der melodramatischen Ambivalenz seiner Figuren sie doch als festgelegte Charaktere schildert: Für ihn bleibt bei allem eine Hure eine Hure, der Verbrecher kommt aus seinem Teufelskreis nicht heraus, die Polizisten sorgen für den Erhalt von Gesetz und Gesellschaft, die Adligen sind dank Herkunft die Säulen des Systems, Nucingen kann einem leidtun. Es ist eben wie im richtigen Leben: Niemand lässt sich einfach einordnen. Im Übrigen, schreibt Charles Baudelaire in seinem *Salon 1846*, sei Balzac die heroischste, einzigartigste, romantischste und poetischste von all den Figuren, die er sich ausgedacht habe.

Was macht schließlich einen Klassiker zum Klassiker?

Zum Beispiel, dass aktuell zutreffend, allgemeingültig und von Belang ist, was er über Natur und Verhalten des Menschen sagt oder schreibt, und dass er bis heute vergleichbare Emotionen auslöst, er also zeitlos an historisch jeweils bestehende Gefühlswelten rührt. Balzac erklärt das austarierte strategische Verhalten der Menschen untereinander – da gibt es auch heute noch etwas zu lernen. Seine Darstellung des Menschen in seiner Vielschichtigkeit hat über die Jahre und Generationen ihre Gültigkeit bewahrt. So verschafft er seiner Leserschaft bis heute Erkenntnis. Auch über seine eigenen Erkenntnisse hinaus.

Bibliografische Angaben

Honoré de Balzacs vierteiliger Roman »Glanz und Elend der Kurtisanen«, »Splendeurs et misères des courtisanes«, hat eine lange Entstehungsgeschichte. Die Abfolge der stückweisen Veröffentlichungen verdeutlicht es. Die Romanhandlung ist langsam und stetig gewachsen und hätte noch einen fünften Teil haben sollen, je nachdem, wie man Andeutungen des Autors auslegt. In seinen Briefen an die geliebte Madame Hanska erwähnt er das Projekt zuweilen.

Die Ausgabe des Verlegers Furne, bereits unter dem Verlagsnamen Furne & Cie., hat Balzac noch korrigiert. Darum heißt diese Ausgabe »Furne corrigé«.

Bereits 1846 hat Furne seine Rechte an seinen Mitarbeiter Alexandre Houssiaux abgetreten.

Die späteren Ausgaben sind zahllos.

Teil I
Comment aiment les filles –
Wie leichte Mädchen lieben

Als Erstes erschien das Fragment, das heute bis zur S. 77 reicht, unter dem Titel »La Torpille« als 3. Teil einer zweibändigen Ausgabe, nach »La Femme supérieure« und »La Maison Nucingen«, Verlag Werdet, 1838, dort S. 345–473, mit den drei Teilen »Le Bal de l'Opéra«, »La Fille repentie«, »La Pensionnaire«.

Dies erste Fragment geht bis zu der Textstelle: »Ach der«, lächelte er, »der ist nicht mehr Priester als du ...«

»Was ist er denn dann?«, fragte sie ängstlich.

»Der ist ein alter Fuchs, der an nichts glaubt außer an den Teufel.«

Als Fortsetzungsroman erschien der Text in einer längeren Version in »Le Parisien«, 21.5.–1.7.1843, unter dem Titel »Esther ou les Amours d'un vieux banquier«, unterteilt in »La Fille repentie« bis S. 92; dann als 2. Teil »Les Préparatifs d'une lutte« und »La Monnaie d'une belle fille«, bis S. 200 (reguläres Ende von Teil I).

Die Ausgabe der ersten beiden Teile bei de Potter von August 1844, datiert auf 1845, ist älter als die von Furne.

Ist enthalten in Band 11 der »Comédie humaine« 1844 und 1846, Verlag Furne (»Scènes de la vie parisienne«, tome 3). Dort ab S. 334.

Teil II
À combien l'amour revient aux vieillards – Was die Liebe alte Männer kostet

Dieser Teil führt den Fortsetzungsroman in »Le Parisien« fort ab 1.6. bis 1.7.1843, bis S. 300.

Dann komplett in Band 11 der *Comédie humaine* 1844, Verlag Furne (»Scènes de la vie parisienne«, tome 3)

Teil III
Où mènent les mauvais chemins – Wohin die schlechten Wege führen

Als Fortsetzungsroman in »L'Époque«, 7.–29.7.1846, und dann als Band 12 der »Comédie humaine«, 1846, Verlag Furne (»Scènes de la vie parisienne et Scènes de la vie politique«).
 Einzeln erschienen ist dieser 3. Teil 1847 beim Verleger Souverain in einer Version, die dem Zeitungsfeuilleton folgt und also älter ist als die von Furne.

Teil IV
La Dernière incarnation de Vautrin –
Vautrins letzte Wandlung

Als Fortsetzungsroman in »La Presse« 13.4.–4.5.1847 und in separater Veröffentlichung in 3 Bänden mit Kapiteln, 1848 im Verlag Louis Chlendowski.

Die erste komplette Ausgabe von »Splendeurs et misères des courtisanes« mit allen vier Teilen erschien nach Balzacs Tod beim Verleger Houssiaux, die von den Herausgebern der französischen Klassikerausgaben allerdings nicht mehr berücksichtigt wird.

Die deutschen Übersetzungen

»Esther, von H. de Balzac, H. de Balzac's sämmtliche Werke«, 60. und 61. Band. Druck und Verlag von Gottfr. Basse, Quedlinburg und Leipzig 1845, ohne Angabe eines Übersetzers, enthält die Übersetzung der beiden ersten Teile.

»Glanz und Elend der Kurtisanen« übersetzt von
Felix Paul Greve, Insel Verlag, Leipzig 1909 u. 1926; Insel TB, Frankfurt 1978; Lübbe, Köln 1983
dasselbe, bearbeitet von Ernst Sander, Goldmann Verlag/btb, München 1998.
Theodor Ritter von Riba, Wilhelm Borngräber Verlag, Leipzig, 1920, 1925, 1928.
Emil A. Rheinhardt, Rowohlt Verlag, Reinbek 1925, 1930, 1940 Dünndruck, 1952, 1956, diogenes Verlag (nach Rowohlt), Zürich 1977, 1998.
Ferdinand Hardekopf, Büchergilde Gutenberg, Zürich 1950, 1960, Droemer Knaur Verlag, München 1953
Ruth Gerull-Kardas, Verlag Rütten&Loening, Potsdam 1952, Aufbau Verlag, Berlin 1966
Ernst Wiegand Junker, Winkler Verlag, Dünndruck, München 1969; Deutscher Taschenbuch Verlag dtv, München 1976; Deutscher Bücherbund o.J. (1978).

Die Übersetzungen variieren insofern, als die einen Balzacs Kapitelüberschriften übernommen haben, die anderen nicht. Die beiden jüngsten Übersetzungen und die Bearbeitung von Ernst Sander sind vollständig.

Nicht berücksichtigt wurden die teilweise auch ohne Übersetzerangaben gefertigten Ausgaben im Eduard Kaiser Verlag Klagenfurt, 1958, 1975 (übers. von Grete Felsing, illustriert von Fritz Fischer); Eden-Verlag, Berlin 1959, Drei-Türme-Bücher, »Entlohnte Liebe«, »Tragik ihres Lebens«; Edito Verlag, Genf 1960; Standard-Verlag, Hamburg ca. 1961, (übers. von Friedrich Wencker-Wildberg; wieder aufgelegt im Emil Vollmer Verlag, Wiesbaden, o.J.).

Grundlage dieser Übersetzung waren vor allem die Ausgaben der Verlage Garnier Classiques von 1958 (hg. v. Antoine Adam) und Gallimard, Pléiade-Ausgabe von 1977 (hg. v. Pierre Citron), sowie die elektronisch erreichbaren Bestände der Bibliothèque Nationale über das Portal Gallica.

Zusätzlich wurden konsultiert
Folio-Ausgabe von 1973 (hg. v. Pierre Barbéris)
Classiques Garnier von 2008 (hg. v. Didier Alexandre)

Wobei es auch hier noch Unterschiede gibt, so haben die Garnier-Ausgabe von 1958 (hg. v. A. Adam) und die Folio-Ausgabe von 1973 (hg. v. Pierre Barbéris) Kapitelüberschriften. Die Pleiade-Ausgabe von 1977 (hg. v. Pierre Citron) hat keine Kapitelüberschriften, die Garnier-Ausgabe von 2008 (hg. v. Didier Alexandre) ebenfalls nicht.

Anhand der bereits vorliegenden Übersetzungen stößt man auf Unterschiede, die weder Tipp- noch Übersetzungsfehler sein können, die wohl zurückzuführen sind auf fast zwanzig Jahre Balzac-Forschung, die zwischen den beiden Ausgaben (Garnier 1958 und Pléiade 1977) liegen. Die Ausgabe der Pléiade bietet umfassendere und einleuchtendere Deutungen. Die Änderung von »Tondif« zu »Fonbif« (S. 621) wurde in die Garnier-Ausgabe von 2008 übernommen.

Der Textfluss wird nicht davon beeinträchtigt, ob es jetzt »buchstäblich« (Garnier 1958 und 2008) heißen müsste, wo der Autor deutlicher in Erscheinung tritt, oder »freigebig« (alle anderen, auch im 19. Jahrhundert).

Genauso, ob es die Glut eines Schmelzofens oder Hitze des Glutofens ist, und ob Susanne du Val-Noble, als Esther erzählt, wie weit sie den alten Verehrer schon ausgeplündert hat, ausruft, »Ist der knickrig«, oder ob sie ausruft »Ist die bescheiden«.

Selbstverständlich habe ich die Vorarbeiten anderer Herausgeber genutzt, vor allem von Antoine Adam und Pierre Citron sowie von Ernst Sander, der 1998 für btb die alte Insel-Ausgabe neu besorgt hat. Es ist dann immer noch genug herauszufinden geblieben. Dabei geholfen haben mir, was die Kleider angeht, Esther Sophia Sünderhauf, Leiterin der Von Parish Kostümbibliothek, München, Beatrice Wrede für Hinweise aus der Psychologie, und was mögliche Doppeldeutigkeiten angeht, Christine Zurmeyer. Ihnen sei hiermit gedankt.

Vorworte

Vorwort der Ausgabe beim Verlag de Potter / Widmung von *Glanz und Elend der Kurtisanen* / Entwurf der ersten Zeilen von »Die letzte Verkörperung Vautrins« / Deutsches Vorwort von 1845

Vorwort der Ausgabe
beim Verlag de Potter

Der Verfall, die Auflösung unserer Sitten setzt sich fort. Vor zehn Jahren schrieb der Autor dieses Buches, es gebe kaum noch Unterschiede; und heute verschwinden die Unterschiede. Gemäß der sehr geistreichen Anmerkung des Autors von *Louison d'Arquien* und von *Der Arme von Montléry*[1] gibt es außer bei den Dieben, bei den Freudenmädchen und bei den Verbrechern keine verbindlichen Sitten und keinen Platz mehr für Komik, es gibt keine Energie mehr außer bei denen, die nicht zur Gesellschaft gehören. Der Literatur von heute fehlen die Kontraste, und ohne Unterschiede sind Kontraste nicht möglich. Die Abstände werden von Tag zu Tag mehr überbrückt. Heute neigt der Wagen dazu, sich dem Fußgänger unterzuordnen, und bald ist es der Fußsoldat, der den Reichen im niedrigen Wagen vollspritzt. Der schwarze Anzug triumphiert. Was in der Kleidung und in den Rädern steckt, bewegt gleichermaßen die Gemüter, lebt in den Manieren und den Sitten. Ein Minister im Einspänner ist dem König

---

1 Charles Rabou

allemal recht; im Hof der Tuilerien haben wir Mietdroschken gesehen. Die bestickten Monturen des Ministers, des Generals, des Akademiemitglieds, in einem Wort: Die Uniform schämt sich aufzutreten und wirkt wie eine Maskerade. Gegen unsere Zeit haben wir nur zu sehr recht, und da das Laster, das wir bekämpfen, eine entsetzliche Scheinheiligkeit ist, ist es klar, dass wir die Moral verletzen.

Dies zu sagen erschien uns allzu nötig am Anfang eines Buchs, in dem die Lebensweisen der Spione, der ausgehaltenen Mädchen und der Leute, die mit der Gesellschaft auf Kriegsfuß stehen, von denen Paris wimmelt, in ihrer ganzen Wahrheit dargestellt werden.

SZENEN DES PARISER LEBENS zu verfassen und dabei diese so eigenartigen Figuren auszulassen, wäre ein Akt von Feigheit gewesen, zu der wir nicht in der Lage sind. Übrigens hat es niemand gewagt, sich der hohen Theatralik dieser Existenzen anzunähern; die Zensur will davon nichts mehr im Theater, und dabei sind Turcaret und Madame la Ressource[2] *zeitlos*.

Zur Vervollständigung der SZENEN DES PARISER LEBENS muss der Autor noch *Der Justizpalast*, *Die Welt des Theaters* und *Die Welt der Wissenschaft* schreiben, denn *Die Welt der Politik* gehört zu der Reihe der SZENEN DES POLITISCHEN LEBENS.

Wenn das geschafft ist, wird kaum etwas fehlen, denn der Autor bereitet als Gegenüber und Pendant ein Werk vor, in dem das Wirken der Tugend, des Glaubens und der Barmherzigkeit im Herzen dieser Verkommenheit der Hauptstädte zu sehen sein wird, und das ist ein zugleich so langwieriges und

---

2 Typ des rücksichts- und skrupellosen Finanzmanns und die rigorose Pfandleiherin und Kupplerin. Komödie und Komik sind hier noch im Sinne des Schauspiels allgemein zu verstehen.

so schwieriges Unterfangen, dass er daran seit beinah drei Jahren arbeitet, ohne es abschließen zu können. *Les Méchancetés d'un saint – Die Gemeinheiten eines Heiligen* und *Madame de la Chanterie – Die Baronin de La Chanterie*[3] sind zwei Ausschnitte aus diesem Werk, ungeheuer in seinen Tugenden, in dem ein jeder die entsetzlichen Elendsschicksale zählen kann, auf denen die Pariser Zivilisation ruht.

Als er die SZENEN DES PARISER LEBENS mit der *Geschichte der Dreizehn* begann, nahm sich der Autor vor, sie in demselben Gedanken abzuschließen, dem der Gemeinschaft, die zum Nutzen der Wohltätigkeit geschlossen wird, wie die andere zum Vergnügen.

Man kann kaum dogmatisch in den Korpus der Gesellschaft vordringen nach der Art einer Abhandlung Dalemberts über den Geschmack[4], man muss schon auch in die Gefängnisse gehen und in die Tiefen der Justiz, geleitet von einem Verbrecher, so wie uns hier der Bankier in die Mitte der Intrigen des außergewöhnlichen Lebens der leichten Mädchen geleitet.

Dieser Roman, der aus vollkommen wahrhaftigen und sozusagen historischen Einzelheiten zusammengesetzt ist, geschöpft aus dem privaten Leben, endet an der Schwelle der Haftanstalt und im Dienstraum des Untersuchungsrichters. So muss er auch eine Fortsetzung haben. Die Welt des Justizwesens mit ihren Gestalten nimmt in Paris zu viel Raum ein, um nicht genau betrachtet zu werden.

Dementsprechend wird die große und immense Erschei-

---

3 Die *Méchancetés* erschienen in *Le Musée des Familles* im September 1842 und *Madame de La Chanterie* in derselben Zeitschrift im September 1843 und November 1844. Diese Erzählungen fanden Eingang in *L'Envers de l'histoire comtemporaine – Die Kehrseite der Geschichte unserer Zeit*.

4 d'Alembert und Diderot schrieben darüber in der *Encyclopédie*, 1750

nung der Stadt Paris des 19. Jahrhunderts bald abgeschlossen sein, hoffen wir; nicht eine dieser Besonderheiten wird übergangen. Hier vertreten Corentin, Peyrade und Contenson das Spitzelwesen mit seinen drei Gesichtern, wie Vautrin ganz allein alles an Verderbtheit und Verbrechertum repräsentiert.

Zahlreiche Leute wollten dem Autor die Figur des Vautrin zum Vorwurf machen. Dabei ist ein Mann des Verbrechens nicht überflüssig in einem Werk, dessen Absicht es ist, eine Gesellschaft abzulichten, in der es davon fünfzigtausend gibt (Ferragus in der *Geschichte der Dreizehn* ist ein Zufall), deren fortgesetzt bedrohliche Existenz früher oder später die Aufmerksamkeit des Gesetzgebers auf sich ziehen wird. Einige von falscher Menschenliebe beseelte Federn machen seit ungefähr zehn Jahren aus dem Sträfling ein spannendes, entschuldbares Wesen, ein Opfer der Gesellschaft; aber nach unserer Ansicht sind diese Gemälde gefährlich und anti-politisch. Diese Menschen müssen so dargestellt werden, wie sie sind, Menschen, die für immer außerhalb des Gesetzes stehen. Das war der unendlich wenig verstandene Sinn des Stücks mit dem Titel *Vautrin*, dessen Hauptfigur aus seiner gesellschaftlichen Unmöglichkeit die Konsequenz zog und damit das Schauspiel des unablässigen Kampfs der Polizei und eines Diebes bot.

Vielleicht wird man dem Autor später Gerechtigkeit widerfahren lassen, wenn man erkennt, mit welcher Sorgfalt er diese so besonderen Figuren der Kurtisane, des Verbrechers und ihres Anhangs in Szene gesetzt hat, mit welcher Geduld er sich daran gemacht hat, das Theatralische darin zu finden, mit welcher Liebe zur Wahrheit er die schönen Seiten dieser Charaktere herausgearbeitet hat, wie er sie mit einer allgemeinen Studie des menschlichen Herzens verbunden hat. Sicherlich ist Baron de Nucingen der moderne Géronte, Molières verspotteter, getäuschter, geschlagener, zufriedener und geschmähter Greis im modernen Kostüm mit heutigen Mitteln[5]. Dies Buch zeigt also eines der tausend Gesichter von Paris, und in der MENSCHLICHEN KOMÖDIE kommt es nach der *Prinzessin von Cadignan*, den *Fantaisies de Claudine*[6] und *Das Haus Nucingen*; vielleicht begegnet man Esther in voller Größe im Umfeld der eleganten und kalten Verderbtheit der Prinzessin und den Ungeheuerlichkeiten des hohen Bankwesens. Kein Leser kann dem Autor, wenn er sich nicht wenigstens der Absicht und der Mittel des Autors bewusst ist, der letztlich die Untersuchung und Kritik der Gesellschaft in all ihren Teilen unternimmt, den Mut absprechen, dass er den Fragen auf den Grund gegangen ist und sie unter allen Aspekten betrachtet hat: Darin besteht seiner Meinung nach die Philosophie eines Werks; was das abschließende Urteil betrifft, die Moral, den Sinn, so wird das nicht auf sich warten lassen.

Schriebe der Autor für den Tag, machte er die schlechteste Rechnung, und sein Tuch wäre schlechter als der Saum; wollte er nämlich den sofortigen einträglichen Erfolg, müsste er bloß den Ideen des Moments genügen und ihnen schmeicheln, wie es ein paar andere Schriftsteller getan haben. Er kennt besser als seine Kritiker die Bedingungen, zu denen man in Frankreich Haltbarkeit für ein Werk erlangt; es muss darin Wahrheit sein, Vernunft und eine Philosophie, die mit den ewigen Prinzipien einer Gesellschaft übereinstimmen. Doch diese Bedingungen können nicht in jedem Detail erfüllt werden, sie müssen für das Ganze erfüllt sein, und bis dahin haben die oberflächlichen Leute das Recht, schlecht zu reden; man muss schon auch dem modernen Gott, der Mehrheit, etwas zugestehen, diesem Koloss auf tönernen Füßen,

---

5 getäuschter Familienvater in Molières *Arzt wider Willen*
6 *Un prince de la bohème* – Ein Fürst der Bohème

dessen Haupt ziemlich hart ist, ohne aus Gold zu sein, da es bloß ein Amalgam ist.

Widmung[7]
Seiner Hoheit dem Fürsten Alfonso Serafino di Porcia

Lassen Sie mich Ihren Namen an die Spitze eines wesentlich pariserischen Werkes stellen, das ich in den letzten Tagen bei Ihnen entworfen habe. Ist es nicht selbstverständlich, dass ich Ihnen die rhetorischen Blüten schenke, die in Ihrem Garten gediehen sind, bewässert vom Bedauern, das mich das Heimweh kennenlernen ließ, und das Sie gelindert haben, wenn ich unter den *boschetti* umherirrte, deren Ulmen mich an die Champs-Élysées erinnerten? Vielleicht habe ich damit das Vergehen wiedergutgemacht, im Angesicht des *Duomo* von Paris geträumt zu haben, mich auf den so sauberen und eleganten Fliesen der Porta Renza nach unseren so schmutzigen Straßen gesehnt zu haben. Sollte ich Bücher zu veröffentlichen haben, die ich Mailänderinnen widmen könnte, werde ich das Glück haben, unter denen, die wir lieben, solchen Namen zu begegnen, die Ihre alten italienischen Erzähler bereits wertschätzen, und in deren Gedenken ich Sie bitte, sich zu erinnern an Ihren Ihnen zutiefst geneigten de Balzac
Juli 1838

7 Diese Widmung leitete die Ausgabe der *Torpille* von 1838 ein. Balzac hat sie für den Anfang von *Esther ou les Amours d'un vieux banquier – Esther oder die Lieben eines alten Bankiers* in Le Parisien 1843 beibehalten. Balzac hatte *La Torpille* im Frühjahr 1838 als Gast des Fürsten de Porcia entworfen. »Dass diese Widmung in der Ausgabe des Verlegers Furne zu Beginn von *Splendeurs et Misères des Courtisanes* steht, soll nicht über ihren ersten Zweck hinwegtäuschen«, schreibt der Herausgeber A. Adam, »denn der Prince de Porcia war eine interessante Figur, wie ihn Arrigon in *Balzac et la Contessa*, S. 151 ff. schildert.«

Entwurf der ersten Zeilen von
Die letzte Verkörperung Vautrins

Dritter Teil
Letzte Verkörperung Vautrins[8]

Jacques Collin, der im Straflager als der Todtäuscher bezeichnet wurde, der der bürgerlichen Welt, wo er sich ein paar Jahre lang unter dem Namen Vautrin versteckt hatte, bekannt ist und der seit sieben Jahren ein würdiges Leben führte als spanischer Priester, Carlos Herrera, Kanonikus von Toledo und inoffizieller Diplomat, kannte sämtliche Pariser Haftanstalten zu gut, um sich nicht im Gefängnis La Force sehr gut zurechtzufinden, als er es betrat. Er war im Lauf des Tages überstellt worden und hatte, wobei er eine priesterliche Unschuld, ein gutmütiges Erstaunen vorspielte, gebeten, dass er in die Pistole komme.

Szenen des Pariser Lebens[9]
Menschliche Komödie

Wenn auch jeder einzelne Roman Balzacs, dieses nach dem Urteil der Franzosen selbst, geistreichsten Schriftstellers des heutigen Frankreichs, als ein abgeschlossenes Ganzes dasteht, bilden doch alle zusammen einen großen Zyklus, dessen ein-

---

[8] Dies Fragment gehört zu einem Brief Balzacs an Gräfin Hanska vom 13. bis 16. Dezember 1845. Es endet auf der Mitte der Seite, der Zeile und sogar des Wortes (»pist«, gemeint ist *Pistole*). Im Post scriptum, das den Rest des Blatts einnimmt, schreibt Balzac: »Sie sehen dies Blatt! Ich habe fünfundzwanzig davon angefangen, bevor ich einen Anfang fand, der mir gefallen hat.«
[9] Deutsches *Vorwort des Übersetzers* von 1845, S.3 f.

zelne Abschnitte durch zarte Fäden miteinander verbunden sind.

Auch *Esther*, dieser dem Pariser Leben entlehnte Roman, in dem Balzac bei der Schilderung wilder Leidenschaften, grausamer Schattenseiten des Lebens, abermals zeigt, dass er stets größer bleibt als sein Nachahmer Sue, weil er der Wahrheit treu bleibt; auch *Esther* wird den Lesern noch weit anziehender werden, wenn sie zugleich einige andere Romane von Balzac kennenlernen, die mit dem gegenwärtigen in Verbindung stehen. Das Leben und der Charakter Lousteaus, des Journalisten, wird zum Beispiel aus der *Muse des Departements*, die Entwicklungsgeschichte Rastignacs und sein Verhältnis zu Frau von Nucingen, sowie das frühere Leben Vautrins aus dem *Vater Goriot* (*Szenen aus dem Pariser Leben* Bd. 1.2) deutlich. Was Lucien de Rubempré betrifft, so muss man seine früheren Liebschaften mit Coralie und Frau von Bargeton aus den *Verlorenen Illusionen* kennenlernen. Esther tritt auch in dem Roman *Die Torpille* auf. Was Peyrade und Corentin betrifft, so lese man die Romane *Eine dunkle Affäre* und *Die Chouans*. Fräulein des Touches ist den Lesern des Romans *Beatrix* in frischem Andenken.

Wir könnten diese Nachweisungen der Beziehungen, in denen Esther zu anderen Balzacschen Romanen steht, noch bedeutend vermehren. Aber das Obige reicht für die Leser aus, welche erst aus dem gegenwärtigen Roman Balzac kennenlernen. Diejenigen, welche schon mehr von unserem Schriftsteller gelesen haben, bedürfen unserer Winke nicht, sondern wissen, dass man von Balzac alles lesen muss, und umso mehr zu ihm sich hingezogen fühlt, je mehr man von ihm liest – ein Vorzug, den nur wenige Schriftsteller haben.

Verzeichnis der Figuren

Asie siehe Jaqueline Collin
Bargeton, Louise siehe Châtelet
Bauvan, Octave de, *1787, heiratet 1813 seine Kindheitsfreundin Honorine, die ein paar Jahre später mit einem Liebhaber durchbrennt (*Honorine*, Erzählung, 1845).
Anfang 1830 Präsident des Kassations- oder Berufungsgerichts. Gemeinsam mit den Grafen Granville und Sérisy will er die Ehre Lucien de Rubemprés retten, weil Damen der Oberschicht in ihn verknallt waren und um ihren Ruf fürchten.
Godefroid de *Beaudenord*, zunächst sehr wohlhabender Dandy, verpulvert sein Vermögen, hat den letzten Rest bei Baron Nucingen platziert, der ihn aber per Liquidation vollends pleitegehen lässt. Ehelicht die Tochter des Bankiers Aldrigger und kommt später zu einer Stelle im Finanzministerium. Lucien übernimmt von ihm die Wohnung am Quai Malaquais. (*La Maison Nucingen*, Erzählung 1838, dt. *Das Haus Nucingen*, *Illusions perdues*, 1837–43, dt. *Verlorene Illusionen*, *Le cabinet des antiques*, 1839, dt. *Das Antiquitätenkabinett*)
Bianchon, Horace, gilt als einer der größten Ärzte seiner Zeit. Wohnte zu derselben Zeit wie Rastignac und Vautrin/Jacques Collin in der Pension Vauquer (*Le Père Goriot*, Roman 1834/35, dt. *Vater Goriot*). Beim Entmündigungsprozess der d'Espards macht er eine Aussage (*L'Interdiction*, Erzählung 1836, dt. *Die Entmündigung*).
Bibi-Lupin, ehemaliger Sträfling, Chef der Sicherheitspolizei, verhaftet Vautrin/Jacques Collin in der Pension Vauquer (*Le Père Goriot*, Roman 1834/35, dt. *Vater Goriot*). Gegner und dann Konkurrent von Vautrin/Jacques Collin. »Bibi-Lupin, ehemaliger Häftling und Gefängnisgenosse Jacques Collins, war sein persönlicher Feind. Diese Feindschaft hatte ihren Ursprung in Streitereien, bei denen Jacques Collin immer die Oberhand gewann.«
Camusot de Marville, wird aber nur Camusot genannt, Untersuchungsrichter, Sohn des Seidenhändlers Camusot, dem seine Geliebte, Coralie, von Lucien de Rubempré ausgespannt wurde (*Illusions perdues*, 1837–43, dt. *Verlorene Illusionen*). Ist dank seiner Unterwürfigkeit und seiner ehrgeizigen Frau aufgestiegen und will noch weiter rauf. Im Entmündigungsprozess, den Madame d'Espard gegen ihren Mann

anstrengt, löst er den Untersuchungsrichter Popinot ab (*L'Interdiction*, Erzählung 1836, dt. *Die Entmündigung*). Ermittelt im Mai 1830 gegen Lucien de Rubempré, der fälschlich des Mordes an Esther Gobseck verdächtigt wird. Macht später noch Karriere (*Le Cousin Pons*, 1847, dt. *Vetter Pons*).

Cérizet, ehemals Drucker, der seinen Chef, Lucien de Rubemprés Schwager David Séchard an die erpresserischen Brüder Contet verrät und damit in den Ruin treibt (*Illusions perdues*, 1837–43, dt. *Verlorene Illusionen*). Dann Kumpane und Strohmann des Betrügers Georges d'Estourny, wird von Jacques Collin mit falschen Wechseln erpresst. Macht sich zum Verfasser liberaler, oppositioneller Zeitungsartikel, für die er ins Gefängnis muss, was ihm als Methode ausgelegt wird, bekannt zu werden (*Un homme d'affaires*, 1844, dt. *Ein Geschäftsmann*).

Ève *Chardon*, Schwester von Lucien, Ehefrau von David Séchard.

Lucien *Chardon*, siehe de Rubempré.

Châtelet, Baronin Marie-Louise-Anaïs, mit Mädchennamen Nègrepelisse, heiratet 1803 Monsieur de Bargeton und lebt in Angoulème. Heiratet 1822 Sixte du Châtelet. Als Madame de Bargeton brannte sie mit Lucien de Rubempré durch und zog nach Paris (*Illusions perdues*, 1837–43, dt. *Verlorene Illusionen*). Weil Lucien inzwischen berühmt ist, will sie als Madame du Châtelet wieder mit ihm anknüpfen.

Sixte Graf *Châtelet*, in *Verlorene Illusionen* ist er Präfekt der Charente, steigt dann auf zum Grafentitel und wird Abgeordneter. Sein Abstimmungsverhalten und sein später Aufstieg in der Adelshierarchie sind Hintergrund des Gepläntels zu Beginn dieses Romans.

Jacques *Collin*, geboren 1779, besuchte ein Collège der Oratorianer. Collin verachtet Frauen und hat große Zuneigung zu schönen jungen Männern. Begann seine Verbrecherkarriere, weil er für einen Freund die Schuld an einer Fälschung auf sich nahm. Nach fünf Jahren Haft bricht er aus und findet mit dem Namen Vautrin Unterschlupf in der Pension Vauquer in Paris. Hier versucht er bereits, Eugène de Rastignac unter seine Herrschaft zu bringen. Er wird an die Polizei verraten und wieder inhaftiert (*Le Père Goriot*, Roman 1834/35, dt. *Vater Goriot*). 1823 bricht er wieder aus dem Strafarbeitslager aus, bringt den Abbé Carlos Herrera um und nimmt dessen Aussehen, seinen Namen und dessen politische Mission in Frankreich im Namen des spanischen Königs an. Auf dem Weg nach Paris begegnet er Lucien de Rubempré im Moment, da dieser sich umbringen will. Sie schließen einen Pakt (*Illusions perdues*, 1837–43, dt. *Verlorene Illusionen*). Nach Luciens Tod wendet er sich mit derselben Herrschlust einem anderen schönen jungen Man zu, Theodore Calvi, seinem früheren Mithäftling, und bewahrt ihn mit aufwendigem Geschwindel vor der Todesstrafe. Gleichzeitig wechselt er die Seite vom Verbrechen zur Polizei.

Jaqueline *Collin*, Collins Tante, geboren 1774 auf Java, wird als Köchin Esthers Asie genannt, tritt sonst noch auf als Madame de Saint-Estève und als Madame Nourisson. Ihre toxikologischen Kenntnisse hat sie von ihrem Mann, einem Chemiker und Falschmünzer. Tritt auch in *Les Comédiens sans le savoir* (Erzählung 1845, dt. *Die unfreiwilligen Komödianten*) und in *La Cousine Bette* (1846, dt. *Kusine Lisbeth*) auf.

Contenson, Polizeispitzel, heißt Bernard-Polydor-Bryon, Baron des Tours-Minières, beteiligte sich an royalistischen Verschwörungen, liefert, gegen Geld, sogar seine Frau an die Polizei aus (*L'Envers de l'histoire contemporaine*, 1842, dt. *Kehrseite der Zeitgeschichte*). Peyrade nennt ihn einen Philosophen, Nucingen lässt ihn Esther überwachen. Als er Jaques Collin festnehmen will, stößt der ihn von einem Dach.

Corentin, möglicherweise unehelicher Sohn Fouchés, auf jeden Fall sein Lieblingsschüler, bekämpfte die Royalisten in (*Le dernier Chouan ou la Bretagne en 1800*, Roman 1829, dt. *Der letzte Chouan oder Die Bretagne im Jahr 1800*, auch: *Die Königstreuen*), wobei er seine Hinterhältigkeit unter Beweis stellt. Weil er in seiner Eitelkeit gekränkt ist, zerstört er das Leben des Fräulein de Cinq-Cygne (*Une Affaire ténébreuse*, 1841, dt. *Eine dunkle Affäre*). Er kommt Jacques Collin auf die Schliche und zerstört Lucien de Rubemprés Heiratspläne. Unter einem falschen Namen bezieht er mit Peyrades Tochter eine Wohnung, die er wieder zu Verstand kommen lässt und dann mit Peyrades Neffen verheiratet (*Les Petits bourgeois*, Erzählung, 1856, dt. *Die Kleinbürger*).

Derville, Notarsschreiber (*Une Affaire ténébreuse*, 1841, dt. *Eine dunkle Affäre*), dann Anwalt mithilfe seines ersten Mandanten, des Wucherers Gobseck (*Gobseck*, Erzählung 1830, dt. *Gobseck*), Anwalt des Oberst Chabert (*Le Colonel Chabert*, Erzählung 1832, dt. *Oberst Chabert*) und von Madame de Nucingen (*Le Père Goriot*, Roman 1834/35, dt. *Vater Goriot*), wird von Herzog de Grandlieu beauftragt, gemeinsam mit Corentin Lucien de Rubemprés Geldverhältnisse zu erkunden, stellt dabei fest, dass Esther die Haupterbin Gobsecks ist, die aber vorher Selbstmord begeht.

Georges *Destourny*, lässt seinen Charakter in *Modeste Mignon* (*Modeste Mignon ou les trois amoureux*, 1844, dt. *Modeste Mignon oder Die drei*

Liebhaber) erkennen, verbündet sich mit Cérizet (*Un Homme d'affaires*, Erzählung 1844, dt. *Ein Geschäftsmann*). »Beschützte« eine Zeit lang Esther.

Jeanne-Clémentine Marquise d'*Espard*, Typ der prüden Intrigantin in den Salons der Restaurationszeit, unangenehmer Charakter in *Illusions perdues* (1837–43, dt. *Verlorene Illusionen*), *Une fille d'Ève*, (Erzählung 1839, dt. *Eine Evastochter*) und in *Beatrix* (*Béatrix ou les amours forcés*, 1839–1845, dt. *Beatrix oder Die erzwungene Liebe*). Strengt einen Entmündigungsprozess gegen ihren Mann an, weil der seinen aus einer revolutionären Plünderung gewonnenen Reichtum zurückzahlen will. Lucien de Rubempré und andere durchkreuzen ihren Plan mit ihren Aussagen (*L'Interdiction*, Erzählung 1836, dt. *Die Entmündigung*). Dass Lucien sie angeblich liebt, ist ein Stratagem von Jacques Collin, der will, dass Lucien sie als Werkzeug seiner Karriere benutzt.

Madame de Saint-*Estève* siehe Jaqueline Collin

Georges d'*Estourny* siehe Destourny

Jacques *Falleix* ist der Bruder von Martin Falleix. Dieser ist in *La Femme supérieure* ein reich gewordener Kupferschmied. Bruder Jacques ist erst später dazuerfunden und auch in *Les Employés* und in *Ferragus* nachträglich eingesetzt worden.

Esther van *Gobseck*, die »Torpille«, eine der attraktivsten Kurtisanen von Paris, hat sich in Lucien de Rubempré verliebt und arbeitet nun als Näherin, um der Reinheit ihrer Liebe gerecht zu werden. Als sie in der Oper von früheren Männer-Bekanntschaften erkannt wird, will sie sich mit Kohlenmonoxid vergiften, wird aber von Jacques Collin vor dem Tod bewahrt. Er bietet ihr eine neue Existenz an (»Kredit aus der Hölle«). Tochter von Sarah van Gobseck, der »schönen Holländerin«, die einen Notar finanziell ruiniert und von einem liebestollen Militär umgebracht wird (*Histoire de la grandeur et de la décadence de César Birotteau*, 1838, dt. *Geschichte der Größe und des Verfalls von César Birotteau*). Urgroßnichte des Wucherers Jean-Esther van Gobseck (*Gobseck*, Erzählung 1830, dt. *Gobseck*), der ihr sein Vermögen vermacht, wovon sie aber nichts mehr erfahren wird.

Clotilde de *Grandlieu*, liebt Lucien de Rubempré und will ihn gerne heiraten. Er will sie, oder soll sie nach dem Willen Jacques Collins heiraten, weil er durch ihren gesellschaftlichen Stand aufsteigen und mächtig werden kann, obwohl sie ein unattraktives »Brett« ist. Sie hält Luciens Ansehen in Ehren (*Béatrix ou les amours forcés*, 1839–1845, dt. *Beatrix oder Die erzwungene Liebe*).

Ferdinand Herzog de *Grandlieu*, behält unter Kaiser und Restauration sein Vermögen und seine hohe Position in der Gesellschaft, bürgt für die Freunde des Fräulein de Cinq-Cygne (*Une Affaire ténébreuse*, 1841, dt. *Eine dunkle Affäre*), die aufgrund einer Intrige Corentins in Verdacht geraten und teilweise umkommen. Lehnt Lucien de Rubempré als Ehemann seiner Tochter Clotilde ab und lässt dessen Vermögensverhältnisse durch Derville und Corentin ausforschen. Seine Frau, geborene d'Ajuda, die »fromme Portugiesin«, hätte Lucien gerne aufgenommen und ist enttäuscht.

Graf de *Granville*, Generalstaatsanwalt, verteidigt den unschuldigen Michu in *Une Affaire ténébreuse* (1841, dt. *Eine dunkle Affäre*), Protégé des historischen Regierungschefs unter Napoleon, Régis de Cambacérès. Seine Frau stirbt jung (*Une fille d'Ève*, Erzählung 1839, dt. *Eine Evastochter*), seine Geliebte brennt mit einem anderen durch (*Une double famille*, Erzählung 1830, dt. *Eine doppelte Familie*). Er rehabilitiert César Birotteau (*Histoire de la grandeur et de la décadence de César Birotteau*, 1838, dt. *Geschichte der Größe und des Verfalls von César Birotteau*) und wird schließlich Pair von Frankreich (*Le Cousin Pons*, 1847, dt *Vetter Pons*).

Carlos *Herrera* siehe Jacques Collin

François *Keller*, reicher Bankier, heiratet eine Tochter Gondreville (*Une Affaire ténébreuse*, 1841, dt. *Eine dunkle Affäre*), wird Abgeordneter, lässt Birotteau pleitegehen und besorgt die Liquidation des bankrotten Grandet (*Eugénie Grandet*, 1834, dt. *Eugénie Grandet*).

Clément Chardin des *Lupeaulx*, ehrgeiziger Politiker, vorübergehend Geliebter von Esther, als sie noch als »Ratte« gilt. Wird Generalsekretär im Finanzministerium (*La femme supérieure* (*Les Employés*), 1837, dt. Die überlegene Frau).

Henri de *Marsay* wird in *La fille aux yeux d'or* (Erzählung 1835, dt. *Das Mädchen mit den Goldaugen*) als durch einen Priester verdorbener, zynischer Beau vorgestellt. Spielt sonst keine Hauptrolle, ist aber Geliebter weiblicher Hauptfiguren: Delphine de Nucingen in *Le Père Goriot* (1834/35, dt. *Vater Goriot*), Diane de Maufrigneuse in *Les secrets de la princesse de Cadignan*, Erzählung 1839, dt. *Die Geheimnisse der Fürstin von Cadignan*) und kauft in *Illusions perdues* (1837–43, dt. *Verlorene Illusionen*) Coralie, Lucien de Rubemprés spätere Geliebte, deren Mutter ab. Besucht legitimistische Salons, obwohl er in der Julimonarchie Premierminister wird.

Diane d'Uxelles, Herzogin de *Maufrigneuse*, spätere Fürstin de Cadignan. Ihre Mutter war die Geliebte ihres ersten Ehemannes, der ihr völlige Freiheit lässt, die sie weidlich nutzt. Schon in *Le cabinet des antiques* (1839, dt. *Das Antiquitätenkabinett*) rettet sie einen Liebhaber vor der Justiz, auch Lucien möchte sie davor bewahren. Verbindet sich mit dem Schriftsteller Daniel d'Arthez, einem frühen Freund Lucien de Rubemprés in Paris, dem sie als verleumdete Unschuld entgegentritt (*Les secrets de la princesse de Cadignan*, Erzählung 1839, dt. *Die Geheimnisse der Fürstin von Cadignan*).

Madame *Meynardie*, Esthers Zuhälterin/Puffmutter.

Madame *Nourisson*, ehemalige Dienerin eines Fürsten, verleiht ihre Identität gelegentlich an Jaqueline Collin.

Frédéric Baron de *Nucingen*, stammt aus dem Elsass, wo bis zur Revolution ein Ansiedlungsgebiet für französische Juden bestand (neben Bordeaux). Bankier und »Börsenluchs«, nach einem zu Balzacs Zeit modischen Begriff. Machte sein Geld mit einer Wette auf die Niederlage bei Waterloo (das ist Rothschild nachempfunden) und durch drei fingierte Bankrotte, bei denen Anleger um ihr Geld gebracht wurden (*La Maison Nucingen*, Erzählung 1838, dt. *Das Haus Nucingen*), heiratet Delphine Goriot, Tochter des Nudelfabrikanten (*Le Père Goriot*, 1834/35, dt. *Vater Goriot*), wird am Ende Pair de France (*Les Comédiens sans le savoir*, Erzählung 1845, dt. *Die unfreiwilligen Komödianten*).

Delphine Goriot, Gattin des Börsenluchses de *Nucingen*, Geliebte von Rastignac und Marsay (*Le Père Goriot*, 1834/35, dt. *Vater Goriot*, *La Maison Nucingen*, Erzählung 1838, dt. *Das Haus Nucingen*).

Peyrade, Polizist, hat sich unter Corentin bewährt, verwickelt mit diesem Fräulein de Cinq-Cygne in eine fingierte Entführung (*Une Affaire ténébreuse*, 1841, dt. *Eine dunkle Affäre*). Fällt unter Charles X. in Ungnade, kann erst im Dienst des Baron de Nucingen wieder tätig werden. Spekuliert auf den Erfolg einer Erpressung, um seiner Tochter Lydie eine Mitgift zu verschaffen.

Madame *Poiret*, vorher Mademoiselle Michonneau, war Pensionsgast bei Madame Vauquer, betreibt ein Hôtel Garni (*Le Père Goriot*, 1834/35, dt. *Vater Goriot*, und *Les Petits bourgeois*, Erzählung, 1856, dt. *Die Kleinbürger*).

Savinien Vicomte de *Portenduère*, zog während der Restauration von Nemours nach Paris, verliebte sich u. a. glücklos in Leontine de Sérisy, gehört dem Freundeskreis der Dandys um Marsay, Rastignac, Rubempré an, verschuldet sich und landet im Schuldgefängnis, wird ausgelöst und macht Karriere in der Marine. (*Ball von Sceaux*, *Ursule Mirouet*, *Béatrix*).

Eugène de *Rastignac*, wird durch Nucingen reich (*La Maison Nucingen*, Erzählung 1838, dt. *Das Haus Nucingen*), lässt sich von Collin nicht verleiten (*Le Père Goriot*, 1834/35, dt. *Vater Goriot*), wird schließlich Minister und Pair de France (*Les Comédiens sans le savoir*, Erzählung

1845, dt. *Die unfreiwilligen Komödianten*). Tritt außerdem auf in *Illusions perdues* (1837–43, dt. *Verlorene Illusionen*).

Lucien Chardon de *Rubempré*, Apothekersohn aus Angoulême, wird Dichter, brennt mit Louise de Bargeton (Châtelet) nach Paris durch. Weil er so schön ist, lieben ihn die Frauen, weil er es gerne schön hat, verschuldet er sich bis hin zu auf seinen Schwager und seine geliebte Schwester gezogenen gefälschten Wechseln, will sich umbringen, wird aber von Jaques Collin überredet, es mit ihm noch einmal zu versuchen.

Wilhelm *Schmucke*, Musiklehrer von Angélique Granville (*Une fille d'Ève*, Erzählung 1839, dt. *Eine Evastochter*), Ursule Mirouet (*Ursule Mirouët*, 1841, dt. *Ursule Mirouet*) und von Lydie Peyrade. Der Musiker Pons vererbt ihm sein Vermögen, das ihm aber dessen Verwandte abluchsen (*Le Cousin Pons*, 1847, dt *Vetter Pons*).

David *Sechard*, Kindheitsfreund Lucien de Rubemprés, Sohn eines Druckers, der ihn finanziell aushungert. Dann selbst Drucker in Angoulême, wo er eine bürgerliche Existenz mit Luciens Schwester Ève aufbaut. Sein Patent zur Herstellung von Papier haben ihm die Brüder Cointet abgeluchst (*Illusions perdues*, 1837–43, dt. *Verlorene Illusionen*).

Hugret Graf de *Sérisy*, dient unter Napoleon, dann in der Restauration, wird Pair de France und bekleidet einige Staatsämter. Seine Frau, geborene Clara-Léontine de Ronquerolles, Gräfin de Sérisy, lehnt es ab, mit ihm zu leben (*Un début dans la vie*, Erzählung 1844, dt. *Ein Lebensbeginn*) und dreht durch, als sie erfährt und dann sieht, dass Lucien de Rubempré sich erhängt hat.

Ferdinand du *Tillet* gilt als einer der habgierigsten und härtesten Bankiers, schwört César Birotteau Rache, als der ihm seinen Diebstahl verzeiht, und ruiniert ihn (*Histoire de la grandeur et de la décadence de César Birotteau*, 1838, dt. *Geschichte der Größe und des Verfalls von César Birotteau*), spekuliert mit Grundstücken und macht seine Frau, Marie Eugénie de Granville, die zweite Tochter des Staatsanwalts, unglücklich (*Une fille d'Ève*, Erzählung 1839, dt. *Eine Evastochter*).

Suzanne du *Val-Noble*, Figur auch anderer Romane Balzacs, geboren 1799 in Alençon, erscheint erstmalig als Wäscherin im Roman *La Vielle Fille* (1836, dt. *Die alte Jungfer*). Betritt in Paris die Welt der Galanterie (*Illusions perdues*, 1837–43, dt. *Verlorene Illusionen*), wird Geliebte von Jacques Falleix, den Nucingen zugrunde gehen lässt, und dann von Peyrade, der sich als Engländer verkleidet hat, heiratet zuletzt Théodore Gaillard, der schon länger ihr Geliebter ist.

Vautrin siehe Jacques Collin

Verzeichnis historischer Persönlichkeiten

Die Erwartungen Balzacs an das Wissen seiner Leser sind für heutige Leser unerfüllbar, darum außer den Fußnoten ein Namenverzeichnis, um Wiederholungen zu vermeiden.

Joseph *Albert*, Mai 1775–Juni 1776, Polizeipräfekt von Paris.
Marschallin d'*Ancre* siehe Leonora Dori Galigaï
Robert d'*Arbissel*, Wandermönch des 11. Jahrhunderts, der mit einem überwiegend aus Frauen bestehenden Gefolge durch die Lande zog, gründete 1101 unter dem Schutz des Herzogs Gautier I. de Montsoreau die Abtei von Fontevrault oder Fontevraud. D'Arbissel war ein berühmter Prediger der Keuschheit, der seine eigenen Keuschheitssiege verzeichnete, indem er in den Betten der Nonnen schlief und sich dann seiner Triumphe über den Dämon rühmte. Bis zum Ende des 100-jährigen Kriegs (1450) eine funktionierende, von Äbtissinnen geführte Abtei, dann verlassen, bis sich 1491 Frauen des Hauses Bourbon ihrer annahmen.
Ludovico *Ariosto*, 1474–1533, italienischer Humanist. Das Versepos *Orlando furioso – Der rasende Roland* ist einer der bedeutenden Texte der italienischen Literatur. Darin sind Angelica, die asiatische Prinzessin am Hof Karls des Großen, und der sarazenische Ritter Medoro ein unsterbliches Liebespaar aus verfeindeten Lagern. Roland, der Angelica liebt, rast vor Eifersucht, als er das herausbekommt.
Aristoteles, 384–322 v. Chr., Universalgelehrter.
Äsop, vermutlich 6. Jahrhundert v. Chr., antiker griechischer Dichter von Fabeln; vgl. La Fontaine
Aspasia von Milet gründete in Athen einen philosophischen Salon. Sokrates, Sophokles, Euripides etc. sollen bei ihr verkehrt haben, der Komödiendichter Aristophanes stellte sie als Hetäre dar.
Nicolas *Beaujon*, 1718–1786, reicher Finanzier und Wohltäter, 1773 Käufer des Élysée-Palastes, gründete ein Hospiz für arme Kinder.
Jacques de *Beaune*, Baron de Semblançay, 1445–1527, Finanzpolitiker in Diensten der französischen Könige, wurde unter François I. von der Königin-Mutter Louise von Savoyen abgesetzt, nachdem er offenbart hatte, ihr den Sold des Heers gegeben zu haben, was zu einer Niederlage führte.

Nicolas-François de *Bellart*, 1761–1826, Anwalt, Günstling Napoleons und Generalstaatsanwalt der Restauration.

Giovanni *Bellini*, 1437–1516, italienischer Maler. Wohl nicht gemeint ist die Jungfrau mit Kind, die im Louvre hängt.

Charles-Alphonse-Désiré-Eugène, Herzog de *Berghes* Saint-Winock, 1791–1864, französischer Militär und Politiker. Konkurrierende Schreibweise mit demselben phonetischen Effekt: Bergues.

Luis-Gabriel-Ambroise Vicomte de *Bonald*, 1754–1840, vertrat die Todesstrafe mit dem Argument, so würden Straftäter vor ihren natürlichen Richter geschickt.

André-Charles *Boulle*, 1642–1732, berühmter Gestalter von Möbeln für den französischen Hof, verband als Erster Ebenholz und Goldbronze.

Jean Anthelme *Brillat-Savarin*, 1755–1826, Jurist, der u. a. in England und New York im Exil war; zugleich Schriftsteller und Feinschmecker.

Georges-Louis Leclerc, Comte de *Buffon*, 1707–1788, berühmt als Naturforscher, wirkte auch als Mathematiker und in der Literatur. 1739 wurde er Direktor des Königlichen Botanischen Gartens (Jardin des Plantes) in Paris. Verfasste gemeinsam mit Louis Jean-Marie Daubenton eine *Allgemeine und spezielle Geschichte der Natur* (*Histoire naturelle générale et particulière*), von der bis zu seinem Tod 36 Bände erschienen.

George Gordon Noel Byron, 1788–1824, *Lord Byron*, bekanntester Dichter der englischen Romantik mit großer Ausstrahlung auf seine Zeitgenossen in Europa.

Jean-Jacques Régis de *Cambacérès*, 1753–1824, Jurist und Politiker, 1805–1814 und 1815 Regierungschef unter Napoleon.

Erzbischof von *Cambrai*. Vielleicht meint Balzac Fénelon. Erzbistum wurde Cambrai erst 1841.

Antonio *Canova*, 1757–1822, italienischer Bildhauer des Klassizismus. 1802 verbrachten die siegreichen Truppen Napoleons Hauptwerke der antiken Kunst aus den italienischen Sammlungen nach Frankreich, wo sie in den Bestand des neuen Louvre-Museums integriert wurden. Dazu gehörte auch die »Venus Medici« vom Typ der schamhaften Venus. 1803 wurde der international bewunderte Canova beauftragt, eine freie Kopie dieses verlorenen Schatzes anzufertigen.

Marie-Antoine *Carême*, 1784–1833, internationaler Starkoch mit wesentlichem Einfluss auf die klassische französische Küche.

Edme-Samuel *Castaing*, 1796–1823, französischer Arzt und Giftmörder, wurde hingerichtet. Auf seinen Fall spielt Balzac u. a. in der Verhandlung Baron de Nucingens mit Asie in Teil II an.

Charles X., 1757–1836, König von Frankreich 1824–1830, jüngerer Bruder der französischen Könige Louis XVI. und Louis XVIII. War vor der Revolution 1789 ins Exil geflüchtet, führte seit der Restauration die Ultraroyalisten. Wurde in der Julirevolution 1830 gestürzt.

Jean-Louis Anne Madelain Lefebvre de *Cheverus*, 1768–1836, Kardinal, gilt als besonders demütiger, seinen Diensten gewidmeter kirchlicher Würdenträger. Seine Biografie war ein großer Erfolg.

Étienne-François de *Choiseul*, 1719–1785, Minister unter Louis XV.

Henri Coiffier de Ruzé, Marquis de *Cinq-Mars*, 1620–1642, Günstling Ludwigs XIII., führte die erfolgreichste Verschwörung gegen Richelieu.

Pierre *Coignard*, 1774–1834, Dieb und Hochstapler, ausgebrochen aus dem Gefängnis in Brest, hatte sich in Spanien eine neue Identität als Phidalgo de Pontis, Comte de Sainte-Hélène, verliehen. Seine Laufbahn ist der von Carlos Herrera vergleichbar. Allerdings hatte er sich nicht durch ein Verbrechen an die Stelle des Comte de Sainte-Hélène gesetzt. Seine Geliebte Maria-Rosa stand in Diensten des Grafen. Als dieser kinderlos gestorben war, hatte Maria-Rosa seine Papiere an Coignard gegeben. Er setzte sich während der Hundert Tage eifrig für die Bourbonen ein, was ihm so viel Unterstützung einbrachte, dass er unter der Restauration eine bürgerliche Existenz als Oberstleutnant der 72. Legion führen und nebenher eine Verbrecherbande dirigieren konnte. Anlässlich einer militärischen Zeremonie wurde er erkannt und wieder inhaftiert.

Anthelme *Collet*, 1785–1840, war im Krieg verwundet, besorgte sich zivile Kleidung und trat unter anderem als General, Bischof und Mönch auf und beging als solcher diverse Betrügereien. Außerdem soll er sich junge Männer gefügig gemacht haben; er starb im Gefängnis von Rochefort. 1836 hat er seine *Mémoires d'un condamné ou vie de Collet* veröffentlicht, die mehrfach aufgelegt wurden, und die er an zwei Verleger gleichzeitig verkauft haben soll. Balzac soll sich daraus inspiriert haben für seine Figur des Jacques Collin, für Honoré Daumier war er das Vorbild für die Karikatur des Kapitalisten Robert Macaire.

Pierre *Corneille*, 1606–1684, neben Racine und Molière größter Dramatiker der französischen Klassik. Die Tragödie *Nicomède* wurde 1651 uraufgeführt, Titelheld war François-Joseph Talma, Schauspieler der Comédie française während Revolution und Kaiserreich.

Marie-Anne Bigot, Dame de *Cornuel*, 1614–1694, unterhielt in der zweiten Hälfte des 16. Jahrhunderts einen beliebten schöngeistigen Salon. Überliefert ist sie als eine charakteristisch schlagfertige Gestalt in den *Historiettes* von Gédéon Tallemant des Réaux, 1619–1692, kritischen Memoiren, die 1833–35 erschienen waren und die die Vorstellungen vom großen 17. Jahrhundert grundlegend veränderten.

Oliver *Cromwell*, 1599–1658, Abgeordneter in England, Anführer des Parlamentsheers gegen Charles I., dessen Hinrichtung er betrieb.

Georges Léopold Chrétien Frédéric Dagobert, Baron de *Cuvier*, 1769–1832, Zoologe und Erforscher von Fossilien, Mitbegründer der vergleichenden Anatomie.

Robert-François *Damiens*, 1715–1757, verübte ein Attentat auf Louis XV. und wurde dafür geviertelt.

Florent Carton-*Dancourt*, 1661–1725, Komödienautor und Schauspieler am Théâtre Français.

Georges Jacques *Danton*, 1759–1794, einer der Köpfe der Französischen Revolution, zeitweise Leiter des Wohlfahrtsausschusses, wurde hingerichtet, als er für eine Beendigung der Herrschaft der *Terreur* plädierte.

Jacques-Louis *David*, 1748–1825, klassizistischer französischer Historienmaler, Hofmaler, Schüler des Malers Joseph-Marie Vien, 1716–1809.

Der Salon von Marion *Delorme,* 1613–1650, war ein Zentrum der Pariser Gesellschaft, sie wurde die Titelheldin von Victor Hugos Drama von 1829.

Antoine-François *Desrues*, 1744–1777, Metzger, wollte einen Besitz erwerben und vergiftete die Verkäuferin und ihren Sohn, als es ans Bezahlen ging. Angeblich war Königin Marie-Antoinette in demselben Kerker eingesperrt wie er.

Denis *Diderot*, 1713–1784, Abbé, Philosoph der Aufklärung, zugleich unterhaltsamer Schriftsteller und Mitbegründer der *Encyclopédie*, Kunstagent für Katharina II. von Russland.

Leonora *Dori Galigaï*, 1568–1617, Ziehschwester und Hofdame von Maria de Medici, Frau des Concino Concini, der an der Ermordung Henris IV. beteiligt gewesen sein soll und sich später Marschall nannte. Als Marschallin d'Ancre dehnte sie ihre Befugnisse bis hin zur realen Herrschaft aus, bis eine Palastrevolte dem ein Ende setzte.

Marie-Jeanne Bécu, Comtesse du Barry oder *Dubarry*, 1743–1793, Mätresse von Louis XV., nicht so einflussreich wie ihre Vorgängerin Madame de Pompadour.

Charlotte Louise Valentine Rougeault de la Fosse, genannt Mademoiselle *Dupont*, war von 1810 bis 1840 an der Comédie Française und als Soubrette ein Star. Die Rolle einer Soubrette entstand im 17. Jahrhundert nach dem Vorbild der Colombina der Commedia dell'arte, als Kammerzofe, munter und verschmitzt und als Komödienfigur angelegt.

John George Lambton, 1. Earl of *Durham* (1792–1840), unternahm 1834 eine Reise nach Frankreich. Durham gehörte beim Wiener Kongress der britischen Delegation an, war zeitweise Lordsiegelbewahrer und britischer Botschafter in Russland. Als Gouverneur des heutigen Kanada verfasste er den *Durham-Report*.

François de Salignac de La Mothe-*Fénelon* (1651–1715), 1689 – 1698 Erzieher des Thronfolgers, Sohn Louis' XIV., verfasste mit seinem Erziehungsbuch *Die Abenteuer des Télémac* ein frühes Werk der Aufklärung, das bis ins 19. Jahrhundert Einfluss ausgeübt hat.

Fernando VII., 1784–1833, war 1808 für 2 Monate und 1813–1833 König von Spanien. Mit der französischen Invasion 1823 kehrte er zum absolutistischen Herrschaftssystem eines *rey neto* zurück. Nach seinem Tod brachen infolge seiner unterschiedlichen Absprachen die Carlistenkriege aus. Mit *Rey neto* wird der absolutistische spanische König im Gegensatz zum konstitutionellen Monarchen bezeichnet.

Jacques Nompar de Caumont, 1558 – 1652, Schlossherr von »La Force« an der Dordogne. Seigneur, Marquis, 1. Herzog de *La Force*, Pair von Frankreich, nachdem er dem Massaker der Bartholomäus-Nacht knapp entkommen war. Sein Haus in Paris wurde später zum Gefängnis umfunktioniert und diente als solches unter dem Namen »Prison de la Force« von 1780 bis 1845.

Joseph *Fouché*, Herzog d'Otrante, 1759–1820, zunächst Politiker zur Zeit der Französischen Revolution, der mit Grausamkeit gegen Revolutionsgegner vorging (der »Schlächter von Lyon«). Berühmt geworden als Polizeiminister in Kaiserreich und Restauration, durch sein umfassendes Spitzelsystem, als Opportunist der Macht, der jeweils aus seinem Amt wieder entfernt wurde, weil man ihm nicht vertraute.

Antoine Quentin *Fouquier-Tinville*, 1746–1795, öffentlicher Ankläger der Revolutionstribunale, brachte viele aufs Schafott und starb dort selber.

Charles *Fourier*, 1772–1837, französischer Gesellschaftstheoretiker, Vertreter des Frühsozialismus, wollte ein anderes wirtschaftliches System.

Frontin ist ein öfters verwendeter Name für Dienerfiguren in Komödien; vgl Lesage.

Der Verlagsbuchhändler Charles *Furne* (1794–1859) ist durch seine Ausgabe der MENSCHLICHEN KOMÖDIE bekannt geblieben. Er hat sein Unternehmen vor allem für diese Ausgabe gegründet. Die Bezeichnung »Furne corrigé« bezieht sich auf diese Ausgabe, weil der

Autor in seinem Exemplar noch einmal Korrekturen anbrachte. Bereits 1846 trat Furne seine Rechte an seinen Mitarbeiter Alexandre Houssiaux ab, allerdings war es dann Jules Hetzel, der Furne seine Anteile abkaufte und dem so die Fortführung des Unternehmens zu verdanken ist, obwohl Balzac gegen ihn prozessierte und Houssiaux die Ausgabe unter dem Siegel *Furne & Cie* zum Abschluss brachte.

Friedrich von *Gentz*, 1764–1832, Sekretär Metternichs, starb in den Armen der Tänzerin Fanny Elßler, 1810–1884.

Martin *Garat*, 1748–1830, war der erste Generaldirektor der Banque de France 1800 bis 1830, dessen Unterschrift die Banknoten trugen.

Théophile *Gautier*, 1811–1872, Lyriker, Erzähler, Kritiker.

Joseph-Ignace *Guillotin*, 1738–1814, Arzt und Politiker, der für Gleichheit bei der Todesstrafe eintrat: Bis zur Revolution 1789 wurden Adlige und Reiche mit dem Richtschwert geköpft, Ketzer auf dem Scheiterhaufen verbrannt, Staatsverbrecher geviertelt, Diebe gehängt und Falschmünzer bei lebendigem Leibe gekocht. 1792 wurde beschlossen, mit einem mechanischen Fallbeil alle zum Tod Verurteilten auf dieselbe Weise hinzurichten. Daher auch der Ausdruck »große Gleichmacherin«.

François-Antoine *Habeneck*, 1781 – 1849, Geiger und Dirigent am Conservatoire und an der Oper, bereitete Beethovens Weg zum Ruhm in Paris durch seine Konzerte.

Imperia, »die Göttliche«, hatte eine Reihe reicher und bedeutender Geliebter im Rom des 16. Jahrhunderts, sie saß Raffael Modell und wurde als Geschenk der Venus bezeichnet.

Decimus Iunius Iuvenalis, *Juvenal*, war ein römischer Satirendichter des 1. und 2. Jahrhunderts

Kapetinger. Hugo Capet wurde 987 König von Frankreich, der letzte der Kapetinger war Charles IV. le Bel, der Schöne (1295–1328), 1322 König.

Die Fabeln von Jean de *La Fontaine*, 1621–1695, gehören zum klassischen und Alltagsgut Frankreichs.

Die Fabel von Affe und Kater: »Bertrand und Raton – dieser war ein Kater / Jener ein Affe – waren Hausgenossen / Desselben Herrn; trotz ihrer argen Possen / War er dem Paar ein guter Pflegevater. / Sie fürchteten kein peinliches Gericht. / Fand man im Hause einen Schaden, / So brauchte den Verdacht man nicht / Unschuldigen Nachbarn aufzuladen. / Bertrands Zerstörungslust war groß, / Und Raton mochte Käse gerne leiden / Und ging auf diesen statt auf Mäuse los.«

Weiter spielt Balzac an auf die Fabel vom Frosch, die es vorher schon von Äsop gab:

»Ein Frosch sah einen Ochsen gehen.
Wie stattlich war der anzusehen!
Er, der nicht größer als ein Ei, war neidisch drauf,
Er spreizt sich, bläht mit Macht sich auf,
Um gleich zu sein dem großen Tier,
Und rief: »Ihr Brüder achtet und vergleicht!
Wie, bin ich nun so weit? Ach, sagt es mir!« –
»Nein!« – »Aber jetzt?« – »Was denkst du dir!« –
»Und jetzt?« – »Noch lange nicht erreicht!« –
Das Fröschlein hat sich furchtbar aufgeblasen,
Es platzte und verschied im grünen Rasen
Die Welt bevölkern viele solcher dummen Leute:
Jedweder Bürger möchte baun wie große Herrn,
Der kleine Fürst – er hält Gesandte heute,
Das kleinste Gräflein prunkt mit Pagen gern.«
(Lafontaine, Jean de: Fabeln. Berlin 1923, übers. v. Theodor Etzel)

Alphonse Marie Louis Prat de *Lamartine*, 1790 – 1869, Schriftsteller und Politiker, besaß mehrere Italienische Windspiele, der Lieblingshund Friedrichs des Großen war ebenfalls eins.

Jacques Jean Alexandre Bernard Law, Marquis de *Lauriston*, 1768–1828, Militär, starb in der Nacht vom 10. auf den 11. Juni 1828 bei seiner Geliebten, Amélie Legallois, am Schlagfluss. Er war sechzig, sie eine berühmte Tänzerin an der Oper. Die in den Zeitungen publizierte Meldung, der sei »in den Armen des Glaubens« gestorben, brachte der Frau den entsprechenden Spitznamen ein. In *La Rabouilleuse* und in *Deux Frères* spielt Balzac ebenfalls auf diese Anekdote an.

Antoine Marie Chamans, Graf de *Lavalette*, 1769–1830, Freund Napoleons, angeklagt, dessen Rückkehr befördert zu haben. Am Tag vor seiner Hinrichtung, am 21.12.1815, konnte Lavalette in den Kleidern seiner Frau flüchten. Man weiß, dass Louis XVIII. nichts zu tun hatte mit dem Ausbruch Lavalettes, aber es wurde von seinem Einverständnis gemunkelt.

Thomas *Lawrence*, 1769–1830, englischer Malerstar.

Der Notar *Lehon*, möglicherweise verwandt mit dem belgischen Diplomaten Charles Aimé Joseph Le Hon, war 1841 infolge eines aufsehenerregenden Betrugsprozesses verurteilt worden. Zwischen 1842 und 1843 wurden mehrere Monografien zu dem Fall publiziert.

Frédérick *Lemaître*, 1800–1876, berühmter Schauspieler der Melodramen der Boulevard-Theater. In dem Film *Die Kinder des Olymp* (1945) setzt ihm Marcel Carné ein Denkmal.

Jean *Lenoir* war Polizeipräfekt von Paris von 1774–1776 und noch mal von Juni 1776 bis August 1785.

Marie-Anne-Adélaïde *Lenormand*, 1772–1843, berühmte Wahrsagerin.

Alain-René *Lesage*, 1668–1747, Autor von Theaterstücken und des Schelmenromans *Gil Blas* (1715–35). Balzac hat verschiedentlich auf Lesage und dessen Komödie *Turcaret ou le Financier*, 1709, Bezug genommen, deren Titelheld, der Typ des gerissenen Aufsteigers, ist ein gewissenloser Steuerpächter. Sein durchtriebener Diener Frontin legt ihn herein. Turcaret ist verrückt vor Verliebtheit in eine verwitwete Baronesse, die ihn gehörig ausnimmt und mit dem Geld Turcarets u. a. ihren Liebhaber versorgt, der es verspielt.

Noch bevor das Stück überhaupt erschien, wurde es bereits bekämpft von Leuten, die sich darin wiedererkannten. Die Intrigen, Einflussnahmen und Bestechungsversuche gingen so weit, dass schließlich der Dauphin, Sohn von Louis XIV., eingriff und das Stück an seine Comédiens du Roi geben ließ, damit sie »das Stück lernen und unverzüglich spielen.« Das Stück wurde im 19. Jahrhundert verschiedentlich aufgelegt und gilt als Gesellschaftskomödie, die die Sitten jener Zeit zeichnet, und bis heute als Klassiker zum Thema Reichtum aus Börsenspekulation.

Manon *Lescaut*, Titelheldin des Romans *Histoire du Chevalier Des Grieux et de Manon Lescaut* von Antoine-François Prévost, 1731, verewigt in Opern von Massenet und Puccini und mehrfach auf die Bühne gebracht und verfilmt.

Charles-Joseph Lamoral, 7. Herzog de *Ligne*, 1735–1814, Militär, Diplomat und als Schriftsteller neben Casanova einer der wichtigen Memoirenschreiber des 18. Jahrhunderts, den u. a. Goethe, Lord Byron und Paul Valéry bewunderten.

Locusta, römische Giftmischerin des 1. Jh. n. Chr., soll unter anderem Agrippina und Nero bei der Beseitigung ihrer Konkurrenten geholfen haben.

Louis oder Ludwig IX. von Frankreich, Saint-Louis, Ludwig der Heilige (1214–1270), König von Frankreich (1226–1270), aus der Dynastie der Kapetinger. Die Zeit seiner Herrschaft gilt als »goldenes Zeitalter« Frankreichs.

Louis XVI., 1754–1793, König von Frankreich 1774–1789.

Louis XVIII., 1755–1824, König von Frankreich 1814–1824. Nach Napoleons Sturz 1814 wurde er im Zuge der Restauration König einer konstitutionellen Monarchie. Als Napoleon 1815 noch einmal an die Macht zurückkehrte, musste Ludwig wiederum fliehen.

Louis-Philippe, 1773–1850, wurde im Zuge der Julirevolution 1830 zum König (bis 1848) gekürt und wurde als »Bürgerkönig« bezeichnet.

Louis Pierre *Louvel*, 1783–1820, Sattler am französischen Hof, hasste die Bourbonen und ermordete 1820 Charles Ferdinand de Bourbon, Sohn des späteren Königs von Frankreich Charles X..

Chrétien-Guillaume de Lamoignon de *Malesherbes*, 1721–1794, Jurist, Verteidiger König Louis' XVI., wurde deswegen mit Familie hingerichtet.

Louis *Mandrin*, 1725–1755, französischer Schmuggler.

Jean-Paul *Marat* (1743–1793), Arzt, veröffentlichte während der Französischen Revolution die hetzerische Zeitung *Ami du peuple – Volksfreund*, in der er zu allen möglichen Hinrichtungen aufrief. Wurde ermordet.

Marie-Antoinette (Maria Antonia), Erzherzogin von Österreich, 1755–1793, Königin von Frankreich seit 1774, Tochter von Kaiser Franz I. und Maria-Theresia von Österreich.

Charles Robert *Maturin*, 1780–1824, irischer Geistlicher und Autor von Schauerromanen. In *Melmoth the Wanderer* (1820) schildert er die diabolische Liebe des Titelhelden zu Immalie, einem unschuldigen Mädchen, das er ins Verderben bringt.

Jules Mazarin, eigentlich *Giulio Mazarini*, Kardinal *Mazarin*, 1602–1661, von 1642 bis 1661 regierender Minister Frankreichs als Nachfolger von Kardinal Richelieu.

Medor siehe Ariosto

Franz Anton bzw. Friedrich-Anton *Mesmer*, 1734–1815, Arzt, Theoretiker des »animalischen Magnetismus«, der nach ihm Mesmerismus heißt und demgemäß Krankheiten durch magnetische Einwirkungen geheilt werden können. Medizinischer Einsatz von Magneten war zu dieser Zeit verbreitet. Mesmer erzielte seine Wirkungen zusätzlich (er meinte: vor allem) durch seine Suggestionskraft. Wurde deshalb in Wien abgelehnt, brachte es aber in Paris zu einer Art Modeerscheinung, was ihm den Ruf eines Scharlatans einbrachte. Wurde 1812 rehabilitiert. Der Doktor Bouvard in der Geschichte des Arztes Lebrun tritt auch in *Ursule Mirouet* auf, wie diese gesamte Passage zum Kapitel »Abriss über den Magnetismus« desselben Romans passt. 1841 geschrieben, spielt dieser vierte Teil von »Glanz und Elend« in der Zeit, als der Magnetismus allgemein und wissenschaftlich stark in der Diskussion war.

Valeria *Messalina*, 20–48, Frau des Römischen Kaisers Claudius, gilt als gierig, grausam und ausschweifend.

Honoré Gabriel Victor de Riqueti, Comte (1789 Marquis) de *Mirabeau*,

1749–1791, Politiker, Publizist, Teilnehmer an der Revolution 1789, Vertreter des Dritten Standes, verewigt von Heinrich von Kleist, schrieb *Lettres à Sophie* (1792).

Aimée-Zoë de *Mirbel* oder Aimée-Zoë Lizinka Rue, 1796–1849, Miniaturenmalerin. Als Untergrund für Miniaturporträts wurde statt Metall seit dem 18. Jahrhundert Elfenbein verwendet.

Jean-Baptiste Poquelin, *Molière*, 1622–1673, Schauspieler, Theaterdirektor und wichtigster Komödiendichter der französischen Klassik. *Der Menschenfeind* und *Tartuffe* gehören zu seinen berühmten Komödien. Sganarelle ist der Name einer seiner Figuren: der Diener, der sein eigenes Wesen treibt und damit die Handlung vorantreibt.

Claude-Louis-Séraphin Barizain, genannt *Monrose*, 1784–1843, spielte seit 1815 in der Comédie Française die Dienerrollen.

Thomas *Moore*, 1779–1852, irischer Dichter. Balzac bezieht sich auf das epische Gedicht *The Loves of the Angels* (1823), das unter der Restauration sehr erfolgreich war und zu zahlreichen Seraphin-Geschichten inspirierte.

Musson – ein Hochstapler und Blender mit ungeklärter oder angemaßter Identität, von denen es nach der Revolution eine ganze Reihe gegeben hat. Erwähnt wird er in den *Mémoires* von Laure-Adelaide Junot, Duchesse d'Abrantès, Hofdame bei Napoleon und Schriftstellerin.

Napoléon Bonaparte, 1769–1821, General, Diktator und Kaiser der Franzosen.

Ninon de Lenclos, 1620–1705, Kurtisane und dank Intelligenz und Bildung eine berühmte Salondame. War befreundet mit Molière und förderte den jungen Voltaire. Balzacs Anspielung auf eine »Anekdote«: Ninon hatte ebenso wie ein katholischer Würdenträger Geld zur Verwahrung bekommen. Sie gab es zurück, der Kirchenmann nicht.

Charles *Nodier*, 1780–1844, französischer Schriftsteller der Romantik, Gegner der Revolution, der wegen politischer Verfolgung aufs Land auswich, wo er u. a. Sprachstudien betrieb.

Anna von Österreich, Anne d'Autriche, 1601–1666, ab 1615 Königin und 1643–1651 als Mutter des minderjährigen Louis XIV. Regentin von Frankreich.

Otranto vgl. Fouché

Gabriel-Julien *Ouvrard*, 1770–1846, Großkaufmann, Bankier und Spekulant mit z. T. nützlichem Einfluss auf die französische Staatsökonomie. Wurde schon unter Napoleon festgesetzt, später in anderem Zusammenhang auf Ersuchen eines Gläubigers am 24. Dezember

1824 eingesperrt. Dann, angeklagt vom Königlichen Staatsanwalt, wurde er am 9. Februar 1825 in die Conciergerie überführt.

Panurgos ist ein durchtriebener, witziger Schuft; vgl. Rabelais.

Antoine Augustin *Parmentier*, 1737–1813, Pharmazeut und Agronom, riet bei der Hungersnot 1769 zum Kartoffelanbau und trug durch deren Wirksamkeit zu ihrer Verbreitung als Nahrungsmittel bei.

Casimir Pierre *Périer*, 1777–1832, von August 1830 mit einer Unterbrechung bis Mai 1831 Präsident der Abgeordnetenkammer und zugleich März 1831 bis Mai 1832 Innenminister. Unter ihm festigte sich das System des »juste milieu«, das wegen seiner Neigung zu politischen Halbheiten und zum Streben, es sich mit niemandem verderben zu wollen, kritisiert wurde. Unterdrückte jede Opposition.

Perikles, 5. Jh. v. Chr., athenischer Politiker und Heerführer, bewirkte den Ausbau der Demokratie und das Bauprogramm auf der Akropolis.

Pierre-Denis de *Peyronnet*, 1778–1854, zeitweilig Justiz- und Innenminister, musste 1830 flüchten.

Charles *Pichegru*, 1761–1804, General der Revolutionskriege und Verschwörer zwischen den Fronten von Revolution und Kaiserreich, entmachtet, deportiert, entwichen und wieder gefasst, wurde er in der Haftzelle mit seinem Halstuch erdrosselt in seinem Bett aufgefunden.

Alexis *Piron*, 1689–1773, verfasste zu Beginn des 18. Jahrhunderts eine *Ode à Priape,* in der er Sex pornografisch feiert.

Madame de *Pompadour,* Jeanne-Antoinette Poisson, Dame Le Normant d'Étiolles, Marquise de Pompadour, Duchesse de Menars, 1721–1764, war als Mätresse von König Louis XV. von ungeheurem Einfluss auf Politik und Gesellschaft des Ancien Régime.

Jemeljan Iwanowitsch *Pugatschow*, 1742–1775, Donkosak, Hochstapler und Aufrührer, der in eine Reihe literarischer Werke Eingang fand (Puschkin, Gutzkow). Anführer des nach ihm benannten Bauernaufstands, wobei er sich als Zar Peter III. ausgab, den Zarin Katharina II. hatte umbringen lassen.

François *Rabelais*, ca. 1494–1553, Humanist, katholischer Ordensbruder, Arzt und vor allem Autor des einflussreichen Romanzyklus *Gargantua und Pantagruel*, 1532–52. Panurgos, Hauptfigur seines Romans *Pantagruel*, ist ein durchtriebener, witziger Schuft.

Armand-Jean du Plessis, Erster Herzog de Richelieu, Kardinal *Richelieu*, 1585–1642, war unter König Ludwig XIII. als die bestimmende politische Figur der französischen Politik Begründer des Absolutismus.

Maximilien de *Robespierre*, 1758–1794, Rechtsanwalt, einer der Anführer der Französischen Revolution und der sogenannten Schreckensherrschaft (*La Terreur*).

Jakob Mayer *Rothschild*, 1792–1868, »Bürger aus Frankfurt«, wurde 1822 vom österreichischen Kaiser Franz I. zum Freiherren ernannt und nannte sich James de Rothschild, Begründer des französischen Zweigs der einflussreichen Bankiersfamilie, verfügte über gute politische Kontakte. Den Höhepunkt seines Einflusses erreichte er nach der Julirevolution 1830. In seinem Stadthaus in der Rue Laffitte unterhielt er mit seiner Frau Betty einen Salon, in der Nähe von Paris ließ er das Schloss Ferrières-en-Brie errichten. Rothschild war an der Ausgabe verschiedener Staatsanleihen beteiligt und investierte z. B. in den Bau der ersten französischen Eisenbahnen und war für die Planung und den Bau der Gare du Nord in Paris verantwortlich; wurde Eigentümer der französischen Nordbahn, die von Paris an die Nordsee fuhr. Was die Höhe seiner Zinsforderungen angeht, vermischen sich Legenden mit antisemitischen Vorurteilen. Baron de Nucingen ist ihm in ein paar Eigenschaften nachgestaltet, wobei Balzac seinerseits antisemitische Gedanken weiterverbreitet.

Anne-Jean-Marie-René Savary, Duc de *Rovigo*, 1774–1833, französischer General, 1810–1814 Polizeiminister.

Pierre-Paul *Royer-Collard*, 1763–1845, Philosophieprofessor und Politiker, Gegner der Revolution von 1830.

Comte de *Sainte-Hélène* siehe Coignard.

Henri-Nicolas *Sanson*, 1767–1840. Die Familie Sanson, englischen Ursprungs, übte seit 1685 das Scharfrichteramt in Paris und Versailles aus. Am 26.4.1834 traf Balzac Sanson und Vidocq bei Benjamin Appert. Balzac spielt auf Henri-Clément Sanson an, der auf seinen Vater gefolgt war, aber wegen Spielschulden die Guillotine verpfändete. Wegen dieses Geschäfts wurde er 1847 abberufen, der Justizminister bezahlte die Schulden.

Antoine Raymond Juan Gualbert Gabriel de *Sartine*, Comte d'Alby, 1729–1801, Politiker, 1759–1774 Polizeipräfekt von Paris.

Eugène *Scribe*, 1791–1861, Autor von Boulevardtheaterkomödien. Balzac spielt auf eine berühmt gewordene Replik in seinem Vaudeville-Stück *L'Ours et le pacha* – *Der Bär und der Pascha*, 1820, an, wo es darum geht, einen Gegenstand loszuwerden.

Semblançay siehe Jacques de Beaune

Semiramis, Tochter der Göttin Derketo von Askalon, sagenhaft schöne Heldin, dann Königin ganz Asiens, ließ Babylon erbauen und griff sich später ihre Liebhaber aus dem Heer, die verschwanden, wenn sie ihrer überdrüssig war; von ihr berichtet Ktesias von Knidos in *Persiká – Persische Geschichte*.

Alexandre du *Sommerard* (Dusommerard), 1779–1842, Beamter am Rechnungshof, hatte eine riesige Sammlung von Kunst und Kunsthandwerk des Mittelalters und der Renaissance zusammengetragen, heute im Musée Cluny.

Die Primaballerina Marie *Taglioni*, 1804–1884, begann ihre Karriere erst 1827, oder Balzac meinte ihren Vater, den Ballettmeister Filippo Taglioni, 1777–1871, der mit seiner Tochter ein Vermögen gemacht hat.

Jeanne Marie Ignace Thérésia Cabarrus, 1773–1835, wurde nach dem Umsturz vom 27. Juli 1794 (»9. Thermidor«) als »Madame *Tallien*« und als »Notre Dame de Thermidor« bekannt. Jean Lambert Tallien hatte sie aus dem Gefängnis befreit und geheiratet.

Marino *Torlonia*, 1795–1865, Sohn des Bankiers von Papst Pius VII. Ursprünglich eine Stoffhändlerfamilie.

Monsieur *Try*, Amtsgerichtspräsident, soll in der Rue de Tournon 14, in Balzacs Nachbarschaft gelebt haben.

Turcaret: Finanzier in der Komödie von Lesage.

Das Haus *Valois* ist eine Nebenlinie des Geschlechts der Kapetinger. Mit dem Erlöschen von deren direkter männlichen Line bestieg Philippe von Valois als Philippe VI. (1328–1350) den französischen Thron. Nach König Henri III. kam 1589 mit Henri IV. die Dynastie der Bourbonen auf den französischen Thron.

Eugène François *Vidocq* (1775–1857), Krimineller und später Kriminalist, erster Direktor der Sicherheitspolizei, diente u. a. Balzac und Victor Hugo als Vorbild für Romanfiguren. Als junger Mann ein wilder Fechter und Duellant, der den Beinamen *le vautrin* erhielt, das Wildschwein. Schon früh aktiver Dieb, der auch seine Eltern bestahl. Nach einer intensiven Verbrecher- und Gefängniskarriere sattelte er mit 34 Jahren um auf Spitzel: 1809 bot er dem Polizeipräfekten Baron Pasquier seine Dienste an – als bestens erfahren in Verbrechensdingen. Er gründete mit einer Gruppe Krimineller 1811 eine offizielle Zivilpolizei *Brigade de la Sûreté* – Sicherheitsbrigade und war damit erfolgreich. Später privat als Detektiv tätig, konnte sich dann mit dem Ruhestand nicht abfinden und zettelte eine Verschwörung an, anhand derer er sich erneut hätte beweisen können, wurde dessen aber überführt. Lernte 1822 Balzac kennen.

Aulus *Vitellius*, 12/15 – 69, kurzzeitig römischer Kaiser.

Voltaire, François-Marie Arouet, 1694–1778, einflussreicher Philosoph der Aufklärung, zugleich unterhaltsamer Schriftsteller und erfolgreicher Geschäftsmann.

Francisco Jiménez de Cisneros, zu Lebzeiten auch *Ximenes* geschrieben, 1436–1517, Großinquisitor und Erzbischof von Toledo und Beichtvater von Königin Isabella I. von Kastilien.

Zaid ibn Thabit, gestorben um 670, Weggefährte und Schreiber Mohammeds. In der Folge von Voltaires Drama *Mahomet* wurde aus seinem Namen ein Begriff für Sektierer.

Sébastien *Zamet*, 1588–1655, Klosterreformer und Betroffener im Jansenismusstreit.

Francisco de *Zurbaran*, 1598 – 1664, Maler des spanischen Barock mit Vorliebe für religiöse Bildmotive.

Zeittafel

1799 Der Koalitionskrieg von England, Österreich, Russland, Türkei, Neapel und Kirchenstaat gegen Frankeich dauert an bis 1801. Napoleon Bonaparte stürzt das Direktorium und wird 1. Konsul. Joseph Fouché wird Polizeiminister (bis 1802, dann 1804–1810).

Hölderlin: *Hyperion oder der Eremit in Griechenland*; Beethoven: 1. Symphonie

Am 20.5.1799 kommt Honoré [de] Balzac in Tours als Sohn von »Bürger« Bernard-François Balzac (1746–1829), einem Bauernsohn aus dem südfranzösischen Département Tarn, und von »Bürgerin« Anne-Charlotte-Laure Sallambier (1778–1854), einer Pariserin aus gutbürgerlicher Familie, zur Welt. Der Vater war vor der Revolution von 1789 Sekretär eines hohen Beamten, nach 1789 Sekretär und später leitender Beamter in der Verwaltung der Revolutionsarmee. Seinen ursprünglichen Namen *Balssa* hatte der Vater schon vor der Revolution französisiert zu *Balzac*, ab ca. 1803 versah er seinen Namen mit dem Zusatz »de«. Erst 1797, also mit über 50, hatte er geheiratet. Seine Frau war bei ihrer Heirat 19 Jahre alt.

Honoré wird bis in sein viertes Lebensjahr zu einer Amme in Saint-Cyr-sur-Loire gegeben.

Vor Honoré war bereits ein Kind gestorben, nach ihm kamen seine Schwestern Laure (1800–1871) und Laurence (1802–1825) zur Welt sowie 1807 ein Bruder, der angeblich nicht von Balzacs Vater war, Henri (-1858).

1800 Sieg der Franzosen bei Marengo; Gründung der Bank von Frankreich.

Novalis: *Hymnen an die Nacht*

1801 Friedensschluss zwischen Frankreich und Österreich in Lunéville. Frankreich erhält linkes Rheinufer. Ende der französischen Herrschaft in Ägypten.

Chateaubriand: *Atala*; Goya: *Die nackte Maja*

1802 Napoleon lebenslänglich Konsul.

Geburt Alexandre Dumas (Vater); Geburt Victor Hugo; Chateaubriand: *Der Geist des Christentums*; ders.: *René*; Alexander von Humboldt auf dem Chimborasso

1803 Seekriege zwischen Frankreich und England, USA kaufen Frankreich westliches Louisiana ab.
1804 Napoleon I. Kaiser
Jean Paul: *Flegeljahre*; Schiller: *Wilhelm Tell*; Oliver Evans unternimmt eine Probefahrt durch Philadelphia mit einem Straßendampfwagen
Honoré durchlebt eine freudlose Schülerkarriere. Ab 1804 als Internatsschüler in Tours in der Pension Le Guay, ab 1807 bei den Oratorianern in Vendôme (darüber schreibt er in *Louis Lambert*, Roman 1832, dt. *Louis Lambert*, 1845), ab Herbst 1814 in Paris am Lycée Charlemagne.
1805 Koalition England, Österreich, Russland gegen Frankreich, Schlacht bei Austerlitz, Napoleon siegt.
1806 Napoleon siegt bei Jena und Auerstedt. Kontinentalsperre gegen England
Arnim/Brentano: *Des Knaben Wunderhorn*; Kleist: *Der zerbrochene Krug*
1807 Hegel: *Phänomenologie des Geistes*
1808 Goethe: *Faust* I; Geburt Honoré Daumier; E.T.A. Hoffmann Musikdirektor in Bamberg; Brockhaus verlegt Konversationslexikon
1809 Napoleon siegt bei Wien; Andreas Hofer besiegt die Franzosen
1810 Germaine de Staël: *Deutschland*
1811 Gründung der Krupp-Werke in Essen
1812 Napoleons Russlandfeldzug scheitert. Er flieht nach Paris.
Byron: *Junker Harolds Pilgerfahrt*; Beethoven: 7. und 8. Symphonie; Friedrich Koenig entwickelt die Zylinder-Schnelldruckpresse
1813 deutsche Befreiungskriege gegen Napoleon. Völkerschlacht bei Leipzig.
1814 Pariser Frieden. Napoleon wird nach Elba verbannt. Louis XVIII. König von Frankreich, Talleyrand sein Außenminister. Wiener Kongress.
Ferdinand VII. von Spanien beseitigt liberale Verfassung.
Chamisso: *Peter Schlehmils wundersame Geschichte*; E.T.A. Hoffmann, *Phantasiestücke in Callots Manier*; Walter Scott: *Waverly*; Saint-Simon: *Reorganisation der europäischen Gesellschaft*; Beethoven: *Fidelio*
Balzac: Die Familie zieht nach Paris.
1815 Napoleon kehrt aus Elba zurück. Die Hundert Tage enden in der Schlacht bei Waterloo. Napoleon verbannt nach St. Helena. Fouché vorübergehend wieder Polizeiminister.

1816 Goethe: *Die italienische Reise*; E. T. A. Hoffmann: *Die Elixiere des Teufels*
Balzac beginnt ein Jurastudium und arbeitet daneben als juristische Hilfskraft.
1817 Karl von Drais erfindet die Laufmaschine.
1819 Lamartine: *Poetische Meditationen*; Scott: *Die Baut von Lammermoor*; Schopenhauer: *Die Welt als Wille und Vorstellung*; Géricault: *Das Floß der Medusa*
Balzac fasst den Entschluss, Schriftsteller zu werden, Abbruch des Studiums. Die Familie zieht nach Villeparisis, Honoré bezieht eine Mansardenwohnung in der Rue Lesdiguières (nahe der Bastille). Der Vater bezahlt ihm 2 Jahre Berufsanfang. Balzac schreibt viel, zunächst aber ohne Erfolg, z. B. das Drama *Cromwell*.
1821 Geburt Charles Baudelaire und Gustave Flaubert; Thomas de Quincy: *Bekenntnisse eines englischen Opiumessers*
1822 Byron: *Cain*; Stendhal: *Über die Liebe*
Balzac: Beginn der Beziehung mit Madame der Berny, seiner ersten, 45-jährigen Geliebten und mütterlichen Freundin. Die Eltern ziehen mit ihm in die Rue du Roi-Doré (im Marais).
Veröffentlicht Unterhaltungsliteratur unter dem Pseudonymen Lord R'Hoone und Horace de Saint-Aubin (u. a. *La Dernière Fée*, *Le Vicaire des Ardennes*).
1823 Revolution in Spanien gegen Ferdinand VII., mit französischer Hilfe niedergeschlagen.
Saint-Simon: *Katechismus für Industrielle*
1824 Charles X. König von Frankreich.
Geburt Alexandre Dumas (Sohn)
Balzac: Die Eltern ziehen wieder nach Villeparisis, Balzac zieht in die Rue de Tournon (beim Jardin du Luxembourg).
Veröffentlicht als Horace de Saint-Aubin: *Annette et le criminel* (*Argow le Pirate*), wo bereits Figuren aus *Le Vicaire des Ardennes* auftreten. Anonym: *Du droit de l'aînesse*; *Histoire impartiale des Jésuites* (*Das Erstgeburtsrecht, Objektive Geschichte der Jesuiten*); *Code de gens honnêtes* (*Wie sich Edelleute verhalten*).
1825 Puschkin: *Boris Godunow*
Balzac lernt die Herzogin d'Abrantès kennen, beginnt ein Verhältnis mit ihr und bekommt so Eindrücke von der Welt des Adels.
Seine unglücklich verheiratete Schwester Laurence stirbt mit 23 Jahren. Balzac verfasst ein »Ehehandbuch für ledige Männer«, *Physiologie du mariage*, das aber erst 1829 fertig wird.

Versucht sich als Compagnon eines Verlegers mit Neuausgaben von Molière und LaFontaine.

1826 Eichendorff: *Aus dem Leben eines Taugenichts*
Balzac kauft mit einem Darlehen von Madame de Berny und seiner Mutter eine Druckerei, die er 1827 um eine Letterngießerei erweitert.

1828 Kaspar Hauser taucht auf
Balzac muss seine Druckerei im Zug einer allgemeinen Wirtschaftskrise verkaufen und bleibt auf seinen Schulden sitzen.
Zieht in die Rue Cassini (beim Observatoire)

1829 Hugo: *Der letzte Tag eines Verurteilten*
Balzac besucht literarische Salons, beginnt seine Korrespondenz mit Zulma Carraud. Tod des Vaters.
Veröffentlicht unter seinem Namen den Roman *Le dernier Chouan ou la Bretagne en 1800*, (*Der letzte Chouan oder Die Bretagne im Jahr 1800*), der unter dem Titel *Les Chouans* der erste Band der Comédie Humaine wird. Außerdem die 1825 begonnene *Physiologie du mariage*.

1830 Julirevolution. Louis-Philippe wird »Bürgerkönig«. Frankreich erobert Algerien.
Im Oktober versucht Louis Napoleon, Neffe von Napoleon I., einen Putsch, muss ins Exil.
Stendhal: *Rot und Schwarz*
Balzac: Mitarbeit an den Zeitschriften *Revue de Paris* und *Revue des Deux Mondes* sowie an den Zeitungen *Feuilleton des journaux politiques*, *La Mode*, *La Silhouette*, *Le Voleur*, *La Caricature*.
Er unterschreibt seine Beiträge als Honoré de Balzac.
Veröffentlicht die ersten SZENEN AUS DEM PRIVATLEBEN (Scènes de la vie privée). *La Vendetta* (in deutsch auch erschienen als *Korsische Blutrache* oder *Blutrache*), eine erste Version von *Gobseck*, *Der Ball von Sceaux*, und andere.

1831 Hugo: *Der Glöckner von Notre-Dame*; Heine (in Paris): *Reisebilder*; Delacroix: *Die Freiheit führt das Volk* (Darstellung der Revolution)
Balzac führt neben seiner intensiv betriebenen schriftstellerischen Arbeit ein mondänes Leben, das seine Schulden weiter wachsen lässt.
Veröffentlicht u. a. *Das Chagrinleder* und *Das unbekannte Meisterwerk*

1832 Georges Sand: *Indiana*
Ewelina Hanska (1801–1882) tritt in Beziehung zu Balzac, eine Verehrerin des Schriftstellers, die ihre Briefe erst mal mit »Die

Fremde« unterschreibt. Es entwickelt sich eine lebenslange Korrespondenz, unterbrochen von Begegnungen. Sie lebt in der Ukraine, ihr Mann ist 20 Jahre älter als sie und reich. Als ihr Mann gestorben ist, hält sie Balzac noch eine Zeit lang hin, dann darf er sie, auf seine letzten Tage, ehelichen. Einer seiner Beweggründe ist ihr Geld, mit dem er seine Schulden begleichen könnte.

Er befreundet sich mit der Marquise de Castries, und er schließt sich der legitimistischen Bewegung an, die eine Monarchie unter den Nachfahren des Hauses Bourbon anstrebt, während der mit der Juli-Revolution an die Macht gekommen »Bürgerkönig« Louis-Philippe einer jüngeren Linie der Königsfamilie der Kapetinger, dem Haus Orléans angehört.

Veröffentlicht u. a. *Die Frau von dreißig Jahren* und *Oberst Chabert*

1833 Georges Sand: *Lelia*; Puschkin: *Eugen Onegin*; Tocqueville: *Amerikas Besserungssystem und dessen Anwendung auf Europa*; Lafayette gründet »Verein der Menschenrechte«; Aufhebung der Sklaverei im britischen Empire

Balzac: Abschluss eines Vertrags über zwölf Bände einer »Sittenstudie«, einem Vorläufer der *Comédie humaine*, mit der Verlegerin Béchet. Sie erscheinen bis 1837, zum Teil beim Verleger Werdet.

September: erste Begegnung mit Madame Hanska in Neuchâtel und an Weihnachten in Genf.

Veröffentlicht u. a. *Der Landarzt, Die Verlassene, Der berühmte Gaudissart*

1834 Balzac führt ein gesellschaftliches Leben. Im Februar in der Schweiz. Verbindet sich mit der Gräfin Guidoboni-Visconti.

Veröffentlicht u. a. *Der Stein der Weisen* und den ersten Teil von *Das Mädchen mit den Goldaugen*

1835 Théophile Gautier: *Mademoiselle de Maupin*; Büchner: *Dantons Tod*; Colt erfindet den Revolver

Balzac: Zieht insgeheim in die Rue des Batailles im Pariser Stadtteil Chaillot. Im Mai trifft er Madame Hanska und ihren Mann in Wien. Er verbringt drei Wochen mit ihr, und wird sie acht Jahre lang nicht wiedersehen. Kauft die Zeitschrift *La Chronique de Paris* von Geld, das er nicht hat, und versammelt in der Redaktion große Namen wie Victor Hugo und Théophile Gautier.

Veröffentlicht u. a. *Der Ehekontrakt, Vater Goriot, Séraphîta*

1836 Alfred de Musset: *Bekenntnis eines jungen Zeitgenossen*; Dickens: *Die Pickwicker*

Balzac: *La Chronique de Paris* erscheint mit Balzac als fast ausschließlichem Autor am 1. Januar. Im Mai Geburt von Lionel-

Richard Guidoboni-Visconti, der eventuell sein Sohn ist. Im Juni gewinnt Balzac seinen Urheberrechtsprozess gegen die *Revue de Paris*, deren Verleger seinen Roman *Die Lilie im Tal* hinter seinem Rücken weiterveräußert hatte. Im Juli muss er die Zeitschrift *La Chronique de Paris* auflösen, weil er mit Lieferungen seiner SITTENSTUDIE in Verzug ist und überdies Geld mit einer undurchsichtigen Investition seines Schwagers verliert. Nach einer Reise nach Turin erfährt er vom Tod der Madame de Berny.
Veröffentlicht u. a. *Die Lilie im Tal* und *Die Entmündigung*

1837 Büchner: *Woyzeck* (postum); Dickens: *Oliver Twist*
Balzac: Reise nach Italien, u. a. um seinen Gläubigern auszuweichen; dann versteckt in Paris wegen drohender Schuldhaft. Kauft La Maison des Jardies, bei Sévres (westlich von Paris; 14 avenue Gambetta – 92310 Sèvres) und kauft mehr Land, um damit zu spekulieren. Vermietet später eins der dortigen Häuser an Graf Guidoboni-Visconti.
Veröffentlicht u. a. Teil I von *Verlorene Illusionen* (»Die zwei Dichter«) und *César Birotteau*.

1838 Auguste Comte prägt den Wissenschaftsnamen »Soziologie«; Daguerre und Niepce entwickeln die Fotografie
Balzac: Besucht Georges Sand in Nohant. Beginnt seine Arbeit an *Glanz und Elend der Kurtisanen*. Unternimmt eine Reise nach Sardinien, wo er aus den Schlacken früherer Bergwerksaktivitäten Silber gewinnen will. Aber er hat zuvor davon erzählt, und einer seiner Zuhörer kommt ihm zuvor. Einzug in Les Jardies. Balzac tritt der Französischen Schriftstellervereinigung bei (*Société des Gens de lettres*).
Veröffentlicht u. a. *Das Haus Nucingen* und *Die Beamten* mit *La Torpille* (Teil I von *Glanz und Elend der Kurtisanen*).

1839 Stendhal: *Die Kartause von Parma*; Louis Blanc: *Organisation der Arbeit*
Balzac wird zum Präsidenten der *Société des Gens de lettres* gewählt. Setzt sich vergebens ein für Peytel, Notar und Co-Verleger des *Voleur*, der wegen Mordes an seiner Frau zum Tod verurteilt wird. Kandidat für die Académie française, doch er lässt Victor Hugo den Vortritt, der aber nicht gewählt wird.
Veröffentlicht u. a. Teil II von *Verlorene Illusionen* (»Ein großer Mann vom Land in Paris«), *Das Antikenkabinett* und *Die Geheimnisse der Fürstin von Cadignan* (*Eine Pariser Prinzessin*).

1840 Zweiter Putschversuch von Louis Napoleon, der ebenfalls scheitert.

Tocqueville: *Über die Demokratie in Amerika*; Lermontow: *Ein Held unserer Zeit*; Proudhon: *Was ist Eigentum?*

Balzac: Sein Theaterstück *Vautrin*, uraufgeführt am 14.3., wird am 16.3. verboten, weil der Hauptdarsteller angeblich Louis-Philippe nachäffe. Schreibt als einziger Autor drei Monate lang (Juli, August, September) die Zeitschrift *Revue parisienne*, wo er u. a. sein überschwengliches Lob von Stendhals *Kartause von Parma* veröffentlicht. Flüchtet vor Gläubigern, verkauft Les Jardies und bezieht ein Haus mit zwei Eingängen in Passy (Paris, 47, Rue Raynouard) unter dem Namen seiner Haushälterin (heute als Maison de Balzac ein Museum).

Veröffentlicht u. a. *Ein Fürst der Bohéme*

1841 J. F. Cooper: *Lederstrumpf*; Poe: *Mord in der Rue Morgue*;
Balzac schließt Vertrag über DIE MENSCHLICHE KOMÖDIE, verfasst das Vorwort dazu. Veröffentlicht u. a. *Der Dorfpfarrer*

1842 Eugène Scribe: *Ein Glas Wasser*; Droste-Hülshoff: *Die Judenbuche*
Balzac erfährt, dass Waclaw Hanska gestorben ist, er nimmt den Briefwechsel mit Madame Hanska wieder auf.
Veröffentlicht u. a. *Ursule Mirouet, Ein Lebensbeginn*

1843 Eugène Sue: *Die Geheimnisse von Paris*; Wagner: *Der fliegende Holländer*
Balzac sucht Madame Hanska in Sankt Petersburg auf.
Veröffentlicht u. a. *Eine dunkle Geschichte*, *Monographie de la Presse Parisienne* (*Von Edelfedern und Phrasendreschern*) und als Fortsetzungsroman Teil III von *Verlorene Illusionen* (»Die Leiden des Erfinders«). Von *Glanz und Elend der Kurtisanen* erscheinen unter dem Titel »Esther ou les Amours d'un vieux banquier«, die Teile I und II als Fortsetzungsroman in *Le Parisien*.

1844 Alexandre Dumas (Vater): *Die drei Musketiere*; Heine: *Deutschland, ein Wintermärchen*; Marx und Engels lernen sich in Paris kennen; Marx entwickelt den »dialektischen Materialismus«.
Balzac veröffentlicht u. a. *Modeste Mignon*;
Glanz und Elend der Kurtisanen Teil I und Teil II Band 11 der *Comédie humaine* im Verlag Furne 1844

1845 Dumas (Vater): *Der Graf von Monte Christo*; Sue: *Der ewige Jude*; Prosper Merimée: *Carmen*
Balzac: Allerlei Reisen mit Madame Hanska (Deutschland, Frankreich, Holland, Belgien, Neapel), teilweise begleitet von ihrer Tochter.
Veröffentlicht u. a. *Die unfreiwilligen Komödianten, Ein Geschäftsmann*

1846 Fjodor M. Dostojewski: *Der Doppelgänger*; Sand: *Der Teufelssumpf*; C. G. Carus: *Psyche. Zur Entwicklungsgeschichte der Seele*.
Balzac unternimmt ausgedehnte Reisen mit Madame Hanska. Im November hat Madame Hanska eine Fehlgeburt.
Veröffentlicht u. a. *Kusine Lisbeth*; Teil III von *Glanz und Elend der Kurtisanen* (»Wohin die schlechten Wege führen«) als Fortsetzungsroman in *L'Époque* vom 7. bis 29.7.1846 und als Band 12 der *Comédie humaine*.

1847 Emily Brontë: *Sturmhöhe*; H. Hoffmann: *Struwwelpeter*
Balzac: Madame Hanska in Paris. Balzac ernennt sie zu seiner Alleinerbin.
Veröffentlicht u. a. *Vetter Pons*; Teil IV von *Glanz und Elend der Kurtisanen* (»Vautrins letzte Wandlung«) als Fortsetzungsroman in *La Presse* vom 13.4. bis 4.5.1847.

1848 Februar-Revolution in Paris, Louis-Philippe dankt ab. Louis Napoleon wird Präsident.
Marx/Engels: Kommunistisches Manifest; Alexandre Dumas (Sohn): *Die Kameliendame*; William Thackeray: *Jahrmarkt der Eitelkeiten*
Balzac erlebt die ersten Tage der Revolution, begibt sich dann in die Ukraine zu Madame Hanska, wo er bis Anfang 1850 bleibt.
Veröffentlicht u. a. Teil IV von *Glanz und Elend der Kurtisanen* (»Vautrins letzte Wandlung«) als separate Veröffentlichung im Verlag Chlendowski

1849 Dickens: *David Copperfield*
Balzac leidet an Herzattacken.

1850 Louis Napoleon wird sich nach einem Staatsstreich (1851) 1852 zum Kaiser Napoleon III. ausrufen.
Balzac ist weiterhin krank. Er heiratet Madame Hanska und begibt sich mit ihr wieder nach Paris (20. Mai). Stirbt am 18. August in Paris. Victor Hugo hält die Grabrede.
Seine Mutter überlebt ihn bis 1854, sein Bruder stirbt 1858, seine Schwester Laure 1871, seine Frau 1882.

Anmerkungen

Teil I
Wie leichte Mädchen lieben

7 *Opernball:* Die Oper befand sich in der Rue Le Peletier (Hôtel Choiseul). Der Opernball war ein öffentlicher Ball für die »bessere Gesellschaft« in der Pariser Oper, traditionell seit der Régence, 1715. Der letzte Ball des Jahres 1824 fand am Samstag, 28. Februar statt. Die Frauen kamen mit einer schwarzen Halbmaske für die Augen oder im Domino, d.h. schwarzer (meistens, aber auch rosa und blau) Umhang mit Kapuze, wie Kleriker, daher die Bezeichnung, die Männer unmaskiert im schwarzen Anzug. Mit dem Aufkommen regelrechter Kostümierungen um 1837, 1838 fiel es den Frauen schwerer als im Domino, unerkannt zu bleiben. Beginn war gegen Mitternacht, man ging ab 2 Uhr hin, zur Musik tanzte man nicht. Der Andrang war riesig, es mischten sich alle möglichen Schichten der Gesellschaft.

7 *Frascatis Spielcasino:* Frascati in der Rue de Richelieu war eins der beliebtesten und eleganteren der acht Spielcasinos von Paris. Als Balzac den ersten Teil der »Kurtisanen«, *La Torpille,* schrieb, waren sie nicht mehr in Betrieb.

10 *Ritter ohne Tadel:* Figur des damaligen Boulevard-Theaters, eines untadeligen Höflings in *Sargines et Sophie d'Apremont, ou L'Élève de l'amour, anecdote française,* Paris 1837, als Buch 1838, von J.-P.-R. Cuisin (auch P. Cuisin, Soldat und Schriftsteller, 1777–1845).

15 *Bertrand und Raton:* LaFontaines Fabel von Affe und Kater

17 *Alcestes werden Philintes:* Alceste ist in Molières Komödie der »Menschenfeind« und weigert sich, Kompromisse zu machen. Sein Freund Philinte fordert ihn auf zu Mäßigung und etwas Anpassung.

17 *d'Arthez:* Freund Luciens aus dessen Pariser Anfängen, vgl. *Verlorene Illusionen,* den Roman Balzacs, dessen Handlung hier fortgesetzt wird.

18 *quibuscumque viis:* über welche Wege auch immer

18 *Mailänder Rüstung:* Die sogenannte Mailänder Rüstung war das

Prunkstück der antikisierenden Rüstungen Erzherzog Ferdinands von Tirol im 16. Jahrhundert.

19 *Fuge, late, tace:* Flüchte, verschwinde, schweige.

20 *Distel:* ein Wortspiel: Luciens früherer Nachname Chardon bedeutet wörtlich Distel.

20 *groß rauskommen:* Balzac schreibt »charivari«, Katzenmusik, zugleich ist das der Titel des *Charivari*, gegründet 1832, einer sehr populären, eher unpolitischen satirischen Zeitschrift.

20 *Amphitryon:* Komödienfigur Molières um Ehebruch und Partnerverwechslung: Jupiter erscheint Amphitryons Frau in dessen Gestalt.

20 *Der Bogenschütze Karls IX., Margeriten:* Luciens Roman und seine Gedichtsammlung. Dauriat ist ein Verleger und Buchhändler, siehe *Verlorene Illusionen*.

20 *besteuertes Papier:* gemeint ist das Zeitungspapier, das mit Steuern belegt war, deren Entrichtung per Stempel quittiert wurde.

20 *Lointier:* damals eins der besten und beliebtesten Lokale in Paris, Rue de Richelieu

21 *La Torpille:* Esther trägt den Spitznamen La Torpille, »der Zitterrochen«, weil sie ihre Verehrer – im Fall des Fischs: seine Beutetiere – derart unter Strom setzt, dass sie gebannt sind.

22 *aspasisch:* Aspasia von Milet

22 *Flora:* Flora war eine Geliebte des Pompeius und galt als beispielhafte Schönheit; Catull wendet sich in Gedichten an eine Lesbia; Lamia war die Geliebte des mazedonischen Königs Demetrius. Mit dieser gebildeten Wissensausbreitung parodiert Balzac den Stil des *Journal des Débats*, einer wichtigen literarischen Zeitschrift seiner Zeit.

xx *Lais, Rhodope:* Lais hießen mehrere griechische Kurtisanen, am berühmtesten war die des Alkibiades; Rhodope soll im 6. Jh v. Chr. die Frau eines Pharaos gewesen sein.

23 *die Hüte:* Finot ist Sohn eines Hutmachers.

24 *die schöne Holländerin:* Sarah van Gobseck, in Balzacs Romanen *Gobseck* und *César Birotteau*

25 *ein weites Gewissen:* Die »indépendance d'idées« kommt im Zusammenhang mit dem Gewissen bereits in Teil 2 des Romans *Illusions perdues* vor, *Verlorene Illusionen*, was in der Hanser-Ausgabe in der Bedeutung von Vorurteilslosigkeit mit »intellektuelle Unabhängigkeit« übersetzt ist (S. 361). In den deutschen Übersetzungen von *Glanz und Elend* hat jeder Übersetzer eine andere Version, um die im Unterton mitschwingende Gewissenlosigkeit anzudeuten.

27 *Flora und Zephyr:* Flora wird im Frühling von der Verkörperung

des Westwindes Zephyr verfolgt und zu seiner Frau gemacht, oder vergewaltigt. Ovid, *Fasti* 5

27 *Giambellino:* Giovanni Bellini, 1437–1516, italienischer Maler. Wohl nicht gemeint ist die Jungfrau mit Kind, die im Louvre hängt.

30 *Rabelais:* François Rabelais, *Gargantua und Pantagruel*, übers. v. Gottlob Regis, München 1964, Viertes Buch, 56. Kapitel, S. 160: »Wie Pantagruel unter den gefrorenen Worten auch etliche Zötlein fand.«

31 *Hoffmann, der Berliner:* E. T. A. Hoffmann

33 *Zingulum:* Gürtel des liturgischen Untergewands der katholischen Kleriker.

37 *Porte Saint-Martin:* in dem dortigen Theater

48 *Aristoteles, Sokrates, Plato, Alkibiades, Cethegus, Pompeius:* Aristoteles war Liebhaber der Herpyllis von Stagira, Sokrates der der Aspasia (470–420 v. Chr.), Plato von Lasthenia von Mantinea, Alkibiades u. a. von Timandra und Lais von Hykkara, der reiche Römer Gaius Cornelius Cethegus, römischer Politiker 1. Hälfte des 1. Jh v. Chr., von Praecia, Pompeius von Flora (nach Plutarch)

48 *Cassan:* Schloss in L'Isle-Adam

50 *Jesu Christi Füße:* Lukas 7,38 »… und fing an, seine Füße zu netzen mit Tränen und mit den Haaren ihres Hauptes zu trocknen, und küsste seine Füße und salbte sie mit Salbe.«

53 *Diana und Kallypygos:* Diana von Versailles, heute im Louvre, und die Aphrodite oder Venus Kallipygos (griechisch *mit schönem Hintern*), die sich nach ihrem bloßen Hintern umdreht.

57 *Jesuiten in Paraguay:* In seiner *Histoire impartiale des Jésuites* schreibt Balzac 1825 von der Missionierungstätigkeit der Jesuiten in Paraguay im 17. Jahrhundert.

57 *Jiftach:* Jiftach, Altes Testament, Buch der Richter 10,6–12,7, ist bekannt durch das Gelübde, seine Tochter zu opfern. Sie erbittet sich eine zweimonatige Zeit »dass ich von hinnen hingehe auf die Berge und meine Jungfrauschaft beweine mit meinen Gespielen.« Luther schrieb darüber: »Manche sind der festen Überzeugung, dass sie nicht geopfert wurde, doch der Text ist zu deutlich, um diese Auslegung zuzugestehen.«

58 *Die Beweinte von Wish-Ton-Wish:* Roman von James Fenimore Cooper, 1829.

59 *ein Arzt:* Étienne-Jean Georget, 1795–1828, Schüler von J.-E. D. Esquirol und Autor von Werken über psychische Störungen (*De la folie ou Aliénation mentale*, 1823) und über das Nervensystem.

62 *ehrbar:* Wörtlich: monarchique mit der Bedeutung bürgerlicher Wohlanständigkeit.

62 *Rocher-de-Cancale:* Luxusrestaurant mit der teuersten Speisekarte im Paris jener Zeit. 63, rue Montorgueil.

66 *Camarilla:* Hofstaat des Königs

69 *Ritter aus der Mancha:* Cervantes' Don Quijote verklärt das Bauernmädchen Aldonza Lorenzo zur »Dulcinea von Toboso«.

70 *Fornarina:* Zu Balzacs Zeit galt es als gesichert, dass Raffael den Ärzten seine erotischen Exzesse verschwiegen hatte, so dass ein Aderlass die Ursache seines Todes wurde. Fornarina = »kleine Bäckerin«.

74 *Manlius:* Balzac spielt hier an auf eine sprichwörtlich gewordene Replik in der Tragödie *Manlius Capitolinus* (1698) von Antoine de La Fosse d'Aubigny, 1653–1708. In *Verlorene Illusionen* lässt er eine Figur die Szene explizit parodieren.

78 *Pair:* Der Titel Pair bezeichnet seit dem 13. Jahrhundert politisch privilegierte Hochadelige in Frankreich. Der Titel wurde 1789 erstmals abgeschafft, mit der Restauration 1814 wieder eingeführt. Bis 1848 waren die Pairs Mitglieder der 1. Kammer (*Chambre des Pairs*) des französischen Parlaments.

81 *Othello:* Shakespeare hatte diese Geschichte aus der Novellensammlung *Degli Hecatommithi* (1565) von Giambattista Giraldi »Cinzio«, auch Geraldus Cinthius, 1504–1573.

84 *Paul und Virginie: Paul und Virginie*, Roman von Jacques-Henri Bernardin de Saint-Pierre, 1788, beschreibt Geschichte eines Mädchens aus der Provinz, das in der Stadt die Verdorbenheit kennenlernt.

85 *Schädelbeulen:* Zu Beginn des 19. Jahrhunderts kam die Kraniometrie, Schädelvermessung, als Methode auf, von der Kopfform auf Charakter und Begabungen zu schließen. Vgl. Nachwort.

92 *acht Meilen:* ca 35 km

94 *Stadtschranke du Thrône:* Pariser Eingang in die Avenue de Vincennes, heute ein Kirmesplatz.

94 *Rue Vivienne:* damals ein Platz für Edelprostitution

96 *das heilige Salböl:* Öl aus der Heiligen Ampulle, der Saint-Ampoule, Behälter des geheiligten Öls, mit dem die Könige gesalbt wurden.

108 *die verräterischen Buchstaben:* Die Lettern TF für »travaux forcés – Zwangsarbeit« wurden den Verurteilten eingebrannt.

110 *Incedo per ignes:* Ich gehe durchs Feuer [Zitat aus Horaz' *Oden* (II,2), bereits verwendet von Rousseau in Émile und von Stendhal in *Rot und Schwarz.*]

111 *CAVEO NON TIMEO:* Achtsam, nicht furchtsam.

111 *GRANDS FAITS, GRAND LIEU:* Große Taten, großes Haus.

111 *MONSIEUR:* Louis' jüngerer Bruder Charles wurde von den

Royalisten als *Monsieur* bezeichnet, ein Titel, der traditionell dem ältesten Bruder des Königs von Frankreich und damit Thronerben zustand.

114 *der Erste Junge Liebhaber der Comédie-Française:* Armand Roussel, seit 1798 an der Comédie Française, zog sich 1830 von der Bühne zurück.

115 *Congrégation:* Eine Art monarchistischer Loge oder Lobbyverband, die unter Charles X. auf gleichgesinnte Zeitungen Einfluss gewann; von ihren Gegnern Congrégation genannt.

119 *fünf Fuß und vier Zoll:* ca 1,74 m

121 *Sainte-Pélagie:* Pariser Gefängnis, das bis Ende des 18. Jh in Betrieb war. Hier wurde auch Schuldner eingesperrt.

122 *Gazette:* Gazette des Tribunaux. *Journal de jurisprudence et des débats judiciaires – Gerichtsblatt. Zeitung für Rechtsprechung und juristische Fragen*, gegründet 1826, bestand bis 1955.

123 *Taschentuch:* Das Taschentuch war ein Accessoire, das wie ein Fächer in der Hand gehalten wurde.

131 *Turcaret:* Komödie von Alain-René Lesage, 1709. Vgl. Personenregister.

133 *Mahon:* 1757, Hafenstadt auf Menorca

133 *Mascarille von Molière, die Frontins von Marivaux und die Lafleur von Dancourt:* Mascarille, Frontin, Lafleur: Typ des spitzbübischen Dieners in der Comédie italienne des 17. und 18. Jh..

134 *Temple:* Trödelmarkt an der Rue du Temple

136 *Abschaffung des Polizeiministeriums:* 1818 unter Louis XVIII.

139 *Höllenmaschine:* Ein geplantes royalistisches Attentat auf Napoleon in der Rue Saint-Nicaise an Weihnachten 1800.

141 *Petits-Affiches:* Das Anzeigenblatt *Petits-Affiches* gab es seit 1629. Unter Napoleon wurden 1811 auf kaiserliche Anordnung sämtliche Anzeigenblätter darin vereint.

143 *deklassierter Offizier:* Die Soldaten der Revolution und des Kaiserreichs wurden in der Restauration auf halben Sold gesetzt, blieben untätig und bildeten aufgrund ihrer schlechten wirtschaftlichen Situation eine Klasse Unzufriedener. Aufgrund ihrer altmodischen und typischen Kleidung erkannte man sie sogar.

144 *Comtat:* Teil des Département Vaucluse

146 *Walcheren:* Ein misslungener Angriffsversuch der Engländer auf dieser Insel vor Antwerpen, während Napoleon in Österreich gebunden war.

146 *Insel Lobau:* Die Schlacht bei Aspern im Mai 1809 war die erste, die Napoleon nicht gewann. Die Lobau bildete damals eine Insel zwischen zwei Armen der Donau. Es folgte Napoleons Sieg bei Wagram.

148 *Orest und Pylades:* Die Cousins, die sich zur Rache verbanden.

148 *Eine dunkle Affäre, Der letzte Chouan:* Romane von Balzac, 1841 und 1829

150 *SZENEN AUS ...:* Mehrere Romane umfassende Unterabteilungen von Balzacs »Die Menschliche Komödie«. Diese sind ihrerseits Teil der »Sittenstudien« innerhalb der »menschlichen Komödie«. Der Roman »Glanz und Elend der Kurtisanen« gehört zu den »Szenen aus dem Pariser Leben«

151 *Cercle des Étrangers:* Erlesener Spielsalon mit Feinschmecker-Küche.

152 *Véry:* Restaurant am Palais Royal, seit 1808

152 *Mama Godichon:* schlüpfriges Lied des 18. Jahrhunderts.

153 *unter dem Bett:* Angeblich geht es bei dieser Anekdote um ein Rendez-vous des Kardinals de Rohan mit der Königin, an deren Stelle aber eine Kurtisane kam.

155 *Blech in vierfacher Stärke:* knapp 1 cm

156 *Schmucke:* Musiklehrer Schmucke ist eine Figur aus Balzacs Romanen *Eine Evastochter* und *Ursule Mirouet*.

157 *Dulcinea:* Don Quichotes verehrte Dame.

163 *Brücke Louis XVI.:* Heute Pont de la Concorde

166 *Die Wiesenfreunde:* Knastbrüder

168 *Harun al Raschid:* Giacomo Meyerber, 1791–1864, *Alimelek oder Wirt und Gast*, Lustspiel mit Gesang, 1813. Auf der Schwelle zum Glück widmet sich Nucingen seiner Erscheinung.

172 *Mabile:* der Bal Mabille war ein populärer und öfters literarisch verewigter Tanzgarten an der Avenue Montaigne, veranstaltet seit ca. 1831 von dem Tanzlehrer Mabille [Balzac schreibt Mabile].

181 *Staatsrats-Vizepräsident:* Staatsminister waren oft zugleich einer der vier Staatsrats-Vizepräsidenten.

184 *113:* Lizensierte Spielhölle

184 *Serail-Pastillen:* Die Pariser Serail-Pastillen sollten sexuell stimulieren. Sie enthielten Moschus, Ambra, Aloe, Myrobalane, Wermut, rotes und gelbes Sandelholz, Mastixharz, Olibanum, Galgantwurzel, Zimt und zermahlene Edelsteine.

185 *die Kutsche Louis' XVIII.:* Anspielung auf Louis' schnelle Flucht vor dem zurückgekehrten Napoleon.

186 *Ya, mein Herr:* Original

190 *Tilbury:* Einspänner, Einachser.

192 *Judas von David Sechard:* Vgl. *Verlorene Illusionen*

196 *Madame Nothelferin: Madame La Ressource*, Theaterfigur einer Galanteriewarenhändlerin. Läden für Galanteriewaren konnten zugleich der Hehlerei und der Zuhälterei dienen.

Teil II
Was die Liebe alte Männer kostet

206 *Gymnase:* Gymnase dramatique, Pariser Theater, 38 Boulevard Bonne-Nouvelle, diente den Studierenden des Pariser Konservatoriums als Spielort und führte anfänglich nur Einakter und kurze Stücke auf. Die Rue Sainte-Barbe mündete schräg gegenüber vom Gymnase in den Boulevard Bonne-Nouvelle

207 *Rue Barbette:* Parallel zur Rue de la Perle; beide stoßen auf die Rue Vieille-du-Temple.

215 *Savate:* eine Art Kickboxen; war zu Beginn des 19. Jahrhunderts bereits populär und kam bei den oberen Ständen um 1840 in Mode.

216 *Soubrette:* Die Rolle einer Soubrette entstand im 17. Jahrhundert nach dem Vorbild der Colombina der Commedia dell'arte, als Kammerzofe, munter und verschmitzt, und als Komödienfigur angelegt.

220 *Saint-Lazare:* Gefängnis

227 *Omnibusse:* Das waren die ersten städtischen Kutschen mit bis zu zwanzig Plätzen, die ab 1828 in Paris zirkulierten, und deren Fahrpreis jedem erschwinglich war. Daher der Name.

230 *Jacques Coeur ...:* Jacques Coeur, ca. 1395–1456, Kaufmann in Bourges, finanzierte die Kriege Charles' VII. gegen die Engländer. – Die Florentiner Familie der Medici waren Bankiers. 1531 setzte Karl V. Alessandro dei Medici als Erbherzog ein. – Jean Ango, ca. 1480–1551, Reeder und Gouverneur von Dieppe unter François I., unternahm allein einen Feldzug gegen den König von Portugal und Raubfahrten nach Amerika. – Alexandre Aufrédy, 12. Jh. – 1220, aus einer protestantischen Reederfamilie in La Rochelle stiftete ein Krankenhaus, nachdem er seine Flotte verloren geglaubt, in Armut gefallen und durch die unversehene Rückkehr seiner Schiffe voller kostbarer Waren wieder zu Vermögen gekommen war. – Die Fugger in Augsburg finanzierten Kriege der Kaiser Maximilian I. und Karl V. – Tiepolo und Corner: venezianische Patriziergeschlechter.

241 *Angélique:* In der Komödie von Jean-François Regnard, 1655–1709, *Le Joueur – Der Spieler*, 1696.

245 *Brideau:* Der Maler Joseph Brideau, *1799, erscheint in den Romanen *La Rabouilleuse*, *Illusions perdues*, *Les Sécrets de la princesse de Cardignan*.

250 *Garat:* Unterschrift des Direktors der Staatsbank auf den Banknoten.

250 *Mademoiselle Lenormand:* Marie-Anne-Adélaïde Lenormand, 1772–1843, berühmte Wahrsagerin.

250 *Ramponneau:* Lokal von Jean Ramponneau, dessen Geschäftsmodell sexuelle Anstößigkeit war.

253 *Kopf in den Korb:* Bei der Guillotine stand ein Korb, der den Kopf auffing.

253 *Freund vergiftet:* Edme-Samuel Castaing, 1796–1823, französischer Arzt und Giftmörder.

262 *Madame Colleville:* In *La Femme supérieure*, 1838, ist Mme Colleville noch eine sittsame bürgerliche Mama, um in *Les Employés* zur leichten Frau und Ex-Geliebten F. Kellers zu werden.

263 *Puritani:* I puritani di Scozia – Die Puritaner von Schottland, Oper von Vincenzo Bellini, 1835 in Paris uraufgeführt. Maria Amigo sang die Rolle der Enrichetta di Francia, Witwe Charles' I.

264 *Madame Thoma:* Es gab ein Modegeschäft Madame Thomas in der Rue des Filles-Saint-Thomas Nr. 23 und eine Floristin Prévost im Palais Royal.

265 *Rundschau der Zwei Welten:* Diese Übersicht auf Erzeugnisse aus alter und neuer Welt nutzt Balzac als Anspielung auf die »Révue des Deux Mondes«, mit deren Herausgeber Buloz er wegen des Streits um »Die Lilie im Tal« gebrochen hatte.

265 *Chevet:* Chevet war eine europaweit berühmte Garküche und Feinkostladen, Le Rocher-de-Cancale ein erlesenes Restaurant.

266 *Schinner und Léon de Lora:* Maler aus der *Menschlichen Komödie*.

267 *Richard d'Arlington:* Drama von Alexandre Dumas nach *Kenilworth* von Walter Scott. Uraufführung an der Porte Saint-Martin war im Dezember 1831. Frédérick Lemaître: Schauspieler der Melodramen des Boulevards.

271 *Nabob:* Nabob = in den Kolonien reich geworden, Nabot = Knirps; der Amtmann von Ferrette war eine damals legendäre Erscheinung des öffentlichen Lebens. Er sei mutig, hieß es, dass er sich mit derart mageren Beinchen traue, herumzulaufen.

273 *Rue de Jérusalem:* Die Polizeipräfektur war in der Rue de Jérusalem beim Justizpalast. Die Allgemeine Polizeidirektion hatte 1821 ihren Sitz in der Rue de Grenelle.

275 *Alceste:* Hauptfigur in Molières *Menschenfeind*.

280 *Variétés:* Die *Variétés*, 1807 eröffnet, waren ein schöner Saal mit 1245 Plätzen am Boulevard Montmartre. Es wurden dort Stücke und Farcen voller Wortspiele aufgeführt.

284 *Die Herren de Sartine und Lenoir:* Polizeipräfekten von Paris, mit einer Unterbrechung aufeinander folgend 1759–1785.

284 *Rue de la Paix:* Damals Hausnummer 2

296 *Wisk-Spieler:* Whist, Kartenspiel, Vorläufer des Bridge. Ein Rubber ist dabei ein Wettkampf.

303 *Huret oder Fichet:* Schlosser und Hersteller von Vorhängeschlössern und Geldschränken.

304 *in den Armen des Glaubens:* Vgl. Personenverzeichnis, Marquis de Lauriston.

306 *Balthazarfest:* Rembrandts Gemälde *Das Gastmahl des Belsazar*, 1635, zeigt, wie dem König und seinen Gästen die geheimnisvolle Handschrift an der Wand, »mene mene tekel upharsin«, erscheint, die als böses Omen gedeutet wurde. Am selben Tag wurde der König von seinen Knechten erschlagen.

317 *Cadran-Bleu:* Restaurant am Boulevard du Temple, an der Ecke Rue Carlot, beliebt beim mittleren Bürgertum. Kaufleute veranstalteten hier gerne ihre Hochzeitsmale.

317 *Society de Temprence: British and Foreign Temperance Society*, 1831 gegründet

329 *Zum offenen Himmel:* À la belle Étoile hieße als Lokalname wörtlich *Zum schönen Stern* und zugleich heißt es *Im Freien*.

334 *Boston:* Kartenspiel, ähnlich dem Whist

335 *Spa:* Der belgische Thermenkurort war bereits im 18. Jahrhundert ein Ort der Reichen und Mächtigen.

344 *Plombière:* Eine Art Fürst-Pückler-Eis: Crème fraîche und Eischnee mit Vanille und kandierten Früchten.

345 *Süßwein vom Kap:* Vin de Constance: süßer Dessertwein, gehörte im 18. und 19. Jahrhundert zu den bekanntesten Süßweinen. Soll Napoleons Sterbetrunk gewesen sein, der davon reichlich nach St. Helena hatte kommen lassen. Das Gut Constantia liegt südlich von Kapstadt.

351 *vier Uhr:* Diese Uhrzeit für die Exekution der Todesstrafe findet sich bei Victor Hugo, *Le dernier jour d'un condamné – Der letzte Tag eines Verurteilten*, 1829.

353 *Strychnos:* Brechnuss, *Strychnos nux-vomica*, vom Strychnin- oder Brechnussbaum, stammt aus Südostasien.

355 *Charenton:* Das Hospiz zu Charenton diente seit dem 17. Jahrhundert als Internierungsort für Epileptiker und Geistesgestörte.

362 *Namen des großen Dichters:* Alphonse de Lamartine

364 *Hôtel-Dieu:* Das Hôtel-Dieu de Paris wurde 651 neben der Vorgängerkirche von Notre Dame als bescheidene Herberge für Pilger gegründet.

372 *Grez:* Grez-sur-Loing liegt an der Strecke Fontainebleau – Nemours.

Teil III
Wohin die schlechten Wege führen

377 *Conciergerie I:* Mit dem Palais de Justice Teil des ehemaligen Palais de la Cité auf der gleichnamigen Insel. Benannt nach dem Concierge, dem königlichen Verwalter. Gerichtsort und Gefängnis.

378 *Bicêtre:* Gefängnis für Kriminelle, Verschlussort für psychisch Gestörte, wurde 1836 geschlossen.

378 *Stadttor von Saint-Jacques:* Wo heute die gleichnamige Metrostation ist.

378 *Philanthropen:* Im laizistischen Frankreich eine Bewegung sozialen Engagements. Die gemeinnützigen Zwecke dienten auch dem Selbstverständnis des Bürgertums.

378 *Place de Grève:* Beim heutigen Hôtel de Ville. Früher Richtplatz (vgl. S. 670)

381 *Besserungssystem:* Das französische Strafsystem wurde zu Beginn des 19. Jahrhunderts kontinuierlich verändert.

383 *Brumaire des Jahres IV:* Herbst 1795

387 *sechs Fuß:* fast zwei Meter

389 *Geheimsprache:* Die französischen Herausgeber erörtern die fehlerhafte Übertragung, ob es Druckfehler oder Balzacs Übersetzungsfehler sei.

390 *des Lunettes:* Der Quai de l'Horloge hieß im Volksmund so wegen der vielen Optiker, die hier ihre Läden hatten.

391 *Tour de l'Horloge:* Uhrturm

392 *Bonbec-Turm:* Die drei genannten Türme hießen im Volksmund von links nach rechts *Tour Criminelle* (für Tour de César), *Tour Civile* (für Tour d'Argent), und *Tour des Réformateurs* bzw. *Tour Bonbec – bon bec*, »großer Schnabel«, weil hier als Folter die Zungen herausgeschnitten wurden. Die Schreie der Gefolterten sollen auf dem rechten Seine-Ufer zu hören gewesen sein.

392 *Valois:* bis ins 14. Jahrhundert

392 *alte Konstruktionen:* ca 6 m. Der Quai de l'Horloge wurde 1611 angelegt, der Boden des Palais de Justice befand sich schon vorher unter dem Straßenniveau.

393 *Conciergerie II:* Bis 1826 war der Eingang der Conciergerie in dem Hof Cour de Mai, rechts und am Fuß von der großen Treppe. Dieser Eingang wurde 1826 zugemauert, und die Häftlinge wurden von der Seite des Quai hereingebracht.

397 *Rue de la Barillerie:* Ungefähr, wo heute der Boulevard du Palais ist.

397 *sechs Fuß:* Ca. 2 m

398 *Pistoles:* Eine Pistole war ursprünglich eine spanische Goldmünze. 1640 führte Frankreich die Pistole ein. Hier heißt das: ein kleines Separatzimmer mit einem Gurtbett und eigener Verpflegung im Gefängnis.

399 *Dame Elisabeth:* Schwester Louis' XVI.

399 *Geheimzellen:* Zellen für Einzelhaft

403 *Hôtel Cluny: Illusions perdues – Verlorene Illusionen,* Garnier S. 200 – Hanser S. 237

405 *Susse:* Damals aufsteigender Schreibwarenfabrikant in Paris.

406 *Monsieur Camusot:* Er tritt bereits auf in Balzacs Roman *Vetter Pons* und ist der Sohn des ältlichen Liebhabers der Schauspielerin Coralie, Luciens Geliebter in *Verlorene Illusionen.*

406 *Was ein Untersuchungsrichter ist, zur Verwendung für die, die keine Ahnung davon haben:* Balzac mag Wortspiele: In dieser Überschrift spielt er mit dem französischen Begriff »juge d'instruction« und der Tatsache, dass seine Leserschaft in der Mehrzahl nicht weiter instruiert ist über die Details strafrechtlicher Vorgänge.

415 *Cogniard:* siehe Personenregister, Coignard

420 *Verräter:* Zwei finstere Verratsgeschichten um Louise von Savoyen und Jacques de Beaune (16. Jh.) und den russischen General Tschernitscheff, der bei einem diplomatischen Besuch bei Napoleon einen Beamten aus dessen Kriegsministerium bestach.

428 *de la Grève:* Grève = u. a. Sandstrand, sandiger Uferstreifen

429 *Quai Pelletier:* Das Quai Pelletier führte von der Brücke Notre-Dame zum Platz de Grève und wurde mit dicken Pfeilern über dem Ufer der Seine abgestützt.

431 *Massol:* Kommt auch in anderen Romanen Balzacs vor.

440 *Dorine:* Dienerin in Molières Komödie *Der eingebildete Kranke.*

447 *Markierung:* Das Brandmarken mit einem glühenden Eisen war eine stigmatisierende Strafe: Sie wurde öffentlich vollzogen und stand ihrer Schwere nach zwischen Tadel, Anprangerung und Auspeitschung, die als leichtere Strafen galten, und Verstümmelung, Galeerenstrafe, Verbannung, Tortur, Henken. Auf diese Art wurden nicht nur als Verbrecher Verurteilte, sondern auch Prostituierte bestraft.

Zunächst hatte das Eisen die Form einer Lilie, dann ab 1724 V (»voleur«) für Diebe, M (»mendiant«) für Bettler und GAL für Galeerensträflinge. Diese Strafen wurden 1791 abgeschafft und 1810 in Napoleons *Code pénal* teilweise wieder eingeführt: Die Verurteilten wurden öffentlich auf der rechten Schulter gebrandmarkt, TP (»travaux forcés à perpétuité«) für lebenslänglich Zwangsarbeit, T für befristete Zwangsarbeit, V für Diebe und dazu die Nummer des zuständigen Strafgerichts. F (»faussaire«) für Fälscher war als zusätzliche Letter möglich.

450 *Spitzbubenessig:* Eine Anekdote erzählt von vier Räubern, die um 1720 die Pesttoten ausplünderten und sich mit stark gewürztem Essig vor Ansteckung schützten. Das Rezept zum Schutz gegen Infektionskrankheiten fand weite Verbreitung.

454 *Farnesische Herkules:* Der Farnesische Herkules oder Hercules Farnese wurde 1787 in Neapel aufgestellt, wo seine an unterschiedlichen Stellen gefundenen Beine und Torso zusammengesetzt wurden. Die an die drei Meter hohe Skulptur muss Aufsehen erregt haben. Auch Eugène Sue hat in seinem Roman *Die Geheimnisse von Paris* den Farnesischen Herkules als Vergleichsgröße verwendet.

454 *Form eines Buchstabens:* Vidocq beschreibt in seinen *Mémoires* (I, S. 133), wie eine solche Prozedur bei ihm angewendet wurde.

457 *Herzog d'Ossuna:* Es hatte in dieser Zeit einen aufsehenerregenden Fall eines gewissen Comte de Montealbano gegeben, in Haft in Sainte-Pélagie, der sich als natürlicher Sohn Karls IV. von Spanien ausgab. Er starb am 7.5.1835 im Gefängnis.

457 *Jahr XII:* 1803–1804

480 *Brumaire des Jahres IV:* 3. Brumaire des Jahres IV = 25. Oktober 1795

485 *Mörder des Ibycus:* Schiller erzählt es in seiner Ballade *Die Kraniche des Ibycus*: Ibycus war ein wandernder erotischer Dichter im Griechenland des 6. Jh., der auf seinem Weg ermordet wurde. Bei einer Theaterveranstaltung verrieten sich die Mörder, weil sie dieselben Kraniche sahen wie im Moment ihrer Tat.

501 *Monsieur de Chargebœuf:* Familie Chargebœuf erscheint vor allem in *Eine dunkle Geschichte*.

Teil IV
Vautrins letzte Wandlung

525 *de Brosses in Dijon, Molé in Paris:* Gerichtspräsidenten früherer Jahrhunderte.

526 *Pairs de France:* Mitglieder des Oberhauses des französischen Parlaments. Abgeordnete gehörten der Chambre des Députés an, dem Unterhaus.

530 *Sganarelle:* siehe Personenverzeichnis: Molière

542 *Moore, Lord Byron, Maturin:* vgl. Personenverzeichnis. Die Fi-

gur des eingebildeten Dichters Melchior de Canalis taucht immer wieder in der *Comédie humaine* auf, besonders in *Modeste Mignon*.

553 *Bellevue:* Am 8. Mai 1842 fing ein Personenzug auf der Brücke von Meudon Feuer.

556 *vorgefertigter Gewissensspiegel:* Beichtspiegel, das Blatt oder Heft, das den katholischen Gläubigen bei der Gewissenserforschung vor der Beichte die Möglichkeiten ausbreitet.

560 *Panthéon:* Dort wird bis heute Jura gelehrt.

560 *Notar Crottat:* Der Notar kommt in *César Birotteau* (1838, *Geschichte der Größe und des Verfalls von César Birotteau*), in *Début dans la vie* (Erzählung 1844, *Ein Lebensbeginn*) und in *Le Colonel Chabert* (1832, *Oberst Chabert*) vor.

561 *Raub der Medaillen:* Ein Einbruch ins Cabinet des Médailles 1831. Die Beute wurde nur teilweise zurückerlangt.

562 *La Biffe:* Falsche Diamanten, Strass

563 *Beauce:* Landschaft um Chartres, eines der bedeutendsten Getreideanbaugebiete Frankreichs.

564 *affres:* Grauen, Entsetzen, Schrecken

567 *Erinnerungen:* Balzac meint vielleicht die *Mémoires* von Vidocq, erschienen 1828, siehe Nachwort.

569 *Medor:* In *Der rasende Roland* von Ariost sind Angelica, die asiatische Prinzessin am Hof Karls des Großen, und der sarazenische Ritter Medoro ein unsterbliches Liebespaar aus verfeindeten Lagern. Roland, der Angelica liebt, rast vor Eifersucht, als er das herausbekommt.

571 *hunderttausend Franc:* Ungefähr ein Drittel

573 *fünf Fuß vier Zoll:* ca 1,72 m

602 *wie ich den Storch ficke:* Ein eindeutiger Wortgebrauch bei Balzac, über den sich die Herausgeber der französischen Klassikerausgaben verwundern.

602 *Zwangsarbeitslager:* Die Zwangsarbeitslager ersetzten seit Mitte des 18. Jahrhunderts die Galeerenstrafe, weil Galeeren technisch nicht mehr in die Militärstrategie passten. Die drei großen Straflager waren Toulon, Brest und Rochefort.

621 *Bellérophon:* Das Schiff, auf dem Napoleon 1815 in seine Verbannung auf St. Helena gebracht wurde.

629 *elektrische Batterie:* 1800 hatte Alessandro Volta die Entdeckung gemacht.

633 *Saturnalien:* Ausschweifungen

633 *Caligulas Pferd:* Angeblich wollte der römische Kaiser Caligula (12–41) sein Lieblingspferd Incitatus (»Heißsporn«) zum Konsul ernennen.

645 *Freispruch:* Es gibt in den Strafanstalten *dreiundzwanzig* VATERMÖRDER, denen die Vorteile *strafmildernder Umstände* zugestanden wurden. (Anm. Balzacs)

663 *Turenne:* berühmter General

671 *Régence:* Die Zeit von 1715–1723, als die Sitten besonders locker waren nach der prüden Zeit unter Madame de Maintenon.

674 *ad patres:* zu den Ahnen

678 »*Meine Herren Engländer, schießen Sie zuerst«:* Zitat, das dem französischen Grenadier-Leutnant d'Anterroches zugeschrieben wird, als Franzosen und Engländer im österreichischen Erbfolgekrieg bei Fontenoy, Wallonien, am 11.5.1745 aufeinander stießen. Allerdings liegt dem weniger affektierte Höflichkeit als vielmehr ein taktischer Gedanke zugrunde: Wer geschossen hatte, musste nachladen, was Zeit kostete, während der der Gegner seinerseits angreifen konnte. Dementsprechend sollen die Engländer geantwortet haben: »Wir denken gar nicht dran.« Voltaire berichtet den Wortwechsel allerdings in umgekehrter Reihenfolge.

685 *L'Auberge des Adrets:* Melodrama von 1823, in dem die Rollenstereotypen der beiden Verbrecher Robert Macaire und Bertrand als Gegner geschaffen wurden, mit denen die Schauspieler Frédérick Lemaître und Firmin aus dem Melodram eine sehr erfolgreiche Improvisations-Komödie machten.

687 *Nicomède:* Titelheld der Tragödie von Pierre Corneille.

694 *Rhetorik-Klasse:* bis ca. vierzehn

707 *Achtzehnten Brumaire:* 18. Brumaire VIII ist der 9.11.1799, Tag des Staatsstreichs gegen Revolution und Direktorium in Frankreich, bei dem Napoleon eine Verfassungsänderung erzwang und sich zum Ersten Konsul ernennen ließ.

Inhalt

Teil I
WIE LEICHTE MÄDCHEN LIEBEN
5

Teil II
WAS DIE LIEBE ALTE MÄNNER KOSTET
201

Teil III
WOHIN DIE SCHLECHTEN WEGE FÜHREN
375

Teil IV
VAUTRINS LETZTE WANDLUNG
521

ANHANG
Nachwort 711
Bibliographische Angaben 759
Vorworte 764
Verzeichnis der Figuren 772
Verzeichnis historischer Persönlichkeiten 779
Zeittafel 793
Anmerkungen 801